सीधी-सच्ची बातें

भाग-1

यूनिवर्सिटी लाइब्रेरी से लौटकर जगतप्रकाश ने स्टोव जलाया और चाय के लिए पानी चढ़ा दिया। यह नित्य चार बजे शाम को स्टोव जलाना और फिर चाय के लिए पानी चढ़ाना उसकी आदत है। यही नहीं, चाय का पानी चढ़ाकर अपनी चारपाई पर बैठ जाना और बैठकर थोड़ी देर चुपचाप सोचना, यह भी उसकी आदत है। चाय का पानी उबलने में प्रायः पन्द्रह मिनट लगते हैं और इन पन्द्रह मिनटों में उसने दिन-भर क्या किया है और उसे अगले दिन क्या करना है, इस सब पर शान्तिपूर्वक सोचने की काफी फुरसत मिल जाया करती है, क्योंकि उसके पास समय का कुछ अभाव है, दिन-भर उसे व्यस्त रहना पड़ता है। वैसे समय कां अभाव उसके पास न होना चाहिए था, क्योंकि उसने अर्थशास्त्र में एम.ए. पास कर लिया था और उसे एम.ए. में फर्स्ट क्लास मिला था; लेकिन जगतप्रकाश ने रिसर्च करना प्रारम्भ कर दिया था, क्योंकि उसे रिसर्च स्कॉलरशिप मिल गया था। जगतप्रकाश दुनिया का एक विशिष्ट अर्थशास्त्री बनना चाहता था और इसके लिए उसे अध्ययन करना था। असीमित एवं अथाह ज्ञान के क्षेत्र में उसने अपने को एक प्रकार से खो दिया था। उसके जीवन का सारा समय इसी ज्ञान की प्राप्ति के लिए अर्पित था।

चारपाई पर बैठा हुआ वह सोच रहा था और उसे अचानक ही याद आ गया कि आज बृहस्पति है। और वैसे ही उसने दरवाज़े की ओर देखा। दरवाज़े से कुछ दूर हटकर कोने में पड़े हुए पत्र पर उसकी नज़र पड़ी, एक हलकी मुस्कराहट के साथ उठकर उसने वह पत्र उठाया। नियमित रूप से हरेक बृहस्पतिवार को दोपहर की डाक से उसे अनुराधा का पत्र मिलता था, अगर उसमें कभी कोई व्यतिक्रम हो जाता था तो डाक-विभाग की लापरवाही के कारण, अनुराधा के कारण नहीं। बड़ी निश्चिन्तता के साथ उसने वह पत्र उठाया था, किसी तरह की उत्सुकता नहीं थी उसके अन्दर, किसी भी तरह का उतावलापन नहीं था उसके उठकर पत्र उठाने में। एक शान्त, स्निग्ध, पुलक-भर था, जैसे थोड़ी देर के लिए स्वयं अनुराधा आ गई हो उसके सामने, उससे बात करने के लिए, उस पर अपनी ममता उँड़ेलने के लिए।

अनुराधा जगतप्रकाश की बड़ी बहन थी, और अनुराधा के सिवा उसका कोई आत्मीय भी तो नहीं था दुनिया में। और अनुराधा का भी सिवाय जगतप्रकाश के और कोई नहीं था। बस्ती ज़िले के एक छोटे-से गाँव महोना में अनुराधा रहती थी, नितान्त अकेली। पन्द्रह साल पहले जब विधवा होकर वह महोना में अपने पिता के पास लौटी

थी, उसकी अवस्था अठारह साल की थी। केवल एक साल उसने वैवाहिक सुख या दुख—उसे जो भी कहा जाए—भोगा था, और जब उसके विधवा होने के छह महीने बाद उसके ससुरालवालों ने उसे अपने यहाँ से एक तरह से निकालकर पिता के घर भेजा था, तब उसके मन में न किसी तरह का विषाद था, न किसी तरह की कसक। उसके पिता सत्यप्रकाश महोना में सरकारी मिडिल स्कूल के अध्यापक थे, साथ ही उनकी बारह बीघे की खेती भी थी। खेती उन्होंने बटाई पर उठा रखी थी। पिता के घर में आते ही अनुराधा ने खेती अपने हाथ में ले ली थी और गाय-भैंसें भी पाल ली थीं। अनुराधा के महोना में आने के बाद सत्यप्रकाश की आर्थिक अवस्था अच्छी हो गई थी, लेकिन बेटी के वैधव्य तथा बेटी के प्रति उसके ससुरालवालों के दुर्व्यवहार से उसकी माता को गहरा आघात लगा और लड़की के घर आने के एक साल के अन्दर ही अनुराधा की माता की मृत्यु हो गई।

जगतप्रकाश की माता का स्थान अब उसकी बड़ी बहन अनुराधा ने ले लिया था। गेहुएँ रंग की लम्बी-सी और तगड़ी-सी स्त्री जो सुन्दर तो किसी हालत में नहीं कही जा सकती थी, एक साल के अन्दर वज्र की तरह कठोर बन गई थी। उसके शरीर में कठोरता थी, उसकी वाणी में कठोरता थी, उसके मुख पर कठोरता थी, उसकी आँखों में कठोरता थी—और एक तरह से यह भी कहा जा सकता है कि उसके मन में कठोरता थी—जैसे जीवन उसके लिए अनवरत संघर्ष रहा हो। रोज़ सुबह चार बजे उठती थी और रात के दस बजे तक वह काम करती रहती थी। गाँववाले उससे डरते थे, उसके पिता तक उससे डरते थे। अगर कोई उससे नहीं डरता था तो वह था जगतप्रकाश। और अगर सच कहा जाए तो वह स्वयं जगतप्रकाश से बेतरह डरती थी। उसकी ममता का एकमात्र केन्द्र-बिन्दु जगतप्रकाश था, जगतप्रकाश की सुख-सुविधा ही उसकी समस्त सुख-सुविधा थी।

जगतप्रकाश में बुद्धि थी, यह बुद्धि प्रतिभा कही जा सकती थी। हिन्दी मिडिल की परीक्षा में उसे प्रदेश में दूसरा स्थान मिला, और आगे पढ़ने के लिए सत्यप्रकाश ने उसे बस्ती के हाई स्कूल में भर्ती करवा दिया। वहाँ वह बोर्डिंग हाउस में रहता था, जिससे सत्यप्रकाश का खर्च कुछ बढ़ गया था। लेकिन अनुराधा के कारण उनकी आय भी तो बढ़ गई थी। जगतप्रकाश को छात्रवृत्ति भी मिलती थी।

जिस साल जगतप्रकाश ने हाई स्कूल की परीक्षा दी, उस साल की गर्मियों में हैजे का एक भयानक प्रकोप पूर्वी उत्तर प्रदेश में आया। सत्यप्रकाश दूसरों को बचाने के प्रयत्न में स्वयं हैजे के शिकार हुए, और जगतप्रकाश स्तब्ध-सा रह गया अपने पिता की इस आकस्मिक मृत्यु से। लेकिन अनुराधा पर मानो पिता की मृत्यु का कोई खास असर न पड़ा हो। अपने छोटे भाई से उसने पिता का क्रिया-कर्म करवाया, पूरी तौर से उसने पिता के अन्त्येष्टि-संस्कार पर खर्च भी किया। चौदह वर्ष का बालक जगतप्रकाश भारी मन और उदास भाव से मशीन की भाँति सब कुछ कर रहा था। उसकी समझ में न आ रहा था कि यह सब क्यों हो गया, कैसे हो गया। चौबीस-पच्चीस

क्रम

सीधी-सच्ची बातें

ISBN : 978-81-7178-994-8

मूल्य : ₹1395

पहला संस्करण : 1968
दसवाँ संस्करण : 2016
This book is printed on **Print on Demand** Technology : 2024

प्रकाशक : राजकमल प्रकाशन प्रा.लि.
1-बी, नेताजी सुभाष मार्ग, दरियागंज
नई दिल्ली-110 002
शाखाएँ : अशोक राजपथ, साइंस कॉलेज के सामने, पटना-800 006
पहली मंजिल, दरबारी बिल्डिंग, महात्मा गांधी मार्ग, प्रयागराज-211 001
1, अनमोल सोराबजी संतुक लेन, धोबी तलाव, मरीन लाइंस, मुम्बई-400 002
वेबसाइट : www.rajkamalprakashan.com
ई-मेल : info@rajkamalprakashan.com

Printed at : Rajkamal Prakashan P.Ltd.

SIDHI SACHCHI BATEN
Novel by Bhagwaticharan Verma

सीधी-सच्ची बातें

भगवतीचरण वर्मा

राजकमल प्रकाशन

वर्ष की अनुराधा और भी अधिक कठोर बन गई थी। उसकी आँखें सूखी थीं, उसके दाँत भिंचे हुए थे। जो कुछ सामने आता है उसे स्वीकार करना पड़ेगा, हँसकर या रोकर, उससे कोई छुटकारा नहीं। एक रास्ता बन्द हुआ तो दूसरा रास्ता बनाना पड़ेगा। जब तक वह ज़िन्दा है तब तक वह हार नहीं मानेगी।

जून के अन्तिम सप्ताह में हाई स्कूल का परीक्षाफल निकला और जगतप्रकाश को प्रदेश में चौथा स्थान मिला। परीक्षाफल पाकर जगतप्रकाश के मन में किसी प्रकार की प्रसन्नता नहीं हुई, जैसे उसके मन में किसी तरह का उत्साह ही न रह गया हो। एक महीना पहले ही तो उसके पिता की मृत्यु हुई थी। लेकिन अनुराधा का मन अभिमान से भर गया, एक अजीब तरह का उल्लास और पुलक उसमें जाग उठा था। उसने देवी-देवताओं पर प्रसाद चढ़ाया, और रात के समय अपने भाई के पास बैठकर जगतप्रकाश के आगे पढ़ने की योजना बनाई। वह जगतप्रकाश को सबसे ऊँचे अफसर के रूप में देखना चाहती थी जिससे सब लोग डरें, जिसके आगे दुनिया झुके। अनुराधा ने सुन रखा था कि ऊँची शिक्षा का सबसे बड़ा केन्द्र इलाहाबाद है, और अनुराधा ने जगतप्रकाश से आग्रह किया कि वह इलाहाबाद जाकर पढ़े। उसे हाई स्कूल की छात्रवृत्ति मिलेगी, बाकी खर्चा वह किसी-न-किसी तरह नियमित रूप से भेजती रहेगी। जगतप्रकाश ने बहुत आनाकानी की, लेकिन अनुराधा अपने संकल्प पर ज़िद पकड़ गई। अनुराधा ने अब उसके पिता का स्थान भी तो ले लिया था।

जगतप्रकाश में उसके पिता की सात्विक प्रवृत्तियाँ थीं। वह सच्चरित्र था और मितव्ययी भी। एक हफ्ते बाद ही वह इलाहाबाद चला गया और गवर्नमेंट कॉलेज में भरती हो गया। अनुराधा उसे नियमित रूप से बीस रुपया महीना मनीआर्डर से भेज देती थी और छात्रवृत्ति के रुपयों की सहायता से उसका काम आसानी से चल जाता था।

इंटरमीडिएट में जगतप्रकाश को दूसरा स्थान मिला और उसने प्रयाग विश्वविद्यालय में प्रवेश किया। वहाँ भी उसे छात्रवृत्ति मिली। बी.ए. में वह प्रथम आया और इसके बाद अर्थशास्त्र लेकर प्रथम श्रेणी में एम.ए. पास किया। उसके प्रोफेसर ने उसे रिसर्च स्कॉलरशिप दिलवाकर रिसर्च विभाग में ले लिया, क्योंकि उस समय अर्थशास्त्र विभाग में प्राध्यापक की कोई जगह खाली नहीं थी। दो साल बाद जब जगह खाली होगी, वह उसे प्राध्यापक बना लेंगे। जब तक उसकी डॉक्टरेट के लिए थीसिज़ भी तैयार हो जाएगी।

अगले साल उसकी थीसिज़ पूरी हो जाएगी और डेढ़ साल बाद—यानी अगस्त सन् 1940 तक उसको यूनिवर्सिटी में नौकरी भी मिल जाएगी। थीसिज़ के लिए खोज में उसका मन लग गया था। वह किसी पाश्चात्य विश्वविद्यालय में जाकर और अधिक ठोस काम करना चाहता था। लोगों ने उसे बतलाया कि अर्थशास्त्र में बर्लिन विश्वविद्यालय अद्वितीय है। अपने शोध-कार्य के साथ-साथ वह जर्मन और फ्रेंच भाषाएँ भी सीख रहा था। वह अच्छा भाषाशास्त्री न था, इसलिए इन दो भाषाओं को सीखने में उसे काफी परिश्रम भी करना पड़ता था।

जगतप्रकाश ने अनुराधा का पत्र खोला और उसने वह पत्र पढ़ना आरम्भ किया। उस समय उसे लग रहा था जैसे उसकी बड़ी बहन अनुराधा उसके सामने खड़ी हुई उससे बातें कर रही है नपे-तुले शब्दों में। इस बार आम में अच्छा बौर आया है दो गायें और बढ़ा ली हैं उसने। मकान के पीछे उसने एक पक्की कोठरी बनवाकर छवा ली है, बड़ी ठंडी और आरामदेह रहेगी वह गर्मियों में। एक बार उसे गर्मियों में महोना आना ही पड़ेगा, उसे महोना में किसी तरह का कष्ट नहीं होगा। महोना में रहकर वह लिख-पढ़ सकता है। अगर उसे रुपयों की ज़रूरत हो तो वह लिख दे, अनुराधा उसे रुपए भेज देगी। और जगतप्रकाश जो अपनी छात्रवृत्ति बचाकर उसे पच्चीस रुपया महीना भेजता है, वे वैसे-के-वैसे रखे हैं। आगे से वह घर में रुपया न भेजे, घी, दूध फलों पर वह यह रुपया खर्च करे, अच्छे-अच्छे कपड़े बनवा ले, आदि-आदि।

जगतप्रकाश पत्र पढ़ता जाता था और मुस्कराता जाता था, ठीक उसी तरह जिस तरह अनुराधा का उपदेश सुनने के समय वह मुसकराया करता था। तभी उसका ध्यान स्टोव पर चढ़े हुए पानी पर गया जो उबल रहा था। अनुराधा का पत्र उसने तकिए के नीचे रख दिया, रात के समय वह उस पत्र का उत्तर लिखेगा। जिस दिन उसे अनुराधा का पत्र मिलता था, उसी दिन रात के समय वह उस पत्र का उत्तर लिख देता था, नियमित रूप से। और फिर उसने चाय बनाकर पी। चाय का प्याला मेज़ पर रखकर उसने घड़ी देखी—चार बज रहे थे।

मौसम काफी सुहावना था, सर्दी समाप्त हो गई थी, लेकिन गर्मी पड़नी अभी आरम्भ नहीं हुई थी। उस दिन दोपहर के समय ही उसे अपनी छात्रवृत्ति मिली थी, मार्च की पाँचवीं तारीख थी न ! और वह सोच रहा था कि बाज़ार जाकर अपने लिए गर्मी के कपड़े खरीदकर सिलने को दे दे। शाम के समय सर्दी बढ़ जाती है, सूती कपड़े उतारकर वह ऊनी कपड़े पहनने लगा। तभी उसके कमरे का दरवाज़ा खुला। चौंककर उसने दरवाज़े की ओर देखा, कमलाकान्त खड़ा मुस्करा रहा था। उसे कमलाकान्त का स्वर सुनाई पड़ा, "तो चाय पी चुके ! बड़ी जल्दी की !"

"जल्दी तो नहीं की, तुम्हीं को देर हो गई है आने में। तुम्हारे लिए चाय टी-पॉट में रखी है।" उसने टी-पॉट की ओर इशारा किया, "चाय बना लो, तब तक मैं कपड़े बदल लूँ। चौक जाना है कपड़े खरीदने के लिए। चलो, तुम्हारा कोई दूसरा कार्यक्रम तो नहीं है ?"

अपने लिए चाय बनाते हुए कमलाकान्त ने कहा, "अरे हाँ, अच्छी याद दिलाई, मुझे भी चौक चलकर खादी भंडार से अपने लिए दो सेट खादी के कपड़े खरीदने हैं।"

आश्चर्य के साथ जगतप्रकाश ने कमलाकान्त को देखा, "खादी के कपड़ों के दो सेट तुम अपने लिए लोगे ? दिमाग तो ठीक है, आखिर बात क्या है ?"

कमलाकान्त हँस पड़ा, "न कोई खास बात है और न मेरा दिमाग खराब है। बात यह है कि बहुत दिनों से सोच रहा था कि खादी पहनना शुरू कर दूँ, मौके की तलाश में था कि कब यह पुण्य कार्य आरम्भ किया जाए। तो वह मौका भी आखिर आ

पहुँचा।" फिर किंचित् गम्भीर होकर वह बोला, "आज 5 मार्च है न ! 7 मार्च से त्रिपुरी कांग्रेस का सेशन आरम्भ हो रहा है। कल रात की गाड़ी से जबलपुर जाना है। वहाँ जाने के लिए कपड़े लेने हैं। तो मुझे तुमसे कहना है कि तुम भी मेरे साथ जबलपुर चलो।"

जगतप्रकाश ने उत्तर दिया, "तुम तो जानते हो कि मुझे राजनीति में ज़रा भी रुचि नहीं है। त्रिपुरी जाने का मतलब है, समय की बरबादी, रुपयों की बरबादी। तो मुझे तो बख्शो।"

चाय का प्याला अपने होंठों से लगाकर कमलाकान्त कुछ क्षणों तक जगतप्रकाश को देखता रहा। चाय खत्म करके बोला, "समय की बरबादी, रुपयों की बरबादी। और इन दो बरबादियों के ऊपर दो बरबादियाँ और हैं, जीवन की बरबादी, मनुष्य की बरबादी। चारों तरफ बरबादी-ही-बरबादी दीखेगी। इस कमरे में बन्द, किताबों से चिपके हुए, जीवन और गति से दूर नहीं, विमुख। पता नहीं इसे तुम अपने अन्दरवाले मनुष्य की बरबादी कहोगे या नहीं, तुम इसे अपने जीवन की बरबादी समझोगे या नहीं ?"

उत्तर जैसे जगतप्रकाश के पास तैयार था, "जो चीज़ मेरे जीवन में नहीं है, उसमें रुचि लेना; मैं तो इसे जीवन की बरबादी समझता हूँ। राजनीति के मायाजाल में फँसकर मैं अपने मार्ग से हट जाऊँ, अपने जीवन का लक्ष्य छोड़ दूँ, यह तो मुझे युक्तिसंगत नहीं दीखता, यह करना मेरे जीवन की बरबादी का रास्ता अपनाना होगा। नहीं कमलाकान्त, मैं जबलपुर नहीं जाऊँगा; मुझे अपने जीवन की तैयारी करनी है। मैंने अपना एक रास्ता बना लिया है, उसी रास्ते पर चलकर मुझे सफलता प्राप्त करनी है।"

कमलाकान्त ने उठते हुए कहा, "पता नहीं गुलाम का कोई अपना निजी रास्ता होता है, अपना निजी जीवन होता है ! तुम अर्थशास्त्र में डॉक्टरेट ले रहे हो, शायद विदेश जाकर तुम वहाँ से भी अधिक महत्त्वपूर्ण डॉक्टरेट लोगे। लेकिन उसके बाद ? तुम किसी विश्वविद्यालय में नौकरी करोगे, विदेशों से उधार लिए हुए अर्थशास्त्र के इन सिद्धान्तों को तुम अन्य भारतीय विद्यार्थियों पर आरोपित करोगे। और तुम्हारा अर्थशास्त्र का यह ज्ञान सच्चा है या झूठा है, तुम्हें इस बात को परखने का मौका नहीं मिलेगा, क्योंकि तुम्हारे देश की अर्थव्यवस्था विदेशियों के हाथ में है। जो गुलाम है उसका न कोई व्यक्तित्व है, न कोई जीवन है। उसका समस्त ज्ञान व्यंग्य है, उसकी समस्त भावना कुंठाग्रस्त है।" कमलाकान्त ने जगतप्रकाश के साथ कमरे से निकलते हुए कहा, "मैं कहता हूँ जगतप्रकाश, अपने से ऊपर उठकर या फिर यह कहना अधिक ठीक होगा कि अपने को इस विवशता की स्थिति से कुछ समय के लिए ऊपर उठाकर बाहर के जीवन को देखो, उसे समझो और पहचानो। मैं तुमसे कह रहा हूँ कि त्रिपुरी का यह अधिवेशन बहुत महत्त्वपूर्ण होगा।"

जगतप्रकाश ने अपने कमरे में ताला लगाया और दोनों होस्टल के बाहर निकले। जगतप्रकाश ने कमलाकान्त की बात का कोई जवाब नहीं दिया, वह कुछ सोचता हुआ अपने साथी को बड़े ध्यान से देख रहा था। चाइना सिल्क का कीमती सूट पहने हुए

यह कमलाकान्त, जिसके मुँह से कीमती सिगरेट लगी हुई थी, जो तीन साल से यूनिवर्सिटी में रिसर्च कर रहा था लेकिन जिसकी थीसिज़ अभी आधी भी नहीं हो पाई थी, जिसके पिता इटावा ज़िले के एक बहुत बड़े ज़मींदार थे और वह अपने लड़के को दो सौ रुपया महीना पढ़ने के लिए या मौज करने के लिए भेज दिया करते थे, वह कमलाकान्त यह सब कह रहा था, शायद उसे यह सब कहना शोभा भी देता था। यूनिवर्सिटी रोड के चौराहे पर एक ताँगा खड़ा था। जगतप्रकाश से कमलाकान्त ने कहा, "चलो, यहीं पर ताँगा मिल गया था, कटरा तक पैदल नहीं चलना पड़ा।" और दोनों ताँगे पर बैठ गए। ताँगा चल रहा था और कमलाकान्त कह रहा था, "जगत, मैं तुमसे आग्रह करता हूँ कि तुम मेरे साथ जबलपुर चलो। खर्च की कोई चिन्ता न करना, मैं तुम्हें अपने साथ लिए चल रहा हूँ। तुम मेरे अतिथि के रूप में रहोगे। आज देश एक भयानक बेहोशी की हालत में पड़ा है, कहीं कोई जीवन नहीं नज़र आता। प्रान्तों में भारतीयों को मिनिस्टर बना दिया गया है, लेकिन यह सब ढोंग है। सत्ता तो इन प्रान्तों के अंग्रेज़ गवर्नरों के हाथ में है जो ब्रिटिश नौकरशाही के प्रमुख हैं। और ये हिन्दुस्तानी मिनिस्टर ! ये ब्रिटिश साम्राज्यवाद को अतिशय शक्तिशाली बनाने के लिए साधन-भर हैं, ये लोग निरे गुलाम हैं जिन्हें ब्रिटिश सरकार के बतलाए हुए रास्तों पर चलना है। ये कांग्रेस सरकारें ! ये मखौल हैं !"

जगतप्रकाश को कमलाकान्त की बातों में मज़ा आने लगा था, उसने कहा, "लेकिन देश में स्वतन्त्रता-संग्राम चलानेवाली एकमात्र संस्था तो यहाँ कांग्रेस है, और कांग्रेस ही ब्रिटिश साम्राज्यवाद की कठपुतली बन गई तो देश की स्थिति नितान्त निराशाजनक हो जाएगी। मैं तो समझता हूँ कि महात्मा गांधी के नेतृत्व में कांग्रेस ब्रिटिश साम्राज्यवाद के हाथ में कठपुतली नहीं बन सकती।"

कमलाकान्त मुसकराया, "तुम ही नहीं, देश के करोड़ों आदमी ऐसा समझते हैं, और इसीलिए देश की नवीन चेतना कुंठित और रुद्ध हो रही है। गांधी के दो बड़े आन्दोलनों से हमें मिला कुछ भी नहीं, बल्कि एक बहुत बड़ा विग्रह देश में आ गया है। जगतप्रकाश, इतना समझ लो कि हमारा वर्तमान नेतृत्व ह्रासोन्मुख है; मनुष्य की बढ़ती हुई उम्र के साथ उसका विकास रुक जाता है। गांधी का काम पूरा हो चुका, अब गांधी के नेतृत्व में देश उन्नति नहीं कर सकता। देश का नेतृत्व किसी जवान आदमी के हाथ में आना चाहिए। त्रिपुरी कांग्रेस में चलकर हमें यह देखना है कि क्या यह देश का नेतृत्व जवान आदमियों के हाथ में आएगा या उन्हीं बूढ़े लोगों के हाथ में रहेगा जो थके-हारे हैं, जिनकी आन्तरिक प्रेरणा समाप्त हो चुकी है, जो अपने को किसी तरह से घसीट रहे हैं, जिनमें सोचने-समझने की शक्ति क्षीण होती जा रही है, या फिर उस युवा नेताओं के हाथ में है जिनकी जीवनी-शक्ति उन्हें लड़ने को प्रेरित कर रही है, जो युग की गतिविधियों के साथ हैं।"

"लेकिन हमारे देश में यह नवीन नेतृत्व है कहाँ ?" जगतप्रकाश ने पूछा, "युवा नेताओं में जवाहरलाल नेहरू का नाम लिया जा सकता है, और जवाहरलाल, समाजवादी

हैं, उनके इर्द-गिर्द नवयुवक नेताओं का जमाव है। लेकिन जवाहरलाल का निर्माण महात्मा गांधी के हाथों हुआ है। क्या जवाहरलाल नेहरू गांधी को अलग हटाकर देश का नेतृत्व अपने हाथों में ले सकते हैं ? कम-से-कम मुझे तो ऐसी आशा नहीं है।''

ताँगा अब एल्फ्रेड पार्क पार कर चुका था। कमलाकान्त ने दूसरी सिगरेट सुलगाई, ''नहीं, जवाहरलाल नेहरू से देश को कोई आशा नहीं रखनी चाहिए, जवाहरलाल गांधी का मानसपुत्र है, लोग यह जानते हैं—यह मानसपुत्र और मानसिक गुलाम एक ही है।'' कमलाकान्त मुसकराया, ''जो गुलाम है वह भला स्वतन्त्रता-संग्राम किस तरह चलाएगा ? नहीं, जवाहरलाल का प्रश्न नहीं है मेरे सामने। देश ने अपना नेता अनजाने ही चुन लिया है। वह नेता है सुभाषचन्द्र बोस। त्रिपुरी कांग्रेस चलकर यह देखना है कि क्या वास्तव में सुभाष के पास इतनी शक्ति और क्षमता है कि वह गांधी को अलग हटाकर उसका स्थान ले सके ?''

इस बार जगतप्रकाश के मुस्कराने की बारी थी, ''या देश में इतनी चेतना है कि वह गांधी को हटाकर सुभाष को अपना नेता मान ले। कमलाकान्त, सुभाष बाबू कांग्रेस के सभापति इस बार जो चुन लिए गए वह गांधी की असावधानी के कारण। सुभाष के चुनाव से यह न समझ लेना चाहिए कि देश ने महात्मा गांधी के नेतृत्व को छोड़ दिया है। महात्मा गांधी मृत्युपर्यन्त देश के नेता रहेंगे, क्योंकि उनके पास अहिंसा का सत्य है, और अहिंसा ही हमारे देश को बचा सकती है। हिंसा का मार्ग अपनाकर देश असफलता का मार्ग अपना लेगा।''

कमलाकान्त ने गौर से जगतप्रकाश को देखा, ''क्या तुम वास्तव में ऐसा समझते हो ? क्या तुम अहिंसा पर विश्वास करते हो ?''

जगतप्रकाश ने गम्भीर होकर कहा, ''मैं क्या समझता हूँ या किस चीज़ पर मेरा विश्वास है यह मैं नहीं जानता, क्योंकि मैंने कभी इन प्रश्नों पर सोचा नहीं। लेकिन देश की जो हालत है, जिस अज्ञान और जिस आन्तरिक विद्वेष को हम युग-युग से अपने अन्दर समेट रहे हैं, जिस घृणा और भेदभाव की नींव पर हमारा समाज कायम है, उसमें हिंसा की नीति अपना लेने से बहुत बड़ा विस्फोट हो सकता है। देश के कोटि-कोटि प्राणी इस विस्फोट के लिए तैयार नहीं हैं।''

ताँगा अब चौक पर पहुँच गया था। ताँगे से उतरकर कमलाकान्त ने ताँगेवाले का किराया चुकाया, इसके बाद वह जगतप्रकाश के साथ खादी भंडार की ओर बढ़ा। लोगों की भीड़ लगी हुई थी वहाँ पर। त्रिपुरी कांग्रेस में जाने की तैयारी में अनगिनत लोग खादी के कपड़े खरीदने के लिए दुकान पर आ रहे थे। जवान-बूढ़े, अमीर-गरीब सभी थे वहाँ, और जगतप्रकाश ने कहा, ''उफ, कितनी भीड़ है ! क्या ये सभी लोग त्रिपुरी कांग्रेस जाएँगे ?''

''हाँ, ये सब लोग त्रिपुरी कांग्रेस जाएँगे, क्योंकि एक बहुत बड़ा यज्ञ हो रहा है वहाँ पर। देश के भाग्य को बनानेवाली शक्तियाँ एकत्रित हो रही हैं वहाँ और उस यज्ञ को देखने या उसमें भाग लेने के लिए देश के कोने-कोने से लोग इकट्ठा होंगे।''

कमलाकान्त काउंटर की ओर बढ़ा। दो खादी की धोतियाँ, और अपने नाप के दो खादी के कुरते उसने निकलवाए। इसके बाद उसने जगतप्रकाश के लिए दो धोतियाँ और दो कुरते निकालने को कहा।

जगतप्रकाश ने विरोध किया, "मैं नहीं चल रहा हूँ त्रिपुरी, मेरे लिए ये कपड़े क्यों निकलवा रहे हो ?"

"तुम चल रहे हो मेरे साथ !" दृढ़ आवाज़ में कमलाकान्त ने कहा, "तुमने जितनी बातें कही हैं वे सब तर्कपूर्ण हैं, लेकिन तुम्हारा तर्क अधूरा है मेरे मत से। हम दोनों ही त्रिपुरी चलेंगे, वहाँ ठहरने की व्यवस्था की ज़िम्मेदारी मुझ पर। मैंने कहा न कि मैं तुम्हें अपने साथ त्रिपुरी लिए चल रहा हूँ। चीज़ों को पढ़कर जानने और उन्हें देखकर जानने में बड़ा फर्क होता है। मेरा आग्रह अस्वीकार न करो !"

और जैसे जगतप्रकाश में कमलाकान्त के आग्रह को अस्वीकार करने की शक्ति न रही हो। "अच्छी बात है, मैं चलूँगा तुम्हारे साथ। दो धोतियाँ, दो कुरते, दो गांधी टोपियाँ और इसके बाद एक जवाहर जैकेट। इतने कपड़े मैं अभी लिए लेता हूँ, बाकी कपड़े जबलपुर से लौटकर खरीदूँगा।"

जगतप्रकाश जब चौक से लौटकर अपने कमरे में आया, वह स्वयं अपने ऊपर आश्चर्य कर रहा था। कितनी आसानी से कमलाकान्त ने उसे त्रिपुरी चलने को राजी कर लिया था। लेकिन शायद यह सौदा महँगा नहीं था। दो साल के पहले यूनिवर्सिटी में उसकी थीसिज़ स्वीकार नहीं होगी। तीन-चौथाई काम उसने कर लिया था और अभी सवा साल का समय उसे काटना था। यह समय त्रिपुरी में बिताया जा सकता है, यह समय महोना में बिताया जा सकता है, यह समय इलाहाबाद में बिताया जा सकता है। और तभी उसने प्रथम बार यह अनुभव किया कि इधर उसने अपने अध्ययन में कुछ आवश्यकता से अधिक परिश्रम किया है, उसे कुछ विश्राम की आवश्यकता है, शारीरिक नहीं मानसिक विश्राम की और यह मानसिक विश्राम शायद उसे जबलपुर में मिल जाए।

रात में खाना खाकर उसने अनुराधा को पत्र लिखा। वह मई के तीसरे सप्ताह में महोना आएगा और जुलाई के दूसरे सप्ताह तक वह महोना में रहेगा। उसकी बहन कितनी प्रसन्न होगी यह खबर पाकर ! और उसने अपनी बहन को यह भी लिख दिया कि वह दूसरे दिन एक सप्ताह के लिए जबलपुर जा रहा है तो उसके पत्र लिखने में विलम्ब हो सकता है। और उसने अनुराधा को आदेश दिया था कि वह पिछले कमरे का फर्श पक्का सीमेंट का बनवा ले—पचास रुपए वह भेज रहा है।

सुबह जब वह सोकर उठा तो उसे याद आया कि रात के समय उसे कमलाकान्त के साथ जबलपुर जाना है। उसने अपनी बहन के नाम पचास रुपए मनीआर्डर से भेज दिए, फिर उसने जबलपुर चलने के लिए अपना सामान ठीक किया। उस दिन पढ़ने में उसका मन नहीं लगा, उसके मन की धारा ही बदल गई थी। चाय पीकर वह कमलाकान्त के कमरे में पहुँचा। कमलाकान्त के कमरे में उस समय दो व्यक्ति बैठे हुए उससे बातें कर रहे थे। इन दोनों व्यक्तियों को जगतप्रकाश ने पहले कभी नहीं देखा

था। जगतप्रकाश कमरे के बाहर ठिठक गया और तभी कमलाकान्त ने उठकर जगतप्रकाश से कहा, ''चले आओ—इन दोनों से तुम्हारा परिचय करा दूँ। यह हैं श्री जसवन्त कपूर और यह दिल्ली के सिटी कॉलेज में राजनीतिशास्त्र के लेक्चरर हैं। इनके पिता अमृतसर के सबसे बड़े कपड़े के थोक व्यापारी हैं। और यह हैं श्री त्रिभुवनदास मेहता। इनके पिता की बम्बई में विलायती मशीनों की तथा बिजली के सामान की ऑल इंडिया एजेंसी है। अपनी फर्म की कानपुर में एक शाखा इन्होंने खोली है और वहाँ का कामकाज यह सँभाल रहे हैं।'' और फिर इन दोनों की ओर घूमकर उसने कहा, ''यही श्री जगतप्रकाश हैं, जिन्हें अपने साथ जबलपुर चलने को मैंने राजी किया है। अर्थशास्त्र में यह इस विश्वविद्यालय में रिसर्च कर रहे हैं।''

जसवन्त कपूर दुबला-सा कोमल शरीरवाला युवा था। लेकिन उसके मुख पर एक प्रकार की दृढ़ता थी। गोरा-सा आदमी, सुन्दर आकृति और उसके व्यक्तित्व में एक प्रकार का आकर्षण। खादी का चूड़ीदार पाजामा और महीन खादी का कुरता और उसके ऊपर खादी सिल्क की शेरवानी। खादी की गांधी टोपी मेज़ पर रखी हुई थी। उसके हाथ में सोने की घड़ी थी और स्टेट एक्सप्रेस सिगरेट का टिन उसके सामनेवाली मेज़ पर रखा था। जसवन्त की उम्र प्रायः सत्ताईस-अट्ठाईस साल की रही होगी।

त्रिभुवनदास मेहता भरे बदन का नाटा-सा आदमी था और उसकी अवस्था प्रायः पच्चीस वर्ष की रही होगी। उसका मुख गोल, आँखें बड़ी-बड़ी और रंग साँवले से कुछ खुलता हुआ था। वह खादी की महीन धोती और सिल्क का कुरता पहने था, उसके ऊपर पश्मीने की जवाहर जैकेट थी। सफेद गांधी टोपी उसके सर पर थी। जसवन्त कपूर ने उठकर जगतप्रकाश से हाथ मिलाया, ''आपसे मिलकर बड़ी प्रसन्नता हुई, और मुझे इस बात से बड़ा सन्तोष है कि आप हम लोगों के साथ जबलपुर चल रहे हैं। हम लोगों को—यानी हम नौजवानों को इन बूढ़े और थके हुए लोगों के हाथ से नेतृत्व ले लेना चाहिए। आज देश का नेता सुभाषचन्द्र बोस है, कांग्रेस ने उसे चुना है, और हम लोगों को अपना पूरा सहयोग सुभाष बाबू को देना चाहिए, यद्यपि सुभाष की नीतियों से मैं व्यक्तिगत रूप से सहमत नहीं हूँ।''

त्रिभुवन मेहता मुसकराया, और जगतप्रकाश को त्रिभुवन की मुस्कराहट कुछ मीठी-सी लगी, ''सुभाष की असली नीति क्या होगी, इसका पता तो हम लोगों को तब लगेगा जब कांग्रेस की पूरी सत्ता सुभाषचन्द्र बोस के हाथ में आ जाए। अभी तक तो वह गांधी के दबाव में रहा है, इस बार वह गांधी की इच्छा को ठुकराकर अपने बल पर कांग्रेस का प्रेसीडेंट बना है और अब वह स्वतन्त्र रूप से अपनी नीतियों को अमल में ला सकेगा। असल में हम लोगों का विरोध गांधीजी की पूँजीवादी और प्रगति की परम्परा से है। हमें अपने देश में समाजवादी नेतृत्व चाहिए, लेकिन समाजवादी नेतृत्व को कायम करने के लिए हमें गांधी के हाथ से नेतृत्व छीनना पड़ेगा। पता नहीं सुभाष बाबू समाजवाद का प्रवर्तन करने में विश्वास करते हैं या नहीं, लेकिन सुभाष का विश्वास हिंसा में तो नहीं है। हमें अहिंसा के कायरता से भरे वातावरण से निकलना है।''

जगतप्रकाश आश्चर्य के साथ इन लोगों को देख रहा था। ये लोग हिंसा को अपनाने का दम भर रहे थे, ये लोग समाजवाद की हिमायत कर रहे थे—ये जो अच्छा खाते थे, जो अच्छा पहनते थे, जो सम्पन्न थे, अमीरी में पले थे। जगतप्रकाश को अपनी ओर आश्चर्य से देखते हुए देखकर जसवन्त कपूर मुसकराया, "मैं बतला सकता हूँ जगतप्रकाशजी, कि आप क्या सोच रहे हैं। आप सोच रहे हैं कि हम लोग जो नगरों में ऐश-आराम की ज़िन्दगी बिता रहे हैं, हम लोग इस तरह की अनाप-शनाप बातें क्यों कर रहे हैं।" वह अब उन्मुक्त भाव से हँस पड़ा, "हम बातें इसलिए करते हैं कि हम कर कुछ नहीं सकते। आपको यह जानकर शायद आश्चर्य होगा कि हम लोग यानी त्रिभुवन मेहता और मैं समाजवादी हैं। कमलाकान्त अभी तक पूरी तौर से समाजवादी तो नहीं बन सके, लेकिन बड़ी तेज़ी के साथ हमारी विचारधारा को अपना रहे हैं, क्योंकि यह ठीक उसी तरह सोचने लगे हैं जिस तरह हम लोग सोचते हैं। आप पढ़े-लिखे समझदार आदमी हैं, तो मैं समझता हूँ कि आप भी कुछ समय बाद हमारी ही तरह सोचने लगेंगे।" और यह कहकर जसवन्त कपूर उठ खड़ा हुआ। उसने कमलाकान्त से कहा, "मामाजी से कह दिया है कि हम लोगों को त्रिवेणी का स्नान करा लाएँ, खास तौर से इन त्रिभुवनदास मेहता को, क्योंकि इनके पापों का अम्बार इन दिनों बहुत बढ़ता जा रहा है। मामाजी हम लोगों की प्रतीक्षा कर रहे होंगे। चलो त्रिभुवन भाई !"

"यह क्या साला गंगा-वंगा नहाकर होगा ! अपने को इस सबमें विश्वास नहीं। लेकिन यह जसवन्त कपूर हम लोगों को गंगा नहलाने पर तुल गया है। तो त्रिवेणी भी नहा लेंगे हम लोग। चल भाई जसवन्त !" और त्रिभुवन मेहता उठ खड़ा हुआ। कमरे के बाहर निकलते हुए जसवन्त कपूर ने कमलाकान्त से कहा, "हम सब लोग इंटर क्लास में चलेंगे। हम लोग चार और कुलसुम बेन तथा मालती बेन। तो कुल छह हुए। हम इंटर क्लास के एक पूरे कम्पार्टमेंट पर कब्ज़ा जमा लेंगे। तुम लोग गाड़ी छूटने के आध घंटे पहले आ जाना !"

जसवन्त कपूर और त्रिभुवन मेहता के जाने के बाद जगतप्रकाश ने कमलाकान्त से कहा, "मुझे यह पता नहीं था कि तुम्हारे साथ ये लोग भी चल रहे हैं। काफी प्रगतिशील हैं ये लोग। हम चार और हमारे साथ दो लड़कियाँ, और हम लोग एक ही कम्पार्टमेंट में।"

"जी हाँ, और ये दोनों लड़कियाँ बम्बई के ऊँचे खानदानों की, एम.ए. पास। यही नहीं, कुलसुम के पिता जमशेद कावसजी की कपड़े की दो मिलें हैं और मालती के पिता की जहाज़ों की एक कम्पनी है। लेकिन ये दोनों लड़कियाँ स्वतन्त्र विचारों वाली हैं, इन दोनों में ही जीवन-शक्ति है। मैं पहले कभी इन दोनों से नहीं मिला हूँ, लेकिन त्रिभुवन मेहता से मैंने इनके सम्बन्ध में काफी सुना है।"

जगतप्रकाश कुछ देर तक कुछ सोचता रहा, फिर एक झटके के साथ उसने अपना सिर हिलाया, "मुझे क्षमा करना कमलाकान्त, मैं तुम लोगों के साथ न चल सकूँगा।" यह कहकर वह दरवाज़े की ओर मुड़ा।

कमलाकान्त ने जगतप्रकाश का हाथ पकड़ लिया, "क्यों, क्या बात है ? यह तुम्हें हो क्या गया है ?"

"कुछ नहीं, लेकिन मैं तुम लोगों के साथ नहीं चलूँगा। मैं तुम लोगों के समाज से दूर, बहुत दूर का आदमी हूँ। तुम लोगों के धन, वैभव, सम्पन्नता, क्या नहीं है, जबकि मैं अभाव से ग्रस्त, जीवित रहने के संघर्षों में रत निम्न-मध्यवर्ग का एक साधारण-सा प्राणी हूँ। तुम लोगों के साथ रहने में, उठने-बैठने में मुझे शर्म आती है। मैं तुम लोगों के समाज में घुल-मिल नहीं सकूँगा।"

"बस इतनी-सी बात !" कमलाकान्त ने कहा, "तो तुम इतना समझ लो कि हम लोग उस समाज की व्यवस्था के समर्थक हैं जिसमें ऊँच-नीच की भावना न हो, जहाँ सम्पन्नता का गर्व न हो, अभाव की कुंठा न हो। मेरे ये साथी—इन्हें तुमने देखा है। कहीं भी अलगाव की भावना दिखी इन लोगों में तुम्हें ? हम सब इस देश में समाजवादी व्यवस्था कायम करना चाहते हैं, हम सब वर्गभेद मिटाना चाहते हैं। तुम्हें इन लोगों से मिलने-जुलने में संकोच नहीं होना चाहिए, बिना तुम्हारे जैसे आदमियों के सहयोग के हमारा प्रयत्न सफल नहीं हो सकता। तुम्हें हम लोगों के साथ चलना होगा।"

जगतप्रकाश ने कमलाकान्त की बात का कोई उत्तर नहीं दिया, चुपचाप वह बाहर के लॉन की ओर देख रहा था और कमलाकान्त कहता जा रहा था, "तुम स्वयं देखोगे चलकर वहाँ। यह कांग्रेस, समता और वर्गहीनता का ढिंढोरा पीटनेवाली यह कांग्रेस—यह ढोंग की नींव पर खड़ी है, क्योंकि यह बनिया की अहिंसा और कायरता पर पनप रही है। अहिंसा और कायरता—ये दोनों पर्यायवाची शब्द हैं, और इनका एक तीसरा पर्यायवाची शब्द है—पूँजी। मनुष्य में हिंसा एक स्वाभाविक प्रवृत्ति है, यह हिंसा मनुष्य में हमेशा से रही है और हमेशा रहेगी। यह हिंसा मिट नहीं सकती, इसकी धारा-भर बदली जा सकती है। और गांधी की अहिंसा के सिद्धान्त से यह मनुष्य के अन्दरवाली हिंसा, पूँजी की हिंसा में बदल रही है जहाँ मानव का रक्त ही बिना उस रक्त को देखे हुए चूस लिया जाता है। तुम हमारे साथ चलो, तुम हमारा साथ दो। हम लोगों को अहिंसा के इस ढोंग को तोड़ना है। वैसे मैं तुम्हें इस बात पर ज़ोर नहीं दूँगा कि तुम हम लोगों के दल में सम्मिलित ही हो जाओ। तुम केवल हमारे इस संघर्ष को देखते रहना और इस पर मनन करना। हमारे कार्यक्रम में अगर तुम्हें कोई त्रुटि दिखे तो तुम मुझे बतला देना, यदि तुम्हें हम लोगों का कार्यक्रम या हम लोगों की विचारधारा गलत लगे तो तुम तत्काल हमारा साथ छोड़ देना।"

"यह सब बाद में भी किया जा सकता है कमलाकान्त, इस बार मुझे क्षमा करो। चलने की तबीयत नहीं होती।"

"यह तुम नहीं बोल रहे हो, तुम्हारे अन्दरवाली कायरता और हीन-भावना बोल रही है। इस कायरता और हीन-भावना को तुम्हें दूर करना होगा। त्रिभुवन मेहता ने हम लोगों के टिकट ले लेने का वादा कर लिया है, तुम अगर न चलोगे तो एक टिकट बेकार जाएगा। फिर वे लोग तुम्हारे सम्बन्ध में क्या सोचेंगे ? अभी थोड़ी देर पहले उन लोगों

के सामने तुम चलने को तैयार थे, तुमने किसी तरह का इनकार नहीं किया था। इतनी जल्दी तो कार्यक्रम नहीं बदला जाता। तुम तो बुद्धि पर विश्वास करनेवाले प्राणी हो, क्षणिक आवेश के वशीभूत तुम कैसे हो गए ? जाओ, अपनी तैयारी करो जाकर, साढ़े सात बजे शाम को मैं तुम्हें तुम्हारे कमरे से ले लूँगा।''

पराजय और विवशता की एक गहरी साँस लेकर जगतप्रकाश ने कहा, ''अच्छी बात है, मैं तैयारी करता हूँ जाकर। लेकिन एक शर्त है, जबलपुर चलने और वहाँ रहने का खर्च मैं स्वयं दूँगा। मैं तुम लोगों के साथ रहकर अपने को हीन नहीं अनुभव करना चाहता हूँ। इसी शर्त पर मैं चलूँगा।''

कमलाकान्त ने सन्तोष की एक साँस ली, ''तुम्हारा यह शर्त मुझे स्वीकार है। लेकिन टिकट और वहाँ के खर्च का हिसाब-किताब रास्ते में हो जाएगा।''

रात के समय जब कमलाकान्त के साथ जगतप्रकाश स्टेशन पहुँचा, उस समय त्रिभुवन मेहता और जसवन्त कपूर चिन्तित मुद्रा में एक इंटर क्लास कम्पार्टमेंट के सामने खड़े थे जो बिलकुल खाली था और उनके साथवाली दो लड़कियों में एक ऊँचे स्वर में कह रही थी, ''इसमें कुल पाँच बर्थें हैं और हम लोग छह हैं। और ऊपर की बर्थों पर कोई गद्दा नहीं—असबाब रखने के पटरे-भर हैं, तो उन पर सोएगा कौन ? फिर मान लो रास्ते में और मुसाफिर आ जाएँ तो झगड़ा ही होगा न ! तुम्हें त्रिभुवन मेहता, शर्म नहीं आती हम लोगों से यह कहते हुए कि हम दोनों लेडीज़ कम्पार्टमेंट में सफर करें।''

जसवन्त कपूर कुछ अलग खड़ा हुआ सिगरेट पी रहा था, उन दो लड़कियों से उलझा हुआ था त्रिभुवन मेहता। जसवन्त इन दोनों के पास आकर बोला, ''अरे बाप रे, बड़ी तुनकमिज़ाज लड़की है यह मालती मनुभाई, इसने तो त्रिभुवन मेहता की बोलती बन्द कर रखी है।''

और तभी दूसरी लड़की की आवाज़ आई, ''जसवन्त तुम मेरे साथ चलो, देखें कोई सेकंड क्लास का कम्पार्टमेंट खाली है।'' जसवन्त इन दोनों के साथ उस लड़की के साथ चल दिया। जगतप्रकाश ने अनुमान लगा लिया कि वह लड़की कुलसुम कावसजी होगी। चलते हुए जसवन्त कमलाकान्त से कह गया, ''तुम लोग त्रिभुवन भाई को सँभालो, मैं अभी आया।''

अब जगतप्रकाश को त्रिभुवन मेहता का उत्तेजित स्वर सुनाई पड़ा, ''अगर लेडीज़ कम्पार्टमेंट में सफर कर लिया तो तुम्हारा क्या बिगड़ जाएगा ? लेकिन अगर तुम इसी कम्पार्टमेंट में सफर करना चाहती हो तो मैं अपना बिस्तर फर्श पर लगा लूँगा।''

''तुम फर्श पर अपना बिस्तर लगाओगे—तुम त्रिभुवन मेहता, जैसे मैं तुम्हें जानती नहीं। अपनी शक्ल तो देखो ! तुम अपने किसी साथी को फर्श पर सुलाओगे। नहीं, यह सब नहीं होगा।''

''तो फिर होगा क्या ?'' झुँझलाहट के स्वर में त्रिभुवन मेहता ने पूछा।

''मैं क्या जानूँ कि क्या होगा, लेकिन वह नहीं होगा जो तुम सोचते हो। हम सब

साथ चलेंगे, इतना तय हो चुका है। चाहे हम लोगों को तीसरे दर्जे में चलना पड़े, चाहे हम लोगों को यह गाड़ी छोड़नी पड़े। समझे त्रिभुवन मेहता।"

तीखे नक्शवाली वह साँवली-सी लड़की कितनी तेज़ और कितनी ज़िद्दी है, जगतप्रकाश को त्रिभुवन मेहता पर दया आ रही थी। तब तक जसवन्त कपूर के साथ कुलसुम कावसजी वहाँ आ गई। उसने आते ही मालती से कहा, "छोड़ो भी इस बेचारे त्रिभुवन को, मैंने सब कुछ ठीक कर दिया है।" और वह त्रिभुवन मेहता की ओर मुड़ी, "वे छह टिकट कहाँ हैं त्रिभुवन भाई ? जसवन्त को वे टिकट दे दो।"

"क्यों, क्या बात है ?" अपनी जेब से टिकट निकालते हुए त्रिभुवन मेहता ने पूछा।

"बात कुछ भी नहीं है। पीछे एक सेकंड क्लास कम्पार्टमेंट है छह बर्थोंवाला, बिलकुल खाली। मैंने टीटी से वह पूरा कम्पार्टमेंट रिज़र्व करा लिया है, टिकट बदलवाने हैं।" कुलसुम जसवन्त की ओर मुड़ी, "जल्दी टिकट बदलवाकर वापस आना, हम लोग उस कम्पार्टमेंट में बैठते हैं, चलकर।" फिर उसने कुलियों से कहा, "चलो सेकंड क्लास में यह असबाब रखो चलकर।"

त्रिभुवन ने टिकट जसवन्त को देते हुए कहा, "तुम क्यों रुपए दे रहे हो, मैं दिए देता हूँ।"

उत्तर मालती मनुभाई ने दिया, "तुम, कंजूस कहीं के, तुम क्या रुपया दोगे ! वाह, कुलसुम बेन, खूब उपाय निकाला ! यह त्रिभुवन मेहता, मैं नहीं जानती थी कि यह इतना कमीना निकलेगा, नहीं तो हम लोग इसके साथ सफर ही नहीं करतीं।"

त्रिभुवन पर मालती की इस बात का मानो कोई असर ही नहीं हुआ, कुलियों को साथ लेकर वह सेकंड क्लास कम्पार्टमेंट की ओर चल दिया।

[2]

बहुत बड़ा मैदान, बहुत बड़ा पंडाल, बहुत बड़ी भीड़—सब कुछ बहुत बड़े पैमाने पर। जबलपुर नगर से आठ-दस मील की दूरी पर सैकड़ों एकड़ भूमि साफ करके और उसे समतल बनाकर यह त्रिपुरी कांग्रेस का अधिवेशन आयोजित किया गया था। उस कांग्रेस अधिवेशन में भाग लेने के लिए या उस अधिवेशन को देखने के लिए देश के हरेक कोने से लाखों आदमियों की भीड़ उमड़ रही थी। विन्ध्याचल पर्वत के दक्षिण में और नर्मदा नदी के उत्तर में यह समतल भूमि, पथरीली और अनुपजाऊ—कनातों का एक नगर-सा बसा हुआ था वहाँ पर।

7 मार्च, 1939 से त्रिपुरीवाला कांग्रेस का बावनवाँ अधिवेशन आरम्भ हो रहा था और इस बार कांग्रेस के अध्यक्ष चुने गए थे श्री सुभाषचन्द्र बोस। प्रथा के अनुसार

पहले तीन दिन—यानी, 7 मार्च से 9 मार्च तक ऑल इंडिया कांग्रेस कमेटी की बैठक के लिए रखे गए थे और 10 मार्च से 12 मार्च तक कांग्रेस के खुले अधिवेशन के लिए रखे गए थे। जसवन्त कपूर दिल्ली से ऑल इंडिया कांग्रेस कमेटी का सदस्य बनकर आया था, कुलसुम कावसजी और त्रिभुवन मेहता बम्बई से ऑल इंडिया कांग्रेस कमेटी के सदस्य बनकर आए थे। मालती मनुभाई बम्बई से साधारण डेलीगेट के रूप में आई थी, और कमलाकान्त इटावा से कांग्रेस डेलीगेट था।

बम्बई के शिविर में त्रिभुवन मेहता और कुलसुम कावसजी ने दो खेमे, जिनमें चार-चार आदमियों के ठहरने की व्यवस्था थी, अपने कब्ज़ों में तय करवा लिए थे।

स्टेशन पर इन लोगों को लेने के लिए दिनशा झाबवाला की कार आ गई थी। दिनशा झाबवाला की जबलपुर में शराब की दुकान थी और साथ ही वह फौज में ठेकेदारी का काम करता था। दिनशा झाबवाला कुलसुम का मामा था और जबलपुर कंटोनमेंट में उसके चौदह बँगले थे। दिनशा का लड़का परवेज़ कार लेकर स्टेशन आया था—पुराने ज़माने की एक बड़ी-सी बुइक कार थी वह। उसने इन छहों को मय असबाब के उस कार में ठूँसा, फिर कुलसुम से उसने कहा, "गवर्नर ने बँगले में दो कमरे आप लोगों के लिए ठीक करा दिए हैं—गवर्नर बोला है कि जल्दी घर आ जाएँ, वहाँ ब्रेकफास्ट तैयार है। हमारे बँगले से त्रिपुरी करीब छह मील पड़ता है।"

कुलसुम ने त्रिभुवन मेहता की ओर प्रश्नसूचक दृष्टि से देखा और स्थिति त्रिभुवन मेहता ने अपने हाथ में ले ली। त्रिभुवन बोला, "बात यह है कि हम लोगों को विचार-विमर्श करने के लिए त्रिपुरी में वक्त-बेवक्त मिलते रहना है, वहाँ हम लोगों के टेंट बुक हो चुके हैं। हमारे वहाँ रहने से तुम दिन में चार-पाँच बार हम लोगों को वहाँ ले जाने और वहाँ से ले आने के झंझट से बच जाओगे।"

त्रिभुवन मेहता का तर्क परवेज़ पर काम कर गया। उसने तपाक के साथ कहा, "मज़ा तो त्रिपुरी में—ठीक सोचा। हम भी बोला था गवर्नर से, लेकिन गवर्नर ज़िद्दी आदमी, किसी की सुनता नहीं, किसी की मानता नहीं। बोला कि कुलसुम बेन और आप सब लोगों को बँगले में पहुँचा दो, फिर दूसरा काम। कुलसुम बेन कार पर यहाँ से सीधे अपने बँगले चलेगी, वहाँ गवर्नर से बात कर लो, तब आगे सब कुछ। बँगले पर चाय-नाश्ता सब कुछ तैयार !"

त्रिभुवन इस बात का उत्तर देने ही वाला था कि कुलसुम ने मामला अपने हाथ में ले लिया। "ठीक ! चाय-नाश्ता परवेज़ झाबवाला के बँगले पर, इसके बाद अगला प्रोग्राम ! चल परवेज़ !"

परवेज़ की बगल में कुलसुम बैठी थी, उसकी बगल में मालती थी। पीछे की सीट पर जसवन्त कपूर, त्रिभुवन मेहता, कमलाकान्त और जगतप्रकाश कसे-कसाए बैठे हुए थे। परवेज़ ने कार स्टार्ट की और कुलसुम ने पूछा, "कहो परवेज़, तुम्हारा धन्धा कैसा चल रहा है ?"

"धन्धा ! सब नसीब की बात !" परवेज़ बोला, "शराब की दुकान चौपट,

ठेकेदारी चौपट, गवर्नर का दिमाग सनक गया है। डिप्टी कमिश्नर से झगड़ गया तो क्लब से रिज़ाइन कर दिया। कामकाज मिलता है मेल-मुलाकात से।'' परवेज़ कार चलाता और कहता जाता था, ''गवर्नर अब बँगले से निकलते ही नहीं, हर वक्त सबको डाँटते रहते हैं। हाँ, दुकानदार सुबह-शाम आ जाते हैं तो वहाँ डिप्टी कमिश्नर को गाली देते रहते हैं।''

''यह तो बड़ी बुरी बात है।'' कुलसुम बोली, ''हाँ, तुम बीड़ी का कारखाना खोलनेवाले थे परवेज़, वह खोला या नहीं ?''

''गवर्नर खोलने नहीं देता, बोलता है बीड़ी का धन्धा बन्द हो जाएगा, अब सिगरेट और सिगार का ज़माना आ गया है। फिर बीड़ी-सिगरेट—इस धन्धे में पारसी को हाथ नहीं डालना चाहिए। बोलता है कि विलायती शराब की एक फैक्टरी यहाँ जबलपुर में खोली जाए। लेकिन देश में बनी हुई विलायती शराब को लेगा कौन ? सब बेकार की बकवास।''

जगतप्रकाश परवेज़ झाबवाला को गौर से देख रहा था और उसकी बातें बड़े ध्यान से सुन रहा था। एक छरहरे बदन का और कोमल आकृति का सुन्दर-सा युवक, एक तरह से वह नाटा कहा जा सकता था। उसकी अवस्था प्रायः पच्चीस वर्ष की रही होगी। वह कहता जा रहा था, ''यह कांग्रेस का हंगामा, यह प्रोहिबिशन का शोर, और गवर्नर ब्रिउरी खोलने को बोलता है। तुम बात करो गवर्नर से कुलसुम, क्यों पैसा बरबाद करता है ! हम बोलता है अगर कांग्रेस राज्य आया तो सब लोग बीड़ी पीएँगे मिनिस्टर लोग तक। शराब बन्द, नीरा चलेगी, बहुत हुआ तो नीरा की ताड़ी बना लेंगे और अगर शराब ही पीना होगा तो सब लोग अपने-अपने घर में बनाकर पीएँगे।''

कार अब दिनशा झाबवाला के बँगले में पहुँच गई थी। दिनशा झाबवाला बरामदे में बैठा हुआ एक अंग्रेज़ी उपन्यास पढ़ रहा था। कार के बँगले में प्रवेश करते ही वह उठ खड़ा हुआ। पोर्टिको में कार रुकी और दिनशा ने बड़े वात्सल्य भाव से कुलसुम के सर पर हाथ रखते हुए कहा, ''तू भी कांग्रेस में शामिल हो गई है। अरी छोड़ यह सब पागलपन, कुछ भी नहीं होगा।'' फिर दिनशा ने कुलसुम के साथियों को देखा, ''यहाँ रुकने का इन्तज़ाम पूरा है। यह परवेज़—यह तुम लोगों की देखभाल करेगा, दुकान मैं सँभालूँगा। इधर कांग्रेस होने से विलायती शराब की बिक्री बहुत बढ़ गई है।'' और जैसे दिनशा झाबवाला को कोई बात याद आ गई हो। ''ए परवेज़, वह व्हिस्की का कंसाइनमेंट छुड़ाना है आज, कल रात सब बोतलें खत्म हो गईं। तुम स्टेशन चले जाओ, तब तक ये लोग नाश्ता करके आराम करेंगे।''

त्रिभुवन मेहता ने आगे बढ़कर कहा, ''नहीं, हम लोग आपको तकलीफ नहीं देंगे, त्रिपुरी में हम लोगों के ठहरने का सब इन्तज़ाम पक्का है। वहाँ बड़ा हैवी प्रोग्राम है हम लोगों का, दिन-रात बैठकें होंगी। अगर कुलसुम चाहें तो यहाँ ठहर सकती हैं।''

''नहीं, मुझे भी तो वहाँ दिन-रात मीटिंगें अटेंड करनी हैं, वहीं ठहरूँगी अकेले। नाश्ता करके परवेज़ हम लोगों को त्रिपुरी पहुँचा दे, वहाँ से वह व्हिस्की का कंसाइनमेंट

छुड़ाने स्टेशन चला जाए।" त्रिभुवन मेहता और कुलसुम कावसजी की बातें दिनशा को अच्छी नहीं लगीं। उसने कुछ रूखे स्वर में कहा, "परवेज़ को अभी इसी वक्त स्टेशन जाना है। व्हिस्की का स्टाक खत्म हो गया, मुश्किल से दस-बारह बोतलें होंगी और दस बजते ही ये लोग तुम्हारे कांग्रेसी नेताओं के लिए शराब खरीदना शुरू कर देंगे।" वह परवेज़ की ओर घूमा, "इन लोगों को चाय-नाश्ता कराके इनके लिए दो ताँगे मँगवा दो त्रिपुरी जाने के लिए।" दिनशा झाबवाला बिना किसी उत्तर की प्रतीक्षा किए हुए बरामदे में पहुँचकर उपन्यास पढ़ने लगा।

कुलसुम मुसकराई, परवेज़ से उसने कहा, "जल्दी नाश्ता करवा दो। उसके बाद हम लोग चलें।" फिर वह अपने साथियों की ओर घूमी, "अभी दो घंटे बाद अंकल का मूड ठीक हो जाएगा तब हम लोगों से माफी माँगने त्रिपुरी पहुँचेंगे।"

नाश्ता करके ताँगे आए और ताँगों पर सवार होकर ये लोग त्रिपुरी पहुँचे। उस समय दस बज रहे थे।

बहुत बड़ा मैदान, दूर पर छोटी-छोटी पहाड़ियाँ। चारों तरफ खेमे लगे थे और कांग्रेस के वालंटियरों की भीड़ दिखाई दे रही थी। लेकिन अधिकांश खेमे अभी तक खाली पड़े थे। कांग्रेस का खुला अधिवेशन तो दस मार्च से होनेवाला था। ऑल इंडिया कांग्रेस कमेटी के सदस्यों का आना शुरू हुआ था। स्वयंसेवकों ने इन लोगों को बम्बई कैम्प में पहुँचा दिया और इन लोगों के खेमे इनके सुपुर्द कर दिए। ये दोनों खेमे अगल-बगल थे। एक में कुलसुम कावसजी, मालती मनुभाई और त्रिभुवन मेहता ठहरे, दूसरे में जसवन्त कपूर, कमलाकान्त और जगतप्रकाश ठहरे।

चार बजे शाम को चाय पीने के बाद जसवन्त कपूर ने कमलाकान्त से कहा, "यहाँ अकेले बैठे-बैठे हम लोग क्या करेंगे ? मैं ज़रा पंजाब-दिल्ली कैम्प की ओर जाना चाहता हूँ, यह देखने के लिए कि कौन-कौन आया है अभी तक। फिर अगर कोई डेलीगेट नहीं आ रहा तो उसका टिकट और बैज जगतप्रकाश के लिए लेता आऊँगा। तुम भी मेरे साथ चलो।"

कमलाकान्त उठ खड़ा हुआ, "चलो, चलता हूँ।" और वह जगतप्रकाश की ओर घूमा। "चलो तुम भी, थोड़ा घूमना-फिरना हो जाएगा और यहाँ की चहल-पहल भी देख लोगे।"

लेकिन, शायद जसवन्त कपूर को कमलाकान्त का यह प्रस्ताव रुचिकर नहीं लगा। उसने कहा, "यहाँ-वहाँ चलकर क्या करेंगे ? इनकी तो वहाँ किसी से मुलाकात नहीं है, जबकि तुम्हारा परिचय मैंने उन लोगों से करा दिया है। बहुत सम्भव है कि इनके सामने खुलकर बात करने में वे लोग झिझकें।" और वह जगतप्रकाश की ओर घूमा, "हम लोगों को लौटने में कुछ देर हो सकती है, कुछ आवश्यक परामर्श करने हैं।" यह कहकर वह कमलाकान्त के साथ टेंट के बाहर चला गया। जगतप्रकाश अब अकेला रह गया।

जगतप्रकाश सर झुकाकर बैठ गया, सिवाय इसके वह कुछ कर भी तो नहीं सकता

था। वह कहाँ आ गया है ? क्यों आ गया है ? उसकी समझ में यह सब न आ रहा था। उसके मन में एक बार आया कि वह उसी रात की गाड़ी से इलाहाबाद वापस चला जाए; लेकिन यह सम्भव न था। जसवन्त कपूर उसके लिए अनजाना था, लेकिन यह कमलाकान्त, जिसे वह अच्छी तरह जानता था, जो उसके होस्टल में उसका घनिष्ठ मित्र था, यह कमलाकान्त भी अब उसके लिए अनजाना-सा दीखने लगा। नितान्त अनजाने आदमियों के बीच में वह आ पड़ा है, उसे अपने ऊपर झुँझलाहट हो रही थी।

शाम घिरती आ रही थी और जगतप्रकाश सोच रहा था—सोच रहा था। एकाएक वह चौंक उठा और एक सुरीली आवाज़ सुनकर, जो कह रही थी, "अरे जसवन्त कहाँ गया ? तुम अकेले बैठे क्या कर रहे हो यहाँ, इस अँधेरे में ?" और उसने देखा कि कुलसुम कावसजी टेंट के दरवाज़े के पास खड़ी है।

एक और अनजानी संज्ञा—यह लड़की कौन है ? जगतप्रकाश उठ खड़ा हुआ, "जसवन्त कमलाकान्त को लेकर पंजाब-दिल्ली कैम्प की ओर गया है। कह गया है कि उन लोगों को लौटने में देर हो सकती है।" वह खेमे से बाहर निकला, "अरे, अँधेरा हो रहा है ! आप अकेली कैसे ? त्रिभुवन मेहता और मालतीबेन कहाँ हैं ?"

"मैं क्या जानूँ कहाँ हैं ! एक घंटा पहले उन दोनों में आपस में झगड़ा हुआ, तो उस झगड़े के बीच में न पड़ने के लिए मैं बाथरूम चली गई थी। बाथरूम से वापस लौटी तो देखा कि वे दोनों गायब हैं ! सोचा लौटते होंगे। लेकिन पूरा एक घंटा हो गया और वे लोग नहीं लौटे तो मैं बाहर निकली। यहाँ आकर देखती हूँ कि जसवन्त भी यहाँ नहीं है।" कुछ रुककर उसने कहा, "पंजाब-दिल्ली कैम्प की तरफ गए हैं वे लोग। तुम नहीं गए उनके साथ ?"

एक दबी हुई कटुता के स्वर में जगतप्रकाश बोला, "जाने की बात तो चली थी, लेकिन जसवन्त का कहना है कि वहाँ मैं अनजाना हूँ और मेरे लिए वे अनजाने लोग हैं।" एक हलकी-सी मुस्कराहट उसके चेहरे पर आई, "और मैं बैठा हुआ सोच रहा था कि मैं क्यों अनजाने लोगों के साथ यहाँ चला आया हूँ।"

कुलसुम भी मुसकराई, "अनजानों के साथ रहना ही ज़िन्दगी है। सच पूछो तो दुनिया का हरेक आदमी एक-दूसरे के लिए अनजाना है। यही नहीं, मुझे तो लगता है कि हरेक आदमी खुद अपने लिए ही अनजाना है। तो जान-पहचान की बात पर ध्यान देना, सोचना-विचारना बेकार। इस अँधेरे में मन की घुटन बढ़ाने से कोई फायदा नहीं; चलो, हम लोग कहीं घूम आएँ चलकर।"

जगतप्रकाश ने एक ठंडी साँस ली, "शायद आप ठीक कहती हैं, हम सभी एक-दूसरे के लिए अनजाने हैं, और इसलिए मन की घुटन बढ़ाने से कोई फायदा नहीं। चलिए, घूम ही आया जाए !"

जगतप्रकाश कुलसुम के साथ चल रहा था और कुलसुम कह रही थी, "यह त्रिभुवन ! बड़ा नेक आदमी है, थोड़ा-सा कंजूस जरूर है, लेकिन मन का बड़ा अच्छा

है। और यह मालती बेहद ज़िद्दी और बद-मिज़ाज। इसके बाप की जहाज़ की कम्पनी है, लेकिन यह त्रिभुवन भी बहुत पैसेवाला है। और यह मालती हर बात पर त्रिभुवन को डाँटती है। यह त्रिभुवन इस मालती के सामने एकदम निकम्मा और बुज़दिल बन जाता है।''

''क्या त्रिभुवन मालती से प्रेम करता है ?'' जगतप्रकाश ने पूछा।

मुँह बनाते हुए कुलसुम ने कहा, ''प्रेम ! जहाँ सुविधा के लिए माता-पिता विवाह तय करते हैं वहाँ प्रेम कैसा ? लेकिन त्रिभुवन और मालती एक-दूसरे को चाहते ज़रूर हैं। आपस में एक-दूसरे से लड़ते हैं और फिर उसी समय एक-दूसरे को मनाते भी हैं। जैसे बिना एक-दूसरे से लड़े ये लोग रह ही नहीं सकते। इसी लड़ने-झगड़ने में इन्हें सुख मिलता है।'' और कुलसुम मुसकराई, ''तुम भी किसी से प्रेम करते हो क्या ?'' जगतप्रकाश को लगा कि कुलसुम की आँखों में शरारत की चमक है, ''अगर प्रेम करते हो तो गलती करते हो। अभी तुम्हारी उम्र प्रेम करने की नहीं है। फिर प्रेम के मामले में बड़ी धोखाधड़ी चलती है।'' कुलसुम अब खिलखिलाकर हँस पड़ी।

इस बार जगतप्रकाश ने कुलसुम को गौर से देखा और न जाने क्यों उसके समस्त शरीर में एक हलकी-सी कँपकँपी आकर निकल गई। कठोर-सी दिखनेवाली यह लम्बी और दुबली-सी लड़की जगतप्रकाश को ऐसा लगा कि सुन्दरता का एक अनोखा मॉडल उसके साथ चल रहा है। सुनहलापन लिए हुए गोरा रंग, आँखें बड़ी-बड़ी, नाक नुकीली और मुखाकृति में एक तरह का तीखापन। घबराकर उसने कुलसुम पर से अपनी आँखें हटा लीं, ''नहीं, मुझसे भला कौन प्रेम करेगा ! मैं तो अभी अध्ययन ही कर रहा हूँ। फिर हमारे समाज में पहले विवाह होता है, प्रेम बाद में होता है।''

''हरेक समाज में पहले यही हुआ करता था, लेकिन अब समाज की मान्यताएँ बदल रही हैं और इन बदलती हुई मान्यताओं के साथ समाज के रूप भी बदल रहे हैं। परवेज़ को देखा है तुमने ! अभी उसके साथ मेरी मँगनी नहीं हुई है, लेकिन बात उसके साथ मेरे विवाह की चल रही है। इस बातचीत के सिलसिले में वह मुझे चाहने लगा है।'' कुछ रुककर फिर उसने कहा, ''लेकिन मैं तो उसे नहीं चाहती। दिमाग का कमज़ोर, दब्बू किस्म का आदमी, भला कोई औरत कैसे उसके साथ सुखी रह सकती है ?''

दोनों अब उस रास्ते पर आ गए थे जो मार्बल राक्स की तरफ जाता था। उस समय रात हो रही थी, दूर त्रिपुरी कांग्रेस के मैदान में बिजली के बल्ब जगमगा रहे थे। कुलसुम ने कहा, ''हम लोग काफी दूर आ गए हैं, अब हमें लौटना चाहिए।'' और दोनों लौट पड़े।

एक नितान्त नया अनुभव हो रहा था जगतप्रकाश को। यह कुलसुम कुछ अजीब-सी लड़की थी। आत्मविश्वास की कठोरता के नीचे एक कोमल नारी, जो पुरुषत्व को महत्त्व देती थी, जो पुरुषत्व को ढूँढ़ रही थी। एकाएक उसने पूछ लिया, ''तो क्या आप परवेज़ से विवाह करेंगी ?''

जैसे एक तरह का धुँधलापन घिर आया हो कुलसुम के मुख पर, लेकिन सिर्फ एक क्षण के लिए, और फिर उसके मुख पर वही उल्लास की चमक, "मैं क्या जानूँ ? यह परवेज़ बड़ा नेक है, दिल का बड़ा अच्छा है। मेरी हरेक बात मानता है, मुझसे बेतरह डरता है। इस परवेज़ से भला मैं कैसे प्यार कर सकती हूँ ! इससे मुझे भला क्या सहारा मिलेगा ! लेकिन डैडी समझते हैं कि परवेज़ ही मेरे लिए ठीक रहेगा। यह दिनशा झाबवाला—इस परवेज़ का बाप—बड़ा अमीर आदमी है। जबलपुर में बहुत बड़ी जायदाद तो है ही, बम्बई में भी इसकी सात कोठियाँ हैं—छह हजार रुपया महीना किराया आता है उनका। उसके पास नकद पच्चीस-तीस लाख रुपया होगा। एक ही बेटा है परवेज़ और वह भी मेरे पीछे दीवाना है। इसके साथ मुझे ज़रा भी तकलीफ नहीं होगी, लेकिन इसके साथ मैं सुखी भी तो नहीं रह सकूँगी।" फिर एक ठंडी साँस लेकर उसने कहा, "जैसा मुकद्दर में लिखा है, वैसा होगा। फिक्र करना बेकार।"

जगतप्रकाश को आश्चर्य हो रहा था कि एक नितान्त अनजान लड़की सुसंस्कृत और सुशिक्षित, किस प्रकार अपने दिल की बातें उससे खोलकर कह सकती है, और मानो कुलसुम ने उसके आश्चर्य के भाव को समझ लिया हो, "तुम्हें ताज्जुब हो रहा होगा, मैंने अपने दिल की बात तुमसे, जो मेरे लिए बिलकुल अनजाने हो, कैसे कह दी। लेकिन तुम मुझे बड़े अच्छे लगे, एक अपनापन तुम्हारे लिए मैंने महसूस किया। बस, इतनी-सी बात।"

जगतप्रकाश ने कुलसुम की बात पर कोई टीका नहीं की, अपने विचारों में डूबा हुआ वह चुपचाप चल रहा था। इस कुलसुम ने उसके प्रति अपनापन अनुभव किया था, और जगतप्रकाश को भी कुलसुम के प्रति अपनापन अनुभव हो रहा था। वे लोग अब अपने कैम्पों के निकट आ गए थे, और कुलसुम ने दूर से देखा कि उसके टेंट के सामने कार खड़ी है और एक व्यक्ति उसके टेंट के चारों ओर चक्कर काट रहा है। उस व्यक्ति के साथ एक स्वयंसेवक भी है। कुलसुम ने जगतप्रकाश से कहा, "मालूम होता है, परवेज़ मुझे ढूँढ़ रहा है।" वह जगतप्रकाश को पीछे छोड़कर अपने टेंट की ओर दौड़ी। जिस समय कुलसुम अपने टेंट के पास पहुँची, परवेज़ अपनी कार पर बैठकर उसे स्टार्ट कर रहा था। कुलसुम ने चिल्लाकर कहा, "अरे परवेज़, ठहरो; मैं आ गई !"

परवेज़ अपनी कार से उतरा, "तुम कहाँ गई थीं ? और लोग कहाँ गए हैं ? मैं इतनी देर से तुम लोगों को ढूँढ़ रहा हूँ—सोच रहा था कि गलत जगह तो नहीं आ गया।"

कुलसुम ने परवेज़ का हाथ पकड़ लिया, "मुझे बड़ा अफसोस है कि तुम्हें इतनी तकलीफ हुई, बेचारे परवेज़ ! सब लोग न जाने कहाँ चले गए, मैं अकेली रह गई।" इस समय तक जगतप्रकाश इन लोगों के पास आ गया था, "तो इन जगतप्रकाश के साथ मैं भी कुछ थोड़ा-सा घूमने चली गई थी। मेरे और साथी अभी तक लौटे ही नहीं !"

परवेज़ ने झल्लाकर कहा, "अपने उन साथियों को गोली मारो जो तुम्हें छोड़कर

चले गए। इन्हीं लोगों के लिए तुम गवर्नर को नाराज़ करके यहाँ चली आईं। गवर्नर ने तुमसे माफी माँगी है, और कहा है कि रात का खाना तुम गवर्नर के साथ खाओ। अगर तुम नहीं चलतीं तो गवर्नर तुम्हें मनाने के लिए खुद आएँगे।''

कुलसुम ने जगतप्रकाश की ओर देखा और जगतप्रकाश ने कहा, ''आप वहाँ हो आइए, मैं उन लोगों से कह दूँगा कि आप अपने मामा के यहाँ खाना खाने चली गई हैं, कल सुबह लौटेंगी।''

''कल सुबह नहीं, आज रात को ही खाना खाने के बाद लौट आऊँगी। दस-ग्यारह बजे तक।'' कुलसुम बोली, फिर कुछ सोचकर उसने जगतप्रकाश से कहा, ''तुम भी मेरे साथ चलो, नहीं तो मामा मुझे रात में रोक लेंगे। क्यों परवेज़ ! खाना खिलाकर हम लोगों को वापस ले आओगे न ?''

''हाँ-हाँ, मैं तुम्हें वापस ले आऊँगा, इन्हें तकलीफ देने की ज़रूरत नहीं, तुम्हें वापस लाने की ज़िम्मेदारी मेरी।'' परवेज़ को जगतप्रकाश के साथ चलने का प्रस्ताव अच्छा नहीं लगा था। लेकिन कुलसुम ने कड़े स्वर में कहा, ''तुम क्या मुझे वापस लाओगे ! मामा के आगे तुम्हारी ज़बान कभी खुली है !'' और उसने जगतप्रकाश से कहा, ''तुम मेरे साथ चलो, तुमसे मेरा आग्रह है। तुम्हारे साथ रहने से मुझे भरोसा रहेगा।''

जगतप्रकाश को आश्चर्य हो रहा था, इतनी जल्दी इतना विश्वास, उस पर इतना भरोसा, उसके प्रति इतनी आत्मीयता और धीरे-धीरे कुलसुम के शरीर की सुन्दरता कुलसुम की आत्मा की सुन्दरता से मिलकर उसके समस्त अस्तित्व पर छाती चली जाती थी। फिर भी उसे यह बोध था कि कुलसुम पर परवेज़ का कोई अधिकार है, और उसे यह भी अनुभव हो रहा था कि कुलसुम के साथ उसका चलना परवेज़ को अच्छा नहीं लग रहा है। इतना तो स्पष्ट था कि परवेज़ में इतना मनोबल नहीं है कि वह अपने विरोध का प्रदर्शन करे, यह विरोध केवल एक घुटन बनकर उसके अन्दर दबा जा रहा था। उसे परवेज़ पर दया आ रही थी। उसने कुछ कमजोर स्वर में कहा, ''मैं समझता हूँ कि मुझे यहीं रहना चाहिए। आपके मामा ने मुझे तो बुलाया नहीं है, फिर अगर मैं चलता हूँ तो सब लोगों को हम दोनों के सम्बन्ध में चिन्ता होगी। मैं उन लोगों को बतला दूँगा कि आप अपने मामा के यहाँ गई हैं। क्यों मिस्टर परवेज़, मैं ठीक कह रहा हूँ न ?''

इसके पहले कि परवेज़ कुछ बोले, कुलसुम बोल उठी, ''मामा को मैं जानती हूँ। उन्होंने हम सब लोगों को खाना खाने को बुलाया होगा। क्यों परवेज़, बोलो !''

परवेज़ के मुख पर एक खिसियाहट-भरी मुस्कान आई, ''हाँ, बुलाया तो सब लोगों को है, लेकिन यहाँ तो कोई है ही नहीं, तो मैंने सोचा कि या तो सब लोग, या फिर तुम अकेली !''

''मैं अकेली नहीं जाऊँगी, किसी हालत में नहीं जाऊँगी।'' कुलसुम ने तेज़ आवाज़ में कहा, ''अगर यह जगतप्रकाश नहीं चलते तो मैं भी नहीं जाऊँगी। मैं जानती हूँ कि वहाँ जाने पर तुम मुझे लौटने नहीं दोगे और लौटना मेरे लिए ज़रूरी है। सुन रहे हो

परवेज़ ! जगतप्रकाश होंगे तो मैं ताँगे पर चली आऊँगी।"

विवशता की आवाज़ में परवेज़ ने कहा, "अगर तुम्हें मुझ पर विश्वास नहीं है तो इन्हें ले चलो।" उसने जगतप्रकाश से कहा, "मैं समझता हूँ कि आपको चलना चाहिए।"

कुलसुम ने परवेज़ को डाँटा, "इस तरह नहीं, तुम्हें इनसे प्रार्थना करनी चाहिए, तभी यह चलेंगे।"

परवेज़ ने कहा, "मैं आपसे प्रार्थना करता हूँ कि आप हमारे यहाँ खाना खाने चलें।" फिर उसने कुलसुम से कहा, "अब तो ठीक तरह से कहा ?"

"बिलकुल ठीक तौर से कहा", कुलसुम बोली, फिर उसने जगतप्रकाश से कहा, "मैं एक नोट लिखकर मालती के पाउडर बॉक्स में रखे आती हूँ, वह आते ही अपना पाउडर बॉक्स खोलेगी।" कुलसुम हँसती हुई टेंट के अन्दर चली गई।

कुलसुम के जाते ही परवेज़ बोला, "बड़ी ज़िद्दी है वह कुलसुम, और जब ज़िद करती है तब बड़ी प्यारी लगती है। मेरा सब कुछ न्योछावर है इस कुलसुम पर। गवर्नर भी इसे बेहद प्यार करते हैं। मैं कितना खुशनसीब हूँगा इस कुलसुम को अपनी बीवी बनाकर !"

जगतप्रकाश को हँसी आ रही थी परवेज़ पर। कितना निरीह था, बिलकुल बच्चे की भाँति। स्त्रैण सुन्दरता का जहाँ तक सवाल था, वह कुलसुम से अधिक सुन्दर दिख रहा था। जगतप्रकाश को कुछ तो कहना ही था, "मैं समझता हूँ कि कुलसुम भी आपसे बेहद प्यार करती है।"

कुछ करुण स्वर में परवेज़ बोला, "कभी-कभी लगता है कि वह मुझे बेहद प्यार करती है, कभी ऐसा मालूम होता है कि वह मेरी ज़रा भी परवाह नहीं करती, कभी खुशी कभी उदासी—यह कुलसुम अजीब लड़की है।" शायद परवेज़ कुछ और कहता कि कुलसुम टेंट के अन्दर से आ गई। उसने जगतप्रकाश से कहा, "बैठो गाड़ी पर, अभी साढ़े छह बजे हैं, दस-साढ़े दस बजे तक हम लोगों को लौट आना है।"

रात को साढ़े दस बजे परवेज़ इन दोनों को वापस कर गया। इस समय जगतप्रकाश के कैम्प में कमलाकान्त, जसवन्त कपूर और त्रिभुवन मेहता बैठे हुए ज़ोर-ज़ोर से बातें कर रहे थे। त्रिभुवन कह रहा था, "यह सब तो ठीक है, लेकिन महात्मा गांधी का इस समय कांग्रेस से अलग हो जाना देश के हित में नहीं होगा।"

जसवन्त कपूर का चेहरा लाल था और काफी उत्तेजित दिख रहा था, "गांधी के नेतृत्व को हमें उखाड़ फेंकना है। सुभाष बाबू के नेतृत्व में हमें भले ही विश्वास न हो, लेकिन गांधी के नेतृत्व से तो हमें मुक्ति पानी ही होगी। इस समय हम लोगों को एकमत होकर सुभाष बाबू का साथ देना चाहिए, यह जो अहिंसा की अफीम खिला-खिलाकर गांधी हमें संज्ञाहीन बना रहा है, यह सरासर गलत है।"

त्रिभुवन ने कहा, "सुभाष के हाथ में नेतृत्व आ जाने से हम समाजवादियों का

कितना बड़ा अहित होगा, यह तुम लोग नहीं समझ पा रहे हो। बम्बई-कैम्प सुभाष का साथ किसी हालत में नहीं देगा। सुभाष के पास सिवा हिंसा के और कोई स्पष्ट आइडियालोजी नहीं है।''

और तभी कुलसुम बोल उठी, ''तुम क्या कह रहे हो त्रिभुवन ? सुभाष और गांधी का झगड़ा आइडियालोजी का इतना नहीं है जितना व्यक्तित्व का है। सुभाष देश के उन सक्रिय युवकों का प्रतिनिधि है जो अब अहिंसा के इन प्रभावहीन नारों पर अपना विश्वास खो चुके हैं।''

इस बार कमलाकान्त ने कहा, ''देश के नवयुवकों का असली नेता तो जवाहरलाल है, इस बात को नज़रअन्दाज़ नहीं किया जा सकता।''

''और जवाहरलाल गांधी के साथ है, जवाहरलाल को महात्मा गांधी पर पूर्ण विश्वास है।'' त्रिभुवन मेहता को कमलाकान्त की बात से मानो बहुत बड़ा सहारा मिला हो।

जसवन्त कपूर के स्वर की तेज़ी अब कम पड़ गई थी, ''मैं मानता हूँ कि जवाहरलाल गांधी के साथ है, लेकिन मैं पूछता हूँ कि क्या जवाहरलाल गलती नहीं कर सकते ? वैसे जवाहरलाल ने स्पष्ट रूप से सुभाषचन्द्र का विरोध भी तो कभी नहीं किया है, सुभाष का विरोध कर रहे हैं ये बूढ़े लोग।''

और कुलसुम हँस पड़ी, ''मैं फिर कहती हूँ, यह आदर्शों का झगड़ा नहीं है, यह व्यक्तित्व का झगड़ा है। जवाहरलाल को महात्मा गांधी अपना उत्तराधिकारी बनाना चाहते हैं, सुभाष जवाहरलाल का स्थान लेना चाहते हैं। लेकिन यह उत्तराधिकार का झगड़ा मूल में होते हुए भी कोई उसे प्रकट नहीं करना चाहता। जवाहरलाल बुद्धिमान हैं और इसलिए वह चुप हैं। जहाँ तक ऊपरी तौर से आदर्श का सवाल है, जवाहरलाल सुभाष बाबू के साथ हैं। लेकिन गांधी के नेतृत्व को समाप्त करने के पक्ष में जवाहरलाल नहीं हैं। और गांधी का नेतृत्व गलत है मैं इतना महसूस करती हूँ। बम्बई-कैम्प का युवक समुदाय सुभाष बाबू का साथ देगा, कम-से-कम मैं तो सुभाष बाबू का साथ दूँगी—समझे त्रिभुवन मेहता।''

त्रिभुवन ने हाथ-पर-हाथ मारते हुए कहा, ''और यही सबसे बड़ा कारण है कि हमें सुभाष बाबू का साथ नहीं देना चाहिए। जब तक गांधी का नेतृत्व है तब तक हम लोग सही-सलामत हैं, क्योंकि ब्रिटिश सरकार आश्वस्त है कि इस देश में हिंसा नहीं होगी। कम्युनिस्ट पार्टी पर प्रतिबन्ध है, लेकिन कांग्रेस के अन्दरवाली समाजवादी संस्था पर ब्रिटिश सरकार रोक नहीं लगा सकती। फिर सुभाष बाबू समाजवादी हैं या नहीं, इस पर शक किया जा सकता है, जबकि जवाहरलाल नेहरू तो अपने को समाजवादी घोषित करते हैं। कुलसुम, तुम व्यक्तिगत रूप से सुभाषचन्द्र बोस का साथ देकर गलती करोगी—हम लोगों की पार्टी को जवाहरलाल नेहरू का साथ देना चाहिए।''

कुलसुम काफी थकी हुई मालूम होती थी, उसने उठते हुए कहा, ''यह सब हम लोग फिर सोचेंगे, अभी तो रात काफी हो चुकी है, हम लोगों को चलकर सोना चाहिए।''

जगतप्रकाश ने बड़े ध्यान से इन लोगों की बातें सुनीं, लेकिन यह पार्टी क्या है और इस पार्टी के उद्देश्य क्या हैं, स्पष्ट रूप से यह बात जगतप्रकाश की समझ में नहीं आई। कमलाकान्त से वह सब कुछ पूछना चाहता था और समझना चाहता था, लेकिन अकेले में कमलाकान्त से बात करने का उसे अवसर नहीं मिल रहा था। जगतप्रकाश को देर तक नींद नहीं आई। उसे लग रहा था कि कुछ अजीब-से अनजाने लोगों के बीच में वह आ पड़ा है और इन सबमें सबसे अधिक अनजानी लग रही थी उसे कुलसुम कावसजी। कितनी सुखद शाम बीती थी उसकी कुलसुम के साथ, और यह कुलसुम उसके लिए एक पहेली थी। वह कुलसुम सुन्दर थी, वह कुलसुम बुद्धिमान थी। वह चीज़ों को साफ-साफ देख सकती थी, समझ सकती थी। यह झगड़ा गांधी और सुभाष का नहीं था, यह झगड़ा जवाहर और सुभाष का था—एक नया दृष्टिकोण। लेकिन जैसे इस कुलसुम में किसी चीज़ के लिए किसी तरह का लगाव न हो। तर्क और बुद्धि—एकमात्र आधार थे उसके सोचने के, उसके काम करने के। इस कुलसुम में कठोरता थी, इस कुलसुम में साहस था।

इस कुलसुम के पास धन था, वैभव था। शाम के समय कुलसुम के साथ कुछ घंटे बिताकर वह सब कुछ जान गया था। अपने पिता की एकमात्र सन्तान थी—बम्बई के सबसे शानदार महल्ले वार्डन रोड पर उसके बाप का बँगला था, उसके पास उसकी निजी शानदार कार थी। जैसे धन और वैभव से उसे तनिक भी मोह न हो, अतिसुख उसे अभिशाप बन गया हो। वह अपने समस्त धन और वैभव को एक तरफ रखकर निकल पड़ी थी देश के लिए लड़नेवालों, देश के लिए कष्ट सहनेवालों का साथ देने के लिए। उस कुलसुम में जगतप्रकाश के लिए एक आत्मीयता की भावना जाग पड़ी।

एक पुलक-सा अनुभव हो रहा था उसे कुलसुम के सम्बन्ध में सोचते हुए। उस पुलक में खोया हुआ वह कब सो गया, इसका उसे पता नहीं चला। सुबह जब उसकी नींद खुली उसने देखा कि काफी दिन चढ़ गया है। कमलाकान्त उस समय भी सो रहा था, जसवन्त कपूर बैठा हुआ शेव कर रहा था। जगतप्रकाश अपना शेव का सामान निकालकर जसवन्त कपूर के सामने बैठ गया। जसवन्त ने जगतप्रकाश से कहा, "मिस्टर जगतप्रकाश, डेलीगेट का पास और बैज मैं आपके लिए ले आया हूँ—कल रात बातों की उलझन में मैं आपको नहीं दे सका। आप लोगों ने हमारी बातचीत सुनी, आपका क्या ख़याल है?"

"जहाँ तक मैं समझता हूँ स्थिति काफी उलझी हुई है। लेकिन महात्मा गांधी तो इस कांग्रेस में आ ही नहीं रहे हैं, फिर झगड़ा किस बात का है?" जगतप्रकाश ने उत्तर देने के स्थान पर प्रश्न किया।

"महात्मा गांधी का इस कांग्रेस में न आना—यही तो सबसे बड़ी विडम्बना है। वैसे राजकोट की समस्या को उन्होंने यहाँ न आने का बहाना बनाया है, लेकिन असली कारण यह है कि इस कांग्रेस के अध्यक्ष सुभाषचन्द्र बोस हैं जो महात्मा गांधी की इच्छा

के विरुद्ध चुने गए हैं। इधर कई वर्षों से कांग्रेस के एकमात्र कर्णधार महात्मा गांधी हो गए हैं, और यह परम्परा-सी पड़ गई है कि कांग्रेस का प्रेसीडेंट वही हो सकता है जिसे महात्मा गांधी मनोनीत करें। और अब महात्मा गांधी के समर्थकों द्वारा यह प्रयत्न हो रहा है कि सुभाषचन्द्र बोस को इस पद से हटा दिया जाए।''

जगतप्रकाश ने कुछ सोचकर कहा, ''जहाँ तक मुझे याद है, महात्मा गांधी ने सुभाषचन्द्र के नाम का विरोध तो नहीं किया था।''

''यहीं तो मुसीबत उठ खड़ी हुई है। उन्होंने सुभाष के नाम का विरोध नहीं किया, लेकिन उन्होंने पट्टाभि सीतारमैया को अपना आशीर्वाद देकर अपना मत प्रकट कर दिया था। फिर सुभाष बोस के चुने जाने के बाद उन्होंने अपना वक्तव्य भी दे डाला कि पट्टाभि सीतारमैया की पराजय को वह अपनी पराजय मानते हैं और इसलिए वह कांग्रेस से अपना सम्बन्ध तोड़ रहे हैं। जनमत के आगे न झुककर जनमत पर अपने को आरोपित करने का यह प्रयत्न डिक्टेटरशिप लादने का प्रयत्न है, मेरा तो ऐसा मत है।''

जगतप्रकाश मुसकराया, ''तो इस डिक्टेटरशिप को उखाड़ फेंका जा सकता है, क्योंकि महात्मा गांधी के पास अपनी डिक्टेटरशिप को कायम रखने की न कोई शक्ति है, और न उनमें हिंसा है।''

कुछ उदासी के भाव से जसवन्त बोला, ''यहीं तुम गलती करते हो। महात्मा गांधी के पास शक्ति है, उनके पास हिंसा है, लेकिन उनकी शक्ति और हिंसा का रूप ऐसा है जो दूसरों को दिखाई नहीं देता। हमारा देश कायरों और ढोंगियों का देश रहा है, हमारा धर्म हज़ारों वर्ष तक अहिंसा की विकृतियों से ग्रस्त रहा है। हम निरामिषभोजी हैं, हममें रक्तपात से वितृष्णा है, दूसरे शब्दों में हमारा सामाजिक दृष्टिकोण कायरता का दृष्टिकोण है। गांधी हमारे इसी सामाजिक दृष्टिकोण का प्रतिनिधि है।''

जगतप्रकाश की समझ में जसवन्त कपूर की बात नहीं आई, उसने कुछ हिचकिचाते हुए कहा, ''लेकिन मिस्टर कपूर, हमारे समाज का एक छोटा-सा वर्ग ही तो निरामिषभोजी है, यह अहिंसा हमारा सामाजिक दृष्टिकोण किस तरह कहा जा सकता है ?''

''हाँ, हमारे समाज का एक छोटा-सा वर्ग ही निरामिषभोजी है, लेकिन यही छोटा-सा वर्ग तो हमारा बौद्धिक नेतृत्व करता है। हमारे समाज का बौद्धिक नेतृत्व ब्राह्मण के हाथ में है और अधिकांश ब्राह्मण निरामिषभोजी हैं, हमारा आर्थिक नेतृत्व बनिए के हाथ में है और हमारे देश का बनिया निरामिषभोजी है। और ब्राह्मण तथा बनिए की यह अहिंसा एक ऐसी भयानक सामाजिक हिंसा में बदल गई है जिसकी मिसाल दुनिया में नहीं मिलेगी। ब्राह्मण सामाजिक शोषण का प्रतिनिधि है, बनिया आर्थिक शोषण का प्रतिनिधि है। यह धार्मिक ढोंग-आडम्बर, यह जातिवाद, छुआछूत, जहाँ मनुष्य को पशुओं से भी गया-बीता बना दिया गया है—कितनी भयानक हिंसा है इस सबमें ! तुम गाय की पूजा कर सकते हो, तुम गोबर से अपनी रसोई लीप सकते हो, तुम कुत्ता-बिल्ली अपने घरों

में पाल सकते हो, तुम हिरनों को आश्रमों में प्रश्रय दे सकते हो, लेकिन मनुष्य को तुमने अछूत बना दिया है, उसके स्पर्शमात्र से तुम्हें नहाना पड़ता है, तुम्हें अपने को शुद्ध करना पड़ता है—यह तो है ब्राह्मण की अहिंसा। तुम मन्दिर बनवा सकते हो, धर्मशालाएँ बनवा सकते हो, तुम सदाव्रत बाँट सकते हो, तुम भिक्षा दे सकते हो, लेकिन तुम सूद-दर-सूद में मनुष्य का रक्त चूस सकते हो, लम्बे मुनाफे के लिए तुम समाज में अभाव और दुर्भिक्ष की स्थिति पैदा कर सकते हो, यह है बनिए की अहिंसा। और इस बौद्धिक एवं आर्थिक हिंसा ने, जो अहिंसा का आवरण लपेटे हुए है, हमारे देश को कायरों का देश बना दिया है।''

आश्चर्यचकित और मन्त्र-मुग्ध-सा जगतप्रकाश जसवन्त कपूर की बात सुन रहा था। जो कुछ जसवन्त कपूर ने कहा, उसमें अतिशयोक्ति भले ही हो, लेकिन उसमें कहीं कोई सत्य भी है। लेकिन क्या उसमें यह सत्य अर्धसत्य तो नहीं है जो मिथ्या से भी अधिक भयानक हो ? थोड़ी देर तक चुपचाप दोनों हजामत बनाते रहे, पर जैसे जसवन्त कपूर को लग रहा था कि उसकी बात अधूरी रह गई हो, उसने फिर कहा, ''गांधी की अहिंसा उसकी परम्परागत बनिए की अहिंसा है, और यह परम्परागत अहिंसा ही कायरता की अहिंसा कहलाती है। एक ईमानदार आदमी की भाँति गांधी अपनी अहिंसा की कमज़ोरी को अनुभव करता है, उस कमज़ोरी से लड़ता भी है जब वह कहता है कि अहिंसा कायर की अहिंसा नहीं है। गांधी ने अपनी अहिंसा में वीरता को समाविष्ट करने का प्रयोग किया है, लेकिन यह प्रयोग वैयक्तिक प्रयोग की भाँति भले ही सफल हो, सामाजिक प्रयोग के रूप में सफल नहीं हो सकता। समाज ने इस अहिंसा को जो अपनाया है, वह इसलिए कि ब्रिटिश हिंसा संगठित है, उसका मुकाबला हमारे असंगठित समाज की हिंसा नहीं कर सकती। और इसलिए जब गांधी अपने अहिंसा के सिद्धान्त में वीरता का पुट देकर सामने आता है तब समस्त समाज उसका नेतृत्व स्वीकार कर लेता है।''

''तो क्या गांधी को आप ईमानदार और महान नहीं समझते ?'' जगतप्रकाश ने पूछा।

''गांधी महान है, इससे किसी भी हालत में इनकार नहीं किया जा सकता। उसने हमारे समाज में संगठन और संकल्प की भावना जागृत की है, उसने हमें एक सामाजिक दृष्टिकोण दिया है। और गांधी अपने प्रति, अपने विश्वासों के प्रति पूर्ण रूप से ईमानदार है। परम्परागत होने के साथ-साथ गांधी की अहिंसा उसके अन्दरवाली बौद्धिक अहिंसा भी है, गांधी उसी धरातल पर है जहाँ बुद्ध और महावीर थे। बुद्ध और महावीर ने वैयक्तिक अहिंसा का सन्देश दिया, और यह वैयक्तिक अहिंसा एक लम्बे काल के बाद सामाजिक हिंसा बन गई, गांधी सामाजिक अहिंसा का सन्देश लाया है। उसकी सामाजिक अहिंसा एक ओर तो सामाजिक कायरता का रूप धारण कर लेगी, दूसरी ओर वह गांधी के अनुयायियों में भयानक वैयक्तिक हिंसा बन जाएगी। लेकिन छोड़ो भी इस बात को ! इस समय तो स्थिति यह है कि गांधी के पास एक अति सबल व्यक्तित्व

है, फिर वह हमारे कायरता से भरे समाज का सबसे बड़ा प्रतिनिधि है। उसकी डिक्टेटरशिप के पीछे उसकी शक्ति इतनी महत्त्व की नहीं जितनी हमारी सामाजिक कायरता है। नहीं मिस्टर जगतप्रकाश, गांधी को हटा सकना असम्भव-सा दिखता है, फिर भी हमें उसकी डिक्टेटरशिप को हटाने का प्रयत्न तो करना ही चाहिए।" और जसवन्त कपूर उठकर बाथरूम चला गया।

अब जगतप्रकाश अनुभव कर रहा था कि उसने त्रिपुरी आकर अच्छा ही किया। उसे एक नवीन दृष्टिकोण का पता चला। उसे लग रहा था कि जसवन्त कपूर ने जो बातें कही हैं, अगर उन पर गम्भीरतापूर्वक सोचा जाए तो और भी कई महत्त्वपूर्ण बातें मालूम हो सकती हैं। तभी उसे कमलाकान्त की आवाज़ सुनाई दी, "जगतप्रकाश, कामरेड जसवन्त कपूर ने तुम्हें भी अपनी थीसिज़ समझा दी। मैं लेटा-लेटा सब सुन रहा था। कहो, कल शाम तो तुम्हारी मौज में बीती !" और कमलाकान्त मुस्कराता हुआ जगतप्रकाश के सामने बैठ गया।

जगतप्रकाश भी मुसकराया, "तुम दोनों तो पंजाब-दिल्ली कैम्प की तरफ चले गए, उधर त्रिभुवन मेहता और मालती मनुभाई एक-दूसरे से लड़ते हुए तथा एक-दूसरे को मनाते हुए कहीं गायब हो गए। कुलसुम कावसजी हम लोगों को ढूँढ़ते हुए मुझे मिल गई। हम दोनों यहीं पास घूमने निकले। इतने में परवेज़ झाबवाला हम लोगों को डिनर के लिए बुलाने आ गया। कुलसुम अकेले जाना नहीं चाहती थी, तुम लोगों का कहीं पता नहीं था, और यह भी ठिकाना नहीं था कि कब लौटोगे। तो कुलसुम ज़बर्दस्ती मुझे अपने साथ अपने मामा के यहाँ ले गई।"

"अजीब पागल-सी लड़की है यह कुलसुम कावसजी, लेकिन है बड़ी जीवटवाली। बड़ा सबल व्यक्तित्व है इसका। कामरेड जसवन्त कपूर के पीछे दीवानी है, और हमारे जसवन्त कपूर कि जैसे प्रेम करने के लिए उन्हें फुरसत ही नहीं है।"

कमलाकान्त की बात सुनकर जगतप्रकाश को आश्चर्य हुआ, "यह क्या कह रहे हो ? कुलसुम की तो परवेज़ के साथ शादी करीब-करीब तय हो चुकी है, मुझे खुद कुलसुम ने बतलाया है, और जहाँ तक मैं जान पाया हूँ कुलसुम को इस शादी से कोई विरोध भी नहीं है।"

"हाँ, यह सब तो ठीक है, लेकिन यह स्त्री भी बड़ी विचित्र संज्ञा होती है। वह कब क्या कर बैठेगी, वह खुद नहीं जानती। महीनों वह कुलसुम दिल्ली में पड़ी रहती है, जसवन्त के नज़दीक रहने के लिए। लेकिन जसवन्त के मन में कुलसुम के प्रति कहीं भी कोई लगाव नहीं दीखता।"

जगतप्रकाश के मन में एक नई और विचित्र हलचल। उसका मन नहीं हो रहा था कि वह कमलाकान्त की बात पर विश्वास करे। और आश्चर्य उसे इस बात पर भी हो रहा था कि उसे यह बात सुनकर बुरा क्यों लग रहा है ? परवेज़ से कुलसुम के विवाह की बात करीब-करीब पक्की हो चुकी है। जगतप्रकाश को यह बात सुनकर बुरा नहीं लगा था, लेकिन जसवन्त कपूर के प्रति कुलसुम का लगाव है, यह बात सुनकर

उसके मन में कहीं कोई कसक जाग उठी। और फिर उसे कमलाकान्त की आवाज़ सुनाई पड़ी, "मेरी सलाह है कि इस कुलसुम से तुम दूर ही रहना। ऊपर से शिष्ट, शान्त और सौम्य, फिर यह सुन्दर भी है, लेकिन इसका भरोसा नहीं किया जा सकता, यह लड़की केवल अपने लिए जीवित है, अपने मन की है।"

जगतप्रकाश के अन्दर वाली कसक का स्थान एक अजीब-सी उलझन ने ले लिया, उसका अनुभव तो कुछ दूसरी ही किस्म का था, या फिर वह अपने अनुभव को ठीक तरह से नहीं समझ पाया। उस बात की गम्भीरता को दूर करने के लिए उसने कहा, "क्या तुम्हें भी किसी तरह का अनुभव हुआ है कुलसुम से ?"

कमलाकान्त ने उत्तर दिया, "नहीं, मुझे इस कुलसुम के सम्पर्क में आने का कभी मौका ही नहीं मिला, एकाध बार देखा है इसे इसके पहले, लेकिन दूर से, जसवन्त के साथ थी। इसके सम्बन्ध में मुझे जो कुछ भी जानकारी है, वह त्रिभुवन मेहता से मिली है और स्वयं त्रिभुवन भी उसके सम्पर्क में बहुत कम आया है। त्रिभुवन को केवल इतना ही ज्ञान है जितना मालती ने उसे बताया है, सच पूछो तो मालती को यह कुलसुम बिलकुल पसन्द नहीं।"

उसी समय एक जानी-पहचानी आवाज़ जगतप्रकाश को सुनाई पड़ी तो काफी कठोर लगी, "जसवन्त !" और इस आवाज़ के साथ ही कुलसुम ने उसके टेंट में प्रवेश किया।

जगतप्रकाश उठकर खड़ा हो गया, "वह बाथरूम गए हैं, अभी निकलते ही होंगे, बैठिए।"

कुलसुम ने जैसे इन दोनों की ओर कोई ध्यान ही नहीं दिया। "जैसे ही वह निकलें मेरे पास भेज देना।" वह बोली और घूमकर चल पड़ी। टेंट के द्वार पर जाकर वह फिर रुकी, उसने घूमकर इन दोनों को देखा, फिर जगतप्रकाश से उसने कहा, "देखिए, भूलिएगा नहीं, उन्हें मेरे पास अवश्य भेज दीजिएगा। जब तक वह बाहर न निकलें तब तक आप यहीं बैठिएगा।" और बिना जगतप्रकाश के उत्तर की प्रतीक्षा किए कुलसुम तेज़ी के साथ चली गई।

उसके जाते ही कमलाकान्त ज़ोर से हँस पड़ा, "देख लिया, मालती मनुभाई का कहना ठीक ही है, हम लोगों की तरफ उसने ध्यान ही नहीं दिया, केवल जसवन्त में उसे दिलचस्पी है।"

जगतप्रकाश ने कुछ नहीं कहा, लेकिन उसने अनुभव अवश्य किया—अपमान, उपेक्षा, ईर्ष्या—कहा नहीं जा सकता, और तभी जसवन्त कपूर बाहर निकला। कमलाकान्त ने उससे कहा, "कुलसुम कावसजी तुम्हें ढूँढ़ रही हैं, कह गई हैं कि जैसे बाथरूम से निकलें, वैसे ही तुमको उनके यहाँ भेज दूँ।"

जसवन्त बोला, "हाँ, मैंने सुन लिया है।" और निर्लिप्त भाव से जसवन्त कपूर कपड़े बदलने लगा।

[3]

जगतप्रकाश चल रहा था, चलता जा रहा था, जैसे उसके पैर रुकना जानते ही न हों। उसके पैरों में पहले तो थकान आई, लेकिन धीरे-धीरे वह थकान सूनी-सी पड़ गई, पैर बिना किसी इच्छा के, बिना किसी प्रेरणा के आप-ही-आप घिसटते जा रहे थे। अपार जन-समूह और उस जन-समूह का वह एक भाग। त्रिपुरी के उस क्षेत्र को, जहाँ कांग्रेस का अधिवेशन हो रहा था, पूरी तौर से अपने पैरों से नाप लेने का संकल्प करके वह निकला था, और वह चलता जा रहा था, जैसे हर हालत में उसे अपना संकल्प पूरा करना ही हो। प्रथम बार उसे अनुभव हो रहा था कि किस प्रकार तन और मन की थकावट एक-दूसरे से मिलकर जीवन का एक भाग बन जाया करती है, जहाँ गति तो रहती है, लेकिन उस गति के पीछे किसी तरह के उत्साह का नितान्त अभाव रहता है।

खुला अधिवेशन आरम्भ होने में अभी काफी देर थी। कुलसुम कावसजी, जसवन्त कपूर, त्रिभुवन मेहता सब्जेक्ट्स कमेटी से अभी नहीं लौटे थे और मालती मनुभाई कमलाकान्त के साथ धुआँधार का प्रपात देखने चली गई थी। इन दोनों ने जगतप्रकाश से भी साथ चलने को कहा था, लेकिन जगतप्रकाश की इच्छा नहीं थी जाने की। जगतप्रकाश अकेला रह गया था और धीरे-धीरे जगतप्रकाश को अपना अकेलापन अखरने लगा। वह भी निकल पड़ा घूमने के लिए। लेकिन इतनी बड़ी भीड़ में भी तो वह अकेला था। जगतप्रकाश के मुख पर एक मुस्कान आई, यह अकेलापन अस्तित्व का एक अनिवार्य भाग है, इस अकेलेपन से किसी को छुटकारा नहीं मिलने का।

अब वह बंगाल कैम्प के पास आ गया था और उसे अनुभव हुआ कि बंगाल कैम्प में कुछ आवश्यकता से अधिक सरगर्मी है। लोग चिल्ला-चिल्लाकर आपस में बातें कर रहे थे, गांधी को, पन्त को, नेहरू को, राजगोपालाचार्य को गालियाँ दे रहे थे। जगतप्रकाश बँगला भाषा नहीं जानता था, लेकिन 75 प्रतिशत अंग्रेज़ी के शब्दों से लदी हुई वह बँगला भाषा, जो बंगाल के प्रतिनिधिगण बोल रहे थे, उसकी समझ में आसानी से आ रही थी।

''सुभाष कायर है, उसे बीमार नहीं बनना चाहिए।'' एक मोटा-सा आदमी कह रहा था, ''सुभाष ने बंगाल की नाक काट दी। कितने बड़े जलूस की व्यवस्था थी—एक-दो नहीं, बावन हाथियों से खींचा जानेवाला रथ—और सुभाष को उस रथ पर बैठकर चलना था।''

उस आदमी के पास खड़े हुए एक बूढ़े-से आदमी ने उत्तर दिया, ''सुभाष ने बहाना नहीं किया, वह वास्तव में बीमार है। तुम्हें शर्म नहीं आती यह सब कहते हुए। देख नहीं रहे हो कि सुभाष पहाड़ से टक्कर ले रहा है। बंगाल का यह सिंह, इसे कायर कौन कह सकता है—वह बीमार है।''

जगतप्रकाश आगे बढ़ गया, इस बात को सुनकर उसे हँसी आ गई। लेकिन आगे बढ़कर भी वह इस उत्तेजना के वातावरण से मुक्ति नहीं पा सका। दूसरा दल, अधिक

उत्तेजित। एक आदमी कह रहा था, ''नेहरू ने सुभाष को धोखा दिया, नेहरू ने देश के नवयुवकों को धोखा दिया। लेकिन गांधी, नेहरू, पन्त—सुभाष इन सबसे बहुत ऊपर है। पूरा बंगाल सुभाष का साथ देगा, बंगाल फिर से देश के नेतृत्व को अपने हाथ में लेगा।''

''राजनीतिक चेतना, बुद्धि और विद्या में बंगाल अग्रणी है। कोई भी बंगाल को दबा नहीं सकता, उसे पीछे नहीं हटा सकता।'' एक नवयुवक ने एक-एक शब्द पर ज़ोर देते हुए कहा।

जगतप्रकाश को कुछ अजीब-सा लग रहा था। क्या सुभाष का प्रश्न हिंसा-अहिंसा का था, क्या सुभाष का प्रश्न जवानों और बूढ़ों का था, या फिर सुभाष का प्रश्न प्रान्तीयता का प्रश्न था ? अपने साथियों में बातें करते हुए उसे लगा था कि यह प्रश्न हिंसा-अहिंसा का मुख्य रूप से था, गौण रूप से यह प्रश्न जवानों और बूढ़ों का था, लेकिन यहाँ इस बंगाल कैम्प में तो यह प्रश्न प्रान्तीयता का बना हुआ था।

जगतप्रकाश के मन में अब अजीब तरह की वितृष्णा भर गई थी, वह जल्दी-से-जल्दी बंगाल कैम्प के बाहर निकल जाना चाहता था। लेकिन उसके पैर उठने का नाम ही नहीं ले रहे थे। इस कुरूपता को देखता हुआ, कटुता से भरे शब्दों को सुनता हुआ, बोझिल कदमों को घसीटता हुआ वह आगे बढ़ रहा था और तभी सब्जेक्ट्स कमेटी के पंडाल से आते हुए दो व्यक्ति उसके पास से निकले। एक कह रहा था, ''विश्वयुद्ध निश्चित है। अगर सुभाष बाबू के छह महीने की अवधि के अल्टीमेटम का प्रस्ताव पास हो जाता तो निश्चय यह देश का बहुत ठोस कदम होता।''

''यह अल्टीमेटम कभी स्वीकार नहीं होगा इस गांधी की डिक्टेटरशिप से लदी हुई कांग्रेस को, जो अहिंसा के बल पर स्वराज्य प्राप्त करना चाहती है।'' दूसरे आदमी ने कहा और दोनों तेज़ी से निकल गए।

जगतप्रकाश चौंक उठा। क्या वास्तव में विश्वयुद्ध निश्चित है ? और क्या वह साल-छह महीने में ही होगा ? यह कांग्रेस का प्रेसीडेंट छह महीने के अल्टीमेटम का प्रस्ताव रख रहा है, इसके अर्थ यह हुए कि छह महीने और एक साल के भीतर अगर विश्वयुद्ध नहीं होता तो हमारा यह अहिंसा का आन्दोलन हमेशा-हमेशा के लिए समाप्त कर दिया जाएगा। वैसे यूरोप की हालत दिनोंदिन बिगड़ती जा रही है—जगतप्रकाश यह जानता था। स्पेन का गृह-युद्ध, इटली का अबीसीनिया के विरुद्ध युद्ध-अभियान और जर्मनी की सैनिक तैयारियाँ। लेकिन ब्रिटेन निश्चिन्त है, फ्रांस निश्चिन्त है। दुनिया की दो बड़ी ताकतें जहाँ निश्चिन्त हों वहाँ युद्ध की सम्भावना कैसी ? फिर भी एक तरह की आशंका व्याप्त थी समस्त वातावरण में।

जगतप्रकाश बंगाल कैम्प से निकलकर मुख्य पंडाल की ओर बढ़ रहा था। उसे अब भूख लग रही थी, और सामने ही हलवाई की दुकान उसे दिखी, गरम-गरम पूड़ियाँ निकल रही थीं और लोग दुकान के बाहर बैठे हुए खा रहे थे। उसने दुकानदार को एक पाव पूड़ी का आर्डर दिया और दाम देने के लिए जेब में पैसे निकालने के लिए

हाथ डाला। उसका हृदय धक से रह गया। उसकी जेब में पर्स नहीं था। उसकी बंडी की जेब नीचे से कटी हुई थी। वह तेज़ी से आगे बढ़ गया।

उसकी जेब में करीब अठारह रुपए थे उसकी समस्त पूँजी—और अब उसके पास एक पैसा नहीं था। उसके पैरों की थकान अब और बढ़ गई थी, लेकिन उसकी भूख जाती रही थी।

उसके आगे तीन आदमी चल रहे थे, उनमें से एक कह रहा है, ''यह कांग्रेस का जमाव तो पूरा गिरहकटों का जमाव है, सब रुपए निकल गए। मैं कितने यत्न से जेब सँभाले था, लेकिन कोई जेब काट ही ले गया। कम नहीं, एक सौ सत्तर रुपए थे। घर वापस लौटने को पैसा भी नहीं बचा पास में।''

दूसरे आदमी ने कहा, ''दो दिन की बात तो है ही, पाँच रुपए मुझसे ले लो, बाकी वापस जाना बिना टिकट। पकड़े जाना तो कह देना कि कांग्रेस में जेब कट गई। लेकिन पहले पुलिस में रिपोर्ट लिखा दो। पुलिस कैम्प तो यहाँ है ही।''

तीसरा हँस पड़ा, ''इस सबसे हवालात से तो नहीं बच सकोगे, तुम्हारे लौटने का किराया मैं दे दूँगा। यह रिपोर्ट-विपोर्ट लिखाना बेकार, पाँच सौ से ऊपर रिपोर्ट लिखी जा चुकी हैं, पुलिसवाले अब रिपोर्ट लिखने से इनकार कर रहे हैं। गिरहकटों का एक बहुत बड़ा और संगठित समूह इस बार यहाँ कांग्रेस में आया है।''

तभी उसे पीछे से एक जानी-पहचानी आवाज़ सुनाई दी, ''आधिपत्य पूँजीवादियों का है इस कांग्रेस में, जो संघर्ष नहीं चाहते। कैसा अल्टीमेटम और कैसा आन्दोलन ? प्रान्तों में कांग्रेस सरकारें बन गई हैं। माना कि इन कांग्रेस सरकारों के पास सत्ता नहीं है, क्योंकि सत्ता अंग्रेज़ गवर्नरों और अंग्रेज़ नौकरशाही के हाथ में है, पर इन कांग्रेस मिनिस्टरों के पास पद तो है। गांधी अंग्रेज़ों का सबसे बड़ा समर्थक है, और गांधी कांग्रेस में सर्वेसर्वा है। राजकोट में गांधी ने उपवास किया और उपवास के तीसरे ही दिन गांधी की बात मान ली गई। गांधी के साथ देश का पूँजीपति समाज है, गांधी का समस्त आन्दोलन पूँजी-आन्दोलन है। पूँजीवाद जनता के संघर्ष से घबराता है।''

जगतप्रकाश ने घूमकर पीछे देखा, करीब एक गज़ पीछे जसवन्त कपूर और त्रिभुवन मेहता दिखे। जसवन्त कपूर का स्वर काफी उत्तेजित था। तभी त्रिभुवन मेहता बोला, ''यह संघर्ष की बात कह देना बड़ा आसान है, लेकिन यह संघर्ष करना इतना आसान नहीं है। जो कुछ अभी तक हिन्दुस्तान को मिला वह काफी नहीं है, मैं यह मानता हूँ, लेकिन जब इतना मिल चुका है तब और भी अधिक मिलेगा। इस संघर्ष से तो जो कुछ मिला है उसके छिन जाने का भी खतरा है।''

जगतप्रकाश ने अनुभव किया कि वह बम्बई-कैम्प में प्रवेश कर चुका है। उसने जसवन्त कपूर से कहा, ''क्यों जसवन्तजी, विषय-निर्वाचिनी कमेटी की मीटिंग समाप्त हो गई ?''

जसवन्त कपूर को जैसे अब होश आया हो, ''अरे जगतप्रकाश ! क्या घूमकर लौट रहे हो ?'' वह एकाएक चौंक उठा, ''अरे कुलसुम ! कुलसुम कहाँ छूट गई ?'' उसने

त्रिभुवन मेहता की ओर देखा।

"चले तो हम लोग साथ ही थे, फिर हम लोग जो बातों में लगे तो कुलसुम का ख़याल ही जाता रहा।"

जसवन्त कपूर हँस पड़ा, "कुलसुम ठहरी कुलसुम, उसका कौन ठिकाना ! फिर न जाने क्यों वह आज के वातावरण से बहुत अधिक उद्विग्न हो उठी थी। बंगाल के प्रतिनिधियों ने जो हर कदम पर महात्मा गांधी पर विश्वास के प्रस्ताव को बंगाली और गैर-बंगाली का किस्सा बना लिया था, उससे सुभाष का अहित ही हुआ। भला इसमें कौन-सी ऐसी बात थी जो कुलसुम उद्विग्न हो जाती ! सुभाष का मत ठीक हो सकता है, लेकिन यह बंगालवाली प्रान्तीयता का आरोपण, मैं समझता हूँ गलत था। इसकी प्रतिक्रिया में गैर-बंगालियों का रुख कुलसुम को क्यों बुरा लगा, यह बात मेरी समझ में नहीं आई।"

जगतप्रकाश ने जो कुछ देखा-सुना था उससे वह जसवन्त कपूर की बात का महत्त्व आसानी से समझ गया। उसने दबी ज़बान से कहा, "लेकिन कुलसुम को ढूँढ़ना तो चाहिए। उफ कितनी भीड़ है, और इस भीड़ में न जाने कितने लुटेरे और गिरहकट घूम रहे हैं !"

त्रिभुवन मेहता ने आश्चर्य से जगतप्रकाश को देखा, "तुम्हें कैसे पता चला कि मेरी जेब कट गई है ? जानते हो, मेरी जेब में ठसाठस परचे भरे हुए थे, वह उन परचों को नोट समझकर निकाल ले गया। पर्स तो मेरे कुरतेवाली जेब में था और उसने काटी मेरी जाकेटवाली जेब।" जैसे त्रिभुवन मेहता गिरहकट की मूर्खता पर मन-ही-मन हँस रहा हो।

जगतप्रकाश ने त्रिभुवन मेहता की बात का कोई उत्तर नहीं दिया, वह घूमकर पंडाल की ओर चल दिया।

वह करीब सौ कदम ही गया होगा कि उसकी नज़र कुलसुम पर पड़ी। कुलसुम का चेहरा बुरी तरह उतरा हुआ था और उसके पैर लड़खड़ा रहे थे। बड़े प्रयत्न से जैसे अपने पैरों को घसीटती हुई वह धीरे-धीरे आगे बढ़ रही थी। कुलसुम की हालत देखते ही मानो जगतप्रकाश के अन्दरवाली सारी थकावट जाती रही हो, उसे ऐसा लग रहा था कि जल्दी ही कुलसुम चक्कर खाकर गिर पड़ेगी। दौड़कर उसने कुलसुम का हाथ थाम लिया, "अरे, यह क्या हालत है आपकी ?"

जगतप्रकाश का सहारा पाकर कुलसुम खड़ी हो गई, "तुम ! बड़े मौके से आए ! उफ़ ! कितनी थक गई हूँ, जैसे गिर पड़ूँगी !"

"तबीयत तो ठीक है ?" जगतप्रकाश ने पूछा।

"सर में बड़े ज़ोर का दर्द हो रहा है और पिंडलियाँ जैसे फटी जा रही हैं।" कुलसुम बोली, "सुबह से ही सर कुछ भारी था। और विषय-निर्वाचिनी में जो कुछ हुआ वह कितना बेहूदा, कितना कुरूप था ! इनसान पहले बंगाली है, गुजराती है, मराठी है, हिन्दुस्तानी बाद में है। मैं कहती हूँ यह सारी राष्ट्रीयता इंसानियत के नाम पर एक कलंक

है। हम किस स्वतन्त्रता के लिए लड़ रहे हैं ? इस स्वतन्त्रता में एक प्रान्तवाले दूसरे प्रान्तों पर शासन करेंगे, एक वर्गवाले दूसरे वर्गों पर शासन करेंगे। आदमी शोषित होगा, उत्पीड़ित होगा।''

''ज्यादा न बोलिए, मैं आपको सहारा देकर चलता हूँ, चलकर आराम कीजिए,'' जगतप्रकाश बोला।

जगतप्रकाश का सहारा लेकर कुलसुम चलने लगी, ''मुझे 'आप' न कहकर 'तुम' कहा करो। 'आप' शब्द एक तरह की औपचारिकता है जो अलगाव को प्रदर्शित करती है। तुम बड़े अच्छे आ गए, नहीं तो मैं कैम्प तक पहुँच पाती, मुझे शक हो रहा था। वह जसवन्त और त्रिभुवन, दोनों अपनी बातों में इस कदर उलझे हुए थे कि उन लोगों ने मेरी तरफ देखा तक नहीं।'' कुलसुम के मुख पर एक रूखी तथा करुण मुस्कान आई, ''कौन दूसरों को देखता है, सब अपनी ही तरफ देखते हैं ! मैं किसी की शिकायत न ही करती, वे दोनों अपनी ओर देख रहे थे और मैं अपनी तरफ देख रही थी। सोच रही थी कि कहीं गिर न पड़ूँ। एकाध बार सोचा कि किसी रास्ता चलते आदमी से कहूँ कि वह मुझे मेरे टेंट तक पहुँचा दे, लेकिन फिर मुझे अपने से ही ग्लानि हुई। क्या मैं इतना भी बर्दाश्त नहीं कर सकती ? मैं चलती रही, अपने को घसीटती रही। इस समय तो किसी को पुकारने की भी हिम्मत नहीं रह गई, गिरने ही वाली थी कि तुम आ गए।''

''हाँ, जसवन्त कपूर और त्रिभुवन मेहता ने मुझे बतलाया कि तुम उनके साथ चली थीं, लेकिन न जाने कहाँ रह गईं ! तो मैं आपको, नहीं...तुम्हें खोजता हुआ यहाँ आ गया।''

कुलसुम की आँखें झपी जा रही थीं। उसने अपना सारा शरीर जगतप्रकाश की बाँहों के घेरे में डाल दिया था, और वह कह रही थी, ''सच ! तुमने मेरी खोज-खबर तो ली ! तुम शायद अपने से हटकर दूसरों की ओर देख सकते हो। लेकिन तुम्हारी यह प्रवृत्ति कब तक रहेगी ? अभी तुम जीवन के संघर्षों में नहीं आए हो, अभी तुम्हारे अन्दर वाला अबोध शिशु जीवित है, लेकिन यह सब कब तक ? जल्दी ही तुम भी अपने को दूसरों पर आरोपित करने लगोगे। तब तुम केवल अपनी ओर देखोगे, दूसरे तुम्हारे लिए साधन के रूप में रह जाएँगे, जिनके द्वारा तुम अपने स्वार्थ की सिद्धि कर सको। बुरा न मानना, मैं ठीक कह रही हूँ।''

जगतप्रकाश ने कुलसुम की इस बात का कोई उत्तर नहीं दिया, वह असीम सुख अनुभव कर रहा था कुलसुम के स्पर्श से, कुलसुम की बातों से। वह सोच रहा था कि कुलसुम जो कुछ कह रही है, वह सत्य है। वह कुलसुम को ढूँढ़ने आया था, क्योंकि उसके अन्दर कहीं कोई भावना जाग उठी थी। कुलसुम को ढूँढ़ने आने में उसके अन्दर वाली प्रेरणा, और उस प्रेरणा द्वारा आत्म-सन्तोष सर्वोपरि थे।

थोड़ी देर चुप रहने पर कुलसुम ने फिर कहा, ''स्वार्थ-स्वार्थ—हर तरफ आदमी का स्वार्थ। हरेक आदमी हरेक काम उसके स्वार्थ से प्रेरित है, अपने से ऊपर उठकर

या अपने से अलग होकर कोई आदमी नहीं देखता, शायद देख भी नहीं सकता। महात्मा गांधी पर विश्वास का प्रस्ताव अगर ठीक तौर से देखा जाए तो सुभाषचन्द्र बोस पर अविश्वास का प्रस्ताव है। जिस दिन वर्किंग कमेटी के सदस्यों ने इस्तीफा दिया था उसी दिन उन लोगों ने यह स्पष्ट कर दिया था कि उनका विश्वास सुभाषचन्द्र बोस पर नहीं है और अपनी विजय के उल्लास में भूला हुआ सुभाष—उन इस्तीफों के परिणाम के प्रति वह अन्धा बन गया। उसने उन इस्तीफों को मंजूर कर लिया। लेकिन फिर सवाल यह है कि अगर वह उन इस्तीफों को मंजूर न करता तो करता क्या ? क्या वह गांधी के आगे घुटने टेक देता ? अगर उसने यह किया होता तो वह कम-से-कम मेरी नज़रों से गिर गया होता। जनमत उसके साथ था, उसके चुनाव के नतीजों ने यह प्रदर्शित कर दिया था, लेकिन उस जनमत पर भरोसा कैसे किया जा सकता है ? क्षणिक और अस्थायी आवेगों से भरा यह जनमत बड़ा भ्रामक होता है...'' और कुलसुम कहते-कहते रुक गई, जैसे अब उसे बात करने में कष्ट हो रहा हो।

जगतप्रकाश ने कहा, ''तुम ठीक कहती हो, यह जनमत बड़ा भ्रामक होता है। लेकिन इसकी चिन्ता क्यों कर रही हो तुम ? मन को शान्त करने में ही भलाई है। ज्यादा बात करने से उद्विग्नता बढ़ती है।''

थके-से स्वर में कुलसुम बोली, ''लेकिन बात करके ही तो मैं अपने अन्दरवाली घुटन को दूर कर सकती हूँ। सब्जेक्ट्स कमेटी में पुराने लोगों का बहुमत है, सुभाष को वहाँ पराजित होना ही था। लेकिन क्या खुले अधिवेशन में सुभाष विजयी होगा ? मुझे तो इसकी सम्भावना तनिक भी नहीं दिखती, क्योंकि जनमत बदल गया है राजकोट में गांधी के उपवास के कारण। हारी हुई बाज़ी खेल रहा है यह सुभाष और उसकी पराजय को और भी हास्यास्पद बना रही है सुभाष के समर्थकों की प्रान्तीयता। पूरा बंगाल सुभाष का साथ दे रहा है, इसलिए कि सुभाष बंगाली है—सब्जेक्ट्स कमेटी में मैंने यह देखा। कहाँ से चीज़ें शुरू हुईं और हम आज कहाँ आ पहुँचे ! मानवता के आधार पर किसी में सोचने-समझने की न प्रवृत्ति है, न क्षमता है। मुसलिम-गैर-मुसलिम, बंगाली-गैर-बंगाली—हमारे देश का यही सबसे बड़ा अभिशाप है।''

दोनों अपने टेंटों के नज़दीक आ गए थे। कुलसुम ने राहत की साँस लेते हुए कहा, ''मंजिल पर पहुँच गई हूँ। उफ़ ! बला की थकावट है मेरे अन्दर। मुझे मेरे बिस्तर पर लिटा दो चलकर। जी चाहता है सो जाऊँ और लगातार सोती रहूँ। सारा बदन टूट रहा है, ऐसा लगता है कि मुझे बुखार चढ़ आया है। लेकिन इसकी फिक्र न करना, यह थकावट का बुखार जल्दी ही ठीक हो जाएगा, सिर्फ आराम की जरूरत है।''

कुलसुम का टेंट खाली पड़ा था। जगतप्रकाश ने अनुमान लगा लिया कि जसवन्त कपूर और त्रिभुवन मेहता उसके टेंट में बैठे हुए हैं। दो हिस्सों के उस टेंट में, आगेवाले भाग में मालती मनुभाई और त्रिभुवन मेहता के बिस्तर पड़े थे, पीछेवाले भाग में कुलसुम कावसजी का बिस्तर पड़ा था। जगतप्रकाश ने कुलसुम को उसके बिस्तर पर लिटा दिया। बिस्तर पर लेटते हुए कुलसुम ने कहा, ''तुम कितने अच्छे हो, कितनी मदद की

तुमने मेरी ! अब तुम खाना खा आओ जाकर। मालूम होता है जसवन्त और त्रिभुवन खाना खाने चले गए हैं। मैं अब सोती हूँ, खाना बिलकुल नहीं खाऊँगी। सब लोगों से कह देना कि मुझे कोई जगाए नहीं, शाम तक ठीक हो जाऊँगी। खुले सेशन में मुझे देखना है कि क्या जनमत अब भी सुभाष के साथ है।''

''तुम शान्त होकर सोओ, किसी तरह की चिन्ता न करो। शाम को चार-पाँच बजे मैं देखूँगा आकर तुम्हें।'' जगतप्रकाश बाहर निकल आया। अपने टेंट में उसने आकर देखा कि कुलसुम का अनुमान ठीक था, जसवन्त कपूर और त्रिभुवन मेहता दोनों ही शायद खाना खाने चले गए थे। वह चुपचाप बिस्तर पर लेट गया कमलाकान्त की प्रतीक्षा में। उसके पास एक पैसा न था, सिवा कमलाकान्त के वह किसी से कुछ माँग भी तो नहीं सकता था। धीरे-धीरे जगतप्रकाश को नींद आ गई।

जिस समय जगतप्रकाश की नींद खुली तो उसने देखा कि कमलाकान्त उसके सिरहाने खड़ा कह रहा है, ''तुम कब तक सोते रहोगे ? पाँच बज रहे हैं। छह बजे से खुला अधिवेशन होनेवाला है। मालती बेन ने चाय के लिए बुलाया है।''

जगतप्रकाश ने उठकर कपड़े पहने और तभी उसे याद आ गई कुलसुम की। उसने कुलसुम से जो वायदा किया था उसे पूरा न कर सका था। कुलसुम के टेंट में जाकर उसने देखा कि कुलसुम बैठी चाय पी रही थी। मालती ने जगतप्रकाश और कमलाकान्त को देखकर कहा, ''इस कुलसुम को तो बहुत तेज़ बुखार है, अभी मैंने इसका टेम्परेचर लिया था, एक सौ दो डिग्री है। यह खुले अधिवेशन में कैसे जाएगी ?''

''बुखार तो इतना नहीं है, लेकिन कमज़ोरी बहुत लग रही है। मुझसे इतनी दूर चला न जाएगा।'' कुलसुम बोली, फिर उसने जगतप्रकाश की ओर देखकर कहा, ''दोपहर को अगर तुम न मिल गए होते तो मैं रास्ते में ही बेहोश होकर गिर पड़ती। यह मालती एक घंटा पहले लौटी तो इसने मुझे जगाया आकर।''

जगतप्रकाश कुछ देर तक मौन रहा, फिर उसने कहा, ''कुलसुम बेन अकेली कैसे रहेंगी, फिर इनका इलाज भी तो होना चाहिए। यहाँ कांग्रेस कैम्प में कोई डिस्पेंसरी तो होगी ही, मैं ढूँढ़ता हूँ जाकर उसे, डॉक्टर को बुलाकर दिखाना होगा। आप लोग हो आइए खुले अधिवेशन में।''

कुलसुम मुस्कराई, ''मैं बिना दवा-दारू के ही अच्छे होने में विश्वास करती हूँ। डॉक्टर को लाने की कोई ज़रूरत नहीं है। मैं यहाँ अकेली रहूँगी और सोऊँगी। सुबह तक बुखार खुद उतर जाएगा।''

जसवन्त कपूर और त्रिभुवन मेहता अपने-अपने प्रभाववाले डेलीगेटों से मिलने के लिए बहुत पहले चले गए थे। मालती और कमलाकान्त वहाँ थे। कमलाकान्त बोला, ''हम-तुम दोनों यहाँ रहेंगे, मैं मालती बेन को पहुँचाकर वापस आ जाऊँगा।''

''नहीं, यहाँ कोई नहीं रहेगा।'' दृढ़ आवाज़ में कुलसुम बोली, ''तुम लोग अधिवेशन में हो आओ जाकर। इसी अधिवेशन के लिए तो तुम लोग जबलपुर आए हो। मैंने कहा न कि अभी डॉक्टर की ज़रूरत नहीं है, कल सुबह मेरा बुखार खुद उतर जाएगा।''

जगतप्रकाश ने न जाने क्यों यह अनुभव किया कि कुलसुम की आवाज़ की दृढ़ता के पीछे कहीं किसी प्रकार का कम्पन है।

मालती, कमलाकान्त और जगतप्रकाश—तीनों ही खुले अधिवेशन के लिए चल पड़े। इस समय तक जगतप्रकाश भूल-सा गया था कि उसने दिन में खाना नहीं खाया है और उसकी जेब कट गई है। पंडाल के पास पहुँचकर जगतप्रकाश ने कमलाकान्त से कहा, ''कमलाकान्त, दूसरे के पास और बैज की सहायता से पंडाल में डेलीगेटों में शामिल होना, यह तो अनैतिक काम होगा। मैं तो बाहर से ही स्पीचें सुनूँगा।'' वह पंडाल के बाहर रुक गया। कमलाकान्त और मालती के जाने के बाद जगतप्रकाश अपने टेंट की ओर लौट पड़ा।

कुलसुम आँखें बन्द किए हुए लेटी थी, जगतप्रकाश के पैरों की आहट सुनकर उसने पूछा, ''कौन है ?''

''मैं हूँ जगतप्रकाश।'' जगतप्रकाश ने कुलसुम के पास आकर कहा, ''तुम्हें बुखार में अकेले छोड़कर अधिवेशन में भाग लेने का मन नहीं, लौट आया। कैसी तबीयत है ?''

ऐसा मालूम होता था कि कुलसुम के अन्दरवाली बेचैनी बहुत बढ़ गई है। उसने अपनी आँखें मूँदते हुए कमज़ोर स्वर में कहा, ''अच्छा हुआ जो लौट आए। अन्दर से बड़ी बेचैनी है, मालूम होता है बुखार बहुत बढ़ गया है। सारे बदन में दर्द हो रहा है, सर फटा जा रहा है।''

''अगर कहो तो सर दबा दूँ ?'' जगतप्रकाश ने कुलसुम के सिरहाने कुर्सी पर बैठते हुए पूछा।

कुलसुम ने जगतप्रकाश की बात का कोई उत्तर नहीं दिया। कुलसुम के मौन को सम्मति समझकर अब उसके सिरहाने पलंग पर बैठकर वह उसका सर दबाने लगा। कुलसुम का शरीर जल रहा था तेज़ बुखार में।

एक घंटा—पूरा एक घंटा हो गया जगतप्रकाश को कुलसुम का सर दबाते हुए। सर दबाए जाने से शायद कुलसुम की बेचैनी कम हो गई थी और उसे नींद आ गई थी। इस समय जगतप्रकाश अपने अन्दरवाली कमज़ोरी अनुभव कर रहा था। सुबह से उसने कुछ भी नहीं खाया था। कुलसुम की बीमारी के कारण वह कमलाकान्त से रुपए माँगना भी भूल गया था। उसकी तबीयत हो रही थी कि वह अपने टेंट में जाकर सो जाए; बड़ी थकावट अनुभव हो रही थी उसे। एक घंटे बाद कुलसुम ने आँखें खोलीं, ''बड़ी प्यास लगी है, एक गिलास पानी।''

जगतप्रकाश ने पानी का गिलास कुलसुम को दिया। दो गिलास पानी पीकर उसने गिलास वापस कर दिया, ''तुमने बड़ा अच्छा किया जो वहाँ से वापस चले आए। यह इन्फ्लुएंज़ा का बुखार मालूम होता है, बेहद कमज़ोरी है, उठने की हिम्मत नहीं होती।''

जगतप्रकाश को याद हो आया कि उसके गाँव में जब कभी उसे इन्फ्लुएंजा होता

था, उसके पिता उसे अदरक-कालीमिर्च का काढ़ा पिलाते थे और कभी-कभी चौबीस घंटे के अन्दर उसका बुखार उतर जाया करता था। उसने कहा, "मैं अभी अदरक और कालीमिर्च का काढ़ा बनाकर पिलाता हूँ तुम्हें। स्टोव तो यहाँ पर है ही, मैं यहाँ बाज़ार से अदरक और कालीमिर्च लिए आता हूँ।" वह उठा, लेकिन उसी समय उसे ख़याल आ गया कि उसके पास पैसे नहीं हैं, वह खरीदेगा कैसे ? वह ठिठककर खड़ा हो गया। उसी हालत में वह चुपचाप खड़ा रहा, उसकी समझ में न आ रहा था कि क्या किया जाए।

पता नहीं कैसे, कुलसुम को कुछ आभास हो गया कि जगतप्रकाश वहीं खड़ा है, अभी गया नहीं है। उसने आँखें खोलीं, "अरे, अभी तक तुम गए नहीं ? क्या बात है ?"

जगतप्रकाश को कहना पड़ा, "मुझे ख़याल ही न रहा था कि मेरी जेब में एक पैसा नहीं है। आज दोपहर के समय किसी ने मेरी जेब काट ली। कमलाकान्त से रुपए लेनेवाला था, लेकिन तुम्हारी बीमारी की चिन्ता में मैं भूल ही गया।"

एक क्षीण मुस्कान कुलसुम के मुख पर आई, "बस, इतनी-सी बात ?" फिर गौर से जगतप्रकाश को देखा, "मालूम होता है तुमने आज दिन में खाना नहीं खाया है, तुम भी बीमार-से दीख रहे हो।" कुलसुम ने तकिए के नीचे से अपना पर्स निकाला। पर्स उसने जगतप्रकाश की ओर बढ़ाते हुए कहा, "इसमें से दस-दस के पाँच नोट निकाल लो।"

जगतप्रकाश लज्जा से मानो गड़ गया, उसने कहा, "नहीं, आपको बहुत-बहुत धन्यवाद ! कमलाकान्त से मैं रुपए ले लूँगा, तुम मुझे सिर्फ एक रुपया दे दो ताकि मैं तुम्हारी दवा ले आऊँ।"

"मैं या तो पचास रुपए दूँगी या फिर कुछ नहीं दूँगी, बिना किसी दवा के रहूँगी।" कुछ उत्तेजित स्वर में कुलसुम बोली, "मुझसे इतना भेदभाव, मुझसे इतना अलगाव ! जाओ यहाँ से, मुझे तुम्हारी सहायता की, तुम्हारी सहानुभूति की कोई ज़रूरत नहीं है। नहीं तो ये पचास रुपए तुम निकाल लो।"

अपराधी की भाँति सर झुकाकर जगतप्रकाश ने रुपए ले लिए। कुलसुम ने पर्स तकिए के नीचे वापस रखते हुए कहा, "जाओ पहले कुछ खा लो, फिर जो कुछ लाना हो ले आओ। इस बीच मैं सोने की कोशिश करूँगी।"

जगतप्रकाश जिस समय वापस लौटा, कुलसुम जाग रही थी। उसने अदरक-कालीमिर्च की चाय बनाई और कुलसुम को चाय पिलाकर उसने उसे अच्छी तरह उढ़ाकर लिटा दिया। तभी कुलसुम ने कहा, "अगर तुम्हें किसी तरह की असुविधा न हो तो तुम रात में यहीं सो जाओ, बहुत मुमकिन है कि रात में बुखार और बढ़ जाए।"

जगतप्रकाश अपना बिस्तर कुलसुम के टेंट में ले आया।

चाय पीकर कुलसुम सो गई। जगतप्रकाश अपने साथ पूड़ियाँ ले आया था। उसने खाना खाया। खाना खाकर उसने घड़ी देखी, नौ बज गए थे। अब उसे बाहर से

अधिवेशन समाप्त होने पर लौटनेवाली भीड़ के शोर का पता चला। वह टेंट के बाहर आ खड़ा हो गया, खुले अधिवेशन में जो कुछ हुआ, लोग उस पर टीका-टिप्पणी कर रहे थे। मालती, मनुभाई और कमलाकान्त साथ-साथ लौटे। जगतप्रकाश को टेंट के बाहर खड़ा देखकर कमलाकान्त ने पूछा, ''क्या तुम अभी-अभी वापस लौटे हो ?''

''नहीं, मैं उसी समय लौट आया था। कुलसुम बेन को बहुत तेज़ बुखार है—शायद एक सौ चार डिग्री हो।'' जगतप्रकाश बोला।

मालती कुलसुम के भाग की ओर बढ़ी और जगतप्रकाश ने कहा, ''अभी-अभी सो गई हैं, इसके माने हैं कि अब बुखार का उतरना आरम्भ हो गया है। मेरा ख़याल है कल सुबह तक बुखार उतर जाएगा। कुलसुम बेन ने कहा था तो मैंने अपना बिस्तर यहीं डाल लिया है उनकी देखभाल करने के लिए।''

''अच्छा किया,'' मालती बोली, ''बेचारी कुलसुम ! यहाँ आकर बीमार पड़ गई, कितने उत्साह और उमंग के साथ वह आई थी !'' फिर कुछ सोचकर वह बोली, ''परवेज़ झाबवाला को खबर कर देनी चाहिए, उसके यहाँ इसकी दवा-दारू अच्छी तरह होगी। त्रिभुवन आ जाए तो मैं उसी समय उसे वहाँ भेजती हूँ।''

लेकिन ऐसा लगता है कि त्रिभुवन उतनी रात को जबलपुर जाने के मूड में नहीं था। जब वह वापस लौटा, रात के दस बज चुके थे। जब मालती ने उसके सामने अपना प्रस्ताव रखा, उसने कहा, ''कल सुबह परवेज़ खुद आएगा अपनी कार लेकर, तभी हम लोग कुलसुम को उसके साथ भेज देंगे।''

जगतप्रकाश बोला, ''फिर इतने तेज़ बुखार में इस समय कुलसुम को यहाँ से हटाना ठीक न होगा। सुबह तक इनका बुखार कम हो जाएगा, फिर कुलसुम से पूछ लिया जाए कि क्या किया जाना चाहिए ?''

दूसरे दिन जब कुलसुम सोकर उठी, उसका टेम्परेचर सौ डिग्री आ गया था। सब लोगों ने साथ चाय पी। इसके बाद त्रिभुवन बोला, ''हम दोनों को तो सलेक्ट्स कमेटी की मीटिंग में जाना है, कुलसुम को बुखार है, नहीं तो तुम देखतीं चलकर कि आज कितना हंगामा रहेगा ! मेरी सलाह तो यह है कुलसुम बेन कि तुम अपने मामा के यहाँ चली जाओ, वहाँ तुम्हारी देखभाल अच्छी तरह से होगी।''

''मेरी देखभाल यहाँ पर बड़ी अच्छी तरह हो रही है—तुम लोग जाओ, मैं यहाँ के डॉक्टर को बुला लूँगी। आज शाम को मैं कांग्रेस के अधिवेशन में शरीक हूँगी।''

''औरत की ज़िद से कोई पार नहीं पा सकता,'' त्रिभुवन ने मालती को देखकर व्यंग्य किया।

तभी जसवन्त कपूर बोला, ''आज का अधिवेशन महत्त्वपूर्ण होगा, अगर दोपहर तक कुलसुम का टेम्परेचर नार्मल आ जाए तो इन्हें चलना चाहिए। लेकिन एक बात मैं स्पष्ट कर दूँ, कल शाम हम लोगों ने तय किया कि हम लोगों को महात्मा गांधी का साथ देना चाहिए।''

''लेकिन कांग्रेस का प्रेसीडेंट चुनते समय हम लोगों ने अपना वोट तो सुभाषचन्द्र

बोस को दिया था।'' कुलसुम ने तेज़ नज़र से जसवन्त को देखते हुए कहा, ''जहाँ तक मुझे याद है, इसमें तुम्हारा आग्रह सबसे ज्यादा था।''

''मैं इस बात को स्वीकार करता हूँ।'' जसवन्त बोला, ''लेकिन हमने अपना वोट पट्टाभि सीतारमैया के खिलाफ दिया था, महात्मा गांधी के खिलाफ नहीं दिया था। कांग्रेस की वर्किंग कमेटी हमेशा से महात्मा गांधी की सलाह से बनती आई है, क्योंकि देश का नेतृत्व महात्मा गांधी के हाथ में है और इस बार भी वह महात्मा गांधी की सलाह से बनेगी।''

कुलसुम तिलमिला उठी, ''कब तक देश का नेतृत्व महात्मा गांधी के हाथ में रहेगा ? हम लोगों ने महात्मा गांधी के नेतृत्व को उखाड़ फेंकने का संकल्प किया था, और आज जब मौका आया तब हम हट रहे हैं कायरों की भाँति।''

जसवन्त ने गम्भीर होकर कहा, ''देखो कुलसुम, महात्मा गांधी का नेतृत्व हमने हिला तो दिया है, क्योंकि उसकी नींव सुभाष के चुनाव से धसक गई है, लेकिन यह हमारी मजबूरी है कि उनके स्थान पर कौन आदमी आ सकता है, हम इसका निर्णय नहीं कर पा रहे। सुभाष के सम्बन्ध में हमने सोचा था कि वे देश का नेतृत्व सँभाल लेंगे, लेकिन सुभाष ने राजनीतिक बुद्धिमत्ता का परिचय नहीं दिया। इस स्वतन्त्रता संग्राम में हम लोग गहरी आपसी फूट तो नहीं डाल सकते—सुभाष ने इस सत्य की उपेक्षा की। पता नहीं इस सबमें सुभाष का कितना हाथ है, लेकिन बंगालियों ने इस मामले में जो रुख अपनाया है वह ठीक नहीं है।''

कुलसुम ने एक ठंडी साँस ली, ''हम सब कायर हैं, हम सब अपने को धोखा देनेवाले हैं।''

''शायद तुम ठीक कहती हो।'' जसवन्त बोला, ''यह अहिंसा हमारी नस-नस में भर गई है। और यह अहिंसा एक बहुत बड़े ढोंग में लिपटी हुई कायरता के सिवा और कुछ भी नहीं है। हमारा हिन्दू धर्म त्याग, मुक्ति और तपस्या के आवरण में आत्महत्या को स्वीकार करता है, जिसे हम भारतीय सभ्यता और संस्कृति कहते हैं, वह इस पराजय की भावना की प्रतीक है। इस पराजय की भावना को स्वीकार करने के लिए हम अपने संस्कारों से विवश हैं।'' जसवन्त एक झटके के साथ उठ पड़ा।

कुलसुम चुपचाप बैठी बाहर की ओर सूनी नज़र से देख रही थी। त्रिभुवन मेहता और जसवन्त कपूर चले गए। कमलाकान्त ने जगतप्रकाश से कहा, ''चलो, हम लोग भी थोड़ा-सा घूम आएँ चलकर। इस संघर्ष में सुभाष इतने निर्बल साबित होंगे, यह मुझे नहीं मालूम था।''

जगतप्रकाश ने कुलसुम की ओर देखा, और कुलसुम ने कहा, ''हाँ, तुम लोग घूम आओ जाकर, मालती मेरे साथ है।''

टेंट के बाहर निकलकर कमलाकान्त ने जगतप्रकाश से कहा, ''गलतियाँ-ही-गलतियाँ दिख रही हैं मुझे अपने चारों तरफ। जो कुछ भी हो रहा है वह गलत हो रहा है।'' कमलाकान्त मुस्करा रहा था।

"मैं समझा नहीं।" जगतप्रकाश बोला।

"समझाता हूँ। गांधी पर विश्वास का प्रस्ताव गलत है, क्योंकि वह वास्तव में सुभाष पर अविश्वास का प्रस्ताव है। ब्रिटिश गवर्नमेंट को छह महीने का अल्टीमेटम देनेवाले प्रस्ताव का रद्द हो जाना गलत है, क्योंकि यह इस बात की स्वीकारोक्ति है कि कांग्रेस ब्रिटिश सरकार की गुलामी को गौण रूप से स्वीकार करती है। मालती का मेरे पीछे पड़ जाना गलत है, क्योंकि त्रिभुवन से मालती की मँगनी हो चुकी है और मालती मेरे साथ केवल खिलवाड़ ही कर सकती है। जगतप्रकाश, तुम्हारा कुलसुम की तीमारदारी में इस तरह लग जाना गलत है, क्योंकि अगर तुम कुलसुम को पाने की आशा करते हो तो वह सितारों को तोड़ लेने की आशा करना है।"

जगतप्रकाश मुसकराया, "पहली तीन बातों के सम्बन्ध में मैं कुछ नहीं कहूँगा, क्योंकि उनके सम्बन्ध में मेरा व्यक्तिगत ज्ञान बिलकुल नहीं है, लेकिन जहाँ तक मेरा सवाल है, कुलसुम के प्रति मेरी मानवीय संवेदना-भर है—इससे अधिक कुछ नहीं और मानवीय संवेदना को मैं गलत नहीं समझता।"

कमलाकान्त हँस पड़ा, "नहीं, मैं तुमसे सफाई नहीं माँगता, लेकिन तुमने जबलपुर नहीं देखा, तुमने मार्बल राक्स नहीं देखा, तुमने धुआँधार नहीं देखा, तुमने कांग्रेस का अधिवेशन नहीं देखा, तुमने एकमात्र कुलसुम को देखा है।"

जगतप्रकाश को कमलाकान्त की यह बात अच्छी नहीं लगी, "मैंने सब कुछ देखा है, अपने अन्दरवाली दृष्टि से। और शायद मैंने इन चीज़ों को तुम्हारी अपेक्षा अधिक स्पष्ट देखा है। मगर मैं किसी को अच्छी तरह नहीं देख पाया हूँ तो वह कुलसुम है। इस लड़की को मैं नहीं समझ पा रहा हूँ।"

"तुम इसे समझना चाहते हो। इसलिए मैं कहता हूँ कि मेरा अनुमान गलत नहीं है। अच्छा, इन बातों को छोड़ो, चलो धुआँधार का एक चक्कर लगा आएँ, सुबह के समय वहाँ का दृश्य बड़ा सुहावना रहता है।"

जिस समय ये दोनों लौटे, कुलसुम का बुखार बढ़कर एक सौ एक डिग्री हो गया था। जसवन्त कपूर ने जाते-जाते कुलसुम को देखने के लिए एक डॉक्टर भिजवा दिया था, उसने कुलसुम के लिए दवा लिख दी थी और बता दिया था कि बुखार उस दिन बढ़ेगा लेकिन अधिक नहीं। शाम के समय जब सब लोग अधिवेशन के लिए चलने लगे तो कुलसुम ने कहा, "बुखार तो ज्यादा नहीं है, लेकिन कमज़ोरी काफी ज्यादा है। तुम सब लोग हो आओ, मैं यहीं लेटी रहूँगी, मेरे कारण यहाँ किसी को नहीं रुकना है।"

आज के अधिवेशन में बेतहाशा सरगर्मी थी, विशेष रूप से बंगाल कैम्प में एक युद्ध का-सा दृश्य दिख रहा था। लेकिन जैसे जगतप्रकाश को इस सबमें दिलचस्पी नहीं थी, उसका मन कुलसुम की बीमारी की ओर लगा हुआ था। कितना उत्साह और उमंग लेकर वह आई थी यह सब देखने, लेकिन वह बीमार पड़ गई। अब उसकी क्या हालत होगी ? अकेली शायद वह घबरा रही हो। अपने इन्हीं विचारों में खोया हुआ वह उस

अधिवेशन को देख रहा था, तभी उसे उठता हुआ शोर सुनाई पड़ा। उसने देखा कि चारों तरफ लोग उठ खड़े हुए हैं और ज़ोर-ज़ोर से चिल्ला रहे हैं। उसकी अगल-बगल बैठे लोग भी चिल्लाने लगे थे। जगतप्रकाश की समझ में कुछ आ नहीं रहा था। जगतप्रकाश वहाँ से चल दिया। उसे कमलाकान्त की आवाज़ सुनाई दी, ''कहाँ जा रहे हो जगतप्रकाश ?'' लेकिन उसने कमलाकान्त की ओर घूमकर भी नहीं देखा, मानो कोई अज्ञात प्रेरणा उसके पैरों को घसीट रही हो।

कुलसुम के टेंट में पहुँचकर उसने देखा कि कुलसुम उठने का प्रयत्न कर रही है, लेकिन उससे उठा नहीं जा रहा है।

जगतप्रकाश ने बढ़कर कुलसुम को सहारा दिया। वह उठकर चारपाई पर बैठ गई। कमज़ोर आवाज़ में उसने कहा, ''उफ़ ! कितनी बेचैनी है ! एक गिलास पानी पीना चाहती थी।''

जगतप्रकाश ने कुलसुम को पानी पिलाकर लिटा दिया। आँखें बन्द किए हुए कुलसुम कुछ देर लेटी रही, फिर उसने कहा, ''मुझे इस बात का पूरा यकीन था कि तुम अधिवेशन के बीच से उठ आओगे। तुम कितने अच्छे हो !''

जगतप्रकाश ने कहा, ''ज़्यादा न बोलो। तबीयत कैसी है ?''

''बुखार तो ज़्यादा नहीं मालूम होता, लेकिन कमज़ोरी बहुत ज़्यादा है।'' फिर कुछ रुककर उसने कहा, ''अगर तकलीफ न हो तो मेरी बीमारी की खबर परवेज़ को कर दो। मैं कल बम्बई लौट जाना चाहती हूँ, मेरा मन यहाँ नहीं लग रहा है।''

जगतप्रकाश उसी समय जबलपुर के लिए रवाना हो गया। एक घंटे के अन्दर ही वह परवेज़ को लेकर वापस आ गया। परवेज़ आते ही बोला, ''मैं अपनी कार लाया हूँ, मेरे साथ घर चलो। तुमने पहले मुझे क्यों नहीं खबर करवाई ? यहाँ तुम्हारी देखभाल कैसे होती भला ?''

''बुखार कल दोपहर को तो आया ही है। मैं समझती थी कि आज दोपहर तक उतर जाएगा।'' कुलसुम बोली, फिर उसने जगतप्रकाश से कहा, ''सब लोगों से कह देना कि मैं अपने मामा के यहाँ चली गई हूँ, वहाँ से मैं सीधी बम्बई चली जाऊँगी।'' वह अपना सारा सामान लेकर परवेज़ के साथ चली गई।

कुलसुम को परवेज़ के साथ भेजकर जगतप्रकाश फिर अधिवेशन देखने के लिए चल दिया। लेकिन जब वह वहाँ पहुँचा, अधिवेशन समाप्त हो चुका था और लोगों की भीड़ पंडाल के बाहर चल रही थी। लोगों की उत्तेजना बहुत कम हो गई थी और जगतप्रकाश को अनुभव हो रहा था कि सुभाष का दल पूरी तौर से पराजित हो चुका है। जिन लोगों ने सुभाष को आगे बढ़ाया था, उनमें से अधिकांश सुभाष का साथ छोड़ चुके हैं। अधिवेशन पंडाल के आसपास वह काफी देर तक चक्कर लगाता रहा, फिर भारी मन वह वापस लौटा।

उस समय तक उसके सब साथी वापस आ चुके थे और उन लोगों में एक हलचल-सी मची थी। त्रिभुवन मेहता चिल्ला रहा था, ''पता नहीं यह कुलसुम कहाँ गई।

अगर जगतप्रकाश उसे उसके मामा के यहाँ ले गया है, तो उसे हम लोगों को बतलाकर जाना चाहिए था।"

कमलाकान्त ने कहा, "लेकिन यह कैसे कहा जा सकता है कि जगतप्रकाश कुलसुम को ले गया है ? लो जगतप्रकाश खुद आ गया है। क्यों जगतप्रकाश ! तुम्हें पता है कुलसुम कहाँ गई है ?"

जगतप्रकाश ने कहा, "उसका बुखार बढ़ गया था, तो उसने मुझसे परवेज़ को बुलवाया। आधा घंटा पहले वह परवेज़ के साथ चली गई है, वहीं से सीधी वह बम्बई चली जाएगी। मुझसे कह गई है कि मैं तुम लोगों को बतला दूँ। मैं तुम लोगों को ढूँढ़ने चला गया था।"

इस बात को सुनकर जसवन्त कपूर चौंक उठा, वह बोला, "सुबह उसने मुझसे पूछा था कि वह अगर दिनशा झाबवाला के यहाँ चली जाए तो कैसा रहे ? मैंने उसे चले जाने की सलाह भी दी थी, लेकिन जैसे वह चाहती थी कि उससे मैं दिनशा झाबवाला के यहाँ जाने का आग्रह करूँ और उसने उसी समय दिनशा झाबवाला के यहाँ जाने का विचार बदल दिया था। मैं नहीं जानता था कि उसकी हालत इतनी खराब है, नहीं तो मैं उससे आग्रह जरूर करता।" वह चुप होकर अपने विचारों में डूब गया। वह बहुत थका हुआ दीख रहा था और उसका चेहरा बेतरह उतरा हुआ था।

जगतप्रकाश ने जसवन्त कपूर से कहा, "आप बहुत अधिक सुस्त हैं, क्या बात है ?"

उदास भाव से जसवन्त कपूर ने उत्तर दिया, "पराजित होने के बाद प्रसन्न कौन रह सकता है ? गांधी की विजय हुई, अहिंसा की विजय हुई, पुरानी पीढ़ी की विजय हुई। यह सब होना ही था। लेकिन जवाहरलाल से हम लोगों ने यह आशा नहीं की थी कि वह हमारा साथ छोड़कर गांधी और पिछड़ी पीढ़ी का साथ देंगे। वह अहिंसा का नारा लगाएँगे, जबकि उन्हें अहिंसा का ज़रा भी विश्वास नहीं है।"

कमलाकान्त को जसवन्त कपूर की बात ज़रा भी अच्छी नहीं लगी, "आप जवाहरलाल पर मिथ्या आरोप लगा रहे हैं।" वह उत्तेजित होकर बोला, "जवाहरलाल ने वही किया जो कांग्रेस और देश के हित में था।"

लेकिन जसवन्त कपूर उत्तेजित नहीं हुआ। "अकेले आप ही नहीं, हमारे देश के अधिकांश युवक ऐसा ही कहेंगे। जवाहरलाल के पास त्याग है, बलिदान है, जवाहरलाल के पास विद्या है, व्यक्तित्व है। बहुत अधिक बुद्धिमान है यह जवाहरलाल, और इसके अन्दरवाला बुद्धि का तत्त्व उसकी भावना के तत्त्व से अधिक सबल है, उसकी भावना उसकी बुद्धि द्वारा अनुशासित है। जवाहरलाल बौद्धिक रूप से हर तरह का समझौता कर सकते हैं और फिर जवाहरलाल के पास प्रदर्शन है। यह प्रदर्शन—अगर इसे मैं अभिनय कहूँ तो गलत नहीं होगा। उनका यह अभिनय ही उनकी सबसे बड़ी सफलता है। भविष्य जवाहरलाल का है।"

और जैसे जसवन्त कपूर अपनी बातों को आगे बढ़ाने के मूड में न रहा हो, या

फिर उसके अन्दरवाली दो समान भाव से प्रखर भावनाओं में दूसरी भावना एकाएक उभर आई हो। उसने कहा, "इस समय छोड़ो भी इस बात को। आज हम हारे, कल हम बहुत सम्भव है जीत जाएँ। मुझे इस समय कुलसुम की चिन्ता हो रही है। उसकी देखभाल ठीक तौर से नहीं हो सकी। कल सेशन का आखिरी दिन है। कल गांधी पर विश्वास का प्रस्ताव आ रहा है जो वास्तव में सुभाष पर अविश्वास का प्रस्ताव होगा, क्योंकि उस प्रस्ताव के अनुसार सुभाष को अपनी वर्किंग कमेटी गांधी के आदेश पर बनानी पड़ेगी। यह प्रस्ताव बहुत बड़े बहुमत से पास हो जाएगा, आज की कार्यवाही से यह स्पष्ट हो गया है; लेकिन इस प्रस्ताव के खिलाफ आवाज़ तो उठानी ही है हम लोगों को। मैं चाहता था कि कल सुबह मैं कुलसुम को देख आता, लेकिन मेरे लिए यह सम्भव न हो सकेगा।" वह जगतप्रकाश की ओर मुड़ा, "शायद कल सुबह आप कुलसुम को देखने जाएँ ?"

"नहीं, मेरा तो ऐसा कार्यक्रम नहीं है, कुलसुम ने मुझे बुलाया भी नहीं है।" जगतप्रकाश बोला।

"तो मेरी ओर से आप कल सुबह कुलसुम को देख आइए। उससे कह दीजिएगा कि कल रात सेशन के बाद मैं उसे देखने आऊँगा।"

जगतप्रकाश ने कमलाकान्त की ओर देखा, "तुम चलोगे मेरे साथ ?"

उत्तर मालती मनुभाई ने दिया, "मैं भी चलूँगी, कमलाकान्त भी चलेंगे। भला वह क्या सोचेगी हम लोगों के न जाने पर ! और तुम त्रिभुवन—तुम्हें तो कल दिन-भर राजनीति के मायाजाल से छुटकारा मिलेगा नहीं।"

"बात तो ठीक है, मैं जसवन्त कपूर के साथ कल रात को। लेकिन तुम लोग अधिवेशन के पहले लौट आना।"

सुबह जब जगतप्रकाश, कमलाकान्त और मालती मनुभाई—परवेज़ के यहाँ पहुँचे, तब डॉक्टर डिसोज़ा कुलसुम को देख रहे थे। कुलसुम का बुखार नॉर्मल हो गया था। डॉक्टर डिसोज़ा ने दवा लिखकर कहा, "बस, अब इन्हें बुखार नहीं आएगा, लेकिन इन्हें आराम करना चाहिए।"

डॉक्टर डिसोज़ा के जाने के बाद कुलसुम इन लोगों से बोली, "बुखार उतर गया, अच्छा हुआ। लेकिन जसवन्त और त्रिभुवन नहीं आए। क्या-क्या हुआ कल ?"

मालती हँस पड़ी, "सुभाष का अल्टीमेटम वाला प्रस्ताव गिर गया—वह हार गए और आज उनकी दूसरी और सबसे बड़ी हार होगी। जसवन्त का मुँह उतर गया है। बड़ी दौड़-धूप कर रहा है वह। त्रिभुवन उसे सहारा दिए हुए है।"

अब जगतप्रकाश को कहना पड़ा, "जसवन्त तुम्हारे लिए बड़े चिन्तित हैं। उन्होंने मुझे तुम्हारे यहाँ भेजा है।"

सब लोगों को परवेज़ ने चाय पिलाई। प्रायः एक घंटा बाद मालती उठी, "मुझे शहर में कुछ खरीदारी करनी है। हम लोग चलें। खुले अधिवेशन के पहले हम लोगों को वहाँ पहुँच जाना है।"

कुलसुम बोली, “परवेज़ के साथ तुम कार पर मार्केट चली जाओ, यह परवेज़ जबलपुर मार्केट का कोना-कोना जानता है।” फिर उसने जगतप्रकाश से कहा, “तुम थोड़ी देर बैठो, तुमसे कुछ बातें करनी हैं। शापिंग के बाद परवेज़ यहाँ लौटकर, तुम्हें कार पर लेकर, सब लोगों को त्रिपुरी पहुँचा देगा।”

परवेज़ के साथ मालती और कमलाकान्त को भेजकर कुलसुम कुछ देर तक मौन लेटी रही, फिर उसने ज़रा अटकते हुए शब्दों में कहा, “जगतप्रकाश, मैं आज शाम की डाक से बम्बई लौट जाना चाहती हूँ।”

जगतप्रकाश कुछ चिन्तित स्वर में बोला, “यह तो ठीक नहीं होगा। डॉक्टर कह गया है कि तुम्हें आराम करना चाहिए।”

“हाँ, मुझे दोनों तरह का आराम चाहिए—शारीरिक और मानसिक। तो फर्स्ट क्लास के कम्पार्टमेंट में मुझे जितना शारीरिक आराम मिलेगा, उससे ज्यादा तो यहाँ मिलेगा नहीं। अठारह-बीस घंटे सिर्फ लेटे रहना है, न चलना-फिरना, न किसी तरह की चिन्ता। और मानसिक आराम यहाँ मिल सकना गैर-मुमकिन है। मेरे मामा आधे पागल हैं, दिन-रात वह मेरे साथ रहेंगे और मेरी हालत बुरी हो जाएगी। नहीं, मैं हर हालत में आज शाम की गाड़ी से बम्बई जाना चाहती हूँ।”

“लेकिन तुम बड़ी कमज़ोर हो, तुम अकेले कैसे सफर कर सकोगी ?” जगतप्रकाश ने पूछा।

कुलसुम मुसकराई, “यही सवाल तो मेरे सामने है। परवेज़ मेरे साथ जा सकता है, लेकिन परवेज़ को मामा ने मना कर दिया है कि यहाँ बहुत ज़्यादा काम है। वे चाहते हैं कि मैं यहाँ कम-से-कम तीन-चार दिन रुकूँ। लेकिन मैं यहाँ एक मिनट नहीं रुकना चाहती हूँ।”

“तो फिर क्या होगा ?” जगतप्रकाश ने पूछा।

कुछ चुप रहकर कुलसुम बोली, “जसवन्त नहीं आया, मैं सोचती थी कि जसवन्त के साथ चली जाऊँगी, लेकिन यह राजनीति और पार्टी—ये सब उसके लिए मुझसे ज़्यादा महत्त्वपूर्ण हैं।” कुलसुम के स्वर में एक तरह की शिकायत थी, “मैं न मामा का इन्तजार कर सकती हूँ, न जसवन्त का। मुझे हर हालत में आज ही जाना है, चाहे मुझे अकेले जाना पड़े।”

“मैं तो तुम्हें अकेले जाने की सलाह नहीं दूँगा।” जगतप्रकाश बोला।

“तो फिर तुम्हें मेरे साथ चलना होगा। चल सकोगे ? है तुम्हारे पास समय ? तुम तो राजनीति या पार्टी से बहुत दूर हो।” कुलसुम के स्वर में आग्रह था।

लड़खड़ाते स्वर में जगतप्रकाश बोला, “मैं तुम्हारे साथ चलूँ ? वैसे न मुझे कोई काम है, न मेरे पास समय का अभाव है, लेकिन तुझे तुम्हारा यह प्रस्ताव बड़ा अजीब-सा लगता है। लोग क्या कहेंगे ?”

कुलसुम के मुख पर सन्तोष की एक रेखा आई, “लोग कुछ नहीं कहेंगे, किसी को दूसरों में कोई दिलचस्पी नहीं है। परवेज़ मेरे साथ तुम्हारे जाने पर बुरा नहीं मानेगा।

और लोग अगर कुछ कहें-सुनें भी तो उससे कुछ बनता-बिगड़ता नहीं। तुम पाँच बजे शाम को अपना सामान लेकर यहाँ आ जाना।''

यह सब क्या हो रहा है, क्यों हो रहा है, कैसे हो रहा है ? जगतप्रकाश के पास इन सब पर सोचने-विचारने का समय नहीं था। शाम के समय वह कलकत्ता-बम्बई मेल के फर्स्ट क्लास कम्पार्टमेंट में कुलसुम को बिठाकर बम्बई के लिए रवाना हो गया।

[4]

बम्बई पहुँचते ही जैसे कुलसुम में नए प्राण आ गए हों। वार्डेन रोड पर, एक छोटी-सी पहाड़ी की ढाल पर, उसके पिता का बहुत बड़ा बँगला था जिसमें कुल तीन प्राणी रहते थे—उसके पिता जमशेद कावसजी, उसकी माता जैनब कावसजी और कुलसुम कावसजी। बारह कमरों में केवल चार कमरे व्यवहार में आते थे, बाकी आठ कमरे बन्द पड़े रहते थे। हरेक कमरे में कीमती फर्नीचर, विक्टोरियन युग की अच्छी-से-अच्छी सजावट। इस वैभव को देखकर जगतप्रकाश को अलिफ़लैला की याद हो आई और वह मन-ही-मन मुस्कराया। सामने सड़क के पार समुद्र लहरा रहा था। कितना अनोखा सौन्दर्य था उस समस्त वातावरण में; वैभव की किस दुनिया में वह आ पड़ा था !

कुलसुम की माता जैनब को गठिया का रोग था। वह अपने कमरे में पड़ी थी। एक दर्जन से ऊपर नौकर-चाकर उस घर की देखभाल करते थे, और गृहस्वामिनी अर्थात् कुलसुम की माता को हरेक नौकर की गतिविधि का पता था, यद्यपि वह बिना सहारे अपने पलंग से उठ नहीं सकती थी। कुलसुम ने जगतप्रकाश को अपनी माता के कमरे में ले जाकर उससे परिचय कराया। एक बुझी हुई-सी उदास दृष्टि से जैनब ने जगतप्रकाश को देखा, फिर टूटी हुई हिन्दी में उसने कहा, "तुम्हारा कैसे शुक्रिया अदा करूँ जो तुमने कुलसुम की देखभाल की और इसे यहाँ तक पहुँचाने आए ! शाम के वक्त डैडी आएँगे तब बातचीत होगी।''

जमशेद कासवजी पाँच बजे शाम को घर वापस लौटे, और सारे घर में चहल-पहल भर गई। उनकी कार के आते ही सब नौकर-चाकर एकत्रित हो गए। कुलसुम को देखकर बोले, "अरे तू आ गई—इतनी जल्दी ! मैं तो समझा था कि अप्रैल के अन्त तक आएगी। यह कौन है ?'' जगतप्रकाश की ओर जमशेद ने इशारा किया।

कुलसुम दौड़कर अपने पिता से लिपट गई, "मेरे प्यारे डैडी ! मुझे जबलपुर बुखार आ गया था तो मुझे घर की याद आई। मामा और परवेज़ मुझे वहाँ रोक रहे थे लेकिन मैं तो डैडी के पास बम्बई आने की ज़िद पकड़ गई। परवेज़ को वहाँ कई काम थे, तो मैं इनको साथ लेकर यहाँ चली आई हूँ। इनका नाम जगतप्रकाश है, इलाहाबाद यूनिवर्सिटी में इकनॉमिक्स में रिसर्च कर रहे हैं। बड़े अच्छे आदमी हैं।''

जमशेद ने जगतप्रकाश को सर से पैर तक गौर से देखा, फिर वह ज़ोर से हँस पड़ा, ''तो तुम इसे मार्क्स का अर्थशास्त्र पढ़ानेवाली हो। क्यों इसकी ज़िन्दगी बरबाद करना चाहती हो ?'' फिर वह जगतप्रकाश से बोला, ''मेरी बात मानो तो तुम इस कुलसुम की बातों में न पड़ना। इसे राजनीति से शौक है, क्योंकि इसके बाप की दो मिलें हैं और यह एक-से-एक कीमती शौक कर सकती है। लेकिन शायद अभी तुम्हें ज़िन्दगी में संघर्ष करना है, इसलिए राजनीति से दूर ही रहने में भलाई है।''

कुलसुम ने बिगड़कर कहा, ''फिर तुम अनाप-शनाप बातें करने लगे डैडी !'' और उसने जगतप्रकाश से कहा, ''डैडी की बात पर ध्यान न देना। दिन-भर तो यह मज़दूरों, क्लर्कों और न जाने किन-किन लोगों से सर मारते रहते हैं, और शाम को जब घर लौटते हैं तब जैसे इनकी गम्भीरता एकदम गायब हो जाती है। ममी परेशान हैं इनसे।''

तभी दो नौकरानियों के सहारे चलती हुई जैनब बरामदे में आ गई। सब लोगों ने बरामदे में बैठकर ही चाय पी। जमशेद कावसजी बीच-बीच में मज़ाक करते जाते थे।

दो दिन तक कुलसुम जगतप्रकाश को बम्बई घुमाती रही, और इन दो दिनों में जगतप्रकाश ने पूरा बम्बई नगर देख डाला था। लेकिन उसे बम्बई के भूगोल का ज्ञान बिलकुल नहीं हुआ, क्योंकि कुलसुम की कार में वह बम्बई घूमा। तीसरे दिन शाम के समय ट्रेड यूनियन कांग्रेस की मीटिंग थी और कुलसुम को उसमें जाना था। कुलसुम ने जगतप्रकाश से कहा, ''आज ट्रेड यूनियन कांग्रेस की मीटिंग है, मजदूरों का जो शोषण हो रहा है उसे रोकने के लिए यह महत्त्वपूर्ण संस्था है। लेकिन शायद तुम्हारा वहाँ चलना ठीक न होगा।''

उस दिन रविवार था। जगतप्रकाश ने यह तय कर लिया था कि वह रविवार के दिन रात की गाड़ी से इलाहाबाद के लिए रवाना हो जाएगा। इस ऐश्वर्य से भरे जीवन से वह दो दिनों में ही ऊब गया था। उसने कहा, ''मेरी वहाँ जाने की इच्छा भी नहीं है। मैं आज रात की गाड़ी से इलाहाबाद वापस जाना चाहता हूँ।''

''रात की गाड़ी मिल जाएगी, लेकिन तुमने मुझसे पहले नहीं बताया था।'' कुलसुम बोली। फिर कुछ सोचकर उसने कहा, ''मैं पूछती हूँ तुम इतनी जल्दी क्यों मचा रहे हो, आखिर तुम्हें वहाँ काम ही क्या है ? तुमने बम्बई देखी ही कहाँ है ? जो कुछ तुमने अभी देखा है वह वस्त्राभूषणों से लदा बम्बई का शरीर-भर है। इन वस्त्राभूषणों के नीचे छिपा हुआ हज़ारों फोड़ों से भरा बदबूदार और जर्जर शरीर, उसे तुमने नहीं देखा। यह सब तुम कार पर बैठकर नहीं देख सकोगे, वह बम्बई तुम मेरे साथ नहीं देख सकोगे; उस बम्बई को तुम्हें अकेले घूम-फिरकर देखना होगा।''

जगतप्रकाश मुसकराया, ''लेकिन क्या बम्बई की इस कुरूपता को देखना ज़रूरी है ?''

जगतप्रकाश की आँखों से अपनी आँखें मिलाकर कुलसुम बोली, ''ज़रूरी तो शायद कुछ भी नहीं है। यह कुरूपता जो हमारे इर्द-गिर्द फैली हुई है, मैं कभी-कभी सोचने लगती हूँ कि शायद यही असलियत है। और फिर वहीं सोचने लगती हूँ कि वह

खूबसूरती जो हमारे सामने है, इसमें कितनी असली है और कितनी बनावटी है, और जो बनावटी है उसकी क्या कोई खास ज़रूरत भी है ? दिमाग चक्कर खाने लगता है। खूबसूरती-बदसूरती दोनों साथ-साथ हैं, बिना एक के दूसरे के कोई मानी नहीं होते। लेकिन हम सुन्दरता के पीछे दौड़ते हैं, कुरूपता से दूर भागते हैं।

जगतप्रकाश हँस पड़ा, ''मैं अर्थशास्त्री हूँ, दार्शनिक नहीं हूँ। अर्थशास्त्र का आधार है कार्य-कारण।''

कुलसुम ने जगतप्रकाश की बात काटी, ''और दर्शनशास्त्र का आधार भी तो कार्य-कारण है। सच पूछो तो हरेक शास्त्र एक-दूसरे से मिला-जुला है। हमने ज्ञान के खंड-खंड करके उन्हें अनगिनत में विभक्त कर दिया है, लेकिन हरेक शास्त्र दूसरे पर आश्रित है। मार्क्स ने प्रथम बार इसका संकेत दिया है।''

जगतप्रकाश ने इस बात का कोई उत्तर नहीं दिया, उसके मुख पर आनेवाली हँसी अब गायब हो गई थी और वह एकटक कुलसुम को देख रहा था। थोड़ी देर तक दोनों मौन रहे, फिर कुलसुम ने अपनी बात आगे बढ़ाई, ''यह मार्क्सवाद है क्या ? मार्क्स समाजशास्त्री है, मार्क्स का अपना निजी अर्थशास्त्र है। मार्क्स के पास एक नया दर्शन है, मार्क्स ने एक नवीन राजनीतिशास्त्र दिया है। ज्ञान का कौन-सा क्षेत्र छूटा है उससे ? उसने ज्ञान खंड-खंड करके एक खंड पर ही सीमित हो जाना स्वीकार नहीं किया, ज्ञान को अखंड और अक्षुण्ण मानकर ही वह आगे बढ़ा है।'' कुलसुम एकाएक खिलखिलाकर हँस पड़ी, ''मैं भी कितनी बेवकूफ हूँ जो बातें करते-करते बहक जाया करती हूँ। तो तुम आज नहीं जा रहे हो, मैं कह रही थी तुम आज पैदल निकल पड़ो घूमने के लिए—ट्राम है, बस है—जब थक जाओ, इन पर बैठो। तीन-चार दिन बम्बई में रहकर जन-जीवन देखो। इर्द-गिर्द फैली सुन्दरता के परदे में कितनी कुरूपता भरी है, इसका तुम्हें पता चलेगा और तुम्हारा ज्ञान बढ़ेगा।''

जगतप्रकाश ने जैसे उसी समय अपने अन्दर सब कुछ तय कर लिया, ''अच्छी बात है। आज मैं पैदल ही घूमूँगा—अकेली तुम अपनी मीटिंग में हो आओ।''

कुलसुम ने घड़ी देखी, ''अभी चार बजे हैं, तुम साढ़े आठ बजे तक वापस आ जाना। तुम तो जान ही गए हो कि डैडी समय के बड़े पाबन्द हैं, खासतौर से डिनर के मामले में।''

जगतप्रकाश घर से पैदल निकल पड़ा। उसने दाहिने हाथवाले रास्ते को पकड़ा जो उत्तर की तरफ बढ़ता था। सड़क एक तरह से सुनसान पड़ी थी, कुछ मोटरें, इक्का-दुक्का बसें। दाहिनी ओर पहाड़ी पर बने हुए बँगले थे, बाईं ओर समुद्र लहरा रहा था। समुद्र और सड़क के बीच कहीं-कहीं मकान बने थे। थोड़ी दूर चलते रहने के बाद उसे भीड़-सी दीखने लगी। इस भीड़ में अधिकतर स्त्रियाँ थीं, और वे स्त्रियाँ मध्यवर्ग की थीं। उनके हाथ में पूजा का सामान भी था और वे मुख्य सड़क के बाईं ओरवाले कम्पाउंड से आ रही थीं; या उसमें जा रही थीं। भीड़ के साथ वह भी बाईं ओर मुड़ गया। कुछ दूर चलने पर उसने देखा कि समुद्र के किनारे एक बहुत बड़ा

मन्दिर है। उसने अब यह भी देखा कि उस कम्पाउंड के अन्दर अनेक मोटरें आ रही हैं और उन मोटरों से सम्पन्न स्त्री-पुरुष पूजा का सामान लिए उतर रहे हैं। एकाएक एक विचार उसके मस्तिष्क में कौंध गया—'क्या यही बम्बई का प्रसिद्ध महालक्ष्मी का मन्दिर है ?'

घंटे बज रहे थे, पूजा हो रही थी, चढ़ावा चढ़ रहा था। सम्पन्नता की देवी लक्ष्मी के पैरों पर बम्बई में एकत्रित जनसमूह लोट रहा था, सम्पन्न बनने के लिए। जगतप्रकाश कौतूहल के साथ उस दृश्य को देख रहा था, मन्दिर के पिछवाड़े क्षितिज तक फैला हुआ सागर, जैसे लक्ष्मी के इस मन्दिर तक ही मनुष्य की पहुँच हो, उसके बाद कुछ नहीं। सागर-मन्थन के बाद लक्ष्मी प्रकट हुईं और यहीं समुद्र-तट पर वैभव बाँटने के लिए बैठ गईं।

जगतप्रकाश को अपनी इस कल्पना का मज़ा आ रहा था। उसे अनुभव हो रहा था कि उसने कुलसुम की बात मानकर अच्छा ही किया। उसे अनुभव हो रहा था कि उसके अन्दर अचानक ही कवि की आत्मा जाग उठी है। हीरे-जवाहरात के आभूषण पहने, रंग-बिरंगे सुन्दर वस्त्रों में लिपटी हुई, लिप्सा और तृष्णा के ऊपर भक्ति-भाव की शान्ति का आवरण चढ़ाए हुए स्त्रियों का यह समूह उसे कितना सुन्दर दिख रहा था। असीम सुन्दरी थी यह लक्ष्मी, तभी तो सागर से उसके निकलते ही लक्ष्मी को विष्णु ने उसे हथिया लिया था, बिना इस बात पर सोचे कि और देवता क्या सोचेंगे, और विष्णु के हाथ में सुदर्शन-चक्र भी तो था। यह विष्णु भयानक रूप से स्वार्थी थे। जगतप्रकाश को हँसी आ गई। अपने स्वार्थ में विष्णु सब कुछ कर सकते थे। अपने पुराणों की यह कथा क्या मानवीय स्वार्थ और बल-प्रयोग को प्रतिबिम्बित नहीं करती ? सबल हमेशा से समर्थ रहा है, सबल ने हमेशा से निर्बलों पर शासन किया है।

मन्दिर में पूजा हो रही थी। हरेक व्यक्ति के मुख पर एक प्रकार की अभिलाषा थी। इस भक्तिभाव की शान्ति के नीचे मनुष्य के अन्दरवाली कामना और अभिलाषा की झलक दीखी जगतप्रकाश को। और एकाएक उसकी विचारधारा ने पलटा खाया। यह विष्णु—यह भरण-पोषण का देवता है। ब्रह्मा का काम जन्म देना, शिव का काम है संहार करना। विष्णु ही भरण-पोषण करते हैं, इस सृष्टि को चलाते हैं। और इस भरण-पोषण में लक्ष्मी का तत्त्व प्रमुख है। लक्ष्मी विष्णु का पूरक भाग है, बिना लक्ष्मी के विष्णु भरण-पोषण कर ही नहीं सकते।

और प्रथम बार जगतप्रकाश ने पौराणिक गाथा में आर्थिक पहलू देखा। हिन्दू धर्मशास्त्र का आर्थिक पक्ष इस लक्ष्मी में है, यह लक्ष्मी जो समुद्र-तट पर स्थापित है, यह लक्ष्मी जो बम्बई नगर में धन, वैभव और सम्पन्नता बटोर रही है।

कितनी देर तक जगतप्रकाश महालक्ष्मी के पीछेवाले समुद्र-तट पर बैठा सोचता रहा, इसका उसे पता ही नहीं चला। एकाएक वह एक परिचित-सी आवाज़ सुनकर चौंक उठा, "अरे जगतप्रकाश भइया, तुम बम्बई में !"

जगतप्रकाश ने घूमकर देखा कि उसके पास गिरधारी खड़ा है। उसके गाँव में उसके

घर से करीब सौ कदम पर रहनेवाला यह गिरधारी ज़मींदार के हाथों अपना सब कुछ बेचकर बम्बई चला आया है, पाँच-छह साल पहले उसने यह खबर सुनी थी। गिरधारी कसरती बदन हृष्ट-पुष्ट युवा था, जगतप्रकाश से करीब पाँच-छह साल बड़ा और उसे किसी हद तक उद्दंड कहा जा सकता था। उसके गाँव के प्रायः सभी लोग उससे डरते थे, यहाँ तक कि ज़मींदार बिरजू मिसिर भी उसके सामने उसका विरोध नहीं करते थे। थानेदार शंकरलाल का वह घनिष्ठ मित्र था, पुलिसवाले उसकी मुट्ठी में थे। लेकिन एकाएक न जाने किस बात पर थानेदार शंकरलाल से उसकी खटक गई, इस झगड़े में दोष गिरधारी का नहीं था। लेकिन थानेदार से खटकने के साथ ही गाँववालों ने, जो अभी तक उससे त्रस्त थे, उसका विरोध करना आरम्भ कर दिया। इसके बाद गिरधारी का महोना में रहना असम्भव हो गया।

जगतप्रकाश को कभी गिरधारी पसन्द नहीं आया, लेकिन उस दिन गिरधारी को अपने सामने खड़ा देखकर उसने अपने अन्दर एक प्रकार का हर्ष अनुभव किया। उसने उठकर कहा, "अरे गिरधारी तुम ! सुना तो था कि तुम बम्बई में ही हो, लेकिन तुम मुझे मिल जाओगे, यह मैंने सोचा ही नहीं था। कहो, अच्छी तरह तो हो ?"

गिरधारी के मुख पर उसकी वही पुरानी कुटिल मुस्कान थी, "सब रामजी की किरपा है वैसे इस बम्बई का पानी बड़ा खराब है। आखिर परदेस तो परदेस। हाँ, यहाँ सिर्फ एक चीज़ है—पैसा। तो महालक्ष्मी की कृपा से पैसा मिलता जा रहा है। कुरला में अपना तबेला है, आठ भैंसें और बारह गायें हो गई हैं अपनी निजी। पारसाल तक दूने जानवर हो जाएँगे। चालीस-पचास रुपए रोज़ की आमदनी समझो।"

जगतप्रकाश ने आश्चर्य से गिरधारी को देखा, "इसके माने हैं हज़ार-बारह सौ रुपया महीना।"

गिरधारी हँस पड़ा, "सब महालक्ष्मी का परताप है। विष्णु भगवान तो क्षीर सागर में रहते हैं और महालक्ष्मी रहती हैं इस समुद्र के किनारे ! तो महालक्ष्मी इस पानी को भी दूध बना देती हैं। कुछ आई समझ में। तुम तो बड़े विद्वान हो गए होगे।"

जगतप्रकाश की अन्दरवाली सारी प्रसन्नता जाती रही। आदमी वही का वही रहता है, बदलता बिलकुल नहीं है। और जगतप्रकाश ने अनुभव किया कि उसके चारों ओर घना अन्धकार घिरता चला आ रहा है। मन्दिर बिजली के प्रकाश से जगमगाने लगा। उसने उठते हुए कहा, "अरे, रात हो गई !" और उसने घड़ी देखी, "साढ़े सात बजे हैं, और मुझे पता नहीं चला। कहाँ रहते हो ?"

"कुरला में रहते हैं—बताया नहीं वहाँ अपना तबेला है, वैसे यहाँ परेल में एक खोली ले रखी है। वहाँ तबेले में दो नौकर हैं जो काम-काज सँभालते हैं। लेकिन नौकर ठहरे नौकर; हम न रहें तो सारा काम-काज ही चौपट हो जाए। रात बारह बजे तक कुरला पहुँच जाना होता है। हाँ, तो जगत भइया तुमने हमारे बारे में तो सब कुछ सुन लिया, अपने बारे में कुछ नहीं बतलाया। यहाँ बम्बई में कब आए ? कहाँ ठहरे हो ?"

"चार दिन हुए बम्बई में आए—घूमने-घामने चला आया था, और यहाँ वार्डन रोड

पर जमशेद कासवजी के यहाँ ठहरा हूँ।''

गिरधारी ने गौर से जगतप्रकाश को देखा, ''वह करोड़पति सेठ ! उसके यहाँ ठहरे हो !'' और जैसे कोई विचार कौंध गया हो उसके अन्दर, ''अरे हाँ, जमील काका बतलाते थे कि उसकी लौंडिया—कुछ भला-सा नाम है उसका—वह क्या कुसुम...''

जगतप्रकाश बोला, ''कुसुम नहीं, कुलसुम। तो जमील काका यहीं हैं ? कहाँ रहते हैं ?''

''परेल में वह भी रहते हैं, लेकिन उन्हें पाना आसान काम नहीं है। दिन-रात घूमते रहते हैं या अपने कारखाने में रहते हैं। मज़दूरों के नेता बन गए हैं। उनका उद्धार करते हैं और उनकी बीवी परेशान, फटेहाल। पूरी पगार कभी घर आती ही नहीं, इधर-उधर खर्च कर डालते हैं, और घर में फाकों की नौबत। वह तो मुहल्ले-पड़ोस के लोग उनकी बीवी-बच्चों की मदद कर दिया करते हैं। हाँ, तो हम कह रहे थे कि जमील काका ने बतलाया था कि सेठ जमशेद कासवजी की लौंडिया यह कुलसुम बड़ी तेज़ है, मजदूरों के लिए लड़ती है, उनकी मदद करती है। लेकिन अक्सर दिल्ली-कलकत्ता घूमती रहती है। तो कहीं उस लौंडिया के चक्कर में तो नहीं आ गए हो !''

जगतप्रकाश के अन्दर गिरधारी के प्रति वितृष्णा का भाव अब घृणा के रूप में बदल रहा था। लेकिन उसने अपने को भरसक दबाया, ''जमील काका को छह-सात साल से नहीं देखा है, उनसे मिल लेता तो अच्छा था। इस वक्त तो बड़ी देर हो रही है, कल तुम जिस वक्त कहो और जिस जगह कहो, मैं आ जाऊँ, तुम मुझे उनसे मिला देना।''

''कोशिश करेंगे उन्हें ढूँढ़ने की। फिर तुम जहाँ ठहरे हो वह पता तो हमें मालूम ही है, हमारा मकान तुम न ढूँढ़ पाओगे। हो सका तो कल सुबह आठ-नौ बजे तक उन्हें साथ लेकर हम तुम्हारे यहाँ आ जाएँगे।''

गिरधारी का यह प्रस्ताव जगतप्रकाश को अच्छा नहीं लगा, लेकिन बिना गिरधारी की सहायता के वह जमील को ढूँढ़ नहीं सकता था, और जमील से मिलने को एक प्रबल अभिलाषा उसके अन्दर जाग उठी थी।

यह जमील, सिर्फ उसका पड़ोसी ही नहीं था, वह जगतप्रकाश के पिता सत्यप्रकाश का प्रिय पात्र था। सत्यप्रकाश की मृत्यु के समय इस जमील ने हैज़े से बीमार सत्यप्रकाश की भरपूर सेवा की थी। जब सत्यप्रकाश के पास कोई आता नहीं था, तब यह जमील दिन-रात सत्यप्रकाश के पास रहा। और सत्यप्रकाश की मृत्यु के साथ जमील का लिखना-पढ़ना भी बन्द हो गया। अपनी पढ़ाई-लिखाई छोड़कर उसने अपना पुराना पुश्तैनी पेशा सँभाला, वह जुलाहा था न ! लेकिन हाथ की कताई-बुनाई का युग बीत चुका था। गांधी के खद्दर के आन्दोलन से जुलाहों की हालत कुछ सुधरी अवश्य थी, लेकिन मिलों की प्रतियोगिता के आगे चरखों और करघों का फिर से जम सकना असम्भव था। जमील के पिता की मृत्यु बहुत पहले हो गई थी, घर में उसकी माता थी, और जैसे ही उसने अपना करघा लगाया वैसे ही उसका निकाह हो गया। अपनी

गरीबी और विवशता से तंग आकर एक दिन बिना किसी को कुछ बताए जमील गाँव छोड़कर चल दिया। दो महीने तक वह लापता रहा। उसकी माँ और उसकी पत्नी परेशान थे। दो महीने बाद वह एक दिन महोना वापस लौटा। उसने बतलाया कि बम्बई में उसे नौकरी मिल गई है, अपनी पत्नी और माता को लेने आया है। जमील की माँ ने बम्बई जाने से इनकार कर दिया। उसका मकान था, उसकी कुछ ज़मीन थी। पत्नी उसके साथ चली गई।

जमील की उम्र बुहत अधिक नहीं थी, जगतप्रकाश से वह करीब पाँच-छह साल बड़ा था। लेकिन जमील शान्त, गम्भीर तथा दार्शनिक प्रकृति का आदमी था। बाल्यकाल में ही वह बुजुर्गों की तरह बातें करता था, हर चीज़ को वह गम्भीरतापूर्वक समझना चाहता था। परिपक्व बुद्धि के पढ़े-लिखे लोगों के साथ रहने की वह कोशिश करता था, और इसलिए उसके गाँव के लड़कों ने जमील को अपना काका बना लिया था।

गिरधारी से जमील का नाम सुनकर जगतप्रकाश में उसके बचपन की स्मृतियाँ जाग पड़ीं। वह हर हालत में जमील अहमद से मिलने को उत्सुक था। उसने गिरधारी से कहा, ''अच्छी बात है, कल सुबह मैं तुम्हारी प्रतीक्षा करूँगा।''

जिस समय जगतप्रकाश कुलसुम के मकान में पहुँचा, आठ बजनेवाले थे। कुलसुम अभी वापस नहीं लौटी थी, लेकिन जमशेद कासवजी बरामदे में अकेले बैठे थे और उनके सामने शराब का गिलास था। जमशेद कासवजी का नित्य का यह नियम था कि रोज़ शाम को खाना खाने के पहले वह दो पेग व्हिस्की के पीते थे और खाना खाने के बाद सो जाते थे। जमशेद ने इशारे से जगतप्रकाश को अपने पास बुलाकर बिठाया, फिर उन्होंने बेयरा से एक गिलास लाने को कहा। जगतप्रकाश समझ गया कि वह गिलास उसके लिए मँगवाया जा रहा है, और उसने बेयरा को रोकते हुए जमशेद से कहा, ''मैं शराब नहीं पीता, मेरे लिए आप गिलास न मँगवाइए।''

''अच्छा करते हो जो नहीं पीते, यह शराब कोई अच्छी चीज़ तो नहीं है। मैं भी इसे दवा के तौर पर पीता हूँ। बम्बई का पानी बहुत खराब है, यहाँ की आबहवा के लिए थोड़ी-सी दारू ले-लेना ज़रूरी है।'' जमशेद ने गम्भीर भाव से कहा और फिर जैसे वह अपने विचारों में खो गया।

जगतप्रकाश को लगा कि जमशेद कासवजी कुछ चिन्तित हैं, क्योंकि आज न तो वह हँस ही रहे हैं और न मज़ाक ही कर रहे हैं। बेयरा ने मुसम्बी के रस का एक गिलास जगतप्रकाश के सामने रख दिया।

गिलास मुँह से लगाते हुए जगतप्रकाश ने कहा, ''आज आप बड़े चिन्तित दिखाई देते हैं।''

जमशेदजी ने अपनी आँखें जगतप्रकाश पर टिका दीं, लेकिन जैसे वह जगतप्रकाश को देख न रहे हों। इस मुद्रा में वह कुछ क्षण बैठे रहे, फिर एक ठंडी साँस भरते हुए बोले, ''फिक्र ! यह तो ज़िन्दगी में अपने साथ लेकर आए हैं हम लोग। लेकिन इस फिक्र के साथ जब किसी तरह की उलझन लग जाती है तब वह हमें अखरने लगती

है। जो फिक्र मेरे साथ उतनी नहीं है जितनी उलझन है।" और जमशेद कासवजी के मुख पर अब एक हलकी-सी मुस्कान आई जिससे यह लगता था कि उसके अन्दरवाला तनाव अब ढीला पड़ने लगा है। उन्होंने अपने गिलास को मुँह से लगाया, दो घूँट पीकर गिलास अपने सामने रखते हुए वह बोले, "तुम्हीं समझो। हम अगर कोई कारोबार करते हैं तो मुनाफे के लिए करते हैं, घाटा उठाने के लिए तो नहीं करते। अब अगर उस कारोबार में घाटा होने लगे तो या तो उस कारोबार को बन्द करना होगा या फिर उसकी घाटे की मदों को काटना होगा। मैं इसमें कुछ गलत तो नहीं कहता !"

जगतप्रकाश को कहना पड़ा, "जी, आप ठीक कहते हैं।"

"तो अब हालत यह पैदा हो गई है कि मेरे कपड़े की मिल में घाटा होने लगा है। तैयार माल गोदामों में भरा पड़ा है और उसे उठानेवाला कोई दिखता नहीं। व्यापारी कहते हैं कि हमारी मिल का माल बाज़ार में महँगा पड़ता है, और व्यापारी गलत नहीं कहते। जो नई-नई मिलें खुल रही हैं उनका माल हमारी मिल के माल के मुकाबिले में सस्ता बिक रहा है।"

"तो आप भी अपने मिलों के माल के दाम घटाइए।" जगतप्रकाश बोला।

"यही तो हम नहीं कर सकते। दाम घटाने के माने हैं कि हमें अपनी मिल का माल घाटे में बेचना पड़ेगा। बात यह है कि हमारे मिल की मशीनें पुराने ज़माने की हैं, मज़दूरी ज्यादा और पैदावार कम। तो हमें अपने मिल में मज़दूरों की तादाद कम करनी पड़ेगी। इसे छँटनी कहते हैं। जिस तरह भी हो, कम मज़दूरों से पैदावार को ठीक रखना होगा। नई मशीनों का आर्डर हमने बहुत पहले दे दिया है, वे विलायत से चल भी चुकी हैं। तीन-चार दिन में बम्बई पहुँच जाएँगी। एक महीना हमें उन मशीनों को बैठाने में लगेगा। बिना छँटनी के काम नहीं चलेगा।"

"तो फिर उसमें उलझन की क्या बात है ?"

जमशेदजी अब हँस पड़े, "तुम अर्थशास्त्र में रिसर्च कर रहे हो, और इतना भी नहीं समझते। छँटनी करने में मज़दूरों को एक महीने का नोटिस देना पड़ता है। मज़दूरों की यूनियन ने हमें नोटिस दिया है कि अगर हमारी मिल में छँटनी हुई तो हमारे मिल के सब मज़दूर हड़ताल करेंगे। अब तुम्हीं समझो जो लोग मेरे लिए बेकार हैं उन्हें मैं मुफ्त की तनख्वाह तो नहीं दे सकता—इसके माने हैं घाटा उठाते जाना।"

जगतप्रकाश के सामने अब एकाएक गांधी के मशीनों के विरोध की महत्ता आ गई। उसने कहा, "आप ठीक कहते हैं। मुफ्त में किसी को तनख्वाह नहीं दी जा सकती। महात्मा गांधी का कहना ठीक है कि इस यान्त्रिक युग में लाखों आदमी बेकार हो जाएँगे। इसीलिए महात्मा गांधी ने खादी पर ज़ोर दिया है।"

जमशेदजी का स्वाभाविक उल्लास अब लौट आया था। उसने अपने गिलास की शराब खत्म करते हुए कहा, "यह खादी का नारा महज़ बकवास है। कम आदमियों से अधिक उत्पादन का युग है आजकल। कौन खरीदेगा इस महँगी खद्दर को ? कौन खरीदेगा मेरे मिल में बने हुए महँगे कपड़ों को ? यह खद्दर शौक की चीज़ है। कुछ

इने-गिने आदमी, जिनके पास पैसा है या जिन्हें कांग्रेस की राजनीति में भाग लेना है, इस खद्दर को पहन सकते हैं। खैर छोड़ो भी इस बात को। छँटनी तो करनी ही पड़ेगी, चाहे हड़ताल हो या न हो। इस छँटनी का प्लान बन ही रहा है, दो-तीन दिन में वह पूरा हो जाएगा। जो गलत है उसके सामने भला कैसे झुका जा सकता है ?''

तभी जगतप्रकाश को बँगले के अन्दर आती हुई एक कार की हेडलाइट दिखाई दी। जगशेदजी बोले, ''मालूम होता है कुलसुम वापस आ गई।''

कार से उतरते हुए कुलसुम ने वहीं से कहा, ''हैलो डैडी, मैं जमील अहमद को अपने साथ लेती आई हूँ, यह शायद हम लोगों के मामले को सुलझाने में कुछ मदद कर सकें।''

जगतप्रकाश एकाएक चौंक उठा। कुलसुम के पीछे-पीछे एक पुरानी पहचानी हुई आकृति थी। वही उदास और भावनाहीन चेहरा, वही बुझी-बुझी-सी अधखुली आँखें। जगतप्रकाश उठकर खड़ा हो गया था। कुलसुम ने जगतप्रकाश से कहा, ''तो तुम वक्त से ही लौट आए।'' और उसने जमील अहमद से कहा, ''बैठिए जमील अहमद साहब ! मैं आपसे अपने मेहमान का परिचय करा दूँ—इनका नाम है जगतप्रकाश !''

कुलसुम ने अपनी बात पूरी भी न की थी कि जगतप्रकाश बोल उठा, ''अरे जमील काका ! खूब मिले !''

जमील अहमद ने कुलसुम से कहा, ''मैं इन्हें अच्छी तरह से जानता हूँ। सिवा इनकी बहन के इनको पूरी तरह मेरे मुकाबिले कोई नहीं जानता।'' इस बार जमील अहमद जगतप्रकाश की ओर घूमा, ''तुम यहाँ मिलोगे बरखुरदार, इसकी उम्मीद मैंने नहीं की थी। इतना तो मैं जानता था कि तुम बहुत आगे बढ़ोगे, लेकिन करोड़पति सेठों की मेहमानदारी तुम्हें मिलेगी, यह मेरे क़यास में कभी नहीं आया था।'' फिर बैठते हुए वह जमशेद कावसजी की ओर घूमा, ''हाँ सेठ ! क्या खिदमत कर सकता हूँ आपकी ?''

जमशेद कावसजी ने बेयरा को बुलाया, ''एक गिलास। क्यों कुलसुम, तू भी कुछ लेगी, बड़ी थकी हुई है। दो गिलास और शेरी की बोतल और एक सोडा !'' फिर उन्होंने जमील अहमद से कहा, ''थोड़ी-सी पी लो तो बातचीत में गरमी आ जाएगी।''

''अच्छी बात है सेठ ! गोकि शरीअत के मुताबिक मुझे पीना कतई नहीं चाहिए, लेकिन स्काच व्हिस्की के सामने मैं अपने को रोक नहीं पाता।'' जगतप्रकाश को लगा कि जमील कुछ बदला हुआ-सा है। गाँव से शहर आनेवाले इस व्यक्ति को शहर अपने ढंग से ढाल रहा है।

जमील ने जगतप्रकाश की ओर घूमकर कहा, ''तुम शायद इलाहाबाद से त्रिपुरी और त्रिपुरी से बम्बई आए होगे। दिखता है कि इस राजनीति की लपेट में तुम भी आ रहे हो। बुरा नहीं है, मेरा मुबारकबाद ! कल सुबह यहाँ आऊँगा, सिर्फ तुम्हारी खातिर, तब अच्छी तरह बातचीत होगी।''

यह जमील इतना बुद्धिमान कैसे हो गया जो स्थिति को एक ही नज़र में सही-सही समझ गया ? जगतप्रकाश को अब इस व्यक्ति में दिलचस्पी होने लगी थी। वह चुपचाप

अब जमील का ध्यान से अध्ययन करने लगा।

जमील के सामने स्काच का पेग आ गया था, कुलसुम के सामने शेरी का गिलास था और जमशेद कावसजी कह रहे थे, "हाँ जमील साहब, तो इतना तो तुम समझ ही सकते हो कि हम घाटे में मिल नहीं चला सकते !"

"अगर आप घाटे में मिल चलाएँ तो मैं आपको पागल समझूँगा।" बड़े भोले भाव से जमील अहमद ने कहा।

"तो फिर हड़ताल की यह धमकी, यह गलत है। मेरे पास आँकड़े हैं, मैं आपको यह समझा सकता हूँ।"

"जी, आप मुझे यह न समझा सकेंगे सेठ ! लिखा-पढ़ा अर्थशास्त्र तो मैं नहीं जानता, लेकिन ज़िन्दगी का अर्थशास्त्र मैंने अच्छी तरह पढ़ा है और रोज़ पढ़ता रहता हूँ। हाँ, तो आप अपनी बात कहिए, गोकि हम-आप दोनों ही जानते हैं कि इस कहा-सुनी से हम बहुत आगे पहुँच चुके हैं।"

जमशेद कावसजी ने बड़ी उलझन के साथ कहा, "इस साल हम अपने शेयर-होल्डरों को कुल डेढ़ परसेंट डिवीडेंड दे सकेंगे, यानी हमारे दस रुपएवाले ऑर्डीनरी शेयर की कीमत बाज़ार में अब आठ रुपए रह गई। अगर हम कोई तरीका नहीं निकालते तो अगले साल हमें पन्द्रह-बीस लाख का घाटा होगा।"

"बड़ी नाजुक हालत है आपके मिल की। नई मशीनों के लग जाने पर आपको इतने मज़दूरों की ज़रूरत नहीं रह जाएगी, इसीलिए तो नई मशीनें मँगाई हैं। हाँ, एक बात और पूछना चाहूँगा, आपका मैनेजिंग एजेंसी का कमीशन और आपके जूनियर पार्टनर का सोल सेलिंग एजेंसी का कमीशन तो बरकरार है ?" जमील ने बड़े शान्त भाव से पूछा।

"मैं तुम्हारा मतलब नहीं समझा।"

"जी, मेरा मतलब तो साफ है। आपका और आपके जूनियर पार्टनर का जो मुनाफा है वह अगर मिल के मुनाफे में शामिल कर दिया जाए तो मेरा ख़याल है मिल का मुनाफा दस-बारह परसेंट हो जाएगा। सेठ, आपके जूनियर पार्टनर बाहर के शेयर-होल्डरों से शेयर खरीद रहे हैं। मेरा ऐसा ख़याल है कि आपके पास पैंतालीस परसेंट शेयर आ गए हैं। और अगर हालत यही बनी रही, यानी यह हड़ताल नहीं हुई, छँटनी हो गई, तो मेरा ख़याल है साल-भर के अन्दर ही आपके जूनियर पार्टनर के पास इक्यावन परसेंट शेयर आ जाएँगे।"

जमशेद कावसजी की उलझन कुछ और बढ़ गई, "मुझे इस सबका पता नहीं है, वैसे शेयर तो बिका ही करते हैं। लेकिन डाइरेक्टरों की मीटिंग में असली हालत मालूम होगी। हाँ, चिमनलाल आते होंगे, लेकिन उनसे बात करना ठीक न होगा। क्यों कुलसुम, ऐसा लगता है कि हम लोगों को खतरा पैदा हो रहा है !"

कुलसुम ने सर को झटककर कहा, "हम लोगों को किसी तरह का खतरा नहीं है। पैंतालीस परसेंट हमारे शेयर हैं, पन्द्रह परसेंट दिनशा झाबवाला के शेयर हैं, बाहर

तो कुल चालीस परसेंट शेयर हैं। चिमनलाल ने अगर पैंतीस परसेंट शेयर ले लिए हैं तो बाहर कुल पाँच परसेंट शेयर बाकी हैं।''

जमशेद कावसजी के मुख पर आई चिन्ता की छाया निकल गई, ''अरे हाँ, दिनशा की बात तो मैं भूल ही गया था। तो जमील साहब, यह बात तो गलत निकली, बाहर कुल पाँच परसेंट शेयर हैं।'' जमशेद ने जमील के वास्ते दूसरा पेग ढाला।

जमील कुछ देर तक सोचता रहा, ''तब बात और भी आसान हो गई। एक तरफ लम्बा मुनाफा, दूसरी तरफ थोड़ा-सा घाटा, लेकिन जिन लोगों की आप छँटनी करेंगे उन्हें तो घाटा-ही-घाटा है।'' इस बार वह कुलसुम की ओर मुड़ा, ''क्यों कुलसुम बेन ! जो मज़दूर अपना खून-पसीना बहाकर आप लोगों की दौलत बढ़ा रहे हैं, क्या उन्हें ज़िन्दा रहने का भी हक नहीं है ? बम्बई की ज्यादातर मिलें पुराने ज़माने की हैं, आप लोगों को लम्बे कमीशन देने के बाद वह मुनाफा नहीं दे पा रही हैं। तो आप लोग अपना कमीशन कम कर दें, लेकिन मज़दूरों की रोज़ी न लें। मैं इसे कम्युनिज़्म का नज़रिया न मानकर इंसानियत का नज़रिया मानता हूँ। वैसे मैंने इस हड़ताल का विरोध किया है, आपकी जो दलीलें हैं उन्हें काटा नहीं जा सकता, इनसानियत का आधार तर्क नहीं है, भावना है, कानून आपकी तरफ है।''

ऐसा मालूम होता था कि जमील की बात का प्रभाव जमशेद कावसजी पर पड़ा है, उन्होंने जमील की बात का कोई उत्तर नहीं दिया, चुपचाप वह सोचने लगे। इसी समय एक और कार कम्पाउंड में आई। जमशेद कावसजी बोले, ''लो सेठ चिमन भाई भी आ गए हैं। मैं भी समझता हूँ कि इसका कोई हल निकाला जा सकता है। आओ चिमन सेठ, इन जमील अहमद को मैंने बात करने को बुलाया है।''

चिमन सेठ लम्बा-सा और बेतरह दुबला-सा आदमी था, रंग पीला और मुख पर तीखापन। महीन खादी की धोती, कलफ़ किया हुआ खादी का दूध की तरह सफेद लम्बा कोट, सर पर गांधी टोपी। उसने बैठते हुए कहा, ''इनसे बात करने से कोई फायदा नहीं होगा। असली नेता तो गोविन्दे है और वह किसी हालत में झुकने को तैयार नहीं है—लड़ने पर तुला हुआ है। मैंने पुलिस कमिश्नर से बात कर ली है।''

जमशेद कावसजी ने हँसते हुए कहा, ''खूब चिमन सेठ ! देखो जमील अहमद, हमारे चिमन सेठ बड़े आदमी हैं, इनसे लड़कर कोई पार नहीं पा सका। महात्मा गांधी के असली चेले हैं।''

जमील मुसकराया, ''जी हाँ, जी हाँ, लेकिन इतने उतावलेपन से काम नहीं चलेगा कावसजी सेठ ! चिमन सेठ को भी एक पेग दीजिए, तब बातचीत आगे बढ़े।''

चिमनलाल ने बिगड़कर कहा, ''ज़रा तमीज़ से बात करो। सब लोग जानते हैं कि मैं शराब नहीं पीता।''

जमील ने बड़े इत्मीनान के साथ अपनी आँखें बन्द करते हुए कहा, ''इनसान के लहू में शराब से ज़्यादा नशा होता है। मैं गलत तो नहीं कहता चिमन सेठ ! हाँ, तो बढ़ाइए अपनी बात कावसजी सेठ !''

जमशेद कावसजी फिर कुछ उलझन में पड़ गए, जमील के इस व्यंग्य से, लेकिन जैसे चिमन सेठ या तो इस व्यंग्य को समझे ही नहीं, या फिर इस व्यंग्य को पी गए। उन्होंने कहा, ''कुछ लोगों की छँटनी, या फिर पूरी मिल बन्द कर देना, इन दो बातों में से एक को चुनना पड़ेगा तुम लोगों को। घाटा उठाकर मिल नहीं चलाई जा सकती, इतना तय है। हड़ताल के माने होंगे पूरी मिल बन्द कर देना। मिल बन्द करने के माने हैं करीब दो हज़ार आदमियों की बेकारी। तो डेढ़-दो सौ आदमियों की बेकारी स्वीकार न करके तुम लोगों को दो हज़ार आदमियों की बेकारी स्वीकार करनी पड़ेगी।''

''और कोई दूसरा रास्ता नहीं निकाला जा सकता ?'' जमील अहमद ने पूछा।

''मुझे तो नहीं दिखता, अगर तुम्हें दिखता हो तो तुम बतलाओ।'' चिमनलाल ने कहा।

''मैं यह रास्ता कावसजी सेठ को बतला चुका हूँ। आप अपना सेलिंग एजेंसी का कमीशन कम कर दीजिए, कावसजी सेठ अपना मैनेजिंग एजेंसी का कमीशन कम कर दें। कावसजी सेठ करीब-करीब राज़ी हैं।''

प्रश्नसूचक ढंग से चिमनलाल ने कावसजी को देखा, कावसजी ने हकलाते हुए कहा, ''इस पर गौर किया जा सकता है।''

उसी समय चिमनलाल की आवाज़ दृढ़ हो गई, ''इस पर किसी हालत में नहीं सोचा जा सकता। धन्धा किया जाता है मुनाफे के लिए, खैरात करने के लिए नहीं।''

जमील ने कहा, ''आप तो बड़े दानी आदमी हैं चिमन सेठ, कांग्रेस को आप हज़ारों रुपया देते रहते हैं। महात्मा गांधी के आप शिष्य हैं, जब राजकोट में महात्मा गांधी उपवास कर रहे थे, आप यहाँ से अपना सारा काम-काज छोड़कर राजकोट गए थे उनकी सेवा करने के लिए। तो आप ही सोचिए कि अगर छँटनी हुई तो ये मज़दूर बेकार हो जाएँगे। इधर इनके लिए कहीं काम-काज भी नहीं है, इनके भूखों मरने की नौबत आ जाएगी।''

''तो फिर मैं क्या करूँ ? ये लोग कहीं और काम ढूँढ़े जाकर। जहाँ तक दान और खैरात की बात है, वह धन्धे से बिलकुल अलग की चीज़ है। हर चीज़ का अपना एक अलग कानून होता है। अगर इन बेकार होनेवाले लोगों के लिए खैरात का कोई फंड खोला जाए तो मैं उसमें हज़ार-पाँच सौ रुपया अपने पास से देने को तैयार हूँ, क्योंकि दान करना व्यक्ति का धर्म है। लेकिन इस सोल सेलिंग एजेंसी का कमीशन मैं ज़रा भी कम करने को तैयार नहीं हूँ, क्योंकि यह कमीशन लेना मेरे धन्धे का धर्म है।''

एकाएक जमील अहमद उठ खड़ा हुआ। उसने कहा, ''चिमन सेठ, आप ठीक कहते हैं, और आपके धरम के खिलाफ कुछ करना मेरे लिए बेजा होगा। जो असली नेता गोविन्दे है, उसी से आप सब कुछ तय कीजिए। माफ करना कावसजी सेठ, मुझे इस चिमन सेठ के धरम ने इस हैसियत में नहीं रखा कि मैं आप लोगों की किसी तरह की मदद कर सकूँ।'' फिर उसने जगतप्रकाश की ओर मुड़कर कहा, ''तो बरखुरदार,

कल सुबह आठ बजे मैं आऊँगा, तैयार रहना।''

जमशेद कावसजी ने जमील को रोकने की कोशिश की, ''खाना खाकर जाना जमील अहमद !''

''खाना घर में तैयार है, बीवी इन्तज़ार कर रही होगी।'' जमील ने तनकर कहा, ''अब मेरा बैठना गैरमुमकिन हो गया है। ज्यादा पी गया हूँ और मुझे आपके जूनियर पार्टनर की शक्ल देखकर उबकाई आ रही है।'' यह कहकर जमील वहाँ से चल दिया।

जमील के जाते ही वहाँ का वातावरण बड़ा विक्षुब्ध हो गया, जगतप्रकाश ने अनुभव किया। सेठ चिमनलाल बम्बई का प्रमुख कांग्रेसी नेता था, हज़ारों रुपए उसने पार्टी को चन्दे में दिए थे। वैसे वह कांग्रेस में सक्रिय रूप से भाग नहीं लेता था, लेकिन महात्मा गांधी के प्रमुख अनुयायियों में उसकी गणना होती थी। इस चिमनलाल का दूसरा रूप जगतप्रकाश ने देखा और वह चक्कर में पड़ गया।

इस चिमनलाल में एक तर्क था, भयानक भौतिकवादी तर्क ! यह धर्मपरायण आदमी जो शराब नहीं पीता, जो गोश्त नहीं खाता, जिसके पास कोई दुर्व्यसन नहीं है, इतना भौतिकवादी, इतना भावना से शून्य कैसे बन गया ? और एकाएक जगतप्रकाश की विचारधारा टूटी जमशेद कावसजी की आवाज़ से, ''चिमन सेठ ! इस जमील अहमद की बात कुछ ऐसी बेजा भी नहीं थी। मैं तो मैनेजिंग एजेंसी के मुनाफे का एक भाग छोड़ने को तैयार हूँ।''

''लेकिन मैं सोल सेलिंग एजेंसी के कमीशन का कोई भी भाग छोड़ने को तैयार नहीं हूँ। तुम बेकार डरते हो कावसजी सेठ, यह हड़ताल नहीं होगी; और अगर हुई भी तो इसे एक हफ्ते में हम कुचलकर रख देंगे। फिर बापट और त्रिपाठी, इन दो मज़दूर नेताओं को मैंने मिला लिया है अपने साथ।''

अब इस बातचीत में जगतप्रकाश की दिलचस्पी जाती रही थी, उसने कुलसुम की ओर देखा। कुलसुम भी मानो अब इस बातचीत को खत्म करना चाहती हो, उसने उठते हुए कहा, ''खाने का वक्त बीत गया है डैडी, अब कल इत्मीनान से इस पर सोचिए-विचारिएगा।''

सेठ चिमनलाल भी उठ खड़े हुए, ''हाँ अब खाना खा लो कावसजी सेठ, देर हो गई है। मैंने भी अभी तक खाना नहीं खाया है। मैं तो चलूँ। लेकिन आप इस मामले में चुप ही रहिए, मैं निपट लूँगा इन लोगों से। ये चिमन सेठ को जानते नहीं।'' और चिमनलाल चला गया।

दूसरे दिन सुबह आठ बजे जमील अहमद जगतप्रकाश को लेने आया। कुलसुम उस समय जगतप्रकाश के साथ नाश्ता कर रही थी। जमील को भी कुलसुम ने नाश्ता करने के लिए बिठा लिया, ''कामरेड जमील अहमद, इन जगतप्रकाश ने बम्बई की तड़क-भड़क तो देखी है, लेकिन यहाँ की असली ज़िन्दगी यानी मज़दूरों की ज़िन्दगी नहीं देखी है। आप इन्हें बम्बई का असली रूप दिखला दीजिए।''

"जी वही करने आया हूँ। आपकी शागिर्दी तो महज़ दिमागी होगी।" जमील मुसकराया, "असल चीज़ है खुद अपने अन्दरवाली तड़प। तो आप इत्मीनान रखिए, यह तड़प इनके अन्दर पैदा हो जाएगी।"

कुलसुम बोली, "मेरी कार है, आप इसे ले जाइए। मैं ड्राइवर से कहे देती हूँ, डैडी को मैं उनके मिल में छोड़ आऊँगी जाकर।"

"आपकी कार पर तो बम्बई न देख सकेंगे, असली बम्बई देखना होगा इन्हें पैदल, ट्राम या लोकल ट्रेनों के ठसाठस भरे थर्ड क्लास के डिब्बों में। आप इनके दोपहर के खाने का इन्तज़ार न कीजिएगा, आज यह मेरे मेहमान हैं। शाम को पाँच-छह बजे तक मैं इनको वापस कर जाऊँगा, आज आठ बजेवाली शिफ्ट पर मैं हूँ।"

जगतप्रकाश को साथ लेकर जमील जमशेद कावसजी के बँगले के बाहर आया कि उसे गिरधारी उधर आता हुआ दिखा। गिरधारी ने इन दोनों को आवाज दी, और ये दोनों रुक गए। जमील और गिरधारी एक ही उम्र के थे, लेकिन जहाँ जमील के मुख पर एक प्रकार की बुज़ुर्गियत आ गई थी वहीं गिरधारी जगतप्रकाश का समवयस्क दिखता था। गिरधारी ने कहा, "लो, मैं जमील को कल रात इतना ढूँढ़ता रहा, लेकिन यह खुद-ब-खुद तुम्हारे यहाँ पहुँच गए।" और यह स्पष्ट दिखता था कि गिरधारी के मुख पर एक तरह की खिसियाहट है। सोचा था कि करोड़पति सेठ के घर में एक प्याला चाय का पिएँगे अपने जगतप्रकाश के साथ, लेकिन तुम लोग तो यहाँ फाटक के बाहर हो गए हो। वैसे प्यास भी लगी है, न हो तो एक गिलास पानी ही पिलवा दो।"

जमील बोला, "उस मोड़ पर ईरानी के यहाँ चाय, पानी सभी कुछ मिलता है।"

गिरधारी ने आँख मारते हुए कहा, "यार असल बात तो यह है कि हम इस कुलसुम कावसजी को देखना चाहते थे जिसके पीछे जगतप्रकाश खिंचे हुए चले आए हैं।"

एकाएक जगतप्रकाश ने कड़े स्वर में कहा, "तमीज़ से बात करो ! तुम एक भली लड़की का अपमान कर रहे हो।"

गिरधारी को यह आशा नहीं थी कि जगतप्रकाश इस तरह भड़क उठेगा। उसने कहा, "अरे, भला मैं उसका अपमान कर सकता हूँ, बड़ों-बड़ों को वह चराती घूमती है। अपने जमील काका भी तो उसके मुरीद हैं। अच्छा हम तो चले अपने धन्धे से, अब तुम दोनों रकीब एक-दूसरे का दुखड़ा कहो-सुनो !" और गिरधारी घूमकर चल दिया।

जगतप्रकाश के मन में आया कि वह गिरधारी के मुँह पर एक तमाचा जड़ दे, लेकिन जैसे जमील ने उसके मन की बात समझ ली। उसने कहा, "अरे छोड़ो भी इसे, किसी तरह की सज़ा इसे नहीं सुधार सकती। इस आदमी की तो परछाईं से दूर रहना चाहिए।"

गवालिया टैंक तक दोनों आदमी पैदल आए। फिर वहाँ उन्होंने ट्राम पकड़ी। ट्राम बेतरह भरी हुई थी, ऑफिस का समय हो गया था। जमील बोला, "बड़ी भीड़ है इस शहर में, तुम शायद घबरा रहे होंगे। शुरू-शुरू में मुझे भी इस भीड़ से घबराहट होती

थी, लेकिन अब इस भीड़ में मज़ा आने लगा है मुझे। इनसान सामाजिक प्राणी होने के नाते गिरोह में रहता है और ये गिरोह बढ़ते-बढ़ते भीड़ बन जाया करते हैं। बड़े-बड़े मेले जहाँ लाखों आदमी इकट्ठा होते हैं, इनसान की इस भीड़ के प्रति मोह को ही तो प्रदर्शित करते हैं।''

ट्राम चल रही थी, लोग चढ़ते और उतरते थे, भीड़ वैसी-की-वैसी ही बनी थी। जमील कहता जा रहा था, ''इस भीड़ से घबराने के माने होते हैं ज़िन्दगी से घबराना। हमें अपने देश को इस भीड़ में खो देना चाहिए, तभी हम असली ज़िन्दगी को पा सकेंगे। और इस हिसाब से मैं कभी-कभी सोचने लगता हूँ कि असली ज़िन्दगी के दर्शन हमें इस बम्बई शहर में ही होते हैं।''

मुहम्मद अली रोड पर ट्राम से उतरकर उन दोनों ने अब दादरवाली ट्राम पकड़ी। जगतप्रकाश ने पूछा, ''अब हम लोग कहाँ चल रहे हैं ?''

''मेरे घर। मैं परेल में मज़दूरों की एक चाल में रहता हूँ। तुम्हारी भाभी वहाँ है। तुम्हारा एक भतीजा चार साल का है और एक भतीजी एक साल की है। तो तुम मेरा घर तो देख ही लो।''

जगतप्रकाश मुसकराया, ''भाभी तो बुर्के में रहती होंगी ?''

''अरे कहाँ का बुर्का और कहाँ का पर्दा ? हम मज़दूरों और मेहनतकशों में यह नहीं चलता। हाँ, मेरे यहाँ खाना खाने में तो तुम्हें कोई एतराज़ नहीं होगा ?''

''कुलसुम के यहाँ इतने दिनों से खाना खा ही रहा हूँ।''

परेल के पीछे की तरफ एक गन्दे-से मुहल्ले में एक पंचमंज़िली इमारत, उस इमारत में अनगिनती के कमरे—मटमैले और टूटे हुए। इन्हीं कमरों में एक कमरा जमील अहमद का था।

जमील अहमद की पत्नी रसोई में उलझी हुई थी। चार बरस का लड़का अनीस अपनी एक साल की छोटी बहन रशीदा को खिला रहा था। इन दोनों के आते ही सईदा ने कहा, ''लो खाना तैयार है।''

जमील बोला, ''इत्मीनान के साथ खाएँगे। इन जगतप्रकाश को तो पहचानती ही होगी ?''

प्रश्न बेकार-सा था, क्योंकि सईदा ने कोई उत्तर नहीं दिया। जगतप्रकाश ने देखा कि एक अधेड़-सी दिखनेवाली स्त्री उसके सामने खड़ी है जिसके मुख पर झुर्रियाँ पड़ने लगी हैं। साँवले रंगवाली उस स्त्री की मुखाकृति कभी सुन्दर रही होगी, लेकिन उसमें अब एक तरह की कठोरता आ गई थी। वह एक मोटी-सी साड़ी पहने थी। उसने जमील की बात का कोई उत्तर नहीं दिया, चुपचाप वह जगतप्रकाश को देख रही थी।

जमील मुसकराया, ''यह सईदा गूँगी नहीं है, हाँ तुम इसे कमसखुन कह सकते हो। लेकिन यह अच्छा ही है, किसी से लड़ती-झगड़ती नहीं है, ठीक तरीके से, ठीक वक्त पर यह हरेक काम करती है। एक दफा भी इसने मुझसे किसी बात की शिकायत नहीं

की, जैसे इसकी कोई हस्ती न हो। कभी-कभी तो मुझे शक होने लगता है कि कहीं यह मशीन तो नहीं है ? मेरी किस्मत में ही मशीनों से उलझना बदा है।'' और जमील खिलखिलाकर हँस पड़ा।

सईदा के होंठ खुले, ''आप भी कैसी बातें करते हैं ! आप इन्हें बम्बई घुमाना चाहते हैं तो खाना खा लीजिए।'' फिर वह जगतप्रकाश की ओर घूमी, ''आपको मैंने गाँव में देखा था, आपके घर भी मैं गई थी; लेकिन तब आप नन्हे-मुन्ने बच्चे थे। इस सबको एक अरसा हुआ। अगर मियाँ ने न बतलाया होता तो मैं आपको पहचान भी न पाती। कितने बदल गए हैं आप ! खुदा के फ़ज़ल से आप तो हम लोगों की बराबरी के दिखने लगे हैं।''

जगतप्रकाश ने सईदा की इस बात का कोई उत्तर नहीं दिया, जो कुछ सईदा ने कहा था, वह प्रश्न तो था नहीं जो उसका उत्तर दिया जाता। सर झुकाए हुए वह चुपचाप खड़ा था। जमील ने जगतप्रकाश की घबराहट देखी, उसने सईदा से कहा, ''अच्छा खाना परोसो। तब तक मैं बरामदे से इन्हें बम्बई के इस हिस्से का नज़ारा दिखलाता हूँ।''

दोनों आदमी अब बरामदे में खड़े हो गए। सामने भी एक पंचमंजिली इमारत थी, और वह भी उतनी ही कुरूप, उतनी ही गन्दी और उतनी ही बदबूदार थी जितनी वह थी जिसमें वे खड़े थे। नीचे सड़क पर नलों की कतार थी जिन पर सैकड़ों औरतें अपने-अपने घड़े लेकर पानी भरने आई थीं, या फिर नहाने के लिए आई थीं। इन औरतों में कुछ एक-दूसरे से अपना रोना रो रही थीं, कुछ एक-दूसरे को भद्दी गालियाँ देती हुई आपस में लड़ रही थीं। जगतप्रकाश ने अपने गाँव की निम्नवर्ग की स्त्रियों को देखा था, उनकी अपेक्षा ये स्त्रियाँ अधिक सम्पन्न दिखती थीं, लेकिन ये अधिक उग्र भी थीं। एकाएक जगतप्रकाश ने पूछ लिया, ''जमील काका ! इस सड़ाँध और गन्दगी में रहने के लिए अपने वतन को छोड़कर हज़ारों मील की दूरी पर लोग खुशी-खुशी चले आते हैं, इस पर मुझे आश्चर्य होता है।''

जमील थोड़ी देर चुप रहा, फिर उसने कहा, ''ठीक कहते हो बरखुरदार ! यह सड़ाँध और गन्दगी, जो तुम यहाँ देख रहे हो, अपने वतन में नहीं है, लेकिन इस सड़ाँध और गन्दगी को तुम अहमियत क्यों देते हो ? हमारे जिस्म के अन्दर क्या यह सड़ाँध और गन्दगी नहीं है ? सवाल गन्दगी और सड़ाँध का इतना नहीं है जितना ज़िन्दगी और मौत का है। अपने वतन में मजदूरी से भरी गुलामी है, अपने वतन में फ़ाकाकशी है। सफाई, नफासत, ऐशोआराम—ये सब ज़िन्दगी के ऐसे पहलू हैं जो इनसान के पास इफ़रात के बाद आते हैं। फिर यहाँ की गन्दगी और सड़ाँध तुम्हें इसलिए और अखरती है कि यहाँ बेहद सफाई और खूबसूरती भी है। इस बम्बई शहर में इफ़रात है, इस इफ़रात की शक्ल तुमने कुलसुम कावसजी के बँगले में, उसके मुहल्ले में और बम्बई के अनगिनती मकानों और मुहल्लों में तुमने देखी है। लेकिन बरखुरदार, यह सड़ाँध और गन्दगी, जो तुम यहाँ देख रहे हो, अपने वतन में भी मौजूद है। लेकिन तुम उसे देख नहीं पाते, क्योंकि अपने वतन की सड़ाँध और गन्दगी में घुटन है, बेबसी है, जबकि

यहाँ की सड़ाँध और गन्दगी में हलचल है, संघर्ष है और ज़िन्दगी है।"

जगतप्रकाश ने जमील की बात का कोई उत्तर नहीं दिया, शायद उसके पास कोई उत्तर था भी नहीं। चुपचाप वह अपने सामनेवाले दृश्य को देख रहा था, और जमील कहता जा रहा था, "तुम कायस्थ हो बरखुरदार, तुम ऊँचे तबके के हो। लेकिन अपने वतन में मेहतरों, पासियों और चमारों की बस्तियाँ तुमने नहीं देखीं, वहाँ तो जाना भी तुम लोगों को मना है। तुम ऊँचे तबके के लोग इस सड़ाँध और गन्दगी को देखना नहीं चाहते हो, उसके प्रति तुम लोग अपनी आँखें बन्द कर लेते हो। उस सड़ाँध और गन्दगी के अन्दर जो तुमने जीवित मृत्यु भर दी है वही सबसे ज़्यादा भयानक है। सड़ाँध और गन्दगी को तो बर्दाश्त कर लिया जा सकता है, लेकिन उस मौत को नहीं बर्दाश्त किया जा सकता। और उसी मौत से बचने के लिए लाखों आदमी अपने वतन को छोड़कर यहाँ इस पराए शहर बम्बई में आ गए हैं, आते रहते हैं।"

तभी सईदा की आवाज़ सुनाई दी, "खाना परोस दिया है, आप लोग खा लीजिए।"

ज्वार की रोटियाँ, मठा, कढ़ी और आलू का साग—खाना मराठी ढंग का था। जगतप्रकाश को उस खाने में स्वाद लगा। कितना भिन्न था यह खाना कुलसुम के यहाँ के खाने से ! लेकिन एक तरह की तृप्ति, एक तरह का सन्तोष अनुभव कर रहा था जगतप्रकाश अपने अन्दर। खाना खाकर दोनों घूमने के लिए निकल पड़े।

दोनों दिन-भर घूमते रहे, अब जगतप्रकाश को बम्बई का नया रूप दिख रहा था। मुहम्मद अली रोड से जब ये लोग कालबादेवी रोड की ओर बढ़ रहे थे, इन्हें एक मकान के आगे भिखमंगों की एक बहुत बड़ी भीड़ दिखी जो एक मकान के सामने बैठी थी। जमील ने कहा, "यह सेठ आबिद अली की कोठी है। आठ दिन से इनके दरवाज़े खैरात बँट रही है, क्योंकि इनके लड़के का निकाह हुआ है। सेठ आबिद अली करोड़पति हैं और उनके लड़के का निकाह जिस लड़की के साथ हुआ है वह अपने माँ-बाप की इकलौती औलाद है। सेठ पीरभाई बम्बई के इने-गिने पूँजीपतियों और मिल-मालिकों में हैं। तो इस खैरात में इन दो सेठों के वैभव का प्रदर्शन अधिक है। ज़रदा, शीरमाल, बिरियानी—ये बाँटे जा रहे हैं। कितने भिखारी होंगे, अन्दाज़ लगा सकते हो।"

जगतप्रकाश आश्चर्य के साथ उस भीड़ को देख रहा था, चार-पाँच सौ से कम तो न होंगे। लेकिन इस भीड़ में हिन्दू-मुसलमान सभी हैं।

जमील मुस्कराया, "भिखारियों की न कोई जाति होती है, न कोई मज़हब होता है। अपने यहाँ के ब्राह्मणों की बात छोड़ो, ये भिखमंगे नहीं हैं, वे पीर हैं जिन्हें तुम लोग ज़बर्दस्ती चढ़ावा चढ़ाते हो। यह भीड़ उन लोगों की है जिन्हें हमारे वतन में अपने मन से कोई भीख नहीं देता, क्योंकि ये हमारे समाज के सड़े-गले अंग हैं। तो अपने वतन में तयशुदा मौत से बचने के लिए ये लोग यहाँ इस बम्बई में इकट्ठे हुए हैं। वही जीवन का संघर्ष यहाँ है।"

दोपहर बीतने लगी थी और जगतप्रकाश को लग रहा था कि वह बहुत अधिक थक गया है। यह जमील, जो उसके साथ चल रहा था, उससे कहीं अधिक ज्ञानी है। उसने

जमील से पूछा, ''जमील काका, अब घूमने की तबीयत नहीं होती, लौटना चाहिए।''

''हाँ बरखुरदार, साढ़े चार बज रहे हैं। मैं भी अब घर चलूँ। रात की शिफ्ट है आज से।''

जगतप्रकाश ने एक ठंडी साँस ली, ''और मैं सोच रहा हूँ कि आज रात की गाड़ी से ही मुझे बम्बई से लौटना चाहिए।''

''लेकिन तुम तो यहाँ एक-दो दिन और रुकनेवाले थे।'' जमील ने कहा। ''लेकिन जो कुछ मैं दिखला सकता था वह मैंने दिखला दिया।'' फिर कुछ रुककर उसने कहा, ''लेकिन तुम हमेशा के लिए न लौट पाओगे बरखुरदार ! मैं देख रहा हूँ कि तुम्हारे अन्दर एक आग है, और तुम अचानक ही ऐसे रास्ते पर आ पड़े हो जिससे लौटना गैरमुमकिन है। तुम्हें तुम्हारी कोठी तक पहुँचा दूँ या तुम खुद चले जाओगे ?''

''मैं खुद चला जाऊँगा जमील काका ! आज तुम्हारे साथ जो देखा वह युग-युग तक मैं नहीं देख पाता—यानी, तुमने मुझे देखने को आँखें दे दी, धन्यवाद ! वैसे मैंने जो कुछ देखा है, उसे भूलने का प्रयत्न करूँगा, लेकिन निश्चय ही भूल पाऊँगा—यह मैं नहीं कह सकता।''

जमील ने बड़े प्यार से जगतप्रकाश के कन्धे पर हाथ रखा, ''होगा वही जो खुदा को मंजूर है। लेकिन मैं इनसान को थोड़ा-बहुत पहचानने लगा हूँ और समझता भी हूँ कि तुम यह सब आसानी से भूल न पाओगे। बहरहाल इसे भूलने की कोशिश ज़रूर करना। कब जाने का इरादा है यहाँ से ?''

''अभी साढ़े चार बजे हैं, साढ़े आठ बजे इलाहाबाद गाड़ी जाती है, उसी से चला जाऊँगा।''

''खुदा हाफिज़ बरखुरदार ! मुझे याद रखना। मैं जानता हूँ कि अब तुम्हारा बम्बई आना-जाना होता रहेगा। जब यहाँ आना, मुझसे मिल लेना। मेरा घर तो देख ही लिया है।''

जिस समय जगतप्रकाश कुलसुम के यहाँ पहुँचा, कुलसुम घर पर ही थी। उसने आते ही कहा, ''मुझे आज ही इलाहाबाद जाना है।''

आश्चर्य से कुलसुम ने जगतप्रकाश को देखा, ''तुम तो दो-एक दिन और रुकने का वायदा कर चुके हो।''

''वायदा मैंने पूरा कर दिया, क्योंकि मैं एक दिन और रुक गया। और इस एक दिन में मैंने बम्बई की आत्मा देख ली। मैं बड़ा भाग्यशाली था जो जमील अहमद से मेरी मुलाकात हो गई, जो कुछ देखना बाकी था उन्होंने मुझे वह सब दिखा दिया। अब हर हालत में मुझे इलाहाबाद लौटना चाहिए।''

कुलसुम ध्यान से जगतप्रकाश को देखती रही, फिर एक ठंडी साँस लेकर उसने कहा, ''जब तुमने जाना तय कर लिया है तब मैं तुम्हें न रोकूँगी। तुम अपनी तैयारी कर लो। हम दोनों आज ताजमहल होटल में डिनर खाएँगे, वहाँ से मैं तुम्हें ट्रेन में बिठा दूँगी।''

एक सुन्दर और रंगीन शाम ताजमहल होटल में कुलसुम के साथ, और फिर बाम्बे-कलकत्ता मेल में सेकंड क्लास की लोअर बर्थ। टिकट कुलसुम ने ले लिया था। और फिर गार्ड ने सीटी दी। कुलसुम ने जगतप्रकाश का हाथ अपने हाथ में ले लिया। जगतप्रकाश ने देखा कि कुलसुम की आँखें तरल हैं और उसने सुना, "तुम बड़े भोले हो, तुम बहुत भोले हो। तुम मुझे बहुत अच्छे लगते हो। हमारी यह आखिरी मुलाकात नहीं है, क्योंकि तुम्हारा पता मेरे पास है और मेरा पता तुम जानते हो।"

गाड़ी अब चलने लगी थी। कुलसुम प्लेटफार्म पर खड़ी रूमाल हिला रही थी और जगतप्रकाश बेसुध, खोया-सा एकटक कुलसुम को देख रहा था।

[5]

छोटी लाइन की पैसेंजर ट्रेन में थर्ड क्लास का डिब्बा, ठसाठस भरा हुआ। जगतप्रकाश चुप बैठा हुआ अपने चारों ओर देख रहा था, तरह-तरह के चेहरे, जैसे सभी थके-हारे हों। कम्पार्टमेंट में एक भयानक घुटन भरी थी, वातावरण की भावना की। और जगतप्रकाश सोच रहा था कि यह घुटन क्यों ? इस घुटन का स्रोत कहाँ है ? उस कम्पार्टमेंट में, जिसमें रेल के अधिकारियों ने इक्कीस आदमियों के बैठने की व्यवस्था की थी, चालीस आदमी एक-दूसरे पर लदे बैठे या खड़े थे।

मई का दूसरा सप्ताह था, गर्मी ज़ोर से पड़ रही थी। लू से बचने के लिए इस कम्पार्टमेंट की खिड़कियाँ बन्द कर दी गई थीं। और एक बदबू भर गई थी उस कम्पार्टमेंट के अन्दर। जगतप्रकाश को लग रहा था कि उसका सर फटा जा रहा है। इसी घुटन और बदबू में हिन्दुस्तान के अधिकांश आदमी रहते हैं, यह घुटन और बदबू अकेले नगरों में नहीं है, यह गाँवों में भी मौजूद है। और एकाएक जगतप्रकाश को अपने अन्दर एक झुँझलाहट महसूस हुई। उसकी यह झुँझलाहट अपने ही प्रति थी। उसके अन्दर वह नई भावना और नई चेतना कैसे आ गई ? वही वातावरण, जिसमें वह पला था, वही परिस्थितियाँ और वही वह—लेकिन सब कुछ बदल क्यों और कैसे गया ? उसने घड़ी देखी, चार बज रहे थे। लेकिन बाहर आसमान जल रहा था, धरती जल रही थी, हवा जल रही थी। आधे घंटे बाद सिखल का छोटा-सा स्टेशन आएगा, और उस स्टेशन पर उसे उतरना होगा। छह घंटे हो गए उसे इस गाड़ी पर सफर करते हुए, और एक थकान-सी भर गई थी उसके अन्दर। चारों ओर एक उदासी, जैसे वह भी उस उदासी का एक भाग हो।

गाड़ी अब धीमी पड़ने लगी। जगतप्रकाश के पास कुछ सामान था—एक ट्रंक और एक बिस्तर। लेकिन दोनों ही काफी वज़नी थे, क्योंकि उनमें ठसाठस किताबें भरी थीं। गरमी के इन दो महीनों में वह अपनी थीसिज़ पूरी कर देगा, उसने यह संकल्प

किया था। अपना असबाब उठाकर उसने दरवाज़े के पास रख दिया था, सिखल में गाड़ी कुल दो मिनट ठहरती थी, और दो मिनट में उसे गाड़ी से असबाब निकालना बड़ा कठिन था।

गाड़ी रुक गई और तभी उसे अपनी ओर दौड़कर आता हुआ सुमेर दिखाई दिया। जगतप्रकाश गाड़ी से उतरा, सुमेर ने उसका असबाब उतारते हुए बड़ी आत्मीयता के साथ कहा, "आज तो ठीक बखत से गाड़ी आई भइया ! मालकिन बाहर बरगद के पेड़ के नीचे बैठी तुम्हारा इन्तज़ार कर रही हैं।"

"क्या दीदी आई हैं ? इस लू-लपट में वह क्यों आई यहाँ, तुमने उन्हें रोका नहीं ?"

"भला मालकिन को कौनो रोक सकत है ?" खीसें निपोरते हुए सुमेर बोला।

जगतप्रकाश ने ट्रंक सुमेर के सर पर रख दिया, बिस्तर उसने खुद उठाया। दोनों स्टेशन के बाहर निकले।

अनुराधा ने जगतप्रकाश को स्टेशन से बाहर निकलते देख लिया था। वह उठ खड़ी हो गई थी। एक अजीब तरह का सन्तोष और पुलक वह अनुभव कर रही थी अपने अन्दर। पूरे एक साल बाद जगतप्रकाश घर आया था। उसने वहीं से तेज़ आवाज़ में आदेश दिया, "जगत, बिस्तर वहीं रख दो, सुमेर ट्रंक रखकर उठा लाएगा उसे।" और वह जगतप्रकाश की ओर बढ़ी।

जगतप्रकाश ने बिस्तर ज़मीन पर डाल दिया, अनुराधा की आज्ञा से नहीं, बल्कि इसलिए कि वह थका हुआ था और बिस्तर काफी वज़नी था। उसने बढ़कर अपनी बहन के पैर छुए।

अनुराधा ने उसे सर से पैर तक देखा, फिर वह बोली, "बड़े दुबले हो गए हो, तन्दुरुस्ती का कुछ ख़याल रखा करो।" और जगतप्रकाश का हाथ पकड़कर वह उसे वहीं घसीट लाई जहाँ वह बैठी थी। जगतप्रकाश ने मुस्कराते हुए कहा, "दीदी, तुम तो मुझे इस तरह घसीट रही हो जैसे मैं निरा बच्चा होऊँ।"

जैसे बिजली का करेंट लग गया हो अनुराधा को। जगतप्रकाश का हाथ छूट गया उससे, "नहीं, अब बच्चे नहीं रह गए हो तुम। बम्बई-कलकत्ता का दौरा करने लगे हो, है न ऐसा !" और उसने सुमेर से कहा, "कुएँ से पानी भरकर शर्बत बना लो।" वह ज़मीन पर बिछी हुई दरी पर बैठ गई, उसने जगतप्रकाश से कहा, "बैठ जाओ, थोड़ी देर सुस्ता लो। शर्बत पीकर ताज़ा हो जाओगे तब हम लोग चलेंगे, तब तक धूप भी लच जाएगी। चेहरा कितना मुरझा गया है !"

जगतप्रकाश चुपचाप बैठ गया। उसने अपने जूते उतार दिए। उसके अन्दरवाली वितृष्णा और झुंझलाहट के भाव अब गायब हो गए थे, वह जाना-पहचाना, आत्मीयता से भरा हुआ वातावरण उसके इर्द-गिर्द लौट आया था। बैठते हुए उसने अनुराधा से शिकायत की, "दीदी, इतनी लू-धूप में तुम्हें यहाँ आने की क्या ज़रूरत थी ?"

जगतप्रकाश के स्वर में एक प्रकार का अधिकार आ गया था अचानक ही, जिसे

जगतप्रकाश ने तो अनुभव नहीं किया, लेकिन अनुराधा ने उसे तत्काल अनुभव कर लिया। उसने सफाई देने के स्वर में कहा, ''घर में कोई काम-काज तो था नहीं, इन दिनों यमुना आ गई है तो उसने एक तरह से घर का सारा काम-काज सँभाल लिया है। सुमेर ठीक तौर से तुम्हें ला सकेगा, इस पर मुझे भरोसा नहीं था।'' लेकिन जैसे अनुराधा को लगा कि इन सब बहानों से जगतप्रकाश को सन्तोष नहीं होगा, कुछ रुककर वह बोली, ''अगर मैं आ ही गई तो कौन-सा गज़ब हो गया ?''

जगतप्रकाश ने बात आगे नहीं बढ़ाई, वह 'यमुना' नाम से उलझ गया था। उसने यमुना को देखा तो न था, लेकिन उसने यमुना के सम्बन्ध में सुना अवश्य था। अनुराधा के कोई ननदोई थे रामसहाय, जो बस्ती शहर में वकालत करते थे। यमुना उन्हीं रामसहाय की भतीजी थी। लेकिन रामसहाय की पत्नी यानी अनुराधा की ननद से तो अनुराधा का सम्बन्ध उसी दिन टूट गया था जिस दिन अनुराधा को उसके ससुरालवालों ने अपने घर से निकाल दिया था। सत्यप्रकाश की मृत्यु के बाद जब गाँववालों ने सत्यप्रकाश की ज़मीन हड़पने का प्रयत्न किया तब अनुराधा को अपने ननदोई की याद आई। अनुराधा की ननद बड़ी आत्मीयता के साथ उससे मिली और रामसहाय ने अनुराधा की पूरी तौर से सहायता की। उन्होंने अनुराधा से मेहनताने के रूप में पैसा लेने से इनकार कर दिया था। फिर अनुराधा अपनी ज़मीन के मुकदमों के सिलसिले में जब कभी बस्ती जाती थी, अपनी ननद के यहाँ ही ठहरती थी।

रामसहाय की भतीजी यमुना का ज़िक्र अनुराधा ने जगतप्रकाश से एकाध बार किया था। यमुना बड़ी सुशील लड़की थी और कानपुर में किसी कॉलेज में पढ़ती थी। पार-साल यमुना ने इंटरमीडिएट की परीक्षा पास की थी। वह सुन्दर थी, बुद्धिमती थी।

इस समय तक सुमेर शर्बत बना लाया था। उसने उन दोनों को शर्बत देकर बैलगाड़ी पर जगतप्रकाश का असबाब रख दिया। फिर वह अनुराधा से बोला, ''मालकिन, अब धूप लच गई है। ढाई घंटा लगेगा पहुँचने में।''

''हाँ, अब हम लोगों को चल देना चाहिए।'' अनुराधा ने उठते हुए कहा। जगतप्रकाश भी उठ खड़ा हुआ। सुमेर ने दरी लपेटकर बैलगाड़ी में रख दी।

जिस समय बैलगाड़ी महोना पहुँची, रात हो गई थी। घर के दरवाज़े पर एक युवती खड़ी हुई इन लोगों की प्रतीक्षा कर रही थी, बरामदे में गैस का लैम्प जल रहा था। उस गैस के नीले प्रकाश में वह युवती जगतप्रकाश को सुन्दर दिखी। अनुराधा ने बैलगाड़ी से उतरते हुए यमुना से कहा, ''ले, आ गया मेरा जगत। जल्दी से शर्बत बना ला।'' और फिर वह जगतप्रकाश की ओर मुड़ी, ''यही है यमुना ! देखा तूने इसे !''

यमुना एकटक जगतप्रकाश को देख रही थी। उसने दूर से ही जगतप्रकाश को हाथ जोड़ दिए, बिना कुछ बोले हुए, फिर वह अनुराधा की आज्ञापालन करने के लिए तेज़ी के साथ घर के अन्दर चली गई।

जगतप्रकाश के मकान के सामने खुला हुआ सहन था, सुमेर ने एक खाट वहाँ

बिछा दी थी। फिर वह जगतप्रकाश का असबाब उठाकर अन्दर चला गया था। जगतप्रकाश खाट पर बैठ गया, उसने अनुराधा से कहा, ''बहुत ज्यादा गरमी पड़ने लग गई है। पहले नहा लूँ, फिर शर्बत पीऊँगा।'' वह कपड़े उतारने लगा।

यमुना शर्बत बनाकर ले आई थी। उसने दबी ज़बान में कहा, ''नहाने के लिए पानी कुएँ की जगत पर रखा हुआ है, लेकिन पहले शर्बत पीकर आप सुस्ता लीजिए।''

यमुना की बात सुनकर जगतप्रकाश चौंक उठा। यह यमुना कौन है ? इसके पहले तो उसने इस यमुना को कभी देखा नहीं था, तो फिर इस यमुना में उसके प्रति इतनी आत्मीयता कैसे उपज आई ? उसने इस बार ध्यान से यमुना को देखा जो शर्बत का लोटा लिए खड़ी थी। अपने ऊपर जगतप्रकाश की दृष्टि पड़ते ही यमुना सिमट-सी गई और उसकी आँखें ज़मीन पर गड़ गईं, लेकिन उसकी गहरी काली आँखों में कुछ चमक-सी है, जगतप्रकाश को लगा। इस चमक का स्रोत कहाँ है ? यह चमक कैसी है ? जगतप्रकाश मन-ही-मन सोच रहा था और यमुना चुपचाप खड़ी थी, एक मूर्ति की भाँति। अब उसने यमुना के रूप पर ध्यान दिया। कुछ खुलता हुआ-सा गहरा रंग, जिसे उसने प्रथम बार गैस के तीव्र प्रकाश में गोरा समझा था, लेकिन भरा हुआ गोल मुख जो निश्चय ही सुन्दर कहा जा सकता था। एक सरलता, एक मीठापन—कहीं किसी सबल व्यक्तित्व का तीखापन नहीं। उसे यमुना को देखने में एक प्रकार का सुख मिल रहा था। तभी उसे अपनी बड़ी बहन की तीखी आवाज़ सुनाई दी, ''शर्बत क्यों नहीं पी लेते ? लड़की कब से खड़ी है ! ठीक तो कह रही है, पहले शर्बत पीकर सुस्ता लो, फिर नहाना। इसमें सोचने की क्या बात है ?''

जगतप्रकाश ने शर्बत का लोटा ले लिया, और उसने देखा कि यमुना का मुख खिल गया है। शर्बत पीकर उसने लोटा ज़मीन पर रख दिया, फिर वह स्नान करने चला गया।

जैसे ही स्नान करके जगतप्रकाश आया, अनुराधा ने उससे कहा, ''अब खाना खा लो, गरम-गरम। तुम्हारी चारपाई छत पर लगवा दी है।''

जगतप्रकाश ने आश्चर्य से अपनी बहन को देखा, ''तुम तो मेरे साथ ही आई हो, खाना कैसे इतनी जल्दी बन गया ?''

अनुराधा मुसकराई, ''आजकल मेरी जगह यमुना ने ले ली है। घर के काम-काज में, बड़ा अच्छा खाना बनाती है। इतनी सुन्दर और सुघर लड़की जिसके घर में आ जाए उसके तो भाग खुल गए।''

ऐसी बात नहीं कि जगतप्रकाश ने अनुराधा के इशारे को न समझा हो, अनुराधा की हरेक बात को, उसके हरेक काम को वह अच्छी तरह समझता था। उसने कहा, ''लेकिन पराई लड़की से इतना काम-काज नहीं कराना चाहिए। अच्छा, खाना खा ही लूँ, बड़ी भूख लगी है। हाँ दीदी, क्या खाने के लिए चौके में चलना पड़ेगा ?''

''यह तुम्हारा किरिस्तानीपन इस घर में तो नहीं चलेगा।'' अनुराधा ने कड़े स्वर में कहा, ''खाना तो चौके में ही खाना पड़ेगा।''

लेकिन अनुराधा के आश्चर्य का ठिकाना नहीं रहा जब उसने देखा कि रसोईघर के सामने आँगन में एक छोटी-सी मेज़ पर परोसी हुई थाली रखी हुई है और उस मेज़ के आगे एक कुर्सी रखी हुई है।

जगतप्रकाश हँस पड़ा, "लो दीदी ! तुम भी जमाने के साथ आगे बढ़ रही हो। मेज़-कुर्सी पर खाना, तो इस घर में यह भी सुविधा हो गई है।" और जगतप्रकाश कुर्सी पर बैठकर खाना खाने लगा।

यमुना खाना बनाती जाती थी और परोसती जाती थी, अनुराधा पास में पड़ी हुई चारपाई पर बैठ गई थी, और जगतप्रकाश जैसे युगों के बाद अपनी रुचि का भोजन कर रहा था।

अनुराधा ने बड़े प्रयत्न से अपने क्रोध को दबाया, लेकिन यमुना जब रोटी परोसने आई तब उससे न रहा गया, उसने कहा, "यहाँ चौके के बाहर मेज़-कुर्सी लगाने के पहले मुझसे पूछ तो लिया होता, कुछ करम-धरम का भी ध्यान रखना चाहिए।"

जगतप्रकाश प्रसन्न हो गया यमुना का उत्तर सुनकर, "भाभी ! क्या धरम-करम इस सड़ी गरमी में चौके के अन्दर बैठकर खाने में ही रह गया है ? आँगन में एक जगह लीप देने से पूरे आँगन की गन्दगी तो दूर नहीं हो जाती, नहीं तो यहाँ आँगन में ज़मीन पर चौका लगाकर खाना परोस दिया होता। मेज़-कुर्सी अच्छी तरह गीले कपड़े से पोंछ दी है।"

इसके पहले कि अनुराधा कुछ कहती, जगतप्रकाश बोल उठा, "तुम इतनी समझदार हो, यह मैं सोच ही नहीं सकता था। तुमने ठीक वही किया जिसे मैं पसन्द करता, जैसे तुमने मेरे दिल में घुसकर अन्दर की बात निकाल ली।"

तभी जगतप्रकाश ने देखा कि यमुना के मुख पर एक हलकी मुस्कान आई, और उसी समय वह तेज़ी से रसोई के अन्दर भाग गई। थोड़ी देर बाद उसकी आवाज़ रसोई के अन्दर से आई, "भाभी ! रोटी ले जाओ आकर।"

अनुराधा उठ खड़ी हुई, "लजा गई है बेचारी।" अब अनुराधा खाना परोसने लगी।

सुबह पाँच बजे ही जगतप्रकाश की आँख खुल गई, सूर्य का प्रकाश पूरब की मुँडेर से कुछ हटकर लगे हुए नीम के पेड़ की पत्तियों से छनने लगा था। बिस्तर से उठकर वह खड़ा हो गया, फिर उसने अपने चारों ओर देखा। अजीब तरह से उजड़ा हुआ वातावरण, एक सूनापन, एक उदासी ! अगल-बगल टूटे हुए कच्चे मकान, जिन पर फूस या खपड़े के छप्पर पड़े थे। इन मकानों के बीच-बीच कुछ फासले पर एकाध कच्चा-पक्का मकान दिख जाता था। दक्षिण की ओर जगतप्रकाश का मकान खुलता था—उसके सामने एक ऊबड़-खाबड़ कच्चा रास्ता और उसके बाद दूर तक नंगी धरती। यह धरती दो-तीन घंटों बाद जलनी शुरू होगी और फिर दिन-भर जलती रहेगी। वह कुछ अनमना-सा यह देख रहा था तभी उसने अपने पीछे कुछ आहट-सी सुनी। मुड़कर उसने देखा, यमुना उसका बिस्तर लपेट चुकी थी और चारपाई खड़ी कर रही

थी। जगतप्रकाश ने कहा, "मैं अपना बिस्तर खुद नीचे ले जाऊँगा, तुम क्यों कर रही हो यह सब ?"

"इस दफा मैं आपके दिल में घुसकर अन्दर की बात नहीं निकाल पाई ?" और बिस्तर उठाकर वह जल्दी-जल्दी नीचे चली गई।

जगतप्रकाश को अब नीचे उतरना पड़ा। आँगन में कुएँ के पास बैठी हुई अनुराधा बर्तन मल रही थी और रसोई के अन्दर यमुना चूल्हा जला रही थी। जगतप्रकाश के पैरों की आहट पाकर यमुना बाहर निकल आई, "क्या चाय पीजिएगा पहले ?"

"तुम्हें कैसे मालूम कि मैं सोकर उठते ही पहले चाय पीता हूँ ? यहाँ तो यह कायदा नहीं है।"

"इस बार फिर आपके दिल में घुसकर मैंने अन्दर की बात निकाल ली।" इस बार यमुना की हँसी में जगतप्रकाश को एक तरह के संगीत की झलक मिली। "पानी उबल गया है, चाय मैंने कल ही मँगा ली। मेरे पिताजी लखनऊ में एक विलायती कम्पनी में बड़े बाबू हैं। तो उनके कुछ मेहमान सुबह पहले-पहल चाय पीते हैं। आप सहन में बैठिए चलकर, मैं चाय बनाकर लाती हूँ।"

जगतप्रकाश ने यमुना की बात का कोई उत्तर नहीं दिया, वह अपने मकान के बाहरवाले सहन में चला गया। पश्चिम की ओर एक बहुत बड़ा मैदान था जिसमें एक पेड़ आम का लगा था और एक पेड़ महुए का लगा था। उस सहन के अन्त में चार-पाँच कच्ची दालानें थीं जिनमें दो में गायें और बैल बँधते थे, एक में हल, बैलगाड़ी तथा खेती का अन्य सामान रखा था और एक में सुमेर रहता था। एक में भूसा भरा था। एक कोने में एक कुआँ था और सुमेर उस कुएँ से पानी खींच रहा था। गाय-बैल कुएँ के पासवाले आम के पेड़ से बँधे थे। घर से निकलते ही महुए का पेड़ पड़ता था और उस महुए के पेड़ के नीचे दो चारपाइयाँ पड़ी थीं। जगतप्रकाश एक चारपाई पर बैठकर मवेशियों और सुमेर को देख रहा था।

सुमेर ने मवेशियों के सामने चारा डाल दिया, फिर वह जगतप्रकाश के पास आकर ज़मीन पर बैठ गया, "कहो भैया, रात नींद तो अच्छी तरह आई। अब की दफा बहुत दिन के बाद आए हो।"

"हाँ, पढ़ाई-लिखाई से फुरसत ही नहीं। गाँव की तो शक्ल ही बदल गई है। क्या हाल हैं यहाँ के ?"

"हाल क्या बतलाएँ भइया, गाँव तो ऐस समझो उजड़ता ही जा रहा है, लगान बेतहासा बढ़ाया दीन्हिन है जमींदार साहेब और खुद बस गए हैं सहर मां जायके। उनके कारिन्दा ऊधम जोते हैं, बेदखली, कुरकी। इधर अँगनू साह जब से कांग्रेस के नेता बने हैं तब से भले आदमियों का चलना-फिरना बन्द समझो। कुरब-जवार के बीस-पच्चीस गुंडा उनके साथ हैं, लाठी के बल पर चन्दा वसूल कर रहे हैं और सब मिल के खाय जात हैं। फिर ऊपर से सूद-बियाज का धन्धा उनके बाप का, कोरी-जुलाहा सब परेसान। और अँगनू साह जमींदार बिरजू मिसिर से साँठ-गाँठ कर लीन्हिन हैं। आधे-परदे दाम

दै के सूत कतवावत हैं, बेतहासा मुनाफा उधरौ। उनके कहे मां न चले तो चरखा-करघा से हाथ धोवै का परे।''

जगतप्रकाश थोड़ी देर तक सोचता रहा, ''और पुलिस इस जुल्म को रोकती नहीं।''

एक करुण मुस्कराहट सुमेर के भद्दे और दुबले चेहरे पर आई, ''अरे भइया, पुलिस तो उसके साथ है जिसके पास रुपया है। सारा गाँव उजड़ गया है। जुलाहा-कोरी भाग-भाग के दूसरी जगह बस रहे हैं, लेकिन वहाँ से झख मार के फिर यहाँ लौट आवत हैं। गरीब के लिए भगवानौ आँखें बन्द कर लीन्हिन हैं।''

अनायास ही जगतप्रकाश बुदबुदा उठा, ''जमींदार, महाजन, गुंडे, पुलिस, पटवारी, कानूनगो, सरकारी अफसर।''

सुमेर की समझ में नहीं आया कि जगतप्रकाश क्या कह रहा है, ''क्या कहा भइया ? समझ में नहीं आया।''

और जैसे जगतप्रकाश की खोई हुई चेतना लौट आई, ''कुछ नहीं सुमेर, तुम नहीं समझोगे यह सब, और अगर समझ भी गए तो तुम कुछ कर नहीं सकोगे।''

इसी समय यमुना चाय का प्याला लिए हुए घर के अन्दर से आई, ''एक चम्मच चीनी डाली है, और चाहिए तो कह दीजिए। चाय पीकर नहा लीजिए, मैं कलेवा बनाने जा रही हूँ।''

जगतप्रकाश ने चाय का प्याला यमुना के हाथ से ले लिया, और उसे लगा कि उसके अन्दरवाला धुँधलापन अनायास ही फट गया है। चाय पीते हुए उसने यमुना से कहा, ''क्या बना रही हो तुम कलेवा के लिए ? अपने होस्टल में तो मैं पावरोटी, मक्खन और अंडे का नाश्ता करता था।''

''हाय अम्मा ! आप अंडा खाते हैं। भाभी जानती हैं यह ?''

''अभी तो नहीं जानतीं, लेकिन जान ही जाएँगी। मैं अपना कोई ऐब छिपाता नहीं हूँ, उनसे, उनसे क्या, किसी से।''

''तो आप भी अंडा खाना ऐब समझते हैं ?'' यमुना के मुख पर एक हलकी-सी मुस्कान आ गई।

शब्दों की खींचतान से जगतप्रकाश को हमेशा एक तरह की झुँझलाहट होती रही थी, लेकिन इस बार वह झुँझलाया नहीं, उसने भी मुस्कराते हुए कहा, ''मैं अगर उसे ऐब समझता तो उसे छिपाता। लेकिन दीदी इसे ऐब समझती हैं, तुम भी शायद उसे ऐब समझो, इसलिए मैंने इसे ऐब कह दिया था।'' फिर कुछ रुककर पूछा, ''क्या तुम अंडा खाना बुरा समझती हो ?''

''अभी तक तो समझती थी, क्योंकि मेरे बाबूजी अंडा नहीं खाते। बचपन से ही मुझ पर यह प्रभाव डाला गया है कि अंडा खाना बुरा है। लेकिन अब नहीं समझूँगी। पड़ोस में जमील की फूफी रहती हैं, उनके यहाँ मुर्गियाँ पली हैं। अगर कहिए तो उनके यहाँ से अंडा मँगवा लूँ, आप बतला दीजिएगा किस तरह बनाया जाता है।''

''नहीं-नहीं, मैंने वैसे ही हँसी की थी। दीदी को न बतलाना कि मैं अंडा खाता

हूँ, नहीं तो उन्हें दुख होगा। जो कुछ तबीयत हो बना लो।"

स्नानादि से निवृत्त होकर जगतप्रकाश ने वहीं बाहर नाश्ता किया, फिर वह गाँव का चक्कर लगाने के लिए निकल पड़ा। सुमेर ने ठीक कहा था कि गाँव उजड़ता जा रहा है। उसे लग रहा था जैसे वह खंडहरों के बीच में चल रहा हो। हर तरफ टूटे और उजड़े हुए मकान नज़र आते थे जो मिट्टी के ढूह-से दिखते थे। उसके जान-पहचान वाले न जाने कितने लोग गाँव छोड़कर चले गए थे, जहाँ पहले पचासों करघे काम करते रहे हों, वहाँ अब दस-पन्द्रह करघे ही चलते हुए दिखलाई पड़े उसे। वह लोगों से मिलता था, उनकी कुशल-क्षेम पूछता था, लेकिन उसे लगा कि लोगों में एक तरह की विवशता से लदी निराशा भर गई है। वे अपने को नितान्त निरीह और निराश्रित अनुभव कर रहे हैं, उन्हें बात करने में भी डर लग रहा था। वह आत्मीयता जो उसे इन लोगों में दिखती थी, जैसे वह मर-सी गई हो। एक अविश्वास, एक शंका, एक दुर्भावना। समस्त गाँव आक्रान्त-सा दिख रहा था।

सारे गाँव का चक्कर लगाकर जब वह वापस लौटा तब वह बहुत अधिक थक गया था, तन से उतना नहीं जितना मन से।

पछवा हवा में अब एक तरह की तपन आ गई थी, यद्यपि उसकी घड़ी में दस भी नहीं बजे थे। पैर समेटकर वह चारपाई पर बैठ गया और सोचने लगा। तभी मास्टर रामलखन की आवाज़ उसे सुनाई पड़ी, "अरे जगत बेटा ! सुना था कि तुम कल रात आए हो, तो सोचा कि तुमसे मिल आएँ। अबकी बहुत दिनों बाद इधर का चक्कर लगा है।"

मास्टर रामलखन पास में पड़े दूसरे खटोले पर बैठ गए। एक फटी-सी मैली धोती और उसके ऊपर गबरून की मैलखोरा बंडीनुमा कमीज़ या कमीज़नुमा बंडी। नंगे पैर और नंगे सिर। मास्टर रामलखन की उम्र लगभग चालीस वर्ष थी, यद्यपि वह दिखते पचास वर्ष के थे, खिचड़ी बाल और खिचड़ी मूँछ। उन्होंने बैठते ही बंडी की जेब से खैनी का बटुवा निकाला और वे खैनी बनाने में व्यस्त हो गए। जगतप्रकाश ने बात आरम्भ की, "कहिए मास्टर साहब, स्कूल के क्या हाल हैं ?"

"हाल क्या बतलाएँ बेटा, सब भगवान् की माया है। स्कूल चलता जा रहा है जोकि विद्यार्थियों की संख्या इस साल घटकर चालीस रह गई है। सब-डिप्टी इंसपेक्टर कह रहे थे कि अगर इसी रफ्तार से विद्यार्थियों की संख्या दो-तीन साल और घटती रही तो सरकार को स्कूल बन्द कर देना पड़ेगा।"

"तो फिर विद्यार्थियों की संख्या बढ़ाइए," जगतप्रकाश ने कहा।

"बढ़ाएँ कहाँ से ! इस गाँव की आबादी घटती जा रही है। जब आबादी घटेगी तब विद्यार्थियों की संख्या भी घटेगी।"

"तो इस गाँव की आबादी बढ़ाइए।" जगतप्रकाश ने झुँझलाकर कहा। जगतप्रकाश के झुँझलाने का कारण यह था कि वह रामलखन पांडे को झूठा और पाखंडी आदमी समझता था। यह रामलखन पांडे जमींदार बिरजू मिसिर के पुरोहित का लड़का था और

सर्वथा अयोग्य होते हुए भी जमींदार के प्रभाव के कारण महोना के मिडिल स्कूल में अध्यापक बन गया था। बड़े लोगों की खुशामद करना इसका पेशा था और पिछले साल ही वह स्कूल का हेडमास्टर बन गया था। यह आदमी हद दर्जे का कंजूस और अर्थलोलुप भी था।

''हाँ जगत बेटा, इस गाँव की आबादी तो बढ़नी ही चाहिए। आज शाम को अँगनू साह ने एक सभा बुलाई है। तुम्हें मालूम है कि अँगनू साह कांग्रेस के नेता बन गए हैं। तो आजवाली सभा में तुम भी आना। बड़ी महत्त्वपूर्ण बातें होंगी। उस सभा के लिए चन्दा इकट्ठा करना है। एक रुपया तुम्हारा भी लगाया है मैंने।''

कुछ वितृष्णा के साथ एक रुपया रामलखन पांडे को देते हुए जगतप्रकाश ने कहा, ''सभा में तो मैं नहीं आऊँगा, यह रुपया आप लेते जाइए।''

रुपया अपनी टेंट में खोंसते हुए रामलखन ने कहा, ''नहीं जगत भइया, शाम को छह बजे सभा है। तुम तैयार रहना, मैं खुद आकर तुम्हें अपने साथ ले चलूँगा। हमारे भाग से तुम आ गए हो।'' रामलखन पांडे एकाएक ठिठक गए अनुराधा को देखकर, जो खेत की तरफ़ से लौट रही थी। अनुराधा ने तीखे स्वर में पूछा, ''क्यों पांडे जी, कितना वसूल किया तुमने भइया को ठग के ? निकालो तो !''

''मुझे जल्दी है, फिर बात करूँगा।'' रामलखन पांडे ने चलने के लिए अपना कदम बढ़ाया। लेकिन अनुराधा की कड़क-भरी आवाज़ से रामलखन का पैर वहीं रुक गया, खबरदार जो कदम बढ़ाया, पैर तोड़ के रख दूँगी ! क्यों भइया, इसने तुमसे कितना वसूल किया है ? बोलो !''

जगतप्रकाश ने कमज़ोर आवाज़ में कहा, ''शायद आज शाम को कांग्रेस की कोई सभा हो रही है। उसके चन्दे के लिए एक रुपया लिया है मास्टर साहब ने।''

''निकालो वह रुपया।'' अनुराधा ने आदेश दिया।

अपनी टेंट से रुपया निकालकर रामलखन पांडे ने चुपचाप अनुराधा के हाथ में दे दिया। अनुराधा ने रुपया जगतप्रकाश को वापस करते हुए रामलखन से कहा, ''कांग्रेस की साल-भर की मेम्बरी का चन्दा चार आने होता है। अँगनू साह पन्द्रह दिन हुए मुझसे चवन्नी ले गए हैं और रसीद भी दे गए हैं ! जगत भइया की मेम्बरी की यह चवन्नी, इसकी रसीद शाम तक भिजवा देना।'' अपने आँचल से गाँठ खोलकर एक चवन्नी अनुराधा ने रामलखन के हाथ में रख दी।

रामलखन के जाने के बाद अनुराधा ने जगतप्रकाश से कहा, ''इन्हीं लोगों की वजह से गाँव की यह दशा हो गई है। अच्छा, अब धूप चढ़ रही है, अपने कमरे में चलो। मैंने और यमुना ने मिलकर तुम्हारा कमरा ठीक कर दिया है, वहीं पढ़ो-लिखो। बाहर निकलने की कोई ज़रूरत नहीं है।''

अनुराधा के साथ जगतप्रकाश अपने कमरे में पहुँच गया। नया बना हुआ तीन दर का पक्का कमरा, सीमेंट का फर्श, सफेद कलई से पुती हुई दीवारें। कमरे का मुख पश्चिम की ओर था और दोपहर की धूप को रोकने के लिए कमरे के सामने आठ

फुट चौड़ा बरामदा भी था। जगतप्रकाश ने देखा कि यमुना सुमेर के साथ उस बरामदे में टाट के परदे टाँग रही है। जगतप्रकाश ने पहुँचते ही यमुना से कहा, "बस हो चुका। परदा टाँगने में मैं सुमेर की सहायता कर दूँगा।"

"बस एक ही परदा बाकी रह गया है। अभी हुआ जाता है। आप थके हुए आए हैं, कपड़े बदलकर कमरे में आराम कीजिए।" यमुना बोली और अपना काम करती रही।

अनुराधा ने भावनाहीन स्वर में यमुना का समर्थन किया, "ठीक कहती है, कौन ऐसा बड़ा काम है !" उसने यमुना से पूछा, "रसोई का सब सामान ठीक है न ?"

वहीं सीढ़ी से यमुना ने कहा, "हाँ, दाल चढ़ा दी है, चावल बटलोई में रखा है। लेकिन तरकारी घर में नहीं है, बाज़ार तो कल लगेगा।"

"जानती हूँ, इसकी चिन्ता न करो। मैं अभी खेत से लौकी और कुम्हड़ा तुड़वा लाई हूँ, दशरथ लाता होगा। तुम सब कुछ करके नहा-धो लेना, फिर रसोई में आ जाना, मैं वहाँ जा रही हूँ।"

जगतप्रकाश अपने कमरे में चला गया। उसने देखा कि उसका ट्रंक खुला हुआ है और मेज़ पर उसकी किताबें और कापियाँ सजी हुई रखी हैं। मेज़ के सामने एक कुर्सी पड़ी हुई है। उत्तर की तरफ दीवार से लगी उसकी चारपाई पड़ी है, जिस पर उसका बिस्तर बिछा हुआ है। उसके मैले कपड़े फर्श पर एक गठरी में बँधे एक तरफ रखे हैं। दीवारों पर देवी-देवताओं के चित्र लगे हुए हैं।

जगतप्रकाश आश्चर्यचकित-सा अपने कमरे को देखता रहा। यह कमरा उसके होस्टल के कमरे से अधिक बड़ा, अधिक साफ और अधिक सुविधाजनक था। लेकिन उसका ट्रंक किसने खोला ? अनुराधा तो सुबह के समय खेत की तरफ निकल गई थी, फिर अनुराधा को कमरा सजाने की आदत भी नहीं थी। तभी यमुना कमरे के अन्दर आई, "परदे टाँग दिए हैं, दोपहर के समय उन्हें गिरा लीजिएगा।" जगतप्रकाश के मैले कपड़े लेकर वह कमरे के बाहर निकलने लगी। जगतप्रकाश ने उसे रोका, "मेरा ट्रंक किसने खोला ?"

"भाभी ने कहा था कि आपके ट्रंक से आपकी किताबें और कपड़े निकाल लूँ। उन्होंने मुझे आपके ट्रंक की चाभी दे दी थी।" यमुना ने लड़खड़ाते स्वर में कहा। उसे आभास हो गया था कि यह गलत काम हो गया है।

जगतप्रकाश कुछ देर तक यमुना को देखता रहा, "तुम कहाँ तक पढ़ी हो ?"

"इस साल मैंने इंटरमीडिएट की परीक्षा दी है। क्यों, क्या मुझसे कुछ अनुचित हो गया ?"

"तुम शिक्षित और समझदार हो। तुमसे यह आशा की जा सकती है कि तुम उचित या अनुचित के भेद को समझो।"

यमुना की आँखें झुक गईं, उसने कोई उत्तर नहीं दिया। जगतप्रकाश ने यह नहीं देखा कि यमुना की आँखें तरल हो गई हैं। उसने कुछ रुककर फिर कहा, "हरेक आदमी के जीवन में कुछ गोपनीय भाग हुआ करता है जो ताले-कुंजी के अन्दर रखा जाता है।

उस गोपनीय भाग का प्रकट होना तो किसी को अच्छा नहीं लगेगा।''

''मुझसे गलती हो गई, मुझे माफ कीजिए।'' यमुना ने करुण स्वर में कहा, और उसकी आँखों से दो आँसू टपक पड़े। कपड़ों की गठरी लिए हुए वह चुपचाप कमरे के बाहर चली गई।

इलाहाबाद में बने उसके स्टील ट्रंक के ढक्कन में एक बन्द खाना था जिसमें उसने कुलसुम के दो पत्रों को बन्द कर रखा था। वह खाना वैसा-का-वैसा बन्द था। जगतप्रकाश ने अपना ट्रंक बन्द किया, कुरता उतारकर उसने खूँटी पर टाँग दिया और वह अपनी चारपाई पर लेट गया। फिर उसे अपने अन्दर परिताप हुआ यमुना से बड़ी बात कह देने पर। यमुना ने जो कुछ किया वह अनुराधा के कहने से किया था। उसने उचित-अनुचित पर सोचा भी न था, शायद उसके जीवन में कुछ गोपनीय अभी तक न था जो वह सोचती। लेकिन यमुना को उसकी इतनी सेवा की आवश्यकता क्या थी ? फिर उसके अन्दरवाले परिताप का स्थान एक झुँझलाहट ने ले लिया। वह सब कुछ ढोंग है, यह सब कुछ बनावट है, यह सब कुछ षड्यन्त्र है—उसकी बहन का, उसकी बहन के ननदोई का और यमुना का। उसकी सेवा करने की इस लड़की में इतनी आतुरता क्यों है ? यह लड़की फँसाना चाहती है उसे विवाह के बन्धन में।

जगतप्रकाश की विचारधारा एकाएक पलट गई, ''लेकिन यह लड़की यमुना ! यह मुझे क्यों फँसाना चाहती है ? इसने मुझे पहले कभी नहीं देखा, यह मेरे सम्बन्ध में कुछ जानती नहीं, इसके अन्दर मेरे प्रति किसी तरह का लगाव नहीं। इसकी अपनी कोई निजी इच्छा तो नहीं है, यह तो अपने चाचा और अपनी भाभी की इच्छा से यहाँ आई है। यह जो कुछ कर रही है उसमें किसी तरह का संकल्प नहीं हो सकता, किसी प्रकार की कोई योजना नहीं हो सकती। स्वाभाविक ढंग से हरेक काम यह करती है, जैसे इसका हरेक काम इसकी आन्तरिक प्रेरणा का परिणाम हो। यह सेवा करती है क्योंकि सेवा करने की इसमें प्रवृत्ति है। इसी के साथ उसके अन्दरवाली झुँझलाहट का स्थान फिर उसके अन्दरवाले परिताप ने ले लिया। वह उठकर बैठ गया, अब वह अपने अन्दर एक तरह की बेचैनी अनुभव कर रहा था। थोड़ी देर तक वह चुपचाप बैठा रहा, फिर वह कमरे के बाहर निकला।

धीमी-धीमी लू चलनी आरम्भ हो गई थी, आँगन में एकदम सन्नाटा छाया हुआ था। रसोईघर के दरवाज़े पर पहुँचकर उसने कहा, ''दीदी, प्यास लगी है, पानी दे दो।''

यमुना रसोईघर से निकली, ''अरे, मुझसे बड़ी गलती हो गई। आपके कमरे के कोने में घड़ा भरा रखा है—गिलास और लोटा भी वहाँ है, मैं आपको बतलाना ही भूल गई। खाना बन गया है, आप यहाँ बैठिए, मैं पानी लाए देती हूँ।''

जगतप्रकाश को अब अनुभव हो रहा था कि उसे भूख लगी है, प्यास लगी है। रसोईघर के अन्दरवाले चौके में बैठते हुए उसने कहा, ''अच्छी बात है, खाना ही खा लूँ।''

खाना खाते समय वह यमुना की मुख-मुद्रा को गौर से देखता रहा, कहीं विषाद की

कोई छाया नहीं। वह अपनी स्वाभाविक ममता के साथ जगतप्रकाश को खाना परोस रही थी, आग्रह के साथ उसे खाना खिला रही थी और अनुराधा के साथ जगतप्रकाश की बातचीत में योग दे रही थी। उसने जगतप्रकाश की डाँट का बुरा नहीं माना। जगतप्रकाश के अन्दरवाली ग्लानि धीरे-धीरे दूर हो गई। हलके मन खाना खाकर वह अपने कमरे में चला गया।

शाम को पाँच बजे जगतप्रकाश अपने कमरे के बाहर निकला। धूप उस समय भी काफी तेज थी और लू चल रही थी। उसे उस समय चाय की आवश्यकता थी। शाम की चाय का वह आदी हो गया था। उस समय अनुराधा अपने कमरे में सो रही थी और यमुना आँगन में बैठी बर्तन माँज रही थी। जगतप्रकाश को देखते ही उसने कहा, "आप सोकर उठ गए। मैं अभी शर्बत लाती हूँ।"

"नहीं, शर्बत मुझे नहीं चाहिए, लेकिन इस धूप-लू में बर्तन क्यों माँज रही हो ?"

"इसलिए कि कहारिन आज शाम को भी नहीं आएगी। सोचा कि सब लोगों के जगने से पहले ही बर्तन माँज लूँ।"

कुछ हिचकिचाते हुए जगतप्रकाश ने पूछा, "चूल्हे में आँच होगी क्या ?"

"अभी जलाती हूँ चूल्हा, बस आनन-फानन जला जाता है। क्या नाश्ता कीजिएगा ?"

"नाश्ता नहीं करना है, चाय पीनी है, चाय के लिए पानी उबालना होगा।"

"हाय अम्मा ! इतनी गरमी में शाम के समय चाय ! अच्छा कमरे में बैठिए चलकर, मैं अभी चाय बनाकर लाती हूँ !" अधमँजे बर्तनों को छोड़कर यमुना उठ खड़ी हुई। जगतप्रकाश अपने कमरे में लौट गया।

करीब आधे घंटे बाद यमुना ने चाय के प्याले के साथ कमरे में प्रवेश किया। चाय का प्याला उसने जगतप्रकाश की मेज़ पर रख दिया, "आपको किस समय किस चीज़ की आवश्यकता होती है, मुझे बतला दीजिए। ठीक उसी समय वह चीज़ आपके पास पहुँच जाएगी।"

जगतप्रकाश मुसकराया, "अच्छा तो बैठ जाओ !" उसने दूसरी कुर्सी की ओर संकेत किया। यमुना कुर्सी पर न बैठ फर्श पर ही बैठ गई। जगतप्रकाश बोला, "नहीं-नहीं, कुर्सी पर बैठो।"

"मैं ठीक जगह पर बैठी हूँ, आपके बराबर मुझसे न बैठा जाएगा। हाँ, कहिए।"

जगतप्रकाश कुछ देर चुप रहा, फिर उसने कहा, "सुबह मैं तुमसे कुछ कड़ी बातें कह गया था। तुम्हें मेरी बात का बुरा लगा होगा, मुझे अफसोस है।"

यमुना बोली, "इसमें अफसोस की क्या बात है ? मैंने गलत काम किया था, गलती पर डाँट मिलनी ही चाहिए, नहीं तो गलती सुधरेगी कैसे ?"

जगतप्रकाश बोला, "नहीं, तुमने गलती नहीं की, तुमने तो वही किया जो दीदी ने तुमसे करने को कहा था। मैं जानता हूँ कि मेरी डाँट पर तुम्हें बुरा लगा होगा और इसमें मेरी गलती थी।"

यमुना बोली, "नहीं, आपकी कोई गलती नहीं थी। भाभी आपकी बड़ी बहन हैं, वह आप पर अपना अधिकार समझती हैं, लेकिन मुझे तो अपनी सीमा समझ लेनी चाहिए थी। मुझे सिर्फ अपनी निर्बुद्धता पर दुख हुआ था।" एकाएक यमुना खिल-खिलाकर हँस पड़ी। उसने उठते हुए कहा, "आप मुझसे बड़े हैं, आपका मुझ पर अधिकार है। आप मुझे जितना चाहें डाँटें, मुझे आपकी डाँट पर ज़रा भी बुरा न लगेगा। अच्छा, बर्तन धो लूँ चलकर।" यमुना बिना जगतप्रकाश की बात सुनने की प्रतीक्षा किए चली गई।

जून का पहला सप्ताह बीत रहा था और गरमी अब अपनी चरम सीमा पर पहुँच रही थी। उस दिन जब जगतप्रकाश सुबह सोकर उठा, उसका मन कुछ भारी था। एक ऊब-सी वह अनुभव कर रहा था उस सोए हुए और खोए हुए गाँव से। उसका मुँह कुछ उतरा हुआ था, उसके अन्दरवाली भावना उभरकर उसके मुख पर आ गई थी। यमुना ने उसे नाश्ता कराते हुए पूछा, "आपकी तबीयत तो ठीक है, मुझे उदास-से दिख रहे हैं आज ? चेहरा कितना उतर गया है !"

कुछ उदासी के स्वर में जगतप्रकाश बोला, "इस गाँव में आए करीब-करीब एक महीना हो गया है, अब यहाँ जी नहीं लगता।" फिर जैसे वह अपनी बात कहने को लालायित हो उठा हो, "यहाँ इस गाँव में मैं पैदा हुआ हूँ, यहाँ खेला-कूदा हूँ, पढ़ा-लिखा हूँ। एक तरह से मेरी जड़ें इस गाँव में हैं और आज इस गाँव में रहने को मन नहीं करता। समझ में नहीं आता कि यह क्यों ? मैं सच कहता हूँ कि तुम्हारी वजह से इतने दिनों तक मेरा मन यहाँ नहीं ऊबा, नहीं तो चार-छह दिन में ही मैं यहाँ से चला गया होता। सब कुछ अनजाना-सा, पराया-सा लग रहा है यहाँ पर।"

यमुना मुसकराई, "आपकी दीदी तो यहाँ हैं, वह तो पराई नहीं हैं।"

अपनी बात कहकर जैसे जगतप्रकाश का मन हलका हो गया हो, "नहीं, दीदी पराई नहीं लगतीं, शायद सुमेर भी पराया नहीं लगता, और...और यहाँ आने-जाने वाले लोग भी पराए नहीं लगते। मैं ही अपने को पराया लगता हूँ।" जगतप्रकाश हँस पड़ा, "एक बात कहूँ, बुरा न मानना। यह जो अपना-पराया मैं हूँ, इसके नज़दीक जानती हो कौन है यहाँ पर ? इसके नज़दीक तुम हो, जिसे मैंने पहले कभी नहीं देखा था, जाना नहीं था। यही अनदेखे और अनजाने लोग अपने बन जाया करते हैं, जबकि जाने-पहचाने लोग पराए बन जाया करते हैं।"

यमुना का चेहरा लाल पड़ गया लाज से। कुछ संयत होकर उसने जगतप्रकाश की आँखों में अपनी आँखें गड़ाते हुए कहा, "जिसे जान-पहचान लिया जाता है, वही आगे चलकर पराया बन जाया करता है। यह तो अजीब-सी बात है, आपकी बात सुनकर मुझे आपसे डर लगना चाहिए।"

"मेरा तो ऐसा ख़याल है कि मेरी इस बात को सुनने से पहले ही तुम मुझसे डरती हो। दीदी मुझसे बेतरह डरती हैं जबकि दीदी से सारा गाँव डरता है। लेकिन मेरी समझ में नहीं आता कि मुझसे यह डर क्यों ?"

यमुना ने हँसते हुए कहा, ''रामायण में लिखा है—भय बिनु होय न प्रीति।'' जैसे अपनी बात सुनकर ही यमुना को बिजली का एक धक्का-सा लगा हो। वह उठकर कमरे में भाग गई।

धूप अब चढ़ने लगी थी। सोमवार का दिन था और उस दिन महोना का बाज़ार लगता था। जगतप्रकाश जब से गाँव आया था, वह महोना के किसी बाज़ार में न गया था। उसने कपड़े पहने और वह घर के बाहर निकला। अनुराधा बाहरी सहन में मवेशियों के लिए चारा कटवा रही थी, यमुना कुएँ से पानी खींच रही थी। जगतप्रकाश ने अनुराधा से कहा, ''दीदी, आज सोमवार का बाज़ार है न, इस वक्त तक लग गया होगा। वहाँ ज़रा घूमने जा रहा हूँ, कुछ मँगाना है ?''

''घर में सब कुछ तो है।'' अनुराधा बोली, ''घूमकर जल्दी चले आना, देर न करना।''

यमुना उस समय तक कुएँ से हटकर उसके पास आ गई थी। जगतप्रकाश यमुना की ओर घूमा, ''तुम्हें कुछ मँगाना है ?''

मुस्कराते हुए उसने उत्तर दिया, ''माँगना और मँगवाना तो परायों का काम होता है। है न ?''

''और अपनों का क्या काम होता है ?'' जगतप्रकाश ने पूछा।

''यह तो आप जानें, आप इतने बुद्धिमान हैं।'' यमुना फिर कुएँ की ओर चल दी।

बाज़ार गाँव के दूसरे सिरे पर लगता था। पचासों बैलगाड़ियाँ खड़ी थीं बाज़ार के स्थल पर। कपड़े की, बिसातखाने की, अनाज की, तरकारियों की, मिठाइयों की और अन्य आवश्यक चीज़ों की न जाने कितनी दुकानें लगी थीं एक पाँत में ! अभी कुल आठ बजे थे, लेकिन बाज़ार में पूरी चहल-पहल थी। जगतप्रकाश ने बाज़ार का एक चक्कर लगाया, दुकानों पर भीड़ लगी थी। आसपास के छोटे-छोटे पुरवों से, गाँवों से और कस्बों से, स्त्री-पुरुष आए थे उस बाज़ार में क्रय-विक्रय करने। जगतप्रकाश में पुरानी स्मृतियाँ जाग उठीं। वही परिचित दृश्य, वही परिचित वातावरण। चिथड़ों में लिपटे हुए किसान और अन्य ग्रामवासी, इस क्रय-विक्रय के क्रम में व्यस्त, चेहरों पर थकान और निराशा। इस समस्त चहल-पहल में उल्लास का कोई चिह्न न था। वह सोच रहा था कि बचपन में जब वह उस बाज़ार में आता था तब उसके अन्दर एक प्रकार का हर्ष रहता था, कौतूहल रहता था, लेकिन आज वह सब क्यों नहीं है ? उसे लगा कि यह बाज़ार नहीं बदला है, बदल गया है स्वयं वह। यह समस्त आह्लाद और अवसाद, जिसे हम सब बाहर देखते हैं, वह अपने अन्दर का है। तभी उसे एक आवाज़ सुनाई दी, ''कहो बरखुरदार ! खूब मिले !''

जगतप्रकाश चौंक उठा। मुड़कर उसने देखा, सामने जमील काका खड़े मुस्करा रहे थे।

वही उदास और दार्शनिक निस्पृहता से भरा चेहरा, वही अधमुँदी और बुझी-बुझी

आँखें। जमील कहे जा रहा था, "यह न सोचा था कि तुमसे भी मिलना हो जाएगा, बेवकूफी थी मेरी। मुझे समझ लेना चाहिए था कि इन गरमियों में तो कॉलेज-वालेज बन्द हो जाते हैं तो तुम गाँव में ही मिलोगे।"

जगतप्रकाश ने आत्मीयता के साथ जमील का हाथ पकड़ लिया, "कब आए जमील काका ? मैं तो इस गाँव की ज़िन्दगी से बुरी तरह ऊब रहा था।"

"आया तो करीब चार दिन पहले था, लेकिन झंझटों में फँसा रहा। इतनी फुरसत ही नहीं मिली कि तुम्हारे घर जाकर दीदी की खोज-खबर लेता।"

"अकेले आए हो या काकी भी साथ में हैं ?"

"अरे, उस बेचारी को कहाँ लाता ? आने की ज़िद तो कर रही थी, लेकिन बम्बई से यहाँ आने-जाने के लिए पैसे भी तो चाहिए, फिर यहाँ मुकदमेबाजी, फौजदारी; यानी हैवानियत का माहौल। घर में सिवा फूफीजान के कोई है नहीं, और फूफीजान मुसीबतज़दा !"

"आखिर बात क्या है ? कैसी मुकदमेबाज़ी, कैसी मुसीबत ?"

जमील ने जगतप्रकाश का हाथ पकड़कर चलते हुए कहा, "चलो, तुम्हारे घर चलता हूँ, दीदी से भी मिल लूँगा, और रास्ते में बतलाता चलूँगा सब कुछ।"

रास्ता चलते-चलते जमील कह रहा था, "तुम अँगनू साह को तो जानते ही होगे, कांग्रेस का बहुत बड़ा नेता बन गया है वह। जब फूफाजान की मौत हुई तो इसने बड़ी हमदर्दी दिखाई फूफीजान के साथ। फूफी का जो कच्चा-पक्का मकान है उसे अँगनू साह ने कांग्रेस के दफ्तर के लिए किराए पर ले लिया, पाँच रुपए महीने पर। फूफी मेरे मकान में आ गईं। फूफी पढ़ी-लिखी तो हैं नहीं, तो उनसे अँगूठा का निशान लगवाकर हर महीने उनसे पाँच रुपए की रसीद लेता रहा। अब वह कहता है कि फूफीजान ने अपना मकान कांग्रेस को दे दिया है, ज़िन्दगी-भर उन्हें तीन रुपए महीने मिलते रहेंगे। इधर फूफी को अपनी लड़की का निकाह पढ़वाना है, वह अपना मकान बेचना चाहती है। अँगनू साह मकान खाली नहीं करता, और उस मकान में कांग्रेस का दफ्तर होते हुए कोई उस मकान को खरीदने को तैयार नहीं। कौन झगड़ा मोल ले उससे ?"

"तो तुम अँगनू साह से मिले थे ?"

"हाँ बरखुरदार, लेकिन अँगनू देसभक्ति की दुहाई देता है। नकद दो हज़ार रुपया मिल रहा है उस मकान का अगर वह खाली मिले, लेकिन अँगनू कहता है कि वह कांग्रेस का दफ्तर कहाँ ले जाए ? इस बात पर तैयार है कि अगर फूफी उसे मकान बेच दें तो वह हज़ार रुपए में मकान ले लेगा।"

"यह तो सरासर लूट है।" जगतप्रकाश बोला।

जमील मुस्कराया, "यह लूट नहीं है, बरखुरदार, यह देसभक्ति है। अँगनू कांग्रेस के नाम मकान खरीद रहा है एक हज़ार रुपया अपने पास से देकर। यह अँगनू का त्याग नहीं तो और क्या है ? वह यह कहता है कि फूफीजान भी त्याग करें—यानी, एक हज़ार रुपए से वह गम खाएँ।"

"फिर क्या होगा ?" जगतप्रकाश ने पूछा।

"खुदा जाने क्या होगा ! मैंने मुकदमा तो दायर करवा दिया है और फूफी मुकदमा जीत भी जाएँगी, लेकिन यह अँगनू सत्याग्रह करने और धरना देने की धमकी दे रहा है। फिर मुकदमेबाज़ी में वक्त भी बहुत लगेगा, दीवानी का मामला है, सालों लग जाएँगे। सिवाय मेरे फूफीजान का यहाँ पर कोई है भी तो नहीं, और मैं यहाँ दो-चार रोज़ से ज़्यादा रुक नहीं सकता। अजीब मुसीबत है।" कुछ रुककर जमील ने कहा, "तुम अगर किसी तरह अँगनू को राज़ी कर लो तो मुझ पर बड़ा एहसान होगा। अभी वह अपने दफ्तर में ही होगा।"

"चलो, बात करने में कोई हर्ज़ नहीं।" जगतप्रकाश जमील के साथ कांग्रेस के दफ्तर में पहुँचा।

अँगनू मकान के दरवाज़े पर बैठा था। उसके साथ तीन-चार आदमी और थे जो कांग्रेस-कार्यकर्ता दिखते थे, क्योंकि वे सिर से पैर तक खद्दर के कपड़े पहने थे। जगतप्रकाश को देखते ही अँगनू उठ खड़ा हुआ, "आओ भइया ! इतने दिनों से आए हो, लेकिन आज दरसन मिले। मैं भी इधर बहुत व्यस्त रहा। अब इन जमील काका ने मुकदमेबाज़ी की हालत खड़ी कर दी है। अरे, देस की संस्था कांग्रेस के पास इनकी फूफी का मकान है, लेकिन उसे यह खाली कराना चाहते हैं।"

जगतप्रकाश को अँगनू के चेहरे पर कुछ ऐसा दिखा जो कुरूप था। यह कुरूपता कहाँ है, जगतप्रकाश यह तो स्पष्ट नहीं कह सकता था। अँगनू का चेहरा भद्दा नहीं था, उसका व्यवहार मीठा और सभ्यतापूर्ण था। साफ धुली हुई खादी के कपड़े पहने था वह; मुख पर मुस्कान, बातचीत में पटुता और विनम्रता। फिर भी अँगनू जगतप्रकाश को भयानक रूप से कुरूप दिख रहा था। उसने अपने अन्दरवाली वितृष्णा को दबाते हुए कहा, "मास्टर रामलखन पांडे ने बतलाया था कि आप इन दिनों कांग्रेस के काम में बहुत व्यस्त हैं।"

"क्या बताएँ जगत भइया, सेवाव्रत उठा लिया है हमने अपने ऊपर। घरवाले नाराज, बप्पा ने तो बोलचाल बन्द कर रखी है हमसे, तो घर जाना ही छोड़ दिया है हमने, यहीं कांग्रेस के दफ्तर में पड़े रहते हैं। अब यह जमील मियाँ इस कांग्रेस के दफ्तर को बन्द कराने आए हैं बम्बई से।"

जमील अभियोगी नहीं है, अभियुक्त है। जगतप्रकाश को अँगनू के इस रुख पर आश्चर्य हुआ। उसने कहा, "जमील काका की फूफी को अपनी लड़की की शादी करनी है और उनके पास सिवाय इस मकान के और कुछ है भी नहीं। इनकी फूफी को रुपयों की ज़रूरत है। वह अगर अपना मकान बेचना चाहती हैं तो इसमें जमील का क्या दोष ?"

अँगनू ने मुस्कराते हुए कहा, "अरे मैं जमील मियाँ को कोई दोष थोड़े ही दे रहा हूँ ! वैसे इनकी फूफी ने तो अपना मकान कांग्रेस को दे दिया था, लेकिन यह लड़की के हाथ पीले करने का मामला है, तो हमने कहा कि वह अपना मकान हज़ार रुपए

में कांग्रेस के हाथ बेच दें। देखो भइया, कांग्रेस के पास तो कुल पाँच सौ रुपया है, बाकी माँग-जाँचकर या अपने पास से हम यह हज़ार रुपए की रकम पूरी कर देंगे। तुमसे छिपाना क्या है, जगत भइया, यह पाँच सौ रुपया भी तो हमीं ने दिया है कांग्रेस को। बप्पा को अगर पता लग जाए तो वह हमारा मुँह न देखेंगे, लेकिन यह तो भारतमाता का काम है तो यह सब जोखिम उठाने को हम तैयार हैं।''

जगतप्रकाश ने कहा, ''वह तो ठीक है, लेकिन यह मकान तो दो हज़ार का है, तो भला इसे इनकी फूफी हज़ार रुपए में कैसे बेच दें ?''

बीच में जमील बोल उठा, ''लड़की के निकाह में करीब पन्दह-सोलह सौ लग जाएँगे।''

''हम कहते हैं निकाह में इतना रुपया खर्च करने की ज़रूरत क्या है ? एक बात और हम बतला दें, जब तक इस मकान में कांग्रेस कमेटी का दफ्तर है तब तक इसे कोई खरीदेगा नहीं। इन्होंने मुकदमा दायर किया है मकान खाली करवाने का, तो सैकड़ों रुपए लग जाएँगे इस मुकदमेबाज़ी में, इतना समझ लें यह। कांग्रेस के लिए तो वकील-पैरोकार सब मुफ्त, लेकिन इन्हें भरपूर खर्च करना पड़ेगा। फिर सालों लग जाएँगे इस मुकदमेबाज़ी में।''

जो कुछ अँगनू ने कहा था, वह जमील और जगतप्रकाश दोनों ही जानते थे। उस सत्य से इनकार नहीं किया जा सकता था। जगतप्रकाश कुछ सोचकर बोला, ''तो और कोई उपाय नहीं निकल सकता अँगनू साह ? जमील काका बम्बई से दौड़े आए हैं, इनकी फूफी का काम अटका है।''

''हम तो हर तरह से सेवा करने को हाज़िर हैं—ही ! ही ! जगत भइया, हमने तो सेवा-व्रत ही उठा रखा है। तो तुम ही कोई दूसरा उपाय निकालो। मकान तो देस-सेवा के काम में लग चुका है, सो वह तो खाली होगा नहीं। आखिर हमें भी तो कोई जगह चाहिए जहाँ बैठकर हम इस ज़ालिम ब्रिटिश सरकार से लड़ सकें। हाँ, कांग्रेस कमेटी इसे ज़रूर खरीद सकती है, सो हज़ार रुपया हमने कह दिया है, वह हज़ार रुपया हम दे देंगे, हमने ज़बान दे दी है।''

एकाएक जमील बोल उठा, ''अँगनू साह ! न फूफी की बात रहे और न तुम्हारी ज़िद रहे...।''

जगतप्रकाश बोल उठा, ''पन्द्रह सौ रुपए में यह सौदा तय कर लो।''

अँगनू साह ने हिचकिचाते हुए पूछा, ''लेकिन पाँच सौ रुपया कहाँ से आएगा ?''

''जहाँ से यह हज़ार रुपया आ रहा है—यानी चन्दा करके, माँग-जाँच के। पचास रुपया मेरा चन्दा रहा।'' जगतप्रकाश ने कहा।

''और बीस रुपए मेरा चन्दा !'' जमील बोला।

कुछ सोचकर अँगनू साह ने कहा, ''अच्छी बात है जगत भइया, तुम्हारी ही बात रही। तुम लोगों के चन्दे की ज़रूरत नहीं है, हम और जगह से चन्दा वसूल कर लेंगे।''

जमील ने राहत की साँस ली, ''तो दो-तीन दिन के अन्दर रजिस्ट्री हो जानी चाहिए,

मुझे बम्बई लौटना है, अपना चन्दा बाद में वसूल करते रहना। तुम पन्द्रह सौ क्या, बात कहते पन्द्रह हज़ार का इन्तज़ाम कर सकते हो। महोना का आधा बाज़ार तो तुम्हारा है।''

''हमारा क्या, बाप का कहो ! मैं तो सब माया छोड़कर घर से अलग ही हो गया हूँ, लेकिन तुम्हारा काम हो जाएगा। परसों हमारे साथ बस्ती चलो, वहीं रजिस्ट्री हो जाएगी और रुपया मिल जाएगा। अपनी फूफी से कह देना कि वह तैयार रहे।'' अँगनू साह के मुख पर भी सन्तोष था।

[6]

जमील अहमद और उसकी फूफी के साथ जगत को भी बस्ती जाना पड़ा था, जमील की फूफी के मकान की रजिस्ट्री कराने के लिए। जमील की फूफी बस्ती में अपने एक नज़दीकी रिश्तेदार के यहाँ रुक गई, जमील और जगतप्रकाश रात में महोना वापस आ गए। उस दिन जमील बहुत उदास था। जगतप्रकाश ने कहा, ''चलो जमील काका, मेरे यहाँ रुको चलकर, अकेले क्या करोगे अपने मकान में ?''

एक ठंडी साँस लेकर जमील ने कहा, ''चलो बरखुरदार, तुम्हारे यहीं सो रहूँगा। लेकिन...लेकिन...यह तो सरासर लूट है। ढाई हज़ार रुपए का मकान था, दो हज़ार रुपए मिल रहे थे इसके, लेकिन हालात की मजबूरी से डेढ़ हज़ार में बेचना पड़ा। इस अँगनू की देशभक्ति और सेवा का रूप देखा तुमने ? कितने मज़े में गरीब बेवा की रकम हड़प गया है।''

''यह मकान तो उसने कांग्रेस कमेटी के नाम खरीदा है।'' जगतप्रकाश बोला।

एक व्यंग्यात्मक मुस्कान जमील के मुख पर आई, ''यह कांग्रेस कमेटी ! बरखुरदार, यह कांग्रेस कमेटी है क्या ? यह इस अँगनू की जाती मिल्कियत है, इस कांग्रेस कमेटी के मेम्बरान इस अँगनू के दिमागी गुलाम हैं। इस सारी कांग्रेस के पीछे है पूँजी, और पूँजी हमेशा से एक शख्स के अधिकार में होती है। वह शख्स है अँगनू।''

जगतप्रकाश की समझ में जमील की बात नहीं आ रही थी। उसने पूछा, ''लेकिन जमील काका ! यह कांग्रेस तो ब्रिटिश साम्राज्यवाद को मिटाने के लिए लड़ रही है, तुम इसे पूँजीवाद की संस्था कैसे कह सकते हो ?''

''हाँ बरखुरदार, यह कांग्रेस ब्रिटिश साम्राज्यवाद को मिटाने के लिए लड़ रही है, लेकिन ब्रिटिश साम्राज्यवाद को मिटाने में दिलचस्पी किसे है ? देस के इस पूँजीवाद को ही तो है जो विदेशी पूँजीवाद के मातहत है। हम जो कहते हैं कि कांग्रेस पूँजीवादियों की संस्था है, वह गलत नहीं कहते। खुदा-न-खास्ता अगर हमारा देस स्वतन्त्र हो गया तो देखना कि यहाँ पूँजीवाद का इतना नंगा नाच होगा कि लोग त्राहि-त्राहि कहने लगेंगे, बनियों का राज होगा इस देस में।''

जगतप्रकाश बोला, "मैं तो इससे सहमत नहीं हूँ जमील काका ! अगर देश स्वतन्त्र हो गया तो देश का रुपया देश में ही तो रहेगा। वैसे हरेक समाज में बेईमान आदमी मौजूद हैं। फिर हम यह क्यों भूल जाते हैं कि महात्मा गांधी स्वयं बनिया हैं। हमारे धर्मशास्त्रों में कहीं भी वैश्य को नीची नज़र से नहीं देखा गया है, कहीं भी हमारे धर्मशास्त्रों में पूँजीवाद और उसकी विकृतियों का ज़िक्र नहीं मिलता। वैश्यों की धार्मिकता तो प्रसिद्ध रही है, समाज की अर्थव्यवस्था को कायम रखने की सारी ज़िम्मेदारी उन पर रही है। वे दानी रहे हैं, वे परोपकारी रहे हैं।"

जमील अहमद कुछ देर तक सोचता रहा, "हाँ, यह तो तुम ठीक कहते हो बरखुरदार ! लेकिन असलियत से मुँह कैसे मोड़ा जा सकता है ? यह पूँजीवाद आज दुनिया का सत्य है, क्या तुम इससे इनकार कर सकते हो ?"

जमील के इस प्रश्न को सुनकर जगतप्रकाश अपने ही अन्दर अनायास चौंक पड़ा। उसे लगा कि सारा रहस्य उसकी समझ में आ गया हो। वह बोला, "आ गया समझ में जमील काका, सब कुछ समझ में आ गया। यह पूँजीवाद मशीन-युग की उपज है, मशीन-युग के पहले यह पूँजीवाद था ही नहीं। प्राचीन काल में उत्पादकों का एक वर्ग था, वितरकों का दूसरा वर्ग था, उत्पादकों के वर्ग से सर्वथा भिन्न। किसान, जुलाहे, बढ़ई, लुहार, कुम्हार—न जाने कितने वर्ग तरह-तरह के उत्पादन करते थे। और उन उत्पादनों का वितरण करनेवाला दूसरा वर्ग था—व्यापारी वर्ग। यह व्यापारी वर्ग अपना पारिश्रमिक या मुनाफा लेकर वितरण करता था। इस वितरण के कार्य में वह न जाने कितनी जोखिमें उठाता था। जहाज़ों पर समुद्र पार व्यापार करने के लिए वह तूफानों और जलदस्युओं द्वारा प्राण गँवाने का खतरा उठाता था, माल के चोरी हो जाने या नष्ट हो जाने का वह घाटा बर्दाश्त करता था। और इस प्रकार समाज को वह सुव्यवस्थित, सम्पन्न और समृद्ध बनाता था। हमारे धर्मशास्त्र का वैश्य उस परम्परा का प्रतीक है। लेकिन मशीन-युग आने के बाद सामाजिक व्यवस्था ही बदल गई। अब उत्पादक मनुष्य नहीं रह गया, अब उत्पादक मशीन हो गई है। मनुष्य इस मशीन का गुलाम बन गया है। जिसके पास पूँजी थी उसने बड़ी-बड़ी मिलें खड़ी कीं, उन मिलों की मशीनों को चलाने के लिए उसने मजदूर-नौकर रखे। और नतीजा यह हुआ कि उत्पादकों का वर्ग मिटने लगा। इस मशीन-युग में उत्पादन स्वयं पूँजी का गुलाम बन गया ! और इसके परिणामस्वरूप पूँजीवाद का जन्म हुआ। आज मिल्कियत व्यक्ति की नहीं है, पूँजी की है।"

जमील गौर से जगतप्रकाश की बातें सुन रहा था, उसने कहा, "बात तो तुमने पते की कही। मैंने ही क्या ज़्यादातर लोगों ने इस पहलू पर गौर नहीं किया था।" फिर कुछ चुप रहकर उसने कहा, मानो वह स्वयं अपने से कह रहा हो, "लेकिन...लेकिन...यह पूँजी ! बिना उस आदमी के, जिसके पास पूँजी है, पूँजी का कोई मतलब नहीं है। जहाँ आदमी की मेहनत का मुनाफा न हो, मुनाफा पूँजी का हो, वहीं पूँजीवाद आ जाता है। बरखुरदार, तुम्हारी बात ऊपरी ढंग से ठीक दिख सकती है, लेकिन यह पूँजी, यह हमेशा

से बनिए की बपौती रही है। व्यापार के लिए पूँजी चाहिए, और यह पूँजी खुद-ब-खुद सूद-दर-सूद में रुपया पैदा करती है, बिना इनसान की मेहनत के।" जमील एकाएक हँस पड़ा, "बरखुरदार, बुरा न मानना, यह तुम्हारा हिन्दू धर्म ही पूँजीवाद का धर्म है जहाँ ब्याज धर्म और कानून की रू से जायज़ है। इस्लाम में सूद हराम कहा गया है। हज़ारों साल की परम्परा लिए हुए यह हिन्दू धर्म पूँजीवाद का सबसे बड़ा गढ़ है। यहाँ महाजनों और श्रेष्ठियों के हाथ में ताकत रही है, वे लोग बड़े-बड़े राजाओं को कर्ज़ देते थे, ठीक उसी तरह जिस तरह यहूदी लोग मध्ययुग में यूरोप के बादशाहों को कर्ज़ देते थे।"

बात ने अब दिलचस्प पलटा ले लिया था, "लेकिन ये यहूदी और बनिए जनता और देशों के भाग्य का फैसला तो नहीं करते थे।" जगतप्रकाश ने कहा।

"हाँ, क्योंकि वह सामन्तवाद का युग था। ताकत उसके पास थी जिसके हाथ में हथियार हो, जो लड़ सकता हो। जो ज़बर्दस्त था वही हुकूमत करता था। लेकिन धीरे-धीरे आदमी विकसित होता गया, उसकी चेतना जागती गई। इनसान का ज़ोर-जुल्म दिखाई देता था, उसके खिलाफ बगावतें हुईं। यह बादशाह और सरदार—अमीर-उमरा—ये खत्म कर दिए गए, क्योंकि समूह ने व्यक्ति का मुकाबला किया और समूह जीता। इस तरह तुम जिसे डिमोक्रेसी कहते हो, वह आई। लेकिन डिमोक्रेसी की ताकत कहाँ थी— फौज में, सरकारी नौकरों में, हथियारों में। है न ऐसा ? और इस सबके लिए रुपया चाहिए। यही रुपया तो पूँजी है। डिमोक्रेसी व्यक्ति नहीं है, डिमोक्रेसी समूह है। वह व्यक्ति के आधिपत्य को स्वीकार नहीं करती, वह रुपए के आधिपत्य को स्वीकार करती है।"

जगतप्रकाश के ज्ञान में वृद्धि हुई, उसने अनुभव किया।

"तो तुम्हारा मतलब यह है कि राजा, बादशाह, सामन्त—ये व्यक्ति होने के नाते केवल व्यक्ति के ही आधिपत्य पर विश्वास करते थे, पूँजी के आधिपत्य पर नहीं, जबकि यह डिमोक्रेसी सामूहिक होने के नाते व्यक्ति के आधिपत्य को स्वीकार नहीं करती, वह रुपए के आधिपत्य को स्वीकार करती है ?"

"ठीक समझे बरखुरदार, यही मेरा मतलब था। लेकिन इसके साथ यह भी सच है कि पूँजी व्यक्ति से हटकर है नहीं, वह तो व्यक्ति या व्यक्तियों की मिल्कियत है। पूँजी की आड़ में कुछ व्यक्तियों का समूह ही राज करता है। पुराने ज़माने में यह मुमकिन नहीं था, क्योंकि आदमी का बौद्धिक विकास इतना अधिक नहीं हुआ था, आदमी ज़रा-ज़रा-सी बात पर दूसरे से लड़ जाया करता था। लेकिन आज तो बौद्धिक विकास बहुत ज़्यादा हो गया है। कुछ लोग आपस में समझौता करके एक गुट बना सकते हैं, और यह गुट मुल्क पर हुकूमत कर सकता है। यह गुट बढ़ता जाता है। डिमोक्रेसी की यही सबसे बड़ी कमजोरी है। और जब लूटनेवालों का गुट बेतरह बढ़ जाता है तब लूट भी बेतरह बढ़ जाती है।"

दोनों अब महोना पहुँच चुके थे। उस समय रात काफी चढ़ चुकी थी, अनुराधा

और यमुना दोनों ही जगतप्रकाश की प्रतीक्षा कर रही थीं। जगतप्रकाश जमील को बाहर सहन में बैठाकर घर के अन्दर गया। अनुराधा ने कहा, ''बड़ी देर लगा दी।''

''हाँ, करीब चार बजे कचहरी में फ़ुरसत मिली, फिर एक घंटा बस का इन्तज़ार करना पड़ा। और पक्की सड़क से यहाँ की दूरी तीन मील समझो। जमील काका के साथ तो रास्ता मज़े में कट गया, उन्हें अपने साथ लेता आया हूँ। उनकी फूफी तो बस्ती में ही रुक गईं, तो मैंने जमील से कह दिया कि मेरे यहाँ रुक जाना।''

''अच्छा किया जो जमील को यहाँ लेते आए। तुम खाना खा लो, मैं उसे खाना दिए आती हूँ।''

अनुराधा पत्तल में खाना परोसकर जमील के लिए ले गई, यमुना ने थाली जगतप्रकाश के सामने मेज़ पर रखते हुए कहा, ''आज आपकी एक चिट्ठी आई है, आपकी मेज़ पर रख दी है।''

जगतप्रकाश ने अनायास ही कहा, ''कुलसुम की होगी।'' और यह कहते समय उसके मुख पर आतुरता से भरा एक उल्लास था।

अनायास ही यमुना पूछ बैठी, ''यह कुलसुम आपका कोई दोस्त होगा ?''

''मेरा दोस्त नहीं, मेरी दोस्त ! पूरा नाम है कुलसुम कावसजी, पारसी लड़की है, बम्बई में रहती है।''

''कैसी है ? बड़ी सुन्दर होगी।'' रोटी परोसते हुए यमुना ने कहा, ''बड़ी पढ़ी-लिखी भी होगी, तभी तो आपसे उसकी दोस्ती है, आपके साथ खत-किताबत है।''

जगतप्रकाश मुसकराया, ''पढ़ी-लिखी—शायद काफी पढ़ी-लिखी है, लेकिन उसके साथ मेरी कोई खास दोस्ती नहीं है। दोस्ती हो भी नहीं सकती है। वह करोड़पति बाप की इकलौती बेटी है, दूसरी जाति, दूसरा धर्म, दूसरा समाज। कांग्रेस में उससे मुलाकात हुई थी।'' लेकिन जगतप्रकाश को आश्चर्य हो रहा था कि वह अपनी कैफियत क्यों दे रहा है।

यमुना ने एक ठंडी साँस भरकर कहा, ''मेरा मन भी करता है कि मैं कलकत्ता-बम्बई देखूँ, घूमूँ-फिरूँ। लेकिन शायद मेरे भाग्य में यह सब नहीं है।'' और वह चुप हो गई।

जगतप्रकाश को यमुना के अन्दरवाली पीड़ा का कुछ अनुभव हुआ। उसने कहा, ''कोई अपना भाग्य देखकर नहीं आया है। कौन जाने तुम भी दुनिया देखो, तुम भी देश-विदेश घूमो।''

यमुना के मुख पर उल्लास की एक चमक आ गई, ''सच ! आप समझते हैं कि मुझे भी दुनिया देखने और बड़े-बड़े शहरों में घूमने-फिरने का योग मिलेगा ? आप ज्योतिषी तो हैं नहीं, आपने यह सब कैसे जान लिया ?''

''मैं बहुत कुछ जान सकता हूँ उसके सम्बन्ध में जो मेरे बहुत अधिक निकट हो।'' जगतप्रकाश ज़ोर से हँस पड़ा।

यमुना लज्जा से गड़ गई। उसने अपना सिर झुका लिया। जगतप्रकाश ने उससे

बात करने की बहुत कोशिश की, लेकिन उसके कंठ से स्वर नहीं निकला। खाना खाकर जगतप्रकाश अपने कमरे में गया। वास्तव में वह पत्र कुलसुम का था और बम्बई से न आकर वह दिल्ली से आया था। वह पत्र मई के दूसरे सप्ताह में लिखा गया था, पच्चीस दिनों में वह घूमता-फिरता महोना पहुँचा था उसके पास। उस पत्र में कुलसुम ने उन तमाम घटनाओं पर प्रकाश डाला था जो कांग्रेस में हुई थीं। उसने लिखा था कि वह एक हफ्ते बाद जसवन्त कपूर के साथ मसूरी जाएगी और वहाँ जून के अन्त तक ठहरेगी। उसने मसूरीवाला अपना पता लिख दिया था और कहा था कि यदि अधिक असुविधाजनक न हो तो जगतप्रकाश कुछ दिनों के लिए मसूरी चला आए। एक कॉटेज कुलसुम ने ले ली है, वहाँ ठहरने की पूरी व्यवस्था है।

पत्र को आदि से अन्त तक पढ़कर वह कमरे से बाहर निकला। रसोईघर में अनुराधा और यमुना भोजन कर रही थीं। जगतप्रकाश को देखते ही अनुराधा ने कहा, ''जमील मियाँ के लिए बाहरवाले सहन में मैंने चारपाई डलवा दी है। सब इन्तज़ाम ठीक है, अब तुम सोओ जाकर।''

बिस्तर पर लेटकर जगतप्रकाश सोचने लगा। महोना आए उसे काफी समय हो गया है। दुनिया के एक अज्ञात कोने में वह पड़ा है। देश में अजीब तरह की हलचल मच रही है, और वह कर्म-क्षेत्र से दूर—बहुत दूर—जहाँ पत्र आने में करीब एक महीना लग जाता है—पड़ा हुआ निष्क्रियता का जीवन व्यतीत कर रहा है। इस अन्धकूप से अब उसे निकलना चाहिए। लेकिन आखिर इस अन्धकूप में उसे बाँधे हुए कौन है ? उसका अध्ययन, उसका काम—वह तो करीब-करीब पूरा हो चुका है। फिर यह सब तो इलाहाबाद में भी हो सकता था। यह अध्ययन और काम एक निमित्त है जिसे उसकी बहन अनुराधा ने ढूँढ़ निकाला है। उसे वास्तव में बाँधे हुए है अनुराधा की ममता। फिर जगतप्रकाश के मन में प्रश्न उठा—यह अनुराधा की ममता तो उसके साथ हमेशा रही है। पिछले दो वर्षों में वह महोना नहीं के बराबर आया है, दस-पाँच दिन से अधिक वह महोना में ठहर ही नहीं सका। बहन की ममता तो उसके प्राणों से भरी है। नहीं, यह बहन की ममता नहीं है जो उसे प्रायः एक महीना महोना में बाँधे रही है। एकाएक जगतप्रकाश का सारा शरीर पुलक उठा—यह यमुना की ममता है !

कितना अपनत्व, कितना लगाव ! और इस सबके साथ कितना आकर्षण ! अनुराधा ने चुना है यमुना को उसके लिए, और अनुराधा कभी गलत चुनाव नहीं करती। यमुना के प्रति जगतप्रकाश में भी एक स्पष्ट लगाव पैदा हो गया है, जगतप्रकाश अनुभव कर रहा था। यमुना उसके जीवन में बिना उसके जाने हुए आ गई है, और जगतप्रकाश को इससे सन्तोष था। यह सब सोचते-सोचते जगतप्रकाश को नींद आ गई।

सुबह जब जगतप्रकाश सोकर उठा, वह अपने अन्दर एक नई स्फूर्ति अनुभव कर रहा था। जमील के साथ नाश्ता करते हुए उसने कहा, ''जमील काका ! कुलसुम की कल चिट्ठी आई है। 11 मई को दिल्ली से चला हुआ वह पत्र मुझे कल रात मिला। आज 8 जून हो गई है।''

जमील बोला, ''चिट्ठी मिल तो गई बरखुरदार—यही क्या कम है ? यह गाँव—कितना सोया हुआ, कितना उदास, तुमने कभी इस पर सोचा है ? यही नहीं, हमारा यह देस—यह भी तो उतना ही सोया हुआ, उतना ही उदास है। रेगिस्तान में जिस तरह कुछ नखलिस्तान है, उसी तरह इस देस में कुछ शहर हैं जहाँ ज़िन्दगी की ताज़गी दिख जाया करती है। कलकत्ता, बम्बई, मद्रास, दिल्ली और इसके बाद कुछ इने-गिने छोटे शहर। खैर, छोड़ो भी इस बात को। अप्रैल के आखिरी हफ्ते में यह लड़की कुलसुम कलकत्ता गई थी, तब से यह लगातार बाहर घूम रही है। मैं सोच रहा था इसे हो क्या गया है ? हम लोगों के मूवमेंट को इससे बड़ी ताकत मिलने की उम्मीद है, लेकिन यह भी मृगतृष्णा ही साबित हो रही है।''

''और अभी शायद जून-भर यह बम्बई नहीं लौट रही है, इसका प्रोग्राम तो मसूरी का बन चुका है। इन दिनों वहीं होगी। शायद जून के आखिरी हफ्ते में यह बम्बई वापस लौटे।'' जगतप्रकाश बोला।

जमील बोला, ''अजी कौन ठिकाना, जैसी इसकी मर्ज़ी या बहक। नहीं, हम लोगों को इन सरमायेदारों से कोई उम्मीद नहीं रखनी चाहिए, इनके फैशन बदलते रहते हैं, इनके मूड बदलते रहते हैं। इस रुपए में जो हरामज़दगी है उससे कोई रुपए वाला नहीं बच सकता। हाँ, तो यह लड़की सुभाष बाबू से मिलकर महात्मा गांधी का तख्ता उलटना चाहती थी, लेकिन हुआ यह कि खुद सुभाष बाबू का तख्ता उलट गया। अब यह क्या करेगी ? कुछ लिखा है इसने ?''

''लिखा तो उसने बहुत कुछ है, ब्यौरे के साथ। यानी यह कि सुभाष बाबू महात्मा गांधी की बात मानने को तैयार नहीं थे, इसलिए उन्होंने इस्तीफा दे दिया और राजेन्द्र बाबू कांग्रेस के सभापति चुन लिए गए। कांग्रेसवालों का कहना था कि एक सुभाष की ज़िद से तो कांग्रेस को कमज़ोर नहीं बनाया जा सकता था। सुभाष बाबू ने कांग्रेस से अलग होकर अपनी एक निजी पार्टी बनाई है—फारवर्ड ब्लॉक। अभी बहुत थोड़े लोग उस पार्टी में शामिल हुए हैं ?''

जमील ने जगतप्रकाश की बात काटी, ''वह सब तो मैं जानता हूँ, लेकिन सवाल यह है कि क्या यह लौंडिया भी फारवर्ड ब्लॉक में शामिल हुई है।''

जगतप्रकाश ने हिचकिचाते हुए कहा, ''यह तो नहीं लिखा है, लेकिन शायद शामिल नहीं हुई, क्योंकि उसने बम्बई में जो अगली ए.आई.सी.जी. की मीटिंग हो रही है उसमें आने के लिए मुझसे आग्रह किया है। अभी उस मीटिंग की तारीखें नहीं तय हुई हैं।''

जमील बोला, ''तारीख तय हो चुकी है, जब उसने चिट्ठी लिखी थी तब तय नहीं हुई थी। यह मीटिंग 24 जून को बम्बई में हो रही है। इसके माने यह है कि वह जून के तीसरे हफ्ते तक बम्बई वापस आ जाएगी, यानी आठ-दस दिनों के अन्दर ही।''

''तब तो मेरा मसूरी जाना बेकार होगा।'' जगतप्रकाश ने अपने से ही कहा। लेकिन बात इतनी ज़ोर से कही गई थी कि जमील ने सुन ली। उसने पूछा, ''क्यों,

क्या मसूरी बुलाया है तुम्हें इस लड़की ने ? अजीब लड़की है। तो क्या यह समझ लूँ कि जसवन्त कपूर से उसका मन उखड़ गया ?''

जगतप्रकाश का समस्त उल्लास जैसे जमील की इस बात से ठंडा पड़ गया। कुलसुम के सम्बन्ध में सोचते हुए वह जसवन्त कपूर को भूल क्यों गया ? इस जसवन्त कपूर के साथ कुलसुम कलकत्ता गई होगी, इस जसवन्त कपूर के साथ वह इतने दिनों दिल्ली रही, इस जसवन्त कपूर के साथ वह मसूरी गई है। बड़े प्रयत्न के साथ जगतप्रकाश ने अपने को संयत किया। उसने कुछ हिचकिचाते हुए कहा, ''जमील काका, तुमने अभी-अभी कहा था कि पैसेवालों के मूड बदलते रहते हैं, फैशन बदलते रहते हैं। फिर सवाल यह भी है कि क्या वह जसवन्त कपूर से प्रेम भी करती है ? जसवन्त कपूर से उसकी दोस्ती है। जहाँ तक मुझे पता है उसके पिता उसकी शादी अपने साले के लड़के के साथ करना चाहते हैं, और कुलसुम को इस शादी से कोई एतराज नहीं है। नहीं, मैं जानता हूँ कि जसवन्त कपूर से वह प्रेम नहीं करती।''

जगतप्रकाश ने यह सब जो कहा वह जमील से नहीं कहा, अपने से कहा। जगतप्रकाश ने इस सत्य को नहीं देखा, जमील ने इसे देख लिया। जगतप्रकाश पर अपनी आँखें गड़ाते हुए कहा, ''समझा ! लेकिन एक सवाल मैं तुमसे करना चाहता हूँ। तुम तो कहीं कुलसुम से प्रेम नहीं करने लगे हो ?''

जगतप्रकाश ने सिर हिलाया, ''नहीं। एक आकर्षण ज़रूर है मुझमें इस कुलसुम के प्रति, लेकिन वह प्रेम नहीं है, वह प्रेम हो भी नहीं सकता।'' और फिर बहुत धीमे स्वर में उसने कहा, ''जमील काका ! मैं इस लड़की से प्रेम करने लगा हूँ, इससे मेरी दीदी मेरी शादी करवाना चाहती है।''

जमील के मुख पर फिर वही गम्भीरता, वही दार्शनिकता का आवरण आ गया। यमुना इन दोनों को नाश्ता करा रही थी। जब यह बातचीत हो रही थी तब वह घर के अन्दर चली गई थी। इस बार वह दो बड़े शीशे के गिलासों में दूध लेकर घर के अन्दर से निकल रही थी। जमील की आँखें यमुना पर गड़ गईं, कुछ पलों तक उसकी आँखें यमुना पर गड़ी रहीं, फिर हटकर जगतप्रकाश पर आ गईं, ''तुम बड़े खुशकिस्मत हो बरखुरदार ! तुम्हारी पसन्द की मैं दाद देता हूँ। मुबारकबाद !''

यमुना के जाने के बाद जमील बोला, ''अब मैं समझा कि तुम इतने दिन इस उजाड़ गाँव में रह कैसे गए। तो शादी कब होगी ?''

''अभी मैंने दीदी को स्वीकृति नहीं दी है, लेकिन मैंने तय कर लिया है कि आज ही किसी समय स्वीकृति दे दूँगा। शादी या तो इस साल जाड़ों में या परसाल गरमियों में होगी। यह तो लड़कीवालों पर है।''

जमील ने मुस्कराते हुए कहा, ''तुम्हारी शादी के मौके पर एक दफे और, शायद आखिरी दफा इस गाँव में आऊँगा—मैं तुम्हें अपनी ज़बान देता हूँ।''

तभी अनुराधा घर से बाहर निकली। उसने इन दोनों के पास आकर जमील से कहा, ''कहो जमील मियाँ, नाश्ता कर लिया ? कब तक गाँव में रुकने का इरादा है ?

बाहर वाला बँगला खाली है, यहीं रुक जाओ आकर।''

जमील ने बड़े शान्त भाव से कहा, ''तुम्हारी बड़ी किरपा है दीदी ! वैसे मैं आज ही जा रहा हूँ, मेरा यहाँ का काम पूरा हो गया है। जगत भइया के ब्याह में मुझे बुलाना न भूलिएगा।''

जगतप्रकाश की ओर देखते हुए अनुराधा ने जमील से पूछा, ''तो यह ब्याह करने के लिए राज़ी हो गया है।'' और फिर उसने जगतप्रकाश से कहा, ''क्यों, तुमने मुझे खुद बतलाने की जगह जमील से क्यों कहलाया ?''

जगतप्रकाश ने आँखें नीची करते हुए कहा, ''तुमने मुझसे पूछा भी था ? फिर तय तो अभी-अभी किया है।''

यमुना इन दोनों के लिए पान लेकर घर के बाहर निकल रही थी, लेकिन यह बात सुनकर वहीं दरवाज़े पर ठिठक गई थी। उसका हृदय तेज़ी के साथ धड़कने लगा था। एक बार उसने संकल्प किया कि वह बढ़कर इन दोनों को पान दे दे, लेकिन वैसे ही उसकी हिम्मत जवाब दे गई। वह दबे पाँव घर के अन्दर चली गई।

कुछ क्षणों बाद ही अनुराधा ने घर के अन्दर प्रवेश किया। यमुना उस समय रसोई में बैठ गई थी। अनुराधा सीधे अपने कमरे के अन्दर गई। उसने ट्रंक खोलकर अपनी माता के गहनों का बक्स खोला, उससे सोने का कंगन निकालकर उसने ट्रंक बन्द किया। फिर उसने तेज़ आवाज़ में पुकारा, ''यमुना !''

यमुना अनुराधा के कमरे में आई, ''कहो भाभी, तुमने मुझे बुलाया था ?''

''हाँ, तुम्हें बुलाया था।'' तेज़ी से आगे बढ़कर अनुराधा ने यमुना को अपनी बाहुओं में भर लिया, ''आज से मैं तुम्हारी भाभी नहीं, तुम्हारी दीदी हो गई।'' अनुराधा ने कंगन यमुना के हाथ में पहना दिए।

और तभी यमुना अनुराधा के पैरों पर झुक गई।

दोपहर के समय जगतप्रकाश को खाना अनुराधा ने परोसा, यमुना रसोईघर के अन्दर ही रही। अनुराधा ने जगतप्रकाश से कहा, ''यमुना को आज की गाड़ी से उसके चाचा के यहाँ बस्ती भेजना है। मैं उसे लेकर आज बस्ती जा रही हूँ, कल दोपहर तक बस से वापस आ जाऊँगी।''

जगतप्रकाश ने उलझन के साथ पूछा, ''क्यों, एकाएक यह बस्ती जाने का कार्यक्रम कैसे बन गया ? क्या कोई चिट्ठी आई है इनके घर से ?''

''नहीं, चिट्ठी नहीं आई है, लेकिन यमुना अब इस घर में नहीं रह सकती। अब यह इस घर की मालकिन बनकर ही यहाँ रहेगी। मैं इसके चाचा के साथ इसके ब्याह की बात पक्की करके लौटूँगी। जमील को दो-एक दिन और रोक लेना, शायद कल या परसों बरिच्छा हो जाए।''

उस दिन खाना खाने के बाद भी यमुना उसके सामने नहीं आई। शाम को सात बजे बस्ती के लिए गाड़ी जाती थी। चार बजे शाम को सुमेर बैलगाड़ी निकाल लाया। जगतप्रकाश ने अनुराधा से कहा, ''चलो दीदी, मैं तुम लोगों को स्टेशन भेज आऊँ

चलकर। वहाँ टिकट ख़रीदकर आराम से गाड़ी पर बिठा दूँगा।''

कड़े स्वर में अनुराधा बोली, ''नहीं, मैं सब कुछ कर लूँगी, तुम्हें चलने की कोई ज़रूरत नहीं है।''

दूसरे दिन दोपहर की बस से अनुराधा लौट आई। जगतप्रकाश से उसने कहा, ''यमुना के चाचा आज सुबह ही कानपुर चले गए यमुना के पिता को खबर देने के लिए। कल या परसों वह बरिच्छा लेकर सीधे यहाँ आ जाएँगे। इस साल गरमियों में तो ब्याह नहीं कर सकेंगे वे लोग, साइतों के पन्द्रह-बीस ही दिन तो रह गए हैं। जाड़ों में ही कोई साइत बनेगी।''

जगतप्रकाश ने उत्तर दिया, ''आज बृहस्पतिवार है दीदी, इतवार को मैं जमील काका के साथ इलाहाबाद जाना चाहता हूँ। यहाँ आए हुए काफी दिन हो गए।''

अनुराधा मुसकराई, ''हाँ-हाँ, अब तुम्हारा मन क्यों लगेगा यहाँ ! इतवार को या सोमवार को चले जाना।''

दूसरे ही दिन यमुना के पिता बरिच्छा लेकर आ गए। शाम के समय बरिच्छा हो गई।

जमील के साथ जगतप्रकाश जब इलाहाबाद पहुँचा, यूनिवर्सिटी एरिया में सन्नाटा छाया हुआ था। गरमी अब भयानक रूप से बढ़ गई थी। ऑफिस में उसके नाम एक पत्र पड़ा था जो शायद दो दिन पहले आया था और जो महोना नहीं भेजा गया था। यह पत्र भी कुलसुम का था और मसूरी से लिखा गया था। उस पत्र में कुलसुम ने जगतप्रकाश से मसूरी न आने की शिकायत की थी। कुलसुम मसूरी में जगतप्रकाश की बड़ी प्रतीक्षा करती रही। जसवन्त कपूर जून के पहले सप्ताह में ही कलकत्ता चला गया था, सुभाषचन्द्र बोस ने उसे बुलाया था। मसूरी में अकेलापन बहुत अखरा और वह बम्बई वापस जा रही है। 24 जून को बम्बई में ऑल इंडिया कांग्रेस कमेटी की बैठक है, उस अवसर पर जगतप्रकाश को बम्बई हर हालत में आना चाहिए। अगर जगतप्रकाश बम्बई नहीं आता तो वह उससे नाराज़ हो जाएगी, और फिर कभी उससे न मिलेगी, न उससे बोलेगी।

यह पत्र पढ़कर जगतप्रकाश के मन में एक तरह का उल्लास हुआ। उसे अपने ऊपर कुछ गर्व भी हुआ। जमील से उसने पूछा, ''जमील काका ! जून में बम्बई का मौसम कैसा रहता है ?

जमील ने गौर से जगतप्रकाश को देखा, ''क्यों बरखुरदार, यही चिट्ठी शायद कुलसुम कावसजी की है। मालूम होता है उसने तुम्हें बम्बई बुलाया है।''

''हाँ, 24 जून को ऑल इंडिया कांग्रेस कमेटी की बैठक हो रही है। सुभाषचन्द्र बोस ने जो नया फारवर्ड ब्लॉक बनाया है उससे अजीब-सी परिस्थिति पैदा हो गई है देश में, कांग्रेस के अन्दर ही बगावत के बीज पड़ गए हैं। यह अधिवेशन महत्त्वपूर्ण होगा। सोच रहा हूँ इस तमाशे को ही देखा जाए चलकर !''

जमील ने गम्भीरतापूर्वक सर हिलाया, ''तमाशा नहीं है बरखुरदार, ज़िन्दगी-मौत का

खेल है। तमाशा-भर होता तो मैं तुम्हें वहाँ जाने की सलाह नहीं देता, यह तमाशबीनी तो अमीरों की हरामज़दगी-भर होती है और तुम अमीर नहीं हो। तुम उस तमाशे को तमाशे के तौर से नहीं देख सकोगे, क्योंकि तुम अपने अन्दर महसूस करने लगोगे कि तुम खुद उस तमाशे के एक भाग हो।"

जगतप्रकाश जमील की बात को कुछ समझा और कुछ नहीं समझा। उसने हिचकिचाते हुए पूछा, "जमील काका ! यह कुलसुम—क्या यह भी इस सबको एक तमाशबीन की ही हैसियत से देख रही है ?"

"कुछ कहा नहीं जा सकता बरखुरदार ! मैं इतना जानता हूँ कि यह लड़की नेक है, इस लड़की में भावना है। इसके मानी यह हुए कि इस लड़की में लीडरशिप के गुण नहीं हैं।"

जगतप्रकाश ने जमील अहमद की बात काटी, "क्या नेक और भावनामय प्राणी लीडर नहीं बन सकता ?"

जमील थोड़ी देर तक चुपचाप सोचता रहा, फिर कमज़ोर आवाज़ में बोला, "बड़ा टेढ़ा सवाल है बरखुरदार ! मेरे अन्दरवाला तर्क कहता है कि वह कामयाब लीडर नहीं बन सकता, लेकिन वास्तविकता कहती है कि वह कामयाब लीडर बन सकता है। महात्मा गांधी को लें—देवता हैं, नेकी और ईमानदारी में, त्याग और बलिदान में। सारा हिन्दुस्तान उनके कदमों पर है।" जमील चुप हो गया और थोड़ी देर चुपचाप आँखें बन्द किए हुए वह बैठा रहा; फिर एक ठंडी साँस लेकर वह बोला, "त्याग, बलिदान, सत्य और देश का दर्द, इन सबको अपने में समेटे हुए बहुत बड़ी हस्ती है यह गांधी। और यहाँ मेरे अन्दरवाला तर्क हार जाता है।"

जमील उठ खड़ा हुआ, "यह ज़िन्दगी भी बड़ी उलझाव की चीज़ है। इसे सुलझाने की कोशिश करना बेकार। लेकिन हम इसे सुलझाने की कोशिश तो करते रहते हैं और करते रहेंगे। आनन्द-भवन चलकर पंडित जवाहरलाल नेहरू से बात करनी है मुझे। अगर पंडितजी हमारी मिल के झगड़े को सुलझा सकें तो बड़ा अच्छा हो। आज अठारह तारीख है, कल या परसों वह बम्बई के लिए रवाना हो जाएँगे। ए.आई.सी.सी. की मीटिंग से पहले वर्किंग कमेटी की भी तो मीटिंग है। उनसे मिलकर कल मैं बम्बई के लिए रवाना हो जाऊँगा।"

"मैं भी कल तुम्हारे साथ बम्बई चलूँगा जमील काका ! पिछली दफा बम्बई पूरी तौर से नहीं देख सका, इस दफा तुम शुरू से मेरे साथ रहोगे, मुझे बम्बई देखने में सहूलियत होगी।"

शाम के समय जब आनन्द-भवन से जमील वापस लौटा, वह काफी उदास था। जमील के आते ही जगतप्रकाश ने शर्बत बनाया, फिर वह बोला, "क्यों जमील काका ! चेहरा बहुत उतरा हुआ है। बड़ी भयानक गरमी है, कहीं ताप तो नहीं लग गया ?"

जमील ने शर्बत पीते हुए कहा, "नहीं, तन को ताप नहीं लगा है, ताप लगा है

मन को। पंडितजी ने हमारे मामले में पड़ने से इनकार कर दिया है, उनके सामने देश के न जाने कितने अहम सवालात हैं। वह ठीक ही कहते हैं, सबसे अहम सवाल है देश की आजादी का। इस गुलाम देश में अनगिनती छोटे-मोटे मसले हैं। इन मसलों को हल करने में अगर वह अपना वक्त लगा दें तो बड़ा मसला पड़ा रह जाएगा, और इस बड़े मसले के हल में ही इन छोटे-मोटे मसलों का हल है। समझ में आया बरखुरदार !"

शर्बत पीकर जैसे जमील के अन्दर एक ठंडक पहुँची, उसके चेहरे का तनाव जाता रहा। उसने कहा, "जवाहर भाई ने जो कुछ कहा वह गलत भी नहीं है। मुझे ताज्जुब हो रहा है कि मुझे उनकी बात पर बुरा क्यों लगा ? बड़े ध्यान से उन्होंने मेरी बातें सुनीं, उन पर उन्होंने गौर भी किया, और मैं समझता हूँ कि उन्होंने अपनी मजबूरी भी अनुभव की, गोकि उसे उन्होंने जाहिर नहीं किया। बम्बई सरदार बल्लभभाई की जागीर है, और सेठ चिमनलाल को—सेठ चिमनलाल को ही नहीं हिन्दुस्तान के सभी सेठों को महात्मा गांधी की सरपरस्ती हासिल है। महात्मा गांधी सरमायेदारों को अपने साथ लेकर ही तो अंग्रेजों से लड़ रहे हैं, और अंग्रेजों से जंग में वह इस कदर उलझे हुए हैं कि इन छोटे-छोटे सवालों पर गौर करने की उन्हें फ़ुरसत ही नहीं है।"

एकाएक जगतप्रकाश पूछ बैठा, "जमील काका ! सुबह तो आपने महात्मा गांधी की इतनी तारीफ की थी और इस समय आप हिन्दुस्तान के सेठों का सरपरस्त कहते हैं।

"दोनों ही बातें ठीक हैं बरखुरदार ! हिन्दुस्तान के ये जितने सेठ हैं, यह सब ब्रिटिश सरकार के दुश्मन हैं। इन लोगों से महात्मा गांधी को मदद मिलती है। इस मदद से इनकार करना यह राजनीतिक गलती होगी।" जमील के मुख पर एक मुस्कराहट आई, "राजनीति में समझौते करने पड़ते हैं, तुम उन समझौतों को जुबानी स्वीकार करो या न करो। फर्क वहाँ पड़ता है कि वह समझौता व्यक्तियों से किया जाता है या सिद्धान्तों से किया जाता है। सिद्धान्तों के साथ समझौता करना, यह सबसे बड़ी अनैतिकता है। महात्मा गांधी सिद्धान्त से समझौता नहीं करते। सिद्धान्त ही वह शक्ति और प्रेरणा है जो मनुष्य के व्यक्तित्व को बल प्रदान करती है। गांधी की अहिंसा उसकी नींव का वह पत्थर है जो हिल नहीं सकता। गांधी व्यक्ति के साथ समझौता कर सकता है, व्यक्ति से समझौता कर सकना राजनीति में सफलता का सबसे बड़ा गुण है। वहाँ हम व्यक्ति को स्वीकार करते हैं अनुयायी के रूप में क्योंकि नेतृत्व तो हमेशा सिद्धान्त के हाथ में होता है।"

जगतप्रकाश मुग्ध-सा जमील की बात सुन रहा था। यह बेपढ़ा-लिखा आदमी, इसके अन्दर इतना ज्ञान कहाँ से आ गया ? जो बात वह कह रहा था वह सार-युक्त थी, इस सार को उसने पहले कभी न देखा था। एकाएक वह पूछ बैठा, "लेकिन गांधी के अनुयायी नेता जवाहरलाल नेहरू, सरदार पटेल, खान अब्दुल गफ़्फ़ार खाँ, बाबू राजेन्द्र प्रसाद, मौलाना अबुल क़लाम आज़ाद और इन सबके बाद सुभाषचन्द्र बोस; इनकी स्थिति क्या है ?"

जमील मुसकराया, "तुमने मुझे समझ क्या रखा है बरखुरदार ? न मैं इतना पढ़ा-लिखा हूँ, न मेरे पास इतनी फुरसत है कि मैं इन सब बातों पर सोचूँ। ये जो नाम तुमने गिनाए हैं, इनमें सिवा दो आदमियों के और किसी के पास सबल व्यक्तित्व नहीं है। ये दो नाम हैं जवाहरलाल और सुभाषचन्द्र बोस। इनमें सुभाषचन्द्र बोस सिद्धान्तों के साथ समझौता नहीं कर सकता और व्यक्ति के साथ समझौता कर सकने का सवाल तब तक नहीं आता जब तक उसके पास पूरी ताकत न हो। इसलिए सुभाषचन्द्र बोस को कांग्रेस से अलग हो जाना पड़ा। इन सब नामों में मुझे एक ही नाम ऐसा दिखता है जिसमें सबल व्यक्तित्व होने के साथ-साथ व्यक्तियों से समझौता करने की प्रवृत्ति है, और इसलिए आगे चलकर अगर गांधी का स्थान कोई ले सकता है तो वह जवाहरलाल है। बस, सिर्फ एक खतरा दिखता है इस आदमी से मुझे।"

जगतप्रकाश ने आश्चर्य से जमील को देखा, "यह कौन-सा खतरा है जमील काका ? मुझे तो जवाहरलाल का व्यक्तित्व कभी-कभी गांधी के व्यक्तित्व से भी ऊँचा दिखने लगता है।"

इस बार जमील जोर से हँस पड़ा, "तुमने अनजाने ही उस खतरे का संकेत कर दिया जिसे मैं देख रहा हूँ। यह जवाहरलाल सिद्धान्तों के साथ भी बड़ी खूबी के साथ समझौता कर सकता है। व्यक्ति से समझौता करने के समय, जैसे इसके पास इसका कोई सिद्धान्त ही न हो। गांधी के पास मर्दानगी से भरा एक सबल और प्रखर व्यक्तित्व है जो दूसरों को विवश कर देता है कि वे उसके सिद्धान्तों को स्वीकार करें। सुभाष के पास इतना प्रखर और सबल व्यक्तित्व नहीं है, फिर भी वह अपने अन्दरवाले सिद्धान्तों पर अड़ सकता है। उसे अपने सिद्धान्तों को ढूँढ़ निकालकर उन्हें रूप देने का मौका ही नहीं मिला। उसे तो अपने को आरोपित करने के लिए पग-पग पर लड़ना पड़ा है, जूझना पड़ा है। लेकिन यह जवाहरलाल, जिसे जिन्दगी में संघर्ष नहीं करने पड़े हैं, जिसके भाग्य ने उसे देश पर आरोपित कर दिया है, इसे सैद्धान्तिक दृष्टि से सोचने का मौका मिला है। इसने अध्ययन किया है, इसने किताबों से अपना ज्ञान अर्जित किया है। वह समाजवादी है, क्योंकि इसने समाजवाद का अध्ययन किया है। और बरखुरदार, इस जवाहरलाल का समस्त ज्ञान और दर्शन दूसरे से मिला हुआ दर्शन है, उसके अनुभवों और संघर्षों का दर्शन नहीं है। और इसीलिए उसके सिद्धान्त और दर्शन परिवर्तनशील हैं, इसीलिए यह आदमी बड़ी आसानी से सैद्धान्तिक समझौता कर सकता है।"

उसी समय जगतप्रकाश ने अपने अन्दर एक तरह की झुँझलाहट अनुभव की। जमील ने जवाहरलाल के विरुद्ध जो कुछ कहा वह एकदम गलत है। आखिर जमील जवाहरलाल के खिलाफ यह झूठा प्रचार क्यों कर रहा है ? यह जवाहरलाल देश के युवकों का प्रतीक, इसी जवाहरलाल से देश को आशा है। उसने कड़वे स्वर में जमील से कहा, "जमील काका, तुम जवाहरलाल के साथ अन्याय कर रहे हो। जवाहरलाल ही देश के संघर्षों का, देश के यौवन का प्रतीक है, मैं जवाहरलाल के खिलाफ कुछ नहीं सुनना चाहता।"

"बुरा मान गए बरखुरदार ! तो मैं अपने शब्द वापस लेता हूँ। मुझे खुद ताज्जुब हो रहा है कि मैं उनके खिलाफ इतनी ऊलजलूल बातें कैसे कह गया ? आखिर मैं बिना लिखा-पढ़ा आदमी ठहरा ! अच्छा, अब रात हो रही है, और इस बन्द कमरे में दम घुट रहा है, चलो कहीं घूम आया जाए।"

जगतप्रकाश अब वास्तविकता की दुनिया में लौट आया। उसने देखा कि उसके चारों ओर घुटन-ही-घुटन है—अन्दर की घुटन, बाहर की घुटन। बला की गरमी और बन्द कमरे में बैठा हुआ वह जमील के साथ इतनी देर तक बातें करता रहा। और बातें भी किसी हद तक अप्रिय। जिन देवताओं की मूर्तियों को उसने अपने अन्दर अनजाने ही स्थापित किया था, जमील ने उन मूर्तियों पर ही प्रहार किया था। लेकिन जमील उन मूर्तियों को तोड़ने में सफल नहीं हुआ। उसने उठते हुए कहा, "जमील काका। यह देश का सौभाग्य है कि हमें महात्मा गांधी और जवाहरलाल नेहरू का नेतृत्व प्राप्त हुआ है। आज सारा देश इन दो देवताओं की पूजा कर रहा है। लेकिन तुम्हें इन देवताओं पर विश्वास नहीं।" यह कहते हुए जगतप्रकाश ने अपने कमरे में ताला लगाया।

जगतप्रकाश के साथ चलते हुए जमील बोला, "बरखुरदार ! मुझे माफ करना। मैं मजबूर हूँ, शायद इसलिए कि मैं मुसलमान हूँ। यह मुसलमान बुतपरस्त नहीं होता, यह बुतशिकन होता है। हम मुसलमानों ने हमेशा मूर्तियाँ तोड़ी हैं और हम अपनी आदत से मजबूर हैं। और वहीं तुम हिन्दू लोग हमेशा से बुतपरस्त रहे हो, बिना देवताओं के तुम्हारा काम चल ही नहीं सकता। खुदा जाने तुम्हारी यह बुतपरस्ती तुम्हें कहाँ ले जाएगी !"

जगतप्रकाश ने जमील की बात का कोई उत्तर नहीं दिया, उसने केवल इतना पूछा, "शहर की तरफ चला जाए, या कहीं कटरा और कर्नलगंज का एक चक्कर लगा लिया जाए ?"

"न शहर और न कटरा-कर्नलगंज, इस गरमी में इन घनी बस्तियों के नाम से मन काँपने लगता है। चलो दारागंज की तरफ, वहाँ गंगा में नहा लेंगे, बदन में ताजगी आ जाएगी।" और दोनों चल पड़े।

कर्नलगंज पार करके जिस समय ये दोनों आनन्द-भवन के पास पहुँचे, जमील बोला, "अरे बरखुरदार ! मैं तुम्हें एक बात बताना तो भूल ही गया था। आज दोपहर को मुझे यहाँ जसवन्त कपूर साहब दिखे थे। उनके कुछ कम्युनिस्ट साथी यहाँ ए.आई. सी.सी. के दफ्तर में जवाहरलाल की सरपरस्ती में काम कर रहे हैं, उन्हीं के साथ। उनसे मेरी कोई खास मरासिम तो हैं नहीं, तो सिर्फ दुआ-सलाम हुआ। खुदा जाने उन्होंने मुझे पहचाना भी या नहीं।"

"जसवन्त कपूर यहाँ इलाहाबाद में !" जगतप्रकाश ने अपने-आपसे ही कहा, "कुलसुम ने लिखा है कि वह मसूरी से कलकत्ता चला गया है सुभाष से मिलने, मालूम होता है ए.आई.सी.सी. की मीटिंग के सिलसिले में बम्बई जाते हुए यहाँ उतर पड़ा, शायद सुभाष ने जवाहरलाल के नाम कोई सन्देश भेजा हो।" फिर वह जमील की ओर घूमा,

"क्यों जमील काका ! तुम्हें पता है वह कहाँ ठहरे हैं ? सोच रहा हूँ कि उनसे मिल लिया जाए।"

"इतना उतावलापन क्यों ?" जमील ने जगतप्रकाश का हाथ पकड़कर आगे बढ़ते हुए कहा, "तुम भी तो कल मेरे साथ बम्बई चल रहे हो, यहाँ रहकर करोगे ही क्या ? और बम्बई में तुम कुलसुम के साथ ठहरोगे, उसने तुम्हें वहाँ बुलाया है और बरखुरदार, जहाँ तक मेरा ख़याल है यह जसवन्त कपूर भी कुलसुम के साथ ही ठहरेगा। ऐसी हालत में तुम दोनों अच्छी तरह मिलोगे, जमकर बातें होंगी।"

दूसरे दिन जमील के आग्रह पर जगतप्रकाश ने कुलसुम के नाम तार भेज दिया कि वह अगले दिन मेल से बम्बई पहुँच रहा है। दोपहर के समय दोनों स्टेशन पहुँचे और थर्ड क्लास का टिकट लेकर वे उस थर्ड क्लास के डिब्बे की ओर बढ़े जो इलाहाबाद से बम्बई के लिए मेल में लगाया जाता था। उस डिब्बे के एक कम्पार्टमेंट में उन्हें जसवन्त कपूर बैठा हुआ दिखाई दिया। उस कम्पार्टमेंट में वह अकेला बैठा था और उस दिन के 'लीडर' को वह गौर से पढ़ रहा था। जगतप्रकाश ने उस कम्पार्टमेंट में प्रवेश करते हुए कहा, "अरे आप मिस्टर कपूर ! जमील काका ने कल शाम मुझे बतलाया तो था कि आपको इन्होंने कल आनन्द-भवन में देखा था, लेकिन उस समय मैं नहीं आ सका। सोचा था कि बम्बई में आपसे मिलना तो होगा ही। यहाँ इस कम्पार्टमेंट में आपसे भेंट हो जाएगी, यह मैंने न सोचा था।"

जसवन्त कपूर ने खड़े होकर इन दोनों का स्वागत किया, फिर उसने कहा, "जमील अहमद साहब से साहब-सलामत भी हुई थी, लेकिन बातचीत नहीं हो सकी, अपने दोस्तों से बातें करने में मैं व्यस्त था, और यह सीधे जवाहर भाई के यहाँ चले गए।" एक किनारेवाली बर्थ पर जसवन्त कपूर का बिस्तर लगा था, उसके सामने वाली बर्थ पर जगतप्रकाश ने अपना बिस्तर लगा दिया। जमील ने ऊपर की बर्थ पर बिस्तर लगाते हुए कहा, "लम्बे सफर में ऊपर की बर्थ पर आराम रहता है, मैं यहाँ अच्छा।"

ठीक समय से मेल बम्बई के लिए रवाना हो गया। गाड़ी चलने के बाद जसवन्त कपूर ने जगतप्रकाश से कहा, "दिल्ली से कुलसुम ने शायद तुम्हें कोई पत्र लिखा था मसूरी आने के लिए। वह तुम्हारा इन्तज़ार कर रही थी मसूरी में। बात यह है कि मुझे तो सुभाष बाबू ने कलकत्ता बुला लिया था, उन्होंने जो अपनी नई पार्टी बनाई है, उसके सिलसिले में।"

"हाँ, कुलसुम ने पत्र तो लिखा था, लेकिन मैं अपने गाँव महोना चला गया था, तो वहाँ छह-सात दिन पहले वह पत्र मिला था। वहाँ से मैं मसूरी नहीं गया, यह सोचकर कि कुलसुम वहाँ होगी या न होगी। गाँव से मैं यहाँ कल आया और कुलसुम का दूसरा पत्र यहाँ पर मेरा इन्तज़ार कर रहा था, जिसमें उसने लिखा है कि वह बम्बई वापस जा रही है।"

"तो कुलसुम ने तुम्हें बम्बई बुलाया है।" जसवन्त कपूर के स्वर में न कटुता थी, न किसी तरह का व्यंग्य था।

"हाँ, उसने आग्रह किया है कि मैं ए.आई.सी.सी. की मीटिंग के समय बम्बई आऊँ, वहाँ सब कुछ देखूँ। जाने की कोई खास तबीयत तो नहीं थी, लेकिन जमील काका का साथ हो गया, तो चल रहा हूँ।"

जसवन्त कपूर ने बड़े साधारण ढंग से कहा, "यह कुलसुम बड़ी ज़िद्दी लड़की है, लेकिन बड़ी नेक, बड़ी भोली, बड़ी कर्मठ। अच्छा किया जो बम्बई चल रहे हो। बहुत कम लोग ऐसे हैं जिन्हें कुलसुम के सम्पर्क में आकर एक प्रकार का सुख और सन्तोष प्राप्त करने का आनन्द प्राप्त है।"

जगतप्रकाश ने प्रसंग बदलते हुए पूछा, "आप कलकत्ता गए थे—वहाँ का क्या रंग-ढंग है ? सुभाष बाबू से आपकी क्या बातें हुईं ? यह फारवर्ड ब्लॉक ! क्या यह सफलतापूर्वक अपने पैरों पर खड़ा हो सकेगा ?"

"कहा नहीं जा सकता, लेकिन जहाँ तक मैं समझता हूँ, यह धीरे-धीरे फिर कांग्रेस में घुल-मिल जाएगा। खुल्लमखुल्ला हिंसा की दुहाई आज कोई नहीं दे सकता, सुभाष भी नहीं। फिर फारवर्ड ब्लॉक का कोई निश्चित कार्यक्रम, कांग्रेस के कार्यक्रम से पृथक् रह भी तो नहीं जाता। संघर्ष महात्मा गांधी और सुभाष बाबू के व्यक्तित्व में था, वहाँ जवाहरलाल से सुभाष को बड़ी निराशा हुई। नेतृत्व अभी नौजवानों के हाथ में नहीं सौंपा जा सकता—जवाहरलाल गांधी से अलग हटने पर देश का नेतृत्व अपने हाथों में लेने को तैयार नहीं है।"

"सुभाष स्वयं देश का नेतृत्व अपने हाथों में लेने को उत्सुक हैं।" जगतप्रकाश बोला।

"लेकिन देश गांधी को छोड़कर सुभाष को अपना नेता बनाने को तैयार नहीं है। स्वयं सुभाष बाबू अपने को इतना समर्थ नहीं समझते कि वह गांधी को चुनौती दे सकें। देशव्यापी और अति शक्तिशाली संस्था कांग्रेस का एकछत्र सम्राट् है गांधी। शायद इसलिए सुभाष ने अपनी नई पार्टी की परिकल्पना ब्लॉक के रूप में की है, फिर सुभाष के पास न उनका कोई निजी दर्शन है, न एक हिंसा को छोड़कर उनका कोई निजी सिद्धान्त है। ऐसी हालत में सुभाष की सफलता पर मुझे सन्देह है।"

जमील ऊपर की बर्थ पर लेटा हुआ बड़े ध्यान से इन दोनों की बातचीत सुन रहा था। उसने वहीं से कहा, "कोई भी देश कहीं बिना हिंसा के स्वतन्त्र हुआ है ?"

"इतिहास तो कहता है कि नहीं हुआ है।" जसवन्त बोला, "और हिन्दुस्तान भी बिना हिंसा के स्वतन्त्र नहीं होगा, मेरा यह विश्वास है।"

"लेकिन गांधी अहिंसा से ही देश को स्वतन्त्र कराने का वादा करता है। विश्व के इतिहास में उसका यह अहिंसा का प्रयोग अद्वितीय है। कहना यह उचित होगा कि गांधी विश्व में एक नवीन इतिहास की सृष्टि करना चाहता है, उसे एक नए ढंग से लिखना चाहता है।" जगतप्रकाश को जैसे एकाएक भाषा मिल गई, "गांधी के इस अहिंसा के प्रयोग को दुनिया बड़े ध्यान से देख रही है। गांधी जो कुछ कहता है उसमें

सार है, मानवता के जिस दृष्टिकोण को वह प्रतिपादित कर रहा है, उससे इनकार नहीं किया जा सकता। गांधी के पास ऊँची भावना के साथ प्रबल तर्क भी है।''

जमील ने आँखें मूँद ली थीं, जैसे उसने इस बातचीत में भाग लेकर कोई गलती की हो। वह सोने का प्रयत्न करने लगा। जसवन्त कपूर ने बात सुभाष बोस के सम्बन्ध में आरम्भ की थी, गांधी के सम्बन्ध में नहीं। वह अभी हाल में ही सुभाष बोस से मिलकर लौटा था, और वह उसके सम्बन्ध में बातचीत करके किसी प्रकार का निश्चित निर्णय लेने के पक्ष में था। उसने कहा, ''गांधी का प्रयोग चल रहा है, इस प्रयोग का परिणाम भविष्य के गर्त में है और सन्दिग्ध है। लेकिन प्रयोगों के लिए हम अपने देश की गुलामी की अवधि को तो नहीं बढ़ा सकते। हम लोगों को हिंसा का ठोस कदम उठाना पड़ेगा। सुभाष इस हिंसा के कदम को उठाने के लिए व्यग्र तथा उत्सुक है। उसमें मौत से खेलने की प्रवृत्ति है, उसमें बड़ों-बड़ों से टक्कर लेने का पौरुष है। तुम जानते हो गांधी से टक्कर लेना आसान काम नहीं था। सुभाष मुख्य रूप से भावना-प्रधान है लेकिन फिर मैं सोचने लगता हूँ कि यह भावना बंगाल की मिट्टी की उपज है, यह भावना बुद्धि और आन्तरिक निश्चय के अभाव में निरर्थक है। हम जानते हैं कि बंगाल क्रान्तिकारियों के आतंकवाद का प्रमुख केन्द्र रहा है, सुभाष इस आतंकवाद का अधिक विकसित और परिष्कृत रूप-भर है। हम लोग देश का भविष्य अनिश्चय से भरी भावुकता के हाथ में तो नहीं सौंप सकते। हमें हिंसा के संगठित रूप की आवश्यकता है, और मुझे दिखता है कि सुभाष में इस संगठन की क्षमता नहीं है, और इसीलिए हम गांधी का साथ नहीं छोड़ सकते। हिंसा पर विश्वास रखते हुए हमें गांधी की अहिंसा की छत्र-छाया में अपना अहिंसात्मक संगठन बढ़ाना पड़ेगा।''

गाड़ी तेज़ी के साथ चली जा रही थी और गाड़ी के पहियों की आवाज़ एक मधुर लोरी की भाँति जगतप्रकाश के कानों में गूँज रही थी। जसवन्त कपूर की बातें दिलचस्प थीं, लेकिन नींद की एक शान्त-स्निग्ध बेहोशी जगतप्रकाश की आँखों में भरती जा रही थी। कम्पार्टमेंट की खिड़कियाँ चढ़ी हुई थीं, बाहर सब कुछ जल रहा था। लेकिन कम्पार्टमेंट के अन्दर अपेक्षाकृत राहत थी। सब कुछ सोया हुआ था, और जगतप्रकाश को लग रहा था कि जसवन्त कपूर की आवाज़ दूर पड़ती जा रही है, और वह आवाज़ धीमी पड़ती हुई शून्य में लोप होती जा रही है।

[7]

बम्बई के विक्टोरिया टर्मिनल स्टेशन पर कुलसुम खड़ी थी। जगतप्रकाश का तार उसे पिछले दिन ही शाम को मिल गया था। लेकिन कुलसुम की नज़र पहले जसवन्त कपूर पर पड़ी जो खिड़की से लगा बैठा था। जसवन्त को देखते ही कुलसुम कुहक-सी उठी,

''अरे जसवन्त, तुम भी इसी गाड़ी से !'' फिर उसने जगतप्रकाश को देखा, ''बड़ा अच्छा किया जो तुम इस जसवन्त को अपने साथ लेते आए हो।'' उसने कुली को पुकारकर कहा, ''असबाब उतारो।''

तभी कुलसुम को जमील की आवाज़ सुनाई दी, ''कोई किसी को नहीं लाया है कुलसुम बेन, सब अपने-आप अपनी मर्ज़ी से आए हैं—जसवन्त कपूर साहब, जगतप्रकाश साहब और जमील अहमद साहब। यह इत्तिफाक की बात है कि हम तीनों ने एक साथ एक डिब्बे में सफर किया है। वैसे जगतप्रकाश के साथ मैं इनके गाँव से चला हूँ, वहाँ से यहाँ तक इनका और मेरा साथ रहा है। अब इन जगतप्रकाश साहब का साथ जसवन्त कपूर साहब से रहेगा।''

कुलसुम ने हँसकर कहा, ''आपने तो एक स्पीच दे डाली। आप भी इन लोगों के साथ थे तब तो सफर मज़े में हुआ होगा।'' वह जसवन्त की ओर घूमी, ''क्यों जसवन्त, मेरे यहाँ ठहरोगे या और कहीं ठहरने का इरादा है ? मालती कह रही थी तुम त्रिभुवन के साथ उसके यहाँ ठहरनेवाले थे।''

''क्या त्रिभुवन अपने घर पर नहीं ठहरा ?''

त्रिभुवन का बाप अहमदाबाद गया हुआ है, तो वह मालती के यहाँ ठहर गया है।''

कुलसुम के स्वर में एक उलाहना था, जसवन्त ने तो नहीं, जगतप्रकाश ने यह अनुभव किया। जसवन्त ने कहा, ''त्रिभुवन ने लिखा तो था कि इस बार मैं उसके साथ ठहरूँ, लेकिन मैंने तो कुछ तय नहीं किया था।''

''अगर तय नहीं किया तो मेरे साथ चलो, मालती तो तुम्हें लेने नहीं आई है।'' कुलसुम बोली।

जसवन्त ने मुस्कराते हुए कहा, ''तुम तो जगतप्रकाश को लेने आई हो, मैंने तो किसी को अपने आने की खबर नहीं दी थी। लेकिन जब तुम मिल गई हो तब मैं तुम्हारे साथ चलता हूँ। त्रिभुवन कुछ बुरा तो मानेगा, लेकिन अगर तुम बुरा मान गईं तो वह त्रिभुवन के बुरा मानने से ज़्यादा खराब होगा।''

''क्या अच्छा है और क्या खराब है—तुमने कभी इसकी परवाह भी की है ?'' कुलसुम ने चलते हुए कहा, ''सच तो यह है कि मैंने तुम्हारी बातों पर बुरा मानना ही छोड़ दिया है।''

कुलसुम जसवन्त कपूर के साथ चल रही थी, जगतप्रकाश और जमील कुछ पीछे थे। जमील ने जगतप्रकाश के कान में कहा, ''देख रहे हो, बरखुरदार ! मुहब्बत का यह भी एक रूप है। कहीं किसी तरह का दिखावा नहीं, किसी तरह का मान-मनौवा नहीं। दोनों ही बराबरी के ढंग से मिलते हैं, लेकिन फिर भी दोनों में मुहब्बत है। वैसे दिखता यह है कि मुहब्बत में पहल इस लड़की कुलसुम की है, लेकिन असलियत यह है कि पहल इस जसवन्त कपूर की है।''

एक ठंडी साँस लेकर जगतप्रकाश ने कहा, ''शायद मैंने यहाँ आकर गलती की है जमील काका !''

''नहीं बरखुरदार, तुमने ज़रा भी गलती नहीं की, क्योंकि तुम इस कुलसुम से मुहब्बत नहीं करते, कर भी नहीं सकते। वैसे तुम कभी-कभी कुलसुम के लिए एक तरह की भावना का अनुभव करने लगोगे, जिसे तुम कुछ क्षण के लिए प्रेम समझ बैठो, लेकिन उस भावना का रूप तुम पर उसी वक्त ज़ाहिर हो जाएगा। दुनिया में प्रेम की जो गलत-सलत शादियाँ हो जाती हैं, वे महज़ इसलिए कि लोग भावना का सही रूप नहीं देख पाते।''

सब लोग अब बाहर आ गए थे। जमील ने जगतप्रकाश से कहा, ''अब कल शाम को मुलाकात होगी बरखुरदार, मैं करीब छह बजे शाम को कावसजी सेठ के यहाँ आऊँगा, घर पर ही रहना।'' उसने कुलसुम से कहा, ''क्यों कुलसुम बेन, कल शाम का तो आपने कोई प्रोग्राम नहीं बनाया है ?''

''जमील साहब, मैं प्रोग्राम बहुत कम बनाती हूँ, वे तो खुद-ब-खुद बन जाया करते हैं। कल शाम जगतप्रकाश खाली रहेंगे, मैं आपको यकीन दिलाती हूँ।'' कुलसुम ने जसवन्त कपूर और जगतप्रकाश को अपनी कार की पीछे की सीटों पर बिठाया, फिर वह जमील से बोली, ''चलिए, आपको आपके घर पर उतार दूँ।'' कुलसुम ने जमील को ज़बर्दस्ती आगे की सीट पर अपनी बगल में बिठा लिया।

जगतप्रकाश को आश्चर्य हो रहा था। यह करोड़पति की लड़की, इतनी शिक्षित, इतनी सुन्दर—इसे कहीं अभिमान छू तक नहीं गया है। यही नहीं, यह किसी तरह का भेदभाव अनुभव नहीं करती। कहाँ वह और कहाँ जमील, और वह परेल की एक गन्दी और घिनौनी चालों में रहनेवाले जमील को पहुँचाने जा रही है। अपने रास्ते से हटकर करीब तीन-चार मील का चक्कर—कार के लिए वह चक्कर पन्द्रह-बीस मिनट का ही था, लेकिन यह दूरी वह तय कर रही है। जगतप्रकाश दूरी शब्द पर अटक गया। दूरियाँ तरह-तरह की होती हैं, कुछ दूरियाँ हम तय कर लेते हैं, कुछ दूरियाँ हम तय नहीं कर पाते। यह कुलसुम—क्या यह हरेक दूरी तय कर सकती है ? मकानों की दूरियाँ, संस्कृति और रुचि की दूरियाँ, जाति-धर्म की दूरियाँ, आर्थिक दूरियाँ, उम्र की दूरियाँ, दृष्टिकोण की दूरियाँ और फिर मन की दूरियाँ। जगतप्रकाश अनुभव कर रहा था कि वह मन की दूरी ही सबसे महत्त्वपूर्ण दूरी है, यही इन विभिन्न दूरियों को जन्म देती है। अगर यह मन की दूरी हट जाए तो दुनिया में और किसी तरह की दूरी न रहेगी। कुलसुम में मन की दूरी नहीं है, और इसलिए वह जमील को उसके घर तक पहुँचाने जा रही है, इसीलिए वह जगतप्रकाश को अपने यहाँ ठहरा रही थी। जाति-पाँति, सभ्यता-संस्कृति, वर्ग-श्रेणी—किसी भी प्रकार की दूरी कुलसुम में नहीं है।

जगतप्रकाश मंत्र-मुग्ध-सा कुलसुम की ओर देख रहा था। दूध की तरह सफेद रेशमी साड़ी में लिपटी हुई यह कोमल लड़की कितने आत्मविश्वास के साथ कार चला रही थी। भिंडी बाज़ार की भीड़-भरी सड़क को पार करके बायकला की ओर उसकी कार बढ़ रही थी और वह जमील से कह रही थी, ''मैंने सब कुछ ठीक कर दिया है जमील अहमद साहब, अब हड़ताल की ज़रूरत नहीं होगी कम-से-कम मेरे मिल में। मैं सरदार

पटेल से खुद मिली थी, उन्होंने चिमन सेठ को समझा दिया है। सरदार पटेल बड़े अच्छे आदमी हैं। कड़े ज़रूर हैं, लेकिन इतने बड़े मूवमेंट को चलाने के लिए लड़ाई की ज़रूरत भी होती है। तीन दिन पहले यह फैसला हुआ था। बापट और त्रिपाठी इस फैसले से खुश नहीं हैं, यह तो मैं समझ सकती हूँ, लेकिन गोविन्दे भी इस समझौते से खुश नहीं है, यह मेरी समझ में नहीं आता। आप उससे बात कर लीजिएगा।''

जमील अहमद ने कुलसुम की बात का क्या उत्तर दिया, जगतप्रकाश सुन नहीं पाया। उसे उस हड़ताल में और हड़ताल के समझौते में कोई दिलचस्पी नहीं थी। उसे तो दिलचस्पी उस समय कुलसुम में थी जिसे वह ठीक तौर से समझ नहीं पा रहा था। आखिर वह कुलसुम के यहाँ क्यों आया ? इस कुलसुम का उसके साथ कैसा लगाव है ? तभी उसे जसवन्त कपूर की आवाज़ सुनाई पड़ी, कुछ झुँझलाहट से भरी हुई, ''अभी और कितनी दूर है जमील अहमद का मकान ? हम लोग तो तुम्हारे मकान से काफी दूर आ गए हैं।''

यह बात कुलसुम से कही गई थी, लेकिन कुलसुम ने इस बात का कोई जवाब नहीं दिया। उसने केवल कार की रफ्तार तेज़ कर डाली। गाड़ी अब लाल बाग के पास पहुँच रही थी। जमील भी चुप ही रहा। अब जगतप्रकाश बोला, ''हम लोग इनके मकान के करीब पहुँच चुके हैं, चार-पाँच फर्लांग और होगा यहाँ से। लेकिन यहाँ से वार्डन रोड की दूरी कितनी है, इसका अन्दाजा मुझे नहीं है।''

जसवन्त चुप रहा। एक चाल के सामने कुलसुम की कार रुक गई। गाड़ी से उतरकर कुलसुम ने जमील का असबाब उतरवाया, और उसने कार अपने मकान की ओर मोड़ दी। थोड़ी दूर चलने के बाद उसने जसवन्त से कहा, ''जमील को उसके घर पहुँचाने में इस तरह का मिज़ाज बिगाड़ने की क्या ज़रूरत थी ?''

जसवन्त का उत्तर सुनकर जगतप्रकाश को आश्चर्य हुआ, ''इसलिए कि तुम्हारे इस झूठे दिखावे से मुझे असुविधा होती है। जमील अहमद को टैक्सी से भेजा जा सकता था, लेकिन तुम्हें तो यह दिखाना था कि तुम भेदभाव के ऊपर ही नहीं, हमदर्दी और सहानुभूति की प्रतिमा हो।''

इससे भी बढ़कर आश्चर्य जगतप्रकाश को तब हुआ जब कुलसुम ने बिगड़ने के स्थान पर मुस्कराते हुए कहा, ''जमील अहमद के सामने इस प्रदर्शन की मुझे ज़रूरत नहीं थी, इसे दिखावा कहना मेरे साथ बेइंसाफी होगा।''

जसवन्त कपूर ने उसी प्रकार कड़े स्वर में कहा, ''यह दिखावा जमील अहमद के लिए नहीं था, मेरे लिए या जगतप्रकाश के लिए नहीं था, तुम्हारा यह दिखावा खुद तुम्हारे अपने लिए था। आदमी आम तौर से दूसरों को इतना अधिक धोखा नहीं देता जितना वह खुद अपने को देता है। तुम अपनी नज़र में महान् और उदार दिखना चाहती हो। यह प्रवृत्ति अपने अन्दर कहीं किसी अभाव की सूचक है।''

''चुप रहो, तुम्हें शर्म नहीं आती इस प्रकार का ओछा प्रहार करते हुए !'' कुलसुम अब चीख-सी उठी। जगतप्रकाश को लगा कि कुलसुम की आँखें कुछ तरल-सी हो गई हैं।

रास्ते-भर फिर इन लोगों में कोई बातचीत नहीं हुई। घर पहुँचकर कुलसुम कार से उतरकर सीधे घर के अन्दर चली गई। नौकर ने इन दोनों का असबाब उतारकर इनके कमरे में रख दिया। फिर उसने कहा, ''खाना तैयार है, आप लोग तैयार हो जाइए। अभी बेबी मेमसा'ब ने भी खाना नहीं खाया है।'' वह बाहर चला गया।

जगतप्रकाश ने देखा कि जसवन्त कपूर के मुख पर किसी तरह का भाव नहीं था। जो कुछ हुआ था, जैसे वह नित्य की बात रही हो। जसवन्त जगतप्रकाश से बोला, ''जल्दी से नहा लो, मैं ट्रेन में नहा लिया हूँ। दो बज गए हैं। हम लोगों ने तो ट्रेन में कुछ खा भी लिया था, लेकिन कुलसुम भूखी होगी।''

जगतप्रकाश जब जसवन्त के साथ डाइनिंग रूम में पहुँचा, बेयरा मेज़ पर खाना लगा रहा था। कुलसुम ने जसवन्त को देखकर कहा, ''बड़ी जल्दी तैयार होकर आ गए हो, शायद तुमने नहीं नहाया !''

''देर बहुत हो गई है, शायद तुमने अभी तक खाना नहीं खाया। अब शाम को नहा लूँगा।''

कुलसुम बोली, ''मेरी इतनी फिक्र करने की ज़रूरत नहीं है। जहाँ इतनी देर खाना नहीं खाया है, वहाँ पन्द्रह मिनट और सही, तुम पहले नहा आओ।''

जगतप्रकाश को लग रहा था जैसे वह उपेक्षित हो। वैसे उसकी पूरी खातिरदारी हो रही थी, लेकिन उसे बुरा इस बात पर लग रहा था कि उसकी खातिरदारी का भार जसवन्त कपूर ने अपने ऊपर ले लिया है, जैसे जसवन्त कपूर कुलसुम के परिवार का ही एक भाग हो, और जगतप्रकाश एक नितान्त बाहरी आदमी। एक तरह का विरोध जाग रहा था उसके अन्दर जसवन्त कपूर के प्रति। खाना खाते समय जगतप्रकाश एकदम मौन रहा, कुलसुम और जसवन्त में ही बातें होती रहीं। जिन लोगों के सम्बन्ध में, जिन विषयों पर बातें हो रही थीं, जगतप्रकाश को उनमें से अधिकांश का ज्ञान नहीं था। उन बातों से उसे केवल इतना ही पता चल सका कि ऑल इंडिया कांग्रेस कमेटी का वह सेशन काफी महत्त्वपूर्ण होगा। सुभाष के कांग्रेस से अलग हो जाने के बाद वामपंथी कांग्रेस जनों की स्थिति कुछ अजीब-सी हो गई थी। खाना समाप्त हो जाने के बाद जसवन्त बोला, ''ज़रा मालती के यहाँ फोन करके त्रिभुवन से बात कर लूँ।''

कुलसुम ने उठकर मालती के यहाँ फोन मिलाया। त्रिभुवन एक दिन पहले ही आया था और बड़ी व्यग्रता के साथ जसवन्त का इन्तज़ार कर रहा था। कुलसुम ने फोन जसवन्त को दे दिया। थोड़ी देर तक उस ओर की बात सुनकर जसवन्त बोला, ''कुलसुम स्टेशन पर पहुँच गई थी, वह मुझे अपने साथ लेती आई—नहीं अब यहीं ठहर गया हूँ। अच्छा—मैं अभी आ रहा हूँ।''

जगतप्रकाश को पिछली रात ट्रेन में नींद अच्छी नहीं आई थी, जबलपुर से गाड़ी में काफी मुसाफिर आ गए थे। खाना खाने के बाद वह सो गया था। जसवन्त कपूर के लौटने पर उसकी नींद खुली। आसमान पर हलके-हलके बादल घिर रहे थे, मानसून बम्बई में आ चुका था, लेकिन उस दिन दोपहर के समय जगतप्रकाश विक्टोरिया

टर्मिनल पर उतरा था, बड़ी तेज धूप थी और वह धूप दोपहर-भर रही। कुलसुम कमरे से निकली, मानो वह जसवन्त का इन्तज़ार कर रही हो। लेकिन इन दोनों के कमरे में आकर पहले बात जगतप्रकाश से की, ''क्यों जगत, बड़ी अच्छी नींद आई ? मालूम होता है रात में जागना पड़ा है।''

''हाँ, हम दोनों को ही थोड़ा-बहुत जागना पड़ा है। जसवन्त तो शायद बिलकुल नहीं सो पाए।''

कुलसुम बोली, ''इस जसवन्त को तो बैठे-बैठे सोने की आदत है, यह हर जगह अपनी नींद पूरी कर लेता है।'' फिर वह जसवन्त कपूर की ओर मुड़ी, ''क्यों, त्रिभुवन से मिल आए ? मालती घर पर ही थी या कहीं चली गई थी ?''

कुछ खीझ-भरे स्वर में जसवन्त बोला, ''मैं मिलने तो त्रिभुवन से गया था, लेकिन बातें मालती करती रही। यह मालती तो राजनीति के साथ खिलवाड़ कर रही है।''

जगतप्रकाश को लगा कि कुलसुम के मुख पर अस्पष्ट व्यंग्य से भरी एक हलकी-सी मुस्कराहट है। बहुत सम्भव है यह उसका भ्रम रहा हो, क्योंकि वह हलकी-सी मुस्कराहट तो समय-समय पर अकारण ही कुलसुम के मुख पर आ जाया करती है। व्यंग्य शायद कुलसुम की मुद्रा में, उसके स्वर में, उसके शब्दों में, निहित था, ''खिलवाड़ ! जसवन्त, मैं तो समझती हूँ कि मालती की ज़िन्दगी खुद एक खिलवाड़ है।''

जगतप्रकाश के अन्दर एक प्रकार का कुतूहल जाग पड़ा, जब जसवन्त की दृष्टि कुलसुम पर गड़-सी गई। उस दृष्टि में एक प्रकार का तीखापन था—वह तीखापन कुलसुम पर उसके अधिकार का द्योतक था या फिर कुलसुम की बात के विरोध का द्योतक था। वह दृष्टि प्रायः दस-पन्द्रह सेकंड कुलसुम के चेहरे पर गड़ी रही, और उसने अनुभव किया कि उस दृष्टि से स्वयं कुलसुम घबरा गई है, क्योंकि कुलसुम बोली, ''इस तरह मुझे क्यों देख रहे हो ?''

अनायास ही जसवन्त की नज़र कुलसुम पर से हट गई और उस दृष्टि की कठोरता जाती रही। कठोर मुद्रा और कठोर दृष्टिवाले जसवन्त के मुख पर एक बड़ी मीठी मुस्कान आई, जिससे जसवन्त कपूर जगतप्रकाश को अपूर्व सुन्दर पुरुष दिखा, जसवन्त बोला, ''ठीक कहती हो कुलसुम ! मालती की ज़िन्दगी एक खिलवाड़ है, त्रिभुवन की ज़िन्दगी एक खिलवाड़ है। मुझे तो ऐसा लगता है कि तुम्हारी ज़िन्दगी एक खिलवाड़ है, मेरी ज़िन्दगी एक खिलवाड़ है। यह सारा खिलवाड़ उस पूँजी का है जो हमारी शक्ति है, जिसके बल पर हम लोग अपने को समाज पर आरोपित किए हुए हैं।'' इस बार वह जगतप्रकाश की ओर घूमा, ''तुम कहाँ फँस गए हो हम लोगों के बीच में, जगतप्रकाश ? यह राजनीति तुम्हारे लिए खिलवाड़ नहीं बन सकेगी, क्योंकि तुम्हें जीवित रहने के लिए संघर्ष करना पड़ेगा। संघर्षरत आदमी खिलवाड़ नहीं कर पाते, क्योंकि ये खिलवाड़ उनके लिए स्वतः संघर्ष बन जाते हैं।''

जगतप्रकाश को जसवन्त की बात अच्छी नहीं लगी, लेकिन उसने बड़े संयत भाव से कहा, ''शायद आप ठीक कहते हैं। लेकिन मैं राजनीति से खिलवाड़ करने नहीं आया

हूँ, मैं तो सिर्फ कुलसुम के बुलाने पर आया हूँ।''

जसवन्त कपूर के मुख पर की मुस्कान अब काफी कुरूप दिखी जगतप्रकाश को, जब उसने कहा, ''इस कुलसुम की ज़िन्दगी भी उतनी ही बड़ी खिलवाड़ है जितनी मालती की है—शायद उससे भी अधिक हो, मैं कह नहीं सकता। और तुम कुलसुम के हाथ में एक खिलौना बनकर आए हो।''

जगतप्रकाश का संयम जाता रहा, उसने कठोर स्वर में कहा, ''तुम मेरा अपमान कर रहे हो, जसवन्त कपूर !''

जसवन्त एकाएक हँस पड़ा, ''शाबाश ! मेरी धारणा बदल गई है—तुम खिलौना नहीं बनोगे।''

कुलसुम भी हँस पड़ी, ''नहीं जगत, यह जसवन्त किसी का अपमान नहीं कर सकता। यह तो सिर्फ अपने अन्दर वाली विकृतियों का प्रदर्शन कर रहा था। यह अपने ऊपर इस कदर केन्द्रित है कि इसे दूसरे की भावना की परवाह नहीं।'' फिर वह बोली, ''अच्छा, अब बताओ तुमसे मालती ने क्या-क्या कहा ?''

''कांग्रेस के अन्दर एका की बात कह रही थी। बिना कांग्रेस वर्किंग कमेटी की अनुमति के कांग्रेस का कोई सदस्य ब्रिटिश सरकार के खिलाफ किसी तरह का आन्दोलन नहीं उठा सकता—सरदार वल्लभभाई का यह मत है। मालती कह रही थी कि इस तरह का एक प्रस्ताव ए.आई.सी.सी. के सामने आ रहा है, और हम सबको इस प्रस्ताव का समर्थन करना चाहिए। मालती की बात से त्रिभुवन भी सहमत है।''

''मुझसे भी मालती ने यही कहा था।'' कुलसुम बोली, ''लेकिन मैंने निर्णय तुम्हारे हाथ में छोड़ दिया था। वैसे मैं भी समझती हूँ कि मालती ठीक कहती है। कांग्रेस के अन्दर अनुशासनहीनता होने से तो काम नहीं चलेगा। तुम्हारा क्या ख़याल है ?''

''ऊपरी दृष्टि से मालती या सरदार वल्लभभाई की बात ठीक है। सुभाषचन्द्र बोस की नई पार्टी बनने से कांग्रेस में एक तरह की दरार तो पड़ ही गई है, गोकि वह दरार बहुत हलकी-सी है, क्योंकि सुभाष के साथ बहुत कम आदमी शामिल हुए हैं। लेकिन हम वामपंथी कांग्रेसजन इन दक्षिणपंथी कांग्रेसजनों के अधीन होकर निष्क्रिय हो जाएँ, यह बात मेरी समझ में नहीं आती। मैं तो समझता हूँ कि व्यक्तियों को अपने ढंग से आन्दोलन चलाने की स्वतन्त्रता मिलनी चाहिए। विभिन्न स्थानों पर वहाँ के लोगों की अलग समस्याएँ हैं, अपने ढंग से लोग अपनी समस्याओं को सुलझाना चाहेंगे। इसमें बाधा क्यों डाली जा रही है ?''

जगतप्रकाश इस बातचीत को बड़े गौर से सुन रहा था, एकाएक वह बोल उठा, ''लेकिन वह ढंग गलत होगा या सही, इसका निर्णय किसके हाथ में है ? सन् 1933 में युक्त प्रान्त में जवाहरलाल नेहरू ने एक आन्दोलन चला दिया था। उस समय महात्मा गांधी राउंड टेबिल कान्फ्रेंस में भाग लेने के लिए लन्दन गए थे। वह आन्दोलन बिना महात्मा गांधी की सलाह के चलाया गया था, और हम सब जानते हैं कि वह आन्दोलन बुरी तरह कुचल दिया गया था। महात्मा गांधी को उस आन्दोलन को मजबूरन स्वीकार

करना पड़ा था और उस आन्दोलन की पराजय महात्मा गांधी की पराजय मानी गई थी। मेरा ख़याल है कि सरदार वल्लभभाई पटेल का प्रस्ताव सन् 1933 की गलती की पुनरावृत्ति रोकने के लिए है, उस प्रस्ताव से गांधी को देश का नेतृत्व करने में ताकत मिलेगी।''

जसवन्त कपूर ने आश्चर्य से जगतप्रकाश को देखा और कुलसुम बोल उठी, ''यह जगत तो राजनीति में कुशल हो गया है। जसवन्त, सरदार वल्लभभाई के प्रस्ताव के इस पहलू पर मेरा ध्यान नहीं गया था।''

जसवन्त ने कुलसुम की बात का कोई उत्तर नहीं दिया, थोड़ी देर वह एकटक जगतप्रकाश को देखता रहा। फिर उसने जगतप्रकाश का हाथ अपने हाथ में ले लिया, ''तुम्हारी बुद्धि सुलझी हुई है, ठंडे दिमाग से तुम सोच सकते हो। चलो, अब चाय पी जाए, इसके बाद हम लोग कोई पिक्चर देखेंगे चलकर। तुम्हारी बात सुनकर मेरे मन की थकावट जाती रही। हम सोच सकते हैं अलग-अलग ढंग से, लेकिन करना हमें एकमत होकर चाहिए।''

तीनों कमरे के बाहर निकलकर डाइनिंग रूम की ओर बढ़े, और तभी जमशेद कावसजी की कार ने कम्पाउंड में प्रवेश किया। कुलसुम कह उठी, ''अरे साढ़े पाँच बज गए, क्योंकि डैडी आ गए। इस बदली से हम लोगों को वक्त का पता ही नहीं चला।''

जमशेद कावसजी काफी प्रसन्न दिख रहे थे, उन्होंने कार से उतरते हुए आवाज़ लगाई, ''अरी कुलसुम, अपने डैडी के लिए भी चाय लगवा देना। तो तेरे दोस्त लोग आ गए। अरे जसवन्त ! तुम्हारे आने की तो कोई खबर नहीं थी।''

जसवन्त का उत्तर सुनने के लिए जमशेद कावसजी ने अपनी बात नहीं कही थी, इसलिए जसवन्त कपूर ने इस बात का कोई उत्तर नहीं दिया।

जब सब लोग चाय पीकर उठे, हलकी-हलकी बूँदें पड़नी आरम्भ हो गई थीं, बम्बई में मानसून का पहला दौर था वह और मौसम बहुत सुहावना था। कुलसुम ने घड़ी देखी, सवा छह बजे थे। उसने कहा, ''रीगल पहुँचने में बीस मिनट से कम नहीं लगेंगे। हम लोग अगली पिक्चर देख सकते हैं अगर अभी चल दिया जाए।''

पिक्चर समाप्त होने के बाद जब ये लोग हॉल के बाहर निकले, आने-जाने वालों की भीड़ में इन लोगों का साथ छूट गया। जगतप्रकाश जब उस स्थान पर पहुँचा जहाँ कुलसुम ने अपनी कार खड़ी की थी, उसने देखा कि कुलसुम वहाँ खड़ी हुई इन लोगों का इन्तज़ार कर रही है। जगतप्रकाश को देखते ही उसने पूछा, ''जसवन्त कहाँ है ?''

''मैं क्या जानूँ ? मैं तो समझता था कि आपके साथ होगा, यानी आप लोगों से मेरा साथ छूट गया।''

कुलसुम ने गम्भीरतापूर्वक सर हिलाया, ''नहीं, उसकी वजह से हम लोगों का साथ छूट गया था। उस भीड़ में मैं समझती हूँ कि वह हम लोगों का साथ छोड़ना ही चाहता था। अगर वह चार-पाँच मिनट के अन्दर नहीं आया तो समझ लो वह नहीं आएगा,

और हम लोगों को चल देना चाहिए।''

''मैं जाकर उसे ढूँढ़ता हूँ।'' जगतप्रकाश ने घूमते हुए कहा।

''नहीं, तुम्हारा जाकर उसे ढूँढ़ना बेकार होगा।'' कुलसुम के मुख पर एक तरह की उदासी आ गई, ''ढूँढ़ा नहीं जा सकता। यह अनायास मिल जाया करता है और फिर अनायास खो जाया करता है। इसके नाते-रिश्तेदार, उसके दोस्त-अहबाब, सब उससे परेशान हैं। यही नहीं, वह खुद अपने से परेशान है।'' कुलसुम कार में बैठ गई, ''चलो बैठो, आज वह वापस नहीं आएगा। वह आज किसी के साथ भटक गया है। भगवान् जाने वह कल भी वापस आए। उसके बारे में कुछ नहीं कहा जा सकता।''

जगतप्रकाश कुलसुम की बगल में बैठ गया, और कुलसुम ने कार स्टार्ट की, ''तुम इस जसवन्त को बहुत कम जानते हो। तुम्हारा वह दोस्त, जिसके साथ तुम पहली दफा हम लोगों के साथ मिले थे—क्या नाम है उसका ?''

''कमलाकान्त !'' जगतप्रकाश ने कहा।

''हाँ, कमलाकान्त ! शायद वह थोड़ा-बहुत जसवन्त को जानता है। उसके बाप और जसवन्त के बाप में भाईचारा है। यह जसवन्त का बाप अमृतसर का बहुत बड़ा व्यापारी है। बहुत पैसेवाला—सीधा विलायत के साथ व्यापार करता है। डैडी के मिल का आधा माल यह जसवन्त का बाप उठा लेता है, शायद इस जसवन्त का बाप मेरे डैडी से ज्यादा अमीर है। इस जसवन्त का एक छोटा भाई है, एक बड़ी बहन है। लेकिन जसवन्त अपने बाप को छोड़ आया है, दिल्ली के कॉलेज में डेढ़ सौ रुपए महीने की नौकरी कर रहा है। चाँदनी चौक के एक टूटे और पुराने मकान में रहता है। इसका भाई और इसकी बड़ी बहन अगर इसके बाप से छिपाकर इसकी कोई मदद करना चाहते हैं तो यह इनकार कर देता है। इस थोड़ी-सी तनख्वाह में पचास-साठ रुपए बचाकर अपने संगी-साथियों को बाँट देता है, और अगर कोई इसकी मदद करना चाहे तो बुरा मान जाता है।''

कुलसुम का स्वर भारी था। रात के अन्धकार में लैम्प-पोस्टों की रोशनी में जब कभी जगतप्रकाश को कुलसुम का मुख दीख जाता था तब उसे लगता था कि कुलसुम के चेहरे पर असीम उदासी छाई हुई है। कुलसुम के अन्दर की व्यथा उसके शब्दों में छलक पड़ी थी, वह कहती जा रही थी, ''इस जसवन्त की किसी हरकत का, उसकी किसी बात का बुरा न मानना जगतप्रकाश ! यह जसवन्त बड़ा प्यारा आदमी है। इसकी ज़िद भी बड़ी खूबसूरत है। इसके मन में किसी के लिए मैल नहीं है, यह अपने से मजबूर है।''

कुलसुम की कार की गति बड़ी धीमी थी। मैरिन ड्राइव की सड़क नितान्त सूनी पड़ी थी, घंटे-भर पहले ही तेज़ बौछार पड़ी थी, और अब भी बीच-बीच में कुछ छींटे पड़ जाया करते थे। बाईं ओर समुद्र लहरा रहा था और दाईं ओर छह-मंज़िले ऊँचे-ऊँचे महलों की कतार खड़ी थी। लेकिन जैसे कुलसुम को अपने इर्द-गिर्द वाले वातावरण का कोई पता ही नहीं हो, वह उस समय जसवन्त-मय हो रही थी, ''यह जसवन्त बड़ा ही

ईमानदार है, बड़ा प्रतिभावान है, बड़ा नेक है। यह दुनिया का बहुत बड़ा आदमी बन सकता है अगर इसे किसी का सहारा मिल जाए। लेकिन यह सहारा लेने से इनकार करता है, सहारा देनेवाले से बुरा मान जाता है। कभी-कभी लगने लगता है कि इसके पास बहुत बड़ा अहम है। लेकिन यह बात भी तो सही नहीं है। बड़ी जल्दी पिघल जाता है दूसरों के दुख-दर्द से। अपनी तो कभी इसने परवाह ही नहीं की। मैं इसे समझ नहीं पाती।''

जगतप्रकाश के मुख से अनायास निकल पड़ा, ''क्या यह जरूरी है कि तुम इस आदमी को समझ ही लो।'' और यह बात कहने के साथ ही उसे अनुभव हुआ कि उसने जो कुछ भी कहा है उससे कुलसुम को बुरा लग सकता है, क्योंकि कुलसुम ने अपनी बात सहानुभूति पाने के लिए कही थी, उलाहना सुनने के लिए नहीं कही थी। लेकिन उसे आश्चर्य इस बात पर हुआ कि कुलसुम ने जगतप्रकाश की बात का बुरा नहीं माना, मानो यह उलाहना स्वयं कुलसुम का रहा हो अपने प्रति। कुलसुम ने कुछ चुप रहकर कहा, ''तुम शायद ठीक कहते हो। मेरे लिए यह कतई ज़रूरी नहीं है कि मैं इस आदमी को समझ ही लूँ। इस तरह के उलझाव से भरे चरित्र दुनिया में बिखरे पड़े हैं। मेरा विषय मनोविज्ञान तो नहीं है जो मैं इन चरित्रों को समझने में अपनी ज़िन्दगी बरबाद कर दूँ।'' कार अब चौपाटी से मुड़ रही थी और कुलसुम की करुणा का स्थान अब उसका क्रोध लेता जा रहा था, ''इस आदमी के लिए दूसरों की भावना का कोई महत्त्व ही न हो जैसे, खास तौर से उन लोगों की भावना का जो इसे अपना समझते और मानते हैं। मुझे मसूरी में अकेला छोड़कर कलकत्ता चला गया था और इसने यहाँ आने की खबर तक नहीं दी मुझको। पिक्चर से निकलकर गायब हो गया, बिना इस बात की परवाह किए हुए कि हम लोग उसे ढूँढ़ेंगे। घर में खाना तैयार है, डैडी खास तौर से हम लोगों का इन्तज़ार कर रहे होंगे। और यह आदमी गायब हो गया।'' कुलसुम ने कार की गति अब तेज़ कर दी थी।

जमशेद कावसजी बरामदे में बैठे व्हिस्की पी रहे थे, कुलसुम को देखते ही बोले, ''जसवन्त नहीं आया तुम लोगों के साथ ? एक घंटा पहले त्रिभुवन आया था जसवन्त को ढूँढ़ता हुआ, तो मैंने उससे कह दिया था कि तुम लोग रीगल गए हो पिक्चर देखने के लिए, और वह बिना रुके चला गया। क्या बात है ?''

कुलसुम बोली, ''मैं क्या जानूँ ? हम लोग पिक्चर से निकले तो भीड़ में जसवन्त वहीं गायब हो गया।''

तभी एक दूसरी कार ने कम्पाउंड में प्रवेश किया। उससे त्रिभुवन मेहता के साथ जसवन्त कपूर उतरा। त्रिभुवन कह रहा था, ''तुम बड़े जिद्दी हो जसवन्त ! उन लोगों से मिल लेने में भी क्या कोई हर्ज़ है ? वे लोग डिनर के लिए तुम्हारा इन्तजार कर रहे हैं।''

बरामदे में प्रवेश करते हुए जसवन्त ने कहा, ''मेरा डिनर कुलसुम के यहाँ है। मैं कहता हूँ कि उन लोगों से मिलना बेकार। तुम उन लोगों से कह दो कि मैं अभी बम्बई

नहीं पहुँचा, या यहाँ आकर फिर कहीं चला गया।''

''भला यह मैं कैसे कह दूँ जबकि मैं उनसे कह चुका हूँ कि तुम दोपहर को मेरे साथ थे।''

कुलसुम ने आश्चर्य से इन दोनों को देखते हुए कहा, ''क्या बात है ? कौन हैं वे लोग ?''

त्रिभुवन बोला, ''अमृतसर से इस जसवन्त का भाई रंजीत आया है। उसके साथ लाहौर के सबसे बड़े रईस और ज़मींदार लाला देवराज खन्ना आए हुए हैं जो कांग्रेस के प्रमुख नेता हैं। उन लोगों ने जसवन्त को खाने पर बुलाया है। यहाँ नेपियन सी रोड पर जगजीत हाउस में ठहरे हुए हैं।''

कुलसुम ने जसवन्त की ओर देखा, ''तो फिर चले क्यों नहीं जाते ?''

''इसलिए कि लाला देवराज की लड़की ने इस साल एम.ए. पास किया है, और वह उस लड़की की शादी मुझसे करना चाहते हैं।''

जगतप्रकाश ने देखा कि एक तरह का धुँधलापन कुलसुम के मुख पर आकर चला गया और एक कृत्रिम उल्लास के साथ कुलसुम ने कहा, ''यह तो बड़ा अच्छा है। लाला देवराज पंजाब के सबसे अधिक प्रभावशाली नेता हैं। उनकी लड़की की फोटो परसों के ही 'इलेस्ट्रेटेड वीकली' में निकली थी। बधाई !''

जसवन्त कुर्सी पर बैठ गया, ''मैं कह चुका हूँ कि मैं नहीं जाऊँगा उनसे मिलने। तुम जो भी चाहो बहाना बना देना। मैं तुमसे साफ कहे देता हूँ कि मैं लाला देवराज की लड़की से विवाह नहीं करूँगा किसी हालत में। यह तुम रंजीत से कह देना चुपके से। वह यहाँ सुबह मुझसे मिल ले। मैं उससे साफ-साफ बातें कर लूँगा। अब तुम जाओ, वे लोग तुम्हारे जाने पर ही खाना खाएँगे, और मुझे भी बहुत ज़ोर की भूख लगी है। क्यों कुलसुम, खाना लगवा रही हो न ?''

त्रिभुवन ने कहा, ''जसवन्त, तुम बहुत बड़ी गलती कर रहे हो। लाला देवराज की लड़की की सुन्दरता को देखकर मैं तो चकित रह गया। और फिर वह है भी कितनी तेज़ और पढ़ी-लिखी !''

जसवन्त मुसकराया, ''मैंने उस लड़की को देखा है, उसका नाम शर्मिष्ठा है। लाला देवराज की कोठी दिल्ली में है, कर्ज़न रोड पर और इस शर्मिष्ठा के आतंक से लाला देवराज के नौकर-चाकर, नाते-रिश्तेदार और यहाँ तक कि खुद लालाजी और उनकी पत्नी तक काँपते हैं। भाई-बहन का सवाल नहीं उठता, क्योंकि वह अपने माँ-बाप की इकलौती लड़की है।''

सुबह जब जगतप्रकाश सोकर उठा, घर के सब लोग सो रहे थे, यद्यपि सूर्योदय हो चुका था। वह बरामदे में बैठ गया और उस दिन का अखबार देखने लगा। नौकर ने उसके सामने चाय की ट्रे रख दी थी। वह अखबार पूरा भी न पढ़ पाया था कि एक कार ने कम्पाउंड में प्रवेश किया, और उस कार से एक युवक उतरा, रेशमी सूट पहने हुए। जगतप्रकाश के पास आकर कहा, ''मैं जसवन्त कपूर से मिलने आया हूँ,

यहीं हैं न ?"

जगतप्रकाश ने देखा कि उस युवक की आकृति जसवन्त से बहुत-कुछ मिलती-जुलती है। भरे हुए बदन का हृष्ट-पुष्ट युवक था, मुख पर व्यावहारिकता से भरा आत्मविश्वास। जगतप्रकाश ने उठकर पूछा, "क्या आप जसवन्त के छोटे भाई रंजीत कपूर हैं ?"

"आपने ठीक पहचाना मुझे, मेरी शक्ल भाई साहब की शक्ल से बहुत मिलती है। मैं उनसे मिलने आया हूँ। आपका परिचय ?"

"मेरा नाम जगतप्रकाश है और मैं जसवन्त का मित्र हूँ। कल ही हम दोनों इलाहाबाद से साथ आए हैं। बैठो, जसवन्त तो अभी सो रहे हैं, मैं जगाता हूँ उन्हें।"

"नहीं, मैं जागा हुआ हूँ।" जसवन्त कपूर ने बरामदे में आकर कहा, फिर वह रंजीत की ओर मुड़ा, "क्यों रंजीत, मैंने त्रिभुवन से यह तो कहा था कि तुम मुझसे सुबह मिल लो, लेकिन इतनी सुबह नहीं कि तुम मुझे आकर जगाओ। मालूम होता है चाय-नाश्ता यहीं करोगे ?"

"जी नहीं।" रंजीत मुस्कराया। बड़ी मोहक मुस्कान थी उसकी, "चाय-नाश्ता आपको लाला देवराज के यहाँ करना है चलकर। असल बात यह है कि मैं आपके कहने से नहीं, लाला देवराज के कहने से यहाँ आया हूँ।"

"लाला देवराज ने तुम्हें क्यों भेजा ?"

"जी, वही बतला रहा था। आप तो जानते ही हैं कि मैं आपसे ज्यादा देर तक सोता हूँ। लेकिन लाला देवराज सुबह ठीक चार बजे जाग जाते हैं, इसके बाद हवन, सन्ध्या, प्राणायाम—न जाने क्या-क्या कर डालते हैं। यह सब काम समाप्त करके उन्होंने मुझे जगाया, बोले कि आपका कोई ठिकाना नहीं, न जाने किस वक्त कहाँ निकल जाएँ। तो इसी वक्त चले जाओ और पकड़ लाओ जसवन्त को !"

एक कुर्सी खींचकर जसवन्त बैठ गया, "तुमको कल रात त्रिभुवन ने बतलाया होगा कि मैं लाला देवराज की शर्मिष्ठा से शादी किसी हालत में नहीं कर सकता।"

"जी, त्रिभुवन ने तो नहीं बतलाया, लेकिन मैं इस बात को जानता हूँ। वह आपकी टाइप है ही नहीं, भले ही उसने एम.ए. पास कर लिया हो, लेकिन बनाव-सिंगार, कपड़े-गहने, शान-शौकत में उससे टक्कर लेनेवाली लड़की तो मैंने अभी तक देखी नहीं है। लेकिन क्या बतलाऊँ, लाला देवराज अपनी लड़की की शादी हमारे खानदान में करने पर तुले हुए हैं, मुझे घसीट लाए हैं अपने साथ आपसे यह रिश्ता तय कराने के लिए। वैसे हमारे लालाजी को यह रिश्ता कोई खास पसन्द नहीं है, क्योंकि वह आपको निहायत निकम्मा व आवारा आदमी ऐलान कर चुके हैं।"

जसवन्त ने रंजीत को बीच में टोका, "बस-बस, यह सब कहने की ज़रूरत नहीं है। अब सवाल यह है कि लाला देवराज से किस तरह पिंड छुड़ाया जाए !"

रंजीत थोड़ी देर तक कुछ सोचता रहा, "मेरी समझ में कुछ नहीं आ रहा है। वैसे मेरी व्यक्तिगत राय तो यह है कि यह रिश्ता आपके हक में बड़ा अच्छा रहेगा। लाला

देवराज की इतनी बड़ी ज़मींदारी और जायदाद, लाहौर में ही उनके पच्चीस-तीस बँगले व मकान हैं। फिर लेन-देन का काम फैला हुआ है, कौन-सा रईस है जो उनका कर्जदार नहीं है ! पंजाब की राजनीति में उनका इतना बड़ा हाथ है। और यह शर्मिष्ठा उनकी इकलौती लड़की। फिर शर्मिष्ठा के मुकाबले की खूबसूरत लड़की आपको ढूँढ़े नहीं मिलेगी भाई साहब, आप बड़े खुशकिस्मत आदमी हैं। आप मेरे साथ चलिए तो !"

"मैं नहीं चलूँगा तुम्हारे साथ। जाओ, लाला देवराज से कह देना कि मैं नहीं आऊँगा।" यह कहकर जसवन्त उठ खड़ा हुआ।

एकाएक रंजीत का दूसरा ही रूप जगतप्रकाश के सामने प्रकट हुआ। रंजीत ने उठकर जसवन्त का हाथ पकड़ लिया, "आप भाग कहाँ रहे हैं ? आपको मेरे साथ चलना ही पड़ेगा।" रंजीत का स्वर तेज हो गया था।

जसवन्त को रंजीत के इस व्यवहार से क्रोध आ गया, उसने घूमकर एक तमाचा रंजीत को मारा, "जाते हो कि नहीं ! मुझे तुम लोगों से कोई सरोकार नहीं।"

रंजीत ने जसवन्त का हाथ नहीं छोड़ा, वह चिल्लाकर बोला, "आप मुझे जितना भी चाहिए मारिए, लेकिन मैं तो आपको साथ लेकर ही चलूँगा। आपने समझ क्या रखा है ! लाला देवराज ने मुझे कुछ सोच-समझकर ही भेजा है यहाँ। तो समझ लीजिए, आपको मेरे साथ चलना है।"

जसवन्त लाख कोशिश करके भी रंजीत से अपना हाथ नहीं छुड़ा पाया। रंजीत ताकत में जसवन्त से सवाया पड़ता था। बाहर के शोरगुल से घर के नौकर-चाकर इकट्ठा हो गए थे। इतने में जमशेद कावसजी और कुलसुम कावसजी भी बाहर आ गए। जमशेद कावसजी ने बाहर आते ही रंजीत को डाँटा, यह क्या हंगामा मचा रखा है तुमने ? ए रंजीत, तुम कब आए ? तुम मुझसे क्यों नहीं मिले ? क्यों जसवन्त, क्या बात है ?"

रंजीत ने जसवन्त को ज़बर्दस्ती कुर्सी पर बैठाकर उसका हाथ छोड़ दिया, "कावसजी सेठ, जसवन्त को समझाइए, लाला देवराज ने इन्हें चाय-नाश्ते के लिए बुलाया है, और यह जाते नहीं। ऊपर से इन्होंने मुझे मारा है। लेकिन मैं बिना इन्हें साथ लिए जानेवाला नहीं, चाहे जितना मारें यह मुझे।"

अब कुलसुम जसवन्त की ओर घूमी, तेज़ स्वर में उसने कहा, "तुम्हें शर्म नहीं आती इस रंजीत पर हाथ उठाते हुए ! यह रंजीत इतना भला है और तुम्हारी इतनी इज़्ज़त करता है कि इसने चुपचाप तुम्हारी मार सह ली। अगर यह तुम पर हाथ उठा ले तो तुम्हारी सब इज़्ज़त धूल में मिल जाएगी।"

जसवन्त ने मुँह बनाकर कहा, "मुझे इज़्ज़त-विज़्ज़त कुछ नहीं चाहिए। मैं नहीं जाना चाहता लाला देवराज के यहाँ, मुझे यह ज़बर्दस्ती कैसे ले जा सकता है ? यह जगतप्रकाश हैं, इनसे पूछो, इसने मेरा हाथ पहले पकड़ा था या नहीं ?"

कुलसुम ने जगतप्रकाश की ओर देखा और जगतप्रकाश को कहना पड़ा, "सगा

छोटा भाई है रंजीत जसवन्त का। अगर रंजीत ने जसवन्त का हाथ पकड़ लिया तो इसमें मुझे कोई बहुत अनुचित बात तो नहीं दिखाई दी।'' कुछ रुककर उसने कहा, ''मेरी समझ में नहीं आता कि जसवन्त लाला देवराज के यहाँ क्यों नहीं जाते। इनकी मर्ज़ी के खिलाफ तो इनका विवाह नहीं किया जा सकता।''

जसवन्त को जैसे जगतप्रकाश से यह सुनने की आशा नहीं थी, उसने कुछ हकलाते हुए कहा, ''तुम भी...तुम भी...बिलकुल गलत बात कह रहे हो। क्यों कुलसुम ?''

कुलसुम ने बड़े भोले भाव से कहा, ''इतनी ज़िद अच्छी नहीं होती जसवन्त, यह ज़िद तुम्हारा बचपना जाहिर करती है। उनके यहाँ सुबह का चाय-नाश्ता कर आने में क्या हर्ज है ? आखिर तुम त्रिभुवन भाई से मिलने मालती के यहाँ जाते हो कि नहीं ? और वहाँ घंटों बैठते हो, चाया-नाश्ता भी करते हो। इस सबमें गलती रंजीत की नहीं, तुम्हारी है।''

जमशेद कावसजी हँस पड़े, ''चले जाओ अपने भाई के साथ, जसवन्त ! और रंजीत, आज किसी वक्त मिल में मुझसे मिल लेना। बिलकुल नई डिजाइन की छींट बनाई है। कुल पाँच हजार गाँठें हैं, जितना चाहो उतने का आर्डर दे देना।'' जमशेद कावसजी अन्दर चले गए।

जमशेद कावसजी के जाने के बाद कुलसुम जसवन्त से बोली, ''जाओ, तैयार होकर कपड़े बदल लो, ज़रा अच्छी तरह सज-सँवर के जाना। कहो रंजीत, बड़ी शानदार कार खरीदी है ?''

रंजीत ने एक ठंडी साँस लेकर कहा, ''यह कार मेरी नहीं है, लाला देवराज ने परसों शर्मिष्ठा के लिए खरीद दी है। मेरे भाग्य में तो वही खटारा मारिस कार बदी है जो सन् तैंतीस में लालाजी ने जसवन्त भाई साहब के लिए खरीदी थी। सोच रहा हूँ कि अगर इस बार इंग्लैंड जाऊँ तो वहाँ से एक शानदार बुइक कार लेता आऊँ। लालाजी के बकने-झकने की परवाह मैं नहीं करने का। यह भी कोई बात है कि दिन-रात, सुबह-शाम लालाजी मेरे सर पर सवार !''

जसवन्त उसी तरह कुर्सी पर बैठा था। कुलसुम ने कहा, ''क्यों जसवन्त, कपड़े बदलने नहीं गए ?''

इस बार जसवन्त का स्वर दयनीय हो उठा, ''क्या करूँ, मुझे लाला देवराज के सामने जाने में डर लगता है।''

''तुम जगतप्रकाश को अपने साथ लेते जाओ, मेरा तो तुम्हारे साथ जाना ठीक नहीं होगा, नहीं तो मैं ही चली चलती तुम्हारे साथ। क्यों रंजीत !''

''आपका साथ चलना ठीक नहीं होगा कुलसुम बेन, हाँ, यह मिस्टर जगतप्रकाश चल सकते हैं। अजनबी आदमी के आगे थोड़ा संयत रहेंगे लाला देवराज। वैसे मुझे भी बहुत डर लगता है उनसे, आदमी क्या पूरा दानव समझो। लहीम-शहीम बोलते हैं तो डर लगता है कि कहीं छत न टूट पड़े सर पर। नेता बनने के सब गुण हैं उनमें।'' रंजीत के मुख पर एक शरारत-भरी मुस्कराहट आई, ''भाई साहब की ज़िन्दगी सुधर

जाएगी लालाजी के बताए हुए रास्ते पर चलकर।"

हारे और थके स्वर में जसवन्त बोला, "अच्छी बात है, मैं चलता हूँ तुम्हारे साथ रंजीत, लेकिन मेरे साथ जगतप्रकाश भी चलेंगे। क्यों जगतप्रकाश, तुम्हें मेरे साथ चलने में कोई आपत्ति तो नहीं होगी ?"

जगतप्रकाश के कुछ कहने से पहले कुलसुम बोल उठी, "नहीं, इन्हें कोई आपत्ति नहीं हो सकती, अगर तुम्हारे लाला देवराज को कोई आपत्ति न हो।"

जगतप्रकाश को जसवन्त और रंजीत के साथ लाला देवराज के मकान पर जाना पड़ा। शायद कार की आवाज़ सुनकर लाला देवराज कमरे के बाहर बरामदे में निकल आए थे। गोरा-सा और लम्बा-सा आदमी, दोहरे बदन का, लाला देवराज की उम्र साठ-पैंसठ वर्ष की रही होगी। बड़ी-बड़ी घनी मूँछें, सन की तरह सफेद, चेहरे पर एक तरह का रोब। खादी का चूड़ीदार पायजामा, उस पर सिल्क की शेरवानी, सर पर सिल्क की ही गांधी टोपी। हम लोगों को देखते ही उन्होंने आवाज़ लगाई, "शर्मिष्ठा बेटी, चाय लगवाओ। रंजीत जसवन्त को साथ ले आया है।" फिर इन लोगों से बोले, "बड़ी देर लगा दी तुम लोगों ने। मुझे सरदार पटेल के यहाँ ठीक साढ़े नौ बजे पहुँच जाना है।"

कार से उतरकर तीनों बरामदे में आए। जसवन्त ने बड़े आदर के साथ लाला देवराज को नमस्ते की। जगतप्रकाश की ओर इशारा करते हुए लाला देवराज बोले, "यह तुम्हारे दोस्त मालूम होते हैं, शायद तुम दोनों साथ ही ठहरे हो। अच्छा किया जो इन्हें साथ ले आए। क्या यह भी ए.आई.सी.सी. की मीटिंग में भाग लेने आए हैं ? क्या नाम है इनका ? अभी तो लड़के ही मालूम होते हैं।" देवराज कहते जाते थे और डाइनिंग-रूम की तरफ बढ़ते जाते थे। डाइनिंग-रूम में लाला देवराज की पत्नी गायत्री देवी और लड़की शर्मिष्ठा देवी इन लोगों की प्रतीक्षा कर रही थीं। लाला देवराज बिना जसवन्त का उत्तर सुने ही कुर्सी पर बैठते हुए बोले, "बात यह है कि सरदार पटेल ने मुझे खास तौर से बुलाया है, परसों से सेशन शुरू हो रहा है और ये लेफ्टिस्ट लोग, इनसे सरदार को एक तरह की चिढ़ है। इन वामपंथियों का जमाव बंगाल और पंजाब में है। बंगाल की हालत तो हम लोग देख ही रहे हैं, पंजाब सरदार ने मेरे सुपुर्द कर दिया है। बेटी शर्मिष्ठा, तुमने जसवन्त को नमस्ते नहीं की, और यह जसवन्त के दोस्त—क्या नाम है इनका, तुमने बतलाया नहीं जसवन्त !"

जसवन्त ने शर्मिष्ठा की नमस्ते का जवाब 'नमस्ते' से देते हुए कहा, "लालाजी, आपने मुझे बतलाने का मौका ही कब दिया ! यह मेरे दोस्त जगतप्रकाश हैं, हमेशा फर्स्ट क्लास फर्स्ट रहे हैं, वह भी इलाहाबाद विश्वविद्यालय से। आजकल अपनी यूनिवर्सिटी में रिसर्च स्कालर हैं, अर्थशास्त्र में। यह कांग्रेस में कुछ नहीं हैं, वैसे विचारों से वामपंथी, यानी समाजवादी, यानी कम्युनिस्ट हैं।"

अब शर्मिष्ठा की आवाज़ सुनाई दी जगतप्रकाश को, "शक्ल से तो यह कम्युनिस्ट नहीं दिखते, न बिखरे बाल और न हवन्नको का-सा चेहरा, जैसा आप बनाए रहते हैं।

मैं इन्हें कम्युनिस्ट किसी हालत में नहीं समझ सकती।" और वह हँस पड़ी।

शर्मिष्ठा के स्वर में उन्मुक्त परिहास था, या कहीं किसी प्रकार के व्यंग्य की छाया भी थी, जगतप्रकाश इसका निर्णय नहीं कर सका, लेकिन लाला देवराज ने जगतप्रकाश से कहा, "तुमसे मिलकर मुझे बड़ी खुशी हुई, गोकि तुम गलत रास्ता अपना रहे हो।" फिर लाला देवराज जसवन्त की ओर मुड़े, "मैं तुम्हें सरदार पटेल से मिलाना चाहता हूँ। मुझे तुमसे यह भी कहना है कि तुम अपने पिताजी से मेल क्यों नहीं कर लेते ?"

"लालाजी से मेरा बिगाड़ ही कब हुआ है ?" जसवन्त ने कहा।

"मैं यही सुनना चाहता था तुमसे। क्यों रंजीत, मैंने क्या कहा था—यह जसवन्त बड़ा समझदार और प्रतिभावान लड़का है। देखो जसवन्त, अब की दफा तुम अमृतसर से चुनाव में खड़े हो जाना, तुम जीत जाओगे, यह ज़िम्मेदारी मेरी। अपने लालाजी की परवाह न करना, तुम्हारा इलेक्शन का खर्च मेरे ऊपर। हाँ, तुम रोज सन्ध्या-वन्दन किया करते हो या नहीं ? यह धर्म-कर्म मनुष्य में आन्तरिक बल पैदा करता है।"

एक हलकी-सी खिलखिलाहट सुनकर जगतप्रकाश चौंक उठा और उसने शर्मिष्ठा की ओर देखा। वह हँसे जा रही थी, लगातार हँसे जा रही थी। देवराज ने शर्मिष्ठा को डाँटा, "इसमें हँसने की क्या बात है ? क्या मैं गलत कहता हूँ ? तुम अपनी ही लो। रोज़ सुबह तुम सन्ध्या-वन्दन करती हो कि नहीं ?"

"करती हूँ जब आप घर पर होते हैं, और जब आप घर पर नहीं होते अलसा भी जाती हूँ। वैसे स्त्रियों को सन्ध्या-वन्दन नहीं करना चाहिए, वेद-पाठ नहीं करना चाहिए, याज्ञवल्क्य स्मृति का यह विधान है। लेकिन यह जसवन्त ! भला यह सन्ध्या-वन्दन क्या करते होंगे, यह तो वामपंथी हैं। क्यों जसवन्तजी, आपको ईश्वर पर विश्वास है ?"

मालूम होता था कि इस समय तक जसवन्त कपूर ने अपने अन्दर अपना साहस पूरी तौर से बटोर लिया था। उसने तड़पकर कहा, "मुझे न वेदों पर विश्वास है, न ईश्वर पर विश्वास है, न धर्म पर विश्वास है, न महर्षि पर विश्वास है। अच्छा किया यह सब जान लिया। मैं नास्तिक हूँ।" जसवन्त ने लाला देवराज की ओर घूमकर देखा, उन पर अपने इस कथन की प्रतिक्रिया देखने के लिए। लेकिन लाला देवराज के मुख पर कहीं क्रोध का लेशमात्र चिह्न नहीं था। उनके मुख पर मुस्कराहट आ गई, "शाबाश ! तुम बड़े सत्यवादी हो, बड़े निर्भीक हो। जिस आदमी में सत्य हो, निर्भयता हो, वह आदमी नास्तिक और अधार्मिक बन ही नहीं सकता। तुम महात्मा गांधी न बन सको, लेकिन तुम जवाहरलाल तो बन ही सकते हो। यह जवाहरलाल भी तो वामपंथी है—यानी समाजवादी है, तो इन अर्थों में महात्मा गांधी को जवाहरलाल के नास्तिक और वामपंथी होने में अगर कोई दोष नहीं दिख सकता तो मुझे कैसे दिख सकता है ?"

जसवन्त का यह वार बेकार गया। उसने बड़ी करुण मुद्रा में जगतप्रकाश को देखा, मानो वह जगतप्रकाश की सहायता माँग रहा हो। जगतप्रकाश जसवन्त की इस स्थिति से द्रवित भी था, लेकिन उसकी समझ में नहीं आ रहा था कि वह किस प्रकार जसवन्त

की सहायता करे। फिर दूसरी ओर उसे अब लाला देवराज की बातों में दिलचस्पी भी आने लगी थी।

लाला देवराज के यहाँ का नाश्ता स्वादिष्ट था। सेव का मुरब्बा, सूजी का हलवा, मठरी, दालमोठ, अचार, फल और दूध। जगतप्रकाश को लग रहा था कि अच्छे और स्वादिष्ट भोजन में भी एक प्रकार का सुख है। वहाँ का सारा वातावरण अब उसे मोहक लग रहा था। एक पहाड़ी पर वह आलीशान कोठी, और सामने समुद्र लहरा रहा था। ज्वार उठ रहा था और ज्वार के साथ चलनेवाली ठंडी हवा उसके शरीर में एक पुलक उत्पन्न कर रही थी। जगतप्रकाश को आश्चर्य हो रहा था कि शर्मिष्ठा जैसी सुन्दरी, पढ़ी-लिखी और सुसम्पन्न कुल की लड़की से जसवन्त विवाह क्यों नहीं करना चाहता। एकाएक जसवन्त कपूर उठ खड़ा हुआ, ''अरे, मैं तो भूल ही गया था ! आज दस बजे सुबह लालबाग में मज़दूरों की एक रैली में मुझे भाषण देना है। लालाजी, सरदार से आप ही मिल लीजिए, आप उनसे कह दीजिएगा कि हम लोग उनका साथ देंगे। यह रंजीत, इससे पूछ लीजिए, मैंने इससे चलते समय ही कह दिया था कि मैं आज बहुत व्यस्त हूँ।''

लाला देवराज ने रंजीत की ओर देखा। रंजीत बोला, ''कही तो भाई साहब ने कुछ इस तरह की बात ज़रूर थी, लेकिन मज़दूरों की रैली का इन्होंने कोई जिक्र नहीं किया था।''

और तभी शर्मिष्ठा, हँसती हुई बोली, ''आज तो वर्किंग डे है, और वर्किंग डे में दस बजे सुबह मज़दूरों की रैली ! कुछ और अच्छा बहाना बनाइए जसवन्तजी, आज के 'टाइम्स' में मज़दूरों की किसी रैली का ज़िक्र नहीं है।''

लाला देवराज ने जसवन्त का हाथ पकड़कर कहा, ''तुम सत्य का मार्ग क्यों छोड़ बैठे ? सरदार के यहाँ चलने में तुम्हें कोई आपत्ति नहीं होनी चाहिए। वह तुम्हारे लिए बड़े काम के आदमी साबित होंगे। चलो, अब देर हो रही है।'' उन्होंने रंजीत से कहा, ''हम लोगों को सरदार के यहाँ छोड़कर इन जगतप्रकाश को कावसजी के यहाँ उतार देना। फिर यहाँ आकर ड्राइवर से कार सरदार के यहाँ पहुँचा देना।''

[8]

जिस समय जगतप्रकाश वार्डेन रोड पहुँचा, पानी बरसने लगा था। कुछ देर पहले सुनहरी धूप चमक रही थी, और अब सारा आसमान बादलों से ढक गया था। जमशेद कावसजी अपने मिल चले गए थे, कुलसुम बरामदे में बैठी हुई इस बरसात को और अपने सामने उफनते हुए समुद्र को देख रही थी। जगतप्रकाश के आने पर वह कुर्सी से नहीं उठी, जगतप्रकाश को अपने पास बिठलाते हुए, उसने रंजीत से, जो कार से नहीं उतरा था,

कहा, "क्यों रंजीत, एक प्याला चाय पिए जाओ !"

रंजीत बोला, "चाय पीने का मैं बहुत आदी नहीं। फिर यह बम्बई की बरसात, इसका क्या ठिकाना ! न जाने कब आसमान फट पड़े ! मुझे यह कार सरदार वल्लभभाई पटेल के यहाँ भेजनी है, लाला देवराज के साथ भाई साहब वहाँ गए हैं।" बिना कुलसुम की बात का इन्तज़ार किए हुए रंजीत ने कार स्टार्ट कर दी।

एक ठंडी साँस लेकर कुलसुम बोली, "बेचारा रंजीत ! बड़ा भला लड़का है, बड़ा सीधा। इससे कभी कोई नाखुश हो ही नहीं सकता, जैसे इसने दुनिया को प्रसन्न रखने के लिए ही जन्म लिया है।" कुछ रुककर उसने जगतप्रकाश की ओर देखा, "तो तुम लाला देवराज और उसकी बेटी शर्मिष्ठा से मिले ? कैसे लगे वे लोग ?"

"मुझे तो वे लोग अच्छे लगे। लाला देवराज कुछ सनकी अवश्य हैं, लेकिन उनकी लड़की शर्मिष्ठा बड़ी बुद्धिमती और तेज़ है।"

"और बेहद खूबसूरत भी है !" कुलसुम मुस्कराई।

जगतप्रकाश ने कुछ सोचते हुए कहा, "हाँ, वह सुन्दर है, इससे इनकार नहीं किया जा सकता। उस सौन्दर्य में सुकुमारता है, शायद भार बन जानेवाली एक निष्क्रियता भी है। इतना ही अनुभव कर पाया; और इसलिए वह सुन्दरता मुझे प्रभावित नहीं कर सकी।"

कुलसुम बड़े ध्यान से जगतप्रकाश की बात सुन रही थी, एकाएक वह पूछ बैठी, "क्या वह मुझसे भी अधिक सुन्दर है ? सच कहना, मुझे ज़रा भी बुरा नहीं लगेगा।"

जगतप्रकाश ने अपनी आँखें कुलसुम से हटा लीं और वह सर झुकाकर बैठ गया। उसने कुलसुम के प्रश्न का कोई उत्तर नहीं दिया। उसके सामने अचानक यमुना की मूर्ति आ गई थी। उस भोली और उस पर अपना सर्वस्व न्यौछावर कर देनेवाली यमुना की मूर्ति, जो एक छोटे-से शहर या कस्बे में बैठी हुई उसकी याद कर रही होगी जिसने अपने सौन्दर्य की दूसरों के सौन्दर्य से तुलना करने की कभी कोई कल्पना नहीं की होगी। एकाएक उसे लगा कि वह यमुना इस कुलसुम से बहुत अधिक सुन्दर है, उस शर्मिष्ठा से बहुत अधिक सुन्दर है। यमुना की सुन्दरता में वह थोड़ी देर के लिए अपने अनजाने ही विभोर हो गया।

कुलसुम ने थोड़ी देर जगतप्रकाश के उत्तर की प्रतीक्षा की, फिर उसने कुछ बुझे हुए स्वर में कहा, "मैं समझ गई, यह शर्मिष्ठा मुझसे अधिक सुन्दर है। यह कठोर सत्य तुम मुझसे कहना नहीं चाहते। मुझे खुद लगता है कि वह मुझसे ज्यादा सुन्दर है।"

कुलसुम के स्वर की उदासी से जगतप्रकाश द्रवित हो गया, उसके मौन का गलत मलतब लगाकर कुलसुम उदास हुई है, उसे ऐसा लगा, और अब सँभलकर उसने उत्तर दिया "कुलसुम, मैं सुन्दरता का पारखी नहीं हूँ, शायद मेरी सुन्दरता की परिभाषा ही अलग है। वैसे मैं अगर ईमानदारी के साथ कहूँ तो मैं तुम्हें शर्मिष्ठा से अधिक सुन्दर समझता हूँ। जहाँ तक अपने यह समझने के कारण का प्रश्न है, उसका स्पष्ट उत्तर

मैं नहीं दे पाऊँगा।''

कुलसुम के चेहरे की उदासी तत्काल गायब हो गई। जगतप्रकाश को ऐसा लगा कि कुलसुम का चेहरा लाल हो गया है, उल्लास से भरी एक चमक आ गई है उसके मुख पर। उसने जगतप्रकाश पर से अपनी आँखें हटा लीं और वह भाव-विभोर-सी सामने उठते हुए समुद्र की ओर देख रही थी। थोड़ी देर बाद मानो उसने अपने से ही कहा, ''यह जसवन्त ! यह शर्मिष्ठा से शादी क्यों नहीं कर लेता ? वह समझता है कि मैं उससे प्रेम करती हूँ। और वह गलत समझता है। यह सच है कि मैं उसे बेहद पसन्द करती हूँ। उसके साथ रहने में, उससे बातें करने में, उसकी गैरजिम्मेदारी से भरी हरकतों में मुझे सुख मिलता है, लेकिन मैं उससे प्रेम नहीं करती।'' फिर उसने जगतप्रकाश को देखा, ''यह प्रेम ! सिर्फ भुलावा है। इस प्रेम को मैं पागलपन भी कह सकती हूँ। हरेक इनसान अपने को सबसे ज्यादा चाहता है। अगर वह किसी चीज़ को अपने से भी ज्यादा चाहने लगे तो मैं समझ लूँगी कि उसका मानसिक सन्तुलन कहीं बिगड़ गया है। नहीं, मैं जसवन्त से प्रेम नहीं करती। और यह जसवन्त, क्या ख़याल है तुम्हारा, क्या मुझसे प्रेम करता है ?''

जगतप्रकाश ने कहा, ''उसने मुझसे तो यह नहीं कहा है कि वह तुमसे प्रेम करता है। फिर उसकी हरकतों और उसके व्यवहार से भी यह पता नहीं चलता कि वह तुमसे प्रेम करता है।''

''ठीक कहते हो, यह जसवन्त, यह सबसे ज्यादा खुद अपने को चाहता है।'' कुलसुम लगातार समुद्र की ओर देखे जा रही थी, ''लेकिन वह इस शर्मिष्ठा से शादी करने को क्यों नहीं राज़ी होता ? इसका बाप समझता है कि यह मेरे चंगुल में है, यही नहीं, शायद शर्मिष्ठा भी समझती हो कि यह मेरे चंगुल में है। शर्मिष्ठा के बाप से तो मेरा मिलना नहीं हुआ, लेकिन इस शर्मिष्ठा से मैं मिली हूँ, दिल्ली में। उसे बड़ा गरूर है अपनी खूबसूरती का, अपनी दौलत का। वैसे बड़ी मीठी ज़बान की है, हरेक को अपने वश में कर लेती है, लेकिन कहीं बहुत अधिक कठोरता है उसके अन्दर जो छोटे लोगों के साथ गाली बन जाया करती है, बराबरीवालों के साथ व्यंग्य बन जाया करती है। अपने से ऊँचा तो वह किसी को समझ ही नहीं सकती। पता नहीं, तुम मेरी बात समझे या नहीं।''

जगतप्रकाश मुसकराया, ''बहुत अच्छी तरह समझ रहा हूँ। स्त्री में यह कठोरता एक अवगुण है, यही कहना चाहती हो तुम।''

''हाँ, यही कहना चाहती हूँ। करुणा और समर्पण—यही स्त्री के गुण हैं। यदि स्त्री से उसकी करुणा और उसका समर्पण ले लिया जाए तो सृष्टि का क्रम ही रुक जाएगा।''

''तुम्हारी बात मैं कुछ-कुछ समझ रहा हूँ।'' जगतप्रकाश ने धीमे-से स्वर में कहा, और फिर वह अपने से ही उलझ गया। कितने सीधे-सादे ढंग से कुलसुम ने एक महत्त्वपूर्ण सत्य कह दिया था। लेकिन क्या यह वास्तव में सत्य था ? स्वयं यह कुलसुम,

क्या वास्तव में इसका जीवन समर्पण का है ?

सामने मानो एकाएक बादल फट पड़ा था। तेज़ बौछार अब बरामदे में आने लगी थी। मानसून का दूसरा दौर अब शुरू हो रहा था। बम्बई में मानसून के दूसरे दौर के इस उग्र रूप को जगतप्रकाश पहली बार देख रहा था। एक तरह का आतंक था उसमें। फिर मानसून के उस दृश्य से छिटककर उसकी दृष्टि अपने अन्दरवाले मंथन से ही उलझ गई। उस समय उसे लग रहा था कि कुलसुम—एक नितान्त अनजानी संज्ञा, अनायास ही उसके बहुत अधिक निकट आ गई है। कुलसुम ने उसके सामने अपना हृदय खोलकर रख दिया है। वह पूछ बैठा, ''एक बात में मैं बहुत उलझा हुआ हूँ, क्या तुम वास्तव में जसवन्त से प्रेम नहीं करतीं ?'' और यह प्रश्न करके वह स्वयं अपने अन्दर भयभीत हो गया। इस प्रकार के प्रश्न करने का वह अधिकारी नहीं था। कहीं कुलसुम उसकी इस बात का बुरा न मान जाए।

लेकिन उसका भय जाता रहा जब कुलसुम खिलखिलाकर हँस पड़ी, ''यही सवाल मैं भी अकसर अपने से कर लिया करती हूँ। जसवन्त मुझे बहुत ज्यादा पसन्द है, हरेक आदमी यह जानता है। मेरे डैडी इसे जानते हैं, जसवन्त का बाप इसे जानता है, इसका भाई रंजीत इसे जानता है, यहाँ तक कि शर्मिष्ठा तक इसे जानती है। जसवन्त को मैं इतना पसन्द करती हूँ, इस बात को लेकर कुछ लोग मेरी और जसवन्त की बदनामी भी करते हैं। लेकिन मैं सच कहती हूँ कि जसवन्त मेरी ज़िन्दगी का अनिवार्य भाग नहीं है। ऐसी बात नहीं कि मैं बिना जसवन्त के रह ही न सकूँ। और फिर सोचने लगती हूँ कि यह प्यार या मुहब्बत, दुनिया जिस शक्ल में इसे देखती या समझती है, सिवा पागलपन के और कुछ है ही नहीं। मेरे डैडी मुझे बहुत पसन्द हैं, मेरी मम्मी मुझे बहुत पसन्द हैं, तुम मुझे बहुत पसन्द हो।''

जगतप्रकाश की हिम्मत जैसे अब पूरी तौर से खुल गई थी, उसने इस बार पूछा, ''अगर जसवन्त की शर्मिष्ठा के साथ शादी हो जाए तो क्या तुम्हें बुरा लगेगा ?''

''नहीं, मुझे बुरा नहीं लगेगा ?'' कुलसुम ने कहा, और फिर कुछ रुककर बोली, ''शायद मैं गलत कह रही हूँ। मुझे बुरा लगेगा, क्योंकि मैं समझती हूँ कि इस लड़की के हाथ में पड़कर जसवन्त की ज़िन्दगी बरबाद हो जाएगी। यह जसवन्त जैसा तुम देख रहे हो, वैसा न रहेगा। कितना प्यारा है यह, कितना भोला ! ठीक बच्चों की तरह जिद्दी और गैरजिम्मेदार ! और इस सबके साथ नेकी पर यकीन करनेवाला।'' कुलसुम जसवन्त के गुणों का बखान करते-करते विभोर-सी हो गई थी।

अब जगतप्रकाश को लगा कि जसवन्त के सम्बन्ध में बातचीत उसे खुद असह्य हो रही है। उसने उठते हुए कहा, ''बहुत तेज़ बारिश हो रही है। मैं सोच रहा था कि शहर का एक चक्कर ही लगा लेता, और न सही तो, कालबा देवी और फोर्ट एरिया की तरफ ही घूम आता खाना खाने के पहले, लेकिन इस तेज वर्षा में तो न निकला जाएगा।''

कुलसुम ने भी उठते हुए कहा, ''तुम नहा लो। बरसात, ऐसा लगता है शाम से

पहले न रुकेगी। वैसे मैंने डैडी से कह दिया था कि वह मिल पहुँचकर अपनी कार भेज दें, क्योंकि मैं अपनी कार खुद ड्राइव करती हूँ और मुझे लंच के बाद स्वयंसेविका दल की एक मीटिंग में जाना है।''

''मैं कार पर बम्बई नहीं घूमना चाहता।'' जगतप्रकाश यह कहकर अपने कमरे में चला गया।

जगतप्रकाश की समझ में न आ रहा था कि वह क्या करे। स्नान करके वह पलंग पर लेट गया, और तभी उसकी दृष्टि उस कमरे में रखी किताबों से भरी एक रैक पर पड़ी। उठकर उसने उन किताबों को देखा, उनमें अधिकांश अंग्रेजी के उपन्यास थे। उसे उपन्यासों में कोई रुचि नहीं थी। एकाएक उसकी नजर मार्क्स के 'कैपिटल' पर पड़ी। उसने सन्तोष की एक गहरी साँस ली और फिर वह उस किताब को निकालकर बैठ गया।

विश्वविद्यालय में अर्थशास्त्र के मार्क्सवादी पहलू की उपेक्षा होती थी। उसने 'कैपिटल' पहले पढ़ा था, लेकिन एक सरसरी दृष्टि से; उसे तो पूँजीवादी देशों के अर्थशास्त्रियों के साहित्य का अम्बार पढ़ना पड़ा था। इस बार वह फुरसत में था। उसे 'कैपिटल' पढ़ने में एक तरह का आनन्द मिल रहा था। करीब बारह बजे कुलसुम उसके कमरे में आई। वह जाने के लिए तैयार थी। उसने कहा, ''खाना तैयार है गोकि लंच का समय अभी नहीं हुआ है। मैं तो अभी खाना खाने जा रही हूँ, एक बजे से मेरी मीटिंग है। तुम्हें जब भूख लगे तब घंटी बजा देना। जसवन्त बाहर ही लंच करेगा, उसका फोन आया था। मैं बेयरा से कहे देती हूँ कि वह तुम्हें खाना खिला दे।''

''मैं भी तुम्हारे साथ खाना खाए लेता हूँ,'' जगतप्रकाश बोला, ''जैसे एक बजे, वैसे बारह बजे। सुबह नाश्ता कर लिया है, इसलिए भूख न अब है और न तब लगेगी।''

खाना खाने के बाद कुलसुम बोली, ''बरसात अब कम हो गई है, शायद घंटे-भर के अन्दर बिलकुल रुक जाए। अगर चाहो तो मेरे साथ जिन्ना हॉल तक चले चलो लेमिंगटन रोड पर, वहाँ से तुम शहर घूमने निकल जाना। लौटते वक्त टैक्सी ले लेना।''

जगतप्रकाश ने कुछ सोचते हुए कहा, ''नहीं, मैं घर पर ही रहूँगा। शाम को जमील ने आने को कहा है, उन्हीं के साथ आज घूमने का कार्यक्रम बनाया है मैंने।''

''ठीक है, मैं चार-पाँच बजे तक वापस आ जाऊँगी, जसवन्त भी शाम को ही लौटेगा। अगर मुझे कुछ देर हो जाए तो तुम दोनों शाम की चाय पी लेना।'' कुलसुम चली गई।

दोपहर-भर रुक-रुककर पानी बरसता रहा। 'कैपिटल' पढ़ते-पढ़ते जगतप्रकाश को नींद आ गई और सोते-ही-सोते उसने सुना, ''सा'ब, चाय लग गई है, बेबी मेम सा'ब आपको बुला रही हैं।'' आवाज़ सुनकर जगतप्रकाश ने आँखें खोलीं, उसके सामने बैरा खड़ा था। जगतप्रकाश ने उठते हुए कहा, ''चलो, मैं आता हूँ।''

बाथरूम से हाथ-मुँह धोकर वह बरामदे में आया और उसने देखा कि कुलसुम

अकेली नहीं है। जसवन्त कपूर, शर्मिष्ठा और रंजीत कपूर भी वहाँ पर हैं। वर्षा अब बन्द हो गई थी, और बरसे हुए सफेद बादल तेज़ी के साथ आसमान पर उड़ रहे थे। जगतप्रकाश को देखकर कुलसुम बोली, ''तुम बहुत सोए। देखो, मैं जसवन्त को साथ लेती आई हूँ।''

तभी उसे शर्मिष्ठा की आवाज सुनाई दी, ''नहीं, जसवन्त तो आ ही रहे थे, कुलसुम बेन मुझे अपने साथ ले आई हैं, क्यों रंजीत ! मैं गलत तो नहीं कहती ?''

जगतप्रकाश बैठ गया। कुलसुम ने हँसते हुए कहा, ''गलती हो गई। हाँ, मैं शर्मिष्ठा को अपने साथ लाई हूँ। दोपहर को जसवन्त ने शर्मिष्ठा के साथ होटल में खाना खाया, मराठी ढंग का, रंजीत को भी वही खाना खाना पड़ा। मुझे ये लोग ऑपेरा हाउस के सामने मिल गए, तो मैं शर्मिष्ठा को अपने साथ स्वयंसेविकाओं की मीटिंग में ले गई। यह ए.आई.सी.सी. की बैठक देखना चाहती हैं, तो मैंने इनसे कहा कि मैं यह बैठक इन्हें दिखला दूँगी। इनकी ड्यूटी मैंने डाएस पर वर्किंग कमेटी के सदस्यों की देखभाल करने को लगा दी है। हाँ जसवन्त ! तुम सुबह सरदार से मिले थे, क्या बातचीत हुई उनसे ?''

जसवन्त मुस्कराया, ''बात ? उन्होंने मुझे बड़े गौर से देखा, फिर लालाजी से बोले कि मैं बड़े काम का आदमी हूँ। मैं बड़ा हिम्मतवाला हूँ, बड़ा होनहार हूँ, मेरे जैसे नौजवानों की देश को आवश्यकता है। पंजाब में अच्छे नेताओं और ईमानदार कार्यकर्ताओं का अभाव है। मुझसे उस अभाव की थोड़ी-बहुत पूर्ति होगी।''

कुलसुम मुस्कराई, ''तुम बड़े भाग्यशाली हो जो तुम्हारे सम्बन्ध में सरदार ने इतनी अच्छी राय बना ली। तुमसे भी तो उन्होंने कुछ कहा होगा ?''

''मुझसे उन्होंने सिर्फ इतना कहा कि कांग्रेस में अनुशासन चाहिए, महात्मा गांधी के नेतृत्व में अडिग विश्वास। लोग कहते हैं कि सरदार बोलते बहुत कम हैं, लेकिन आज सुबह तो वे ही बोलते रहे। मैं अपने सम्बन्ध में, अपने विश्वासों के सम्बन्ध में उन्हें विस्तार के साथ बतलाना चाहता था, मैं यह भी कोशिश की कि उनसे कुछ बातों का स्पष्टीकरण ले लूँ, लेकिन वह बोले कि उन्हें सब मालूम है, मैं क्या हूँ, मेरे विश्वास क्या हैं, उन्हें हरेक बात का पता है। वे जानते हैं कि मैं जमशेद कावसजी के यहाँ ठहरा हुआ हूँ, उनकी लड़की कुलसुम लेफ्टिस्ट है। और वह समझते हैं कि यह लेफ्टिज्म पैसेवालों का आजकल फैशन बन रहा है। जहाँ तक अनुशासन का प्रश्न है, उन्होंने मुझसे आशा प्रकट की कि मेरे सब साथी उनका साथ देंगे। अपने सब साथियों को ठीक कर लेने की जिम्मेदारी उन्होंने मेरे ऊपर सौंपी है।''

''मैं समझती हूँ कि उन्होंने ठीक ही किया है।'' कुलसुम बोली।

जगतप्रकाश को आश्चर्य हुआ शर्मिष्ठा की आवाज सुनकर, ''लेकिन मैं समझती हूँ कि सरदार जो प्रस्ताव लाना चाहते हैं वह गलत प्रस्ताव है। मैं न महात्मा गांधी के अहिंसा के सिद्धान्त को सही समझती हूँ न उनके नेतृत्व को सही समझती हूँ। जो आदमी देश की वास्तविक समस्या का कोई निदान नहीं पा सका, वह देश का सही

नेतृत्व किस तरह कर सकेगा ?''

जसवन्त कपूर ने कुछ गम्भीरता के साथ शर्मिष्ठा को देखा। यह लड़की जो बन-सँवरकर रहती है, जो ऐश्वर्य से भरा हुआ सामाजिक जीवन व्यतीत करती है, यह लड़की इस तरह की बात कैसे कह रही है ? उसने शर्मिष्ठा से पूछा, ''बड़ी मज़ेदार बात कह डाली है तुमने ! हाँ, तुमने यह बात लाला देवराज से सुनी है, या तुम खुद इस बात को अनुभव करती हो ?''

मुँह बनाते हुए शर्मिष्ठा बोली, ''लालाजी को सोचने-समझने की फुरसत कहाँ जो मुझसे इस तरह की बात कहते ! इतनी साफ बात और दुर्भाग्य यह कि इतनी साफ बात कोई देख नहीं पाता है। देश की सबसे महत्त्वपूर्ण और वास्तविक समस्या है देश में हिन्दू-मुस्लिम समस्या। देश इतना जाग चुका है कि कोई उसे अब परतन्त्र बनाए नहीं रह सकता। केवल एक बाधा है, मुसलमान देश की स्वतन्त्रता का विरोधी है।''

कुलसुम ने तेज़ आवाज़ में कहा, ''मैं इस बात को मानने से इनकार करती हूँ। हिन्दू-मुस्लिम समस्या एक बनावटी समस्या है।''

शर्मिष्ठा को कुलसुम का तेज़ स्वर अच्छा नहीं लगा, उसने भी तेज़ स्वर में कहा, ''तुम्हारे लिए यह एक बनावटी समस्या हो सकती है, क्योंकि तुम न हिन्दू हो, न मुसलमान हो। लेकिन मैं हिन्दू हूँ, मैं पंजाब की रहनेवाली हूँ जहाँ यह हिन्दू-मुस्लिम संघर्ष पग-पग पर दिखाई देता है।''

एक व्यंग्य बनकर निकली जसवन्त की बात, ''और इसलिए भी कि लाला देवराज आर्यसमाजी हैं, तुम आर्यसमाजी हो।''

तनकर शर्मिष्ठा बोली, ''आर्यसमाज ने ही हिन्दू धर्म को नया जीवन दिया, नहीं तो यह धर्म तेज़ी के साथ मिटता जा रहा था। मुझे इस बात पर गर्व है कि मैं आर्यसमाजी हूँ। लेकिन इन व्यंग्यों और भुलावों से तो काम नहीं चलेगा। जब तक हिन्दू-मुस्लिम समस्या का कोई हल नहीं निकलता, तब तक किसी समस्या का कोई हल नहीं निकल सकता, मैं इतना जानती हूँ। हम जब तक मुसलमानों से दबते रहेंगे तब तक यह देश का मुसलमान हमें स्वतन्त्र नहीं होने देगा। हमें, हम हिन्दुओं को दृढ़ता से भरा कदम उठाना चाहिए। यह देश हिन्दुओं का है, मुसलमान भावना से विदेशी है, उसे इस देश से कोई लगाव नहीं है। मुसलमान तब तक हमारा साथ नहीं देगा जब तक वह शहज़ोर है। तुलसीदास ने कहा है, 'बिनु भय होइ न प्रीति'।''

''लेकिन देश के न जाने कितने मुसलमान महात्मा गांधी के साथ हैं।'' कुलसुम बोली।

''बहुत थोड़े-से, यद्यपि महात्मा गांधी मुसलमानों की अलग संस्कृति और अलग भाषा मानकर हिन्दुस्तानी के रूप में इस भाषा और संस्कृति के विलयन का प्रयत्न कर रहे हैं, लेकिन यह होगा नहीं। मुसलमान इस एकता के पक्ष में है ही नहीं। वह न उर्दू को छोड़ सकता है, न अपनी अलग संस्कृति को छोड़ सकता है।''

जगतप्रकाश अब इस बातचीत से ऊब रहा था। शाम हो गई थी और शाम के

समय ही तो जमील ने आने का वायदा किया था। तभी उसकी दृष्टि फाटक के अन्दर प्रवेश करते हुए जमील पर पड़ी। जो बातचीत हो रही थी वह जमील को अप्रिय हो सकती है और इसलिए जमील की ओर अन्य लोगों का ध्यान आकर्षित करने के लिए उसने आवाज़ दी, "आओ जमील काका ! मैं तो तुम्हारी राह देख रहा था।"

अब इन लोगों की बात बन्द हो गई थी। जमील ने इन लोगों के पास आकर कहा, "बड़ी ज़बर्दस्त बारिश हुई है आज, परेल की तरफ तो सड़कों पर पानी भर गया था। खैरियत है कि इस वक्त खुल गई है। ऐसा लगता है कि मेरे आने से आप लोगों की बातचीत में कुछ खलल हुआ। आप लोग अपनी बातचीत जारी रखिए। हाँ, आप लोगों की तारीफ ?" जमील ने शर्मिष्ठा और रंजीत की तरफ देखते हुए कहा।

उत्तर रंजीत ने दिया, "मैं जसवन्त का छोटा भाई हूँ रंजीत कपूर ! और यह हैं शर्मिष्ठा देवी, जसवन्त भाई साहब की मंगेतर—यानी, मेरी होनेवाली भाभी।"

रंजीत की बात सुनते ही कुलसुम चौंक-सी पड़ी, आश्चर्य जगतप्रकाश को भी हुआ। कुछ घंटों में सब कुछ तय भी हो गया। क्या यह सम्भव है ? लेकिन जसवन्त ने अपने छोटे भाई के कथन का कोई प्रतिवाद भी तो नहीं किया। जमील ने झुककर शर्मिष्ठा का अभिवादन किया, "आदाब पेश करता हूँ खिदमत में। और जसवन्त साहब, आपको मुबारकबाद। खादिम का नाम जमील अहमद है, यहाँ बम्बई के मज़दूरों में काम करता हूँ। बड़ा खुशकिस्मत हूँ जो आप लोगों के नयाज़ हासिल हुए।"

क्या शर्मिष्ठा का कहना ठीक है कि देश की असली समस्या हिन्दू-मुस्लिम समस्या है ? जमील के आते ही बातें बन्द हो गईं। इसलिए न कि जमील उस समाज का प्राणी नहीं है, जिसमें वह स्थित है। जगतप्रकाश के मन में अनायास यह प्रश्न उठ खड़ा हुआ। उसका ध्यान उस भाषा पर गया जो जमील ने अभी-अभी बोली थी। यह भाषा तो वह नहीं है जो जमील अपने गाँव में बोलता था। यह भाषा उत्तर प्रदेश के गाँवों में नहीं, कुछ इने-गिने नगरों में बोली जाती है, लेकिन नगरों के हिन्दू उस भाषा को छोड़ रहे हैं।

तभी उसे शर्मिष्ठा की आवाज़ सुनाई दी जो कुलसुम से कह रही थी, "अब चलूँ, लालाजी मेरी राह देख रहे होंगे। शाम को पिक्चर जाने का प्रोग्राम बना है। आपका कोई विशेष प्रोग्राम तो नहीं है, आप भी चलिए हम लोगों के साथ।"

"नहीं, कल तो हम लोग पिक्चर देख चुके हैं, आप जसवन्त को ले जाइए अपने साथ ! मुझे आज शाम को अपने एक रिश्तेदार के यहाँ जाना है डैडी और ममी के साथ, और इन जगतप्रकाश ने जमील के साथ कार्यक्रम बना लिया है।"

कुलसुम की बात सुनते ही जमील उठ खड़ा हुआ, "चल दिया जाए बरखुरदार, मौसम एकदम साफ है। हाँ, छाता अपने साथ लेते चलो, न जाने कब बरसात आ जाए।"

फाटक पर आकर जगतप्रकाश ने पूछा, "किधर चलने का इरादा है जमील काका ?"

''तुम किधर चलना चाहोगे ?'' बम्बई की खूबसूरती देखोगे या बदसूरती ? वैसे बम्बई की खूबसूरती तुम कुलसुम बेन के साथ देख ही रहे हो। बम्बई की खूबसूरती का ही एक हिस्सा है यह वार्डन रोड, यह मलाबार हिल, यह हगिंग गार्डन, यह मैरिन ड्राइव, यह फोर्ट एरिया, कोलाबा, चौपाटी। बम्बई के इन खूबसूरत हिस्सों में नाच होते हैं, दावतें होती हैं। इन खूबसूरती के इर्द-गिर्द बम्बई के दफ्तर हैं, बाज़ार हैं, शानदार होटल हैं, सिनेमाघर हैं, और कुछ बड़े घने महल्ले जहाँ बम्बई की सारी दौलत है, जहाँ से देश को लूटा जाता है। ये महल्ले—भिंडी बाज़ार, कालाबा देवी, भूलेश्वर—ये इतने साफ-सुथरे तो नहीं हैं, लेकिन यह सारी सफाई हमारे मन की उपज है। यह हमारा नज़रिया-भर है। मोरी के कीड़े को मोरी में कोई गन्दगी नहीं दिखती। ये घुटन से भरे बाज़ार, जो तंग गलियों में कायम हैं, इनमें ही दौलत साँस लेती है।''

जगतप्रकाश जमील की बातों से ऊब रहा था। उसने कहा, ''जमील काका ! इस समय न मैं बम्बई की खूबसूरती देखना चाहता हूँ, न बदसूरती। दिन-भर घर में बन्द बैठा रहा हूँ, तो ज़रा घूम-फिरकर मन की थकान मिटाना चाहता हूँ। यहाँ कहीं पास में ही चला जाए।''

''ठीक कहते हो,'' जगतप्रकाश का हाथ पकड़ते हुए जमील ने कहा, ''तुम्हारे पास मन की थकान है, मेरे पास तन की थकान है। दिन-भर काम करता रहा हूँ। चलें ऑपेरा हाउस में किसी ईरानी के यहाँ चलकर चाय पिएँगे, वहीं बातें भी होंगी।''

दोनों पैदल ही चल दिए। सड़कों पर भीड़ बढ़ गई थी और यह भीड़ जगतप्रकाश को अच्छी लग रही थी। रास्ते-भर इन दोनों में कोई बातचीत नहीं हुई, दोनों ही अपने-अपने विचारों में खोए हुए थे। ऑपेरा हाउस के पास एक ईरानी की दुकान पर दोनों बैठ गए। जमील ने चाय का ऑर्डर दिया, फिर संयत होकर बोला, ''अच्छा बरखुरदार ! कैसी कट रही है इन लोगों के साथ ? मुझे यह पता नहीं था कि जसवन्त कपूर साहब की मंगनी हो चुकी है। लोगों का ख़याल था कि जसवन्त की शादी कुलसुम के साथ होगी, गोकि मुझे शक था। तो मेरा शक ही ठीक निकला।''

जगतप्रकाश के मन में एक तरह का कुतूहल जागा, ''क्यों, आपको शक क्यों था ?''

''इसलिए कि कुलसुम पारसी है, और पारसी गैर-पारसी से शादी नहीं करता। जिन्ना साहब से एक पारसी लड़की ने शादी की थी, जानते हो कितना हंगामा मचा था उस शादी को लेकर ! जमशेद कावसजी अपनी लड़की की शादी किसी हिन्दू से नहीं होने देंगे, और वह हिन्दू भी गुजराती नहीं, ठेठ पंजाबी।''

''क्या जमशेद कावसजी कुलसुम को जसवन्त से शादी करने से रोक सकते थे ?'' जगतप्रकाश ने पूछा।

''जमशेद कावसजी को रोकने की ज़रूरत ही नहीं पड़ती, यह लड़की जमशेद कावसजी के मन के खिलाफ कभी कोई काम करेगी ही नहीं। कुलसुम कावसजी सेठ की औलाद है और औलाद से नज़दीकी कोई दूसरा रिश्ता नहीं होता। एक खून, एक

खानदान, एक ख़याल !''

''और एक ही संस्कार !'' जगतप्रकाश मुसकराया, जैसे सारी बात उसकी समझ में आ गई हो, ''फिर कुलसुम लड़की है। लड़का तो बाप से विद्रोह कर भी सकता है, लेकिन लड़की अपने बाप से विद्रोह नहीं करती।'' कुछ रुककर जगतप्रकाश ने कहा, ''लेकिन जमील काका, मेरी समझ में कुछ आ नहीं रहा है।''

''क्यों बरखुरदार, आखिर बात क्या है ?'' जमील ने पूछा।

''जमील काका, कल रात और आज शाम के बीच मैंने जो कुछ देखा, वह वास्तविकता नहीं लगती, वह तो एक नाटक-सा लगता है, उस पर विश्वास करने का मन ही नहीं होता। जहाँ तक मुझे पता है आज सुबह तक इस लड़की की मंगनी जसवन्त के साथ नहीं हुई थी। कुछ घंटों में यह सब हो गया, क्योंकि जसवन्त के भाई ने यह बात कही, और जसवन्त ने या इस लड़की शर्मिष्ठा ने इनकार नहीं किया।'' जगतप्रकाश ने जमील को सब बातें बताते हुए कहा, ''यह लड़की आर्यसमाजी है। जसवन्त कपूर जैसा प्रगतिशील आदमी शर्मिष्ठा के साथ कैसे रह सकेगा ? क्या यह विवाह सफल हो सकता है ?''

जमील थोड़ी देर तक सोचता रहा, फिर उसने कहा, ''अच्छा बरखुरदार, एक बात बताओ। इस आर्यसमाज में तुम्हें कौन-सी खराबी दिखलाई देती है ?''

इस प्रश्न से जगतप्रकाश कुछ सकपका गया, फिर सँभलकर उसने कहा, ''खराबी तो मुझे कोई खास नहीं दिखलाई देती, लेकिन मैं यह पूछता हूँ कि इस आर्यसमाज की ज़रूरत क्या है ? यह तो आउटडेटेड हो चुका है।''

जमील मुसकराया, ''इसे आउटडेटेड बनाया किसने ? महात्मा गांधी ने—यह साफ है। महात्मा गांधी ने आर्यसमाज के सब प्रोग्राम अपना लिए हैं, जाति-पाँति को तोड़ना, अछूतोद्धार, स्त्री-शिक्षा और स्वतन्त्रता, विधवा-विवाह, छुआछूत को हटाना वगैरह। स्वामी दयानन्द गुजराती थे न ! यह गांधी भी गुजराती हैं। आज इस आर्यसमाज का नाम बदल गया है, इस ज़माने में इसका नाम हो गया है गांधीवाद। आज हरेक हिन्दू कर्म में न सही, विश्वासों में आर्यसमाजी बन गया है, बिना अपने को आर्यसमाजी कहे हुए।''

''महात्मा गांधी के साथ मुसलमानों का बहुत बड़ा दल है जबकि आर्यसमाज मुसलमानों का विरोध करता है। यह भी कभी तुमने सोचा है जमील काका !'' जगतप्रकाश बोला।

अब जमील हँस पड़ा, ''महात्मा गांधी के साथ देश का कोई मुसलमान नहीं है, महात्मा गांधी इस बात को अच्छी तरह जानते हैं। वह मुसलमानों की खुशामद करते हैं, जिन्ना को उन्होंने कायदेआज़म तक कह डाला है, वह मुसलमानों को अपने साथ लेना ज़रूर चाहते हैं। यह राम-रहीम का नारा—यह हिन्दुस्तानी, यह सब हैं; लेकिन वे अपने मज़हब से, अपनी संस्कृति से मजबूर हैं। वह मुसलमानों का सहयोग चाहते हैं, मुसलमानों को हिन्दुओं का गुलाम बनकर।''

जगतप्रकाश को जमील की बात अच्छी नहीं लग रही थी, उसके स्वर में एक प्रकार का रूखापन आ गया, "जमील काका, यह तुम्हारे अन्दरवाली मज़हबी कट्टरता है जो तुमसे यह सब कहला रही है।"

जमील के मुख पर फिर उसका उदासी का भाव आ गया, "नाराज हो गए बरखुरदार ! तुम नहीं जानते, मैं मज़हब से कितनी दूर हूँ। मैं नमाज़ नहीं पढ़ता, मैं रोज़ा नहीं रखता। यह इत्तिफाक की बात है कि एक मुसलमान खानदान में मैं पैदा हुआ हूँ और मुझे इस्लामी संस्कृति में पलना पड़ा है। लेकिन मैं आज तुमसे साफ-साफ कहता हूँ कि मैं कम्युनिस्ट हूँ, मैं खुदा पर यकीन नहीं करता, मैं दोज़ख और बहिश्त पर यकीन नहीं करता।"

जमील के स्वर में एक व्यथा है, जगतप्रकाश ने यह अनुभव किया। उसने कहा, "मैं जानता हूँ, लेकिन महात्मा गांधी के खिलाफ तुम्हारे इन आरोपों का कारण क्या है ?"

"क्या तुम ठंडे दिमाग से यह सुन सकोगे ?"

"तुम कहो, मैं तुम्हें टोकूँगा नहीं। अगर मुझे कहीं कोई गलती दिखेगी तो मैं बतला-भर दूँगा।"

जमील कुछ देर तक सोचता रहा, फिर उसने कहा, "बरखुरदार ! तुम यह तो मानोगे कि गांधी के पास उसका एक फलसफा है। लेकिन यह फलसफा उसका निजी नहीं है, वह तो हिन्दू धर्म से विरासत के रूप में उसे मिला है। गांधी का जन्म एक हिन्दू बनिया के खानदान में हुआ है, और यह बनिया अहिंसा पर विश्वास करनेवाला होता है। गांधी की यह अहिंसा महावीर या बुद्ध से भी कुछ पहले की अहिंसा है। अपने को तकलीफ देना, मौके-बेमौके कई-कई दिनों के फाके कर डालना—यह भी हिन्दू धर्म का ही एक भाग है।"

"लेकिन इस सबमें तो मुझे कोई बुराई नहीं दिखती।" जगतप्रकाश बोला।

"मैं इस सबकी अच्छाई-बुराई की बात नहीं कहता, मैं दूसरी ही बात कह रहा हूँ। हाँ, तो गांधी का पूरा नज़रिया हिन्दू का नज़रिया है, वह मुसलमान का नज़रिया हो ही नहीं सकता। हमारा मज़हब कुरबानियों का मज़हब है, हम न इस अहिंसा को समझ सकते हैं, न अपना सकते हैं। महात्मा गांधी यह अच्छी तरह जानते हैं और महसूस करते हैं। इसीलिए हिन्दू मुसलमान के बनिस्बत उनका ज़्यादा नज़दीकी है। आखिर मिस्टर जिन्ना को जलन किस बात की है ? इसीलिए न कि महात्मा गांधी मिस्टर जिन्ना को अपने बाद दूसरा दर्जा नहीं दे सके। महात्मा गांधी अपने से मजबूर हैं।"

जगतप्रकाश के सामने एक नई बात आई, लेकिन वह इस बात को सत्य के रूप में स्वीकार नहीं कर सका। उसने पूछा, "क्या यह हिन्दू-मुस्लिम समस्या गांधी के वश के बाहर की बात है ? महात्मा गांधी के साथ जो इतने मुसलमान हैं, यह क्यों ?"

दोनों चाय पी चुके थे। चाय का प्याला एक तरफ रखते हुए जमील ने कहा, "जज़्बात—भावना, यहाँ हरेक इनसान एक है। मज़हब तो बुद्धि की उपज है।

हिन्दुस्तान का हरेक आदमी गुलाम है, चाहे वह हिन्दू हो, चाहे वह मुसलमान हो। हिन्दुस्तान का हरेक आदमी इस गुलामी से निजात पाना चाहता है। गांधी का दावा है कि वह इस देश को गुलामी से मुक्ति दिलाएँगे, और भावना से भरे लोग गांधी के इर्द-गिर्द इकट्‌ठा होते रहे हैं, और होते रहेंगे। लेकिन यह स्वतन्त्रता की भावना ही तो सब कुछ नहीं है, इसके साथ हमारे खाने-पीने का मसला है, हमारा सामाजिक मसला है। शादी-विवाह, नौकरी-चाकरी, अनगिनती मसले हमारे पास हैं। ये आज़ादी के दीवाने इन मसलों से भी टकराते हैं, और वे जहाँ इन मसलों से टकराए, सब छूट गए, छिटककर अलग जा पड़े। अली ब्रदर्स, जिन्ना साहब—न जाने कितने मुसलमान कांग्रेस का साथ छोड़ गए हैं।''

जमील अहमद उठ खड़ा हुआ, वह अब बहुत धीमे स्वर में बोल रहा था, ''बरखुरदार ! यह देस की गुलामी वाला नारा बड़ा झूठा नारा है, असली नारा होना चाहिए इनसान की गुलामी का। इस इनसान की गुलामी को हम देस की गुलामी तब कहने लगते हैं, जब गुलाम बनानेवाला परदेसी हो। लेकिन इतना याद रखना इस देशवाले की गुलामी परदेसी की गुलामी से कहीं ज़्यादा खतरनाक है। यह इतने हिन्दू जो मुसलमान बन गए, इसकी वजह यह थी कि इस देस पर हमला करनेवाला मुसलमान इसी देस में बस गया। उसने अपनी बिरादरी बढ़ानी शुरू कर दी। यह हिन्दू धर्म उस वक्त निहायत गला-सड़ा धर्म बन चुका था, जात-पाँत और छुआछूत से लदे हुए इस हिन्दू धर्म में हर तरफ गुलामी-ही-गुलामी थी, इसलिए मुसलमानों को कामयाबी मिली। अगर बीच में यह अंग्रेज़ न आ गया होता तो इस वक्त तक आधा हिन्दुस्तान मुसलमान बन गया होता।''

''शायद तुम ठीक कहते हो।'' जगतप्रकाश ने सर झुकाए हुए कहा।

''लेकिन यह अंग्रेज़ परदेशी था, यह हिन्दुस्तान में नहीं बसा। इस अंग्रेज़ ने हिन्दुस्तानियों को एक नया नज़रिया दिया, यह अपने साथ नई तालीम लाया। राजा राममोहन राय, स्वामी दयानन्द सरस्वती और न जाने कितने लोग ! इन लोगों ने हिन्दू धर्म में न जाने कितने सुधार किए, हिन्दू धर्म का खोखलापन जो इसे खाए जा रहा था, इन्होंने दूर किया। ब्रह्म समाज ने ईसाइयत से मोरचा लिया, आर्यसमाज ने इसलाम से मोरचा लिया। इस अंग्रेज़ के मुल्क में इनसान की गुलामी से बाहर निकलने के न जाने कितने प्रयोग हो चुके थे, हिन्दू उन प्रयोगों से वाकिफ हुए। अब इस देस के मुसलमानों को खतरा पैदा हो गया है। यह ज़माना डिमाक्रेसी का है, हिन्दुस्तान की आज़ादी के माने हैं इस देस में डिमाक्रेसी का कायम होना। इस डिमाक्रेसी में अस्सी फीसदी हिन्दू बीस फीसदी मुसलमानों पर हुकूमत करेंगे, उनको गुलाम बनाकर रखेंगे।''

''मैं पूछता हूँ यह ख़याल ही क्यों ? हिन्दू मुसलमानों को गुलाम बनाएँगे ?'' आश्चर्य से जगतप्रकाश ने पूछा, ''क्या हम लोग मज़हब से ऊपर उठकर मनुष्यता को नहीं अपना सकते ?''

जमील ने जगतप्रकाश का हाथ पकड़कर दरवाज़े की ओर बढ़ते हुए कहा, ''कहना

आसान होता है लेकिन करना बड़ा मुश्किल होता है। फिर यह क्यों भूल जाते हो कि मुसलमानों ने करीब आठ सौ साल हिन्दुओं पर हुकूमत की है, उन्होंने हिन्दुओं से गुलामी करवाई है। उनकी करनी ही अब उनमें यह खौफ पैदा कर रही है। इस खौफ की कोई ठोस बुनियाद है या नहीं, इस पर कुछ कहा नहीं जा सकता, लेकिन यह खौफ एक हकीकत है और रहेगा।'' काउंटर के पास आकर जमील ने चाय के दाम अदा किए, फिर बाहर निकलते हुए वह बोला, ''जहाँ मज़हब है, वहाँ मज़हब की कट्टरता भी है। एक मज़हब दूसरे मज़हब को खा जाने की कोशिश करेगा। मज़हब से हमारा मतलब उन अकीदों और पाक ख़यालों से नहीं है जिनकी बुनियाद पर मज़हब कायम होते हैं, मज़हब से हमारा मतलब उन सामाजिक इकाइयों से है जिनमें हम पैदा होते हैं, जिनमें हम पलते हैं, जिनके मुताबिक हम सोचते-समझते हैं। गांधी इसी सामाजिक इकाई का नेता है। गांधी के पास दयानन्द के सब परोगराम हैं, और उन परोगराम के आगे भी गांधी के पास न जाने कितने परोगराम हैं। एक खुल्लमखुल्ला मुस्लिम-विरोध को छोड़कर। इसलिए मुसलमानों के लिए गांधी दयानन्द से ज्यादा खतरनाक है।''

इस समय रात हो रही थी और ऑपेरा हाउस का सारा क्षेत्र प्रकाश से जगमगा रहा था। दोनों अब लेमिंग्टन रोड पर चल रहे थे। लक्ष्यहीन और निरुद्देश्य-से। जगतप्रकाश एक अजीब उलझन में पड़ा हुआ था। जमील ने जो बातें कही थीं उनमें कहीं कुछ सत्य है, और वह सत्य भयानक कुरूपता से भरा है, यह स्पष्ट था। एक ठंडी साँस लेकर उसने कहा, ''फिर यह समझा जाए कि हिन्दुस्तान तब तक स्वतन्त्र नहीं होगा जब तक यह हिन्दू-मुस्लिम समस्या यहाँ मौजूद है। हिन्दू-मुस्लिम समस्या का कोई हल नहीं है, इसलिए हिन्दुस्तान कभी स्वतन्त्र होगा ही नहीं।''

जमील के मुख पर एक धुँधलापन आ गया, ''नहीं—यह हमेशा वाली गुलामी, इसके कयास से ही दिल काँप उठता है—नहीं, मेरा मतलब यह नहीं है। लेकिन यह हिन्दू-मुस्लिम समस्या बेतरह उलझी हुई है। आज के हालात में यह सुलझ भी नहीं सकती। जिन्ना का पाकिस्तान वाला नारा एक हल सामने रखता है, लेकिन यह मुल्क का बँटवारा। इस बँटवारे के साथ करोड़ों हिन्दू-मुसलमान एक जगह से उखड़कर दूसरी जगह—यह मुमकिन नहीं दिखाई देता। दूसरा रास्ता भी था, देश के सब आदमी या तो हिन्दू हो जाएँ, या मुसलमान हो जाएँ। अकबर ने कोशिश की थी दीनइलाही की शक्ल में एक नया मज़हब चलाने की, लेकिन अकबर कामयाब नहीं रहा। और हिन्दू धर्म में अब यह ताकत नहीं रही कि वह दूसरे मज़हब के लोगों को अपने अन्दर ले सके। इस्लाम के पास सिवा उसकी कट्टरता और कुर्बानियों से भरी हिंसा के और कोई ताकत नहीं दिखती जो हिन्दुस्तान को मलाया या हिन्देशिया की तरह मुस्लिम देश बना सके। और यह युग कट्टरता-हिंसा का रहा नहीं। इस सबका नतीजा यह हुआ कि गुलामी हमारी छाती पर चढ़ बैठी है। कोई रोशनी नहीं दिखती, सिवा रूस की तरफ से जहाँ मज़हब को निकाल बाहर किया गया है। जहाँ मज़हब है वहाँ मज़हबी भेदभाव होगा ही, मज़हबी भेदभाव के साथ मज़हबी कट्टरता का होना लाज़िमी है, और मज़हबी

कट्टरता के माने हैं मज़हबी खून-खराबे; हमें इस मज़हब को ही नेस्तनाबूद करना होगा।''

थोड़ा-सा रुककर जमील ने मानो फिर अपने से ही कहना शुरू किया हो, ''यह मज़हब बज़ात खुद एक गुलामी है, लेकिन सवाल यह है कि इसे छोड़ा कैसे जा सकता है। फिर सवाल यह है कि इनसान गुलामी को छोड़ कैसे सकता है ! यह गुलामी तो वह लिखाकर लाया है। हम सबको किसी-न-किसी की गुलामी करनी ही पड़ती है। यह जो ए.आई.सी.सी. का सेशन हो रहा है, इसमें गांधीजी की तरफ से सरदार वल्लभभाई कांग्रेसमैनों को, यानी आज़ादी की लड़ाई लड़नेवालों को गुलामी का तौक़ पहना रहे हैं। हम लोगों को गुलामी का तौक़ पहनना पड़ेगा, क्योंकि हमें देस की आज़ादी हासिल करनी है। और मैं समझता हूँ कि देस को आज़ाद होना चाहिए। इस आज़ादी के बाद, बहुत मुमकिन है कि इस आज़ादी के बाद एक बहुत बड़ा खून-खराबा हो, लेकिन हमें मौका तो मिलेगा कि हम खुदमुख्तार होकर मर्दानगी के साथ अपने मसलों को खुद हल कर लें। इसलिए मैं महात्मा गांधी वाली गुलामी के तौक़ के हक में हूँ। वैसे मैं गांधी के साथ नहीं हूँ, कदम-कदम पर मेरा गांधी के उसूलों से मतभेद है, लेकिन मैं गांधी के इस मूवमेंट के साथ हूँ, क्योंकि यह मूवमेंट ब्रिटिश साम्राज्यवाद के खिलाफ है। जंग के वक्त यह आपसी फूट और भेदभाव घातक होंगे। हर फौज का एक जनरल होता है, उस जनरल के खिलाफ जाने के माने है बगावत। नहीं, सरदार पटेल की बात हम सबको माननी ही होगी।''

दोनों अब ग्रांट रोड पर आ गए थे, और जगतप्रकाश ने देखा कि एक कार उसकी बगल में आकर रुकी। उस कार पर कुलसुम थी, बिलकुल अकेली। कुलसुम ने जगतप्रकाश और जमील को कार पर बिठाया, फिर वह कार चलाती हुई बोली, ''मेरा मन नहीं लगा वहाँ पर। कितना बनावटीपन था वहाँ लोगों में—शक्ल-सूरत में बनावटीपन, बातचीत में बनावटीपन !'' फिर जमील से बोली, ''आप मेरे घर चलेंगे या आपको आपके घर उतार दूँ ?''

''मेरे घर तक पहुँचा देने में आपको तकलीफ होगी, मैं यहाँ से बस या ट्राम ले लूँगा। सुबह से निकला हूँ, बहुत थक गया हूँ। अब अपने घर पर ही जाकर आराम करूँगा।''

कुलसुम ने कार बाम्बे-सेंट्रल की ओर मोड़ दी, ''आपको आपके घर उतार देती हूँ चलकर, इसमें तकलीफ की क्या बात !''

जमील को उसकी चाल के पास उतारकर कुलसुम ने अपनी कार दादर की तरफ बढ़ाई। जगतप्रकाश ने कुलसुम से पूछा, ''क्या तुम घर नहीं वापस चल रही हो ?''

''नहीं, मैं इन घरों से आजिज़ आ गई हूँ। आलीशान इमारतों में बन्द और घुटन से भरे हुए कमरे, उन कमरों में शराब के दौर, गैर-ज़िम्मेदारी से भरी बातचीत या फिर ज़िन्दगी को तल्ख बना देनेवाली फिक्रें। उस सबसे घबराकर ही भागी हूँ। मैं शान्ति चाहती हूँ, मैं एकान्त चाहती हूँ।''

कार अब तेज़ी के साथ दौड़ रही थी। दादर के बाद माटुंगा, माटुंगा के बाद महीम, फिर बान्द्रा, और फिर आगे एक छुटपुट बस्ती जो खार कहलाती थी। और अब सान्ताक्रुज। सान्ताक्रुज पार करके कार बाईं ओर मुड़ी। अब जगतप्रकाश की दाईं ओर एक बहुत बड़ा मैदान था। तभी एक छोटा-सा हवाई जहाज़ सर्चलाइट के सहारे उस मैदान पर उतरा। कुलसुम के मुख पर एक मुस्कराहट आई, ''यह बम्बई का एयरोड्रोम है—सान्ताक्रुज एयरोड्रोम। यहाँ हवाई जहाज़ का एक क्लब है। एक दफा एक हवाई जहाज़ पर उड़ी भी हूँ यहाँ—बड़ा डर लगता है। रात के वक्त भी अब ये हवाई जहाज़ चलाने लगे हैं।'' कार चली जा रही थी और कुलसुम कह रही थी, ''सामने जुहू का समुद्र-तट है। क्षितिज तक फैला हुआ अथाह समुद्र और समुद्र की लहरों का शोर बरसात में कभी-कभी बेतरह बढ़ जाता है।'' कार अब दाहिनी ओर घूम पड़ी। बाईं ओर कुछ छोटे-छोटे कॉटेज थे—दाहिनी ओर एयरोड्रोम का मैदान। उन कॉटेजों के पीछे सुमद्र-तट था, जो रात के अन्धकार में नहीं दिख रहा था और अब कार एक ऐसे स्थान पर रुकी जहाँ से समुद्र का किनारा साफ दिखाई देता था। कुलसुम ने कार से उतरते हुए कहा, ''आज भीड़ बहुत कम है। अच्छा ही है; भीड़ से बचने के लिए ही तो यहाँ आई हूँ।'' कुलसुम के मुख पर फीकी मुस्कान आई, ''लेकिन यह भीड़ से बचनेवाले खुद अपनी एक भीड़ बना लेते हैं, शायद इनसान अकेला रह ही नहीं सकता। मैं अकेलापन चाहती थी, और मैं तुम्हें अपने साथ लेती आई। यह अकेलापन भी हम लोग अकेले नहीं भोगना चाहते।''

कुलसुम की बगल में जगतप्रकाश चल रहा था, और उसने अनुभव किया कि कुलसुम के हाथ में उसका हाथ आ गया है और उसने भी कुलसुम का हाथ पकड़ लिया है। उसे ऐसा लगा कि कुलसुम को चलने में कुछ असुविधा हो रही है, यानी कुलसुम उसका सहारा चाहती है। वह कुलसुम को सहारा देकर चलने लगा। रेत पर थोड़ी दूर चलने पर कुलसुम रुकी, पानी से करीब पन्द्रह गज़ की दूरी पर, दोनों रेत पर बैठ गए। अब जगतप्रकाश ने कुलसुम को गौर से देखा, दूर सड़क के किनारे लैम्पपोस्ट के धुँधले प्रकाश में उसे कुलसुम बेतरह थकी हुई और उदास दिखी। कुलसुम चुपचाप सागर के वक्ष पर फैले हुए अन्धकार को देख रही थी मानो वह उस अन्धकार के अन्दर छिपी हुई किसी प्रकाश की किरण को खोज रही हो। थोड़ी देर दोनों चुपचाप बैठे रहे, फिर उस मौन को जगतप्रकाश ने तोड़ा, ''क्या सोच रही हो ? बड़ी उदास हो !''

बड़े शान्त भाव से कुलसुम ने कहा, ''हाँ उदास हूँ; बहुत ज़्यादा उदास हूँ। यह सामने जो समुद्र देख रहे हो, कुछ सुनाई पड़ता है कि कितनी बुरी तरह कराह रहा है, कितनी उथल-पुथल है इसकी छाती में ! कितना दर्द समेटे हुए है यह अपने दिल में ! और इस रात के अँधियारे में लहरों के फेन में यह चमक देख रहे हो जो उठने के साथ ही गायब हो जाती है। और मैं सोच रही हूँ कि आखिर यह सब कैसा तमाशा है और यह तमाशा क्यों ?''

जो कुछ कुलसुम देख रही थी या अनुभव कर रही थी, जगतप्रकाश के लिए वह सब नितान्त अनजाना था। उसने कहा, ''शायद तुम्हारे अन्दरवाली उदासी इस प्रकृति में अपने लिए हमदर्दी और संवेदना ढूँढ़ रही है। तुम्हारे अन्दरवाली यह उदासी समुद्र पर छा गई है।''

कुलसुम ने जगतप्रकाश के मुख की ओर देखा, शायद जगतप्रकाश के मुख के भावों को पढ़ने के लिए, लेकिन उस अन्धकार में उसे कुछ नहीं मिला, एक ठंडी साँस लेकर कहा, ''मेरे अन्दरवाली उदासी इस समुद्र पर छा जाती, लेकिन उस उदासी का कोई असर इनसान पर नहीं पड़ता। इसीलिए तो मैं यहाँ, इस एकान्त में आई हूँ। लेकिन जैसे मेरी यह उदासी मुझे खा जाएगी। यह अकेलापन जैसे मुझे खा जाएगा। इसीलिए मैं तुम्हें अपने साथ लेती आई हूँ। तुम मेरे अन्दरवाले दर्द के खामोश गवाह हो, मुझे इस बात की तसल्ली है।''

जगतप्रकाश को कुलसुम की बातों से आश्चर्य हो रहा था, उसे कुछ उलझन भी हो रही थी। उसने कुछ चुपचाप रहकर पूछा, ''लेकिन...लेकिन मेरी समझ में कुछ नहीं आ रहा है। आखिर बात क्या है जो तुम उदास हो ?''

कुलसुम ने जगतप्रकाश की बात का कोई उत्तर नहीं दिया, उसने जगतप्रकाश के हाथ पर अपना हाथ रख दिया। कुलसुम का हाथ कितना ठंडा था, जैसे उसमें प्राण ही न हों। चुपचाप बैठी हुई वह समुद्र की ओर देखती रही, फिर उसने बहुत धीमे स्वर में कहा, ''तुम बहुत भोले हो ! तुम्हारी समझ में मेरी बात नहीं आ रही, तुम्हारी समझ में मेरा दर्द नहीं आ रहा।'' कुलसुम ने अब अपना सर जगतप्रकाश के कन्धे पर रख दिया, ''मैं भी कितनी बेवकूफ हूँ जो अपने आपको खो बैठी। कुछ भी तो नहीं हुआ है मुझे, मैं वैसी-की-वैसी हूँ। इसमें उसका कोई कसूर नहीं है। मैंने उसे रोकने की कोशिश भी तो नहीं की, शायद मैंने उसे रोकना चाहा भी नहीं। वह इस वक्त पिक्चर देख रहा होगा, हँस रहा होगा, ज़िन्दगी की रंगीनी में डूबा हुआ, एक तरह के नशे की हालत में।''

कुलसुम ने जगतप्रकाश के कन्धे से अपना सर हटा लिया, एक झटके के साथ वह उठ खड़ी हुई, ''कितना सुहाना मौसम है, सपनों से भरा हुआ यह समुद्र का किनारा ! यहाँ कितनी शान्ति से भरी हलचल है !'' वह रेत पर दौड़ने लगी। काफी दूर तक वह दौड़ती हुई चली गई और दौड़ती हुई वापस भी आई। अब वह हँस रही थी, ''ज़िन्दगी उलझाव नहीं है, यह उलझाव ही ज़िन्दगी को तल्ख बनाता है। बेचारा जसवन्त ! वह उलझाव में फँस रहा है और उसे उस उलझाव में फँसने से कोई बचा नहीं सकता।'' कुलसुम अब जगतप्रकाश की बगल में खड़ी हो गई, उसके बहुत निकट, ''तुम तो अभी तक किसी उलझाव में नहीं फँसे, सच कहना ?''

उस पागलपन से भरे वातावरण में मानो जगतप्रकाश सब कुछ भूल गया हो, वह यह भूल गया कि यमुना के साथ उसकी बरिच्छा हो चुकी है, यमुना को उसने खुद पसन्द किया है। उसके मुख से निकला, ''नहीं।''

"तुम किस्मतवाले हो। मैं तुमसे कहती हूँ कि तुम किसी उलझाव में न फँस जाना। तुम मुझे बहुत पसन्द हो, अगर मैं तुमसे कहूँ कि तुम उतने ही मेरे नज़दीक हो जितना जसवन्त है, तो गलत न होगा।" कुलसुम ने उचककर जगतप्रकाश के माथे को चूम लिया।

उस चुम्बन में कितनी शीतलता थी, कितना पुलक था, जगतप्रकाश एक क्षण के लिए जैसे सब कुछ भूल गया। फिर उसने अपने को सँभाला। उसने कहा, "काफी देर हो गई है, बादल भी घिरने लगे हैं। अब चला जाए।"

कुलसुम ने कहा, "हाँ, अब चला जाए। मन में जो एक बोझ-सा था वह उतर गया। मुझे जसवन्त से ज़रा भी शिकायत नहीं है, मैं जसवन्त से मुहब्बत नहीं करती थी। वह एक अच्छे साथी की तरह मेरी ज़िन्दगी में था। पता नहीं वह अब इस शक्ल में रह सकेगा। मुझे ऐसा लगता है कि अब उसका साथ छूट रहा है—नहीं, छूट गया है और मैं अकेली रह गई हूँ। इस अकेलेपन ने मुझे आज झकझोर-सा दिया था। तभी तुम मिल गए।" कुलसुम चलती जाती थी और कहती जाती थी, "पता नहीं, कब तक मेरा साथ निभा पाओगे ! कौन किसका साथ निभा पाया है ? इस दुनिया में हरेक की अलग-अलग ज़िन्दगी है, अलग-अलग रास्ता है। और ज़िन्दगी का यह रास्ता, कितना अनजाना, कितना अँधियारा ! फिर भी इस रास्ते पर चलते जाना है। कोई भी सराय नहीं, कहीं कोई आरामगाह नहीं इस रास्ते पर, लगातार चलते रहना।" दोनों अब कार के पास पहुँच गए थे। कुलसुम की बगल में जगतप्रकाश बैठ गया और कुलसुम ने कार स्टार्ट की। उसकी बातचीत बन्द हो गई थी, वह नितान्त शान्त थी।

जिस समय जगतप्रकाश कुलसुम के साथ घर पहुँचा, दस बज रहे थे। कुलसुम ने जगतप्रकाश को कार से उतरते हुए कहा, "अरे, मैं तो भूल ही गई थी। कार मैं लेती आई हूँ, डैडी और ममी वहाँ मेरा इन्तज़ार कर रहे होंगे। तुम खाना खाकर सो जाना, जसवन्त शायद ही आए। हम लोगों के लौटने में देर हो सकती है।" कुलसुम चली गई।

बेयरा जगतप्रकाश की प्रतीक्षा कर रहा था, उसने कहा, "वह जसवन्त साहब अभी दस मिनट हुए वापस लौटे हैं, खाना खाकर आए हैं। आप खाना खा लें, वह साहब सोने चले गए हैं।"

खाना खाकर जगतप्रकाश कमरे में पहुँचा। कमरे में अन्धकार था, लेकिन बिजली का पंखा चल रहा था। जगतप्रकाश ने कपड़े बदलने के लिए लाइट जलाई, तभी उसे जसवन्त की आवाज़ सुनाई दी, "तो तुम आ गए। बड़ी देर लगा दी तुमने। शाम कैसी बीती ?" जसवन्त उठकर बैठ गया, "सोने की कोशिश कर रहा हूँ, लेकिन नींद नहीं आ रही है। कहाँ-कहाँ गए तुम ?"

जगतप्रकाश ने आधी ही बात बतलाई, "जमील के साथ घूमता रहा निरुद्‌देश्य-सा। लेकिन तुम बहुत जल्दी लौट आए।"

"हाँ, पिक्चर के बाद गुजरात होटल में डिनर, फिर मुझे रंजीत यहाँ छोड़ गया। लेकिन इतना कह सकता हूँ कि शाम बड़ी अच्छी बीती। शर्मिष्ठा इतनी बुरी नहीं है

जितना मैंने उसे समझ रखा था। काफी बुद्धिमान लड़की है।"

जगतप्रकाश के मुख पर मुस्कराहट आई, "कुलसुम के बराबर ही बुद्धिमान ?"

जसवन्त कपूर कुछ सोचता रहा, फिर वह भी मुसकराया, "शायद उससे कुछ कम, या फिर उससे कुछ अधिक। स्त्री तो भावनामय प्राणी है, लेकिन आज की बौद्धिक दुनिया में हरेक पढ़ी-लिखी लड़की यह दिखाने का प्रयत्न करती है कि उसकी बुद्धि उसकी भावना पर हावी है, चाहे वह कुलसुम हो, चाहे वह शर्मिष्ठा हो। हरेक स्त्री को हमें भावनामय प्राणी के रूप में स्वीकार करना होगा। हरेक स्त्री की बुद्धि उसकी भावना की दासी है। हमें स्त्री की बुद्धि की उपेक्षा नहीं करनी चाहिए और सच पूछो तो जो बौद्धिक स्त्री है उससे अधिक खतरनाक प्राणी तुम्हें नहीं मिलेगा। बौद्धिक स्त्री से दूर रहना ठीक ही होगा।"

जगतप्रकाश के सामने अनायास ही उसकी बहन का चित्र आ गया और उसके बाद ही यमुना का चित्र आ गया। दोनों ही नितान्त भावनामयी, और दोनों में कितनी ममता, कितना आत्म-बलिदान, कितना संयम !

जगतप्रकाश ने लाइट बुझाई और बिस्तर पर लेट गया। जसवन्त ने लेटकर करवट बदल ली। जगतप्रकाश की आँखों के आगे कुलसुम का वह चित्र आ गया जो उसने जुहू के तट पर देखा था। वह कुलसुम—क्या यह बौद्धिक है ? क्या यह भावनामयी है ? जो कुछ भी हो कुलसुम नेक है, भली है, भोली है। कुलसुम उसके जीवन में एक पुलक बनकर आई है, कब तक और कहाँ तक वह इसी पुलक के रूप में उसके जीवन में रहेगी ? धीरे-धीरे एक नशा-सा नींद का, थकान और शान्ति का उस पर छाने लगा।

[9]

जिस समय जगतप्रकाश लाइब्रेरी से निकला, उसका मन काफी हलका था। अपने दिन-भर के काम से वह उस दिन बहुत सन्तुष्ट था, उसने अपनी थीसिज़ का अन्तिम परिच्छेद लिखना आरम्भ कर दिया था। अधिक-से-अधिक एक महीना लगेगा उसे अपनी थीसिज़ पूरी करने में। अगस्त का तीसरा सप्ताह तो अभी चल ही रहा था, नवम्बर के अन्त तक उसकी पूरी थीसिज़ टाइप हो जाएगी। उसके उस समय तक के काम से उसके प्रोफेसर बहुत सन्तुष्ट थे; यही नहीं, उन्होंने उससे वादा कर लिया था कि वह उसकी थीसिज़ स्वीकार करके जनवरी में परीक्षकों के पास भेज देंगे। पहली जनवरी से उसके विभाग के डॉक्टर संघी एक साल की छुट्टी पर विदेश जा रहे हैं, उनके स्थान पर जगतप्रकाश को स्थानापन्न लेक्चरर बनाने का वादा भी उसके प्रोफेसर ने कर दिया था।

जगतप्रकाश जब सड़क की ओर बढ़ा, उसे कमलाकान्त की आवाज सुनाई दी, "तो

तुम अपना काम खत्म कर चुके, चलो मैं भी साथ चलता हूँ। डाकगाड़ी से जसवन्त कपूर आ रहा है दिल्ली से, उसने लिखा है कि इस बार वह मेरे साथ ही ठहरेगा। उसे रिसीव करने स्टेशन जाना है मुझे। अगर तुम्हें कोई काम न हो तो मेरे साथ चलो, सिविल लाइंस में हम दोनों चाय पिएँगे। गाड़ी आने में तो अभी ढाई-तीन घंटे की देर है।''

जगतप्रकाश के हाथ में किताब और कापियों का गड्ड था, उसने कमलाकान्त से कहा, ''इन किताबों को तो अपने कमरे में रखना होगा। इन्हें लादकर कैसे चलूँ ! सच बात तो यह है कि अच्छे-से-अच्छे होटल की चाय भी मुझे अपनी बनाई हुई चाय के मुकाबले बेस्वाद लगती है। चाय अपने कमरे में पीकर चला जाए तो अच्छा हो।''

कमलाकान्त मुसकराया, ''बात तो ठीक कहते हो; चलो चाय तुम्हीं बनाओ चलकर। लेकिन होटल का एक अपना मजा होता है।''

अपने कमरे में आकर जगतप्रकाश ने चाय बनाई, कमलाकान्त चुपचाप बैठा हुआ सिगरेट पीता रहा और कुछ सोचता रहा। चाय का प्याला कमलाकान्त के हाथ में देते हुए जगतप्रकाश ने कहा, ''बड़े गम्भीर होकर कुछ सोच रहे हो, क्या बात है ?''

''बात तो कोई खास नहीं है। मैं सिर्फ इतना सोच रहा था कि यह जसवन्त कपूर, इस दफा यह अपने सगे चाचा के यहाँ न ठहरकर मेरे साथ क्यों ठहर रहा है ? उसने मुझे खास तौर से ताकीद कर दी है कि उसके चाचा या उसके किसी रिश्तेदार को उसके इलाहाबाद आने की खबर न लगने पाए। आखिर रहस्य क्या है ?''

''लेकिन तुम दूसरों का रहस्य जानने को उत्सुक क्यों हो ?'' जगतप्रकाश ने पूछा, ''जहाँ तक मेरा अनुमान है, मैं समझता हूँ जसवन्त कपूर के पास कोई रहस्य है ही नहीं, न हो सकता है। फिर दो-तीन घंटों के बाद तो तुम्हें सब कुछ मालूम ही हो जाएगा।''

चाय पीकर दोनों स्टेशन पहुँचे। गाड़ी आधा घंटा लेट थी, और ये दोनों गाड़ी आने के समय से आधा घंटा पहले पहुँच गए थे। एक घंटा—पूरा एक घंटा या उससे भी कुछ अधिक समय बिताना था इन दोनों को। जगतप्रकाश ने कहा, ''चलो चौक तक हो आएँ चलकर, यहाँ एक घंटा हम लोग क्या करेंगे ?''

''नहीं, वहाँ से लौटने में अगर कुछ देर हो गई तो ? फिर यह मेल ट्रेन है, यह कुछ मेकअप भी कर सकती है। चलें वेटिंग रूम में बैठते हैं चलकर, रिफ्रेशमेंट रूप में चाय का आर्डर देते हुए चलते हैं। एक-एक प्याला चाय का और हो जाए।''

वेटिंग रूम के बीच में मेज के सामने पड़ी हुई दो कुरसियों पर ये दोनों बैठ गए। कमलाकान्त ने बात आरम्भ करते हुए कहा, ''आज की खबर पर तुमने ध्यान दिया ? चेकोस्लोवाकिया ने जर्मनी के आगे आत्म-समर्पण कर दिया। ब्रिटेन और फ्रांस चुपचाप बैठे हुए यह सब देखते रहे और एक और स्वतन्त्र देश यूरोप के नक्शे से गायब हो गया।''

जगतप्रकाश ने एक ठंडी साँस भरी, ''पहले आस्ट्रिया और अब चेकोस्लोवाकिया।

प्रसार और विस्तार का यह क्रम ! जर्मनी फैल रहा है, एक दानव की भाँति और अब इसके आगे ?..."

"और उसके आगे पोलैंड ! पोलैंड के एक भाग को जर्मनी अपना घोषित कर चुका है—पिछले महायुद्ध के पहले वह भाग उसके पास था भी। उस पर जर्मनी का ज़बर्दस्त दावा है।"

"यह इतने दावे एकाएक एक ही समय में कैसे उठ खड़े हुए ? इन दावों का अर्थ होता है युद्ध। एबीसीनिया और स्पेन—इन दो स्थानों में फ्रांस और ब्रिटेन ने कोई हस्तक्षेप नहीं किया, लेकिन यह जर्मनी के प्रसार का मामला ही दूसरा है। जर्मनी के प्रसार और विस्तार से फ्रांस और ब्रिटेन को बहुत बड़ा खतरा है।" जगतप्रकाश के स्वर में एक हलकी-सी उलझन थी।

तभी जगतप्रकाश ने अनुभव किया कि उससे कुछ फासले पर अकेला बैठा हुआ एक यूरोपियन अपनी जगह से उठकर उसकी मेज के सामनेवाली एक खाली कुर्सी पर आकर बैठ गया। कमलाकान्त ने शायद इस बात पर ध्यान नहीं दिया। वह बोला, "खतरे तो राष्ट्रों के दृष्टिकोण पर निर्भर होते हैं। अगर जर्मनी से किसी बड़े राष्ट्र को वास्तविक खतरा हो सकता है तो वह है सोवियत रूस। ब्रिटेन और फ्रांस यह जानते हैं कि जर्मनी का नाज़ीवाद रूस के समाजवाद यानी कम्युनिज्म का सबसे बड़ा शत्रु है। दुनिया के साम्राज्यवादी देशों को अगर किसी से कोई खतरा हो सकता है तो वह समाजवादी रूस से। इस रूस के खिलाफ एक नया शक्तिशाली साम्राज्यवादी राष्ट्र खड़ा हो रहा है। फ्रांस और ब्रिटेन के और मुख्यतः ब्रिटेन के अनुदार नेताओं में यह भावना है कि वे जर्मनी को बढ़ावा दें। जर्मनी ब्रिटेन और फ्रांस का अहित नहीं करेगा। अगर सच पूछा जाए तो जर्मनी का अभ्युदय भारतीय हितों का सहायक नहीं है।"

उस श्वेत आदमी ने शुद्ध हिन्दी में पूछा, "क्या आप लोग विश्वविद्यालय के विद्यार्थी हैं ?"

कमलाकान्त उस व्यक्ति की ओर घूमा, "हाँ, हम लोग इस यूनिवर्सिटी में रिसर्च कर रहे हैं।" उसने अंग्रेजी में कहा, "आप कौन हैं ?"

उसने फिर हिन्दी में कहा, "मेरा अंग्रेजी का ज्ञान उतना ही है जितना हिन्दी का है। मेरा नाम शाइनर है और मैं जर्मन हूँ। मैं कलकत्ता विश्वविद्यालय में दर्शनशास्त्र का प्राध्यापक हूँ। यहाँ इलाहाबाद विश्वविद्यालय की एक मीटिंग में आया था। हाँ, तो आप लोगों का जो यह मत है कि जर्मनी ब्रिटेन और फ्रांस का मित्र है, वह गलत है।"

कमलाकान्त ने सँभलकर कहा, "इधर हाल की घटनाओं से तो ऐसा नहीं लगता। आप इस बात को कैसे साबित कर सकते हैं कि जर्मनी ब्रिटेन और फ्रांस का शत्रु है ?"

शाइनर ने इस बार ध्यान से इन दोनों को देखा, शायद वह सोच रहा था कि कहाँ तक इन दोनों से खुला जाए। फिर, जैसे उसने मन-ही-मन निर्णय ले लिया हो, उसने कहा, "जर्मन राष्ट्र सबसे महान राष्ट्र है, जर्मनी के निवासी विशुद्ध आर्य हैं। शौर्य और

प्रतिभा में आर्य जाति हमेशा अग्रणी रही है, वह हमेशा अग्रणी रहेगी। पिछले महायुद्ध में उस जर्मनी के विरुद्ध अंग्रेज, फ्रांसीसी और रूसी—ये सब मिलकर लड़े थे। इन देशों के पास बड़े-बड़े साम्राज्य थे। अपने साम्राज्यों के गुलामों को भेड़-बकरियों की भाँति कटाकर इन देशों ने जर्मनी को पराजित किया था। और फिर इन्होंने जर्मनी के खंड-खंड करके उसे अपमानित किया, उसकी शक्ति कम की, उसके विकास को रोकने का प्रयत्न किया। वास्तविकता यह है कि जर्मनी का प्रमुख शत्रु ब्रिटेन है, अपने विशाल साम्राज्य के बल पर मदमस्त। आज वह अपमानित और पराजित जर्मनी फिर से सुसंगठित हुआ है, एक नवीन स्फूर्ति को लेकर वह जागा है।''

कुछ रुककर उसने फिर कहा, ''रूस—बर्बर और असभ्य रूस—वह एक जर्मन विचारक कार्ल मार्क्स का ही तो मानसिक गुलाम है। मार्क्सवाद जर्मनों के दर्शन और विचारों की ही एक कड़ी है जिसके बहुत आगे जर्मन-दर्शन बढ़ गया है। रूस ने साम्यवाद को एक अन्तर्राष्ट्रीय नारे के रूप में स्वीकार किया है। अन्तर्राष्ट्रीयता का नारा स्वयं में एक ढोंग है, एक अव्यावहारिकता है। युग का सत्य है राष्ट्रीयता और नेशनल सोशलिज़्म के रूप में जर्मनी की विचारधारा मार्क्स की विचारधारा को बहुत पीछे छोड़ चुकी है। रूस अपनी ही राष्ट्रीय विकृतियों का शिकार बन रहा है। उतना विशाल देश—उसे क्षणों में ही परास्त किया जा सकता है, अपने अन्दर राष्ट्रीय भावना के अभाव के कारण उसमें स्वाभिमान और गौरव का अभाव है—अपनी इन विकृतियों के कारण वह ह्रासोन्मुख है। हमारी शत्रुता रूस से नहीं, पिछले महायुद्ध में हमने रूस को कुछ दिनों में ही समाप्त कर दिया था। हम हारे थे ब्रिटेन, फ्रांस और अमेरिका की असीमित शक्ति से। और एक सशक्त जर्मन राष्ट्र से अगर किसी को खतरा हो सकता है तो वह फ्रांस और ब्रिटेन को, जो अपने बड़े-बड़े साम्राज्य बनाकर अनेक देशों और राष्ट्रों को गुलामी में जकड़ चुके हैं, और उनका शोषण कर रहे हैं।''

शाइनर की बातों से कमलाकान्त प्रभावित हुआ, लेकिन जगतप्रकाश नहीं। कुछ महीने पहले ही जगतप्रकाश ने हिटलर का 'मीन कांफ' ग्रन्थ पढ़ा था। उसने कहा, ''लेकिन हिटलर का यह दावा है कि विश्व में आर्य जाति ही सबसे अधिक श्रेष्ठ और उन्नत जाति है, वह जाति ही विश्व को सभ्य और संस्कृत बनाएगी, इस पर आपको क्या कहना है?''

वह शाइनर, जो बड़ी शिष्टतापूर्वक और बड़ी शान्ति के साथ बात कह रहा था, एकाएक तनकर खड़ा हो गया। उसके स्वर में एक तरह की तेज़ी आ गई, ''हिटलर का दावा गलत नहीं है। जिस जाति में पौरुष है, आत्मसम्मान है, वीरता है, उस जाति का ही आधिपत्य होगा विश्व में। हम दूसरों पर गुलामी नहीं आरोपित करना चाहते, हमारे हाथों में इतना बल है कि हम अपने ही श्रम से सुसम्पन्न रहें। हम दूसरों को सभ्य और सुसंस्कृत बनाना चाहते हैं, हम इन बड़े साम्राज्यवादी देशों को नष्ट करके शोषण और उत्पीड़न बन्द करना चाहते हैं। जर्मनी अमर है, अज्ञेय है। बहुत जल्दी तुम

जर्मनी की शक्ति देखोगे। लेकिन मैं तुम लोगों को यह विश्वास दिलाता हूँ कि जर्मनी की विजय से भारतवर्ष का हित ही होगा, अहित नहीं होगा।'' शाइनर जहाँ वह पहले बैठा था, उधर को मुड़ा।

कमलाकान्त ने शाइनर को रोका, ''क्षमा कीजिएगा, हममें आपका या आपके राष्ट्र का अपमान करने की भावना तनिक भी नहीं थी। हम लोग यह सोचते हैं कि क्या दूसरा युद्ध, जो सम्भवतः भयानक रूप से विध्वंसक होगा, आवश्यक है ? आप जानते ही हैं कि हमारा राष्ट्र ही अहिंसा का एक बहुत बड़ा प्रयोग कर रहा है।''

''तुम्हारी यह अहिंसा कायरता से भरा एक ढोंग है, लेकिन मैं न तो तुम्हारे नेताओं को कोई दोष देता हूँ और न तुम्हारे देशवासियों को। एक हजार वर्ष से गुलामी करनेवाले राष्ट्र में कहीं तो कोई आधारभूत दोष रहा होगा; और वह आधारभूत दोष तुम्हारी अहिंसावाली कायरता है। तुम्हारी यह आधारमूल कायरता ही इस युग में अहिंसा का एक नया बौद्धिक जामा पहनकर आगे आ रही है।''

जगतप्रकाश को शाइनर की यह बात अखर गई, ''आप हमारे धर्म और हमारे सबसे पूज्य नेता का अपमान कर रहे हैं।''

एक व्यंग्यात्मक मुस्कराहट शाइनर के मुख पर आई, ''अपमान ! अपमान तो शक्तिशाली, स्वाभिमानी और वीर पुरुषों का हुआ करता है। तुममें न स्वाभिमान है, न वीरता है, तुम लोग किसी स्वाभिमानी पुरुष का आदर करना तो दूर रहा, उसे बर्दाश्त तक तक नहीं कर सकते, तुम केवल गुलामी कर सकते हो; नहीं तो सुभाष इतना लांछित करके कांग्रेस से निकाल न दिया गया होता। तुम ढोंग और आडम्बर की ही पूजा कर सकते हो, और इसलिए यह मक्कार और ढोंगी अंग्रेज़ जाति अपने दो-ढाई लाख आदमियों द्वारा इस पैंतीस करोड़ की आबादी वाले देश पर शासन कर रही है।''

जैसे कोड़े पड़ रहे हों जगतप्रकाश पर, वह तिलमिला उठा। लेकिन उसकी सारी तिलमिलाहट एक घुटन के रूप में ही रह गई, क्योंकि सत्य शाइनर के पास था। इस समय तक बेयरा चाय रख गया था इन लोगों के सामने। कमलाकान्त ने शाइनर से कहा, ''आप भी हम लोगों के साथ चाय पीजिए !''

''नहीं, मैं अभी कुछ देर पहले कॉफी पी चुका हूँ।'' शाइनर अब शान्त हो गया था, ''मुझे क्षमा करना मित्रो, जो मैं इतनी अप्रिय और कटु बातें कह गया। तुम लोग ईमानदार और भावनात्मक आदमी दिखाई देते हो, तुम लोग अंग्रेज़ों की गुलामी से मुक्ति पाना चाहते होगे, वह मुक्ति आ रही है। न जाने किस दिन और किस समय यूरोप में विश्वयुद्ध का श्रीगणेश हो जाए। मैं जर्मनी के लिए जहाज़ से अपना पैसेज बुक करा चुका हूँ, तीस अगस्त को मुझे बम्बई से जर्मनी के लिए सेल कर देना है। यही मना रहा हूँ कि तीस अगस्त तक यह युद्ध न आरम्भ हो, इंग्लैंड अब अधिक दिनों तक रुका नहीं रहेगा, वह जर्मनी के साथ युद्ध की घोषणा अवश्य करेगा।''

इसी समय बाहर प्लेटफार्म पर घंटी बजी, यह सूचना देते हुए कि डाकगाड़ी आने ही वाली है। शाइनर ने कहा, ''अच्छा, अब मैं चलूँ। मुझे याद रखना मेरे मित्रो ! मेरी

बातें याद रखना। बहुत सम्भव है हम लोग फिर मिलें।'' वह घूमकर चला गया, उसका कुली उसका असबाब उठाने आ गया था।

जगतप्रकाश और कमलाकान्त ने जल्दी-जल्दी चाय पी। चाय का बिल अदा करके जब ये प्लेटफार्म पर आए, गाड़ी प्लेटफार्म पर प्रवेश कर रही थी। दोनों गाड़ी के पिछली ओर पड़नेवाले प्लेटफार्म के भाग की ओर बढ़ने लगे, गाड़ी को ध्यान से देखते हुए। कमलाकान्त ने जगतप्रकाश को रोका, ''यह देखो, सेकंड क्लास कम्पार्टमेंट में जसवन्त है। मैं तो समझता था कि इंटर क्लास या थर्ड क्लास में आएगा। अब तो यह सेकंड क्लास में सफर करने लगा है।''

जहाँ ये लोग रुके थे उससे पन्द्रह-बीस कदम आगे बढ़कर वह सेकंड क्लास कम्पार्टमेंट रुक गया। दोनों उस ओर बढ़े। जसवन्त अपना सूटकेस लिए हुए प्लेटफार्म पर आ गया था। उसने कमलाकान्त से मुस्कराते हुए कहा, ''तो तुम जगतप्रकाश को भी अपने साथ लेते आए हो !''

जगतप्रकाश की नज़र उस समय शाइनर पर गड़ी थी जो ट्रेन में अपने लिए सीट ढूँढ़ रहा था। जगतप्रकाश ने उसे आवाज़ दी, मिस्टर शाइनर, यहाँ सेकंड क्लास की एक बर्थ खाली है, आप शायद सेकंड क्लास में सफर करेंगे।''

''थैंक्यू !'' कहता हुआ शाइनर इन लोगों की ओर बढ़ा, और तभी उसकी नज़र जसवन्त कपूर पर पड़ी। जसवन्त कपूर का चेहरा उसे कुछ पहचाना हुआ लगा। कुली से कम्पार्टमेंट में अपना असबाब रखने को कहकर वह जसवन्त कपूर से बोला, ''मैंने आपको पहले कभी देखा है, याद नहीं पड़ता है कहाँ !''

जसवन्त कपूर शाइनर को पहचान गया था, उसने कहा, ''कलकत्ता में सुभाष बाबू के घर पर। वहाँ मैं बरामदे में बैठा था, तब आपसे मेरी बातें हुई थीं।''

''ओह ! याद आ गया। तो ये दोनों नौजवान तुम्हारे साथी हैं। इन दोनों से वेटिंग रूम में मेरा परिचय हुआ। हाँ, तुम्हारा नाम शायद जसवन्त कपूर है।''

''आपको मेरा नाम अब तक याद है !'' जसवन्त मुस्कराया।

''हाँ, मेरी याददाश्त कमज़ोर नहीं है। और हाँ, इन दोनों मित्रों से मेरी बड़ी महत्त्वपूर्ण बातें हुईं। लेकिन इनका नाम पूछना तो मैं भूल ही गया। इन लोगों ने अपना नाम मुझे नहीं बतलाया।''

जसवन्त बोला, ''यह श्री कमलाकान्त हैं और यह श्री जगतप्रकाश हैं। दोनों ही इलाहाबाद यूनिवर्सिटी में रिसर्च स्कॉलर हैं।''

शाइनर अब अपने कम्पार्टमेंट के दरवाज़े की ओर मुड़ा, ''अच्छा, तब मैं आप लोगों को रोकूँगा नहीं, ट्रेन छूटने का समय भी हो रहा है।''

स्टेशन के बाहर निकलकर इन लोगों ने ताँगा लिया। ताँगे पर बैठकर जसवन्त ने पूछा, ''यह आदमी शाइनर ! क्या तुम लोगों को इस आदमी की बात से किसी महत्त्वपूर्ण चीज़ का पता लगा ?''

कमलाकान्त बोला, ''पहली बातचीत में भला यह क्या खुलता ! लेकिन बड़ा उद्विग्न

था। जर्मनी वापस लौटने की जल्दी में है, कहता था कि युद्ध न जाने कब आरम्भ हो जाए।"

जसवन्त के मुख पर एक तरह का धुँधलापन आ गया, "तो फिर मेरा अनुमान गलत नहीं है, युद्ध बहुत जल्दी ही आरम्भ होनेवाला है। रूस और जर्मनी में समझौता हो गया है। पोलैंड ने रूस पर विश्वास न करके अच्छा नहीं किया, वह फ्रांस और ब्रिटेन की सहायता पर पूरी तौर से निर्भर है, लेकिन फ्रांस और ब्रिटेन उसे सहायता नहीं दे सकते—उसकी सीमाओं से बहुत दूर होने के कारण।"

ताँगा चल रहा था और जसवन्त अंग्रेज़ी में बोल रहा था, शायद इसलिए कि उसकी बात ताँगेवाला न समझ सके, "क्या सुभाष का रास्ता ठीक था ? यह आदमी शाइनर—यह बहुत बड़ा विद्वान् है, कलकत्ता विश्वविद्यालय में दर्शनशास्त्र का प्रोफेसर है। लेकिन यह जर्मन है, और सुभाष बाबू से इसका काफी अधिक मेल-जोल है। सुभाष का छह महीने का अल्टीमेटम ब्रिटिश सरकार को। यही प्रस्ताव तो त्रिपुरी कांग्रेस में सुभाष बाबू की ओर ले आया था। मार्च से अगस्त—छह महीने पूरे हो रहे हैं, और इन छह महीनों में अन्तर्राष्ट्रीय क्षेत्र में न जाने क्या-क्या हो गया है। एक बहुत बड़ी और सुस्पष्ट योजना—इसके साथ जर्मनी बढ़ रहा है, उसके हरेक काम और उसका समय निधारित।"

कमलाकान्त ने पूछा, "लेकिन हम लोग कहाँ आते हैं उसकी योजना में ?"

"हम कहाँ आते हैं ? मेरी समझ में यह नहीं आ रहा, शायद सुभाष की भी समझ में नहीं आ रहा होगा। लेकिन हमें दूसरों की योजना से क्या मतलब ? हमें तो खुद अपनी योजना बनानी पड़ेगी। अगर ब्रिटेन और जर्मनी के बीच युद्ध छिड़ता है तो कांग्रेस का वामपंथी भाग खतरे में पड़ जाएगा, क्योंकि जर्मनी के साथ रूस का समझौता हो चुका है। विश्वयुद्ध में उलझा हुआ ब्रिटेन, अगर उस समय हिन्दुस्तान में क्रान्ति हो जाए तो ब्रिटेन के दबाए नहीं दबेगी।"

जगतप्रकाश ने पूछा, "लेकिन सवाल यह है कि क्या हिन्दुस्तान की जनता क्रान्ति कर सकती है ? ब्रिटिश सरकार को हिन्दुस्तान की जनता पर पूरा भरोसा है, इस हिन्दुस्तान के बल पर ही तो वह इतने बड़े ब्रिटिश साम्राज्य को सँभाले है।"

जसवन्त ने एक ठंडी साँस भरी, "शायद तुम ठीक कहते हो, यहाँ की जनता क्रान्ति नहीं कर सकती। ब्रिटेन इस ओर से आश्वस्त है। फिर गांधी और गांधी की अहिंसा—ये भी तो इस क्रान्ति के विरोधी तत्त्व हैं। लेकिन इस सबसे हमारी—यानी हमारे दल की स्थिति में कोई फर्क नहीं पड़ना चाहिए। हम तो साम्यवाद के समर्थक हैं और साम्राज्यवाद के शत्रु हैं। हम अपने पथ-प्रदर्शन के लिए रूस की ओर देखते हैं। हमें अपने लिए एक योजना बनानी पड़ेगी, ब्रिटेन पर प्रहार करने की नहीं, ब्रिटेन के प्रहार से अपनी रक्षा करने की। ब्रिटेन के इस भय में कोई सार नहीं है कि हम समाजवादियों का अपने देश की जनता पर कोई खास प्रभाव है, लेकिन भय तो है और इस भय से प्रेरित होकर ब्रिटिश सरकार देश के समाजवादियों पर प्रहार करेगी।"

कमलाकान्त का चेहरा कुछ उतर रहा है, जगतप्रकाश को अनुभव हो रहा था और

कमलाकान्त की आवाज़ उसे कुछ खोखली-सी लगी जब कमलाकान्त ने कहा, ''अच्छा होस्टल चलकर एकान्त में बातें होंगी।''

जसवन्त कपूर कमलाकान्त के साथ तीन दिन तक इलाहाबाद में रुका। वह प्रायः अकेला ही निकल जाया करता था, कमलाकान्त को तो वह केवल दो-एक बार ही अपने साथ ले गया। जगतप्रकाश को लगा कि कमलाकान्त जसवन्त के साथ जाने से कतराता है। तीसरे दिन शाम के समय जसवन्त कपूर और कमलाकान्त ने जगतप्रकाश के कमरे में ही चाय पी। जसवन्त कपूर ने चाय पीते हुए कमलाकान्त से कहा, ''आज मुझे यहाँ से जाना है। रात की गाड़ी से चलकर सुबह पटना पहुँचूँगा, वहाँ दो दिन रुकने के बाद कलकत्ता। कलकत्ता में एक हफ्ते का प्रोग्राम है। तो कलकत्ता से तुम्हारे पास सूचना आएगी कि हमारा भावी कार्यक्रम क्या है।''

कमलाकान्त बोला, ''जसवन्त, मेरे पास सूचना भेजने की कोई आवश्यकता नहीं है। तुम तो जानते ही हो कि मैं अभी तक तुम्हारी पार्टी का सदस्य नहीं बना हूँ। और अब मैंने फिलहाल कुछ दिनों के लिए तुम्हारी पार्टी का सदस्य बनने का विचार छोड़ दिया है।''

एकाएक जसवन्त कपूर की मुद्रा बदल गई। व्यंग्य और घृणा की एक छाया उसके मुख पर आई, ''कुछ लोगों ने मुझसे कहा था कि तुम कायर हो, तुम पर भरोसा नहीं किया जा सकता और उन लोगों की ही धारणा ठीक थी, गलती मेरी थी।'' फिर वह जगतप्रकाश की ओर घूमा, ''तुमसे मुझे कोई शिकायत नहीं है, क्योंकि मैं तुम्हें जानता नहीं, लेकिन तुम कायर नहीं हो इतना मैं कह सकता हूँ। अभी मैं तुमसे अलग रहने को ही कहूँगा, लेकिन शायद निकट भविष्य में तुम अपने को हम लोगों से अलग न रख सकोगे।''

चाय पीकर जसवन्त अपना असबाब लेकर नगर के किसी व्यक्ति के यहाँ चला गया। चलते हुए उसने कहा, ''मेरी गाड़ी रात के नौ बजे जाती है, वहाँ से अब वापस नहीं लौटूँगा, सीधे गाड़ी पकड़ लूँगा।''

कमलाकान्त ने भी जसवन्त कपूर से रुकने का कोई आग्रह नहीं किया।

जसवन्त कपूर चला गया, लेकिन जगतप्रकाश के अन्दर वह एक हलचल पैदा कर गया। क्या वास्तव में युद्ध के बादल सर पर घिर आए हैं ? जर्मनी ने पोलैंड को चुनौती दे दी है, वह पोलैंड पर आक्रमण अवश्य करेगा, और इस आक्रमण के फलस्वरूप इंग्लैंड और फ्रांस को युद्ध में आना पड़ेगा। आस्ट्रिया, चेकोस्लोवाकिया—जर्मनी ने इन देशों पर कब्ज़ा कर लिया, लेकिन जर्मनी के पास इन देशों पर प्रहार करने के बहाने थे और उन बहानों को ब्रिटेन तथा फ्रांस ने मान लिया था। लेकिन पोलैंड पर कब्ज़ा करने के लिए तो जर्मनी के पास कोई बहाना नहीं है, पोलैंड पर हमला करने के अर्थ होंगे जर्मनी का इंग्लैंड और फ्रांस को चुनौती देना। इन दो महान् देशों को जर्मनी की चुनौती स्वीकार करनी होगी। पिछले महायुद्ध का पराजित जर्मनी बदला लेने पर तुला हुआ है। इस बार रूस ब्रिटेन और फ्रांस का साथ नहीं देगा, उसे अपनी कमज़ोरी का पता है, उसे जर्मनी

की शक्ति का भी पता है। युद्ध अनिवार्य है।

और इस युद्ध के समय ब्रिटेन के प्रति हिन्दुस्तान का क्या रुख होगा ? क्या वह ब्रिटेन को भरपूर सहायता देगा, जैसी सहायता उसने ब्रिटेन को पिछले महायुद्ध के समय दी थी ? ब्रिटिश सरकार की समस्त शक्ति ही उसके इस बहुत बड़े उपनिवेश हिन्दुस्तान में है जहाँ वीरों और कायरों का एक अजीब सम्मिश्रण है। हिन्दुस्तान की जो वीर जातियाँ हैं और जिनसे सेना के लिए भरती होती है, उनमें स्वामिभक्तों की एक प्राचीन परम्परा है। उनमें किसी तरह की राजनीतिक चेतना नहीं है, अंग्रेज़ों ने उन्हें समस्त सुविधाएँ दे रखी हैं। और वे मध्यवर्ग वाले, जिनमें राजनीतिक चेतना है, वे परम्परागत कायरता के शिकार हैं। हिन्दुस्तान निश्चय रूप से अंग्रेज़ों का साथ देगा, देश में अन्दरूनी क्रान्ति असम्भव है।

यह कमलाकान्त—यह उच्च-मध्यवर्ग का ही तो आदमी है, यह अंग्रेज़ों का विरोध नहीं करेगा और यह जसवन्त कपूर—यह अभी आवेश में है, लेकिन यह जसवन्त कपूर भी अंग्रेज़ों का विरोध नहीं करेगा। कोई नहीं करेगा विरोध, किसी की जान फालतू नहीं है। जगतप्रकाश को एक झुँझलाहट-सी हो रही थी। आखिर उसे ज़रूरत क्या थी कि वह इस सब पर सोचे-विचारे, इस सबसे अपने मन को वह कुंठित करे। लेकिन यह तो विश्वयुद्ध का प्रश्न था, उसे टाला कैसे जा सकता है ?

दिन बीत रहे थे, भारी, उदास, अनिश्चय से भरे दिन। अखबार खबरों से भरे थे, आशा और निराशा के बीच एक तरह की रस्साकशी चल रही थी। हर तरफ भावी युद्ध की बातचीत सुनाई दे रही थी, और फिर पहली सितम्बर को अनिश्चय की अवस्था भी समाप्त हो गई। जर्मनी ने पोलैंड पर आक्रमण कर दिया।

उस दिन शाम के समय जगतप्रकाश चाय बनाकर कमलाकान्त की प्रतीक्षा कर रहा था, और तभी कमलाकान्त ने 'लीडर' का शामवाला विशेषांक लिए हुए कमरे में प्रवेश किया। उसने चिल्लाकर कहा, "आखिर आरम्भ हो गया !"

जगतप्रकाश चौंक उठा, "क्या आरम्भ हो गया ? क्या बात है जो इतने उत्तेजित हो ?"

विशेषांक जगतप्रकाश के हाथ में देते हुए कमलाकान्त बोला, "विश्वयुद्ध—वह आरम्भ हो गया। जर्मनी ने पोलैंड पर हमला कर ही दिया।"

जगतप्रकाश एक साँस में एक पन्ने का विशेषांक पढ़ गया। उसके माथे पर बल पड़ गए थे, "कुछ भी नहीं कहा जा सकता। जर्मनी ने अपने पूर्व की ओर हमला किया है, वह बढ़ रहा है रूस की तरफ। इंग्लैंड और फ्रांस—इन्होंने चुनौती तो दी है, लेकिन ये पोलैंड की सहायता नहीं कर सकते। फिर क्या ये दोनों देश जर्मनी से युद्ध करने को उत्सुक हैं ? अभी तक तो इन्होंने जर्मनी के प्रसारात्मक आक्रमणों का कोई सक्रिय विरोध नहीं किया है।"

कमलाकान्त ने कुछ सोचते हुए कहा, "क्या तुम्हारा ख़याल है कि फ्रांस और ब्रिटेन पोलैंड पर दबाव डालकर उसका कुछ भाग जर्मनी को दिला देंगे ?"

जगतप्रकाश ने नकारात्मक रूप से सर हिलाते हुए कहा, ''नहीं, अब इस समय यह सम्भव नहीं है। इन दोनों देशों को अब युद्ध में आना ही पड़ेगा। प्रश्न यह है कि पोलैंड कितने दिनों तक अकेला जर्मनी से युद्ध कर सकता है। अगर वह साल-छह महीने जर्मनी को युद्ध में उलझाए रख सके तो सम्भव है...सम्भव है...''

''क्या सम्भव है ?'' कमलाकान्त ने पूछा।

''नहीं, कुछ भी समझ में नहीं आता। लेकिन युद्ध आरम्भ हो गया है, यह सत्य है। जर्मनी अकेला है, क्या वह ब्रिटेन और फ्रांस की सम्मिलित शक्तियों के सामने टिक सकेगा ? उधर रूस बैठा है, क्या रूस यह बर्दाश्त करेगा कि जर्मनी पोलैंड पर कब्ज़ा करके इतना शक्तिशाली बन जाए कि वह भविष्य में उसका ही काल साबित हो ?''

''जर्मनी और पोलैंड में समझौता हो गया है। आपस में वे एक-दूसरे से युद्ध नहीं करेंगे।'' कमलाकान्त बोला।

''यही तो मुसीबत है। पोलैंड को रूस से किसी प्रकार की सहायता नहीं मिल सकती। ब्रिटेन और फ्रांस की सेनाएँ पोलैंड की सहायता करने के लिए वहाँ पहुँच नहीं सकतीं। इसके माने हैं पोलैंड का सर्वनाश। अब एक ही तरीका है, ब्रिटेन और फ्रांस सीधे जर्मनी पर चढ़ाई कर दें।''

कमलाकान्त ने अपने लिए चाय बनाते हुए कहा, ''इस बार ब्रिटेन और फ्रांस को युद्ध में आना ही पड़ेगा। मैं तुम्हारी बात मानता हूँ और इस युद्ध से हमारे देश का थोड़ा-बहुत हित ही होगा, अगर ब्रिटेन पराजित होता है। लेकिन यह स्थिति भी पैदा हो सकती है कि हमें विजयी जर्मनी की गुलामी करनी पड़ेगी। गुलामी से छुटकारा नहीं मिलने का।'' कमलाकान्त चाय पीने लगा। चाय पीकर दोनों घूमने निकल पड़े।

सारे नगर में सनसनी थी। यद्यपि फ्रांस और ब्रिटेन ने जर्मनी के विरुद्ध युद्ध की घोषणा नहीं की थी, पर इन दोनों देशों ने जर्मनी को अल्टीमेटम तो दे ही दिया था। काफी देर तक दोनों शहर में घूमते रहे, और जब जगतप्रकाश वापस लौटा, वह तन और मन से बुरी तरह थक गया था।

तीन सितम्बर को फ्रांस और ब्रिटेन ने जर्मनी के विरुद्ध युद्ध की घोषणा कर दी। चार सितम्बर की सुबह अखबारों में यह खबर पढ़कर जगतप्रकाश ने एक सन्तोष की साँस ली। उधर दो-तीन दिनों में उसे पोलैंड के साथ हमदर्दी हो गई थी। जर्मन सेना ने जिस बर्बरता के साथ पोलैंड पर प्रहार किया था, उससे जगतप्रकाश को क्षोभ हुआ था और जर्मनी के प्रति उसमें एक घृणा की भावना जाग उठी थी। न्याय, अधिकार, सत्य—खुलेआम इन सबकी हत्या हो सकती है। क्या सबल राष्ट्र को यह अधिकार है कि वह एक निर्बल राष्ट्र को नेस्तनाबूद करके उसे अपना गुलाम बना ले ?

न्याय-अन्याय, स्वतन्त्रता और गुलामी का एक बड़ा संघर्ष आरम्भ हो गया था दुनिया में। अभी तक अन्याय मनमाने ढंग से काम करता रहा था, अब न्याय ने अन्याय को चुनौती दी थी। लेकिन सब व्यर्थ। जर्मन सेनाएँ पोलैंड में बढ़ती जा रही थीं और पोलैंड की सैनिक शक्ति नष्ट होती जा रही थी। पोलैंड भयानक रूप से कमज़ोर था।

आखिर क्यों ? इसलिए कि पोलैंड की आन्तरिक अवस्था सड़ी-गली थी। कुछ थोड़े-से बड़े सरदार और ज़मींदार समस्त पोलैंड की जनता को गुलाम बनाए हुए थे। जिस देश की जनता को कुछ थोड़े-से आदमियों की गुलामी करनी पड़ती हो, उस देश में स्वतन्त्रता पर प्राण न्यौछावर करने का किसी में उत्साह हो सकना सम्भव नहीं है।

जगतप्रकाश का मन अब अध्ययन में नहीं लग रहा था। अनायास ही उसके अन्दर एक विशेष प्रकार की चेतना जाग उठी थी। अर्थशास्त्र से छिटककर वह अब राजनीतिशास्त्र की उलझनों में आ पड़ा था। फ्रांस की सेनाओं ने जर्मनी पर आक्रमण कर दिया, ब्रिटेन की सेनाएँ फ्रांसीसी सेनाओं की सहायता करने के लिए फ्रांस में पहुँच गई थीं—अखबार में ये खबरें आईं, लेकिन...लेकिन फ्रांस और ब्रिटेन की सेनाओं की गति रुक गई—जर्मनी ने सीगफ्रीड लाइन की मोर्चेबन्दी कर रखी थी, उसको पार करना उतना ही कठिन है जितना फ्रांस की मैजीनो लाइन को पार करना। मित्र राष्ट्रों की सेनाओं का आगे बढ़ना अपने को मृत्यु के मुख में झोंकना होगा। ये सेनाएँ फिर से अपने मोर्चों पर वापस आ गईं और जर्मन सेनाएँ पोलैंड में घुसती जा रही हैं—घुसती जा रही हैं। सत्रह सितम्बर को खबर आई कि रूसी सेनाओं ने पोलैंड में प्रवेश कर लिया, पोलैंड की सहायता करने के लिए नहीं, वरन् पोलैंड के उस भाग पर अपना अधिकार करने के लिए जिस पर जर्मन सेनाओं का अधिकार नहीं हुआ था। तेईस सितम्बर को पोलैंड का रूस और जर्मनी में बँटवारा हो गया। पोलैंड की एक अस्थायी सरकार फ्रांस में सत्रह सितम्बर को ही स्थापित हो गई।

अक्तूबर का प्रथम सप्ताह आ गया था और गरमी अब प्रायः समाप्त हो गई थी। जगतप्रकाश का दशहरे की छुट्टियों में महोना जाने का कार्यक्रम स्थगित हो गया था। यमुना के पिता बाबू माताप्रसाद ने नवरात्रि में जगतप्रकाश का तिलक चढ़ाने को कहा था। अनायास ही सितम्बर के दूसरे सप्ताह में उन्होंने नवरात्रि में तिलक चढ़ाने की असमर्थता प्रकट करते हुए अनुराधा को सन्देश भेज दिया था कि तिलक की व्यवस्था वे अगली रामनवमीवाली नवरात्रि में कर सकेंगे, विवाह के कुछ दिन पहले। अनुराधा ने यह सन्देश पाते ही जगतप्रकाश को स्थिति की सूचना दे दी थी। उस दिन जब जगतप्रकाश सुबह के समय अपने कमरे में बैठा लिख रहा था, एक अधेड़ व्यक्ति ने उसके कमरे में प्रवेश किया। उसने कहा, ''तुम्हारी बहन ने मुझसे कहलाया था कि मैं तुमसे मिलकर बात कर लूँ, शायद तुम मेरी कुछ मदद कर सको।''

जगतप्रकाश ने उस व्यक्ति को पहले कभी न देखा था। उस व्यक्ति की अवस्था पैंतालीस और पचास के बीच रही होगी। वह टसर का एक सस्ता-सा सूट पहने था, और जो टाई वह लगाए था, वह काफी पुरानी और मैली-सी थी। उसके हाथ में उसका सोला हैट था। अगर जगतप्रकाश को उसकी चोटी न दिखती तो वह उसे ईसाई समझता। हिटलर-कट आधी मूँछें, आँखों पर चश्मा चढ़ा था। दुबला-सा आदमी, बाल खिचड़ी। उसके चेहरे पर चिन्ता की झलक स्पष्ट थी। जगतप्रकाश ने कुर्सी की ओर इशारा किया, ''बैठिए—आपकी तारीफ ?''

वह आदमी बड़े गौर से जगतप्रकाश को देख रहा था। कुर्सी पर बैठते हुए उसने कहा, "मेरा नाम माताप्रसाद है, कल रात मैं कानपुर से आया हूँ।"

जगतप्रकाश चौंक उठा। यमुना के पिता का नाम माताप्रसाद है और वह कानपुर में रहते हैं—जगतप्रकाश को इस बात का पता था। उसने माताप्रसाद को नमस्ते की, फिर उसने कहा, "दीदी ने मुझे लिखा तो था कि आपको कुछ चिन्ता है, लेकिन चिन्ता का कारण क्या है, इसका संकेत उन्होंने मुझे नहीं दिया था, आप ठहरे कहाँ हैं ?"

"कल रात की गाड़ी से कानपुर से यहाँ आया तो चौक में एक होटल में ठहर गया। सुबह हुई तो तुम्हें तलाश करता हुआ यहाँ पहुँचा।"

"अगर आपको वहाँ कोई तकलीफ हो तो यहाँ आ जाइए।" जगतप्रकाश को शिष्टाचार निभाना पड़ा।

"नहीं, होटल बुरा नहीं है, वहाँ मुझे कोई तकलीफ नहीं है। दिन-भर तो दौड़ना-धूपना है, सिर्फ रात में सो रहना है वहाँ पर। अजीब मुसीबत में फँस गया हूँ, सरासर ज्यादती हो रही है।"

"आखिर बात क्या है ?" जगतप्रकाश ने पूछा।

कुछ देर तक चुप रहने के बाद माताप्रसाद ने कहा, "शुरू से ही किस्सा सुना दूँ। कानपुर में जिस विदेशी फर्म में मैं काम कर रहा हूँ—या यह कहना ठीक होगा—काम कर रहा था, वह जर्मन फर्म है। मेरे प्राविडेंट फंड का तीन हज़ार रुपया जमा है उसके पास। तुम्हारी शादी के लिए मैंने यह प्राविडेंट फंड के तीन हज़ार और कर्ज़ के तौर पर दो हज़ार माँगे थे, हेड ऑफिस से मंजूरी भी आ गई थी। पहली तारीख को वह रुपया मुझे मिलनेवाला था। लेकिन मैनेजर कलकत्ता चला गया था। वह दूसरी तारीख को आया। पोलैंड पर जर्मनी के हमले की खबर आ गई थी। दिनभर वह फर्म के मसलों को तय करने में लगा रहा। मैं ही सबसे बड़ा हिन्दुस्तानी था उस फर्म में, तीसरी तारीख को वह हिरासत में ले लिया गया। दूसरी को तनख्वाहें तो बँट गईं लेकिन उस दौड़धूप में मेरे चेक पर उसने दस्तखत नहीं किए। तीसरी को उसकी गिरफ्तारी हो गई। गिरफ्तार होने के पहले उसने मेरे चेक पर दस्तखत कर दिए और उसने फर्म का सब कामकाज मेरे सुपुर्द कर दिया। लेकिन जब मैंने चेक अपने एकाउंट में जमा किया तब वह कैश नहीं हुआ। मैनेजर की गिरफ्तारी के बाद ही फर्म पर ताला पड़ गया है और मैनेजर हीब्ज़ को गिरफ्तार करके कहीं भेज दिया गया। सब मुलाज़िम बेकार हो गए—मेरा रुपया खटाई में पड़ गया। अब तुम समझ ही गए होगे कि तिलक की रस्म मैं क्यों नहीं अदा कर सका।"

"फिर क्या करना है आपको ?" जगतप्रकाश ने इस समस्या पर गम्भीरतापूर्वक सोचते हुए पूछा।

माताप्रसाद ने रूमाल में बँधे हुए कागज़ों को खोलते हुए कहा, "मिस्टर हीब्ज़ ने—वही जो फर्म के मैनेजर थे, गिरफ्तार होने के समय मुझे अपनी फर्म का इंचार्ज बना दिया था। उनका यह पत्र और आर्डर मेरे पास है। जिन पार्टियों पर फर्म का रुपया

बाकी है उसे वसूल करने का अधिकार मुझे दे गए हैं, साथ ही यह हिदायत कर गए हैं कि एक साल तक मैं फर्म का काम-काज चलाता रहूँ। पच्चीस हज़ार के चेक मुझे दे गए हैं, साथ ही एक सेफ की चाबियाँ भी मुझे दे गए हैं।'' माताप्रसाद के मुख पर एक चमक आ गई। ''यह तो तकदीर का खेल है। या तो मैं फाकेमस्त, या फिर बहुत बड़ी फर्म का मालिक। दोस्तों ने सलाह दी है कि मैं इलाहाबाद हाईकोर्ट में दरखास्त दूँ, शायद काम बन जाए।''

''बहुत ठीक किया आपने। मैं समझता हूँ कि आप यहाँ कामयाब होंगे। बतलाइए मैं इस मामले में क्या करूँ ?''

''बात यह है कि मैं तो इलाहाबाद के लोगों से वाकिफ हूँ नहीं। बस्ती में अपने भाई से सलाह ली, उन्होंने तुम्हारी बहन के कहने के मुताबिक मुझे सलाह दी कि अगर कोई अड़चन पड़े तो बेखटके तुम्हारी मदद लूँ। कुछ अजीब-सा तो लगा, लेकिन मरता क्या न करता ! तो यहाँ आया हूँ।''

''जो कुछ हो सकता है, वह मैं करने को तैयार हूँ। यहाँ दो-चार हाईकोर्ट के वकीलों से मेरा परिचय अवश्य है, लेकिन वे सब नौजवान, उठते हुए आदमी हैं। आपका मामला तो काफी उलझा हुआ है, इस मामले के लिए कोई योग्य और अनुभवी वकील चाहिए। आपने किसी वकील का नाम सोचा है ?''

''यहाँ कोई मिस्टर बंसगोपाल बार-एट-ला है, उसका नाम बतलाया था मेरे भाई ने। कानपुर में अपनी बिरादरी के बाबू परमेश्वरीलाल हैं, उनके वह यह अज़ीज़ होते हैं। बाबू परमेश्वरीलाल का भतीजा रूपलाल इस साल सब-इंस्पेक्टर पुलिस नियुक्त हुआ है, बड़ा भला व नेक लड़का है। वह भी मेरे साथ आया है मेरी पैरवी में। मिस्टर बंसगोपाल से मिलने गया है।''

जगतप्रकाश ने कुछ सोचकर कहा, ''मिस्टर बंसगोपाल ! नाम तो एकाध बार सुना है उनका, किस सिलसिले में, याद नहीं पड़ता, उनसे कभी मिलना-जुलना नहीं हुआ। सिविल लाइंस में उनका बँगला है।''

''हाँ-हाँ, सिविल लाइंस में ही उनका बँगला है। क्या ख़याल है तुम्हारा ?''

''उनसे मिलकर बात कर लीजिए। क्या वह आपके साथी रूपलाल उन्हें अच्छी तरह जानते हैं ?''

माताप्रसाद मुस्कराए, ''अरे, वह बाबू परमेश्वरीलाल के अज़ीज़ हैं तो वह रूपलाल के भी अज़ीज़ हैं। रूपलाल का कहना है कि बहुत कम खर्च में मेरा काम उनके यहाँ हो जाएगा। असल में मेरा हाथ इन दिनों काफी तंग है, एकाएक यह कहर मुझ पर नाज़िल हुआ है, कोई तैयारी नहीं कर सका मैं। दिमाग चक्कर में है, कुछ समझ में नहीं आ रहा कि मैं क्या करूँ। यह मिस्टर बंसगोपाल कितने काबिल हैं, उनसे मेरा काम बन सकेगा या नहीं, इसका फैसला भी तो मैं नहीं कर पा रहा। अगर तुम्हें कोई काम न हो तो मेरे साथ चले चलो, एक से दो भले। जहाँ तक रूपलाल का सवाल है, वह पुलिस का आदमी बन चुका है, उस पर पूरी तौर से भरोसा नहीं किया जा

सकता। वैसे वह आदमी नेक व खुश इखलाक है।"

जगतप्रकाश ने उठकर कपड़े बदले, फिर वह माताप्रसाद के साथ बंसगोपाल के यहाँ के लिए रवाना हो गया।

बंसगोपाल के बँगले के फाटक पर रूपलाल इन लोगों की प्रतीक्षा कर रहा था। उसने माताप्रसाद से कहा, "मैंने बैरिस्टर साहब से बातें कर ली हैं। वह आपका काम कर देंगे। बड़े मशगूल आदमी हैं, दम मारने की फुरसत नहीं। इस वक्त वह एक केस की स्टडी कर रहे हैं, तो मैं बाहर चला आया। चलिए, उनसे बातें कर लीजिए।"

जगतप्रकाश उस समय रूपलाल को देख रहा था। कसरती बदन का नवयुवक, मझोले कद का, रंग कुछ साँवला-सा। छोटी-छोटी चमकदार और तेज़ आँखें, मुख पर एक तरह की कुटिलता। माताप्रसाद ने कहा, "मैं इन जगतप्रकाश को भी साथ ले आया हूँ। चलें, उन्हें अपना केस पूरी तौर से समझा दें।" रूपलाल के साथ वे दोनों बँगले के अन्दर पहुँचे।

बरामदे में दो-तीन आदमी बैठे थे, नौकर दरवाजे के पास खड़ा था। रूपलाल ने नौकर से कहा, "बैरिस्टर साहब से कह देना कि रूपलाल और उनके साथी आ गए हैं, खाली हों तो बुला लें।"

उसी समय बंसगोपाल के ऑफिस से एक आदमी निकला। वे दोनों आदमी, जो बाहर बैठे थे, कमरे के अन्दर चले गए। इस समय तक बाबू माताप्रसाद के चेहरे का तनाव कम हो गया था, उन्होंने जेब से बीड़ी का बंडल निकाला और बीड़ी सुलगाई। बंडल उन्होंने रूपलाल की ओर बढ़ाया, लेकिन रूपलाल ने कहा, "शुक्रिया, मैं बीड़ी नहीं पीता।" उसने कैंची सिगरेट की डिबिया जेब से निकालकर एक सिगरेट सुलगाई, फिर उसने माताप्रसाद से कहा, "मेरी सलाह मानिए तो आप बीड़ी पीना छोड़ दीजिए।"

जगतप्रकाश को ऐसा लगा कि रूपलाल का व्यवहार बाबू माताप्रसाद को पसन्द नहीं आया। एक अज़ीब कड़वा मुँह बनाते हुए उन्होंने कहा, "बेटा रूपलाल! अच्छी-से-अच्छी सिगरेट पीने का मौका मिला है मुझे। मेरे बड़े साहब मिस्टर हीव्ज़—बड़े शौकीन तबीयत के आदमी हैं वह—चुनी हुई शराबें, चुनी हुई सिगरेटें और...खैर छोड़ो भी, तुम लोग अभी बच्चे हो। मेरा मतलब यह था कि अच्छी-से-अच्छी शराब पी है मैंने, अच्छी-से-अच्छी सिगरेट पी है। लेकिन इस सुराज और सुदेशी के दौर में देसी शराब पीनी चाहिए, देसी बीड़ी पीनी चाहिए। तो बेटा रूपलाल, देसी शराब मुज़िर होती है, महात्मा गांधी अच्छी तरह जानते हैं, इसलिए उन्होंने शराबबन्दी कर दी है। लेकिन देसी बीड़ी पर उन्होंने कोई रोक नहीं लगाई है।" जगतप्रकाश यह निर्णय नहीं कर सका कि बाबू माताप्रसाद ने यह बात व्यंग्य में कही है या गम्भीरतापूर्वक कही है।

भीतरवाले आदमी जल्दी ही कमरे के बाहर निकल आए, नौकर ने इन लोगों को भीतर जाने का इशारा किया। रूपलाल के साथ बाबू माताप्रसाद और जगतप्रकाश ने कमरे में प्रवेश किया।

मिस्टर बंसगोपाल बाकायदा सूट पहने बैठे थे, जैसे सोकर उठते ही उनका पहला

काम होता था मुँह-हाथ धो और शेव करके सूट पहन लेना। अधेड़-से और दुबले-से आदमी, गोरा रंग, मूँछों के नाम पर ऊपरी होंठों पर एक पतली-सी काली लकीर, आँखों पर चश्मा। बैठे हुए उन्होंने रूपलाल को देखा और रूपलाल ने माताप्रसाद का परिचय दिया। बंसगोपाल ने अब जगतप्रकाश की ओर देखा, "आपकी तारीफ ?"

"मैं इनका दूर का रिश्तेदार हूँ। मैं यहाँ यूनिवर्सिटी में हूँ। मेरा नाम जगतप्रकाश है। यह मुझे अपने साथ में लाए हैं।"

जैसे मिस्टर बंसगोपाल के मस्तिष्क में एक विचार-सा कौंध गया हो, "तुम यहाँ यूनिवर्सिटी में अर्थशास्त्र में रिसर्च तो नहीं कर रहे हो ? तुमने पारसाल फर्स्ट क्लास इकनामिक्स में एम.ए. किया था, तुम बी.ए. में फर्स्ट क्लास फर्स्ट थे। बस्ती ज़िला के रहनेवाले हो ?"

उसके सम्बन्ध में मिस्टर बंसगोपाल को इतनी जानकारी है, जगतप्रकाश को इस पर आश्चर्य हुआ। उसने दबी ज़बान में कहा, "जी, आपने जो कहा वह ठीक है।"

बंसगोपाल उठ खड़े हुए, "तुमसे मिलकर बड़ी खुशी हुई।" फिर माताप्रसाद से उन्होंने कहा, "चलिए, ड्राइंग रूम में बैठा जाए चलकर। सुबह उठते ही यहाँ आकर बैठ गया, मुवक्किलों से फुरसत ही नहीं मिलती। वहाँ इत्मीनान से बातें होंगी।

ऑफिस से मिला हुआ ड्राइंग-रूम था। इन लोगों को बैठाकर बंसगोपाल बोले, "मैं दस-पन्द्रह मिनट में आता हूँ नहा-धोकर, कोर्ट का टाइम हो रहा है। तब तक आप लोग आराम कीजिए।"

बंसगोपाल के अन्दर जाते ही रूपलाल ने गर्व के साथ छाती फुलाकर माताप्रसाद से कहा, "देखा आपने, कितना मानते हैं यह मुझे ! बस आप समझ लीजिए कि आपका काम हो गया। और यह भी देख लिया कितना मशगूल रहते हैं, करीब दस हज़ार रुपए महीने की प्रैक्टिस है इनकी। इलाहाबाद के इने-गिने वकीलों में हैं।"

गद्देदार कुर्सी पर बैठकर बाबू माताप्रसाद ने इत्मीनान के साथ अपनी टाँगें फैलाईं, उनके मुख पर एक प्रकार का सन्तोष था, "भाई मान गया तुम्हें मैं रूपलाल ! सही जगह ले आए हो मुझे। मेरा काम यहाँ शर्तिया बन जाएगा।" यह कहकर उन्होंने बीड़ी का बंडल निकाला। फिर न जाने क्या सोचकर उन्होंने बीड़ी का बंडल अपनी जेब में रख लिया।

जगतप्रकाश चुपचाप बैठा हुआ उस ड्राइंग-रूम को देख रहा था। वैसे ड्राइंग-रूम का सामान कीमती था, लेकिन उसकी सजावट में सुरुचि की कमी दिख रही थी उसे। यही रुचि की कमी उसे रूपलाल में भी दिखी। माताप्रसाद के प्रति उसमें दया को छोड़कर और किसी प्रकार की भावना नहीं थी। तभी नौकर ने अन्दर से ड्राइंग-रूम में प्रवेश किया। उसके हाथ में चाय और नाश्ते की एक ट्रे थी। चाय की ट्रे उसने बीच वाली मेज़ पर सजा दी। उसके आने के कुछ क्षणों बाद ही मिस्टर बंसगोपाल अन्दर से निकले। आते उन्होंने ही कहा, "मैं अब तैयार हो गया हूँ हाईकोर्ट जाने के लिए। मैं सुबह हलका-सा नाश्ता करके कोर्ट जाता हूँ, दोपहर को लंच टाइम में मैं घर आकर लंच करता हूँ। आप

लोग आ गए हैं तो सोचा साथ बैठकर ही चाय पी जाए।''

''जी, नाश्ता तो हम लोग करके ही आए हैं, और चाय भी पी चुके हैं। आपकी मेहरबानी है।'' माताप्रसाद ने कहा, ''आपने इतनी तकलीफ क्यों उठाई ?''

''अजी, इसमें तकलीफ की क्या बात है ? हम लोग एक-दूसरे के अज़ीज़ हैं—एक जात, एक बिरादरी। हाँ, हम लोग चाय पीते जाएँ, और आप अपना केस समझाते जाइए।''

नौकर चाय बनाने लगा और बाबू माताप्रसाद ने रूमाल खोलकर अपने कागज निकाले। तभी एक इक्कीस-बाईस साल की लड़की ने ड्राइंग-रूम में आकर कहा, ''पापा ! मैं आपकी कार लिए जा रही हूँ।''

''हाँ-हाँ, यूनिवर्सिटी पहुँचकर कार भेज देना, उसे रोकना मत।'' बंसगोपाल ने कहा। लड़की घूमकर चली गई।

बंसगोपाल ने जगतप्रकाश से कहा, ''यह मेरी लड़की सुषमा है—सुषमा सिन्हा, यूनिवर्सिटी में पढ़ रही है, एम.ए. प्रीवियस है इसका,'' और फिर उन्होंने जोर से आवाज़ दी, ''अरे सुनना सुषमा !'' और नौकर से उन्होंने कहा, ''देखो, सुषमा को बुला लाओ, कहना साहब ने बुलाया है।''

लेकिन शायद सुषमा ने बंसगोपाल की आवाज़ सुन ली थी, उसने ड्राइंग-रूम में आकर कहा, ''आपने मुझे बुलाया था पापा—जल्दी कहिए, नहीं तो आपको देर हो जाएगी।'' वह खिलखिलाकर हँस पड़ी।

''इन्हें जानती हो ?'' जगतप्रकाश की ओर इशारा करते हुए उन्होंने पूछा, ''यह मिस्टर जगतप्रकाश हैं, यहाँ इकनामिक्स में रिसर्च कर रहे हैं।''

उस लड़की ने जगतप्रकाश को, जब पहली बार कमरे में आई थी, नहीं देखा था, इस बार उसने जगतप्रकाश को देखा और कह उठी, ''आपको कौन नहीं जानता हमारे डिपार्टमेंट में ! इनसे तो बात करने में डर लगता है हम लोगों को।'' सुषमा की हँसी अब मुस्कराहट में बदल गई थी।

बंसगोपाल ने भी मुस्कराते हुए कहा, ''शक्ल तो इनकी इतनी डरावनी नहीं है कि किसी को डर लगे। क्यों मिस्टर जगतप्रकाश, यह सुषमा बड़ी शरीर लड़की है। वैसे बड़ी तेज और ज़हीन है, लेकिन पढ़ने में इसका मन ही नहीं लगता। बड़ी मुश्किल से सेकंड क्लास मिला है इसे बी.ए. में।''

''पापा, इतिहास में मुझे अच्छे नम्बर नहीं मिले, वहाँ तो रटना पड़ता है। अर्थशास्त्र में तो मुझे हाई सेकंड क्लास मार्क्स मिले थे।''

''सुन लिया—सब सुन लिया। तो मिस्टर जगतप्रकाश अगर सुषमा को किसी प्रकार की सहायता की आवश्यकता पड़े तो दे दीजिएगा। एम.ए. इकॉनामिक्स में ही कर रही है। एम.ए. में तो इसे फर्स्ट क्लास मिल जाए।''

सुषमा बोली, ''लेकिन पापा ! यह तो डिपार्टमेंट में आते ही नहीं, मैं इन्हें कहाँ-कहाँ ढूँढ़ती फिरूँगी ?''

"अरे, यह हमारे घर पर आया-जाया करेंगे—अपने अज़ीज़ ही हैं, इन्हें अपने घर का आदमी समझना। क्यों मिस्टर जगतप्रकाश, आपका हम लोगों पर बड़ा अहसान होगा।"

जगतप्रकाश को कहना पड़ा, "जी, आया करूँगा। यद्यपि एम.ए. के विद्यार्थियों को खुद मेहनत करनी पड़ती है।"

सुषमा ने तीखी नज़रों से जगतप्रकाश को देखा, "जी, जानती हूँ। आप बोले तो, यही क्या कम है ! अब आप जब फिर आइएगा तब आप मुझे यह सब समझा दीजिएगा।" सुषमा घूमकर चली गई।

सुषमा देखने में काफी सुन्दर थी, गहरा मेकअप किए हुए। इकहरे बदन की लम्बी-सी युवती, आँखें बड़ी-बड़ी। सुषमा को जगतप्रकाश ने पहले भी देखा था—मुक्त, हिम्मती, गर्वीली। हरेक आदमी सुषमा की ओर आकृष्ट हो जाता था, दबी जबान कुछ लोग उसके चरित्र पर लाँछन भी लगाते थे। लेकिन जगतप्रकाश समझता था कि यह सब ईर्ष्यावश है।

सुषमा के जाने के बाद मिस्टर बंसगोपाल ने बाबू माताप्रसाद से बातचीत शुरू कर दी। करीब आधा घंटा तक वह बाबू माताप्रसाद से उनका केस समझते रहे, फिर उन्होंने कहा, "ठीक है, केस आप जीत जाएँगे, आप एप्लीकेशन लगा दीजिए। हाँ, तीन-चार महीने लग जाएँगे इस केस में।"

"जल्दी नहीं हो सकती ?" बाबू माताप्रसाद ने कमज़ोर आवाज़ में कहा, "जनवरी से पहले अगर फैसला हो जाए तो अच्छा हो, मुझे अपनी लड़की की शादी करनी है।"

"कोशिश करूँगा। वैसे इस तरह का काम मैं एक महीने में ही करा लेता, लेकिन यह जर्मन फर्म का मामला है, भारत सरकार के खिलाफ आपका मुकदमा है। हाँ, इतना इत्मीनान दिलाता हूँ कि आपका काम हो जाएगा। आप बेफिक्र रहें।"

बाबू माताप्रसाद ने जेब से पचास रुपए निकालकर बंसगोपाल के आगे बढ़ाते हुए कहा, "जी, बड़ी मेहरबानी होगी। ज्यादा तो नहीं पेश कर सकता, यह कबूल कीजिए।"

बंसगोपाल मुस्कराए, "जी, आप यह रुपया अपने पास रखिए। आप मेरे अज़ीज़ हैं, मुसीबत में हैं, आपकी मदद करना मेरा फर्ज है। जब आपका फैसला हो जाए तब शुकराने के साथ आप मेरी फीस दे दीजिएगा। आप मेरे साथ कोर्ट चलिए, आपकी एप्लीकेशन पिटीशन में लगवाए देता हूँ।" उन्होंने जगतप्रकाश से कहा, "तुम इस घर को अपना ही घर समझो। कभी-कभी आ जाया करो जब फुरसत मिले। हम लोगों के साथ चलने की कोई जरूरत नहीं है, तुम्हें यूनिवर्सिटी जाना होगा न। हाँ, इतवार को आ जाना, यहीं खाना भी खा लेना। सुषमा को कुछ मदद कर देना, मैं चाहता हूँ कि सुषमा को एम.ए. में फर्स्ट डिवीज़न मिल जाए।"

बंसगोपाल की इस उदारता और आत्मीयता से जगतप्रकाश प्रभावित हुआ, उसने उठते हुए कहा, "जरूर ! मैं इतवार को सुबह के वक्त आने की कोशिश करूँगा, खाने के लिए माफ कीजिए। आप इनका काम करा देंगे—मुझे विश्वास है।" फिर उसने

माताप्रसाद से कहा, ''मैं चार बजे लाइब्रेरी से लौट आऊँगा। हाईकोर्ट से लौटकर या तो आप मेरे यहाँ आ जाएँ, या आप जहाँ कहें वहाँ मैं आपसे मिल लूँ।''

''नहीं, मैं ही करीब चार बजे तुम्हारे होस्टल में आ जाऊँगा।'' माताप्रसाद ने कहा।

जिस समय जगतप्रकाश बंसगोपाल के यहाँ से अपने कमरे में पहुँचा, साढ़े दस बज गए थे। फर्श पर दो पत्र पड़े थे। उसने उन दोनों पत्रों को उठाया। एक पत्र बम्बई से आया था कुलसुम का, लेकिन दूसरे पत्र पर पते की लिखावट वह नहीं पहचान सका। उसने दूसरा पत्र पहले खोला।

वह पत्र कलकत्ता से आया था और उसे जसवन्त कपूर ने लिखा था। दूसरे दिन मेल से वह कलकत्ता से इलाहाबाद होते हुए दिल्ली वापस जा रहा था। उसने लिखा था कि जगतप्रकाश उससे स्टेशन आकर ट्रेन में मिल ले, कुछ बहुत ज़रूरी काम है। जसवन्त का पत्र उसे पहली बार मिला था, सुन्दर लिखावट, लिखने का ढंग स्पष्ट। जगतप्रकाश को आश्चर्य हो रहा था कि जसवन्त को उससे कौन-सा ज़रूरी काम हो सकता है। कुछ देर तक वह सोचता रहा और अनुमान लगाता रहा, लेकिन उसकी समझ में कुछ नहीं आया। हारकर उसने कुलसुम का पत्र खोला। बम्बई से लौटकर आने के बाद यह कुलसुम का पहला पत्र था उसके नाम।

एक साँस में आदि से अन्त तक वह कुलसुम का पत्र पढ़ गया, कुछ अजीब व्यथा से भरा हुआ था वह पत्र। जसवन्त का विवाह शर्मिष्ठा के साथ तय हो गया है। कुलसुम को इसमें कोई आपत्ति नहीं थी। उसकी दृष्टि में यह ठीक ही हुआ था, लेकिन जसवन्त ने अपने जीवन से कुलसुम को एकदम अलग कर दिया है, इसकी शिकायत थी उसे। उसने जसवन्त को अब तक तीन पत्र लिखे थे, लेकिन उसे किसी पत्र का उत्तर नहीं मिला था। दूसरे के साथ वैवाहिक सम्बन्ध तय हो जाने का यह अर्थ तो नहीं होता कि सारा स्नेह, सारी ममता सदा के लिए समाप्त हो जाए। वह पत्र कुलसुम के भावनात्मक उद्‌गारों से भरा हुआ था। अन्त में कुलसुम ने लिखा था—''घुटन-घुटन-घुटन ! किससे अपनी बात कहकर अपना जी हलका करूँ ? तभी मुझे तुम्हारी याद आ गई। अब तुम्हीं तो हो जिससे मैं अपने जी की बात कह सकूँ, जिस पर मैं भरोसा रख सकूँ। तुमने मुझे कोई चिट्‌ठी नहीं लिखी, मैं भी अपने मामलों में इस कदर उलझी रही कि लाख चाहती हुई भी तुम्हें कोई पत्र नहीं लिख सकी। अगर हो सके तो तुम जसवन्त का पता लगाकर मुझे उसकी खबर देना। अगर उसकी खबर तुम्हें न भी मिले तो मुझे चिट्‌ठी ज़रूर लिखना। अगर हो सके तो दीवाली की छुट्टियों में तुम दो-चार दिन के लिए बम्बई चले आओ—तुमसे मिले एक अरसा हो गया है। खर्च की परवाह न करना।''

कुलसुम का पत्र मेज़ पर रखकर जगतप्रकाश अवसन्न-सा बैठ गया। यह जसवन्त—यह खर्च—यह कुलसुम—यह सब क्या है ? एक पुलक, एक अवसाद, और इन दोनों का मिश्रित परिणाम—एक उलझन। इस उलझन से निकलना उसे असम्भव-सा लग रहा था। जसवन्त कुलसुम के जीवन से हट गया था, वह कुलसुम

के जीवन में आ रहा था। जसवन्त के जीवन में कोई शर्मिष्ठा आ गई है, उसके जीवन में यमुना आ गई है। और कुलसुम—नितान्त एकाकी !

लेकिन, क्या कुलसुम नितान्त एकाकी है ? परवेज़—वह कुलसुम को कितना प्यार करता है। लेकिन कुलसुम परवेज़ से खुल नहीं सकती, या कुलसुम परवेज़ से खुलना नहीं चाहती। यह कुलसुम—यह हरेक के साथ खुल सकती है, उसके अन्दर छल-कपट नहीं है, उसके अन्दर कुंठाएँ नहीं हैं। उन्मुक्त, निर्भीक—यह कुलसुम बहुत ऊँची है, बहुत नेक है। अगर कोई बन्द है तो वह जसवन्त है, अगर कोई बन्द है तो वह खुद जगतप्रकाश है।

जगतप्रकाश के अन्दरवाली समस्त ग्लानि जाती रही। उन दोनों पत्रों को अपने ट्रंक में रखकर वह खाना खाने चला गया अपने मेस में।

शाम को चार बजे जगतप्रकाश लाइब्रेरी से वापस लौटा। उसने देखा कि माताप्रसाद और रूपलाल उसके बरामदे में टहल रहे हैं। जगतप्रकाश ने आते ही कहा, "अरे, आप लोग बड़ी जल्दी आ गए ! कितनी देर हुई आपको आए हुए ?"

"बस दो-तीन मिनट समझो !" माताप्रसाद ने उत्तर दिया, "मेरा काम तो एक बजे ही खत्म हो गया था, उसके बाद हम दोनों ने होस्टल में खाना खाया। सोच रहा हूँ कि सात बजेवाली गाड़ी से कानपुर निकल जाऊँ, एक्सप्रेस है। रात के ग्यारह बजे तक कानपुर पहुँच जाएँगे। रात में इत्मीनान के साथ अपने घर में नींद आएगी।"

जगतप्रकाश ने कमरा खोला, दोनों को बैठाते हुए स्टोव पर पानी चढ़ाया, "अच्छा तो चाय पी लीजिए। बड़ी खुशी हुई कि इतनी आसानी से काम हो गया। मेरा ऐसा ख़याल है कि महीने-दो महीने में फर्म आपके हाथ आ जाएगी।"

इस पर रूपलाल बोला, "अदालत का काम है, इसमें देर भी लग सकती है। असल में ऑफिस में मुहरबन्दी हो गई है। चाचाजी का कहना है कि ऑफिस में कम्पनी का जो सेफ है उसमें करीब तीन हज़ार रुपया नकद है। अगर ऑफिस की मुहरबन्दी तोड़कर सेफ से वह रुपया निकाला जा सके, और फिर से मुहर लगा दी जाए तो काम बन सकता है। चार-पाँच सौ रुपए देने पड़ेंगे कोतवाल साहब को। किसी को खबर नहीं होगी और रातों-रात काम हो जाएगा। अगर चाचाजी कहें तो मैं कोशिश करूँ, कोतवाल साहब मुझे बहुत मानते हैं।"

जगतप्रकाश चौंक उठा, उसने ध्यान से रूपलाल को देखा—छोटी-छोटी तेज़ आँखों में शैतानियत की चमक दिखी उसे। यह आदमी बहुत कुछ कर सकता है। उसने केवल इतना कहा, "यह काम गलत होगा, इसमें खतरा भी हो सकता है।"

रूपलाल मुसकराया, "काम सही या गलत नहीं हुआ करता, करनेवाला और उसका तरीका सही या गलत होता है। फिर मेरा यह सुझाव तो उस हालत में है जब और कोई चारा न दिखे। और मैं समझता हूँ चाचाजी का मुकदमा मज़बूत है।"

जगतप्रकाश ने माताप्रसाद की ओर देखा, उनके मुख पर थकावट और चिन्ता के भाव स्पष्ट थे। उन्होंने कहा, "मैं भी समझता हूँ कि यह काम गलत होगा। भगवान्

पर ही भरोसा किया जाए।" उन्होंने जगतप्रकाश को अकेले में ले जाकर कहा, "तुम समझ ही गए होगे कि मैं दशहरा में तिलक क्यों नहीं चढ़ा सका। अपनी बहन को लिख देना, मुझे लिखते हुए शर्म आती है। गरमी में तिलक और शादी, दोनों साथ-साथ हो जाएँगे। हाँ, मिस्टर बंसगोपाल से कुछ दिनों बाद मिलकर मेरे काम की याद दिला देना कि काम में ढील न पड़े, वैसे बड़े शरीफ आदमी हैं वह। अच्छा, अब मैं चलूँगा।"

"चाय तो पी लीजिए, मैं आपके साथ स्टेशन चलता हूँ।" जगतप्रकाश बोला।

"नहीं, मैं चाय नहीं पीऊँगा, रूपलाल को पिला दो। स्टेशन चलने की कोई ज़रूरत नहीं है। रूपलाल तो साथ में है न, मैं बड़े आराम से चला जाऊँगा।"

दूसरे दिन जब जगतप्रकाश सोकर उठा, उसे याद हो आया कि उसे दस बजे सुबह की डाकगाड़ी पर सफर करते हुए जसवन्त कपूर से मिलना है। यह जसवन्त कमलाकान्त का पुराना मित्र था, उससे तो उसका परिचय कुछ महीने पहले हुआ था। एक बार उसके मन में आया कि कमलाकान्त को जसवन्त के आने की सूचना दे दे। फिर उसने अपना विचार बदल दिया। कुलसुम के पत्र के बाद स्थिति कुछ स्पष्ट होने लगी थी।

सेकंड क्लास कम्पार्टमेंट में जसवन्त कपूर खड़ा खिड़की के बाहर देख रहा था, उसकी आँखें उसी को ढूँढ़ रही थीं। जगतप्रकाश को देखकर जसवन्त कपूर ने हाथ हिलाया और जगतप्रकाश जसवन्त के कम्पार्टमेंट के साथ चलने लगा। गाड़ी रुक गई और जसवन्त कम्पार्टमेंट से उतर आया, "मेरा पत्र तुम्हें समय से मिल गया था। मैं सोच रहा था कि कहीं मेरा पत्र तुम्हें न मिला हो और तुम मुझसे यहाँ न मिलो।"

जगतप्रकाश को जसवन्त कपूर कुछ बदला-सा दिख रहा था। जसवन्त कपूर शानदार सूट पहने था, उसके लहज़े में कुछ ऐसा था जो जगतप्रकाश को अपरिचित-सा लग रहा था। उसने कहा, "हाँ, आपका पत्र मुझे कल मिल गया था और आपके पत्र के साथ कुलसुम का पत्र मिला—यह संयोग की बात थी। वह आपके सम्बन्ध में काफी चिन्तित हैं। उन्होंने शायद आपको कई पत्र लिखे, लेकिन आपका कोई उत्तर उन्हें नहीं मिला।"

जसवन्त कपूर के चेहरे पर एक धुँधलापन आ गया, "मुझे कुलसुम के पत्र मिले, यह ठीक है, और मैंने उसके पत्रों का उत्तर नहीं दिया, यह भी ठीक है। इसी सम्बन्ध में मैं तुमसे मिलना चाहता था। तुम समझ ही गए हो कि हम दोनों एक-दूसरे से बहुत दूर हट गए हैं, और अब हम नज़दीक नहीं आ सकते, नज़दीक आने की कोशिश का अर्थ होगा उसका मेरी ज़िन्दगी से हट जाना जो मेरी ज़िन्दगी में आ गया है। तुम शायद मेरी बात समझ ही गए होगे।"

"तो क्या शर्मिष्ठा देवी से आपका विवाह हो गया ? मुझे इसकी कोई खबर नहीं मिली !"

जसवन्त मुसकराया, "मेरे विवाह का निमन्त्रण तुम्हें अवश्य मिलेगा, दिसम्बर में हमारा विवाह होगा। लेकिन मैं दूसरी बात कह रहा था। तुम शायद स्त्रियों की प्रकृति को नहीं जानते, उनमें भयानक ईर्ष्या और जलन होती है। यह ईर्ष्या और जलन

कभी-कभी वैवाहिक जीवन को नष्ट भी कर सकती है।''

जगतप्रकाश की समझ में जैसे सारी बात आ गई, उसने कहा, ''आप कुलसुम को पत्र लिखकर या उससे मिलकर सारी स्थिति स्पष्ट क्यों नहीं कर देते, कुलसुम समझदार लड़की है।''

''तुम कुलसुम को अच्छी तरह जानते नहीं, नहीं तो यह बात तुम मुझसे न कहते। ऊपर से शान्त और संयत दिखनेवाली इस लड़की में अन्दर कहीं भयानक विस्फोट की प्रवृत्ति है। फिर मुझमें भी तो कहीं कोई कमज़ोरी है, मुझे कुलसुम के सामने पड़ने में संकोच होता है। और पत्र-व्यवहार मैं जारी नहीं रखना चाहता।'' जगतप्रकाश ने अनुभव किया कि जसवन्त के स्वर में एक प्रकार का कम्प है। ''मुझे अपनी कमज़ोरी से लड़ना है। तुम शायद बम्बई जाओ, कुलसुम में तुम्हारे लिए एक भावना है, मैं यह जानता हूँ। तुम मेरी स्थिति कुलसुम से स्पष्ट कर देना, और मेरी ओर से क्षमा माँग लेना।'' जगतप्रकाश को लगा कि जसवन्त की आँखें कुछ तरल हो गई हैं, क्योंकि उसने अपनी दृष्टि जगतप्रकाश से हटा ली थी।

जसवन्त जगतप्रकाश का हाथ पकड़कर कम्पार्टमेंट के अन्दर चला गया। उसने अपने सूटकेस से पत्रों का एक बंडल निकाला जो रेशमी रूमाल में बँधा था। उस बंडल को जगतप्रकाश के हाथ में देते हुए उसने कहा, ''ये कुलसुम के पत्र हैं जो उसने मुझे लिखे थे। इन पत्रों को मैं नष्ट नहीं कर सका, कहीं कोई कमज़ोरी मेरे अन्दर अवश्य थी और इन पत्रों को नष्ट करना, यह मेरी सामर्थ्य में नहीं है। मैं इन पत्रों को डाक से कुलसुम को भेज सकता, लेकिन डाक का कोई ठिकाना नहीं। तुम इन पत्रों को कुलसुम को दे देना।''

जगतप्रकाश एकटक जसवन्त को देख रहा था, उसने उस बंडल को नहीं लिया।

''मैं कहता हूँ इस बंडल को ले लो और इसे कुलसुम को वापस कर देना।'' जसवन्त ने जगतप्रकाश के कन्धे पर हाथ रखकर कहा, ''जगत ! मुझे तुम पर विश्वास है। यह कुलसुम बड़ी भली लड़की है, बड़ी शरीफ और उदार। मैं जानता हूँ तुम इन पत्रों को पढ़ोगे नहीं, और अगर पढ़ भी लो तो कोई हर्ज़ नहीं। लेकिन अगर मैं मनुष्य को पहचानता हूँ तो तुम न विश्वासघात कर सकते हो, न धोखा दे सकते हो, न नीचता पर उतर सकते हो। तुम्हें अपना मित्र बनाकर मुझे गर्व होगा।''

जगतप्रकाश ने चुपचाप पत्रों का बंडल ले लिया। गार्ड अब सीटी दे रहा था। जगतप्रकाश के साथ प्लेटफार्म पर उतरते हुए जसवन्त ने कहा, ''जगतप्रकाश ! यह कुलसुम बड़ी भली लड़की है, शरीफ, उदार और समझदार। तुम शायद उससे प्रेम करने लगो। लेकिन वह प्रेम नहीं कर सकती, यह उसकी सबसे बड़ी कमज़ोरी है। तुम्हें मैं अपना घनिष्ठ मित्र मानने लगा हूँ, इसलिए यह सब कह रहा हूँ।'' इस समय इंजन ने सीटी दी। कम्पार्टमेंट में चढ़ता हुआ जसवन्त बोला, ''मेरे विवाह में अवश्य आना, मैं तुम्हें पत्र लिखूँगा। हमारा-तुम्हारा साथ छूटेगा नहीं, आगे चलकर हम दोनों को कुछ

अधिक काम करना पड़ेगा। बोलो, मेरा साथ निबाहोगे ?"

जगतप्रकाश अब एक तरह की भावना के प्रवाह में अपने को बहता हुआ अनुभव करने लगा, उसने कहा, "मैं आऊँगा तुम्हारे विवाह में—मैं तुम्हारा साथ दूँगा।" गाड़ी अब प्लेटफार्म से खिसकने लगी थी।

[10]

चौक में कांग्रेस की एक मीटिंग थी, उस मीटिंग में जाने के लिए जगतप्रकाश अपने कमरे के बाहर निकला। उस समय वह अकेला था, कमलाकान्त से उसका साथ करीब-करीब छूट गया था। रात में सरदी काफी बढ़ जाती थी, क्योंकि नवम्बर का दूसरा सप्ताह चल रहा था। जगतप्रकाश एक ऊनी जवाहर-बंडी पहने था। उसने तय किया था कि चौक के खादी भंडार में जाकर वह पट्टू का एक कोट सिलने को दे देगा, फिर वह मीटिंग में जाएगा। बाहर के बड़े-बड़े नेता लोग उस मीटिंग में भाषण देनेवाले थे।

होस्टल के फाटक से वह थोड़ा ही आगे बढ़ा था कि एक कार उसकी बगल में आकर रुकी और एक अत्यन्त परिचित आवाज़ उसे सुनाई दी, "अरे जगतप्रकाश ! मैं तो तुम्हारे ही यहाँ जा रही थी।"

जगतप्रकाश चौंक उठा, "अरे तुम कुलसुम बेन, तुम इलाहाबाद में ! मुझे तुम्हारे आने की कोई खबर ही नहीं मिली।"

स्टियरिंग ह्वील पर परवेज़ बैठा था, कुलसुम उसकी बगल में बैठी थी। दिनशा झाबवाला की बड़ी बुइक कार थी जिस पर वह जबलपुर में कई बार चढ़ा था। कुलसुम ने अपनी बगल का दरवाज़ा खोलते हुए कहा, "साथ बैठ जाओ। आज दोपहर को ही परवेज़ के साथ कार पर जबलपुर से इलाहाबाद आई हूँ। रास्ते-भर हम लोग पिकनिक मनाते हुए आ रहे हैं। विन्ध्याचल के पहाड़ ! कितने खूबसूरत दृश्य हैं, उन पहाड़ों में छिपे हुए !"

जगतप्रकाश आगे की सीट पर कुलसुम की बगल में बैठ गया। "तुम जबलपुर कब आईं ?" उसने पूछा।

"करीब पन्द्रह दिन हुए। मामा ने बहुत ज़ोर देकर बुलाया था, डैडी ने कहा कि मुझे जबलपुर जाना ही चाहिए। फिर इस परवेज़ ने भूख-हड़ताल की धमकी दी थी।" कुलसुम खिलखिलाकर हँस पड़ी, "मामा और डैडी की बात टाली जा सकती थी, लेकिन यह परवेज़, इसे बहुत दिनों से देखा न था, तो एकदम चल पड़ी। दस दिन जबलपुर में रही, फिर सोचा इलाहाबाद होते हुए दिल्ली चली जाऊँ। परवेज़ मेरे साथ लग गया, इस परवेज़ का मन नहीं भरा था।" कुलसुम ने परवेज़ की ओर देखा, "क्यों परवेज़ ठीक कह रही हूँ न ?"

परवेज़ के भावनाहीन चेहरे पर एक चमक आ गई, ''हाँ, मेरा मन तो तुमसे कभी नहीं भरता, कभी भरेगा भी नहीं। मिस्टर जगतप्रकाश ! चार दिन से इस कार पर मैं अकेला इस कुलसुम के साथ सफर कर रहा हूँ। इतना सुख कभी नहीं मिला ज़िन्दगी में। यह कुलसुम हमेशा...हमेशा मेरे साथ रहे, यही मन करता है।''

''लेकिन तुम मुझे कभी-कभी बेहद बोर करते हो परवेज़ !'' कुलसुम ने मुस्कराते हुए कहा।

''बिलकुल गलत ! तुमने कभी भी अपनी नाखुशी या नाराजी नहीं ज़ाहिर की। अच्छा, कहाँ चलूँ ?'' कार स्टार्ट करते हुए परवेज़ ने पूछा।

कुलसुम जगतप्रकाश की ओर घूमी, ''तुम कहीं जा रहे थे। कहाँ जाना है ?''

''मैं तो चौक जा रहा था, खादी भंडार। जाड़ा आ गया है, कुछ कपड़े बनवाने हैं। फिर वहीं चौक में कांग्रेस की मीटिंग है, राजेन्द्र बाबू और सरदार पटेल बोलनेवाले हैं वहाँ।''

''चलो परवेज़, चौक की ही तरफ चलें। मैं भी इन दोनों के भाषणों को सुनूँगी। फिर खादी भंडार से पश्मीने का एक शाल भी ले लूँ, यहाँ जब इतनी सरदी है तब दिल्ली में तो मौसम बहुत ठंडा मिलेगा।

खादी भंडार पहुँचकर कुलसुम पश्मीना-काउंटर की ओर बढ़ी। इस बीच जगतप्रकाश ने अपने लिए पट्टू का एक थान लेकर वहीं दर्जी को अपने कोट का नाप दे दिया। इसके बाद वह कुलसुम के पास पश्मीना काउंटर पर पहुँचा। वहाँ पश्मीने के शाल बिखरे पड़े थे और कुलसुम उनमें से अपने लिए शाल चुन रही थी। शाल का एक जोड़ा पसन्द करके कुलसुम ने सेल्समैन से कहा, ''इसे बाँध दो।''

''जी, इसका दाम दो सौ बीस रुपए हैं।'' सेल्समैन ने कहा।

कड़े स्वर में कुलसुम बोली, ''सुन लिया।'' फिर वह परवेज़ की ओर घूमी, ''परवेज़, विलायती सर्ज के सूट तो तुम पहनते ही हो, मेरी तरफ से एक सूट पश्मीने का बनवा लो !''

घबराए हुए स्वर में परवेज़ ने कहा, ''कुलसुम, तुम तो जानती हो कि गवर्नर को देसी कपड़ों से कितनी नफरत है। इस पश्मीने के सूट को देखकर वे मुझ पर बेहद नाराज़ होंगे।''

कुलसुम ने बड़े प्यार से परवेज़ के कन्धे पर हाथ रखते हुए कहा, ''तुम उनसे कह देना कि यह सूट मैंने तुम्हें प्रेजेंट किया है, फिर वह ज़रा भी नाराज़ न होंगे। देखो, तुम्हें कौन-सा डिज़ाइन पसन्द है ? जगतप्रकाश, कपड़ा पसन्द करने में ज़रा तुम भी मदद करो !''

परवेज़ की हिम्मत नहीं पड़ रही थी कि वह अपने लिए कपड़ा पसन्द करे। जगतप्रकाश ने एक डिजाइन पसन्द किया, कुलसुम ने परवेज़ की ओर देखा, ''बड़ा अच्छा डिज़ाइन है; तुम्हें कैसा लगता है, बोलो परवेज़ ?''

कुछ शर्माते हुए परवेज़ ने कहा, ''बहुत अच्छा लगता है, बड़ा प्यारा डिज़ाइन है।''

कुलसुम ने भी अपनी पसन्द का एक डिज़ाइन चुना। उसने सेल्समैन से दोनों डिज़ाइनों का एक-एक सूट का कपड़ा काट देने को कहा।

जिस समय चौकवाली कांग्रेस की सभा समाप्त हुई, आठ बज रहे थे। तीनों कार पर बैठ गए। कुलसुम ने जगतप्रकाश से कहा, "हम लोग सिविल लाइंस में रोसेटी होटल में ठहरे हैं। खाना तुम हम लोगों के साथ ही खाओगे होटल में चलकर। अभी तो तुमसे बातें भी नहीं हुई हैं, होटल में चलकर बातें होंगी।"

सिविल लाइंस में मार्टीनर्स नाम की दर्जी की एक दुकान पर कुलसुम ने गाड़ी रुकवा दी। मार्टीनर्स इलाहाबाद की सबसे अच्छी दर्जी की दुकान समझी जाती थी। जैसे ही ये लोग दुकान में घुसे, मैनेजर ने इनका स्वागत किया। कुलसुम ने पश्मीने के दोनों टुकड़े निकालते हुए कहा, "परसों शाम तक दो सूट सिलाने हैं, अर्जेंट काम है, इसकी मुनासिब सिलाई मिलेगी।"

इस समय तक टेलर मास्टर यासीन भी आ गया था। वह एक बुड्ढा और अनुभवी था। बड़े आदर के साथ सिर झुकाते हुए उसने कहा, "हो जाएगा हुज़ूर ! किसके सूट बनने हैं ?"

कुलसुम ने उस टुकड़े को, जिसे जगतप्रकाश ने पसन्द किया था, यासीन को देकर कहा, "इस कपड़े का सूट इन परवेज़ का बनेगा, नाप ले लो।"

परवेज़ के नाम के बाद कुलसुम ने जो कपड़ा पसन्द किया था, उसे यासीन को देते हुए कहा, "इस कपड़े का सूट इन जगतप्रकाश के लिए बनेगा।"

जगतप्रकाश बोल उठा, "नहीं, मुझे इस सूट की आवश्यकता नहीं है, मैंने तो परवेज़ के लिए ही यह दूसरा कपड़ा भी समझा था।"

कुलसुम मुसकराई, "लेकिन मैंने तो यह कपड़ा तुम्हारे लिए पसन्द किया था। क्यों परवेज़ ? जगतप्रकाश के लिए यह कैसा रहेगा ?"

बड़ी मोहक मुस्कान के साथ परवेज़ बोला, "बिलकुल शानदार ! मेरे लिए तो गवर्नर से एक सूट छिपाना ही मुश्किल हो जाएगा। दूसरे सूट से मैं बाज़ आया।" यासीन ने जगतप्रकाश का नाप ले लिया।

रोसेटी इलाहाबाद का सबसे शानदार होटल था। कुलसुम और जगतप्रकाश होटल के पोर्टिको में उतर पड़े, परवेज़ कार पार्क करने के लिए पीछे की ओर चला गया। कुलसुम ने कहा, "मैं चौबीस नम्बर कमरे में ठहरी हूँ। परवेज़ पच्चीस नम्बर कमरे में है। हाँ, तो तुम्हें जसवन्त का कुछ पता चला ?"

सिर झुकाकर जगतप्रकाश बोला, "कलकत्ता से दिल्ली जाते समय कुछ दिन पहले जसवन्त मुझसे मिला था। जिस दिन तुम्हारा पत्र मुझे मिला था, उसी दिन जसवन्त का पत्र भी मुझे मिला था कि दूसरे दिन मैं स्टेशन आ जाऊँ। बड़ा उदास था वह।"

"मेरी बाबत कुछ बातचीत हुई उससे ?" कुलसुम के मुख पर उत्सुकता के भाव आ गए थे।

"हाँ, तुम्हारे सम्बन्ध में बात करने को ही उसने मुझे स्टेशन बुलाया था। मैंने कहा

न कि बहुत उदास था, जैसे उसके हृदय पर कोई बहुत बड़ा बोझ हो, मुझे तो उसके ऊपर दया आ रही थी।''

एक तरह के सन्तोष की छाप आ गई थी कुलसुम के मुख पर। जगतप्रकाश ने अब अपनी आँखें ऊपर उठा ली थीं। कुलसुम को सन्तोष था कि उसके कारण जसवन्त के हृदय पर एक बोझ-सा था। कुलसुम रात के अँधेरे को देख रही थी, और फिर एक निःश्वास फूट पड़ा उससे, ''बेचारा जसवन्त ! मैं समझ सकती हूँ कि उसने मुझे कोई पत्र क्यों नहीं लिखा। लेकिन वह बेकार ही अपने को अपराधी समझ रहा है। मैंने भी तो उसे शर्मिष्ठा से विवाह करने से रोकने की कोशिश नहीं की।'' कुलसुम अपनी बात कहते-कहते रुक गई। परवेज़ कार को पीछे के गैराज में रखकर आ रहा था।

खाना खाने के बाद तीनों लाउंज में आकर बैठ गए। परवेज़ बहुत थका-सा लग रहा था। उसने कहा, ''मैं तो सोने जा रहा हूँ, माफ कीजिएगा मिस्टर जगतप्रकाश ! दिन-भर कार चलाई, इस वक्त बहुत थक गया हूँ। आप कुलसुम से बात कीजिए, कल मुलाकात होगी आपसे।''

कुलसुम बोली, ''वाह परवेज़, जगतप्रकाश को पहुँचाना भी तो है !''

जगतप्रकाश बोला, ''नहीं मिस्टर परवेज़, आप सोइए जाकर, मैं यहाँ से ताँगा ले लूँगा। आप बहुत थके हुए हैं।'' वह उठ खड़ा हुआ, ''अब मैं भी चलूँगा, कल सुबह मिलूँगा आकर। तुम भी तो थकी होगी कुलसुम, अब सोओ जाकर।''

''नहीं, अभी नहीं, मैं ज़रा भी नहीं थकी हूँ। अच्छा परवेज़, तुम सोओ जाकर, मैं जगतप्रकाश से बातें करूँगी।''

परवेज़ के जाने के बाद थोड़ी देर तक कुलसुम और जगतप्रकाश चुपचाप बैठे रहे। फिर कुलसुम ने बात आरम्भ की, ''तुम्हारी जसवन्त से क्या-क्या बातें हुईं, तुमने मुझे लिखा नहीं ?''

''बहुत-सी बातें ऐसी हैं जो लिखी नहीं जा सकती थीं। फिर भी मैंने एक हफ्ता पहले एक पत्र तुम्हें लिखा था, शायद वह तुम्हें मिला नहीं।''

''हाँ, पन्द्रह-बीस दिन से तो मैं बाहर ही हूँ। अच्छा, तो जसवन्त से तुम्हारी जो बातें हुईं, अगर वे लिखी नहीं जा सकती थीं तो वे मुझे बतलाई तो जा सकती हैं। उसका विवाह कब हो रहा है, कुछ बतलाया उसने ? मुझे तो पत्र न लिखने की जैसे कमस खा ली है उसने।''

कुछ दबे स्वर में जगतप्रकाश बोला, ''शायद दिसम्बर के दूसरे सप्ताह में उसका विवाह हो। तारीख अभी तय नहीं हुई है। उसने मुझसे आग्रह किया है कि मैं उसके विवाह में अवश्य सम्मिलित होऊँ। लेकिन अभी तक मुझे उसके विवाह का कोई निमन्त्रण-पत्र नहीं मिला है। दूसरी बात यह कि इस विवाह से वह असन्तुष्ट नहीं है।''

''मैं जानती हूँ कि वह असन्तुष्ट नहीं है, असन्तुष्ट होने की कोई बात भी तो नहीं। अमीर ससुराल, और वह अपने ससुर का एकमात्र उत्तराधिकारी ! फिर राजनीतिक और सामाजिक जीवन में उसका ससुर बहुत आगे है। इसका भी फायदा जसवन्त को

मिलेगा। इस विवाह से मुझे भी खुशी हुई है। शर्मिष्ठा सुन्दर है, पढ़ी-लिखी है।'' अपनी बात कहते समय कुलसुम जगतप्रकाश की ओर नहीं देख रही थी। उसकी आँखें बन्द थीं, जैसे वह यह बात स्वयं अपने से कह रही हो। उस समय कुलसुम के मुख का रंग चढ़-उतर रहा था, मानो एक बहुत बड़ा अन्तर्द्वन्द्व चल रहा हो उसके अन्दर।

तभी जगतप्रकाश अचानक कह बैठा, ''जसवन्त का ख़याल है कि शर्मिष्ठा में ईर्ष्या है।''

कुलसुम मुसकराई, ''औरतों में ईर्ष्या होती ही है, अगर उनमें किसी के प्रति प्रेम हो। क्यों, यह बात जसवन्त ने तुमसे किस सिलसिले में कही ?''

''वह तुम्हारे पत्रों का एक बंडल मुझे दे गया है कि मैं तुम्हें वापस कर दूँ। तुहारे पत्रों को उसने कभी नष्ट नहीं किया, एक निधि की भाँति उसने उन्हें सँजोकर रखा है अपने पास। अपने हाथों से वह उन पत्रों को नष्ट नहीं करना चाहता था, और पास वह रख नहीं सकता था शर्मिष्ठा की ईर्ष्या के कारण।''

''कहाँ हैं वे पत्र ? तुमने डाक से उन्हें मेरे पते पर तो नहीं भेज दिया ?'' आतुरता के साथ कुलसुम ने पूछा।

''नहीं, वे मेरे पास सुरक्षित हैं, मेरे कमरे में।'' जगतप्रकाश बोला, ''कल सुबह मैं उन्हें लेता आऊँगा।''

कुलसुम ने एक ठंडी साँस ली, ''मुझे यह नहीं मालूम था कि जसवन्त इतना भावुक है कि वह मेरे पत्र सँजोए हुए है, जबकि उनमें कुछ भी नहीं है। उसने जो पत्र मुझे लिखे, वे सब कहाँ गए, मुझे उसका पता तक नहीं है, शायद मैंने उन्हें नष्ट कर दिया, उनमें कोई ऐसी बात तो नहीं थी जो मैं उन्हें सँजोकर रखती।'' फिर कुछ उदास भाव से उसने कहा, ''शायद मेरी ही कहीं कोई गलती थी। मुझे यह नहीं मालूम था कि जसवन्त मुझे इतना चाहता है।''

कुलसुम उठ खड़ी हुई एक झटके के साथ, ''चलो, तुम्हें पहुँचा दूँ तुम्हारे होस्टल तक। मुझे अपनी अमानत भी तो वापस लेनी है।'' एकाएक कुलसुम ज़ोर से हँस पड़ी, ''शायद मैं भी उसे बेहद चाहती थी। लेकिन इससे क्या ? हम दोनों ही एक-दूसरे को बहुत-बहुत चाहते थे। अब सोचती हूँ कि इनसान का चाहा होता कहाँ है ? इनसान की चाह के अलावा भी बहुत-सी ऐसी चीज़ें हैं जिनके आगे इनसान को अपनी मर्ज़ी के खिलाफ झुकना पड़ता है। झुकना—झुकना—इस झुकने में कभी-कभी इनसान टूट भी जाता है।''

कुलसुम की हँसी के पीछे कितनी भयानक व्यथा और पीड़ा है, जगतप्रकाश को इसका पता तब लगा जब कुलसुम उसके साथ बाहर चलने के स्थान पर सोफे पर बैठी रही दो-तीन मिनट तक, फिर वह उठी, ''मैं भी कितनी पागल हूँ ! चलो, तुम्हें पहुँचा दूँ चलकर।'' कुलसुम की स्वाभाविक मुद्रा फिर लौट आई, ''इतना भावुक होने से तो काम नहीं चलेगा। जो कुछ सामने आता है, उसे सहन करना होगा।''

होस्टल पहुँचकर जगतप्रकाश ने पत्रों का बंडल कुलसुम को दे दिया। कार पर बैठते हुए कुलसुम ने कहा, ''सुना है यह इलाहाबाद त्रिवेणी कहलाता है। यहाँ गंगा है,

यमुना है। अगर नींद न आ रही हो तो चलो थोड़ा-सा घूम ही आएँ, चाँदनी रात और मौसम बड़ा सुहाना है।''

''अब होटल में जाकर सोओ, काफी अधिक रात हो गई है,'' जगतप्रकाश बोला।

''जहाँ इतनी हुई है वहाँ घंटे-आध घंटे में कोई फर्क नहीं पड़ता।'' कुलसुम ने जगतप्रकाश का हाथ पकड़कर उसे अपनी बगल में बैठा लिया। कुलसुम कार चला रही थी और कह रही थी, ''मैं यहाँ से दिल्ली जाना चाहती थी, जसवन्त का पता लगाने के लिए, लेकिन अब सोचती हूँ कि मेरा दिल्ली जाना बेकार होगा। मुझे यह खबर मिल ही गई कि वह अच्छी तरह है। अब तो जैसे सब कुछ टूट ही गया है। इस टूटने से मुझे एक तरह की राहत मिली है। अब मैं इलाहाबाद में दो दिन की जगह एक हफ्ता ठहर सकती हूँ, परवेज़ को ज़बर्दस्ती रोकूँगी। उसके बाद परवेज़ के साथ जबलपुर कार पर, और जबलपुर से ट्रेन पर बम्बई के लिए। यही प्रोग्राम ठीक रहेगा। लेकिन यह प्रोग्राम ऐसा-का-ऐसा कायम रह सकेगा, इस पर मुझे शक है। बड़ी मुश्किल से परवेज़ को मामा ने यहाँ आने की इज़ाज़त दी है, बेचारा बहुत थक गया है। डैडी चाहते हैं कि परवेज़ इस शराब के धन्धे से निकलकर हमारी मिलों का काम-काज सँभाले, डैडी की तन्दुरुस्ती ठीक नहीं रहती। कोई अपना आदमी तो उन्हें चाहिए। लेकिन दिनशा मामा—अजीब दिमाग पाया है उन्होंने, अजीब दिमाग पाया है। कहते हैं, परवेज़ घर-जमाई नहीं बनेगा, जैसे उन्होंने यह समझ लिया हो कि परवेज़ से मेरी शादी हो ही गई है। मामा के भी तो शेयर हैं हमारी मिल में। अगर परवेज़ उन मिलों का काम सँभालता है तो अपने निजी हक से। मैंने दिनशा मामा को समझाया, कभी समझते हैं, कभी समझने से इनकार कर देते हैं। तुम नहीं जानते, मामा आधे पागल हैं, मामा ही क्यों, मैं कहती हूँ मेरे आधे से ज़्यादा रिश्तेदार पागल हैं। डैडी पागल हैं, ममी पागल हैं, मैं खुद पागल हूँ। हम पारसी—हममें अधिकांश लोग पागल हैं। जानते हो इसकी वजह क्या है ?'' यहाँ तक कहकर कुलसुम एकाएक रुक गई।

कार अब फाफामऊ के पुल पर चली जा रही थी। कुलसुम ने कार की गति धीमी कर दी। अभी तक वह बातें करती रही थी, बिना रुके हुए, बिना इस बात की परवाह किए कि जगतप्रकाश उसकी बात में योगदान दे रहा है या नहीं, जैसे उसकी बात ही दुनिया में सब कुछ है। कुछ रुककर उसने कहा, ''मैं न जाने क्या-क्या कह गई ! कितना सुहाना मौसम है !'' कुलसुम ने पुल के बीचों-बीच कार रोक दी। कार से उतरते हुए उसने कहा, ''इस खूबसूरती के आलम में जिन्दगी की कुरूपता देख रही हूँ—देखो, चारों तरफ कितनी खूबसूरती है ! गंगा की लहरें कितनी शान्त हैं, जैसे पानी बह न रहा हो, रुक गया हो।''

जगतप्रकाश भी कार से उतर पड़ा—एक मूक श्रोता और अनुयायी की भाँति। जगतप्रकाश की नज़रों से अपनी नज़रें मिलाते हुए कुलसुम बोली, ''सुना है तुम हिन्दुओं में अपने देवी-देवताओं की पूजा करने के बाद उन्हें गंगा में बहा देने की रस्म है।''

''हाँ, देवी-देवताओं को ही नहीं, कभी-कभी मुर्दों को भी गंगा में प्रवाहित किया

जाता है।" जगतप्रकाश बोला और तभी जगतप्रकाश ने देखा कि कुलसुम के हाथ में जसवन्त द्वारा वापस की गई चिट्ठियों का बंडल है। उसने यह भी देखा कि कुलसुम बाएँ हाथ से पुल की रेलिंग पकड़े हुए नीचे गंगा के शान्त जलप्रवाह को बड़े ध्यान से देख रही है। फिर कुलसुम का दाहिना हाथ पत्रों के उस बंडल को पकड़े हुए उठा, और ज़ोर लगाकर कुलसुम ने उस बंडल को गंगा की धारा में फेंक दिया। जगतप्रकाश की ओर मुड़कर उसने कहा, "ये पत्र मेरी क्षणिक भावना के शव हैं, जिसका अन्त हो चुका है।" उसके मुख पर एक मुस्कराहट आई, "कोई भी चीज़ तो स्थायी नहीं है। जहाँ आदि है, वहाँ अन्त ज़रूर होगा। चलो, अब चला जाए।"

दूसरे दिन जब जगतप्रकाश सोकर उठा उसके मन में एक प्रकार का पुलक था, उल्लास था। पिछली रात कुलसुम ने उससे कह दिया था कि वह करीब साढ़े दस बजे उससे मिलने आएगी। उसने कार से बनारस जाने का कार्यक्रम बनाया था, दोपहर में लंच बनारस में होगा, फिर वहाँ के मन्दिरों, घाटों और विश्वविद्यालय में घूमकर करीब सात बजे शाम तक बनारस से चल देना होगा, और डिनर इलाहाबाद लौटकर होटल में खाया जाएगा। उसे दस बजे तक तैयार हो जाना था।

कपड़े पहनकर उसने घड़ी देखी, अभी दस बजे थे। वह बरामदे में बैठ गया, तभी होस्टल का चपरासी उस दिन की डाक उसे दे गया। एक लिफाफा था और एक निमन्त्रण-पत्र था। दोनों पर पते एक ही हाथ के लिखे हुए थे। जगतप्रकाश ने लिफाफा खोला, जसवन्त कपूर का पत्र था, छोटा-सा। कुल चार पंक्तियाँ उसमें थीं—"प्रिय जगतप्रकाश ! तुमने मुझसे वायदा किया था कि तुम मेरे विवाह में शामिल होगे, अपने उस वायदे को तुम्हें निभाना है। न जाने क्यों तुम्हारे प्रति मुझमें एक आत्मीयता आ गई है, उस आत्मीयता की रक्षा करना !—जसवन्त !"

निमन्त्रण-पत्र भी जसवन्त के विवाह का था। पत्र और निमन्त्रण-पत्र, दोनों ही जगतप्रकाश ने अलमारी में रख दिए। उसे याद आ गया कि उसने जसवन्त कपूर से उसके विवाह में सम्मिलित होने का वायदा कर लिया था। आठ दिसम्बर को यह विवाह था, बरात अमृतसर से लाहौर जाएगी, लाला देवराज के यहाँ। उसने भावना के अतिरेक में बरात में सम्मिलित होने का वायदा तो कर लिया था, लेकिन जाने के बारे में गम्भीरतापूर्वक कभी सोचा न था। अब उसके सामने यह प्रश्न उठ खड़ा हुआ कि क्या वास्तव में उस विवाह में जाना चाहिए ? वह वहाँ जाकर क्या करेगा ? वह जसवन्त के समाज का प्राणी नहीं है ? तर्क-वितर्क से घिरा वह यह निश्चय न कर पा रहा था कि उसे क्या करना चाहिए। तभी परवेज़ उसको दरवाज़े पर दिखाई दिया। परवेज़ बोला, 'हम लोग आ गए, अब चल देना है, नहीं तो देर हो जाएगी।"

जगतप्रकाश उठ खड़ा हुआ, "मैं तैयार हूँ।" कमरे में ताला लगाकर वह तत्काल परवेज़ के साथ निकला।

कुलसुम कार में बैठी इन लोगों का इन्तज़ार कर रही थी। जगतप्रकाश को देखते ही वह बोली, "अरे, तुम इतनी जल्दी आ गए ! मालूम होता है, तुम तैयार ही बैठे थे।"

कुलसुम ने अपनी बगलवाला कार का दरवाज़ा खोल दिया।

परवेज़ स्टियरिंग ह्वील पर बैठ गया। कार बनारस की ओर रवाना हो गई।

दिन-भर जगतप्रकाश को एकान्त में कुलसुम से बात करने का मौका नहीं मिला। रात में इलाहाबाद लौटकर जगतप्रकाश को उसके होस्टल तक पहुँचाने के लिए कुलसुम ही गई। रास्ते में जगतप्रकाश ने कुलसुम से कहा, ''आज सुबह मुझे जसवन्त कपूर के विवाह का निमन्त्रण-पत्र मिला है, आठ दिसम्बर को उसकी शादी है। मुझे उसने बहुत आग्रह के साथ बुलाया है।''

रात के अँधेरे में वह कुलसुम के मुख के भावों को नहीं देख पाया, लेकिन उसने अनुभव किया कि कुलसुम की आवाज़ शान्त और संयत है, ''शायद मेरे यहाँ भी यह निमन्त्रण-पत्र गया हो, बम्बई में। जसवन्त का व्यक्तिगत पत्र भी आया होगा, शायद न भी गया हो, कौन कह सकता है ! तो क्या तय किया है, जाओगे ?''

''जाने की तबीयत नहीं होती, हम दोनों विभिन्न समाजों के हैं, विभिन्न वर्ग के हैं।''

''मैं समझती हूँ। लेकिन जगत, क्या मेरी एक बात मानोगे ? इस दफा 'न' मत कर देना।''

''मानूँगा—बोलो !''

''तुम जसवन्त के विवाह में चले जाओ, अपनी तरफ से न भी सही तो मेरी तरफ से। यह समाज और वर्गवाली कुंठा तुम अपने अन्दर से निकाल दो। क्या तुम मेरे ऊपर अपना कुछ अधिकार समझ सकोगे ? क्या तुम अपने ऊपर मेरा कुछ अधिकार स्वीकार कर सकोगे ?''

जैसे सिर से पैर तक झनझना उठा जगतप्रकाश के अन्दर। वह कुछ कहना चाहता था, लेकिन शब्द उसके होंठों तक आकर रुक गए। कुलसुम ने कुछ चुप रहकर कहा, ''मैं चाहती हूँ कि तुम उसके विवाह में सम्मिलित हो, मैं उसकी बीवी के लिए कुछ उपहार दूँगी, तुम मेरी तरफ से उसे दे देना। बोलो, जाओगे ?''

कमज़ोर आवाज़ में जगतप्रकाश ने कहा, ''जाऊँगा। अपने को तुम्हारे अनुरूप ढालने की कोशिश करूँगा।''

कुलसुम का दायाँ हाथ स्टियरिंग ह्वील पर था, जगतप्रकाश ने अनुभव किया कि कुलसुम का बायाँ हाथ उसकी गरदन में लिपटकर उसके मुख को अपने मुख की ओर खींच रहा है, और एक स्निग्ध और भावना से भरा चुम्बन उसने अपने होंठों पर अनुभव किया। एक क्षण के लिए कार लहराई और फिर कुलसुम का बायाँ हाथ उसके दाहिने हाथ की सहायता करने के लिए स्टियरिंग ह्वील पर पहुँच गया।

उस रात जगतप्रकाश को ठीक तरह से नींद नहीं आई। यह सब क्या हो रहा है ? उसकी समझ में नहीं आ रहा था। अपनी इच्छा के विरुद्ध वह एक अजनबी दुनिया में खिंचता जा रहा था। यह कुलसुम उससे प्रेम क्यों करने लगी ? जसवन्त के अभाव की पूर्ति के लिए ? नहीं, जगतप्रकाश ने कुलसुम के जीवन में तब प्रवेश किया था जब

जसवन्त कुलसुम के जीवन में था। जसवन्त के अभाव की पूर्ति के लिए परवेज़ तो है। नहीं, जगतप्रकाश पूरक तत्त्व नहीं है, उसकी एक निजी अलग से स्वतन्त्र सत्ता है। तभी उसे यमुना की याद आ गई।

यह अबोध, निरीह और आत्म-समर्पण की प्रतिमूर्ति यमुना ! पता नहीं वह कहाँ होगी, कानपुर में या बस्ती में। यह यमुना उसकी प्रतीक्षा कर रही है, उसने यमुना को वचन दे दिया है। कुलसुम का उसके जीवन में आना गलत है—आखिर अन्त क्या होगा ? क्या जिस तरह जसवन्त कुलसुम के जीवन से निकल गया है, उसी तरह जगतप्रकाश को भी कुलसुम के जीवन से निकलना पड़ेगा ? क्या जगतप्रकाश के लिए यह उचित न होगा कि वह अभी से अपनी स्थिति स्पष्ट कर दे ? फिर एक प्रश्न और उठ खड़ा हुआ जगतप्रकाश के सामने—क्या कुलसुम से यह स्थिति स्पष्ट कर देने की कोई आवश्यकता है ? प्रेम किया जाता है बिना विवाह के भी। शायद कुलसुम के प्रेम में विवाह का कोई विधान है भी नहीं। लेकिन इस प्रेम में क्या यमुना बाधक होगी ? यमुना बाधक न भी हो तो क्या उसके लिए यह उचित होगा कि यमुना के रहते हुए वह किसी दूसरी स्त्री से प्रेम करे ? नहीं, अभी समय है, अभी सब कुछ रोका जा सकता है। सुबह वह अपनी स्थिति कुलसुम से स्पष्ट कर देगा। जिस तरह जसवन्त कुलसुम के जीवन से निकल गया है, उसी तरह वह भी कुलसुम के जीवन से निकल जाएगा। कुलसुम के साथ उसका परवेज़ है, सीधी, सरल, शिशु की भाँति अबोध, कुलसुम के प्रति पूर्ण समर्पण की भावना के साथ। इस परवेज़ को जगतप्रकाश पसन्द करने लगा था, उसके प्रति एक हार्दिक संवेदना उत्पन्न हो गई थी जगतप्रकाश में। कुलसुम से अपना सम्बन्ध तोड़कर अपने साथ उपकार करेगा, कुलसुम के साथ उपकार करेगा और सबसे बढ़कर उपकार करेगा परवेज़ के साथ।

सुबह जगतप्रकाश देर से सोकर उठा। उस समय उसका मन भारी था और उसके सिर में हलका-हलका दर्द हो रहा था। उसने कुलसुम से वायदा कर लिया था कि वह नौ बजे कुलसुम के होटल में पहुँच जाएगा। लेकिन साढ़े आठ बजे उसकी नींद खुली थी और उसका मन नहीं हो रहा था कि वह बिस्तर से उठे। भरपूर प्रयत्न करना पड़ा उसे बिस्तर से उठकर तैयार होने में। स्नान करने के बाद उसके सिर का दर्द जाता रहा और कपड़े पहनते-पहनते उसके मन का भारीपन भी दूर हो गया। उसने घड़ी देखी, साढ़े नौ बज गए थे। कमरे में वह ताला लगा ही रहा था कि एक चपरासी ने उसे सलाम किया, "साहब ! बैरिस्टर साहब ने कहा है कि आप उनसे आज या कल मिल लें। आज सनीचर है, कल इतवार है—दोनों दिन उन्हें छुट्टी है और वह घर पर ही रहेंगे। बहुत ज़रूरी काम है आपसे। अगर आज मिल सकें तो अच्छा हो।"

"कौन बैरिस्टर साहब ?" जगतप्रकाश ने पूछा, और एकाएक उसे याद आ गया, "अरे बैरिस्टर बंसगोपाल साहब तो नहीं ?"

"हाँ, उन्होंने ही भेजा है। तो हुज़ूर, उनसे मिल ज़रूर लें। अगर अभी फुरसत हो तो अच्छा है।"

''अभी तो मुझे कुछ काम है, लेकिन घंटे-दो-घंटे बाद उनके यहाँ आ जाऊँगा, कह देना।'' जगतप्रकाश ने चलते हुए कहा। कुलसुम उसका इन्तज़ार कर रही होगी, अगर उसे ज़्यादा देर हो गई तो शायद वह खुद उसे ढूँढ़ती हुई उसके यहाँ आए। लेकिन मिस्टर बंसगोपाल के यहाँ जाना भी उसके लिए आवश्यक था। बाबू माताप्रसाद के मुकदमे में उसे उतनी ही दिलचस्पी थी यमुना के कारण, जितनी बाबू माताप्रसाद को थी।

जिस समय वह रोसेटी होटल पहुँचा, कुलसुम होटल के बरामदे में खड़ी बड़ी व्यग्रता के साथ होटल के फाटक की ओर देख रही थी। जगतप्रकाश को देखते ही वह बोली, ''बड़ी देर लगा दी तुमने। नौ बजे का वायदा किया था, इस वक्त दस बज रहे हैं। मुझे बड़ी फिक्र हो रही थी कि तुम्हें क्या हो गया है। अगर दस मिनट तुम और न आते तो मैं खुद तुम्हारे होस्टल आती तुम्हें ढूँढ़ने के लिए।''

कुलसुम के मुख पर एक तरह के उल्लास की चमक आ गई थी यह कहते-कहते। उसके मुख की मुस्कराहट कितनी सुन्दर लग रही थी ! बाहर सुबह की धूप चमक रही थी, सारे वातावरण में एक प्रकार का पुलक था, स्निग्धता थी। जगतप्रकाश के अन्दर भी कुलसुम के अन्दरवाला उल्लास स्वतः भर गया। उसने कहा, ''आज सुबह मैं देर से सोकर उठा, रात अच्छी तरह से नींद नहीं आई, इसीलिए देर हो गई।''

''कल काफी घूमे-फिरे हैं हम लोग, मैं भी बुरी तरह थक गई थी।'' कुलसुम जगतप्रकाश के साथ अपने कमरे की ओर बढ़ती हुई बोली, ''आज का प्रोग्राम मैंने रद्द कर दिया है। सुना है चुनार की जानेवाली सड़क अच्छी नहीं है, फिर परवेज़ भी बहुत थका हुआ है, वह अपने कमरे से निकलना ही नहीं चाहता।''

''मुझे भी इस समय एक बहुत ज़रूरी काम पड़ गया है, एक घंटे के अन्दर ही मुझे चले जाना है।'' जगतप्रकाश बोला, ''शाम के वक्त खाली रहूँगा—चार-पाँच बजे तक आ जाऊँगा।''

जिस समय जगतप्रकाश बैरिस्टर बंसगोपाल के यहाँ पहुँचा, ग्यारह बज चुके थे। शनिवार होने के कारण उस दिन हाईकोर्ट बन्द था। मिस्टर बंसगोपाल अपने ऑफिस में बैठे थे, लेकिन वह अकेले न थे। रूपलाल उनके सामने बैठा था और बंसगोपाल बड़े मनोयोग के साथ एक किताब पढ़ रहे थे। जगतप्रकाश को देखते ही रूपलाल बोला, ''चाचाजी, जगतप्रकाश आ गए हैं।'' बंसगोपाल ने किताब बन्द करके रख दी।

''आइए, मैं आप ही का इन्तज़ार कर रहा था।'' फिर बंसगोपाल के स्वर में एक शिकायत का लहजा आ गया, ''आप तो उस दिन के बाद फिर आए ही नहीं, आखिर मुझे ही आपको बुलवाना पड़ा। बाबू माताप्रसाद की कोई खबर मिली आपको ?''

''नहीं तो, अभी एक महीना भी तो नहीं हुआ जब वह आए थे। कोई खास बात है क्या ?''

इस बार रूपलाल बोला, ''नहीं, कोई खास बात नहीं है, लेकिन यहाँ से जाते ही

वह बीमार पड़ गए थे। उनकी फर्म में ताला पड़ गया है, उसका बड़ा सदमा लगा है उन्हें। अब तो तबीयत ठीक है, लेकिन बड़े कमजोर हो गए हैं। उन्होंने मुझे भेजा है यह पता लगाने के लिए कि कब तक उनका काम हो जाएगा।''

''काम जितने उलझाव का मैंने समझा था उससे ज़्यादा उलझाव का है।'' बंसगोपाल बोले, ''इस काम में तीन-चार महीने लग सकते हैं—उससे भी ज़्यादा लग सकते हैं। हाँ, एक रास्ता निकल सकता है। अगर कानपुर का कोई बहुत बड़ा व्यापारी ज़मानत दे सके तो शायद काम जल्दी हो जाए।''

''लेकिन कानपुर का कोई बड़ा व्यापारी मिलेगा कैसे ?'' जगतप्रकाश ने पूछा।

''आपके कोई मुलाकाती कानपुर में हैं, त्रिभुवन मेहता उनका नाम है। लखपती फर्म है, विलायती मशीनों की एजेंसी है, उसका बम्बई में हेड ऑफिस है !'' रूपलाल बोला।

जगतप्रकाश चौंक उठा, ''त्रिभुवन मेहता को मैं थोड़ा-बहुत जानता हूँ, दो-एक दफा मुलाकात हुई है, उनसे। लेकिन आपको कैसे पता चला कि मैं त्रिभुवन मेहता को जानता हूँ !''

रूपलाल के मुख पर एक कुटिल मुस्कान आ गई, ''मैं असल में खुफिया पुलिस में ट्रेनिंग ले रहा हूँ, वहाँ काफी पता रखना पड़ता है लोगों का। हम लोगों को यह भी पता है कि उनसे आपकी सिर्फ मुलाकात भर है। लेकिन अगर आप उन्हें ज़मानत देने पर राज़ी कर लें तो काम बन सकता है।''

किसी की मुस्कान इतनी कुरूप हो सकती है, किसी की आँखों की चमक में इतनी मक्कारी हो सकती है, जगतप्रकाश ने पहले कभी इसका अनुभव नहीं किया था। उसने रूखे स्वर में कहा, ''त्रिभुवन मेहता से मेरा इतना परिचय नहीं है कि मैं उनसे कोई काम करा सकूँ। कानपुर में उनकी क्या साख है, उनकी दुकान कहाँ है या वह रहते कहाँ हैं, मैं यह भी तो नहीं जानता ?''

बंसगोपाल ने कहा, ''अभी यह भी तो तय नहीं है कि ज़मानत देने से काम बन ही जाएगा। रूपलाल ! माताप्रसाद को सब्र से काम लेना चाहिए। मैं भरसक कोशिश करूँगा कि महीने-दो महीने में उनका केस लग जाए।'' फिर वह जगतप्रकाश की ओर मुड़े, ''तुमसे मुझे बड़ी शिकायत है कि तुम वायदा करके भी नहीं आए, सुषमा ने मुझसे दो-एक दफा पूछा भी। अगर तुम हफ्ते या पन्द्रह दिन में एक दफा भी आ जाओ तो सुषमा बेचारी की मुसीबत दूर हो जाएगी,'' उन्होंने आवाज़ दी, ''अरे, सुषमा बेटी, ज़रा बाहर आकर देखो तो ! कौन आया है !''

सुषमा शायद उस समय बाहर आने को तैयार नहीं थी। जगतप्रकाश को इतना मालूम था कि लड़कियाँ बिना सजे-सँवरे बाहर नहीं निकलतीं। बंसगोपाल भी यह जानते थे। समय काटने के लिए उन्होंने रूपलाल से कहा, ''पिछली दफा तुमने सुझाव दिया था कि दफ्तर की सील टूटकर फिर से लग सकती है। यह सुझाव मुझे उस वक्त तो पसन्द नहीं आया था, लेकिन मैं सोचता हूँ कि इस पर गौर किया जा सकता है। तुमने

बाबू माताप्रसाद से फिर कभी बात की इस बारे में ?''

''जी हाँ, की थी; लेकिन वे बड़े बुज़दिल आदमी हैं। मैंने तो यहाँ तक कहा कि पाँच सौ रुपयों का इन्तज़ाम मैं कर दूँगा रिश्वत देने के लिए, जब सेफ से रुपया मिल जाए तब मुझे वापस कर दें, लेकिन उनकी हिम्मत ही नहीं पड़ती।''

''अगर वह यहाँ आते तो मैं राज़ी कर लेता उन्हें इस बात के लिए। उनको इस सबमें पड़ने की ज़रूरत नहीं है, सेफ की चाभी तुम ले लो, ज़िम्मेदारी तुम्हारी रहेगी।'' उसी समय बंसगोपाल अपनी बात कहते-कहते रुक गए, उनके मुख पर व्यंग्यात्मक मुस्कराहट आ गई, ''लेकिन शायद वे तुम पर यकीन नहीं करेंगे—करना भी नहीं चाहिए। जो आदमी दूसरों को बेईमानी का रास्ता दिखला सकता है, वह अगर खुद ही बेईमानी कर जाए तो इसमें किसी को कोई शिकायत नहीं होनी चाहिए। क्यों जगतप्रकाश, क्या ख़याल है तुम्हारा ?''

जगतप्रकाश ने बड़ी मुश्किल से अपनी हँसी रोकी, ''यह तो पुलिस के आदमी हैं, न्याय और सत्य इनका ध्येय है। उस ध्येय को प्राप्त करने के लिए यह अन्याय और बेईमानी का सहारा ले सकते हैं। मेरा ख़याल है कि बाबू माताप्रसाद का पूरा भरोसा पैदा कर लिया है इन्होंने अपने ऊपर, कितनी लगन के साथ यह उनकी पैरवी कर रहे हैं ! असल में धर्मभीरु हैं बाबू माताप्रसाद, कानून के बाहर जाने की हिम्मत नहीं है उनमें।''

रूपलाल ने जगतप्रकाश के व्यंग्य को नहीं समझा। असल में वह बंसगोपाल की बात से बुरी तरह तिलमिला गया था। उसने कृतज्ञता की दृष्टि से जगतप्रकाश की ओर देखते हुए कमज़ोर आवाज़ में कहा, ''आपने बिलकुल ठीक कहा, बाबू माताप्रसाद को मुझ पर पूरा भरोसा है।'' उसने बंसगोपाल से कहा, ''चाचाजी, हम सब अपने-अपने तरीकों से बेईमान हैं, जो ईमानदार है, वह तरक्की कर ही नहीं सकता। लेकिन हम सबको कहीं-न-कहीं किसी के लिए लिहाज़ है। मैं आपको यकीन दिलाता हूँ कि बाबू माताप्रसाद को धोखा देने की नीयत मुझमें हो ही नहीं सकती। अच्छा, अब मुझे इजाज़त दीजिए।'' वह उठ खड़ा हुआ।

बंसगोपाल ने हाथ पकड़कर रूपलाल को बैठाया, ''अरे, तुम तो हलके-फुल्के मज़ाक का ही बुरा मान गए। तुम्हारे लिए खाना बना है और यह जगतप्रकाश भी आ गए हैं।'' फिर उन्होंने आवाज़ दी, ''बेटी सुषमा, क्या कर रही हो ?''

मिस्टर बंसगोपाल को आवाज़ देने की कोई ज़रूरत नहीं थी। साड़ी बदलकर और हलका-सा मेकअप करके सुषमा इस समय तक कमरे में आ गई थी। जगतप्रकाश और रूपलाल को नमस्ते करके वह अपने पिता की बगल में बैठ गई। आज सुषमा उतनी सुन्दर नहीं दिख रही थी जितनी वह पहले दिन दिखी थी। उसने जगतप्रकाश से कहा, ''आप इतने दिन बाद आए हैं, और वह भी पापा के बुलाने पर। मुझे आप बिलकुल भूल ही गए।''

बंसगोपाल मुस्कराए, ''सुन रहे हो, मैंने गलत तो नहीं कहा था कि सुषमा को तुमसे

शिकायत है। अगर हर्ज न हो तो इतवार को दोपहर के वक्त यहीं आ जाया करो, मैं कार भेज दिया करूँगा। यह सुषमा गाती बहुत अच्छा है, म्यूजिक कान्फ्रेंस में इसे प्राइज़ भी मिला है। तुम तो अपने अज़ीज़ हो। इसका बड़ा भाई कृष्णगोपाल इंग्लैंड गया है बॉर-एट-लॉ की तैयारी करने और इसकी छोटी बहन अभी सात-आठ साल की बच्ची है। घर में यह बड़ा अकेलापन महसूस करती है। तुम आ जाओगे तो इसका मन बहल जाएगा।''

अचानक ही जगतप्रकाश की नज़र रूपलाल पर पड़ी, एक कुटिल मुस्कराहट थी उसके मुख पर। उसने जल्दी से आँखें हटा लीं रूपलाल पर से। इस बार जगतप्रकाश ने गौर से सुषमा को देखा, वह हलका-हलका मुस्करा रही थी। उसकी मुस्कराहट में कुछ ऐसा था जो जगतप्रकाश को प्रिय लग रहा था। उसने कहा, ''आगे से मैं गलती नहीं करूँगा, हर इतवार को आ जाया करूँगा। आपको कार भेजने की कोई ज़रूरत नहीं है।'' जगतप्रकाश को लगा कि सुषमा के मुख पर की मुस्कराहट उसके मुख पर भी आ गई है। इस सुषमा में एक आकर्षण है, और वह आकर्षण जगतप्रकाश की धमनियों में दौड़ रहा है।

सुषमा बोली, ''प्लाज़ा में 'हरीकेन' नाम की एक पिक्चर लगी है, बड़ी तारीफ है उसकी। पापा को तो अपने मुवक्किलों से या अपने क्लब से फुरसत ही नहीं मिलती; पापा मुझे जाने नहीं देते, गोकि अकेले जाने में हर्ज ही क्या है ? मैं सोच रही थी कि रूपलाल भाई के साथ आज शाम को वह पिक्चर देख लूँ। रूपलाल भाई को कानपुर वापस लौटने की कोई जल्दी नहीं होगी, क्योंकि कल इतवार है। लेकिन अब सोचती हूँ क्यों इन्हें तकलीफ दूँ ? अगर आप आज शाम को खाली हों तो आपके साथ ही वह पिक्चर देख लूँ—आपने तो शायद अभी देखी न हो।''

''नहीं, देखी तो नहीं गोकि उसकी तारीफ मैंने भी सुनी है। लेकिन इधर तीन-चार दिन मैं बहुत व्यस्त हूँ, अगले रविवार का प्रोग्राम बनेगा।''

बंसगोपाल ने उठते हुए कहा, ''फिर हर इतवार को मेरे यहाँ आया करोगे, यह तय रहा। अच्छा अब खाना खा लिया जाए चलकर, खाने का वक्त हो गया है।''

बंसगोपाल के यहाँ भोजन बड़ा स्वादिष्ट बना था और उसे आग्रह के साथ भोजन कराया भी गया था। जिस समय जगतप्रकाश होस्टल पहुँचा, उसे बड़ा आलस लग रहा था। कमरे में आते ही वह बिस्तर पर लेट गया और उसे नींद आ गई। जिस समय उसकी आँख खुली, पाँच बज रहे थे।

जल्दी-जल्दी तैयार होकर जगतप्रकाश कुलसुम के होटल पर पहुँचा। कुलसुम और परवेज़ लाउंज में बैठे हुए उसका इन्तज़ार कर रहे थे। कुलसुम बोली, ''फिर देर हो गई तुम्हें—खैर, ठीक वक्त से ही आ गए। यह परवेज़ कह रहा था कि आज कोई पिक्चर देखी जाए, फिर मार्टीनर्स के यहाँ से सूट भी तो लेने हैं।''

जगतप्रकाश यह भूल ही गया कि दोपहर के समय सुषमा ने उससे पिक्चर चलने

का आग्रह किया था और उसने इनकार कर दिया था। पिक्चर देखकर जब जगतप्रकाश कुलसुम और परवेज़ के साथ बालकनी से नीचे उतरा, उसे लगा जैसे पीछे से उसे किसी ने पुकारा, "आप भी इस पिक्चर में आए थे।"

जगतप्रकाश ने घूमकर पीछे देखा, रूपलाल सुषमा के साथ खड़ा मुस्करा रहा था और सुषमा बड़े गौर से कुलसुम को देख रही थी। जगतप्रकाश को रूपलाल का इस प्रकार टोकना अच्छा नहीं लगा, फिर भी शिष्टाचारवश उसने कहा, "बम्बई से मेरे ये दोस्त आए हुए हैं, ये लोग मुझे पकड़ लाए।"

रूपलाल ने आँख मारते हुए कहा, "बड़े खुशनुमा हैं आपके ये दोस्त ! कौन हैं ?"

जगतप्रकाश के स्वर में एक तरह की कड़वाहट आ गई, "मेरे दोस्तों को जानकर क्या करोगे ? बस, इतना काफी है कि ये मेरे दोस्त हैं। अब अपना काम देखो।"

शायद रूपलाल कुछ कटु उत्तर देता, लेकिन सुषमा बोल उठी, "ठीक तो कहते हैं, उनके दोस्तों से तुम्हें क्या करना-धरना ! चलो, पापा खाने के लिए इन्तज़ार कर रहे होंगे।" फिर उसने जगतप्रकाश से कहा, "जब आपको अपने दोस्तों से फुरसत मिल जाए तब मेरे यहाँ आना न भूलिएगा, आप वायदा कर चुके हैं। हो सके तो कल ही आइएगा, कल इतवार है।"

लेकिन रूपलाल कटु बात कहने पर तुला हुआ था, "बड़ी पटाखा लड़की है ! बड़े भाग्यशाली हो मेरे यार !"

जगतप्रकाश के मन में आया कि वह रूपलाल को कसकर एक तमाचा मारे; बड़े प्रयत्न से उसने अपने को रोका। क्रोध और अपमान से वह क्षुब्ध हो उठा। कुलसुम और परवेज़ कुछ दूर खड़े हुए उसकी प्रतीक्षा कर रहे थे, शायद उन्होंने यह बातचीत नहीं सुनी थी। सुषमा बोल उठी, "रूपलाल ! क्या अनाप-शनाप बक रहे हो ?" जगतप्रकाश से उसने कहा, "यह इतने असभ्य हैं, यह मुझे नहीं मालूम था, नहीं तो मैं इनके साथ आती ही नहीं। देखिए, आप अगर कल न हो सके तो अगले रविवार को ज़रूर आइएगा, मैं आपका इन्तज़ार करूँगी।"

जगतप्रकाश ने न रूपलाल की बात का कोई उत्तर दिया, न सुषमा की बात का। वह घूमकर परवेज़ और कुलसुम की ओर चल दिया।

मार्टीनर्स की दुकान पर पहुँचकर कुलसुम ने जगतप्रकाश और परवेज़ के सूट लिए, फिर होटल पहुँचकर इन तीनों ने खाना खाया। खाना खाकर कुलसुम ने परवेज़ से कहा, "तुम्हारे सोने का वक्त हो गया है, तो तुम सोओ जाकर। सबेरे जल्दी उठना भी तो है। मैं जगतप्रकाश को इनके होस्टल छोड़े आती हूँ।"

उस रात ठंड कुछ बढ़ गई थी। कुलसुम ने कार चलाते हुए कहा, "हम लोगों ने कल सुबह यहाँ से जाना तय कर लिया है। मैंने सोचा था कि दिल्ली का प्रोग्राम रद्द करके यहाँ पाँच दिन रुका जाए, लेकिन परवेज़ लौटने की ज़िद कर रहा है।"

"कल सुबह किस समय जाना तय किया है ?" जगतप्रकाश ने पूछा।

"सुबह सात-आठ बजे तक हम लोग चल देंगे, शाम तक जबलपुर पहुँच जाएँगे। वहाँ शायद एक हफ्ता और रुकना पड़े, इसके बाद मेल से सीधे बम्बई। चाहती थी कि यहाँ इलाहाबाद में और अधिक रुकती—परवेज़ साथ में न सही, अकेली। लेकिन अजीब उबा देनेवाला शहर है यह इलाहाबाद। यहाँ कांग्रेस कमेटी का दफ्तर है; कुछ राजनीतिक चहल-पहल होगी यहाँ पर। लेकिन यहाँ सब कुछ सोया-सा, सब कुछ डूबा-सा। दुनिया में विश्वयुद्ध हो रहा है, यहाँ उस विश्वयुद्ध की छाया तक नहीं दिखती। हिन्दुस्तान की सारी राजनीति जैसे एक आदमी के इर्द-गिर्द सिमट गई—वह आदमी है महात्मा गांधी।

जगतप्रकाश ने कुलसुम की बात का कोई उत्तर नहीं दिया। कार अब अल्फ्रेड पार्क के पास आ गई थी। कुलसुम कार बहुत धीमी गति से चला रही थी, जैसे वह कार पर घूमने निकली हो। कुछ रुककर उसने फिर कहा, "मैं कभी-कभी सोचने लगती हूँ कि मैं इस राजनीति की मृगतृष्णा के पीछे दीवानी क्यों हूँ ? ज़िन्दगी में अकेली राजनीति ही तो नहीं है, राजनीति के अलावा और भी तो बहुत-सी चीजें हैं। मैं गलत तो नहीं कहती ?"

जगतप्रकाश ने एक ठंडी साँस भरी, "हाँ, राजनीति के अलावा भी बहुत-सी चीजें हैं, लेकिन आज के युग में वे सब चीजें राजनीति में सिमट आई हैं। उस दिन जब मैं पहली दफा तुम लोगों के साथ त्रिपुरी गया था, उस दिन तक मैं यही समझता था कि राजनीति के अलावा और भी कई चीजें हैं जो राजनीति से अधिक महत्त्वपूर्ण हैं, उपयोगी हैं। लेकिन इन कुछ महीनों में मेरे दृष्टिकोण में आमूल परिवर्तन हो गया है। यह खाना-कपड़ा—यह राजनीति है, यह अमीरी-गरीबी—यह राजनीति है। सब कुछ सिमटा हुआ है इस राजनीति में, हमारी सारी ज़िन्दगी इस राजनीति के मुताबिक ढलती है। हम हिन्दुस्तानी गुलाम हैं। हमारी सारी सभ्यता, हमारी सारी संस्कृति, हमारा सारा दृष्टिकोण इस गुलामी से अनुशासित है। यह विश्वयुद्ध भी तो राजनीति की ही उपज है, इस राजनीति से बचा कैसे जा सकता है ?"

कुलसुम ने कार अल्फ्रेड पार्क के अन्दर मोड़ दी, वह कह रही थी, "शायद तुम ठीक कहते हो, इस राजनीति में सब कुछ सिमट गया है, और इस राजनीति में सब कुछ समेट दिया है हमारी चेतना ने, हमारी बुद्धि ने। कभी-कभी सोचने लगती हूँ कि यह बुद्धि हमें अभिशाप के रूप में मिली है, अगर इस बुद्धि से अलग हटकर हम एक-दूसरे के हृदय को देख सकते, हम एक-दूसरे को प्यार कर सकते, ज़िन्दगी जिस तरह है, हम उसी रूप में उसे भोग सकते तो कितना अच्छा होता !" एक सुनसान जगह कुलसुम ने कार रोक दी, स्टियरिंग ह्वील छोड़कर जगतप्रकाश के निकट खिसक आई—बहुत पास ! ज़बर्दस्ती उसने जगतप्रकाश के दाहिने हाथ को अपने शरीर के चारों ओर लपेट लिया, "जगत ! मैं तुम्हें प्यार करती हूँ, बेहद प्यार करती हूँ; मुझे अपने से चिपका लो, मुझे छोड़ो मत !" जगतप्रकाश को लग रहा था कि कुलसुम और वह—दोनों प्रगाढ़ आलिंगन-पाश में बँधते जा रहे हैं। फिर एक-दूसरे की साँसें जैसे एक हो

गई हों। चुपचाप एक-दूसरे में दोनों खो गए थे। दोनों मौन थे, दोनों शान्त थे, दोनों इस दुनिया से अलग हटकर एक अजनबी दुनिया में जा पड़े थे। करीब दो मिनट दोनों इसी तरह बैठे रहे, और फिर कुलसुम जैसे चौंक पड़ी। उसने अपने हाथ ढीले कर दिए, धीरे से वह जगतप्रकाश के आलिंगन-पाश से निकलकर स्टियरिंग ह्वील पर आ गई और उसने कार स्टार्ट कर दी। कुलसुम कह रही थी, "कितना सुख, कितनी शान्ति ! जगत ! मुझे छोड़ना मत, मैं तुमसे बेहद प्यार करती हूँ, तुम भी मुझसे प्यार करते रहना। बोलो, मुझे प्यार करते रहोगे ?"

कितनी आसानी से कुलसुम हट गई थी, लेकिन जगतप्रकाश का सारा शरीर झनझना उठा था। उसे खीझ हो रही थी, अपने ऊपर, कुलसुम के ऊपर। लेकिन उसके अन्दर एक प्रकार का सन्तोष भी था। उसने दबे हुए स्वर में कहा, "तुम्हारा प्यार मेरे लिए वरदान के रूप में है, कुलसुम, मैं हमेशा-हमेशा के लिए तुम्हारा हूँ, मैं तुम्हारा रहूँगा।"

कुलसुम ने कार की गति बढ़ा दी, जगतप्रकाश के होस्टल के फाटक पर उसने कार रोकी। "कल सुबह तुम्हें मेरे यहाँ आने की कोई ज़रूरत नहीं है, हो सका तो हम लोग पाँच-छह बजे सुबह ही यहाँ से चल देंगे, जिससे एक-दो बजे तक हम जबलपुर पहुँच जाएँगे। और हाँ, जसवन्त की शादी में तुम ज़रूर जाना, मैं तुम्हारे हाथ शर्मिष्ठा के लिए कुछ उपहार भेजना चाहती हूँ। अगर जसवन्त की शादी के एक हफ्ते पहले तुम बम्बई आ जाओ तो बड़ा अच्छा हो। आ सकोगे ?"

"कह नहीं सकता। क्या मेरा बम्बई आना बहुत जरूरी है ?"

"जरूरी तो दुनिया में कुछ नहीं है, लेकिन मैं चाहती हूँ कि तुम आओ। अभी हम दोनों एक-दूसरे के हो चुके हैं, मेरी इच्छा तुम्हारी इच्छा हो चुकी है।" कुलसुम ने अपने हैंडबेग से एक लिफाफा निकालकर जगतप्रकाश के हाथ में पकड़ा दिया, "इसे लेने से तुम इनकार नहीं कर सकते; मैं तुम्हें बम्बई बुला रही हूँ, मैं तुम्हें अमृतसर भेज रही हूँ। इस सबमें खर्च तो होता ही है। मेरा जो कुछ है वह तुम्हारा है, इसमें संकोच न करना। इसमें कहीं अपने को छोटा न समझ बैठना। अच्छा अलविदा !"

जगतप्रकाश अपना सूट और वह लिफाफा लेकर कार से उतर पड़ा, काँपते हुए स्वर में उसने कहा, "आऊँगा—जहाँ कहोगी वहाँ आऊँगा। अच्छा अलविदा !" कुलसुम ने कार स्टार्ट कर दी।

सौ-सौ के दस नोट—उस लिफाफे में एक हजार रुपया था। जगतप्रकाश को लग रहा था जैसे वह सपना देख रहा है, एक रंगीन और सुन्दर सपना। इस सपने का अन्त कहाँ होगा, उसे इसका पता न था। जगतप्रकाश—पूर्वी युक्त प्रान्त के बस्ती जिले के एक पिछड़े हुए गाँव महोना के निम्न-मध्यवर्ग के परिवार का जगतप्रकाश—वह कहाँ जा रहा है ? किस विधान के अन्तर्गत उसका जीवन नया मोड़ ले रहा है ?

सुबह जब वह सोकर उठा, एक अज़ीब-सी भावना उसके अन्दर थी। वह भावना न उल्लास की थी, न अपवाद की, एकमात्र कुतूहल की थी। क्या वास्तव में कुलसुम उससे प्रेम करती है ? इस प्रश्न के पहले एक और प्रश्न—क्या वह कुलसुम से प्रेम

करता है ? अचानक उसके सामने यमुना का चित्र आ गया। आत्मसमर्पण की प्रतिमूर्ति, अस्तित्व-विहीनता की सात्विकता ! यह यमुना उसके वर्ग की है, उसके समाज की है। सब कुछ जाना-पहचाना, सब कुछ परम्परागत ! लेकिन—लेकिन—यह जाना-पहचाना, यह परम्परागत—क्या जीवन इससे कुछ हटी हुई संज्ञा नहीं ? क्या वह यमुना के प्रति झूठा तो नहीं बन रहा है ?

जगतप्रकाश की समझ में कुछ नहीं आ रहा था। सामने सुनहरी धूप फैली हुई थी। रविवार की छुट्टी होने के कारण होस्टल के विद्यार्थी बाहर जाने को अपने-अपने कमरों से निकल रहे थे। धीरे-धीरे उसके कुतूहल ने उल्लास का रूप धारण कर लिया। उसके सामने जो कुछ था वह नवीनता से भरा था, वह रहस्य से भरा था। दुनिया रहस्यों से भरी है, इन रहस्यों को जानना ही जीवन की उपलब्धि है। वह उठ खड़ा हुआ।

जगतप्रकाश ने चाय पीकर अपनी किताबें निकालीं, दो दिन तक उसने अपना कोई काम नहीं किया था। उन दिनों वह अपनी थीसिज़ का अन्तिम परिच्छेद लिख रहा था। शाम तक वह पढ़ता रहा और लिखता रहा। शाम के समय उसने अनुभव किया कि वह बहुत थक गया है। उसने चाय पी और घूमने के लिए निकल पड़ा।

लक्ष्यहीन-सा सिविल लाइंस में वह तेज़ कदमों से चला जा रहा था, अपने में बन्द। मौसम बड़ा सुहाना था, एक तरह की उत्फुल्लता थी उसके अन्दर। तभी उसे एक स्त्री-कंठ सुनाई पड़ा, ''आप अपने वायदे के पक्के हैं, मैं मान गई।''

जगतप्रकाश चौंककर ठिठक गया और उसने देखा कि वह बैरिस्टर बंसगोपाल के बँगले के सामने खड़ा है। बँगले के फाटक पर सुषमा अपनी दो सहेलियों को पहुँचाने आई थी, वहीं वह उनसे बात कर रही थी। जगतप्रकाश को आश्चर्य हुआ कि वहाँ वह कैसे आ गया, वहाँ के लिए तो वह चला ही नहीं था। स्टेनली रोड पर ही तो बंसगोपाल का बँगला है, इस पर उसने ध्यान ही नहीं दिया था। परिस्थिति को स्वीकार करके उसने कहा, ''हाँ, अब मैं अपने मेहमानों से खाली हो गया हूँ।''

सुषमा मुस्करा रही थी, ''दोपहर को यह रमा और विमला आ गई थीं, तो आज दोपहर गपबाजी में बीती।'' फिर उसने उन लोगों से कहा, ''अच्छा, तुम लोगों को काफी देर हो गई है, इसलिए अब नहीं रोकूँगी।''

जगतप्रकाश को साथ लेकर सुषमा। ड्राइंग-रूम में बैठ गई। घर में सन्नाटा छाया था। सुषमा बोली, ''पापा अभी आधा घंटा पहले क्लब चले गए। शाम के समय वह क्लब जरूर जाते हैं, और इतवार के दिन तो वह आधी रात को लौटते हैं। ममी इतवार को कीर्तन सुनने चली जाती हैं। आज माथुर साहब के यहाँ गई हैं—दो-तीन घंटे के लिए। मैं अकेली बोर हो रही थी—आप अच्छे आए !'' सुषमा जोर से हँस पड़ी।

''इसमें हँसने की क्या बात है ?'' जगतप्रकाश ने पूछा।

''हँसने की बात है ही। आज इतवार का दिन है, छुट्टी का, तरह-तरह के मनोरंजन का। लोगों के मनोरंजन कितने भिन्न होते हैं ! पापा क्लब में शराब पीकर

और जुआ खेलकर प्रसन्न होते हैं, ममी 'जय जगदीश हरे' गाकर प्रसन्न होती हैं। सामाजिक दृष्टि से एक सुकर्म है, दूसरा कुकर्म है। लेकिन हैं दोनों मनोरंजन के ही अलग-अलग रूप ?"

जगतप्रकाश को अनुभव हुआ कि सुषमा ने बड़ी मज़ेदार बात कह दी। सुषमा में भी एक तरह की बौद्धिकता है। जगतप्रकाश बोला, "लेकिन अगर हम कहें कि हमारी जिन्दगी का एकमात्र ध्येय मनोरंजन है तो क्या हम गलत कहेंगे ?" और तत्काल जगतप्रकाश को अनुभव हुआ कि उसने एक बड़ी गैरजिम्मेदार बात कह दी है मज़ाक-मज़ाक में।

सुषमा ने जगतप्रकाश की आँखों में अपनी आँखें गड़ा दीं। सुषमा के मुख पर छाई मुस्कान वैसी की-वैसी थी, लेकिन उस मुस्कान में कहीं एक तनाव आ गया है। उसे लगा कि उसकी आँखें एकाएक चमकने लगी थीं, "क्या आप भी ऐसा ही समझते हैं ?" फिर जैसे बल लगाकर सुषमा ने अपने तनाव को दूर किया, "अरे, मैं तो भूल ही गई थी। हम लोगों ने अभी-अभी चाय पी है, आप भी चाय पिएँगे ?" सुषमा उठ खड़ी हुई, "बात यह है कि नौकर मेरी छोटी बहन को साथ लेकर ममी को देने चला गया है माथुर साहब के यहाँ, घर में मैं बिलकुल अकेली हूँ। अभी चाय बनाकर लाती हूँ।"

"नहीं, चाय मैं अपने होस्टल से पीकर चला हूँ। कल पिक्चर कैसी लगी ?"

"उतनी अच्छी नहीं जितनी लगनी चाहिए थी। मेरा साथी गलत था।" सुषमा अब सोफे पर जगतप्रकाश के साथ बैठ गई।

जगतप्रकाश के अन्दर एक तरह का भय जाग उठा। भय सुषमा से नहीं, भय अपने से। अपने भय को दबाते हुए उसने कहा, "यह रूपलाल तो तुम्हारा दूर का रिश्तेदार होता है शायद ?"

सुषमा खिलखिलाकर हँस पड़ी, "हाँ, और वह मेरा सबसे नजदीकी रिश्तेदार बनना चाहता है। बेवकूफ कहीं का ! बेपढ़ा और असभ्य, उसे बात करने तक की तमीज़ नहीं है। पापा ने उसे ज़बर्दस्ती मुँह चढ़ा रखा है। पापा के पास वह मुकदमे भिजवाया करता है। पापा को यह पता-भर लग जाए कि यह हजरत उनका दामाद बनना चाहते हैं, तो इस घर में इनका घुसना बन्द हो जाए।" फिर कुछ रुककर उसने कहा, "वह आपकी दोस्त ? बड़ी अमीर मालूम होती है। कौन थी वह ?"

"उसका नाम कुलसुम कावसजी है, पारसी है। उसके पिता बम्बई के मिल-मालिक हैं। साथ जो युवक था, परवेज़—उससे उसकी मंगनी हो चुकी है।" जगतप्रकाश के अन्दरवाला भय अब दूर होता जा रहा था।

"लेकिन उसकी नज़र से, उसके हाव-भाव से तो यह लगता था कि वह आपसे प्रेम करती है।" सुषमा ने एक ठंडी साँस ली, "वह मुझसे ज्यादा सुन्दर और फैशनेबल भी तो है।"

"किसने कह दिया है कि वह तुमसे ज्यादा सुन्दर या फैशनेबल है ?" जगतप्रकाश मुस्कराया।

"सच ! आप मुझे उससे ज्यादा सुन्दर समझते हैं !" सुषमा अब खिसककर जैसे जगतप्रकाश से चिपकती जा रही हो।

जगतप्रकाश के अन्दर एकाएक उथल-पुथल-सी मच गई। अकेला घर और सुषमा उससे बिलकुल चिपकी हुई। वह एकाएक उठ खड़ा हुआ। दीवार पर लगे हुए एक चित्र को वह देखने लगा। सुषमा ने पूछा, "क्यों, क्या बात है जो उठ गए ?"

जगतप्रकाश बोला, "बात यह है कि इस मकान में हम दोनों एकदम अकेले हैं, और मुझे डर लग रहा है।" सुषमा मुसकराई, "अपनों से किसी तरह का डर नहीं लग सकता।" सुषमा उठकर जगतप्रकाश की बगल में आ गई, "पापा चाहते हैं कि वह आपके साथ मेरा विवाह कर दें, उन्हें डर मेरी तरफ से था। लेकिन उनका डर गलत था। आप कितने अच्छे हैं—मुझे अपनी समझकर मेरे साथ जो चाहे कर सकते हैं।" जगतप्रकाश को लगा कि सुषमा अपनी दोनों बाँहें जगतप्रकाश के गले में डालकर झूल रही है।

एक भयानक ग्लानि, एक भयानक वितृष्णा ! जगतप्रकाश ने बल लगाकर सुषमा को अपने से अलग किया, और एक तरह से सोफे पर उसे ढकेलकर वह तेज़ी से कमरे के बाहर निकला। वह भाग रहा था, भाग रहा था और फाटक के बाहर आकर भी वह भागता रहा।

[11]

"क्या जर्मनी अकेला ब्रिटेन और फ्रांस की सम्मिलित शक्तियों को पराजित कर सकेगा ?" जगतप्रकाश ने पूछा, "इस प्रश्न के पहले एक प्रश्न और है। ब्रिटेन और फ्रांस—दुनिया के दो सबसे शक्तिशाली साम्राज्य ! ये दोनों अभी तक जर्मनी पर प्रहार क्यों नहीं कर पाए ? पोलैंड खत्म हो गया, जर्मनी अब और छोटे-छोटे देशों को हड़पता जा रहा है। ब्रिटेन और फ्रांस युद्ध की घोषणा करके भी चुप बैठे हैं। कुछ समझ में नहीं आता। ऐसा लगता है कि इन दोनों में कोई कमज़ोरी है, लेकिन यह कमज़ोरी क्या है और कहाँ है ?"

कमलाकान्त मुसकराया, "ब्रिटेन और फ्रांस की कोई कमज़ोरी नहीं है कहीं। यह इन दो साम्राज्यवादी देशों की बेईमानी है कि वे जर्मनी को छिपे-छिपे बढ़ावा दे रहे हैं। नाजी जर्मनी का सबसे बड़ा शत्रु समाजवादी रूस है, और यह समाजवादी रूस साम्राज्यवादी ब्रिटेन और फ्रांस का सबसे बड़ा शत्रु है। ब्रिटेन और फ्रांस यह चाहते हैं कि जर्मनी और रूस एक-दूसरे से लड़कर अपने को समाप्त कर दें। इससे ब्रिटेन और फ्रांस को बिना युद्ध किए हुए ही विजय मिल जाएगी।"

जगतप्रकाश के मुख पर एक प्रकार का उलझन का भाव आ गया, "लेकिन रूस

और जर्मनी की सन्धि जो हो गई है, उससे ब्रिटेन और फ्रांस को निराशा होगी। अकेला जर्मनी ही नहीं, यह समाजवादी रूस—इसने भी तो अपने पड़ोसी छोटे-छोटे देशों को हड़प लिया है। समाजवादी देश साम्राज्यवाद के मार्ग पर चल रहा है, उसकी परम्पराएँ अपना रहा है।"

"सच पूछो तो इस बात ने मुझे भी उलझन में डाल दिया है।" कमलाकान्त ने चाय का प्याला ज़मीन पर रखते हुए कहा, "यह युद्ध तो लम्बा खिंचता नज़र आता है। सैनिक दृष्टि से ब्रिटेन और फ्रांस इतने पिछड़े होंगे, मैंने कभी यह सोचा न था। हाँ, तो तुमने यह तय कर लिया है कि तुम जसवन्त के विवाह में जबलपुर जाओगे ?"

"क्यों, क्या तुम नहीं चल रहे हो ?" जगतप्रकाश ने पूछा।

"मेरे चलने का सवाल ही नहीं उठता।" कमलाकन्त ने मुँह बनाते हुए कहा, "केवल एक औपचारिक छपा हुआ निमन्त्रण-पत्र आया है मेरे नाम। मेरा ऐसा ख़याल है कि हज़ारों की संख्या में ये निमन्त्रण-पत्र छपे होंगे। पंजाब के सम्पन्न और ऊँचे समाज में एक महत्त्वपूर्ण विवाह है यह, दो करोड़पति परिवार एक सूत्र में बँध रहे हैं। मेरे आने के लिए जसवन्त का कोई आग्रह नहीं है, जबकि उसने तुम्हें व्यक्तिगत रूप से पत्र लिखकर आने का आग्रह किया है।"

कमलाकान्त को जसवन्त कपूर की अन्तरंग बातों का पता नहीं है, जगतप्रकाश यह जानता था। मन-ही-मन वह यह भी अनुभव करता था कि उसे और जसवन्त को निकट लानेवाली कड़ी कुलसुम है। वैसे उसमें और जसवन्त कपूर में न कोई सामाजिक साम्य है, और न वैचारिक साम्य ही। जगतप्रकाश उठ खड़ा हुआ, "मैंने पंजाब नहीं देखा है, सुना है बड़ा सम्पन्न प्रदेश है वह। सोचता हूँ जसवन्त कपूर के विवाह के बहाने पंजाब भी देख लूँ। बरात अमृतसर से लाहौर जाएगी तो मैं लाहौर से दिल्ली लौटूँगा, और दिल्ली से इलाहाबाद। आज उनतीस तारीख है, कल या परसों तक चल दूँगा।"

कमलाकान्त बोला, "कल या परसों ? क्यों, विवाह तो आठ दिसम्बर को है !"

जगतप्रकाश को झूठ बोलना पड़ा, "हाँ, सोचता हूँ, अमृतसर जाने के पहले अपने गाँव हो आऊँ।" वह कमलाकान्त को यह नहीं बतलाना चाहता था कि कुलसुम के आग्रह से उसे बम्बई होते हुए अमृतसर जाना है। उसने कुछ चुप रहकर कहा, "सोच रहा हूँ एक चमड़े का सूटकेस ले लूँ और एक होल्डाल ले लूँ, मेरे पास तो यह सब कुछ है ही नहीं।"

एक कुटिल मुस्कान कमलाकान्त के मुख पर दिखी जगतप्रकाश को, जब कमलाकान्त ने कहा, "अमीरों की दोस्ती बड़ी महँगी पड़ सकती है। जसवन्त की शादी में शामिल होने के लिए कीमती सूटकेस चाहिए, उस सूटकेस में रखने के लिए कीमती सूट चाहिए, कीमती होल्डाल चाहिए और उस होल्डाल के लिए कीमती बिस्तरा चाहिए।"

जगतप्रकाश ने कमलाकान्त के व्यंग्य की उपेक्षा करते हुए कहा, "कीमती कपड़ों की समस्या तो महात्मा गांधी की खादी ने दूर कर दी है, वही बात कीमती बिस्तरे पर भी लागू होती है। सूटकेस और होल्डाल जरूर चाहिए, जो चौक जाकर खरीदना है।

चलते हो, मुझे तो इन चीजों की परख और पहचान है नहीं।''

''नहीं, मुझे एक जगह जाना है। फिर परख और पहचान की एकमात्र कसौटी इन चीजों की कीमत है। जो चीज महँगी होगी वही चीज़ अच्छी होगी।'' कमलाकान्त ने उठते हुए दूसरा व्यंग्य किया।

जगतप्रकाश को कमलाकान्त का यह व्यंग्य अच्छा नहीं लगा, लेकिन वह बोला कुछ नहीं। वह अकेला ही बाजार गया और सूटकेस और होल्डाल खरीद लाया। लेकिन रात को देर तक वह् कमलाकान्त की बातों पर सोचता रहा। उसके पास अब कीमती सामान था, पश्मीने का सूट, रेशमी टाई, महीन खादी की कमीजें। अच्छा सूटकेस, अच्छा होल्डाल। अब वह बिना किसी हिचक के ऊँचे-से-ऊँचे वर्ग के लोगों से बराबरी से मिल सकता था। लेकिन—लेकिन वह वहीं उलझकर रह जाता था। दूसरे दिन उसे बम्बई के लिए रवाना हो जाना था। कुलसुम का आग्रह था कि वह बम्बई होते हुए अमृतसर जाए। बम्बई वह पहली दिसम्बर को पहुँच जाएगा। सात तारीख को अमृतसर पहुँचने के लिए उसे पाँच तारीख को बम्बई से चलना होगा। इसके माने हैं उसे पाँच दिन बम्बई में रुकना होगा और दूसरे दिन वह दोपहर को मेल से बम्बई के लिए रवाना हो गया।

जिस समय ट्रेन विक्टोरिया टर्मिनल पहुँची, कुलसुम प्लेटफार्म पर खड़ी थी। कुलसुम के साथ जमील भी था। जमील को देखते ही उसका मुख खिल गया। जमील का हाथ अपने हाथ में लेते हुए उसने कहा, ''अरे जमील काका, तुम्हें भी मेरे आने की खबर लग गई !''

जमील मुस्कराया, ''कुलसुम बेन ने बतलाया कि तुम आज बम्बई आ रहे हो तो मैं चला आया। तुमसे मिले हुए एक अरसा हो गया बरखुरदार !—जी तड़प रहा था तुमसे मिलने को।''

इतनी आत्मीयता, इतना स्नेह उसके प्रति जमील में। जगतप्रकाश ने आश्चर्य से जमील की ओर देखा, और फिर जैसे उसके मन में भी एक प्रगाढ़ भावना जाग पड़ी। जमील के प्रति, ''बम्बई आकर अच्छा ही किया, तुमसे मिलना हो गया जमील काका ! वरना हम दोनों के बीच ज़मीन की एक लम्बी दूरी है।''

जमील मुस्कराया, ''लेकिन मन की दूरी नहीं है। बरखुरदार ! ज़मीन की दूरी नापी जा सकती है, तय की जा सकती है, लेकिन मन की दूरी की कोई नाप नहीं है; न इसे तय करने का कोई तरीका है।'' कुछ देर तक गौर से जगतप्रकाश को देखकर बोला, ''बहुत बदल गए हो ! तुम महोना के रहनेवाले नहीं दिखते, तुम किसी बहुत बड़े शहर के किसी बड़े अमीर खानदान के आदमी दिखते हो।''

कुली से असबाब उठवाकर तीनों स्टेशन से बाहर निकले। कुलसुम ने जमील से कहा, ''रात को खाना आप मेरे यहाँ ही खाइएगा कामरेड जमील अहमद ! उसी वक्त फिर जगतप्रकाश से बातें होंगी। इतने लम्बे सफर के बाद इस वक्त यह बहुत थके हुए होंगे।''

"रात को मैं नहीं आ सकूँगा कुलसुम बेन ! आप तो जानती ही हैं कि इन दिनों मैं रात की शिफ्ट में हूँ। कल सुबह हाजिरी दूँगा आपके यहाँ, तब जगतप्रकाश से बातें होंगी। इस वक्त यह आपकी अमानत हैं। अच्छा, अब मैं चलूँगा।"

इस बार कुलसुम ने जमील अहमद को उसके घर पहुँचाने का आग्रह नहीं किया, इस पर जगतप्रकाश को आश्चर्य हुआ।

शाम के समय जगतप्रकाश के साथ चाय पीते हुए कुलसुम ने कहा, "तो तुम आ ही गए। मुझे शक हो रहा था कि तुम आओगे या नहीं। जिन्दगी में एक तरह की मनाटनी भरती जा रही थी। मैं कितनी खुश हूँ तुम्हारे आने से !"

एकाएक जगतप्रकाश ने कुलसुम का हाथ कसकर पकड़ लिया। उसका मुख बहुत अधिक गम्भीर हो गया था। कुलसुम की आँखों में अपनी आँखें गड़ाकर उसने कड़े स्वर में पूछा, "तो क्या तुम मुझे अपनी जिन्दगी की मनाटनी दूर करने का साधन-भर समझती हो ? मुझे इसका पता नहीं था, नहीं तो मैं नहीं आता।"

कुलसुम ने जगतप्रकाश के हाथ से अपना हाथ छुड़ाने का कोई यत्न नहीं किया, एक ठंडी साँस भरकर उसने कहा, "मैं किसी को क्या समझती हूँ, यह मैं खुद ही नहीं जानती, लेकिन इतना तो महसूस करती ही हूँ कि मनाटनी निष्क्रियता में होती है, कर्म में नहीं होती। जीवन का नियम है—कर्म, हलचल। सच बताना, क्या तुम अपनी जिन्दगी में मनाटनी का अनुभव नहीं करते ?"

जगतप्रकाश ने अपनी पकड़ ढीली कर दी। उसने अनुभव किया कि कुलसुम के स्वर में एक अजीब तरह की करुणा है, और कुलसुम बिना जगतप्रकाश के उत्तर के लिए रुके, कहे जा रही थी, "यह प्यार करना—यह भी कर्म है, यह किसी को चाहना, उसे देखकर खुश होना, यह भी तो कर्म है !"—एकाएक कुलसुम अपनी बात कहती-कहती रुक गई। कुछ चुपचाप रहकर वह फिर बोली, "शायद मैं गलत कह रही हूँ। इस कर्म के साथ सपनों की भी तो एक अहमियत है। तबीयत होती है तुम्हारे साथ बैठी रहूँ—चुपचाप और तुम्हें देखा करूँ। कहाँ से चली थी मैं और कहाँ आ पहुँची हूँ। मुझे खुद ताज्जुब होता है। लेकिन—समझ में नहीं आता कि मैं यह सब क्यों कर रही हूँ। मैं तुमसे मुहब्बत नहीं करती, कर भी नहीं सकती, मैं सिर्फ अपने को धोखा दे रही हूँ। मैं तुमसे सच कहती हूँ कि मैं तुम्हें धोखा नहीं देना चाहती। तुम बड़े प्यारे और मासूम हो। शायद मैं अपने अन्दरवाले किसी छलावे के वातावरण में रहना चाहती हूँ। जसवन्त उसी छलावे का एक रूप था, तुम उसी छलावे के एक रूप हो। चाहती हूँ कि यह छलावा जिन्दगी का सत्य बन सकता है, लेकिन है तो यह छलावा ही, भला यह सत्य कैसे बन सकता है ?" कुलसुम उठ खड़ी हुई, "यह छलावा जब टूटने लगता है तभी मेरी जिन्दगी में मनाटनी आने लगती है।" कुलसुम जोर से हँस पड़ी, "मैं भी कैसी बहकी-बहकी बातें कर रही हूँ, तुम भी कुछ ऐसा सोचते होगे। अच्छा, यह बतला सकते हो कि मैं यह सब क्यों करती हूँ ?"

जगतप्रकाश के अन्दरवाली सारी गम्भीरता जाती रही। उसने मुस्कराते हुए कहा,

''शायद इसलिए कि तुम्हारे पास करने को कुछ है ही नहीं।''

कुलसुम एकाएक तनकर खड़ी हो गई, ''तुम ठीक कहते हो, मेरे पास करने को कुछ है ही नहीं। मेरी यह दौलत, मेरी यह सक्षमता—यही मेरे लिए अभिशाप बन रहे हैं। मेरी समझ में नहीं आता कि मैं क्या करूँ ! मेरे तन में कभी थकावट आ ही नहीं पाती। इस तन की थकावट की जगह ले ली है मन की थकावट ने। मेरे मन के आगे शायद कोई उद्देश्य नहीं है। कर्म में श्रम हैं, कर्म के अभाव के कारण मेरे मन में मनाटनी घुस आती है। इस मनाटनी को कर्म की अनुपस्थिति में विचारों से दूर किया जा सकता है। कर्म से एक रिक्त विचार को ही कल्पना कहते हैं। जानते हो, मैं कल्पनाजगत की एक परी हूँ, मुझे कभी-कभी ऐसा लगने लगता है।'' कुलसुम जोर से हँस पड़ी।

चाय समाप्त होने पर कुलसुम ने कहा, ''चलो, आज कोई पिक्चर देख ली जाए। आज पहली तारीख है, तुम शायद पाँच तारीख को यहाँ से जाओगे। सात तारीख को सुबह अमृतसर पहुँचोगे—आठ को जसवन्त की शादी है। कुल चार दिन...कुल चार दिन...। अच्छा, अब मुँह-हाथ धोकर कपड़े बदल डालो, मुझे तैयार होने में आधा घंटा लगेगा।''

कपड़े बदलकर जब जगतप्रकाश बरामदे में निकला, कुलसुम अपने कमरे में ही थी। बरामदे में एक व्यक्ति बैठा था जिसकी आँखें बन्द थीं और जो बड़ी सुरीली आवाज में कुछ गुनगुना रहा था। खादी का कुरता, खादी का पायजामा और पैरों में चप्पल। जगतप्रकाश के पैरों की आवाज सुनकर उसने अपनी आँखें खोलीं और जगतप्रकाश को देखा, ''लोग मुझे सैलाब कहते हैं। कुलसुम बेन ने आज इस वक्त आने को कहा था तो आया हूँ। आप कौन हैं, पहले कभी आपको नहीं देखा ?''

जगतप्रकाश ने ध्यान से उस व्यक्ति को देखा, उसकी अवस्था तीस और पैंतीस वर्ष के बीच में रही होगी। स्थूलता की ओर अभिमुख इकहरा बदन, मँझोला कद, हलका साँवला रंग, बड़ी-बड़ी आँखें, चेहरे पर एक तरह का भोलापन। जगतप्रकाश ने उसके पासवाली कुर्सी पर बैठते हुए कहा, ''आप शायद शायर हैं।''

''जी, शायरी क्या करता हूँ, झख मारता हूँ !'' वह हँस पड़ा, ''भला यह भी शायरी का कोई जमाना है ! मैंने जाननी चाही थी आपकी तारीफ। कहा न कि कभी पहले आपको नहीं देखा।''

''मैं आज दोपहर को ही इलाहाबाद से यहाँ आया हूँ, बम्बई में मैं नहीं रहता। मेरा नाम जगतप्रकाश है।''

''यही तो सोच रहा था कि आप बम्बई के रहनेवाले हैं नहीं, शक्ल-सूरत से और लिबास व धज से आप हिन्दुस्तान के रहनेवाले हो सकते हैं, वह भी पूरब के। तो आप कहाँ ठहरे हैं ?''

जगतप्रकाश को अब अपने साथ बैठे व्यक्ति में दिलचस्पी होने लगी थी, ''ठहरा तो इसी मकान में हूँ।''

"जी, इस मकान में ठहरे हैं तब तो आप कुलसुम बेन के मेहमान होंगे, और चूँकि आप पारसी नहीं हैं इसलिए कुलसुम बेन के रिश्तेदार न होकर दोस्त ही हो सकते हैं। खैर छोड़िए भी इस बात को।" सैलाब ने अपनी आँखें मूँद लीं, जैसे वह कुछ सोचने लगा हो।

सैलाब और आगे क्या कहता या क्या कहना चाहता था, जगतप्रकाश इस पर सोचने लगा। सैलाब का व्यक्तित्व उसे बुरा नहीं लगा, यद्यपि उसकी बातचीत का ढंग उसे अजीब-सा लगा। वह असभ्यता की सीमा तक पहुँचनेवाला कहा जा सकता था। जगतप्रकाश ने कहा, "लेकिन आपने अपनी बाबत कुछ नहीं बतलाया !"

"आपने पूछा कब था ?" सैलाब ने जगतप्रकाश की ओर देखा, "फिर बतलाने को है ही क्या ? वैसे सैलाब का नाम सारी बम्बई में जाहिर है। मैं मेहनतकशों का शायर हूँ, यानी तरक्कीपसन्द यानी प्रोग्रेसिव अदीब हूँ। और इस प्रोग्रेसिव राइटिंग के सिलसिले में मेरी जसवन्त कपूर से मुलाकात है। वह भी पंजाबी, मैं भी पंजाबी। बेहद मेहरबान हैं वे मुझ पर। तो जसवन्त कपूर साहब जब बम्बई आते हैं तब मैं उनसे मिलने के लिए यहाँ आ जाया करता हूँ। उनकी वजह से कुलसुम बेन की मेहरबानी भी हासिल हो गई मुझे।"

इसी समय कुलसुम अपने कमरे के बाहर निकली। सैलाब को देखते ही वह बोली, "अरे आप सैलाब साहब, इस वक्त !"

सैलाब ने उठकर कुलसुम के सामने झुकते हुए मीठी मुस्कान में कहा, "आदाब बजा लाता हूँ। आपने ही तो हुक्म दिया था कि मैं आज शाम के वक्त आपसे मिलूँ।"

कुलसुम ने बैठते हुए कहा, "अरे हाँ, मैं तो भूल ही गई थी ! तो आप अमृतसर कब जा रहे हैं ? जसवन्त की शादी तो आठ तारीख को है।"

"जी, जब आप हुक्म दें। मुझे क्या, खानाबदोशी पेशा बना रखा है मैंने। लेकिन वतन का मामला है, दो-चार दिन पहले पहुँच जाऊँ तो ठीक। लेकिन छोड़िए भी, शादी में तो लाहौर जाना ही है, तो बाद में रुका जा सकता है। आप भी चल रही होंगी, तो आपके साथ ही चला चलूँगा।"

"नहीं, मैं नहीं जा रही हूँ, यहाँ मुझे कुछ जरूरी काम है। यह जगतप्रकाश जा रहे हैं, इनको जानते हैं आप ?"

"जी, आज ही इनसे मिलना हुआ है और हम दोनों एक-दूसरे को जान चुके हैं। तो कब जाने का इरादा है ?" सैलाब ने जगतप्रकाश से पूछा।

"जब मैं इन्हें हुक्म दूँ।" हँसते हुए कुलसुम ने कहा, "आपने तो मुझे हुक्म की बेगम का खिताब दे दिया है।"

"जी, तो मेरी तरह यह भी हुक्म के गुलाम हैं क्या ?" सैलाब भी हँस पड़ा, "नहीं, शक्ल-सूरत से तो यह हुक्म के बादशाह दिखते हैं। तो जनाब आप भी मुझे अपना गुलाम समझिए।"

"इनके साथ मैं आपका भी रिजर्वेशन कराए देती हूँ, यह पाँच तारीख को जाएँगे।"

"आप मेरा रिजर्वेशन-फिज़र्वेशन मत कराइए, मैं तीसरे दर्जे में सफर करने का आदी हूँ, सिर्फ दूसरे दर्जे का किराया-भर दे दीजिएगा, जो पैसा बचेगा उससे व्हिस्की खरीदूँगा, लम्बा सफर है।" वह जगतप्रकाश की ओर घूमा, "मेरी बात मानिए तो आप भी तीसरे दर्जे में सफर कीजिए—ज्यादा-से-ज्यादा इंटर क्लास में। यह पहला-दूसरा दर्जा अमीरों के चोचले हैं।"

"नहीं, यह जगतप्रकाश सेकंड क्लास में जाएँगे, और आप भी सेकंड क्लास में जाएँगे, व्हिस्की की बोतल मैं आपको अलग से दे दूँगी।" कुलसुम ने कड़े स्वर में कहा, "तो सब तय हो गया, आप पाँच तारीख को अपना असबाब लेकर शाम को छह बजे बॉम्बे सेंट्रल स्टेशन पहुँच जाइएगा।"

"जैसी आपकी मर्जी, गोकि मैं अपनी आदत नहीं बिगाड़ना चाहता था। तो मालूम होता है आप सिनेमा जा रही हैं अपने मेहमान के साथ। मैंने भी इधर एक अरसे से कोई पिक्चर नहीं देखी है। लेकिन जाने भी दीजिए। आप लोग कोई अंग्रेजी पिक्चर देखेंगे शायद, और अंग्रेजी पिक्चर मेरी समझ में आती नहीं।"

"लेकिन आप पिक्चर देखने किस तरह जा सकते हैं, आपको आज शाम प्रोग्रेसिव राइटर्स एसोसिएशन में अपनी कोई नज़्म पढ़नी है, आज के अखबार में यह खबर छपी है।"

"अरे तौबा ! मैं तो भूल ही गया था, वैसे आपका साथ छोड़कर उस मीटिंग में जाने की तबीयत नहीं होती। लेकिन उन मरदूदों ने जब अखबार में छपा दिया है तब मुझे जाना ही पड़ेगा।" सैलाब उठ खड़ा हुआ, "तो फिर पाँच तारीख की शाम को बम्बई सेंट्रल पर पहुँच जाऊँगा। मैं फाटक पर ही आपका इन्तजार करूँगा। अच्छा खुदा हाफिज़।" सैलाब चला गया।

सैलाब के जाने के बाद कुलसुम मुस्कराई, "बड़ा प्यारा आदमी है यह सैलाब, किस कदर भोला और मासूम ! लेकिन अपनी धुन का पक्का है। इसके बाप लाहौर के अच्छे-खासे जमींदार हैं, लेकिन यह सिनेमा के फेर में यहाँ आ गया है। गीत लिखने की धुन सवार है। तो हर जगह की टक्कर खाई इसने, लेकिन कहीं काम नहीं मिला है इसे। इस नाकामयाबी के बावजूद यह आदमी बम्बई से जाने का नाम नहीं लेता। इसका बाप यहाँ आया था, उसने इसे बहुत समझाया-बुझाया, नाराज होकर वापस चला गया, पैसे देने बन्द कर दिए हैं उसने। लेकिन यह आदमी भी अपनी धुन का पक्का है, भूखों मरना मंजूर है, लेकिन बम्बई से वापस नहीं जाएगा। तन-बदन का होश नहीं है।" कुछ चुप रहकर कुलसुम ने पूछा, "क्या शायर सभी पागल होते हैं ?"

इतनी गम्भीरतापूर्वक कुलसुम ने यह बात पूछी थी कि जगतप्रकाश को हँसी आ गई। बड़ी मुश्किल से अपनी हँसी दबाते हुए उसने कहा, "शायद हम सभी कहीं-न-कहीं अपना पागलपन लिए हुए हैं, शायद यही पागलपन ज़िन्दगी है।"

कुलसुम ने एक ठंडी साँस ली, "ठीक कहते हो, यही पागलपन ज़िन्दगी है। अच्छा अब चला जाए।"

सुबह जब जगतप्रकाश कुलसुम के साथ नाश्ता करने जा रहा था, जमील आ गया। जमील उस समय बहुत उदास दीख रहा था। कुलसुम बोली, "लो यह कामरेड जमील अहमद भी आ गए हैं, तुम्हारा जी लग जाएगा यहाँ। चलिए आप भी नाश्ता कर लीजिए। आपका चेहरा बड़ा उतरा हुआ है। क्या बात है ? लगता है आप अपने काम से घर वापस नहीं गए।"

थके स्वर में जमील बोला, "अस्पताल से आ रहा हूँ। लघाटे के दोनों हाथ जाते रहे, मशीन के नीचे आ गए थे। सोच रहा हूँ उसका और उसके बीवी-बच्चों का क्या होगा ?"

डाइनिंग रूम में मेज के सामने बैठते हुए कुलसुम ने पूछा, "यह लघाटे कौन है ?"

"आप नहीं जानतीं, कोई नहीं जानता उसे। वह इस अनजानी भीड़ का एक बदकिस्मत इनसान है जो कीड़ों की ज़िन्दगी बसर कर रहा है, जिसके पास दुख-दर्द तो है, लेकिन उस दुख-दर्द को बँटानेवाला कोई नहीं है।"

"आप तो हैं !" कुलसुम बोली और वह नाश्ता करने लगी।

जगतप्रकाश ने कुलसुम के इस छोटे-से वाक्य में एक क्रूरता से भरा व्यंग्य अनुभव किया। लेकिन उसे आश्चर्य हो रहा था जमील पर, जो कहता जा रहा था, "जी हाँ, क्योंकि मैं भी तो उस भीड़ का ही एक इनसान हूँ। लेकिन मैं किसी शख्स की बात नहीं कह रहा था, मैं तो भीड़ की बात कह रहा था। इस भीड़ में हरेक इनसान के पास दिल है, खून है, गोश्त है, जज़्बात है, यानी हरेक वह चीज़ जो इस भीड़ से जुदा उन इनसानों में है जो इस भीड़ को गुलाम बनाए हुए है, जो इस भीड़ से जाती फ़ायदा उठाते हैं। लेकिन इस भीड़ के हरेक इनसान की आवाज़ भुनभुनाहट है जो दूसरों को सुनाई तक नहीं पड़ती।"

कुलसुम पर जैसे जमील की इस बात की कोई प्रतिक्रिया ही नहीं हुई, "कामरेड जमील ! आपकी आवाज़ में तो बला की ताकत है, लोग आपसे डरते हैं।" कुलसुम के मुख पर मुस्कराहट थी।

जमील के मुख पर भी एक फीकी-सी मुस्कराहट आई, "आप गलती करती हैं। न मेरी आवाज़ में कोई ताकत है, न मुझसे कोई डरता है। मैं तो इस भीड़ की जागती हुई, या यों कहिए, जगाई जाती हुई चेतना का प्रतिनिधि-भर हूँ। डर चेतना से है, शख्स से नहीं।" जमील ने जगतप्रकाश की ओर देखा, "कुछ समझ में आया बरखुरदार ?"

जगतप्रकाश ने नकारात्मक ढंग से सिर हिलाया, "नहीं, मेरी समझ में कुछ नहीं आया। बात किसी लघाटे से चली थी जो शायद एक मज़दूर है, आपके साथ काम करता है, और जिसके हाथ मशीन से कट गए हैं और जिसके साथ आप अस्पताल में गए थे। इसके बाद मेरी समझ में कुछ नहीं आया।"

"इसके आगे सब कुछ अल्फाज़ के साथ खिलवाड़, सिवा खिलवाड़ के और कुछ नहीं। लोग पैदा होते हैं, लोग मर जाते हैं, लोग आवाज़ करते हैं, लोग खामोश हो जाते हैं, और दुनिया का सब काम बाकायदा चलता रहता है। यह लघाटे क्यों पैदा हुआ,

कोई नहीं जानता। इसकी बीवी है, इसके दो बच्चे हैं। और मैं सोच रहा हूँ कि सिवा इसके कि इसने दो गुलाम और पैदा किए, इसने दुनिया में कोई काम नहीं किया।''

कुलसुम को शायद जमील की बातें अच्छी नहीं लग रही थीं, ''कामरेड जमील ! तुम तो फिलासफर बन रहे हो, और बदकिस्मती से फिलासफी से मुझे उलझन होती है।''

''जी, मैं अपनी बात बन्द करता हूँ, उलझनों के लिए हमीं क्या कम हैं।'' जमील ने अपने मुख पर मुस्कराहट लाने का प्रयत्न करते हुए कहा। लेकिन जमील के मुख पर आई मुस्कान कितनी फीकी थी, कितनी करुण थी ! जगतप्रकाश ने बात बदलने की कोशिश की, ''जमील काका ! विश्वयुद्ध तो छिड़ गया, लेकिन यहाँ हिन्दुस्तान की जिन्दगी में कोई परिवर्तन नहीं नज़र आता। सब काम बदस्तूर चल रहा है, किसी तरह की हलचल नहीं, कोई आन्दोलन नहीं।''

''हलचल होती है ज़िन्दा लोगों में। मुझे तो कभी-कभी यह एहसास होने लगता है कि हिन्दुस्तान मुरदों का देश है। यहाँ किसी तरह की हलचल नहीं होगी, चाहे ये जंग हिन्दुस्तान में क्यों न आ जाए ! यहाँ के होटल और सिनेमा बदस्तूर भरे हुए हैं, मिलें बदस्तूर काम कर रही हैं। हाँ, विलायती माल के जहाज़ आने बन्द हो गए हैं तो अब जहाज़ फौज़ के सिपाहियों और जंग के सामान को ढोने में लग गए हैं।'' फिर कुछ चुप रहकर जमील ने कहा, ''लेकिन बरखुरदार, अगर हलचल हो, आन्दोलन हो, तो उससे होगा क्या ? मुझे तो अपने चारों तरफ एक नाउम्मीदी का आलम ही नज़र आता है।''

जमील के स्वर में भयानक निराशा थी, जगतप्रकाश ने अनुभव किया। इस निराशा में एक उग्र कटुता भी है जो जमील के स्वभाव के विरुद्ध है। यह क्यों ? क्यों ? वह गौर से जमील को देख रहा था, तभी कुलसुम की आवाज़ उसे सुनाई दी, ''कामरेड जमील अहमद, इस लघाटे की कुछ सहायता करनी होगी, कुछ रुपया चाहिए ?''

''जी नहीं। कहाँ तक खैरात पर दूसरों को पाला जा सकता है ? फिर मैं समझता हूँ कि शायद सहायता की ज़रूरत नहीं पड़ेगी उसे, डॉक्टरों का कहना है कि उसे गहरा दिमागी सदमा पहुँचा है, वह बेहोश है।'' जमील उठ खड़ा हुआ, ''उसकी बीवी को अस्पताल रवाना करके आया हूँ। मुझे भी वहाँ जाना है। देखना है उसकी हालत कैसी है।''

जगतप्रकाश भी उठ खड़ा हुआ, ''मैं भी चलता हूँ तुम्हारे साथ।''

''तुम क्या करोगे वहाँ चलकर बरखुरदार ! मौत की कुरूपता से जहाँ तक हो सके दूर ही रहा जाए। वह तो मेरे सिर पर आ पड़ी है इसलिए उससे निपटना है मुझे।''

जगतप्रकाश दृढ़ता के स्वर में बोला, ''नहीं जमील काका, इसे मैं भी देखना चाहता हूँ, क्योंकि यह मौत की कुरूपता नहीं है, ज़िन्दगी की कुरूपता है, जिसका हरेक आदमी को सामना करना चाहिए। फिर यही क्या तय है कि यह लघाटे मर ही जाएगा, वह अच्छा भी हो सकता है।''

कुलसुम अभी तक चुप थी, वह अब बोली, "वह अच्छा हो या न हो, लेकिन यह एक तजुर्बा तो होगा जगतप्रकाश के लिए। आप इन्हें अपने साथ ले जाइए। मुझे भी वीमेंस सोशल लीग की एक मीटिंग में जाना है—यह अकेले यहाँ ऊबेंगे। लेकिन दोपहर को लंच के वक्त आप लोग आ जाइएगा। अगर आप न भी आ सकें तो जगतप्रकाश को तो भेज ही दीजिएगा।"

जमील के साथ जगतप्रकाश बँगले से बाहर निकला। उस सोई हुई वार्डेन रोड पर अब ज़िन्दगी की हलचल आरम्भ हो गई थी। जगतप्रकाश जमील को पकड़कर एक टैक्सी पर बैठ गया। टैक्सी अस्पताल की ओर चल दी। जमील ने कहा, "सुना है तुम जसवन्त कपूर की शादी में अमृतसर जा रहे हो ! जसवन्त कपूर से दोस्ती इतनी ज्यादा है, इसका मुझे पता नहीं था।"

"नहीं, हमारी दोस्ती इतनी ज्यादा नहीं है कि मैं उसकी शादी में जाऊँ। यह आग्रह कुलसुम का है कि मैं वहाँ जाऊँ, बम्बई होता हुआ।"

जमील कुछ सोचता रहा, फिर एक ठंडी साँस लेकर वह बोला, "यह औरत ! इसे समझ पाना बड़ा मुश्किल है। खुद नहीं जा रही है, तुम्हें भेज रही है। क्या जसवन्त को यह दिखलाने के लिए कि एक जसवन्त को खोकर कुलसुम का कोई नुकसान नहीं हुआ, क्योंकि उसने तुम्हें पा लिया है। अच्छा, सच बताना बरखुरदार, क्या वाकई कुलसुम ने तुम्हें पा लिया है ?"

अगर किसी और ने जगतप्रकाश से यह प्रश्न किया होता तो शायद जगतप्रकाश झूठ बोल जाता, लेकिन जमील से वह झूठ नहीं बोल सका, "शायद—गोकि मैं ठीक-ठीक नहीं कह सकता।"

एकाएक जमील के स्वर में एक प्रकार की उत्तेजना आ गई, "तुम गलत समझ रहे हो, कुलसुम ने तुम्हें नहीं पाया, क्योंकि तुम कुलसुम को नहीं पा सके हो। इस कुलसुम को कोई नहीं पा सकता, यह कुलसुम अपने को देने नहीं आई है, यह सिर्फ दूसरों को पाने के लिए निकली है। इसके पास दौलत है, और यह अपनी दौलत से दूसरों को खरीदना जानती है। इसकी दौलत के साथ इसका अस्तित्व इस बुरी तरह घुल-मिल गया है कि दूसरे इसके अस्तित्व के प्रेरक तत्त्व इसकी दौलत की अहमियत को देख नहीं पाते। यह बड़ी उदार है, बड़ी मदद करनेवाली है, बम्बई के समाज में इसकी बड़ी इज्जत है, इसका बड़ा मान है। लेकिन यह सब इज्जत इसकी दौलत की है, इसकी नहीं है।"

जगतप्रकाश को जमील की बात बड़ी अप्रिय लगी, लेकिन उसने इसका कोई उत्तर नहीं दिया। अपनी इच्छा के विरुद्ध वह जमील की बात पर सोचने लगा। यह आदमी जो कुछ कह रहा है, क्या यह सच है ? कुलसुम ने उसे भी तो रुपया दिया है। लेकिन... लेकिन...आज के युग में क्या हरेक भावना की अभिव्यक्ति रुपए में नहीं सिमट आई है ? फिर फिर 'लेकिन-लेकिन' की मौन आवाज़ ने दूसरा रुख ले लिया। इस कुलसुम ने उसे अपना माना है, अपना समझा है—इसका कौन-सा ठोस सबूत है ? उसने

जगतप्रकाश से अपने को अपना मनवा लिया है, केवल इतना सत्य है।

जगतप्रकाश के इस मौन से जमील को आभास हुआ कि उसकी बात जगतप्रकाश को अप्रिय लगी है, उसने कुछ रुककर कहा, "मैं यह दावा नहीं करता कि मैंने जो कुछ कहा वह सच ही है। इनसान होने के नाते इस कुलसुम में भी दुख-दर्द है, प्यार-नफरत है, सभी भावनाएँ हैं। माफ करना, अब जैसे कुलसुम की यह नेकी और दानशीलता अखरने लगी है, इस दान-खैरात से मुझे नफरत होने लगी है।"

जगतप्रकाश अब अपने अन्दर से निकलकर बाहर आ गया, "क्यों जमील काका, हम हिन्दुओं में दान को तो धर्म का सर्वश्रेष्ठ अंग समझा गया है !"

"वह शायद इसलिए कि तुम्हारे मज़हब में इनसान की बेबसी, गरीबी और शोषण को एक सामाजिक सत्य के रूप में मंजूर कर लिया गया है। गरीबी और बेबसी वहीं होती है जहाँ शोषण है, जुल्म है। जुल्म और लूट-खसोट ये वैयक्तिक कमजोरियाँ हैं, समाज इनको रोकने के लिए बना है। समाज का फर्ज़ है कि वह जुल्म और लूट-खसोट को रोके; लेकिन तुम्हारे समाज ने इस जुल्म और शोषण को मंजूर करके ऐसे कानून बनाए हैं जिनमें इस जुल्म और शोषण को खुली छूट है। और अगर इस छूट को ढँकने के लिए समाज ने दान-दया को अहमियत दी है। मैं कहता हूँ कि अगर यह जुल्म और शोषण बन्द कर दिया जाए तो इस दान-दया की जरूरत ही नहीं होगी। समाज की नींव न्याय और अधिकार पर होनी चाहिए, इस दया-दान पर वह टिक ही नहीं सकती।"

"लेकिन जमील काका ! यह समाज तो व्यक्तियों का समूह है," जगतप्रकाश बोला, "मनुष्य में स्वाभाविक रूप से दया और त्याग भी है, अगर बर्बरता और लूट-खसोट है। धर्म का काम है मनुष्य में सद्भावना जगाना। धर्म समाज के लिए नहीं होता, वह तो व्यक्ति के लिए होता है।"

"आ गया समझ में, आ गया !" जमील मानो चिल्ला उठा, "तुमने बड़े पते की बात कही जिससे कई बातें साफ हो गईं।"

टैक्सी अब अस्पताल पहुँच गई थी। जमील ने टैक्सी से उतरते हुए कहा, "बरखुरदार, इस बारे में फिर कभी और बातचीत होगी, अभी तो मुझे लघाटे की खबर लेनी है।"

दोनों कैजुअलटी वार्ड में पहुँचे। जमील ने एक नर्स से पूछा। गम्भीर मुखवाली उस नर्स ने एक छोटा-सा भावहीन उत्तर दिया, "खलास हो गया, मार्चुअरी वार्ड में पड़ा है।"

जमील ने हाथ पकड़कर जगतप्रकाश को खींचा, "देर से पहुँचा यहाँ। अगर जल्दी ही पहुँचता तो मैं क्या कर लेता ? चलें मार्चुअरी वार्ड में, उसकी बीवी शायद वहीं होगी।"

स्ट्रेचर पर एक शव पड़ा था चादर से ढका हुआ और उसके पास एक अधेड़ औरत दो बच्चों के साथ बैठी सिसक रही थी। जमील को देखते ही वह दहाड़ मारकर रो पड़ी। दौड़कर वह जमील के पैरों पर लेट गई। बच्चे अब ज़ोर-ज़ोर से बिलखने लगे थे।

जमील ने ज़ोर लगाकर उस औरत को ज़मीन से उठाया। एक बच्चे को उसने गोद में उठाया और दूसरे का हाथ पकड़कर उसने उस औरत से कहा, "यही बदा था तेरी किस्मत में, इसको रोक कौन सकता था ! तेरे रोने से वह लौट तो नहीं आएगा, वह तो हमेशा के लिए गया। अब अपने बच्चों की तरफ देख, अपने घर जा और इन बच्चों को सँभाल।"

"इनकी मिट्टी का क्या होगा ?" रोते हुए उस औरत ने कहा।

"मिट्टी मिट्टी में मिला दी जाएगी, अस्पताल वाले इसका इन्तज़ाम खुद कर लेंगे। तेरे पास कुछ रुपया है ?"

सिर हिलाते हुए उसने कहा, "पगार तो सात तारीख को मिलेगी। मेरे पास कुल दो रुपए हैं। अब तो कोई उधार भी नहीं देगा।"

जमील ने अपनी जेब से पाँच रुपए का एक नोट निकाला, "पाँच रुपए यह ले, शाम तक दस रुपयों का इन्तज़ाम और कर दूँगा। अब तू अपने घर जा और अपने बच्चों की देखभाल कर। बाकी इन्तज़ाम बाद में होता रहेगा, वह यूनियन पर छोड़ दे।"

इस बार फिर वह स्त्री ज़ोर से रो पड़ी, "हाय रे, मैं इनकी मिट्टी का भी इन्तज़ाम नहीं कर सकती !"

जमील ने कड़े स्वर में कहा, "मैं कहता हूँ अपने घर जा, इन बच्चों को देख—इनका इन्तज़ाम करना होगा तुझे, मिट्टी की फिक्र न कर। शाम के वक्त आऊँगा तब देखूँगा क्या-क्या करना है तेरे लिए। घर चली जाएगी या तुझे पहुँचाने चलना पड़ेगा ?"

बुझी हुई आवाज़ में उस औरत ने कहा, "चली जाऊँगी।" जमील की गोद से उसने बच्चा अपने गोद में ले लिया। दूसरे बच्चे को हाथ पकड़कर उसने कहा, "चलो अभागो !"

उस स्त्री और उसके बच्चों को ट्राम पर बैठाकर जमील ने एक ठंडी साँस ली, "बड़ी थकान लग रही है। रात-भर जागा हूँ और सुबह चार बजे से इस मामले में फँस गया। चलो किसी ईरानी की दुकान पर बैठकर एक-एक प्याला चाय पी जाए।"

दोनों पासवाले ईरानी रेस्तराँ में बैठ गए, जमील के मुख पर का तनाव अब जाता रहा था। उसने चाय पीते हुए कहा, "मौत पर किसी का वश नहीं चलता, लेकिन इस मौत के नतीजे की शक्ल से कुछ मसले उठ खड़े होते हैं। काश ! उन मसलों को ठीक तौर से सुलझाया जा सकता ! अभी तुमने सद्भावना और धर्म की बात कही थी। जानते हो बरखुरदार, हमारा मिल-मालिक बड़ा स्वार्थी, खसीस और कमीना आदमी है। इस लघाटे की मौत मिल का काम करने में हुई, लेकिन इसकी मौत का मुआवज़ा इसकी बीवी को बिना अदालत जाए नहीं देने का। हमारी यूनियन को नाकों चने चबाने पड़ेंगे इससे मुआवज़ा दिलवाने में। अगर इनसान को लोगों की सद्भावना और दान-दया पर सौंप दिया जाए तो बड़ी मुसीबत होगी।"

जगतप्रकाश मुसकराया, "लेकिन जमील काका, तुमने अभी अपनी जेब से पाँच रुपए उस औरत को दिए, यह दान-दया की भावना तुममें तो है।"

जमील ने सिर हिलाया, "नहीं बरखुरदार, मैंने कोई दान नहीं दिया, न मैंने कोई दया दिखलाई। दान दिया जाता है बहिश्त पाने के लिए और बहिश्त व दोज़ख पर मेरा विश्वास नहीं। मैंने सिर्फ उस औरत की सहायता की थी, क्योंकि लघाटे मेरा साथी था। जिसे तुम दया कहते हो, वह मेरा फर्ज था।"

वह चाय पीने लगा। थोड़ी देर में जैसे कोई बात याद आ गई हो, "अभी कुछ देर पहले तुमने कहा था कि धर्म समाज के लिए नहीं होता, वह व्यक्ति के लिए होता है। इस नज़रिए पर मैंने पहले कभी गौर नहीं किया था। लेकिन बरखुरदार, क्या यह सच नहीं है कि हरेक व्यक्ति के पास अपने निजी कुदरती जज़्बात हैं, इन कुदरती जज़्बात को बदला नहीं जा सकता, मेरा जाती तजुर्बा तो यह कहता है।"

जगतप्रकाश ने अनुभव किया कि वह कुछ उलझन में पड़ गया है, बड़े प्रयत्न से उसने अपने को उस उलझन से निकाला, हिचकिचाते हुए उसने कहा, "लेकिन जमील काका, मनुष्य की स्वाभाविक भावना कल्याणकारी होती है। हर मनुष्य में प्रेम है, दया है, सत्य है, सहानुभूति है। मनुष्य अपने इन्हीं गुणों पर कायम रहे, धर्म इसमें सहायक है, और इसलिए मैं धर्म का रूप वैयक्तिक मानता हूँ।"

जमील चाय समाप्त कर चुका था। उसने कहा, "समझा, लेकिन आदमी इनसान होने के पहले हैवान है। इंसानियत के गुणों ने उसे हैवानियत से ऊपर उठाकर सामाजिक प्राणी बनाया। हैवानियत ही समाज की सबसे बड़ी दुश्मन है इसलिए समाज का फर्ज़ है हैवानियत से लड़ना। मज़हब खुद में एक सामाजिक इकाई है। मज़हब का मकसद है समाज को कायम रखना, समाज को ताकतवर बनाना, क्योंकि यह समाज ही इंसानियत का ठोस रूप है। मज़हब सामाजिक है, वह वैयक्तिक है ही नहीं। मन्दिर बनवाना, धर्मशालाएँ खोलना, सदावर्त बाँटना, ताकि चोरबाज़ारी में, धोखाधड़ी में, मक्र और फरेब में भगवान् हमारी मदद करे, यह इस वैयक्तिक मज़हब की कुरूपता है। हिन्दू धर्म की सबसे बड़ी कमज़ोरी यह है कि उसने धर्म को सामाजिक नहीं माना, उसने उसे वैयक्तिक माना है।"

बहुत कड़ा प्रहार किया था जमील ने उसके धर्म पर, जगतप्रकाश तिलमिला उठा। जमील ने जगतप्रकाश के मुख के भाव जैसे पढ़ लिए। उसने फिर कहा, "मैंने मुसलमान की हैसियत से यह बात नहीं कही है, गलत मत समझ जाना। इस्लाम में भी अपनी निजी कमज़ोरियाँ हैं। वहाँ भी बहिश्त है, दोज़ख है। उसमें सामाजिकता तो है, लेकिन इतनी संकुचित सामाजिकता है कि वह व्यक्तिवाद से भी ज्यादा बदशक्ल और खतरनाक है। यह संकुचित सामाजिकता हैवानियत का जामा पहनकर कत्लेआम और भयानक खून-खराबे का रूप धारण कर सकती है, बड़े-बड़े युद्धों का कारण बन सकती है जिसमें बेशुमार बेगुनाह लोग मौत के घाट उतार दिए जाएँ।" जमील उठ खड़ा हुआ, "नहीं समझ में आता, कुछ भी समझ में नहीं आता। हम कहाँ बढ़ रहे हैं, भविष्य के गर्त में क्या छुपा है। सब कुछ बड़ा धुँधला-धुँधला लग रहा है। ये मज़हब, यकीनों और अकीदों से लदे हुए—ये इनसान के सबसे बड़े दुश्मन हैं। इस मज़हब को मिटा दो तो

दुनिया की काफी मुसीबतें हल हो जाएँगी। अच्छा, अब मैं घर चलूँ, थोड़ा-सा सो लूँ।''

जमील के जाने के बाद जगतप्रकाश लक्ष्यहीन-सा सड़कों पर चक्कर लगाता रहा। जमील ने जो बातें कही थीं, कहीं उनमें कोई सत्य है। बहुत सम्भव है वह अर्ध सत्य ही हो, लेकिन वह ऐसा नहीं है जिसकी उपेक्षा की जा सके। दान-दया-उपकार—ये सब समाज के लिए आर्थिक पहलू हैं। और यह अर्थ—क्या यह जीवन का अविच्छिन्न अंग नहीं है ? वह अर्थशास्त्र का पंडित था और उसे लग रहा था कि यह अर्थ मानव-जीवन के विकास का आधारभूत सत्य है। विष्णु की पत्नी लक्ष्मी है, लक्ष्मी अर्थ की प्रतीक है।

यह अर्थ साध्य नहीं है, यह साधन-भर है। जीवन का आरम्भ सृजन में है जिसका प्रतीक ब्रह्मा है, जीवन का अन्त मृत्यु में है जिसका प्रतीक शिव है। और जीवन का पूर्ण सत्य अस्तित्व में है जिसका अस्तित्व विष्णु में है। विष्णु यह भरण-पोषण अपनी अर्धांगिनी लक्ष्मी की सहायता से ही कर सकते हैं। और इसलिए यह लक्ष्मी, यह अर्थ, यही मानव-जीवन का सबसे महत्त्वपूर्ण अंग है। इसी अर्थ में समाजशास्त्र है, इसी अर्थ में राजनीतिशास्त्र है, इसी अर्थ में धर्मशास्त्र है। इस अर्थ का एक अपना शास्त्र है—अर्थशास्त्र, जिसका वह विद्यार्थी है, और अभी तक अर्थशास्त्र के जिन सिद्धान्तों का उसने अध्ययन किया है वे मूल सिद्धान्त नहीं हैं।

अपने इन्हीं विचारों में उलझा हुआ वह जब एक बजे कुलसुम के यहाँ वापस लौटा, तब यह अनुभव कर रहा था कि उसका समस्त ज्ञान किताबी ज्ञान है, जो एकदम खोखला है। एक तीव्र असन्तोष जाग उठा था उसके अन्दर। अर्थशास्त्र का अध्ययन करने के लिए उसे हिन्दू धर्म के विकास के क्रम का अध्ययन करना पड़ेगा।

कुलसुम अभी तक अपनी मीटिंग से नहीं लौटी थी। जगतप्रकाश बरामदे में बैठ गया। उसकी विचारधारा टूटी सैलाब की आवाज़ से, जो उसके सामने खड़ा हुआ कह रहा था, ''आदाब अर्ज़ है ! कुलसुम बेन क्या घर में नहीं हैं, जो आप अकेले बैठे हैं ?''

सैलाब के आ जाने से जगतप्रकाश को एक तरह की राहत मिली, क्योंकि उसकी विचारधारा अब उसके लिए असह्य हो रही थी, ''बैठिए, कुलसुम बेन कहीं गई हैं, लेकिन अब वापस आती ही होंगी।''

''शुक्रिया !' सैलाब ने बैठते हुए कहा, ''असल में मैं जिस मकसद से आया था, आपका भी उससे ताल्लुक है। बात यह है कि मैं पाँच तारीख की जगह कल ही बम्बई से जाना चाहता हूँ, यानी तीसरी तारीख को। चार तारीख की शाम को दिल्ली पहुँचकर वहाँ दो दिन क़याम करूँगा। फिर छह तारीख की रात को दिल्ली से रवाना होकर सात तारीख की सुबह अमृतसर, और आठ तारीख की शादी !''

जगतप्रकाश ने कुछ सोचकर कहा, ''दिल्ली रुकना चाहते हैं आप दो दिन, आखिर क्यों ?''

सैलाब के मुख पर उसकी भोली मुस्कराहट आ गई, ''जी, यह एक राज़ है जो मैं इस वक्त आप पर ज़ाहिर नहीं कर सकता। आप भी अगर मेरे साथ दो दिन दिल्ली

रुकने की तकलीफ गवारा करें तो आपको मालूम हो जाएगा।''

''मैं कल ही चल सकता हूँ। बम्बई में मेरे लिए कोई खास काम तो है नहीं। लो, वह कुलसुम बेन आ गई हैं, उनसे बात कर ली जाए।''

कुलसुम अकेली न थी, उसके साथ एक और स्त्री थी, अधेड़-सी। कुलसुम उस स्त्री से कह रही थी, ''गैरमुमकिन ! पाँच तारीख के पहले मैं यहाँ से जा नहीं सकती, अपने मेहमान को यहाँ अकेला छोड़कर कैसे चल दूँ, देखो वह बैठे हैं।''

''मैं तुम्हारी तरफ से उनसे माफी माँग लेती हूँ। बिना तुम्हारे काम नहीं बनेगा, नहीं तो हम लोग तुम पर इतना ज़ोर न डालतीं।'' उस स्त्री ने कहा।

दोनों अब बरामदे में आ गई थीं। कुलसुम ने जगतप्रकाश से कहा, ''तुम अकेले ही आए, जमील अहमद नहीं आए तुम्हारे साथ ?''

''जी, उनकी जगह मैं आ गया हूँ, आपका खादिम सैलाब, गोकि मैं बिलकुल अलग से आया हूँ, अभी चार-पाँच मिनट पहले, उलझन लिए हुए।'' सैलाब ने खड़े होकर कहा।

कुलसुम ने जैसे सैलाब की बात पर कोई ध्यान नहीं दिया, एक कुर्सी पर बैठते हुए उसने साथवाली स्त्री से कहा, ''बैठो भी राधा, यह जगतप्रकाश हैं जिनका जिक्र मैंने किया था, और यह राधा देसाई हैं, यहाँ फिल्मों के बहुत बड़े फाइनेंसियर सेठ पोपटलाल देसाई की पत्नी। इन्होंने वार-एफर्ट्स में मदद करने के लिए परसों पूना में एक बहुत बड़ा और शानदार वेराइटी प्रोग्राम आर्गेनाइज़ किया है, मेरे पीछे पड़ गई हैं कि मैं उसका इनागरेशन कर दूँ चलकर।''

सैलाब की आँखें फैल गईं। उसने राधा की ओर मुड़कर कहा, ''आदाब बजा लाता हूँ हुजूर ! इस नाचीज़ का नाम सैलाब है। सेठ पोपटलाल की नई फिल्म 'जाने-जहाँ' में गाने लिखने की बात चल रही है मेरी। तो आपके उस फंक्शन में मैं भी चलूँगा। एक निहायत प्यारी-सी नज्म मेरी भी रहेगी। आप जरूर चलिए कुलसुम बेन ! जर्मनी के खिलाफ इस जंग में बरतानिया की मदद करना हम लोगों का फर्ज है।''

विस्फारित नयनों से जगतप्रकाश ने सैलाब को देखा। यह आदमी, जो अपने को प्रोग्रेसिव राइटर कहता है, जो कम्युनिज्म पर विश्वास करता है, वह इस साम्राज्यवादी ब्रिटेन के वार-एफर्ट्स में सहायता देने के लिए अपने को स्वयं प्रस्तुत कर रहा है। एकाएक उसके मन में एक दूसरा विचार आया। इस सैलाब के सामने सेठ पोपटलाल देसाई की पत्नी राधा देसाई बैठी हैं। पोपटलाल के हाथ में इस सैलाब की आर्थिक कुंजी है। यह आदमी वार-एफर्ट्स में मदद नहीं कर रहा है, यह प्रकारान्तर से अपने आर्थिक लाभ के प्रति जागरूक है। उसके मुख पर एक मुस्कराहट आ गई, उसने सैलाब से कहा, ''आप तो कल दिल्ली चलना चाहते हैं।''

राधा तत्काल बोली, ''आपने प्रोग्रेसिव राइटर्स की मीटिंग में कल एक कविता पढ़ी थी—अंगारे—'खाक में मिल जाएगी अंगरेज तेरी सल्तनत'। आज के अखबारों में कल की मीटिंग की रिपोर्ट निकली है। गवर्नर साहब हमारे उस फंक्शन में आ रहे हैं। क्या

आपका उनके सामने पड़ना ठीक होगा ?''

कुलसुम हँस पड़ी, ''या सेठ पोपटलाल का आपसे अपनी फिल्म के गाने लिखाना ठीक होगा ?''

सैलाब का मुँह उतर गया, ''बुरा हो इन मरदूद प्रोग्रेसिव राइटरवालों का। मैं कल नहीं जाना चाहता था, लेकिन उन्होंने अखबारों में मेरा नाम छपवा दिया तो जाना पड़ गया।'' उसने राधा से कहा, ''आप सेठ पोपटलाल से मेरी बाबत कुछ कहिएगा नहीं। अभी पिक्चर के मुहूर्त में एक महीने की देर है, तब तक मैं पंजाब का एक चक्कर लगाए आता हूँ। इस बीच लोग-बाग इस वाकये को भूल जाएँगे और मैं इस बीच वार-एफर्ट्स पर दो-चार नज्में लिख लूँगा।''

राधा ने सैलाब की इस बात पर कोई ध्यान नहीं दिया, कुलसुम से वह गिड़गिड़ा रही थी, ''कुलसुम बेन, हमारी इज्जत अब तुम्हारे हाथ में है। तुम्हें किसी-न-किसी तरह चलना ही होगा।''

तभी जगतप्रकाश बोल उठा, ''मेरी वजह से तुम्हें बम्बई रुकने की कोई ज़रूरत नहीं है कुलसुम ! यह सैलाब यहाँ से कल ही चलना चाहते हैं, मुझसे ज़िद कर रहे थे कि मैं भी कल चलूँ। सोचता हूँ कि रास्ते में दो दिन दिल्ली में ही ठहर जाऊँगा। इस वर्ल्ड वार की हिन्दुस्तान की राजधानी दिल्ली में क्या प्रतिक्रिया है, यह भी देखने को मिल जाएगा।''

कुलसुम का कोई जवाब देने से पहले राधा ने ताली बजाते हुए कहा, ''आपने मेरा काम बना दिया—धन्यवाद ! कुलसुम बेन, अब कोई बहाना न चलेगा, आपको चलना ही होगा।''

विवशता के भाव से कुलसुम बोली, ''जैसी तुम लोगों की मर्जी ! मैंने तुम दोनों के लिए रिज़र्वेशन के वास्ते इंटरनेशनल ट्रेवल एजेंसी से कह दिया था।''

राधा ने तत्काल इंटरनेशनल एजेंसी को फोन मिलाया। पाँच तारीख का रिज़र्वेशन कैंसिल करके तीन तारीख का रिज़र्वेशन करा दिया कुलसुम ने।

दूसरे दिन नाश्ता करके जगतप्रकाश अकेला ही निकल पड़ा। जमील घर पर ही था और सो रहा था। आँखें मलते हुए उसने जगतप्रकाश से कहा, ''इस वक्त कैसे भूल पड़े ? ग्यारह बजे तक मैं खुद ही आ जाता। कल दिन-भर मैं नहीं सो पाया। वह लघाटे की औरत, दिन-भर उसकी फिक्र में मैं उलझा रहा। बैठो, मैं अभी फारिग होकर आता हूँ।'' उसने सईदा से कहा, ''जल्दी से चाय बना दे हम लोगों के लिए—नाश्ता बनाने का फिक्र न करना, सिर्फ चाय।''

जगतप्रकाश उस दिन का अखबार उठाकर पढ़ने लगा, महायुद्ध की खबरों से अखबार भरा था। फ्रांस और ब्रिटेन ! जर्मनी बढ़ता जा रहा था। रूस भी अपने सीमावर्ती छोटे-छोटे देशों को हड़पता जा रहा था। जगतप्रकाश सोचने लगा। इतने में जमील हाथ-मुँह धोकर आ गया। जगतप्रकाश ने अखबार रखते हुए कहा, ''जमील काका, एक बात मेरी समझ में नहीं आ रही। यह रूस जो समाजवाद का प्रवर्त्तक है

और जिसकी तरफ हमारी आँखें लगी हैं, यह भी साम्राज्यवादी बनता जा रहा है। अजीब बात है।''

''यह तुमसे किसने कह दिया है कि रूस साम्राज्यवादी बन रहा है ?'' जमील ने बैठते हुए पूछा।

''अखबार में छपी खबरों से तो यही लगता है।''

''हिन्दुस्तान के इन अखबारों को खबरें मिलती हैं अंग्रेज़ी न्यूज एजेंसियों से। ये अंग्रेज़ रूस के सबसे बड़े दुश्मन हैं। बढ़ा-चढ़ाकर ऐसी खबरें दी जाती हैं जो रूस के खिलाफ हों, जर्मनी के खिलाफ हों।''

''तो रूस ने अपने सीमावर्ती देशों पर कब्ज़ा नहीं किया है, तुम यह कहना चाहते हो जमील काका !'' जगतप्रकाश के स्वर में झुंझलाहट थी।

जमील मुसकराया, ''ज़रूर कब्ज़ा किया है, इससे इनकार कौन कर सकता है ! लेकिन मान लो रूस इन पर कब्ज़ा न करता, तो यह क्या ठीक था कि जर्मनी इन पर कब्ज़ा न कर लेता ? जर्मनी अपनी पूरी दानवी ताकत के साथ पूरब की तरफ बढ़ता जा रहा है, वह इन छोटे-छोटे देशों पर कब्जा करके रूस की छाती पर सवार हो जाता। रूस का यह कदम खुद अपने मुल्क की हिफाज़त के लिए है। इन देशों में सरदारों और सरमायादारों की ही तो हुकूमत है। इन देशों की जनता में आज़ादी के लिए कोई दिलचस्पी नहीं है। रूस की तहत में वह जनता तो जागेगी।''

जमील की पत्नी चाय ले आई थी। जगतप्रकाश ने चाय पीते हुए एक ठंडी साँस भरी, ''शायद तुम्हारी ही बात सही हो जमील काका, कुछ समझ में नहीं आता। हाँ, तो मैं तुमसे यह कहने आया था कि मैं आज शाम को ही बम्बई से जा रहा हूँ। मेरे साथ एक और आदमी लग गया है, तुम तो उसे अच्छी तरह जानते होगे, सैलाब नाम का शायर।''

''अच्छी तरह जानता हूँ उसे, कुलसुम बेन के यहाँ आजकल हाज़िरी दिया करता है। लेकिन वह आदमी मुझे पसन्द नहीं आया। अपने को तरक्कीपसन्द, यानी प्रोग्रेसिव कहता है, लेकिन यह सारा कम्युनिज़्म उसके लिए एक दिमागी ऐयाशी-भर है। बहरहाल बड़ा दिलचस्प आदमी है, रास्ता अच्छी तरह कट जाएगा। लेकिन तुम तो परसों जानेवाले थे।''

''कुलसुम कल सुबह पूना जा रही है, वहाँ वार-एफर्ट्स के लिए कोई वैराइटी प्रोग्राम हो रहा है, उसका उद्घाटन करना है उसे। मेरी वजह से वह नहीं जा रही थी, तो मैंने आज ही जाना तय कर लिया। यहाँ बम्बई में मेरा कोई काम भी तो नहीं है। हाँ, एक बात और कहनी है, मान लेना—इनकार मत करना।''

''बोलो !''

जगतप्रकाश ने अपने पर्स से सौ-सौ रुपए के दो नोट निकाले, ''यह रुपया तुम लघाटे की पत्नी को दे देना। यह रुपया मेरा नहीं है, कभी कुलसुम ने मुझे यह रुपया दिया था। मुझसे वह वापस नहीं लेगी और मुझे इसकी ज़रूरत नहीं है। वैसे मैं तुमसे

सहमत हूँ कि गरीबों और मुसीबतज़दों को रुपया नहीं बाँटा जा सकता; लेकिन अगर लघाटे की पत्नी की इसमें कुछ सहायता हो जाए तो अच्छा ही होगा।''

जमील कुछ देर तक जगतप्रकाश को चुपचाप देखता रहा, फिर उसने वे नोट ले लिए, ''ज़रूरत तो उसे रुपयों की बहुत है और ज़रूरत किसे नहीं है ? अच्छा तो यह होता कि यह रुपया तुम अपने पास रखते, वक्त-ज़रूरत काम आता। इस औरत की ज़रूरतों को पूरा करने की हम लोग कोशिश तो कर ही रहे हैं, इसमें देर भले ही लग जाए।''

जगतप्रकाश के मुख पर सन्तोष की चमक आ गई, उसने कहा, ''वक्त-ज़रूरत के लिए अभी काफी रुपया है मेरे पास। मुझे मेरा स्कॉलरशिप मिलता है, जनवरी में मुझे यूनिवर्सिटी में नौकरी भी मिल जाने की आशा है। अच्छा, अब मैं चलूँगा। कुलसुम ने लंच के पहले आ जाने को कहा है। यहाँ से मैं बाज़ार जाऊँगा, कुछ ज़रूरी चीज़ें खरीदनी हैं मुझे।''

शाम के समय जब जगतप्रकाश कुलसुम के साथ चाय पी चुका, कुलसुम बोली, ''हाँ, तो मैं शर्मिष्ठा को एक उपहार देना चाहती थी, मेरी तरफ से तुम उसे दे देना।'' उसने अपने हाथवाली अँगूठी उतारी। एक बड़ा-सा माणिक, करीब आठ-दस रत्ती का, रक्त की तरह लाल, और उसके चारों ओर नीली आभावाले हीरों के बारह टुकड़े। प्लेटिनम की वह अँगूठी—कितनी सुन्दर थी ! एक बार उदास नज़रों से कुलसुम ने अँगूठी को देखा, ''जसवन्त ने यह अँगूठी पसन्द की थी, मैं तो इसे नहीं खरीदना चाहती थी—जानते हो, इसका दाम पाँच हजार रुपए है। एक यहूदी जौहरी आया था डैडी के यहाँ, जसवन्त भी उस समय वहाँ था। तो जसवन्त के पसन्द करने पर मैंने इसे खरीद लिया था। अपनी पसन्द की हुई चीज को वह बराबर देखता रहे, मैं सिर्फ इतना चाहती हूँ। शर्मिष्ठा की उँगली में यह अँगूठी रहेगी तो वह इसे रोज़ देखेगा।'' फिर कुछ रुककर उसने कहा, ''और जब-जब देखेगा तब-तब शायद वह मुझे भी याद कर लेगा।''

दूसरे दिन जब वह सैलाब के साथ दिल्ली जंक्शन पर उतरा, रात हो रही थी। दोनों स्टेशन के बाहर निकले। सैलाब ने कहा, ''यहाँ पास की फतहपुरी में एक बुहत अच्छा होटल खुला है—आराम महल। वहीं ठहरना चाहिए।''

स्टेशन के बाहर होटल के प्रतिनिधियों की भीड़ थी, आराम महल होटल के प्रतिनिधि के साथ वे वहाँ पहुँचे। सैलाब ने जगतप्रकाश का हाथ दबाते हुए मैनेजर से कहा, ''एक सिंगल कमरा चाहिए, मिस्टर जगतप्रकाश के नाम।'' रजिस्टर पर लिखा-पढ़ी हो जाने के बाद दोनों उस कमरे में पहुँचे जो जगतप्रकाश को मिला था। असबाब रखवाकर जब होटल का बेयरा चला गया, जगतप्रकाश ने सैलाब से कहा, ''इस कमरे में तो एक ही पलंग है, हम दो आदमी कैसे सोएँगे यहाँ ?''

सैलाब बोला, ''जी, मेरा असबाब-भर इस कमरे में ठहरेगा, मैं तो अपनी महबूबा शबनम के यहाँ जा रहा हूँ। दो रातें बितानी हैं इस दिल्ली शहर में तो वहीं बीतेंगी। दिन में मैं यहाँ आ जाया करूँगा।''

''यह शबनम कौन है और कहाँ रहती है ?'' जगतप्रकाश ने पूछा।

सैलाब हँस पड़ा, "आप अभी बच्चे मालूम पड़ते हैं जगतप्रकाश साहब ! यह शबनम, जिसके यहाँ मैं रात बिताने जा रहा हूँ, सिवाय तवायफ़ के और कौन हो सकती है ? और चूँकि वह सैलाब की महबूबा है, लिहाज़ा किसी ऊँचे तबके की तवायफ़ हो सकती है। लिहाज़ा वह सिवा चावड़ी के और कहाँ रह सकती है !"

जगतप्रकाश के मन में एक तरह की ग्लानि-सी जाग उठी उस सैलाब के प्रति। वह मौन हो गया। लेकिन शायद सैलाब के मन में एक उत्साह-सा उमड़ पड़ा था। वह बोला, "तुम नहीं जानते यह शबनम कितनी खूबसूरत है, अच्छी-से-अच्छी फिल्म की हीरोइन उसके आगे मात। बला का हुस्न पाया है उसने। साथ ही बड़ी नेक और तहज़ीबदार है। मुझसे बड़ी मुहब्बत करती है। जानते हैं, वह मुझसे निकाह पढ़ाने को राज़ी है, लेकिन मैं हूँ फाकेमस्त आदमी, तो उसकी वालिदा राज़ी नहीं होती। मैं कहता हूँ इस शबनम को फिल्मों में आना चाहिए। मैंने तय कर लिया है कि बम्बई में मुझे कोई काम मिल जाए तो मैं उसे फिल्मों में हीरोइन के तौर से बुला लूँ। इसकी वालिदा से बम्बई चलने को कहा भी, तो वह टाल गई। वह किसी रईसज़ादे, राजा या नवाब की ताक में बैठी है, जिससे एक लम्बी रकम लेकर वह शबनम को बेच दे।"

सैलाब ने कपड़े बदले। अब वह खुद एक अच्छा-खासा रईस दिख रहा था। विलायती सर्ज की शेरवानी, चूड़ीदार पैजामा। जगतप्रकाश को कुलसुम का कहना याद हो आया—'इस सैलाब का बाप लाहौर का अच्छा-खासा जमींदार है।' जगतप्रकाश एकाएक बोल उठा, "शायद आप भी तो रईसज़ादे हैं, शक्ल-सूरत से भी आप रईसज़ादे दिखते हैं। आदतें भी आपकी रईसज़ादों की हैं।"

अपनी प्रशंसा पर सैलाब खिल उठा, "शायद नहीं जगतप्रकाश साहेब, वाकया यह है कि मेरे वालिद लाहौर के बड़े ज़मींदार हैं। उनके पास इतनी दौलत है कि वह एक शबनम को नहीं, दर्जनों शबनमों को खरीद सकते हैं। लेकिन वह बड़े दकियानूस किस्म के और खसीस आदमी हैं। और मैं ठहरा शायर आदमी, मुझे दौलत से कोई लगाव नहीं, सिवा इसके कि वह खुलकर खर्च की जाए। मैं तो मुहब्बत का मुरीद हूँ। अच्छा जगतप्रकाश साहेब, अभी कुल सात बजे हैं, खाना आप नौ बजे के पहले क्या खाइएगा ! तो आप भी मेरे साथ चलें, उस शबनम को देखकर आपकी तबीयत खुश हो जाएगी। आठ-साढ़े आठ बजे तक आप वापस आ जाइएगा।"

जगतप्रकाश ने यह आशा नहीं की थी कि इस तरह का प्रस्ताव उसके सामने आएगा। शबनम के सम्बन्ध में सैलाब से इतना सब सुनकर उसके अन्दर एक तरह का कौतूहल जाग उठा था। फिर अकेला वह उस समय होटल में क्या करेगा, उसकी समझ में नहीं आ रहा था। उसने कमज़ोर आवाज़ में कहा, "मैं क्या करूँगा वहाँ चलकर ? मैं ऐसी जगह कभी गया भी नहीं हूँ।"

सैलाब हँस पड़ा, "ज़िन्दगी तजुर्बों से ही बनती है, आज यह तजुर्बा मेरे साथ कर लीजिए। इनसान को खतरा सिर्फ अपने से होता है, तो आप सिर्फ अपने पर काबू रखिएगा।"

कमरे में ताला लगाकर जगतप्रकाश सैलाब के साथ निकल पड़ा।

शबनम की माँ ने सैलाब को देखते हुए कहा, "अरे आप सैलाब मियाँ ! कब आना हुआ बम्बई से ? इस वक्त तो आपके आने की कतई उम्मीद नहीं की थी हम लोगों ने।"

सैलाब बोला, "मैंने शबनम के नाम एक चिट्ठी तो लिख दी थी कि मैं आज शाम दिल्ली पहुँचूंगा और सीधा यहाँ आऊँगा।"

"शायद कोई चिट्ठी तो आई थी कल, लेकिन भला यह भी कोई बात कि चिट्ठी लिख दी और चले आए। परसों नवाब सादुल्ला खाँ साहब ने आज यहाँ आने को कहला दिया था, वह करीब नौ बजे आएँगे। आपने तो बम्बई पहुँचकर शबनम की कोई खोज-खबर ही नहीं ली। यहाँ से बड़े-बड़े वायदे करके, बड़े सब्ज़बाग दिखाकर गए थे, लेकिन छह महीने हो गए, आपकी कोई खबर नहीं मिली। इस वक्त तो माफी बख्शिए, कल दोपहर को किसी वक्त तशरीफ लाइएगा।"

सैलाब कुछ देर चुप रहा, फिर बोला, "पता नहीं कल इन्हें फुरसत मिलेगी या नहीं।" उसने जगतप्रकाश की ओर इशारा किया, "यह हमारी फिल्म कम्पनी के मालिक के भतीजे हैं, मेरे साथ आए हैं, कल इन्हें मिनिस्टर साहब से कुछ काम है। अगली पिक्चर महीने बाद शुरू करनेवाले हैं, इन्हें नई हीरोइन की तलाश थी, मैं इन्हें अपने साथ यहाँ लेता आया। शबनम के बारे में मैं इन्हें सब कुछ बता चुका हूँ, यह शबनम को देखने आए हैं।"

सैलाब की इस बात से शबनम की माँ में जो परिवर्तन हुआ उससे जगतप्रकाश चकित रह गया। "ऐहै सैलाब मियाँ, तुमने अपनी चिट्ठी में यह क्यों नहीं लिख दिया था ?" वह जगतप्रकाश से बोली, "आइए हुज़ूर ! यह सैलाब मियाँ शायर आदमी ठहरे। अगर आते ही आपका तवारुफ़ करा देते तो क्या हर्ज था ? चिट्ठी में भी इन्होंने आपके बारे में कुछ नहीं लिखा था, वरना साज़िन्दों का इन्तज़ाम करवा रखती। क्या मीठा गला पाया है मेरी बच्ची ने ! फिर ऊँची तालीम भी पाई है।"

एक झूठ, और उस झूठ से इतना अधिक परिवर्तन हो गया उस डायन-सी दिखनेवाली अधेड़ औरत में, जिसके मुख पर स्वार्थ, क्रूरता, मक्र और फरेब के भाव जगतप्रकाश को स्पष्ट दिख रहे थे। जगतप्रकाश ने उसकी बात का कोई जवाब नहीं दिया। शबनम की माँ ने जगतप्रकाश और सैलाब के साथ कमरे में प्रवेश किया।

पूरी तौर से सिंगार किए शबनम तकिए के सहारे बैठी हुई। बिजली के जगमगाते प्रकाश में वह परी-सी दिख रही थी। शबनम की माँ ने दरवाजे से ही कहा, "मेरी बच्ची, देख तो सैलाब मियाँ आए हैं अपने साथ फिल्म कम्पनी के मालिक को लेकर।"

अपनी माँ की आवाज़ सुनते ही शबनम सतर्क होकर उठ खड़ी हुई थी। उसने सैलाब की ओर देखा या नहीं, जगतप्रकाश को इस पर शक हो सकता था, लेकिन जगतप्रकाश को उसने झुककर सलाम किया, "आइए हुज़ूर ! मेरी किस्मत कि आप मेरे गरीबखाने में तशरीफ लाए।" फिर उसने सैलाब से कहा, "बड़े बेवफा निकले आप ! छह महीने बाद वापस लौटे हैं बम्बई से, मैं इस बीच आपके इन्तज़ार में तड़पती रही।"

इस झूठ और फरेब की अनजानी दुनिया में वह क्यों आ पड़ा ? जगतप्रकाश सोच रहा था। यह सैलाब—यह इस दुनिया को अच्छी तरह जानता है, शायद यह इस दुनिया का ही आदमी है। जगतप्रकाश ने शबनम की बात का कोई उत्तर नहीं दिया। वह अपने चारों ओरवाले वातावरण को कौतूहल के साथ देख रहा था। बिजली के प्रकाश में चमकता हुआ वह कमरा, जिसमें फारस का एक कीमती कालीन बिछा था। इस कालीन पर एक बहुत बड़ा मोटा-सा गद्दा और उस गद्दे पर दूध की तरह सफेद और चमकती हुई चाँदनी। आधा दर्जन गाव तकिए कतार में सजे हुए थे। दीवार पर मलिका विक्टोरिया, सातवें एडवर्ड, पाँचवें जार्ज के कद्देआदम चित्र सुनहरे फ्रेमों में मढ़े हुए टँगे थे। इन चित्रों के साथ महात्मा गांधी, मुहम्मद अली जिन्ना और जवाहरलाल के चित्र भी थे।

फिर सामने खड़ी हुई स्त्री पर उसने नज़र डाली। अब वह उतनी सुन्दर नहीं दिख रही थी जितनी वह पहली नज़र में दिखी थी। भरा हुआ मांसल शरीर, लम्बोतरा चेहरा, बड़ी-बड़ी आँखें, नुकीली नाक, गोरा रंग और चौड़ा माथा। उसका हरेक अंग अलग-अलग सुन्दर कहा जा सकता था, लेकिन कुल मिलाकर कहीं कोई कमी रह गई थी उसकी सुन्दरता में। उसकी अवस्था प्रायः तेईस-चौबीस वर्ष की ही रही होगी। उसकी आवाज़ कुछ भारी और तेज़। तब तक उसे शबनम की आवाज़ सुनाई दी, ''हुज़ूर तशरीफ रखिए। क्या मुझसे कुछ खता हो गई जो आप खामोश हैं ?''

जगतप्रकाश सैलाब के साथ बैठ गया। शबनम ने बैठकर कहा, ''कहिए, क्या शौक फरमाएँगे ? बम्बई के मुकाबले यहाँ सरदी बहुत ज्यादा है। व्हिस्की, ब्रांडी या रम ?''

जगतप्रकाश के अन्दर अब एक भयानक वितृष्णा भर गई, उसे एक घुटन-सी मालूम हो रही थी उस वातावरण में। वह अब बोला, ''शुक्रिया, मुझे कुछ नहीं चाहिए, अब मैं होटल जाकर आराम करूँगा।'' वह सैलाब से बोला, ''सैलाब साहब, आपकी शबनम वाकई बड़ी खूबसूरत है। कल सुबह होटल में आपसे बातचीत होगी।'' जगतप्रकाश यह कहकर बिना सैलाब के उत्तर की प्रतीक्षा किए उठकर चल दिया।

जिस समय जगतप्रकाश अपने होटल पहुँचा, नौ बज रहे थे। कमरे का दरवाज़ा खोलकर उसने बिजली जलाई, तभी होटल का बेयरा हाज़िर हो गया, ''बिस्तर लगा दूँ ? खाना डाइनिंग हॉल में खाइएगा या अपने कमरे में ?''

सरदी अब काफी बढ़ गई थी। जगतप्रकाश बोला, ''अगर कमरे में ला सको तो बड़ा अच्छा हो। पहले बिस्तर लगा दो, तब तक मैं कपड़े बदल लूँ।''

खाना खाकर जब वह उठा, उसे बड़ी थकावट अनुभव हो रही थी और नींद आ रही थी। बेयरा जूठे बरतन ले गया और जगतप्रकाश ने कमरा बन्द किया। वह कमरे की लाइट बुझाना ही चाहता था कि उसे किवाड़ों पर दस्तक सुनाई दी। उसने दरवाज़ा खोला, सामने सैलाब खड़ा था।

सैलाब के कपड़े गुड़मुड़ाए हुए थे और उसका पायजामा दो-एक जगह से फट गया था। उसके माथे पर खून बह रहा था, हाथ-पैरों पर भी चोट के निशान थे। कमरे में

आकर वह एक कुर्सी पर बैठ गया। जगतप्रकाश बोल उठा, ''अरे क्या हुआ है तुम्हें ?''

''हुआ क्या, उस हरामज़ादे सादुल्ला खाँ से मेरी मारपीट हो गई।'' सैलाब ने कहा, ''उसके साथ दो आदमी और थे। वह पीकर आया था। पहले तो बड़ी तकल्लुफ़ाना बातचीत हुई, फिर बात-बात में उससे कहा-सुनी हो गई, और कहा-सुनी के बाद मारपीट। वह तीन और मैं अकेला, बुरी तरह मारा उन सालों ने।''

''शबनम ने तुम्हें बचाया नहीं ?'' जगतप्रकाश ने पूछा।

''अरे, वह हरामज़ादी कुतिया, मुझे क्या पता था कि वह उसके रुपयों पर बिक गई है। उससे मेरी शिकायत करने लगी कि मैं उसे फिल्मों के लिए बरगलाने आया हूँ, मेरे साथ मेरी कम्पनी का सेठ भी आया हुआ है। अच्छा हुआ जो तुम चले आए, वरना वे लोग तुम्हारे साथ भी बुरी तरह पेश आते। अच्छा ज़रा मुँह-हाथ धो लूँ और कपड़े बदल लूँ, ज्यादा चोट नहीं आई है। रास्ते से टिंक्चर आयोडीन लेता आया हूँ, वह लगाए लेता हूँ।''

जगतप्रकाश को हँसी आ रही थी सैलाब की हालत पर, कुछ दुख भी हो रहा था। उसने कहा, ''यह तो बुरा हुआ, मुझे अफसोस है।''

''अरे म्याँ, अफसोस की क्या बात ! यह तो होता ही रहता है। हम लोग मर्द बच्चे हैं, लड़ते हैं, झगड़ते हैं, मार-पीट करते हैं और फिर ठीक हो जाते हैं। मैंने भी उस साले नवाबज़ादे की नाक पर जो एक घूँसा जमाया तो ज़मीन पर औंधा गिरा। खुदा जाने उसकी हालत क्या होगी ! मैं तो वहाँ से तीर की तरह भागा कि किसी बवाल में न फँस जाऊँ।''

एक नई तरह की मर्दानगी, एक नए तरह का साहस। उसे जानवरों के आपस में लड़ने के दृश्य याद आए, किस तरह दो साँड़ लड़ते हैं, किस तरह दो कुत्ते लड़ते हैं। लेकिन उसने कोई टिप्पणी नहीं की, उसने केवल इतना कहा, ''खाना तो खाओगे, भूख लगी होगी ?'' और उसने घंटी बजाई।

बेयरा कमरे में आ गया। जगतप्रकाश ने पूछा, ''कोई और कमरा खाली है ? साहब भी यहाँ ठहरेंगे।''

''जी हाँ, एक सिंगल बेड का कमरा अभी घंटे-भर पहले खाली हुआ है।''

''साहब का सामान उस कमरे में पहुँचा दो, और इनके लिए इनके कमरे में खाना भी ले आना।'' जगतप्रकाश को अब ज़ोर की नींद आ रही थी।

[12]

दिल्ली से अमृतसर जाते हुए जिस सेकंड क्लास कम्पार्टमेंट में जगतप्रकाश और सैलाब की बर्थें रिज़र्व हुई थीं वह चार बर्थोंवाला छोटा-सा कम्पार्टमेंट था। इन दोनों को एक

ऊपरवाली और एक नीचेवाली बर्थ मिली थी। जगतप्रकाश ने अपना बिस्तर ऊपरवाली बर्थ पर बिछा लिया था, सैलाब के लाख मना करने पर भी। सैलाब के घुटनों में काफी चोट आई थी, ऊपर की बर्थ पर चढ़ने में उसे तकलीफ होती। नीचे वाली दूसरी बर्थें किन्हीं लाला सेवाराम के लिए रिज़र्व थीं, ऊपरवाली बर्थ खाली थी।

जब गाड़ी छूटने में पाँच मिनट रह गए, सैलाब ने कहा, "हम लोग खुशकिस्मत मालूम होते हैं। मेरा ख़याल है नीचेवाली बर्थ खाली ही रहेगी, तुम अपना बिस्तर इसी बर्थ पर बिछा लो। गाड़ी छूटने के पाँच मिनट पहले तक सब मुसाफिरों को अपनी-अपनी सीटें ले लेनी चाहिए, इसके बाद जो उन पर कब्ज़ा कर ले, वे सीटें उनकी।

"ठीक कहते हो।" जगतप्रकाश बोला और वह ऊपर की बर्थ से अपना बिस्तर उठाने के लिए खड़ा हुआ। गार्ड सीटी दे रहा था। तभी उसके कम्पार्टमेंट का दरवाजा खुला, हाँफते हुए लाला सेवाराम ने कम्पार्टमेंट में प्रवेश किया। उनके साथ काफ़ी सामान था, कुछ कुली के सिर पर और कुछ नौकर के हाथ में। कुली से सामान रखवाकर उन्होंने उसका भाड़ा चुकाया। गाड़ी अब प्लेटफार्म से रेंगने लगी थी। कुली चलती गाड़ी से उतर गया, नौकर कम्पार्टमेंट में रह गया।

नौकर ने उनका होल्डाल खोलकर बर्थ पर उनका बिस्तर बिछाया, फिर सब सामान उसने करीने से लगा दिया। लाला सेवाराम ने इत्मीनान के साथ अपने बिस्तर पर बैठते हुए नौकर से कहा, "गाज़ियाबाद में सर्वेंट्स क्लास में चले जाना, इसी डिब्बे में पीछे की तरफ है।" फिर वह इन दोनों की ओर घूमे, "आप लोग कहाँ तक चल रहे हैं ?"

"जी, हम लोग अमृतसर जा रहे हैं, कितने बजे पहुँचती है वहाँ यह गाड़ी ?" जगतप्रकाश बोला।

"सात बजे सुबह। जाड़े के दिनों में कुछ थोड़ी-सी तकलीफ तो होती है वहाँ उतरने में, लेकिन बड़े ठीक वक्त पर पहुँचती है। मैं भी अमृतसर चल रहा हूँ। मेरी नींद जल्दी खुलती है, मैं आप लोगों को जगा दूँगा।"

तभी सैलाब बोल उठा, "जी शुक्रिया ! और मैं आपको बतला सकता हूँ कि आप कहाँ जा रहे हैं—लाला रामलाल कपूर के यहाँ, उनके लड़के जसवन्त कपूर की शादी में शिरकत करने। आपका नाम लाला सेवाराम मेहरा है। गलत तो नहीं कह रहा हूँ मैं ?"

आश्चर्य से लाला सेवाराम ने सैलाब को देखा। उनकी उस दृष्टि में एक छिपे हुए भय की भावना जगतप्रकाश को दिखी, "आपको कैसे मालूम कि मैं कौन हूँ और कहाँ जा रहा हूँ ? आप लोग सी.आई.डी. वाले तो नहीं हैं ?"

"जी, हो भी सकते हैं, नहीं भी हो सकते हैं, यह तो हम लोगों का अपना राज़ है।" बड़े भोलेपन के साथ सैलाब बोला।

जगतप्रकाश को हँसी आ गई, "जी नहीं, बात यह है कि हम लोग लाला रामलाल कपूर के लड़के जसवन्त कपूर की शादी में जा रहे हैं। आपका नाम बाहर रिज़र्वेशन

कार्ड पर लिखा हुआ है। चूँकि लाला रामलाल कपूर अमृतसर के सबसे बड़े व्यापारी हैं, और शक्ल से आप भी लखपति व्यापारी ही दिखते हैं, इसलिए हम लोग इस नतीजे पर पहुँचे कि आप उनके यहाँ ही जा रहे होंगे। फिर काफी सामान भी तो है आपके साथ। इतना ज्यादा सामान तो जब कोई नज़दीकी रिश्तेदार के यहाँ शादी-ब्याह में जाता है, तभी ले जाता है।"

लाला सेवाराम कुछ देर तक इन दोनों को आश्चर्य से देखते रहे, फिर ज़ोर से हँस पड़े, "अरे वाह ! तुम दोनों तो पूरे ऐयार निकले। तुम्हारे जैसे ज़हीन नौजवानों को तो सी.आई.डी. में होना चाहिए। अभी कल दिल्ली में होम डिप्टी सेक्रेटरी से मेरी बातचीत हो रही थी, उन्हें कुछ मातबर, ज़हीन और पढ़े-लिखे लोगों की ज़रूरत है सेंट्रल इंटेलिजेंस सर्विस में। यह जंग जो चल रही है मुमकिन है हिन्दुस्तान में कुछ गड़बड़ी हो, तो यहाँ इंटेलिजेंस डिपार्टमेंट को बढ़ाना होगा। क्या समझे ?"

"जी समझा यह कि दिल्ली के डिप्टी होम सेक्रेटरी से आपकी दोस्ती है।" सैलाब ने अपने मुख पर कड़वाहट लाते हुए कहा, "और लाला, मैं अंग्रेजी पढ़ा-लिखा हूँ नहीं, मैं तो कौमी शायर हूँ। अगर आप मुझे वह क्या कहते हैं...जी, याद आ गया...जी, तो अगर आप मुझे कम्युनिस्ट कह दें तो आप ज्यादा गलती नहीं करेंगे। अगर आप भी उतने ज़हीन होते जितने हम लोग हैं तो आप महज़ इस बात से कि हम लोग जसवन्त कपूर के दोस्त हैं, सब कुछ समझ गए होते।"

लाला सेवाराम को सैलाब की इस बात पर बुरा मान जाना चाहिए था कि वे ज़हीन नहीं हैं, लेकिन उसकी बात पर बुरा मानने के बजाय वे परेशानी में पड़ गए। कुछ सोचकर उन्होंने पूछा, "जसवन्त...जसवन्त...तो क्या तुम लोगों का मतलब यह है कि वह कम्युनिस्ट है !"

इसके पहले कि सैलाब कुछ ऊटपटाँग जवाब दे, जगतप्रकाश बोल उठा, "लालाजी, यह आपसे मज़ाक कर रहे हैं। हम लोग कम्युनिस्ट-वम्युनिस्ट कुछ भी नहीं हैं। यह उर्दू के शायर हैं सलाउद्दीन सैलाब और इनके वालिद मियाँ ज़ियाउद्दीन लाहौर के अच्छे-खासे ज़मींदार हैं, और मैं कांग्रेस-मैन हूँ, लाला देवराज मुझे अच्छी तरह जानते हैं।"

लाला सेवाराम ने कुछ सोचकर कहा, "तुम लोगों की बात पर भरोसा नहीं होता। मैं इतनी उम्र का आदमी—तुम लोगों के वालदैन की उम्र का, तो मुझसे यह मज़ाक क्यों करोगे ? मैं जानता हूँ कि जसवन्त निहायत आवारा किस्म के लोगों की सोहबत में था। मैं उसका सगा मामा हूँ—लाला सेवाराम मेहरा। मेहरा एंड कम्पनी दिल्ली की मशहूर फर्म है, कपड़े का काम, मोटर का काम, बिसातखाने का काम, स्टेशनरी का काम—कौन-सा काम है जो हमारी कम्पनी से छूटा हुआ है ? क्या समझे ? रामलाल खैरातीलाल फर्म से अगर हमारी हैसियत ज्यादा नहीं है तो बहुत छोटी भी नहीं है। तो यह जसवन्त दिल्ली में रहता था दरीबे के एक गन्दे-से मकान में, और मेरे यहाँ झाँकने भी न आता था। कभी चलते-फिरते मुलाकात हो जाती थी तो ठीक तौर से बात न

करता था। भगवान् जाने क्या देखकर देवराज ने इसे अपना दामाद बनाना मंजूर किया। तुम लोग उस जसवन्त के दोस्त हो, तो तुम लोगों पर भरोसा किसी हालत में नहीं किया जा सकता। क्या समझे ?'' लाला सेवाराम अपने नौकर की ओर घूमे, ''खाना निकालो !''

फिर इन लोगों की ओर घूमकर वह बोले, ''क्या बताऊँ, यह गाड़ी मिल गई, यही क्या कम है ! मैं सीधे अपने ऑफिस से चला आ रहा हूँ, घर जाने की फुरसत तक नहीं मिली। क्या समझे ? बहुत बड़े कांट्रेक्ट का मामला था। तुम लोगों ने तो शायद खाना खा लिया होगा !''

सैलाब ने उत्तर दिया, ''खाना तो नहीं खाया, शाम के वक्त गहरा नाश्ता कर लिया था। सोचा था कि यहाँ स्टेशन पर खाना खा लेंगे, लेकिन चूँकि पेट भरा था इसलिए खाना मँगाने की फिक्र ही नहीं की।''

''तो फिर तुम लोग भी मेरे साथ खाना खा लो। ढेरों खाना बाँध दिया है उस महाराज के बच्चे ने। तुम लोग जैसे जसवन्त के मेहमान हो वैसे मेरे मेहमान हो, तकल्लुफ करने की कोई ज़रूरत नहीं।''

नौकर ने टिफन-बॉक्स से तीन प्लेट निकालीं। तीन-चार तरह की सब्जियाँ, पूड़ी, अचार। तभी सैलाब उठ खड़ा हुआ। उसने अपने सूटकेस से स्कॉच की वह बोतल निकाली जो कुलसुम ने उसको चलने के वक्त दे दी थी। आधी बोतल ही वह अभी तक खत्म कर सका था। ''जी, बड़ी सरदी है। आपको कोई एतराज़ न होगा लालाजी, अगर मैं थोड़ी-सी ले लूँ, आप तो शायद पीते न होंगे ? वैसे आपके लिए भी हाज़िर है।''

व्हिस्की की बोतल देखते ही लाला सेवाराम के मुख पर एक चमक आ गई, ''वैसे मैं पीने का आदी तो नहीं हूँ, लेकिन इस कारबार के सिलसिले में लोगों को पिलानी पड़ती है। ये अंग्रेज़ लोग तो बिना शराब पिए खाना ही नहीं खाते। जब दूसरों को पिलाता हूँ तब मुझे भी उनके साथ पीनी पड़ती है। वाकई बड़ी सरदी है,'' और नौकर से उन्होंने कहा, ''तीन गिलास निकालो !''

जगतप्रकाश बोला, ''दो गिलास काफी होंगे, मैं शराब नहीं पीता।''

गाज़ियाबाद आ गया था। नौकर से उन्होंने सोडे की चार बोतलें मँगवाईं, फिर उन्होंने नौकर को आदेश दिया, ''मेरठ आने पर आ जाना, अब तुम सर्वेंट्स कम्पार्टमेंट में जाकर बैठो।''

शराब के दौर चल रहे थे और लाला सेवाराम अब मौज में आ रहे थे। मझोले कद के मोटे-से आदमी। घनी मूँछें, जो खिजाब से काली थीं। सलवार, खुले गले का कोट, सिर पर तुर्रेदार पगड़ी। उनकी अवस्था लगभग पचास वर्ष की रही होगी। गोरा रंग, गालों पर स्वास्थ्य की लालिमा। हँसते हुए वह बोले, ''यह जंग ! हम व्यापारियों के लिए तो यह वरदान के तौर से हुआ करता है। पिछले चन्द महीनों में भगवान् झूठ न बुलाए, करीब चार लाख रुपयों का मुनाफा हुआ है। क्या समझे !''

''चार लाख का मुनाफा !'' सैलाब ने आश्चर्य से पूछा, ''इतने थोड़े-से वक्त में

चार लाख का मुनाफा ! ताज्जुब की बात है !''

''इसमें ताज्जुब की क्या बात ? विलायती माल आना बन्द हो गया है। तिजारती जहाज़ों को जर्मनी डुबो रहा है—बड़ा ज़ालिम है। ज्यादातर जहाज़ जंगी सामान लाने में जुटे हुए हैं।'' फिर वह जगतप्रकाश की ओर घूमे, ''यह सैलाब, भला यह क्या तिजारत करेंगे ? एक तो शायर, फिर मुसलमान ! हाँ, तुम शक्ल से समझदार आदमी मालूम होते हो। इस वक्त जितना भी विलायती माल कार्नर कर सकते हो, कर लो। तीन महीने में रकम दूनी हो जाएगी। यही नहीं, यह मौका है जबकि बेतहाशा रुपया पैदा किया जा सकता है। मिलिटरी कांट्रेक्ट्स हो रहे हैं, रकम लगाने की भी ज़रूरत नहीं है। मिलिटरी सप्लाइज़ के इंचार्ज ब्रिगेडियर जेनकिंस से मेरी अच्छी-खासी दोस्ती है। मेरे साथ दिल्ली लौटना, उनसे तुम्हारी मुलाकात करवा दूँगा। कुल पाँच परसेंट उसे देना होगा, पच्चीस परसेंट का मुनाफा समझो। क्या समझे ? पेमेंट पेशगी हो जाएगा। अभी उसी से बात करने में तो इतना वक्त लग गया। पचास हज़ार एम्यूनिशन बूटों का कांट्रेक्ट साइन किया है छह लाख रुपए में। इसको दे-दिवाकर और अपना खर्चा निकालकर करीब एक लाख रुपया साफ बच जाएगा। डेढ़ लाख रुपया पेशगी मिल गया है मुझे—एक पैसा पास से नहीं लगाना पड़ेगा। क्या समझे ?''

जगतप्रकाश ने रूखे स्वर में कहा, ''सब कुछ समझ गया, लेकिन मैं व्यापारी नहीं हूँ, और व्यापारी बनना भी नहीं चाहता। मैं तो पढ़ने-लिखने वाला आदमी हूँ।'' जगतप्रकाश अपने विचारों में डूब गया।

युद्ध हो रहा है, लाखों आदमी मर रहे हैं। विधवाएँ, अनाथ, बूढ़े-बच्चे रो रहे हैं, बिलख रहे हैं। समाज का एक वर्ग उस अमानवीय नरसंहार, हत्याकांड पर प्रसन्न है। इस पर पनप रहा है, जश्न मना रहा है। उसने फिर एक बार गौर से लाला सेवाराम को देखा, कितना खूँख्वार और क्रूर दिख रहा था उसका चेहरा। घनी काली मूँछें, बड़ी-बड़ी आँखें जो नशे के कारण दहकने लगी थीं और मुख पर एक तरह की कठोरता। तभी उसे याद हो आई सेवाराम की आँखों में भय की वह झलक, जो उसने आरम्भ में देखी थी। उसके मुख पर एक मुस्कराहट आ गई। यह खूँख्वार दिखनेवाला आदमी डरता भी है, यह हँसने और मौज करनेवाला आदमी, इसके अन्दर एक चालाकी है जो रक्षात्मक कही जा सकती है, जो उसके अन्दर भयानक दुर्बलताओं की द्योतक है।

और तब सैलाब ने कहा, ''खाना खा लिया जाए, रात काफी हो गई है।''

अमृतसर स्टेशन पर जसवन्त स्वयं जगतप्रकाश को लेने आया था। जसवन्त ने लाला सेवाराम से कहा, ''वाह मामाजी, हम लोग तो आपका रास्ता देखते-देखते थक गए। मामीजी आपसे बेतरह नाराज़ हैं, ज़रा सँभलकर जाइएगा उनके सामने !''

कुछ मुस्कराते हुए लाला सेवाराम बोले, ''उस उल्लू की पट्ठी को तो बेकार बिगड़ने की आदत है। कल शाम को एक लाख रुपया मुनाफ़े का सौदा पक्का किया है। क्या समझे !''

''सब कुछ समझ लिया है। अब घर चलिए तो आटा-दाल का भाव मालूम होगा।''

जसवन्त ने भी मुस्कराते हुए कहा, फिर वह सैलाब की ओर घूमा, "तुम्हारे आने की उम्मीद तो मैंने छोड़ दी थी सैलाब साहब ! मेलाराम को लिखा था कि तुम्हारा टिकट कटाकर भेज दें, लेकिन उसे तुम मिले ही नहीं। आज ही उसकी चिट्ठी मिली है कि बम्बई की भीड़ में तुम गुम हो गए हो। क्या बिना टिकट सफर किया है तुमने ?"

"बिना टिकट सफर करनेवाले पर लानत ! देख रहे हैं आप कि सेकंड क्लास में बम्बई से अमृतसर आ रहा हूँ ठाट के साथ। कुलसुम बेन ने टिकट कटवा दिया था। अब अमृतसर के बाद आपका जिम्मा।" सैलाब ने बड़ी गम्भीरतापूर्वक उत्तर दिया।

जसवन्त ने अब जगतप्रकाश का हाथ अपने हाथ में ले लिया, "तुम्हारे आने से मुझे कितनी खुशी है, मैं कह नहीं सकता। अपने दोस्तों के ठहरने का इन्तज़ाम मैंने अपने सिविल लाइंस के बँगले पर किया है।" फिर लाला सेवाराम से वह बोला, "मामाजी, आप तो हवेली चलिए, मोटर बाहर खड़ी है। मैं इन लोगों को सिविल लाइंस के बँगले में ठहराकर वापस आता हूँ।"

सिविल लाइंस के बँगले में जो लोग ठहरे थे उनमें से अधिकांश को जगतप्रकाश ने त्रिपुरी कांग्रेस के अधिवेशन में जसवन्त के साथ देखा था। वे अध्यापक थे, डॉक्टर थे, वकील थे। एक छोटे-से कमरे में प्रवेश करते हुए जसवन्त ने कहा, "त्रिभुवन मेहता आज दोपहर के वक्त कानपुर से आएँगे। तुम्हारे और त्रिभुवन के लिए मैंने यह कमरा ठीक कर दिया है। सैलाब साहब, आप तो मेरे साथ हवेली में चलकर ठहरिए।"

"जी नहीं, मैं यहीं ठहरूँगा। मुझे आपके छोटे भाई रंजीत से बड़ा डर लगता है। एक चारपाई और इस कमरे के एक कोने में डलवा दीजिए।"

त्रिभुवन मेहता दोपहर में नहीं आया, उसका तार मिल गया था कि वह दिल्ली में रुक गया है और रात की गाड़ी से आएगा। दिन में खाना खाकर जगतप्रकाश अमृतसर नगर में घूमने निकल गया। जलियाँवाला बाग, जहाँ जनरल डायर ने भयानक हत्याकांड किया था, चारों ओर मकानों से घिरा हुआ था। उन मकानों की दीवारों में गोलियों के दाग अभी तक मौजूद थे। फिर वह अमृतसर के स्वर्ण मन्दिर में गया। सिक्खों का यह पवित्र तीर्थस्थान और वहाँ इतना वैभव ! इन सिक्खों ने मुगल साम्राज्य को मिटा दिया था। इन सिक्खों ने कश्मीर, अफ़गानिस्तान जीता था। इसके बाद वैभव के फेर में ये पड़ गए। सोने से अपना मन्दिर बनवाया, और धीरे-धीरे अंग्रेजों के गुलाम बन गए।"

जिस समय जगतप्रकाश घूमकर वापस लौटा शाम हो रही थी। बँगले के फाटक पर ही उसे जसवन्त मिल गया जो अपने अतिथियों के साथ चाय पीने आया था। उसने जगतप्रकाश का परिचय अन्य अतिथियों से कराया। ये सब अतिथि अपने को बौद्धिक कहते या समझते थे। उनमें से हरेक के अपने निजी राजनीतिक विचार थे, अपना राजनीतिक दर्शन था। वे आपस में तर्क करते थे ऊँची आवाज़ में, और विदेशी विचारकों का हवाला देते थे। जगतप्रकाश ने अनुभव किया कि उनमें से हरेक में कहीं-न-कहीं एक उलझन है। उन्होंने अध्ययन किया था, और अध्ययन के फलस्वरूप उनका सारा ज्ञान अर्जित या उधार का ज्ञान था। उनमें अधिकांश सम्पन्न घरों के लोग

थे, त्याग और सेवा का जामा पहने हुए। वे गरीबों को अमीर बनाने निकले थे, उपकार करने के लिए; और अपनी उदार भावना का उन्हें बोध था। वे सम्पन्न थे, समर्थ थे, साहसी थे, उन्हें भगवान् को प्रसन्न करना नहीं था, अपने अहम को तुष्ट करना था। वे बड़े आत्मविश्वास से बातें करते थे।

जगतप्रकाश को अनुभव हो रहा था कि वे उससे दूर, बहुत दूर की दुनिया के आदमी हैं। जगतप्रकाश के अन्दर कहीं एक तरह की हीनता की भावना थी। वैसे उनमें शायद किसी को जगतप्रकाश की वास्तविक आर्थिक परिस्थिति की जानकारी नहीं थी, सम्भवतः जसवन्त कपूर तक को नहीं। जगतप्रकाश के वस्त्रों में, उसके रहन-सहन में कुलसुम के साथ सम्पर्क के कारण कोई भी ऐसी कमी न थी जिससे वे जगतप्रकाश को अपने से हीन समझते। लेकिन दो-तीन आदमी वहाँ ऐसे भी थे जिनके प्रति लोगों की उपेक्षा-सी थी। यह उपेक्षा सामाजिक व्यवहार में विनय से भरे शिष्टाचार और सहानुभूति का रूप धारण कर लेती थी। यह सहानुभूति और शिष्टाचार कितने अपमानजनक होते हैं, जगतप्रकाश को इसका बोध तक न होता यदि जमील से उसने पहले कभी बातें न की होतीं।

त्रिभुवन रात के समय आ गया लेकिन, वह कुछ उखड़ा-उखड़ा-सा दिख रहा था। सम्भवतः वह काफी थका हुआ है, जगतप्रकाश ने सोचा, थोड़ी-सी औपचारिक बातचीत, और फिर दूसरे दिन सुबह से ही बारात चलने की तैयारी होने लगी। यह बारात ट्रेन से न जाकर मोटरकारों से चली, प्रायः सौ मोटरों का समूह। जगतप्रकाश इस वैभव के प्रदर्शन पर आश्चर्यचकित-सा रह गया। सड़कों पर खड़ा जनसमूह इस बारात को विस्फारित नयनों से देख रहा था। जिस कार में जगतप्रकाश था उसमें त्रिभुवन मेहता और सैलाब भी थे। पीछे की सीट पर त्रिभुवन मेहता और जगतप्रकाश थे, आगे ड्राइवर के बगलवाली सीट पर सैलाब था। एक सिगरेट सुलगाते हुए त्रिभुवन ने जगतप्रकाश से पूछा, "क्या कानपुर में माताप्रसाद नाम के कोई तुम्हारे रिश्तेदार हैं ?"

"क्यों, क्या बात है ?" जगतप्रकाश ने पूछा। उसके मन में एक तरह की शंका उत्पन्न हो गई थी, "तुम कैसे जानते हो उन्हें ?"

सिगरेट का एक लम्बा कश लेते हुए त्रिभुवन मेहता बोला, "मैं तो उनसे कभी नहीं मिला, रूपलाल नाम का एक आदमी आया था मेरे पास। इस रूपलाल को तो तुम जानते ही हो, पुलिस का सब-इंस्पेक्टर है, शायद सी.आई.डी. का आदमी है। वह कहता था कि माताप्रसाद तुम्हारे बड़े नज़दीकी रिश्तेदार हैं, मैं उनकी ज़मानत कर दूँ गैरिक एंड ब्रशर फर्म के मामले में। वह जर्मन फर्म है—झंझट का मामला। तो मैंने उसे कहा कि मैं बिना पिता से पूछे कुछ नहीं कर सकता। तुम तो समझते होगे कि हमारी फर्म पिताजी की है, वही मैनेजिंग डाइरेक्टर हैं। मैं बिना उनसे पूछे कोई काम नहीं करता।"

जगतप्रकाश बोला, "तुमने ठीक ही किया। रूपलाल ने मुझसे कहा था, लेकिन मैंने उसे मना कर दिया था कि वह तुमसे या किसी से इस तरह की ज़मानत न कराए।

मामला कोर्ट में है, वह खुद-ब-खुद सुलझ जाएगा।''

त्रिभुवन कुछ सोचता रहा, फिर उसने धीमे स्वर में कहा, ''शायद तुम्हें इधर हाल की घटनाओं की खबर नहीं है।''

जगतप्रकाश के अन्दरवाली आशंका ने एकाएक भय का रूप धारण कर लिया, फिर भी उसने बड़े प्रयत्न से सुव्यवस्थित रहते हुए कहा, ''मैं तो इधर करीब दस दिन से बाहर हूँ। क्यों, क्या बात है, क्या हुआ ?''

''चार-पाँच दिन हुए 'गैरिक एंड ब्रशर' फर्म के ऑफिस की सील टूट गई, और शायद ऑफिस के अन्दर रखा हुआ कुछ रुपया गायब हो गया। मेरे चलने के एक दिन पहले माताप्रसाद गिरफ्तार हो गए। परसों मैंने अपने ऑफिस में यह खबर सुनी थी। मुझे बड़ा अफ़सोस है कि मैं उनकी कोई मदद नहीं कर सका।'' यह कहकर त्रिभुवन मेहता अपनी तरफवाली खिड़की के बाहर देखने लगा।

जगतप्रकाश को लगा कि वह त्रिभुवन मेहता की नज़र में बहुत नीचे गिर गया है। जगतप्रकाश सिर झुकाकर बैठ गया। माताप्रसाद का चित्र अब उसकी आँखों के सामने आ गया—निरीह, विवश, संघर्षरत, चिन्ताग्रस्त; माताप्रसाद का वह चित्र जिसे उसने कुछ दिन पहले देखा था। रूपलाल नाम का एक शैतान उस माताप्रसाद को पतन की ओर प्रेरित कर रहा था और इस पतन की प्रेरणा...तभी यमुना की तसवीर उसकी आँखों के आगे आ गई। त्याग, बलिदान, आत्मोत्सर्ग की प्रतिमा यमुना, जिसे सामाजिक परम्पराओं ने उसके उच्च पद से ढकेलकर माताप्रसाद के पतन की प्रेरणा बना दिया है। यह समाज ! क्या वह स्वयं उस समाज का भाग नहीं है जिसने यह सब किया है ? जगतप्रकाश के साथ यमुना का विवाह करने के लिए ही तो माताप्रसाद को रुपयों की आवश्यकता थी। इस हिसाब से इस सबमें मूल अपराधी वह स्वयं है। जगतप्रकाश के अन्दर एक तीव्र जलन जाग उठी थी। माताप्रसाद की सारी दुश्चिन्ता का कारण वह था, माताप्रसाद के पतन का कारण वह है।

बारात किस समय लाहौर पहुँची, कहाँ ठहराई गई, जगतप्रकाश को जैसे इस सबका कोई पता न था। उसका शरीर तो काम कर रहा था यन्त्र के समान, लेकिन उसकी चेतना केवल माताप्रसाद और यमुना पर केन्द्रित हो गई थी।

जनवासे में एक बड़े-से हॉल में करीब बारह पलँग बिछे थे, उन बारह पलँगों में एक पलँग जगतप्रकाश का था। जगतप्रकाश को केवल इस बात का पता था। यन्त्र की भाँति उसने जनवासे में स्नान किया, भोजन किया, और यन्त्र की भाँति वह अपने पलँग पर आकर बैठ गया।

करीब तीन बजे जसवन्त कपूर अपने संगी-साथियों की खोज-खबर लेने आया। जगतप्रकाश चुपचाप गुम-सुम बैठा था। जसवन्त ने जगतप्रकाश की मुद्रा देखकर पूछा, ''अरे क्या बात है ? तबीयत तो ठीक है ?''

लेकिन जैसे जगतप्रकाश ने जसवन्त कपूर की बात सुनी ही नहीं, वह उसी तरह चुप बैठा रहा।

त्रिभुवन मेहता का पलँग जगतप्रकाश के पलँग के पास ही पड़ा था। उसने कहा, ''सुबह इन्होंने शायद कोई अप्रिय खबर सुनी है।''

त्रिभुवन मेहता की यह बात जगतप्रकाश के अन्दर तीर-सी चुभ गई, एकाएक उसकी चेतना वापस लौट आई। उसने मुस्कराने का प्रयत्न करते हुए कहा, ''मुसीबतों का ही समूह है यह दुनिया। मेरी तबीयत बिलकुल ठीक है, मन थोड़ा-सा ज़रूर भारी है।'' उसने पलँग से उठते हुए जसवन्त से कहा, ''जब इस कमरे में सबसे मिल लो, तब मैं अकेले में तुमसे पाँच मिनट बात करना चाहता हूँ।''

कुछ उलझन में जसवन्त ने कहा, ''यहाँ मैं सब लोगों से मिल चुका हूँ, चलो मेरे साथ मेरे कमरे में।''

जगतप्रकाश ने अपने सूटकेस से वह अँगूठी निकाली जो उसे कुलसुम ने शर्मिष्ठा को उपहार में देने को दी थी। जसवन्त के साथ उसके कमरे में पहुँचकर उसने कहा, ''मुझे बहुत ज़रूरी काम से आज रात को ही यहाँ से चल देना है। रात दस बजे जो मेल जाता है वह मुझे मिल जाएगा। मुझे क्षमा करना कि मैं कल के कार्यक्रमों में सम्मिलित नहीं हो सकूँगा।''

''मैं जानता हूँ, त्रिभुवन ने कल रात स्टेशन पर ही मुझे बतलाया था, उसके पेट में बात पचती नहीं। लेकिन इस सबमें तुम क्या कर सकते हो ? इस तरह की बातें तो होती ही रहती हैं। यह माताप्रसाद क्या तुम्हारे कोई बहुत नज़दीकी रिश्तेदार हैं ? कल रात की गाड़ी से चले जाना।''

तो त्रिभुवन ने यह बात जसवन्त से भी कह दी, कितना नीच आदमी है यह ! उसने जगतप्रकाश को जसवन्त कपूर की नज़र में भी गिराने का प्रयत्न किया है। कटुता-भरे स्वर में जगतप्रकाश बोला, ''हाँ, यह माताप्रसाद मेरे होनेवाले ससुर हैं। त्रिभुवन की नज़र में हम लोग बहुत गिरे हुए आदमी हैं।''

जसवन्त मुसकराया, ''इसलिए कि तुम्हारे होनेवाले ससुर पकड़े गए ? वह पकड़े इसलिए गए कि उनमें इतनी बुद्धि और इतना साहस नहीं है कि वह सफल अपराधी बन सकें। बस इतनी-सी बात ! इसमें इतना दुखी होने की कोई ज़रूरत नहीं। तुम जानते हो, इस त्रिभुवन के काका ने न जाने कितनों को धोखा दिया, न जाने उसने कितनों को तबाह किया। उसके साथ कार-बार करने में लोग घबराते हैं। फिर भी वह बड़ा इज़्ज़तवाला है।''

''लेकिन...लेकिन...यह गिरफ्तार होना, यह सज़ा भुगतना !'' जगतप्रकाश कराह-सा उठा।

''जाओ और कोशिश करो। तुम्हारे ससुर निरपराध हैं, मुझे तो ऐसा लगता है कि वह बच जाएँगे। लेकिन अगर वह न भी बचें तो इसमें मन को छोटा करनेवाली कोई बात नहीं है। वह दंड पाना, यह जेल जाना—यह अपराध का नहीं, गरीबी का अभिशाप है। मैं अब तुम्हें नहीं रोकूँगा, तुम्हारी मनःस्थिति मैं समझता हूँ। अगर तुम्हारा मन यहाँ न लगे तो तुम आज रात को ही चले जाओ।''

जगतप्रकाश को अपने मन के ऊपर से एक भार-सा हटता हुआ अनुभव हुआ। उसने कुछ रुककर कहा, "हाँ, मुझे एक बात कहनी थी। कुलसुम ने तुम्हारी पत्नी के लिए एक उपहार भेजा है। मुझसे उसने कहा था कि उसकी ओर से मैं वह उपहार शर्मिष्ठा को दे दूँ। मुझे तो आज रात को ही जाना पड़ रहा है इसे तुम दे देना।" जगतप्रकाश ने वह अँगूठी जसवन्त को दे दी।

जसवन्त उस अँगूठी को देखते ही चौंक उठा। अपने हाथ में वह अँगूठी लेकर थोड़ी देर तक देखता रहा, उसके मुख पर असीम व्यथा जैसे उभर आई हो, फिर उसने बहुत धीमे और लड़खड़ाते स्वर में कहा, "तो यह अँगूठी...यह अँगूठी..." और फिर उसके मुख से कोई शब्द नहीं निकला। उसने वह अँगूठी अपने सूटकेस में रख दी। उदास स्वर में उसने जगतप्रकाश से कहा, "मैं यह अँगूठी शर्मिष्ठा को दे दूँगा कुलसुम की ओर से। कुछ अजीब-सा तो ज़रूर लगेगा, लेकिन मैं दे दूँगा। तुम कुलसुम को लिख देना।"

दूसरे दिन करीब साढ़े चार बजे शाम को जगतप्रकाश कानपुर स्टेशन पर उतरा। उसे माताप्रसाद के मकान का पता मालूम था, यद्यपि उसने उनका मकान पहले कभी नहीं देखा था। ग्वाल टोली में एक गली के अन्दर एक छोटा-सा मकान, शाम के धुँधले प्रकाश में उसने देखा कि उस मकान के दरवाज़े पर माताप्रसाद के नाम की एक पट्टी लगी है। घर का दरवाज़ा अन्दर से बन्द था, जिसका अर्थ था कि घर खाली नहीं है। उसने कुंडी खटखटाई। थोड़ी देर में दरवाज़ा खुला और उसे एक आवाज़ सुनाई पड़ी, "कौन ? अरे आप !"

सामने यमुना खड़ी थी, उदास, हतप्रभ। उसकी आँखों में असीम व्यथा थी। जगतप्रकाश बोला, "हाँ, लाहौर से आ रहा हूँ, शाम की गाड़ी से आया हूँ। वहाँ मैं अपने एक दोस्त के विवाह में गया था। तो वहीं तुम्हारे बाबूजी की खबर सुनी। खबर सुनते ही मैं चल दिया वहाँ से। कहाँ हैं वे ?"

इस बीच बुढ़िया-सी दिखनेवाली एक प्रौढ़ा स्त्री यमुना की बगल में आकर खड़ी हो गई थी। उसने सहमी आवाज़ में जगतप्रकाश से पूछा, "तुम कौन हो ? क्या काम है उनसे ?"

उस स्त्री को जगतप्रकाश ने पहले कभी न देखा था, पर वह समझ गया कि वह यमुना की माता है। उसने उस स्त्री को हाथ जोड़कर नमस्ते करते हुए कहा, "मैं जगतप्रकाश हूँ। बाबूजी की खबर सुनकर दौड़ता हुआ चला आया हूँ। कहाँ हैं वे ?"

बुझी हुई आवाज़ में यमुना की माँ ने कहा, "हैं तो वे घर में ही। कल जमानत हो गई, लेकिन बीमार हैं। अन्दर आओ !"

कमरे में माताप्रसाद अपने घुटनों पर सिर रखे बैठे थे। यमुना की माँ ने कहा, "देखो तो ! यह जगतप्रकाश तुम्हें देखने आए हैं।"

मानो माताप्रसाद ने अपनी पत्नी की बात सुनी ही नहीं, वह उसी प्रकार संज्ञाहीन-से बैठे रहे। तभी यमुना की आँखों से दो बूँद आँसू टपक पड़े, "देख रहे हैं आप। कल

से इसी तरह बाबूजी चुपचाप बैठे हैं। खाया-पिया कुछ नहीं, रात-भर जागते रहे हैं। आप इन्हें पुकारिए, शायद आपकी बात सुनें।''

जगतप्रकाश ने कहा, ''बाबूजी, मैं जगतप्रकाश आया हूँ। ज़रा इधर देखिए !''

जगतप्रकाश की आवाज़ सुनकर माताप्रसाद ने सिर उठाया, थोड़ी देर तक वे पथराई आँखों से जगतप्रकाश को देखते रहे, फिर उन्होंने कमज़ोर स्वर में कहा, ''तुम्हें भी यह खबर मिल गई। पाप छिपाए नहीं छिपता।''

''आपने कोई पाप नहीं किया, आप पाप कर ही नहीं सकते।'' जगतप्रकाश बोला, ''ज्यादा-से-ज्यादा यही कहा जा सकता है कि आपसे गलती हो गई।''

माताप्रसाद ने फिर अपनी आँखें झुका लीं, ''नहीं, सच को नज़रअन्दाज़ कैसे किया जा सकता है ? और सच यह है कि मैं गिरफ्तार हुआ, मैं दो दिन हवालात में रहा, कल दोपहर को मैं ज़मानत पर छूटकर आया हूँ। मुझ पर मुकदमा चलेगा, मुझे सज़ा होगी, और दुनिया मुझसे, मेरे बाल-बच्चों से नफरत करेगी।'' जगतप्रकाश ने देखा कि माताप्रसाद की आँखों में आँसू भरे थे।

यमुना ने उस कमरे में एक कुर्सी डाल दी। जगतप्रकाश उस कुर्सी पर बैठ गया। उसने कहा, ''इस तरह निराश होने और जी छोटा करने से तो काम नहीं चलेगा। यही क्या तय है कि मुकदमे में जुर्म आप पर साबित होगा और आपको सज़ा हो जाएगी। मेरा मन कहता है कि आप बरी हो जाएँगे, गोकि मुझे असली हालत का पता नहीं है।''

अब यमुना की माँ बोली, ''यह छूट जाएँगे। बस्ती से लालाजी आ गए हैं, वह और रूपलाल, दोनों ही कह रहे थे। इन्हें दफ्तर का ताला तोड़ते किसी ने नहीं देखा, सिर्फ शक-भर है, क्योंकि दफ्तर की तिजोरी में रखे हुए बीस हज़ार रुपए गायब हैं। उस तिजोरी की एक चाभी सरकार के पास है और दूसरी चाभी इनके पास है। लेकिन घर की तलाशी होने पर वह रुपया घर में नहीं मिला।''

बड़ी करुण दृष्टि से माताप्रसाद ने जगतप्रकाश को देखा, ''यह ठीक कहती हैं। रुपया मैंने रूपलाल के पास रखवा दिया था, या यह कहूँ कि रूपलाल ने रुपया खुद ले लिया था यह कहकर कि शायद मेरे घर की तलाशी हो। लेकिन इससे क्या ? जुर्म तो मैंने किया है। मैं चोर हूँ, पापी हूँ।'' एकाएक माताप्रसाद फूट-फूटकर रोने लगे।

''आपने चोरी नहीं की, आपने पाप नहीं किया। यह सब आपसे करवाया गया है—मैं इस बात का साक्षी हूँ। आप निरपराध हैं।'' जगतप्रकाश बोला।

''तुम ऐसा समझते हो, वाकई तुम ऐसा समझते हो या मुझे दिलासा दे रहे हो ? रूपलाल ने मुझे सलाह-भर दी थी, उसने मुझे यह सब करने को मजबूर नहीं किया था। मैं कैसे तुम्हारी बात मान लूँ ?''

यमुना अपने पिता की चारपाई पर बैठ गई, उसने अपने पिता का हाथ अपने हाथ में लेते हुए कहा, ''यह ठीक कहते हैं बाबूजी ! आपने कोई अपराध नहीं किया। चाचाजी का कहना है कि आप छूट जाएँगे।'' यमुना जगतप्रकाश की ओर घूमी, ''चाचाजी परसों बस्ती से आ गए थे, उन्होंने ही तो बाबूजी की ज़मानत करवाई है।

अभी वह यहाँ के सबसे बड़े फौजदारी के वकील मिस्टर शर्मा के यहाँ गए हैं। शर्मा साहब ने विश्वास दिलाया है कि बाबूजी साफ छूट जाएँगे।''

माताप्रसाद ने एक ठंडी साँस ली, ''इस जेल से तो छूट जाऊँगा, लेकिन यह दुनिया ही जो जेल है, उससे कैसे छूटूँगा ? ज़िन्दगी हथकड़ियों और बेड़ियों से जकड़ी हुई है। कहीं भी आज़ादी नहीं है, इनसान की हरेक हरकत एक जकड़न में कसी है। तो इस दुनिया की जेल से छुटकारा कब मिलेगा ?'' फिर कुछ चुप रहकर उन्होंने अपनी पत्नी की ओर देखा, ''यह आए हैं, इनके खाने-पीने का भी तो कुछ इन्तज़ाम करो जाकर। मदद के लिए यमुना को साथ लेती जाओ !''

माताप्रसाद अकेले में जगतप्रकाश से कुछ बातें करना चाहते थे। यमुना और यमुना की माँ के जाने के बाद उन्होंने कहा, ''सच बतलाना। मौजूदा हालात में तुम्हें मेरी बेटी से शादी करने में कोई एतराज़ तो नहीं होगा ?''

''बिलकुल नहीं। आप इस चिन्ता को अपने मन से निकाल दीजिए।''

माताप्रसाद के मुख पर सन्तोष की एक भावना आ गई, उन्होंने बहुत धीमे स्वर में कहा, ''मैं जल्दी-से-जल्दी यमुना के हाथ पीले करना चाहता था। तुम्हारी बहन को मैंने ज़बान दे दी थी। देर करने में नुकसान हो सकता है। रूपलाल ने मुझे बतलाया था कि बैरिस्टर बंसगोपाल अपनी लड़की की शादी तुम्हारे साथ करने की सोच रहे हैं, शायद वह इसीलिए मेरा मामला उलझाए हुए हैं। है न यह बात ठीक ?''

''आधी बात सच है और आधी बात झूठ है।'' जगतप्रकाश बोला, ''बंसगोपाल ज़रूर चाहते हैं, लेकिन मैं नहीं चाहता। बिना मेरे चाहे वे कैसे शादी कर सकते हैं। आपको मुझ पर भरोसा होना चाहिए था।''

''यही तो मुसीबत है। दुनिया में किसी का भरोसा नहीं किया जा सकता, क्योंकि दुनिया का कोई इनसान अपने ऊपर भरोसा नहीं कर सकता।'' माताप्रसाद ने कुछ चुप रहकर कहा, ''अच्छा मान लो इस मुकदमे में मुझे सज़ा हो जाती है, तब भी क्या तुम मेरी बेटी के साथ शादी कर लोगे ? याद रखना कि उस हालत में तुम्हारी बहन इस शादी की मुखालिफ़त करेंगी। तुम्हारे दूसरे नाते-रिश्तेदार इस शादी की मुखालिफ़त करेंगे, तुम्हारे दोस्त-अहबाब इस शादी की मुखालिफ़त करेंगे। ज़रा सोच-समझकर जवाब देना।''

जगतप्रकाश ने दृढ़ता से भरे स्वर में कहा, ''मैं आपको अपना वचन देता हूँ कि उस हालत में भी मैं आपकी बेटी से शादी करूँगा। अच्छा, अब आप लेट जाइए और आराम कीजिए।''

प्रसन्नता की एक लहर दौड़ गई माताप्रसाद के सारे शरीर में, वह उठकर खड़े हो गए। फिर जगतप्रकाश के चरणों पर झुककर उन्होंने कहा, ''तुमने मुझे उबार लिया, मुझे उबार लिया ! अब मेरे अन्दर किसी तरह की कमज़ोरी नहीं रह गई, और मैं अब यकीनन कह सकता हूँ कि मैं जेल नहीं जाऊँगा, मैं छूट जाऊँगा।''

जगतप्रकाश ने माताप्रसाद को अपने चरणों से उठाया, ''यह आप क्या कर रहे हैं ? आप यमुना के पिता हैं और इस रिश्ते से आप मेरे पिता-तुल्य हुए। अब आप

आराम कीजिए।" यह कहकर उसने माताप्रसाद को उनके बिस्तर पर लिटा दिया। लेटते ही माताप्रसाद बोल उठे, "नहीं, मुझसे लेटा नहीं जाएगा, मेरे सीने में दर्द हो रहा है।" यह कहकर वह बल लगाकर फिर बैठ गए। थोड़ी देर बाद उन्होंने कमज़ोर स्वर में कहा, "यह दर्द बढ़ता ही जा रहा है, बड़ी उलझन हो रही है मुझे। लगता है मैं बेहोश हो जाऊँगा।"

उस जाड़े की शाम के समय भी माताप्रसाद के माथे पर पसीने की बूँदें आ गई थीं। उनका चेहरा पीला पड़ गया था और एक कँपकँपी-सी उनके सारे शरीर में दौड़ गई थी। जगतप्रकाश घबरा गया, उसने आवाज़ दी, "यमुना ! अपने बाबूजी को सँभालो आकर। इनकी तबीयत बहुत खराब हो गई है।"

उसकी आवाज़ के साथ यमुना और उसकी माता के साथ रामसहाय और रूपलाल ने भी कमरे में प्रवेश किया। ये दोनों उस समय तक मिस्टर शर्मा के यहाँ से लौट आए थे। रामसहाय ने अपने भाई की हालत देखते ही कहा, "रूपलाल ! जल्दी से किसी डॉक्टर को बुलाओ। भइया को..." उन्होंने अपनी बात पूरी नहीं की, एक अशुभ की आशंका ने उनकी ज़बान जैसे रोक दी हो।

रूपलाल बोला, "यहाँ पड़ोस में डॉक्टर गुप्त रहते हैं, बड़े मशहूर डॉक्टर हैं वे। मैं उन्हें अभी लाता हूँ।" यह कहकर वह तेज़ी के साथ कमरे से बाहर चला गया।

रूपलाल के जाते ही कराहते स्वर में माताप्रसाद ने रामसहाय से कहा, "जगतप्रकाश ने मुझे उबार लिया...यमुना से शादी करने का इन्होंने वचन दे दिया है...हाय राम ! बड़ा दर्द हो रहा है।"

जगतप्रकाश और रामसहाय ने सहारा देकर माताप्रसाद को बिस्तर पर लिटा दिया। माताप्रसाद के सारे शरीर से पसीना छूट रहा था और वे दर्द से तड़प रहे थे।

दस मिनट के अन्दर ही रूपलाल डॉक्टर गुप्त को लेकर आ गया। उन्होंने माताप्रसाद की परीक्षा की और फिर माताप्रसाद को एक इंजेक्शन दिया। इंजेक्शन देकर उन्होंने कहा, "दो घंटे बाद मैं एक इंजेक्शन और दूँगा। आप सब लोग इस कमरे के बाहर बैठिए, सिर्फ एक आदमी इनकी देखभाल करने के लिए यहाँ रहे, इन्हें आराम की सख्त ज़रूरत है।"

माताप्रसाद की पत्नी उस कमरे में रह गईं। बाकी सब लोग डॉक्टर गुप्त के साथ बाहर आ गए। बाहर के कमरे में आकर डॉक्टर गुप्त ने रामसहाय से कहा, "इन्हें हार्ट अटेक हुआ है, इनको इसी वक्त अस्पताल ले जाइए, घर पर इनका इलाज नहीं हो सकेगा। यह हार्ट स्पेशलिस्ट का केस है, मैं ज़िम्मेदारी नहीं ले सकता।" डॉक्टर गुप्त अपनी फीस लेकर चले गए।

रामसहाय ने असहाय और निरीह भाव से रूपलाल की ओर देखा, और रूपलाल ने कहा, "मैं अभी सिविल अस्पताल में इन्तज़ाम करता हूँ जाकर। एम्बुलेंस कार लेकर अभी आता हूँ।" रूपलाल चला गया।

दो घंटे के अन्दर ही रूपलाल एम्बुलेंस लेकर आ गया और माताप्रसाद को सिविल

अस्पताल में दाखिल करा दिया गया। यमुना की माता घर और बच्चों की देखभाल यमुना पर छोड़कर अस्पताल में ही रह गई। रामसहाय के साथ जब जगतप्रकाश माताप्रसाद के घर वापस लौटा, एक गहरी उदासी का वातावरण था वहाँ पर। यमुना अपनी छोटी बहन और अपने दो छोटे भाइयों के साथ बाहरवाले कमरे में बैठी थी। उसने जगतप्रकाश को करुण दृष्टि से देखा, ''आपका असबाब कहाँ है ?''

''स्टेशन के वेटिंग-रूम में रखा है। सोचा था रात की गाड़ी से इलाहाबाद चला जाऊँगा, लेकिन...'' जगतप्रकाश कहते-कहते रुक गया।

''कल तक नहीं ठहर सकते आप ?'' यमुना ने पूछा।

''ठहर जाऊँगा। अभी मैं स्टेशन जा रहा हूँ, वहीं सो जाऊँगा। सुबह वहाँ से अस्पताल पहुँचूँगा। कल तक तुम्हारे बाबूजी की हालत सँभल जाएगी।''

''यहाँ होते हुए जाइए आप अस्पताल, मैं भी आपके साथ चलूँगी।'' यमुना ने जगतप्रकाश को विदा करते हुए कहा।

सुबह करीब नौ बजे जगतप्रकाश माताप्रसाद के घर पहुँचा। घर के अन्दर कुहराम मचा था, चार-पाँच आदमी बाहर बैठे थे और अर्थी बना रहे थे। जगतप्रकाश का दिल धक्-सा रह गया। रूपलाल बाहर ही था, उसने जगतप्रकाश के पास आकर कहा, ''चार बजे सुबह चाचाजी चल बसे। रात को दो बजे दिल का दूसरा दौरा पड़ा था।''

जगतप्रकाश स्तब्ध-सा खड़ा था। यह क्या हो गया ? इतनी जल्दी सब कुछ खत्म हो गया। तब तक रामसहाय घर के बाहर निकले। जगतप्रकाश को देखते ही वह फूट पड़े, ''हाय भइया ! हम पापियों को छोड़कर वह चल दिए !''

श्मशान से जगतप्रकाश माताप्रसाद के घर वापस लौटा। यमुना की माता बेहोश-सी पड़ी थीं और यमुना बच्चों को सँभाल रही थी। जगतप्रकाश को देखते ही यमुना फूट पड़ी और उसके पैरों पर झुक गई। यमुना को उठाते हुए जगतप्रकाश ने कहा, ''धीरज धरो, विधि के विधान को टाला नहीं जा सकता। यही विधि का विधान था।''

यमुना कराह उठी, ''मेरी वजह से...मेरी वजह से बाबूजी के प्राण गए। मैं बड़ी अभागी हूँ।''

तब तक यमुना की माता उठकर जगतप्रकाश के पास आ गईं। उन्होंने रोते हुए कहा, ''भइया, वह तो गए। अब क्या होगा ? तुम तो साथ नहीं छोड़ोगे ?''

''भगवान भला करेगा, आप धीरज रखिए और इस मुसीबत का सामना कीजिए। इन बच्चों को पालना है, इन्हें पढ़ाना-लिखाना है। अपनी लड़की की फिक्र आप छोड़िए और मेरी तरफ से आप निश्चिन्त रहिए। मैंने बाबूजी को वचन दे दिया है, वह वचन मैं निबाहूँगा, हर हालत में।'' जगतप्रकाश घूमकर चल दिया।

अब जगतप्रकाश के लिए वही शाम वाली डाकगाड़ी थी जिससे वह पिछले दिन आया था। माताप्रसाद के घर से वह पैदल ही स्टेशन की ओर चल दिया। भयानक रूप से उदास दोपहर, चौबीस घंटे में क्या-से-क्या हो गया ! वह माताप्रसाद—मानो वह उसका इन्तज़ार ही कर रहे थे मरने के लिए। जो कुछ उनसे हो गया था, उसका परिणाम

जेल था, जगतप्रकाश यह जानता था। एक गलती, वह भी किसी दूसरे के बरगलाने में आकर, और उस गलती की इतनी बड़ी कीमत चुकाना। अपनी मृत्यु से उन्होंने अपने और अपने परिवार को कलंक से बचा लिया। उनके अन्तिम शब्द उसे याद हो आए, 'मैं यकीनन कह सकता हूँ कि मैं जेल नहीं जाऊँगा, मैं छूट जाऊँगा।' उनका यकीन सच निकला। वे छूट गए, इस दुनिया के बन्धन से ही छूट गए। माताप्रसाद ने अपने वचनों का पालन किया, अपने वचनों का पालन करने के लिए उन्हें मृत्यु की शरण लेनी पड़ी। अब जगतप्रकाश को अपने वचनों का पालन करना था। क्या वह अपने वचनों का पालन कर सकेगा ?

लेकिन अपने वचनों का पालन कर सकना क्या किसी के हाथ में है ? उसने यमुना को कभी वचन दिया था, स्पष्ट रूप से नहीं। शायद स्पष्ट रूप यमुना ने उससे वचन माँगा भी तो नहीं था। इस तरह का वचन स्पष्ट रूप से माँगा भी तो नहीं जा सकता। यह वचन तो स्वतः जगतप्रकाश ने यमुना को दिया था। तभी उसके सामने एक दूसरा चित्र उभर आया, कुलसुम का।

इस कुलसुम ने स्पष्ट रूप से उसका वचन माँगा था और उसने अपना वचन दे दिया था। लेकिन कुलसुम को दिए गए वचन का कोई मूल्य नहीं, वह वचन जिन्दगी की गम्भीरता का वचन नहीं था, वह वचन जिन्दगी के खिलवाड़ का वचन था। जिन्दगी खिलवाड़ नहीं है, वह एक भयानक रूप से गम्भीर समस्या है। उस गम्भीर समस्या के मर्मांतक रूप को देखकर वह लौट रहा था। यही मर्मांतक रूप सत्य है और नित्य है। जगतप्रकाश ने मन-ही-मन निश्चित कर लिया कि कुलसुम को उसके जीवन से उसी तरह निकल जाना होगा जिस तरह वह जसवन्त के जीवन से निकल गई। फिर कुलसुम उस वर्ग की भी तो नहीं है जिस वर्ग का वह है। उसका वर्ग वही है जो माताप्रसाद का वर्ग है, जो रूपलाल का वर्ग है, अधिक-से-अधिक जो बंसगोपाल का वर्ग हो सकता है। यह जाति—इसका गठन वर्गों के आधार पर ही तो हुआ है। अपने वर्ग से उसे असन्तोष क्यों हो ? अपने वर्ग के आर्थिक और सामाजिक संघर्षों में ही उसे जूझना होगा।

जगतप्रकाश जब इलाहाबाद पहुँचा, उसका मन हलका हो गया था। उसने निर्णय ले लिया था उन सपनों से निकलने का, जिनमें वह अभी तक भ्रम रहा था। उसने अपनी बहन को विस्तार के साथ पत्र लिखा, माताप्रसाद की मृत्यु की विवरण-सहित सूचना देते हुए। उसने अनुराधा को यह भी लिख दिया कि उसे किसी तरह के दहेज की माँग नहीं करनी। रामसहाय से मिलकर वह विवाह की तिथि ठीक कर ले, मई या जून में विवाह हो जाना चाहिए।

उसके पत्र के उत्तर में उसे जो अनुराधा का पत्र मिला उससे जगतप्रकाश को लगा कि मनुष्य का सोचा नहीं होता। माताप्रसाद की मृत्यु के एक वर्ष के अन्दर यमुना का विवाह नहीं हो सकेगा, शास्त्रों का यह विधान है, एक वर्ष तक प्रतीक्षा करनी पड़ेगी उसे। एक दूसरी लड़की की बात अनुराधा के सामने आई है, इलाहाबाद से। उस लड़की

के पिता बैरिस्टर हैं, लम्बा दहेज़ देंगे। लड़की को जगतप्रकाश ने देखा भी है। वह सुन्दर है, पढ़ी-लिखी है, ऊँचे खानदान की है। अनुराधा को यह रिश्ता पसन्द है।

माताप्रसाद का भय निर्मूल नहीं था। जिसे अपना रक्षक मानकर माताप्रसाद उसके पास गए थे वही उसका भक्षक बन गया था। बंसगोपाल ने माताप्रसाद के मुकदमे में ढील डाली थी, रुपयों के अभाव में माताप्रसाद अपनी लड़की का विवाह जगतप्रकाश से जल्दी न कर पाए और इस बीच वह अपनी लड़की का विवाह जगतप्रकाश के साथ कर दे। दूसरे की विवशता और असमर्थता का लाभ उठाना। लेकिन हरेक आदमी तो यही कर रहा है। अनादि काल से यह होता रहा है, अनन्त काल तक यह होता रहेगा। समर्थ असमर्थ को खा जाता है। लेकिन...लेकिन...यह नियम तो पशुता का है, मनुष्यता की मान्यता तो यह नहीं है। यह ठीक है कि मनुष्य आधारमूल रूप से पशु है, लेकिन मनुष्य के पास बुद्धि है जो भावना को सन्तुलित करती है। यह भावना को सन्तुलित करनेवाली बुद्धि ही तो विवेक है। विवेकहीन मनुष्य और पशु में बहुत कम अन्तर रह जाता है। आखिर पशु में बुद्धि की ही तो कमी है। जहाँ तक भावना का प्रश्न है, वह पशु में भी है, लेकिन प्रवृत्ति के रूप में। इस बुद्धि के योग से यह पशुता की प्रवृत्ति मनुष्य में भावना बन जाती है।

अनुराधा का पत्र उसे शाम के समय मिला था जब वह लाइब्रेरी से लौटा था। आदत के अनुसार वह उसी रात उस पत्र का उत्तर न लिख सका। सारी रात वह अपने विचारों में उलझा रहा, सुबह के समय ही उसने अनुराधा के पत्र का उत्तर लिख दिया। बड़े स्पष्ट शब्दों में उसने अनुराधा को लिख दिया था कि वह यमुना से ही विवाह करेगा, एक साल की प्रतीक्षा वह कर लेगा। उसने इस विवाह के लिए अपना वचन दे दिया था। बंसगोपाल की लड़की से विवाह करने का कोई प्रश्न ही नहीं उठता।

सम्भवतः अनुराधा ने अपने भाई को पत्र लिखने के साथ-साथ बंसगोपाल को भी पत्र दिया था, क्योंकि उसी दिन शाम को बंसगोपाल स्वयं जगतप्रकाश के कमरे में आए। बंसगोपाल के साथ उनका चपरासी था जिसके हाथ में एक गठरी थी। जगतप्रकाश ने सम्पूर्ण शिष्टाचार के साथ बंसगोपाल का स्वागत किया, "कहिए, कैसे कष्ट किया आपने ?" जगतप्रकाश ने उनके सामने कुर्सी रख दी।

कुर्सी पर बैठते हुए बंसगोपाल ने कहा, "कल शाम मुझे तुम्हारी बहन का परवाना मिला, तुम्हें भी उनकी चिट्ठी मिली होगी।" चपरासी की ओर मुड़कर उन्होंने कहा, "सामान इस मेज़ पर सजा दो।" फिर जगतप्रकाश से बोले, "मेरी बड़ी किस्मत, अपनी बेटी के लिए तुम्हारे जैसा नेक व काबिल वर पाकर। बरिच्छा लेकर आया हूँ।"

चपरासी ने चाँदी की एक थाली मेज पर रख दी और उसने एक हज़ार चाँदी के सिक्के उस थाली में सजा दिए। नारियल का एक गोला, फल और मिठाई उसने ट्रे में सजाकर ट्रे भी थाली की बगल में रख दी।

जगतप्रकाश ने यह सामान देखा, फिर बोला, "लेकिन मेरी शादी तो बाबू माताप्रसाद की लड़की के साथ तय हो चुकी है और बरिच्छा भी हो चुकी है। कल शाम को दीदी

की चिट्ठी मुझे मिली थी, आज सुबह मैंने उस चिट्ठी का जवाब भी दे दिया है। आपको पहले मुझसे मिलकर स्थिति समझ लेनी चाहिए थी। मुझे अफसोस है कि आपको बेकार तकलीफ उठानी पड़ी।''

''मैं जानता हूँ कि माताप्रसाद की लड़की के साथ तुम्हारी शादी तय हुई थी। लेकिन जहाँ तक मुझे पता है, वह लड़की न खूबसूरत है और न बहुत पढ़ी-लिखी है।''

''जी, घर में मैं काफी पढ़ा-लिखा हूँ। दो पढ़े-लिखे लोगों से ज़िन्दगी हराम हो सकती है। अगर रही खूबसूरती की बात, तो एक घर-गृहस्थ स्त्री में जितनी सुन्दरता चाहिए वह उसमें है।'' जगतप्रकाश ने बड़े शान्त भाव से कहा।

मिस्टर बंसगोपाल मुस्कराए, लेकिन उनकी मुस्कराहट कितनी कृत्रिम थी, कितनी खिसियाहट से भरी थी ! ''तुम बड़े हाजिर-जवाब हो, तुम वाकई बहुत अच्छे वकील बन सकते हो, मैं मान गया। लेकिन माताप्रसाद ने जो कुछ किया, जिस तरह उनकी मौत हुई, वह तो दुनिया को मालूम है। उनके खानदान के साथ तुम्हारा रिश्ता तुम्हें दुनिया की नज़र में बहुत नीचे गिरा देगा। इनसान अपने रिश्तेदारों और अपने सगे-सम्बन्धियों से ही इज़्ज़त पाता है, रुतबा हासिल करता है। तुम्हारी बहन ने पहले ही माताप्रसाद की लड़की के साथ तुम्हारी शादी तय करके गलती की थी, भला वह कितना दहेज दे सकते थे ! मैं दस हजार रुपया नकद दहेज में दूँगा। अगर तुम डॉक्टरेट के लिए विलायत जाना चाहो तो तुम्हारा सारा खर्चा बर्दाश्त करूँगा। मैंने तुम्हारी बहन को सब बातें लिख दी हैं।''

एकाएक जगतप्रकाश का मुँह तमतमा उठा, ''मेरी बहन मुझे बेच नहीं सकती, और मैं बिकने को तैयार नहीं हूँ। अब आप मुझे छोड़िए, मेरी जड़ें जहाँ हैं, वहीं रहने दीजिए। जो लोग अपनी जड़ें छोड़कर उखड़ चुके हैं या उखड़ना चाहते हैं उनके लिए मेरे दिल में सिवा नफरत के और कुछ नहीं है।''

बंसगोपाल उठकर खड़े हो गए। कड़े स्वर में उन्होंने अपने चपरासी से कहा, ''उठाओ यह सब सामान।'' उन्होंने जगतप्रकाश से कहा, ''तुम्हारी जड़ें जहाँ हैं वहीं रहें, और तुम्हें मुबारक हों। सुषमा का क़यास ठीक ही था, गलती मेरी थी। लेकिन जाते-जाते इतना कहे जाता हूँ कि तुमने जो मेरी हतक़ की है उसके लिए तुम्हें जिन्दगी-भर पछताना पड़ेगा।'' यह कहकर बंसगोपाल कमरे के बाहर चले गए।

बंसगोपाल के जाने के बाद जगतप्रकाश ने अपना स्टोव जलाया। वैसे शाम की चाय वह एक घंटा पहले ही पी चुका था, लेकिन इस प्रसंग के बाद वह इतना उत्तेजित हो गया था कि उसकी समझ में नहीं आ रहा था कि वह क्या करे। स्टोव पर चाय का पानी चढ़ाकर वह चुपचाप बैठ गया और सोचने लगा।

उसे अब दुख हो रहा था कि वह बंसगोपाल से इतनी कड़ी बातें कह गया। साधारणतः जगतप्रकाश शान्त प्रकृति का आदमी था, उसे एक तरह से क्रोध आता ही नहीं था। लेकिन उस दिन क्रोध में आकर उसने घर आए अतिथि का अपमान कर

दिया था। यह ठीक है कि उसने यमुना से विवाह करने का निश्चय कर लिया था, और यह भी ठीक है कि अगर उसने यमुना से विवाह करने का निश्चय न किया होता तो भी वह सुषमा के साथ विवाह करने की स्वीकृति किसी भी हालत में न देता। लेकिन यह अस्वीकृति किसी दूसरे ढंग से भी प्रकट की जा सकती थी। उसने असभ्यता का बरताव किया, उसका मन उससे कह रहा था। और अब अपने ही प्रति एक तरह की ग्लानि उसे हो रही थी। तभी एक दूसरी तरह की आवाज़ उसने अपने अन्दर से सुनी, "तुमने जो कुछ किया वह ठीक किया। यह आदमी मनुष्य नहीं है, दानव है, राक्षस है। यह आदमी दूसरे आदमी को खरीदने में विश्वास करता है, यह आदमी दूसरे आदमी की असमर्थता और असहायावस्था का फायदा उठाता है।"

जगतप्रकाश का दिमाग चक्कर में था। यह दुनिया खरीदने वालों से भरी है, जहाँ देखो खरीदने वाला मौजूद है। लेकिन खरीदा उसे जाता है जो बिकने के लिए है। एकाएक उसे लगा कि यह दुनिया बिकने वालों से भरी है। हर जगह आदमी बिकता है। यह मजदूर, क्या यह पैसों के लिए काम नहीं करता ? यह क्लर्क, क्या यह पैसों के लिए नौकरी नहीं करता ? यह व्यापारी, क्या यह पैसों के लिए अपना धर्म और ईमान नहीं बेचता ? खरीददार वहीं हैं जहाँ बिकनेवाला हो।

माना कि मज़दूर अपनी मेहनत बेचता है, अपने अन्दरवाले मानव को नहीं बेचता। लेकिन क्या वह अपनी मेहनत का उचित मूल्य पाता है या पा सकता है ? क्या यह मजदूर मालिक के सामने नाक नहीं रगड़ता, उसकी खुशामद नहीं करता कि उसे ज़्यादा मजदूरी मिले ? क्या उसने अपने वैयक्तिक स्वाभिमान को नहीं बेच दिया है ? यही स्वाभिमान तो उसके अन्दर वाला मानव है। यह क्लर्क—क्या वह अपने अफसरों की खुशामद नहीं करता, ताकि उसकी पदोन्नति हो ? नहीं, मेहनत नहीं बिकती, आदमी बिक रहा है खुलेआम, हर तरफ। जो खरीदता है वह भी तो बिक रहा है। अर्थ ! क्या जीवन का समर्थ अर्थ इस अर्थ में है ? क्या जीवन के हरेक कर्म की माप इस अर्थ में है ? यह अर्थ मानव-समाज के लिए समस्त विकास और सभ्यता की उपलब्धि है, इस अर्थ को स्वीकार करना पड़ेगा, लेकिन कार्य के रूप में, कारण के रूप में नहीं। लेकिन आज यह कार्य ही कारण बन गया है। वास्तविक कारण है भावना, अर्थ इस भावना का भौतिक पहलू है।

जगतप्रकाश सोच रहा था, बेसुध अपने विचारों में खोया हुआ और स्टोव पर पानी खौल रहा था। एकाएक स्टोव से एक तरह की आवाज़ हुई, और जगतप्रकाश ने चौंककर उस ओर देखा। स्टोव बुझ गया था। जगतप्रकाश उठ खड़ा हुआ, पानी जलकर आधा रह गया था, स्टोव इसलिए बुझा था कि उसका तेल समाप्त हो गया था। एक प्याला चाय के लिए पानी अब भी था केतली में, उसने चाय बनाई। चाय पीकर उसकी चेतना फिर वापस लौटी। अब कमरे में अँधेरा हो गया था, उसने लाइट जलाई। कमरे में प्रकाश होने के साथ जैसे उसे एक दुःस्वप्न से छुटकारा मिला।

उसने अपने कपड़े पहने। उसे अपने प्रोफेसर डॉक्टर शर्मा के यहाँ जाना था।

सुबह उन्होंने जगतप्रकाश से कहा था कि वह रात को आठ-नौ बजे उनसे मिल ले। पहली जनवरी से उसकी नियुक्ति अस्थायी रूप से विश्वविद्यालय में होनेवाली थी। उस दिन सत्ताईस दिसम्बर की तारीख थी। बड़े दिन की छुट्टियाँ चल रही थीं।

डॉक्टर शर्मा अपने कमरे में अकेले बैठे थे और उनके सामने व्हिस्की का गिलास था। वे बड़े ध्यान से एक किताब पढ़ रहे थे। जगतप्रकाश को बिठाते हुए उन्होंने कहा, "चार्वाक के दर्शन पर यह नई किताब आई है, बड़ी दिलचस्प है। कौटिल्य के अर्थशास्त्र को समझने में तुम्हें इस पुस्तक में बड़ी सहायता मिलेगी। तुम्हारी थीसिस तो पूरी हो गई या अभी कुछ और बाकी है ?"

धीमे स्वर में जगतप्रकाश ने कहा, "जी, पूरी हो गई, मैं उसे टाइप करा रहा हूँ। एक हफ्ते बाद मैं आपको दे दूँगा।"

"बहुत अच्छा ! हाँ, मैंने तुम्हें यह कहने को बुलाया था कि पहली जनवरी से मैं तुम्हारी नियुक्ति नहीं करा सका। आज दोपहर को मैंने वाइस चांसलर से बात की। उनका कहना है कि मिस्टर कठवाला ने छुट्टी नहीं ली, उन्होंने अपना इस्तीफ़ा दिया है। इसलिए उनके स्थान पर स्थायी नियुक्ति होनी चाहिए। अच्छा ही हुआ, लेकिन इसमें तुम्हारी नियुक्ति में तीन-चार महीने की देर हो जाएगी।"

बड़ी आशा लेकर जगतप्रकाश डॉक्टर शर्मा के यहाँ गया था। बुझे हुए स्वर में उसने कहा, "जी, समझ गया। ठीक है।"

"इसमें उदास होने की कोई बात नहीं। तुम्हें डेढ़ सौ रुपए महीने का स्कॉलरशिप मिल रहा है, लेक्चरर का ग्रेड ढाई सौ रुपए का है। सौ रुपए महीने का ही तो नुकसान है तीन महीने के लिए, लेकिन फिर स्थायी नियुक्ति हो जाएगी। नियुक्ति तो मेरे हाथ में है।"

एक ठंडी साँस लेकर जगतप्रकाश ने कहा, "कल क्या होगा सर, कोई नहीं जानता। आपको मेरे सम्बन्ध में जो कष्ट उठाना पड़ा उसके लिए मैं आपका बड़ा आभारी हूँ।" जगतप्रकाश वहाँ से चलने को उठ खड़ा हुआ।

लेकिन जगतप्रकाश के स्वर में कुछ ऐसा था कि डॉक्टर शर्मा ने उसका हाथ पकड़ लिया। "बैठो, अभी तो आए ही हो। बड़े उदास हो, क्या बात है ?"

जगतप्रकाश डॉक्टर शर्मा का प्रिय पात्र था और वह डॉक्टर शर्मा को अपने पिता के तुल्य मानता था। वह चुपचाप बैठ गया और उसकी आँखें शून्य में खो गईं। कुछ देर तक जगतप्रकाश के उत्तर की प्रतीक्षा करने के बाद उन्होंने फिर पूछा, "क्यों, चुप क्यों हो ? क्या हुआ तुम्हें ? मैं तुम्हारी कोई सहायता कर सकूँ शायद।"

"नहीं सर, ये तो मेरी व्यक्तिगत समस्याएँ हैं। इनमें न मुझे किसी की सहायता की आवश्यकता है, और न कोई किसी तरह की सहायता कर सकता है। उलझनें मैंने खुद पैदा की हैं, उन उलझनों से निकलना भी मुझे होगा।"

डॉक्टर शर्मा ने मुस्कराते हुए कहा, "दुनिया में कोई भी समस्या व्यक्तिगत नहीं होती; किसी-न-किसी अन्य व्यक्ति से उस समस्या का सम्बन्ध होता ही है। तुम बड़ी

उलझन में दिखाई दे रहे हो, अगर बहुत गोपनीय बात न हो तो मैं भी सुनूँ।''

जगतप्रकाश ने उस दिन उसकी बंसगोपाल से जो बात हुई थी, तथा माताप्रसाद और यमुना के सम्बन्ध में सब कुछ विस्तार के साथ डॉक्टर शर्मा को बतला दिया। बड़े ध्यान से डॉक्टर शर्मा ने उसकी बातें सुनीं और फिर कुछ सोचकर उन्होंने कहा, ''जो कुछ हो गया वह हो गया, उस पर अब सोचना बेकार है। मैं तुम्हारी भावना को समझता हूँ, लेकिन शायद तुमसे गलती हो गई है।''

जगतप्रकाश चौंक उठा, ''मुझसे गलती हो गई है सर, आप ऐसा समझते हैं ?''

''हाँ, मैं तो ऐसा ही समझता हूँ। बंसगोपाल को मैं जानता नहीं, उनसे मैं कभी मिला भी नहीं हूँ; लेकिन मैंने इतना सुना है कि समाज में उनका बड़ा मान है। वे बड़े सफल वकील हैं, शायद एक दिन वे हाईकोर्ट के जज भी हो जाएँ। समस्त मानव समाज वर्गों में बँटा हुआ है, और हरेक मनुष्य का यह प्रयत्न होता है कि वह अपने वर्ग से ऊपर उठकर ऊँचे वर्ग में प्रवेश करे। तुम स्वयं यूनिवर्सिटी में लेक्चरर बनकर अभी उस वर्ग से ऊपर उठने का प्रयत्न कर रहे हो जिससे तुम आए हो। तुम्हें अभी ऊँचा उठना है। यह बंसगोपाल काफी ऊपर उठ चुके हैं। बंसगोपाल का प्रस्ताव ठुकराकर तुमने उस वर्ग से चिपके रहने का प्रयत्न किया है जिससे तुम ऊपर उठने का प्रयत्न कर रहे हो। तुम एक क्षणिक भावना के प्रवाह में बह गए और अपना सन्तुलन खो बैठे।''

जगतप्रकाश को अपने कानों पर विश्वास नहीं हो रहा था। वह एकटक आश्चर्य से डॉक्टर शर्मा को देख रहा था। कुछ चुप रहकर डॉक्टर शर्मा ने फिर कहा, ''तुम जिसे भावना समझ रहे हो वह केवल भावुकता थी। तुमने माताप्रसाद को जो वचन दिया था वह केवल भावुकता के आवेग में दिया था। माताप्रसाद ने जो कुछ किया, वह निश्चय ही कलंक की बात थी।''

''लेकिन सर, अगर मैं अपने वचन से हट जाता तो यमुना का क्या होता ? उसका जीवन नष्ट हो जाता कि नहीं ?''

''शायद हो जाता, शायद नहीं भी होता। फिर तुम किस-किसके जीवन को नष्ट होने से रोक सकोगे ?'' डॉक्टर शर्मा ने पूछा, ''दुनिया में करोड़ों मनुष्य हैं जिन्हें तुम नहीं जानते। मनुष्य के सामने सबसे मुख्य उसका निजी जीवन है, जिसे उसको सँभालना है। फिर मनुष्य की सारी भावना अर्थ में निहित है, इस अर्थ के सही या गलत रूप पर हम टीका-टिप्पणी भले ही कर लें, इस अर्थ की उपेक्षा तो नहीं की जा सकती। मनुष्य का जीवन आधारमूल रूप में दुनिया के साथ समझौते का जीवन है और यह समझौता मूल रूप से आर्थिक हुआ करता है।''

''लेकिन सर, यह अर्थ तो क्रय-विक्रय का साधन है। आपने जो कुछ कहा उससे तो ऐसा लगता है कि जीवन का आधार ही अर्थ है।''

''दोनों ही बातें ठीक हैं।'' डॉक्टर शर्मा ने कहा, ''यह ज़िन्दगी स्वयं में क्रय-विक्रय है, इस क्रय-विक्रय को शब्दों में एक सात्विक नाम दे दिया गया है, 'आदान-प्रदान'। आदान-प्रदान को आध्यात्मिक माना जाता है, क्रय-विक्रय को भौतिक माना जाता है।

आध्यात्मिकता संशयात्मक हो सकती है, भौतिकता निःसंशय सत्य है। चार्वाक नास्तिक है, क्योंकि वह शुद्ध रूप से भौतिक है, उनकी कुरूपता नग्न और कुरूप प्रकृति को ही सत्य मानती है, वह आरोपित सात्विकता का उपहास करती है। समाज आरोपित और कृत्रिम सात्विकता के आधार पर स्थित है, इसलिए चार्वाक को मान्यता नहीं मिलती। कौटिल्य भी भौतिक है, यद्यपि उसने नास्तिकता का प्रतिपादन नहीं किया है, क्योंकि इस भौतिक समाज की स्थापना में नास्तिकता बाधक होती है। इसलिए प्रकृति को ही सत्य मानते हुए उसने प्रकृति की नग्नता और कुरूपता का प्रतिपादन नहीं किया है।''

डॉक्टर शर्मा की बातें जगतप्रकाश की समझ में आईं या नहीं आईं, यह नहीं कहा जा सकता। वह उठ खड़ा हुआ, ''मैं आपसे यह किताब ले जाऊँगा सर और जो कुछ मैंने कर डाला है, उस पर मुझे सोचना पड़ेगा।''

डॉक्टर शर्मा हँस पड़े, ''अब उस पर सोचने की कोई आवश्यकता नहीं, क्योंकि वह हो चुका है।''

[13]

सेलेक्शन कमेटी के सामने इंटरव्यू देकर जब जगतप्रकाश कमरे से बाहर निकला, वह बड़ा सन्तुष्ट था। सेलेक्शन कमेटी तो नाम मात्र की थी, सब कुछ डॉक्टर शर्मा के हाथ में था और डॉक्टर शर्मा ने उससे कह दिया था कि पहली अप्रैल से उसकी नियुक्ति हो गई है और उसी दिन उसे यूनिवर्सिटी ज्वाइन करनी है। जगतप्रकाश के मन में एक उत्साह था, एक उमंग थी। कुल बीस दिन बाकी थे उसकी नियुक्ति में।

सरदी बीत चुकी थी और मौसम सुहाना हो गया था। उसकी बहन का बहुत अधिक आग्रह था कि वह होली में महोना आए और वह अपने बहन का आग्रह रखना चाहता था। नौ मार्च को उसका इंटरव्यू था। इंटरव्यू से वापस आने के बाद उसके मन में आया कि वह पन्द्रह दिन के लिए अपने गाँव हो आए। बहन से मिले उसे काफ़ी समय हो गया था।

यूनिवर्सिटी से वह सीधा अपने होस्टल वापस गया, लेकिन अपने कमरे में जाने के स्थान पर वह कमलाकान्त के कमरे में जा पहुँचा। कमलाकान्त कुछ देर पहले यूनिवर्सिटी से लौटा था। जगतप्रकाश की प्रसन्न मुद्रा देखकर उसने कहा, ''तो तुम्हें औपचारिक बधाई दे दूँ। कब से तुम्हारी नियुक्ति हुई है ?''

''पहली अप्रैल से। डॉक्टर शर्मा ने तो मुझसे चलते समय यही कहा था। वैसे तीन महीने की देर हो गई। उन्होंने वादा कर लिया था कि पहली जनवरी से मेरी नियुक्ति हो जाएगी।''

कमलाकान्त हँस पड़ा, ''सन्तोष किसी को नहीं होता। यह क्यों नहीं कहते कि

अस्थायी नियुक्ति के बदले स्थायी नियुक्ति हो गई। अच्छा तो फिर आज शाम के शो में तुम मुझे पिक्चर दिखाओगे और रात में किसी अच्छे होटल में डिनर रहेगा।"

"मंजूर ! लेकिन चलो, पहले तुम्हें मैं चाय पिलाऊँ अपने कमरे में।" जगतप्रकाश ने कमलाकान्त को उठाते हुए कहा।

कमरा खोलने के बाद जगतप्रकाश की नज़र ज़मीन पर पड़े हुए एक पत्र पर पड़ी। उसने वह पत्र उठाया। उस पर जगतप्रकाश का पता उर्दू और अंग्रेजी में लिखा था। किसका यह पत्र हो सकता है ? जगतप्रकाश ने पत्र पर पड़ी मुहर देखी, पत्र बम्बई से आया था। एकाएक जगतप्रकाश के मन में आया कि वह पत्र जमील का होगा। उसने स्टोव जलाकर चाय का पानी चढ़ाया, फिर उसने वह पत्र खोला। कमलाकान्त ने कुर्सी पर बैठकर सिगरेट सुलगाई।

वह पत्र जमील का ही था और छह मार्च का लिखा था। जमील ने उसे सूचना दी थी कि वह अपने परिवार के साथ कानपुर-लखनऊ होते हुए महोना जा रहा है, और परिवार को गाँव में छोड़कर वह बारह मार्च को इलाहाबाद पहुँचेगा और उसके साथ ही ठहरेगा। जगतप्रकाश के माथे पर बल पड़ गए, अपने आप ही वह कह उठा, "अजीब मुसीबत है।"

कमलाकान्त ने पूछा, "क्यों, खैरियत तो है ?"

"ख़ैरियत के खिलाफ तो कोई बात नहीं, लेकिन मैं परसों, यानी ग्यारह तारीख को गाँव जाने की सोच रहा था, होली के अवसर पर मेरी बहन ने मुझे बुलाया भी है। और आज यह जमील की चिट्ठी कि बारह तारीख को वह गाँव से यहाँ पहुँच रहे हैं और मेरे साथ ठहरेंगे।"

"तो इसमें मुसीबत की क्या बात है ? ग्यारह तारीख को महोना जाने की जरूरत ही क्या है, होली तो बाईस मार्च को है। तुमने जमील अहमद की बाबत जो कुछ मुझे बताया है उससे उस व्यक्ति में मेरी भी दिलचस्पी बढ़ गई है। अगर तीन-चार दिन और रुक जाओ यहाँ तो हर्ज़ क्या है ? और—अरे हाँ, याद आ गया। रामगढ़ में कांग्रेस हो रही है, वहाँ भी तो चलना है। उन्नीस और बीस मार्च को कांग्रेस का खुला अधिवेशन होगा। सत्रह-अठारह मार्च को ए.सी.सी. की मीटिंग होगी, तुम उन्नीस या बीस मार्च को रामगढ़ से अपने गाँव चले जाना—होली के दिन वहाँ पहुँच जाओगे। एक हफ्ता वहाँ रहकर पहली तक इलाहाबाद आ जाना।"

पिछले दो महीने जगतप्रकाश के लिए एक दुःस्वप्न की भाँति ही बीते थे, जब उसके जीवन में एक उदासी से भरी निष्क्रियता का एकछत्र शासन रहा था। उसे एकाएक अनुभव हुआ कि उसके अन्दर एक नवीन स्फूर्ति आ गई है, वह चौंक-सा उठा, "अरे हाँ, मुझे रामगढ़ कांग्रेस का ख़याल ही नहीं रहा। ठीक कहते हो, वहाँ जाना ही चाहिए। एक साल में क्या का क्या हो गया है।"

कमलाकान्त मुसकराया, "बहुत कुछ हो गया और उससे भी अधिक कुछ होगा आगे चलकर। आज की नींव बीते हुए कल पर पड़ेगी और आनेवाले कल की नींव

आज पर पड़ेगी। हाँ, तुम्हें जसवन्त कपूर की कोई खबर मिली ?''

''नहीं, अपने विवाह के बाद जैसे वह बदल ही गया है। बहुत सम्भव है वह रामगढ़ कांग्रेस में आए। लाला देवराज कांग्रेस के प्रमुख लोगों में हैं।''

कमलाकान्त हँस पड़ा, ''लाला देवराज दक्षिणपंथी कांग्रेसमैन हैं, जसवन्त वामपंथी है। पता नहीं दामाद और ससुर में कैसी बन रही होगी। लेकिन जसवन्त से हम लोगों का सम्बन्ध टूट गया, यह अच्छा ही हुआ।'' कुछ रुककर कमलाकान्त ने फिर पूछा, ''और कुलसुम कावसजी ! उनका पत्र तो आया होगा तुम्हारे पास ?''

''इधर हाल में कोई पत्र नहीं आया। उसके पिछले पत्र का उत्तर मैं नहीं दे सका था।'' जगतप्रकाश ने सहज भाव से कहा।

चाय पीकर दोनों निकलनेवाले ही थे कि जगतप्रकाश को एक तार मिला। धड़कते हुए दिल से उसने तार खोला, और तभी वह हँस पड़ा। वह तार कुलसुम का था। मालती मनुभाई के साथ वह इलाहाबाद होते हुए कलकत्ता जा रही है, चौदह मार्च की रात को बम्बई मेल से इलाहाबाद पहुँचेगी। इलाहाबाद से त्रिभुवन मेहता और जगतप्रकाश को उसके साथ चलना है। त्रिभुवन कानपुर से आ जाएगा। जगतप्रकाश ने वह तार कमलाकान्त के हाथ में दे दिया।

जगतप्रकाश को लगा कि कमलाकान्त के मुख पर एक तरह की खिसियाहट आ गई है, और उसके स्वर में एक कटुता भी है। तब उसने कहा, ''पिछली बार छह आदमी साथ गए, इस बार चार आदमी साथ जा रहे हैं। जसवन्त हट गया है इस खिलवाड़ से और मुझे भी अब कोई रुचि नहीं रह गई इस खिलवाड़ में। अब तो तुम्हारा जाना तय हो गया।''

''जाना तो इस तार के पहले ही तय कर लिया था तुम्हारे साथ। मैं उन लोगों के साथ नहीं जाऊँगा, तुम्हारे साथ चलूँगा।''

लेकिन कमलाकान्त के अन्दरवाली कटुता अब हिंसात्मक बन रही थी, ''मैंने तय कर लिया है कि मैं नहीं जाऊँगा। तुम्हीं जाओ उन लोगों के साथ।'' वह उठ खड़ा हुआ, ''अच्छा अब मैं चलूँगा; मुझे शहर जाना है।''

जगतप्रकाश बोला, ''अभी तो तुमने कहा था कि हम लोग पिक्चर देखेंगे और उसके बाद किसी होटल में खाना खाएँगे।''

कमलाकान्त को लगा कि वह अपने अन्दरवाली ईर्ष्या में काफी बहक गया है, उसने अपने को सँभाला, ''अरे हाँ, मैं तो भूल ही गया था। अच्छा मैं अपने कमरे से तैयार होकर आता हूँ।''

बारह तारीख को सुबह के समय जब जगतप्रकाश चाय पी रहा था, जमील आ गया। जगतप्रकाश ने जमील का स्वागत करते हुए कहा, ''बड़े वक्त से पहुँचे जमील काका। चाय तैयार है।'' और उसने जमील का असबाब कमरे में रखवाया।

''हाँ बरखुरदार, चाय की तलब तो है। गाड़ी लेट आई वरना छह बजे सुबह ही आ गया होता। कहो क्या हाल हैं तुम्हारे ?''

''विश्वविद्यालय में मुझे नौकरी मिल गई है पहली अप्रैल से। कल घर जानेवाला था, लेकिन तुम्हारी चिट्‌ठी मिली तो मैं रुक गया। फिर यह भी ख़याल आया कि इस दफ़ा रामगढ़ कांग्रेस चलना चाहिए। दीदी ने बहुत आग्रह किया है मैं होली में गाँव आऊँ, और होली तेईस मार्च की है। तय नहीं कर पा रहा था कि क्या करूँ कि कुलसुम का तार भी मिला। वह और मालती परसों यहाँ होती हुई कलकत्ता जा रही हैं, मुझसे कहा है कि मैं भी उन लोगों के साथ चलूँ।''

''यह अच्छा है, गोकि मुझे यहाँ पन्द्रह तारीख की शाम तक रुकना होगा। पन्द्रह की शाम को यहाँ से एक बोगी सीधी रामगढ़ के लिए लगेगी, उसी में मैं जाऊँगा।''

जगतप्रकाश बोला, ''तो तुम भी चल रहे हो रामगढ़—यह तो बड़ा अच्छा है। मैं तुम्हारे साथ ही चलूँगा जमील काका !''

जमील ने गौर से जगतप्रकाश की ओर देखा, ''तुम्हें कुलसुम के साथ ही जाना चाहिए, उसने तुम्हें तार दिया है।''

जगतप्रकाश ने सिर हिलाया, ''नहीं। जमील काका, अब मुझे अपना रास्ता अलग बनाना है। तुम्हारे साथ चलने पर तरह-तरह के लोगों से मिलना होगा, मेरे अनुभव बढ़ेंगे। कुलसुम के साथ मालती और त्रिभुवन तो होंगे ही। फिर इस जन-जागरण और जन-क्रान्ति को जन-सम्पर्क से ही समझा जा सकता है।'' कुछ रुककर उसने कहा, ''अरे हाँ, जमील काका ! तुम महोना कैसे गए थे ? वहाँ सब कुछ ठीक है न ?''

''ठीक ही समझो बरखुरदार ! तुम्हारी भाभी व बच्चों को कुछ दिन के लिए महोना ले आया हूँ, वहीं रहेंगे। मैं तो पूरी तौर से ट्रेड यूनियन में शामिल हो गया हूँ। और ट्रेड यूनियन में आने के बाद फिर अपना कोई ठिकाना नहीं, कभी बाहर, कभी जेल में। तो सईदा और बच्चों की देखभाल कौन करेगा बम्बई में ? अजीब हैवानियत की दुनिया है वह।''

जगतप्रकाश ने जमील के लिए चाय बनाई और तभी कमलाकान्त कमरे में आ गया। जगतप्रकाश ने जमील से कमलाकान्त का परिचय कराया, फिर वह कमलाकान्त से बोला, ''यह जमील काका अब पूरी तौर से ट्रेड यूनियन के लीडर बन गए हैं। इनका कहना है कि यहाँ से रामगढ़ के लिए एक बोगी लगेगी परसों रात के वक्त। मैं इनके साथ जाऊँगा, तुम भी उसी से चलो।''

''यह तो बड़ा अच्छा है, तुम दोनों उसी बोगी से जाओ। मैं तो नहीं जाऊँगा, होली के सिलसिले में ददुआ ने मुझे घर बुलाया।''

''होली तो तेईस मार्च की है, तब तक तो तुम रामगढ़ से वापस भी आ जाओगे। मुझे भी गाँव पहुँचना है।''

कमलाकान्त बोला, ''मुझे अब राजनीति में कोई दिलचस्पी नहीं रह गई, क्योंकि देश की राजनीति महात्मा गांधी के हाथ में है और महात्मा गांधी का विश्वास अहिंसा पर है। अहिंसा के सिद्धान्त पर मुझे कुछ नहीं कहना, लेकिन इतना मैं जानता हूँ कि हमारे स्वतन्त्रता-संग्राम में यह अहिंसा बाधक होगी। आज जब हमारे पास यह मौका

है कि हम विश्वयुद्ध में रत ब्रिटिश सरकार को हिंसात्मक आन्दोलन से उखाड़ सकते हैं, तब महात्मा गांधी अहिंसा की दुहाई दे रहे हैं। कांग्रेस की राजनीति प्रतिक्रियात्मक है।''

जमील पहले कभी कमलाकान्त से नहीं मिला था और न वह कमलाकान्त के सम्बन्ध में कुछ जानता था। उसने कमलाकान्त से कहा, ''आप ठीक कह रहे हैं, यह मौका है जब हम हिंसा से ब्रिटिश सरकार को झुका सकते हैं। लेकिन मेरे सामने एक अहम सवाल है, क्या हमारा मुल्क हिंसा के वास्ते तैयार है ?''

''इसी तरह के शकों और सवालों से काम बिगड़ता है।'' कमलाकान्त बोला, ''सवाल हमारी तैयारी का इतना नहीं है जितना ब्रिटिश सरकार की तैयारी का है। ब्रिटेन जर्मनी के मुकाबले कमज़ोर पड़ रहा है। ब्रिटेन की सारी ताकत उसके उपनिवेशों की ताकत है और उसके उपनिवेश में हिन्दुस्तान प्रमुख है। अगर हिन्दुस्तान हिंसात्मक आन्दोलन छेड़ दे तो ब्रिटेन जर्मनी से हार जाएगा। ऐसी हालत में ब्रिटेन हिन्दुस्तान के साथ जल्दी-से-जल्दी समझौता कर लेगा।''

जमील कुछ देर तक सोचता रहा, ''आप बात तो ठीक कहते हैं, सुभाष बाबू का भी यही कहना है। लेकिन हिन्दुस्तान के दूसरे नेता ऐसा नहीं समझते। उनके पास कुछ ठोस वजूहात तो होने ही चाहिए।''

कमलाकान्त ने कुछ उत्तेजित होकर कहा, ''मैं बतला सकता हूँ कि यह ठोस वजह क्या है। यह ठोस वजह है हमारे नेतृत्व ही कायरता—अहिंसा जिसका दूसरा पहलू है।''

''बड़ा पुराना और घिसा-पिटा फ़िकरा है कमलाकान्त साहब ! नहीं, वजह कायरता नहीं है, वजह से देश में हर जगह फैली हुई नाइत्तिफ़ाकी। हिन्दुओं और मुसलमानों में कहीं भी इत्तिफ़ाक नहीं, उनके बीच यह नाइत्तिफ़ाकी बढ़ती जा रही है। जहाँ तक हिन्दुस्तान में ब्रिटेन की ताकत के टूटने का सवाल है, मैं आपसे सहमत नहीं हूँ। यहाँ हिन्दुस्तान में कुछ लड़ाकू जातियाँ हैं, फौज की भर्ती उन्हीं लड़ाकू जातियों से होती है, सिख, जाट, गूजर, पठान, बलूच, राजपूत, मराठे-तिलंगे और गोरखे। इनको अच्छी तनख्वाहें दो, ये तनख्वाह देनेवाले की तरफ से लड़ेंगे। तनख्वाह के माने हैं नमक खाना, और ये लोग नमकहरामी सबसे बड़ा पाप मानते हैं। बाकी लोगों में बड़े गहरे भेदभाव हैं। हिन्दू-मुसलमान, मिलमालिक-मज़दूर, ज़मींदार-किसान—हर जगह फूट है। हिंसा के माने हैं इन लोगों में आपसी संघर्ष खड़ा कर देना। हिंसा के माने ब्रिटिश सरकार के साथ युद्ध नहीं होंगे, उसके माने होंगे गृह-युद्ध।''

एक सन्नाटा छा गया जमील की इस बात के बाद, और फिर जमील ने ही इस सन्नाटे को तोड़ा, ''जहाँ तक मेरी जाती राय है, मैं इस गृहयुद्ध के पक्ष में हूँ। अंग्रेजों की फौजें अपने सबसे ज़बर्दस्त दुश्मन जर्मनी के साथ जंग में फँसी रहेंगी, ब्रिटेन इस गृहयुद्ध में दस्तन्दाज़ी नहीं कर सकेगा। और इस तरह हम अपने देश के मुख्तलिफ मसलों को हमेशा के लिए हल कर सकेंगे। लेकिन इस सबमें भयानक खून-खराबा होगा। मेहनतकश और कमज़ोर जनता एकबारगी ही पीसकर रख दी जाएगी...और...और...समझ में नहीं आता। इस सबकी कल्पना करते ही दिमाग चकराने लगता है। इसलिए जो कुछ

हो रहा है वही ठीक है, क्योंकि हम उस सबके आदी हो चुके हैं।''

चौदह तारीख को शाम के समय जगतप्रकाश ने जमील के साथ चाय पीते हुए कहा, ''यह त्रिभुवन मेहता अभी तक नहीं आया, पता नहीं वह कहाँ मिलेगा। बम्बई से मेल नौ बजे आता है, पाँच बज रहे हैं। समझ में नहीं आता क्या करूँ ?''

जमील बोला, ''इसमें तुम्हें कुछ नहीं करना है। यह त्रिभुवन तुम्हारे यहाँ क्यों आए ? फिर बम्बई मेल के आने के घंटा-डेढ़ घंटा पहले कानपुर से हावड़ा मेल आता है, गालिबन वह उसी से आएगा और स्टेशन पर ही मिलेगा।''

जमील के साथ जगतप्रकाश स्टेशन पहुँचा, त्रिभुवन बम्बई से आनेवाले मेल का इन्तज़ार करता हुआ प्लेटफार्म पर ही घूम रहा था। जगतप्रकाश को देखकर उसने कहा, ''तुम्हारा असबाब कहाँ है ? गाड़ी पन्द्रह मिनट लेट है। फिर पता नहीं गाड़ी में जगह मिलेगी या नहीं।''

''मैं आप लोगों के साथ नहीं चल रहा।'' जगतप्रकाश बोला, ''कल शाम यहाँ से रामगढ़ के लिए एक बोगी लग रही है जो परसों शाम तक रामगढ़ पहुँचा देगी, मैं उसी से जाऊँगा। यह मेरे साथी कामरेड जमील अहमद हैं, मेरे साथ यह भी चल रहे हैं।''

''जमील अहमद !—यह नाम तो मैंने पहले कहीं सुना है, कहाँ, यह याद नहीं पड़ता। शायद बम्बई में।'' त्रिभुवन कुछ सोचकर बोला।

''जी हाँ।'' जमील ने कहा, ''मालती बेन और कुलसुम बेन मुझे जानती हैं, वैसे मैं ईस्टर्न कॉटन मिल में फ़ोरमैन था। अभी हाल में ही मैंने वहाँ से इस्तीफ़ा दे दिया है। नौकरी करते हुए राजनीति चलती नहीं।''

गाड़ी आनेवाली है, इसकी सूचना की घंटी बज रही थी। त्रिभुवन का कुली वेटिंग-रूम से उसका असबाब उठाकर उसके पास आ गया। त्रिभुवन बोला, ''तब तो ज्यादा मुसीबत नहीं होगी, सेकंड क्लास या फर्स्ट क्लास में एक-न-एक बर्थ मिल ही जाएगी, गोकि इस युद्ध में फर्स्ट या सेकंड क्लास में कोई बर्थ नहीं मिलती, कानपुर से मैं बैठे-बैठे आया हूँ।''

बम्बई-हावड़ा-मेल प्लेटफार्म पर आकर रुक गया, प्लेटफार्म पर काफी भीड़ थी और उस भीड़ में अधिकांश सैनिक अफसर या सिपाही लोग थे। कुलसुम और मालती एक फर्स्ट क्लास कम्पार्टमेंट में थीं। गाड़ी रुकते ही ये लोग उस कम्पार्टमेंट के पास पहुँच गए। वह चार बर्थों वाला एक फर्स्ट क्लास कम्पार्टमेंट था, नीचे दो बर्थों पर कुलसुम और मालती थीं, ऊपरवाली दो बर्थें खाली थीं : कुलसुम ने जगतप्रकाश को देखते ही कहा, ''तुमने अभी कलकत्ता का टिकट तो नहीं लिया है ? अगर लिया हो तो उसे वापस कर दो, गाड़ी शायद यहाँ आधा घंटा ठहरेगी। मेरा बर्थ तुम ले लो, मुझे यहीं उतरना है।''

आश्चर्य से त्रिभुवन ने पूछा, ''तुम तो कुलसुम बेन कलकत्ता के लिए चली थीं।'' फिर उसके मुख पर मुस्कराहट आई, ''यह जगतप्रकाश भी नहीं जा रहे हैं, क्या बात है ?''

अब कुलसुम त्रिभुवन की ओर घूमी, जो मालती के पास खड़ा था, ''अच्छा हुआ जो यह नहीं जा रहे हैं, नहीं तो मुझे अकेले इलाहाबाद में कुछ तकलीफ उठानी पड़ती। मेरा टिकट तुम ले लो। अगर तुमने कलकत्ता का टिकट ले लिया है तो मुझे दे दो, मैं उसे वापस कर दूँगी।''

''नहीं, मैंने इसलिए टिकट नहीं लिया कि तुम लोग न जाने किस क्लास में होगी, टिकट तो मैं गाड़ी में ही बनवा लूँगा। तुम्हारे यहाँ रुकने से यह समस्या भी हल हो गई।''

अब मालती बोली, ''बात यह है कि जबलपुर में कुलसुम के मामा स्टेशन पर मिले थे, इसने परवेज़ को तार दिया था न ! परवेज़ काफी बीमार है, टाइफाइड का शक है। तो कुलसुम घबरा गई। यह जबलपुर में ही उतरना चाहती थी, फिर कुछ सोचकर यहाँ चली आई, कल की गाड़ी से इसे जबलपुर लौटना है।''

जगतप्रकाश ने देखा कि कुलसुम के मुख पर चिन्ता की भावना झलक रही है। मालती ने कुलसुम से उसका टिकट ले लिया, फिर दस-दस के सात नोट निकालकर वह कुलसुम से बोली, ''लो अपने टिकट के दाम, यह त्रिभुवन तो देगा नहीं, कंजूस कहीं का। मैं इससे वसूल कर लूँगी।'' कुलसुम ने रुपए ले लिए।

प्लेटफार्म पर चलते हुए कुलसुम जमील की ओर घूमी, ''कामरेड जमील अहमद, मैंने सुना है कि तुमने ईस्टर्न कॉटन मिल से इस्तीफ़ा दे दिया है। मैंने तुम्हें बम्बई में बहुत ढुँढ़वाया, लेकिन तुम मिले ही नहीं। डैडी चाहते थे कि तुम हमारी मिल में आ जाओ, लेकिन पता चला कि तुम अपने बीवी-बच्चों के साथ अपने गाँव चले गए हो।''

''जी हाँ, मैंने अपने बीवी-बच्चों को अपने गाँव में छोड़ दिया है, नल बाज़ार में मैंने अपने लिए एक खोली ले ली है। अब मैं अपना पूरा वक्त पार्टी के काम में लगाना चाहता हूँ।''

''यह अच्छा किया, लेकिन अगर तुम बिना काम-काज के बम्बई में रहोगे तो पुलिस को तुम पर शक हो सकता है। तुम मेरी मिल में क्यों नहीं आ जाते ? डैडी की तबीयत ठीक नहीं रहती, आजकल मिल का काम-काज मैं देख रही हूँ। तुम्हारा नाम मिल के रजिस्टर पर चढ़ा रहेगा, तुम्हें मिल में आने की कोई ज़रूरत नहीं है। रामगढ़ से लौटकर मुझसे मिल लेना—शायद तुम वहाँ जाओगे।''

''जी आपका क़यास ठीक है, मैं रामगढ़ जा रहा हूँ, अप्रैल के पहले हफ्ते तक बम्बई वापस लौटूँगा।''

ये लोग अब स्टेशन के बाहर निकल आए थे। जमील ने जगतप्रकाश से कहा, ''मुझे तुम कमरे की चाभी दे दो, मैं आराम करूँगा जाकर। तुम कुलसुम बेन को होटल में ठहराकर और सब इन्तज़ाम करके इत्मीनान के साथ आना।''

''हाँ, यह ठीक है, इनको आने में घंटा-डेढ़ घंटा लग जाएगा। आप जाइए।''

रोसेटी होटल में कमरा खाली था। कमरे में अपना असबाब रखवाकर कुलसुम जगतप्रकाश के साथ लाउंज में बैठ गई। उसके मुख पर थकावट के भाव थे। बेयरा

से उसने कहा कि आधा घंटा बाद वह उसका डिनर उसके कमरे में ही ले आए ! इसके बाद उसने जगतप्रकाश से कहा, "थोड़ी देर बैठो, बहुत थक गई हूँ। वैसे थकने की कोई बात नहीं थी। शायद परवेज़ की बीमारी से मन खराब हो गया। मुझे जबलपुर में ही उतर जाना चाहिए था, लेकिन मालती अकेली रह जाती। वह मुझे ज़िद करके यहाँ ले आई।"

"मालती तो काफी साहसी स्त्री है," जगतप्रकाश बोला।

"हाँ, वह मुझसे ज्यादा साहसी है। नहीं, मैंने शायद तुमसे गलत बात कही, शायद मैं तुम्हारी वजह से चली आई, तुम्हें मैंने तार जो दे दिया था। तुमसे मिले हुए बहुत दिन हो गए थे न ! लेकिन मैं सोचती हूँ मुझे जबलपुर उतर जाना चाहिए था। मामा को तो इन सब बातों की परवाह नहीं, लेकिन परवेज़ को ज़रूर दुख हुआ होगा कि मैं जबलपुर होती हुई गुज़री और उसकी बीमारी की खबर सुनकर मैं वहाँ रुकी नहीं। मैंने अच्छा नहीं किया, मुझे बड़ा अफसोस है। कल मेल के पहले तो जबलपुर के लिए कोई गाड़ी नहीं है।"

जगतप्रकाश ने कुछ नहीं कहा, उसके पास कुछ कहने को था भी तो नहीं। कुलसुम चुपचाप बैठी थी अपने में खोई हुई और जगतप्रकाश अनुभव कर रहा था कि उस लाउंज में उदासी का एक वातावरण छा गया है। थोड़ी देर बाद कुलसुम ने एक ठंडी साँस ली, "अब जो हो गया वह हो गया। कल शाम तक तो मैं पहुँच ही जाऊँगी, जबलपुर। मामा ने परवेज़ की बीमारी की कोई खबर भी तो नहीं दी थी हम लोगों को। वह तो मैंने परवेज़ को एक तार भेज दिया कि मैं चौदह की शाम को जबलपुर से गुज़रूँगी। बेचारा परवेज़।" फिर ज़बर्दस्ती अपने मुख पर मुस्कराहट लाने का प्रयत्न करते हुए उसने कहा, "मैं भी कैसी हूँ जो अपना पचड़ा लेकर बैठ गई। तुम कैसे रहे, तुमने मेरे पिछले खत का जवाब ही नहीं दिया। तुम्हारा एपॉइंटमेंट हो गया कि नहीं ?"

"इंटरव्यू तो नौ मार्च को हो गया और प्रोफेसर शर्मा ने मुझसे व्यक्तिगत रूप से कह दिया है कि मेरा एपॉइंटमेंट पहली अप्रैल से हो गया है यद्यपि अभी औपचारिक आज्ञापत्र नहीं मिला। सोच रहा था कि इस बीच मैं रामगढ़ कांग्रेस ही हो आता। लेकिन अब वहाँ जाने की तबीयत नहीं हो रही।"

कुलसुम ने जगतप्रकाश का हाथ पकड़ लिया, "तुम्हें रामगढ़ कांग्रेस में जाना चाहिए, तुम्हें राजनीति में रुचि लेनी चाहिए। यूनिवर्सिटी में साधारण लेक्चररशिप की नौकरी। उसमें क्या रखा है ? दूसरों के सिद्धान्तों को पढ़कर किन्हीं और दूसरों तक पहुँचाना, यही तो काम होगा तुम्हारा। नहीं, मैं अपने जगत को एक साधारण अध्यापक के रूप में नहीं देखना चाहती, मैं चाहती हूँ कि मेरा जगत लोगों के भाग्य का निर्णय करे, उसकी गणना दुनिया के विशिष्ट व्यक्तियों में हो। तुममें सब कुछ है, विद्या है, बुद्धि है, ज्ञान है, प्रतिभा है और सबसे बड़ी बात यह है कि तुममें चरित्र है, ईमानदारी है।"

कुलसुम यह सब क्या कह रही है ? जगतप्रकाश के मन में एक तरह का पुलक

जाग उठा। कितना विश्वास, कितनी आस्था ! जगतप्रकाश के मुख से निकल पड़ा, "पता नहीं, मैं क्या हूँ, लेकिन मैं वह सब बनने की कोशिश ज़रूर करूँगा जिसकी परिकल्पना तुम मुझमें कर रही हो। मैं रामगढ़ जाऊँगा, जमील के साथ मैं यहाँ से जानेवाली बोगी में कल चल दूँगा। मुझे अफसोस केवल इतना ही है कि तुम नहीं चल सकोगी, तुम्हारे बिना मुझे कुछ सूना-सूना लगेगा वहाँ पर।"

कुलसुम के मुख पर आई उदासी अब जाती रही थी, उसके मुख पर हलकी मुस्कराहट आ गई, "नहीं, तुम अपने को मुझमें खो मत दो, मैं तुम्हारी कमज़ोरी नहीं बनना चाहती, मैं तुम्हारी ताकत के रूप में रहना चाहती हूँ। मेरे लिए इतना काफी है कि तुम मुझे अपना समझो, इससे ज़्यादा कुछ नहीं। मैं तुम्हें अपना समझती हूँ, हमेशा-हमेशा, जब तक मैं ज़िन्दा हूँ मैं तुम्हें अपना समझती रहूँगी। मेरे जगत, मैं हमेशा तुम्हारे साथ हूँ, शरीर से नहीं, भावना से।" कुलसुम उठ खड़ी हुई, "अब तुम अपने होस्टल जाओ, मैं भी खाना खाकर सोऊँगी। कल सुबह तुम आ जाना। नाश्ता हम दोनों साथ करेंगे।"

जगतप्रकाश जब वहाँ से चला उसके पैर मानो एक तरह के नशे से डगमगा रहे थे। यह कुलसुम उसे कितना चाहती है। लेकिन...लेकिन, वह इस कुलसुम को समझ नहीं पा रहा था। यह कुलसुम परवेज़ के लिए कितनी चिन्तित है, कितनी दुखी है। एकाएक उसके मन में प्रश्न उठा—यह कुलसुम किससे प्रेम करती है ? परवेज़ से या उससे ? उसे इस प्रश्न का उत्तर नहीं मिल रहा था। अपना समस्त कार्यक्रम रद्द करके यह कुलसुम जबलपुर जा रही है टाइफाइड में पड़े परवेज़ के पास। शायद यह जबलपुर में तब तक रुकेगी जब तक परवेज़ पूरी तरह से अच्छा न हो जाए, सारी चहल-पहल से दूर, जबलपुर के एक एकान्त बँगले में।

परवेज़ की इस बीमारी की खबर सुनकर भी वह इलाहाबाद चली आई थी, सिर्फ उससे मिलने के लिए। अजीब बात थी।

होस्टल पहुँचकर उसने देखा कि उसके कमरे का दरवाज़ा खुला हुआ है और जमील जाग रहा है। जमील बोला, "होटल में जगह तो मिल गई कुलसुम बेन को। कल दोपहर को ही बम्बई मेल मिल सकेगा उन्हें।"

"हाँ, बम्बई मेल से ही वह जबलपुर जाएँगी। कल सुबह मुझे जाना है उनके होटल में।"

"उन्हें पहुँचाने के लिए तुम्हें जबलपुर तो नहीं जाना पड़ेगा ?"

"नहीं, मैं कल रात के समय तुम्हारे साथ रामगढ़ चल रहा हूँ न ! कुलसुम को ट्रेन में बिठाकर वापस आ जाऊँगा। इस दफ़ा तुम्हारे साथ होने से कांग्रेस को पूरी तौर से देखने और समझने का मौका मिलेगा।"

सुबह जब जगतप्रकाश कुलसुम के यहाँ पहुँचा वह उसका इन्तज़ार कर रही थी। नाश्ता कुलसुम ने अपने कमरे में ही मँगवा लिया। जगतप्रकाश से उसने कहा, "कल तो तुमसे बातें हो ही नहीं सकीं। लाहौर से लौटकर, तुमने मुझे जो पत्र लिखा था वह

बहुत छोटा-सा था। जसवन्त की शादी की बाबत मैं तुमसे पूरी जानकारी चाहती थी। वह शायर सैलाब, वह लाहौर से बम्बई वापस लौटा ही नहीं, सुना है उसे भारत सरकार में वार-एफर्ट्स के महकमे में अच्छी-खासी नौकरी मिल गई है।''

जैसे जगतप्रकाश को अपने कानों पर विश्वास नहीं हुआ, ''सैलाब वार-एफर्ट्स के महकमे में चला गया ! ताज्जुब की बात है। वह तो अपने को कम्युनिस्ट कहता था।''

कुलसुम हँस पड़ी, ''कम्युनिज्म उसका शौक था और वह शौक पूरा हो गया। उसके शौक के साथ उसका विश्वास नहीं था और जहाँ तक उसके अभाव का सवाल था वह उसने अपने शौक के लिए खुद अपने ऊपर लादा था। कम पढ़ा-लिखा, शायर किस्म का आदमी, उसमें सोचने-समझने की ताकत ही नहीं है, फिर भला विश्वास कहाँ से होता। महज़ शौक के लिए जो कुछ किया जाता है उसका एक-न-एक दिन खात्मा होना ही है। यह कम्युनिज्म मालती के लिए एक शौक है, त्रिभुवन के लिए एक शौक है, शायद मेरे लिए भी यह एक शौक है। जसवन्त हमेशा यह कहता था, मैं उसकी बात का विरोध करती थी, लेकिन शायद वह ठीक ही कहता था।''

''वाकई—यह कम्युनिज्म तुम्हारे लिए भी सिर्फ शौक है—मुझे यकीन नहीं होता।''

कुलसुम ने गम्भीर होकर कहा, ''मैंने 'शायद' शब्द कहा है, क्योंकि मैं खुद ही तय नहीं कर पाई हूँ कि यह महज़ शौक है या शौक से ऊपरवाली चीज़ विश्वास भी है मेरे पास। कम-से-कम अभाव और अभाव से पैदा होनेवाली कुंठा तो नहीं है मेरे पास। वैसे कम्युनिज्म को आगे बढ़ाने में अभाव वाली कुंठा का बहुत बड़ा हाथ रहा है।''

जगतप्रकाश कुछ बोला नहीं, वह कुलसुम को एकटक देख रहा था।

''मैं अपनी बात तुम्हें पूरी तरह से समझा नहीं सकी शायद। अभाव के माने गरीबी और भुखमरी ही नहीं है, अभाव के माने उसका न होना है जिसे हम चाहते हैं। जहाँ आदमी की कीमत रुपयों में नापी जाती है वहाँ पाँच करोड़पतियों की मौजूदगी में सैकड़ों लखपतियों में अभाव की भावना जाग सकती है, क्योंकि वे करोड़पति नहीं बन सकते। यह अभाव जब कुंठा का रूप धारण करता है तब वह घृणा बन जाती है और घृणा पैसे से अधिक सबल प्रेरक तत्त्व है।''

जगतप्रकाश के मुख पर अब एक मुस्कराहट आई, ''शायद इसीलिए कम्युनिज्म के प्रवर्त्तन में छोटे पूँजीपतियों का हाथ रहा है।''

''तुम सब जानते हो।'' कुलसुम हँस पड़ी, ''खैर, तो मैं अभाव की बात कह रही थी और पहुँच गई कम्युनिज्म की व्याख्या पर। तो सैलाब भी बम्बई नहीं वापस लौटा। जसवन्त की शादी की बाबत मैं इतना जानना चाहती थी।''

''शादी बड़ी धूमधाम के साथ हुई, जसवन्त के करीब-करीब सभी दोस्त शामिल हुए थे, त्रिभुवन भी गया था। लेकिन जिस दिन शादी हुई उसी रात को मुझे एक ज़रूरी काम से कानपुर के लिए चल देना पड़ा था। पूरी शादी मैं देख नहीं पाया।''

''मैंने तुम्हें शर्मिष्ठा को उपहार देने के लिए एक अँगूठी दी थी।''

''हाँ, मैंने वह अँगूठी जसवन्त को दे दी थी, उसने वचन दिया था कि वह तुम्हारी

तरफ से वह अँगूठी शर्मिष्ठा को दे देगा।''

कुछ सोचकर कुलसुम बोली, ''जसवन्त अपने कौल का पक्का है, अगर उसने तुम्हें वचन दिया है तो वह ज़रूर उस वचन का पालन करेगा। शायद जसवन्त तुम्हें रामगढ़ में मिले, बहुत मुमकिन है उसके साथ शर्मिष्ठा हो, लाला देवराज हों—इसीलिए तो मैं रामगढ़ जाना चाहती थी। लेकिन मेरी मजबूरी। तो यह जसवन्त—कम्युनिज्म इसका शौक नहीं है, इसका अभाव भी नहीं है। वह शुद्ध रूप से उसका विश्वास है। भगवान् जाने उसका क्या हश्र होगा !''

कुलसुम नाश्ता कर चुकी थी, वह उठ खड़ी हुई, ''किसका क्या हश्र होता है, इसकी फ़िक्र ही क्यों की जाए ? चलो, ज़रा शहर चलकर परवेज़ के लिए कुछ फल खरीद लूँ, जबलपुर में अच्छे फल मिलते नहीं।''

कुलसुम को बम्बई मेल पर छोड़कर जगतप्रकाश होस्टल लौटा। जमील उस समय कमरे में अकेला नहीं था, उसके साथ एक और आदमी था जिसे जगतप्रकाश ने कभी न देखा था। इकहरे बदन का लम्बा-सा आदमी, उसकी अवस्था लगभग तीस वर्ष की रही होगी। खादी की धोती और खादी का कुरता, कसा हुआ शरीर, रंग कुछ खुलता हुआ। जमील ने उस आदमी का जगतप्रकाश से परिचय कराया, ''यह हैं कामरेड बाबूराम मिश्र, कानपुर के ट्रेड यूनियन के सेक्रेटरी। यह भी आज रात यहाँ से जानेवाली बोगी से रामगढ़ चल रहे हैं। स्वराज्य भवन में इनसे मुलाकात हो गई।'' उसने बाबूराम से कहा, ''यह जगतप्रकाश हैं, मेरे छोटे भाई। यहाँ इलाहाबाद यूनिवर्सिटी में अर्थशास्त्र के लेक्चरर हैं। मैं इन्हें अपना लीडर मानता हूँ, और इस लीडरी के लिए मैं इन्हें तैयार कर रहा हूँ।'' जमील कहते-कहते मुस्करा पड़ा।

बाबूराम ने जगतप्रकाश से नमस्कार करते हुए कहा, ''जमील भाई आपकी बड़ी तारीफ कर रहे थे। हमें नेक व ईमानदार लीडरों की ज़रूरत है, लेकिन ऐसे आदमी मिलते नहीं। अब मैं कानपुर की ही बात लेता हूँ, हमारी यूनियन के प्रेसिडेंट मिस्टर बशीर अहमद एडवोकेट हैं। बड़े तेज़-तर्रार आदमी हैं, बड़े काबिल हैं। लेकिन न जाने क्यों हम लोगों का उन पर भरोसा नहीं होता।''

जमील चौंक उठा, ''बशीर अहमद ? क्या कानपुर में उनकी ससुराल है—चमनगंज में ?''

''हाँ-हाँ, वही। क्या तुम उन्हें जानते हो ?'' बाबूराम ने कहा।

''थोड़ा-बहुत।'' जमील बोला, ''यह बशीर अहमद आज़मगढ़ के रहनेवाले हैं, जात के चिकवे। इनके ससुर गुलामरसूल कानपुर के बहुत बड़े खालों के व्यापारी हैं। इनके ससुर ने इन्हें अलीगढ़ यूनिवर्सिटी में तालीम दिलाई है, वहाँ से यह पक्के कम्युनिस्ट होकर निकले हैं।'' जमील ने चुप रहकर कहा, ''अलीगढ़ यूनिवर्सिटी का हरेक पढ़ा-लिखा मुसलमान या तो कम्युनलिस्ट होता है या कम्युनिस्ट होता है। नेशनलिज्म से उसे खास तौर से दुश्मनी होती है।''

''तभी उनका कहना है कि यह नेशनलिज्म इस युग का सबसे बड़ा छलावा है।''

बाबूराम बोला, "और यह कांग्रेस नेशनल संस्था है। समझ में नहीं आता कि नेशनलिज्म की मुखालिफ़त करनेवाला कांग्रेस में क्यों शरीक हो रहा है। वह भी हम लोगों के साथ रामगढ़ चल रहे हैं, स्टेशन पर उनसे मुलाक़ात होगी। हाँ, रात में तूफान एक्सप्रेस से यह बोगी लगेगी, पहले से आ जाइएगा आप लोग।" बाबूराम ने चलते हुए कहा।

रात को नौ बजे जगतप्रकाश जमील के साथ स्टेशन पहुँच गया। रामगढ़ जानेवाली बोगी साइडिंग पर खड़ी थी। अस्सी सीटोंवाली बोगी में कुल चौबीस आदमी उस समय तक आए थे। बाबूराम ने जमील और जगतप्रकाश का स्वागत किया, "बहुत लोग शायद नहीं जा रहे हैं इस बोगी से, हम लोग आराम से सोते हुए चल सकेंगे। मेरे कम्पार्टमेंट में चार आदमी हैं, बशीर अहमद, सुखपाल चौधरी, शिवदुलारी देवी और मैं; और तुम दो, इस तरह कुल मिलाकर छह आदमी हुए। बर्थें भी छह हैं, चार नीचे और दो ऊपर।"

कम्पार्टमेंट में अन्धकार था। बाबूराम ने नीचे की बर्थ से अपना बिस्तर ऊपर की बर्थ पर बिछाते हुए जगतप्रकाश से कहा, "आप अपना बिस्तर इस नीचे की बर्थ पर लगा लीजिए, जमील भाई ऊपर की बर्थ पर जम जाएँगे।"

कम्पार्टमेंट में अभी तक कोई नहीं आया था, वे तीनों प्लेटफार्म पर आ गए। बाबूराम कह रहा था, "मेरे तीनों साथी खाना खाने गए हैं, स्टेशन के बाहर, मुझे यहीं छोड़ गए हैं। मैं शाम को ही खा लिया करता हूँ। यह शिवदुलारी देवी कानपुर की प्रमुख कांग्रेस कार्यकर्त्री हैं, वहाँ अध्यापिका हैं। बड़ी दिलचस्प औरत हैं, बला की हिम्मत वाली। देखने में सुन्दर हैं, लेकिन जैसे आग भरी है उनमें। और यह सुखपाल चौधरी, उस आग में झुलसा हुआ। इसका बाप बहुत बड़ा चमड़े का व्यापारी है, एक छोटी-सी टैनरी है उसकी। अपने बाप का सबसे छोटा लड़का, लाड़ में पला हुआ। वकालत शुरू की है इसने दो साल पहले। लेकिन वकालत क्या करेगा, नेता बन रहा है।"

काफी देर वे लोग प्लेटफार्म पर टहलते रहे, तरह-तरह की बातें करते हुए। ग्यारह बज रहे थे, तीनों अब कम्पार्टमेंट में आ गए। जगतप्रकाश को अब नींद आ रही थी, वह अपने बिस्तर पर लेट गया। लेटते ही उसे नींद आ गई।

जिस समय जगतप्रकाश की चेतना फिर वापस लौटी, कम्पार्टमेंट में जैसे शोर बढ़ गया हो। गाड़ी चलने की आवाज़ अब उसके कानों में आ रही थी। उसने आँखें खोलीं, उसने देखा कि कम्पार्टमेंट में प्रकाश फैला हुआ है। उसकी बर्थ के सामनेवाली बर्थ पर एक चालीस-बयालीस वर्ष का आदमी बैठा हुआ कह रहा है, "मैं कहता हूँ अब भी मौका है। जिन्ना साहब से समझौता कर लेना चाहिए। बिना मुसलमानों को साथ लिए यह कांग्रेस किसी हालत में कामयाब नहीं होगी।"

जगतप्रकाश उठकर बैठ गया। तो यही बशीर अहमद साहब एडवोकेट हैं कानपुर के। कुर्ता और तंग मोहरी का अलीगढ़ी पायजामा पहने हुए, गोरा रंग, छोटी-सी दाढ़ी, बातचीत में एक तरह का जोश। जमील जगतप्रकाश के पैंताने बैठा था और बाबूराम बशीर अहमद की बगल में। जमील जगतप्रकाश की ओर घूमा, "तो एक नींद ले चुके बरखुरदार ! बड़ी गहरी नींद सोते हो, कब गाड़ी आई, कब यह डिब्बा उसमें लगा और

कब गाड़ी चली, इसका पता ही नहीं चला तुम्हें। यह बशीर अहमद साहब हैं और यह जगतप्रकाश साहब हैं, इलाहाबाद यूनिवर्सिटी में प्रोफ़ेसर !"

बशीर अहमद ने जगतप्रकाश को देखा, "बड़ी जल्दी प्रोफेसर बन गए, अभी आपकी उम्र ही क्या है। मैं कह रहा था कि बिना जिन्ना साहब से समझौता किए यह कांग्रेस कामयाब नहीं हो सकती। हिन्दुस्तान के तमाम मुसलमान मुसलिम लीग के साथ हैं।"

उसी समय एक स्त्री-कंठ जगतप्रकाश को सुनाई पड़ा, "लेकिन हिन्दुस्तान के सब हिन्दू तो हिन्दू महासभा के साथ नहीं हैं।"

जगतप्रकाश चौंक उठा, उसने घूमकर पीछे देखा जहाँ से यह आवाज़ आई थी। एक गोरी-सी स्त्री, स्वस्थ और सुडौल, आवाज़ में तेज़ी और मुख पर एक तरह की कठोरता—यही शिवदुलारी देवी हैं, जिनके सम्बन्ध में बाबूराम कह रहा था।

"मैं तो इस कांग्रेस को ही हिन्दू महासभा कहता हूँ। हिन्दू महासभा कहलानेवाली जमात तो महज़ मखौल है।" बशीर अहमद बोला।

"वकील साहब ! आपकी मुसलिम लीग में कौन-सा हिन्दू मेम्बर है—ज़रा बतलाइए तो ! हिन्दू महासभा में कौन-सा मुसलमान मेम्बर है ? कांग्रेस में आप हैं, यह जमील अहमद साहब हैं, खान अब्दुल गफ्फार खाँ हैं, मौलाना आज़ाद हैं—और न जाने कितने बड़े-बड़े मुसलमान हैं।"

बशीर अहमद ने कुछ चुप रहकर कहा, "आप बुरा तो न मानेंगी अगर मैं असलियत पेश करूँ आपके सामने ?"

"हाँ-हाँ, इसमें बुरा मानने की क्या बात है ? यह तो साफ़-साफ़ बातचीत है।"

बशीर अहमद ने कहा, "यह हिन्दू महासभा हिन्दुओं की कुदरती जमात है। यह मुसलिम लीग मुसलमानों की कुदरती जमात है। लेकिन यह कांग्रेस उन लोगों की जमात है जो गलतफ़हमियों में रहना चाहते हैं। आपने जिन-जिन लोगों का नाम गिनाए, वे सब गलतफ़हमियों के शिकार हैं। गलतफ़हमियों में फायदा उन लोगों के होता है जिनकी तादाद ज़्यादा है, क्योंकि कुदरती जज़्बात हिन्दुओं के एक हैं, मुसलमानों के बिलकुल अलग किस्म के हैं। असल में कांग्रेस में उन्हीं लोगों की बात चलेगी जिनकी तादाद ज़्यादा है, यानी हिन्दुओं की और इसलिए मुसलमान अवाम कांग्रेस के साथ कतई नहीं है। हो भी नहीं सकता। जिन लोगों के नाम आपने गिनाए हैं वे सिर्फ़ अशख़ास हैं, ये अवाम के नेता नहीं हैं। पिछले आम चुनावों में यह बात साबित हो चुकी है, एक भी कांग्रेसी मुसलमान चुनाव नहीं जीत सका।"

एकाएक शिवदुलारी भड़क उठी, "इस गरीब और अपढ़ मुसलमान जनता को वे लोग, जो नौकरियों और ओहदों के गुलाम हैं, भड़काते रहते हैं। इसीलिए यह सब हालत है। महात्मा गांधी अगर आज जिन्ना साहब को जवाहरलाल नेहरू से बढ़कर मान लें तो जिन्ना साहब मुँह के बल कांग्रेस में आ जाएँ, और यह मुसलिम लीग धरी-की-धरी रह जाए।"

वैसे ही जगतप्रकाश को जमील की बात याद हो आई—'जिन्ना को जलन किस बात की है ? यही न कि महात्मा गांधी जिन्ना को अपने बाद दूसरा दर्जा नहीं दे सकते।'' यही बात शिवदुलारी ने मोटे ढंग से कही थी, क्योंकि शिवदुलारी हिन्दू है, वह उस बहुमत की एक संज्ञा है जिससे जिन्ना त्रस्त है, जिससे बशीर अहमद डरता है।

अब बशीर अहमद के भड़कने की बारी थी, ''जिन्ना को गांधी के बाद दूसरा दर्जा नहीं चाहिए, उन्हें गांधी के मुकाबले बराबरी का दर्जा चाहिए। गांधी हिन्दू है, जिन्ना मुसलमान है। कोई एक-दूसरे से बड़ा-छोटा क्यों हो ? मैं कहता हूँ कि कांग्रेस के इस अड़ने से और गांधी की इस ज़िद से देश का बँटवारा होकर रहेगा। जिन्ना गांधी से कम किसी हालत में नहीं हैं।''

बातचीत अप्रिय रूप धारण कर रही है, जगतप्रकाश को यह अनुभव हुआ, और तभी जमील बोला, ''बशीर साहब, आप यह तो मानिएगा कि महात्मा गांधी की शख्सियत जिन्ना साहब की शख्सियत से ऊँची है, क्योंकि उन्होंने इतना त्याग किया है और वह फक़ीरी की ज़िन्दगी बसर करते हैं, जबकि जिन्ना साहब महलों में रहते हैं, राजसी ठाठ-बाट हैं उनके।''

बशीर अहमद ने मुँह बनाते हुए कहा, ''जी, यह राजनीति फ़क़ीरों और औलियों को शोभा नहीं देती, राजनीति तो राजसी ठाठ-बाट वालों की चीज़ है। यह जो गांधी का त्याग-फाग है यह सब निहायत धोखाधड़ी की चीज़ है और यह हिन्दुस्तान की तहज़ीब का सबसे बड़ा अज़ाब है, क्योंकि यह ढोंग और मक्र की नींव पर कायम है।''

''अन्दर से मुसलिम लीगी बनना, ऊपर से कम्युनिस्टों की पैरवी करना और दिखाने के लिए कांग्रेस का मेम्बर बनना—यह जाल-फरेब नहीं तो क्या है ? सूपवाले तो बोले, चलनी क्या बोले, जिसमें बहत्तर छेद !'' शिवदुलारी की हँसी कितनी विद्रूप और व्यंग्यात्मक थी !

बशीर अहमद ने तमककर जवाब दिया, ''अपनी तरफ तो देखो, गांधीजी का त्याग और संयम और साथ-साथ यह छिनाला, यह क्या है ?''

शिवदुलारी उठ खड़ी हुई और उसने अपनी चप्पल उठाई, ''वकील साहब, तुम मार खाओगे, ऐसा लगता है।''

तभी शिवदुलारी की बर्थ के सामनेवाली बर्थ पर लेटे हुए चौधरी सुखलाल ने शिवदुलारी का हाथ पकड़कर चप्पल छीन ली, ''यही महात्मा गांधी की अहिंसा का पालन कर रही हैं आप ! दूसरों की बात तो बर्दाश्त होती नहीं, फिर अंग्रेजों की गोलियों की वर्षा को कैसे बर्दाश्त करेंगी ?''

जमील ने बशीरअहमद से कहा, ''कैसी नासमझी की बात कह दी आपने, औरतों के मुँह लगना आपको शोभा नहीं देता।''

जगतप्रकाश सोच रहा था—सत्य, हर तरफ़ सत्य कहा जा रहा है, कुरूप और निर्विवाद सत्य—ऐसा सत्य जो हरेक को बुरा लगता था, ऐसा सत्य जो दूसरों में अक्षम्य था, लेकिन अपने अन्दर क्षम्य था। गाड़ी तेज़ी के साथ चली जा रही थी एक के बाद

एक स्टेशन छोड़ते हुए और गाड़ी के साथ-साथ समय भी तेज़ी के साथ बीत रहा था। जगतप्रकाश ने घड़ी देखी, एक बज गया था। गाड़ी धीमी पड़ने लगी थी, शायद कोई स्टेशन आ रहा था जहाँ तूफान एक्सप्रेस रुकती है। जगतप्रकाश लेट गया था, उसे फिर नींद आने लगी थी। उसने देखा कि बशीर अहमद अपना बिस्तर लपेट रहे हैं। फिर उसने जमील अहमद की आवाज़ सुनी, ''अरे बशीर साहब, यह क्या कर रहे हैं ?''

''मैं किसी दूसरे कम्पार्टमेंट में जा रहा हूँ, इस बदतमीज़ औरत के साथ मैं इस कम्पार्टमेंट में सफ़र नहीं कर सकता।''

शिवदुलारी चिल्ला उठी ''खैरियत इसी में है कि तुम और कोई कम्पार्टमेंट अपवित्र करो जाकर, नहीं तो तुम्हारी चाँद होगी और मेरी चप्पल !''

गाड़ी रुक गई थी, बाबूराम ने बशीर अहमद को उनके सामान के साथ बगल वाले कम्पार्टमेंट में पहुँचा दिया। जमील ने अब अपना बिस्तर नीचेवाली बर्थ पर बिछा दिया। गाड़ी चलने पर शिवदुलारी ने कहा, ''गया, हरामज़ादा कहीं का। बड़ा पाक-साफ़ बनता है, कानपुर से चलते हुए मुझ पर डोरे डालने लगा था तो मैंने डाँट दिया था। कुत्ता कहीं का।''

जगतप्रकाश ने इस बार गौर से शिवदुलारी को देखा, और उसे लगा कि उस स्त्री में कहीं कोई ज़बर्दस्त आकर्षण है। कसा हुआ सुनहलापन लिए हुए गोरा बदन, कठोर दिखनेवाले सुन्दर मुख पर कहीं किसी तरह की दृढ़ता, बड़ी-बड़ी आँखें जो अनायास ही चमक से भर जाती थीं। वह एकटक शिवदुलारी को देख रहा था। एक प्रौढ़ स्त्री, उसकी अवस्था तीस वर्ष से ऊपर रही होगी। उसके स्वर में कठोरता थी, उसके स्वभाव में भी कठोरता थी, तभी शिवदुलारी बोल उठी, ''इस तरह क्यों देख रहे हो मुझे ? क्या मैंने कोई गलत काम कर डाला ?''

''शायद नहीं, लेकिन मैं सोच रहा था कि इतनी कड़वी बातें करने की क्या ज़रूरत थी ? वैसे आदमी वह मुझे भी अच्छा नहीं लगा।''

शिवदुलारी के मुख पर आया तनाव एकबारगी ही जाता रहा, अब वहाँ मुस्कराहट आ गई, और उस मुस्कराहट के साथ शिवदुलारी का रूप ही बदल गया। उस मुस्कान के पीछे कितनी कोमलता है ! अब शिवदुलारी बड़ी रूपवती दिख रही थी। ''तुम अभी बच्चे हो, नेक और अनुभवहीन। तुम पढ़े-लिखे और सभ्य आदमी दिखते हो। जानते हो, हमारे समाज में सभ्यता के माने होते हैं ढोंग और छलावा। इसी सभ्यता के कारण हम बदमाशियों और बेईमानियों को बर्दाश्त कर लेते हैं, क्योंकि सभ्यता के माने हैं दुराव-छिपाव।'' शिवदुलारी ने अपना सिर हिलाया, ''नहीं, इस सभ्यता से काम नहीं चलेगा। तुम जो कुछ हो, साफ़-साफ़ अपने को ज़ाहिर कर दो, दूसरा जो कुछ है, साफ़-साफ़ उससे कह दो। सारी गुत्थियाँ खुल जाएँगी, मुसीबत दूर हो जाएगी।'' शिवदुलारी लेट गई।

सभी सो गए थे, एक जगतप्रकाश जग रहा था। यह शिवदुलारी कौन है ? यह सब क्या है ? उसकी समझ में नहीं आ रहा था। बाबूराम ने शिवदुलारी का जो परिचय

दिया था वह उस औरत को समझ सकने के लिए काफ़ी न था। और शिवदुलारी से भटककर उसका ध्यान कुलसुम पर चला गया। उस कुलसुम के मुख पर भी तो कहीं कोई कठोरता है, लेकिन वह कुलसुम के मुखवाली कठोरता अधिकार की है, संयम की है। कुलसुम इस समय परवेज़ के पास होगी, उसकी देखभाल कर रही होगी। कुलसुम के अन्दर प्रगाढ़ भावना है, वह सहारा चाहती है, वह सहारा बन सकती है। यह सब सोचते-सोचते जगतप्रकाश को कब नींद आ गई, इसका उसे पता ही नहीं चला।

जिस समय जगतप्रकाश की नींद खुली, दिन काफ़ी चढ़ आया था। गाड़ी एक छोटे-से स्टेशन पर खड़ी थी, एक पहाड़ी इलाका, उजाड़ और पथरीला। जमील और बाबूराम गाड़ी के बाहर प्लेटफ़ार्म पर खड़े बातें कर रहे थे। कम्पार्टमेंट के फ़र्श पर एक स्टोव जल रहा था और स्टोव पर पानी उबल रहा था। शिवदुलारी की आवाज़ जगतप्रकाश को सुनाई पड़ी, "क्यों, तुम्हारा क्या नाम है ? चाय पियोगे ?"

"चाय ?" जगतप्रकाश बोला, "क्या आप चाय बना रही हैं ?"

"हाँ, बाबूराम और उसका वह साथी—क्या नाम है उसका—वे तो बाहर खड़े हैं, दोनों चाय पी चुके और यह सुखलाल, यह मुर्दा-सा पड़ा सो रहा है। इसे जगाती हूँ, और तुम हो। एक प्याला मैं पी चुकी हूँ, एक प्याला अभी और पिऊँगी। हाँ, तो क्या नाम है तुम्हारा ? तुम तो बच्चे दिखते हो। इतनी कम उम्र में तुम प्रोफ़ेसर बन गए; बड़े विद्वान् दिखते हो !"

"मेरा नाम जगतप्रकाश है।" जगतप्रकाश बोला, "मैं ज़रा मुँह-हाथ धो लूँ, तब तक आप चाय बनाइए।"

जगतप्रकाश जब बाथरूम से बाहर निकला, शिवदुलारी ने सुखलाल को जगा दिया था जो बैठा हुआ कह रहा था, "आप बड़ी अच्छी हैं देवीजी, सुबह उठते-उठते चाय तैयार। अब अगर अपने हाथों मुझे चाय पिला दो तो मैं धन्य हो जाऊँ !" सुखलाल के भद्दे-से मुख पर उससे भी अधिक भद्दी मुस्कराहट थी। शिवदुलारी के एक हाथ में चाय का प्याला था, दूसरे हाथ से उसने सुखलाल के गाल पर हलकी-सी चपत मारते हुए कहा, "बड़े बच्चे बनते हो, लो सीधी तरह चाय पियो।" शिवदुलारी ने चाय का प्याला सुखलाल के हाथ में पकड़ा दिया। "यह जगत बाबू हैं, जानते हो, इलाहाबाद यूनिवर्सिटी में प्रोफ़ेसर हैं, गोकि अभी बिलकुल बच्चे दिखते हैं। लो जगत बाबू, तुम्हारे लिए चाय बनाती हूँ।"

उस छोटे-से स्टेशन पर गाड़ी जो इतनी देर तक रुकी थी वह दूसरी गाड़ी के आने के लिए। दूसरी गाड़ी आकर बगलवाली लाइन पर खड़ी हो गई और शिवदुलारी ने चाय का प्याला जगतप्रकाश के हाथ में दे दिया। फिर खुद अपने लिए चाय का प्याला बनाकर उसने चाय का सामान बेंत की टोकरी में रख दिया। सुखलाल चाय पीकर बाथरूम में चला गया। शिवदुलारी अपना चाय का प्याला लिए हुए जगतप्रकाश की बगल में बैठ गई।

"तुम बड़े नेक और भोले दिखते हो। यह सुखलाल, इसे तुम नहीं जानते छँटा हुआ

पाजी और आवारा है, लेकिन बड़ा भागवान और पैसेवाला भी है। बाप ने दिन-रात मेहनत करके लाखों रुपए पैदा किए, और यह मौज कर रहा है। न जाने कैसे वकील बन गया और तिकड़म से इसकी वकालत भी चलने लगी है। इसे नेता बनने की धुन सवार है, हरिजनों में यही पढ़ा-लिखा आदमी है, यह किसी-न-किसी दिन कौंसिल का मेम्बर चुन लिया जाएगा और फिर शायद यह मिनिस्टर भी बन जाए।'' शिवदुलारी मुसकराई, फिर उसके कान के नज़दीक अपना मुँह लाकर उसने कहा, ''जानते हो, मुझसे शादी करना चाहता है, मुझे बेहद प्यार करता है।''

आश्चर्य से जगतप्रकाश ने शिवदुलारी को देखा, कितनी स्पष्ट-भाषिणी, कितनी मुक्त ! शिवदुलारी के मुख पर आई हलकी मुस्कान कितनी मीठी और मोहक लग रही थी। उसने पूछा, ''तो फिर इसमें बेजा क्या है ?''

शिवदुलारी गम्भीर हो गई, कुछ चुप रहकर उसने कहा, ''इसमें बेजा तो कुछ नहीं है, लेकिन शादी-विवाह कुछ अजीब-सा लगता है। तुम्हें शायद पता नहीं है, मैं कुछ थोड़ी-सी बदनाम भी हूँ। शादी कर लेने के बाद बदनामी से तो छुटकारा मिल जाएगा। लेकिन...'' अपनी बात कहते-कहते वह रुक गई।

''लेकिन क्या ?'' जगतप्रकाश को शिवदुलारी की बात में दिलचस्पी होने लगी थी।

''समझ में नहीं आता। मेरी जो ज़िन्दगी है, उससे मुझे असन्तोष नहीं है, कहीं किसी तरह का बन्धन नहीं, कहीं किसी तरह की कुंठा नहीं। विवाह करने के बाद या तो बन्धनों और कुंठाओं में अपने को नष्ट कर देना होगा या फिर जाल, फ़रेब, झूठ का सहारा लेना पड़ेगा।'' फिर उसकी स्वाभाविक मुस्कराहट उसके मुख पर आ गई, ''सच पूछो तो मैं इस आदमी से प्रेम भी नहीं करती।''

''तो क्या आप किसी दूसरे से प्रेम करती हैं ?'' जगतप्रकाश भी बातचीत के जाल में फँस रहा था।

शिवदुलारी हँस पड़ी, ''हाँ, मैं किसी दूसरे से प्रेम करती हूँ, और वह कोई दूसरा नहीं, खुद मैं हूँ। मैं सिर्फ़ अपने से प्रेम करती हूँ, मेरी समझ में नहीं आता कि लोग दूसरों से प्रेम कैसे कर लेते हैं। दूसरों को हम पसन्द कर सकते हैं या नापसन्द कर सकते हैं। तुम तो प्रोफ़ेसर हो, तुम्हीं बतलाओ न ! अरे हाँ, तुम तो अभी बच्चे हो, तुम्हारी शादी हो चुकी है ?''

जगतप्रकाश ने सिर हिलाया, ''अभी नहीं, लेकिन होनेवाली है।''

''तब तुम क्या जवाब दोगे मेरी बात का !'' शिवदुलारी उठ खड़ी हुई। सुखलाल बाथरूम से बाहर आ गया था।

जो गाड़ी आई थी, वह चली गई, गार्ड ने अब इस गाड़ी के चलने की सीटी दी। जमील और बाबूराम भी अब कम्पार्टमेंट में आ गए।

गाड़ी शाम के समय रामगढ़ पहुँची। बाबूराम, जमील, सुखलाल और जगतप्रकाश एक ही टेंट में ठहरे। इनके टेंट की बगल में एक छोटा-सा टेंट था। शिवदुलारी उसमें ठहर गई।

एक साल पहले जगतप्रकाश त्रिपुरी के कांग्रेस-अधिवेशन में गया था, और जिन लोगों के साथ वह गया था और ठहरा था, उनमें और इन लोगों में, जिनके साथ वह इस बार गया था और ठहरा था, कितना अन्तर था। जगतप्रकाश को पिछली बार केवल कौतूहल हुआ था, इस बार जीवन की एक ताज़गी अनुभव हुई। इस बार वह अपने वर्ग के लोगों के बीच था, अपनों के बीच में था, जबकि पिछली बार वह नितान्त परायों के बीच में था। दूसरे दिन सुबह के समय वह जमील के साथ घूमने निकल पड़ा। यह स्थल त्रिपुरी से अधिक सुन्दर लग रहा था उसे। चारों ओर पर्वतमालाएँ, और बड़ी सुरुचि के साथ सजा हुआ वह विशाल नगर जो कुछ दिनों पहले खड़ा किया गया था और जिसे कुछ दिनों बाद मिट जाना था।

लेकिन रामगढ़ के अधिवेशन में वह एक घुटन-सी अनुभव कर रहा था। हिंसा पर विश्वास करनेवाला दल सुभाष बोस की अध्यक्षता में कान्फ्रेंस से अलग हो गया था। इस बार की कान्फ्रेंस में वही लोग भाग ले रहे थे जो गांधी के समर्थक थे, जिनके लिए गांधी का वाक्य वेद-वाक्य था, अकाट्य था। गांधी का व्यक्तित्व और गांधी का नेतृत्व जैसे उस समस्त वातावरण पर छाया हुआ था।

रास्ता चलते हुए जगतप्रकाश की दृष्टि जसवन्त कपूर पर पड़ी जो शर्मिष्ठा के साथ एक टेंट के बाहर निकल रहा था। जगतप्रकाश को देखते ही जसवन्त चिल्ला पड़ा, "अरे तुम ! मैं तो तुम लोगों को ढूँढ़ने के लिए निकलने की सोच रहा था। कुलसुम कहाँ है ?"

"कुलसुम नहीं आई। वह इलाहाबाद तक तो आई थी, लेकिन वहाँ से वह जबलपुर वापस चली गई। परवेज़ बीमार है। त्रिभुवन मेहता और मालती कलकत्ता चले गए, वहाँ होते हुए आने का कार्यक्रम था उनका। या तो आ गए होंगे या आज शाम को आएँगे। कमलाकान्त ने अपने को राजनीति से अलग कर लिया है।"

जसवन्त मुसकराया, "अच्छा किया, राजनीति के वर्तमान दौर के अनुरूप उसके जीवन का क्रम है भी नहीं। तुम इन जमील अहमद के साथ ठहरे हो या और किसी के साथ ?"

"हम लोग पाँच आदमी हैं। चले तो साथ में छह थे, लेकिन एक ने हमारा साथ छोड़ दिया। तुम्हारा टेंट देख लिया है, और आऊँगा तुम्हारे यहाँ। तुम्हारी पत्नी तुम्हारा इन्तज़ार कर रही है।"

जसवन्त ने घूमकर शर्मिष्ठा को पुकारा, "अरे शर्मिष्ठा ! देखो तो, तुम इन्हें पहचानती हो ?"

शर्मिष्ठा ने आगे बढ़कर जगतप्रकाश को नमस्ते की। वह बोली, "इन्हें देखा तो है, बहुत पहचाने हुए लगते हैं। यह याद नहीं आ रहा कि कहाँ देखा है।"

जगतप्रकाश ने शर्मिष्ठा की नमस्ते का जवाब देते हुए कहा, "बम्बई में देखा है। इन जसवन्त के साथ पहले दिन मैं ही गया था आपके यहाँ।"

"अरे याद आ गया ! आप कुलसुम कावसजी के यहाँ इनके साथ ठहरे थे। वहीं

शायद इन्हें भी देखा था।'' जमील की ओर इशारा करते हुए उसने कहा, ''आप हमारे विवाह में भी गए थे, जसवन्त ने मुझे बताया था यह अँगूठी देते हुए जो कुलसुम बेन ने आपसे भिजवाई थी।'' शर्मिष्ठा ने अपनी उँगलीवाली अँगूठी दिखाते हुए कहा, ''बड़ी प्यारी अँगूठी है।'' मैं कुलसुम से कितना मिलना चाहती हूँ।''

''इस बार वह नहीं आई।'' जगतप्रकाश बोला, ''अच्छा अब हम लोग चलते हैं। आप लोग शायद घूमने-घामने जा रहे हैं। हम लोग तो यहाँ का पूरा चक्कर लगाकर लौट रहे हैं।''

शर्मिष्ठा बोली, ''आप लोग फिर कभी आइए, आज शाम को ही। चाय हमारे साथ ही पीजिएगा, मैं खुद बनाऊँगी।''

जसवन्त के मुख पर एक मुस्कराहट आई, जो मौन भाषा में जगतप्रकाश से कह रही थी—'देखा तुमने ! मैंने गलत चुनाव तो नहीं किया था शर्मिष्ठा से विवाह करके !' फिर उसने जगतप्रकाश से कहा, ''आना ज़रूर, नहीं तो इन्हें बड़ा दुख होगा,'' और वह शर्मिष्ठा के साथ चला गया।

शर्मिष्ठा कितनी बदल गई है। पिछली बार जब जगतप्रकाश ने उसे देखा था, वह एक तेज़-तर्रार मर्दानी औरत दिख रही थी, और अब वह कोमल, विनयशील गुड़िया-सी दिख रही थी। उसके मुख पर, उसकी सारी मुद्रा में सुकुमारता की छाप लग गई थी। जगतप्रकाश से न रहा गया, उसने जमील से कहा, ''जमील काका ! वह शर्मिष्ठा इतनी अधिक कैसे बदल गई ? यह तो काफ़ी तेज़ और उद्दंड थी।''

''बरखुरदार ! यह औरत जसवन्त से प्रेम करती है। प्रेम के बराबर कोमल चीज़ और नहीं होती है दुनिया में।''

एकाएक जगतप्रकाश के सामने शिवदुलारी की तसवीर उभर आई जो शायद किशोरावस्था में उतनी ही सुन्दर रही होगी जितनी यह शर्मिष्ठा है। लेकिन अब उसके सारे अस्तित्व में एक प्रकार की कठोरता भर गई है। यह शिवदुलारी किसी से प्रेम नहीं करती, उसने जगतप्रकाश से स्वयं यह कहा था। शिवदुलारी का कहना था कि वह प्रेम कर ही नहीं सकती।

कुछ दूर चलने के बाद जमील की मुलाकात बशीर अहमद से हो गई। जमील ने कहा, ''अरे बशीर साहब, आपसे तो मिलना ही नहीं हुआ। किस टेंट में ठहरे हैं आप ?''

''डॉक्टर हमीद का साथ हो गया था, तो उन्हीं के साथ ठहर गया हूँ। डॉक्टर हमीद इलाहाबाद में ए.आई.सी.सी. के एक ज़िम्मेदार सेक्रेटरी हैं, पंडित जवाहरलाल नेहरू के खास आदमी। उनके साथ ठहरने से फ़ायदा यह होगा कि पंडित नेहरू से मुलाकात हो जाएगी। चलो मेरे साथ, मैं तुम्हें डॉक्टर हमीद से मिला दूँ, बड़े काम के आदमी हैं।'' उन्होंने जगतप्रकाश से कहा, ''माफ कीजिएगा जो मैं इन्हें आपके साथ से लिए जा रहा हूँ, आप इनके खाने का इन्तज़ार न कीजिएगा।''

जमील ने जगतप्रकाश से कहा, ''जाओ बरखुरदार, मैं एक घंटे में वापस आ

जाऊँगा, खाना मैं तुम लोगों के साथ ही खाऊँगा।''

जगतप्रकाश जब अपने टेंट में वापस लौटा, बाबूराम वहाँ मौजूद था। वह भी थोड़ी देर पहले वापस लौटा था। उसने जगतप्रकाश से पूछा, ''जमील भाई नहीं आए तुम्हारे साथ ?''

''उन्हें रास्ते में बशीर अहमद मिल गए, उन्होंने रोक लिया, घंटा-भर बाद लौटेंगे।''

बाबूराम मुस्कराया, ''यह बशीर अहमद ! ऊपर से तो बड़े ईमानदार और धुन के पक्के आदमी दिखते हैं, लेकिन वैसे बड़े बने हुए, मतलबी और खुदगर्ज हैं। फिर कट्टर मुसलमान भी हैं। शिवदुलारी जो उनसे उलझ पड़ी तो उसका कोई कसूर नहीं था।''

जगतप्रकाश काफ़ी थका हुआ था, दोपहर के बारह बजे थे। इतने में शिवदुलारी ने टेंट में प्रवेश किया, ''क्यों बाबूराम ! खाना बनाने जा रही हूँ, तुम्हारे लिए भी बना लूँ ?'' तभी उसकी नज़र जगतप्रकाश पर पड़ी, ''अरे, तुम भी आ गए ! तुम्हारे लिए भी खाना बनाए लेती हूँ। वह सुखलाल और वह तुम्हारे साथी—क्या नाम है उनका—ये लोग कांग्रेस के भोजनशाला में खा लेंगे। तो तुम दोनों कहीं जाना नहीं।'' और शिवदुलारी चली गई।

शिवदुलारी के जाने के बाद बाबूराम ने कहा, ''यह शिवदुलारी, इनके हाथ में रस है, बड़ा स्वादिष्ट खाना बनाती हैं यह। तबीयत खुश हो जाएगी तुम्हारी। बड़ी उदार हैं यह, बड़ी दयावान, बड़ी खातिरदार ! लेकिन इनका मिज़ाज बड़ा तेज़ है।''

जगतप्रकाश के अन्दर शिवदुलारी के प्रति उत्सुकता जग रही थी, ''यह दिखता है कहीं कुछ बड़ी कठोरता है, इनके जीवन में।''

बाबूराम ने एक ठंडी साँस ली, ''परिस्थिति ! कुरूप और कठोर परिस्थति ! इनके पिता एक छोटे-से ताल्लुकेदार थे अवध के, ठाकुर शिवभक्तसिंह। रईसी ठाट, रईसी अहम्मन्यता, रईसी लम्पटता। उन्होंने एक पहाड़ी औरत बैठा ली थी, उसी की लड़की है यह शिवदुलारी। अपना परिवार और अपना इलाका छोड़कर वह लखनऊ में बस गए थे। इस लड़की को उन्होंने लिखाया-पढ़ाया, बी.ए. पास करवाया। लेकिन वह इसका विवाह नहीं कर सके, उनकी मृत्यु हो गई। इसकी माता की मृत्यु भी दो साल पहले हो चुकी थी। पिता की मृत्यु के बाद यह अकेली रह गई, निराश्रित ! इसके छोटे-छोटे सौतेले भाई इसके काका के साथ रहते थे। तो इसके काका लखनऊ आए इसे साथ ले चलने के लिए, लेकिन यह उनके साथ नहीं गई। उस समय इसकी अवस्था बाईस-तेईस वर्ष की रही होगी। कानपुर में कन्या विद्यालय में अध्यापिका का विज्ञापन निकला था, इसने वहाँ दरख्वास्त दी और वहाँ नियुक्ति हो गई। इसके बाद इसने अपने पिता के परिवार का मुख नहीं देखा, उन लोगों से यह घृणा करती है।'' फिर धीमे-से स्वर में उसने कहा, ''भगवान् जाने खबर कहाँ तक सच है, कहा जाता है कि इसके सगे काका ने लखनऊ आने पर इसके साथ बलात्कार किया था।''

आश्चर्य से जगतप्रकाश की आँखें फैल गईं, ''क्या यह भी सम्भव है ?''

उदास स्वर में बाबूराम बोला, ''दुनिया में असम्भव कुछ भी नहीं है। जिस कन्या

विद्यालय में इसकी नियुक्ति हुई थी उसके मैनेजर से इसका अवैध सम्बन्ध हो गया था, ऐसा लगता है, क्योंकि एक दिन मैनेजिंग कमेटी में इसने उसे जूतों से मारा था। मैनेजिंग कमेटी के सदस्यों से मैनेजर का झगड़ा था, वह बड़ा बेईमान आदमी था। इसे तो कुछ हुआ नहीं, मैनेजर को इस्तीफ़ा देना पड़ा। तब से यह उस कन्या विद्यालय की हेडमिस्ट्रेस है, मैनेजर है, सब कुछ है। इतनी कटुता के बाद भी यह औरत अपने अन्दर वाली नेकी सँजोए हुए है, यही क्या कम है ? अच्छा चलो, अब नहा-धो लो, भूख लगी है, जल्दी से खाना खा लें।''

वास्तव में इतना स्वादिष्ट खाना जगतप्रकाश ने अपनी याद में नहीं खाया था। बिलकुल सादा निरामिष भोजन, रोटी, दाल-चावल और दो तरह की सब्ज़ियाँ। लेकिन यह सब कितना स्वादिष्ट था ! बाबूराम ने ठीक ही कहा था, शिवदुलारी के हाथ में रस है। शिवदुलारी बड़े आग्रह के साथ इन दोनों को खाना खिला रही थी। वह हँस रही थी, बातें कर रही थी। कहीं किसी तरह की कुंठा नहीं, कहीं किसी तरह की कटुता नहीं, कहीं किसी तरह का बनावटीपन नहीं। जगतप्रकाश को वह स्त्री अच्छी लग रही थी, अपने समस्त परिवेश के साथ। शायद यही स्वाभाविक और उन्मुक्त जीवन है।

जगतप्रकाश को इस बार के कांग्रेस अधिवेशन में इतनी सरगर्मी नहीं दिखी जितनी उसे त्रिपुरी वाले पिछले अधिवेशन में दिखी थी। सब्जेक्ट्स कमेटियों के अधिवेशनों में जसवन्त और जमील की सहायता से वह पहुँच तो गया, लेकिन उसे लगा कि सब कुछ सोया-सोया-सा है। महात्मा गांधी और ब्रिटिश सरकार के बीच बातचीत में झटके-पर-झटके लग रहे थे। वैधानिक रूप से बिना जनता की इच्छा के भारतवर्ष विश्वयुद्ध में सम्मिलित कर लिया गया था, हिन्दुस्तान में फ़ौज की भर्ती तेज़ी के साथ हो रही थी, और कांग्रेस के अन्दर से कहीं भी किसी तरह के आन्दोलन अथवा ब्रिटिश सरकार के साथ संघर्ष की बात नहीं उठ रही थी। सब कुछ महात्मा गांधी के हाथ में सौंप दिया गया था। महात्मा गांधी के उत्तराधिकारी जवाहरलाल नेहरू और उनके तथाकथित सेनापति सरदार वल्लभभाई पटेल—ये दो आदमी बोलते थे और इनकी बातें सुनी भी जाती थीं, बाकी सब लोग कठपुतलियों की तरह सिर हिलाते थे, हाथ उठाते थे।

जमील शायद ठीक ही कहता था, देश स्वतन्त्रता के युद्ध के लिए तैयार नहीं है। आखिर यह देश है क्या ? यह देश गांधी का अनुयायी है, अनुयायी ही नहीं, यह देश गांधी का मानसिक गुलाम है—अगर यह सच मान लिया जाए कि देश का प्रतिनिधित्व करनेवाली एकमात्र संस्था कांग्रेस है। राजनीति के रंगमंच पर गांधी के आने के बाद ही तो देश ने स्वतन्त्रता का सपना देखा है, गांधी के आने के पहले औपनिवेशक स्वराज्य ही चाहते थे। आज भी देश के पढ़े-लिखे लोगों का एक वर्ग ब्रिटेन के शासन से मुक्त नहीं होना चाहता। लेकिन यह वर्ग बहुत छोटा है, देश की कोटि-कोटि जनता गांधी को देवता मानती है, गांधी जो कुछ कहता है इस जनता के लिए वह वेद-वाक्य है।

देश की जनता क्या गांधी में सिमटकर जड़ और निष्क्रिय हो गई है ? गांधी का

वह व्याख्यान जगतप्रकाश ने ध्यान से सुना था जो उन्होंने सब्जेक्ट्स कमेटी में दिया था। गांधी का निर्णय ही देश का निर्णय था। गांधी डिक्टेटर है, डिक्टेटर देवता हुआ करता है। हिटलर डिक्टेटर है, स्तालिन डिक्टेटर है, मुसोलनी डिक्टेटर है। जनतन्त्र समाप्त हो रहा है।

अपने अन्दरवाली मंथन से जगतप्रकाश छटपटा रहा था, अपने अन्दरवाले अनेक प्रश्नों और शंकाओं का उसे उत्तर नहीं मिल रहा था। उसका मन इस कांग्रेस अधिवेशन से बुरी तरह ऊब रहा था। फिर कांग्रेस के खुले अधिवेशन का दिन आ पहुँचा।

उस दिन सुबह के समय जब वह सब्जेक्ट्स कमेटी की मीटिंग से वापस लौटा, वह अपने अन्दर एक घुटन अनुभव कर रहा था। वह घुटन उसके प्राणों की थी, वह घुटन कांग्रेस अधिवेशन के वातावरण की थी या वह घुटन वहाँ की वायु की थी, उसकी समझ में नहीं आ रहा था। उन्नीस तारीख की शाम को खुला अधिवेशन होनेवाला था। दोपहर के बाद जमील ने उससे कहा, ''चलो बरखुरदार, एक दफ़ा फिर से कांग्रेस के इस नगर का चक्कर लगा लिया जाए। यहाँ से स्पेशल बोगी तो परसों सुबह रवाना होगी, लेकिन मैं एक दिन के लिए कलकत्ता जाना चाहता हूँ। लिहाज़ा कल सुबह मुझे कलकत्ता के लिए रवाना हो जाना है। यह कांग्रेस अधिवेशन तो औपचारिक दिखावा है, आज की सब्जेक्ट्स कमेटी के बाद मेरे लिए यह कांग्रेस अधिवेशन खत्म हो चुका।''

तैयार होते हुए जगतप्रकाश ने कहा, ''मुझे बाईस तारीख को महोना पहुँचना है। कल तुम्हारे साथ कलकत्ता पहुँचकर रात के लिए बनारस की गाड़ी पकड़ लूँगा। इक्कीस की सुबह बनारस और बाईस को अपने गाँव पहुँच जाऊँगा।''

दोनों निकल पड़े। जमील ने आसमान की तरफ़ देखते हुए कहा, ''आसार तो अच्छे नज़र नहीं आ रहे बरखुरदार ! वह देख रहे हो उत्तर की तरफ़ से बादल आ रहे हैं, मटीले और पीले रंग के। इन बादलों में क़हर छिपा होता है।''

जगतप्रकाश ने आसमान की ओर देखा, सचमुच कुछ पीले और मटमैले रंग की धुन्ध से उत्तर का आकाश भर गया था। साथ ही हवा तेज़ होने लगी थी और उस हवा में ठंडक थी। उसने कहा, ''क्या तुम समझते हो कि रात तक पानी बरसेगा ?''

''रात तक नहीं बरखुरदार, हवा की रफ़्तार जिस तेज़ी के साथ बढ़ रही है उससे तो यह दिखता है कि घंटे-आध-घंटे में ही यह घटा यहाँ आ जाएगी।''

पाँच बजते-बजते चारों ओर अन्धकार छा गया। दूर से पीले और मटमैले दिखनेवाले बादल एकाएक सिर पर आकर काले और डरावने बन गए थे। बूँदें पड़नी आरम्भ हो गईं। उस समय ये लोग कांग्रेस पंडाल के पास पहुँच गए थे। जैसे ही इन्होंने अधिवेशन के अहाते में प्रवेश किया, ज़ोर की वर्षा होने लगी। कांग्रेस के प्रतिनिधिगण एकत्रित हो रहे थे और पानी ज़ोर पकड़ता जा रहा था। सभा-स्थल एक समतल मैदान में था जिसके चारों ओर पहाड़ियाँ थीं। अब पानी मैदान में भरने लगा, वर्षा और भी तेज़ होती जा रही थी। प्रलय का-सा दृश्य उपस्थित हो गया था। लोगों के मुख पर घबराहट थी।

ठीक साढ़े पाँच बजे उस मूसलाधार वर्षा में खुले मैदान में वह अधिवेशन आरम्भ हुआ। सब लोग खड़े थे, बैठने का कोई प्रश्न ही नहीं उठता था। वह मैदान एक तालाब-सा बन गया था। औपचारिक ढंग से स्वागताध्यक्ष और कांग्रेस अध्यक्ष के भाषण पढ़े गए, उसके बाद उस दिन का प्रमुख प्रस्ताव रखा गया और पास हो गया। जगतप्रकाश देख रहा था कि इस संकटकाल में भी नियम का पालन किया जा रहा है। पानी अब घुटनों तक चढ़ आया था। प्रतिनिधियों की भीड़ अब आधी रह गई थी। मूल प्रस्ताव पास होने के बाद अधिवेशन स्थगित कर दिया गया।

जगतप्रकाश उस लौटती भीड़ में अपने साथियों से छूटकर अकेला रह गया। लोगों की सहायता करता, उस प्रलय के दृश्य को देखता, भीगता वह चल रहा था। हर तरफ़ जल-प्रलय, हर तरफ़ घबराहट। जब वह अपने टेंट में वापस लौटा, बाबूराम और सुखलाल वापस आ गए थे, बुरी तरह भीगे हुए और काँपते हुए। शिवदुलारी भी वहीं थी और कह रही थी, ''ऐसी वर्षा तो मैंने देखी ही नहीं, हर तरफ़ पानी-ही-पानी। यह तम्बुओं और कनातों का शहर, क्या होगा ?''

बाबूराम बोला, ''होगा सब कुछ ठीक ही। युद्ध-क्षेत्रों में जब इस तरह की वर्षा होती है या इससे भी अधिक भयानक हिमपात होते हैं तब भी सब लोग ठीक रहते हैं। मनुष्य इन सब उत्पातों को सहने का आदी है, रात में सब कुछ ठीक हो जाएगा। कोई बरसात का मौसम थोड़े ही है।''

सुखलाल कपड़े बदल रहा था, उसने कहा, ''हाँ, यह फागुन की वर्षा बड़ी खराब होती है। पानी तो रुक जाएगा ही, लेकिन आधी रात या सुबह तक रुक पाएगा, बादलों से और वर्षा की तेजी से तो ऐसा लगता है। अब सवाल खाने-पीने का है। कैसे होगा ? मैंने तो दोपहर का खाना ही नहीं खाया, अब भूख लग रही है।''

अब जमील भी आ पहुँचा, वह बुरी तरह काँप रहा था। वह बोला, ''क्या बतलाऊँ, अगर थोड़ी-सी चाय मिल सकती तो बड़ा अच्छा होता, ढूँढ़ता रहा लेकिन कहीं नहीं मिली।''

शिवदुलारी बोली, ''चाय तो मैं बना देती, लेकिन क्या बतलाऊँ, स्टोव का तेल खत्म हो गया है, और चूल्हा जल नहीं सकता। इस बरसते पानी में तेल कहाँ ढूँढ़ा जाए ? समझ में नहीं आता कि क्या किया जाए ? पानी तो रुकने का नाम ही नहीं लेता है। आज रात उपवास ही करना होगा हम लोगों को, ऐसा लगता है।''

जगतप्रकाश अभी तक चुप था, वह बोला, ''आप लोग कपड़े बदलिए, मैं बाज़ार से पूड़ी-मिठाई लिए आता हूँ।'' और इसके पहले कि कोई कुछ कहे वह घूमकर चल दिया।

बाज़ार वहाँ से करीब आधा मील की दूरी पर था। पानी अब बहुत तेज़ हो गया था। बाज़ार पहुँचकर उसने पूड़ी-मिठाई ली और वापस हो लिया। रात और बरसात का गहरा अँधेरा—इस सबमें उसे डेढ़ घंटा लग गया। टेंट तक लौटते-लौटते उसके अन्दर सरदी की एक लहर दौड़ गई थी, उसके दाँत किटकिटा रहे थे। लेकिन वह अपने अन्दर

समस्त साहस बटोरे हुए था। अभी कुछ देर पहले बाबूराम ने ही तो कहा था कि युद्ध-क्षेत्र में भयानक वर्षा और हिमपात के समय मनुष्य इन प्राकृतिक विपत्तियों का सामना करता है।

जब वह टेंट में पहुँचा, नौ बज गए थे। पूड़ी-मिठाई रखते हुए उसने कहा, ''उफ़ भयानक वर्षा है ! लेकिन वह शिवदुलारी देवी ?''

''वह अपने टेंट में चली गई हैं।'' जमील बोला, ''अब तुम कपड़े बदल डालो, तुम बहुत भीगे हो—तुम्हारे दाँत किटकिटा रहे हैं।''

''कपड़े बदलकर इस पानी में फिर से भीगना होगा। नहीं, मैं उन्हें खाना दिए आता हूँ, आप लोग खा लीजिए। मेरा हिस्सा रख दीजिए, मैं इत्मीनान के साथ खाऊँगा।''

शिवदुलारी कपड़े बदलकर लेट गई थी। जगतप्रकाश को देखते ही वह उठ खड़ी हुई। जगतप्रकाश का शरीर अब ठंड से बेतरह काँप रहा था, उसने टूटे स्वर में कहा, ''लीजिए, मैं पूड़ी-मिठाई ले आया हूँ।''

शिवदुलारी ने जगतप्रकाश की हालत देखते हुए कहा, ''अरे ! तुमने अभी तक कपड़े नहीं बदले। तब से भीग रहे हो !'' वह जगतप्रकाश के निकट आ गई, ''अरे, तुम तो काँप रहे हो ! तुम सरदी खा गए हो, उतारो इन कपड़ों को।''

जगतप्रकाश की चेतना अब जैसे जवाब देने लगी थी, लड़खड़ाते स्वर में उसने कहा, ''अपने टेंट में जाकर मैं कपड़े बदलता हूँ।''

''अपने टेंट तक पहुँच सकोगे मुझे शक है, जल्दी से कपड़े उतारो।'' उसने जगतप्रकाश का हाथ पकड़ते हुए कहा, ''अरे, शरीर बर्फ़ हो रहा है !'' उसने खुद जगतप्रकाश की बंडी उतारी, कुरता उतारा। फिर वह अपनी एक धोती ले आई, ''लो, इसे पहन लो।'' तौलिए से उसने जगतप्रकाश का शरीर पोंछा।

जगतप्रकाश का सारा शरीर सुन्न-सा पड़ गया था। शिवदुलारी ने उसे अपने बिस्तर पर लिटा दिया, फिर उसने अपना दुशाला उसे उढ़ा दिया। जगतप्रकाश अब भी काँप रहा था, सरदी जैसे उसके शरीर में घुस गई थी।

और तभी जगतप्रकाश को लगा कि उसके शरीर में सेंक पहुँच रहा है और उसकी चेतना वापस लौट रही है। उसे यह अनुभव करने में थोड़ा-सा समय लगा कि निर्वस्त्र शिवदुलारी बिस्तर में शाल के अन्दर उसे चिपकाए हुए लेटी है। वह कह उठा, ''अरे-अरे, यह क्या ?'' उसने उठने की कोशिश की।

शिवदुलारी ने अपने हाथों से जगतप्रकाश का शरीर कस लिया, ''चुप रहो, यहाँ गरम कुछ नहीं है सिवा मेरे शरीर के। तुम्हारे शरीर की ठिठुरन अब जाती रही है। मैं तुम्हारी डॉक्टर हूँ, जैसा मैं कहूँ वैसा तुम्हें करना पड़ेगा।''

जिस समय वह शिवदुलारी के बिस्तर से बाहर निकला वह पूर्ण रूप से स्वस्थ था। शिवदुलारी ने उससे कहा, ''पानी तो अब भी बहुत तेज़ बरस रहा है, कैसे जाओगे ? लेकिन तुम्हें जाना तो होगा ही। अब मैं खाना खाऊँगी, मुझे बड़ी भूख लगी है।''

सिर झुकाए हुए जगतप्रकाश ने कहा, ''अब थोड़ी-सी ठंडक से कुछ नहीं होगा।

टेंट में जाते ही कपड़े बदल लूँगा और खाना खाकर सो जाऊँगा।''

शिवदुलारी ने जगतप्रकाश को विदा करते हुए कहा, ''जो कुछ हुआ उसे भूल जाना। मैं बदनाम हूँ, गिरी हुई हूँ। और तुम अभी अबोध और अकलुष हो। मैंने तुम्हारी जान बचाने की कोशिश की थी, लेकिन परिस्थितियों पर वश नहीं चलता। यह हमारा प्रथम प्रणय था, यह हमारा अन्तिम प्रणय हो। सिर्फ इतना याद रखना कि तुम अभी तक बच्चे थे, मैंने तुम्हें मर्द बना दिया है।'' और शिवदुलारी खिलखिलाकर हँस पड़ी।

[14]

विश्वयुद्ध ने अब भयानक रूप धारण कर लिया था। फ्रांस पर जर्मनी ने पूरी तौर से कब्ज़ा करके ब्रिटेन पर अपने प्रहार की योजना को कार्यान्वित करने पर ध्यान दिया। ब्रिटेन पर जर्मनी के हवाई हमले होने लगे।

अजीब-सी बात लग रही थी जगतप्रकाश को, लेकिन सत्य से इनकार कैसे किया जा सकता था ! फ्रांस और ब्रिटेन—अपने विशाल साम्राज्यों के साधनों और उनकी शक्ति को समेटे हुए—ये दोनों देश जर्मनी को परास्त करना दूर रहा, जर्मनी की शक्ति के सामने लड़खड़ा रहे थे। फ्रांस टूट चुका था, ब्रिटेन को तोड़ने का भरसक प्रयत्न हो रहा था। समस्त आर्थिक स्वतन्त्रता और साधनों से युक्त दो महान् साम्राज्य नष्ट हो रहे थे—जगतप्रकाश चक्कर में था।

डॉक्टर शर्मा चुपचाप जगतप्रकाश की बातों को सुन रहे थे। प्रथम महायुद्ध का पराजित जर्मनी, जिसका समस्त स्वर्ण-भंडार क्षतिपूर्ति के रूप में फ्रांस ने छीनकर जिसे कंगाल बना दिया था, अवमूल्यन के कारण जिसकी मुद्रा सन् सत्ताईस-अट्ठाईस में टूट चुकी थी, जिसकी लोहे की खानों को छीनकर फ्रांस ने सैकड़ों मील लम्बी भूमिगत लोहे की किलाबन्दी कर ली थी मेजीनो लाइन के नाम पर, वह जर्मनी सात-आठ वर्ष में इतना सबल हो गया कि विश्व पर विजय प्राप्त करने को निकल पड़ा। यह कैसे ? मानव की समस्त शक्ति इस अर्थ पर केन्द्रित है, अर्थशास्त्र के विद्यार्थी की हैसियत से उसने यह समझा था। यह अर्थ अपना नियम और विधान कैसे छोड़ बैठा ? जगतप्रकाश की समझ में नहीं आ रहा था।

शाम बीत गई और बरामदे में अन्धकार घिर आया था। डॉक्टर शर्मा ने उठकर लाइट जलाई और उनका नौकर चाय की ट्रे उठा ले गया। डॉक्टर शर्मा फिर अपनी कुर्सी पर बैठ गए, ''हाँ, एक वर्ष पूरा हो गया इस युद्ध का, और इस एक वर्ष में अर्थशास्त्र की निर्धारित मान्यताएँ गलत साबित हुईं। इस बात पर गौर कर लेना कि मैंने 'निर्धारित' शब्द का प्रयोग किया है, इसलिए कि कोई भी मान्यता अन्तिम सत्य के रूप में नहीं है। जिस दिन अन्तिम सत्य का पता लग जाएगा उसी दिन मानव का

विकास समाप्त हो जाएगा। लेकिन इतना स्वीकार करना पड़ेगा कि अर्थ मानव-समाज के विकास की अनिवार्य इकाई है।''

''यही तो समझ में नहीं आता। बिना धन के यह जर्मनी इतना सशक्त कैसे बन गया ?'' जगतप्रकाश बोला, ''इतनी प्रबल सैनिक शक्ति उस आर्थिक रूप से टूटे हुए देश ने कैसे प्राप्त कर ली ? अर्थशास्त्र के समस्त सिद्धान्त झूठे पड़ गए इस सत्य से ! ब्रिटेन का अति शक्तिशाली जहाज़ी बेड़ा जर्मनी के व्यापार को ठप किए हुए है, लेकिन जर्मनी की आर्थिक व्यवस्था सुदृढ़ है, अभाव का जो लक्षण बढ़ती हुई कीमतों में पाया जाता है, वह भी तो जर्मनी में नहीं है, क्योंकि वहाँ चीज़ों की कीमतें बढ़ी नहीं।''

डॉक्टर शर्मा के मुख पर एक हलकी-सी मुस्कराहट आई, ''जगत ! मैंने तुम्हें डॉक्टरेट लेने के लिए जर्मनी जाने की सलाह दी थी, वह सलाह अकारण नहीं थी। जर्मनी का एक अर्थशास्त्री है, डॉक्टर शैश्ट ! उसके हाथ में हिटलर ने जर्मनी की समस्त अर्थव्यवस्था दे दी है। यह सब उसके जादू का करिश्मा बतलाया जाता है। उसकी एक नई आर्थिक व्यवस्था है, जो सत्य तो है लेकिन नित्य नहीं है, और इसलिए उसे अर्ध-सत्य के रूप में ही स्वीकार किया जा सकता है। यह नई अर्थव्यवस्था हिटलर के नेशनल सोशलिज्म का पूरक अंग है, और जहाँ तक मेरा अनुभव है यह अर्थव्यवस्था उतनी ही अल्पायु है जितना यह नेशनल सोशलिज्म है।''

जगतप्रकाश ने डॉक्टर शर्मा के कथन पर कोई टिप्पणी नहीं की। वह सोचने लगा था कि क्या हिटलर का नेशनल सोशलिज़्म वास्तव में अल्पायु है ? लेकिन डॉक्टर शर्मा ने अपनी बात जारी रखी, ''ये जितने राजनीतिक दर्शन हैं, ये सब अर्थ पर कायम हैं। समाजवाद का आधार ही अर्थ पर है, मार्क्स के कैपिटल से यह स्पष्ट हो जाता है। मार्क्सवाद अर्थ का दूसरा पहलू है। लेकिन यह नाज़ीवाद राष्ट्रीय अभिमान पर आधारित है। ऊपर से दिखनेवाला यह राष्ट्रीय अभिमान विशुद्ध घृणा का दूसरा रूप है।

जगतप्रकाश को डॉक्टर शर्मा की बात कुछ अजीब-सी लगी, ''यह राष्ट्रीय अभिमान विशुद्ध घृणा का दूसरा रूप है, मैं समझा नहीं।''

''बड़ी साधारण-सी बात है। पिछले महायुद्ध का पराजित जर्मनी, जिसे ब्रिटेन और फ्रांस ने तबाह कर दिया था, राष्ट्रीय अपमान की भावना से विक्षुब्ध था। समस्त जर्मन-राष्ट्र अपमानित और अभावग्रस्त हो गया था। लेकिन इस जर्मन-राष्ट्र की एक विशेषता रही है अनादि काल से। अथक परिश्रम, अटूट निष्ठा ! जिसे हम ईमानदारी कहते हैं वह इस परिश्रम और निष्ठा का ही दूसरा रूप है। हिटलर उस अपमानित, पराजित और लुटे हुए जर्मन-राष्ट्र का प्रतीक है जो इन साम्राज्यवादी देशों अर्थात् फ्रांस और ब्रिटेन से घृणा करता है। हिटलर अपने राष्ट्र को क्षत-विक्षत देखकर जल रहा था। उसने अपनी घृणा की भावना को प्रसारित किया जर्मनी के गर्व और स्वाभिमान के रूप में। असमर्थ राष्ट्रों को उनके अन्दर जगाया जानेवाला स्वाभिमान ही समर्थ बना सकता है। जर्मनी की समस्त ताकत उसके स्वाभिमान की भावना से पोषित उसकी घृणा की ताकत है।''

“लेकिन आर्थिक नियमों पर इस घृणा का प्रभाव कैसे पड़ सकता है?” जगतप्रकाश ने पूछा।

कुछ सोचकर डॉक्टर शर्मा बोले, “जीवन में अर्थ सबसे अधिक महत्त्वपूर्ण तत्त्व है, यह निर्विवाद सत्य है, लेकिन इस अर्थ के प्रेरक तत्त्व से भी अधिक शक्तिशाली प्रेरक तत्त्व घृणा है। हरेक मनोवैज्ञानिक यह जानता है। पर यहाँ एक बात पर और ध्यान रखना पड़ेगा, यह घृणा अस्थायी संज्ञा है, जीवन का स्वाभाविक नियम है प्रेम, क्योंकि समाज का समस्त संगठन प्रेम और सहयोग पर कायम है, घृणा जीवन में केवल अपवाद के रूप में ही स्थित है। मानव की बुद्धि का सहारा लेकर यह घृणा कुछ समय के लिए अपना एक निजी विधान बना सकती है और यह विधान स्वाभाविक रूप से निर्धारित विधान को कुछ समय के लिए परास्त भी कर सकता है। लेकिन इसकी उपेक्षा कैसी जा सकती है कि घृणा अस्थायी संज्ञा है। यह घृणा विजयी बनकर विस्तार की लिप्सा का रूप धारण कर लेगी, क्योंकि जिस अभिमान और गर्व के आवरण में यह घृणा काम कर रही है, वह तो रह जाएगा ही और उस आवरण के नीचे घृणा के स्थान पर उसके सहयोगी तत्त्व बर्बरता और नृशंसता आ जाएँगे। और तब यह घृणा के आधार पर बनी आर्थिक व्यवस्था नष्ट हो जाएगी।” डॉक्टर शर्मा उठ खड़े हुए, “काफ़ी देर हो गई है। अगले सेटर्डे क्लब में तुम्हें जो पेपर पढ़ना है वह तो तुमने तैयार कर ही लिया होगा। हाँ, कल की एक्ज़ीक्यूटिव कमेटी की मीटिंग में तुम्हें डी. फिल. की डिग्री मिल जाएगी। मैं तुम्हें बधाई देता हूँ डॉक्टर जगतप्रकाश!”

जगतप्रकाश के मुख पर चमक आ गई, वह डॉक्टर शर्मा के चरणों पर अनायास ही झुक गया, “आपका आशीर्वाद मेरे लिए वरदान के रूप में हमेशा रहा है।”

जगतप्रकाश डॉक्टर शर्मा के यहाँ से सीधे अपने घर वापस लौटा। जार्ज टाउन के एक बँगले में दो कमरों का एक भाग उसने किराए पर ले रखा था। उसकी बहन ने सुमेर को गाँव से उसके पास भेज दिया था। सुमेर ने उसके आते ही कहा, “बड़ी देर लगा दी भइया! चाय का पानी उबलकर जल भी गया। पानी फिर चढ़ाए देते हैं।”

“नहीं, चाय मैं एक जगह पी आया हूँ। हाँ, कोई चिट्ठी आई है?”

सुमेर ने एक लिफ़ाफ़ा जगतप्रकाश के हाथ में दे दिया। लिफ़ाफ़ा देखते ही वह चौंक उठा, वह पत्र अनुराधा का था। दो दिन पहले तो उसका पत्र आ चुका है, और पिछले दिन ही उसने उस पत्र का उत्तर भी दे दिया है। यह शनिवार के दिन अनुराधा का दूसरा पत्र कैसा? बड़ी व्यग्रता के साथ उसने यह लिफ़ाफ़ा खोला।

बहुत छोटा-सा पत्र था—केवल यह सूचना देते हुए कि अनुराधा सोमवार के दिन सुबह की गाड़ी से इलाहाबाद पहुँच रही है, उसे जगतप्रकाश से कुछ ज़रूरी परामर्श करना है, जगतप्रकाश स्टेशन आ जाए।

सोमवार की सुबह जगतप्रकाश अनुराधा को लेने स्टेशन पहुँच गया। अनुराधा अकेली न थी, उसके साथ यमुना के चाचा रामसहाय भी थे। अनुराधा ने जगतप्रकाश के सिर पर हाथ रखते हुए कहा, “मैं नहीं आना चाहती थी, लेकिन यह रामसहाय लाला

मुझे ज़बर्दस्ती खींच लाए। फिर मैंने भी सोचा कि भइया से मिलने के साथ प्रयागराज के दर्शन भी हो जाएँगे।''

बँगले पर पहुँचकर अनुराधा ने सबसे पहले जगतप्रकाश के पास जो भाग था, उसका निरीक्षण किया, फिर उसने कहा, ''मकान अच्छा है, लेकिन बहुत छोटा है, कुल दो कमरे ! कैसे काम चलेगा ?''

''अभी मैं अकेला हूँ, बड़े मज़े में काम चल रहा है। बड़ा मकान ढूँढ़ रहा हूँ, महीने-दो महीने में मिल जाएगा। लेकिन दीदी, तुम्हें यहाँ आकर मेरे साथ रहना होगा। महोना में अब तुम अकेली न रहोगी।''

अनुराधा ने अपने कठोर स्वर में कहा, ''वहीं रहूँगी। जहाँ जन्म लिया है वहीं मरूँगी, मेरे भाग्य में यही लिखा है। तुम लोगों के साथ महीना-दो महीना आकर रह लूँगी। आखिर वहाँ अपनी खेती है, अपना पुश्तैनी मकान है, वह तो नहीं छोड़ा जाएगा।'' फिर कुछ रुककर उसने कहा, ''हाँ, तो इन रामसहाय लाला का कहना है कि इस जाड़े में दिसम्बर के महीने में ही ब्याह हो जाए। लेकिन एक मुसीबत है। वह रूपलाल माताप्रसाद के बीस हज़ार रुपए हज़म किए जा रहा है।''

''कैसे बीस हज़ार रुपए ?'' जगतप्रकाश ने पूछा, और फिर एकाएक उसे याद आ गया, ''ओह, उस जर्मन फ़र्म की रक़म !'' फिर कुछ रुककर उसने कहा, ''लेकिन इसका क्या सबूत कि बाबू माताप्रसाद ने रूपलाल के पास वे रुपए रखे थे ?''

उदास स्वर में रामसहाय ने कहा, ''यही तो मुसीबत है। उस रक़म की कोई लिखा-पढ़ी हो भी नहीं सकती थी। तो अब सारा बोझा मेरे सिर पर आ पड़ा है, और काफ़ी बड़ा परिवार है भइया का। कैसे यह शादी होगी ? दस-पाँच मेहमानों को बुलाकर उस लड़की के हाथ पीले कर सकता हूँ, इससे ज्यादा मैं न कर सकूँगा।''

तभी अनुराधा ने बिगड़कर कहा, ''मेरा एक ही भाई है रामसहाय लाला, बड़े हौसले से इसे पाला-पोसा है। हमें दहेज-वहेज कुछ नहीं चाहिए, लेकिन शादी धूमधाम से होगी, इतना कहे देती हूँ।''

रामसहाय ने अनुराधा की बात का कोई उत्तर नहीं दिया, उन्होंने जगतप्रकाश की ओर प्रश्नसूचक दृष्टि से देखा। उस प्रश्नसूचक दृष्टि में एक तरह की विवशता थी।

जगतप्रकाश अपनी बहन से बोला, ''अच्छा, अभी इस बातचीत को बन्द करो, थकी हुई आई हो, नहाओ-धोओ, कपड़े-वपड़े बदलो। शाम के वक्त इत्मीनान के साथ बातचीत होगी। शादी तो यह होनी ही है, कोई-न-कोई हल निकाला जाएगा।''

अनुराधा आँगन में चली गई। एकान्त पाकर जगतप्रकाश ने रामसहाय से कहा, ''मैं आपकी मुसीबत समझता हूँ, लेकिन दीदी का मन तो रखना ही होगा। बारात की खातिरदारी अच्छी तरह होनी चाहिए, दिखावे के लिए भी कुछ करना होगा।''

रामसहाय के मुख का धुँधलापन हटा नहीं, ''इस सबमें तो एक हज़ार रुपया लग जाएगा। तुम्हें शायद नहीं मालूम, मैं अपनी तीन लड़कियों की शादी कर चुका हूँ, कर्ज़ में आ गया हूँ। अब अपनी चौथी लड़की की शादी की फ़िक्र में हूँ। कैसे होगा ?''

जगतप्रकाश ने कुछ सोचकर कहा, "आप दीदी से कुछ न कहिएगा, उनकी बात मान जाइएगा। मैं आपको एक हज़ार रुपए दे दूँगा, आपको रुपयों की कोई चिन्ता न करनी होगी।"

रामसहाय ने जगतप्रकाश का हाथ पकड़ लिया, "तुम आदमी नहीं, देवता हो। मैं कोशिश करूँगा कि तुम्हारे रुपयों की ज़रूरत न पड़े। रूपलाल से मैं फिर मिलूँगा। उसके पास भैया ने रुपया जमा कराया है, इस बात से वह इनकार नहीं करता, लेकिन वह रुपया न मुझे देता है, न भौजी को ही। भौजी और उनके बच्चे कानपुर में ही हैं। रूपलाल चाहता है कि शादी कानपुर से ही हो, भला यह कैसे हो सकता है ? यह रूपलाल मुझसे सीधी तौर से बात भी नहीं करता।"

जगतप्रकाश बोला, "नहीं, आप रूपलाल से रुपयों की बाबत कोई बात न कीजिए। उसके पास जो रुपया है वह अधर्म का रुपया है। आप बस्ती से ही शादी कीजिए, मैंने आपसे जो कुछ कहा है वही ठीक रहेगा।"

दूसरे दिन शाम की गाड़ी पर अनुराधा और रामसहाय को महोना के लिए चढ़ाकर जब जगतप्रकाश स्टेशन से वापस लौटा, उसने देखा कि एक आदमी उसके बरामदे में बैठा हुआ है। खाकी पैंट, उस पर सफेद कमीज़, पैरों में चप्पल। शाम का धुँधलापन गहरा होने लगा था, जगतप्रकाश ने पूछा, "किसे चाहते हैं आप ?"

वह आदमी हँस पड़ा, "तो तुम भी नहीं पहचान पाए मुझे बरखुरदार ! देखा कैसी खूबी के साथ मैंने अपनी शक्ल बदल ली है ! दाढ़ी-मूँछ साफ़।"

"अरे जमील काका, तुम ! यह क्या धजा बना रखी है तुमने ? कब आए ?"

"अभी करीब पाँच मिनट पहले। यहाँ आकर देखा कि ताला लटक रहा है। वापस लौटने के पहले सोचा कुछ देर आराम कर लूँ, दिन-भर चक्कर लगाता रहा तो बेहद थक गया हूँ। तब तक तुम आ गए।"

जगतप्रकाश ने ताला खोलकर सुमेर से, जो उसके साथ ही स्टेशन से लौटा था, कहा, "पहले चाय बनाओ, फिर खाना बनाने का इन्तज़ाम करना।"

सुमेर के जाने के बाद जगतप्रकाश ने कहा, "मैं तो तुम्हें पहचान ही न सका। अपने आने की खबर कर दी होती।"

"खबर किसे दूँ बरखुरदार, जब अपनी खबर मुझे नहीं है। दोपहर को इलाहाबाद आया, वहाँ से तुम्हारे उस होस्टल पहुँचा जहाँ तुम रहते थे। वहाँ पता नहीं चला, तब तुम्हारी यूनिवर्सिटी पहुँचा। वहाँ पता चला कि तुम चले गए, जार्ज टाउन के इस बँगले में रहते हो। वहाँ से शहर लौटा, सोचा घूम-घामकर शाम तक तो लौट आओगे ही। बड़ी मुश्किल से तुम्हारा यह मकान मिला।"

कमरे में जमील को बिठाकर जगतप्रकाश ने पूछा, "तुम्हारा असबाब कहाँ है ?"

"शहर में एक दोस्त के यहाँ रखा है, वहीं रहेगा भी। मेरी इस धजा पर तुम तो ताज्जुब कर रहे हो, यह मुझे मजबूरन बनानी पड़ी है। मुझे बम्बई में पता चला कि मेरे नाम वारंट है और मुझे फ़रार होना पड़ा। आजकल कम्युनिस्टों की गिरफ्तारी ज़ोरों के

साथ हो रही है। बम्बई का पुलिस-कमिश्नर कुलसुम बेन का मुलाकाती है, और कुलसुम बेन के मिल में मेरी हाज़िरी लिखी थी, तो उसने कुलसुम बेन को बतलाया कि मेरे नाम वारंट है। मुझे पुलिस की नज़रों से ओझल होने में ही खैर दिखी। दस दिन तो मैं बम्बई में रहा, अपना हुलिया बदलकर, फिर मैं कानपुर आया। एक हफ़्ता वहाँ रहकर आज इलाहाबाद के लिए चला।''

''तो क्या कर रहे हो इन दिनों ?'' जगतप्रकाश ने पूछा।

जमील हँस पड़ा, ''पुलिस के साथ आँख-मिचौनी खेल रहा हूँ। पुलिस सरगर्मी के साथ बम्बई में मेरी तलाश कर रही है। वह बम्बई भी इनसानों का समन्दर है, अगर वहाँ कोई आदमी गुम हो जाए तो उसका पता लगाना बड़ा मुश्किल है। लेकिन बम्बई की पुलिस को भी अपने ऊपर नाज़ है। उसने सब जगह मेरी खबर कर दी है। तो अब हालत यह है कि मेरे नाम वारंट है और मेरा किसी के साथ ठहरना उसके लिए खतरनाक साबित हो सकता है।''

जगतप्रकाश के मन पर एक उदासी छा गई, ''लेकिन—लेकिन—जमील काका ! भाभी और बच्चों की देखभाल कौन करेगा ?''

''खुदा करेगा।'' जमील मुसकराया, ''यहाँ से मैं गाँव जा रहा हूँ। रास्ते में मुझे कोई पहचानेगा नहीं, गाँव में दो-चार दिन रहकर चल दूँगा। अभी छह रुपए मन गेहूँ है और आठ रुपए मन चावल है। दस मन अनाज घर में भरवाए देता हूँ। शायद आगे चलकर हिन्दुस्तान को बहुत बड़े क़हत का सामना करना पड़ जाए।''

जगतप्रकाश चक्कर में पड़ गया, ''क़हत ! यह क्या कह रहे हो जमील काका ? फ़सलें तो ठीक हो रही हैं, अनाज के दाम नहीं के बराबर चढ़ रहे हैं, यह क़हत कैसा ? कहीं भी तो अनाज की कमी नहीं दिखलाई दे रही है।''

''यही तो खूबी है इस ब्रिटिश सरकार की। इतनी बड़ी लड़ाई लड़ रही है यह ब्रिटिश सरकार, लाखों आदमी फ़ौज में भर्ती किए जा रहे हैं। अभी एक महीना पहले मैं पंजाब के दौरे पर गया था। गाँव-के-गाँव खाली पड़े हैं, एक भी मर्द नहीं नज़र आया वहाँ, सिर्फ़ बूढ़े, बच्चे, औरतें। ये भला कहीं खेती सँभाल सकते हैं ? ज़मीन बिना जोती-बोई पड़ी है। अच्छी तनख्वाहें मिल रही हैं, फ़ौज में, जोरों के साथ भर्ती हो रही है। लेकिन बरखुरदार, अनाज की पैदावार तो बन्द हो गई है। क़हत नहीं पड़ेगा तो क्या होगा ? फिर अनाज की खपत भी बेतहाशा बढ़ गई है। मौत का मुकाबला करने जो जाएगा उसे अच्छी तरह खिलाया-पिलाया जाएगा। मैं गलत तो नहीं कहता ?''

जगतप्रकाश आश्चर्य के साथ जमील की बात सुन रहा था, ''हाँ, और सरकार अनाज की खरीद भी कर रही है—तभी कीमतें कुछ बढ़ी हैं।''

जमील बोला, ''बिलकुल ठीक। फौजों के वास्ते सरकार अनाज की खरीद कर रही है बेतहाशा। यह सब इसी देश का अनाज है। लेकिन फिर भी बाज़ार में अनाज की कमी नहीं दिख रही। बरखुरदार, यह तो तुम जानते ही हो कि इधर चन्द सालों में बर्मा से चावल मँगाकर और आस्ट्रेलिया से गेहूँ मँगाकर देश में अनाज की ज़रूरत पूरी करनी

पड़ी है। लेकिन यह बर्मा और आस्ट्रेलिया से अनाज का आना बन्द हो गया है, क्योंकि माल ढोनेवाले जहाजों की कमी है। ये माल ढोनेवाले जहाज जंग का सामान ढो रहे हैं, रोज़ जर्मन-पनडुब्बियाँ उन्हें डुबो रही हैं। देश में अनाज की कमी नहीं दिखलाई देती। है न अंग्रेज़ों का जादू !"

जमील जो कुछ कह रहा था वह सत्य था, जगतप्रकाश चक्कर में था, "हाँ, लेकिन मेरी समझ में नहीं आता कि देश में अनाज की कमी लोगों को महसूस क्यों नहीं हो रही ?"

"अभी नहीं महसूस होगी बरखुरदार, यही तो खूबी है। अब मैं तुम्हें राज़ की बात बतलाता हूँ। तुम यह तो जानते ही हो कि नई फ़सल का अनाज बाज़ार में नहीं आता, नया अनाज लोग नहीं खाते। होता यह है कि एक साल का अनाज स्टाक में पड़ा रहता है। यह स्टाक अगर किसी साल फ़सल खराब हो जाए तो हमारी हिफ़ाज़त करता है। तो हमारी ब्रिटिश सरकार इस स्टाक को निकलवा रही है अनाज के चढ़े दामों पर खरीदारी करके। रुपए के लालच में लोग अपना नया अनाज बेच रहे हैं। मेरा ऐसा ख़याल है कि जिस मिक़दार में सरकार की खरीदारी हो रही है उससे दो या तीन साल में अनाज का स्टाक खत्म हो जाएगा। तब हालात यह आ जाएगी कि अगर फ़सल होती है तो तुम्हारे पास खाने को है और अगर फ़सल बरबाद हो जाती है तो तुम्हें भूखों मरना पड़ेगा। मैं तुम्हारी दीदी से कह दूँगा कि वह अपना अनाज न बेचें, नहीं तो पछताना पड़ सकता है।"

सुमेर ने चाय सजाकर रख दी थी, जगतप्रकाश ने उठते हुए कहा, "चलो जमील काका, चाय तो पी लो। मैं सोच रहा हूँ कि क्या तुम्हारा गाँव जाना ठीक होगा, जबकि तुम्हारे नाम वारंट है ? गाँव में तो तुम इस हुलिया के बावजूद भी पहचान लिए जाओगे।"

कुछ चिन्ता के भाव से जमील बोला, "हाँ, खतरा तो है ही, लेकिन मेरे नाम वारंट तो बम्बई में है। हिन्दुस्तान की पुलिस इतनी सतर्क नहीं है कि वह मेरे गाँव जाकर मेरा पीछा करे।" फिर कुछ सोचकर वह बोला, "लेकिन—लेकिन—कुछ कहा नहीं जा सकता। जिस तरह मुल्क-भर में कम्युनिस्टों की गिरफ्तारियाँ हो रही हैं उससे लगता है कि इन गिरफ्तारियों में हिन्दुस्तान की सरकार का हाथ है। बहरहाल अगर मैं गिरफ्तार भी हो जाऊँ, घरवालों का इन्तज़ाम करने के बाद तो मुझे अफ़सोस नहीं होगा। अकेला मैं कहाँ-कहाँ मारा-मारा घूमूँगा।"

जमील के अन्दर कहीं एक प्रकार की निराशा है—जगतप्रकाश को यह अनुभय हुआ। उसने बात आगे नहीं बढ़ाई। रात में खाना खाकर जमील चला गया।

जगतप्रकाश उस दिन बहुत थक गया था, लेटते ही उसे नींद आ गई।

सुबह जब जगतप्रकाश सोकर उठा, उसका मन बहुत भारी था। चाय पीकर वह अपना उस दिन का लेक्चर तैयार करने बैठ गया, लेकिन उसका मन नहीं लग रहा था। रह-रहकर उसका मन कचोट उठता था। तभी उसे दरवाज़े पर दस्तक सुनाई दी।

उसने उठकर दरवाज़ा खोला, सामने एक पुलिस-अफ़सर खड़ा था, उसके पीछे चार सिपाही थे।

"कहिए !" जगतप्रकाश ने पूछा।

"आपका नाम जगतप्रकाश है ?" पुलिस-अफ़सर ने पूछा।

"जी हाँ।"

"मेरे पास आपकी गिरफ्तारी का वारंट है। मैं आपको गिरफ्तार करता हूँ।"

जगतप्रकाश को जैसे अपने कानों पर विश्वास नहीं हुआ, "मेरी गिरफ्तारी ! लेकिन मैंने कौन-सा अपराध किया है ?"

"अपराध तो आपने अभी तक नहीं किया है, यह वारंट डिफ़ेंस ऑफ इंडिया एक्ट के मुताबिक है। आपको हमारे साथ चलना है। आप अपना आवश्यक सामान ले लीजिए और तैयार हो जाइए, हम आपका इन्तज़ार करते हैं। अगर आप किसी को अपनी गिरफ्तारी की इत्तिला देना चाहते हैं तो आप उसे चिट्ठी लिख सकते हैं। यह गिरफ्तारी बिना जमानत की है, आप पर कोई मुक़दमा नहीं चलेगा। आपको यह पता तो होगा ही कि देशभर में कम्युनिस्टों की गिरफ्तारियाँ हो रही हैं।"

बिजली की तरह जगतप्रकाश के दिमाग में सब कुछ आ गया। जमील रात में आया था, उसके नाम वारंट है और उसे अपने वारंट का पता चल गया था। लेकिन जमील तो कम्युनिस्ट है, वह पार्टी का सक्रिय कार्यकर्त्ता है। उसने पुलिस-अफ़सर से कहा, "लेकिन मैं तो कम्युनिस्ट नहीं हूँ, मेरा कम्युनिस्ट पार्टी से कोई सम्बन्ध नहीं है। मैं यहाँ यूनिवर्सिटी में अर्थशास्त्र का लेक्चरर हूँ।"

"जी, आप यूनिवर्सिटी में लेक्चरर हैं, सरकार को इस बात का पता है, और सरकार को यह भी पता है कि आप कम्युनिस्ट हैं। मुझसे कुछ कहना वक्त की बरबादी होगी, मुझे तो सरकार की आज्ञा का पालन करना है।"

सुमेर अन्दर से बाहर आ गया था। जगतप्रकाश ने एक ठंडी साँस ली, "ठीक है, आप कुछ नहीं कर सकते। आप बैठिए, मैं तैयार होता हूँ।" जगतप्रकाश ने सुमेर की सहायता से ट्रंक में अपने कपड़े रखे। फिर उसने एक पत्र अनुराधा के नाम लिखा, उसे अपनी गिरफ्तारी की सूचना देते हुए, और एक पत्र डॉक्टर शर्मा को लिखा। इस सबमें उसे एक घंटा लगा। सुमेर के हाथ उसने दोनों पत्र देकर कहा, "यह चिट्ठी मेरे जाने के बाद ही डॉक्टर शर्मा को दे आना, और आज शाम को ही महोना जाकर यह चिट्ठी दीदी को दे देना। दीदी को समझा देना कि मैंने कोई अपराध नहीं किया है, कुछ दिनों बाद मैं छूट जाऊँगा।" फिर उसने पुलिस-अफ़सर से कहा, "चलिए, मैं तैयार हूँ।"

जगतप्रकाश के अन्दर न जाने कहाँ से एक दृढ़ता आ गई थी। कौन-सी शक्ति अन्दर छिपी हुई है जो मनुष्य की गतिविधि को संचालित करती रहती है ? पुलिस-वैन चली जा रही थी और उसमें बैठा जगतप्रकाश सोच रहा था। उसकी गिरफ्तारी की खबर सुनकर अनुराधा को एक आघात लगेगा, लेकिन अनुराधा में उस आघात को सह लेने

की क्षमता है। अनुराधा का जीवन संघर्षों में बीता है, एक संघर्ष और सही। और उसकी विचारधारा अनुराधा से हटकर यमुना पर केन्द्रित हो गई। यमुना को जो वचन उसने दिया था वह उसे पूरा न कर सका। उसके हाथ में कुछ नहीं है, यमुना के हाथ में कुछ नहीं है, किसी के हाथ में कुछ नहीं है। मनुष्य से अलग हटकर कहीं कोई विधान है, अनजाना, अदृश्य ! वही विधान सब कुछ संचालित कर रहा है।

यमुना को खबर लग जाएगी, रामसहाय को खबर लग जाएगी। क्या ये लोग जगतप्रकाश के जेल से छूटने की प्रतीक्षा करेंगे ? वह चिन्तित हो गया, यमुना का क्या होगा ?

लेकिन किसका क्या होगा ? सब कुछ अनिश्चित है। वह कब छूटेगा ? वह किस जेल में रहेगा ? वह अपने सगे-सम्बन्धियों से कब मिल सकेगा ? सभी कुछ अनिश्चित है। दुनिया में महायुद्ध हो रहा है, नगरों पर बम-वर्षा हो रही है, निरपराध नागरिक मर रहे हैं—चारों ओर विनाश का तांडव ! फिर चिन्ता किस बात की ? जो कुछ सामने है, वही सत्य है। विगत का कोई अस्तित्व नहीं, भविष्य पर मनुष्य का वश नहीं। सब कुछ खोया, सब कुछ धुँधला-धुँधला !

फिर जब जगतप्रकाश की चेतना सजग हुई और उसका मन सुस्थिर हुआ, उसने अनुभव किया कि वह सुदूर राजस्थान में रेलवे-लाइन से दूर और इसलिए अगम्य देवली कंसेन्ट्रेशन कैम्प में है। एक छोटी-सी बस्ती और उसके चारों ओर उजाड़ खंड। नितान्त अनजाने आदमी, कुछ को शायद उसने जसवन्त के विवाह के अवसर पर देखा भी था, और उन अनजाने आदमियों से नित्य बढ़ता हुआ भाईचारा।

उस कैम्प से और बाहर की दुनिया से जैसे कोई सम्बन्ध न हो। उस कैम्प के इर्द-गिर्द काँटेदार तारों का एक जाल बिछा था, राइफ़ल लिए हुए सैनिकों का कड़ा पहरा ! वहाँ से किसी का भाग सकना असम्भव था।

जगतप्रकाश को अनुभव हुआ कि उस जनहीन मरु-प्रदेश में वह जन-चेतना, जन-जागरण और जन-संघर्ष के घनिष्ठ सम्पर्क में आ पड़ा है। दृढ़ता से भरा एक संकल्प जाग उठा है उसमें। हार होगी या जीत होगी, इसकी कोई चिन्ता नहीं थी उसे, उसका मार्ग स्वयं ही निर्धारित हो चुका है, उस मार्ग पर उसे चलते रहना है।

डेढ़ साल पहले मार्च का वह दिन याद हो आया उसे, जब वह कमलाकान्त के साथ त्रिपुरी-कांग्रेस का तमाशा देखने जबलपुर गया था, उस समय उसे यह पता न था कि जिन लोगों के साथ वह जबलपुर जा रहा है वे अपने को कम्युनिस्ट कहते या समझते हैं। त्रिभुवन मेहता, मालती मनुभाई, जसवन्त कपूर, कुलसुम कावसजी—एक-से-एक सम्पन्न लोग। कम्युनिज्म उनके लिए फ़ैशन था, केवल फ़ैशन। उन लोगों में से कोई भी आज उसके साथ न था। वे सब-के-सब मौज में घूमते होंगे। जीवन की समस्त सुविधाओं से घिरे हुए। और वह देवली कंसेन्ट्रेशन कैम्प में बन्द है।

और वह कुलसुम ! उसे क्या उसकी गिरफ्तारी की खबर मिली होगी ! इलाहाबाद में गिरफ्तार होने के समय उसने अपनी गिरफ्तारी की कोई सूचना कुलसुम को नहीं

दी थी। पिछले तीन-चार महीनों में उसे कुलसुम के दो पत्र मिले थे, उसने केवल एक पत्र लिखा था। कुलसुम के दूसरे पत्र का उसने कोई उत्तर नहीं दिया था, उत्तर देने की इच्छा नहीं हुई थी उसे।

और अब ! अब उसे राजद्रोही क़रार दे दिया गया है, यद्यपि उसने किसी प्रकार का राजद्रोह नहीं किया है। उसे राजद्रोही बनना पड़ेगा। जगतप्रकाश ने उस देवली कंसेन्ट्रेशन कैम्प में तपे हुए कम्युनिस्टों से कम्युनिज्म की दीक्षा ले ली।

भाग-2

[15]

सन् 1941 का जलता हुआ जून का महीना, और बाईस तारीख की जलती हुई दोपहर।

राजस्थान के एक वीरान इलाके में देवली कंसेन्ट्रेशन कैम्प, एक विस्तृत और उजाड़ भूखंड—मरुप्रदेश का भयावनापन लिए हुए। चारों ओर जलन, सिवा जलन के और कुछ नहीं। ज़मीन जल रही थी, आसमान जल रहा था, हवा जल रही थी, सूर्य की किरणें जल रही थीं। और जगतप्रकाश को अनुभव हो रहा था जैसे उसका शरीर जल रहा है, उसकी आँखें जल रही हैं और इस सबके साथ उसका मन जल रहा है। उस दिन रामकिशोर ने उससे कहा, "तुम कम्युनिस्ट ! तुम्हारी कोई हस्ती नहीं, तुम्हारे पास तुम्हारा कोई आदर्श नहीं। कम्युनिज्म कैपिटलिज्म के असन्तुलन की प्रतिक्रिया-भर है, कैपिटलिज्म की बुराइयों का कोई निदान नहीं है।"

जगतप्रकाश को रामकिशोर की बात अच्छी नहीं लगी, लेकिन उसने रामकिशोर की बात का कोई उत्तर नहीं दिया। यह रामकिशोरसिंह सुभाष बोस का अनुयायी था, एक उद्दंड और बलिष्ठ युवक, लम्बाई करीब छह फुट, कसरती बदन, गोरा रंग, जाति का भूमिहार। रामकिशोरसिंह को उसी वर्ष राजनीतिशास्त्र में डॉक्टरेट मिली थी और वह पटना कॉलेज में राजनीतिशास्त्र का लेक्चरर था।

जगतप्रकाश के मौन से उत्साहित होकर उसने अपनी बात आगे बढ़ाई, "हम भारतीय आर्य हैं और जर्मन लोग आर्य हैं। स्वस्तिक जर्मन लोगों का राष्ट्रीय चिह्न है, स्वस्तिक हम हिन्दुओं का धार्मिक चिह्न है। आर्य जाति विश्व की श्रेष्ठतम जाति है, दुनिया में आर्य जाति का आधिपत्य होकर रहेगा। हिटलर अजेय है, क्योंकि वह किसी प्रकार की प्रतिक्रिया की उपज नहीं है, वह मौलिक इकाई है, ठीक उसी तरह, जिस तरह हमारे देश में राम हुए हैं। राम ने आर्य-सभ्यता को दक्षिण भारत में पहुँचाया था, हिटलर आर्य-सभ्यता को दुनिया के हर कोने में पहुँचाएगा।"

हिटलर का मीनकाम्फ़ पढ़ने के बाद जगतप्रकाश को हिटलर से घृणा हो गई थी। मीनकाम्फ़ स्वयं में घृणा की धर्म-पुस्तक थी। जिस आर्य जाति की रामकिशोरसिंह ने दुहाई दी थी, उस आर्य जाति का रूप उस जगतप्रकाश ने गाँवों में देखा था, नगरों में देखा था, देश के राजनीतिक और सामाजिक जीवन में उसने देखा था। और हर जगह उसे अमानुषिक घृणा के दर्शन हुए थे। तभी उसे प्रोफ़ेसर शर्मा के ये शब्द याद हो आए,

जो उन्होंने प्रायः दस महीने पहले उसकी गिरफ्तारी के दो-तीन दिन पहले कहे थे, ''जर्मनी की समस्त ताक़त उसके स्वाभिमान से युक्त घृणा की ताक़त है।''

जगतप्रकाश ने दबी जबान में कहा, ''क्या हिटलर का यह दावा कि आर्य जाति होने के नाते जर्मन-राष्ट्र दुनिया का सबसे श्रेष्ठ और समर्थ राष्ट्र है, दुनिया की अन्य जातियों के प्रति घृणा का प्रदर्शन नहीं है ? क्या जर्मन-राष्ट्र दुनिया की अन्य जातियों को आर्यों की गुलामी में नहीं बाँधना चाहता ?''

आवेश में भरकर रामकिशोर ने उत्तर दिया, ''दुनिया में सारे संघर्षों और समस्त अशान्ति का कारण है मत-विभिन्नता। जो सर्वश्रेष्ठ संस्कृति है, सत्य उसके साथ है। सत्य का रूप तो एक होता है। जर्मन जाति दुनिया को गुलाम नहीं बनाना चाहती, वह दुनिया की सभ्यता, संस्कृति और सम्पन्नता के विकास में दिशा-निर्देश करेगी, और यह उचित ही है।''

एकाएक जगतप्रकाश का मन जल उठा, शरीर जल उठा। उसने कठोर स्वर में कहा, ''यह सद्‌भावना से भरा दिशा-निर्देश नहीं है, यह घृणा से भरा नरसंहार और हत्याकांड है, जिसका प्रतिनिधित्व हिटलर कर रहा है। जर्मनी और ब्रिटेन का युद्ध आदर्शों को लेकर नहीं हो रहा है, वह दो शोषणकर्ता और उत्पीड़कों का युद्ध है, दोनों ही पक्ष पशुता की भावना से भरे हुए। दोनों ही पक्ष शोषण, गुलामी और उत्पीड़न के समर्थक। इन दोनों को एक-दूसरे से लड़कर नष्ट हो जाना चाहिए, इन दो दानवी शक्तियों के विनाश के बाद ही दुनिया में समाजवाद की स्थापना सम्भव है।''

''देखें कौन-कौन मिटता है, कौन-कौन बनता है !'' रामकिशोरसिंह ने मुस्कराते हुए कहा, ''यह युद्ध अब करीब-करीब खत्म ही समझो ! फ्रांस तो समाप्त हो ही चुका है, ब्रिटेन भी करीब-करीब टूट चुका है। हमारे देश को स्वतन्त्रता मिलेगी, मुझे ऐसा लगता है।''

''या जर्मनी की और भी भयानक गुलामी में बँधना पड़ेगा इस देश को।'' जगतप्रकाश बोला और वह उठ खड़ा हुआ, ''दुनिया में इतना सब हो रहा है और हम लोग यहाँ इस निर्जन सुदूर नरक में डाल दिए गए हैं, विवश और असहायावस्था में।'' जगतप्रकाश ने अपने सामने दूर तक फैले हुए, तपते हुए भूखंड को देखा। एकाएक उसके मुख से निकल पड़ा, ''क्या यहाँ से निकला नहीं जा सकता ? यह काँटेदार तारों का जाल, ये राइफ़ल लिए हुए सैनिक, जो भागनेवाले को तत्काल गोली मार दें। आज करीब एक साल होने को आया। पता नहीं अपने लोग कहाँ हैं, क्या कर रहे हैं ? जीवित-मृत्यु, यही संज्ञा दी जा सकती है इस स्थिति को। जीवन मौजूद है। इन शृंखलाओं और बन्धनों से जकड़ा हुआ यह जीवन—यह तो मृत्यु से भी भयानक है !''

रामकिशोर ने जगतप्रकाश का हाथ पकड़ लिया, ''बैठो, कहाँ जाओगे ? ब्रिटेन पराजित होगा, हम लोग यहाँ से छूटेंगे। तब तक हम लोगों को इन्तज़ार करना है।''

जगतप्रकाश फिर बैठ गया। उसके मुख पर एक व्यंग्यात्मक मुस्कान आई ''हमारी सारी ज़िन्दगी ही इन्तज़ार की ज़िन्दगी है, लेकिन सच पूछा जाए तो यह इन्तज़ार मृत्युवत् है। जिस दिन हम पैदा होते हैं उसी दिन से हमारा मृत्यु का इन्तज़ार आरम्भ हो जाता

है। यह मृत्यु अनिवार्यता है और यही अनिवार्यता सत्य है। ज़िन्दगी की सार्थकता इस अनिवार्यता की उपेक्षा करने में ही है, क्योंकि हमें कर्म करना है। कर्म यहाँ पर हमारे लिए वर्जित है। आज के कर्म में हम अपने को खो दें, इन्तज़ार की भावना को हम दूर कर दें, यही ज़िन्दगी का सीधा-साधा नुस्खा है। लेकिन यहाँ देवली कंसेन्ट्रेशन कैम्प में यह सम्भव नहीं।''

रामकिशोर बोला, ''शायद तुम ठीक कहते हो। बड़े पैमाने में कर्म के अभाव के कारण हम लोगों का अनशन, हम लोगों का रोटी के लिए, फलों के लिए, मक्खन के लिए संघर्ष ही आज हम लोगों के कर्म का भाग बन गया है। लेकिन इस संघर्ष में फल की भावना तो निहित है और यह फल भविष्य की चीज़ है। भविष्य की प्राप्ति के लिए वर्तमान का संघर्ष है।''

''लेकिन हमारे सोचे हुए भविष्य की प्राप्ति हमारे हाथ में नहीं है, मुझे भी ऐसा लगता है।'' उदास भाव से जगतप्रकाश ने कहा, ''इस विश्वयुद्ध का अन्त क्या होगा—कोई कुछ नहीं कह सकता। सवाल मेरे सामने एक और है, आखिर इस विश्वयुद्ध की आवश्यकता क्या थी ? ''जगतप्रकाश कहते-कहते रुक गया, क्योंकि एक शोर इन दोनों को सुनाई दिया जो पास वाली बैरक से आ रहा था। दो कैदियों में झगड़ा हो गया था और ये दो कैदी दो राजनीतिक विचारधाराओं के थे। एक कम्युनिस्ट था, दूसरा सुभाष बाबू का अनुयायी था। यह झगड़ा दो व्यक्तियों में सीमित न रहकर दो दलों का बन गया था। रामकिशोर के साथ जगतप्रकाश को घटनास्थल पर जाना पड़ा। बड़ी मुश्किल से झगड़ा शान्त हुआ।

वहाँ से लौटते हुए रामकिशोर ने कहा, ''अभी तुमने पूछा था कि इस विश्वयुद्ध की आवश्यकता क्या थी ? और मैं तुमसे पूछ रहा हूँ कि यहाँ इस झगड़े और मारपीट की आवश्यकता क्या थी ? हिटलर महान् है या स्तालिन महान् है, इससे हम लोगों को क्या मतलब ? हम जो अंग्रेजों की गुलामी में पिस रहे हैं, हमें मतलब अंग्रेज़ों की पराजय से है। तुम स्तालिन के प्रशंसक हो, मैं हिटलर का प्रशंसक हूँ, इससे फ़र्क क्या पड़ता है ? हम-तुम दोनों ही समान भाव से बन्दी हैं, ब्रिटिश सरकार दोनों को ही समान भाव से अपना दुश्मन समझती है। फिर भी हम लोगों में अकसर ही आपसी झगड़ा हो जाया करता है। यह झगड़ा कभी-कभी मारपीट का रूप धारण कर लेता है। यह मारपीट अगर हमारे पास हथियार होते तो खून-खराबे में बदल सकती थी। इसका कारण सिर्फ यह है कि हम लोग दलों में विभक्त होकर काम करने के आदी हैं। व्यक्तिगत संघर्ष भावना का सहारा पाकर दलगत संघर्ष बन जाते हैं और खून-खराबे से भरे हुए दलगत संघर्ष ही युद्ध कहलाते हैं।''

जगतप्रकाश कुछ देर सोचता रहा, फिर उसने लड़खड़ाते स्वर में कहा, ''लेकिन यह विश्वयुद्ध तो राष्ट्रों के बीच हो रहा है, दलों के बीच नहीं। पूरा-का-पूरा जर्मनी एकमन और एकप्राण होकर यह युद्ध कर रहा है।''

रामकिशोर के पास उत्तर मौजूद था, ''मैं बतलाता हूँ। आज देश-के-देश दलों में

विभक्त हो चुके हैं। तुम्हें याद है हिटलर के अभ्युदय का क्रम, हिटलर से पहले जर्मनी की जनता न जाने कितने दलों में बँटी थी। वहाँ कम्युनिस्ट थे, वहाँ यहूदी थे, वहाँ कमज़ोर किस्म के राष्ट्रवादी थे, वहाँ स्वाभिमानी और अपमानित देशप्रेमी थे। राष्ट्रवाद के सबसे बड़े दुश्मन थे यहूदी और कम्युनिस्ट। यहूदियों का कोई देश नहीं, कोई राष्ट्र नहीं, यह उखड़ा हुआ प्राणी है, वह दुनिया-भर में फैला हुआ है, और उसकी सत्ता उसके धर्म की है, उसके देश की नहीं है। लेकिन यह यहूदी शोषित नहीं है, यह यहूदी शोषक है, क्योंकि यह पूँजीवाद का सबसे बड़ा प्रतीक बन गया है। इस यहूदी को दुनिया में पूँजीवाद का दानव कहा जा सकता है। पिछले महायुद्ध में जर्मनी की जो पराजय हुई उससे जर्मनी में रहनेवाले यहूदी को कोई ग्लानि नहीं हुई, उसका कोई नुक़सान नहीं हुआ। वह तो और भी अधिक अमीर हो गया। हिटलर ने राष्ट्रवाद को मज़बूत करने के लिए यहूदियों के विरुद्ध अभियान आरम्भ कर दिया। इसके बाद आता है कम्युनिस्ट का स्थान। कम्युनिज़्म का जन्म ही पिछले महायुद्ध में जर्मनी के हाथ रूस की पराजय के फलस्वरूप हुआ। लेकिन यह कम्युनिज़्म अन्तर्राष्ट्रीय स्तर की चीज़ है। कम्युनिज़्म राष्ट्रवाद का सबसे प्रबल विरोधी तत्त्व है। इसलिए हिटलर ने कम्युनिज़्म के विरुद्ध अभियान चलाया। परिणामस्वरूप जर्मनी में उग्र राष्ट्रवाद स्थापित हो गया, यहूदियों और कम्युनिस्टों की शक्तियाँ क्षीण होते-होते मिट गईं। और आज जर्मनी राष्ट्रवादियों का सबसे शक्तिशाली और बड़ा सामूहिक दल है। एक ओर वह अन्तर्राष्ट्रीय पूँजीवाद को, जिसकी प्रतीक रूप यहूदी जाति है, चुनौती दे रहा है, दूसरी ओर वह अन्तर्राष्ट्रीय समाजवाद को, जिसका प्रतीक रूस है, चुनौती दे रहा है।''

''लेकिन रूस से तो जर्मन का युद्ध नहीं हो रहा है।'' जगतप्रकाश बोला, ''जर्मनी ने रूस से मित्रता कर रखी है।''

''वह इसलिए कि पहले उसे फ्रांस और ब्रिटेन को पराजित करना है, क्योंकि पिछले महायुद्ध में उसे फ्रांस और ब्रिटेन ने पराजित और अपमानित किया था। ये दोनों देश पूँजीवाद का प्रतिनिधित्व कर रहे हैं, यद्यपि यह पूँजीवाद सुसंगठित नहीं है, सुस्पष्ट नहीं है। हम यह नहीं भूल सकते कि पूँजीवाद उत्पीड़न और शोषण पर कायम है। आज बढ़ती हुई चेतना के युग में कोई भी राष्ट्र पूँजीवाद को आधार बनाकर खुल्लमखुल्ला शक्ति प्राप्त नहीं कर सकता, क्योंकि शक्ति जनता के हाथ में है जो शोषित है, उत्पीड़ित है। इसलिए फ्रांस और ब्रिटेन—इन दोनों देशों में पूँजीवाद को राष्ट्रवाद का जामा पहनना पड़ा है। यही फ्रांस और ब्रिटेन की कमजोरी है, क्योंकि इन दोनों देशों में पूँजीवाद के विरोधी तत्त्व मौजूद हैं। फ्रांस और ब्रिटेन में राष्ट्रवाद का पागलपन नहीं है।''

जगतप्रकाश का मन अनायास ही हलका हो गया। राष्ट्रवाद एक पागलपन है, पूँजीवाद मक्कारी और शैतानियत है। केवल समाजवाद में वह क्षमता है जो दुनिया को एक बना सके, उसकी समस्या को हल करके विश्वशान्ति स्थापित कर सके। जगतप्रकाश की धारणा रामकिशोरसिंह के कथन से पुष्ट हो गई। उसने गम्भीरतापूर्वक कहा, ''ठीक कह रहे हो, ब्रिटेन और फ्रांस के पूँजीवाद को नष्ट होना ही चाहिए, क्योंकि

यह पूँजीवाद साम्राज्य का रूप धारण कर चुका है। कितनी आसानी से कुछ दिनों के अन्दर ही फ्रांस पराजित हो गया, यह फ्रांस की पराजय उसके अन्दरवाले पूँजीवाद के खोखलेपन को ही नष्ट करती है। अकेला ब्रिटेन बचा है, और वह भी इसलिए कि ब्रिटेन के चारों ओर समुद्र है, और ब्रिटेन हमेशा से अपनी नौशक्ति के प्रति सजग रहा है। और जब तक ब्रिटेन पूरी तौर से पराजित नहीं होगा तब तक यह युद्ध चलेगा।''

तभी बाहर से कुछ लोगों की ज़ोर-ज़ोर की बातचीत इन दोनों को सुनाई दी। क्या फिर कोई झगड़ा होनेवाला है आपस में ? दोनों बाहर निकले। कुछ लोग रेडियो के सामने खड़े थे और रेडियो से खबरें आ रही थीं। वह समय रेडियो की खबरों का नहीं था, दोनों रेडियो के पास पहुँचे—काफ़ी उत्तेजना थी रेडियो के सामने खड़ी हुई भीड़ में।

जर्मन सेनाओं ने रूस पर आक्रमण कर दिया है अलस्सुबह—और जर्मन सेनाएँ तेजी के साथ रूस के अधिकार में पोलैंड की भूमि में बढ़ती हुई रूस की सीमा की ओर बढ़ रही हैं। यह अचानक क्या हो गया, एक सनसनी फैल गई थी समस्त वातावरण में।

22 जून, सन् 1941—एक महत्त्वपूर्ण तिथि, उस दिन विश्वयुद्ध ने नया मोड़ ले लिया। राष्ट्रवाद और समाजवाद की दोस्ती खत्म हो गई, वह दोस्ती अब दुश्मनी में बदल गई। लेकिन हरेक के मन में एक आशंका—एक तरह की निराशा। युद्ध अब काफ़ी लम्बा चलेगा। नहीं, यही युद्ध अब दुनिया के विभिन्न भागों में फैलेगा। और जो लोग उस मरुस्थल में क़ैद कर दिए गए हैं, वे क़ैद रहेंगे।

जगतप्रकाश अपनी बैरक में आकर चुपचाप बैठ गया और सोचने लगा। साम्राज्यवाद राष्ट्रवाद की व्युत्पत्ति है। यह पूँजीवादी और साम्राज्यवादी ब्रिटेन किसी समय राष्ट्रवादी था, यह राष्ट्रवादी जर्मनी अब साम्राज्यवादी बन रहा है। इस राष्ट्रवाद में ही तो सामूहिक शोषण और उत्पीड़न है जहाँ एक शक्तिशाली राष्ट्र निर्बल राष्ट्रों की समस्त जनसंख्या को गुलाम बनाकर शोषण करता है। दुनिया के दुःख-दैन्य का एक ही इलाज है—समाजवाद ! और अब समाजवाद पर घातक प्रहार आरम्भ हो गया है। जर्मनी की दानवी शक्ति के मुकाबले में रूस टिक सकेगा ? फ्रांस नष्ट हो चुका है, ब्रिटेन क्षत-विक्षत हो चुका है, वह रूस की कोई सहायता नहीं कर सकता। क्या दुनिया में एकछत्र जर्मनी का शासन होगा ?

नहीं, यह नहीं हो सकता, इसे नहीं होने देना चाहिए। जगतप्रकाश को अब अपनी क़ैद और अपनी विवशता अखरने लगी। उसके मन में आया, वह क्यों इस संघर्ष में भाग नहीं ले सकता ? दुनिया विचारों पर विकसित हो रही है, लेकिन विचारों का कोई अस्तित्व नहीं है अगर वे कर्म में परिणत हो सकें। और कर्म ? देवली के उस मरुप्रदेश में कर्म सम्भव नहीं।

दिन बीत रहे थे, रूस की हार की खबरें आ रही थीं। जर्मन सेनाएँ अब तेज़ी के साथ रूस की सीमा में प्रवेश कर रही थीं। जिन देशों पर रूस ने आरम्भ में कब्ज़ा किया था वे सब जर्मनी ने उससे छीन लिए थे।

देवली कैम्प में हिन्दुस्तानी क़ैदियों के दो दल बन गए थे। एक दल, जो हिन्दुस्तान की स्वतन्त्रता के लिए व्यग्र था, जर्मनी की रूस पर विजय पर प्रसन्न था; दूसरा दल, जो समाजवाद का समर्थक था, रूस की पराजय पर विक्षुब्ध था। दोनों दल एक-दूसरे के शत्रु बन गए थे। लेकिन इन दोनों दलों को जेल में बन्द किए हुए थी ब्रिटिश सरकार।

देवली में आनेवाले क़ैदियों की संख्या बढ़ती जा रही थी, और नवम्बर के महीने में जगतप्रकाश को कुछ कम्युनिस्ट क़ैदियों के साथ बरेली भेज दिया गया। जनवरी 1942 के प्रथम सप्ताह में उसे बरेली जेल से छोड़ दिया गया।

जगतप्रकाश बरेली से सीधा अपने गाँव महोना आया। अनुराधा उसे देखते ही चीख-सी उठी, "अरे तुम !" दौड़कर उसने जगतप्रकाश को अपनी बाँहों में कस लिया। अनुराधा की आँखों में आँसू थे और वह कह रही थी, तुम छूट आए ! मेरे भगवान् ! मेरा लाल छूटकर घर वापस आ गया। तुम कहाँ से आ रहे हो ? कितने दुबले हो गए हो ?"

"बरेली सेंट्रल जेल से छूटा हूँ। देवली से बरेली भेज दिया गया था।" जगतप्रकाश ने मुस्कराते हुए कहा, "पहले सोचा इलाहाबाद चलूँ, फिर सोचा कि अपनी दीदी से तो मिल लूँ—अपने घर की शक्ल तो देख लूँ।"

तभी उसकी नज़र सुमेर पर पड़ी जो मकान के अन्दर से आकर वहाँ खड़ा हो गया था। उसने सुमेर से कहा, "तुम यहीं आ गए हो ! इलाहाबाद के मकान का क्या हुआ ?"

अनुराधा की क्षणिक भावनात्मक कोमलता जैसे एकाएक लोप हो गई, "होता क्या ? तुम्हारी चिट्ठी पाते ही मैं इलाहाबाद गई और तुम्हारा सामान साथ ले आई, मकान खाली कर दिया। किराया कौन देता ? शायद इस बीच तुम्हारी वहाँ की नौकरी भी खत्म हो गई होगी।"

डेढ़ साल बाद—पूरे डेढ़ साल बाद वह आज़ाद होकर अपने घर में सुख की नींद सोया। सुबह जब उसकी नींद खुली, पहले तो वह अपने आसपास के वातावरण को पहचान नहीं पाया, फिर धीरे-धीरे उसकी चेतना जागी। उसकी बहन ने रात में कहा था कि इलाहाबाद में उसकी नौकरी छूट गई होगी। उसका सारा सामान महोना में आ गया है। इलाहाबाद से अब उसका कोई सम्पर्क नहीं रह गया है, इलाहाबाद ही क्यों, अपने गाँव को छोड़कर और कहीं से उसका कोई सम्पर्क नहीं रह गया है। उसे फिर से सम्पर्क स्थापित करने पड़ेंगे।

और शायद वही सम्पर्क स्थापित करने के लिए सुबह का नाश्ता करके वह अपने गाँव का चक्कर लगाने निकल पड़ा। उसने देखा कि उसका गाँव अब पहले जैसा सूना और उजाड़ नहीं है। उस दिन गाँव में बाज़ार लगा था। बाज़ार में माल भरा था, लोग खरीद रहे थे और बेच रहे थे। पहले तो इतनी ख़रीद-फ़रोख्त नहीं होती थी। तो लोगों की आर्थिक अवस्था कुछ सुधरी है। उनके पास पैसा आ गया है। अनायास ही बढ़

जानेवाली लोगों की सम्पन्नता पर जगतप्रकाश को आश्चर्य हो रहा था। चुपचाप वह चला जा रहा था।

तभी उसे एक आवाज़ सुनाई दी, "अरे जगत भइया, तुम ! कब आए ? हमने तो सुना था कि तुम जेल में हो। हमने भी महात्मा गांधी को लिखा था कि हमें सत्याग्रह करने की अनुमति दी जाए, लेकिन हमें अनुमति मिली ही नहीं, तो हम यहाँ बाहर ही रहे। जी में आता है कि हम बिना अनुमति के ही सत्याग्रह कर दें, लेकिन साथ के कांग्रेसी कार्यकर्ता हमें रोकते हैं। कितने दिन की सज़ा हुई थी ?"

"सज़ा नहीं हुई थी।" जगतप्रकाश बोला, "क्योंकि मैंने सत्याग्रह किया ही नहीं था। मुझे तो बिना मुक़दमा चलाए ही जेल में बन्द कर दिया था। दो दिन हुए छूटा हूँ। और कहो, क्या हाल हैं गाँव के ?"

"हाल तो बड़े अच्छे हैं। यह लड़ाई क्या छिड़ी, जैसे लोगों के पास रुपया उमड़ पड़ा है। अनाज के दाम चढ़ते जा रहे हैं, गेहूँ रुपए का साढ़े पाँच सेर हो गया है। अपनी दीदी से कहो कि यह मौक़ा है, इतने ऊँचे दाम फिर न मिलेंगे गेहूँ के। पूरा माल निकाल दें। हम आठ रुपए मन के हिसाब से सब गेहूँ खरीद लेंगे—रुपए के पाँच सेर समझो !"

जगतप्रकाश को कुछ आश्चर्य हुआ अँगनू की बात सुनकर, "क्या तुमने अनाज का व्यापार शुरू कर दिया है ?"

"हें-हें-हें ! बेकार बैठे रहने से कुछ काम-काज करना अच्छा है। बात यह है कि सरकार अनाज खरीद रही है फ़ौज के वास्ते। हमारे बहनोई राली ब्रदर्स की तरफ़ से बस्ती में अनाज खरीदने को नियुक्त हुए हैं, तो हमसे बोले कि पैदा कर लो, ऐसा मौक़ा बार-बार नहीं मिलता। भगवान् की दया से साल-भर में दस-बारह हज़ार रुपया मिल गया है।"

एकाएक जगतप्रकाश को जमील की बातचीत की याद हो आई जो उसके गिरफ्तार होने के पहले हुई थी। उसने रुखाई के साथ कहा, "अनाज खरीदने और बेचने की बात दीदी से करो, तुम तो जानते ही हो कि मैं दीदी के मामले में कोई दखल नहीं देता।" और वह आगे बढ़ गया।

घूमता हुआ वह जमील के मकान के सामने पहुँचा। जमील की पत्नी सईदा ने उसे देखते ही कहा, "अरे, आप छूट आए ! तो मियाँ की बात ही ठीक निकली। दो महीने पहले आए थे। कहते थे कि उनके नाम वारंट कट गया है, आप भी जल्दी ही छूट जाएँगे।"

"आजकल वह कहाँ हैं ?" जगतप्रकाश ने पूछा।

"खुदा जाने कहाँ हैं ? कहते थे कि इन दिनों कानपुर में अपना ठिकाना बना लिया है, लेकिन बम्बई जाने की भी सोच रहे थे। जब से गए हैं कोई खबर नहीं दी। लेकिन होंगे कानपुर में ही, बम्बई जाते तो मुझे खबर ज़रूर देते, क्योंकि बम्बई वाला मकान भी अभी उनके पास है, और मैं भी यहाँ की ज़िन्दगी से आजिज़ आ गई हूँ। मैं उनके आने का इन्तज़ार ही कर रही हूँ।"

जिस समय जगतप्रकाश घूमकर वापस लौटा था, एक बज गया था। आसमान पर हलके-हलके बादल छाए हुए थे, और तेज़ उत्तरी हवा चल रही थी जिससे उसका शरीर काँप रहा था। आते ही वह खाना खाने बैठ गया, लेकिन उसे लग रहा था कि उसे भूख नहीं है। मन के अन्दर एक गहरी उदासी और असन्तोष। खाना खाने के बाद उठते हुए उसने अनुराधा से पूछा, ''बाबू रामसहाय ने क्या इस बीच कोई खबर ली मेरी ?''

अनुराधा का मुख कठोर हो गया, ''नहीं, इधर इन्होंने कोई खबर नहीं ली। उन्हें तुम्हारी गिरफ्तारी की खबर मिल गई थी और उन्हें बड़ा अफ़सोस था। फिर उसके बाद कोई बात नहीं हुई। खैर छोड़ो भी उस सम्बन्ध को। बनारस से एक रिश्ता आया है। लड़की बी.ए. की परीक्षा दे रही है इस साल, लड़की के बाप अच्छे वकील थे, अब तो वकालत छोड़ दी है उन्होंने, कांग्रेस के सेक्रेटरी हो गए हैं। ज़मींदारी है, हैसियत वाले आदमी हैं वे लोग। वे जानते हैं कि तुम जेल में हो। मैंने कह दिया था कि जेल से छूटने के बाद तुमसे पूछकर मैं जवाब दूँगी। लड़की सुन्दर है, मैंने उसे देखा है !''

''यह तो ठीक है, लेकिन मैं यमुना के साथ विवाह करने का वचन दे चुका हूँ। तुम एक दफ़ा बाबू रामसहाय को बतला तो दो कि मैं जेल से छूटकर आ गया हूँ।''

अनुराधा भड़क उठी, ''उन्हें बतलाए जाकर मेरी बला ! जो कुछ करना हो, तुम्हीं करो जाकर।''

जगतप्रकाश ने अनुराधा की बात का कोई उत्तर नहीं दिया। भाई-बहन में एक प्रकार का पुराना समझौता था कि अगर क्रोध में आकर कोई बात कहे तो दूसरा उसका उत्तर न देकर चुप हो जाए। उससे क्रोध वहीं ठंडा हो जाएगा। जगतप्रकाश चुपचाप अपने कमरे में चला गया। थोड़ी देर बाद अनुराधा उसके कमरे में आई, ''कल सुबह मैं बस्ती जा रही हूँ रामसहाय के यहाँ। उनसे पूरी तौर से साफ़-साफ़ बात कर लूँ।''

''नहीं दीदी, तुम वहाँ मत जाना। वही आकर बात करें।''

''कहाँ तक उनका इन्तज़ार करूँगी, बनारस वाले मुझे घेरेंगे आकर, जैसे ही उन्हें पता चलेगा कि तुम छूटकर आ गए हो। अगर हर्ज न हो तो तुम भी मेरे साथ बस्ती चले चलो।''

बड़े प्यार से अपनी बहन का हाथ अपने हाथ में लेते हुए जगतप्रकाश ने कहा, ''दीदी, अभी मेरी शादी की इतनी जल्दी क्यों ? एक नौकरी थी, वह भी छूट गई। कल का कोई ठिकाना नहीं। यमुना की बात तो मैंने इसलिए चलाई थी कि मैंने यमुना को वचन दे दिया था।''

अनुराधा पिघल गई जगतप्रकाश की बात सुनकर, उसने कहा, ''मैं तुम पर कोई दबाव नहीं डाल रही हूँ, तुम जैसा ठीक समझो वैसा करो !''

''पहले मैं अपने लिए काम ढूँढूँगा जाकर। अभी तो चार दिन यहाँ घर में रहकर आराम करूँगा, फिर इलाहाबाद जाकर पूछूँगा कि वहाँ की स्थिति क्या है।''

उदास नज़र से अनुराधा ने जगतप्रकाश को देखा, फिर एक ठंडी साँस लेकर बोली, ''भगवान् जाने कौन-सा पाप हम लोगों से हुआ है जिसका इस तरह दंड मिल रहा है !

ज़िन्दगी से तो जूझना ही है।" उसकी आँखें भर आईं। तत्काल वह घूमकर चल दी।

जगतप्रकाश के लिए अपने गाँव में एक हफ्ता काटना मुश्किल हो गया। दुनिया में महायुद्ध हो रहा था, और वह समस्त साधनों से रिक्त उस पिछड़े हुए गाँव में अकेला बैठा था। उसे चारों ओर जो चेहरे दिखते थे, वे थके हुए, उत्साहहीन। जैसे नितान्त अनजाने आदमियों के बीच वह आ पड़ा हो। यह गाँव भी तो एक जेल था, शायद जेल से भी बदतर। कहीं जीवन की गति और ताज़गी नहीं। केवल उसकी बहन की ममता, और वह ममता भी अब उसे अखर रही थी। लेकिन वह अब एकान्त और संयम का आदी हो गया था। जहाँ डेढ़ साल, वहाँ एक हफ्ता और। इसके बाद उसे निकलना है, उसे काम करना है, अपनी बहन के शब्दों में उसे ज़िन्दगी से जूझना है। लेकिन कौन-सा काम करना है उसे ? किस तरह ज़िन्दगी से जूझा जाए, कहाँ निकला जाए ! वह उलझ जाता था। जैसे-तैसे एक हफ्ता बीता और वह इलाहाबाद के लिए रवाना हुआ।

अपना सामान स्टेशन के क्लॉक-रूम में रखकर जगतप्रकाश कमलाकान्त के यहाँ उसके होस्टल पहुँचा। कमलाकान्त जगतप्रकाश को देखते ही चौंक पड़ा, "अरे तुम ! तो तुम छूट गए ! कब आए इलाहाबाद ? कहाँ ठहरे हो ? मकान तो तुम्हारी बहन खाली करके चली गई थीं ?"

"आज सुबह अपने गाँव से आया हूँ। असबाब स्टेशन पर रखकर सीधे तुम्हारे यहाँ आ रहा हूँ।"

"तो फिर तुम्हारे ठहरने का क्या इन्तज़ाम होगा ?" कमलाकान्त ने जगतप्रकाश को अपने साथ ठहरने को आमन्त्रित नहीं किया।

"कोई मकान ढूँढ़ना होगा, तब तक किसी होटल में टिक जाऊँगा।" शान्तभाव से जगतप्रकाश बोला, "अभी तो मुझे पता लगाना है कि यूनिवर्सिटी में मेरी स्थिति क्या हैं। क्या मैं बर्खास्त कर दिया गया हूँ, या मैं अपनी पोस्ट कर लिया जा सकता हूँ। मेरे सामने ज़िन्दगी नए सिरे से निर्माण करने का प्रश्न है।"

कमलाकान्त ने पूरी सहानुभूति दिखलाते हुए कहा, "मुझे बड़ा अफ़सोस है जगत ! मुझे नहीं मालूम था कि तुम कम्युनिस्ट पार्टी में इतने गहरे पहुँच गए हो ! जहाँ तक मैं समझता हूँ तुम यूनिवर्सिटी में अपनी पोस्ट खत्म ही समझो। तुम्हारे स्थान पर एक नई नियुक्ति हो गई है।"

जगतप्रकाश मुसकराया, "समझता तो मैं भी ऐसा ही हूँ, यद्यपि मेरे विरुद्ध कोई अभियोग नहीं था और कानूनन मैं अपराधी नहीं हूँ। बहरहाल प्रोफेसर शर्मा से मिलकर मैं अपनी स्थिति स्पष्ट कर लूँ।"

कमलाकान्त उठ खड़ा हुआ, "अच्छी बात है, डॉक्टर शर्मा से मिलकर मुझे बतलाना कि क्या स्थिति है तुम्हारी। इस समय तो मुझे प्रोफेसर मेहता के यहाँ जाना है। मैंने भी अपनी थीसिज़ जमा कर दी है एक हफ्ता पहले। कल सुबह एक महीने के लिए अपने घर जा रहा हूँ, मेरे पिता ने मुझे बड़े आग्रह के साथ बुलाया है।"

जगतप्रकाश भी उठ खड़ा हुआ। एक अजीब तरह की कड़वाहट भर गई थी उसके

मन में। कमलाकान्त इतना रुखा हो सकता है, उसने यह कभी न सोचा था। वैसे उसे कमलाकान्त के व्यवहार से क्रोध नहीं हुआ। कमलाकान्त जिस वर्ग का आदमी था उस वर्ग की मान्यताओं से वह अलग कैसे हो सकता था ? उसने घड़ी देखी, अभी दस बजने में पाँच मिनट बाकी थे। प्रोफेसर शर्मा ठीक दस बजे यूनिवर्सिटी पहुँच जाते हैं उसे यह मालूम था। वह यूनिवर्सिटी की ओर चल पड़ा।

जगतप्रकाश को देखते ही प्रोफेसर शर्मा उठ खड़े हुए। उन्होंने तपाक के साथ जगतप्रकाश से हाथ मिलाते हुए कहा, "मुझे तुम्हारे छूटने की खबर एक हफ्ता पहले मिली थी। मुझे आश्चर्य हो रहा था कि तुम कहाँ रह गए। तुम्हें सीधे यहाँ आना चाहिए था।"

"जी, बरेली से छूटकर मैं सीधा अपने गाँव महोना चला गया था अपनी बहन के पास। यहाँ का मकान तो छूट गया है, डेढ़ साल तक कैसे मकानवाला बिना किराया पाए मकान खाली रखता ? मेरी बहन यहाँ आकर मेरा सारा सामान ले गई थीं।"

"मैं समझता हूँ। लेकिन अगर तुम्हारी बहन मकान खाली करने के पहले मुझसे मिल लेतीं तो यह नौबत नहीं आने पाती। खैर छोड़ो भी, जो हो गया वह हो गया। यहाँ इलाहाबाद कब आए और कहाँ ठहरे हो ?"

"आज सुबह आया हूँ और असबाब स्टेशन पर पड़ा है। पता नहीं, क्या करना होगा, कहाँ जाना होगा ! इलाहाबाद में मेरा कोई दोस्त या रिश्तेदार भी नहीं है जिसके यहाँ जाकर ठहरता। सोचा कि आपसे मिलने के बाद किसी होटल में ठहर जाऊँगा।"

कुछ देर तक मौन भाव से प्रोफेसर शर्मा ने जगतप्रकाश को देखा, फिर उनके मुख पर एक मुस्कराहट आई, "तुम्हारा दोस्त यहाँ है, तुम्हारा रिश्तेदार यहाँ है। तुम अपना असबाब मेरे यहाँ ले आओ, यह तुम अपने पितातुल्य किसी आदमी का आदेश समझो। बाद में तुम अपने लिए एक मकान भी ढूँढ़ लेना। तुम्हें इलाहाबाद में ही रहना है, तुम्हें इसी यूनिवर्सिटी में काम भी करना है—यह मेरी ज़िम्मेदारी है। तुम्हारे साथ अन्याय हुआ है, तुम्हें फँसाया गया है, मैंने सब पता लगा लिया है। यह बैरिस्टर बंसगोपाल और उनका कोई रिश्तेदार रूपलाल—ये सब इस षड्यन्त्र में थे। मुझे सुषमा से यह पता चल गया है।"

जगतप्रकाश चौंक उठा। अपने बन्दी जीवन में वह लगातार यह सोचता रहा था कि उसे क्यों गिरफ्तार किया गया, लेकिन कारण उसकी समझ में नहीं आया था। उसे ताज्जुब हो रहा था कि इस सम्भावना पर उसका ध्यान क्यों नहीं गया। रूपलाल सी.आई.डी. का आदमी था और बंसगोपाल का उसने अपमान किया था। उसने प्रोफेसर शर्मा से कहा, "जैसी आपकी आज्ञा, सर ! लेकिन मेरे आने से आपको असुविधा होगी।"

"अपनी सुविधा-असुविधा को जितना मैं समझ सकता हूँ उतना तुम नहीं समझ सकते। अच्छा, अब तुम स्टेशन जाकर असबाब मेरे बँगले में ले आओ। वैसे यूनिवर्सिटी में तुम्हारी जगह एक नई नियुक्ति हो गई है, लेकिन यह नियुक्ति एक की है। इधर

डॉक्टर कौल चार महीने से बीमार हैं, मैं वाइस चांसलर से बात करता हूँ। तुम अपनी पोस्ट पर वापस आ जाओ, तुम्हारी पोस्ट पर जो ज्ञानेन्द्रकुमार काम कर रहे हैं वह डॉक्टर कॉल की पोस्ट पर काम करते रहेंगे।''

डॉक्टर शर्मा ने जगतप्रकाश के अन्दर मिटती हुई आस्था को जैसे बचा लिया। जगतप्रकाश अपना असबाब डॉक्टर शर्मा के यहाँ ले आया।

स्नान करके और कपड़े बदलकर वह करीब दो बजे यूनिवर्सिटी पहुँचा। वह अपने विभाग में प्रवेश कर ही रहा था कि उसकी नजर सुषमा पर पड़ गई जो गलियारे में खड़ी एकटक जगतप्रकाश को देख रही थी। सुषमा ने उसे नमस्ते की। सुषमा की नमस्ते का उत्तर देते हुए जगतप्रकाश ने मुस्कराकर कहा, ''अच्छी तरह हैं आप ! एम.ए. तो पास कर लिया होगा ?''

''जी हाँ, अब डॉक्टर शर्मा की अध्यक्षता में रिसर्च कर रही हूँ। तो आप छूटकर आ गए। मुझे बड़ा अफ़सोस है कि आप पर इतनी बड़ी विपत्ति अकारण ही आ पड़ी।''

जगतप्रकाश की मुस्कराहट वैसी-की-वैसी बनी रही, ''कारण तो कहीं-न-कहीं जाने या अनजाने होते ही हैं। फिर विपत्तियों का मुकाबला करने और उन पर विजय पाने के लिए ही तो आदमी का जन्म हुआ है।''

अब सुषमा की झिझक जाती रही, उसने भी मुस्कराते हुए कहा, ''मुझे ताज्जुब होता है कि दर्शनशास्त्र और राजनीतिशास्त्र में आपको समान अधिकार कैसे प्राप्त हैं जबकि आपका विषय अर्थशास्त्र है। प्रोफेसर तो अभी पाँच मिनट पहले वाइस चांसलर के यहाँ गए हैं, चलिए तब तक हम लोग किसी रेस्तराँ में चाय पी लें। सर्दी काफी है, चाय पीने में आपको कोई आपत्ति तो न होगी।''

सुबह जो कुछ उसे प्रोफेसर शर्मा ने बताया था, उसे सुनने के बाद सुषमा के साथ चाय पीने में और उससे बात करने में कोई हर्ज न होगा—जगतप्रकाश ने यह अनुभव किया।

बाहर एक छोटी-सी खूबसूरत कार खड़ी थी। सुषमा ने जगतप्रकाश को अपनी बगल में बैठाते हुए कहा, ''एम.ए. पास करने के पुरस्कार में पापा ने मुझे यह कार खरीद दी है, एक कार से काम नहीं चलता था, पापा को असुविधा होती थी। पसन्द आई यह कार ?''

जगतप्रकाश को कुलसुम की याद आ गई, उसके पास भी तो उसकी निजी कार है। यह कार सम्पन्नता की निशानी है। वह मन-ही-मन हँस पड़ा, उसने सुषमा से केवल इतना कहा, ''बड़ी खूबसूरत कार है, मैं आपको इसके लिए बधाई देता हूँ।''

सिविल लाइंस में एक शानदार रेस्तराँ के सामने सुषमा ने अपनी कार रोकी। रेस्तराँ के दरबान ने बढ़कर कार का दरवाज़ा खोला और झुककर सुषमा को सलाम किया। इसके माने यह थे कि सुषमा इस रेस्तराँ में अक्सर आती थी।

रेस्तराँ के एक केबिन में दोनों बैठ गए, सुषमा ने चाय का ऑर्डर दिया। फिर वह

जगतप्रकाश से बोली, "आप बहुत भले हैं, बहुत सीधे हैं। लेकिन यह दुनिया भले और सीधे आदमियों के लिए नहीं है। मक्कारी, फ़रेब, झूठ और हिंसा—इन्हीं पर यह दुनिया क़ायम है। पता नहीं कि अपने अनुभवों से आपको कोई सबक मिला या नहीं। आपके साथ ज्यादती हुई, मैं यह अनुभव करती रही हूँ।"

जगतप्रकाश ने गौर से सुषमा को देखा, उसकी सुन्दरता और भी निखर आई थी। उसने पूछा, "तुम्हें कैसे पता कि मेरे साथ ज्यादती हुई थी ?"

"इसलिए कि आपको फँसाने में रूपलाल का हाथ था, डैडी की अनुमति थी। मैंने उन दोनों की बातें सुन ली थीं।"

एकाएक जगतप्रकाश पूछ बैठा, "तुम्हारा विवाह हुआ या नहीं।"

सुषमा हँस पड़ी, "नहीं, और अब मेरा विवाह होगा भी नहीं, क्योंकि विवाह करने को मैं तैयार नहीं हूँ। मुझे क्रासवेथ गर्ल्स कॉलेज में अर्थशास्त्र के लेक्चरर की जगह मिल गई है। अब मैं किसी बन्धन में नहीं बँधना चाहती हूँ। विवाह के लिए मुझमें कोई प्रवृत्ति नहीं है, शायद मैं किसी एक पुरुष की होकर रह नहीं सकती। हाँ, कहाँ ठहरे हैं आप ?"

"अभी तो प्रोफ़ेसर शर्मा ने मुझे अपने साथ ठहरा लिया है। मकान तो छूट गया था मेरी गिरफ्तारी के बाद ही। आज से ही मकान की तलाश करना आरम्भ कर दूँगा।"

"सिविल लाइंस में मिस्टर बैनर्जी के बँगले का एक हिस्सा खाली है। दो कमरे हैं, किचन है, बाथरूम है। तीन दिन पहले उन्होंने मुझसे कहा था। किराया पैंतीस रुपया माँगते हैं, पिछला किराएदार तीस रुपया महीना देता था। अगर कहिए तो वह मकान आपको दिलवा दूँ—किराया वही तीस रुपया ही तय करा दूँगी।"

जगतप्रकाश ने सुषमा की बात का उत्तर नहीं दिया, वह आँख नीची किए हुए कुछ सोच रहा था। कितनी साहसी, कितनी स्पष्टभाषिणी थी यह सुषमा ! और तभी उसे अनुभव हुआ कि उसका हाथ सुषमा के हाथ में चला गया। उसे सुषमा के हाथ से अपना हाथ छुड़ाने की इच्छा नहीं हुई। सुषमा कहती जा रही थी, "उस मकान में रहने से आप मेरे पड़ोस में रहेंगे, लेकिन आपको मुझसे कोई खतरा नहीं होगा। आपने मेरे साथ विवाह करने से इनकार करके अपना भला किया, मेरा भी भला किया। विवाह के बाद हम दोनों का जीवन कटु और विषाक्त हो जाता। मैंने उस समय इसका अनुभव नहीं किया था जिस दिन आप मुझे झटककर चले आए थे। लेकिन प्रश्न यह है कि क्या मैंने आपको अपने साथ विवाह के बन्धन में फँसाने के लिए वह सब किया था ? शायद किया था, शायद नहीं किया था। मुझे आप अच्छे लगे थे, उस सबके बाद भी आप मुझे अच्छे लग रहे हैं। अच्छा लगने के अर्थ यह तो नहीं होते कि मैं आपके साथ विवाह करूँ। सोचती हूँ कि अगर आपसे मेरा विवाह हो गया होता तो आप मुझे बुरे लगने लगते।"

जगतप्रकाश के शरीर में एक झनझनाहट दौड़ रही थी। यह सब क्या हो रहा है—

उसकी समझ में नहीं आ रहा था। वह सुषमा के एक प्रश्न से आश्चर्यचकित हो गया, "सच पूछिए, आज जब आपके साथ मेरे विवाह का कोई प्रश्न नहीं रह गया, तब क्या मैं आपको अच्छी लगती हूँ।"

बड़ा ज़बर्दस्त नियन्त्रण रखना पड़ा। जगतप्रकाश को अपने ऊपर, जब उसने कहा, "मैं कह नहीं सकता, लेकिन तुम मुझे बुरी नहीं लग रहीं।"

चाय आ गई थी, चाय पीकर सुषमा ने बिल अदा किया। फिर उठते हुए उसने कहा, "आपको मेरे पापा से बदला लेना चाहिए।" और वह खिलखिलाकर हँस पड़ी, "मैं इतनी बुरी नहीं हूँ जितने मेरे पापा हैं। अच्छा कल शाम आप मेरे यहाँ आइएगा, पापा एक केस में कानपुर गए हैं। मैं मकान की बात कर रखूँगी।"

जिस समय जगतप्रकाश अपने विभाग में वापस लौटा प्रोफ़ेसर शर्मा वाइस चांसलर से मिलकर वापस आ गए थे। वह कुछ झुँझलाए हुए-से थे। उन्होंने जगतप्रकाश से कहा, "क्या बताऊँ, डॉक्टर कौल अगले हफ्ते ज्वाइन कर रहे हैं। अभी उनकी तन्दुरुस्ती ठीक नहीं है, डॉक्टरों की सलाह है कि वह अभी तीन महीने और आराम करें। लेकिन उन्हें समझाए कौन ? ज़िद पकड़ गए हैं। वाइस चांसलर का कहना है कि उन्हें ज़बर्दस्ती छुट्टी नहीं दी जा सकती। उन्होंने कोई दूसरा रास्ता निकालने को कहा है। कल सुबह तुम उनसे मिल लेना, उन्होंने मुझसे कहा है कि मैं तुम्हें उनके पास भेज दूँ।"

"अच्छी बात है सर, कल मैं उनसे मिल लूँगा। वैसे मैं तीन-चार महीने इन्तज़ार कर सकता हूँ। आदमी का कोई वश नहीं, परिस्थितियाँ जैसी हैं, उनसे समझौता करना ही पड़ेगा।"

दूसरे दिन सुबह ग्यारह बजे जगतप्रकाश वाइस चांसलर से मिलने पहुँचा। वाइस चांसलर ने जगतप्रकाश से पूरी बात सुनी, फिर उन्होंने कहा, "मुझे बड़ा दुख है कि इस समय मैं तुम्हारी कोई सहायता नहीं कर सकता। वैसे इस टर्म के बाद मैं तुम्हें तुम्हारी जगह दे दूँगा। लेकिन अच्छा यह होगा कि तुम यहाँ के कलक्टर से मिलकर अपनी स्थिति स्पष्ट कर दो। शायद वह तुमसे इस प्रकार का बयान चाहें कि कम्युनिज़्म पर तुम्हें विश्वास नहीं है। अगर कलक्टर सरकार से तुम्हारी सिफ़ारिश कर दें तो मैं तुम्हें तत्काल ले लूँगा।"

"लेकिन मुझे कम्युनिज़्म पर विश्वास हो गया है।" जगतप्रकाश बोला, "जब मैं गिरफ्तार हुआ था तब मुझमें कम्युनिज़्म के प्रति एक तरह का भावनात्मक लगाव-भर था, लेकिन विश्वास नहीं था। जेल में रहकर मैंने कम्युनिज़्म पर मनन किया, उसका साहित्य मैंने पढ़ा, और अब मैं कह सकता हूँ कि मुझमें कम्युनिज़्म के प्रति पूर्ण विश्वास है, उसके प्रति गहरी आस्था है।"

वाइस चांसलर ने गौर से जगतप्रकाश को देखा, एक मुस्कान उसके मुख पर आई, "तुम साहसी हो, तुम सत्यवादी हो, तुम्हारे प्रति मेरे मन में आदर है। लेकिन नीति कहती है कि अपना काम साधने के लिए अगर ऐसा झूठ बोलना पड़े जो अहितकर न हो, तो उसे बोल देना चाहिए। वैसे मैं तुम्हारी पूरी सहायता करूँगा, सरकार ज़बर्दस्ती कोई

गैर-कानूनी बात मुझसे नहीं मनवा सकती, लेकिन इसके लिए तुम्हें इस टर्म के अन्त तक ठहरना पड़ेगा। मैं तुम्हारे हित की ही बात कह रहा हूँ, इस पर अच्छी तरह सोच-समझ लो।''

जगतप्रकाश उठ खड़ा हुआ, ''धन्यवाद सर ! मैं सोचूँगा, लेकिन—बड़ा मुश्किल काम बताया है आपने।''

वाइस चांसलर ने उठकर जगतप्रकाश से हाथ मिलाया, ''इससे मेरी मुश्किल हल हो जाएगी। तुम समझदार हो, और तुम जानते ही होगे कि कम्युनिस्ट ने नीति वाले झूठ से इनकार नहीं किया है।''

जगतप्रकाश ने वाइस चांसलर की बात का कोई उत्तर नहीं दिया, वह घूमकर चल दिया। उसके मन में एक तरह की कड़वाहट आ गई थी इस बातचीत के बाद। एक विश्वविद्यालय का वाइस चांसलर, प्रकांड पंडित, चरित्रवान् और इज़्ज़तवाला आदमी उसे झूठ बोलने की सलाह दे रहा था। तभी उसे अनुभव हुआ कि सारे समाज की मान्यताएँ इस सुविधा और झूठ की मान्यताएँ हैं। वाइस चांसलर ने अभी कहा था कि कम्युनिज़्म ने नीति के झूठ से इनकार नहीं किया है, और उन्होंने गलत नहीं कहा था। रूस ने जर्मनी से दोस्ती की, अपनी सुविधा को ध्यान में रखकर, लेकिन रूस में जर्मनी के प्रति सद्भावना नहीं थी, हो भी नहीं सकती थी। और अन्त में जर्मनी और रूस में ही युद्ध छिड़ गया। यह युद्ध अनिवार्य था।

लेकिन क्या व्यक्ति और समाज की मान्यताएँ एक हो सकती हैं, या एक होनी चाहिएँ ? गांधी का कहना है कि ये मान्यताएँ एक होनी चाहिए, तभी स्थायी शान्ति और सुख सम्भव है। लेकिन समाज और व्यक्ति की मान्यताएँ एक हो नहीं सकतीं, होनी भी नहीं चाहिए, अन्यथा समस्त सामाजिक विकास ही रुक जाएगा। समाज की स्थापना सामूहिक संगठन की स्थापना है, एक सामूहिक संगठन दूसरे सामूहिक संगठन से भिन्न हो सकता है, विपरीत दिशा में हो सकता है। एक समाज को दूसरे समाज का मुकाबला करना होता है, एक देश की दूसरे देश से प्रतिद्वन्द्विता है। एक जाति दूसरी जाति से संघर्षरत है, एक धर्म दूसरे धर्म का विरोधी तत्त्व है। यह देश, जाति, धर्म का संगठन व्यक्तियों क्या चारित्रिक बल पर निर्भर है। व्यक्ति अगर सुविधा और झूठ की मान्यताएँ स्वीकार कर ले तो समाज निर्बल पड़ जाएगा।

और तभी जगतप्रकाश के सामने एक समस्या और उठ खड़ी हुई। ये जितनी सामाजिक मान्यताएँ हैं, व्यक्तियों द्वारा ही तो प्रतिपादित होती हैं। आख़िर व्यक्ति और समाज की मान्यताओं की सीमारेखा कहाँ है ? जगतप्रकाश एक नई उलझन में फँस गया। क्या व्यक्ति की मान्यताएँ द्वैत-रूप धारण कर सकती हैं ? शायद हाँ, शायद नहीं। राष्ट्रों के नेता अथवा राजनीतिज्ञ, इनके व्यक्तित्व दो धाराओं में काम करते हैं। एक समाज के प्रतिनिधि रूप में, सामूहिक हित-अहित के द्योतक, दूसरा व्यक्तिगत रूप में जहाँ मनुष्य का मनुष्य के साथ सम्बन्ध है, जहाँ व्यक्तियों के हित सर्वोपरि हैं। इन दोनों व्यक्तित्वों की मान्यताओं में अन्तर होना चाहिए, अन्यथा समाज का विकास सम्भव नहीं है।

वाइस चांसलर ने जगतप्रकाश को व्यक्तिगत हित के लिए सामाजिक मान्यता अपनाने की सलाह दी थी। शायद जगतप्रकाश का प्रश्न सामाजिक प्रश्न था भी जहाँ एक सरकार अपनी नीतियों और अपने हितों की रक्षा के लिए दूसरे समाज, यानी कम्युनिस्ट दल के व्यक्तियों को प्रताड़ित करती है। लेकिन जहाँ तक जगतप्रकाश का प्रश्न था, यूनिवर्सिटी की लेक्चररशिप केवल उसके व्यक्तिगत हित की बात थी। वहाँ सामाजिक हित अथवा अहित का प्रश्न ही नहीं था। नहीं, उसे अपने व्यक्तिगत हित के लिए झूठ नहीं बोलना चाहिए। उसकी चिन्ता वह क्यों करे—जो कुछ आगे होनेवाला है, उस पर उसका कोई वश नहीं।

अपने अन्दरवाले इस मंथन के बाद उसके अन्दरवाली कटुता दूर हो गई। कलक्टर से झूठ बोलकर, उसे धोखा देकर वह अपने व्यक्तिगत हित का साधन नहीं करेगा, किसी हालत में नहीं। वह तीन-चार महीने तक प्रतीक्षा कर सकता है।

जगतप्रकाश प्रोफ़ेसर शर्मा के कमरे में पहुँचा। जगतप्रकाश को देखते ही वह बोले, ''मिल आए चांसलर से ? क्या बात हुई ?''

''वह कहते हैं कि कल मैं कलक्टर से मिलकर यह बयान दे दूँ कि मैं कम्युनिस्ट नहीं हूँ और कलक्टर से सरकार के पास अपनी सिफ़ारिश करवा दूँ, तो वह मुझे यूनिवर्सिटी में तत्काल ले लेंगे, नहीं तो मुझे इस टर्म के अन्त तक इन्तज़ार करना होगा।''

''कायर कहीं का !'' प्रोफ़ेसर शर्मा के माथे पर बल पड़ गए, ''यूनिवर्सिटी का वाइस चांसलर होकर कलक्टर से इतना डरे और दबे। लेकिन किया क्या जाए ? हम गुलाम हैं सिर्फ़ इसलिए न कि हम कायर हैं। फिर तुम कलक्टर से मिल लो, जहाँ तक मुझे पता है वह भला आदमी है।''

कुछ देर चुप रहकर जगतप्रकाश ने कहा, ''मैं सोच रहा हूँ कि इस टर्म के अन्त तक मैं इन्तज़ार ही कर लूँ। मैं व्यक्तिगत हित के लिए झूठ नहीं बोलना चाहता, मैं कम्युनिस्ट हो गया हूँ।''

प्रोफ़ेसर शर्मा मुस्कराए, ''मैं कम्युनिस्ट पार्टी को बधाई देता हूँ कि उसे तुम्हारे जैसा चरित्रवान्, निष्ठावान और बुद्धिमान आदमी मिल गया है। अगर तुम इस टर्म के अन्त तक इन्तज़ार कर सकते हो तो ठीक है।'' फिर कुछ रुककर उन्होंने कहा, ''यह तुम्हारा व्यक्तिगत मामला है, मैं तुमसे कोई आग्रह नहीं करूँगा; लेकिन मैं समझता हूँ कि तुम किसी राजनीतिक पार्टी के योग्य नहीं हो, राजनीति झूठ और बेईमानी का दूसरा नाम है।''

''कम्युनिज्म राजनीतिक नारा है—क्या आप ऐसा समझते हैं ?'' जगतप्रकाश ने पूछा।

''तुम क्या समझते हो ?'' प्रोफ़ेसर शर्मा ने जगतप्रकाश के प्रश्न का उत्तर न देकर स्वयं प्रश्न किया।

''मैं समझता हूँ कि कम्युनिज्म जीवन का दर्शन है, मानव-विकास का सत्य है। माइकावली और चाणक्य का युग समाप्त हो गया। इंडस्ट्रियल रिवोल्यूशन के बाद

अर्थशास्त्र और समाजशास्त्र की प्राचीन परम्परागत मान्यताएँ नष्ट हो गई हैं। राजनीतिशास्त्र और दर्शनशास्त्र मिलकर एक नए अर्थशास्त्र और समाजशास्त्र की रचना कर रहे हैं।''

प्रोफ़ेसर शर्मा के मुख पर एक चमक आई, ''तुमने शायद जेल में काफी अध्ययन किया है ?''

''वहाँ मेरे पास और कुछ करने को था ही क्या ?'' जगतप्रकाश मुसकराया, ''मैंने अध्ययन जो कुछ किया वह तो किया ही, मैंने मनन बहुत किया है। हो सकता है कि मेरा अध्ययन और मनन एकांगी हो, क्योंकि जिन परिस्थितियों में मेरा यह अध्ययन और मनन हुआ है वह असाधारण थीं। लेकिन इतना सत्य है कि मेरे पास मनन करने के लिए प्रचुर समय था।''

प्रोफ़ेसर शर्मा को एक मीटिंग में जाना था, उन्होंने कहा, ''फिर रात में तुमसे विस्तार में बातें होंगी।''

कुछ हिचकिचाते हुए जगतप्रकाश ने कहा, ''मैं कुछ दिनों के लिए कानपुर जाना चाहता हूँ। सिविल लाइंस में एक मकान तय हो रहा है, आज शाम को ही मैं शायद वह मकान ले लूँ।''

''नहीं, जब तक यूनिवर्सिटी में तुम्हारी नियुक्ति न हो जाए तब तक तुम्हें मकान लेने की कोई जरूरत नहीं है। मेरे यहाँ तुम्हें तब तक रहना है। शायद मुझे तुमसे कुछ सीखना पड़े।'' प्रोफ़ेसर शर्मा हँस पड़े, ''कानपुर से तुम मेरे यहाँ ही लौटना। तुम कानपुर कब जाओगे ?''

कुछ सोचकर जगतप्रकाश ने कहा, ''मुझे यहाँ कोई काम नहीं है, मैं आज तीसरे पहर ही जा सकता हूँ।''

''ठीक है। मुझे भी आज रात की गाड़ी से कलकत्ता जाना है, वहाँ एक मीटिंग है। दो दिन बाद वापिस लौटूँगा।''

जगतप्रकाश को तीन बजे की एक्सप्रेस ट्रेन मिल गई और रात सात बजे वह कानपुर पहुँच गया। रात हो गई थी। उसने स्टेशन के पास एक होटल में एक कमरा लेकर उसमें अपना असबाब रख दिया, फिर वह जमील का पता लगाने के लिए निकल पड़ा। खलासी लाइन में बाबूराम मिश्र का मकान उसे आसानी से मिल गया। बाबूराम उस समय अपने घर में ही था। जगतप्रकाश को देखते ही बाबूराम उसे पहचान गया, उसने कहा, ''अरे आप ! तो आप भी जेल से छूट आए—कुछ सुना तो था। आइए अन्दर।''

दरवाज़े से ही जगतप्रकाश ने कहा, ''मैं अभी इलाहाबाद से आ रहा हूँ।'' स्टेशन पर खन्ना होटल में असबाब रखकर जमील का पता लगाने निकला हूँ। जमील की पत्नी ने बताया था कि वह आपके साथ ही ठहरे हुए हैं।''

''हाँ, वह मेरे यहाँ ही ठहरे हुए हैं, लेकिन इस वक्त वह घर में नहीं हैं। एक शादी की दावत में गए हुए हैं और रात में देर से लौटेंगे। भीतर आइए, न हो तो एक प्याला

चाय ही पी लीजिए। वैसे उस दावत में मुझे भी जाना है, लेकिन जाने की तबीयत नहीं हो रही। यह शादी क्या, एक तरह का खिलवाड़ है। आप वर और वधू दोनों को ही जानते हैं, वर है चौधरी सुखलाल और वधू है शिवदुलारी देवी।''

जगतप्रकाश अन्दर जाकर कमरे में बैठ गया और बाबूराम ने स्टोव जलाकर चाय का पानी चढ़ा दिया। फिर वह बोला, ''यह सुखलाल—इसने अपने पिता की मर्ज़ी के ख़िलाफ़ यह शादी की है। हिन्दू लॉ के अनुसार यह शादी हो ही नहीं सकती थी, लेकिन कांग्रेसमैनों ने मिलकर आर्यसमाजी ढंग से यह शादी करवा दी है। जब तक कोर्ट में ये लोग रजिस्टर्ड मैरेज न करवा लें तब तक यह शादी कानूनी नहीं हो सकती। तिलक हॉल में तमाम कांग्रेसमैनों को दावत दी गई है, अपने घर में दावत देने की हिम्मत नहीं पड़ी। कौन जाता सुखलाल के घर में खाना खाने—ऊपर से यह हरिजन उद्धार का मामला ठीक है।''

''क्यों ? महात्मा गांधी तो हरिजनों के बीच ठहरते हैं, हरिजन बस्ती में रहते हैं, हरिजनों के साथ खाना खाते हैं। हरेक कांग्रेसमैन महात्मा गांधी का अनुयायी है।''

''अरे महात्मा गांधी आदमी थोड़े ही हैं, वह तो देवता हैं, साक्षात् भगवान् ! यह छुआछूत, यह जाति-पाँति—ये मनुष्यों पर लागू होते हैं, देवताओं पर नहीं।''

चाय पीने के बाद बाबूराम ने जगतप्रकाश से कहा, ''आप भी चलिए मेरे साथ उस दावत में। मुझे यह छूट है कि मैं जिसे चाहूँ उस दावत में निमन्त्रित कर दूँ। शिवदुलारी देवी को अगर यह पता होता कि आप यहाँ कानपुर में हैं तो वह ज़बर्दस्ती आपको घसीटकर ले जाती। जानते हैं, आपकी वह बहुत इज़्ज़त करती है, अक्सर आपको याद कर लेती है। आपकी गिरफ्तारी की खबर सुनकर वह एक तरह के गर्व से तनकर कह उठी थी, ''वह प्रोफ़ेसर ! तुम लोगों ने उसे पहचाना नहीं। वह दुनिया का बहुत बड़ा आदमी बनेगा।''

साधारण परिस्थिति में जगतप्रकाश उस दावत में न जाता, लेकिन बाबूराम की बात सुनकर उसकी पुरानी स्मृतियाँ जाग उठीं। शिवदुलारी को एक बार फिर देखने की इच्छा उसमें प्रबल हो उठी, उसने कहा, ''अच्छी बात है। होटल के खाने के मुकाबले वहाँ का खाना अच्छा होगा। फिर वहाँ जमील से आज ही मुलाकात हो जाएगी। सच पूछो तो मैं जमील काका को ढूँढ़ता हुआ ही कानपुर आया हूँ।''

जिस समय ये दोनों तिलक हॉल पहुँचे नौ बज रहे थे। करीब सौ आदमी वहाँ एकत्रित हुए थे, खाने का प्रबन्ध मेज़-कुरसियों पर था। जगतप्रकाश ने देखा कि जमील एक ओर कुछ आदमियों के साथ खड़ा बातें कर रहा है और हॉल के बीचोबीच चौधरी सुखलाल और शिवदुलारी को घेरे कुछ आदमी खड़े हैं। जगतप्रकाश ने बाबूराम से कहा, ''वह रहे जमील काका !'' और जगतप्रकाश जमील की ओर बढ़ने को मुड़ा। लेकिन बाबूराम ने उसका हाथ पकड़ लिया, ''पहले शिवदुलारी और सुखलाल से मिल लो।''

जगतप्रकाश को देखते ही शिवदुलारी चिल्ला उठी, ''अरे प्रोफ़ेसर साहब, तुम ! मेरे इतने अच्छे भाग्य कि भगवान बिना बुलाए चले आए !'' और उठकर जगतप्रकाश की

ओर बढ़ी, "तो तुम छूट आए ! खबर तो उड़ती-उड़ती सुनी थी।" वह हँस पड़ी, "तुमसे कहा था न ! तो शादी कर ही ली—आओ मेरे साथ !" जगतप्रकाश का हाथ पकड़कर वह जहाँ पहले बैठी थी वहाँ घसीट ले गई। उसने सुखलाल से कहा, "पहचानते हो प्रोफ़ेसर को, हम लोगों के साथ रामगढ़ गए थे।"

सुखलाल ने जगतप्रकाश का अभिवादन किया, तभी जगतप्रकाश चौंक पड़ा। उसे मानो अपनी आँखों पर विश्वास नहीं हुआ। सुखलाल की बगल में जो आदमी बैठा था, वह बड़े गौर से जगतप्रकाश को देख रहा था। वह रूपलाल था। पट्टू का गर्म कोट, खादी की धोती, सिर पर गांधी टोपी, इस पोशाक में रूपलाल कांग्रेसमैनों की उस भीड़ में सम्मिलित था। सुखलाल ने रूपलाल से कहा, "यह इलाहाबाद यूनिवर्सिटी के प्रोफ़ेसर जगतप्रकाश हैं। सुना है कम्युनिस्ट होने के नाते यह गिरफ्तार हो गए थे। हम लोगों से इनकी पुरानी मुलाकात है। देवीजी तो इनकी पूजा करती हैं।"

रूपलाल ने एक कृत्रिम मुस्कान के साथ जगतप्रकाश को नमस्ते की, "आपसे मिलकर बड़ी प्रसन्नता हुई।"

शिवदुलारी ने जगतप्रकाश से कहा, "यह भाई रूपलाल हैं। वैसे यह पुलिस के आदमी हैं, लेकिन अन्दर से बहुत बड़े देशभक्त हैं। चौधरी साहब से तो इनका घरेलू सम्बन्ध है।"

"मैं इन्हें अच्छी तरह जानता हूँ।" जगतप्रकाश ने 'अच्छी तरह' शब्द पर ज़ोर देते हुए कहा और फिर अपने मुख पर भी कृत्रिम मुस्कराहट लाते हुए उसने रूपलाल से कहा, "आपसे यहाँ भेंट होगी, इसकी कल्पना ही मैंने नहीं की थी। मैं आज ही यहाँ अनायास आ पहुँचा, अभी दस-ग्यारह दिन हुए हैं जेल से छूटे हुए।"

बड़े भोलेपन के साथ रूपलाल ने कहा, "मेरी तो समझ में ही नहीं आया कि आप क्यों गिरफ्तार कर लिए गए। चलिए, छूट तो आए। तो इलाहाबाद में आपने अपनी पोस्ट ज्वाइन कर ली होगी। मैंने सुना है कि वहाँ का मकान आपकी बहन ने खाली कर दिया था।"

उसकी पूरी खबर थी रूपलाल को, लेकिन अब वह कितना अहित कर सकता है ? जगतप्रकाश बोला, "इलाहाबाद से ही आ रहा हूँ। वाइस चांसलर ने ज्वाइन कर लेने को कहा था, लेकिन मैं अभी सोचने-विचारने के मूड में हूँ। इस सेशन के बाद ही ज्वाइन करूँगा।"

शिवदुलारी ने कहा, "आप लोग तो जिगरी दोस्त निकले, मुझे क्या पता था !"

रूपलाल बोला, "हम पुलिसवालों के पास जिगर तो होता है, लेकिन दोस्ती के लिए नहीं। हम लोग दूर के रिश्तेदार होते हैं।"

जमील अपने साथियों से बात खत्म करके वहाँ आ गया, उसने जगतप्रकाश से कहा, "क्यों बरखुरदार, मुझसे मिलने आए हो इलाहाबाद से और यहाँ इन लोगों में उलझ गए, मुझे पूछा तक नहीं।" उसने रूपलाल की ओर घूमकर कहा, "इंस्पेक्टर साहब ! हम लोगों के चक्कर में पड़कर आप क्यों अपनी नौकरी खतरे में डाल रहे हैं। सुखलाल

की खातिर-तवाज़ा आप इनके घर में मंजूर कीजिए, इस तिलक हॉल में नहीं।"

रूपलाल ने उत्तर दिया, "जमील अहमद साहब ! मुझे सरकार से तनख्वाह ही इसलिए मिलती है कि मैं आप लोगों से मिलूँ, आप लोगों के दिल की बात निकालकर सरकार को उसकी इत्तिला कर दूँ। आप जानते हैं कि मैंने आप लोगों को पहले से ही आगाह कर दिया है। लेकिन मैं भी तो हिन्दुस्तानी हूँ, देश का प्रेम मेरे अन्दर भी है। वैसे ज़िन्दा रहने के लिए नौकरी करनी पड़ती है। जितना भी हो, आप लोगों की मदद करने को तैयार हूँ। फ़र्ज, देश-प्रेम और दोस्ती—इन तीनों में तालमेल बैठाना बड़ा मुश्किल होता है।"

जगतप्रकाश का मन कर रहा था कि वह रूपलाल के मुख पर ज़ोर का तमाचा मारे। जो कुछ सुषमा ने उसे बतलाया था, जो कुछ उसने माताप्रसाद के सम्पर्क में देखा था, उसके हिसाब से यह आदमी शैतान है। लेकिन यह दुनिया शैतानों से भरी पड़ी है, किस-किस शैतान से वह उलझता फिरेगा !

जमील जगतप्रकाश का हाथ पकड़कर उस भीड़ से अलग हो गया। अब मेज़ों पर खाना लग गया था और लोग खाना खाने के लिए बैठ रहे थे। जमील ने जगतप्रकाश के साथ एक मेज़ पर बैठते हुए कहा, "दो सौ आदमियों की दावत दी गई थी, लेकिन कुल सौ-सवा सौ आदमी खाना खाने आए हैं। लेकिन इसकी शिकायत क्यों ? इतने आदमी हो गए एक अछूत की दावत में, यही क्या कम है ?"

जिस मेज़ पर ये दोनों बैठे थे उस पर चार आदमियों के खाने का इन्तज़ाम था। लेकिन वहाँ केवल यही दो थे और सब लोग बैठ चुके थे। जमील ने परोसनेवालों से दो पत्तलें हटवा दीं, फिर जगतप्रकाश से बोला, "अच्छा ही हुआ, हम दोनों अकेले में बातें कर सकते हैं। हाँ, तो तुम कब छूटे ? मुझे आज ही सईदा की चिट्ठी मिली कि तुम गाँव गए थे, मैं सोच रहा था कि तुम शायद इलाहाबाद चले गए होगे।"

"हाँ, मैं आज ही इलाहाबाद से आया हूँ।" जगतप्रकाश ने इलाहाबाद में जो कुछ हुआ था वही विस्तार के साथ जमील को बतला दिया।

करीब ग्यारह बजे रात को दावत खत्म हुई। जमील ने जगतप्रकाश को विदा करते हुए कहा, "कल सुबह नौ-दस बजे के बीच मैं तुम्हारे होटल में आऊँगा, मेरा इन्तज़ार करना।"

दूसरे दिन जब जगतप्रकाश सोकर उठा, उसके अन्दर एक तरह की थकावट थी। उसे लग रहा था कि वह रास्ता भूल गया है। आखिर वह कानपुर क्यों आया ? उसकी समझ में नहीं आ रहा था कि उसका रास्ता किधर है, उसकी मंज़िल कहाँ है ! बड़ी देर तक वह बिस्तर पर पड़ा सोचता रहा। बाहर कोहरा छाया हुआ था, उसे समय का कोई अन्दाज़ नहीं था।

एकाएक उसकी नज़र सिरहाने रखी हुई उसकी घड़ी पर पड़ी, नौ बज रहे थे। एक झटके के साथ वह उठा, जमील ने उससे नौ-दस बजे के बीच आने का वादा किया था। जल्दी-जल्दी वह तैयार हुआ, और फिर बैठकर वह जमील की प्रतीक्षा करने लगा।

समय उसे काट रहा था, एक मंथन, साथ ही एक घुटन। तभी जमील ने उसके कमरे में प्रवेश किया और जगतप्रकाश को एक तरह की राहत मिली।

जमील कुछ उदास-सा था, "क्या बतलाऊँ बरखुरदार, आज सुबह बाबूराम के घर की तलाशी हुई; गोकि तलाशी में कोई चीज़ नहीं मिली। वैसे सरकार यह अच्छी तरह जानती है कि कम्युनिस्ट लोग और ट्रेड यूनियन वाले ब्रिटिश सरकार की मुखालिफत नहीं कर रहे। बाबूराम के यहाँ तलाशी से इसी नतीजे पर पहुँचा जा सकता है कि कोई शख्स बाबूराम का जाती दुश्मन है और वहाँ बाबूराम को ख्वाहमख्वाह फँसाना चाहता है। इन्हीं झंझटों में मुझे यहाँ आने में कुछ देर हो गई।"

"यह तो बड़ी बेजा बात है। इस बात का पता लगाना चाहिए कि कौन शख्स बाबूराम के पीछे पड़ा है। जो अँधेरे में प्रहार करते हैं उनसे सावधान रहना अच्छा है।"

"पता लगे तो कैसे ?" उलझन के स्वर में जमील बोला, "सोच रहा हूँ रूपलाल से इस सम्बन्ध में बात कर लूँ। रूपलाल से खबरें मिल जाया करती हैं। उसे शायद पता होगा।"

"रूपलाल !" जगतप्रकाश के माथे पर बल पड़ गए, "रूपलाल खुद पीछे से वार कर सकता है, मैं अच्छी तरह जानता हूँ। उससे कोई सहायता नहीं मिलेगी।"

"मुझे भी उम्मीद कम ही है, लेकिन चौधरी सुखलाल ने कहा है कि रूपलाल से मिल लिया जाए, और मैं भी इसमें कोई हर्ज नहीं समझता। चलो मेरे साथ कहीं बाहर निकला जाए ?"

रूपलाल के यहाँ जाने को जगतप्रकाश क्यों तैयार हो गया, इसका पता उसे भी नहीं था। बहुत सम्भव है उसके अन्दर अनजाने एक भावना रही हो कि शायद रूपलाल से यमुना का पता चल जाए। जमील के साथ वह चल पड़ा।

मेस्टन रोड पर एक मकान की ऊपर की मंज़िल में रूपलाल रहता था। जमील ने किवाड़ पर दस्तक देकर पुकारा, "रूपलाल साहेब !"

थोड़ी देर बाद अन्दर से एक स्त्री-कंठ उसे सुनाई दिया, "वह घर पर नहीं हैं। आज सुबह लखनऊ चले गए हैं, शाम तक आएँगे।"

जगतप्रकाश चौंक उठा, यह कंठ उसका बहुत अधिक पहचाना हुआ लगा। क्या यह कंठ यमुना का था ? लेकिन यमुना रूपलाल के घर में क्यों आई ? उससे न रहा गया, उसने कहा, "उनसे कह दीजिएगा कि जगतप्रकाश आए थे—बस इतना ही।"

एकाएक मकान का दरवाज़ा खुल गया। जमील पीछे हट आया था, जगतप्रकाश दरवाज़े के सामने था। "अरे आप ! हाय राम आप ! उन्होंने आपके खिलाफ कुछ नहीं किया था, आप विश्वास मानिए। लेकिन आपको तो कालेपानी की सज़ा हुई थी, आप छूट कैसे आए ?"

जगतप्रकाश बोला, "मुझे सज़ा नहीं हुई थी, बिना मुक़दमा चलाए मैं बन्द कर दिया गया था। जैसे बन्द हुआ था वैसे छूट भी आया हूँ। अच्छा, अब मैं चलता हूँ।"

"आपके साथ शायद यह आपके जमील काका हैं, आपके गाँव में इन्हें देखा था।

लेकिन—कुछ देर बाद जाइएगा। आपसे बहुत बातें पूछनी हैं।"

जमील जगतप्रकाश से बोला, "मैं तिलक हॉल में बैठता हूँ चलकर, वहाँ तुम्हारा इन्तज़ार करूँगा।"

जगतप्रकाश मकान के अन्दर चला गया, वह दरवाज़ा बाहरी कमरे का था। यमुना ने कहा, "बैठिए ! अब यह बताइए, यह सब क्या हुआ था ?" यमुना की आवाज़ काँप रही थी।

"सब कुछ बतलाता हूँ, लेकिन सबसे पहले एक बात जानना चाहता हूँ, क्या तुम्हारी रूपलाल से शादी हो गई है ?"

एकाएक यमुना फूट पड़ी। उसकी आँखों से आँसू गिरने लगे, और जैसे वह अपना भार स्वयं न सँभाल सकती हो, वह जमीन पर बैठ गई, "यह क्यों पूछ रहे हैं ? देख नहीं रहे हैं आप मुझे यहाँ ? आपकी तरफ़ से अम्मा निराश हो गई थीं, चाचाजी निराश हो गए थे, और सब लोगों ने मेरा विवाह कर दिया, मेरे रोने-कलपने की कोई परवाह नहीं की किसी ने। स्त्री कितनी बेबस होती है ! फिर बाबूजी के बीस हज़ार रुपए भी तो थे इनके पास। इन्होंने वह सारी रकम अम्मा को दे दी, न देते तो इनसे कोई ले नहीं सकता था। अम्मा ने बस्ती में ज़मींदारी खरीद ली है और वहीं चली गई हैं, मैं तब से यहाँ हूँ।"

जगतप्रकाश सिर झुकाए बैठा रहा। फिर घुटे हुए स्वर में उसने पूछा, "तुम सुखी तो हो यहाँ ?"

बल लगाकर यमुना ज़मीन से उठी, मुँह फेरकर उसने कहा, "अभी तक तो दुखी नहीं थी, अब आगे क्या होगा, मैं नहीं जानती।"

जगतप्रकाश उठ खड़ा हुआ, "रूपलाल से न बतलाना कि मैं यहाँ आया था, अब मैं चलता हूँ। मेरी वजह से तुम दुखी न होना—रूपलाल ने मेरे ख़िलाफ़ कुछ भी नहीं किया है।"

यमुना कहती जा रही थी, "लेकिन...लेकिन..." और जगतप्रकाश तेज़ी से कमरे के बाहर निकल गया।

तिलक हॉल में जमील बैठा हुआ जगतप्रकाश की राह देख रहा था। उसने कहा, "अरे, बड़ी जल्दी चले आए तुम ! क्या तुम्हें पता नहीं था कि इस लड़की से रूपलाल की शादी हो गई है ?"

जगतप्रकाश के मुख पर एक व्यंग्यात्मक मुस्कान आई, "नहीं, दीदी को भी पता नहीं था। जमील काका, मेरी गिरफ्तारी में इस रूपलाल का हाथ था—मुझे पता चला है। क्या इसने मुझे इसलिए गिरफ्तार कराया था कि यह यमुना से शादी कर ले ? यमुना इतनी सुन्दर तो नहीं है।"

सिर हिलाते हुए जमील ने कहा, "नहीं बरखुरदार, यह लड़की बहुत ज्यादा सुन्दर है, तन से भले ही न हो, लेकिन मन से। तुम अपनी ही बात लो। तुम इसे बेहद प्यार करने लगे थे कि नहीं ? यह रूपलाल भी तो इनसान है, खुद अपने मन की सुन्दरता

उसके पास भले ही न हो, यमुना के मन की सुन्दरता पर यह फ़रेफ्ता रहा होगा।''

एक बहुत ही कड़वी हँसी हँस पड़ा जगतप्रकाश, ''मन ! स्त्री के भी मन होता है ? नहीं जमील काका ! चलो चला जाए।''

जमील जगतप्रकाश की इस कड़वी हँसी पर चकित रह गया। जगतप्रकाश के मन की व्यथा को वह नहीं देख पाया।

[16]

''तकदीर अच्छी है जो इस कम्पार्टमेंट के सब आदमी कानपुर में उतर गए,'' जमील ने इंटर क्लास के एक छोटे-से कम्पार्टमेंट में प्रवेश करते हुए जगतप्रकाश से कहा, ''कानपुर के बाद कोई इतना बड़ा स्टेशन नहीं पड़ता जहाँ लोग इंटर क्लास में आएँ। इत्मीनान के साथ बिस्तर बिछा लिया जाए, बरखुरदार !''

यन्त्र की भाँति जगतप्रकाश ने एक बर्थ पर अपना बिस्तर बिछा लिया, दूसरी बर्थ पर जमील ने। दो मुसाफिर और आए, एक ने तीसरी बर्थ पर बिछाया, दूसरे ने ऊपर की बर्थ पर। जगतप्रकाश की बर्थ खिड़की से मिली हुई थी, वह चुपचाप बाहर प्लेटफ़ार्म की भीड़ को देखने लगा।

प्लेटफ़ार्म खचाखच भरा था, और वहाँ की भीड़ फ़ौजियों की भीड़ थी। सैकड़ों सिपाही अपना असबाब लिए हुए प्लेटफ़ार्म पर लेटे थे, किसी मिलिटरी स्पेशल की प्रतीक्षा में। उनके मुख पर किसी तरह की भावना नहीं थी। वे सब-के-सब बीस-बाईस साल के नौजवान थे जिन्होंने शायद कभी अच्छा पहना नहीं था, अच्छा खाया नहीं था। इस समय कुछ ऊनी कम्बल बिछाए और ओढ़े लेटे थे, कुछ ऊनी वर्दियाँ पहने हुए बैठे थे। वे चाय पी रहे थे, खाना खा रहे थे या सो रहे थे।

जगतप्रकाश सोच रहा था—ये सब लोग मरने जा रहे हैं। लेकिन जैसे युद्ध की भयानकता और मृत्यु की कुरूपता को उन्होंने देखा ही नहीं था—उन्हें तो केवल भयानक गरीबी, शोषण और अभाव के बीच ही रहना पड़ा था। पर इन लोगों में कुछ ऐसे भी थे जो उदास थे, जिनके चेहरे मुरझाए हुए थे। जगतप्रकाश को लगा कि उन सैनिकों में कहीं कोई उत्साह नहीं था, कहीं कोई उमंग नहीं थी। ये लोग सिर्फ पैसे के मोह में पड़कर जा रहे थे—अपने देश से दूर—बहुत दूर लड़ने और मरने के लिए।

अखबारों में जो खबरें आ रही थीं उनसे तो यही लगता था कि ब्रिटेन को हर जगह पराजय मिल रही है। उत्तरी अफ्रीका में जर्मन और इतालवी फ़ौजें आगे बढ़ रही हैं। पूर्व में जापान तेज़ी के साथ बढ़ता आ रहा है। मलाया में युद्ध हो रहा है, मलाया के बाद बर्मा, बर्मा के बाद हिन्दुस्तान ! और उधर रूस—वह क्षत-विक्षत कराह रहा है।

प्राचीन साम्राज्यवादी देश मिट रहे हैं और उनके स्थान पर उनसे भी भयानक साम्राज्यवादी देशों का अभ्युदय हो रहा है। पुराने साम्राज्यवाद की कुछ परम्पराएँ बन चुकी थीं, कुछ मर्यादाएँ स्थापित हो चुकी थीं—लेकिन ये नए साम्राज्यवादी देश, भावनाहीन और क्रूर ! इस नए साम्राज्यवाद को रोकना होगा, इसे कुचलना होगा। लेकिन यह कैसे ?

जगतप्रकाश के कम्पार्टमेंट के सामने मिलिटरी पुलिस की हिरासत में एक चौबीस-पच्चीस साल का युवक बैठा हुआ रो रहा था, और उसके चारों तरफ़ फ़ौजी सिपाहियों की एक छोटी-सी भीड़ थी। वह युवक फ़ौज से भागा था, यानी यह आदमी युद्ध में मरना नहीं चाहता था। अपने पिता से लड़कर वह घर छोड़ आया था, भर्ती करनेवालों के बहकावे में आकर क्षणिक आवेश में वह फ़ौज में भर्ती हो गया था। और बाद में उसकी हिम्मत जवाब दे गई थी। किसके लिए मरे ? क्यों मरे ?

जगतप्रकाश ने जमील की ओर देखा, "क्यों जमील काका ! अगर यह आदमी फ़ौज में नहीं जाना चाहता तो इसे ज़बर्दस्ती क्यों लिए जा रहे हैं ये लोग ? इसके अन्दर युद्ध करने की कोई प्रवृत्ति नहीं है। यह बात तय है कि यह आदमी युद्ध-क्षेत्र में अपनी जान बचाने का प्रयत्न करेगा।"

जमील ने कहा, "ठीक कहते हो बरखुरदार, लेकिन अगर ये लोग इसे छोड़ दें तो फ़ौज से भागनेवालों की तादाद बेतहाशा बढ़ जाएगी। वैसे पैसों पर अपनी जान बेचनेवाले लोग हमेशा से होते रहे हैं, और फ़ौजें उन्हीं लोगों से बनती हैं। लेकिन इन पेशेवर सिपाहियों की जातियाँ होती हैं, इन लोगों के खानदान होते हैं जिनके अलग नैतिक मापदंड होते हैं। इन जातियों तथा खानदानों के करीब-करीब सभी नौजवान फ़ौज में भर्ती हो चुके हैं। लेकिन इस विश्वयुद्ध में बहुत ज़्यादा फ़ौज की ज़रूरत है। इस जंग में तोपें, मशीनगनें और टैंक लड़ते हैं। इस जंग में भाग सकने की गुंजाइश नहीं है, वहाँ तो मारो और मरो का सवाल रहता है। इस जंग में लोगों को मजबूरन लड़ना पड़ता है।"

वह कैदी रो रहा था, गिड़गिड़ा रहा था, हाथ-पैर जोड़ रहा था अपनी जान बचाने के लिए, और उसके इर्द-गिर्द खड़े लोगों में कुछ चुपचाप करुण दृष्टि से उसे देख रहे थे, कुछ हँस रहे थे, कुछ उसे गालियाँ दे रहे थे। जगतप्रकाश ने अब उधर से अपनी आँख हटा ली, गाड़ी ने अब चलने की सीटी दे दी थी।

जगतप्रकाश ने घड़ी देखी, नौ बज रहे थे। गाड़ी चल दी और जगतप्रकाश ने एक ठंडी साँस ली। जमील अपने बिस्तर पर लेट गया था। शाम के समय शिवदुलारी ने इन दोनों को अपने यहाँ खाना खाने बुलाया था। भोजन स्वादिष्ट बना था और इन दोनों ने पेट भरकर भोजन किया था। जमील ने लेटते ही अपनी आँखें बन्द कर लीं, लेकिन जगतप्रकाश का मन बहक रहा था। वह भी लेट गया, लेकिन उसकी आँखों में नींद नहीं थी। गाड़ी की रफ़्तार अब तेज़ हो गई थी।

यह गाड़ी दिल्ली जा रही है, वहीं इस गाड़ी के सफ़र का अन्त होगा। वहाँ से दूसरे

दिन फिर यह गाड़ी वापस लौटेगी कलकत्ता के लिए। इस गाड़ी का एक निर्दिष्ट मार्ग है, एक निर्दिष्ट गति है, एक निर्दिष्ट लक्ष्य है। लेकिन क्या जगतप्रकाश का कोई निर्दिष्ट मार्ग है ? क्या उसकी कोई निर्दिष्ट गति है ? क्या उसका कोई निर्दिष्ट लक्ष्य है ? वह दिल्ली क्यों जा रहा है ?

जमील के साथियों की एक बैठक है दिल्ली में, पीपुल्स वार का नारा बुलन्द करना है कुछ लोगों को। उन लोगों में जगतप्रकाश को भी होना चाहिए। जमील ने उसे समझाया था, और वह उस समय समझ भी गया था।

लेकिन क्या वह इस पीपुल्स वार की भावना से प्रेरित होकर दिल्ली जा रहा है ? नहीं, ऐसा समझना अपने को धोखा देना होगा। असलियत यह थी कि वह भाग रहा है—भाग रहा है। उसका कोई निर्दिष्ट लक्ष्य नहीं है, उसकी कोई निर्दिष्ट गति नहीं है, उसका कोई निर्दिष्ट मार्ग नहीं है। लेकिन वह भाग कहाँ से रहा है ? किससे रहा है ? क्या चीज़ें उसके वश में हैं ? कोई योजना नहीं, कोई कार्यक्रम नहीं, जैसे सब कुछ अपने आप हो रहा है।

सब कुछ अपने आप हो रहा है—जगतप्रकाश अपने में ही उलझ गया है। यह सब कुछ अपने आप होना—यह तो मनुष्य की पराजय है। जहाँ कर्म है वहाँ कर्ता भी है, कर्म कर्ता की व्युत्पत्ति है। जो कुछ हो रहा है, उसे करनेवाला तो मनुष्य है। इन्हीं कर्मों में तो संघर्ष है।

जगतप्रकाश की विचारधारा ने पलटा खाया। मनुष्य के हरेक कर्म के मूल में एक प्रेरणा रहती है, लेकिन क्या यह प्रेरणा वैयक्तिक है, या यह प्रेरणा सामाजिक है ? व्यक्ति से समाज बनता है—यह सत्य है, लेकिन समाज में ही तो व्यक्ति का अस्तित्व है, व्यक्ति समाज का अविच्छिन्न भाग है। जो व्यक्ति समाज से छिटक जाता है, वह अपराधी होता है, या वह पागल होता है। हरेक वैयक्तिक प्रेरणा का एक सामाजिक पहलू होना अनिवार्य है, इस वैयक्तिक प्रेरणा का सामाजिक प्रेरणा में विलयन ही मानव-विकास है। और इसके लिए मानव को सतत प्रयत्नशील होना पड़ेगा।

उसके साथ अभी तक जो कुछ हुआ है वह अकारण नहीं हुआ है, उस सबके कारण हैं, यद्यपि उन कारणों को ठीक-ठीक समझ पाना शायद सम्भव नहीं है। और वे सब कारण कर्म रहे हैं उसके पहले अनेक कारणों के। यह कारण और कर्म, कर्म और कारण की श्रृंखला अनादिकाल से चल रही है—अनन्तकाल तक चलती रहेगी। मनुष्य इस कर्म-कारण की श्रृंखला में योगदान करता आया है, शायद स्वयं ही कर्म और कारण के रूप में उसे योगदान करते रहना होगा।

एक तरह की शान्ति अब वह अनुभव कर रहा था अपने अन्दर। उसे जेल से छूटे हुए प्रायः पन्द्रह दिन हो गए थे, और तब उसके अन्दर लगातार एक तरह का मंथन चल रहा था। उसके अन्दरवाला मंथन तो दूर नहीं हुआ, लेकिन उस मंथन के साथ वाला तनाव अब जाता रहा था। वह मंथन अब गाड़ी के हिचकोलों की थपकियों में बदल गया था, पहियों की खट-खट अब नींद आनेवाली लोरियों में बदल गई थी,

और जगतप्रकाश को नींद आ गई।

जिस समय जगतप्रकाश की नींद खुली, गाड़ी यमुना का पुल पार कर रही थी। जमील बाहरवाले अँधेरे में से फूटते हुए धुँधले-से प्रकाश को एकटक देख रहा था। जगतप्रकाश से उसने कहा, "बरखुरदार ! मालूम होता है बड़ी अच्छी नींद आई !"

"हाँ, आज बहुत दिनों बाद ठीक से नींद आई, और वह भी रेल के सफ़र में।" जगतप्रकाश ने बिस्तर बाँधते हुए जवाब दिया, "एकाएक सब कुछ बदल गया है चारों तरफ़। बाहर ही नहीं, मेरे अन्दर भी। सब बन्धन टूट चुके हैं, और इन बन्धनों के टूटने के बाद मैं कितना आज़ाद और कितना हलका महसूस कर रहा हूँ।"

जमील ने कुछ सोचते हुए कहा, "लेकिन बरखुरदार, ज़िन्दगी खुद एक बन्धन है। बन्धन से छुटकारा कैसे पाया जा सकता है ?"

जगतप्रकाश मुस्कराया, "शायद ठीक कह रहे हो जमील काका ! शरीर के बन्धनों से जकड़ी हुई, विश्वासों और भावनाओं से जकड़ी हुई ज़िन्दगी खुद मनुष्य के लिए एक समस्या बन रही है"—और फिर जैसे एक गहरी उदासी उसके मन में उतरने लगी। एक तरफ़ बाहर प्रकाश फूट रहा था और दूसरी ओर जगतप्रकाश के अन्दर अन्धकार उमड़ रहा था। गाड़ी अब प्लेटफ़ार्म पर रेंग रही थी।

फतेहपुरी के एक छोटे-से होटल में ये दोनों ठहरे। तैयार होकर उन्होंने चाय पी, फिर जमील ने कहा, "मीटिंग का वक्त ग्यारह बजे है, जहाँ मीटिंग होगी उस जगह का पता मेरे पास है। तुम हम लोगों में एक हो गोकि जो लोग तुम्हें वहाँ मिलेंगे शायद तुम उन्हें नहीं जानते। लेकिन वे सब तुम्हारा नाम जानते हैं, तुमसे मिलकर उन्हें खुशी होगी। अभी नौ बजे हैं, तब तक चाँदनी चौक का एक चक्कर लगा लिया जाए।"

करीब ग्यारह बजे जमील के साथ जगतप्रकाश दरियागंज पहुँचा जहाँ मीटिंग होनेवाली थी। एक मकान में एक बड़ा-सा कमरा, जिसमें मुश्किल से तीस-चालीस आदमी फर्श पर बैठ सकते थे। यह मकान कामरेड चेतराम का था और चेतराम बरामदे में खड़ा आनेवालों का स्वागत कर रहा था। चेतराम ने जमील को देखते ही कहा, "कामरेड जमील अहमद, कामरेड बाबूराम क्या नहीं आए ?" उसने जगतप्रकाश की ओर प्रश्नसूचक दृष्टि से देखा।

जमील ने कामरेड चेतराम से जगतप्रकाश का परिचय कराया, "यह कामरेड जगतप्रकाश हैं, आठ जनवरी को जेल से छूटे हैं। कामरेड बाबूराम अपने झंझटों में फँसे हुए हैं, तो मैं उनकी जगह इन्हें अपने साथ लेता आया हूँ। और यह हैं कामरेड चेतराम, दिल्ली में लेबर यूनियन के सेक्रेटरी।" उसने जगतप्रकाश की ओर मुड़कर कहा।

चेतराम ने जगतप्रकाश से हाथ मिलाया, "आपकी बाबत सुना तो था, लेकिन दर्शन आपके आज ही हुए हैं।" जमील की ओर मुड़कर उसने कहा, "बहुत कम आदमी आ रहे हैं आज की मीटिंग में, बाहर से तो कुल सात-आठ आदमियों के आने की खबर है, बाकी यहाँ के लोग हैं—कुल पन्द्रह-बीस आदमी होंगे। पुलिस की झंझटें हम लोगों के साथ अभी लगी हुई हैं। लाख चाहते हुए कि हम लोग इस युद्ध में ब्रिटिश सरकार

की मदद करें, हमें मौका ही नहीं दिया जा रहा है। कल मैं सैलाब साहब से मिला था, वह यहाँ सबसे बड़े वार-प्रोपेगंडा के अफ़सर की हैसियत से काम कर रहे हैं। उन्होंने कहा है कि वह बड़े अफ़सरों से इस मामले में बात करेंगे। लेकिन ब्रिटिश सरकार का जो रवैया है उससे जी खट्टा हो जाता है।''

जमील बोला, ''ठीक कहते हो कामरेड ! बाबूराम के पीछे भी पुलिस जैसे हाथ धोकर पड़ गई है। मैं कभी-कभी सोचने लगता हूँ कि आखिर हम इस एहसान-फ़रामोश ब्रिटिश सरकार की मदद क्यों करना चाहते हैं।''

शान्त स्वर में जगतप्रकाश ने कहा, ''सरकार एक आदमी की तो होती नहीं जमील काका ! तरह-तरह के लोग, तरह-तरह के ढंग, और फिर सरकारी मुलाज़िमों के काम करने का पुराना और घिसा-पिटा तरीका। सरकार तो एक समूह है, और दुर्भाग्यवश उसके कुछ आदमियों की गलतियाँ पूरी सरकार की गलतियाँ बन जाती हैं। लेकिन हम सब लोग तो व्यक्ति हैं, हमें अपने व्यक्तिगत कर्तव्यों को देखना पड़ेगा। सरकार की गलतियों की वजह से हम अपना रास्ता कैसे छोड़ दें ?''

चेतराम का बुझता हुआ उत्साह फिर से चमक उठा, ''बड़े पते की कही तुमने कामरेड !'' और फिर जमील की ओर मुड़कर उसने कहा, ''कामरेड जमील अहमद ! तुमने बड़ा अच्छा किया जो इन्हें अपने साथ ले आए। हमारी मुसीबत यह है कि हममें साफ देखने और सही तौर से सोचनेवालों की कमी है। दिल्ली के सबसे बड़े कम्युनिस्ट नेता डॉक्टर शमीम पाकिस्तान की, यानी मुल्क के बँटवारे की रट लगाए हुए हैं। उन्होंने हिन्दू-मुस्लिम प्राब्लम को इतनी अहमियत दे रखी है चाहे रूस बचे या मरे, चाहे जर्मनी जीते या हारे, चूँकि हिन्दुस्तान में हिन्दू-मुस्लिम एकता हो ही नहीं सकती, इसलिए बिना इस एकता के हिन्दुस्तान इस युद्ध में पूरा योगदान कर ही नहीं सकता। अच्छा, अब ग्यारह बज गए हैं, जिन लोगों को आना था वे आ गए हैं, शायद एकाध और भूला-भटका आ जाए। कमरे में चलकर कार्रवाई शुरू की जाए।''

चेतराम ने ठीक ही कहा था, उस कमरे में इन तीनों को मिलाकर पन्द्रह आदमी थे। यह मीटिंग इसलिए बुलाई गई थी कि देश के कम्युनिस्ट नेता किस तरह रूस की अधिक-से-अधिक मदद कर सकते हैं। रूस की पराजय की खबरें लगातार आती चली जा रही थीं और जर्मनी हर क्षेत्र में सफलता प्राप्त करता जा रहा था। जर्मनी के साथ जापान भी आ गया था और स्थिति दिनों-दिन निराशाजनक होती जा रही थी। कामरेड चेतराम का प्रस्ताव था कि देश के कम्युनिस्ट एक वालंटियर कोर बनाकर इस युद्ध में भाग लें। इस सम्बन्ध में उन्होंने एक विस्तृत योजना बना रखी थी। कामरेड चेतराम जाट थे, सैनिकों के खानदान के, उनमें मरने-मारने का उत्साह था।

उनके प्रस्ताव पर कामरेड अर्जुनसिंह और कामरेड फ़र्रुख़ अहमद को आपत्तियाँ थीं। दुनिया-भर से स्पेन में कम्युनिस्ट वालंटियर गए थे, लेकिन स्पेन में सिविल वार थी। हिटलर के टैंकों, हवाई-जहाज़ों और ब्लिट्ज़ के युद्ध में यह वालंटियर कोर पूरा-का-पूरा बेमौत मारा जाएगा। फिर सवाल यह था कि यह वालंटियर कोर रूस

पहुँचेगा कैसे ? इस बात को लेकर काफी गरमागरम बहस छिड़ गई। वह गरमागरम बहस अब व्यक्तिगत आक्षेपों और गाली-गलौज का रूप धारण करने लगी थी कि बाहर से एक मोटर कार के हॉर्न की आवाज़ जगतप्रकाश को सुनाई पड़ी। लेकिन चेतराम इस बहस में बुरी तरह से उलझे हुए थे कि उन्होंने इस आवाज़ पर ध्यान ही नहीं दिया। तभी कमरे का दरवाज़ा खुला और जसवन्त कपूर ने कमरे में प्रवेश किया। जसवन्त के प्रवेश करते ही यह बहस एकदम बन्द हो गई जैसे उबलते दूध पर पानी के छींटे पड़ गए हों।

"मुझे देर हो गई कामरेड चेतराम, माफ करना। बात यह है कि फ्रंटियर मेल आज दो घंटा लेट आया। फिर मेरे साथ शर्मिष्ठा भी थी, तो उसे पहुँचाने घर जाना पड़ा। वहाँ से सीधा आ रहा हूँ।" और वह भी फर्श पर बैठ गया। उसने अपने चारों ओर देखा, और उसकी आँखें जगतप्रकाश की आँखों से टकराईं, "अरे तुम जगतप्रकाश ! तुमसे मिलने की तो मैंने कोई उम्मीद ही नहीं की थी, तो तुम बाहर आ गए !"

जगतप्रकाश ने मुस्कराते हुए कहा, "आप लोगों के बीच में मौजूद हूँ, यही इस बात का सबूत है। लेकिन बाहर आने पर मुझे लगा कि जेल की सीमा बढ़ गई है। पहले वह सीमा ऊँची-ऊँची दीवारों की थी, अब वह समुद्रों और पहाड़ों की हो गई है। सारा हिन्दुस्तान एक जेल की तरह लग रहा है मुझे।"

जसवन्त के माथे पर बल पड़ गए, "शायद तुम ठीक कह रहे हो।" फिर वह वहाँ उपस्थित लोगों की ओर घूमा, "हम लोग रूस की सहायता नहीं कर सकते, क्योंकि हम इस हिन्दुस्तान रूपी जेल में कैद हैं और ब्रिटिश सेना जेल के सन्तरियों की तरह हम पर पहरा दे रही है। सवाल यह है कि हम हिन्दुस्तानी किस तरह जर्मन साम्राज्यवाद का विरोध कर सकते हैं, किस तरह हम अपने एकमात्र पथ-प्रदर्शक रूस को विनाश से बचा सकते हैं, क्योंकि रूस का विनाश कम्युनिज़्म का विनाश होगा। क्यों जगतप्रकाश, कोई उपाय सूझता है तुम्हें ?"

निराश-भाव से सिर हिलाते हुए जगतप्रकाश ने कहा, "नहीं, मुझे तो कोई उपाय नहीं सूझता। हिन्दुस्तान का जनमत जर्मनी के पक्ष में है और ब्रिटेन के ख़िलाफ़ जितना विद्रोह हिन्दुस्तान में बढ़ता जाता है, उतना ही अधिक यहाँ का जनमत जर्मनी और जापान के पक्ष में होता जा रहा है।"

जमील अभी तक चुप था। उसने अब कहा, "तो हम लोग फ़िलहाल हिन्दुस्तान के लोगों में जर्मनी और जापान के ख़िलाफ़ नफरत का प्रचार ज़ोरों से चलाएँ ! यह प्रचार रूस के हक में होगा, यानी हिन्दुस्तान के लोग इस जंग में अंग्रेज़ों का साथ देकर रूस की मदद करेंगे।"

कुछ उलझन के साथ जसवन्त ने कहा, "इससे तो हिन्दुस्तान की जनता हम लोगों को देशद्रोही क़रार देगी।"

जगतप्रकाश ने उत्तर दिया, "हम लोग देश के मत को बदलने के लिए बढ़ रहे हैं न कि देश के मत को अपनाने के लिए।"

एक लम्बा विवाद उठ खड़ा हुआ जगतप्रकाश की इस बात पर, लेकिन अन्त में जगतप्रकाश की ही बात स्वीकार की गई।

जिस समय मीटिंग समाप्त हुई, एक बज गया था। जसवन्त ने जगतप्रकाश का हाथ पकड़कर कहा, "कहाँ ठहरे हो ?" जमील उस समय दूसरे लोगों से बातें कर रहा था।

"फतेहपुरी के एक होटल में जमील के साथ। वही मुझे अपने साथ दिल्ली ले आए हैं।"

जसवन्त ने जमील के पास जाकर कहा, "कामरेड जमील अहमद, मैं तुम्हारे साथी को इस वक्त अपने साथ लिए जा रहा हूँ। शाम को यह पाँच-छह बजे तक वापस आ जाएँगे, या यों कहो, मैं इन्हें वापस भेज जाऊँगा। बहुत लम्बे अरसे बाद इनसे मिलना हुआ है, इनसे कुछ बातें होंगी।"

"ज़रूर-ज़रूर ! लेकिन मेरा कोई ठीक नहीं है कि शाम के वक्त मैं कहाँ रहूँगा। कई जगह जाना है, सब्ज़ीमंडी, करोलबाग, नई दिल्ली। बहरहाल मैं पाँच बजे तक होटल वापस आ जाऊँगा, वैसे कमरे की एक चाभी इनके पास भी है।"

कुछ सोचकर जसवन्त बोला, "तुम मेरा मकान तो जानते ही हो कामरेड ! शाम के वक्त मेरे यहाँ ही आ जाना और चाय वहीं पीना।"

"हाँ, यह ठीक रहेगा।" जमील ने कहा। फिर वह जगतप्रकाश की ओर मुड़ा, "मेरा दिल्ली का काम तो आज और कल में खत्म हो जाएगा। रात में होटल वापस आकर अगला प्रोग्राम बनेगा।"

जसवन्त के साथ जगतप्रकाश बाहर निकला। वह टैक्सी से आया था और टैक्सी चली गई थी। दोनों पैदल ही चल दिए। दिल्ली गेट तक उन्हें कोई सवारी नहीं मिली। उजाड़ और सुनसान सड़क। जाड़े की सुनहली दोपहर, दोनों बातें करते चले जा रहे थे। तभी एक ताँगा इन लोगों की बगल में आकर रुका, उसमें एक आदमी सर्ज का शानदार सूट पहने बैठा था। उसने जसवन्त से कहा, "अरे जसवन्त साहेब ! पैदल जा रहे हैं, ताँगा हाज़िर है खिदमत में, तशरीफ़ रखिए। कब तशरीफ़ आई है जनाब की ? ग़ालिबन अपनी कोठी जा रहे हैं। मैं भी नई दिल्ली जा रहा हूँ।"

"अरे सैलाब, तुम ! जसवन्त ने कहा, "बड़े ठाठ हैं। सुना तो था कि दिल्ली फतह कर रहे हो, लेकिन यह पता नहीं था कि तुम्हारा मकान कहाँ है और दफ्तर कहाँ है। साल-भर से मैं लाहौर में हूँ, दिल्ली आना ही नहीं हुआ। आया भी तो दो-एक दिन के लिए।"

जसवन्त ने जगतप्रकाश के साथ ताँगे पर बैठते हुए सैलाब से जगतप्रकाश का परिचय कराया, "इन्हें तो पहचानते ही होंगे, जगतप्रकाश इनका नाम है।"

"जी...इन्हें भला कैसे भूल सकता हूँ ! आपकी शादी के मौके पर इनके साथ बम्बई से अमृतसर का सफर तय किया था।" सैलाब जगतप्रकाश की ओर घूमा, "अक्सर आपकी याद आ जाती है जब जसवन्त साहेब के मामा लाला सेवाराम के साथ बैठक होती है। आप भी सोचते होंगे मैं कितना बदल गया हूँ। शायर सैलाब मर गया, अब

तो गवर्नमेंट ऑफ इंडिया के वार प्रोपेगंडा का इंचार्ज सैलाब रह गया हूँ। शुरू में मेरे साथियों ने मेरी बड़ी लानत-मलामत की। कम्युनिस्ट पार्टी का उम्मीदवार सैलाब ब्रिटिश सरकार की मुलाज़िमत करे, इस जंग में ब्रिटिश सरकार का प्रोपेगंडा करे ! लेकिन शायर औलिया होता है, जी औलिया ! आखिर रूस पर जर्मनी के हमले के बाद यह साबित हो गया कि मैंने सही काम किया था। मैंने जो इस जंग का प्रोपेगंडा रेडियो से शुरू किया है, उसकी धूम मच गई है।''

जसवन्त मुस्कराया, ''मैं तुम्हें मुबारकबाद देता हूँ। बर्लिन रेडियो ने एक हफ़्ता पहले तुम्हें बेतहाशा गालियाँ दी हैं, यहाँ तक कहा है कि इस जंग में फ़तह पाने के बाद सबसे पहले इस मूजी सैलाब से निबटा जाएगा।''

सैलाब ने जोश के साथ कहा, ''जी, अगर मैं उन्हें मिलूँ तो वह मुझे कच्चा चबा जाएँ। सैलाब मियाँ का लोहा मानना पड़ गया इन हरामज़ादों को।'' धीरे-धीरे सैलाब के चेहरे का रंग उतरता जा रहा था, ''लेकिन यह जर्मनी है बड़ा ज़ालिम, और दूसरा ज़ालिम जापान इसके साथ हो गया है। बड़ी खस्ता हालत है। अगर कहीं जर्मनी की फ़तह हो गई तो सैलाब मियाँ गए काम से।''

''जर्मनी को नहीं जीतना चाहिए।'' जगतप्रकाश ने अपने आप कहा, ''जर्मनी नहीं जीत सकता, नहीं जीत सकता।'' जगतप्रकाश के स्वर में आवेश था।

एक मौन-सा छा गया थोड़ी देर के लिए, उस मौन को जसवन्त ने तोड़ा, ''जर्मनी अकेला नहीं है अब, उसके साथ जापान भी है। यह जापान ब्रिटिश साम्राज्य को नष्ट कर देगा। अभी तक युद्ध यूरोप में हो रहा था, अब वह एशिया में भी आ गया है, हमारे देश के बहुत निकट। मलाया को करीब-करीब जापानियों ने जीत लिया है, सिंगापुर की ओर जापानी बढ़ रहे हैं। उसके बाद बर्मा—हिन्दुस्तान। ब्रिटेन को जर्मनी ने इतना अधिक तोड़ दिया है कि वह इस दक्षिण-पूर्व एशिया को नहीं बचा सकेगा। रूस को पूर्व के मार्ग से भी कोई सहायता नहीं पहुँचाई जा सकती है।''

सैलाब चुपचाप ये बातें सुन रहा था, अब उसने कमज़ोर स्वर में कहा, ''लेकिन इधर अमेरिका भी तो जंग में आ गया है। अमेरिका बहुत बड़ा मुल्क है, खुशहाल, ताकतवर, भरा-पूरा। जापान कुछ दिनों के लिए भले ही अमेरिका और ब्रिटेन को नाकाम कर दे, फ़तह आखिर में अमेरिका और ब्रिटेन को ही मिलेगी।'' और कुछ हिचकिचाते हुए उसने धीमे स्वर में कहा, ''अगर हिन्दुस्तान में कोई गड़बड़ी पैदा नहीं होती।''

''क्या हिन्दुस्तान में कोई गड़बड़ी हो सकती है ?'' जगतप्रकाश ने पूछा।

''हाँ, लेकिन वह गड़बड़ी महात्मा गांधी की वजह से रुकी हुई है।'' जसवन्त बोला, ''महात्मा गांधी ने तटस्थता की नीति अपना रखी है, देश का जनमत मर्माहत-सा पड़ा है। जो नेता जर्मनी और जापान की नीतियों से परिचित हैं वे चाहते हैं कि देश इस समय ब्रिटेन का साथ दे, लेकिन ब्रिटिश सरकार हिन्दुस्तान से वादे तो करती है, हिन्दुस्तान को स्वराज्य देने का कोई ठोस कदम नहीं उठाती और इसलिए जनसमुदाय विद्रोह करना चाहता है। यह मौक़ा विद्रोह का है भी। अजीब हालत है।'' फिर

उसने सैलाब से कहा, "खाना खा चुके हो ? नहीं तो मेरे साथ चलो, वहाँ खाना तैयार होगा।"

"नहीं भाई जान, मुझे दो बजे अपने ऑफ़िस पहुँचना है। तुम मेरा फोन नम्बर नोट कर लो। आज शाम को एक बड़ी ज़रूरी मीटिंग है, कल शाम मुलाकात होगी। दोपहर को फोन कर लेना, मैं अपने ऑफ़िस में ही रहूँगा।" और उसने जगतप्रकाश से कहा, "बहुत अरसे बाद आपसे मिलना हुआ है, फिर मुलाकात होगी।" सैलाब कर्ज़न रोड पर जसवन्त की कोठी पर इन दोनों को उतारकर चला गया।

शर्मिष्ठा जसवन्त की प्रतीक्षा कर रही थी। उसने उलाहने से भरे स्वर में कहा, "बड़ी देर लगा दी आपने !" तभी उसकी दृष्टि जगतप्रकाश पर पड़ी, और वह आगे कुछ कहते-कहते रुक गई। जसवन्त ने जगतप्रकाश की ओर इशारा करते हुए कहा, "इन्हें पहचानती हो ? यह जगतप्रकाश हैं।"

"अब पहचान गई हूँ इन्हें, तो यह भी आपके साथ उस मीटिंग में थे। अच्छा आप लोग ड्राइंग-रूम में बैठिए, मैं खाना लगाती हूँ।"

ड्राइंग-रूम में पहुँचकर जसवन्त ने जगतप्रकाश से कहा, "मुझे तुम्हारी गिरफ़्तारी की खबर मिल गई थी, और उस खबर से मुझे आश्चर्य भी हुआ था। कुछ समझ में नहीं आया, क्योंकि तुम्हारा तो कम्युनिस्ट पार्टी से कभी कोई सम्बन्ध था नहीं।"

"पहले कभी न रहा हो, लेकिन अब तो हो रहा है। या यों कहना ठीक होगा कि अब मैं पूरी तौर से कम्युनिस्ट बन गया हूँ, देवली में रहकर।"

जसवन्त एकाएक गम्भीर हो गया, "और मेरे मन में आ रहा है कि मैं कम्युनिस्ट पार्टी से अलग हो जाऊँ। इस पार्टी के लोग अब गलत ढंग से सोचने व काम करने लगे हैं। सिद्धान्त से हटकर जब हम कर्म पर आते हैं, तब सही और गलत में मतभेद हो ही जाता है।"

"मैं आपकी बात नहीं समझा। आज की मीटिंग में तो कोई ऐसी बात नहीं हुई।"

"तुम अभी हाल में जेल से बाहर निकले हो। देश के सामने जो नई समस्याएँ महत्त्वपूर्ण बन गई हैं, तुम्हें उनका पता नहीं है। यह जो ब्रिटिश सरकार से कांग्रेस का समझौता नहीं हो पा रहा, उसकी जड़ में देश का मुसलमान है। वह देश का बँटवारा चाहता है। एक भाग पाकिस्तान कहलाएगा, दूसरा भाग हिन्दुस्तान कहलाएगा। देश को स्वतन्त्रता मिल सकती है इस बँटवारे के बाद, इसके पहले नहीं।"

जगतप्रकाश को अनुभव हो रहा था कि उसके मस्तिष्क में एक धुँधलापन भरता जा रहा है। बात यहाँ तक पहुँच चुकी है, उसने इसकी कल्पना तक नहीं की थी। कमज़ोर स्वर में उसने पूछा, "क्या हिन्दू-मुस्लिम समस्या का कोई दूसरा निदान नहीं है ?"

"जिन्ना की नज़र में नहीं है, देश के मुसलमानों की नज़र में नहीं है। और बिना इस हिन्दू-मुस्लिम समस्या के निदान के देश स्वतन्त्र नहीं हो सकता, क्योंकि देश के मुसलमान इस स्वतन्त्रता का विरोध करते हैं, क्योंकि उनके मत से इस स्वतन्त्रता के

अर्थ होंगे आठ करोड़ मुसलमानों को तीस करोड़ हिन्दुओं की गुलामी में सौंप देना।''

जगतप्रकाश को जमील की बातें याद हो आईं जो उसने डेढ़-दो साल पहले उससे कही थीं इस हिन्दू-मुस्लिम समस्या पर। उसने कहा, ''लेकिन देश का यह बँटवारा किस तरह सम्भव है ?''

जसवन्त बोला, ''मैं सम्भव-असम्भव की बात नहीं कहता, मैं तो इतना कहता हूँ कि देश का बँटवारा नहीं होना चाहिए। यह बँटवारे की मनोवृत्ति बड़ी भयानक और घातक है। इस बँटवारे की बात को लेकर पंजाब के हिन्दुओं और मुसलमानों में बहुत अधिक दुर्भावना भर गई है, पंजाबी होने के नाते मैं यह बखूबी जानता हूँ। कम्युनिस्ट पार्टी इसमें जिन्ना का साथ दे रही है। यह क्यों ? इसलिए कि कम्युनिस्ट पार्टी महात्मा गांधी की अहिंसा का विरोध करती है। एक व्यक्ति के प्रभाव को नष्ट करने के लिए देश का बँटवारा करा दिया जाए—मैं इससे सहमत नहीं हूँ।''

जगतप्रकाश को लगा जैसे उसका सिर चकरा रहा है, ''बात यहाँ तक पहुँच गई है ? लेकिन जिन्ना की माँग को स्वीकार करने के लिए महात्मा गांधी कभी भी तैयार नहीं होंगे। और देश का यह बँटवारा ब्रिटिश सरकार के हित में भी तो नहीं होगा। यह कैसा पागलपन सवार हो गया है लोगों के सिर पर ?''

शर्मिष्ठा उस समय तक ड्राइंग-रूम में आकर बैठ गई थी। उसने उन लोगों की बात काटते हुए कहा, ''छोड़ो जी इस सबको। होगा वही जो देश चाहेगा और देश वही चाहेगा जो महात्मा गांधी चाहेंगे। यह पाकिस्तान का नारा झूठा और खोखला है। पाकिस्तान की माँग असम्भव-सी दिखती है। लेकिन मुझे डर लग रहा है। हम सब पागलपन के युग में रह रहे हैं, यह विश्वयुद्ध स्वयं में पागलपन है, और इस पागलपन के युग में सब कुछ हो सकता है। अच्छा, अब आइए भी, खाना लग गया है।''

किसी दूसरे कमरे से एक बच्चे के रोने की आवाज़ आ रही थी, और जगतप्रकाश को लगा कि शर्मिष्ठा के कान उस आवाज़ की ओर लगे हैं। शर्मिष्ठा ने पुकारा, ''क्यों री रत्तो ! बेबी को चुप क्यों नहीं कराती ? मेरे पास ले आ उसे। नहीं, मैं ही आ रही हूँ।'' और शर्मिष्ठा उठ खड़ी हुई, ''आप लोग चलिए, मैं अभी आई।''

शर्मिष्ठा के जाने के बाद जसवन्त ने कहा, ''देख रहे हो, शर्मिष्ठा का अस्तित्व अपने बच्चे में सिमट गया है। उसने धाय ज़रूर रख ली है, लेकिन उसे जैसे इस धाय पर विश्वास ही नहीं। सामाजिक जीवन से यह अलग होती जा रही है और अपने घर के जीवन में सिमटती जा रही है।''

जगतप्रकाश ने कुछ नहीं कहा, कहने के लिए उसके पास कुछ था भी नहीं। बच्चे के रोने की आवाज़ अब रुक गई थी। जगतप्रकाश जसवन्त की कोठी के उस ड्राइंग-रूम को गौर से देख रहा था। आधुनिक ढंग से वह ड्राइंग-रूम सजा हुआ था। जसवन्त शायद उतना ही सम्पन्न था जितनी कुलसुम थी। लाला देवराज की सम्पत्ति जसवन्त की सम्पत्ति बन चुकी थी। तभी जगतप्रकाश पूछ बैठा, ''लाला देवराज अच्छी तरह तो हैं ? कहाँ हैं वह आजकल ?''

"लाहौर में ही हैं, और अच्छी तरह ही समझो, गो कि इधर उनकी तन्दुरुस्ती कुछ गिर गई है चिन्ताओं के कारण। ज़मीन-जायदाद के झगड़ों ने साम्प्रदायिक रूप धारण कर लिया है। लाहौर शहर में तो हिन्दुओं की संख्या काफी है, लेकिन लाहौर के इर्द-गिर्द गाँवों में मुसलमानों की आबादी अधिक है। मैंने उन्हें बहुत समझाया कि वह पंजाब की ज़मीन-जायदाद बेचकर यहाँ दिल्ली में बस जाएँ, लेकिन वह मानते ही नहीं। उनकी वजह से मुझे भी अधिकतर लाहौर में ही रहना पड़ता है, क्योंकि शर्मिष्ठा अपने पिता का साथ नहीं छोड़ना चाहती। अरे हाँ, कब तक तुम्हारा दिल्ली में ठहरने का इरादा है, फतेहपुरी के होटल तो बड़े गन्दे हैं।"

जगतप्रकाश मुसकराया, "हिन्दुस्तान की पूरी आबादी ही इस गन्दगी में अपनी ज़िन्दगी गुज़ार रही है।" और जगतप्रकाश ने जेल से छूटने के बाद इलाहाबाद में जो कुछ हुआ वह सब जसवन्त को बतला दिया था।

शर्मिष्ठा लौट आई थी, उसने भी जगतप्रकाश की कहानी का एक भाग सुना, और उसकी समझ में सिर्फ़ इतना आया कि जगतप्रकाश निरुद्देश्य और लक्ष्यहीन घूम रहा है। उसने जसवन्त की ओर देखा, "क्यों जसवन्त ! इन्हें यहाँ अपने साथ क्यों नहीं बुला लेते ? तुम्हारा अकेलापन दूर हो जाएगा।"

"हाँ, मैं भी इनसे यही कहना चाहता था कि यह यहाँ आ जाएँ।" उसने जगतप्रकाश से कहा, "तुम लोग उस गन्दे और छोटे-से होटल में पड़े हो, शाम को जमील और तुम्हारे साथ चलकर मैं तुम लोगों का असबाब यहाँ ले आऊँगा।"

जसवन्त की वह कोठी बहुत बड़ी थी और दुमंज़िली थी। ऊपर-नीचे मिलाकर करीब चौदह-पन्द्रह कमरे थे उसमें, सभी खाली पड़े थे। खाना खाने के बाद जसवन्त जगतप्रकाश को ड्राइंग-रूम से लगे हुए एक बड़े रूम में ले गया, "यह तुम्हारा कमरा है। तुम दोपहर को यहाँ आराम करो, हम लोग ऊपर के कमरे में हैं।"

शाम के समय जब जगतप्रकाश शर्मिष्ठा और जसवन्त के साथ चाय पी रहा था, जमील आ गया। चाय के साथ गहरा नाश्ता भी था, फल, मिठाई, मेवे और नमकीन। जगतप्रकाश सोच रहा था कि दोपहर के समय भरपेट भोजन करने के बाद मेज़ पर इतना अधिक खाने का सामान क्यों रखा है, जबकि न जसवन्त कुछ खा रहा था न शर्मिष्ठा कुछ खा रही थी और न उसे खाने की कोई इच्छा थी। और उसने देखा कि जमील ने अपनी प्लेट मिठाइयों और नमकीन से भर ली, "क्या बतलाऊँ, कहीं खाना नहीं खा सका। सोच रहा था कि होटल में लौटकर ही रात के वक्त यह दिन-भर का रोज़ा तोड़ूँगा, लेकिन यहाँ इस सामान को देखकर नीयत बदल गई है।"

जसवन्त बोला, "जमील अहमद साहब ! आप यही समझ लीजिए कि होटल में ही आप रोज़ा तोड़ रहे हैं, आपको और जगतप्रकाश को यहाँ ठहरना होगा। अभी चाय पीकर मैं आप लोगों के साथ चलता हूँ होटल से आपका असबाब लाने के लिए।"

जमील ने जगतप्रकाश को देखा, "क्यों बरखुरदार, वाकई तुम बड़े खुशकिस्मत हो। इस आलीशान कोठी में ख़ातिरदारी !" और फिर उसने जसवन्त से कहा, "आप

जगतप्रकाश को अपने साथ ले आइए, मैंने तो कई लोगों को होटल में मिलने का वक्त दिया है। फिर मुझे कल शाम की गाड़ी से नागपुर जाना है।"

"होटल में आप अपने मिलनेवालों के लिए सन्देशा छोड़ दीजिए कि आप मेरे यहाँ हैं, आपसे जो लोग मिलने आनेवाले हैं वे सब मेरा मकान जानते हैं। और रही नागपुर जाने की बात, वह मैं समझता हूँ, आपका वहाँ जाना बेकार होगा। नागपुर और अहमदाबाद-बम्बई के लोगों को सँभालना है इन जगहों को।"

"जी, और मैं बम्बई का आदमी हूँ—आप यह क्यों भूल जाते हैं ?" जमील बोला।

जसवन्त ने कुछ सोचकर कहा, "हाँ, मुझे इस बात का ख़याल ही नहीं था। अच्छा, अभी नागपुर जाने की जल्दी क्या है, कल इत्मीनान के साथ सोचा जाएगा।"

चाय पीने के बाद अपनी कार पर इन दोनों का असबाब वह अपने घर ले आया।

दूसरे दिन सुबह नौ बजे ही नाश्ता करने के बाद जमील के साथ जसवन्त निकल गया, जगतप्रकाश अकेला रह गया। बरामदे में धूप अब फैलने लगी थी। उस दिन का अखबार लेकर जगतप्रकाश बरामदे में बैठ गया। जापान की विजय की खबरों से अखबार भरा था, बोर्नियो पर जापानी सेना हमला कर ही थी। बर्मा के रास्ते हिन्दुस्तान की तरफ़ युद्ध बढ़ने की आशंका थी। उधर जर्मन सेना मास्को और लेनिनग्राड पहुँच रही थी। आदि से अन्त तक निराशाजनक समाचार। जगतप्रकाश के अन्दर एक तरह की घुटन और वह घुटन उसके अन्दरवाले क्रोध की। उसे अनुभव हो रहा था कि एक तरह की विवशता से उसका सारा अस्तित्व जकड़ा हुआ है।

उसे शर्मिष्ठा का स्वर सुनाई पड़ा, "आप नहीं गए, अकेले ही बैठे हैं।" उसने सिर उठाकर देखा, सामने शर्मिष्ठा खड़ी हुई है। "सोचा ज़रा बाज़ार हो आऊँ, बेबी के लिए कुछ कपड़े लेने हैं। कार लेकर जसवन्त निकल गए, लेकिन नज़दीक ही तो है कनाटप्लेस, वहाँ मामाजी का ऑफ़िस है। मामाजी को तो आप जानते ही होंगे ?"

"जी—कौन हैं वे, मुझे याद नहीं पड़ता कि मैं उनसे कभी मिला हूँ।" और एकाएक उसे दिल्ली से अमृतसर की यात्रा याद हो आई, "अरे याद आ गया। लाला सेवाराम से तो आपका मतलब नहीं है ? उनसे तो मैं मिल चुका हूँ।"

शर्मिष्ठा मुसकराई, "जी वही। उनसे मिलने के बाद फिर उन्हें भूला नहीं जा सकता। आजकल उनका कार-बार बहुत बढ़ गया है। लेकिन उनके बड़े लड़के महेन्दर ने सब काम-काज सँभाल लिया है, मामाजी तो सिर्फ़ ऑफ़िस की देखभाल करते हैं। मामाजी को फोन किया था तो वह बोले कि मैं चली आऊँ। वह ख़रीदारी करवा देंगे।" फिर कुछ रुककर उसने कहा, "आपको अगर कोई ज़रूरी काम न हो तो मुझे कनाटप्लेस पहुँचा दें।"

जगतप्रकाश को उठना पड़ा, यद्यपि उसकी उठने की इच्छा नहीं थी। शर्मिष्ठा के साथ चलते-चलते उसे लगा कि शर्मिष्ठा के साथ आकर उसने अच्छा ही किया, क्योंकि शरीर की जड़ता के साथ-साथ मन की जड़ता भी दूर होने लगी थी। शर्मिष्ठा बड़े उत्साह के साथ उससे अपने बच्चे के सम्बन्ध में बात कर रही थी, "बिलकुल जसवन्त की

शक्ल मिली है उसे। अभी कुल सवा साल का हुआ है, लेकिन सारे घर को सिर पर उठाए रहता है। लालाजी के साथ लगा रहता है।''

जगतप्रकाश को शर्मिष्ठा के बच्चे में दिलचस्पी लेनी पड़ी, ''क्या नाम रखा है उसका ?''

''अभी उसका नामकरण संस्कार नहीं हुआ है !'' लालाजी उसे तिलक कहकर पुकारते हैं, वह इसका नाम तिलकराज रखना चाहते हैं। लेकिन यह नाम जसवन्त को ज़रा भी पसन्द नहीं है।''

''आपको पसन्द है या नहीं ?'' जगतप्रकाश ने पूछा।

शर्मिष्ठा बोली, ''मुझे भी न जाने क्यों यह नाम अच्छा नहीं लगता। तिलक की माँ कहलाने में मुझे कितनी शर्म लगेगी ! जसवन्त इसका नाम श्रमदेव रखना चाहते हैं। पूरा कम्युनिस्ट नाम है। लालाजी इस नाम के सख्त ख़िलाफ़ हैं।''

जगतप्रकाश को हँसी आ गई शर्मिष्ठा की बात सुनकर, और उसने शर्मिष्ठा को गौर से देखा। वह आरोपण की प्रवृत्ति, वह तीखापन, जो जगतप्रकाश ने प्रथम परिचय के समय शर्मिष्ठा में देखा था, उनका कहीं निशान नहीं था उनके मुख पर। इस समय शर्मिष्ठा एक कोमल और सुन्दर गुड़िया की भाँति लग रही थी, अस्तित्वहीन और व्यक्तित्वहीन। इसका व्यक्तित्व कहाँ गायब हो गया ? अनायास ही वह पूछ बैठा, ''आपने भी कोई नाम सोचा है ?''

शर्मिष्ठा ने बड़ी करुण मुद्रा बनाते हुए कहा, ''मेरा सोचा भला कहीं चलता है, गोकि लालाजी की देखा-देखी मैं भी इसे तिलक नाम से पुकारती हूँ। जसवन्त इसके पिता हैं, नाम रखने की ज़िम्मेदारी उन पर है, या फिर लालाजी पर है। यह लालाजी का विरोध नहीं करना चाहते, इसलिए मुझसे कहते हैं कि मैं इसका नाम तिलकराज रखने से रोकूँ। मेरे ज़रिए यह लालाजी को दबाते रहते हैं, भला यह भी कोई बात है !''

''हाँ, यह तो ठीक नहीं है। लेकिन शायद इसमें जसवन्त का कोई कसूर नहीं है, लालाजी से कोई बात कहने की उन्हें हिम्मत न पड़ती होगी।'' जगतप्रकाश बोला।

''हिम्मत ! इन्हें हिम्मत नहीं पड़ती ? तो फिर आप अपने दोस्त को जानते नहीं।'' शर्मिष्ठा मुसकराई और उसकी आँखें चमक उठीं, मानो उसे अपने पति की हिम्मत पर बेहद गर्व हो, ''असल बात यह है कि लालाजी को अपनी हिम्मत दिखाना नहीं चाहते। ख़ैर, छोड़िए भी इस बात को। यह श्रमदेव नाम आपको कैसा लगता है ? इसमें लालाजी के नाम का आधा हिस्सा तो है ही।'' बड़े भोलेपन के साथ शर्मिष्ठा ने कहा, ''लेकिन यह श्रम—यह तो बिलकुल कम्युनिस्ट भावनावाला है। लालाजी किसी तरह इस नाम पर राज़ी नहीं होंगे। तिलकराज नाम पर अब वह ज़्यादा ज़ोर नहीं दे रहे हैं। हमारा एक दूर का रिश्तेदार है, उसका नाम तिलकराज है। उस पर जालसाज़ी का मुकदमा चल रहा है, तो लालाजी को मैं समझा लूँगी। लेकिन इन्हें समझा सकना मेरे वश में नहीं है। आप इसमें कुछ मेरी मदद कीजिए।''

कितनी जल्दी और कितनी आसानी से स्त्री पारिवारिक बन्धनों में जकड़ जाती है

और इन पारिवारिक बन्धनों में उसे कितना सुख मिलने लगता है, जगतप्रकाश ने प्रथम बार यह अनुभव किया। वह उद्धत, ज़िद्दी और हठी शर्मिष्ठा कैसे अपने पति और अपने पिता की हरेक इच्छा का पालन करनेवाली, पति से अनुशासित होनेवाली स्त्री के रूप में बदल गई !

जगतप्रकाश ने कुछ मज़ाक में कहा, ''श्रमदेव के स्थान पर आप अपने लड़के का नाम देवाश्रम रख दीजिए, जसवन्त को संस्कृत आती नहीं। श्रम का स्थान आश्रम ले लेगा।''

शर्मिष्ठा मुसकराई, ''मैं अपने लड़के का नाम रखना चाहती हूँ, अपने मकान का नहीं।''

जगतप्रकाश इस उत्तर से कट गया। दोनों अब कनाटप्लेस पहुँच गए थे। मेहरा एंड कम्पनी का बोर्ड एक दुकान पर लगा था। शर्मिष्ठा ने कहा, ''यही मामाजी का ऑफ़िस है। अन्दर चलिए, या आपको और कहीं जाना है ? मुझे यहाँ ज़्यादा वक्त नहीं लगेगा, मामाजी यहाँ बैठे-बैठे सब कुछ मँगवा देंगे।''

लाला सेवाराम शर्मिष्ठा का इन्तज़ार कर रहे थे। शर्मिष्ठा ने कहा, ''क्या बतलाऊँ मामाजी, जसवन्त को तो फुरसत ही नहीं मिलती, सुबह नौ बजे कार लेकर निकल गए, तो घर से यहाँ तक पैदल आई हूँ। यह जसवन्त के दोस्त जगतप्रकाश हैं, यह घर पर थे तो इन्हें साथ ले लिया, नहीं तो मैं न आ पाती।''

लाला सेवाराम ने जगतप्रकाश से तपाक के साथ हाथ मिलाया, ''अरे तुम ! तुम्हें भला मैं कैसे भूल सकता हूँ ! हम लोगों ने शर्मिष्ठा की शादी में यहाँ से अमृतसर तक साथ-साथ सफ़र किया था। तुम्हारे साथ यह सैलाब नाम का शायर भी था—याद है। वह आजकल दिल्ली में बहुत बड़ा सरकारी अफ़सर बन गया है। तुम्हें शायद नहीं मालूम कि इन दिनों वह मेरा सबसे बड़ा दोस्त बन गया है। क्या समझे ?'' और लाला सेवाराम ने कपड़ों का एक बड़ा पैकेट शर्मिष्ठा को देते हुए कहा, ''तुमने कपड़ों की जो फेहरिस्त टेलीफोन पर बतलाई थी, वे मैंने मँगवा लिए हैं। बाज़ार में कहाँ मारी-मारी घूमोगी ! अगर अभी तुमने मुझे फोन कर दिया होता तो मैं अपनी कार तुम्हें भेज देता।''

''यहाँ से दूर ही कौन बहुत है !'' शर्मिष्ठा ने उस पैकेट को खोलते हुए कहा। पैकेट में बच्चे के सिले-सिलाए और बुने बारह ऊनी सूट थे। और वे सब कीमती थे। शर्मिष्ठा ने छह सूट पसन्द किए, ''ये छह मुझे पसन्द हैं। इनकी कीमत क्या है ?''

लाला सेवाराम ने बिगड़ते हुए कहा, ''यह छह नहीं, बारहों लेने होंगे और तुम इनकी कीमत दोगी मुझे—लाला सेवाराम को ! क्या समझीं—मुझे !'' और उन्होंने आवाज़ लगाई, ''अरे ओ जीत के बच्चे ! यह पैकेट मेरी मोटर में रख दे, और देख, बीबीजी को घर ले जा।'' फिर शर्मिष्ठा से उन्होंने कहा, ''तुम्हारी मामी बड़ी शिकायत करती थी कि शर्मिष्ठा दिल्ली तो आती है, लेकिन मेरे यहाँ नहीं आती। तो आज उनकी शिकायत दूर कर दे।''

शर्मिष्ठा बोली, ''फिर कभी आऊँगी आपके घर जसवन्त के साथ, इस वक्त तो

घर वापस लौटना है।''

''जसवन्त के साथ आ चुकीं—फिर अगर मैं यह सब न मँगवा रखता तो यहाँ खरीदारी में दो-ढाई घंटे लगा देतीं।'' और फिर उन्होंने जीत से कहा, ''बीबीजी के साथ रहना जब तक यह कहें, फिर इन्हें इनकी कोठी पहुँचा देना। क्या समझे ! मैं तुम्हारे यहाँ फोन किए देता हूँ कि तुम एक बजे तक वापस आओगी।'' शर्मिष्ठा की ओर मुड़कर उन्होंने कहा।

शर्मिष्ठा चुपचाप ड्राइवर के पास चली गई। जगतप्रकाश ने भी उठते हुए कहा, ''अच्छा, मैं भी चलता हूँ—थोड़ा घूम-फिर लूँ।''

सेवाराम ने जगतप्रकाश का हाथ पकड़ लिया, ''अरे बैठो भी, वह तुम्हारे दोस्त सैलाब आते होंगे। आज शनिवार है, दोपहर को वे खाना मेरे साथ ही खाएँगे।'' और फिर मुस्कराते हुए बोले, ''बड़े जीवट का आदमी है यह सैलाब ! शनिवार के दिन अक्सर हम दोनों साथ ही लंच करते हैं यहाँ इम्पीरियल होटल में—क्या समझे ! तो आज तुम भी शामिल होगे हम लोगों के साथ।''

जगतप्रकाश बैठ गया। पिछले दिन सैलाब की बातें सुनकर उसमें सैलाब के प्रति दिलचस्पी पैदा हो गई थी। उसने कहा, ''अच्छी बात है। लेकिन मुझे जसवन्त को फोन कर देना पड़ेगा, नहीं जो जसवन्त खाने के लिए मेरा इन्तज़ार करेगा।''

''मैं उसे फोन कर दूँगा, दो बजे से पहले तो वह लौटेगा नहीं, फिर उसकी बीवी मेरे यहाँ गई हुई है, इस वक्त घर में होगा कौन ? नौकर आधी बात सही समझेगा, आधी बात गलत समझेगा।'' फिर कुछ रुककर वह बोले, ''बात यह है कि आज शनिवार है, दफ्तर आधे दिन खुलते हैं। मेरा दफ्तर भी विलायती ढंग से चलता है, यानी एक बजे मेरा दफ्तर भी बन्द। अभी ग्यारह बजे हैं, अगर तबीयत ऊब रही हो तो कनाटप्लेस का एक चक्कर लगा लो, तब तक मैं यहाँ का काम निबटा लूँ। वैसे बहुत ज़्यादा काम नहीं है, मैंने महेन्दर को फ़र्म का जनरल मैनेजर बना दिया है, और ज़्यादा काम सुरेन्दर देखता है बम्बई में। लेकिन ख़ास-ख़ास मामलों को तो मुझे देखना पड़ता है। पार्टियों को सँभालना इन लौंडों के बस का नहीं है—क्या समझे ! तो नीचे की मंज़िल में मेहरा एंड कम्पनी का ऑफ़िस है, ऊपर की मंज़िल पर सेवाराम एंड संस का ऑफ़िस है—क्या समझे ! चलो, वहीं आराम से बैठेंगे हम लोग।'' और लाला सेवाराम उठ खड़े हुए।

ऊपरवाले दफ्तर का रास्ता बाहर से था। लाला सेवाराम जब जगतप्रकाश के साथ बाहर निकले, उन्होंने देखा कि उनकी कार वापस आ रही है। वह रुक गए। कार के खड़ी होने पर उन्होंने ड्राइवर से कहा, ''अरे ओ जीत ! बड़ी जल्दी लौट आया। क्या घर नहीं गया ?''

कार से उतरकर ड्राइवर बोला, ''क्या बताऊँ लालाजी, बीबीजी कर्ज़न रोड पर अपनी कोठी में उतर गईं और कह दिया कि वह आज आपके घर नहीं जाएँगी मैं कार वापस ले जाऊँ।''

झल्लाकर लाला सेवाराम बोले, ''आजकल की औरतों से भगवान् बचाए, अपने मन की होती हैं। अच्छा चलो, फोन कर दूँ कि तुम खाना मेरे साथ खा रहे हो।''

ऊपर पहुँचकर लाला सेवाराम अपने काम में लग गए और जगतप्रकाश चुपचाप बैठ गया। वह कब तक इस तरह बैठा उसे याद नहीं, क्योंकि वह अपने विचारों में खो गया था, और इन विचारों ने दिवा-स्वप्न का रूप धारण कर लिया था। वह कमरा, जिसमें वह बैठा था, काफ़ी गरम था, क्योंकि उसमें हीटर लगा था। और तभी ज़ोर-ज़ोर की आवाज़ों से उसकी नींद टूटी। भारी और रौबदार एक आवाज़ उसने सुनी, ''तो फिर आ ही गए। तुम्हारे एक पुराने साथी को मैंने रोक रखा है।''

''मेरा साथी !'' जगतप्रकाश को सैलाब का स्वर सुनाई पड़ा, और जगतप्रकाश तनकर बैठ गया तथा उसने अपनी आँखें खोल दीं। जगतप्रकाश को देखते ही सैलाब बोला, ''अरे वाह ! आपसे मेरी पहली मुलाक़ात इन्हीं के साथ हुई थी।'' और उसने जगतप्रकाश से कहा, ''जसवन्त साहेब ने कल फोन नहीं किया, मैं भी बड़ा मशग़ूल रहा। तो आज अकेले यहाँ हैं, जसवन्त साहेब को कहाँ छोड़ा ?''

''वह जमील अहमद के साथ सुबह नौ बजे ही निकल गए, खाना खाने के वक्त लौटेंगे।''

''वही पुरानी आदत ! खुदा जाने दोपहर का खाना खाने लौटेंगे या रात का खाना खाने लौटेंगे।'' सैलाब हँस पड़ा, ''हाँ लालाजी, तो कागज़ की बाबत क्या किया आपने ? मुझे एक हफ्ते के अन्दर यह कागज़ चाहिए, सरकारी आर्डर तो मिल गया होगा।''

लाला सेवाराम बोले, ''मैंने मिल को तार दे दिया है, कल ही। विलायती कागज़ के दाम बहुत चढ़ रहे हैं—देसी कागज़ के दाम भी चढ़ते जा रहे हैं। सात पैसे पाउंड से बढ़कर ढाई आने पाउंड का रेट हो गया है। लेकिन दो सौ टन कागज़ ! इतनी लम्बी खरीद को देखकर मिलवाले मुमकिन है धेला या पैसा और बढ़ा दें।''

''दाम की फ़िक्र नहीं, मुझे कागज़ चाहिए। वार-प्रोपेगंडा का मामला है, आप तीन आने पाउंड तक के दाम पर कागज़ ख़रीद सकते हैं।''

लाला सेवाराम की बाछें खिल गईं, ''इस कीमत पर तो मैं दिल्ली के मार्केट से कागज़ बटोरकर मंगल तक दे सकता हूँ—क्या समझे ! अच्छा, वह स्कॉच का केस आ गया है, तुम्हारी मोटर पर रखवाए देता हूँ।''

''वाह लालाजी ! आप निहायत बढ़िया किस्म के आदमी हैं। वार क्या छिड़ी, यह स्कॉच मिलती ही नहीं, और अगर मिल भी जाए तो अनाप-शनाप कीमत पर। और मैंने अपने सेक्रेटरी व दीगर अफसरान को दावत दे रखी है। तो अब यहाँ से उठा जाए, टेबिल तो आपने रिज़र्व करा ही रखी होगी।''

''लाला सेवाराम मेहरा से चूक नहीं हो सकती इस मामले में।'' और उन्होंने आवाज़ लगाई, ''अरे ओ जगदीश। वह स्कॉच का केस सैलाब साहेब की मोटर पर रखवा देना।''

इसके साथ ही सैलाब ने भी आवाज़ दी, ''लालाजी की मोटर में रखवाना।

स्टाफ-कार आज डिप्टी सेक्रेटरी ने मँगवा ली है, तो आपकी ही कार मैं ले जाऊँगा। मैं ताँगे पर आया हूँ।''

लाला सेवाराम ने जसवन्त के यहाँ फोन मिलाया। फोन शर्मिष्ठा ने उठाया। पहले तो उन्होंने शर्मिष्ठा को एक मीठी-सी डाँट बताई अपने घर न जाने के लिए, फिर उन्होंने कहा कि जगतप्रकाश के खाने का इन्तज़ार न किया जाए, क्योंकि वह उनके साथ खाना खा रहा है।

होटल इम्पीरियल में पहुँचकर तीनों डाइनिंग-हॉल में एक रिज़र्व टेबिल पर बैठ गए। लाला सेवाराम ने जिन और वरमूथ का आर्डर दिया। जगतप्रकाश बोला, ''मैं नहीं पीता, आप तो जानते ही हैं।''

''अरे हाँ, मैं तो भूल ही गया था।'' फिर उन्होंने बेयरा से कहा, ''दो पेग जिन और वरमूथ के और एक गिलास पाइन एपिल जूस।''

दौर चलने लगे और सैलाब में तथा लाला सेवाराम में बिज़नेस की बातें होने लगीं। काफ़ी दबी हुई और नपी-तुली आवाज़ में यह बातचीत हो रही थी, जैसे होटलों में बिज़नेस की बात करने के दोनों आदी हों। लाला सेवाराम कह रहे थे, ''अफ्रीका में रसद की सप्लाई का लाखों का वारा-न्यारा है। चार सौ रंगरूट दिए हैं मैंने, ब्रिगेडियर हावर्ड मुझे अपने सगे भाई की तरह मानता है। कमसेरियट में कोई अपना आदमी पहुँच जाता है तो बड़ा अच्छा होता, लेकिन अपना कोई आदमी अफ्रीका के फ्रंट पर जाने को तैयार नहीं होता।''

सैलाब ने एक के बाद एक करके दो पेग गले के नीचे उतार लिए थे, अब वह रंग में आ रहा था, ''लालाजी, रुपया लुट रहा है इन दिनों, जितना हो सके लूट लीजिए। मेरे सेक्रेटरी मिस्टर स्मिथ हैं, तो उनके यहाँ मेजर जनरल कमिंग्स से मुलाकात हुई मेरी। उन्हीं के लिए यह स्कॉच का केस जा रहा है, मेरे सेक्रेटरी ने दावत दी है उन्हें, हिन्दुस्तान में रिक्रूटमेंट के इंचार्ज हैं। लेकिन लालाजी, उनके चेहरे पर हवाइयाँ उड़ रही हैं। सादे सिपाही तो लाखों की तादाद में भर्ती हो रहे हैं, लेकिन पढ़े-लिखे नौजवान, जो अफ़सर बन सकें, इन्हें नहीं मिलते। और आज की लड़ाई हाथ-पैर की न होकर दिल और दिमाग की बन गई है। यानी मोर्चेबन्दी की लड़ाई है यह, जहाँ टैंकों, मशीनगनों और हवाई जहाज़ों का काम है, यानी अफ़सरों का काम है। तो कांग्रेस के इस हंगामे की वजह से पढ़े-लिखे आदमी भर्ती ही नहीं हो रहे।''

लाला सेवाराम हँस पड़े, ''पढ़ा-लिखा आदमी समझदार व होशियार होता है, वह अंग्रेज़ों के लिए अपनी जान क्यों देगा ? अंग्रेज़ों ने हमें लूटा है और हम अंग्रेज़ों को लूट रहे हैं। क्या समझे !''

''जो कुछ आपने समझाया वही समझा।'' सैलाब हँस पड़ा, ''लूट का जवाब लूट। तो दो सौ टन कागज़ का आर्डर है, मंगल तक मिल जाएगा, वह आपने वादा कर लिया है। इसके बाद पाँच सौ टन कागज़ का आर्डर और रहेगा, मिलवालों से सौदा पक्का कर लीजिए। आप पैसा बनाइए, मुझे स्कॉच के केस देते रहिए, कमसेरियट आपके हाथ

में, रसद आपके हाथ में है। हम दोनों ही खुश। यह लड़ाई, दिख रहा है, लम्बी खिंचेगी।''

एकाएक लाला सेवाराम की आँखें चमक उठीं, ''अच्छा सैलाब साहेब ! इस कागज़ को लेने और इसका हिसाब रखने की ज़िम्मेदारी किस पर है ?''

''किस पर हो सकती है मुझे छोड़कर !'' कुछ ऐंठकर सैलाब ने कहा, ''सारा महकमा मेरी तहत में है।''

''तो सैलाब साहेब, मेरे स्टॉक में एक सौ टन कागज़ मौजूद है। क्या इसे दो सौ टन बनाया जा सकता है, बिना आप पर आँच आए हुए ? पचास टन की कीमत आपकी, पचास टन की कीमत मेरी।''

सैलाब ने तीसरा पेग पीते हुए कहा, ''हो सब कुछ सकता है बिना मुझ पर आँच आए हुए। वह सेक्रेटरी स्मिथ, वह निरा उल्लू का पट्ठा है, लेकिन लालाजी, यह होगा नहीं। हराम की रकम से मैं दूर ही रहता हूँ। मैं मुसलमान हूँ, बनिया नहीं हूँ। यह रकम आप बनियों को पच सकती है, मुझे नहीं पचेगी।''

बड़ी कड़ी बात कह दी थी सैलाब ने, जगतप्रकाश उत्सुकता के साथ लाला सेवाराम के मुख की ओर देख रहा था, लेकिन जैसे लाला सेवाराम पर इसका कोई असर ही नहीं हुआ, ''हा-हा-हा, क्या बात कह दी आपने सैलाब साहेब ! तबीयत खुश हो गई। हमीं यह ज़हर पी सकते हैं, तुम नहीं पी सकते। तुम तो सिर्फ़ शराब पी सकते हो, गोकि वह भी तुम्हारे मज़हब की रू से हराम है।''

बेईमानी बेहया होती है, बेशर्म होती है—इसका स्पष्ट उदाहरण जगतप्रकाश देख रहा था। जिस दुनिया में वह इस समय आ पड़ा था वह अभी तक उसके लिए नितान्त अनजानी दुनिया थी। खाना अब मेज़ पर लगा दिया गया था। डाइनिंग-हॉल में भीड़ बढ़ गई थी। उस भीड़ में अधिकांश यूरोपियन लोग थे, और उन यूरोपियनों में अधिकांश फ़ौजी अफ़सर थे। बैंड बज रहा था, एक विचित्र-सा वातावरण वहाँ पर दिखा जगतप्रकाश को।

खाना खाकर तीनों सेवाराम के दफ़्तर पहुँचे। लाला सेवाराम ने ड्राइवर से कहा, ''सैलाब साहेब को उनके घर उतार देना, फिर जसवन्त साहेब की कोठी पर जगतप्रकाश साहेब को उतारकर यहाँ आ जाना।''

सैलाब के साथ जगतप्रकाश मोटर पर बैठ गया। यह सैलाब बड़ा विचित्र आदमी था। सैलाब ने जगतप्रकाश से कहा, ''देख रहे हैं आप ! जंग चल रही है, लोग मर रहे हैं और रुपया बनाया जा रहा है। लेकिन यह रुपया किस काम का ? यूरोप में बड़े-बड़े लखपति और करोड़पति तबाह हो गए हैं। अगर यह जंग हिन्दुस्तान में आती है तो यहाँ भी वही हालत होगी। इस सबसे एक ही नतीजे पर पहुँचा जा सकता है, जब तक ज़िन्दा रहना है, मौज के साथ ज़िन्दा रहो। यह रुपया जोड़ना, दस रुपए पर ईमान बेचना—यह गलत है।''

जगतप्रकाश ने कहा, ''लेकिन सैलाब साहेब ! आप कहाँ तक अपने को ठीक समझते हैं ? क्या आप इस सबमें साथ नहीं दे रहे ?''

सैलाब बोला, "मैं क़तई साथ नहीं दे रहा, मैं अपना फ़र्ज़ अदा कर रहा हूँ। मुझे बेईमान आदमियों से ही काम लेना है—यहाँ हरेक बिज़नेसमैन बेईमान है। यह लाला सेवाराम मुझे बेवकूफ़ समझते हैं, मैं इन्हें बेवकूफ़ समझता हूँ। अपना-अपना नज़रिया। मेरा जो फ़र्ज़ है उसे मैं अदा करता हूँ, उसके बाद मौज की ज़िन्दगी ! मैं सोचता नहीं, मैं घुलता नहीं। इस सोचने और घुलने से कोई फ़ायदा भी तो नहीं होता। तुमने होटल में देखा, वे फ़ौजी अफ़सर, जो जंग में लड़ने और जान देने के लिए जानेवाले हैं, किस मस्ती के साथ खा-पी रहे थे ! ज़िन्दगी का एक अपना फ़र्ज़ है, एक अपना रस है। दोनों अलग-अलग हैं। इसलिए मुझे गलत न समझ लेना। मैं कम्युनिस्ट था, मैं कम्युनिस्ट हूँ। जो भी मदद तुम लोग मुझसे चाहोगे वह मैं तुम लोगों को दूँगा। मुझे सब पता है कि तुम देवली कंसेन्ट्रेशन कैम्प में थे, तुम बरेली जेल में थे। मैं यह भी समझ रहा हूँ कि तुम किस क़दर उलझन में हो। मैं कभी शायर था, आज मैं शायरी से कोसों दूर हूँ। मेरा मकान तुम देख ही लोगे, अगर दिल्ली में रहना तो मुझसे मिलते रहना। मैं तुम्हारी इज़्ज़त करता हूँ, तुम बड़े बढ़िया किस्म के आदमी हो।" और जगतप्रकाश को लगा जैसे सैलाब की आँखें नशे से झपी जा रही हैं।

गोल मार्केट के पास एक छोटे-से बँगले में सैलाब रहता था। कार उसके बँगले के समाने रुकी और सैलाब बोला, "मैं अपनी मंज़िल पर आ गया हूँ, अब मैं आराम करूँगा। और दोस्त यह याद रखना, यह दुनिया बड़ी अटपटी है, और इस अटपटी दुनिया में ही हमें ज़िन्दा रहना है। कल क्या होगा, कोई नहीं जानता। इस आज में हमें ज़िन्दा रहना है। यह बदमाश और बेईमान लाला, यह मुर्दा है, क्योंकि इसने कल में अपने को दफना लिया है।" सैलाब लड़खड़ाते पैरों से उतरा और घर के अन्दर चला गया।

ये बातें लाला सेवाराम के ड्राइवर के सामने ही हो रही थीं। जगतप्रकाश ने ड्राइवर को देखा, कुछ क्षमा-प्रार्थना के स्वर में उसने कहा, "ज़्यादा पी गए हैं, इनकी बात का बुरा न मानना।"

ड्राइवर ने मुस्कराते हुए कहा, "लेकिन बात पते की कहते हैं सैलाब साहेब ! बड़े दरियादिल व नेक आदमी हैं।" और ड्राइवर ने कार स्टार्ट कर दी।

[17]

कार चल रही थी और जगतप्रकाश चुपचाप बैठा सोच रहा था। दुनिया के अनगिनती भागों में रक्तपात हो रहा है, हत्याकांड चल रहे हैं, शहर उजड़ रहे हैं, मकान जल रहे हैं। मरनेवालों और घायलों की चीखें—विनाश और तांडव ! दिल्ली की ही भाँति दुनिया के अनगिनती भागों में शराब के दौर चल रहे हैं, लोग रुपया लूट रहे हैं। जैसे यह लूट, बेईमानी, शराबखोरी ही वास्तविक जीवन है जो विनाश और मृत्यु के पहले जी लिया

जाना चाहिए। कितना भयानक अनियमन है यह सब !

लेकिन क्या यह अनियमन का ही युग तो नहीं है ? जो सामान्य युग कहलाता है, क्या यह अनियमन का युग उसके नीचे स्तर का है ?"

करोड़ों आदमी हर साल मरते हैं, बीमारी, दुर्घटना, भूख, अभाव से ग्रस्त होकर। करोड़ों आदमी अपनी इच्छा से अथवा अनिच्छा से पशुता का जीवन व्यतीत कर रहे हैं। क्या यही नियमन है ? क्या यही जीवन की स्वाभाविक गति है ? इस सबमें एक भयानक असन्तुलन है—जीवन में ही मृत्यु की निष्क्रियता और सड़ाँध घुसी हुई है। जगतप्रकाश अपने से ही कह उठा—नहीं, इस जीवन से युद्ध की मृत्यु अच्छी है। उसमें संघर्ष तो है, सही काम करने या ग़लत काम करने की एक प्रेरणा तो है, उसमें जीवन की एक उद्दाम गति है जो घिसटती नहीं, रेंगती नहीं।

कार अब जसवन्त की कोठी के सामने आ गई थी। जगतप्रकाश कार से उतरकर अन्दर गया। दो बज चुके थे, शर्मिष्ठा डाइनिंग-रूम में अकेली ही खाना खा रही थी। जमील और जसवन्त का कहीं पता न था। जगतप्रकाश अपने कमरे में जाकर लेट गया, उसे अपने अन्दर काफ़ी थकावट महसूस हो रही थी।

कितनी देर तक वह इस थकान की बेहोशी में पड़ा रहा, जगतप्रकाश को इसका पता ही नहीं चला। लेकिन उसे इतना पता ज़रूर चला कि फोन की घंटी बजी काफ़ी देर तक, फिर शर्मिष्ठा ने फोन उठाकर बात की। फोन पर क्या बातचीत हुई इसका तो उसे भान नहीं हुआ, क्योंकि फोन ड्राइंग-रूम की गैलरी में था, लेकिन उसे ऐसा लगा कि शर्मिष्ठा काफ़ी उत्साह के साथ बात कर रही है। बातचीत बन्द हो गई और फिर एक सन्नाटा !

जगतप्रकाश की थकान अब दूर हो गई थी। वह अपने कमरे में पड़ी उस सप्ताह की पत्र-पत्रिकाओं को उलटने लगा। लेकिन इसमें उसका मन नहीं लगा। ऊबकर वह उठा, अपने कमरे में से निकलकर वह बरामदे में आया। सामने लॉन पर शर्मिष्ठा अपने बच्चे और आया के साथ बैठी धूप सेंक रही थी। शर्मिष्ठा ने जगतप्रकाश को देखते ही कहा, "अरे आप कब आए ? मुझे तो पता ही नहीं चला। खाना तो खा चुके होंगे, फोन पर मामाजी ने बतला दिया था। जसवन्त और आपके वह साथी...क्या नाम है उनका. ..तो उन लोगों ने फोन पर बतला दिया था कि खाना वे कहीं बाहर ही खा रहे हैं।"

लॉन पर पहुँचकर जगतप्रकाश ने पूछा, "तो अभी जो फोन आया था, क्या वह जसवन्त का था ?"

शर्मिष्ठा मुसकराई "नहीं, उन्होंने तो मेरे लौटने के आधा घंटा बाद ही फोन कर दिया था। यह फोन कुलसुम कावसजी का था। वह मेडेंस होटल में ठहरी है पुरानी दिल्ली में। उसने मुझे और जसवन्त को आज रात डिनर पर बुलाया है अपने होटल में। भला यह भी कोई बात हुई ? मैंने उससे अपने यहाँ डिनर पर आने को कहा, यह भी कहा कि मेरे यहाँ दो मेहमान ठहरे हैं, तो वह बोली कि अपने मेहमानों को भी साथ लेती आऊँ।"

पास पड़ी हुई कुर्सी पर जगतप्रकाश बैठ गया, ''कुलसुम कावसजी ! तो क्या वह दिल्ली में हैं ? कब आईं यहाँ ?''

''कह रही थी कि कल शाम को आई है। मैंने उससे कहा कि मेरी इतनी बड़ी कोठी पड़ी है, उसे उस होटल में ठहरने की क्या ज़रूरत है। मैं उसे लेने खुद आ रही हूँ, लेकिन उसने साफ़ इनकार कर दिया। उसने बहुत-बहुत आग्रह किया है कि हम लोग अपने दोनों मेहमानों के साथ शाम को उसके यहाँ डिनर पर ज़रूर आएँ।''

''आपने उसे बतलाया कि आपके मेहमान कौन हैं ?'' जगतप्रकाश ने पूछा।

''मैं क्यों बतलाती, जब वही पूरी बात नहीं बतला रही थी ! कह रही थी कि हम लोगों के उसके यहाँ जाने पर ही वह पूरी बात बतलाएगी तो मैंने सोचा कि मैं ही उसे पूरी बात क्यों बतलाऊँ !''

जगतप्रकाश के मन में आया कि वह तत्काल ही कुलसुम को फोन करे, इस कुलसुम से मिलने की एक गौण भावना को लेकर ही तो वह कानपुर से जमील के साथ हो लिया था। दिल्ली में कुछ रुककर बम्बई जाने का कार्यक्रम था उसका। अभी तक कुलसुम से मिलने की व्यग्रता सोई-सी पड़ी थी उसकी अन्दर, अब वह व्यग्रता एकाएक भड़क उठी थी। बड़े प्रयत्न से उसने अपनी व्यग्रता को दबाया। यह शर्मिष्ठा क्या सोचेगी ? वह आँख बन्द करके बैठ गया और उसके सामने कुलसुम का चित्र उभर आया, ममता और स्नेह की प्रतिमा कुलसुम ! इस बीच में न जाने कितनी बार कुलसुम का चित्र उसके सामने आया था, विशेष रूप से कानपुर में यमुना से मिलने के बाद ! कुलसुम के प्रति निस्पृहता और उदासीनता की भावना जो उसने एक लम्बे अरसे में संचित कर ली थी, उसके अन्दर से अब जाती रही थी, लेकिन इसका स्पष्ट अनुभव उसे उस समय तक नहीं हुआ था। उस दिन दिल्ली में कुलसुम की मौजूदगी की खबर सुनकर उसके अन्दर क्रमशः करवटें लेती हुई कुलसुम के प्रति आसक्ति और मोह की भावना एकाएक चेतन होकर सक्रिय हो उठी थी। इस व्यग्रता को दबाना उसके लिए कठिन हो रहा था। कुलसुम से अपना ध्यान हटाने का प्रयत्न करते हुए जगतप्रकाश ने पूछा, ''जसवन्त ने कुछ कहा था कि वह कब तक लौटेंगे ?''

''यही ढाई-तीन बजे तक लौटने को कहा था। तीन तो बज गए हैं, अब आते ही होंगे।'' फिर उसने कुछ सोचकर कहा, ''आप इन्हें समझाइए कि यह लाहौर छोड़कर दिल्ली में रहें आकर ! मैं लालाजी को राज़ी कर लूँगी। लेकिन यह तो जैसे लाहौर से चिपक गए हैं।''

शर्मिष्ठा की इस बात से जगतप्रकाश को आश्चर्य हुआ। स्वभावतः जसवन्त को दिल्ली में रुचि होनी चाहिए थी, क्योंकि विवाह के पहले जसवन्त दिल्ली में ही रहता था, जबकि शर्मिष्ठा की जड़ें लाहौर में थीं और शर्मिष्ठा को लाहौर के प्रति लगाव होना चाहिए था। लेकिन यहाँ बात उलटी ही थी। उसने कुछ देर तक गौर से शर्मिष्ठा को देखा, फिर उसने पूछा, ''क्यों, क्या आपको लाहौर पसन्द नहीं ? आप तो लाहौर की रहनेवाली हैं, आपके संगी-साथी सब वहीं होंगे।''

एक करुण मुस्कराहट शर्मिष्ठा के होंठों पर आई, "आप ठीक कहते हैं, मैं लाहौर की रहनेवाली हूँ। मेरे नाते-रिश्तेदार, संगी-साथी सभी लाहौर में हैं। लेकिन मैं सच कहती हूँ, न जाने क्यों मुझे लाहौर में डर लगता है। कुछ बड़ा अप्रिय और भयंकर होनेवाला है वहाँ पर। हिन्दुओं और मुसलमानों में जैसे एक-दूसरे पर से विश्वास ही जाता रहा है वहाँ पर। इस वैमनस्य और अविश्वास के वातावरण में रहने से मेरा दम घुटने लगा है।"

जगतप्रकाश ने कुछ नहीं कहा। पत्रों में पंजाब की जो खबरें आ रही थीं वे काफ़ी चिन्ताजनक थीं। शर्मिष्ठा ने कुछ रुककर कहा, "जहाँ तक स्त्री के संगी-साथियों का सवाल है, स्त्री की दुनिया उसके घर में है, उसके पति में है, उसके बच्चों में है। उसके पति के सगे-सम्बन्धी ही उसके सगे-सम्बन्धी हैं। जसवन्त एक तरह से लाहौर में अजनबी हैं, अपने को जमाने की कोशिश तो कर रहे हैं वह वहाँ पर, लेकिन अपने को जमा नहीं पाते। जैसे जसवन्त वहाँ पर अपने को जमाने की ज़िद पकड़ गए हैं। खतरों से खेलना इन्हें अच्छा लगता है।" शर्मिष्ठा ने आँखें झुका ली थीं, मन-ही-मन जैसे वह अपने से तर्क करने लगी थी, "खतरों से खेलना शायद पुरुष की प्रवृत्ति है। लेकिन मुझे तो अपने बच्चों का पालन करना है, मुझे तो अपने पति को सहारा देना है, मुझे तो अपने पिता की सेवा करनी है। लोग स्त्री को कायर कहते हैं। वह क्यों कायर है, कभी किसी ने इस पर ध्यान दिया है ? खुद कष्ट सहने में, खुद मरने-मिटने में स्त्री कभी भी पीछे नहीं रही है। वह कायर बन गई है अपनों के लिए जीवित रहने के सन्दर्भ में।"

जगतप्रकाश बड़े ध्यान से शर्मिष्ठा की बातें सुन रहा था। कानपुर में यमुना से साक्षात्कार के बाद जो एक तरह की कटुता उसके अन्दर भर गई थी, वह उससे दूर होती जा रही है—उसने अनुभव किया। शर्मिष्ठा कहती जा रही थी, "आप ताज्जुब करेंगे, विवाह के बाद मैं कितनी बदल गई हूँ, कभी-कभी खुद मुझे अपने को पहचानने में धोखा हो जाता है। यह जो हिन्दू-मुस्लिम समस्या उठ खड़ी हुई है, अकेले पंजाब में ही नहीं, सारे देश में, यह समस्या मेरे विवाह के पहले भी मेरे सामने थी, लेकिन उस समय मेरे अन्दर इस समस्या का मुकाबला करने का उत्साह था, और विवाह होने के बाद मेरे अन्दर का सारा उत्साह जाता रहा, उस उत्साह का स्थान भय ने ले लिया है। आप समझाइए जसवन्त को, हिन्दू-मुस्लिम-समस्या के नाम पर नहीं—जसवन्त के लिए इस हिन्दू-मुस्लिम समस्या का कोई अस्तित्व नहीं; आप जसवन्त से अपना कार्यक्षेत्र बदलने का आग्रह करें। कम्युनिस्टों में आपके नाम की बड़ी इज़्ज़त है—इतना मेरी समझ में आ गया है, जसवन्त गोकि उम्र में आपसे बड़ा है, लेकिन वह आपकी इज़्ज़त करते हैं। आप भी शायद इस हिन्दू-मुस्लिम समस्या को महत्त्व न देते होंगे, आप लोगों की मनोवृत्ति मैं थोड़ा-बहुत समझने लगी हूँ। लेकिन जसवन्त के इस बच्चे के नाम पर, मेरे नाम पर आप जसवन्त को लाहौर छोड़कर यहाँ आने की सलाह दीजिए।"

"देखिए, मैं कोशिश ज़रूर करूँगा, लेकिन आप जसवन्त को मुझसे ज़्यादा जानती

हैं। दूसरों के समझाने में आनेवाले वे नहीं हैं।''

उसी समय जसवन्त की कार ने फाटक में प्रवेश किया। जमील और जसवन्त कार से उतरे, जसवन्त ने जगतप्रकाश के पास आकर कहा, ''क्या बतलाएँ, हम लोग कुछ लोगों से बातें करने में फँस गए और हमें उन्हीं लोगों के साथ खाना खाना पड़ा। इस हिन्दू-मुस्लिम सवाल को लेकर हमारी पार्टी में दरार पड़ती दिखती है। तुमने खाना खा लिया, क्यों शर्मिष्ठा ?''

''इन्होंने तो मामाजी के साथ खाना खाया है, मैं इन्हें साथ लेकर मामाजी के यहाँ कुछ कपड़े खरीदने गई थी, तो उन्होंने इन्हें रोक लिया और मुझे ज़बर्दस्ती अपनी कार पर बैठाकर अपने घर भेजने की कोशिश की। मैं क्या जानती थी कि आप लोग बाहर खाना खाएँगे, नहीं तो मैं उनके घर हो आती। नतीजा यह हुआ कि मैं अपने घर उतर पड़ी और मामाजी के यहाँ कार भिजवा दी। इसके बाद उन्होंने टेलीफोन पर मुझे डाँटा और बोले कि यह जगतप्रकाश उनके साथ खाना खाएँगे।''

जसवन्त ने मुस्कराते हुए जगतप्रकाश की ओर देखा, ''मामाजी के साथ इतनी गहरी दोस्ती कैसे हो गई तुम्हारी ?''

''आपकी शादी में अमृतसर जाते हुए सैलाब और मैंने आपके मामाजी के साथ एक ही कम्पार्टमेंट में सफ़र किया था। दोस्ती तो उनकी सैलाब के साथ है। सैलाब को उन्होंने इम्पीरियल होटल में लंच के लिए बुलाया था। मुझे भी उन्होंने ज़बर्दस्ती रोक लिया।''

धूप अब ढलने लगी थी और लॉन पर सर्दी की एक लहर-सी दौड़ने लगी थी। शर्मिष्ठा ने उठते हुए कहा, ''कुलसुम का फोन आया था, वह कल रात बम्बई से आई है और मेडेंस होटल में ठहरी है। रात को उसने हम सबको डिनर पर बुलाया है। मैंने उससे कहा कि वह होटल में क्यों ठहरी है, यहाँ चली आए, तो बोली कि इसमें राज़ है।''

जसवन्त बोला, ''जो प्रोग्राम बनाता हूँ वही रद्द हो जाता है। आज सब लोगों के साथ सिनेमा देखने को सोचा था।''

शर्मिष्ठा हँस पड़ी, ''कुलसुम के यहाँ सिनेमा भी देखिएगा, डिनर भी खाइएगा।'' और बिना जसवन्त के प्रत्युत्तर की प्रतीक्षा किए वह बच्चे को गोद में लेकर अन्दर चली गई अपनी आया के साथ।

सात बजे सब लोग तैयार होकर मेडेंस होटल में पहुँचे। पोर्टिको से लगे हुए बरामदे में कुलसुम परवेज़ के साथ खड़ी थी। जगतप्रकाश को देखते ही कुलसुम ने जगतप्रकाश का हाथ पकड़ लिया, ''अरे जगत तुम ! तो तुम छूट आए ! मुझे तुमने अपने छूटने की खबर ही नहीं दी। मैं कितनी खुशकिस्मत हूँ कि तुम मिल गए।'' फिर उसने शर्मिष्ठा की ओर मुड़कर कहा, ''क्यों तुमने अपने मेहमानों का नाम ही नहीं बतलाया, नहीं तो मैं उसी वक्त सीधे तुम्हारे यहाँ पहुँचती।'' फिर उसने जसवन्त से कहा, ''मेरे प्यारे जसवन्त ! तुमने अपने साथ जगतप्रकाश और जमील को लाकर मेरा बड़ा उपकार किया। अब चलो मेरे कमरे में, वहीं बातें होंगी।''

सब लोग कुलसुम के साथ उसके कमरे में गए। वह एक दुहरा बेडरूम था, और उसके साथ लगा हुआ एक छोटा-सा ड्राइंग-रूम था। जब सब लोग बैठ गए, कुलसुम ने परवेज़ का हाथ पकड़कर खड़े होते हुए कहा, ''आप सब लोग मेरे पति परवेज़ झाबवाला से मिलिए। अब मैं कुलसुम कावसजी न रहकर कुलसुम झाबवाला हो गई हूँ।''

जसवन्त ने उठकर तपाक के साथ परवेज़ से हाथ मिलाया, जमील ने भी जसवन्त का साथ दिया। जगतप्रकाश ने भी उठते हुए कुलसुम की ओर देखा। कुलसुम के मुख पर एक स्निग्ध भाव था, एक तरह का उल्लास, एक तरह का सन्तोष। और तभी जगतप्रकाश को लगा कि खुद उसके अन्दर एक घुटन भर गई है। इस घुटन को दबाने के लिए उसे मुस्कराना पड़ा, लेकिन उसकी मुस्कराहट के विद्रूप पर किसी ने ध्यान नहीं दिया। तब उसने बढ़कर परवेज़ से हाथ मिलाते हुए कहा, ''मेरी बधाई तुम्हें और कुलसुम को !'' केवल इतने शब्द उसके मुख से निकले।

सब लोग बैठ गए और कुलसुम ने घंटी बजाई। बेयरा कमरे में आ गया। उसने बेयरा से कहा, ''शैम्पेन के छह गिलास ! और वह शैम्पेन की बोतल अलमारी में रखी है, उसे लाओ !''

शर्मिष्ठा बोली, ''मैं शराब नहीं पीती—मुझे पाइन एपिल जूस मँगवा दो !'' और साथ ही जगतप्रकाश बोला, ''तुम तो जानती ही हो कि मैं भी शराब नहीं पीता। मुझे भी कोई फ्रूट-जूस मँगवा दो।''

कुलसुम मुस्कराई, उसने शर्मिष्ठा से कहा, ''शादी के पहले तुम आर्यसमाजी थीं, अब तो तुम्हारा धर्म वही हो गया है जो जसवन्त का है। फिर शैम्पेन शराब होती भी नहीं, वह तो सिर्फ़ अंगूर का रस है।''

शर्मिष्ठा ने भी मुस्कराते हुए कहा, ''जसवन्त का धर्म जानती हूँ। लेकिन स्त्री और पुरुष के धर्म अलग-अलग होते हैं, होने भी चाहिए।'' शर्मिष्ठा के उन शब्दों में एक दृढ़ता थी।

कुलसुम हँस पड़ी, ''मैं तुमसे जीत नहीं सकती, तुम पाइन एपिल जूस ही लो।'' और जगतप्रकाश की ओर मुड़कर उसने कहा, ''जगत ! मेरी शादी के जश्न की यह दावत है। मैंने तुमसे कभी शराब पीने का आग्रह नहीं किया है। आज पहली दफ़ा यह मेरा आग्रह है।''

जगतप्रकाश के अन्दरवाली कड़वाहट अब हलके ढंग से मुखर हो उठी, ''शायद अपने आग्रहों को मनवाना तुम्हारी ज़िन्दगी है। लेकिन तुम यह नहीं समझ पातीं कि मेरी भी कोई निजी ज़िन्दगी होनी चाहिए, मेरे भी तो कुछ आग्रह हैं, दूसरों के साथ भले ही न हों, अपने साथ तो हो सकते हैं।''

कुलसुम ने जगतप्रकाश की आँखों में अपनी आँखें डाल दीं, और जगतप्रकाश को लगा कि कुलसुम की आँखों में पीड़ा से भरी एक तरलता है। उल्लास की जगह एक गहरी उदासी दिखी उसे कुलसुम की आँखों में, और उसे कुलसुम के शब्द सुन पड़े, ''ज़िन्दगी में पहली बार और अन्तिम बार तुमसे यह आग्रह कर रही हूँ।'' और कुलसुम

ने शैम्पेन का गिलास जगतप्रकाश के सामने रख दिया।

सब लोगों के साथ जगतप्रकाश ने भी अपने सामनेवाला गिलास होंठों से लगा लिया। उसके अन्दर जैसे कोई कह रहा हो, "तुम इतने कटु और कुंठित क्यों हो ? दोष कुलसुम का नहीं है, दोष तुम्हारा भी नहीं है। दोष किसी का नहीं है, सब कुछ स्वाभाविक रूप से हो रहा है। इस स्वाभाविकता से समझौता करने के सिवाय तुम और कुछ कर भी नहीं सकते हो ?"

हलकी-सी मिठास से भरा वह तीखा खट्टापन—जगतप्रकाश को वह बुरा नहीं लग रहा था। लेकिन नसों की झनझनाहट के साथ उसके मस्तिष्क में घिरता हुआ एक धुँधलापन ! और जगतप्रकाश को वह धुँधलापन भी बुरा नहीं लग रहा था। जीवन में चारों ओर धुँधलेपन के सिवाय और है क्या ? उस होटल की बिजलियों की जगमगाहट, वहाँ बैठे लोगों की हँसी, कुलसुम और परवेज़ का उल्लास—और इस सबके पीछे, उस दुनिया से अलग, दूर—एक दूसरी दुनिया ! हर तरफ़ अनिश्चय ! कुलसुम हँस रही थी, वह बड़े उत्साह से बातें कर रही थी। लेकिन जगतप्रकाश चुपचाप उन बातों को सुन रहा था। उसकी समझ में कुछ नहीं आ रहा था—इस सबसे अधिक—सब कुछ उसकी समझ के बाहर था। जगतप्रकाश कोशिश कर रहा था कि उसका विचार कहीं तो केन्द्रित हो।

जमील जगतप्रकाश की बगल में बैठा था। उसे शायद जगतप्रकाश की मनोदशा का पता था। उसने धीमे स्वर में जगतप्रकाश के कान में कहा, "होश में आओ बरखुरदार ! तुम भी हँसो, तुम भी इस जश्न में शामिल हो !"

जगतप्रकाश ने अपने सिर को एक झटका दिया, और अपनी आँखों के आगेवाला धुँधलापन कुछ फटता-सा लगा उसे। जसवन्त उस समय कुलसुम से कह रहा था, "तुमने मुझे अपनी शादी का न्यौता ही नहीं दिया, नहीं तो मैं ज़रूर आता और शर्मिष्ठा भी आती। यह चुपचाप बिना हम लोगों को बताए शादी कर लेने की क्या तुक थी ?"

कुलसुम ने हँसते हुए कहा, "किसी को नहीं बुलाया बाहर से। यह परवेज़ और परवेज़ के बाप, दोनों को तार दे दिया डैडी ने। दोनों बम्बई आए। डैडी की तबीयत ठीक नहीं रहती, और मैं ठहरी औरत। यह मिल का काम-काज मुझसे सँभलता नहीं। फिर एक मिल और खरीद ली है डैडी ने। परवेज़ के बाप को डैडी ने उस मिल में साझे के लिए बुलाया था, लेकिन इन लोगों के बम्बई आने पर डैडी ने परवेज़ के साथ मेरी शादी कर दी।"

परवेज़ ने बड़े उल्लास के साथ कहा, "यह कुलसुम झूठ कह रही है। गवर्नर को साफ़-साफ़ लिखा था इसके डैडी ने कि शादी करनी है। कुलसुम ने शादी की हामी भर दी है।"

कुलसुम ने बड़े प्यार से परवेज़ के गाल पर एक हलकी-सी चपत मारते हुए कहा, "तुम बड़े गलत किस्म के आदमी हो परवेज़, जो मेरे झूठ को मेरे मुँह पर ही काट रहे हो। हाँ, डैडी ने मुझ पर बड़ा ज़ोर डाला कि परवेज़ को हम लोगों के साथ रहना चाहिए मिल का काम-काज सँभालने के लिए—और मुझे राज़ी होना पड़ा।" और वह जगतप्रकाश

की ओर घूमी, "क्यों जगत ! जेल से छूटने के बाद तुमने मुझे इत्तिला क्यों नहीं दी ? तुम जिस वक्त गिरफ़्तार हुए थे उसी वक्त तुम्हें इत्तिला देनी चाहिए थी मुझे।"

जगतप्रकाश की चेतना अब क़रीब-क़रीब लौट आई थी। उसने कहा, "क्या यह ज़रूरी था कि मैं गिरफ़्तार होने के वक्त या जेल से छूटने के बाद तुम्हें इत्तिला देता ? तुम जानती ही हो कि मैं अपराधी था और अपराधी से जिन लोगों का सम्पर्क होता है उन पर भी अपराधी होने का शक किया जाता है।

और तभी जमील बोला, "जगत ने तय किया था कि वह कल या परसों मेरे साथ बम्बई चलेंगे, खुद इत्तिला की शक्ल में।'

"सच ! तुम कितने अच्छे हो जगत ! अब तुम हमारे साथ बम्बई चलो जगत ! क्यों परवेज़, तुम जगतप्रकाश से अपने साथ चलने को कहो।"

परवेज़ बोला, "जो कुछ तुम कहती हो, वही मेरा कहा समझो ! लेकिन हम लोगों को यहाँ से जबलपुर जाना होगा। गवर्नर ने कहा था न कि पहले जबलपुर, फिर बम्बई। वहाँ का काम-काज गवर्नर को समझाना होगा न !"

"नहीं, मुझे बम्बई की बड़ी याद आ रही है, मैं जबलपुर नहीं जाऊँगी। तुम वहाँ चले जाओ, और गवर्नर को अपने साथ लेकर बम्बई चले आना। जगतप्रकाश के साथ मैं बम्बई चली जाऊँगी।"

"जैसे तुम्हारी मर्ज़ी !" परवेज़ बोला और वह शैम्पेन पीने लगा।

न जाने क्यों जगतप्रकाश के मन में परवेज़ के प्रति एक प्रकार की ग्लानि भर गई। कुलसुम ने जगतप्रकाश के मना करने पर भी उसके गिलास में थोड़ी-सी शैम्पेन और डाल दी थी। जगतप्रकाश ने एक घूँट पीकर परवेज़ की ओर देखा।

जगतप्रकाश को लगा कि उसके अन्दरवाली परवेज़ के प्रति ग्लानि वास्तव में परवेज़ के प्रति दया और संवेदना है, तथा उसके अपने अन्दर-ही-अन्दर वाली झुँझलाहट है। कैसा आदमी है यह परवेज़ जिसके पास उसकी कोई निजी इच्छा नहीं है, उसका कोई निजी संकल्प नहीं है। नितान्त व्यक्तित्वविहीन ! इस आदमी के साथ कुलसुम ने विवाह किया है ! शायद कुलसुम के निकट वही आ सकता है जो व्यक्तित्वविहीन हो। जीवन कुलसुम के लिए अहं की तुष्टि है। और धीरे-धीरे परवेज़ के प्रति उसकी झुँझलाहट कुलसुम के प्रति झुँझलाहट में बदलने लगी। तभी उसे कुलसुम की आवाज़ सुनाई दी, "क्यों जगत ! मेरे साथ बम्बई चल रहे हो न ! परवेज़ कल शाम को जबलपुर के लिए रवाना होगा। परसों सुबह के प्लेन से मैं बम्बई जाऊँगी। तुम्हारे लिए भी एक सीट बुक करा लूँ !"

जगतप्रकाश ने अपना सिर उठाया, थोड़ी देर तक वह कुलसुम की ओर देखता रहा, फिर उसने कहा, "मैं जमील के साथ निकला हूँ, और मैं बम्बई तक जमील के साथ ही रहूँगा। तुम्हें परवेज़ के साथ जबलपुर जाना चाहिए, फिर वहाँ से बम्बई। हम लोग यहाँ से दो-चार दिन बाद चलेंगे, अगर तुम तब तक बम्बई नहीं पहुँचोगी तो मैं तुम्हारा इन्तज़ार कर लूँगा। जमील का कमरा तो है ही इनके पास, इनके साथ ठहरने

में मुझे कोई असुविधा नहीं होगी।''

जगतप्रकाश को लगा कि परवेज़ का चेहरा खिल गया उसकी बात से, और कुलसुम के मुख पर भी एक मुस्कराहट आ गई। ''क्यों परवेज़ ! मैं क्या कहा था ? यह जगतप्रकाश कभी भी गलत काम में मुझसे सहमत नहीं होंगे। मैं कल तुम्हारे साथ जबलपुर ही चलूँगी।'' फिर उसने जमील से कहा, ''कामरेड जमील अहमद ! तुम जगतप्रकाश को अपने साथ बम्बई ज़रूर ले आना।'' इसके बाद कुलसुम जसवन्त और शर्मिष्ठा से बातें करने में लग गई।

जगतप्रकाश को कुलसुम, जसवन्त और शर्मिष्ठा की बातों से कोई दिलचस्पी नहीं थी, वह अपने अस्पष्ट और धुँधले विचारों में डूब गया। यह हँसी-खुशी, यह राग-रंग—क्या यह वास्तविकता है ? जब दुनिया के अनगिनती भागों में नगर जल रहे हैं, लोग मर रहे हैं, तबाह हो रहे हैं, जब आदर्शों और स्वार्थों के बीच जीवन-मरण का संघर्ष चल रहा है, तब वह यहाँ इस ऐश्वर्य के भुलावे में क्यों आ पड़ा ? जगतप्रकाश ने अपने सिर को फिर झटका दिया और इसके साथ ही शैम्पेन का गिलास फिर उसके होंठों से चिपक गया। उसी समय जगतप्रकाश के कानों में जसवन्त की आवाज़ पड़ी, ''क्या बतलाऊँ, लाहौर से निकलने की फुरसत ही नहीं मिलती। वहाँ साम्प्रदायिक हालत दिनों-दिन बिगड़ती जा रही है। उसे सुधारने की कोशिश कर रहा हूँ लेकिन कामयाबी नहीं मिल रही। वह तो कामरेड चेतराम का आग्रह था कि मैं पार्टी की बैठक में ज़रूर आऊँ, और शर्मिष्ठा भी लाहौर के बाहर कहीं चलने को उत्सुक थी, तो मैं दिल्ली चला आया, नहीं तो तुमसे मिलना न होता।''

''हाँ, लाहौर तो मैं नहीं जाती। शायद कामरेड जमील अहमद और जगतप्रकाश भी इस मीटिंग के सिलसिले में यहाँ आए हैं।'' कुलसुम ने लापरवाही के साथ कहा।

''क्या क़यास बिलकुल ठीक है।'' जमील ने उत्तर दिया, ''असल में बुलाया मुझे गया था, तो मैं जगतप्रकाश को भी अपने साथ लेता आया, यह कहकर कि हम लोग यहाँ से बम्बई चलेंगे।''

''ख़ैर, यह तो अच्छा ही किया,'' कुलसुम बोली, ''लेकिन कामरेड जमील अहमद, जगतप्रकाश को अब आप लोग इस सबसे दूर रखिए। सिर्फ़ हम लोगों का साथ हो जाने से इन्हें देवली जाना पड़ा, क्या इतना काफ़ी नहीं है ? इनका निजी कैरियर है, उसे क्यों बरबाद कर रहे हैं आप लोग ?''

जगतप्रकाश की भौंहें खिंच गईं। यह कुलसुम कौन होती है उसके सम्बन्ध में इतनी फ़िक्र करनेवाली ! उनके बदन में आग लग गई जैसे। उसने कहा, ''अपना कैरियर मैं जानता हूँ कुलसुम ! उसकी फ़िक्र करने की दूसरों को कोई ज़रूरत नहीं है। मेरा रास्ता बन चुका है, वही रास्ता सही है।'' और जगतप्रकाश अपनी बात कहते-कहते रुक गया, उसे लगा कि उसकी ज़बान कुछ लड़खड़ा रही है, और उसकी आँखों के आगे धुँधलापन बढ़ता जा रहा है।

कुलसुम ने कहा, ''नहीं जगत, वह तुम्हारा रास्ता नहीं है और न वह सही रास्ता

है। यह पार्टी में शामिल होकर दर-दर घूमना, हर तरह की तकलीफ़ उठाना, अपने को खो देना—तुम इस सबके लिए नहीं बने हो। अलग रहकर पार्टी की जितनी मदद कर सकते हो करो, लेकिन—लेकिन—क्यों, तुम इस तरह मेरी तरफ़ क्यों देख रहे हो ?"

जगतप्रकाश हँस पड़ा, लेकिन उसकी हँसी स्वाभाविक नहीं थी। हँसते हुए उसने कहा, "तुम अपने लिए यह कह सकती हो कि तुम इसके लिए नहीं बनी हो शायद, जसवन्त भी कह सकते हैं कि यह इसके लिए नहीं बने हैं। यह सब तुम पैसेवालों के लिए एक फ़ैशन-भर है। लेकिन मेरी जड़ें ज़मीन में है। मैं जहाँ से आ रहा हूँ वहाँ के लोग फ़ैशन कर ही नहीं सकते। फ़ैशन करने पर वे विकृतियों के शिकार बन जाते हैं।" और जगतप्रकाश चुप हो गया, उसे लगा कि वह अकारण ही इतना अधिक कटु हो गया है।

एक सन्नाटा-सा छा गया वहाँ पर, बड़ी कड़ी बात कह दी थी जगतप्रकाश ने। जमील ने शैम्पेन का गिलास जगतप्रकाश के सामने से हटाते हुए कहा, "इनकी बात का बुरा न मानिएगा, आप ही लोगों ने इन्हें ज़बर्दस्ती पिला दी है।"

लेकिन कुलसुम ने उठकर शैम्पेन का गिलास जमील के हाथ से ले लिया। उसने गिलास जगतप्रकाश के सामने रखकर उसमें थोड़ी-सी शैम्पेन और डाल दी। फिर उसने कहा, "तुम ठीक कहते हो जगत, सच कहने का साहस है तुममें। मैं अपने अल्फ़ाज़ वापस लेती हूँ, तुम जैसा ठीक समझो वैसा करो।" और उसने एक ठंडी साँस ली, "हम लोगों के लिए कम्युनिज्म एक फ़ैशन है, मैं यह बात स्वीकार करती हूँ, कम-से-कम अपनी बाबत तो मैं यह कह ही सकती हूँ।" फिर वह हँस पड़ी, "क्यों जसवन्त ! क्या तुम पर कम्युनिज्म का कोई असर है ? मैं तो ऐसा नहीं समझती, क्योंकि तुम अपनी ज़मीन-जायदाद सँभालने में लग गए हो, दिल्ली छोड़कर तुम लाहौर में रहने लगे हो।"

जसवन्त के उत्तर देने के स्थान पर शर्मिष्ठा बोली, "यह क्या सँभालेंगे ज़मीन-जायदाद, वह तो लालाजी सँभाल रहे हैं। लालाजी की देखभाल करने के लिए मुझे वहाँ रहना पड़ता है और मेरी देखभाल करने के लिए जसवन्त को रहना पड़ता है।" फिर कुछ चुप रहकर उदास-भाव से वह बोली, "इस ज़मीन-जायदाद का मोह बड़ा भयानक है। तुम लागों को पता नहीं कि लाहौर में क्या हो रहा है, ज़िन्दा रहने का ठिकाना नहीं, मौत नाच रही है सब तरफ़। मैं तो इस सबसे आजिज़ आ गई हूँ। एक लालाजी का मोह बाँधे हुए है हमें।"

जगतप्रकाश चौंक उठा परवेज़ की आवाज़ सुनकर, जो कह रहा था, "करें क्या शर्मिष्ठा बेन, जहाँ अपुन हैं वहाँ अपना भी है। यह अपना मिट जाए तो अपुन भी मिट जाए। अपना खानदान, अपना घर, अपनी ज़मीन-जायदाद, अपना मुलुक। इसी से तो अपुन कायम हैं।" परवेज़ ने अपना सिर हिलाया, "वैसे न अपुन हमेशा रहेंगे और न अपनी ज़मीन-जायदाद हमेशा रहेगी।"

जसवन्त ने परवेज़ की पीठ पर हाथ रखते हुए कहा, "बड़ी पते की बात कह दी तुमने परवेज़ ! तुम इतने ज्ञानी हो, मुझे यह न मालूम था। कुलसुम, परवेज़ से शादी

करने पर मैं तुम्हें बधाई देता हूँ।'' परवेज़ ने शरमाकर अपना सिर झुका लिया।

जगतप्रकाश के अन्दरवाली कटुता और कुंठा, दोनों ही ग़ायब हो गई थी बातचीत के इस मोड़ से। उसने अनुभव किया कि अज्ञात के प्रति एक प्रकार का भय, और उस भय को दबानेवाला एक बहलाव का दर्शन उस शानदार होटल में बैठकर शराब पीते हुए और जश्न मनाते हुए लोगों में मौजूद है।

कुलसुम उठ खड़ी हुई, ''चलो साढ़े नौ बजे हैं। चलें, अब खाना खा लें।''

खाना खाकर जब सब लोग चलने लगे, कुलसुम ने जगतप्रकाश से कहा, ''मैं कल रात की गाड़ी से इलाहाबाद होते हुए जबलपुर जाऊँगी। कल दोपहर के वक्त यहाँ आ जाना, तुमसे तो बातें ही नहीं हुईं।''

जगतप्रकाश अब क़रीब-क़रीब बेहोश-सा हो चुका था। उसने कहा, ''हाँ, मैं आऊँगा।'' और लड़खड़ाते कदमों से चलकर वह जसवन्त की कार में बैठ गया।

सुबह जब जगतप्रकाश की नींद खुली, बाहर गहरा अन्धकार छाया हुआ था। घना कुहरा ! पहले तो उसने समझा कि अभी काफ़ी रात बाकी है, लेकिन जब उसने घड़ी देखी तो आठ बज चुके थे। उसके सारे शरीर में एक थकावट भरी थी और उसका मन बेतरह भारी था। उसे लग रहा था कि वह एक दुःस्वप्न देखकर उठा है। लेकिन वह दुःस्वप्न क्या था, उसे याद नहीं आ रहा था। उठकर वह बगल के कमरे में गया जहाँ जमील ठहरा था। जमील बिस्तर पर बैठा बाहर की ओर देख रहा था। जगतप्रकाश को देखते ही वह उठ खड़ा हुआ, ''तो नींद खुल गई बरखुरदार ! मैं तुम्हारे उठने का इन्तज़ार ही कर रहा था। चलो पहले चाय पी ली जाए।''

डाइनिंग-रूम में दोनों बैठ गए, चाय इन लोगों के सामने आ गई। जमील बोला, ''मुझे दो-तीन दिन और दिल्ली में रुकना होगा, इसके बाद हम लोग बम्बई चलेंगे। यहाँ तुम्हारा जी तो नहीं ऊब रहा है ?''

जगतप्रकाश ने निस्पृह भाव से कहा, ''नहीं, जी ऊबा देनेवाली ऐसी कोई खास बात तो नहीं है यहाँ। जसवन्त के यहाँ अच्छी लाइब्रेरी है, पढ़ने में वक्त कट जाता है।''

''नाश्ता करने के बाद मुझे जसवन्त के साथ कई जगह जाना है। पहले तो सोचा था कि तुम्हें भी हम लोग साथ ले चलें, लेकिन सोच रहा हूँ कि कुलसुम बेन ने ठीक ही कहा था कि मैं तुम्हें इस सबसे दूर ही रखूँ। तुम सिर्फ़ इंटलेक्चुएली हम लोगों की मदद करो। तुम्हें फ़ील्ड-वर्कर्स में नहीं आना चाहिए। फिर दोपहर के वक्त तुम्हें कुलसुम बेन ने भी तो बुलाया है।''

जमील की बात सुनकर जगतप्रकाश मुसकराया, ''इस इंटलेक्चुएलिज़्म को दिमाग़ी ऐयाशी कहा जा सकता है, और इसलिए यह दिमाग़ी बेईमानी भी कहला सकता है। और जहाँ तक फ़ील्ड-वर्कर्स का सवाल है, वहाँ लोगों के नज़रिए अलग-अलग हैं। मैं खुद ही नहीं समझ पा रहा कि हमारे लिए सही रास्ता क्या है, लोगों की बातें सुनकर उलझन होती है, गुस्सा आता है।''

जमील और जसवन्त के जाने के बाद जगतप्रकाश फिर एक उदासी में डूब गया।

कुलसुम ने उसे दोपहर को बुलाया है, वह यह भूल ही गया था, जमील ने उसे इस बात की याद दिलाई थी। उसने कपड़े पहने और निकल पड़ा। कर्ज़न रोड से कनाटप्लेस आकर उसे पुरानी दिल्ली के लिए बस लेनी थी—मेडेंस होटल पहुँचने के लिए।

अपने से उलझा हुआ वह चल रहा था और तेज़ी से एक के बाद एक विचार आ रहे थे उसके दिमाग़ में। वह कुलसुम से मिलने क्यों जा रहा है ? आखिर कुलसुम का उसके जीवन में स्थान ही क्या है ? वह कुलसुम से क्यों मिले ? कुलसुम में उसके प्रति कौन-सी भावना है जो उसने उसे बुलाया है ? मन-ही-मन जाने कितने प्रश्न कुलसुम के सम्बन्ध में कर डाले उसने अपने से, और सन्तोषजनक उत्तर उसे किसी प्रश्न का भी नहीं मिला। फिर उसने खुद अपने को टटोला। कुलसुम के प्रति उसमें कौन-सी भावना है ?

इलाहाबाद से वह चला था कानपुर के लिए, जमील से मिलने। क्या वह सिर्फ़ जमील से मिलने कानपुर गया था ? जमील से मिलना सिर्फ़ एक बहाना-भर था। अन्दर-ही-अन्दर उसमें यमुना की खबर पाने की लालसा थी। डेढ़ साल तक जेल में बन्द रहने के बाद वह प्रेम के नशे में अपने को खो देने को उत्सुक था। उसके बिना जाने अन्दर-ही-अन्दर उसमें स्त्री की कोमलता प्राप्त करने की भावना बलवती हो उठी थी, जीवन की भयानक कठोरता के बाद।

और कानपुर में उसे यमुना का पता लग गया। वह यमुना से मिला, यमुना से उसने बात भी की। एक सुन्दर और सुमधुर सपना टूट गया, यमुना दूसरे की हो चुकी थी। लेकिन इसमें यमुना का दोष नहीं था। उसका भी तो दोष नहीं था। फिर भी कुछ समय के लिए उसमें एक कटुता जागी थी। लेकिन आदमी कटुता को ज़िन्दगी-भर तो नहीं पाल सकता। यमुना वाले सपने का स्थान कुलसुम से सम्बद्ध एक नए सपने ने ले लिया। इसी सपने के मोहक इन्द्रजाल में खिंचा हुआ वह जमील के साथ दिल्ली होते हुए बम्बई जाने को निकल पड़ा था।

और यहाँ दिल्ली में उसकी मुलाकात अनायास ही कुलसुम से हो गई। कानपुर में अनायास ही उसका पहला सपना टूटा था, दिल्ली में अनायास ही उसका दूसरा सपना भी टूट गया।

कुलसम दूसरे की हो गई। लेकिन यह कुलसुम क्या कभी उसकी रही भी है ? जाति, समाज, धर्म—कहीं भी, कुलसुम में और उसमें कोई साम्य नहीं। उसे आश्चर्य हो रहा था कि कुलसुम से उसकी घनिष्ठता बढ़ी कैसे और क्यों। पहले भी वह कुलसुम के जीवन से दूर हटने का संकल्प कर चुका था। उसने यमुना के साथ अपने विवाह की स्वीकृति दे दी थी, मन-ही-मन वह कुलसुम को त्याग चुका था। कुलसुम की यह शिकायत ठीक थी कि उसने गिरफ़्तार होते समय कुलसुम को कोई सूचना नहीं दी थी।

आखिर कुलसुम में और उसमें साम्य क्या था ? वह साम्य सामाजिक नहीं था, वह साम्य आर्थिक भी नहीं था। और वह साम्य सांस्कृतिक भी नहीं कहा जा सकता था। वह साम्य शुद्ध रूप से वैचारिक था और यह वैचारिक साम्य भी समाप्त हो गया था।

पिछली रात कुलसुम ने स्वयं स्वीकार किया था कि कम्युनिज्म उसके लिए फ़ैशन-भर है, उससे अधिक कुछ नहीं। और जगतप्रकाश के लिए कम्युनिज्म उसका जीवन बन चुका था।

सिन्धिया हाउस के सामने नौ नम्बर की बस खड़ी थी जिससे उसे मेडेंस होटल जाना था। उसने वह बस नहीं ली, वह आगे बढ़ गया। उसे कुलसुम के यहाँ नहीं जाना है, मन-ही-मन उसने यह तय कर लिया। लेकिन वह घर से निकला है, कहीं तो उसे जाना ही होगा। उसका वापस लौटना ग़लत होगा।

आखिर वह लौटे भी तो कहाँ ? इलाहाबाद ? अपने गाँव महोना ? नहीं, उसे तो आगे बढ़ना है। लेकिन यह आगे कहाँ ? सारा हिन्दुस्तान एक जेल है—उसने अनजाने दो दिन पहले यह बात कह दी थी, एक छोटी-सी जेल से निकलकर वह एक बड़ी जेल में आ पड़ा था। इस जेल के बाहर मानवता के भाग्य का फैसला करनेवाले संघर्ष हो रहे थे, इस संघर्ष में योगदान करना उसका धर्म है। फिर उसे दो दिन पहलेवाली मीटिंग की बात याद हो आई।

रूस हार रहा है, ब्रिटेन हार रहा है। इन दोनों देशों की पराजय जर्मनी की विजय होगी जो अन्याय, अत्याचार और दानवता के प्रतीक हैं। कामरेड चेतराम ने जो वालंटियर कोर का सुझाव दिया था, उस सुझाव में उसकी ईमानदारी से भरी भावना तो थी, वह सुझाव भले ही कार्यान्वित न किया जा सके। और यह सोचते-सोचते उसके मन में आया कि वह स्वयं इस संघर्ष में क्यों न योगदान करे सैनिक की भाँति ! इस हिन्दुस्तान की जेल के बाहर तो वह निकल सकेगा।

और तभी उसे सैलाब की याद आ गई। सैलाब ने कहा था कि उसकी मुलाकात रिक्रूटमेंट के इंचार्ज से है, और उस इंचार्ज का कहना है कि सेना में हिन्दुस्तानी अफ़सरों की कमी है, शिक्षित हिन्दुस्तानी सेना में भर्ती ही नहीं होते। सैलाब ने यह भी कहा था कि वह जगतप्रकाश की हर तरह से मदद करने को तैयार है। इस विचार के साथ ही उसके क़दम सैलाब के ऑफ़िस की ओर उठ गए।

सैलाब अपने कमरे में ही था। जगतप्रकाश का कार्ड पाते ही उसने जगतप्रकाश को अन्दर बुला लिया। उसने जगतप्रकाश से कहा, "मेरी बड़ी किस्मत जो यहाँ आने की तकलीफ़ गवारा की तुमने। अरे, तुम्हारा चेहरा बड़ा उतरा हुआ है, क्या बात है ?"

जगतप्रकाश ने बैठते हुए कहा, "मैं बड़ी उलझन में हूँ। अच्छा, उस दिन आपने कहा था कि आपकी मुलाकात रिक्रूटमेंट के इंचार्ज किसी मेजर जनरल से है !"

"हाँ-हाँ ! मेजर जनरल कमिंग्स ! तो उससे क्या काम आ पड़ा तुम्हें ?"

"आपने यह भी कहा था कि उन्हें इस बात की शिकायत है कि हिन्दुस्तान में कांग्रेस-मूवमेंट की वजह से पढ़े-लिखे ऐसे हिन्दुस्तानी नहीं भर्ती हो रहे, जिन्हें फ़ौज में अफ़सर बनाया जा सके।"

सैलाब ने गौर से जगतप्रकाश को देखा, "तो क्या तुम—तुम आर्मी ज्वाइन करना चाहते हो ? तुम तो यूनिवर्सिटी में लेक्चरर हो।"

"हूँ भी, नहीं भी हूँ। असल बात यह है कि मैं फ़ौज में भर्ती होना चाहता हूँ। आप मेरी मदद कर सकते हैं ?"

कुछ सोचकर सैलाब बोला, "मैं समझता हूँ कि फ़ौज में कमीशन मिलने पर तुम लेक्चरर से ऊँचे ओहदे पर ही रहोगे, गोकि वहाँ जान का ख़तरा है। बेतहाशा लोग मर रहे हैं इस जंग में। तो अच्छी तरह सोच लो।"

"सोचने की बात क्या है ? जान का ख़तरा कहाँ नहीं है ? इस घुटन और सड़ाँध की ज़िन्दगी से, जो हम जी रहे हैं, मौत शायद ज़्यादा अच्छी रहेगी। फिर मुझे यह सन्तोष रहेगा कि मैं कुछ कर तो रहा हूँ।"

सैलाब ने फोन मिलाया। जनरल कमिंग्स से बात करके उसने जगतप्रकाश से कहा, "तुम्हें इमर्जेंसी कमीशन मिल जाएगा, कल मेरे साथ उनके यहाँ चलना। ग्यारह बजे का वक्त दिया है उन्होंने। इस बीच तुम अच्छी तरह सोच लो। कुल एक महीने की ट्रेनिंग मिलेगी यहाँ हिन्दुस्तान में, और फिर सीधे मोरचे पर।"

जगतप्रकाश ने उठकर सैलाब से हाथ मिलाया, "आपने मुझ पर बड़ा एहसान किया है सैलाब साहेब ! एक एहसान और कीजिएगा, जसवन्त कपूर से कल तक इस बात का जिक्र न कीजिएगा, मैं खुद अपने अन्दर ही सोचना चाहता हूँ। कल साढ़े दस बजे मैं आ जाऊँगा।"

एक नवीन उमंग, एक नवीन उत्साह। जगतप्रकाश अपने निर्णय पर बेहद प्रसन्न था। उसका मन हलका था, उसके अन्दरवाली सारी उदासी जाती रही थी। उसने घड़ी देखी, अभी कुल बारह बजे थे। और फिर उसे कुलसुम की याद आ गई जिसने उसे दोपहर के समय बुलाया था। जसवन्त के यहाँ वह कह आया था कि वह दोपहर का खाना बाहर ही खाएगा और शाम तक लौटेगा। सेक्रेटेरिएट के सामने पुरानी दिल्ली जानेवाली बस खड़ी थी, जगतप्रकाश उस पर बैठ गया। अब वह कुलसुम के यहाँ बिना किसी झिझक के, बिना किसी आन्तरिक ग्लानि के जा सकता था।

कुलसुम जगतप्रकाश का इन्तज़ार कर रही थी, एक बज रहा था। उसने जगतप्रकाश से कहा, "तुम्हें कुछ देर हो गई है, मैं समझती थी कि तुम ग्यारह-बारह बजे तक आ जाओगे।"

परवेज़ उस समय होटल में नहीं था। जगतप्रकाश ने कहा, "हाँ, कुछ देर तो हो गई। परवेज़ कहाँ है ?"

"वह स्टेशन गए हैं, आज रात की गाड़ी के टिकट खरीदने। इन दिनों गाड़ियों में बड़ी भीड़ रहती है, पहले से रिज़र्व कराए बिना निश्चय नहीं रहता कि जगह मिल ही जाएगी। फ़र्स्ट और सेकंड क्लास में तो फ़ौजी-ही-फ़ौजी नज़र आते हैं। बैठो, परवेज़ आते ही होंगे। एक घंटे से ऊपर हुआ है उन्हें गए हुए।"

जगतप्रकाश चुपचाप बैठ गया। कुलसुम ने पूछा, "तुम्हारी गिरफ़्तारी का पता मुझे जमील अहमद से मिला था। लेकिन मेरी समझ में नहीं आया कि तुम्हें गिरफ़्तार क्यों किया गया, जमील को भी ताज्जुब हो रहा था।"

जगतप्रकाश मुसकराया, "ज़िन्दगी में होनेवाली बातों में ज़्यादातर हमारी समझ में नहीं आतीं। और मेरा अनुभव तो मुझसे कहता है कि कोई काम किया नहीं जाता, वह खुद हो जाया करता है।"

"मैं इसे नहीं मानती, यह तो सिर्फ़ भाग्यवाद है।" कुलसुम बोली, "अच्छा तो इलाहाबाद यूनिवर्सिटी में तुम्हारी सर्विस का क्या हुआ ? वह तो शायद छूट गई होगी, नहीं तो तुम्हें इन दिनों इलाहाबाद में होना चाहिए।"

"हाँ, अभी तो छूटी हुई ही समझो ! इस टर्म के अन्त तक के लिए मेरी जगह दूसरा आदमी ले लिया गया है। तुमने ठीक ही समझा, मुझे फुरसत थी जो जमील के साथ घूमने निकल पड़ा।"

कुलसुम ने जगतप्रकाश का हाथ पकड़ लिया, "जगत ! मेरी एक बात मानो। तुम इलाहाबाद छोड़कर बम्बई आ जाओ ! वहाँ किसी बड़े कॉलेज में तुम्हें आसानी से नौकरी मिल जाएगी—डैडी का काफ़ी प्रभाव है वहाँ पर, फिर मैं भी कई लोगों को जानती हूँ।"

जगतप्रकाश मुसकराया, "इलाहाबाद यूनिवर्सिटी से बढ़कर शायद उन कॉलेजों की सर्विस न हो। लेकिन मैं अब शिक्षक नहीं बनना चाहता, मैंने तय कर लिया है, मैं फ़ौज में भर्ती हो रहा हूँ।"

कुलसुम को एक धक्का-सा लगा, "फौज़ में भर्ती हो रहे हो ? ग़ैरमुमकिन ! यह कैसा पागलपन ?"

"मुझे इमर्जेंसी कमीशन मिल जाएगा, मैं यहाँ आने के पहले सब कुछ तय कर आया हूँ, इसीलिए मुझे कुछ देर हो गई। कल सब फ़ार्मेल्टीज़ पूरी हो जाएँगी। असल बात यह है कि मैं आदर्शों और मानवता के युद्ध में तटस्थ नहीं रहना चाहता। और जिस तरह कम्युनिस्ट पार्टीवाले सोच रहे हैं, काम कर रहे हैं, मुझे उस पर भरोसा नहीं। मैं खुद युद्ध-क्षेत्र में जाकर इस संघर्ष में योगदान करूँगा।"

कुलसुम अवाक् देख रही थी जगतप्रकाश को, और जगतप्रकाश कहता जा रहा था, "मैंने अभी कुछ देर पहले कहा था कि कोई काम किया नहीं जाता, वह हो जाया करता है। जब तीन साल पहले मैं इलाहाबाद यूनिवर्सिटी में रिसर्च कर रहा था, मैंने सिर्फ़ एक प्रोफ़ेसर बनना चाहा था। और मैं प्रोफ़ेसर बना भी। लेकिन इन तीन वर्षों में मैं कितना बदल गया हूँ। मेरी मान्यताएँ बदल गई हैं, मेरा दृष्टिकोण बदल गया है। अगर मैं गिरफ़्तार करके जेल न भेज दिया जाता तो मैं कम्युनिस्ट भी न बनता। ज़िन्दगी बिना मेरी इच्छा के अजीब ढंग से ढलती चली गई। एक के बाद एक विचित्र अनुभव। और उन अनुभवों ने मुझे बुरी तरह संत्रस्त किया। कल मैं तुम्हारे साथ बेकार कट हो गया था, मुझे इस बात का अफ़सोस है, लेकिन मैं अपने ही से बेबस था।"

कुलसुम ने जगतप्रकाश की बात काटी, "नहीं, तुमने सही बात कही थी जगत—मुझे तुम्हारी बात पर ज़रा भी बुरा नहीं लगा।"

जगतप्रकाश बोला, "मैं जानता हूँ, लेकिन शिष्टता और शालीनता की मर्यादा को तो मैं लाँघ ही गया था। हाँ, तो मैं कह रहा था कि आज सुबह तक मैं भयानक रूप

से कुंठित और निराश था। और तभी कहीं से एक प्रेरणा मेरे अन्दर आई—जो कुछ आता है उसे स्वीकार करो और भोगो, प्रसन्न होकर। जन्म तुम्हारे हाथ में नहीं है, मरण तुम्हारे हाथ में नहीं है, फिर किस लोभ में यह सड़ाँध और घुटन की ज़िन्दगी बिताई जाए ? आज सारी दुनिया पर यह जर्मनी के नाज़ीवाद का संकट मँडरा रहा है। उसे हर क़दम पर विजय मिलती जा रही है। और हम यहाँ झूठी और लचर समस्याओं में उलझे हुए हैं। मुझे इस नाज़ीवाद का मुकाबला करना है। शब्दजाल में उलझे रहने से तो काम नहीं चलेगा।''

कुलसुम बोली, ''मैंने जमील से सुना था कि तुम्हारी शादी तय हो गई है। तो क्या तुम शादी नहीं करोगे ?''

एक व्यंग्यात्मक मुस्कान के साथ जगतप्रकाश बोला, ''जिससे शादी तय हुई थी, उसकी शादी दूसरी जगह हो गई जब मैं जेल में था। और मैं समझता हूँ कि शायद यह अच्छा हुआ। मैं एक ऐसे बन्धन में बँधते-बँधते बच गया जो मुझे क़ायर बना देता। अब मेरे आगे-पीछे कोई ऐसा नहीं है जिसे मेरी ज़रूरत हो।''

कुलसुम का गला भर आया, ''ऐसा मत कहो जगत ! तुम्हारे आगे-पीछे, हर जगह ऐसे हैं जिन्हें तुम्हारी ज़रूरत है। यह इतना बड़ा क़दम तुम क्यों उठा रहे हो ?''

कुलसुम के स्वर की व्यथा जैसे जगतप्रकाश के स्वर में उतर आई, बहुत धीमे स्वर में उसने कहा, ''नहीं कुलसुम ! सिवा इसके मेरा और कोई क़दम हो ही नहीं सकता था, होना भी नहीं चाहिए था। अभी तुमने ज़रूरत की बात कही थी, वहाँ मैं समझता हूँ कि ज़रूरत उसकी होती है जो सहारा दे सकता है, या जिसका सहारा चाहा जाता है। मेरी बहन को मेरे सहारे की ज़रूरत नहीं है, वह मुझे अभी तक सहारा देती रही है, आखिरी दम तक मुझे सहारा देती रहेगी। मेरी ट्रेजेडी यह है कि मैं अभी तक किसी को सहारा नहीं दे सका, दूसरे ही मुझे सहारा देते रहे हैं। मैं पुरुष हूँ, सहारा देने के लिए पैदा हुआ हूँ। आज मिटती हुई, बरबाद होती हुई दुनिया को मेरे सहारे की ज़रूरत है।'' यह कहते-कहते जगतप्रकाश के चेहरे पर एक चमक आ गई।

कुलसुम कुछ कहते-कहते रुक गई, कमरे में परवेज़ प्रवेश कर रहा था। उसने अन्दर आते ही कहा, ''मैंने कहा था न, बड़ी मुश्किल से एक कूपे मिला है फ़र्स्ट क्लास में, उफ़ कितनी भीड़ थी ! तो जगतप्रकाश भी आ गए हैं, अब खाना खा लिया जाए, बड़ी भूख लगी है। अरे ! तुम बड़ी उदास हो, क्या बात हुई ?''

कुलसुम की आँखों की कोरी में कुछ बूँदें थीं, उसने आँख को मलते हुए कहा, ''शायद कोई तिनका पड़ गया है।'' फिर उठते हुए वह बोली, ''हाँ चलो, अब खाना खा लिया जाए। गाड़ी आठ बजकर बीस मिनट पर जाती है न !''

खाना खाते-खाते जगतप्रकाश को लगा कि उसने जैसे अपने अन्दरवाली सारी उदासी और घुटन कुलसुम के अन्दर उतार दी है। वह परवेज़ से बातें कर रहा था, मज़ाक कर रहा था और कुलसुम मौन थी। परवेज़ को उसने बतला दिया था कि उसे फ़ौज में कमीशन मिल गया है, और परवेज़ ने उसे फ़ौज में न जाने का आग्रह भी

किया। खाना खाने के बाद उसने कुलसुम से कहा, "हिन्दुस्तान से बाहर जाने के लिए मुझे शायद बम्बई से जहाज लेना पड़े, तब मैं मिलूँगा तुमसे।"

और कुलसुम ने टूटे हुए स्वर में कहा, "जगत ! तुम मुझे एक हफ़्ते के अन्दर ही चिट्ठी लिखना। एक दफ़ा फिर अच्छी तरह सोच-समझ लो, मैं समझती हूँ कि तुम ग़लत कदम उठा रहे हो। लेकिन मेरी समझ ही ठीक है, यह मैं कैसे कह सकती हूँ। खुदा तुम्हारी हिफ़ाज़त करे !"

उसने जसवन्त और जमील को कोई बात नहीं बतलाई, दूसरे दिन सुबह साढ़े दस बजे वह सैलाब के दफ़्तर में पहुँच गया और दिन-भर उसे मेडिकल एक्ज़ामिनेशन तथा अन्य औपचारिकताओं में लग गया। शाम के समय इमर्जेंसी कमीशन का आर्डर उसकी जेब में था। उसे एक हफ़्ते के अन्दर देहरादून मिलिटरी एकेडमी में अपनी ज्वाइनिंग रिपोर्ट करनी थी।

क़रीब साढ़े पाँच बजे वह घर पहुँचा। जमील और जसवन्त दोनों ही चाय पीनेवाले थे। जगतप्रकाश को देखते ही जसवन्त बोला, "बड़े वक्त से आए। दिन-भर तुम्हारा पता ही नहीं चला। हम लोग भी दिन-भर बड़े बिज़ी रहे।"

जगतप्रकाश की मुद्रा में, उसकी चाल-ढाल में अजीब तरह का परिवर्तन हो गया था। अब वह मन-ही-मन अपने को सैनिक समझने लगा था। जमील ने उससे कहा, "कहो बरखुरदार, बड़े मस्त नज़र आ रहे हो ! क्या-क्या किया दिन-भर ?"

"किया बहुत कुछ—यानी मैं फ़ौज में भर्ती हो गया हूँ, और मुझे इमर्जेंसी कमीशन मिल गया है। मेडिकल हुआ, मेजर जनरल कमिंग्स से इंटरव्यू हुआ, कांट्रेक्ट साइन किया; और अब मैं सेकंड लेफ्टिनेंट जगतप्रकाश हूँ।"

वहाँ बैठे सब लोग सन्नाटे में आ गए। जसवन्त ने कहा, "तुम फ़ौज में भर्ती हो गए—यह कैसे और क्यों ? हमें खबर ही नहीं।"

शर्मिष्ठा ने चाय बनाकर प्याला जगतप्रकाश के सामने बढ़ा दिया। प्याला लेते हुए उसने कहा, "दुनिया में ज़िन्दगी और मौत का खेल हो रहा है, और मैंने सोचा कि मैं भी उस खेल में हिस्सा लूँ। कल सुबह मैंने सैलाब से कहा कि मैं भी फ़ौज में भर्ती होना चाहता हूँ, मेजर जनरल कमिंग्स से उसकी दोस्ती है, और आज उसने मुझे इमर्जेंसी कमीशन दिलवा दिया। एक हफ़्ते के अन्दर ही मुझे देहरादून पहुँचना है। आज रात की गाड़ी से मैं इलाहाबाद जा रहा हूँ, वहाँ से एक दिन के लिए महोना और फिर देहरादून।"

जमील स्तब्ध-सा अभी तक जगतप्रकाश को देख रहा था, एकाएक वह कराह-सा उठा, "यह क्या कर डाला तुमने बरखुरदार ? ज़िन्दगी इतनी सस्ती तो नहीं है !"

जगतप्रकाश मुसकराया, "ज़िन्दगी इतनी बेगार भी नहीं है कि वह घुटन और सड़ाँध में बिताई जाए।" और उसने अपनी प्लेट पर गहरा नाश्ता भर लिया "आज दिन में कहीं खाना नहीं खाया, याद ही नहीं रहा कि मुझे भूख लगी है। अभी तक मैं भटक रहा था, अब जाकर कहीं ठीक रास्ता मिल पाया है मुझे।"

नाश्ता करने के बाद जगतप्रकाश उठ खड़ा हुआ, ''मुझे अपना असबाब बाँधना है। अभी छह बजे हैं, गाड़ी आठ बजकर बीस मिनट पर जाती है। वह गाड़ी पकड़नी है मुझे।''

जमील ने भी जगतप्रकाश के साथ उठते हुए कहा, ''मैं भी तुम्हारे साथ चलता हूँ कानपुर तक। नागपुर जाने की अभी कोई ज़रूरत नहीं।''

जसवन्त इन दोनों को स्टेशन पहुँचाने गया। सेकंड क्लास में दो बर्थें उसी दिन कैंसिल हुई थीं, जसवन्त ने इन दोनों के लिए दो सेकंड क्लास के टिकट खरीद दिए, लाख जमील और जगतप्रकाश के मना करने पर भी। गाड़ी चल पड़ी और जगतप्रकाश ने सन्तोष की गहरी साँस ली। और उस सन्तोष की गहरी साँस से उसी समय जमील की एक कराह टकराई, ''दो चीज़ों ने यह शक्ल अख़्तियार कर ली ! मैं अपने को कोस रहा हूँ कि मैं तुम्हें अपने साथ दिल्ली क्यों लाया।''

जमील जगतप्रकाश की बग़ल में बैठा था, जगतप्रकाश ने जमील का हाथ पकड़ लिया, ''यह अफ़सोस का मौक़ा नहीं जमील काका, यह तो ख़ुशी का मौक़ा है। आज दुनिया में जो युद्ध हो रहा है वह पीपुल्स वार है, इसमें योगदान देना हरेक आदमी का धर्म है, अपने-अपने ढंग से। राजनीतिक संगठन के दाँव-पेंच मुझे आते नहीं, और हिन्दुस्तान की जो हालत है, अहिंसा के नारे के पीछे एक कायरता से भरी जो निष्क्रियता है, उससे मुझे ज़रा भी आशा नहीं बँधती कि हिन्दुस्तान इस पीपुल्स वार में योगदान दे सकेगा।''

जमील ने जगतप्रकाश की बात का कोई उत्तर नहीं दिया, चुपचाप जगतप्रकाश का हाथ पकड़े वह काफ़ी देर तक बैठा रहा, फिर उसने धीमे और उदास स्वर में पूछा, ''बरखुरदार ! एक बात सच-सच बतलाना। क्या कुलसुम की परवेज़ के साथ शादी से तुम्हारे दिल को किसी तरह की ठेस लगी ?''

''मैं समझा नहीं।'' जगतप्रकाश बोला।

''इसमें समझने की बहुत बड़ी बात तो नहीं है। मैं जानता हूँ कि यमुना और रूपलाल की शादी से तुम्हारे दिल को धक्का लगा था, मैंने उस वक्त तुम्हारी शक्ल देखी थी जब तुम यमुना से मिलकर लौटे थे। लेकिन जल्दी ही तुमने अपने ऊपर काबू पा लिया था। यानी तुम मेरे साथ दिल्ली के लिए चल पड़े, बम्बई जाने के लिए। मैं ग़लत तो नहीं कहता ?''

''यहाँ तक ठीक कहा तुमने।'' जगतप्रकाश ने स्वीकार किया।

''इसके बाद यहाँ तुम्हारी मुलाकात कुलसुम से हुई, उस कुलसुम से जिसे तुम मन-ही-मन प्यार करते थे। और तुमने देखा कि कुलसुम ने भी शादी कर ली है। इससे तुम्हारे दिल को फिर ठेस लगी। जख्म हरा हो गया, इस दफ़ा के धक्के को तुम नहीं सँभाल सके, दूसरे दिन तुमने फ़ैसला कर लिया फ़ौज में भर्ती होने का, ज़िन्दगी को दाँव पर लगा देने का।''

जगतप्रकाश मुसकराया, ''यहाँ तुमने मुझे समझने में ग़लती की। कुलसुम से मेरी

शादी हो सकती है, मैंने इस पर सोचा ही नहीं। मैं जानता था कि उसकी शादी परवेज़ के साथ तय हो चुकी है। मैंने जो क़दम उठाया उसके कारणों को ठीक तरह से तुम महसूस नहीं कर रहे हो।'' फिर कुछ रुककर बोला, ''शायद मेरे अन्दर खतरों से खेलने की कहीं कोई प्रवृत्ति है। पिछले डेढ़ साल तक जेल में बन्द रहने से वह प्रवृत्ति उभर आई है।''

जमील ने उदास भाव से सिर हिलाया, ''इनसान के अन्दरवाली गुत्थियों को समझना बड़ा मुश्किल होता है, और हम सब एक अजीब तरह की दुनिया में रह रहे हैं। कुर्बानियों की यह दुनिया, जहाँ लोग अपनी जान की बाज़ी तक लगा रहे हैं, खुदा जाने यह दुनिया सुधरेगी या बिगड़ेगी। तुम बहुत ऊँचे क़िस्म के इनसान हो बरखुरदार, खुदा तुम्हारी मदद करे और तुम्हें सही-सलामत रखे।''

[18]

कैप्टेन सांडर्स शायद कुछ ज़्यादा ही पी गया था। उसने लेफ़्टिनेंट जगतप्रकाश की ओर जलती आँखों से देखा, ''लेफ़्टिनेंट जगतप्रकाश ! दूर कुछ घरघराहट की आवाज़ तुम्हें सुनाई पड़ती है ?''

''नहीं, मुझे तो कोई आवाज़ सुनाई नहीं पड़ती है। आपको कुछ भ्रम हुआ है कैप्टेन !'' जगतप्रकाश ने जवाब दिया।

मेस में खाने की मेज़ पर दोनों बैठे थे और दोनों के हाथ में रम के गिलास थे। कैप्टेन सांडर्स ने कहा, ''तुम गधे हो ! हरेक हिन्दुस्तानी गधा होता है। मुझे साफ़-साफ़ आवाज़ें सुनाई पड़ रही हैं। दुश्मन हमला करने की तैयारी में है।''

अकारण गाली, केवल उसे नहीं, उसके समस्त देशवासियों को ! जगतप्रकाश ने तनकर कहा, ''कैप्टेन, तुम सूअर हो। मैं अंग्रेज़ जाति को तो गाली नहीं दूँगा, लेकिन तुम अंग्रेज़ जाति के कलंक हो।''

कैप्टेन सांडर्स ने जगतप्रकाश की बात का कोई जवाब नहीं दिया, जलती आँखों से वह जगतप्रकाश को देख रहा था।

कैप्टेन सांडर्स ने अपना सैनिक जीवन साधारण टामी की हैसियत से आरम्भ किया था और भाग्यशाली होने के नाते मोर्चे पर हरेक युद्ध से बचता हुआ तथा पदोन्नति प्राप्त करता हुआ वह कैप्टेन बन गया था। बर्बर, असभ्य, अपने ढंग से चतुर, खतरे के मुँह में दूसरों को डालकर खुद बच निकलने में दक्ष। जगतप्रकाश को कैप्टेन सांडर्स की मातहती अखर रही थी।

जून सन् 1942 की लम्बी शाम और इजिप्ट की पश्चिमी सीमा के रेगिस्तानी भाग में इंडियन डिवीजन की नियुक्ति। जर्मनी और इटैलियन सेनाएँ उत्तरी अफ्रीका में ब्रिटिश

सेना को हज़ारों मील तक खदेड़ती हुई इजिप्ट की सीमा पर पहुँच गई थीं। तब्रूक से पराजित होने के बाद मर्सामत्रूह नामक एक छोटे-से कस्बे को आधार बनाकर ब्रिटिश सेनाओं ने नाकेबन्दी की थी। उन्नीसवीं इंडियन इनफ़ेंट्री ब्रिगेड को मोर्चेबन्दी के मध्य भाग में रखा गया था, और जगतप्रकाश की नियुक्ति इसी ब्रिगेड में हुई थी।

जनरल रोमेल का आतंक छाया हुआ था हर तरफ़। इजिप्ट पर जर्मनी के हमले का अर्थ होगा—मित्र-राष्ट्रों की पराजय और रूस का विनाश। हर हालत में इजिप्ट की रक्षा करनी थी ब्रिटेन को। ब्रिटेन ने अधिक-से-अधिक सेना इजिप्ट की रक्षा करने के लिए एकत्रित कर ली थी—कैनेडा से, आस्ट्रेलिया से, न्यूज़ीलैंड से, भारत से और अफ्रीका से, जहाँ से भी सम्भव हुआ ब्रिटेन ने अफ्रीका में सेनाएँ बुलाई थीं। जगतप्रकाश जिस ब्रिगेड में था वह उस भारतीय डिवीजन का भाग था जो एक अरसे से अफ्रीका में लड़ रहा था और जिसका समय-समय पर पुनर्गठन होता रहता था। इस पुनर्गठन के सिलसिले में ही कैप्टेन सांडर्स को ब्रिटिश डिवीजन से हटाकर इंडियन ब्रिगेड में नियुक्त किया गया था, क्योंकि भारतीय अफ़सरों की कमी थी।

एकाएक कैप्टेन सांडर्स उठ खड़ा हुआ और मेस के बाहर चला गया। बाहर से उसने आवाज़ दी, "लेफ्टिनेंट प्रकाश !"

जगतप्रकाश को बाहर आना पड़ा। औपचारिक तौर से सैल्यूट करते हुए उसने कहा, "यस सर !"

"एक प्लाटून के साथ तुम फ़ारवर्ड पोज़ीशन पर पेट्रोल के लिए जाओ—दुश्मन शायद हमला करनेवाला है।"

आज्ञा का पालन करना, बिना किसी तर्क के, बिना किसी विरोध के, हरेक सैनिक का कर्त्तव्य होता है। जगतप्रकाश ने फिर सैनिक सैल्यूट किया, राइटटर्न करके वह चल दिया। उसने अभी खाना नहीं खाया था और अब उसे मेस में खाना खाने के स्थान पर टिनों में बन्द राशन खाना पड़ेगा, रास्ता चलते हुए। तभी उसे कैप्टेन सांडर्स की आवाज़ सुनाई दी, "डर्टीनिगर !"

खून की घूँट पीकर रह जाना पड़ा जगतप्रकाश को। उसने घूमकर कैप्टेन सांडर्स की ओर देखा तक नहीं, चुपचाप वह अपने टेंट में चला गया, एक जलन अपने अन्दर लिए हुए।

रात के नौ बज रहे थे, हलकी-सी अरुणिमा क्षितिज पर अब भी थी। वातावरण की जलन अब दूर हो गई थी, उत्तर में समुद्र की ओर से आनेवाली हवा में एक तरह की ताज़गी थी। अपने प्लाटून को साथ लेकर वह निकल पड़ा पश्चिम की ओर—जहाँ कहीं दूर—बहुत दूर जर्मन और इटैलियन सेना का जमाव था।

अन्धकार प्रतिक्षण गहरा होता जा रहा था, आसमान पर तारे टिमटिमा रहे थे, और चारों ओर खामोशी का वातावरण था। वह समस्त प्रदेश उस प्लाटून का जाना-पहचाना था, न जाने कितनी बार वह पेट्रोल आ चुका था वहाँ। जमादार बख्तावरसिंह ने कहा, 'लफ्टैंट साहेब ! लफ्टैंट नयाज़ अहमद साहेब के साथ पन्द्रहवीं प्लेटून दो घंटा पहले

पेट्रोल पर गई है, हम लोगों को आप क्यों लिए चल रहे हैं ? अभी जर्मनी के हमले के कोई आसार नहीं दिखाई देते।''

''कैप्टेन सांडर्स का आर्डर है।'' छोटा-सा उत्तर जगतप्रकाश का था।

''यह कप्तान सांडर्स बड़ा हरामज़ादा है। ख्वाहमख्वाह लोगों से उलझ जाता है। इसके मुकाबले का बदमाश और जालिम आदमी मैंने नहीं देखा है।'' बख्तावरसिंह बोला।

जगतप्रकाश ने जमादार बख्तावरसिंह की बात का कोई उत्तर नहीं दिया, वह चल रहा था और सोच रहा था।

कैप्टेन सांडर्स ने उसे गाली दी, गाली देने का उसे अधिकार था, क्योंकि वह अफ़सर था। लेकिन उसने गाली खाई क्यों ? अनुशासनवश होकर। अनुशासन ! जगतप्रकाश उलझ गया। इस अनुशासन की कहीं कोई सीमा-रेखा तो होनी चाहिए। जब अनुशासन मनुष्य के विवेक को कुंठित कर दे, उसकी चेतना को जड़ कर दे, तब वह गुलामी से भी निकृष्ट पशुता का रूप धारण कर लेता है।

विवेक, चेतना ! ये वैयक्तिक गुण हैं जो कभी-कभी सामाजिकता के विरोधी तत्त्व साबित हो सकते हैं—जगतप्रकाश की बुद्धि ने तर्क किया। सामाजिक हित के लिए अपने को मिटा देना पड़ता है। अगर वैयक्तिक मानापमान पर ही मनुष्य केन्द्रित रहे तो सामाजिक जीवन असम्भव हो जाएगा। अनुशासन ही मनुष्य के विकास का प्रेरक तत्त्व है, क्योंकि मनुष्यता का विकास सामाजिक विकास है और समाज की नींव अनुशासन पर है। यह कैप्टेन सांडर्स अपनी वैयक्तिक विकृतियों से मजबूर है, उसने अकेले जगतप्रकाश को गाली नहीं दी, वह अपने मातहत हरेक व्यक्ति को गाली देता है। इसी समय जगतप्रकाश को बख्तावरसिंह की आवाज़ सुनाई दी, ''लफ्टैंट साहेब ! किसी दिन इस साले सांडर्स को गोली मार दूँगा, मौका-भर मिल जाए।''

जगतप्रकाश एकाएक रुक गया, उसने बख्तावरसिंह के कन्धे पर हाथ रखते हुए कहा, ''जमादार बख्तावरसिंह ! आगे कभी यह बात मुँह से न निकालना, न कभी ऐसी बात सोचना। देखो, कुछ लोगों के पैरों की आहट सुनाई दे रही है।''

''अपने ही लोगों के पैरों की आहट लफ्टैंट साहेब ! आप अब चिन्ता न कीजिए। दुश्मन का कहीं दूर तक कोई निशान नहीं है, वह अपने जख्मों की मरहम-पट्टी कर रहा है।'' और फिर दबी जबान में उसने जगतप्रकाश से कहा, ''लफ्टैंट साहेब ! आप इस हरामज़ादे कप्तान सांडर्स से दबिएगा नहीं, हम सब उससे घृणा करते हैं और आपके साथ हैं।''

जगतप्रकाश चलने लगा, उसने जमादार बख्तावरसिंह को अधिक बात करने का मौक़ा नहीं दिया। वह गहरे विचारों में खो गया। यह जाति-भेद, यह रंग-भेद ! यह इस युद्ध-क्षेत्र में भी मौजूद है, जहाँ जीवन-मरण का संघर्ष चल रहा है। यह कप्तान अंग्रेज है और इसके नीचेवाले सिपाही तथा अफ़सर हिन्दुस्तानी हैं। यह अंग्रेज़ अपने को ऊँचा समझता है, यह अंग्रेज़ हिन्दुस्तानियों को नीचा समझता है, हिन्दुस्तानियों से घृणा करता है। कुछ थोड़ी देर पहले ही कैप्टेन सांडर्स ने उससे कहा था—'डर्टीनिगर !'

अनादिकाल से यह जाति-भेद और रंग-भेद मानव-समाज में रहे हैं और यह जाति-भेद तथा रंग-भेद अमानुषिक अत्याचारों एवं हत्याकांडों के कारण रहे हैं। हिटलर ने इसी जाति-भेद रंग-भेद का नारा लगाकर अपनी शक्ति प्राप्त की है। यह विश्वयुद्ध ही इस जाति-भेद के आधार पर लड़ा जा रहा है। आर्य जाति विश्व की सर्वश्रेष्ठ और विकसित जाति है, हिटलर ने यही तो कहा है, और जर्मन जाति शुद्ध रूप से आर्य जाति है। जर्मन जाति के नेतृत्व में ही दुनिया उन्नति कर सकती है, जर्मनी को हिटलर ने यही सन्देश तो दिया है। हिटलर अपनी जाति की श्रेष्ठता पर विश्वास करता है। लेकिन अंग्रेज़ ! यह अपनी जाति की श्रेष्ठता का ढिंढोरा भले ही न पीटे, यह दूसरी जातियों की निकृष्टता की घोषणा तो करता है। 'डर्टीनिगर !' यह अंग्रेजों की गाली है। यह नीग्रो, यह इतना निकृष्ट प्राणी है कि उससे घृणा की जाए। सैकड़ों साल तक यह भावना अंग्रेजों में जमाई गई है। यही नहीं, हिन्दुस्तान में भी हब्शियों के लिए घृणा भर दी गई है। यह हिन्दुस्तानी भी अपने को हब्शियों से श्रेष्ठ समझता है। साथ ही अंग्रेजों को अपने से श्रेष्ठ समझने की और उनसे दबने की प्रवृत्ति भी इस अंग्रेज़ ने हिन्दुस्तानियों में भर दी है।

अपने को श्रेष्ठ समझना, अपने को हीन समझना ! क्या इस प्रवृत्ति का रूप हमेशा से एक ही रहा है ?

जगतप्रकाश के सामने उसके गाँव का, उसके समाज का चित्र उभर आया। यह ब्राह्मण अपने को देवता कहता है, यह क्षत्रिय अपने को राजा कहता है, यह बनिया अपने को धनपति कहता है—और फिर आता है शूद्र, यह अपने को सेवक कहता है, अपने को गुलाम कहता है, अपने को परजा कहता है। यह पतित है, यह कायर है, यह निर्धन है। बात यहीं खत्म नहीं हो जाती, इनके बाद आते हैं अछूत—धानुक, चमार, पासी। इनसे भी नीचे हैं चांडाल। इन लोगों को छुआ तक नहीं जाता। ये सब अपनी-अपनी स्थिति से सन्तुष्ट हैं या सन्तुष्ट रहने को विवश हैं। इनकी चेतना कुंठित कर दी गई है और इस समाज में रंग-भेद नहीं है, रंग-भेद तो विभिन्न देशों के निवासियों में हुआ करता है, वहाँ जाति-भेद है।

इस विभेद का स्रोत कहाँ है। जगतप्रकाश के सामने यह प्रश्न था। जगतप्रकाश को लगा कि इस समस्त विभेद का स्रोत मनुष्य की सामर्थ्य, सक्षमता, शारीरिक एवं बौद्धिक बल में है। जो शक्तिशाली और समर्थ है वह श्रेष्ठ है, जो निर्बल और असमर्थ है वह पतित है।

जगतप्रकाश को इस तरह विचारों में डूबा हुआ देखकर सम्भवतः बख्तावरसिंह को कुछ अजीब-सा लगा। जगतप्रकाश के निकट आकर उसने कहा, "लफ्टैंट साहेब ! एक बात पूछूँ, आप बुरा तो नहीं मानिएगा ?"

"नहीं, बुरा नहीं मानूँगा। पूछो !"

"आप बड़े नेक, शान्त और सीधे आदमी हैं। आप इस फ़ौज में कैसे चले आए ?"

जगतप्रकाश को यह प्रश्न अटपटा-सा लगा। उसने कुछ सोचकर कहा, ''जमादार साहब ! जवाब देने के पहले मैं तुमसे भी यही सवाल करूँगा, तुम इस फ़ौज में क्यों आए ?''

बख़्तावरसिंह हँस पड़ा, ''लफ्टैंट साहेब ! हम लोग जाट हैं, फ़ौज में भर्ती होना हमारा खानदानी पेशा है। परिवार में सब लोगों के पास तो ज़मीन नहीं होती, फिर खेती में रखा ही क्या है। कुछ लोग खेती करते हैं, कुछ लोग फ़ौज में भर्ती होते हैं। यह सिपाहीगीरी हमारी रोज़ी है।''

कितनी सीधी और साफ़ बात कह दी थी बख़्तावरसिंह ने ! दुनिया की समस्याओं का उसे कोई ज्ञान नहीं था। दुनिया को नया रूप देने की उसने कभी कल्पना नहीं की थी। न कहीं किसी तरह की राष्ट्रीय भावना, न देश-प्रेम। इस बख़्तावरसिंह को विश्वयुद्ध के अन्दर निहित विभिन्न आदर्शों का पता नहीं था, और शायद वह उन सब बातों को समझ ही न सकेगा। उसने इस बार एक सुविधाजनक झूठ बोलना ही उचित समझा, ''मैं भी अच्छी नौकरी पाने को आया हूँ। फ़ौज में भर्ती होते ही कमीशन मिल गया है।''

बख़्तावरसिंह के अन्दर झूठ-सच को पहचानने की कहीं कोई आदिम प्रवृत्ति थी, उसने कहा, ''नहीं लफ्टैंट साहेब, इस खून-खराबे और मार-काट से रोज़ी पैदा करनेवाले आप नहीं हैं। कहीं कोई गहरी चोट लगी है आपको, तभी आप जान देने चले आए हैं।''

जगतप्रकाश के लिए यह आवश्यक नहीं था कि वह बख़्तावरसिंह की इस बात का कोई उत्तर देता, लेकिन उसे अपने अन्दरवाली उस शंका का समाधान तो करना ही था जो बख़्तावरसिंह ने जगा दी थी, ''नहीं जमादार बख़्तावरसिंह, तुम गलत समझ रहे हो। असल में यह जंग जो हो रही है, उसमें अगर जर्मनी जीत गया तो दुनिया में गुलामी और अत्याचार बे-तरह बढ़ जाएँगे। जर्मनी को हराने में हम सब लोगों को अपनी पूरी ताकत लगा देनी चाहिए और इसीलिए मैं फ़ौज में भर्ती हुआ हूँ।''

बात ने अब नया रुख ले लिया था, बख़्तावरसिंह बोल उठा, ''लेकिन लफ्टैंट साहेब ! यह जर्मनी आसानी से हारनेवाला नहीं है। जर्मनी को देखते ही इन अंग्रेजों की पतलून खराब हो जाती है। तब्रूक की लड़ाई में जर्मनी की बहादुरी देखकर दंग रह जाना पड़ा था। हमारी फ़ौज के मुकाबले आधी फ़ौज थी जर्मनी की, और जो हमारी लाइन को चीरकर बढ़े जर्मन लोग, तो बस हम लोगों को भागते ही बना। जर्मनी का भी बड़ा नुकसान हुआ होगा, लेकिन जैसे जान की कोई परवाह नहीं है उन लोगों को।''

दोनों फिर चुप हो गए। चन्द्रमा अब पूर्वी क्षितिज पर उग आया था, आधा और धुँधला-सा। ये लोग करीब दस मील का चक्कर लगा चुके थे, दोनों चल रहे थे। बख़्तावरसिंह ने कहा, ''लफ्टैंट साहेब, एक बज रहा है, अब हम लोगों को लौटना चाहिए।''

''पन्द्रहवीं प्लाटून के आदमी नहीं दिखे कहीं।'' जगतप्रकाश बोला।

''वे लोग दक्खिन की तरफ़ से चले गए होंगे। इस वक्त वे लोग आराम से पैर फैलाए सो रहे होंगे अपने खेमों में। लेकिन लफ्टैंट साहेब ! ये अंग्रेज़ साले हैं बड़े हरामज़ादे ! अच्छा हो ये जो इस जंग में हारें, देश को गुलामी से छुटकारा तो मिले। वह तो मेरी पन्द्रह साल की नौकरी है इस फ़ौज में। जान देने के लिए यहाँ आने के सिवा कोई चारा नहीं था। आप कह सकते हैं कि जर्मनी बड़ा ज़ालिम है, लेकिन अंग्रेज़ कम ज़ालिम कब हैं ? जुल्म के बल पर ही तो गुलामी कराई जाती है। मुझे तो महात्मा गांधी की बात ठीक लगती है कि इस युद्ध में हिन्दुस्तानियों को कोई भाग लेना ही नहीं चाहिए, ये दोनों आपस में लड़ें और मरें।''

''नहीं जमादार बख्तावरसिंह, ऐसी बात मन में आनी ही नहीं चाहिए। यह अकेले अंग्रेजों का हारने-जीतने का सवाल नहीं है।''

''आप पढ़े-लिखे आदमी हैं लफ्टैंट साहेब और मैं बुद्धिहीन हूँ। लेकिन मैं असली सिपाही खानदान का आदमी हूँ, जिसका नमक खाया है, उसकी नमकहरामी नहीं करूँगा। आप निसाखातिर रहिए, नहीं तो मैंने इस हरामज़ादे सांडर्स को बहुत पहले गोली मार दी होती।'' बख्तावरसिंह के स्वर में क्रोध से भरी एक प्रकार की घुटन और विवशता थी।

कहीं बड़ी भयानक घृणा है कैप्टेन सांडर्स के प्रति जमादार बख्तावरसिंह के अन्दर। जगतप्रकाश ने कुछ शान्त रहकर पूछा, ''क्यों जमादार साहब, तुम बड़े नाराज हो इस कैप्टेन सांडर्स से।''

''लफ्टैंट साहेब ! यह बड़ा कमीना आदमी है। तब्रूक में इसने ज़बर्दस्ती सौ हिन्दुस्तानी जवानों की टुकड़ी करवा दी थी जबकि रिट्रीट का आर्डर हो चुका था, उसमें मेरा सगा भाई हवलदार भीखमसिंह मारा गया था। बाद में यह हँसकर बोला था कि पाँच जर्मन मारे गए यह क्या कम है। सौ हिन्दुस्तानियों की जान की कीमत क्या है ? चवालीस करोड़ हिन्दुस्तानियों में कुल सौ ही तो खत्म हुए। तबीयत हुई कि उसी वक्त उसका काम-तमाम कर दूँ, लेकिन फिर वही अपनी खानदानी परम्परा मेरी बाधा बन गई। अफ़सर है, उस पर हाथ नहीं उठाया जा सकता।''

जगतप्रकाश का मन भारी हो गया, हिन्दुस्तानी सेना से अंग्रेज़ों को विशेष सहायता नहीं मिल सकेगी। अन्दर-ही-अन्दर एक तरह का विद्रोह जाग रहा है हिन्दुस्तानी सेना में। यह विद्रोह सैद्धान्तिक नहीं है, यह विद्रोह भावनात्मक भी नहीं है, यह विद्रोह केवल रागात्मक है। इस विद्रोह को कैसे रोका जा सकता है, उसकी समझ में नहीं आ रहा था।

तभी उससे क़रीब एक फलांग की दूरी पर एक गोला फटा, फिर दूसरा, फिर तीसरा। जर्मनी की गोलाबारी शुरू हो गई थी। जमादार बख्तावरसिंह ने कहा, ''लफ्टैंट साहेब, जल्दी वापस लौटिए, दुश्मन हमला करनेवाला है, और शायद उसने हमले के लिए बीच की पट्टी चुनी है जहाँ हम हैं।'' और दबी ज़बान में उसने ब्रिटिश कमान को गाली दी, ''हरामज़ादों ने अभी तक यहाँ पूरी तौर से सुरंगें भी नहीं बिछाई हैं। उत्तर

में जहाँ अंग्रेज़ी फ़ौज का जमाव है, वहाँ पूरी तौर से सुरंगें बिछी हुई हैं, दक्खिन में भी न्यूज़ीलैंड के डिवीजन ने सुरंगें बिछा रखी हैं।

रेगिस्तान का सारा सन्नाटा गायब हो गया था। गोलों के धमाकों की आवाज़ें गूँज रही थीं और अब दूर से टैंकों के चलने की घरघराहट भी सुनाई पड़ने लगी थीं। जमादार बख्तावरसिंह ने घबराए स्वर में कहा, ''भागिए लफ्टैंट साहेब, इस दफ़ा फिर इन जर्मनों ने हिन्दुस्तानी फ़ौज पर हमला किया है, क्योंकि हिन्दुस्तानी फ़ौज सबसे अधिक अरक्षित है।'' फिर जर्मनों को एक गाली देकर उसने कहा, ''लेकिन ये सूअर के बच्चे हमारी नाकेबन्दी नहीं तोड़ सकेंगे।'' और वह जगतप्रकाश का हाथ पकड़कर दौड़ रहा था पीछे की ओर।

इन लोगों के कैम्प में पहुँचने के पहले ही पूरा ब्रिगेड सजग हो गया था। तोपों पर लोग पहुँच गए थे। अब जगतप्रकाश को लगा कि कैप्टेन सांडर्स का शक अकारण नहीं था, उसे खतरों का पूर्वाभास हो जाता है। जगतप्रकाश ने अपने आदमियों के साथ पोजीशन सँभाल ली। और अब उसकी तरफ़वाली तोपें भी आग उगलने लगी थीं।

लेकिन इस तरफ़ की गोलाबारी का जैसे कोई असर ही नहीं पड़ रहा था। टैंकों की घरघराहट लगातार नज़दीक आती जा रही थी और शत्रु की गोलाबारी प्रबल होती जा रही थी। बख्तावरसिंह जगतप्रकाश के साथ ही था, वह अपने आदमियों को ऑर्डर दे रहा था। सैनिक गोलों से ज़ख्मी होकर या मरकर गिर रहे थे। जर्मन टैंकों को रोकने के लिए टैंक नहीं थे, हवाई जहाज नहीं थे, सुरंगें नहीं थीं। केवल पैदल सेना और तोपों से यह हमला नहीं रोका जा सकता था।

कैप्टेन सांडर्स जगतप्रकाश के पास आया, उसने पास खड़े हुए बख्तावरसिंह से कहा, ''घबराना नहीं, उत्तर और दक्खिन में हमारी बख्तरबन्द फ़ौजें हैं, मैं उन्हें खबर करता हूँ, अभी ये जर्मन कुछ दूर हैं, तुम इन लोगों को हर हालत में रोके रहना।'' वह एक मोटर पर बैठकर दक्खिन की ओर चल पड़ा।

जर्मनी के टैंक अब निकट आ गए थे। चाँदनी के धुँधले प्रकाश में जगतप्रकाश को लग रहा था कि आग उगलते हुए दैत्य बढ़े चले आ रहे हैं। बख्तावरसिंह ने जगतप्रकाश से कहा, ''इन जर्मनों को रोक सकना ग़ैर-मुमकिन है। वह हरामज़ादा फिर हम हिन्दुस्तानियों को कटवाने के लिए छोड़कर भाग गया है। देखिए, ब्रिगेडियर की और कम्पनियाँ हट रही हैं।'' उसने अपने आदमियों को उत्तर की ओर हटने का ऑर्डर दिया।

जगतप्रकाश ने जीवन में प्रथम बार युद्ध देखा था और उस युद्ध में वह भाग भी ले रहा था। लोग मर रहे थे, चिल्ला रहे थे, कराह रहे थे, भाग रहे थे, गालियाँ दे रहे थे। रेडक्रॉस वाले ज़ख्मियों को उठा रहे थे, लेकिन उस गोलाबारी में अस्पताल भी नहीं बच सकते थे। इन ज़ख्मियों को उठाने की जिम्मेदारी जर्मन रेडक्रॉस की होगी। वे लोग भी पीछे हटने लगे।

अब कुल चालीस आदमी बच रहे थे इन लोगों के पास। इनसे क़रीब एक मील की दूरी पर जर्मन टैंक पूरब की ओर बढ़ रहे थे। पास में दो लारियाँ खड़ी थीं।

बख़्तावरसिंह ने अपने आदमियों को लारियों पर बैठाकर उत्तर-पूरब की तरफ़ बढ़ने का ऑर्डर दिया। जगतप्रकाश को उसने अपने बगल में बैठा लिया।

"हम लोग कहाँ चल रहे हैं ?" जगतप्रकाश ने पूछा।

"भगवान् जाने कहाँ, लेकिन मर्सामत्रूह की तरफ़ नहीं। थोड़ी दूर जाने के बाद ये टैंक मर्सामत्रूह की तरफ़ घूम पड़ेंगे और हम लोग घिर जाएँगे। पूरब की तरफ़ हमें चलना है, जहाँ तक इन लारियों का पेट्रोल हमें ले जाए। जो मर गए उनकी फ़िक्र हमें नहीं करनी है, जो ज़िन्दा हैं उन्हें बचाना है।" दोनों गाड़ियाँ अब दौड़ रही थीं पूरब की ओर।

पूरब में अब प्रकाश की रेखा फूट रही थी। सत्ताईस जून की वह सुबह कितनी भयावनी थी ! दूर से गोलों की आवाजें लगातार आ रही थीं। जर्मन सेना और जर्मन टैंकों ने अपना एक और घातक हमला कर दिया था। इस खुले हुए रेगिस्तान में छिपने और बचने का कोई स्थान नहीं। बख़्तावरसिंह कह रहा था, "तब्रूक की क़िलेबन्दी भी नहीं बचा सकी थी हम लोगों को। तीस हज़ार आदमियों को जर्मनी ने गिरफ़्तार किया था जबकि शायद जर्मन फ़ौज में मुश्किल से तीस-चालीस हज़ार आदमी रहे होंगे। सारा जंगी सामान जर्मनी के हाथ लग गया और यहाँ मर्सामत्रूह में तो कोई क़िलेबन्दी नहीं। सिवा मौत के कोई चारा नहीं, क्योंकि बचाव नहीं किया जा सकता, या फिर दुश्मनों के हाथों गिरफ़्तार हो जाना। यह गिरफ़्तारी मौत से भी बदतर है।"

गाड़ियाँ मर्सामत्रूह से अलामीन जानेवाली सड़क पर चल रही थीं। एकाएक बख़्तावरसिंह ने गाड़ियाँ रुकवा दीं। उसने बाइनाक्युलर लगाकर पूरब की ओर देखा। पूरब में क़रीब चार-पाँच मील दूर पर उसे बख़्तरबन्द गाड़ियों और टैंकों का जमाव नज़र आया। उसने कहा, "आगे के गाँव तक शायद जर्मन पहुँच गए हैं, इधर बढ़ना खतरनाक है। गाड़ियाँ दक्षिण की ओर मोड़ दो।"

दक्षिण की ओर रेतीली ज़मीन, गाड़ियाँ दौड़ने के स्थान पर घिसट रही थीं। आठ-दस मील दक्षिण की ओर चलने के बाद गाड़ियाँ फिर उत्तर-पूरब की ओर मोड़ दी गईं। इस समय तक सूर्य की किरणों की गरमी आ गई थी। जगतप्रकाश ने घड़ी देखी, आठ बज रहे थे। जगतप्रकाश ने पूछा, "क्यों जमादार साहेब, आपको कोई अन्दाजा है कि हम लोग कहाँ हैं ?"

"कैसे बताऊँ लफ्टैंट साहेब, लेकिन हम लोग शायद अलामीन से पन्द्रह-बीस मील की दूरी पर हैं। हम लोग टैंकों की मार से तो बाहर हो गए हैं, अब सिर्फ़ कुदरत की मार है, क्योंकि गाड़ियाँ आगे बढ़ने से इनकार कर रही हैं। मालूम होता है कि पेट्रोल खत्म हो गया है।"

दोनों गाड़ियाँ कुछ दूर चलकर रुक गईं, वास्तव में गाड़ियों में पेट्रोल खत्म हो चुका था।

सब लोग गाड़ियों से उतर पड़े। सूर्य की किरणों में काफ़ी प्रखरता आ गई थी, आसमान पर धुन्ध छाने लगी थी। जमादार बख़्तावरसिंह ने कहा, "सबसे पहले हमें सड़क पर पहुँचना होगा। यहाँ इस रेत में, अन्धड़ में चलना गैरमुमकिन होगा।" और

उन लोगों ने उत्तर की तरफ़ चलना आरम्भ कर दिया। क़रीब दो घंटे ये लोग चलते रहे और अन्त में सड़क पर पहुँच गए।

जगतप्रकाश अनुभव कर रहा था कि वह बेतरह थक गया है। पिछली रात से चलना—चलते रहना—चलने के सिवा और कुछ नहीं। और यह चलना मौत से भागने के लिए था। अभी उसे और चलना है। कितना चलना है, उसे यह ज्ञात नहीं था। लेकिन वह यह जानता था कि वह मौत के मुँह से बच आया है। उसने बख़्तावरसिंह से पूछा, "जमादार साहेब, अब कितना और चलना है ? इस सफ़र का क्या कोई अन्त भी है ?"

बख़्तावरसिंह मुस्कराया, "हरेक सफ़र का कहीं-न-कहीं अन्त होता है लफ्टैंट साहेब ! हिम्मत न हारिए। यह सड़क समुद्र के किनारे-किनारे चल रही है।" और उसने फिर दूरबीन आँखों से लगाकर देखा, "वह दूर पर अलामीन का कस्बा दिखाई देता है जहाँ हमारी फ़ौजों का जमाव है। नौ-दस मील से ज़्यादा दूर नहीं है। बस बढ़ते चलिए, दोपहर तक हम लोग वहाँ पहुँच जाएँगे।"

"थोड़ी देर यहाँ सुस्ता लिया जाए, हम लोग बेतहाशा थक गए हैं।" जगतप्रकाश ने कहा।

"ऐसी ग़लती न कर बैठिए, लफ्टैंट साहेब ! अगर हम लोग सुस्ताने के लिए रुके तो फिर एक कदम आगे न बढ़ पाएँगे।"

बख़्तावरसिंह की बात मानने के सिवा और कोई चारा नहीं था जगतप्रकाश के लिए। सड़क पर पीछे से अनगिनती लारियाँ आ रही थीं जिनमें सामान लदा था, आदमी लदे थे। आगे भी कई लारियाँ गई होंगी। सब लारियाँ ठसाठस भरी हुई थीं, कोई लारी रुकी नहीं, किसी आदमी ने इन लोगों से कुछ पूछा नहीं। क़रीब एक बजे दोपहर को वे लोग अलामीन पहुँचे।

अलामीन ! यहाँ ब्रिटिश सेनाओं को रुकना होगा, हर हालत में। अलामीन से पीछे हटने के अर्थ होंगे इजिप्ट को अपने हाथ से खो देना, भूमध्य सागर को अपने हाथ से खो देना, पश्चिमी एशिया को अपने हाथ से खो देना। सब तरफ़ से फ़ौजें अलामीन में एकत्रित हो रही थीं। पूरब से नई फ़ौजें आ रही थीं, पश्चिम से पराजित फ़ौजें लौट रही थीं। और इस बार ब्रिटेन की सब फ़ौजें मर्सामत्रूह से निकल आई थीं जर्मनी के घेरे को तोड़कर, आशा के सर्वथा विपरीत।

तेज़ी के साथ सेना का पुनर्गठन हुआ, लड़ाई का नया दौर आरम्भ होनेवाला था। लेकिन जगतप्रकाश का साथी कैप्टेन सांडर्स अब मेजर बन गया था, अपनी कम्पनी को मौत के मुँह में छोड़कर भागने पर दंड मिलने के स्थान पर उसे पुरस्कार मिला था।

जुलाई का महीना आरम्भ हो गया था और अफ्रीका का युद्ध एक तरह से रुक गया था। जगतप्रकाश के मन पर मर्सामत्रूह की पराजय का बहुत बुरा असर पड़ा था, उसकी टुकड़ी के न जाने कितने लोग मर गए थे, और उन लोगों को मरते उसने देखा था। अपने घरों से दूर, अपने सगे-सम्बन्धियों से दूर, उस मरु प्रदेश में आकर वे मरे

थे, अनजाने लोगों की गोलियों के शिकार होकर, अपने को बचाने का संघर्ष भी तो वे नहीं कर सके थे। यह क्यों ? क्या उन लोगों में इस युद्ध में विजय अथवा पराजय की कोई भावना भी थी ?

दूर से युद्ध की कल्पना करना एक बात है, युद्ध में आकर लड़ना, मारना और मरना दूसरी बात है। युद्ध-क्षेत्र में सैनिक के सामने केवल एक लक्ष्य रहता है—शत्रु-पक्ष के आदमी की जान लेना। लेकिन यह शत्रु-पक्ष ! यह शत्रु-पक्ष कौन है ? बख्तावरसिंह एक दिन बात करते-करते उससे पूछ बैठा था, "लफ्टैंट साहेब ! यह जर्मन आपका दुश्मन क्यों है और यह अंग्रेज़ आपका दोस्त क्यों है ? जर्मनी को हम जानते नहीं, अंग्रेज़ों को हम जानते हैं। अंग्रेज़ हमें गुलाम बनाए हुए हैं—यह सत्य है जिससे इनकार नहीं किया जा सकता, लेकिन यह जर्मन हमें गुलाम बनाएगा—इसका क्या सबूत है हमारे पास ? जर्मनी की दुश्मनी अंग्रेज़ों के साथ है, हम हिन्दुस्तानियों के साथ उसकी दुश्मनी का कोई सवाल नहीं उठता। कभी-कभी मन में उठता है कि कुछ ग़लत काम कर रहे हैं हम लोग।"

जगतप्रकाश ने बख्तावरसिंह की बात सुनी तो, लेकिन उस बात को वह समझा नहीं, उस समय वह अपने विचारों में डूबा हुआ था। यह मृत्यु का तांडव, यह चीख-कराह, ये गोलों के धमाके ! इस सबके बीच में वह क्यों आ पड़ा ? महात्मा गांधी ने जो अहिंसा का सन्देश दिया है, उस सन्देश में कहीं कोई सत्य है—उसे लग रहा था। हिंसा विनाश है, निर्माण नहीं है। वह विनाश के प्रांगण में आ पड़ा है, या यह कहना अधिक ठीक होगा कि वह इस विनाश के प्रांगण में खुद अपनी इच्छा से आया है। शायद इसलिए कि बिना विनाश के निर्माण सम्भव नहीं है। मानव समाज में नई परम्पराओं का अगर निर्माण करना है तो उसकी प्राचीन दूषित और विकृत परम्पराओं को नष्ट भी करना होगा। इन परम्पराओं को नष्ट करने के लिए इन परम्पराओं के पोषक और प्रतिपादक तत्त्वों को भी नष्ट करना होगा। इन्हीं तत्त्वों के विनाश का नाम युद्ध है। लेकिन—लेकिन—क्या यह विनाश नितान्त आवश्यक है ?

मनुष्यों को मारने की क्या आवश्यकता है ? वह तो नश्वर है, वह खुद मर जाएगा। और सृष्टि की जीवन अवधि के हिसाब से मनुष्य की आयु ही कितनी है ? नहीं, मनुष्य को मारने से काम नहीं चलेगा, मनुष्य की परम्पराओं को नष्ट किया जाना चाहिए। हरेक मनुष्य परम्पराओं को लेकर जन्म लेता है, परम्पराएँ छोड़कर मरता है। मनुष्य परम्परा द्वारा निर्मित है, लेकिन यह परम्परा भी तो मनुष्य द्वारा निर्मित है। मनुष्य के ज्ञान, उसके विश्वासों और उसके अनुभवों ने परम्परा को जन्म दिया है। ज्ञान, विश्वास और अनुभव—ये तीनों आधारमूल में मनुष्य की भावना की उपज हैं। भावना मारी नहीं जाती, वह केवल बदली जा सकती है। विकृतियों को केवल हृदय-परिवर्तन द्वारा नष्ट किया जा सकता है—महात्मा गांधी का यह मत है। इस रक्तपात और नरसंहार से तो मनुष्य के अन्दरवाली घृणा उभरती है, उसके अन्दरवाली हिंसा जागती है। मानव-समाज की सारी विकृतियाँ इसी घृणा और हिंसा की तो उपज हैं। घृणा और हिंसा से विकृतियों

को नहीं दबाया जा सकता।

इस युद्ध-क्षेत्र में जगतप्रकाश के मन में शंका के बीज अंकुरित हो रहे थे। उसने इस विनाश और रक्तपात से दूर हिन्दुस्तान में सैद्धान्तिक रूप से जिस घृणा और हिंसा का प्रतिपादन अपनी भावना से प्रेरित बुद्धि के आधार पर किया था, वह शायद ग़लत था—उसका वीभत्स और कुत्सित रूप वह देख रहा था।

टैंक, हवाई जहाज़, तोपें, मशीनगनें—मनुष्य का विनाश करनेवाले ये सामान प्रचुर मात्रा में अलामीन में आ रहे थे, और इस सामान द्वारा शत्रु का संहार करने के लिए अनगिनती आदमी दुनिया के विभिन्न भागों से वहाँ भेजे जा रहे थे, इनमें इंग्लैंड के निवासी थे, भारत के निवासी थे, आस्ट्रेलिया के निवासी थे, अफ्रीका के निवासी थे। ब्रिटेन अब जवाबी हमला करने की तैयारी कर रहा था। लेकिन मोर्चे के उस पार भी, कुछ इसी तरह की तैयारियाँ हो रही होंगी। उस युद्ध-क्षेत्र में आदर्श नहीं थे, सिद्धान्त नहीं थे—केवल घृणा थी।

एक अजीब तरह की उदासी जैसे जगतप्रकाश के मन में जमती जा रही हो। क्या फ़ौज में आकर उसने ग़लती की है ?

ब्रिटिश सेना जर्मन सेना के हमले की प्रतीक्षा कर रही थी, शायद जर्मन सेना भी ब्रिटिश सेना के हमले की प्रतीक्षा कर रही थी। जब दोनों ही पक्ष युद्ध के लिए पूरी तौर से तैयार न हों तब हमला करनेवाला ही नुकसान में रहेगा, जगतप्रकाश इतना जानता था। लेकिन यह प्रतीक्षा जगतप्रकाश को अखर रही थी। शत्रुओं की सेना की टोह लगाने के लिए दोनों ही पक्ष की टुकड़ियाँ इन दोनों सेनाओं के बीचवाले अनधिकृत क्षेत्र में दूर-दूर तक घुस जाया करती थीं। कभी-कभी इन दो टुकड़ियों में मुठभेड़ भी हो जाती थी, गोलियाँ चलती थीं और इक्के-दुक्के लोग मरते थे या घायल होते थे। जगतप्रकाश को भी इन टुकड़ियों के साथ जाना पड़ता था।

दस जुलाई को गश्त लगाने के लिए जगतप्रकाश की बारी थी। क़रीब चार बजे शाम को वह अपनी टुकड़ी के साथ निकल पड़ा। इस दिन मेजर सांडर्स भी इस टुकड़ी के साथ हो लिया। जगतप्रकाश से उसने कहा, "चौदह या पन्द्रह जुलाई तक हम लोग खुद दुश्मन पर हमला करनेवाले हैं। मुझसे इस भूभाग का निरीक्षण करने को कहा गया है, क्योंकि तुम लोगों पर भरोसा नहीं किया जा सकता। मेरी समझ में नहीं आता कि हिन्दुस्तानी सेना को इस युद्ध में बुलाया क्यों गया ? इस सेना से सहायता की जगह बाधा ही मिलती है।"

जगतप्रकाश को मेजर सांडर्स की यह कड़वी बात अखर गई, उसने धीमे स्वर में कहा, "आप हेडक्वार्टर को सलाह दीजिए कि हिन्दुस्तानी सेना यहाँ से हटा दी जाए।"

मेजर सांडर्स एक विद्रूप हँसी हँस पड़ा, "तब जर्मन सेनाओं का निशाना कौन बनेगा ? युद्ध में मारनेवालों के साथ मरनेवाले भी तो होने चाहिए। मैं ग़लत तो नहीं कह रहा ?"

जगतप्रकाश ने मेजर सांडर्स की इस बात का कोई उत्तर नहीं दिया। वह आदमी

जगतप्रकाश को अपमानित करने पर तुला हुआ था और उसके मन में प्रश्न उठा कि क्या वह इस आदमी से अपमानित होने के लिए आया है ?

दोनों चुपचाप चले जा रहे थे। कुछ दूर चलने के बाद मेजर सांडर्स ने जगतप्रकाश से कहा, ''तुम अपनी टुकड़ी के साथ चलो, मैं अकेला निरीक्षण करूँगा। तुम लोगों से मुझे कोई मदद नहीं मिलेगी।'' और एक कुटिल हँसी के साथ वह उत्तर-पश्चिम की ओर चलने लगा।

भारतीय सेना का कैम्प अलामीन के दक्षिण में क़रीब आठ मील की दूरी पर था। दूर तक वीरान मरुस्थल; जहाँ केवल झाड़ियाँ थीं, छोटी-छोटी कुरूप और झुलसी हुई-सी, या फिर वीरान रेतीली ज़मीन। जगतप्रकाश ने अब उत्तर की ओर देखा जिधर सांडर्स गया था। सांडर्स ने कुछ दूर चलकर फिर अपनी दिशा बदल दी थी, अब वह क़रीब पाँच सौ गज़ की दूरी पर जगतप्रकाश की टुकड़ी के समानान्तर चल रहा था। जगतप्रकाश की टुकड़ी क़रीब सात-आठ मील तक अनधिकृत प्रदेश में घुस गई, शत्रु का कहीं कोई पता नहीं था। उसके सामने कँटीली झाड़ियों का फिर एक झुंड था और उन झाड़ियों के झुंड के बाद फिर वही रेतीला भूखंड। जगतप्रकाश की टुकड़ी दक्षिण की ओर मुड़ गई, और वह रुककर अपने सामनेवाले प्रदेश को देखने लगा।

उस समय सूर्यास्त हो रहा था। सूरज का लाल गोला सामने रेगिस्तान के क्षितिज में गड़ता चला जा रहा था—निष्प्रभ, निस्तेज ! कितना सुन्दर दृश्य था वह, और तभी उसे पाँच सौ गज़ की दूरी पर, जहाँ वह झाड़ियों का झुंड था, एक छाया-सी दिखी। जगतप्रकाश ने अपनी राइफ़ल सँभाल ली और वह धीरे-धीरे उस ओर बढ़ने लगा। उसने अब स्पष्ट देखा कि छायाकृति किसी जर्मन सैनिक की है जिसके हाथ में एक राइफ़ल है और वह मेजर सांडर्स पर निशाना लगा रहा है जो उन झाड़ियों से क़रीब सौ गज़ की दूरी पर पहुँच गया है और जो अपने खतरे से बिलकुल बेखबर है।

जगतप्रकाश ने उस सैनिक पर निशाना साधा जो मेजर सांडर्स पर निशाना साध रहा था। और इसके पहले कि वह मेजर सांडर्स पर गोली चलाए, जगतप्रकाश ने अपनी राइफ़ल का घोड़ा दबा दिया। राइफ़ल उस सैनिक के हाथ से छूट गई और वह ज़मीन पर गिर पड़ा। जगतप्रकाश ने देखा कि मेजर सांडर्स पीछे मुड़कर बेतहाशा भाग रहा है।

जगतप्रकाश उस सैनिक की ओर दौड़ा। उसके पीछे-पीछे जमादार बख़्तावरसिंह के साथ दो जवान भी दौड़ रहे थे। जिस समय ये लोग उस स्थान पर पहुँचे जहाँ वह जर्मन सैनिक गिरा था, वह सैनिक पीड़ा से कराह रहा था। गोली उसके पेट को चीरती हुई निकल गई थी। उसकी चेतना अभी लुप्त नहीं हुई थी, उसने आँखें खोलकर जर्मन भाषा में कहा, ''पानी !''

जगतप्रकाश ने अपनी पानी की बोतल उसके होंठों से लगा दी। पानी पीकर उसने फिर जर्मन भाषा में कहा, ''तुम—हिन्दुस्तानी—'' और तभी उसका सिर लुढ़क गया और वह निश्चेष्ट हो गया। जमादार बख़्तावरसिंह ने सिर हिलाकर कहा, ''गया—लफ्टैंट

साहेब ! लेकिन इसकी जेब की तलाशी ले ली जाए।"

तलाशी लेने पर सिवा एक डायरी के उसकी जेब से और कुछ नहीं निकला। जगतप्रकाश जर्मन भाषा जानता था, डायरी उसने अपनी जेब में रख ली, बख़्तावरसिंह से उसने कहा, "शायद यह डायरी कुछ काम की साबित हो। लेकिन यह किसी गुप्तचर की डायरी नहीं है, यह इसकी अपनी निजी डायरी है, इसे पढ़कर ही मैं इसे हेडक्वार्टर में दूँगा जमादार साहेब ! तुम इसका ज़िक्र अभी मत करना।"

"बड़े मौक़े से देख लिया इसे आपने लफ्टैंट साहेब, वरना यह आपको खत्म कर देता। अब आगे से कभी अपनी टुकड़ी से अलग न होना लफ्टैंट साहेब !" जमादार बख़्तावरसिंह बोला।

जगतप्रकाश मुस्कराया, "मुझे नहीं, मेजर सांडर्स को खत्म कर देता। यह मेजर सांडर्स पर निशाना साध रहा था। गोली की आवाज़ सुनकर मेजर सांडर्स बेतहाशा भागा—कायर कहीं का !"

"तो इसे मारकर आपने उस हरामज़ादे सांडर्स की जान बचाई लफ्टैंट साहेब ? यह तो अच्छा नहीं किया आपने।" बख़्तावरसिंह ने कहा।

"मैंने वह किया जो एक सैनिक को करना चाहिए था। वह अच्छा था, या बुरा था—यह मैं नहीं जानता।"

"शक्ल-सूरत से यह शरीफ़ आदमी दिखता है।" जमादार बख़्तावरसिंह बोला, "फिर उसने अपने आदमियों को एक गढ़ा खोदने का हुक्म देते हुए कहा, "इसकी लाश को यहाँ दफ़न कर दिया जाए, इंसानियत का तकाज़ा यही है।"

और उसकी लाश को दफ़न करके सब लोग लौट पड़े।

लेकिन उस जर्मन सैनिक की शक्ल जगतप्रकाश की आँखों के आगे बार-बार नाच उठती थी। वह एक दुबला-पतला आदमी था—कुछ थोड़ा-सा कोमल। उसका चेहरा सुन्दर था और उसकी उम्र क़रीब पच्चीस-छब्बीस वर्ष की रही होगी। जर्मनों के चेहरे पर जिस बर्बरता और दृढ़ता को देखने की कल्पना जगतप्रकाश ने की थी, उसके स्थान पर जगतप्रकाश को उस चेहरे पर एक करुण निरीहता मिली थी। वह चलता जाता था और उस जर्मन सैनिक की डायरी के पन्नों को उलटता-पुलटता जाता था। वह डायरी पत्रों के रूप में थी जो उस सैनिक ने अपनी पत्नी के नाम लिखने चाहे थे, लेकिन जिन्हें वह सेंसरशिप के कारण अपनी पत्नी के पास भेज नहीं सकता था। जगतप्रकाश को जर्मन भाषा का अच्छा ज्ञान हो गया था, उस सैनिक के अन्तिम पत्र से वह उलझ गया। और उसे लगा कि उस जर्मन के शब्द हथौड़े की भाँति उसके मस्तिष्क पर प्रहार कर रहे हैं—"मेरी जूडिथ ! हम यहाँ इस रेगिस्तान में रुक गए हैं। हमारे सामने मिस्र का हरा-भरा देश है जहाँ अभी लोग सुख-शान्ति से रह रहे हैं। लेकिन उनकी सुख-शान्ति कितने दिन की ? जल्दी ही हम मिस्र पर प्रहार करेंगे और हम उस भूमि को वीरान कर देंगे। हम बरबादी और तबाही के रूप में आगे बढ़ रहे हैं।

"हम उन व्यक्तियों के प्राण ले रहे हैं जिन्होंने हमारा कोई अहित नहीं किया, जिन्हें

हमने पहले कभी देखा नहीं, जिन्हें हम जानते नहीं। हमें इस युद्ध में ज़बर्दस्ती ढकेल दिया गया है। हम मारना नहीं चाहते, हम मरना नहीं चाहते। मेरे चारों ओर खून ही खून है—मृत्यु और विनाश ! क्या यही सब फैलाने के लिए भगवान् ने हमें जन्म दिया है ? मेरा मन थक गया है इस सबसे, लेकिन इससे निकल सकना सम्भव नहीं। भागना कायरता है, युद्ध का विरोध करना देशद्रोह है। वीरता और देशभक्ति इसी में है कि किसी शक्तिशाली व्यक्तित्व के आरोपण के लिए मारो और मरो।

"मेरी जूडिथ ! ज़िन्दगी प्रेम है, सद्भावना है, ममता है। लेकिन यह सब मेरे लिए वर्जित है, मैं कितना अभागा हूँ ! दर्शनशास्त्र के अध्यापक की हैसियत से मैंने नीत्शे के सिद्धान्तों को सत्य समझकर प्रतिपादित किया था, लेकिन इस युद्ध-क्षेत्र में मुझे पता चला कि नीत्शे विनाश का अग्रदूत है।

"कहाँ हैं वे मेरे प्यारे विद्यार्थी जो मेरा आदर करते थे, कहाँ हैं वे मेरे सगे-सम्बन्धी जो मेरे सुख-दुख में शामिल होते थे, कहाँ हो तुम जूडिथ जिसकी ममता से मैं विभोर हो जाता था, कहाँ है मेरा बेटा हैंज, जिसकी किलकारियाँ मेरे हृदय में अपूर्व उल्लास जागृत करती थीं ! तुम सबसे मिलने को मैं कितना व्यग्र हूँ, मेरे प्राण छटपटा रहे हैं !

"शायद एक महीना और लगेगा। हम अभी इजिप्ट की सीमा पर रुक गए हैं। इजिप्ट पर विजय प्राप्त करके मैं लौटूँगा एक लम्बी छुट्टी पर। जर्मन जाति विजय प्राप्त करेगी, लेकिन इस विजय की बहुत बड़ी क़ीमत चुकानी पड़ रही है..."

अचकचाकर जगतप्रकाश ने यह डायरी बन्द कर दी, और फिर उसने वह डायरी ज़मीन पर फेंक दी। कुछ देर तक वह ज़मीन पर पड़ी उस डायरी को देखता रहा, और फिर उसकी आँखों में आँसू आ गए। उसे लगा कि उसने कोई बहुत बड़ा पाप कर डाला है। उसने झुककर वह रेतीली ज़मीन खोदी और उसने उस डायरी को ज़मीन में गाड़ दिया। इसके बाद धीमे क़दमों से वह चलने लगा। उसने उस जर्मन सैनिक को युद्ध में नहीं मारा था। उसने उस जर्मन सैनिक की हत्या की थी।

उसने एक नेक, ईमानदार, निरीह आदमी की हत्या कर डाली थी, उस बदमाश, बर्बर और पाजी सांडर्स की जान बचाने के लिए। यह उसने क्या कर डाला ? जमादार बख़्तावरसिंह उससे कुछ दूर आगे चल रहा था, चुपचाप, उदास। जमादार बख़्तावरसिंह की नज़रों में वह अपराधी था सांडर्स की जान बचाने के अपराध में, लेकिन अब वह अपनी ही नज़र में अपराधी बन गया था उस जर्मन सैनिक की हत्या के अपराध में।

उसका कैम्प अभी दो मील की दूरी पर था, और उसे अनुभव हो रहा था कि उसके पैरों में ताकत नहीं रह गई है। उसका दिमाग़ जैसे फटा जा रहा है। वह अब अपनी राइफ़ल का सहारा लेकर चल रहा था, लेकिन भला राइफ़ल के सहारे कहीं चला जा सकता है ? वह बैठ गया।

जमादार बख़्तावरसिंह बीच-बीच में घूमकर जगतप्रकाश को देखता जाता था। उसने जगतप्रकाश को बैठते हुए देख लिया। जगतप्रकाश के पास आकर कहा, "क्या बात है लफ्टैंट साहेब ! तबीयत तो ठीक है ? बैठ क्यों गए ?"

''बड़ी कमज़ोरी लग रही है जमादार साहेब !'' कमज़ोर स्वर में जगतप्रकाश बोला, ''लगता है यहाँ से एक क़दम नहीं चल पाऊँगा।''

बख़्तावरसिंह ने सहारा देकर जगतप्रकाश को उठाया, ''आपको कुछ बुखार-सा मालूम होता है लफ्टैंट साहेब ! हिम्मत कीजिए, मैं आपको सहारा देता हूँ। वह अपना कैम्प दिखाई दे रहा है।''

अपने अन्दर की समस्त शक्तियों को बटोरकर जगतप्रकाश बख़्तावरसिंह के सहारे चलने लगा। कुछ दूर चलने के बाद उसने कहा, ''जमादार साहेब ! जानते हो, मैंने उस जर्मन की डायरी पढ़ी ! वह बड़ा नेकदिल आदमी था, अपनी डायरी में उसने अपनी बीवी को समय-समय पर पत्र लिखे थे, मानव-भावना से भरपूर ! वह बड़ा पवित्र आदमी था, आपने उसे दफ़न करके पुण्य का काम किया। मैंने उसकी डायरी भी दफ़न कर दी। लेकिन जिस नज़र से उसने मुझे देखा था वह मैं भूल नहीं पा रहा। उसने मुझसे कहा था—तुम हिन्दुस्तानी ! जैसे उसे ताज्जुब हो रहा है कि हिन्दुस्तानी होते हुए मैंने उसे क्यों मारा ?''

बख़्तावरसिंह कुछ सोचकर बोला, ''उसने आपको भी शायद देखा था और उस हरामज़ादे सांडर्स को भी देखा था। आप पर उसने गोली नहीं चलाई, वह सांडर्स को मारना चाहता था। आप खुले में थे, सांडर्स उन झाड़ियों की आड़ में था।''

''हे भगवान् !'' जगतप्रकाश कराह उठा, ''अगर वह चाहता तो मुझे मार सकता था। लेकिन उसने मेरे प्राण छोड़ दिए और मैंने उसे मार डाला। बहुत बड़ा पाप कर डाला मैंने।''

''जो कुछ हुआ उसे भूल जाइए लफ्टैंट साहेब ! यह जंग का मैदान है जहाँ अन्धाधुन्ध गोलियाँ चलानी पड़ती हैं। जो सोचता-समझता है उसे अपनी जान से हाथ धोना पड़ता है। उस जर्मन ने सोचा-समझा था और उसे अपनी जान से हाथ धोना पड़ा।''

जगतप्रकाश ने बख़्तावरसिंह की बात का कोई जवाब नहीं दिया और बख़्तावरसिंह कहता जा रहा था, ''आप बच गए लफ्टैंट साहेब ! भगवान् को धन्यवाद दीजिए। लो अब हम अपने कैम्प में पहुँच रहे हैं, आप आराम कीजिए। कल सुबह तक आपकी तबीयत ठीक हो जाएगी। यह लड़ाई आपके बस की नहीं है। आप पढ़े-लिखे आदमी हैं, आपका हृदय कोमल है। इस सबका आदी होने में आपको समय लगेगा।''

जिस समय जगतप्रकाश अपने कैम्प में पहुँचा, वह अपने बिस्तर पर बेहोश-सा गिर पड़ा। पता नहीं उसे नींद थी या बेहोशी, रात-भर वह भयावने सपने देखता रहा। सुबह जब उसकी नींद खुली, या उसकी बेहोशी टूटी, उसने अनुभव किया कि उससे खड़ा नहीं हुआ जा रहा है। घिसटता हुआ वह बख़्तावरसिंह के कैम्प में गया।

बख़्तावरसिंह उसे देखते ही चौंक पड़ा, ''अरे लफ्टैंट साहेब ! यह आपको क्या हो गया है ?'' और उसने जगतप्रकाश का हाथ छूकर कहा, ''आपको तो बुखार है—कल शाम की ही तरह। मैं आपके इलाज का इन्तज़ाम करता हूँ।''

आधे घंटे के अन्दर ही वह पीछे की ओरवाले अस्पताल में भेज दिया गया,

अर्ध-चेतनावस्था में।

उसके कैम्प के पीछे क़रीब एक मील की दूरी पर भारतीय सेना का अस्पताल था। जगतप्रकाश के साथ जमादार बख़्तावरसिंह भी गया था। डॉक्टर नियोगी से बख़्तावरसिंह ने सब बातें बतलाईं, और डॉक्टर नियोगी ने सिर हिलाकर कहा, ''इन्हें गहरा मानसिक धक्का लगा है। चौबीस घंटे बाद शायद इनकी हालत सुधर जाए, नहीं तो इन्हें अलेक्जेंड्रिया भेजना होगा।''

शाम तक जगतप्रकाश बेहोश-सा लेटा रहा, क़रीब पाँच बजे शाम को उसकी आँख खुली। वह कहाँ है, उसकी समझ में नहीं आ रहा था। उसके आसपास का वातावरण नितान्त अपरिचित था। कुछ लोग कैम्प-खाटों में लेटे थे। दूर पर खड़ी एक नर्स किसी मरीज़ को दवा पिला रही थी। थोड़ी देर में जगतप्रकाश की समझ में आया कि वह अस्पताल में है।

वह अस्पताल में है ! क्या वह जख्मी हो गया है, क्या कोई लड़ाई हुई थी पिछले दिन ? उसके शरीर में किसी तरह की पीड़ा नहीं थी, उसने अपने हाथ-पैर हिलाए, सब कुछ ठीक था। वह उठकर बैठ गया। नर्स को बुलाकर उसने पूछा कि उसे यहाँ क्यों लाया गया ?

''आज सुबह आपके साथी आपको यहाँ लाए थे—आपको बुखार था।''

जगतप्रकाश की चेतना धीरे-धीरे लौट रही थी। उसे याद हो आया कि सुबह जब वह सोकर उठा था, उसके पैरों में बेहद कमज़ोरी थी और उससे चला नहीं जा रहा था। लेकिन अब उसका मन हलका था। उसने कहा, ''अब मेरी तबीयत ठीक है मैं अब कैम्प में जा रहा हूँ।''

नर्स बोली, ''डॉक्टर से पूछ लीजिए, मैं उन्हें बुलाए लाती हूँ।''

नर्स के जाते ही जगतप्रकाश की विचारधारा जाग उठी। पिछली शाम की घटनाएँ उसके मानस-पटल पर उभर आईं, और उन घटनाओं के साथ उस जर्मन सैनिक का चित्र जिसे उसने मारा था, और साथ ही मेजर सांडर्स का चित्र जिसे उसने बेतहाशा भागते देखा था। और फिर उस जर्मन की डायरी का अन्तिम भाग। उसका एक-एक शब्द उसके दिमाग पर चोट करने लगा। कुल पन्द्रह मिनट लगे नर्स को डॉक्टर को साथ लेकर लौटने में, लेकिन यह पन्द्रह मिनट उसे एक युग के समान लगे। डॉक्टर नियोगी ने आते ही जगतप्रकाश से कहा, ''क्या तुम बिलकुल ठीक अनुभव कर रहे हो, और अपने कैम्प जाना चाहते हो ?''

मन-ही-मन जगतप्रकाश को बड़ी राहत मिली नर्स और डॉक्टर के आ जाने से। उसने खड़े होते हुए कहा, ''हाँ, मेरी तबीयत अब ठीक है, और मैं अपने कैम्प में वापस लौटना चाहता हूँ।''

डॉक्टर नियोगी मुस्कराया, ''अच्छी बात है, तुम जा सकते हो।'' और वह अस्पताल के खेमे में पड़े एक स्टूल पर बैठ गया।

जगतप्रकाश खेमे के बाहर निकला। खेमे के क़रीब दस गज़ की ही दूरी पर वह

गया होगा कि वह रुक गया। थोड़ी देर तक वह खड़ा रहा, और फिर वह धीरे-धीरे चलकर अस्पताल के खेमे में आ गया, ''नहीं डॉक्टर ! मैं वापस नहीं जा सकता, मुझसे चला नहीं जाता, खड़े होने में भी मुझे तकलीफ़ होती है।'' और वह कैम्प-खाट पर बैठ गया।

''मैं यही समझता था कि तुम नहीं जा सकोगे। तुम्हें आराम की सख्त ज़रूरत है, और इस आराम के साथ दवा की। तुम लेट जाओ।''

बड़े उदास स्वर में जगतप्रकाश ने पूछा, ''मुझे कौन-सा रोग है डॉक्टर ? किसी तरह की शारीरिक पीड़ा मैं अनुभव नहीं कर रहा हूँ, न मुझे बुखार है।''

''तुम्हें किसी तरह का शारीरिक रोग नहीं है, तुम्हारी नब्ज़ खराब हो गई है किसी मानसिक धक्के से। सच पूछो तो इस मिलिटरी अस्पताल में कोई इलाज नहीं है। इस वार सर्विस में आने के पहले मैं नब्ज़ का डॉक्टर था—यह तुम्हारा सौभाग्य है। मैं समझता हूँ कि एक हफ़्ते में मैं तुम्हारे पैरों की कमज़ोरी दूर कर दूँगा, यानी एक हफ़्ता तुम्हें इस अस्पताल में रहना पड़ेगा। इसके बाद फिर देखूँगा क्या किया जाए। फिर उसने नर्स से कहा, ''मिस मंडल ! लेफ्टिनेंट जगतप्रकाश की देखभाल की ज़िम्मेदारी तुम पर—इन्हें पूरा आराम चाहिए। इन्हें दवा की एक गोली खिला दो।'' और वह बाहर चला गया।

मिस मंडल ने जगतप्रकाश का ट्रेंक्विलाइज़र की एक गोली खिला दी, फिर वह जगतप्रकाश की खाट के पास एक स्टूल डालकर बैठ गई। उसने कहा, ''मैं यहीं आपके पास बैठी हूँ, अगर आपको किसी चीज़ की आवश्यकता हो तो मुझे बतला दीजिएगा।''

मिस मंडल की वाणी में कुछ ऐसी मिठास थी, जिसने उसके शरीर में एक पुलक पैदा कर दी। उसने मिस मंडल को ग़ौर से देखा, सत्ताईस-अट्ठाईस साल की एक साँवली-सी युवती, मांसल शरीर, मुख गोल, आँखें बड़ी-बड़ी। जगतप्रकाश ने उससे पूछा, ''आप बंगाली हैं ?''

''हाँ, बंगाली अछूत ! लेकिन अब अछूत नहीं रह गई, क्योंकि मैं ईसाई बन गई हूँ।''

''आप ईसाई बनी हैं या आपके पिता ईसाई बने थे ?'' जगतप्रकाश ने पूछा।

''मैं ईसाई बनी हूँ। मेरे पिता अब भी हिन्दू हैं और चटगाँव में वकालत करते हैं। उनके पास अच्छी सम्पत्ति है और वह बहुत बड़े नेता हैं। बंगाल की मिनिस्ट्री में वह किसी-न-किसी दिन आ जाएँगे। उन्होंने मुझे ईसाई बनने से बहुत रोका, लेकिन मैं नहीं मानी। जिस धर्म से मनुष्य का अपमान हो, मनुष्य लांछित समझा जाए, वह धर्म दूषित है।''

जगतप्रकाश की आँखें झप रही थीं, लेकिन उसे मिस मंडल की आवाज़ बड़ी प्यारी लग रही थी। एक अरसा हो गया था उसे स्त्री-कंठ सुने हुए। उसने कहा, ''आपकी कहानी बड़ी दिलचस्प होगी। अगर आप अनुचित न समझें तो आप मुझे अपनी कहानी सुना दें।''

मिस मंडल मुस्कराई, "जो सत्य है उसे सुनाना अनुचित क्यों होगा ? मैं आपको अपनी कहानी सुना दूँगी, और उसके बदले में मैं आपकी कहानी भी सुनूँगी। लेकिन आपको नींद आ रही है, आराम से सोइए।"

जगतप्रकाश मिस मंडल की बात का अर्थ नहीं समझ पाया, वह केवल शब्दों का संगीत ही सुन रहा था, और उस संगीत के बोझ से उसकी आँखें झपी जा रही थीं। उसे यह भी पता नहीं चला कि मिस मंडल कब उसके सिरहाने से उठकर चली गई।

दूसरे दिन सुबह जगतप्रकाश की नींद बहुत जल्दी खुल गई। इस बार उसे अपने चारों ओरवाले वातावरण को पहचानने में देर नहीं लगी और तभी मिस मंडल का चित्र उसकी आँखों के आगे उभर आया। उसने चारों ओर अपनी नज़र दौड़ाई, मिस मंडल वहाँ नहीं थी। उससे कुछ दूर पर चालीस-पैंतालीस वर्ष की एक अधेड़ नर्स एक मेल नर्स की सहायता से किसी घायल सैनिक की मरहम-पट्टी कर रही थी। जगतप्रकाश उठकर चुपचाप बैठ गया।

मरहम-पट्टी करके उसे नर्स ने अपने चारों ओर देखा, फिर वह जगतप्रकाश के पास आई, "आप सो चुके ! आपकी तबीयत तो कुछ ठीक मालूम देती है।" उसने मेल नर्स को बुलाया, "चिनैया ! तुम इन्हें थोड़ा-सा घुमा-फिरा लाओ—एक फर्लांग से ज़्यादा नहीं।"

"क्या मैं इतना चल सकूँगा ?" जगतप्रकाश ने पूछा।

"अगर आप इच्छा करेंगे। नहीं तो यह चिनैया तो आपके साथ है ही, यह आपको सहारा दे देगा, गोकि आपको सहारे की कोई ज़रूरत नहीं पड़ेगी।" कुछ कठोर और निस्पृह स्वर में वह बोली।

"डॉक्टर कहाँ हैं ?" जगतप्रकाश ने उठते हुए कहा।

"कौन—मेजर नियोगी ? वह सर्किल कैम्प में हैं, रात से ही ऑपरेशन कर रहे हैं। वहाँ बिस्तरों की बड़ी कमी है, इसलिए वहाँ के वे मरीज़, जो क़रीब-क़रीब अच्छे हो गए हैं, इस कैम्प में भेजे जा रहे हैं।"

जगतप्रकाश मिस मंडल के बारे में पूछना चाहता था, लेकिन वह रुक गया। चिनैया के साथ वह चला गया। आज उसके पैरों में अपेक्षाकृत अधिक ताकत थी। जब वह वापस लौटा, मेजर नियोगी आ गए थे और एक कोने में एक आरामकुर्सी पर बैठे हुए विश्राम कर रहे थे। जगतप्रकाश के पैरों की आहट पाकर उन्होंने आँखें खोलीं, अपनी कुर्सी पर बैठे-बैठे उन्होंने कहा, "कहो, आज तबीयत कैसी है ?"

"कल के मुकाबले आज मैं बहुत अच्छा हूँ। लेकिन..." जगतप्रकाश अपनी बात कहते-कहते रुक गया।

"स्वाभाविक रूप से अच्छा होने में तुम्हें एक हफ़्ते से कम नहीं लगेगा, मुमकिन है एक पखवारा लग जाए। नाश्ता करके तुम चुपचाप लेट जाओ और सोने की कोशिश करो।" और मेजर नियोगी ने अपनी आँखें बन्द कर लीं।

दोपहर के समय जब जगतप्रकाश की नींद टूटी, उसने देखा कि सुबह वाली नर्स

चली गई है और मिस मंडल आ गई है। मिस मंडल ने जगतप्रकाश को खाना खिलाया। इसके बाद उसने कहा, "मेरी ड्यूटी बारह बजे दोपहर से रात के बारह बजे तक है। लेकिन आज तो आपकी तबीयत काफ़ी अच्छी दीखती है। डॉक्टर एक घंटा हुआ अलेक्ज़ेंड्रिया चले गए हैं। शाम तक आ जाएँगे।"

जगतप्रकाश बोला, "बैठिए न, आप बड़ी अच्छी हैं। ऐसा दिखता है कि आपके साथ इस अस्पताल में एक हफ़्ता बिताना पड़ेगा। लेकिन यह...यह...यह क्या हो रहा है ?"

दूर से गोलों की आवाज़ आने लगी थी—लगातार। जगतप्रकाश के मन में फिर एक तरह की घबराहट जाग उठी। उसने पूछा, "ये शेलिंग की आवाज़ें कैसी ? क्या जर्मनों ने अपना हमला आरम्भ कर दिया है ?"

"नहीं, ये हमारी तोपें शेलिंग कर रही हैं। खबर यह है कि अब हम लोगों को हमला करना है। जर्मनी के हमले की प्रतीक्षा करते-करते हम लोग थक गए हैं।" मिस मंडल के मुख पर एक मुस्कराहट थी, "यह मनाटनी ! इस मनाटनी को तो टूटना ही चाहिए।" और अब वह हँस पड़ी।

जगतप्रकाश को आश्चर्य हुआ, "आप हँस रही हैं ! मौत का फिर से तांडव होनेवाला है—और आप प्रसन्न हैं।"

"इसमें रोने या उदास होने से भी तो कोई लाभ नहीं होने का। और मौत तो ज़िन्दगी के साथ लगी हुई है, उससे डर कैसा ?"

"न जाने क्यों मेरा जी घबरा रहा है, ये गोलों की आवाज़ें मुझे बर्दाश्त नहीं हो रही हैं।" जगतप्रकाश बोला।

मिस मंडल ने ट्रेंक्विलाइज़र की एक गोली जगतप्रकाश को खिला दी और वह फिर जगतप्रकाश के सिरहाने बैठ गई। जगतप्रकाश को लग रहा था कि गोलों की आवाज़ें अब दूर से आने लगी हैं, और धीरे-धीरे वे गोलों की आवाज़ें नगाड़ों पर चोटों में बदल रही हैं—अपना एक संगीत लिए हुए।

रात के समय जब जगतप्रकाश की चेतना वापस लौटी, उसे लगा कि अस्पताल के कैम्प में कुछ चहल-पहल है। जगतप्रकाश कुछ देर तक आश्चर्य से यह सब देखता रहा, फिर उसने पुकारा, "नर्स !"

मिस मंडल उसके पास आई, "आप जाग गए ?"

"हाँ, बड़ी अच्छी नींद आई। लेकिन यह सब क्या हो रहा है ?"

"मेजर नियोगी ने अलेक्ज़ेंड्रिया से वापस आकर बताया है कि हमारी फ़ौजों को कल सुबह आगे बढ़ने का हुक्म हुआ है। परसों सुबह तक हमारे अस्पताल को भी फ़ौजों के पीछे-पीछे बढ़ना होगा।"

इसी समय मेज़र नियोगी जगतप्रकाश के पास आकर खड़े हो गए।

जगतप्रकाश ने मेजर नियोगी से पूछा, "डॉक्टर ! क्या हमारी फ़ौजें अब आफेंसिव ले रही हैं ?"

"हाँ दोस्त ! कल से हमारी फ़ौजों का आगे बढ़ना आरम्भ हो जाएगा, और परसों अस्पताल का यह खीमा उखड़ जाएगा, फ़ौजों के पीछे-पीछे बढ़ने के लिए। साथ ही कल तुम्हें पीछे जाना है अलेक्ज़ेंड्रिया के अस्पताल में। वहाँ से शायद एक हफ़्ते बाद तुम्हें हिन्दुस्तान भेज दिया जाए, क्योंकि मैंने रिपोर्ट दे दी है कि तुम जंग में लड़ने के काबिल नहीं रहे। और फिर एक हफ़्ता बाद तुम बम्बई पहुँच जाओगे। बम्बई में डॉक्टर मोदी नब्ज़ के स्पेशलिस्ट हैं, वे मेरे गुरु भी रह चुके हैं। उनके नाम मैं तुम्हें एक पत्र दिए देता हूँ, उनके इलाज से तुम एकदम ठीक हो जाओगे।"

"लेकिन डॉक्टर ! मैं नहीं जाना चाहता। क्या आप मुझे अच्छा नहीं कर सकते कि मैं इस युद्ध में भाग लूँ ?"

सिर हिलाते हुए मेजर नियोगी ने कहा, "नहीं दोस्त, तुम युद्ध की बाबत योजना छोड़ दो। युद्ध की बर्बरता तुम्हें बर्दाश्त नहीं होगी, तुम्हें अपने देश को वापस लौटना चाहिए।" और डॉक्टर नियोगी वहाँ से चले गए।

जगतप्रकाश अकेला रह गया और वह सोचने लगा, आखिर हिन्दुस्तान लौटकर वह करेगा क्या ? उसकी इच्छा हिन्दुस्तान लौटने की ज़रा भी नहीं हो रही थी। लेकिन यहाँ युद्ध-क्षेत्र में भी वह क्या कर सकेगा ? अफ्रीका की यह मरुभूमि उसके लिए कितनी अभिशप्त साबित हुई ! वह यहाँ रहकर अच्छा नहीं हो सकेगा, उसे हिन्दुस्तान लौटना चाहिए। उसने फ़ौज में भर्ती होकर गलती की थी, उसने अफ्रीका आकर गलती की थी और उसने उस जर्मन सैनिक को गोली मारकर गलती की थी। उफ़ वह जर्मन सैनिक ! जगतप्रकाश तो हिन्दुस्तान लौट रहा है, टूटा, बीमार, जैसा भी हो, लेकिन वह शरीफ़ और नेक जर्मन सैनिक ! उसके प्राण तो नहीं लौटाए जा सकते।

लेकिन किसके प्राण लौटाए जा सकते हैं ? जो पैदा हुआ है वह मरेगा भी। जगतप्रकाश को भी एक-न-एक दिन मरना है। फिर सोच किस बात का ? जगतप्रकाश का मन हलका हो गया था, लेकिन उसे लग रहा था कि उसके अन्दर की थकान बढ़ती जा रही है। उसने अपनी आँखें बन्द कर लीं, लेकिन वह अपने कान तो नहीं बन्द कर सकता था। दूर से गोलों की आवाज़ें आ रही थीं। कल सुबह से टैंक, मशीनगनें और राइफ़लें लिए हुए ब्रिटिश सेना आगे बढ़ेगी, ऊपर हवाई जहाज़ होंगे। और दूसरी ओर जर्मन सेनाएँ होंगी, अपने पूरे सामान के साथ। यह युद्ध हफ़्तों चलेगा, महीनों चलेगा, शायद वर्षों चले। जगतप्रकाश को भी कल किसी समय इस युद्ध-क्षेत्र से वापस लौटना होगा।

जगतप्रकाश को उस रात खाना खाने में भी कोई रुचि नहीं लगी।

सुबह वह एम्बुलेंस कार पर बैठकर रवाना हो गया। चलने के समय वह बख्तावरसिंह से नहीं मिल पाया। ब्रिटिश सेनाओं ने हमला आरम्भ कर दिया था। बख्तावरसिंह भी आगे बढ़ रहा होगा, मरने के लिए—मारने के लिए। पता नहीं, कब फिर बख्तावरसिंह से मिलना होगा।

[19]

जगतप्रकाश अस्पताल से डिस्चार्ज हो गया था, वह फ़ौज से डिस्चार्ज हो गया था। वह अब बम्बई में था और उसे वहाँ अपना इलाज करवाना था।

अलेक्जेंड्रिया के अस्पताल में उसे कुल दो दिन रखा गया। डॉक्टरों ने रिपोर्ट दे दी कि वह सेना के अयोग्य है और उसे सेना से छुट्टी मिल गई। चौथे दिन घायलों को लेकर एक जहाज़ हिन्दुस्तान जा रहा था, जगतप्रकाश के लिए उस जहाज़ में जाने का प्रबन्ध कर दिया गया। उस जहाज़ को बम्बई पहुँचने में कुल पाँच दिन लगे।

जिस समय वह जहाज़ से बम्बई में उतरा, उसके पैरों में लड़खड़ाहट थी, और उससे भी अधिक उसके मन में लड़खड़ाहट थी। एक बार उसने अपने चारों ओर देखा, डेक पर काफ़ी अधिक भीड़ थी, लोग आ रहे थे, जा रहे थे; वैसी ही चहल-पहल जैसी वह बम्बई से जाने के समय देख गया था—मानो विश्वव्यापी नरसंहार का बम्बई पर कोई असर ही न पड़ा हो।

डॉकयार्ड से निकलकर वह विक्टोरिया टर्मिनस पहुँचा, इलाहाबाद रवाना होने के लिए। दोपहर के बारह बज रहे थे। वहाँ जाकर उसे पता चला कि इलाहाबाद वाली गाड़ी रात को नौ बजे छूटेगी। और तभी उसके मन में आया है कि वह बीमार है, उसे अपना इलाज करवाना है। इस बीमारी का विशेषज्ञ बम्बई में ही रहता है। मेजर नियोगी का विशेषज्ञ के नाम पत्र उसके पास था। मेजर नियोगी ने उसे विश्वास दिलाया था कि डॉक्टर मोदी के इलाज से वह बिलकुल ठीक हो जाएगा और स्टेशन से निकलकर वह एक टैक्सी पर बैठ गया।

"कहाँ चलना है सा'ब ?" टैक्सीवाले ने पूछा।

"किसी अच्छे और सस्ते होटल में।" ये शब्द उसके होंठों पर आते-आते रुक गए, एकाएक कुलसुम का चेहरा उसकी नज़र के आगे उभर आया। हिन्दुस्तान से बम्बई होते हुए जाने के समय वह कुलसुम से नहीं मिला था। बम्बई में वह उस बार क़रीब छह घंटे ठहरा था, लेकिन कुलसुम से मिलने की इच्छा ही नहीं हुई थी उसे। और इस बार कुलसुम का चेहरा अपनी करुण मुस्कराहट के साथ जब उसके सामने आया, उसने कह दिया, "वार्डन रोड।"

जिस समय उसकी टैक्सी कुलसुम के बँगले पर पहुँची, परवेज़ लंच खाने के बाद मिल जाने के लिए कार पर बैठ रहा था। जगतप्रकाश को देखते ही वह चिल्ला उठा, "अरे तुम, मिस्टर जगतप्रकाश ! ऐ कुलसुम !" उसने ज़ोर से आवाज़ लगाई, "देखो तो, कौन आया है !" और फिर जगतप्रकाश के पास आकर उसने पूछा, "तुम कहाँ से आ रहे हो ? बड़े सुस्त दिख रहे हो ? तबीयत तो ठीक है ?"

कमज़ोर स्वर में जगतप्रकाश ने कहा, "मैं इजिप्ट से आ रहा हूँ—अभी घंटा-डेढ़ घंटा पहले जहाज़ से उतरा हूँ।"

"हम लोगों को तुम्हारी कोई खबर नहीं मिली—कुलसुम को बड़ी फ़िक्र थी। तो

तुम इजिप्ट में थे।'' परवेज़ बोला। इस समय तक कुलसुम बरामदे में आ गई थी। जगतप्रकाश को देखते ही वह चीख-सी पड़ी, ''अरे जगत ! मेरे जगत तुम ! यह तुम्हारी क्या हालत है ?'' और वह बरामदे से दौड़ती हुई जगतप्रकाश के पास आकर खड़ी हो गई।

''मैं बीमार हूँ।'' जगतप्रकाश ने लड़खड़ाते हुए स्वर में कहा। उसे लग रहा था कि वह गिर पड़ेगा। कुलसुम उसे सहारा देकर बरामदे में ले आई और नौकर ने उसका असबाब टैक्सी से उठाकर कमरे में रख दिया। कुलसुम ने टैक्सी का किराया अदा करके उसे रवाना कर दिया। फिर वह परवेज़ से बोली, ''डॉक्टर पटेल को फोन कर दो !''

''नहीं, डॉक्टर पटेल को बुलाने की ज़रूरत नहीं है, मुझे अपनी बीमारी का पता है। अब मैं ठीक हूँ। फ़ौज के डॉक्टर मेजर नियोगी ने डॉक्टर मोदी के नाम मुझे एक पत्र दे दिया है, कल सुबह मैं उन्हें फोन करके दिखा लूँगा,'' वह परवेज़ की ओर घूमा, ''मेरी फ़िक्र मत करो। जहाज़ के लम्बे सफर की वजह से बेहद थक गया हूँ, बस इतनी-सी बात है। अब तुम अपने काम पर जाओ।''

''हाँ, ऑफ़िस पहुँचने के पहले मुझे मिल नम्बर दो में जाना होगा, गोकि कायदे के मुताबिक वहाँ इस वक्त कुलसुम को जाना चाहिए। मेरे ज़िम्मे तो मिल नम्बर एक है, जहाँ मैं सुबह हो आया हूँ।'' परवेज़ मुसकराया, ''लेकिन यह कुलसुम हमेशा टाल जाती है। अरे बाबा—यह महात्मा गांधी और उनकी कांग्रेस के ब्रिटिश सरकार वाले झगड़े में हम लोग क्यों पड़ें ? भला महात्मा गांधी के कहने-भर से ब्रिटिश सरकार हिन्दुस्तान से चली थोड़े ही जाएगी ! और खास तौर से जब जापान सिर पर आकर बैठ गया है। अच्छा— अब लौटकर मैं आपसे मिलूँगा।'' और परवेज़ यह कहकर चला गया।

परवेज़ के जाने के बाद कुलसुम ने जगतप्रकाश को उसके कमरे में ले जाकर कहा, ''तुमने शायद अभी खाना नहीं खाया होगा। तो पहले कुछ खाना खा लो, तब बातें होंगी।''

''अरे मैं तो भूल ही गया था कि मैंने अभी तक खाना नहीं खाया है। जब जहाज़ से मैं उतरा था तब भूख लगी थी। इस जहाज़ के सफ़र में जो आराम मिला है उससे तबीयत अब काफ़ी सँभल गई है। सोचा था कि किसी होटल में चलकर पहले खाना खाऊँ फिर वहाँ कमरा तलाश करूँ। फिर जाने क्या सोचकर मैंने टैक्सीवाले से तुम्हारे यहाँ ले चलने को कह दिया। इस बीच में भूख भी ग़ायब हो गई।''

''तो तुम किसी होटल में रहना चाहते थे, यहाँ बम्बई में मेरे रहते हुए !'' कुलसुम के मुख पर उदासी का भाव आ गया, ''कौन-सा कसूर है मेरा जो तुम मुझे अपने से दूर समझने लगे हो जगत ?''

''दूर नहीं हो पाता हूँ, यही तो विडम्बना है, नहीं तो डॉक से तुम्हारे यहाँ बरबस खिंचा न चला आता। गोकि सत्य यह है कि हम दोनों एक-दूसरे से बहुत दूर रहे हैं— हमेशा से, और यह दूरी हट नहीं सकती।'' जैसे जगतप्रकाश के अन्दर कुछ टूट-सा रहा हो, और जगतप्रकाश अपने अन्दर उस टूटते हुए को बचाने का प्रयत्न करते हुए

भी बचा न पा रहा हो, "सच कहता हूँ कुलसुम, मेरे आगेवाला प्रकाश धुँधला पड़ गया है। समझ में नहीं आ रहा है कुछ भी, रास्ता नहीं दीख रहा है।"

एकाएक कुलसुम ने दोनों हाथ जगतप्रकाश के गले में डाल दिए और उसने जगतप्रकाश के मस्तक को चूम लिया। फिर अलग होकर उसने कहा, "तुम बीमार हो जगत, इसलिए तुम्हें ऐसा लग रहा है। तुम यहाँ रहकर अपना इलाज करा लो। डॉक्टर मोदी इस वक्त तो मेडिकल कॉलेज में होंगे, शाम के वक्त मैं उनसे एपॉइंटमेंट ले लूँगी। अभी तुम खाना खाकर सो जाओ !"

जगतप्रकाश को अपने अन्दर एक प्रकार का परिवर्तन होता हुआ लग रहा था। उसे अनुभव हो रहा था कि दुनिया में आत्मीयता है, प्रेम है, सहानुभूति है। अब वह हिंसा, रक्तपात और घृणा की दुनिया से निकलकर आत्मीयता के वातावरण में आ गया है। उसे उस दिन भोजन में स्वाद आया, उन बादलों से छन-छनकर आनेवाली धूप में जीवन की उष्णता मिली, उसे अपने सामने लहराते हुए समुद्र में एक गहनता मिली। खाना खाकर वह लेट गया और उसे नींद आ गई।

शाम के समय जब उसकी नींद खुली उसका मन हलका था। वर्षों बाद वह सुख की नींद सोया था। नौकर चाय उसके कमरे में ले आया, "बेबी मेम सा'ब सेठ के साथ डॉक्टर के यहाँ गई है, कहा है कि छह बजे तक वापस आएँगी। आप चाय पी लीजिए।"

जगतप्रकाश ने घड़ी देखी, पाँच बजे थे। एक उल्लास से भरा आलस वह अपने अन्दर अनुभव कर रहा था—और वह फिर लेट गया। कुछ देर बाद उसे बाहर परवेज़ की आवाज़ सुनाई पड़ी, "अरे मिस्टर जगतप्रकाश ! देखो, कौन आया है ?"

जगतप्रकाश को उठना पड़ा। बरामदे में निकलकर उसने देखा कि जमील बैठा हुआ है। जगतप्रकाश के बरामदे में आते ही जमील उठ खड़ा हुआ, "तो बरखुरदार, तुम इजिप्ट से वापस आ गए। मिल में परवेज़ साहेब ने बतलाया कि तुम अफ्रीका में बीमार पड़ गए थे। तो मैं इनके साथ चला आया।"

एक और आत्मीय मिल गया—जगतप्रकाश को लगा। बैठते हुए उसने कहा, "हाँ, रक्तपात, मृत्यु और हत्या के उस वातावरण से निकलकर आ रहा हूँ, जमील काका, लेकिन दुख इस बात का है कि वहाँ से टूटकर आ रहा हूँ। मेरी समझ में नहीं आ रहा कि दुनिया में यह सब क्या हो रहा है और क्यों हो रहा है ?"

जमील ने एक ठंडी साँस ली, "ठीक कहते हो बरखुरदार, लेकिन मजबूरी है। यह सब होना ही है, क्योंकि इनसान के गुनाहों का बोझ बे-तरह बढ़ गया है। अब तबीयत कैसी है?"

"आज दोपहर तक तो बड़ी खराब थी।" जगतप्रकाश बोला, "दोपहर के वक्त ही तो जहाज़ से उतरा हूँ। आज कौन-सी तारीख है ? मुझे तो दिन और तारीख तक का पता नहीं।"

"आज बाईस जुलाई है।" जमील बोला, "ताज्जुब की बात है कि तुम्हें दिन और तारीख का भी पता नहीं है।"

"हाँ, दिन और तारीख जानने की इच्छा ही नहीं हुई मुझे। अलेक्ज़ेंड्रिया से यहाँ तक के सफ़र में। मेरे लिए तो वक्त बीत रहा था—सुबह, दोपहर, शाम और रात ! सिर्फ़ एक उदासी छाई हुई थी मेरे ऊपर, सिवा उस उदासी के और कुछ नहीं। जब बम्बई में उतरा, वह उदासी वैसी-की-वैसी थी। मेरी समझ में यह तक नहीं आ रहा था कि मुझे कहाँ जाना है, कहाँ ठहरना है। आदत से मजबूर होकर मैंने टैक्सीवाले को कुलसुम का पता बतला दिया, और मैं यहाँ आ गया। लेकिन दोपहर के बाद तबीयत ठीक होनी शुरू हो गई, और इस वक्त तो मुझे यह भी नहीं मालूम हो रहा कि मैं बीमार हूँ।"

परवेज़ बड़े गौर से जगतप्रकाश की बात सुन रहा था। अब वह बोला, "मैं बतलाऊँ। अपना मुल्क ही सबसे प्यारा होता है। वह अफ़्रीका का पराया मुल्क, वहाँ दोस्त—दुश्मन—सभी पराए आदमी—सब कुछ पराया। और फिर वहाँ काम भी—मारना-मरना ! यह मारना-मरना भी एक नशा होता है मिस्टर जगतप्रकाश—लेकिन तुम उस नशे के आदी नहीं हो सकते।"

"शायद तुम ठीक कहते हो।" जगतप्रकाश ने परवेज़ की ओर देखा, "वह एक ऐसा नशा है जिसमें गुनाह गुनाह नहीं रह जाता, इनसान इनसान नहीं रह जाता। पता नहीं, वह नशा है या पागलपन है।"

"बिलकुल ठीक।" परवेज़ ने ताली बजाते हुए कहा, "मैं भी यही कहना चाहता था, लेकिन ठीक तौर से मैं कह नहीं पाया।"

इसी समय कुलसुम की कार फाटक के अन्दर घुसी और परवेज़ का उत्साह और भी बढ़ गया। घड़ी देखते हुए उसने कहा, "ठीक छह बजे हैं और कुलसुम डैडी को लेकर डॉक्टर के यहाँ से वापस आ गई।" वह कार की ओर बढ़ा और जमशेद कावसजी को सहारा देकर वह बरामदे में ले आया। जमशेद कावसजी कुर्सी पर बैठ गए। वह काफ़ी प्रसन्न दीख रहे थे। परवेज़ ने पूछा, "क्यों डैडी ! डॉक्टर पटेल ने आपको देख लिया ? क्या कहा उन्होंने ?"

जमशेद के उत्तर देने के पहले ही कुलसुम तेज़ आवाज़ में बोल उठी, "डॉक्टर पटेल का दिमाग़ खराब हो गया है। वह बोले कि डैडी अब बिलकुल ठीक हैं, अपना काम-काज सँभालने लगें—सिर्फ़ ज़्यादा मेहनत न करें। यह तो ठीक है, लेकिन उन्होंने डैडी को दारू पीने की इजाज़त दे दी है। यह भी कोई बात है ! हार्ट ट्रबुल के मरीज़ को दारू एकदम मना होती है।"

जमशेद कावसजी के मुख पर सन्तोष का हलका उल्लास था। वह बोले, "मैं बिलकुल ठीक हूँ। क्यों परवेज़, डॉक्टर पटेल ज़्यादा जानते हैं कि यह कुलसुम ज़्यादा जानती है। रास्ते-भर डॉक्टर पटेल को भला-बुरा कहती रही। उनके सामने इसकी जबान नहीं खुलती, पीठ-पीछे उनकी बुराई करती है और मुझसे लड़ती है। समझाते क्यों नहीं इसे ?"

परवेज़ कुछ उलझन में पड़ गया, लेकिन जल्दी ही वह उलझन से निकल आया, "डैडी, आप कुलसुम की बात भी मानिए और डॉक्टर पटेल की बात भी मानिए। यानी

आप व्हिस्की पीना बन्द कर दीजिए। अब आप बियर पीजिए, कभी-कभी आप वरमूथ और जिन ले लिया कीजिए।''

जमशेद कावसजी ने बिगड़कर कहा, ''क्या बकवास करते हो !'' और कुलसुम की ओर घूमकर वह बोले, ''वह स्कॉच की बोतल मँगवाओ।'' और बिना कुलसुम के प्रतिवाद की प्रतीक्षा करते हुए उन्होंने जगतप्रकाश से कहा, ''सुना है तुम इजिप्ट में बीमार पड़ गए थे। अब तो ब्रिटिश फ़ौजें जर्मनों को पीछे धकेल रही हैं। ऐसे मौक़े पर तुम्हें जंग के मोर्चे से यहाँ लौटना पड़ा। मुझे तुम्हारे साथ पूरी हमदर्दी है।''

जगतप्रकाश को लगा कि उसकी चेतना धीरे-धीरे लौट रही है। जब से वह अलेक्ज़ेंड्रिया के अस्पताल में भर्ती हुआ था तब से उसे युद्ध की कोई खबर नहीं मिली थी। उसे याद आ गया कि उसके अलेक्ज़ेंड्रिया से चलने के पहले ब्रिटिश सेनाओं को आफ़ेंसिव लेने का ऑर्डर मिल गया था। उसके अन्दरवाला कौतूहल जागा। वह बोला, ''अच्छा, जब मैं चला था, हमारी फ़ौजों ने हमला शुरू कर दिया था। तो उन्हें सफलता मिल रही है। कहाँ तक हमारी सेनाएँ बढ़ीं ?''

''इजिप्ट की सरहद से जर्मन फ़ौजें निकाल बाहर कर दी गई हैं।'' जमशेद कावसजी ने हँसते हुए कहा, ''लड़ाई ने अब एक नया मोड़ ले लिया है। रूस में जर्मन फ़ौजों का आगे बढ़ना रुक गया है, अफ्रीका में जर्मन फ़ौजों को पीछे हटना पड़ रहा है। यह लड़ाई शायद चार-पाँच साल और चले, लेकिन आखिर में फ़तह ब्रिटेन को ही मिलेगी।''

''जी, यक़ीन के साथ कुछ भी नहीं कहा जा सकता।'' यह आवाज़ जमील की थी, ''खतरा तो अब हमारे मुल्क को पैदा हो गया है। लड़ाई बर्मा तक आ गई है—और इसके बाद है हिन्दुस्तान।''

''इसके बाद है हिन्दुस्तान।'' जगतप्रकाश ने जमील के शब्द दुहराए, और इसी समय जगतप्रकाश को याद हो आया कि वह बीमार है और उसे डॉक्टर मोदी का इलाज कराना है। उसने कुलसुम की ओर देखा, ''डॉक्टर मोदी तो अब मेडिकल कॉलेज से आ गए होंगे—उनसे शाम के वक्त कल के लिए एपाइंटमेंट लेने को कहा था तुमने।''

''अरे हाँ, मैं तो भूल ही गई थी।'' कुलसुम ने अब जमशेद कावसजी की ओर देखा, ''डैडी ! आप डॉक्टर मोदी को फोन कर दीजिए—उन्हें तो आप अच्छी तरह जानते होंगे।''

टेलीफोन मँगवाकर जमशेद कावसजी ने डॉक्टर मोदी को फोन मिलाया। दूसरे दिन सुबह नौ बजे का समय दिया डॉक्टर मोदी ने।

फोन पर बात समाप्त करके जमशेद कावसजी उठ खड़े हुए, ''अच्छा, अब मैं अपने कमरे में जा रहा हूँ। और परवेज़, बेयरा से व्हिस्की और सोडे की बोतलें मेरे कमरे में भेज देना।''

आसमान पर सहसा बादल घिर आए और पानी बरसने लगा। परवेज़ जमशेद कावसजी के पीछे-पीछे चला गया था, कुलसुम जगतप्रकाश और जमील के साथ बैठी

रही। बौछार अब बरामदे में आने लगी थी। कुलसुम ने भी उठते हुए कहा, ''कामरेड जमील अहमद ! खाना आप यहाँ खाइएगा। आप जगतप्रकाश के साथ कमरे में बैठिए, मैं डैडी के पास जाती हूँ; वह परवेज़ के बस के नहीं। वह ज़्यादा पी जाएँगे तो कल सुबह फिर उनकी तबीयत खराब हो जाएगी। ममी तो गठिया के रोग से बरसों से बिस्तर पकड़े हुए हैं, मुझे ही सँभालना पड़ता है डैडी को।''

कुलसुम के जाने के बाद जगतप्रकाश जमील के साथ अपने कमरे में चला गया। दोनों बैठ गए, फिर जगतप्रकाश ने पूछा, ''क्यों जमील काका ! यहाँ देश में राजनीति कौन-सा मोड़ ले रही है ? मैं तो पिछले चार-पाँच महीनों से बिलकुल बेखबर रहा हूँ इस सबसे।''

''बतलाऊँगा बरखुरदार सब कुछ, लेकिन पहले मैं तुम्हारी बीमारी की बात जानना चाहता हूँ। अफ्रीका में ब्रिटिश फ़ौजों की शिकस्त की खबरें मिलती रहीं, बड़ी फ़िक्र लगी हुई थी तुम्हारी। इस बीच दीदी से भी दो-चार बार मिलना हुआ, अजीब औरत हैं वह भी। ठीक फ़ौलाद की तरह, माथे पर किसी तरह की शिकन नहीं। उन्हें यक़ीन है कि तुम पर आँच नहीं आ सकती उनके जीते-जी। उन्हीं की बात ठीक निकली, तुम सही-सलामत वापस आ गए।''

जगतप्रकाश के मुख पर एक फीकी मुस्कान आई, ''हाँ, सही-सलामत लौटा हूँ, जहाँ तक शरीर का सम्बन्ध है; लेकिन जैसे मेरी आत्मा टूट गई है। यह रक्तपात, यह घृणा, यह हिंसा, यह मृत्यु की उपासना।'' और जगतप्रकाश ने अफ्रीका में जो कुछ हुआ था, वह सब विस्तार के साथ जमील को बतला दिया।

जमील ने ध्यान से जगतप्रकाश की बातें सुनीं, फिर उसने कहा, ''तुम्हारे दिल की बात समझ रहा हूँ बरखुरदार, लेकिन यह क्यों भूल जाते हो कि यह जंग और बरबादी उतनी ही स्वाभाविक है जितना यह अमनो-आमान। तवारीख़ के पन्ने इसके गवाह हैं। ज़िन्दगी के साथ मौत जुड़ी हुई है। तुमने उस जर्मन को मारकर कोई गुनाह नहीं किया, वह तो होना ही था, क्योंकि उसकी मौत आ गई थी। उसे भूल जाओ। अभी तो और बहुत कुछ देखना है, शायद उसमें हिस्सा भी लेना है। जंग हिन्दुस्तान की सरहद पर आ गई है, और लगता है कि यह हिन्दुस्तान की सरज़मीन तहस-नहस होने से नहीं बचेगी। जापानी फ़ौजें हिन्दुस्तान में घुसेंगी, चप्पा-चप्पा ज़मीन के लिए खून-खराबा होगा। अंग्रेज़ आसानी से नहीं मानेगा, यहाँ पूरी तैयारी कर रखी है उसने। मैं अभी पन्द्रह दिनों पहले बंगाल से लौटा हूँ, अमरीकी और ब्रिटिश फ़ौजी भरे हैं बंगाल और आसाम-भर में।''

जगतप्रकाश जैसे सिहर उठा जमील की बात से, ''जमील काका ! हिन्दुस्तान को क्या नहीं बचाया जा सकता। इस युद्ध के विनाश से ? मैंने युद्ध की भयानकता देखी है।''

''और हिन्दुस्तान को भी इस युद्ध की तबाही को देखना पड़ेगा,'' जमील बोला, ''महात्मा गांधी हिन्दुस्तान को युद्ध की तबाही से बचाना चाहते हैं, लेकिन वह बचा नहीं

सकेंगे। उनका ख़याल है कि अगर ब्रिटेन हिन्दुस्तान को आज़ाद करके चला जाए तो जापान हिन्दुस्तान पर हमला नहीं करेगा। लेकिन वे यह भूल जाते हैं कि ब्रिटेन ऐसा नहीं समझता, समझ भी नहीं सकता।''

जगतप्रकाश ने सिर हिलाते हुए कहा, ''और मैं भी ऐसा नहीं समझता। जापान अपनी ताकत बढ़ाने के लिए हिन्दुस्तान पर कब्ज़ा करेगा—यह ध्रुव सत्य है और हिन्दुस्तान के साधनों से सम्पन्न होकर जापान आसानी से ब्रिटेन को हरा सकेगा।''

''मैं तुम्हारी राय से सहमत हूँ,'' जमील बोला, ''लेकिन—लेकिन—कुछ समझ में नहीं आता। चौदह जुलाई को इलाहाबाद की वर्किंग कमेटी में महात्मा गांधी का यह प्रस्ताव रखा गया था कि अगर ब्रिटेन खुशी से हिन्दुस्तान नहीं छोड़ देता तो कांग्रेस को एक ज़बर्दस्त आन्दोलन करना चाहिए। इस आन्दोलन का असर ब्रिटेन और रूस के हक में बुरा होगा, यह तय बात है। इलाहाबाद में महात्मा गांधी नहीं गए थे, इसलिए ठीक से उस प्रस्ताव पर फ़ैसला नहीं हो सका। अब सात-आठ अगस्त को यहाँ बम्बई में होनेवाली ऑल इंडिया कांग्रेस कमेटी में आ रहे हैं। आज बाईस जुलाई है, कुल पन्द्रह-सोलह दिन बाकी हैं। खुदा जाने, क्या होनेवाला है !''

जगतप्रकाश के अन्दर फिर से एक थकावट आ गई, वह तकिए के सहारे बैठ गया और उसने अपनी आँखें बन्द कर लीं। जमील थोड़ी देर तक चुपचाप बैठा जगतप्रकाश को देखता रहा। फिर उसने कहा, ''क्यों बरखुरदार, इस तरह मुरझा क्यों गए ? तबीयत तो ठीक है ?''

जमील की आवाज़ से जगतप्रकाश चौंक पड़ा, आँखें खोलते हुए उसने कहा, ''तबीयत ठीक है, मन थोड़ा-सा उलझन में पड़ गया है।''

''मन के उलझन में पड़ने की कोई ज़रूरत नहीं बरखुरदार, इस वक्त किसी तरह का आन्दोलन नहीं चलने का। महात्मा गांधी का यह शक गलत है कि जापानी फ़ौजें हिन्दुस्तान में बढ़ पाएँगी, जिस तरह जर्मन फ़ौजें लीबिया के आगे इजिप्ट में नहीं बढ़ने पाईं। बर्मा और मलाया पर जब जापानियों ने हमला किया था, ब्रिटेन तैयार नहीं था; हिन्दुस्तान में उसने पूरी तैयारी कर रखी है। फिर बर्मा से हिन्दुस्तान में आना, यह भी कारेदारद है। ऊँचे-ऊँचे पहाड़, घने और बियाबान जंगल, बड़ी-बड़ी नदियाँ। जापान हिन्दुस्तान में किसी हालत में नहीं घुस सकता, इतना यक़ीन रखो !''

''लेकिन यह आन्दोलन ! इससे तो ब्रिटेन के युद्ध के प्रयत्नों में बड़ी बाधा पड़ेगी।'' जगतप्रकाश ने उदास भाव से कहा।

''हाँ, इसकी गुंजाइश तो है। लेकिन मैं समझता हूँ कि यह आन्दोलन ठप हो जाएगा। मुसलमान इस आन्दोलन का साथ नहीं देंगे, बल्कि वे इसकी मुखालिफ़त करेंगे। इसके अलावा जो लड़नेवाली क़ौमें हैं उनके लोग ब्रिटिश फ़ौजों में लड़ रहे हैं, और ये क़ौमें खुशहाल हैं, ब्रिटिश सरकार की वफ़ादार हैं। नीचे तबके के लोग मुर्दा हैं, उन्हें हिन्दुस्तान की आज़ादी से कोई दिलचस्पी नहीं है। कुछ थोड़े-से पढ़े-लिखे लोग—वे कर ही क्या सकेंगे ? नहीं बरखुरदार, बहुत ज़्यादा फ़िक्र करने की ज़रूरत नहीं है।''

जमील की सान्त्वना से जगतप्रकाश को पूरा सन्तोष नहीं हो पाया, लेकिन उसके मन का भारीपन जाता रहा। उसने बात बदली, ''मैं बड़ा भाग्यशाली हूँ जमील काका, जो तुम मुझे यहाँ मिल गए। मुझे इलाज के सिलसिले में शायद यहाँ कुछ दिनों ठहरना पड़े। कल सुबह डॉक्टर मोदी से मिलकर ही सब कुछ तय होगा। मुझे नर्वस ब्रेकडाउन हो गया है—मेजर नियोगी ने बतलाया है, और नर्वस ब्रेकडाउन से अच्छा होने में वक्त लगता है।''

जमील बोला, ''नर्वस ब्रेकडाउन भी भला कोई मर्ज़ है ! बरखुरदार, खाओ, पियो और खुश रहो। किसी तरह का फ़िक्र नहीं करना चाहिए, बस यही इसका इलाज है।''

खाना खाने के बाद कुलसुम ने जमील को अपनी मोटर पर उसके घर भिजवा दिया।

सुबह नौ बजे जगतप्रकाश डॉक्टर मोदी के चेम्बर में पहुँचा। डॉक्टर मोदी ने जगतप्रकाश को तत्काल बुला लिया।

डॉक्टर मोदी क़रीब पैंसठ-सत्तर वर्ष के स्वस्थ और हँसमुख आदमी थे। जगतप्रकाश से हाथ मिलाते हुए उन्होंने कहा, ''तुम शक्ल से तो ज़्यादा बीमार दिखते नहीं—हाँ डॉक्टर नियोगी ने तुम्हें मेरे पास भेजा है तो तुम ज़रूर बीमार होगे। कहाँ है वह आजकल ? ब्रिलिएंट यंग मैन ! भला उसे क्या सूझी जो वह आर्मी में चला गया—यह नब्ज़ का अच्छा सर्जन है, पूरा आर्टिस्ट ! वह आर्मी में रोज़ की चीर-फाड़ में फँस गया, भला यह भी कोई बात है !''

जगतप्रकाश को डॉक्टर मोदी का व्यक्तित्व आकर्षक दिखा। उसने मेजर नियोगी का पत्र डॉक्टर मोदी को दे दिया। डॉक्टर मोदी ने डॉक्टर नियोगी का पत्र पढ़कर जगतप्रकाश को ग़ौर से देखा, ''अब तुम विस्तार के साथ वे परिस्थितियाँ बतलाओ जिनमें तुम्हें वह नर्वस एटेक हुआ। ऐसा दिखता है कि यह नर्वस एटेक तुम्हें एकाएक हुआ। कोई बहुत बड़ा कारण रहा होगा।''

जगतप्रकाश ने विस्तार के साथ मेजर सांडर्स और उस जर्मन सैनिक की कहानी सुनाकर कहा, ''डॉक्टर ! उस जर्मन सैनिक की शक्ल मुझे नहीं भूलती जिसकी मैंने हत्या कर दी। उसने मुझे नहीं मारा, जबकि वह मुझे मार सकता था, वह तो उस मेजर सांडर्स पर निशाना लगा रहा था।''

''लेकिन इसका क्या सबूत है कि उस जर्मन सैनिक ने तुम्हें देख ही लिया था ? उसने शायद मेजर सांडर्स को पहले देखा था, और उसको मारने की फ़िक्र में वह इतना डूब गया कि उसने तुम्हारी ओर ध्यान ही नहीं दिया हो। कुछ लोगों का दिमाग़ इस तरह का होता है कि जिस पर वह एकतरफ़ा जमा, उसे छोड़कर अन्य चीज़ों का अस्तित्व ही उसके लिए लुप्त हो जाता है। खास तौर से पढ़े-लिखे और दिमाग़ी काम करनेवालों में यह प्रवृत्ति अक्सर मिलती है।''

कुछ सोचकर जगतप्रकाश ने कहा, ''हाँ, इस बात की सम्भावना हो सकती है। पढ़े-लिखे लोगों के सम्बन्ध में आपने जो कहा, वह ठीक है—यह मेरा भी अनुभव है।

और वह जर्मन सैनिक भी बौद्धिक प्राणी था, शायद दर्शनशास्त्र का अध्यापक रहा हो, उसकी डायरी से तो मुझे यही लगा। भावनात्मक और बौद्धिक तत्त्वों का सम्मिश्रण अक्सर मनुष्य को असाधारण बना देता है।''

डॉक्टर मोदी हँस पड़े, ''शाबाश ! तुमने बिलकुल ठीक बात कही। तुम भी बौद्धिक आदमी दिखते हो। युद्ध में जाने के पहले तुम क्या करते थे ?''

''मैं प्रयाग विश्वविद्यालय में लेक्चरर था। इमर्जेंसी कमीशन लेकर मैं युद्ध में गया था।''

''युद्ध का अनुभव प्राप्त करने—हा-हा-हा ! लेकिन शक्ल से तो तुम कड़े दिल वाले और लड़ाकू आदमी नहीं दिखते, वरना इतनी साधारण बात पर तुम्हें नर्वस ब्रेकडाउन नहीं हुआ होता।'' और डॉक्टर मोदी ने जगतप्रकाश के शरीर की परीक्षा आरम्भ कर दी। वह परीक्षा करते जाते थे और कहते जाते थे, ''युद्ध के अनुभव का शौक तुम्हें आर्मी में नहीं ले गया—यह तय बात है। तुम मुझे सच-सच बताओ कि तुम आर्मी में क्यों गए, जबकि तुम यूनिवर्सिटी में पढ़ाने का अच्छा-खासा काम कर रहे थे ?''

कुछ हिचकिचाते हुए जगतप्रकाश ने कहा, ''जी, बात यह है कि अगस्त सन् 1941 में मुझे कम्युनिस्ट होने के नाते गिरफ़्तार कर लिया गया था। और देवली कंसेन्ट्रेशन कैम्प में भेज दिया गया था। जनवरी 1942 में जब मैं जेल से छूटा तब मेरी जगह दूसरा आदमी अस्थायी तौर से ले लिया गया था। इस बीच रूस पर जर्मनी का हमला हो चुका था और आप जानते ही हैं कि रूस अधमरा हो चुका है। जर्मनी की रूस पर विजय दुनिया के लिए सबसे बड़ा अभिशाप होगी, लगातार यह बात मेरे दिमाग़ में चक्कर काट रही थी, और परिस्थितियाँ कुछ ऐसी आ पड़ीं कि इस बीच मुझे इमर्जेंसी कमीशन भी मिल गया। इसके बाद मैं इजिप्ट में इंडियन डिवीज़न की एक ब्रिगेड में भेज दिया गया।''

''तो तुम कम्युनिस्ट हो ! यह बड़ी बुरी बात है। यह कम्युनिज़्म मानवता का बहुत बड़ा कलंक है, क्योंकि यह घृणा और हिंसा पर क़ायम है। इस कम्युनिज़्म को एकदम छोड़ दो—एकदम ! समझे, नहीं तो तुम अच्छे नहीं हो सकोगे। यह कम्युनिज़्म हृदयहीन लोगों के लिए है, तुम्हारे जैसे भावनात्मक और कोमल लोगों के लिए नहीं है।'' डॉक्टर मोदी ने जगतप्रकाश के शरीर की परीक्षा पूरी कर ली थी। अपनी मेज़ पर बैठते हुए वह फिर बोले, ''तुम्हारे शरीर में कहीं किसी किस्म की कोई खराबी नहीं है। बस तुम यह भूल जाओ कि तुमने उस जर्मन सैनिक की हत्या की थी, तुमने सिर्फ़ उसे युद्ध में मारा था। यह जो बम्बार्डमेंट में हज़ारों आदमियों की हत्या होती है—बूढ़े, बच्चे, औरत, उन पर बम गिरानेवालों ने तो यह सब कभी नहीं सोचा। मिस्टर प्रकाश ! युद्ध का अपना एक अलग कानून होता है, उसकी अपनी एक अलग नैतिकता होती है। तुम बिलकुल ठीक हो, मैं तुम्हें एक हफ्ते की दवा लिखे देता हूँ। एक हफ्ते बाद तुम मुझे फिर दिखा देना। पन्द्रह दिन में तुम्हें किसी तरह की शिकायत नहीं रहेगी। और बम्बई की आबहवा तुम्हारे लिए बड़ी अच्छी साबित होगी। अगर तुम बम्बई में एक

महीना रह सको तो बड़ा अच्छा होगा। अब बारिश का मौसम भी खत्म हो रहा है।''

डॉक्टर मोदी की फ़ीस देकर जगतप्रकाश जब चलने लगा, तब डॉक्टर मोदी ने फिर कहा, ''और तुम सोचना और फ़िक्र करना बिलकुल बन्द कर दो, साथ ही कम्युनिज़्म का रास्ता भी छोड़ दो। यह हिंसा और घृणा का रास्ता तुम्हारे कांस्टीट्यूशन के माफ़िक नहीं है। लेकिन अगर तुम्हारी नसों में ही राजनीति है तो तुम महात्मा गांधी की अहिंसा का रास्ता अपनाकर कांग्रेस में शामिल हो जाओ।'' और डॉक्टर मोदी की मुक्त हँसी उनके चेम्बर में गूँज उठी।

एक हफ़्ता। कम-से-कम एक हफ़्ता उसे बम्बई में अनिवार्यतः रुकना पड़ेगा, क्योंकि डॉक्टर मोदी ने उसे एक हफ़्ते के बाद बुलाया है। वैसे उसका इलाज पन्द्रह दिन तक होगा। और कुलसुम का आग्रह था कि वह एक महीना बम्बई में रुके। लेकिन जगतप्रकाश जल्दी-से-जल्दी बम्बई से जाना चाहता था अपने गाँव, अपनी बहन के पास। इलाहाबाद में डॉक्टर शर्मा के नाम उसने पत्र लिख दिया, और डॉक्टर शर्मा का उत्तर भी आ गया था कि यूनिवर्सिटी में अब वह आसानी से ले लिया जाएगा, ब्रिटिश सरकार को अब उससे कोई शिकायत नहीं है। उसने अपनी बहन को भी पत्र लिख दिया था कि वह हिन्दुस्तान वापस आ गया है और एक महीने के अन्दर वह अपने गाँव आएगा।

लेकिन वह अपने अन्दर एक प्रकार का सम्मोहन जगता हुआ अनुभव कर रहा था—और वह सम्मोहन शंका और भय का सम्मोहन था। इस सम्मोहन से निकलने की इच्छा उसके अन्दर धीरे-धीरे मरती जा रही थी। पूरे दिन वह एकान्त में पड़ा रहता था, जमशेद कावसजी की कोठी के एक कमरे में। और पूरे दिन वह सोचा करता था, अफ़्रीका में जर्मनों को पीछे हटना पड़ा था, लेकिन वे हारे नहीं थे। और इधर हिन्दुस्तान के सिर पर जापान का खतरा मँडरा रहा था।

एक हफ़्ता बाद, यानी तीस जुलाई को वह फिर डॉक्टर मोदी के यहाँ गया। उसे देखते ही डॉक्टर मोदी प्रसन्नता के साथ बोल उठे, ''तुम्हारी तो शक्ल ही बदल गई है।''

डॉक्टर मोदी ने जगतप्रकाश के शरीर की फिर पूरी परीक्षा की। जगतप्रकाश का वज़न करीब दो पौंड बढ़ गया था और उसके मुख पर आया पीलापन मिट गया था। उसके पैरों की कमज़ोरी अब पूरी तौर से जाती रही थी और उसके अन्दर अनायास ही कभी-कभी उठनेवाली घबराहट बन्द हो गई थी। परीक्षा करने के बाद डॉक्टर मोदी ने कहा, ''बस, अब एक हफ़्ता और, यही दवा ले लो। वैसे तुम अच्छे हो गए हो, बस चिन्ता से तुम दूर रहना। अगर तुम बम्बई से जाना चाहते हो तो तुम जा सकते हो, दवा-भर लेते रहना। इस दवा के खत्म होने पर तुम एक महीने तक टॉनिक लेते रहना।''

शाम के समय चाय पीते हुए जगतप्रकाश ने कुलसुम को डॉक्टर मोदी ने जो कुछ कहा था वह बतला दिया। कुलसुम ने प्रसन्न भाव से कहा, ''ईश्वर का बहुत-बहुत शुक्रिया कि तुम इतनी जल्दी अच्छे हो गए। मैं इधर इतनी बिजी रही हूँ कि तुम्हारी

देखभाल ही नहीं कर सकी। आज मुझे जसवन्त की चिट्ठी मिली है, वह पाँच अगस्त को यहाँ पहुँच रहा है। सात-आठ तारीख को ए.आई.सी.सी. की जो महत्त्वपूर्ण बैठक हो रही है। उसमें भाग लेने के लिए। उन दिनों बड़ी चहल-पहल रहेगी। वह मेरे यहाँ ही ठहरेगा। मैंने उसे लिख दिया है कि वह शर्मिष्ठा को अपने साथ लेता आए। यह शर्मिष्ठा बड़ी नेक और मासूम औरत है। मुझे बड़ी खुशी है कि जसवन्त ने उससे शादी कर ली।''

भावना का असली रूप क्या होता है ? जगतप्रकाश कुलसुम की बात सुनकर चक्कर में पड़ गया। यह कुलसुम, जो किसी समय जसवन्त से प्रेम करती थी, जसवन्त की पत्नी के प्रति इतनी सदय और उदार क्यों है ? यदि उसका विवाह यमुना के साथ हो गया होता तो क्या यह कुलसुम यमुना के प्रति भी इतनी सदय और उदार होती ? और यमुना की याद आते ही एक ग्लानि और वितृष्णा जाग उठी और उसके मन में। अपने को इन विचारों से अलग रखने का प्रयत्न करते हुए जगतप्रकाश ने कहा, ''मैं कल ही घर जाना चाहता हूँ। मेरी बहन मेरी राह देख रही होगी। डॉक्टर मोदी ने मुझसे कहा है कि अगर बम्बई से जाना ज़रूरी हो तो मैं जा सकता हूँ।''

कुलसुम ने शायद जगतप्रकाश से यह बात सुनने की आशा नहीं की थी, उसने आश्चर्य से जगतप्रकाश को देखा, ''क्यों, तुमने तो यहाँ पन्द्रह दिन रुकने का तय कर लिया था ? सात-आठ अगस्त को ऑल इंडिया कांग्रेस कमेटी की बैठक हो रही है, इस बैठक में मुल्क की तक़दीर का फ़ैसला होनेवाला है। देश में एक बहुत बड़ा और शायद आखिरी आन्दोलन शुरू हो यहाँ से। तो यह बम्बई की ए.आई.सी.सी. की मीटिंग तो देख लो। मैं तुम्हारे लिए प्रेस गैलरी के पास का इन्तज़ाम कर दूँगी।''

इसी समय जमील आ गया, और वह काफ़ी चिन्तित था। उसने आते ही कहा, ''माफ़ करना बरखुरदार, इधर तीन-चार दिन मैं आ नहीं सका तुम्हारे पास। मालूम होता है महात्मा गांधी का 'भारत छोड़ो' प्रस्ताव पास हो जाएगा। और यह प्रस्ताव जापानियों और जर्मनों के हक में होगा—इतना तय है। खुदा जाने यह मुल्क कहाँ जा रहा है !''

कुलसुम ने हँसते हुए जमील से कहा, ''छोड़िए भी इस बात को कामरेड जमील अहमद ! जो होना है वह तो होकर रहेगा। काश, इनसान यह जान सकता !'' और कुलसुम ने जमील के लिए भी चाय का प्याला तैयार किया। चाय का प्याला जमील को देते हुए कुलसुम बोली, ''मैं आपको एक खुशखबरी सुनाऊँ, जगतप्रकाश आज सुबह डॉक्टर मोदी के यहाँ गए थे। डॉक्टर मोदी का कहना है कि यह बिलकुल अच्छे हैं, इनका वज़न भी दो पौंड बढ़ गया है। अगर यह बम्बई से जाना ज़रूरी समझते हैं तो यह जा सकते हैं। लेकिन मैं इन्हें ए.आई.सी.सी. के सेशन तक ज़बर्दस्ती रोक रही हूँ। इस खुशी में हम लोग आज शाम एक पिक्चर देखने चलें। मैं फोन किए देती हूँ रीगल में चार सीटें रिज़र्व कर देने के लिए। परवेज़, मैं, आप और जगतप्रकाश।''

जमील के मुख पर भी प्रसन्नता की एक चमक आ गई, ''यह तो बड़ी अच्छी खबर है। वैसे रात के वक्त मैंने रमैया और शिवनारायण से मिलने का प्रोग्राम बनाया

था, लेकिन मैं इस वक्त महसूस कर रहा हूँ कि मैं बेहद थका हुआ हूँ। उन लोगों से मिलने और अपने को परेशान करने के बजाय सिनेमा देखना ज़्यादा मुनासिब होगा।''

कुलसुम उठ खड़ी हुई। उसने परवेज़ को फोन कर दिया कि वह घर वापस लौटने के बजाय उसे रीगल में मिलें, फिर उसने रीगल में रिज़र्वेशन के लिए फोन करके जगतप्रकाश से कहा, ''मैं ज़रा तैयार हो लूँ—हम लोगों को आधे घंटे के अन्दर चल देना चाहिए।''

कुलसुम के घर के अन्दर जाने के बाद जगतप्रकाश ने जमील से कहा, ''जमील काका ! यह सब क्या हो रहा है ? जवाहरलाल नेहरू के होते हुए यह 'भारत छोड़ो' प्रस्ताव कैसे पास हो जाएगा, मेरी समझ में नहीं आ रहा। और महात्मा गांधी खुद इस प्रस्ताव पर क्यों अड़े हुए हैं ?''

जमील कुछ देर तक सोचता रहा, फिर उसने कहा, ''जहाँ तक जवाहरलाल का सवाल है, उन्होंने इलाहाबाद की वर्किंग कमेटी में इस प्रस्ताव की मुखालिफ़त की थी, और वहाँ यह मामला मुल्तवी कर दिया गया था क्योंकि महात्मा गांधी उस मीटिंग में मौजूद नहीं थे। जवाहरलाल हिन्दुस्तान से अंग्रेज़ी फ़ौजों के हटाए जाने के ख़िलाफ़ थे। और जहाँ तक महात्मा गांधी की नेकनीयती व ईमानदारी का सवाल है उस पर शक नहीं किया जा सकता। जर्मनी, ब्रिटेन, जापान—ये सभी साम्राज्यवादी देश हैं, और इनमें से किसी के साथ महात्मा गांधी की हमदर्दी नहीं है। 'हिन्दुस्तान छोड़ो' से महात्मा गांधी का मकसद सिर्फ़ इतना है कि अगर हिन्दुस्तान आज़ाद हो जाए तो जापान को हिन्दुस्तान पर हमला करने की कोई ज़रूरत नहीं रह जाएगी और हिन्दुस्तान इस जंग की बरबादी से बच जाएगा। वरना अगर अंग्रेज़ हिन्दुस्तान से नहीं हटते तो जापान यक़ीनन हिन्दुस्तान पर हमला करेगा। और ब्रिटेन जितना कमज़ोर हो गया है, साथ ही ब्रिटेन ने हिन्दुस्तानियों के दिल में अपने तईं जो नफ़रत पैदा कर दी है, उससे हिन्दुस्तान के हर हिस्से से ब्रिटेन की फ़ौजों को हारना पड़ेगा जंग करते हुए, और इस जंग में हिन्दुस्तान तबाह हो जाएगा।''

''लेकिन सवाल यह है कि क्या वाक़ई ब्रिटेन इतना कमज़ोर हो गया है कि जापान हिन्दुस्तान पर कब्ज़ा कर ले ? इस विश्वयुद्ध का एक नया दौर शुरू हो गया है, अमेरिका की सहायता से ब्रिटेन की ताक़त काफी बढ़ रही है।''

''जानता हूँ बरखुरदार ! बंगाल और आसाम में अमरीकी फ़ौजें इकट्ठी हो रही हैं। लेकिन कुछ कहा नहीं जा सकता।''

एकाएक जगतप्रकाश उत्तेजित हो उठा, ''नहीं, जर्मनी और जापान को हारना ही चाहिए। हिन्दुस्तान को इस युद्ध में ब्रिटेन की नहीं, रूस की मदद करनी चाहिए। रूस की पराजय समाजवाद की पराजय होगी, मानवता की पराजय होगी।''

जमील ने जगतप्रकाश के कन्धे पर हाथ रखते हुए कहा, ''मैं भी ऐसा ही समझता हूँ, और मेरे अन्दर पूरा भरोसा है कि फ़तह आखिर में रूस और ब्रिटेन की ही होगी। लेकिन मजबूरी यह है कि अंग्रेज़ों के रवैए में कोई फ़र्क नहीं आया। वह हिन्दुस्तान के

मामले में अपनी बदनीयती और बेईमानी छोड़ नहीं पा रहा है। खैर छोड़ो भी, अब तुम्हारा प्रोग्राम क्या है ?''

जगतप्रकाश ने एक ठंडी साँस लेकर कहा, ''सुबह सोचा था कि कल महोना चला जाऊँ। इतने दिन हो गए दीदी को देखे हुए, गोकि मैंने उन्हें चिट्ठी लिख दी है और मुझे उनका जवाब भी मिल गया है। डॉक्टर ने एक हफ़्ता और दवा लेने को कहा है गोकि उन्होंने बम्बई से बाहर जाने की इजाज़त दे दी है। अब तो लगता है कि कल जाना नहीं होगा। कुलसुम का आग्रह है कि ए.आई.सी.सी. की मीटिंग तक मैं यहाँ और रुकूँ।''

जमील मुस्कराया, ''और मैं भी तुम्हें यही सलाह दूँगा। मुझे भी सईदा को लेने के लिए गाँव जाना है, अब तो वह बम्बई आने की ज़िद पकड़ गई है। तो इस ए.आई.सी. सी. के जलसे के बाद हम-तुम दोनों साथ ही गाँव चलेंगे। वैसे मुझे लगता है कि हमारा देश एक खतरनाक दौर से गुज़र रहा है।''

जगतप्रकाश के मन पर फिर से एक धुँधलापन छा गया। निराशा, घुटन—लेकिन इस सबके साथ संघर्ष की एक क्षीण भावना ! जमील ने जैसे जगतप्रकाश की मनोदशा अनुभव कर ली हो, ''लेकिन बरखुरदार, इसमें फ़िक्र की कोई बात नहीं। इस 'भारत छोड़ो' नारे में कोई दम नहीं, ठीक उस तरह से इंडिविजुअल सत्याग्रह में कोई दम नहीं था। असलियत तो यह है कि हिन्दुस्तान नामर्दों का देश है। मैंने माना कि महात्मा गांधी का मंशा हिन्दुस्तान को जंग और उसकी बरबादी से बचाने का है, लेकिन जब सारी दुनिया तबाही और बरबादी के दौर से गुज़र रही है, इंसानियत के उसूलों की रक्षा करने के लिए, उस वक्त इस हिन्दुस्तान को जंग से बचाने की बात सोचना ही बुज़दिली और नामर्दी की अलामत है। और इसलिए मैं तुम्हें यक़ीन दिलाता हूँ कि इस 'भारत छोड़ो' आन्दोलन का कोई असर नहीं पड़ेगा।''

जमील ने जो कुछ कहा उसमें कहीं कोई सत्य हो सकता है। हिन्दुस्तान में न जाने कितने आन्दोलन हुए, न जाने कितने आन्दोलन यहाँ नित्य होते रहते हैं और न जाने कितने आन्दोलन आगे चलकर होंगे। लेकिन कहीं किसी का कोई असर नहीं। जगतप्रकाश उठकर कपड़े बदलने चला गया, क्योंकि उसे कुलसुम और जमील के साथ पिक्चर देखने जाना था। और कपड़े बदलते हुए वह सोचने लगा, ''क्या जमील ने सिर्फ़ उसका मन समझाने के लिए तो यह बात नहीं कही है ? जमील स्वयं में बे-तरह चिन्तित है, वह दौड़-धूप कर रहा है। आज की परिस्थितियाँ असाधारण हैं, क्या नहीं हो सकता आज की परिस्थितियों में ? वैसे ऊपर से देश का वातावरण शान्त था, व्यापार हो रहा था, चोरबाज़ारी चल रही थी। लोग भूखों मर रहे थे, लोग ऐश कर रहे थे। लेकिन अन्दर-ही-अन्दर कहीं कोई आग सुलग रही है, और वह आग भड़केगी। यह आग भड़ककर विस्फोट का रूप भी धारण कर सकती है। और जगतप्रकाश को लगा कि उसके अन्दरवाली उदासी गहरी होती जा रही है।

जगतप्रकाश का मन पिक्चर में नहीं लगा। जो हो रहा है वह गलत हो रहा है, लेकिन इस गलती को सुधारा जा सकता है ? और क्या इस गलती को सुधार सकना

उसके वश में है ? क्या इस गलती को सुधार सकना किसी के वश में है ? उसका मन कह रहा था कि वह कहीं एकान्त में चला जाए और सोचे-समझे। लेकिन कहीं भी तो यह एकान्त नहीं है। सब जगह मनुष्य, सब जगह उन मनुष्यों की समस्याएँ ! मनुष्यों की ये छोटी-छोटी समस्याएँ राष्ट्रीय रूप धारण करके अन्तर्राष्ट्रीय संघर्ष में बदल जाती हैं। सिनेमा देखकर जब वह वापस लौटा, वह बड़ी थकावट अनुभव कर रहा था। जमील के जाने के बाद कुलसुम और परवेज़ के साथ बैठकर वह उनसे बातें करने लगा। लेकिन उस बातचीत में भी उसे कोई रस नहीं मिल रहा था।

कुलसुम ने उससे कहा, ''क्यों जगत, तुम इतने गुमसुम क्यों हो ? तुम्हारी तबीयत तो ठीक है। पिक्चर में तुम चुपचाप बैठे रहे।''

जगतप्रकाश ने धीमे और कमज़ोर स्वर में कहा, ''मैं यहाँ होनेवाली ए.आई.सी.सी. की मीटिंग की बात सोच रहा हूँ। यह महात्मा गांधी का 'भारत छोड़ो' आन्दोलन, मुमकिन है विस्फोट का रूप धारण कर ले। जमील को इस बात का भय है और वह बहुत चिन्तित है।''

कुलसुम ने मुस्कराते हुए कहा, ''इस सबकी फ़िक्र मत करो ! जमील का भय झूठा है। जो कुछ होगा वह कुदरती ढंग से होगा, फिर उस सब पर सोचना-विचारना बेकार है।''

''कैसे फ़िक्र न करूँ कुलसुम ! यह समस्या तो देश की नहीं, मानव के जीवन-मरण की समस्या है।''

कुलसुम एकटक जगतप्रकाश को देखती रही, लेकिन उसने जगतप्रकाश को कोई उत्तर नहीं दिया। शायद उसके पास कोई उत्तर था भी नहीं। उसने धीमे स्वर में कहा, ''इस सबको भूल जाओ जगत, अपनी तन्दुरुस्ती पर ध्यान दो। जान है तो जहान है।''

''नहीं कुलसुम, इस सबको भूल सकना मेरे वश में नहीं है।'' जगतप्रकाश कराह उठा।

एकाएक उसे परवेज़ का स्वर सुनाई पड़ा, ''मिस्टर जगतप्रकाश ! क्या आपको धरम पर यक़ीन है ?''

परवेज़ का प्रश्न सुनकर जगतप्रकाश चौंक उठा। धर्म के बारे में उसने कभी सोचा न था। उसने हिन्दू-समाज में जन्म अवश्य लिया था, हिन्दू धर्म की सामाजिक मान्यताओं को वह आँख बन्द करके मानता भी रहा था, लेकिन उसने कभी गम्भीरतापूर्वक धर्म का मनन नहीं किया था। स्वर्ग-नरक, पाप-पुण्य, ईश्वर-प्रकृति—इनकी मान्यताएँ कभी उसके सामने आई ही नहीं। उसने कुछ चुप रहकर क्या, ''क्या धर्म पर विश्वास करना ज़रूरी है ?''

''मेरा तो ऐसा ख़याल है। मुझे तो लगता है कि इनसान की सारी उलझनों, फ़िक्रों और कशमकश का इलाज धरम है। और खास तौर से जब दिमाग सोचने-समझने पर तुल जाए तब धरम इनसान के बहुत काम में आता है। तुमने गीता पढ़ी है ?''

गीता के सम्बन्ध में सुना बहुत था जगतप्रकाश ने, लेकिन उसने गीता नहीं पढ़ी थी। कुल की परम्परा के अनुसार उसकी शिक्षा-दीक्षा हिन्दी और उर्दू में हुई थी, संस्कृत

तो केवल धर्म की भाषा थी, जो ब्राह्मणों तक ही सीमित थी। धार्मिक पुस्तकों में उसकी गति केवल रामचरितमानस तक थी। उसने पूछा, ''गीता ! परवेज़, क्या तुमने गीता पढ़ी है ? क्या तुम्हें धर्म में दिलचस्पी है ?''

परवेज़ हँस पड़ा, ''इस कुलसुम को तो धरम में दिलचस्पी है नहीं, और घर में तो किसी को धरम में दिलचस्पी होनी चाहिए। मेरा मिल मैनेजर जसूभाई देसाई बड़ा धरम-करम वाला आदमी है, उससे अक्सर धरम-करम की बात चल जाती है। वह एक बहुत बड़े स्वामी विराटानन्द का चेला बन गया है। एक दिन वह मुझे भी अपने साथ स्वामीजी के यहाँ ले गया। बड़ा पहुँचा हुआ आदमी है वह, बड़ा ज्ञानी। तो उसने मुझे गीता की एक किताब दी, अंग्रेज़ी में ट्रांसलेशन।''

कुलसुम ने आश्चर्य से परवेज़ को देखा, ''मैंने तो तुम्हें गीता पढ़ते कभी देखा नहीं।''

''अरे, मुझे उसे पढ़ने का वक्त ही कहाँ मिलता है ! दिन-भर काम-काज तो रात में आराम ! कभी इत्मीनान के साथ पढ़ूँगा उसे। तब तक तुम उसे पढ़ डालो, मिस्टर जगतप्रकाश ! शायद अपनी उलझनों का हल तुम्हें उसमें मिल सके।'' और परवेज़ बिना जगतप्रकाश के 'हाँ-ना !' की प्रतीक्षा किए गीता की वह प्रति निकाल लाया।

उस दिन रात में देर तक जगतप्रकाश गीता पढ़ता रहा। जब वह सोया, उसका मन काफ़ी हलका हो गया था, और उसके अन्दरवाली उदासी बहुत कम हो गई थी।

चार अगस्त को कुलसुम के नाम जसवन्त का तार आया कि वह शर्मिष्ठा के साथ पाँचवीं तारीख की सुबह फ्रंटियर मेल से बम्बई आ रहा है। उसी दिन कुलसुम ने जगतप्रकाश के कमरे के बगलवाला कमरा खुलवाकर साफ़ कराया और उसे ढंग से सजवा दिया।

पाँच तारीख की सुबह कुलसुम जगतप्रकाश को साथ लेकर बम्बई सेंट्रल स्टेशन के लिए चल पड़ी। पंजाब, दिल्ली, राजस्थान और गुजरात से अनगिनती लोग ए.आई. सी.सी. में भाग लेने के लिए आ रहे थे। उन लोगों का स्वागत करने के लिए एक भीड़-सी उस दिन स्टेशन पर उमड़ रही थी। जसवन्त, शर्मिष्ठा और उनका लड़का, ये तीनों एक फ़र्स्ट क्लास कम्पार्टमेंट में थे, सर्वेंट्स कम्पार्ट में बच्चे की आया थी।

जगतप्रकाश को देखते ही जसवन्त चिल्ला पड़ा, ''अरे तुम ! तुमको तो लड़ाई के मैदान में होना चाहिए था।''

जगतप्रकाश ने हँसते हुए कहा, ''मैं लड़ाई के मैदान में ही तो हूँ। हिन्दुस्तान की लड़ाई का यह मैदान ज़्यादा महत्त्वपूर्ण है।''

कुलसुम शर्मिष्ठा के साथ उसका असबाब उठवाने में मदद कर रही थी। असबाब कुली पर लदवाकर जब सब लोग प्लेटफ़ार्म से बाहर चले तब शर्मिष्ठा ने जगतप्रकाश को नमस्ते की, ''आप सही-सलामत यहाँ हैं, यह देखकर मुझे बड़ी प्रसन्नता हुई। आप इजिप्ट युद्ध-क्षेत्र में लड़ रहे हैं—जसवन्त से यह खबर सुनकर मुझे बड़ी चिन्ता हो गई थी।''

एक सद्भावना, एक ममता—दुनिया में सभी कुछ है, शर्मिष्ठा की बात सुनकर जगतप्रकाश के मन को शान्ति मिली। उसने मुस्कराते हुए कहा, "मैं फ़ौज छोड़कर आ गया हूँ, मेरे जैसे लोगों के लिए फ़ौज की ज़िन्दगी नहीं है।"

घर लौटकर जगतप्रकाश फिर अपने कमरे में बन्द हो गया; गीता पढ़ने और मनन करने में वह तन्मय हो गया। एक नया रास्ता उसे मिल गया था, एक नई दिशा उसने देखी थी।

दूसरे दिन शाम के समय कुलसुम ने प्रेस-गैलरी का एक पास जगतप्रकाश को दे दिया।

सात तारीख को दोपहर का खाना खाकर कुलसुम, जसवन्त, शर्मिष्ठा और परवेज़ के साथ जगतप्रकाश ए.आई.सी.सी. के अधिवेशन को देखने के लिए रवाना हो गया।

गवालिया टैंक का बहुत बड़ा मैदान, बम्बई के मध्य में और उस मैदान में एक बहुत बड़ा पंडाल, जिसमें करीब पन्द्रह-बीस हज़ार आदमी बैठ सकें। उस अधिवेशन में समस्त भारत से क़रीब ढाई सौ प्रतिनिधि आए थे, लेकिन दर्शकों की संख्या क़रीब पन्द्रह-बीस हज़ार थी। कुलसुम और जसवन्त ए.आई.सी.सी. के सदस्य होने के नाते प्रतिनिधियों में सम्मिलित हो गए थे, परवेज़ के साथ शर्मिष्ठा विशिष्ट दर्शकों की गैलरी में बैठ गई और जगतप्रकाश प्रेस-गैलरी में पीछे की तरफ़ बैठ गया।

ठीक पौने तीन बजे वन्देमातरम्-गान के साथ बैठक की कार्यवाही आरम्भ हुई।

सभापति के आसन पर मौलाना अबुल क़लाम आज़ाद बैठे थे—एक भव्य और मोहक व्यक्तित्व। वन्देमातरम् के बाद पिछली मीटिंग की कार्यवाही पढ़ी गई और फिर ज़बर्दस्त करतल-ध्वनि के साथ कांग्रेस-अध्यक्ष ने अपना भाषण आरम्भ किया। सर्वत्र शान्ति और निस्तब्धता छाई हुई थी। किन परिस्थितियों में उस दिन वाला प्रस्ताव रखा जा रहा है, उस प्रस्ताव का मंशा क्या है—क़रीब सौ मिनट तक मौलाना आज़ाद बोलते रहे, और लोग सुनते रहे। और फिर इसके बाद ही महात्मा गांधी मंच पर आए।

महात्मा गांधी के भाषण के साथ ही लोगों को स्थिति की गम्भीरता का अनुभव हुआ। वह बहुत थोड़े समय तक बोले, लेकिन नपे-तुले शब्दों में उन्होंने भावी आन्दोलन की अनिवार्यताओं और आवश्यकताओं पर प्रकाश डाला। उन्होंने किसी तरह का दिशा-निर्देश नहीं दिया, न उन्होंने किसी तरह का आग्रह किया, लेकिन उनका एक-एक शब्द आग्रह था, दिशा-निर्देश था।

और फिर मूल प्रस्ताव जवाहरलाल नेहरू ने पेश किया।

जवाहरलाल नेहरू द्वारा प्रस्ताव पेश किए जाने पर जगतप्रकाश चौंक उठा। उसने कभी यह न सोचा था कि समाजवाद का प्रमुख अनुयायी उस प्रस्ताव को पेश करेगा जिसका उद्देश्य ऊपरी ढंग से तो स्वतन्त्रता को प्राप्त करना था, लेकिन जो पीपुल्स वार में भयानक बाधा पहुँचाएगा। एक अजीब तरह का खोखलापन लगा उसे जवाहरलाल के उस भाषण में। लेकिन उसकी भावना से होता क्या है ? जो ठोस सत्य था वह कुरूप था। यह प्रस्ताव अहिंसा के नाम पर, देशभक्ति के नाम पर, न्याय और

अधिकार के नाम पर, टूटते और पराजित होते हुए ब्रिटेन और रूस पर एक प्रहार था। वितृष्णा और क्रोध—एक अजीब उलझी हुई भावना। और उसके साथ मन की कड़वाहट ! जवाहरलाल नेहरू के व्याख्यान के बाद वह उठ खड़ा हुआ। वह सारा-का-सारा अधिवेशन जैसे उसे काट रहा था। चारों ओर एक उत्साह, एक उमंग; और ठीक इसके विपरीत जगतप्रकाश के मन में घुटन और नपुंसकता से भरा क्रोध। वह उठकर बाहर आ गया।

नेहरू ने कहा था कि कांग्रेस स्वतन्त्रता का अन्तिम संघर्ष आरम्भ कर रही है, अब पीछे नहीं हटा जा सकता। जवाहरलाल ने कहा था कि महात्मा गांधी ब्रिटिश एवं विदेशी फ़ौजों के हिन्दुस्तान में बने रहने के लिए राजी हैं, केवल देश को स्वतन्त्र कर दिया जाए। जवाहरलाल नेहरू ने कहा था कि उन्हें हर तरफ़ ब्रिटेन और अमेरिका की बदनीयती दिखाई देती है। जवाहरलाल नेहरू ने कहा था कि यह जीवन-मरण का संघर्ष है। जो कुछ नेहरू ने कहा था वह प्रभावोत्पादक था, वह ऊपर से सत्य दिखता था, लेकिन उसका दूसरा पहलू भी तो था। उस दूसरे पहलू पर विश्वास करनेवाले वहाँ मौजूद हैं, लेकिन क्या उन लोगों की वाणी में बल है ? क्या उनके नेतृत्व में कोई प्रभाव है ?

जगतप्रकाश सोच रहा था, बड़े व्यग्र भाव से। सरदार वल्लभभाई पटेल उस प्रस्ताव को समर्थन करने को उठ खड़े हुए और जगतप्रकाश पंडाल के बाहर सड़क पर चल पड़ा। उसे लग रहा था कि जो कुछ वह सुन चुका है, वही बहुत है; आगे जो कुछ कहा जाएगा, उसे सुनकर उसका सिर फट जाएगा। कुलसुम और जसवन्त अधिवेशन में मौजूद थे। प्रतिनिधियों के रूप में, वे लोग अन्त तक वहाँ बैठेंगे। परवेज़ और शर्मिष्ठा के लिए शायद वह अधिवेशन एक दिलचस्प तमाशा है। जगतप्रकाश चौपाटी की ओर चल पड़ा।

मान लिया जाए कि ब्रिटिश सरकार कांग्रेस की माँग स्वीकार करके देश को स्वतन्त्र कर देती है तो देश का रूप क्या होगा ? और युद्ध के प्रयत्नों पर उसका क्या असर पड़ेगा ? यह निश्चित है कि देश के स्वतन्त्र होने पर सत्ता कांग्रेस के हाथ में आ जाएगी और महात्मा गांधी के नेतृत्व में कांग्रेस की नीति अहिंसा एवं सत्याग्रह की ही हो सकती है। लेकिन देश के मुसलमान ! वे न तो इस अहिंसा को अपना सकते हैं और न इस सत्याग्रह पर चल सकते हैं। मिस्टर जिन्ना कांग्रेस के हाथ में सत्ता आने का विरोध कर रहे हैं, देश के समस्त मुसलमान मिस्टर जिन्ना के साथ हैं। और इसलिए इस स्वतन्त्रता के माने होंगे देश में हिन्दू-मुसलमानों का गृहयुद्ध। जवाहरलाल नेहरू इस कुरूप सत्य के प्रति अन्धे क्यों हैं।

कितनी देर वह चौपाटी के तट पर बैठा सोचता रहा, इसका जगतप्रकाश को पता नहीं चला। आसमान घिरा हुआ था और अब कुछ हलकी-हलकी बूँदें पड़नी शुरू हो गई थीं। जगतप्रकाश ने घड़ी देखी, रात के नौ बज रहे थे। उसने टैक्सी ली और वह कुलसुम के घर लौट आया।

बरामदे में कुलसुम, शर्मिष्ठा, जसवन्त कपूर और परवेज़ बैठे हुए उस दिन के

अधिवेशन पर बातें कर रहे थे। जगतप्रकाश को देखते ही जसवन्त बोला, "अरे, तुम कहाँ चले गए थे ! हम लोगों ने तुम्हें इतना ढूँढ़ा। इस वक्त हम लोग तुम्हारा इन्तज़ार कर रहे थे, खाना लग रहा है।"

जगतप्रकाश को अनुभव हुआ कि उसे भूख लगी है, चुपचाप वह एक कुर्सी पर बैठ गया।

कुलसुम ने जगतप्रकाश की ओर देखा, "क्यों जगत, तुमने जवाहरलाल नेहरू की स्पीच सुनी, कैसी लगी तुम्हें ?"

उदास भाव से जगतप्रकाश ने उत्तर दिया, "मेरी समझ में नहीं आता कि जवाहरलाल नेहरू ने यह प्रस्ताव पेश क्यों किया। मुझे तो उसकी स्पीच बड़ी खोखली लगी।"

जसवन्त हँस पड़ा, "अब तो मेरी बात की ताईद हो गई। जवाहरलाल के पास कोई विश्वास नहीं, उनके पास कोई सिद्धान्त नहीं। उनके पास उनका अहम है, जिसे आरोपित करने के लिए उन्हें महात्मा गांधी का सहारा चाहिए। साथ ही उनके पास नाटकीयता से भरा एक दिखावा है, ऐसा सफल अभिनय जो दुनिया के बड़े-से-बड़े आदमी को चक्कर में डाल सकता है।"

कुलसुम को जसवन्त की यह बात अच्छी नहीं लगी, "जसवन्त ! तुम्हें ऐसी बात कहते शर्म आनी चाहिए। जवाहरलाल देश के नौजवानों का एकमात्र नेता है। क्यों शर्मिष्ठा ! क्या ख़याल है, तुम्हारा ?"

शर्मिष्ठा का मन शायद अपने बच्चों में उलझा हुआ था, "बात तो जवाहरलालजी ने बड़ी साफ़-साफ़ और बड़ी तर्कसंगत कही है। मैं तो उनकी बात से बड़ी प्रभावित हुई।"

"यही तो देश का दुर्भाग्य है !" जसवन्त बोला, "गांधी की अन्धी ममता ने और जवाहरलाल के मोहक अभिनय ने मिलकर जवाहरलाल के व्यक्तित्व को देश पर इस क़दर आरोपित कर दिया है कि उससे अब देश को छुटकारा मिलना असम्भव है। मुझे तो देश का भविष्य बड़ा अन्धकारमय दिखता है।"

जगतप्रकाश को याद हो आया कि उसने कुछ ऐसी ही बात जसवन्त या जमील से पहले भी सुनी है। जवाहरलाल के प्रति उसकी वितृष्णा में शायद जसवन्त के पूर्वाग्रह का प्रभाव है। वह अब अपने अन्दर ही उलझ गया।

इसी समय बेयरा ने आकर सूचना दी कि खाना मेज़ पर लग गया है।

दूसरे दिन जब जगतप्रकाश सोकर उठा, उसके अन्दरवाली उद्विग्नता जाती रही थी। सुबह का नाश्ता करके वह फिर गीता पढ़ने बैठ गया। अब उसे गीता में रस आने लगा था।

दोपहर के तीन बजे अन्तिम अधिवेशन होनेवाला था। सब लोगों के साथ जगतप्रकाश भी अधिवेशन में गया। उस दिन 'भारत छोड़ो' प्रस्ताव पर वाद-विवाद होनेवाला था, एक क्षीण-सी आशा थी जगतप्रकाश में कि शायद इस प्रस्ताव का कड़ा विरोध हो। लेकिन अधिवेशन में जगतप्रकाश ने देखा कि वहाँ जितने भी पुराने कांग्रेसमैन हैं वे सब महात्मा गांधी के साथ हैं। अगर उस प्रस्ताव का कहीं विरोध है तो वह

इने-गिने नवयुवक नेताओं में है, जिनमें अधिकांश वामपंथी विचारधारा के लोग हैं। संशोधन रखे गए, लेकिन उन संशोधनों का कहीं भी स्पष्ट विरोध नहीं दिखा उसे, केवल घुमाव-फिराव की बातें ही थीं। अधिकांश संशोधन वापस ले लिए गए, कुछ पर मतदान हुआ और उनके पक्ष में कुल बारह-तेरह वोट मिले, विरोध के प्रतीक-रूप में। और फिर 'भारत छोड़ो' प्रस्ताव पास हो गया।

प्रस्ताव के पास होते ही हर्ष की तालियाँ बजीं, जनता इस संघर्ष के लिए तिलमिला रही है। लेकिन इस संघर्ष का रूप क्या होगा, किसी को नहीं मालूम—जनता अन्धी होती है। और प्रस्ताव पास होने के बाद महात्मा गांधी मंच पर आए, सुस्थिर और अडिग। उन्होंने दो घंटे तक अपना इतिहास-प्रसिद्ध भाषण दिया—उस भाषण का प्रमुख नारा था, 'करो या मरो !'

जगतप्रकाश उस दिन शान्ति से वह महत्त्वपूर्ण कार्यवाही देखता रहा, उसके अन्दर न क्रोध था, न उल्लास था। केवल एक उदासीनता थी। गीता में भगवान् कृष्ण ने कहा है, 'फल की चिन्ता मत कर, परिणाम तेरे हाथ में नहीं है, तू अपना धर्म पालन कर !' जगतप्रकाश को मालूम था कि महात्मा गांधी की गीता पर सम्पूर्ण आस्था है—यही नहीं, उन्होंने गीता का अनुवाद किया है। महात्मा गांधी अपने धर्म का पालन कर रहे थे। वह धर्म था दासता के प्रति विद्रोह—मृत्यु की शान्ति की अपेक्षा देश को क्रान्ति और अराजकता की अवस्था में फेंक देना। तो क्या महात्मा गांधी को मानवता की अपेक्षा देश अधिक प्रिय था ? गुलामी की अपेक्षा अराजकता अधिक अच्छी है, उसने यह बात सुनी थी; इस बात की सार्थकता को उसने अगर स्वीकार नहीं किया था तो अस्वीकार भी नहीं किया था।

और तभी जगतप्रकाश के मन में एक प्रश्न उठा। महात्मा गांधी ने हमेशा से मानवता की दुहाई दी है। यह अहिंसा का नारा मानवता का नारा है। क्या इस प्रस्ताव से महात्मा गांधी ने देश के लिए हिंसा का मार्ग प्रशस्त नहीं किया है ? 'करो या मरो' का वास्तविक रूप 'मारो या मरो' तो नहीं है ? शब्दों के साथ खिलवाड़ ! क्या करो ? विनाश—विध्वंस ! महात्मा गांधी के अन्दर इतनी कटुता कैसे भर गई कि वह अपनी अहिंसा की सीमा-रेखा पार कर गए ? दो घंटे तक महात्मा गांधी ने भाषण दिया, उनका एक-एक शब्द हथौड़े के प्रहार की भाँति था, जिसका उद्देश्य था—तोड़ना, लगातार तोड़ना !

क्या इस कटुता का स्रोत ब्रिटिश सरकार में है ? क्या इस कटुता का स्रोत मिस्टर जिन्ना में है ? और तभी जगतप्रकाश के मुख पर मुस्कराहट आ गई—क्या इस कटुता का स्रोत स्वयं महात्मा गांधी के अन्दर तो नहीं है ? अपने इस प्रश्न से स्वयं जगतप्रकाश को भय लगा, लेकिन प्रश्न तो उभर आया था, और इस प्रश्न का उत्तर उसे पाना ही था।

देश के मुसलमानों के प्रति महात्मा गांधी कटु थे, मुसलमानों का अपने को एकमात्र नेता कहनेवाले मिस्टर जिन्ना के प्रति वह कटु थे—यद्यपि उन्होंने इसका मौखिक उल्लेख कभी नहीं किया था। संस्कृत की एक कहावत है—'सच बोलो, लेकिन प्रिय

बोलो, अप्रिय सत्य न बोलो !' हमारी संस्कृति सहिष्णुता और समन्वय का उपदेश देती है। लेकिन क्या यह सब सभ्यता और संस्कृति के आवरण में ढोंग और आडम्बर की परम्परा तो नहीं है ? महात्मा गांधी जानते थे कि देश के मुसलमानों में राष्ट्रीयता की भावना नहीं है, उसने पढ़ रखा था कि अपने सर्वप्रथम आन्दोलन में महात्मा गांधी ने असहयोग के साथ ख़िलाफ़त को जोड़ देना आवश्यक समझा था, मुसलमानों को राष्ट्रीय आन्दोलन में सम्मिलित करने के लिए। इसमें उन्हें आरम्भ में कुछ सफलता भी मिली थी। लेकिन अंग्रेज़ों की कूटनीति से देश का मुसलमान फिर राष्ट्रीयता से छिटक गया। अंग्रेज़ों द्वारा उसे विशेषाधिकार मिलते रहे, विशेष सुविधाएँ मिलती रहीं। फिर भी मुसलमानों का एक छोटा-सा दल राष्ट्रीयता की भावना को अपनाकर महात्मा गांधी के साथ चल रहा था—और तभी महात्मा गांधी के सामने आ गए मिस्टर जिन्ना।

जिन्ना योग्य था, जिन्ना ईमानदार था, जिन्ना में विद्रोह था, लेकिन जिन्ना मुसलमान था। महात्मा गांधी की सरपरस्ती में जवाहरलाल नेहरू देश का नेतृत्व अपने हाथ में लेने को बढ़ रहे थे, महात्मा गांधी के अपार स्नेह और उनकी ममता को लेकर। यही तो जमील ने उससे कहा था। जिन्ना महात्मा गांधी के बाद उनके समकक्ष ही दूसरा स्थान लेना चाहता था। जिन्ना के पास वे गुण नहीं थे जिन पर महात्मा गांधी को आस्था थी, जिन्ना राजसी ठाठ से रहते थे, जिन्ना में कटुता से भरी स्पष्टवादिता थी। जिन्ना महात्मा गांधी के आगे झुकते नहीं थे। जवाहरलाल नेहरू में वे सब गुण थे, वह जेल गए थे, वे खादी पहनते थे, वह महात्मा गांधी पर अटूट विश्वास रखते थे। संस्कृतियों के साम्य के पक्षपाती थे।

यह स्वाभाविक था कि महात्मा गांधी ने नेहरू को महत्ता दी, और फलस्वरूप जिन्ना राष्ट्रीय आन्दोलन से छिटककर विशुद्ध साम्प्रदायिक बन गए। जिन्ना नमाज़ नहीं पढ़ते थे, जिन्ना को इस्लाम पर अन्धी आस्था नहीं थी, लेकिन यह जिन्ना अहम और अपनी महत्त्वाकांक्षा से प्रेरित होकर देश का बँटवारा कराने पर तुल गया था। इस जिन्ना का कहना था कि स्वतन्त्र भारत में हिन्दू मुसलमानों को खा जाएँगे, इसलिए कि खुद जिन्ना को आगे बढ़ने से रोक दिया गया है।

और अब जिन्ना को दानवीय शक्ति प्राप्त हो गई, तब महात्मा गांधी को स्थिति की गम्भीरता का पता चला। क्या नहीं किया उन्होंने जिन्ना को सन्तुष्ट करने के लिए ? जिन्ना को महात्मा गांधी ने ही तो क़ायदे-आज़म की उपाधि दी थी। लेकिन स्थिति अब उनके हाथ के बाहर हो गई थी। जिन्ना महात्मा गांधी की हर उचित-अनुचित बात का विरोध करने पर तुल गया था; और यह विरोध शुद्ध रूप से व्यक्तिगत था, यद्यपि जिन्ना ने इस विरोध को सैद्धान्तिक जामा पहना दिया था।

जिन्ना को ताक़त मिल रही थी ब्रिटिश शासन से। 'डिवाइड एंड रूल'—भेदभाव द्वारा शासन ! इस नीति के अनुसार जिन्ना ब्रिटिश शासन के हाथ में सबसे बड़ा हथियार था। आज इस भयानक-संकटकाल में ब्रिटेन इसी अस्त्र के बल पर हिन्दुस्तान को दबाए हुए था। महात्मा गांधी के किसी भी आश्वासन पर ब्रिटिश सरकार को भरोसा नहीं,

और फिर ब्रिटेन को हिन्दुस्तान को एक रखने में कोई दिलचस्पी नहीं। उसे तो जर्मनी और जापान पर विजय पानी है।

क्या यह जापान का खतरा शुद्ध रूप से काल्पनिक है ? सत्य यह है कि इस समय गांधी के नेतृत्व के लिए खतरा पैदा हो गया है, क्योंकि वह इस विश्वयुद्ध के मौक़े पर भी भारत को स्वतन्त्र नहीं करा पा रहे हैं। गांधी को अपना नेतृत्व बचाना है—करो या मरो ! लेकिन क्या गांधी अपना नेतृत्व बचा सकेंगे ?

उस रात कुलसुम के यहाँ देर से खाना हुआ। थके होने के कारण सब लोग जल्दी सो गए। लेकिन सुबह पाँच बजे ही जगतप्रकाश को उठना पड़ा, कुलसुम तेज़ स्वर में कह रही थी, "महात्मा गांधी गिरफ़्तार हो गए, वर्किंग कमेटी के सब सदस्य गिरफ़्तार हो गए।" और सब लोग बरामदे में एकत्रित हो गए।

इसके पहले कि कांग्रेस अपना आन्दोलन चलाए, ब्रिटिश सरकार ने अपना क़दम उठा लिया। पहले से ही तैयारियाँ कर रखी थीं ब्रिटिश सरकार ने—नेतृत्व के अभाव में यह आन्दोलन नहीं चलने पाएगा। जसवन्त कह रहा था, "अब मैं समझा कि महात्मा गांधी ने कल वह उत्तेजक भाषण क्यों दिया। उन्हें आभास हो गया था कि आन्दोलन आरम्भ होने के पहले ही वह गिरफ़्तार हो जाएँगे, कांग्रेस के सारे नेता गिरफ़्तार हो जाएँगे।"

और कुलसुम बोली, "लेकिन आन्दोलन कल ही शुरू हो गया जब महात्मा गांधी ने जनता के हाथ में यह छोड़ दिया कि इस आन्दोलन का रूप क्या होगा।"

[20]

जलूस निकल रहे थे, गोलियाँ चल रही थीं; गोलियाँ चल रही थीं, जलूस निकल रहे थे। लेकिन यह सब कब तक ?

बम्बई का जनजीवन वैसा-का-वैसा था; शान्त, कर्महीन। भावना सबमें थी, लेकिन यह भावना बुद्‌बुदों की भाँति थी जो उभरते थे और फूट जाते थे। क्या यह वास्तव में भावना है, या क्षणिक आवेग है—जगतप्रकाश की समझ में नहीं आ रहा था। नगर-भर में सशस्त्र सैनिक और पुलिस की गश्त हो रही थी। इस ज़बर्दस्त हिंसा के आगे जन की हिंसा टिक नहीं सकती थी। और इसके फलस्वरूप अहिंसा। क्या यह अहिंसा कायरता और विवशता का दूसरा रूप नहीं है ?

क्या कहीं कोई आन्दोलन भी है ? जगतप्रकाश की समझ में नहीं आ रहा था। कहीं किसी प्रकार का संचालन नहीं, नियन्त्रण नहीं, दिशा-निर्देश नहीं। अहिंसा बिना किसी संचालन के, दिशा-निर्देश के, अथवा नियन्त्रण के आन्दोलन का रूप धारण कैसे कर सकती है ! तो फिर इन जलूसों का उद्‌देश्य क्या है ? इन जलूसों में कौन-सा कार्यक्रम है ?

ये जलूस केवल नेताओं की गिरफ़्तारी के विरोध में निकल रहे हैं, जन के क्षणिक आवेग से प्रेरित होकर, और ये जलूस अराजकता एवं लूट-पाट का रूप भी धारण कर सकते हैं अगर इन्हें रोका न जाए। इन सबको रोका जा सकता है केवल गोलियाँ चलाकर।

कुलसुम के साथ जसवन्त ने नगर की स्थिति का जायज़ा लेने के लिए नगर-भर का एक चक्कर लगाया, जगतप्रकाश भी इनके साथ हो लिया। स्थिति इतनी गम्भीर नहीं थी जितनी उन लोगों ने समझ रखी थी। उत्तेजना अवश्य थी। इस उत्तेजना के पीछे एक हिंसा की भावना भी थी; लेकिन साथ ही सशस्त्र सैनिकों और पुलिस के भय की कायरता उससे अधिक थी।

शाम के समय जब ये लोग चक्कर लगाकर लौटे, इन लोगों के अन्दरवाला तनाव जाता रहा था। जमील कुलसुम के बरामदे में बैठा इन लोगों का इन्तज़ार कर रहा था। जसवन्त ने आते ही जमील से पूछा, "कामरेड जमील अहमद ! कहिए, आपकी तरफ़ मिल-एरिया की क्या हालत है ?"

"कोई ख़ास ख़राब तो नहीं है।" जमील बोला, "लेकिन अभी ठीक तौर से कहा नहीं जा सकता। आज तो शुरुआत-भर है, लेकिन लोगों में जोश बहुत है।"

कुलसुम बोली, "यह जोश कल कम पड़ जाएगा, परसों और भी कम पड़ेगा और चार-छह दिन में खत्म हो जाएगा।"

जमील ने सिर हिलाया, "इतनी सीधी बात नहीं है कुलसुम बेन ! यह जोश जो भड़क रहा है, वह ब्रिटिश फ़ौजों और हथियारबन्द पुलिस की वजह से।"

जगतप्रकाश से नहीं रहा गया। उसने कहा, "लेकिन महात्मा गांधी की अध्यक्षता में कांग्रेस की नीति अहिंसा की है—हम यह क्यों भूल जाते हैं ! मैं समझता हूँ कि यह अहिंसा स्वयं में इस आन्दोलन की मृत्यु है। बिना किसी निश्चित निर्देश और कार्यक्रम के अहिंसा का कोई अस्तित्व ही नहीं है।"

जसवन्त ने ग़ौर से जगतप्रकाश को देखा, "एक बात मैं तुमसे पूछूँगा जगतप्रकाश ! क्या तुम समझते हो कि कांग्रेस का हरेक सदस्य अहिंसा पर विश्वास करता है ?"

जगतप्रकाश कुछ उलझन में पड़ गया। कुछ सोचकर उसने कहा, "शायद नहीं।"

"शायद नहीं—नहीं, निश्चित रूप से नहीं।" जसवन्त बोला, "कांग्रेसमैनों ने जो अहिंसा अपनाई है, वह विश्वास से प्रेरित होकर नहीं, केवल नीति के कारण। 'करो या मरो' वाला महात्मा गांधी का अन्तिम सन्देश अहिंसा का सन्देश नहीं था, वह स्पष्ट रूप से हिंसा का आदेश था। 'करो या मरो' का असली अर्थ है 'मारो या मरो'।"

जगतप्रकाश को अनुभव हुआ कि उसके मस्तिष्क का धुँधलापन दूर हो रहा है। जसवन्त ने जो बात कही है उसमें कहीं कोई सत्य है। 'करो या मरो' में 'मरो' तो निश्चित आदेश है, लेकनि 'करो !'...क्या करो ? कोई निर्देश नहीं है। ऐसी हालत में 'मरो' का उलटा 'मारो' ही इस करो का रूप हो सकता है। 'मारो !' यह नारा जर्मनी का है, यह नारा जापान का है। यह नारा तो घोर हिंसात्मक है, इस नारे से लड़ना होगा।

जमील कह रहा था, "जहाँ तक मुझे इल्म है, तोड़-फोड़ की एक योजना बन गई है कांग्रेसमैनों के अन्दर-ही-अन्दर। इस ए.आई.सी.सी. की मीटिंग में जो लोग आए थे उनमें ज़्यादातर लोगों को पता था कि यहाँ नेताओं की गिरफ़्तारियाँ होंगी। मुझे पता चला है कि कांग्रेसमैनों में ज़्यादातर लोग अंडरग्राउंड चले गए हैं। खुदा जाने, क्या होनेवाला है !"

जसवन्त काफ़ी गम्भीर था, "लेकिन कामरेड जमील अहमद ! यह तोड़-फोड़ तो युद्ध के प्रयत्नों में काफ़ी घातक साबित होगी, जबकि जापानी फ़ौजें बर्मा में बढ़ रही हैं।"

एक फीकी मुस्कान के साथ जमील बोला, "मेरा भी ऐसा ही ख़याल है। आज सुबह बस्ती के एक बहुत बड़े कांग्रेसी नेता मेरे घर पर आ गए, उनके नाम वारंट है—ऐसा उनका ख़याल है। मैंने उनसे बातें कीं, वह इस बात पर तुले हैं कि हर हालत में ब्रिटिश सरकार को मिटा दिया जाए। कल दोपहर को वह वापस जा रहे हैं। मैंने उन्हें बार-बार समझाया, लेकिन वह अपनी ज़िद पर अड़े हुए हैं। जैसे कोई भूत सवार हो गया हो उनके सिर पर। मैं जानता हूँ कि बस्ती के इर्द-गिर्द बहुत असर है उनका। मैं अगर चाहूँ तो पुलिस को खबर करके उन्हें गिरफ़्तार करा दूँ, लेकिन इंसानियत का तकाज़ा यह नहीं है।"

जमील की इस बात के बाद वहाँ एक मौन-सा छा गया। जगतप्रकाश सोच रहा था कि इंसानियत का तकाज़ा क्या है ? एक आदमी को बचाना या सारे देश को, सारी दुनिया को बचाना ? जिस आदमी का ज़िक्र जमील ने किया वह निश्चित रूप से देश के लिए ही नहीं, मानवता के लिए खतरनाक है। उसका बाहर रहना और भूमिगत होकर तोड़-फोड़ करना जापान के हित में होगा। उसने दबी ज़बान में कहा, "लेकिन जमील काका, अगर तुम उसे गिरफ़्तार करा देते हो तो तुम इंसानियत का उपकार ही करोगे।"

"यही बात मेरे दिल में भी आई, लेकिन उसे गिरफ़्तार कराना उसके साथ विश्वासघात करना होगा।" फिर कुछ चुप रहकर बोला, "बरखुरदार, खैरियत यह है कि हिन्दुस्तान की पूर्वी सीमा बंगाल है, और पूर्वी बंगाल में ज़्यादा आबादी मुसलमानों की है। देश के मुसलमान इस आन्दोलन में शामिल नहीं हैं, वे हर तरह से ब्रिटिश सरकार की मदद करेंगे, और इसलिए मेरे ख़याल से फ़िलहाल मुल्क के लिए उतना खतरा नहीं जितना ऊपर से दिखता है। इस बीच में अगर खुदा ने चाहा तो बावजूद तमाम तोड़-फोड़ के यह आन्दोलन खुद-ब-खुद दब जाएगा।"

जगतप्रकाश ने जमील की बात का कोई उत्तर नहीं दिया। वह फिर अपने में उलझ गया। 'परिणाम की चिन्ता मत कर—तू अपना धर्म पालन कर !' भगवान् कृष्ण ने यही तो कहा है गीता में ! लेकिन यह अपना धर्म क्या है ? क्या तोड़-फोड़ करने के लिए उकसानेवाले लोगों का विरोध न करके उन्हें उत्साहित किया जाए, या उनकी सूचना पुलिस को देकर उन्हें गिरफ़्तार करवा दिया जाए ? लेकिन—लेकिन—उन्हें पुलिस द्वारा

गिरफ़्तार करवाना—क्या यह उनके साथ विश्वासघात करना न होगा; जैसा अभी-अभी जमील ने कहा था ! क्या कम्युनिस्ट पार्टी की अपनी एक अलग और स्वतन्त्र सत्ता है जो देश के नेतृत्व को अपने हाथों में ले सकती है, या फिर कम्युनिस्ट पार्टी को ब्रिटिश सरकार ने खुफ़िया विभाग का काम करना है ? तोड़-फोड़ का कार्यक्रम लेकर आगे बढ़ने वाले लोग वही हैं जो कम्युनिस्ट पार्टीवालों के सहयोगी रहे हैं, जिन्होंने कम्युनिस्ट विचारधारा के लोगों के साथ कन्धे-से-कन्धा भिड़ाकर अभी कुछ समय पहले तक ब्रिटिश साम्राज्यवाद के ख़िलाफ़ युद्ध किया है। क्या कम्युनिस्ट पार्टी हिन्दुस्तान में ब्रिटिश साम्राज्यवाद की मौजूदगी का समर्थन करती है ?

वहाँ जो मौन छाया हुआ था उसे जसवन्त ने तोड़ा, ''मैंने कभी यह नहीं सोचा था कि महात्मा गांधी इतना बड़ा क़दम उठा लेंगे। मैं यह तो नहीं कहता कि उन्होंने हिंसा का आदेश दिया है, लेकिन असलियत को नज़रअन्दाज़ कैसे किया जा सकता है ?'' और जसवन्त एक खिसियाहट की हँसी हँस पड़ा, ''इस दफ़ा ट्रेजेडी यह है कि हम लोग हमेशा से कहते आए हैं कि हमारा अहिंसा पर विश्वास नहीं है और इसलिए हम अहिंसा का विरोध करते आए हैं; लेकिन आज जब ब्रिटिश साम्राज्यवाद के ख़िलाफ़ हिंसा का आन्दोलन शुरू हो गया है तब हमें इस हिंसावाद का विरोध करना पड़ रहा है।''

और फिर एक मौन छा गया वहाँ पर। कुलसुम सब लोगों के लिए चाय बना रही थी और जमील समुद्र से आनेवाली घटा को देख रहा था। जगतप्रकाश सोच रहा था—जसवन्त की बात में सच्चाई है। इस आन्दोलन ने हिंसा का रूप धारण तब किया है जब आन्दोलन होना ही नहीं चाहिए था। लेकिन बिना आन्दोलन के तो देश स्वतन्त्र नहीं हो सकता। क्या ब्रिटिश सरकार भारत को स्वतन्त्रता देकर इस आन्दोलन को रोक नहीं सकती थी ? लेकिन उसने यह नहीं किया। देश की स्वतन्त्रता में हिन्दू-मुस्लिम समस्या एक बड़ी बाधा है—ब्रिटिश सरकार का कहना है। कांग्रेस का कहना है कि यह हिन्दू-मुस्लिम समस्या वास्तविक नहीं है, इस समस्या को ब्रिटिश सरकार ने खड़ा कर दिया है जिन्ना के रूप में। गांधी का कहना है कि ब्रिटिश सरकार के जाने के बाद यह हिन्दू-मुस्लिम समस्या खुद खत्म हो जाएगी। इस कांग्रेस में भी तो मुसलमान हैं—मौलाना अबुल कलाम आज़ाद, खान अब्दुल गफ़्फ़ार खाँ, आसफ़ अली, रफ़ी अहमद किदवई—और न जाने कितने लोग !

कुलसुम ने चाय का प्याला जगतप्रकाश को देते हुए कहा, ''क्या सोच रहे हो ? लो चाय पियो !''

जगतप्रकाश ने चाय का प्याला अपने हाथ में ले लिया। वह चाय पी रहा था और जमील कह रहा था, ''मैं समझता हूँ कि हम कम्युनिस्टों के घर में बैठने से काम नहीं चलेगा। हमें देश-भर में फैल जाना चाहिए और लोगों को तोड़-फोड़ करने से रोकना चाहिए।''

जसवन्त हँस पड़ा, ''और हमें गद्दार कहलाना चाहिए, जनता के हाथों पिटना

चाहिए। नहीं कामरेड जमील अहमद, यह गलत है।''

जमील ने मुस्कराते हुए कहा, ''मुझे बज़ात खुद इसमें कोई एतराज़ नहीं है। डरना और हिचकना बुज़दिली है, और बुज़दिल होकर कोई मुल्क की रहनुमाई नहीं कर सकता।'' और फिर कुछ रुककर उसने कहा, ''मैं सोच रहा हूँ कि परसों मैं अपने वतन के लिए रवाना हो जाऊँ। खुदा जाने वहाँ की क्या हालत होगी ! सईदा मेरे साथ बम्बई आना चाहती थी, लेकिन मैं एक-न-एक झंझट में फँसा रहा, उसे साथ ला ही नहीं पाया। आज जब यह हंगामा उठ खड़ा हुआ है, मुझे लगता है कि मुझे अपने वतन में होना चाहिए।''

जगतप्रकाश को अनायास लगा कि उसे दिशा मिल रही है, और जमील के साथ उसे भी अपने गाँव जाना चाहिए। उसने जमील से कहा, ''जमील काका, परसों मैं भी तुम्हारे साथ चलूँगा। मेरी तबीयत अब बिलकुल ठीक हो गई है। दीदी को मैंने अफ्रीका से यहाँ लौटने की खबर दे दी थी, वह मेरा इन्तज़ार कर रही होंगी।''

दूसरे दिन सुबह जसवन्त और शर्मिष्ठा हवाई जहाज़ से दिल्ली के लिए रवाना हो गए, दो दिन दिल्ली में ठहरकर लाहौर जाने का प्रोग्राम था उनका। एयरोड्रोम से जब जसवन्त को भेजकर कुलसुम जगतप्रकाश के साथ कार पर लौट रही थी, उसने जगतप्रकाश से कहा, ''जगत ! मेरा ऐसा ख़याल है कि अभी तुम्हारा जाना ठीक न होगा, ज़रा इन हंगामों को रुक जाने दो।''

''मेरा ख़याल है कि वहाँ कोई हंगामा नहीं होगा। आज बम्बई की हालत बहुत शान्त दिख रही है।''

''इसलिए कि यहाँ बम्बई में फ़ौज है, पुलिस है। लेकिन ब्रिटिश सरकार के पास इतनी फ़ौज और पुलिस तो नहीं है कि वह सारे मुल्क में अमन कायम रख सके। बहुत बड़ा मुल्क है यह हिन्दुस्तान।''

जगतप्रकाश ने कुछ सोचकर कहा, ''लेकिन हंगामा करनेवाले तो जेल में बन्द कर दिए गए हैं। और हिन्दुस्तान का जन अचेतन है, कायर है, इस सत्य को भी तो नहीं भूला जा सकता।''

जगतप्रकाश को अपनी बात कहने के बाद खुद अपने पर आश्चर्य हुआ, उसे लगा कि अन्दर-ही-अन्दर वह बदल गया है। आशावादी होने के स्थान पर अब वह निराशावादी होने लगा है। तभी कुलसुम की आवाज़ उसे सुनाई दी, ''शायद तुम्हारी ही बात ठीक हो। ब्रिटिश गवर्नमेंट ने इस मूवमेंट को कुचलने की पूरी तैयारी कर रखी है। बहरहाल, अगर हंगामे मचेंगे भी तो हफ़्ता-दो-हफ़्ता बाद ही मचेंगे, इसलिए मैं तुम्हें न रोकूँगी, क्योंकि तुम्हारी बहन तुम्हारा इन्तज़ार कर रही होगी। मुझे तुमसे सिर्फ़ इतना कहना है कि तुम हमेशा मुझे अपनी समझना, मेरे मकान को अपना मकान समझना। घर पहुँचते ही मुझे चिट्ठी लिखना।''

कुलसुम ने बिना जगतप्रकाश और जमील को बतलाए हुए ट्रेवल एजेंट से पंजाब मेल से लखनऊ के लिए दो सेकंड क्लास की बर्थें रिज़र्व करा लीं। जमील दूसरे दिन

दो बजे दोपहर को ही अपना सामान लेकर कुलसुम के यहाँ आ गया था। उसके आते ही परवेज़ और कुलसुम इन दोनों को कार पर लेकर विक्टोरिया टर्मिनस के लिए रवाना हो गए। कुलसुम और परवेज़ को चार बजे मिल-मालिकों की एक आवश्यक मीटिंग में जाना था, जो मज़दूरों की हड़ताल के कारण मिलों की बन्दी पर विचार करने के लिए बुलाई गई थी।

पंजाब मेल प्लेटफ़ार्म पर लग गया था। जगतप्रकाश और जमील का सामान ट्रेन में रख दिया गया। चलने के पहले कुलसुम ने जगतप्रकाश को अलग ले जाकर उसके हाथ में एक लिफ़ाफ़ा देते हुए कहा, "इस लिफ़ाफ़े को सँभालकर रखना जगत, और इसे लखनऊ जाकर ही खोलना। इस लिफ़ाफ़े की बाबत तुम मुझसे कुछ पूछना नहीं, क्योंकि मैं तुम्हारे प्रश्नों का उत्तर नहीं दूँगी। और तुम यह याद रखना कि मेरी रूह हमेशा-हमेशा तुम्हारी है और रहेगी।" और कुलसुम एकाएक घूमकर परवेज़ की बगल में खड़ी हो गई। उसने परवेज़ के कन्धे पर हाथ रखते हुए कहा, "चलो परवेज़—साढ़े तीन बज रहे हैं।"

जगतप्रकाश ने कुलसुम वाला लिफ़ाफ़ा अपनी जेब में रख लिया और जमील के साथ कम्पार्टमेंट में बैठ गया।

चार बजे ट्रेन चल पड़ी और जगतप्रकाश अपने विचारों में खो गया।

दूसरे दिन रात के समय यह गाड़ी लखनऊ पहुँचेगी, और तीसरे दिन उसे महोना के लिए गाड़ी मिलेगी। तीसरे दिन रात के समय वह अपने गाँव पहुँचेगा। उसके मन में अब एक पुलक था, एक सन्तोष था। वह कुछ दिन अपने गाँव में रहेगा, सारी चहल-पहल, सारी कशमकश और सारी सभ्यता से दूर—बहुत दूर ! वह आराम करेगा और फिर वहाँ से वह इलाहाबाद जाएगा। इलाहाबाद पहुँचकर वह फिर से अपना नियमित जीवन आरम्भ करेगा। वह जानता था कि युद्ध से लौटने के बाद वह आसानी से विश्वविद्यालय में ले लिया जाएगा—इसी टर्म में। और इन्हीं सुखद विचारों में डूबे हुए, उसने कब खाना खाया, कब वह सोया—इसका उसे पता ही नहीं चला।

एकाएक जगतप्रकाश की नींद खुल गई, गाड़ी किसी बड़े जंक्शन पर खड़ी थी और बाहर प्लेटफ़ार्म पर काफ़ी शोर हो रहा था। थोड़ी देर तक वह चुपचाप लेटा हुआ गाड़ी के चलने की प्रतीक्षा करता रहा, लेकिन गाड़ी ने चलने का नाम नहीं लिया। वह उठ बैठा और कम्पार्टमेंट के बाहर निकला। गाड़ी भुसावल जंक्शन पर खड़ी थी और रात का एक बज रहा था। लोग घबराए हुए इधर-उधर घूम रहे थे। जगतप्रकाश ने एक आदमी से पूछा कि गाड़ी यहाँ क्यों रुक गई है और उसे पता चला कि शाम से भुसावल से नागपुर के लिए कोई गाड़ी नहीं चली है। नागपुर जानेवाली एक्सप्रेस शाम से ही प्लेटफ़ार्म पर रुकी खड़ी है, दूसरे प्लेटफ़ार्म पर एक पैसेंजर ट्रेन रुकी हुई है। भुसावल के आगे नागपुर की तरफ़ स्थिति बड़ी खराब है। वहाँ तार काटे जा रहे हैं, पटरियाँ उखाड़ी जा रही हैं और गोलियाँ चल रही हैं। सैनिकों की एक स्पेशल ट्रेन बम्बई से चल दी है, पहले वह भेजी जाएगी, बाद में यदि सम्भव हो सका तो ये रुकी हुई गाड़ियाँ

चलेंगी। इटारसी की ओर से अभी इस प्रकार के उपद्रव की कोई खबर नहीं मिली है, फिर भी सावधानी के लिए मेल ट्रेन के आगे-आगे एक पाइलट इंजन चलेगा। वह भेज दिया गया है, अगले स्टेशन पर उसके पहुँचने के बाद ही यह मेल ट्रेन छोड़ी जाएगी।

जगतप्रकाश गाड़ी में लौट आया। तो स्थिति इतनी बिगड़ गई है ! क्या यह गाड़ी सही-सलामत झाँसी पहुँच सकेगी ? और फिर उसके आगे—और उसके भी आगे ? इसी समय गाड़ी ने सीटी दी और गाड़ी चल दी। जगतप्रकाश के मन को एक राहत-सी हुई। वह घर पहुँच जाएगा, इसका भरोसा उसके मन को हुआ। लेकिन उसकी नींद गायब हो गई थी।

बारह बजे दोपहर को पहुँचने के स्थान पर गाड़ी चार बजे शाम को झाँसी पहुँची। रास्ते-भर वह देखता आया पुलिस, फ़ौज—हर तरफ़ एक तनाव। लखनऊ जानेवाली गाड़ी खड़ी हुई अभी भी मेल ट्रेन की प्रतीक्षा कर रही थी। जगतप्रकाश और जमील जिस डिब्बे में थे वह डिब्बा काटकर झाँसी-लखनऊ-मेल में लगा दिया गया।

कानपुर स्टेशन पर जब गाड़ी रुकी, जमील ने जगतप्रकाश से कहा, ''बरखुरदार, अगर हर्ज़ न समझो तो हम लोग एकाध दिन के लिए कानपुर उतर पड़ें। मुझे अपने साथियों से मिलना है, उनसे मिलकर यहाँ के हालात का अन्दाज़ा लगा लें।''

''नहीं जमील काका, मैं सीधा अपने गाँव जाऊँगा, तुम यहाँ कानपुर में उतर जाओ। अब मैं अपने प्रान्त में आ गया हूँ। यहाँ की हरेक चीज़ जानी-पहचानी है; मेरी ओर से तुम निश्चिन्त रहो, मैं बिना किसी बाधा के अपने घर पहुँच जाऊँगा।''

लखनऊ पहुँचने पर जगतप्रकाश को कुलसुम ने जो लिफ़ाफ़ा उसे दिया था उसकी याद आ गई। उसने लिफ़ाफ़ा खोला, सौ-सौ रुपए के दस नोट और उसके साथ एक छोटा-सा पत्र। उस पत्र में केवल इतना लिखा था :

''मेरे जगत ! तुम बढ़ो, जीवन में तुम महान् बनो ! तुम्हारी महानता और विकास में मेरे सपनों की पूर्ति है। किसी तरह की बाधा, किसी तरह का अभाव नहीं होना चाहिए तुम्हें; कुलसुम तुम्हारी है, कुलसुम का जो कुछ है वह तुम्हारा है। जब भी कभी अवकाश मिले बम्बई आ जाना, तुम्हें देखकर प्राणों को राहत मिलती है।''

रात में वेटिंग-रूम में लेटा-लेटा वह कुलसुम के सम्बन्ध में सोचता रहा। यह कुलसुम उसके इतना निकट कैसे आ गई ? यह क्यों हो रहा है ? शायद वह उसके और भी निकट आ जाती यदि जगतप्रकाश चाहता—या अगर खुद कुलसुम ही चाहती। लेकिन...लेकिन...कुछ भी किसी के वश में नहीं है; जो कुछ हुआ, वही विधान था, वही हो सकता था।

जगतप्रकाश निश्चित समय पर ही महोना पहुँच गया। रास्ते में उसे केवल तनाव की स्थिति ही दिखी, कहीं किसी तरह का विद्रोह उसे नज़र नहीं आया, न तोड़-फोड़ का वातावरण ही उसे कहीं दिखा।

जगतप्रकाश को देखते ही अनुराधा ने दौड़कर उसे अपने अंक में भर लिया, ''तो तुम आ ही गए—आ ही गए ! भगवान् से मैंने कितना मनाया कि वह मुझे ले ले,

और मेरी उम्र तुम्हें दे दे, तुम पर किसी तरह की आँच न आने पाए। भगवान् ने मेरी सुन ली।'' और अनुराधा का मुख प्रसन्नता से चमक रहा था, उसकी आँखों में आनन्द के आँसू थे।

कितनी ममता, कितना स्नेह ! वह उजड़ा हुआ-सा गाँव, जो इधर पिछले कई वर्षों से उसे नरक-सा दिखता था, वह अब इस ममता के वातावरण को समेटे हुए स्वर्ग की भाँति दिख रहा था उसे।

हत्या और रक्तपात से दूर, आन्दोलन, अविश्वास और संघर्ष से दूर, चहल-पहल और कशमकश से दूर—बहुत दूर वह आ गया था। सुबह तड़के उठकर वह घूमने निकल जाता था। खुली हवा और चारों ओर हरियाली। दोपहर के समय वह वापस लौटता था, प्रसन्न और सन्तुष्ट। अब वह बिलकुल स्वस्थ था। डॉक्टर मोदी की दवा ने उसकी बीमारी दूर कर दी थी। उसके मन में फिर से एक नया उल्लास भर गया था और एक नई उमंग जाग उठी थी।

लेकिन कहीं कोई अतृप्ति, कहीं कोई हलचल करवटें बदल रही थीं उसके अन्दर। विश्वयुद्ध की गतिविधि कैसी है ? हिन्दुस्तान के अन्य भागों में इस आन्दोलन का क्या रूप है ? यह आन्दोलन दब गया है या उभर रहा है ? किसी बात की खबर नहीं उसको !

चौथे दिन जब वह सुबह घूमने निकला, उसने देखा कि गाँव में कुछ चहल-पहल है और उसे याद आ गया कि उस दिन महोना का बाज़ार है। उस दिन वह अपना चक्कर लगाकर जल्दी ही लौट आया। बाज़ार उस समय तक पूरी तौर से लग गया था। घर न लौटकर जगतप्रकाश बाज़ार में चला गया। उसे यह देखकर आश्चर्य हुआ कि उस दिन बाज़ार में भीड़ बहुत कम थी। बाहर के व्यापारी नहीं आए थे, आसपास के किसान और महोना के दुकानदार ही अपनी-अपनी चीज़ें बेच रहे थे। सिर झुकाए हुए वह चल रहा था, यह सब सोचता हुआ कि उसे एक जानी-पहचानी आवाज़ सुनाई पड़ी, ''अरे जगतप्रकाश बेटा ! इस तरह सिर झुकाए हुए चुपचाप चले जा रहे हो ! लेकिन हम हैं रामलखन पांडे, दूर से ही पहचान लिया तुम्हें। कब आए ?''

रामलखन पांडे का हुलिया बिलकुल वही था जो उसने तीन साल पहले देखा था। वही मैली धोती, वही फटी हुई बंडी, वही कुटिलता से भरी मुस्कराहट और मुख पर वही अर्थलोलुपता ! जगतप्रकाश की इच्छा नहीं हो रही थी कि वह रामलखन से बात करे, लेकिन रामलखन अब उसकी बग़ल में आ गए थे। जगतप्रकाश ने अन्यमनस्क भाव से कहा, ''तीन दिन हुए, आया हूँ।''

खैनी बनाते हुए रामलखन ने कहा, ''तभी, क्योंकि कल से तो गाड़ियाँ ठीक तरह से चल नहीं रही हैं। रास्ते में लाइनें टूट रही हैं, लाइनें बनाई जा रही हैं, थाना-डाकखाना-कचहरी—इन पर हमले हो रहे हैं और गोलियाँ चल रही हैं। एकदम बग़ावत खड़ी हो गई है। अरे हाँ, हमने सुना था कि तुम फ़ौज में बड़े अफ़सर हो गए हो और अफ़्रीका में लड़ रहे हो। लेकिन फ़ौज ठहरी फ़ौज ! मारना, मरना ! हर बखत

जान का ख़तरा। तो क्या छुट्टी पर आए हो ?''

रामलखन ने जो कुछ कहा उसके प्रथम भाग में जगतप्रकाश को दिलचस्पी थी, दूसरे भाग में नहीं थी। उसने कहा, ''नहीं, फ़ौज की नौकरी छोड़ दी। लेकिन यह बग़ावत की बात आप क्या कह रहे हैं ?'' यह बग़ावत कहाँ हो रही है ? यहाँ तो पूरी शान्ति है।''

रामलखन हँस पड़े, ''यह बाज़ार देख रहे हो ? कितने आदमी आए हैं यहाँ पर ? महात्मा गांधी की गिरफ़्तारी से देश-भर में आग लग गई है। आज अँगनू साह आए हैं बस्ती से। कह रहे हैं कि देश-भर में बलवे हो रहे हैं। थाना-कचहरी फूँक दो, तार काट डालो, रेल की लाइनें उखाड़ डालो—इस ज़ालिम ब्रिटिश सरकार का डटकर मुकाबला करना चाहिए। हम लोगों को भी बग़ावत शुरू कर देनी है। एक मीटिंग बुलाई है अँगनू साह ने, तो वहीं जा रहे हैं हम। तुम भी चलो ! स्वतन्त्रता का अन्तिम संग्राम छिड़ गया है।''

जैसे एक करेंट मार गया जगतप्रकाश को ! तो यह संघर्ष उसके पीछे-पीछे यहाँ भी आ पहुँचा। यह क्या हो रहा है ? वह रामलखन के साथ-साथ चुपचाप मीटिंग के स्थान की ओर चल पड़ा।

मुश्किल से बीस-पच्चीस आदमी थे उस मीटिंग में, और जगतप्रकाश ने देखा कि उनमें अधिकांश आसपास के जाने-पहचाने गुंडे थे। अँगनू साह भाषण दे रहे थे और कह रहे थे, ''भाइयो ! समय आ गया है इस अंग्रेजी सरकार को उखाड़ फेंको। जापानी फ़ौजें आसाम में घुस आई हैं और बंगाल की तरफ़ बढ़ रही हैं—उसके बाद बिहार, और फिर यहाँ। अंग्रेज़ हार रहे हैं और भाग रहे हैं। मौक़ा है, तहसील का खजाना लूट लो, पुलिस चौकी में आग लगा दो—बोलो महात्मा गांधी की जय !''

एक भयानक आतंक फैलता जा रहा था और बाज़ार धीरे-धीरे उखड़ रहा था। मीटिंग के अन्त में जगतप्रकाश ने अँगनू को अलग बुलाकर कहा, ''क्यों अँगनू साह ! महात्मा गांधी ने तो अहिंसा का उपदेश दिया है, तुम लोग हिंसा पर कैसे उतर आए ?''

''यह हिंसा कहाँ है ? हम लोग जो तोड़-फोड़ करने जा रहे हैं और सरकारी खज़ाना लूटने जा रहे हैं, थाने में आग लगाने जा रहे हैं, उसमें हम किसी की जान तो नहीं ले रहे हैं, फिर यह हिंसा कैसे हुई ?''

बहुत धीमी आवाज़ में जगतप्रकाश बोला, ''ये लोग जो तुम्हारे साथ हैं, इनमें ज़्यादातर डाकू और गुंडे हैं, यह तो तुम जानते ही हो।''

''हाँ, ये सब जीवट के आदमी हैं। यह क्रान्ति कायर लोग थोड़े ही कर सकते हैं।'' तमककर अँगनू ने उत्तर दिया।

जगतप्रकाश ने शान्त भाव से कहा, ''हाँ, कायर लोग यह क्रान्ति नहीं कर सकते, तुमने बिलकुल ठीक कहा है। लेकिन क्रान्ति के अर्थ लूट-मार तो नहीं होते, लूट-मार तो अराजकता है।''

अँगनू ने मुस्कराते हुए व्यंग्य किया, ''क्या ठीक और क्या ग़लत है, महात्मा गांधी

और कांग्रेस के नेता तुमसे ज़्यादा अच्छा जानते हैं। तुम हमें क्या बतलाओगे जो सरकार की गुलामी में पड़कर फ़ौज में भर्ती हो गए थे, अंग्रेज़ों के लिए जान तक देने के लिए !''

''और युद्ध में रक्तपात देखकर मैं बीमार पड़ गया था।'' जगतप्रकाश ने अँगनू के व्यंग्य की उपेक्षा करते हुए कहा, ''नहीं, अँगनू साह ! एक दफ़ा अगर लूट मच गई तो कहीं उसका कोई अन्त नहीं। अच्छा, एक बात बतलाओ, महोना में तुम्हीं तो सबसे अमीर आदमी हो ! मैं ग़लत तो नहीं कहता।''

''मैं नहीं, बप्पा ज़रूर हैसियत वाले आदमी हैं। लेकिन इससे क्या ?'' अँगनू के स्वर में उपेक्षा के स्थान पर कौतूहल आ गया था।

''बड़ी साफ़ बात है। ये जो तुम्हारे साथी हैं, इन्हें अगर खुली छूट मिल गई तो फिर ये लोग एक दिन तुम्हारा मकान भी लूटेंगे—इतना समझ लो। तुम अपने पैरों में ही कुल्हाड़ी मार रहे हो।'' और जगतप्रकाश चलने के लिए घूम पड़ा।

अँगनू ने जगतप्रकाश का हाथ पकड़ लिया, ''नहीं जगत भइया, तुमने मुझे बड़े मौक़े से सावधान कर दिया, मैंने इस पर कभी सोचा ही नहीं था। अब तुम बताओ कि क्या हो ?''

''तुम चुप हो जाओ। बिना किसी नेता के ये लोग कोई काम नहीं कर सकते। जो कुछ हो रहा है वह बहुत ग़लत ढंग से हो रहा है। लेकिन यह तोड़-फोड़ और लूट-मार का आदेश कहाँ से मिला तुम्हें ?'' जगतप्रकाश ने पूछा।

''कहाँ से बताएँ तुम्हें ? बड़े-बड़े नेता तो जेलों में बन्द हैं। महात्मा गांधी कह गए हैं, 'करो या मरो !' तो क्या करो—यह कोई नहीं बताता। हर तरफ़ आग लग गई है और अब उस आग की लपटें इधर फैल रही हैं। शहरों में जलूस निकल रहे हैं, गोलियाँ चल रही हैं।'' और फिर कुछ चुप रहकर उसने सिर हिलाया, ''लेकिन, शायद यह सब अच्छा नहीं हो रहा है। इस पर फिर से सोचना-विचारना पड़ेगा। मैं इन लोगों को अभी टालता हूँ। तुम बड़े अच्छे मिल गए जगत भइया !'' और अँगनू अपने साथियों के पास चला गया।

जगतप्रकाश अपने घर लौट आया, अपने अन्दर ही उलझा हुआ। जो कुछ हो रहा है वह ग़लत हो रहा है, लेकिन शायद उस सबका होना अनिवार्य है। तो क्या यह आन्दोलन हिंसात्मक हो जाएगा और ब्रिटिश सरकार को उखाड़ फेंकेगा ? नहीं, यह सब नहीं हो सकता, इसे होना नहीं चाहिए। जापान बर्मा में रुका हुआ इस आन्दोलन की सफलता की प्रतीक्षा कर रहा है। उसने अँगनू को कुछ समय के लिए रोक दिया है, लेकिन वह किस-किसको रोक सकेगा ?

और फिर उसे उस मीटिंग की याद हो आई जिससे लौटकर वह आया था। कुछ थोड़े-से आदमी, और वे भी अपराधी क़िस्म के। जनता को जैसे इन सबमें कोई दिलचस्पी नहीं थी। दस-पाँच साधारण लोग कुछ सहमे हुए उस मीटिंग में भाषणों को सुन रहे थे। यह जन-समुदाय क्या इस आन्दोलन का साथ देगा ? शायद नहीं, शायद

हाँ। भावना के आवेग में लोग न जाने क्या कर डालते हैं !

जगतप्रकाश को भोजन कराते हुए अनुराधा ने कहा, "सुना है, अँगनू साह ने यहाँ कोई सभा बुलाई थी ?"

"हाँ, रास्ते में रामलखन मास्टर मिल गए थे, वह मुझे उस सभा में घसीट ले गए थे।"

"ये लोग कुछ उपद्रव करना चाहते हैं, लेकिन यह अच्छा नहीं है। महात्मा गांधी गिरफ़्तार हो गए तो हो गए, उनकी गिरफ़्तारी से देश-भर में मार-काट मच जाए, यह भी कोई बात है ! अभी कुछ देर पहले सुमेर बतला गया है कि तुम अँगनू साह से बड़ी देर तक अकेले कुछ बातें करते रहे। तुम तो जानते ही हो कि यह अँगनू अच्छा आदमी नहीं है, उससे दूर रहने में ही कल्याण है। हाँ, एक बात कहना तो मैं भूल गई। तुम्हारे आने के एक दिन पहले बनारस से जयबहादुर वकील की चिट्ठी आई थी, उन्होंने तुम्हारे बारे में फिर पूछा है। उनकी लड़की ने एम.ए. पास कर लिया है और नवम्बर-दिसम्बर में वह अपनी लड़की की शादी करना चाहते हैं। उन्होंने लिखा है कि मैं तुम्हें मनाकर दो-एक दिन के लिए बनारस भेज दूँ। वहाँ तुम लड़की देख लो और बात पक्की कर लो।"

जगतप्रकाश ने अपनी बहन की बात का कोई उत्तर नहीं दिया। वह सोचने लगा—उसे एक बार फिर से नया जीवन आरम्भ करना है, और नया जीवन आरम्भ करने के लिए यह आवश्यक है कि वह अपना विवाह कर ले। इलाहाबाद जाकर यूनिवर्सिटी की सर्विस में फिर से वह प्रवेश करेगा, और फिर विवाह करके स्थायी रूप से वह वहाँ बस जाएगा, मन-ही-मन बड़ी तेज़ी के साथ वह योजना बना रहा था।

जगतप्रकाश को मौन देखकर अनुराधा बोली, "क्यों, चुप क्यों हो ? मेरी बड़ी साध है कि मैं तुम्हारा विवाह कर दूँ। इतनी लम्बी दुख की ज़िन्दगी मैंने इस साध को पूरी करने के लिए ही काटी है। इसके बाद मैं सुख से मर सकूँगी। कभी-कभी मुझे ऐसा लगने लगता है कि मुझे इस दुनिया से चलना होगा। तो मेरी यह बात मान लो।"

जगतप्रकाश बोला, "ऐसी अशुभ बात न करो दीदी, तुम्हीं तो मेरी सब कुछ हो। जैसा चाहो वैसा करो।"

अनुराधा के मुख पर सन्तोष की एक मुस्कराहट आई, "तो फिर तुम कल बनारस चले जाओ। अगर लड़की पसन्द हो तो उनसे कह देना, नौरात्र में बरिच्छा हो जाए। जाड़े में शादी हो जाएगी।"

अपनी बहन का अनुरोध जगतप्रकाश को मानना ही था। उसे भरोसा तो नहीं था कि बाबू जयबहादुर जेल के बाहर होंगे, कांग्रेस कमेटी के सेक्रेटरी होने के नाते वह जेल के बाहर कैसे रह सकते थे; लेकिन अपनी बहन पर उसने अपनी शंका नहीं प्रकट की। उसके अन्दर भी अपने गाँव से निकलकर अपने प्रान्त की दशा देखने की इच्छा बलवती हो गई थी। दूसरे दिन सुबह के समय वह स्टेशन के लिए रवाना हो गया।

स्टेशन उजाड़ पड़ा था। कुल चार-पाँच आदमी वहाँ मौजूद थे। स्टेशन मास्टर से

उसे पता चला कि रातवाली पैसेंजर भी अभी तक नहीं आई है, गाड़ियों के समय में बड़ी गड़बड़ी पैदा हो गई है। रात की पैसेंजर बस्ती से छूट चुकी है, आधे घंटे के अन्दर ही आती होगी। जगतप्रकाश ने सुमेर के साथ बैलगाड़ी को भेज दिया।

आधे घंटे के स्थान पर एक घंटे बाद पैसेंजर आई, रेंगती हुई। उस पैसेंजर पर ब्रिटिश फ़ौज की एक कम्पनी थी, साथ ही सशस्त्र पुलिस की एक बटालियन थी। थोड़े से यात्री—और वे सहमे हुए अपने डिब्बों में बैठे थे। जगतप्रकाश एक सेकंड क्लास कम्पार्टमेंट में बैठ गया।

दोपहर के समय गाड़ी गोरखपुर पहुँची। गोरखपुर में पता चला कि वहाँ से बनारस होते हुए इलाहाबाद जानेवाली गाड़ी पिछले दिन से बन्द है, शायद भटनी के आगे रास्ते में कहीं कोई गड़बड़ी है—उधर से भी कोई गाड़ी नहीं आई है। भटनी जाकर ही उसे पता चलेगा कि क्या मामला है।

ब्रिटिश सेना की कम्पनी गोरखपुर में ही उतर गई, पुलिस की बटालियन गाड़ी पर ही बैठी रही। एक घंटे तक गाड़ी गोरखपुर स्टेशन पर रुकी रही, फिर वह आगे बढ़ी।

और जगतप्रकाश सोच रहा था कि यह सब क्या हो रहा है ? बम्बई से महोना आते समय उसे भुसावल जंक्शन पर पता चला कि नागपुर की तरफ़ विद्रोह उठ पड़ा है, और यहाँ भी वह विद्रोह आ पहुँचा है। देश के कितने भागों में यह विद्रोह है ? इसका उसे पता नहीं। जब से वह महोना पहुँचा है उसे कोई अखबार पढ़ने को नहीं मिला। लेकिन स्थिति सरकार के वश में नहीं मालूम होती। कितने स्थानों पर सेनाएँ भेजी जाएँगी ? और यह पुलिस—यह तो हिन्दुस्तानी है। क्या यह पुलिस स्वयं विद्रोह न कर देगी ?

भटनी जंक्शन पर जगतप्रकाश उतर पड़ा। सेकंड क्लास वेटिंग रूम में अपना असबाब रखकर उसने स्टेशन मास्टर से पूछा कि बनारस जानेवाली गाड़ी कब छूटेगी ?

कुछ आश्चर्य और कुछ उलझन के स्वर में स्टेशन मास्टर बोला, "आपको पता नहीं ? बीच में लाइन उखाड़ दी गई है। हर जगह यही विद्रोह फैला हुआ है। कल रात यहाँ का स्टेशन जलाने की कोशिश की गई थी—फ़ौज ने गोलियाँ चलाईं, तीस-चालीस आदमी मरे, तब भीड़ भागी। आप देख रहे हैं कितनी फ़ौज और पुलिस इकट्ठा है यहाँ पर ! अगर स्थिति काबू में आ गई तो कम-से-कम पन्द्रह दिन लग जाएँगे इस लाइन के चालू होने में।" और कुछ रुककर उसने कहा, "ऐसी हालत में आप घर से निकल क्यों पड़े ? आप अपने घर वापस जाइए, कब और कहाँ क्या हो जाए, कुछ कहा नहीं जा सकता।"

सिवा महोना वापस लौटने के और कोई चारा नहीं। जगतप्रकाश ने पूछा, "बस्ती के लिए गाड़ी किस वक्त मिलेगी ?"

"कुछ कहा नहीं जा सकता। बिहार में भी उपद्रव हो रहे हैं, यह तो क्रान्ति की आग लग गई है। अभी इस मेन लाइन के टूटने की कोई खबर नहीं है, इसलिए कोई-न-कोई गाड़ी ज़रूर आएगी—आप वेटिंग रूम में आराम कीजिए, जब गाड़ी आए

तब चले जाइएगा, कुली से कह दीजिएगा।"

दूसरे दिन सुबह पाँच बजे जगतप्रकाश को गाड़ी मिल सकी। गाड़ी में मशीनगन लिए हुए सैनिक थे। जगतप्रकाश ने देखा कि लाइन के किनारे-किनारे पुलिस और फ़ौज के आदमी थोड़ी-थोड़ी दूर पर तैनात हैं। लाइन के पासवाले गाँवों में सन्नाटा छाया हुआ है। कहीं-कहीं लाइन के किनारे-किनारे कुछ लोग इकट्ठा होकर ढेले फेंक देते थे और तभी गाड़ी के फ़ौजी सिपाही मशीनगनों से गोलियों की वर्षा कर देते थे। भीड़ भागती थी घायलों और मृतकों को सँभालती हुई, और गाड़ी बढ़ जाती थी।

दोपहर के समय गाड़ी सिखल पहुँची, लेकिन उस स्टेशन पर वह रुकी नहीं। सिखल स्टेशन जल रहा था और पुलिस तथा फ़ौज के सिपाही आग बुझा रहे थे। गाड़ी आगे बढ़ गई। वह बस्ती स्टेशन पर रुकी। जगतप्रकाश बस्ती स्टेशन पर उतर पड़ा। उसके मन में घबराहट पैदा हो गई थी। अराजकता की आग उसके क्षेत्र में भी पहुँच गई है। अँगनू को उसने रोक दिया था, लेकिन रुकता कौन है ? महोना की क्या हालत होगी ? जगतप्रकाश ने बस्ती स्टेशन से महोना के लिए एक इक्का लिया। दो घंटे में वह महोना पहुँच जाएगा। कच्ची सड़क पर इक्का चल रहा था, सड़क के दोनों ओर गन्ने, ज्वार और धान के खेत लदे खड़े थे और उन खेतों में किसान काम कर रहे थे। इक्केवाला कह रहा था, "सुना है कि सिखल स्टेशन जला दिया गया है, लेकिन फ़ौज वहाँ पहुँच गई और उपद्रवी रेल की पटरी नहीं उखाड़ पाए। गोली भी चली है आसपास के कुछ गाँवों में। कोई घर के बाहर नहीं निकल रहा है। हमें भी डर लग रहा है।"

डर इक्केवाले को बस्ती से महोना चलने के समय भी लग रहा था। जगतप्रकाश ने दस रुपए देने को कहा तब कहीं इक्केवाला चलने को राज़ी हुआ था। ये लोग महोना से क़रीब तीन-चार मील रह गए थे जब इक्केवाले ने इक्का रोक दिया। उसने जगतप्रकाश से कहा, "मालिक, भागकर कहीं खेत में छिप जाओ, मौत आ रही है।" और वह भागकर एक ज्वार के खेत में घुसकर लेट गया। जगतप्रकाश को दूर पर एक जीप दिखी जो सड़क पर इसी ओर आ रही थी। कुछ सोचकर वह भी एक ज्वार के खेत में घुस गया।

जीप से मशीनगन चलने की आवाज़ आ रही थी। ऐसा लगता था कि जीप पर बैठे हुए लोग जगह-जगह पर मशीनगनों से गोलियों की बौछार करते हुए चल रहे हैं। वह खेत जिसमें ये लोग छिपे थे, सड़क से क़रीब सौ गज़ की दूरी पर था। और जहाँ इन लोगों का इक्का रुका था, जीप वहाँ से गुज़री तब सड़क के दोनों ओर मशीनगन की गोलियों की एक और बौछार हुई, और फिर जीप आगे बढ़ गई।

काफ़ी देर तक खेत में चुपचाप खड़े रहने के बाद जगतप्रकाश बाहर निकला। उसने इक्केवाले को आवाज़ दी, और भय से काँपता हुआ इक्केवाला भी खेत के बाहर आया। खैरियत यह हुई कि घोड़े को कोई गोली नहीं लगी थी और इक्का सही-सलामत खड़ा था। इक्के पर बैठते हुए जगतप्रकाश ने इक्केवाले से कहा, "मौत निकल गई, अब आगे बढ़ो।"

इक्केवाले के मुँह से बोल नहीं निकल रहा था, उसने चुपचाप लगाम हाथ में ले ली, इक्का चल पड़ा। और जगतप्रकाश फिर अपने विचारों में डूब गया। ये इस तरह अन्धाधुन्ध गोलियाँ क्यों चल रही हैं ? खेतों से किसान भाग गए थे, चारों ओर मौत का-सा सन्नाटा ! एक दुश्चिन्ता-सी भरती जा रही थी उसके अन्दर; तभी रसौल गाँव आ गया। रसौल से महोना क़रीब डेढ़ मील की दूरी पर था। सड़क पर कुछ लोग खड़े थे और एक ग्रामवासी खून से लथपथ पड़ा हुआ तड़प रहा था। लोग रो रहे थे और विलाप कर रहे थे। गाँववालों ने जगतप्रकाश को बतलाया फ़ौजवालों ने यहाँ से जाते हुए अन्धाधुन्ध गोलियाँ चलाईं। चार-पाँच आदमी हलके तौर से ज़ख्मी हुए हैं, लेकिन इस शिवराम की छाती में गोली धँस गई है।

जगतप्रकाश इक्के से उतर पड़ा, उसने शिवराम की परीक्षा की। गोली पसलियों में धँसकर फँस गई थी। उसने कहा, ''बस्ती के अस्पताल में इलाज से शिवराम बच सकता है, तुम लोग इसे अभी इसी वक्त बस्ती ले जाओ, इस इक्के पर। मैं यहाँ से पैदल ही महोना चला जाऊँगा, कुल डेढ़-दो मील का तो रास्ता ही है।''

''भइया, तुम आदमी नहीं देवता हो।'' पास खड़े एक आदमी ने जगतप्रकाश से कहा, फिर उसने एक नवयुवक को आदेश दिया, ''रमई, भइया का असबाब महोना तक पहुँचा दो।'' और ज़ख्मी आदमी इक्के पर लाद दिया गया।

जगतप्रकाश के मन में अब भयानक उथल-पुथल मच गई थी, वह जल्दी-से-जल्दी महोना पहुँचना चाहता था। रात घिरनेवाली थी, तेज़ क़दम रखता हुआ जिस समय वह महोना पहुँचा, वहाँ कुहराम मचा था। अब वह अपने घर की ओर दौड़ने लगा। उसके घर के बाहर एक छोटी-सी भीड़ जमा थी। सुमेर जगतप्रकाश को देखते ही उसकी ओर दौड़ पड़ा, ''हाय भइया !'' कहकर वह जगतप्रकाश के पैरों पर गिर पड़ा।

''क्या हुआ ?'' जगतप्रकाश ने सुमेर को उठाते हुए पूछा।

''मालकिन—मालकिन जाय रही हैं।'' सुमेर की हिचकियाँ बँध गईं। जगतप्रकाश उसे धकेलकर आगे बढ़ा, भीड़ ने उसे रास्ता दिया। बाहरवाले दालान में एक चारपाई पर अनुराधा लेटी थी, खून से भीगी हुई, और उसके ज़ख्मों से खून लगातार निकल रहा था। जगतप्रकाश अनुराधा के सिरहाने पहुँचकर चिल्ला उठा, ''हाय दीदी—यह क्या हुआ !''

अनुराधा बेहोश नहीं थी, जगतप्रकाश की आवाज़ सुनते ही उसने आँख खोल दी, ''तुम आ गए—हे मेरे भगवान् ! तुम्हारे लिए ही यह प्राण अटके थे। अब मुझे ज़मीन पर लिटा दो। थोड़ा-सा गंगाजल और तुलसीदल।''

''नहीं दीदी, तुम मरोगी नहीं, मैं तुम्हें अभी बस्ती के अस्पताल में लिए चलता हूँ। सुमेर...''

''नहीं भइया, मैं तो मर चुकी हूँ। शरीर गोलियों से छलनी हो गया है। सिर्फ़ तुम्हें देखने को प्राण अटके रहे। कहा न कि ज़मीन पर लिटा दो।''

जगतप्रकाश ने अनुराधा को ज़मीन पर लिटा दिया, सुमेर गंगाजली से गंगाजल और

तुलसीदल लेने चला गया। अनुराधा ने उपस्थित लोगों से कहा, "अब तुम लोग जाओ, भैया आ गए हैं।"

लोगों के जाने के बाद उसने जगतप्रकाश से कहा, "बैठ जाओ मेरे पास और मेरा हाथ पकड़ लो। भइया ये ज़ालिम अंग्रेज़—क्या ये हम सब लोगों की हत्या कर देंगे ? निहत्थे आदमियों पर गोलियाँ चला रहे थे, चार आदमी मर गए, पन्द्रह-बीस आदमी ज़ख्मी हुए। मैंने उन्हें रोका तो मुझे भी गोलियों से भून दिया। हाय ! बड़ा दर्द हो रहा है।"

"मेरी दीदी !" जगतप्रकाश चीख उठा, "क्या यही देखना बदा था। मैं भी ज़िन्दा नहीं रह सकूँगा।"

एक करुण मुस्कान आई अनुराधा के मुख पर, "भइया, भगवान् तुम्हें ज़िन्दा रखेगा। तुम्हारी बला मैंने अपने ऊपर ले ली है। दुख इतना है कि मैं तुम्हारा घर नहीं बसा पाई।"

सुमेर गंगाजल और तुलसीदल ले आया था। अनुराधा बोली, "बड़ी प्यास लगी है भइया ! अपने हाथों से गंगाजल पिला दो मुझे, इस पीड़ा से तो छुटकारा मिले।"

जगतप्रकाश ने गंगाजल के गिलास में तुलसीदल डालकर गिलास अनुराधा के होंठों से लगा दिया, और गंगाजल पीते-पीते अनुराधा का सिर लुढ़क गया। जगतप्रकाश ने देखा कि असीम शान्ति है उनके मुख पर।

जगतप्रकाश अवसन्न रह गया। मृत्यु के जिन विकराल दृश्यों को युद्ध-क्षेत्र में देखकर वह लौटा था, वैसा ही विकराल दृश्य यहाँ उसके घर में। लेकिन जगतप्रकाश की आँखों में आँसू नहीं थे। पत्थर की तरह वह रातभर बैठा रहा अनुराधा के सिरहाने, और उसके साथ-साथ सुमेर भी जागता रहा। सुबह जगतप्रकाश के घर के सामने लोग इकट्ठे हो गए—और वे सब लोग बिलख रहे थे। उस गाँव का सबसे बड़ा आत्मीय जाता रहा। उस गाँव के निवासियों को बचाने में उस आत्मीय ने अपने प्राण दे दिए। और विधिवत अनुराधा का दाह-संस्कार जगतप्रकाश के हाथों किया गया।

केवल एक बन्धन था जगतप्रकाश को बाँधे हुए—और वह बन्धन भी इस अप्रत्याशित रूप से टूट गया। दुनिया में वह नितान्त अकेला रह गया। इस अकेलेपन को वह कैसे भोग पाएगा ? जगतप्रकाश के पास गीता की वह प्रति थी जो उसे परवेज़ ने बम्बई में दी थी। उसी में तो भगवान् कृष्ण ने कहा था—न शस्त्र मुझे बेध सकते हैं, न आग मुझे जला सकती है, यानी मनुष्य कभी मरता नहीं। जो बिंधा था और जो जला था वह अनुराधा नहीं थी—अनुराधा का शरीर था। अनुराधा स्वयं नहीं मरी, वह जीवित है कहीं किसी रूप में। लेकिन वह सशरीर अनुराधा, जो उसकी बहन थी, जिसका जगतप्रकाश को पूरा सहारा था, वह तो चली गई। दुनिया की इस उथल-पुथल ने उसके एकमात्र सहारे को उससे छीन लिया, उसने उसका एकमात्र बन्धन काट दिया। लेकिन यह सब क्यों हुआ ?

ये ब्रिटिश सैनिक ! ये जर्मन सैनिकों से अच्छे किस बात में हैं ? जर्मन सैनिकों के जघन्य अपराधों के सम्बन्ध में इतना लिखा गया है, उसे इतना पढ़ा और सुना है। लेकिन ये ब्रिटिश सैनिक ! ये भी तो भयानक निर्ममता के साथ हत्याएँ कर रहे हैं। अभी तक उसने जो कुछ सोचा-समझा था वह ग़लत था। युद्ध पाशविक है, हत्या पाशविक है। एक तरह का क्रोध जाग उठा जगतप्रकाश के अन्दर ब्रिटेन के ख़िलाफ़। इस ब्रिटिश जाति से बुरा कोई नहीं होगा, चाहे वह जर्मनी हो, चाहे वह जापान हो। जगतप्रकाश के अन्दर एक प्रकार की ग्लानि भर गई अपने ही प्रति।

तेरह दिन तक वह अपने अन्दर ही सोचता रहा, अपने से ही तर्क करता रहा, अपने को धिक्कारता रहा और साथ ही अपना रास्ता खोजता रहा। यन्त्र की भाँति उसने अपनी बहन के सब संस्कार किए। और तेरहवीं हो जाने के बाद दूसरे ही दिन उसने सुमेर को बुलाया, "अब क्या होगा सुमेर ? दीदी तो चली गई और दीदी के साथ-साथ इस गाँव का मेरे साथ रिश्ता भी गया।"

"ऐसा मत कहो भइया ! बाप-दादों का घर-बार और ज़मीन भी भला कहीं छोड़ी जाती है ? हम तो हैं तुम्हारे पुश्तैनी सेवक ! तुम जहाँ भी रहो, हम तुम्हारा काम-काज देखते रहेंगे।"

जगतप्रकाश ने सिर हिलाया, "नहीं सुमेर, यह पुश्तैनी सेवकाई का युग नहीं है और न पुश्तैनी ज़मीन-जायदाद का युग है। इस गाँव से मेरा सम्बन्ध हमेशा के लिए टूट रहा है।"

सुमेर डबडबाई आँखों से जगतप्रकाश को कुछ देर तक देखता रहा, फिर उसने कहा, "चार-पाँच दिन हुए अँगनू साह मिले थे। कह रहे थे कि भइया गाँव में नहीं रहेंगे। तो अगर भइया अपना मकान और अपनी ज़मीन बेचना चाहें, तो वह खरीदने को तैयार हैं। ज़मीन, मकान, गोरू और गाड़ी—सब कुछ खरीद लेंगे, चार हज़ार रुपए में।"

जगतप्रकाश ने उदास भाव से कहा, "नहीं सुमेर, बिकेगा कुछ नहीं। ज़मीन मैं तुम्हारे नाम कर दूँगा, हल-बैल भी ज़मीन के साथ ही जाएँगे तुम्हारे पास। रहा घर, यह मेरे पास अभी रहेगा जब तक कोई उचित व्यवस्था न हो जाए। तुम पहले की तरह सब कुछ सँभालते रहो। मैं तो परसों जा रहा हूँ। कब लौटूँगा, इसका मुझे पता नहीं।"

अनुराधा के पास कुछ गहने, कुछ कपड़े और नकद तीन हज़ार रुपए निकले। कपड़े जगतप्रकाश ने गाँव की औरतों को बाँट दिए, गहने और रुपए उसने अपने साथ ले लिए। इसके बाद उसने अपने घर में ताला लगाया। ताले की चाभी सुमेर के हाथ में देकर कहा, "कभी-कभी घर की सफ़ाई करा देना, और अगर मरम्मत की ज़रूरत पड़े तो मरम्मत भी करा देना। जब मुझे गाँव आना होगा मैं तुम्हें चिट्‌ठी लिख दूँगा।"

इन सत्रह-अठारह दिनों में आन्दोलन ठंडा पड़ गया था, जगतप्रकाश महोना से इलाहाबाद पहुँचा।

एक होटल में अपना असबाब रखकर जगतप्रकाश ने पहला काम जो किया, वह था गहनों का बेचना। इसके बाद वह बैंक में गया। उसका एकाउंट अभी बैंक में मौजूद

था, क़रीब चार सौ रुपए। उसने अपने पास एक हज़ार रुपया रखकर पाँच हज़ार रुपए बैंक में जमा कर दिए। इस सबमें उसे पूरा दिन लग गया। शाम के समय वह डॉक्टर शर्मा के घर पर पहुँचा।

प्रोफ़ेसर शर्मा जगतप्रकाश को देखते ही उठ खड़े हुए, "अरे जगतप्रकाश, तुम ! यहाँ बैठो, कब आए ?"

"आज सुबह आया हूँ सर, अपने गाँव से, वहाँ सब कुछ समाप्त करके।" और जगतप्रकाश ने अपनी बहन की मृत्यु के सम्बन्ध में तथा उसके पहलेवाली अपनी गतिविधि के सम्बन्ध में विस्तार के साथ सब कुछ बतला दिया।

जगतप्रकाश की कहानी सुनने के बाद प्रोफ़ेसर शर्मा ने एक ठंडी साँस ली, "आज मुझे तुम्हारे साथ पूरी सहानुभूति है। लेकिन जो कुछ हुआ है, उसे एकदम भुला दो। अब नए सिरे से तुम्हें ज़िन्दगी शुरू करनी है। यूनिवर्सिटी में तुम्हारे लिए स्थान अब भी है, क्योंकि मैंने तुम्हारी पोस्ट अभी तक नहीं भरी है। तुम्हारे लिए जाने में अब किसी तरह की बाधा नहीं होगी। हाँ, आर्मी से तुम अपना डिस्चार्ज सर्टिफ़िकेट तो अपने साथ लाए होंगे।

"जी हाँ, वह मेरे पास है।" जगतप्रकाश बोला।

"तो, तुम कल दस बजे मेरे डिपार्टमेंट में मुझसे मिलना। और हाँ, तुम ठहरे कहाँ हो ?"

"एक होटल में ठहर गया हूँ सर ! दो-एक दिन में कोई मकान ढूँढ़ लूँगा।"

"क्या बतलाऊँ, मेरे यहाँ कुछ मेहमान आ गए हैं और एक महीने से यहीं रुके हुए हैं। इन उपद्रवों के कारण वे जा नहीं सके। नहीं तो मैं तुम्हें अपने यहाँ बुला लेता।" और इसी समय डॉक्टर शर्मा का नौकर चाय की ट्रे ले आया।

जगतप्रकाश ने चाय बनाते हुए पूछा, "सर, यहाँ इलाहाबाद में तो कोई तोड़-फोड़ नहीं हुई, ऐसा लगता है।"

डॉक्टर शर्मा ने सिर हिलाया, "नहीं, और होने की सम्भावना भी नहीं थी। कुछ थोड़े-से जुलूस, कुछ हड़तालें, कुछ लाठीचार्ज और कुछ गिरफ़्तारियाँ, और 'भारत छोड़ो' आन्दोलन समाप्त हो गया। यह आन्दोलन क्या था, एक मखौल था !"

"लेकिन सर, पूर्वी युक्तप्रान्त में, वहाँ तो सैकड़ों-हज़ारों लोग मरे। वहाँ कुछ दिनों तक तो ब्रिटिश राज्य रह ही नहीं गया था। मुझे ही इस आन्दोलन की बड़ी महँगी क़ीमत चुकानी पड़ी अपनी बहन को खोकर। मेरी तो जड़ें ही उखड़ गई हैं अपने गाँव से।"

प्रोफ़ेसर शर्मा ने चाय पीते हुए कहा, "किसकी जड़ें कहाँ हैं, मैं आज तक यह नहीं समझ पाया। लोग मकान बदलते रहते हैं, स्थान बदलते रहते हैं, देश बदलते रहते हैं—अनादिकाल से; और दुनिया अपनी गति से चल रही है। तुम वह सब भूल जाओ। एक तरह से तुम बड़े भाग्यशाली हो, इतनी कम अवस्था में और इतने कम समय में तुम्हें इतने अनुभव हो चुके हैं।" और डॉक्टर शर्मा ने कुछ रुककर कहा, "इस देश में जो कुछ हुआ वह अच्छा नहीं हुआ, लेकिन उस सबका होना अनिवार्य था।"

उसी समय एक कार बँगले में आई। वह कार जगतप्रकाश को कुछ पहचानी-सी लगी। जगतप्रकाश को कार की ओर देखते प्रोफ़ेसर शर्मा ने कहा, "यह सुषमा बंसगोपाल है, तुम तो इसे जानते ही हो। अपनी थीसिस के सम्बन्ध में आई होगी।" तभी सुषमा कार से उतरकर बरामदे में आ गई। उसके हाथ में एक मोटा-सा रजिस्टर था।

सुषमा की नज़र जगतप्रकाश पर पड़ी। उसने एक हलकी मुस्कराहट के साथ जगतप्रकाश को नमस्ते करते हुए प्रोफ़ेसर शर्मा से कहा, "प्रणाम सर ! यह थीसिस मैंने टाइप करा ली है और कल मैंने सबमिट भी कर दी है। इसकी एक प्रति आपको देने आई हूँ।"

"अपने गाइड को तो एक प्रति दे दी होगी।" प्रोफ़ेसर ने थीसिस हाथ में लेकर उसे खोलते हुए कहा।

"जी हाँ सर ! डॉक्टर भारद्वाज ने ही मुझे आपके पास भेजा है।" सुषमा ने एक खाली कुर्सी पर बैठते हुए कहा।

"यह डॉक्टर जगतप्रकाश हैं, इन्हें तो तुम जानती ही होगी। इन्होंने आर्मी ज्वाइन कर ली थी, इजिप्ट के युद्ध में यह लड़े हैं। अब फ़ौज छोड़कर कल से यूनिवर्सिटी में वापस आ रहे हैं।"

सुषमा ने विस्फारित नयनों से जगतप्रकाश को देखा, "सच डॉक्टर ! आप फ़ौज में थे और इजिप्ट के युद्ध में आपने भाग भी लिया ! कितनी शानदार बात है ! मैं सोचती थी कि आप कहाँ गायब हो गए !" फिर उसने प्रोफ़ेसर शर्मा की ओर मुड़कर कहा, "सर, पिछली बार—शायद जनवरी में, मैंने इनके लिए यहाँ एक मकान तय कर दिया था, लेकिन यह एकाएक बिना मुझे बताए यहाँ से चले गए।"

प्रोफ़ेसर शर्मा मुस्कराए, "और सितम्बर में फिर वापस आ गए। सुबह का भूला अगर शाम को घर वापस आ जाए तो भटका हुआ नहीं कहलाता है। और इनको इस दफ़ा भी मकान की ज़रूरत है। तो इस दफ़ा यह ग़ायब नहीं होंगे, क्योंकि मैं इन्हें कल ही यूनिवर्सिटी ज्वाइन करा दूँगा।"

सुषमा ने ताली बजाते हुए कहा, "यह तो बड़ी अच्छी खबर है डॉक्टर प्रकाश ! और मैं कल तक निश्चय ही आपके लिए मकान ढूँढ़ दूँगी, सिविल लाइंस में ही। अभी आप कहाँ ठहरे हैं ?"

"जांस्टनगंज के पंजाब होटल में ठहरा हूँ।" जगतप्रकाश बोला।

"अरे, वह भी कोई ठहरने की जगह है," सुषमा बोली, "इससे तो सिविल लाइंस के किसी होटल में ठहर जाते।" और फिर वह प्रोफ़ेसर शर्मा की ओर घूमी, "सर ! आप जल्दी ही इस थीसिस को परीक्षकों के पास भिजवा दें, इस कनवोकेशन में मुझे डिग्री मिल जाए।"

"इतनी जल्दी क्या है ?" डॉक्टर शर्मा मुस्कराते हुए बोले, "खैर, मैं कोशिश करूँगा। कल ही मैं इसे परीक्षकों के पास भिजवा दूँगा।"

डॉक्टर शर्मा उठ खड़े हुए, "मुझे एक मीटिंग में जाना है। डॉक्टर जगतप्रकाश,

कल दस बजे सुबह मैं तुम्हारा इन्तज़ार करूँगा। उस मीटिंग में आज शाम को ही वाइस चांसलर से मेरी मुलाकात होगी, मैं वहीं सब कुछ तय कर लूँगा। कल सुबह तुम यूनिवर्सिटी ज्वाइन करके अपना काम आरम्भ कर दो।''

जगतप्रकाश के साथ सुषमा भी उठ खड़ी हुई। प्रोफ़ेसर शर्मा घर के अन्दर चले गए और जगतप्रकाश के साथ चलते हुए सुषमा ने कहा, ''चलिए, आप जहाँ जाना चाहें मैं आपको पहुँचा दूँ।''

''अभी तो मैं अपने होटल ही जाऊँगा। आप मुझे कटरा में उतार दें, वहाँ से मैं कोई सवारी ले लूँगा। जगतप्रकाश ने सुषमा के साथ कार पर बैठते हुए कहा।

सुषमा ने कार कटरा की ओर मोड़ने के स्थान पर कर्नलगंज होते हुए एल्फ्रेड पार्क की ओर मोड़ दी। जगतप्रकाश ने पूछा, ''क्या आपको इधर कोई काम है ?''

''नहीं, भला एल्फ्रेड पार्क में मुझे क्या काम हो सकता है ? मैंने सोचा कि मैं आपका होटल ही देख लूँ; आपको आपके होटल में उतारकर घर वापस जाऊँगी।'' और कुछ रुककर उसने किंचित् उदास स्वर में कहा, ''घर में भी एक उदासी का वातावरण है। आपको शायद यह पता नहीं है कि जून में पापा को पैरेलिटिक एटैक हुआ था, तब से वह बिस्तर पर पड़े हैं। अभी तक वह अच्छे नहीं हो पाए हैं, बड़ा सीरियस एटैक था। डॉक्टरों का कहना है कि अभी छह महीने और लगेंगे। दिन-रात कराहा करते हैं। बड़े चिड़चिड़े हो गए हैं। और सिवा मेरे उनकी देखभाल करनेवाला भी तो ममी को छोड़कर और कोई घर में नहीं है। बड़े भाई साहब तो विलायत में ही फँस गए हैं इस वार की वजह से।''

''मुझे बड़ा दुख हुआ यह सुनकर।'' जगतप्रकाश बोला, ''वाकई तुम्हारे ऊपर बड़ी मुसीबत आ पड़ी है।''

उदासीनता के भाव से सुषमा ने कहा, ''हाँ, कुछ आर्थिक कठिनाइयाँ भी पैदा हो गई हैं। वैसे पापा ने काफ़ी रुपया इकट्ठा कर रखा है बैंक में, लेकिन उनके इलाज में खर्च भी बहुत हो रहा है। अच्छा छोड़िए भी इस बात को, कहाँ मैं अपना पचड़ा लेकर बैठ गई ! आपसे आपके सम्बन्ध में मैंने कुछ पूछा ही नहीं। अच्छा तो वार में अफ़सर बन गए होंगे, वहाँ से चले क्यों आए ?''

''मैं बीमार पड़ गया था और डॉक्टरों ने मुझे डिस्चार्ज करा दिया।'' एक छोटा-सा उत्तर।

''यह बड़ा अच्छा हुआ। नहीं तो आप ज़िन्दा उस युद्ध से लौटते, यह कहना बड़ा मुश्किल था। मुझे वाक़ई बड़ी खुशी हुई कि आप इलाहाबाद में फिर वापस आ गए। पापा ने आपको जो झूठ-मूठ फँसवाकर आपका कैरियर नष्ट किया, उसकी सज़ा उन्हें मिल गई।''

''ऐसी बात न कहो !'' जगतप्रकाश बोला, ''आदमी कुछ नहीं करता, चीज़ें हो जाया करती हैं। मेरे मन में तुम्हारे पापा के प्रति किसी तरह की कटुता नहीं है। उन्होंने जो कुछ किया वह रूपलाल के बहकावे में आकर किया। असल में रूपलाल खुद यमुना

से विवाह करना चाहता था और उसने उससे विवाह कर भी लिया।''

''और पापा आपके साथ मेरा विवाह करना चाहते थे।'' सुषमा हँस पड़ी, ''रूपलाल ने यमुना से विवाह कर लिया और पापा आपसे मेरा विवाह नहीं कर पाए। है न मज़ेदार बात ! और मैं सोचती हूँ कि लोग विवाह के लिए दीवाने क्यों रहते हैं ? विवाह आखिरकार एक बन्धन ही तो है, लोग जान-बूझकर अपने को इस बन्धन में क्यों बाँधना चाहते हैं ?''

''शायद इसलिए कि मनुष्य स्वयं शरीर के बन्धनों में जकड़ा हुआ जन्म लेता है, यह जीवन स्वयं एक बन्धन है। मुक्ति तो मृत्यु में होती है।'' जगतप्रकाश बिना कुछ सोचे-विचारे कह गया।

''नहीं, आप ऐसी बात न कहिए। अभी मैं मृत्यु की कामना नहीं कर सकती, बिलकुल नहीं।''

कार जांस्टनगंज में पंजाब होटल के सामने पहुँच गई थी। जगतप्रकाश से सुषमा ने कहा, ''बड़ी गन्दी जगह है यह होटल, भीड़ और शोर ! आपको रात में नींद कैसे आएगी ? कल पहला काम जो मैं करूँगी वह सिविल लाइंस के किसी बँगले में आपके लिए एक हिस्से को ढूँढ़ना।'' और जगतप्रकाश को कार से उतारकर सुषमा चली गई।

दूसरे दिन ठीक दस बजे जगतप्रकाश यूनिवर्सिटी पहुँच गया। प्रोफ़ेसर शर्मा ने कहा, ''कल शाम को मैंने वाइस चांसलर से बातचीत कर ली है। तुम उनसे मिलकर दफ़्तर में रजिस्ट्रार को ज्वाइनिंग रिपोर्ट दे दो। और कल से तुम सेमिनार क्लास लेना शुरू कर दो, पहली अक्टूबर से तुम्हें बी.ए. फ़र्स्ट ईयर का एक पीरियड लेना होगा। रजिस्ट्रार-ऑफ़िस से तुम स्टॉफ़-रूम में आ जाना।''

जगतप्रकाश फिर से यूनिवर्सिटी में आ गया। उसने अपने अन्दर एक तरह के सन्तोष का अनुभव किया। लेकिन क्या वह वास्तव में सन्तोष था ? स्टॉफ़-रूम में उसके पुराने सहयोगी मौजूद थे, इन सबने उसका हार्दिक स्वागत किया। लोगों को वह अपने अनुभव सुनाता रहा। तभी उसने देखा कि सुषमा डॉक्टर भारद्वाज को ढूँढ़ती हुई स्टॉफ़-रूम में आ गई। सुषमा ने डॉक्टर भारद्वाज से कहा, ''डॉक्टर, कल शाम मैं प्रोफ़ेसर को अपनी थीसिस दे आई। आपके पास आई हूँ कि आप उनसे यह थीसिस आज ही परीक्षकों के पास भिजवा दें, प्रोफ़ेसर ने वायदा कर लिया है।''

''आज तो प्रोफ़ेसर डॉक्टर जगतप्रकाश के काम-काज में बिज़ी रहे, उनसे मेरी मुलाक़ात ही नहीं हुई। कल सुबह के वक़्त मैं उनसे मिलकर ज़रूर भिजवा दूँगा, अपने सामने। इन्हें तो तुम जानती होगी, डॉक्टर जगतप्रकाश ! आज से यह फिर हम लोगों के साथ आ गए हैं।''

''कल प्रोफ़ेसर के यहाँ मैं इनसे मिल चुकी हूँ। यहाँ इनसे भी मिलना था मुझे। कल प्रोफ़ेसर ने इनके लिए मकान ढूँढ़ने का भार मुझ पर डाल दिया था, तो वह मकान मैंने ढूँढ़ दिया है।'' और वह जगतप्रकाश की ओर घूमी, ''आप तो खाली होंगे डॉक्टर प्रकाश !''

जगतप्रकाश ने घड़ी देखी, तीन बज चुके थे, उसने उठते हुए कहा, "हाँ, मैं खाली हूँ, चलूँ, मकान भी तय कर लूँ चलकर।"

एलगिन रोड पर एक बड़े बँगले में दो कमरों का हिस्सा खाली था। मकान की हालत अच्छी नहीं थी; ऐसा दिखता था कि बहुत दिनों से उसकी देखभाल नहीं हुई है। सुषमा ने कहा, "इस बँगले के स्वामी मिस्टर चोपड़ा का देहान्त हो चुका है। चोपड़ा साहब का बड़ा लड़का इंजीनियर है शाहजहाँपुर में, छोटा लड़का दिल्ली में अपने मामा के साथ रहकर पढ़ रहा है। चोपड़ा साहब की पत्नी और दो छोटे-छोटे लड़के यहाँ हैं।" और सुषमा ने मकान खुलवाया। जगतप्रकाश को वह हिस्सा पसन्द आया।

श्रीमती चोपड़ा मोटी-सी अधेड़ महिला थीं। उन्होंने सुषमा से पूछा, "यह भले आदमी तो हैं ! क्या करते हैं ?"

सुषमा बोली, "मैं इन्हें लाई हूँ तो इन्हें भला आदमी ही होना चाहिए चाचीजी, वैसे यह यूनिवर्सिटी में प्रोफ़ेसर हैं।"

श्रीमती चोपड़ा यह जानकर कि जगतप्रकाश यूनिवर्सिटी में प्रोफ़ेसर हैं, सन्तुष्ट हो गईं, "अभी तो बच्चे दिखते हैं !" फिर उन्होंने जगतप्रकाश से पूछा, "तुम्हारी शादी हो चुकी है ? घर में कौन-कौन हैं ?"

"घर में कोई नहीं है, अभी शादी नहीं की है।" जगतप्रकाश बोला।

"तो फिर ठीक है। बात यह है कि ज़्यादा आदमियों से मकान गन्दा रहता है। इन कमरों में सब कुछ सामान मौजूद है, पलंग, कुर्सी, मेज़, बिजली का पंखा। साथ में रसोई का कमरा है और गुसलख़ाना है। किराया पचास रुपए होगा।"

जगतप्रकाश ने उत्तर दिया, "मुझे मंजूर है; कब आ जाऊँ ?"

"जब जी चाहे—आज, अभी आ सकते हो। हाँ, किराया पेशगी देना होगा।"

जगतप्रकाश ने पर्स निकालकर पचास रुपए श्रीमती चोपड़ा को दे दिए। सुषमा ने श्रीमती चोपड़ा से कहा, "यह एक होटल में ठहरे हैं, अभी घंटे-दो-घंटे में आए जाते हैं।" और उसने श्रीमती चोपड़ा से मकान की चाभी ले ली।

जगतप्रकाश को अपनी कार पर बिठाकर उसने कहा, "चलो, यह काम भी पूरा हुआ, अब आपको एक नौकर चाहिए जो रसोई बना सके और आपका काम-काज कर सके। दो-एक दिन में नौकर का भी इन्तज़ाम मैं कर दूँगी। अब चलें, होटल से आपका सामान ले आया जाए।"

होटल का हिसाब चुकाकर तथा अपना असबाब लेकर जब जगतप्रकाश एलगिन रोडवाले बँगले में पहुँचा, आठ बज रहे थे। सुषमा ने पूछा, "अब आप खाना कहाँ खाएँगे।"

"मुझे कोई खास भूख नहीं है, अगर भूख लगेगी तो कहीं होटल में खा लूँगा। अब तुम घर जाओ, काफ़ी देर हो गई है।"

सुषमा के जाने के बाद जगतप्रकाश ने अपना सब सामान निकालकर सजाया।

थोड़ी देर में उसे श्रीमती चोपड़ा की आवाज सुनाई दी, "तो आप आ गए ! आपके साथ कोई नौकर तो है नहीं, खाने का क्या इन्तज़ाम है ?"

"आज खाने की तबीयत नहीं है, शाम को चाय पी ली थी होटल में।" पर जगतप्रकाश को वास्तव में भूख मालूम हो रही थी।

"नहीं, भूखे नहीं सोना होगा। मैं अपने नौकर के हाथ खाना भिजवाए देती हूँ। जब तक तुम नौकर का इन्तज़ाम नहीं कर लेते, नाश्ता और खाना मेरे यहाँ से आ जाया करेगा।" और श्रीमती चोपड़ा बिना जगतप्रकाश के उत्तर की प्रतीक्षा किए चली गई।

भोजन करके जब जगतप्रकाश बिस्तर पर लेटा, वह सन्तुष्ट था, प्रसन्न था। दुनिया में अकेली कुरूपता ही नहीं है, दुनिया में ममता है, सहानुभूति है, संवेदना है !

[21]

जगतप्रकाश को अपने जीवन के क्रम से सन्तोष नहीं था, एक अजीब-सी एकरसता, भयानक और कुरूप !

हर तरफ़ एक घुटन और सड़ाँध। दुनिया के अनेक भागों में मृत्यु और विनाश का तांडव हो रहा था, लोग मर रहे थे और तबाह हो रहे थे, लेकिन उसके इर्द-गिर्द कहीं किसी तरह का परिवर्तन नहीं। जर्मनी रूस में दूर तक घुसकर बैठ गया था, समस्त यूरोप पर उसका कब्ज़ा हो चुका था। जापान ने बर्मा ले लिया था। यह सब हुआ था क़रीब साल-भर पहले। इसके बाद—कुछ भी नहीं, सिवा इधर-उधर की कुछ छोटी-मोटी घटनाओं के, जो दुनिया के महान् संकट के सन्दर्भ में नगण्य और महत्त्वहीन कही जा सकती थीं।

लेकिन युद्ध हो रहा था—कहीं शान्ति नहीं, कहीं स्थायित्व नहीं। और इस युद्ध के फलस्वरूप सामाजिक एवं आर्थिक व्यवस्था बेतरह बिगड़ रही थी। चीज़ों के दाम तेज़ी से बढ़ रहे थे—मनुष्य बदनीयत और बेईमान हो गया था। बाज़ार में कपड़ा नहीं दिखता था; अठगुने या दसगुने दाम हो गए थे उनके, लेकिन इन दामों पर खरीदने की क्षमता किसमें थी ? इंग्लैंड में कंट्रोल लगे—उस कंट्रोल के फलस्वरूप वहाँ ब्लैक मार्केट का जन्म हुआ, और वह ब्लैक मार्केट हिन्दुस्तान में पहुँच गया। यहाँ भी खुले बाज़ार से निकलकर माल ब्लैक मार्केट में चला गया था। अनाज के दाम दुगुने और तिगुने हो रहे थे। चारों ओर एक भयानक अभाव की छाया और इस सबका कारण था युद्ध ! युद्ध के दानव के मुख में सब कुछ समाया जा रहा था—अन्न, वस्त्र, स्वाभिमान, जीवन !

इंग्लैंड में यह ब्लैक मार्केट चल रहा था, वहाँ इस ब्लैक मार्केट के चलने के कारण थे। एक छोटा-सा द्वीप, चारों ओर समुद्र से घिरा हुआ। वहाँ सब कुछ बाहर से आता

था—अनाज, रुई, अन्न, दूध, अंडा, मक्खन। और जर्मनी की बमबारी से इंग्लैंड बुरी तरह क्षतिग्रस्त हो चुका था। उत्पादन रुक गया था, क्योंकि वहाँ की आधे से अधिक जनसंख्या युद्ध के प्रयत्नों में लगी हुई थी। विदेशों से माल आ नहीं सकता था, क्योंकि जर्मन सबमेरीनें इंग्लैंड के व्यापारी जहाज़ों को लगातार डुबो रही थीं। वहाँ तो जीवन-मरण का प्रश्न था।

जहाँ अभाव है वहाँ यह ब्लैक मार्केट या काला बाज़ार चलेगा ही। अभाव की अवस्था में समान वितरण असम्भव है। और मनुष्य के अन्दरवाला स्वार्थ, उसकी खुदग़र्ज़ी—ये वे अवयव हैं जिन्हें मनुष्य कभी भी अपने से अलग नहीं कर सका। इंग्लैंड में जो कुछ हो रहा था, वह स्वाभाविक था।

लेकिन वही सब इस देश में हो रहा था, जहाँ किसी तरह का अभाव नहीं था। अन्न-वस्त्र—इनकी तो प्रचुरता थी इस देश में। फिर यह सब क्यों ?

दिसम्बर मास के तीसरे सप्ताह में सर्दी बढ़नी आरम्भ हो गई थी। जगतप्रकाश एक गरम सूट बनवाना चाहता था, लेकिन उसे ऊनी कपड़ों की क़ीमत देनी अखर गई थी। उस दिन प्रोफ़ेसर शर्मा ने अपने सहयोगियों को अपने यहाँ चाय पर बुलाया था। लेक्चरर ज्ञानरंजन ने एक निबन्ध लिखा था—"काला बाज़ार—अभाव का एक नया पहलू।" चाय पीने के बाद ज्ञानरंजन ने अपना निबन्ध पढ़ा, और उसके बाद उस निबन्ध पर परिचर्चा आरम्भ हुई।

भारतीय अर्थव्यवस्था का जो दयनीय रूप उस परिचर्चा में प्रकट हुआ उससे जगतप्रकाश घबरा गया। चीज़ों की महँगाई वह भुगत रहा था, लोगों की विवशता को वह अनुभव कर रहा था, और उसे आश्चर्य हो रहा था कि यह सब क्यों हो रहा है। सेना के लिए अनाज खरीदा जा रहा था, सेना के लिए कपड़ा खरीदा जा रहा था। लेकिन चालीस करोड़ आदमियों का यह देश ! इसकी आवश्यकताओं का कितना प्रतिशत सेना के लिए लिया जा सकता है ? फिर यह अभाव क्यों ?

जगतप्रकाश ने उस परिचर्चा में कोई भाग नहीं लिया। अन्त में प्रोफ़ेसर शर्मा ने उससे कहा, "डॉक्टर जगतप्रकाश ! तुमने कुछ नहीं कहा। तुम्हारा क्या मत है ?"

जगतप्रकाश को उठना पड़ा, "काला बाज़ार मुनाफ़ाखोरी की प्रवृत्ति की उपज है, मेरा तो ऐसा मत है, और शायद सभी लोग इससे सहमत होंगे। यह मुनाफ़ाखोरी पूँजीवादी अर्थव्यवस्था का महत्त्वपूर्ण पहलू है। मैं यह स्वीकार करता हूँ कि इस प्रवृत्ति को अभाव की अवस्था बल देती है, और इसलिए हम आज ब्लैक मार्केट का विकृत रूप देख रहे हैं, क्योंकि युद्ध के कारण वितरण-व्यवस्था में नियन्त्रण लगा दिए गए हैं, और इसलिए मुझे तो ऐसा लगता है कि काला बाज़ार कंट्रोल का पहलू है, न कि अभाव का। अभाव स्वाभाविक हो सकते हैं, अभाव पूँजीवादी अर्थव्यवस्था द्वारा कृत्रिम रूप से पैदा किए जा सकते हैं, अगर यह पूँजीवादी अर्थव्यवस्था शासनतन्त्र पर हावी हो जाए। और इस वास्तविक अथवा कृत्रिम अभाव के कारण, मुनाफ़ाखोरी की प्रवृत्ति के कारण चीज़ों के दाम बेतहाशा बढ़ सकते हैं। लेकिन काला बाज़ार नाम की चीज़ वहाँ

नहीं होती, क्योंकि चीज़ें खुले बाज़ार में बिकती हैं और सप्लाई एंड डिमांड के सिद्धान्त के अनुसार इन चीज़ों की कीमतें घटती-बढ़ती रहती हैं। लेकिन जब सरकार द्वारा चीज़ों के दाम स्थिर किए जाते हैं और उनकी माँग पर नियन्त्रण लगा दिया जाता है तब ब्लैक मार्केट की सृष्टि होती है। यह ब्लैक मार्केट मानव के बौद्धिक विकास की उपज है जिसका रूप इस विश्वयुद्ध की असाधारण परिस्थितियों में उभर आया है।''

सब लोग ध्यान से जगतप्रकाश की बात सुन रहे थे। प्रोफ़ेसर शर्मा ने जगतप्रकाश की ओर बड़े कौतूहल के साथ देखा, ''तो तुम्हारे कहने का मतलब यह है कि काला बाज़ार अभाव का पहलू न होकर मुनाफ़ाखोरी का पहलू है, और चूँकि अभाव दूर भी हो सकते हैं लेकिन यह मुनाफ़ाखोरी की प्रवृत्ति शाश्वत है, इसलिए यह ब्लैक मार्केट अभाव की स्थिति समाप्त होने पर भी क़ायम रह सकता है। यह तो बड़ी निराशाजनक तस्वीर है डॉक्टर प्रकाश !''

''मैं तो ऐसा ही समझता हूँ सर ! बौद्धिक विकास के क्रम में मनुष्य के अन्दर वाली सद् और कल्याणकारिणी प्रवृत्तियों के साथ उसकी असद् और समाज-विरोधी विकृतियों का भी विकास होता रहता है। कोई भी चीज़ अस्वाभाविक नहीं होती; यह काला बाज़ार पूँजीवादी अर्थव्यवस्था के विकास का एक नया और मौलिक पहलू है।''

''तो इसके ये अर्थ हुए कि पूँजीवादी अर्थव्यवस्था के विकास के साथ यह ब्लैक मार्केट भी विकसित होता जाएगा ?'' डॉक्टर भारद्वाज ने उत्तेजित स्वर में पूछा, ''डॉक्टर प्रकाश ! जहाँ तक मुझे पता है तुम समाजवादी अर्थव्यवस्था पर विश्वास करते हो।''

''आपको इसमें कोई आपत्ति है क्या ?'' शान्त भाव से जगतप्रकाश ने पूछा।

इसके पहले कि डॉक्टर भारद्वाज कोई उत्तर दें, प्रोफ़ेसर शर्मा ने कहा, ''हमें लोगों के व्यक्तिगत विश्वासों से कोई मतलब नहीं। लेकिन डॉक्टर प्रकाश, अभी-अभी तुमने कहा है कि कंट्रोल अर्थात् सरकारी नियन्त्रण के कारण ब्लैक मार्केट का जन्म हुआ है। मैं पूछता हूँ कि क्या सरकारी नियन्त्रण स्वयं में समाजवादी अर्थव्यवस्था का पहलू नहीं है ?''

''मैं आपका मतलब समझ गया।'' जगतप्रकाश बोला, ''मैं यह स्वीकार करता हूँ कि यह सरकारी नियन्त्रण समाजवादी अर्थव्यवस्था का पहलू है, केवल अर्ध-सत्य के रूप में। यह पहलू एकांगी है—आतंकवाद पर आधारित, जैसा कि जर्मनी की अर्ध-समाजवादी अर्थव्यवस्था में हम देख रहे हैं। उत्पादन और वितरण जब तक व्यक्ति के हाथ में हैं, नियन्त्रण के माने होंगे समाज और व्यक्ति के बीच में बौद्धिक उखाड़-पछाड़। वहाँ व्यक्ति को एक अत्यन्त छोटी इकाई होने के नाते बौद्धिक दाव-पेंच की अधिक-से-अधिक सुविधाएँ प्राप्त हैं। समाज वितरण का नियन्त्रण अपने हाथ में लेकर समाजवादी अर्थव्यवस्था का एक ही पहलू स्वीकार करता है। इसलिए यह मिश्रित अर्थव्यवस्था और भी भयानक है।''

डॉक्टर भारद्वाज ने और भी तेज़ आवाज़ में कहा, ''डॉक्टर प्रकाश ! अब मैं दावे

के साथ कह सकता हूँ कि तुम कम्युनिस्ट हो।''

परिचर्चा ने अब कटुता का रूप धारण कर लिया है, प्रोफ़ेसर शर्मा ने अनुभव किया, और उन्होंने यह भी अनुभव किया कि जगतप्रकाश वहाँ अपने विचारों और विश्वासों में एकाकी है। उन्होंने अब परिचर्चा समाप्त करते हुए कहा, ''ज्ञान का क्षेत्र तर्क का क्षेत्र है, वह पूर्वाग्रहों और कटुता का क्षेत्र नहीं है। डॉक्टर प्रकाश ने जो विचार प्रकट किए हैं, उनसे पूरी तौर से सहमत न होते हुए भी मेरी समझ में वह आज की समस्याओं का एक नया पहलू प्रस्तुत करते हैं, इस पर हम लोगों को गम्भीरतापूर्वक मनन करना चाहिए।''

जिस समय जगतप्रकाश उस मीटिंग के बाहर निकला, वह कुछ उदास था। डॉक्टर भारद्वाज एकाएक उसके ख़िलाफ़ कटु क्यों हो गए थे ?

उस मीटिंग में सुषमा भी आई थी। प्रोफ़ेसर शर्मा ने सुषमा को अलग बुलाकर कहा, ''मेरी तुम्हें बधाई सुषमा बंसगोपाल ! आज एकेडेमिक कौंसिल ने तुम्हें डॉक्टरेट प्रदान कर दी है।''

सुषमा का चेहरा प्रसन्नता से चमक उठा, ''आपको बहुत-बहुत धन्यवाद सर ! मुझे डॉक्टर भारद्वाज ने तो नहीं बतलाया।''

''उन्हें अभी नहीं मालूम। उन्हें यह भी नहीं मालूम कि तुम्हारी थीसिस के चौथे चैप्टर पर डॉक्टर खरवंडे ने कुछ शंकाएँ प्रकट करके मेरे पास भेज दी थीं और मेरे कहने से डॉक्टर प्रकाश ने उन शंकाओं का समाधान कर दिया था। इसी सबमें तुम्हें डॉक्टरेट मिलने में कुछ देर हो गई। लेकिन डॉक्टर भारद्वाज से यह सब न कहना। मेरी समझ में यह नहीं आता कि वह डॉक्टर जगतप्रकाश के प्रति अकारण ही कटु क्यों हो गए हैं, वह मेरे प्रति भी कटु हो जाएँगे, मैं यह नहीं चाहता।''

''आप विश्वास रखिए, मैं किसी से यह बात न कहूँगी। मैं आपकी कितनी कृतज्ञ हूँ।'' और वह तेज़ी के साथ बाहर चल दी।

एकाकी और उदास—जगतप्रकाश पोर्टिको के बाहर निकल रहा था जब सुषमा दौड़ती हुई उसके पास पहुँची।

''आप अकेले ही चल दिए !'' उसने कहा।

एक कड़वी मुस्कराहट के साथ जगतप्रकाश बोला, ''मैं अकेला जो हूँ। आज की परिचर्चा में मुझे पता चल गया।''

''आप अकेले कैसे हैं ? प्रोफ़ेसर जो आपका समर्थन कर रहे थे !'' सुषमा बोली।

उसी करुण मुस्कान के साथ जगतप्रकाश ने सिर हिलाया, ''नहीं, प्रोफ़ेसर की सहानुभूति-भर मेरे साथ है, उनके विचार और विश्वास मेरे साथ नहीं हैं। मुझे लग रहा है कि मैं ग़लत वातावरण में, ग़लत लोगों के बीच आ पड़ा हूँ।''

सुषमा ने बात बदली, ''आप मेरे साथ चलिए, आज मेरे उत्सव का दिन है। मुझे आज एकेडेमिक कौंसिल ने डॉक्टरेट की डिग्री प्रदान कर दी है, अभी-अभी प्रोफ़ेसर ने मुझे बतलाया है।''

जगतप्रकाश जैसे अनायास ही एक धुन्ध की दुनिया से निकलकर प्रकाश की दुनिया में आ गया। उसने सुषमा का हाथ पकड़कर कहा, "मेरी बहुत-बहुत बधाई ! लेकिन प्रोफ़ेसर ने डिपार्टमेंट में तो इस बात का ज़िक्र नहीं किया।"

सुषमा के साथ जगतप्रकाश उसकी कार पर बैठ गया। कार स्टार्ट करते हुए सुषमा ने कहा, "अच्छा, एक बात बताइए। मेरी थीसिस एक जगह से वापस आ गई थी कुछ प्रश्नों के साथ। प्रोफ़ेसर ने उन प्रश्नों का उत्तर आपसे लिखवाकर थीसिस को फिर से भिजवाया था। आपने मुझे यह सब नहीं बतलाया।"

"इसलिए कि यह बात विभाग के अन्य लोगों के कान तक पहुँच जाती। फिर बात भी कुछ ऐसी महत्त्वपूर्ण नहीं थी।"

"आप नहीं जानते, मेरे लिए यह बात बहुत महत्त्वपूर्ण थी।" सुषमा बोली। और फिर जैसे उसकी आँखें चमक उठी हों, "आज आप मेरे साथ एक पिक्चर देखेंगे, फिर हम लोग एक साथ खाना खाएँगे किसी होटल में। मैं घर में कहे देती हूँ कि मैं रात को देर से लौटूँगी।"

जगतप्रकाश के बँगले पर सुषमा ने कार रोककर कहा, "आप मुँह-हाथ धोकर तैयार हो जाइए, अभी छह बजे हैं। पन्द्रह-बीस मिनट में मैं आती हूँ। और हाँ, आपका नौकर तो बड़ा अच्छा खाना बनाता है, उससे कह दीजिए कि वह खाना बना ले—यहीं आपके यहाँ खाना खाऊँगी। होटलों की भीड़ में न ठीक ढंग का खाना मिलता है, न ठीक तौर से खाया जा सकता है।"

जगतप्रकाश ने अपने नौकर को दो आदमियों का खाना बनाने का आदेश दे दिया। ठीक बीस मिनट में सुषमा अपने घर से लौट आई। दोनों पैलेस में पिक्चर देखने चल दिए।

जगतप्रकाश के मन की सारी उदासी जाती रही थी। सुषमा कह रही थी, "आप अकेले नहीं हैं। प्रोफ़ेसर आपके साथ हैं, क्योंकि वे केवल आप पर विश्वास करते हैं। और—और—मैं आपके साथ हूँ, क्योंकि आप मेरे सबसे अधिक निकटस्थ हैं। डॉक्टर भारद्वाज को आपसे ईर्ष्या है, अब वह प्रोफ़ेसर के इतने निकटस्थ नहीं रहे जितना पहले थे। और उससे भी बढ़कर उनकी ईर्ष्या का कारण मैं हूँ।" और सुषमा खिलखिलाकर हँस पड़ी, "डॉक्टर प्रकाश, मैं सच कहती हूँ कि आप डॉक्टर भारद्वाज की अपेक्षा लगातार मेरे अधिक निकट आते जा रहे हैं। उन्होंने एकाध बार मुझसे यह संकेत भी किया है। लेकिन—लेकिन" सुषमा ने अब जगतप्रकाश का हाथ ज़ोर से पकड़ लिया, "उन्हें यह पता नहीं था कि मैं तुम्हारे निकट इतना आ जाऊँगी।"

सुषमा का हाथ जल रहा था और जगतप्रकाश को लगा कि सुषमा के हाथ की जलन बिजली के करेंट की भाँति उसके अन्दर भर गई है। उसका सारा शरीर झनझना उठा, और घबराकर उसने सुषमा के हाथ से अपना हाथ छुड़ा लिया।

पौने नौ बजे पिक्चर खत्म हुई और सुषमा जगतप्रकाश को लेकर उसके बँगले में पहुँची। कमरे में आकर वह एक आरामकुर्सी पर बैठ गई, "बड़ी थकावट है। सुख और

पुलक में भी एक तरह की थकावट होती है। डॉक्टर जगतप्रकाश, अभी तो खाना बनने में शायद कुछ देर हो।''

जगतप्रकाश ने आवाज़ दी, ''महादेव ! खाना बनने में कितनी देर है ?''

''बस, आधे-पौन घंटे में तैयार हुआ जाता है, अच्छा खाना बनाने में देर तो लगती है और फिर जब बीबीजी जैसी शौक़ीन खानेवाली हों !'' महादेव के मुख पर एक बहुत हलकी मुस्कान थी जिसे जगतप्रकाश नहीं देख पाया।

सुषमा एक झटके के साथ उठ खड़ी हुई, ''अरे, मैं तो भूल ही गई थी। कार में कुछ सामान रख लाई हूँ घर से, आज तो अपनी डॉक्टरेट का उत्सव मनाने निकली हूँ।'' और वह बाहर जाकर कार से एक झोला ले आई।

उस झोले में स्कॉच व्हिस्की की एक बोतल थी जो दो-तिहाई खाली थी, और दो बोतलें सोडे की थीं। झोले से बोतलें निकालकर उसने मेज़ पर रख दीं, ''पापा को पीना मना कर दिया गया है, तो मैं इसे उठा लाई। सोचा, तुम्हारे यहाँ शायद न हो, और सेलीब्रेट मुझे करना ही है।''

जगतप्रकाश ने बहुत पहले सुषमा के सम्बन्ध में अनेक प्रकार की बातें सुनी थीं, पर वह उन बातों को अब तक भूल चुका था। सुषमा उस समय कितनी सुन्दर दिख रही थी, जीवन की गति और उसकी हलचल से मुक्त। अपनी ओर जगतप्रकाश को इस प्रकार अनिमेष नयनों से निहारते देखकर सुषमा ने कहा, ''क्यों, इस तरह मुझे क्यों देख रहे हो ? तुम तो आर्मी में रहे हो। आर्मी में जितने लोग जाते हैं वे शराब पीने लगते हैं। शराब जीवन के संघर्षों की द्योतक है। तुमने भी शराब पी होगी।''

''हाँ, मैंने भी पी है, उन संघर्षों की थकान से त्राण पाने के लिए। वहाँ से लौटकर फिर नहीं पी।''

''तो फिर आज मेरे हाथ से मेरे साथ पियो।'' और सुषमा ने दो गिलासों में व्हिस्की का एक-एक पैग ढाल दिया। जगतप्रकाश ने बिना किसी प्रतिवाद के व्हिस्की का गिलास उठा लिया। उसने केवल इतना कहा, ''नौकर यह सब देखकर क्या सोचेगा !''

सुषमा हँस पड़ी, ''बिना परिवार वाले युवकों के नौकर न कुछ देखते हैं और न कुछ सोचते हैं।'' और वह जगतप्रकाश की बगल में सटकर बैठ गई।

जगतप्रकाश को लग रहा था कि उसके अन्दर कहीं तक पशु सोया हुआ पड़ा था और अब वह जाग रहा है। और सुषमा कहती जा रही थी, ''डॉक्टर भारद्वाज ने मुझे गाइड करके मेरी थीसिस लिख दी और उन्होंने उसकी क़ीमत मुझसे वसूल की। लेकिन डॉक्टरेट तुमने मुझे दिलवाई है, तुम बहुत सीधे और भोले हो, तो मैं खुद तुम्हें उसकी क़ीमत अदा करने आई हूँ।''

अपने अन्दर वाले पशु को भरसक दबाने का प्रयत्न करते हुए जगतप्रकाश ने कहा, ''लेकिन मैंने तो तुमसे कोई क़ीमत माँगी नहीं।''

''तुम भीरु हो, मर्यादा, सभ्यता, परम्परा के बन्धनों से जकड़े हुए। लेकिन मैं तो

मुक्त और स्वच्छन्द प्राणी हूँ। मैंने तुम्हारे साथ कुछ उपकार किए हैं, मैं ही तुमसे क़ीमत वसूल करने आई हूँ।'' और सुषमा ने यह कहकर जगतप्रकाश के गिलास में व्हिस्की का पैग ढाला और अपने हाथों से वह गिलास उठाकर जगतप्रकाश के होंठों से लगा दिया।

जगतप्रकाश वास्तविकता की दुनिया से निकल चुका था—वह अपने को खोता चला जा रहा था। उससे पहले जीवन में उसे ऐसा अनुभव नहीं हुआ था। और जब बारह बजे रात के समय सुषमा उसके कमरे से गई, वह आधी बेहोशी की हालत में अपने बिस्तर पर गिर पड़ा।

सुबह जब जगतप्रकाश सोकर उठा, उसके अन्दर न किसी तरह की ग्लानि थी, और न किसी तरह का परिताप। उसके अन्दर एक प्रकार का मादक पुलक था, एक नशे के रूप में। उसने उस दिनवाला दैनिक पत्र खोला, सुषमा को डॉक्टरेट मिलने की खबर उसमें छपी थी। इत्मीनान के साथ उसने पूरा पत्र पढ़ डाला, उस दिन उसने विश्वयुद्ध की खबरों में भी कोई ख़ास दिलचस्पी नहीं ली। दोपहर के समय खाना खाकर वह सो गया। शाम के समय उसने कपड़े पहने और घूमने को निकल पड़ा। घर से निकलते ही उसे सुषमा की याद आ गई। शहर की तरफ़ बढ़ने के स्थान पर उसके क़दम आप-ही-आप सुषमा के बँगले की तरफ़ उठ गए।

सुषमा ड्राइंग-रूम में डॉक्टर भारद्वाज के साथ बैठी चाय पी रही थी। जगतप्रकाश को देखते ही वह उठ खड़ी हुई, ''आइए डॉक्टर प्रकाश ! अभी कुछ देर पहले ही डॉक्टर भारद्वाज मुझे बधाई देने आए हैं। उन्होंने आज के पेपर में मुझे डॉक्टरेट मिलने की ख़बर पढ़ी।''

''मैं भी तुम्हें बधाई देने आया हूँ।'' जगतप्रकाश के मुँह से यह झूठ अनायास ही निकल पड़ा।

डॉक्टर भारद्वाज बोल उठे, ''बड़ी होनहार और तेज़ लड़की है। मुझे इसकी थीसिस गाइड करने पर नाज़ है।''

''जी हाँ, होना भी चाहिए।'' जगतप्रकाश ने बैठते हुए कहा। सुषमा ने चाय का प्याला बनाकर जगतप्रकाश को दे दिया और जगतप्रकाश इत्मीनान के साथ बैठकर चाय पीने लगा।

डॉक्टर भारद्वाज का पूरा नाम था डॉक्टर दीनानाथ भारद्वाज, और वे प्रयाग विश्वविद्यालय में अर्थशास्त्र के रीडर थे। उनकी अवस्था क़रीब पैंतालीस वर्ष की रही होगी, लेकिन उनकी तन्दुरुस्ती अच्छी थी और शक्ल से वह पैंतीस-छत्तीस वर्ष के युवक की भाँति दिखते थे। भरा हुआ कसरती बदन, साँवला रंग, आँखें छोटी-छोटी लेकिन चमकती हुईं, और मुख कुछ ऐसा, जो सुन्दर तो कहा ही नहीं जा सकता था। शायद उस समय सुषमा के यहाँ जगतप्रकाश का आना डॉक्टर भारद्वाज को अच्छा नहीं लगा। उन्होंने जगतप्रकाश से कहा, ''क्या आप यहाँ कहीं पास में रहते हैं, डॉक्टर प्रकाश ?''

और इस प्रश्न का उत्तर सुषमा ने दिया, ''जी हाँ, यहाँ से क़रीब एक फर्लांग की दूरी पर। मैंने ही वह मकान डॉक्टर प्रकाश को दिलवाया था।''

''तब तो आप अक्सर यहाँ आ जाया करते होंगे ?''

''आज मैं दूसरी बार आया हूँ।'' इस बार जगतप्रकाश बोला। और जगतप्रकाश की बात को काटकर सुषमा बोली, ''मैं ही अक्सर इनके यहाँ चली जाया करती हूँ डॉक्टर ! हम दोनों पड़ोसी हैं, तो हम दोनों में मित्रता भी होनी चाहिए। आप अपनी ही बात लें, आप जार्ज टाउन में रहते हैं, लेकिन आप भी अक्सर चले आया करते हैं।'' और सुषमा खिलखिलाकर हँस पड़ी।

खिसियाहट-भरी मुस्कान अपने मुख पर लाते हुए डॉक्टर भारद्वाज बोले, ''तुम मेरी स्टूडेंट थीं न ! मैंने तुम्हारी थीसिस गाइड की है।''

जगतप्रकाश को वहाँ का वातावरण कुछ कुरूप और कटुता से भरा लग रहा था। वह उठ खड़ा हुआ, ''मेरी बहुत बधाई सुषमा, और आपको भी डॉक्टर भारद्वाज ! अब मैं चलूँगा, क्योंकि मुझे एक काम से जाना है।''

सुषमा बोली, ''थोड़ी देर और बैठिए, इतनी जल्दी क्या है, अभी तो छह नहीं बजे हैं। क्यों डॉक्टर !'' वह डॉक्टर भारद्वाज से बोली, ''भला इतवार के दिन कौन-सा ऐसा काम हो सकता है जिसकी वजह से एक अच्छी कम्पनी छोड़कर चल दिया जाए। फिर डॉक्टर प्रकाश अपने में सिमटे हुए और बन्द आदमी हैं, इनकी तो इलाहाबाद के लोगों से जान-पहचान भी ज़्यादा नहीं है। दिन-भर अपने मकान में बन्द पढ़ा करते हैं, किसी से मिलने-जुलने का नाम तक नहीं लेते।''

गम्भीरतापूर्वक सिर हिलाते हुए डॉक्टर भारद्वाज ने कहा, ''लोगों की ज़िन्दगी की कई परतें होती हैं। ऊपरी परत को देखकर कुछ निश्चयपूर्वक नहीं कहा जा सकता। डॉक्टर प्रकाश को ज़रूर कोई आवश्यक काम होगा, नहीं तो यह तुम्हारे आग्रह को अस्वीकार न करते। आप जाइए डॉक्टर प्रकाश ! सुषमा में अब भी काफ़ी लड़कपन है।''

''जब तक मैं इन्हें जाने की इजाज़त नहीं दूँगी, तब तक यह नहीं जा सकते।'' और सुषमा फिर खिलखिलाकर हँस पड़ी, ''आप तो जानते हैं डॉक्टर कि तीन हठ मशहूर हैं, राज-हठ, बाल-हठ और तिरिया-हठ। तो आज के उत्सव की रानी मैं हूँ, क्योंकि आप दोनों मुझे बधाई देने आए हैं। मेरी डॉक्टरेट पर। और आपने जो मेरे लड़कपन की बात कही, उससे मेरे राज-हठ के साथ बाल-हठ भी उभर आता है। फिर मैं स्त्री हूँ, इस हिसाब से मेरा तिरिया-हठ भी आ गया। एक साथ इन तीनों हठों की उपेक्षा कैसे करेंगे डॉक्टर प्रकाश ?''

जगतप्रकाश बैठा नहीं, उसने देखा कि डॉक्टर भारद्वाज के चेहरे पर एक धुँधलापन छा गया है और उनकी आँखों में हिंसा भड़क उठी है। जगतप्रकाश को अब झूठ बोलना पड़ा, ''बात यह है कि दिल्ली से मेरे एक दोस्त आ रहे हैं, इसी डाकगाड़ी से। वह शायद ठहरेंगे भी मेरे यहाँ। मेल यहाँ सात बजे पहुँचता है, और इस वक़्त छह बज

रहे हैं। सोचा था यहाँ से स्टेशन पैदल घूमता हुआ निकल जाऊँगा।''

''मुझे भी स्टेशन जाना है, मामाजी आ रहे हैं कानपुर से, उन्हें लेने। डॉक्टर, तुमने अच्छी याद दिलाई, मैं तो इस खुशी में यह भूल ही गई थी। मैं अभी पन्द्रह मिनट में तैयार होकर आती हूँ, हम दोनों साथ ही चलेंगे।'' और उसने डॉक्टर भारद्वाज से कहा, ''बहुत-बहुत धन्यवाद डॉक्टर ! थीसिस के छपवाने की बात मैं फिर आपसे फ़ुर्सत में करूँगी।'' और सुषमा उठ खड़ी हुई।

सुषमा के उठने के साथ डॉक्टर भारद्वाज को भी उठना पड़ा। सुषमा ने कहा, ''आप बैठिए, मैं आपके लिए ताँगा मँगवाए देती हूँ।''

''नहीं, मैं ताँगा रास्ते में ले लूँगा। जब इस तरफ़ आया हूँ तो दो-चार जगह और मिल लूँगा।'' और डॉक्टर भारद्वाज बिना जगतप्रकाश की ओर देखे बाहर चले गए। सुषमा उन्हें पहुँचाने के लिए फाटक तक गई।

डॉक्टर भारद्वाज को विदा करके सुषमा ड्राइंग-रूम में वापस लौटी। उसने जगतप्रकाश की आँखों से अपनी आँखें मिलाते हुए कहा, ''क्या वास्तव में तुम्हारे कोई मित्र दिल्ली से आ रहे हैं ?''

इस प्रश्न का उत्तर देने के स्थान पर जगतप्रकाश ने प्रश्न किया, ''क्या वास्तव में तुम्हारे मामाजी कानपुर से आ रहे हैं ?''

कुछ देर तक मौन दोनों एक-दूसरे को देखते रहे, फिर दोनों ही हँस पड़े, और इसके साथ दोनों ही बैठ गए। सुषमा ने जगतप्रकाश का हाथ अपने हाथ में लेते हुए कहा, ''मैंने यह नहीं सोचा था तुम इस वक़्त आओगे डॉक्टर ! लेकिन तुम वरदान की तरह इस समय आ गए। मैं इस आदमी से घृणा करने लगी हूँ।''

जगतप्रकाश ने ग़ौर से सुषमा को देखा, ''कब से ?''

जगतप्रकाश के इस प्रश्न से सुषमा चौंक उठी; कुछ सोचकर उसने कहा, ''कल शाम से, या कल रात के बाद, या फिर अभी कुछ देर पहले से—मैं ठीक नहीं कह सकती, लेकिन इस समय मैं यह अनुभव कर रही हूँ कि मेरे हृदय में कभी भी इस आदमी के लिए आदर का भाव आया ही नहीं। शायद वह निरादर की भावना घृणा का प्रारम्भिक रूप रहा हो जो आज अचानक प्रस्फुटित हो गई है।''

जगतप्रकाश के हाथ में सुषमा का हाथ था, और अब उसने उस हाथ का स्पर्श अनुभव किया। स्पर्श का अनुभव करते ही उसका सारा शरीर झनझना उठा, उसने सुषमा का हाथ कसकर दबाया, ''जानती हो, दोपहर के बाद मैं अपने को रोक नहीं पाया, जैसे तुम्हारे शरीर की सुगन्ध मेरे अन्दर बस गई है।''

सुषमा ने उठते हुए कहा, ''चलो मेरे कमरे में, वह एक किनारे है और वहाँ कोई नहीं आता। कल मैं तुम्हारे यहाँ से बारह बजे रात को लौटी थी, आज तुम मेरे यहाँ से बारह बजे रात को लौटना।''

दूसरे दिन यूनिवर्सिटी में डॉक्टर भारद्वाज ने जगतप्रकाश से मिलते ही प्रश्न किया, ''डॉक्टर ! तुम्हारे मेहमान आ गए कल ?''

''जी हाँ, लेकिन वह इलाहाबाद रुके नहीं, सीधे कलकत्ता चले गए।''

''और सुषमा के मामाजी ?'' डॉक्टर भारद्वाज के मुख पर एक कुटिल मुस्कराहट थी जो जगतप्रकाश को अच्छी नहीं लगी।

जगतप्रकाश को फिर बोलना पड़ा, ''मैं अपने मेहमान से बात करने में इस क़दर उलझा हुआ था कि मुझे उन लोगों का ध्यान ही नहीं रहा।''

डॉक्टर भारद्वाज बोले, ''प्रोफ़ेसर का कहना है कि तुम बड़े सच्चे, ईमानदार और सच्चरित्र आदमी हो। मुझे उनकी ग़लतफ़हमी पर अफ़सोस है।'' और डॉक्टर भारद्वाज घूमकर चले गए।

जैसे डॉक्टर भारद्वाज ने जगतप्रकाश के मुख पर ज़ोर का तमाचा मारा हो, जगतप्रकाश तिलमिला उठा। लेकिन डॉक्टर भारद्वाज ने जो कुछ कहा था, वह सत्य था—एक अप्रिय और कुरूप सत्य। कितनी आसानी से वह झूठ बोला गया था पिछले दिन ! बिना किसी हिचक के। लेकिन वह आवश्यकता के लिए बोला हुआ झूठ वर्जित नहीं है। जगतप्रकाश ने अपने मन को समझाने की कोशिश की, लेकिन उसी के अन्दर बैठा हुआ कोई उसके इस समाधान का ज़बर्दस्त विरोध कर रहा था। सत्य की वास्तविकता का जब तक उसे संकेत नहीं मिला था तब तक उसका मन आश्वस्त था, भुलावा आदत पड़ते-पड़ते, स्वयं जीवन का अंग बन जाया करता है। लेकिन यह भुलावा, यह मिथ्या—इसके प्रति इतनी विरक्ति क्यों ?

बात आई और चली गई। शठ के साथ शठता का ही आचरण करना चाहिए—संस्कृत की एक कहावत है। डॉक्टर भारद्वाज नीच है, पतित है, लम्पट है, जो कुछ सुषमा ने डॉक्टर भारद्वाज के सम्बन्ध में बतलाया था उससे यह स्पष्ट था। स्वयं प्रोफ़ेसर शर्मा को डॉक्टर भारद्वाज पसन्द नहीं थे। विभाग में डॉक्टर भारद्वाज ने अपना एक गुट बना लिया था, जिसका काम था प्रोफ़ेसर शर्मा की निन्दा करना। अकेले प्रोफ़ेसर शर्मा की ही नहीं, जो भी उस दल के सामने पड़ जाए उसकी निन्दा करना। डॉक्टर भारद्वाज ने जो कुछ कहा था उसकी तिलमिलाहट जगतप्रकाश के अन्दर डॉक्टर भारद्वाज के प्रति आक्रोश में बदल गई। झूठ, छल-कपट, चरित्रहीनता का प्रतीक भारद्वाज—वह जगतप्रकाश द्वारा सुविधा के लिए बोले जानेवाले एक छोटे-से झूठ पर व्यंग्य कर गया।

सुषमा के साथ जगतप्रकाश की जो घनिष्ठता क़ायम हो गई और उसने जो रूप धारण कर लिया था वह जगतप्रकाश को कुछ अजीब-सा लग रहा था। सुषमा उससे केवल एकान्त में मिलती थी, जैसे वह जगतप्रकाश के साथ अपनी घनिष्ठता को दुनिया से छिपाना चाहती हो। जगतप्रकाश को यह अच्छा नहीं लगता था। वह चाहता था कि वह सुषमा के साथ खुलकर मिले, उसका मन स्वाभाविक ममता और आत्मीयता के लिए तड़प रहा था। वर्तमान स्थिति में वह कभी-कभी अपने को एक अपराधी की भाँति महसूस करने लगता था।

समय बीतता जाता था और जगतप्रकाश के अन्दर अपराध की भावना बढ़ती जाती

थी। लेकिन यह अपराध किसके प्रति ? यह अपराध समाज के प्रति नहीं था, यह अपराध सुषमा के प्रति नहीं था, फिर ? तो यह अपराध स्वयं अपने प्रति था। उसे इस अपराध का शमन करना होगा, सुषमा के साथ अवैध सम्बन्ध को वैध बनाकर।

मार्च का महीना आ गया था और सर्दी का मौसम समाप्त हो गया था। जगतप्रकाश के अन्दरवाला तनाव अब काफ़ी बढ़ गया था। होली के दूसरे दिन जब वह प्रोफ़ेसर शर्मा के यहाँ होली मिलने पहुँचा, उसने देखा कि उसके विभाग के क़रीब-क़रीब सब लोग वहाँ आए हुए हैं। डॉक्टर शर्मा उठकर जगतप्रकाश से गले मिले। अन्य सहयोगियों से गले मिलकर वह बैठ गया। बातें चल रही थीं, चाय-नाश्ता चल रहा था, हँसी-मज़ाक चल रहा था। और जगतप्रकाश जड़ की भाँति चुपचाप बैठा था। प्रोफ़ेसर शर्मा ने जगतप्रकाश से कहा, "डॉक्टर प्रकाश ! इतने गम्भीर क्यों हो ? वह भी खास तौर से होली के दिन। यह तो हँसने-खेलने का राष्ट्रीय पर्व है।"

इसके पहले जगतप्रकाश कुछ कहे, डॉक्टर भारद्वाज ने फ़िकरा कसा, "यह राष्ट्रीय पर्व है, अन्तर्राष्ट्रीय पर्व तो नहीं है। डॉक्टर प्रकाश अन्तर्राष्ट्रीयता पर विश्वास करते हैं और राष्ट्रीयता एवं अन्तर्राष्ट्रीयता एक-दूसरे के विरोधी तत्त्व हैं।"

डॉक्टर भारद्वाज के इस फ़िकरे पर सब लोग हँस पड़े, यद्यपि उसमें हँसने की क्या बात है, जगतप्रकाश की समझ में यह नहीं आया। जगतप्रकाश अब सँभल चुका था, उसने मुस्कराते हुए कहा, "डॉक्टर भारद्वाज ! मुझे यह पता नहीं था कि अर्थशास्त्र के साथ आपका राजनीतिशास्त्र और दर्शनशास्त्र में भी दखल है।"

और इस बात पर भी वहाँ बैठे सब लोग हँस पड़े, मानो हर बात पर हँसना वहाँ बैठे हरेक आदमी का धर्म है।

"तुम मेरी बात का बुरा मान गए डॉक्टर प्रकाश ! मैंने तो सिर्फ़ मज़ाक किया था।" डॉक्टर भारद्वाज ने कुछ बदले हुए स्वर में कहा, और फिर वह प्रोफ़ेसर शर्मा की ओर मुड़कर बोले, "प्रोफ़ेसर ! क्या यह सच है कि कुँवारे लोगों को वश में करने के लिए किसी नकेल की आवश्यकता होती है ? डॉक्टर प्रकाश ! मेरी सलाह है कि तुम शादी कर डालो !"

प्रोफ़ेसर शर्मा भी हँसी-मज़ाक के मूड में थे, वह छूटते ही बोले, "मैं डॉक्टर प्रकाश का गार्जियन हूँ डॉक्टर भारद्वाज ! लड़का पढ़ा-लिखा, ब्रिलिएंट और मैं तो यहाँ तक कह सकता हूँ जीनियस है। इलाहाबाद विश्वविद्यालय में लेक्चरर है, और मेरा ऐसा ख़याल है कि ज़िन्दगी में काफ़ी ऊँचा उठेगा। वह चरित्रवान् और ईमानदार है। देखने-सुनने में काफ़ी सुन्दर है। आप सब लोग उसे देख सकते हैं। अब अगर आपकी नज़र में कोई खूबसूरत और पढ़ी-लिखी लड़की हो तो आप मुझसे बात कीजिए। जल्दी-से-जल्दी मैं इस लड़के का विवाह करना चाहता हूँ।"

डॉक्टर भारद्वाज ने मुस्कराते हुए जगतप्रकाश की ओर देखा, "क्यों डॉक्टर प्रकाश, मैं ढूँढ़ दूँ तुम्हारे लिए कोई लड़की ?"

"दुनिया में लड़कियों की कमी नहीं है, आप इतनी तकलीफ़ गवारा न करें। अपना

काम मैं खुद कर सकता हूँ।"

"और वह काम तुम करोगे नहीं डॉक्टर प्रकाश !" प्रोफ़ेसर शर्मा ने हँसते हुए कहा, "क्योंकि अगर तुम शादी कर लोगे तो तुम्हें हम लोगों को दावतें देनी पड़ेंगी।" प्रोफ़ेसर शर्मा के साथ सब लोग हँस पड़े।

जगतप्रकाश जब प्रोफ़ेसर शर्मा के यहाँ से चला वह काफ़ी गम्भीर था। इस बार जब से वह इलाहाबाद आया था, वह अपने को अपने विभाग में नितान्त अकेला अनुभव कर रहा था। और उसका मुख्य कारण था डॉक्टर भारद्वाज का उसके प्रति विरोध। इस विरोध को वह अपने सहयोगियों के साथ सामाजिक सम्पर्क स्थापित करके नाकाम कर सकता था, लेकिन अनायास ही वह सामाजिकता से दूर छिटक गया था, सुषमा के कारण। उसके विवाह की बात को लेकर आज जो हँसी-मज़ाक हुआ था उससे यह स्पष्ट था सुषमा के साथ उसका अवैध सम्बन्ध अब ख़तरे की सीमा पर पहुँच रहा था।

सुषमा जगतप्रकाश के दिल पर छाई हुई थी, वह उसके दिमाग़ पर छाई हुई थी। इलाहाबाद आकर उसे सुषमा की आत्मीयता मिली थी, उसका साहचर्य मिला था। और सुषमा जगतप्रकाश के जीवन की अनिवार्यता बन गई थी। इलाहाबाद में जगतप्रकाश की समस्त स्थापना सुषमा के आधार पर थी। इस सत्य को वह अपने सहयोगियों से छिपाए था, यह क्यों ?

सुषमा के पिता ने एक दिन उसके साथ सुषमा के विवाह का प्रस्ताव किया था, और उसने उस प्रस्ताव को निर्दयता के साथ अपमानजनक तरीक़े से ठुकरा दिया था। बंसगोपाल का जो अपमान जगतप्रकाश ने किया था उसका बदला उन्होंने ले लिया था। लेकिन क्या वास्तव में उसने बंसगोपाल का अपमान किया था ? बंसगोपाल ने उसे जेल भिजवाने का षड्यन्त्र रचकर उसके साथ ज़्यादती की थी, उसका दंड भी उन्हें मिल गया, सुषमा ने ही तो एक दिन उससे यह कहा था। अपने पिता के पाप के प्रायश्चित के रूप में सुषमा ने अपने को जगतप्रकाश के हाथ में सौंप दिया था। जो काम बंसगोपाल एक लम्बे दहेज के बल पर नहीं कर पाए, वह सुषमा ने अपनी संवेदना और सहानुभूति के बल पर कर डाला। जगतप्रकाश सुषमा का हो चुका था।

इन्हीं विचारों में डूबा हुआ जब वह अपने घर पहुँचा, उसके नौकर ने कहा, "सुषमा बीबीजी आई थीं। वह कह गई हैं कि मैं आपका खाना न बनाऊँ, आपको खाना उनके यहाँ खाना है।"

और फिर एक पुलक जाग उठा जगतप्रकाश के मन में। आज वह सुषमा के सामने विवाह का प्रस्ताव रखेगा। आज वह सामाजिकता के जीवन में प्रवेश करने का पहला कदम उठाएगा।

जिस समय जगतप्रकाश सुषमा के यहाँ पहुँचा, सुषमा अपने पिता के पास बैठी थी। जगतप्रकाश के आने की सूचना पाकर वह बाहर आ गई। उसने उलाहने के भाव से कहा, "आज तुम मेरे साथ होली खेलने आए ही नहीं, तो मैं तुम्हारे यहाँ गई थी।"

और यह कहकर उसने थोड़ी-सी अबीर जगतप्रकाश के मुख पर मल दी। जगतप्रकाश ने सुषमा को अपने आलिंगन-पाश में कस लिया। वह बोला, "मैंने इस वक़्त आने का तय किया था। दिन-भर तो मैं रंग की वजह से घर के बाहर निकला ही नहीं, शाम के वक़्त मैं प्रोफ़ेसर शर्मा के यहाँ गया था। विभाग के सब लोग वहाँ आए थे।"

दोनों बैठ गए, फिर सुषमा ने दो गिलासों में व्हिस्की उँडेली, "आज होली का त्योहार है।" और यह कहकर उसने व्हिस्की का गिलास उसके होंठों से लगा दिया। दोनों ही पी रहे थे, दोनों ही बातें कर रहे थे। प्रोफ़ेसर के यहाँ जो बातें हुईं, उसके विवाह के प्रश्न को उठाकर वहाँ जो हँसी-मज़ाक हुआ, जगतप्रकाश ब्यौरे के साथ सब कुछ सुषमा को सुना गया। सुषमा ने हँसते हुए कहा, "मैं भी समझती हूँ कि तुम्हें अपना विवाह कर लेना चाहिए। लेकिन विवाह किसके साथ करोगे ? यमुना की शादी तो रूपलाल के साथ हो चुकी है।"

यमुना का नाम सुनते ही एक तरह की कड़वाहट भर गई जगतप्रकाश में, उसने कहा, "शायद वह मेरे लिए नहीं थी—मैं बच गया।"

सुषमा हँस पड़ी, "मैं जानती हूँ कि वह बेपढ़ी और गँवार लड़की तुम्हारे लिए नहीं थी। फिर तुमने कभी सोचा है कि कौन-सी लड़की तुम्हारे लिए है ?"

जगतप्रकाश कुछ देर तक गौर से देखता रहा, और उसने देखा कि सुषमा की आँखों में एक तरह की चमक है जो उसे असह्य-सी लग रही है। उसने अपनी आँखें नीची करते हुए कहा, "सुषमा ! न मुझे कहीं ढूँढ़ने जाना है और न मुझे सोचना है। तुम हो, एकमात्र तुम हो मेरे जीवन में। मैं तुमसे विवाह करना चाहता हूँ, मैं आज तुमसे केवल यही कहने आया हूँ।"

अब सुषमा की बारी थी जगतप्रकाश को ग़ौर से देखने की। उसके मुख पर आई हँसी ग़ायब हो चुकी थी, उसके दाँत भिंच गए थे। जगतप्रकाश अब भी आँखें नीची किए बैठा था, इसलिए सुषमा का वह रूप उसने नहीं देखा जो एकाएक विकृत हो गया था। और सुषमा ने एक साँस में अपने गिलास की शराब खाली गले के नीचे उँडेल ली। फिर अनायास ही उसके मुख पर मुस्कराहट आ गई। उसने जगतप्रकाश के गिलास में थोड़ी-सी शराब उँडेली, फिर अपने गिलास में। फिर बड़े शान्त स्वर में वह बोली, "मैं इतने दिनों से सोच रही थी कि तुम अपना यह प्रस्ताव कब रखोगे ?"

जगतप्रकाश ने अपनी आँखें अब ऊपर उठाईं, सुषमा के मुख पर आई मुस्कान कितनी मोहक थी ! उसने कहा "सच ! तो तुम मुझसे विवाह करोगी ? तुम मेरे जीवन को पल्लवित और कुसुमित करोगी, मेरे जीवन को सार्थक बनाओगी !"

सुषमा की हँसी जगतप्रकाश को कुछ अजीब-सी लगी जब उसने कहा, "तुम पापा से बात कर लो। मेरे विवाह की ज़िम्मेदारी पापा पर है, उन्हें मैंने इस ज़िम्मेदारी से मुक्त नहीं किया है। चलो !"

सुषमा उठ खड़ी हुई। जगतप्रकाश भी उठ खड़ा हुआ। लेकिन न जाने क्यों उसके मन में एक आशंका से भरा भय पैदा हो गया था। सुषमा के पीछे-पीछे वह बंसगोपाल

के कमरे में गया।

बंसगोपाल कमरे में अकेले बैठे पढ़ रहे थे। सुषमा और जगतप्रकाश को देखकर उन्होंने जगतप्रकाश से कहा, ''आओ ! तुमने आज होली के दिन मुझे याद तो कर लिया।''

सुषमा बोली, ''पापा ! यह डॉक्टर जगतप्रकाश आपसे कुछ कहने आए हैं।''

बंसगोपाल सावधान होकर बैठ गए, ''क्यों, बोलो, क्या बात कहनी है ?''

जगतप्रकाश ने कोई उत्तर नहीं दिया, वह एक कुर्सी पर बैठ गया, सुषमा खड़ी ही रही। उसने जगतप्रकाश से कहा, ''हाँ कहो, तुम पापा से क्या कहना चाहते हो !''

लड़खड़ाते स्वर में जगतप्रकाश ने कहा, ''जी...जी...मैं आपसे यह प्रार्थना करने आया हूँ कि आप सुषमा का विवाह मेरे साथ कर दें।''

बंसगोपाल चौंक पड़े, ''सच ! तुम सुषमा से विवाह करना चाहते हो !'' फिर कुछ रुककर उन्होंने कहा, ''तुम्हें याद है तुम एक दफ़ा सुषमा से विवाह करने से इनकार कर चुके हो—उस समय मैंने तुम्हारे सामने यह प्रस्ताव रखा था।''

''जी, मुझसे ग़लती हो गई थी। अब मैंने यह ग़लती महसूस कर ली है।''

इसके पहले कि बंसगोपाल कोई उत्तर दें, सुषमा बोल उठी, ''और पापा की तरफ़ से मैंने उनकी ग़लती महसूस कर ली कि वह एक निम्न और असभ्य आदमी से मेरा विवाह करना चाहते थे। समझे मिस्टर जगतप्रकाश ! मैं तुमसे विवाह करूँगी, इसकी कल्पना तुम्हें नहीं करनी चाहिए। मैं मुक्त हूँ, स्वतन्त्र है, निर्बन्ध हूँ। पापा यह जानते हैं, सब कोई यह जानता है।'' और जगतप्रकाश ने देखा कि सुषमा की आँखें जल रही हैं।

जगतप्रकाश का सारा अस्तित्व जैसे लड़खड़ा रहा हो, उसे सँभालने का प्रयत्न करते हुए उसने कहा, ''सुषमा, तुम यह क्या कह रही हो ?''

''मैं ठीक कह रही हूँ। तुमने अकेले पापा का अपमान नहीं किया था, तुमने मेरा भी अपमान किया था, और उस अपमान का बदला मैं तुमसे ले रही हूँ। तुम जो अपने को चरित्रवान् समझते थे, निष्ठावान् समझते थे, तुम्हारी निष्ठा चूर-चूर हो चुकी है, तुम्हारा चरित्र भ्रष्ट हो चुका है।''

जगतप्रकाश को लग रहा था जैसे वह गिर पड़ेगा। सुषमा ने जो कुछ कहा, उसका एक-एक शब्द सत्य था। वह पराजित हुआ है, वह टूट चुका है। और फिर उसने बल लगाकर अपना साहस बटोरा। शान्त स्वर में उसने कहा, ''तुम ठीक कह रही हो, तुमने मुझे बचा लिया। मैं तुम्हारा बड़ा आभारी हूँ।'' और यह कहकर वह घूमा और चल दिया। सुषमा उसके पीछे-पीछे आई। जगतप्रकाश ड्राइंग-रूम में रुका नहीं, वह बाहर की ओर बढ़ा। तभी सुषमा बोली, ''खाना तो खा लो, मैं आपे में नहीं थी।''

जगतप्रकाश ने सुषमा की बात का कोई उत्तर नहीं दिया, वह तेज़ी से बँगले के बाहर निकल गया।

दूसरे दिन जब जगतप्रकाश सोकर उठा, उसके अन्दर से पाप और अपराध की भावना एकदम घुल चुकी थी। इलाहाबाद आकर उसके जीवन का जो एक कुरूप

परिच्छेद आरम्भ हुआ था, उसका अन्त हो गया। उस परिच्छेदवाला तनाव अब जाता रहा था—एक नए परिच्छेद का प्रारम्भ उसे करना था।

उस दिन यूनिवर्सिटी में जो जगतप्रकाश गया वह कोई दूसरा ही व्यक्ति था। उसके विद्यार्थियों को कुछ ऐसा लगा, उसके सहयोगियों को कुछ ऐसा लगा, स्वयं उसे कुछ ऐसा लगा। यूनिवर्सिटी की परीक्षाएँ थीं, परीक्षाएँ अब समाप्त हो गई थीं, केवल बी.ए. प्रीवियस की एक क्लास उसे पढ़ानी पड़ती थी। और अपने शेष समय में वह अध्ययन करता था।

विश्वयुद्ध की गति में अब परिवर्तन आ गया था। ब्रिटेन, रूस और अमेरिका ने जर्मनी के बढ़ाव को रोक दिया था। यही नहीं, अब इन देशों ने उलटा अपना प्रहार आरम्भ कर दिया था। लेकिन भविष्य अनिश्चित था।

देश के अन्दर 'भारत छोड़ो' आन्दोलन बुरी तरह से कुचल दिया गया था, और इस आन्दोलन के कुचलने में तीन तत्त्व प्रमुख थे। पहला था ब्रिटिश सेना और देश की पुलिस की निर्दयता से भरा अभियान, दूसरा था हिन्दू-मुस्लिम भेदभाव, और तीसरा तत्त्व जो अस्पष्ट तो था लेकिन जो सबसे अधिक महत्त्वपूर्ण था—वह था देश की अनैतिकता।

इस अनैतिकता ने लूट का रूप धारण कर लिया था। महँगाई बेतहाशा बढ़ती जा रही थी और इस महँगाई से जन-समुदाय त्रस्त था। एक ओर एक छोटा-सा वर्ग बेतहाशा अमीर बनता जा रहा था, और दूसरी ओर करोड़ों आदमी अभाव का जीवन व्यतीत कर रहे थे।

जगतप्रकाश अब अपने अन्दर एक नई तरह की बेचैनी अनुभव करने लगा। उसके जीवन में एकरसता आ गई थी, और यह एकरसता अब उसे असह्य होने लगी थी। सुषमा ने उसकी एकरसता को दूर किया था, और सुषमा उसके जीवन से निकल गई थी। कभी-कभी किसी हाईकोर्ट के जज की कार में, किसी बड़े अफ़सर की कार में या फिर अपनी कार में सुषमा दिख जाती थी, और जगतप्रकाश सुषमा को देखकर मुँह फेर लेता था। आख़िर वह इस इलाहाबाद में क्यों आ पड़ा है ? लेकिन अगर वह यहाँ से जाए भी तो कहाँ जाए ? कितना आधारहीन था उसका जीवन ! वह अध्ययन और अध्यापन में मन लगाने का प्रयत्न करता था, उसमें सफल भी होता था और फिर अकारण ही अनायास उसका मन छिटक जाता था। कभी-कभी वह कुलसुम के पत्रों के उत्तर में अपनी मनोव्यथा व्यक्त कर देता था, लेकिन वह ठीक तौर से अपनी मनोव्यथा को समझ भी तो नहीं पाता था।

अप्रैल के अन्तिम सप्ताह में युक्तप्रान्त के मैदानों में, और विशेष रूप से इलाहाबाद में गर्मी उग्र रूप धारण कर लेती है। यूनिवर्सिटी सात बजे सुबह खुलकर ग्यारह बजे बन्द हो जाती थी, दोपहर के समय अध्यापक अपने-अपने घरों में बन्द रहते थे। उस दिन शनिवार था, जगतप्रकाश ठीक साढ़े ग्यारह बजे अपने घर लौट आया। खाना खाकर वह सोने की तैयारी कर रहा था कि उसे अपने दरवाज़े पर दस्तक सुनाई दी।

जगतप्रकाश ने उठकर दरवाज़ा खोला और वह चिल्ला पड़ा, "अरे जमील काका, तुम !"

जमील पसीने में लथपथ खड़ा था, कमरे में प्रवेश करते हुए उसने कहा, "हाँ मैं ! आखिर मैंने तुम्हें ढूँढ़ ही निकाला, लेकिन कितनी परेशानियों के बाद ! उफ़ ! कितनी गर्मी है, जैसे जान निकली जा रही हो। सीधा तुम्हारी यूनिवर्सिटी से चला आ रहा हूँ चपरासी से तुम्हारा पता लेकर।"

"हाँ, यूनिवर्सिटी सुबह की हो गई है।" जगतप्रकाश ने बिजली का पंखा तेज़ करते हुए कहा, "कहाँ से आ रहे हो ?"

"बम्बई से ! कुलसुम बेन से पता चला कि तुम इलाहाबाद में जम गए हो। गाँव जाने पर दीदी के हादसे का पता चला, और सुमेर ने बताया कि तुम कहीं दूर चले गए हो। बाल-बच्चे बम्बई चलने को राज़ी नहीं हुए इस हंगामे की वजह से लिहाज़ा अकेला ही बम्बई वापस लौटा, सोचा था कि तुम बम्बई गए होगे, लेकिन वहाँ न तुम मिले न तुम्हारा पता मिला। फिर मैं अपने कामकाज में मशग़ूल हो गया। जनवरी के महीने में कुलसुम बेन से फिर मुलाक़ात हुई तो उन्होंने बतलाया कि तुम इलाहाबाद यूनिवर्सिटी में प्रोफ़ेसर हो गए, दिल को राहत हुई।"

"तुम्हारा असबाब कहाँ है ? खाना तो अभी नहीं खाया होगा, मैं बनवाता हूँ।" जगतप्रकाश बोला।

"मैं खाना स्टेशन से खाकर चला हूँ और असबाब वेटिंग रूम में रख आया हूँ। बम्बई से कानपुर के लिए रवाना हुआ था तो सोचा इलाहाबाद होते हुए निकल चलूँ। तुम्हारे घर का पता नहीं था, और ख़याल यह था कि यूनिवर्सिटी दस बजे खुलेगी। लिहाज़ा दस बजे खाना खाकर तुम्हें ढूँढ़ने निकला। और अब कहीं एक बजे दोपहर को मंज़िल मिली।"

जगतप्रकाश ने मुस्कराते हुए कहा, "तुम्हें मंज़िल तो मिल गई जमील काका ! मैं तो मंज़िल से एकबारगी ही भटक गया हूँ।"

जगतप्रकाश के वाक्य में कितनी व्यथा थी, जमील हिल-सा गया। उसने कहा, "बहुत दुखी मालूम होते हो बरखुरदार !"

किसी तरह का भाव-परिवर्तन नहीं आया जगतप्रकाश के मुख पर, जैसे उसका चेहरा पत्थर का बना हो। "सुख-दुख से ऊपर उठ चुका हूँ जमील काका ! जो होना है, उसे रोका नहीं जा सकता, क्योंकि वह हमारे हाथ में नहीं है। ज़िन्दगी जैसी भी मिली है, उसे ढोना पड़ेगा।"

जमील ने एक ठंडी साँस ली, "इस तरह हिम्मत हारने से तो काम नहीं चलेगा बरखुरदार ! ज़िन्दगी में सुख-दुख गायब हो जाने के माने हैं मौत।"

"मौत का तो हमें हर कदम पर मुकाबला करना पड़ता है जमील काका ! या अगर मैं कहूँ कि हर लम्हे पर हम मरते हैं और पैदा होते हैं तो ग़लत नहीं होगा। खैर छोड़ो इस बात को, सोफ़े पर लेट जाओ, बहुत थके और परेशान होगे। शाम के वक्त तुम्हारा असबाब ले आऊँगा चलकर।"

जमील सोफ़े पर पैर फैलाकर लेट गया, जगतप्रकाश अपनी चारपाई पर लेट गया। जमील ने कहा, "छोड़ने की बात नहीं बरखुरदार ! यह फ़लसफ़ा मेरी समझ में आया नहीं, थोड़ा और खुलासा करो।"

जगतप्रकाश हँस पड़ा, "मुसीबत तो यह है कि यह फ़लसफ़ा मेरी समझ में भी नहीं आ रहा, खुलासा क्या करूँ ? इधर इन दिनों मेरे पास वक्त काफ़ी था और काम नहीं के बराबर था। गीता पढ़ने के बाद मुझे दर्शनशास्त्र में रुचि पैदा हो गई और विभिन्न दर्शनों का अध्ययन मैंने कर डाला। सब अलग-अलग राहों की ओर संकेत करते हैं। लेकिन सिर्फ़ एक बात समान भाव से इन दर्शनों में मुझे मिली।"

"वह बात क्या है ?" जमील ने कौतूहल के साथ पूछा।

"वह यह कि दर्शनशास्त्र जीवन के अनुभवों की व्युत्पत्ति है, जीवन को दर्शनशास्त्र के अनुसार नहीं ढाला जा सकता, क्योंकि जीवन अबाध गति से विकसित हो रहा है।"

"मैं समझा नहीं।" जमील के स्वर में एक उलझन थी।

जगतप्रकाश कुछ देर तक सोचता रहा, "अच्छा जमील काका ! तुम किसी फ़लसफ़े पर विश्वास करते हो ?"

जमील हँस पड़ा, "बरखुरदार ! विश्वास और फ़लसफ़ा ! ये दोनों एक-दूसरे के दुश्मन हैं, मैं तो ऐसा समझता हूँ।"

जगतप्रकाश ने सिर हिलाया, "नहीं जमील काका ! तुम ग़लती करते हो ! विश्वास और दर्शन में ऊपरी ढंग से वैर है। दर्शन तर्क पर आधारित है। लेकिन जब तक दर्शन का रूप धारण कर लेता है तब वह विश्वास बन जाता है, और विश्वास बनने के साथ यही तर्क अथवा दर्शन मज़हब का रूप धारण कर लेता है। और इसके बाद मनुष्य के मानसिक विकास को रोक देता है। हमारी सारी मुसीबत यह है कि हम इन दर्शनों के फेर में पड़ गए हैं। और इसीलिए मैं गीता के कर्मवाद और बुद्ध के क्षणवाद के दर्शन से ऊपर उठने का प्रयत्न करता हूँ, लेकिन उठ नहीं पाता।" जगतप्रकाश कहते-कहते रुक गया, "समझ में आ रही है मेरी बात ?"

"कुछ-कुछ !" जमील ने थके स्वर में कहा, उसे शायद उस कमरे की ठंडक में नींद आने लगी थी।

लेकिन जगतप्रकाश ने इस बात पर ध्यान नहीं दिया, वह अपनी बात कहता गया, मानो वह अपने से ही यह बात कह रहा हो, "फिर भी इन दर्शनों में कुंठा और कटुता से ऊपर उठने का सहारा तो मिलता है। लेकिन क्या कुंठा और कटुता से ऊपर उठकर जीवित रहा जा सकता है ? कुंठा और कटुता जीवन में असन्तोष के द्योतक हैं, और यह असन्तोष भावनात्मक है। मनुष्य का समस्त विकास भावनात्मक है, तर्क स्वयं में भावना की उपज है। वह दर्शन, जो भावना को नाकाम कर दे, निर्जीवता का द्योतक है। और इसलिए इस निरन्तर विकसित होनेवाली दुनिया में नित्य नए दर्शन आ रहे हैं, भावनात्मक अनुभवों के फलस्वरूप।" और जगतप्रकाश को लगा कि उसका स्वर भी धीमा पड़ता जा रहा है, और उसकी आँखें भी किसी बोझ से दबी जा रही हैं।

जिस समय जगतप्रकाश की आँखें खुलीं, जमील चुपचाप बैठा कुछ सोच रहा था। जगतप्रकाश ने घड़ी देखी, पाँच बज चुके थे। उसने जमील से कहा, ''बड़ी गहरी नींद आई आज जमील काका !'' और उसने आवाज़ दी, ''महादेव ! चाय ले आओ !''

जमील बोला, ''कितनी राहत मिली यहाँ इस कमरे में ! इस इलाहाबाद शहर में बला की गर्मी है। और बतलाओ, मज़े में तो हो। यहाँ किसी तरह की तकलीफ़ तो नहीं है इस अकेलेपन में ?''

''मज़े में ही समझो।'' जगतप्रकाश बोला, ''जहाँ तक अकेलेपन का सवाल है, उसका मैं आदी हो चुका हूँ। लेकिन इस अकेलेपन में एक रिक्तता तो होती ही है, वह रिक्तता कभी-कभी बुरी तरह अखरने लगती है। मेरे आगे-पीछे कोई नहीं रह गया, जीजी के जाने से मेरा एकमात्र आधार जाता रहा। इस पीपुल्स वार ने मुझे तबाह कर दिया।''

जमील की आँखों में सहानुभूति थी, ''समझ रहा हूँ बरखुरदार तुम्हारी भावना को, लेकिन शायद यही बदा था।''

जगतप्रकाश ने एक ठंडी साँस ली, ''मैं भी अपने मन को समझा लेता हूँ यह कहकर कि यही नियति का विधान था। लेकिन ब्रिटिश जाति की यह हिंसा इस ब्रिटिश जाति को नष्ट कर देगी। ये अंग्रेज़ जर्मनों की अपेक्षा कम बर्बर नहीं हैं, अब तो ऐसा लगता है कि शायद अधिक बर्बर हैं; सिर्फ इनकी बर्बरता के चारों ओर एक झूठी सभ्यता और ढोंग का आवरण है। मैं अंग्रेज़ जाति से घृणा करने लगा हूँ।''

महादेव चाय ले आया, और चाय के साथ उस दिन की डाक भी। केवल एक पत्र था और लिफ़ाफ़े पर कुलसुम की लिखावट थी। जमील चाय बनाने लगा और जगतप्रकाश ने वह पत्र खोला।

कुलसुम ने जगतप्रकाश को बम्बई बुलाया था गर्मी की छुट्टियों के अवसर पर। इधर कुछ समय से जगतप्रकाश को कुलसुम के पत्रों में ऐसी आत्मीयता का बोध हो रहा था जो उसके जीवन की रिक्तता को दूर करने में सहायक हो। आदि से अन्त तक कुलसुम के पत्र को पढ़ने के बाद जगतप्रकाश ने कहा, ''यह कुलसुम की चिट्ठी है। उसने गर्मी की छुट्टियों में मुझे बम्बई बुलाया है।''

''कब से गर्मी की छुट्टियाँ हो रही हैं ?'' जमील ने पूछा।

''वैसे सात मई से आरम्भ होंगी, लेकिन प्रोफ़ेसर ने मुझसे कहा है कि मैं पहली मई से जा सकता हूँ। मेरा काम ख़त्म हो गया है।''

''आज उनतीस तारीख है।'' जमील बोला, ''पाँच मई को बाबूराम के मुकदमे की पेशी है, और उस दिन मुझे कानपुर में मौजूद रहना चाहिए। कल इतवार है। इसके माने हैं कि आज से ही छुट्टी पर जा सकते हो।''

''हाँ, लेकिन मैंने अपना सब काम पूरा नहीं किया है, न कहीं जाने की योजना बनाई है। फिर पहली को तनख्वाह भी तो लेनी है। तुम्हारा मतलब क्या है ?''

''ऐसे ही। मैंने सोचा था कि तुम भी मेरे साथ कानपुर चलो। बाबूराम को क़त्ल के जुर्म में फँसाया गया है, सरासर झूठा केस। मेरा ऐसा ख़याल है कि रंजिश की वजह

से यह हुआ है। पूरे हालात का पता नहीं है, कानपुर चलकर ही पता चलेगा।''

''तो परसों दोपहर की गाड़ी से मैं तुम्हारे साथ चल सकता हूँ। इतने दिन बाद आए हो, परसों तक तो रुक सकते हो। अब चलो स्टेशन, तुम्हारा असबाब ले आएँ चलकर।''

पहली मई को जब जमील के साथ आठ बजे रात के समय जगतप्रकाश कानपुर स्टेशन पर उतरा, उसने जमील से पूछा, ''कहाँ ठहरना होगा ? बाबूराम तो शायद जेल में होगा।''

''और अगर जेल में न भी होता तो मैं तुम्हें तो वहाँ ठहराता नहीं। चलो, किसी ढंग के होटल में ठहरा जाए।''

मेस्टन रोड पर रंजीत होटल में दोनों ठहर गए। खाना इन दोनों ने फतेहपुर में ही खा लिया था। असबाब होटल में रखकर दोनों ने मुँह-हाथ धोया, फिर जमील ने कहा, ''चलो, बाबूराम के केस का पता लगाया जाए। मुझे शमशेर की चिट्ठी मिली थी, वह भी खलासी लेन में ही रहता है, बाबूराम का पड़ोसी है।''

दोनों शमशेरसिंह के घर पहुँचे। शमशेरसिंह की पत्नी ने बतलाया कि वह शाम के समय एक मीटिंग में गया था, और अभी तक वापस नहीं लौटा है। परेड के मैदान में वह मीटिंग थी।

''अरे ! मैं तो भूल ही गया था।'' जमील बोला, ''आज पहली मई है—मई-दिवस ! लेकिन परेड में तो भीड़ नहीं।'' फिर कुछ सोचकर उसने कहा, ''देखूँ शायद शिवदुलारी देवी से कुछ पता चले, यहाँ पास ही परमट में तो वह रहती है।''

शिवदुलारी का नाम जगतप्रकाश भूल ही गया था। इस नाम को सुनकर वह चौंक उठा, और सोई हुई स्मृतियाँ जाग उठीं। उसने कोई उत्तर नहीं दिया, चुपचाप वह जमील के पीछे-पीछे चल पड़ा। परमट पर एक बँगले में शिवदुलारी और सुखलाल रहते थे। पिछली बार जब जगतप्रकाश कानपुर आया था, उसने शिवदुलारी के इसी बँगले में खाना खाया था। शिवदुलारी अपने बँगले में ही थी, अकेली। उसने जमील को देखते ही कहा, ''तो तुम आ ही गए जमील मियाँ !'' और तभी उसकी नज़र जगतप्रकाश पर पड़ी, ''अरे प्रोफ़ेसर साहेब ! तुम भी साथ में हो। मैंने तो इस ज़िन्दगी में तुम्हारे दर्शनों की आशा ही छोड़ दी थी !'' उसने उन दोनों को ड्राइंगरूम में बिठाया। फिर बोली, ''पिछली दफ़ा जब जमील मियाँ यहाँ आए थे, इन्होंने तुम्हारा ज़िक्र किया था कि तुम फ़ौज में अफ़सर बनकर इन हरामज़ादे अंग्रेज़ों की तरफ़ से अफ्रीका में लड़े थे। बड़ा गुस्सा आया था तुम पर। लेकिन फिर पता चला कि तुमने फ़ौज से नौकरी छोड़ दी। आजकल कहाँ हो ?''

''इलाहाबाद में, अपनी पुरानी जगह। यूनिवर्सिटी में पढ़ा रहा हूँ।'' जगतप्रकाश बोला।

शिवदुलारी हँस पड़ी। वही उसकी उन्मुक्त हँसी, ''घर के बुद्धू घर को आए ! तो प्रोफ़ेसर साहेब ! कानपुर तो पास में है, जब जी ऊबे, कानपुर चले आया करो—तुम मुझे बड़े अच्छे लगते हो।'' और बिना जगतप्रकाश के उत्तर की प्रतीक्षा किए उसने जमील से कहा, ''बाबूराम के केस का पूरा पता है तुम्हें ?''

“सिर्फ़ इतना पता है कि उस पर क़त्ल का मुकदमा चल रहा है और वह जेल में है।”

“हाँ। हुआ यह कि गौरी फ्लावर मिल में हड़ताल हुई। इन दिनों ये आटा मिल वाले रक़म काट रहे हैं, और मज़ूरों को रुपया देते नहीं। तो बाबूराम यहाँ ट्रेड यूनियन के लीडर हैं, हड़ताल में इनका अच्छा-खासा हाथ था। गौरी फ्लावर मिल के मालिक लाला गौरीशंकर चौधरी साहेब के अच्छे-खासे दोस्त थे। चौधरी साहेब के ज़रिए उन्होंने बाबूराम को दो हज़ार रुपया देकर हड़ताल खत्म कराने की कोशिश की। लेकिन भला बाबूराम बिकनेवाला आदमी कहाँ ! उन्होंने रुपया लेने से साफ़ इनकार कर दिया। हड़ताल चलती रही, पुलिस बुलाई गई, गोलियाँ चलीं, चार मज़दूर जख्मी हुए, हड़ताल टूट गई। हड़ताल टूटने के एक हफ़्ते बाद लाला गौरीशंकर के छावनीवाले बँगले में उनकी हत्या कर दी गई। तीन आदमी बताए जाते हैं, दो आदमी तो वहीं पकड़ लिए गए, एक आदमी भाग निकला। इन दो आदमियों का बयान है कि तीसरा आदमी बाबूराम था जिसने हत्या की—वे दोनों उसके साथ उसकी मदद के लिए गए थे। वे दोनों सरकारी गवाह बन गए हैं।”

“यह तो बड़ा संगीन मामला है। बाबूराम तो बड़े ठंडे दिमाग़ का आदमी है, उसने यह सब कैसे कर डाला ?” जमील सिर हिलाते हुए बोला।

“बाबूराम वहाँ गया ही नहीं, पुलिस ने यह मुक़दमा बिलकुल झूठा बनाया है।” शिवदुलारी बोली।

“आपको कैसे मालूम कि बाबूराम वहाँ नहीं गया ?” जमील ने पूछा, “आखिर वह उस वक्त कहाँ था ? कोई सबूत दे सकता है वह ?”

शिवदुलारी ने तड़पकर कहा, “वह इस बग़लवाले कमरे में मेरे साथ सो रहा था। सुन लिया तुमने जमील मियाँ, और वह हरामज़ादा सुखलाल बेहोश पड़ा था अपने कमरे में। इन दोनों ने एक साथ शराब पी थी और मैंने पिलाई थी इन दोनों को।”

जगतप्रकाश जैसे आसमान से गिरा। उसके मन में भयानक ग्लानि भर गई, और शिवदुलारी कहती जा रही थी, “सरकारी गवाहों से मुकदमा बन नहीं सकता। मिस्टर मेहरोत्रा जो कानपुर में फ़ौजदारी के सबसे बड़े वकील हैं, उनका कहना है कि जुर्म साबित नहीं हो सकता। वह इस मुकदमे की पैरवी कर रहे हैं।”

सारी स्थिति जैसे जमील की समझ में आ गई। उसने पूछा, “क्या चौधरी को तुम्हारे और बाबूराम के सम्बन्ध में कुछ शक है ?”

“कह नहीं सकती हूँ, बड़ा भीतरी आदमी है यह चौधरी—इसने कभी शक ज़ाहिर नहीं किया। लेकिन शायद हो भी।”

ये बातें हो ही रही थीं कि सुखलाल की कार ने बँगले में प्रवेश किया। शिवदुलारी सँभलकर बैठ गई। उसने सुखलाल से कहा, “यह जमील मियाँ बम्बई से आए हैं बाबूराम की पैरवी में और यह प्रोफ़ेसर जगतप्रकाश, इन्हें तो तुम जानते ही होंगे, यह इलाहाबाद से आए हैं।”

सुखलाल किसी डिनर से लौटा था, और वहाँ शायद उसने कॉफ़ी पी ली थी। वह सोफ़े पर धम से बैठ गया। उसने कहा, ''बड़ी खुशी हुई कि आप दोनों आ गए। बेचारा बाबूराम ! बुरा फँसा इस दफ़ा। बचना ग़ैर-मुमकिन है। मैंने माना कि गौरीशंकर ने पुलिस बुलाकर हड़तालियों पर गोली चलवाई और हड़ताल टूट गई, लेकिन इसमें बाबूराम के इस क़दर पागल हो जाने की क्या बात थी कि वह गौरीशंकर की हत्या कर डालता।''

शिवदुलारी ने कड़े स्वर में कहा, ''तो क्या तुम भी समझते हो कि बाबूराम ने हत्या की है ?''

''वे दो आदमी जो मौक़े पर गिरफ़्तार हुए, वे तो ऐसा ही कहते हैं।''

''तुम यह तो जानते हो कि उस दिन बाबूराम मेरे यहाँ था। तुम्हारे साथ वह बैठा हुआ पी रहा था।''

''हाँ, मुझे याद है, नौ बजे रात तक वह मेरे यहाँ था। लेकिन हत्या तो रात के बारह बजे हुई है। फिर वह गौरीशंकर के ख़िलाफ़ अनाप-शनाप बातें बक रहा था। उसने यह भी कहा था कि वह गौरीशंकर को समझ लेगा।''

शिवदुलारी चिल्ला उठी, ''तुम झूठ कहते हो। मैं तो मौजूद थी, उसने इस तरह की कोई बात नहीं कही।''

सुखलाल उठ खड़ा हुआ, ''मुमकिन है तब न कही हो, उसके पहले कही हो, लेकिन कही उसने ज़रूर थी और मुझसे। जो जैसा करेगा, वैसा भोगेगा, तुम बेकार एक हत्यारे का पक्ष ले रही हो।'' और वह वहाँ से चला गया।

शिवदुलारी भी उठ खड़ी हुई। उसने जमील से कहा, ''तुम लोग जाओ। मैंने सुना था कि सरकारी गवाहों में इसका भी नाम है, लेकिन मैं कहती हूँ कि यह गवाही नहीं देगा।'' फिर वह जगतप्रकाश की ओर घूमी, ''प्रोफ़ेसर साहेब ! तुम क्यों इस झंझट में आकर फँस गए ? लेकिन जब आ ही गए तो कभी-कभी मुझे दर्शन देते रहना।''

दूसरे दिन जगतप्रकाश जमील के साथ वकील के यहाँ तथा कचहरी दौड़ता रहा। पुलिस की इन्क्वायरी में सुखलाल का बयान मौजूद था, ठीक वैसा जैसा उसने शिवदुलारी के सामने कहा था। और वकील का कहना था कि सुखलाल के बयान से तो बाबूराम पकड़ में आ जाता है। शाम के समय जब जगतप्रकाश के साथ जमील वापस लौटा तो वह बड़ा उदास था। उसने कहा, ''एक बेगुनाह को फाँसी पर लटकाने की पूरी तैयारी हो चुकी है। यह सुखलाल सरासर झूठ बोलने पर तुल गया है।''

''लेकिन शिवदुलारी का कहना है कि सुखलाल गवाही नहीं देगा।'' जगतप्रकाश बोला।

''उसका ख़याल ग़लत है। यह सुखलाल बड़ा कमीना आदमी है। शिवदुलारी कोर्ट में बयान दे सकती है कि उस रात बाबूराम उसके साथ सो रहा था, और सुखलाल जलन की वजह से झूठी गवाही दे रहा है, लेकिन उसकी बात पर अदालत विश्वास नहीं करेगी। नहीं बरखुरदार, कुछ नहीं हो सकता, बाबूराम का गला फन्दे में आ गया है, उसे कोई नहीं बचा सकता।''

उस रात जगतप्रकाश को ठीक तरह से नींद नहीं आई, जीवन का एक और कुरूप अनुभव !

दूसरे दिन सुबह ग्यारह बजे खाना खाकर जमील ने जगतप्रकाश से कहा, "आज बाबूराम से जेल से मिलने जाना है। परसों से मुक़दमा शुरू होगा, देखूँ, वह क्या कहता है !"

"मैं भी तुम्हारे साथ चलता हूँ जमील काका !" और जगतप्रकाश जमील के साथ चल पड़ा। माल रोड पर पहुँचकर जमील ने जगतप्रकाश से कहा, "सोच रहा हूँ बरखुरदार, तुम शिवदुलारी देवी के यहाँ हो आओ, उन्होंने तुमसे अपने यहाँ आने का इसरार किया था। यह भी पता चल जाएगा कि क्या वह सुखलाल को गवाही देने से रोकने में कामयाब हुई है।"

जगतप्रकाश जिस समय शिवदुलारी के यहाँ पहुँचा, वह ड्राइंग-रूम में उदास बैठी थी। जगतप्रकाश को देखकर वह उठी, "तुम आओगे प्रोफ़ेसर साहेब, इसकी आशा मैंने नहीं की थी। बैठो, जमील मियाँ को कहाँ छोड़ा ?"

"वे जेल गए हैं, बाबूराम से मिलने।" जगतप्रकाश बोला, "परसों से मुक़दमा शुरू है न !"

"हाँ, परसों से मुक़दमा शुरू है।" एक ठंडी साँस लेकर शिवदुलारी बोली, और वह फिर सोचने लगी। विषाद की एक गहरी छाया थी उसके मुख पर।

"आप बड़ी उदास हैं ! क्या बात है ?"

शिवदुलारी ने अपनी आँखें उठाईं और जगतप्रकाश ने देखा उस अतिशय कठोर मुखवाली आँखों में आँसुओं की बूँदें हैं। भरे हुए स्वर में उसने कहा, "प्रोफ़ेसर साहेब, ज़िन्दगी फूलों की सेज नहीं, अंगारों की राह है, और इस अंगारों की राह पर बिना उफ़ किए अभी तक चलती आई हूँ। हरेक आदमी को सुख पहुँचाने की मैंने कोशिश की, अपने को दबाकर। जानते हो प्रोफ़ेसर साहेब, मुझे ज़िन्दगी में कहीं से कभी प्रेम नहीं मिला, और मैंने भी तो कभी प्रेम नहीं किया।"

कुछ रुककर शिवदुलारी ने फिर कहा, "अपने पिता के पापों को ढोना पड़ा है मुझे सारी ज़िन्दगी, शायद यह ज़िन्दगी ढोने के लिए ही बनी है। और जब ढोना है तो मैंने सब कुछ हँसकर ढोया है। मैंने कभी किसी से कुछ माँगा नहीं, किसी से कुछ चाहा नहीं—इतनी हिम्मत भगवान् ने मुझे दे दी थी। और अब वह हिम्मत भी उसने मुझसे छीन ली।"

जगतप्रकाश की समझ में शिवदुलारी की बात नहीं आ रही थी, फिर भी उसे कहना पड़ा, "समझता हूँ।"

शिवदुलारी मुसकराई, "तुम कुछ नहीं समझते प्रोफ़ेसर साहेब, क्योंकि तुम भोले हो, तुममें छल-कपट नहीं है। लोग कहते हैं कि मैं छिनाल हूँ।" और एकाएक शिवदुलारी उत्तेजित हो उठी, "लेकिन मैं छिनाल नहीं हूँ। जो कुछ मैंने किया वह दूसरों को सुख पहुँचाने के लिए किया, शायद दूसरों को सुखी बनाने में मुझे सुख मिलता था। अपनी तरफ़ से मुझे कोई प्रेरणा नहीं हुई, सिवा एक दफ़ा के—रामगढ़ में।" शिवदुलारी ने

जगतप्रकाश का हाथ पकड़ लिया, "एक तुम हो—एक तुम हो प्रोफ़ेसर साहेब, जिससे प्रेम करने की भावना कभी मेरे अन्दर जागी थी, लेकिन मैं पतिता, दुश्चरित्रा और छिनाल स्त्री—तुम्हारे जीवन में मैं अभिशाप बनकर ही आती। और मैंने अपने को दबा दिया। मुझे तो ज़िन्दगी को ढोना था।" शिवदुलारी ने जगतप्रकाश का हाथ छोड़ दिया और वह उठ खड़ी हुई, "प्रोफ़ेसर साहेब ! अब तुम जाओ, मेरे सम्पर्क में आकर तुम्हारी आत्मा कलुषित हो जाएगी, तुम जाओ यहाँ से—मैं तुम्हारे हाथ जोड़ती हूँ।"

जगतप्रकाश को शिवदुलारी के इस व्यवहार से आश्चर्य हुआ, लेकिन उसे उठना पड़ा। दरवाज़े तक शिवदुलारी उसके साथ आई, "प्रोफ़ेसर साहेब ! शायद अब तुमसे फिर कभी मिलना न हो। तुम अचानक आ गए, यह मेरा भाग्य था। लेकिन अगर हो सके तो कभी-कभी मुझे याद कर लेना।" और शिवदुलारी ने दरवाज़ा बन्द कर दिया।

[22]

"बड़ा उलझा हुआ मामला है बरखुरदार ! इस मामले में रूपलाल का हाथ है, उसने बाबूराम को फँसाया है।" जमील ने शाम के समय चाय पीते हुए जगतप्रकाश से कहा।

"लेकिन रूपलाल—आख़िर रूपलाल बाबूराम से दुश्मनी क्यों मानता है ?" जगतप्रकाश ने पूछा।

"मेरा ख़याल है, कुछ सुखलाल और शिवदुलारी के घरेलू मामलों को लेकर। यह रूपलाल चौधरी सुखलाल का जिगरी दोस्त बन गया है, हम-प्याला और हम-निवाला। दोनों ही निहायत बेईमान, बदनीयत और कमीने हैं। बाबूराम को यह रूपलाल क़तई पसन्द नहीं, दोनों में एक अरसे से मनमुटाव चला आ रहा है। और लगता है इन दिनों बाबूराम शिवदुलारी के बहुत नज़दीक आ गया है। इसमें शायद न शिवदुलारी का कसूर है, न बाबूराम का कोई कसूर है और सुखलाल उतना ही बेवकूफ़ है जितना रूपलाल चालबाज़ है—सुखलाल रूपलाल के हाथ में पूरी तौर से खेल रहा है। शायद रूपलाल ने इस सुखलाल को शिवदुलारी के सम्बन्ध में शक दिला दिया है। लेकिन समझ में नहीं आता कि यह सुखलाल बाबूराम की जान का गाहक क्यों बन गया है ? उसने सरासर झूठा बयान दिया है इन्क्वायरी में। हाँ, शिवदुलारी से कुछ पता चला तुम्हें ?"

जगतप्रकाश ने सिर हिलाया, "नहीं, कुछ भी पता नहीं चला। शिवदुलारी अपने आपे में नहीं है, कुछ अजीब-सी बातें करती रही।"

"यह तो तय है कि गौरीशंकर की हत्या हुई, और दो आदमी वहाँ मौक़े पर पकड़ लिए गए।"

कुछ सोचता हुआ जगतप्रकाश बोला, "अजीब बात है, मारनेवाला भाग निकला, और जो साथ गए थे वे पकड़ लिए गए।"

"इसमें अजीब कुछ नहीं है। ये दोनों आदमी छँटे हुए पेशेवर बदमाश हैं, कई दफ़ा के सज़ायाफ़्ता ! बाबूराम इन दोनों को जानता है, और उसका ख़याल है कि हत्या इन दोनों ने की है। लेकिन इन दोनों का गौरीशंकर से कोई वास्ता नहीं था, इसके माने हैं इन दो आदमियों से हत्या कराई गई है, और जिसने हत्या कराई है उसे छिपाने के लिए बाबूराम का नाम डाल दिया गया है। इस सबमें रूपलाल का हाथ है, इसमें शक किया ही नहीं जा सकता।"

"तो फिर—तो फिर क्या सुखलाल बाबूराम के ख़िलाफ़ गवाही देगा ?" जगतप्रकाश ने पूछा।

"यक़ीनन। बाबूराम का शक है कि इस हत्या में बहुत मुमकिन है सुखलाल का हाथ हो, गौरीशंकर और सुखलाल में कुछ रंजिश थी। मैं बाबूराम के वकील से मिला था। वह कहते तो हैं कि बाबूराम को छुड़ा लेंगे, लेकिन उनके चेहरे से लगता था कि उन्हें पूरा भरोसा नहीं है। देखें खुदा की क्या मर्ज़ी है।"

उस रात जगतप्रकाश देर तक जागता रहा। उसकी आँखों के आगे शिवदुलारी का चेहरा बार-बार आ जाता था। वह शिवदुलारी, जिसे उसने रामगढ़ कांग्रेस में देखा था, कितनी बदल गई थी ! वह उन्मुक्त, जीवनी-शक्ति से भरी हुई चिन्तारहित शिवदुलारी कितनी उदास, कितनी टूटी हुई थी सुबह, आज सुबह ! वह जगतप्रकाश के सामने रो पड़ी थी। जगतप्रकाश ने पहले कभी रोती हुई शिवदुलारी की कल्पना नहीं की थी।

सुबह जब उसकी नींद खुली, आठ बज रहे थे। कमरे के बरामदे में जमील के साथ शमशेरसिंह और दो अन्य आदमी बैठे हुए बड़ी उत्तेजित अवस्था में बातें कर रहे थे। जगतप्रकाश को लगा कि कहीं कोई अप्रिय घटना हो गई है, वह बरामदे में पहुँचा। जमील ने जगतप्रकाश को देखते ही कहा, "बरखुरदार ! गज़ब हो गया। शिवदुलारी और सुखलाल—दोनों ही अपने बिस्तरों पर मरे हुए पाए गए हैं।"

बिजली की तरह जगतप्रकाश की आँखों के आगे शिवदुलारी का वह चित्र कौंध गया जो उसने पिछले दिन देखा था, और उसके ये शब्द—'शायद अब तुमसे कभी मिलना न हो।' उसके कानों में गूँज उठे। वह टूटा हुआ-सा कुर्सी पर बैठ गया।

शमशेरसिंह ने बताया, "नौकर का कहना है कि मालकिन ने कल रात खुद अपने हाथों रसोई बनाई, दोनों ने बड़े प्रेम से एक साथ शराब पी, बातें कीं, खाना खाया। और आज सुबह जब कोई नहीं उठा तो कमरे का दरवाज़ा तोड़ा गया। दोनों मरे हुए पड़े थे। पुलिस पहुँच गई है, सुखलाल के माँ-बाप, भाई-बहन सभी पहुँच गए हैं। कुहराम मचा हुआ है वहाँ, दोनों के बदन काले पड़ गए हैं।"

"इसके माने हैं कि दोनों की मृत्यु ज़हर से हुई है।" जगतप्रकाश बोला।

"बिलकुल ठीक !" शमशेरसिंह बोला, "शिवदुलारी के तकिए के नीचे एक चिट्ठी मिली है—पुलिस ने वह चिट्ठी ले ली है। उसमें शिवदुलारी के हाथ के लिखे तीन वाक्य हैं—हम दोनों पापी हैं, अपने-अपने ढंग से। मैं अपना पाप ढोते-ढोते आजिज़ हो गई हूँ, सुखलाल को भी उसके पापी जीवन से मुक्त करना है। मैं सुखलाल को ज़हर दे

रही हूँ और खुद भी खा रही हूँ।''

जमील चिल्ला उठा, ''तो शिवदुलारी ने अपना कौल पूरा किया। उसने कहा था कि सुखलाल गवाही नहीं देगा, और सुखलाल गवाही देने के लिए अब दुनिया में मौजूद नहीं है।''

जगतप्रकाश को लगा कि उसे चक्कर आ रहा है और वह बेहोश हो जाएगा। बड़ा प्रयत्न करके उसने अपने को सँभाला, और कमरे में जाकर उसने पानी पिया। उस दिन उससे ठीक तौर से खाना नहीं खाया गया, वह होटल से निकला भी नहीं। दिन-भर उदास और खोया हुआ वह अपने कमरे में पड़ा रहा। शाम के समय जमील ने लौटकर बतलाया कि दोनों शव पोस्टमार्टम के लिए भेज दिए गए हैं।

पाँच तारीख को सुबह दस बजे जगतप्रकाश जमील के साथ कचहरी पहुँचा, बाबूराम का मुक़दमा शुरू होनेवाला था। जगतप्रकाश ने देखा कि नगर के नेताओं की, सुखलाल के सगे-सम्बन्धियों की और सुखलाल के बाप की फैक्टरी के कार्यकर्ताओं की, एक बड़ी भीड़ कचहरी में जमा है। सुखलाल की शव-यात्रा का शानदार प्रबन्ध किया गया है। कचहरी की मार्चुअरी से सुखलाल का शव बड़ी धूमधाम के साथ निकाला गया।

जगतप्रकाश ने जमील से पूछा, ''जमील काका ! ये लोग सुखलाल की लाश लिए जा रहे हैं। लेकिन शिवदुलारी की लाश ! उसका क्या होगा ?''

''लावारिस की लाश की तरह सरकार उसे ठिकाने लगा देगी।'' जमील ने उदास स्वर से कहा, ''इसका कोई है भी नहीं इस दुनिया में...और अब कौन इसे अपना मानने के लिए तैयार होगा ?''

एकाएक जगतप्रकाश कह उठा, ''इसे मैं अपना मानने को तैयार हूँ, जमील काका ! क्या इसकी अन्त्येष्टि-क्रिया करने का प्रबन्ध किया जा सकता है ? मैं पूरा खर्च उठाऊँगा।''

जमील ने आश्चर्य से जगतप्रकाश को देखा, ''पागल तो नहीं हो गए बरखुरदार ! यह तुम क्या कह रहे हो ?''

''नहीं जमील काका ! बिलकुल सही दिमाग में हूँ।'' यह कहकर उसने पर्स से सौ रुपए का नोट निकाला, ''मेरा ऐसा ख़याल है कि आज मुक़दमा नहीं शुरू होगा, पुलिस रिमांड लेगी। बाबूराम के ख़िलाफ़ एकमात्र गवाह इस दुनिया में नहीं रहा, पुलिस उलझन में होगी। क्या इस नेक और अभागी शिवदुलारी की लाश को गति नहीं मिल सकती ? बोलो जमील काका ! चुप क्यों हो ? उसने मुझसे परसों कहा था—'तुम अचानक आ गए, यह मेरा भाग्य था।' और उसका यह विश्वास झूठा न हो, मैं सिर्फ़ इतना चाहता हूँ।''

जमील की आँखों में आँसू छलक आए, ''तुम इनसान नहीं हो, फ़रिश्ते हो, तुम्हारा मंशा पूरा होगा।''

शिवदुलारी के शव को जगतप्रकाश ने आग दी। कुल सात-आठ आदमी इकट्ठे कर सका था जमील, भैरवघाट के एक कोने में उसकी लाश जलाई गई। शाम को छह

बजे जब उसकी लाश भस्म हो चुकी, जगतप्रकाश ने उसकी चिता पर पानी डाला। फिर उसने स्नान किया। जमील के साथ वह क़रीब आठ बजे अपने होटल वापस लौटा।

दिन-भर जगतप्रकाश ने कुछ खाया-पिया नहीं था, न जमील ने कुछ खाया-पिया था। दोनों ने ही खाना खाया। जगतप्रकाश के मन में असीम शान्ति थी, मानव-जीवन के एक अतिशय कुरूप और वीभत्स परिच्छेद का अन्त हो चुका था। उसी समय चार-पाँच आदमियों के साथ बाबूराम जमील से मिलने आया।

बाबूराम को देखते ही जमील खुशी से कह उठा, "तो क्या तुम छूट आए, इतनी जल्दी ?

मुस्कराते हुए बाबूराम ने कहा, "छूटा तो नहीं हूँ, ज़मानत हो गई है। पुलिस ने रिमांड ले लिया है। मेरे वकील का कहना है कि मुझे छूटा ही समझो !" और फिर तत्काल ही उसके मुख पर आई मुस्कराहट ग़ायब हो गई, "लेकिन मेरी जान बचाने के लिए शिवदुलारी ने बहुत बड़ी क़ीमत चुकाई। उसने अपनी जान दे दी।"

"शायद यही होना था।" जमील के मुख पर दार्शनिकता से युक्त गम्भीरता आ गई, "चीज़ें क्यों होती हैं ? कैसे होती हैं ? इनसान की समझ में यह आसानी से नहीं आता, लेकिन कहीं कोई सिलसिला ज़रूर है। शिवदुलारी ने उसी दिन अपनी ज़िन्दगी का ख़ात्मा कर दिया था जिस दिन उसने इस सुखलाल से शादी की थी। उस सुखलाल की बीवी बनकर उसे क़दम-क़दम पर मौत का दर्द बर्दाश्त करना पड़ा होगा और आख़िरकार उसने इस मौत के दर्द से हमेशा के लिए छुटकारा पा लिया।"

"लेकिन यह हत्या और आत्महत्या ! दो बहुत बड़े पाप करने पड़े उसे।" बाबूराम बोला।

जगतप्रकाश के मुख पर एक करुण मुस्कान आई, "यह हत्या और आत्महत्या—यह तो हम ज़िन्दगी में हमेशा ही करते रहते हैं। लेकिन यह हत्या और आत्महत्या शरीर की नहीं होती, यह आत्मा की होती है जिसे हम देख नहीं पाते। शरीर तत्त्व की हत्या और आत्महत्या की अपेक्षा ये आत्मा की हत्या और आत्महत्या अधिक भयानक हैं।"

वहाँ बैठे लोगों ने जगतप्रकाश की बात समझी या नहीं समझी, यह नहीं कहा जा सकता। लेकिन किसी ने जगतप्रकाश की बात पर कुछ कहा नहीं। सब लोग थोड़ी देर तक चुप बैठे रहे। फिर जगतप्रकाश ही बोला, "ये जमील काका मुझे इलाहाबाद से अपने साथ कानपुर ले आए हैं। मुझे तो यहाँ की स्थिति का पता ही नहीं था। हम दोनों का यहाँ से बम्बई जाने का कार्यक्रम है और मैं समझता हूँ कि अब जमील काका की यहाँ कोई ज़रूरत नहीं रह गई।" फिर उसने जमील की ओर देखा, "क्यों जमील काका ! क्या ख़याल है तुम्हारा ?"

"मैं भी समझता हूँ कि कानपुर में मेरा काम पूरा हो चुका है।" और फिर उसने बाबूराम से कहा, "हम लोग कल सुबह डाकगाड़ी से बम्बई जा रहे हैं। तुम्हारी पैरवी के लिए मैं पाँच सौ रुपए लाया था, वे ले लो। गोकि तुम एक तरह से छूट गए हो, लेकिन अभी इस मुक़दमे में ख़र्च तो होगा ही। अगर ज़्यादा की ज़रूरत हो तो मुझे लिख

देना।'' यह कहकर जमील ने पाँच सौ रुपए बाबूराम को दे दिए, ''शायद मई के दूसरे या तीसरे हफ़्ते में तुम्हें बम्बई जाना पड़े, हम लोग कम्युनिस्ट पार्टी का पहला कन्वेंशन बम्बई में करना चाहते हैं। तुम्हें इत्तिला भेज दी जाएगी।''

छह मई की सुबह मेल से जगतप्रकाश जमील के साथ बम्बई के लिए रवाना हो गया। कानपुर से चलते समय उसने कुलसुम को तार दे दिया था, और कुलसुम स्वयं स्टेशन आई थी उसे लेने।

बम्बई की चहल-पहल में जगतप्रकाश ने विगत को भूलने की न जाने कितनी कोशिश की, लेकिन उसे सफलता नहीं मिल रही थी। कुलसुम और उससे भी अधिक परवेज़ जगतप्रकाश की सुख-सुविधा का पूरा ध्यान रखते थे, लेकिन जैसे जगतप्रकाश के अन्दर एक तरह की उदासीनता ने घर कर लिया था। उसे लग रहा था कि वह जीवन से अनायास ही छिटक गया है, और इस पर उसे दुख भी न था। वह कुछ करना चाहता था, वह जीवित रहना चाहता था। लेकिन वह करे तो क्या ? जीवित रहे तो किस तरह ? वैसे कुलसुम के यहाँ उसे हर तरह का आराम था, जीवन की समस्त सुविधाएँ उसे उपलब्ध थीं, लेकिन आराम और सुविधा ही तो ज़िन्दगी नहीं है। इस आराम और सुविधा के दलदल से वह निकलना चाहता था। और उसे कोई रास्ता नहीं दीख रहा था।

उस दिन शनिवार था और बेतहाशा गरमी थी। परवेज़ तीसरे पहर ही मिल से लौट आया था, कुलसुम किसी मीटिंग में गई थी। परवेज़ के मुख पर उसकी स्वाभाविक प्रसन्नता प्रस्फुटित हो रही थी। उसने जगतप्रकाश से कहा, ''मिस्टर जगतप्रकाश ! कलकत्ता से बागची आर्ट सेंटर का एक ट्रुप आया है। आज देसाई हॉल में उसका एक शो है। डांस, म्यूज़िक, और भी न जाने क्या-क्या ? आज वहाँ चला जाए तो कैसा रहे ? सुना है बंगाली लोग बड़ा आर्टिस्ट होता है, वैसे अपुन को इस आर्ट-फार्ट की कोई जानकारी नहीं, लेकिन बड़ी तारीफ़ है। सुना है सब आर्टिस्ट शान्तिनिकेतन में तालीम पाया है।''

जगतप्रकाश ने अपने को उदासीनता से निकालने का प्रयत्न करते हुए कहा, ''आइडिया तो बुरा नहीं है परवेज़ ! तुमने क्या यह बंगाल का नृत्य देखा है और संगीत सुना है ?''

''वह जो बंगाल का आर्ट कहलाता है उसका रिवाज तो यहाँ बम्बई में और पूरे गुजरात में बहुत है। यहाँ वकील सिस्टर्स का एक ग्रुप है। बड़े-बड़े बाल रखे ज़नाना शक्लवाले नौजवान, और काजल लगाए हिजड़ों की तरह हाव-भाव दिखाता औरत लोग, तो वह सब तो अपुन को कुछ जमा नहीं। लेकिन यह सब तो नकल है, नकल तो बुरा लगता ही है। आज जो हो रहा है वह असल हो रहा है—निखालिस बंगाली आर्ट ! आज तो वहाँ जाने का बड़ा मन करता है। छह बजे से शो है, अभी चार बजे हैं। तुम तैयार हो जाओ, हम-तुम दोनों चलेंगे।''

''लेकिन कुलसुम बेन ! अगर तुम उन्हें साथ न लोगे तो वह क्या कहेंगी ?''

जगतप्रकाश बोला।

"कुलसुम जाने कब आए ! उसके वे कम्युनिस्ट साथी लोग, कुलसुम को घेरे हुए हैं। आज दोपहर को ही दफ़्तर में आ गए थे, कहीं कोई मीटिंग-वीटिंग है। हम तो आजिज़ हैं इस कुलसुम से और इन कम्युनिस्टों से ! बाबा हम लोगों की जान छोड़ें, लेकिन नहीं। आज अपुन कुलसुम को समझाएँगे। मिस्टर जगतप्रकाश, तुम भी कुलसुम को समझाना। यह कुलसुम तुम्हारी बड़ी इज्जत करती है, तुम्हें बिलकुल गुरु की तरह मानती है।

कितना भला है यह परवेज़, साथ ही कितना भोला ! जगतप्रकाश ने पूछा, "क्यों परवेज़ ! क्या तुम्हें कम्युनिज़्म से कोई शिकायत है ?"

परवेज़ कुछ देर तक सोचता रहा, फिर बोला, "मिस्टर जगतप्रकाश ! यह कम्युनिज़्म क्या है, इसका तो पता ही नहीं है अपुन को। ये जितने इज़्म-विज़्म हैं, इन सबमें कहीं कोई लफड़ा है। अरे बाबा, मेहनत करो, ईमानदार बनो—हर मज़हब यह बताता है। बाकी सब आदमी अपना-अपना मुकद्दर लेकर पैदा होते हैं। अब देखो न, बंगाल में पानी नहीं बरसा, सूखा पड़ गया। कहते हैं वहाँ क़हत पड़नेवाला है। अच्छा मिस्टर जगतप्रकाश, मरते को बचाना क्या सवाब का काम है या ज़िन्दा आदमी को मारना सवाब का काम है ?"

एक उलझन-भरी नज़र से जगतप्रकाश ने परवेज़ को देखा, "क्यों, तुम्हारा मतलब क्या है ?"

परवेज़ मुसकराया, "बंगाल में लाखों आदमियों की जान का सवाल है। तो ये कम्युनिस्ट लोग उसकी बाबत तो कुछ सोचता नहीं, यहाँ पीपुल्स वार का नारा लगाता है। वह कहता है कि इस पीपुल्स वार में लाखों आदमी मरे। भला यह भी कोई बात है ? नहीं मिस्टर जगतप्रकाश, यह कम्युनिज़्म का लफड़ा अपुन को जरा भी पसन्द नहीं।"

"तुमने कुलसुम को यह समझाने की कोशिश की ?" जगतप्रकाश ने पूछा।

"हाँ, लेकिन कुलसुम ने डाँट दिया। बोली कि हमारी समझ के बाहर है यह सब। बात यह है कि कुलसुम एम.ए. पास है और अपुन मैट्रिक फेल है। तो हम न अपनी बात ठीक तौर से कुलसुम को समझा पाते हैं, और न हमारी समझ में कुलसुम की बात आती है। अच्छा मिस्टर जगतप्रकाश ! तुम मुक़द्दर पर यक़ीन करते हो ?"

"क्यों ? वैसे तो नहीं, लेकिन इधर कुछ ऐसा लगने लगा है कि भाग्य नाम की कोई चीज़ है। यह सवाल क्यों ?"

एक ठंडी साँस लेकर परवेज़ बोला, "क्या बताएँ अपने मुक़द्दर में तो लिखा है कुलसुम की डाँट सुनना। अब देखो न ! पाँच बज रहे हैं और कुलसुम अभी तक नहीं आई। वह बागची आर्ट सेंटर का ट्रूप, शान्तिनिकेतन का निखालिस असली डांस, और बिना कुलसुम के वहाँ कैसे जाएँ, वह बुरा जो मान जाएगी। तो हम लालचन्द भाई के यहाँ जाते हैं, तुम कुलसुम से कह देना। यह कपड़े का कंट्रोल क्या हुआ, लूट-मार मच

गई है। लालचन्द भाई ब्लैक करने पर जुट गए हैं, बदनामी हमारी मिल की हो रही है। बाबा, हमें ब्लैक नहीं चाहिए।" और परवेज़ उठ खड़ा हुआ।

उठने के साथ ही परवेज़ फिर बैठ गया, "तुमसे हम बोला था न मिस्टर जगतप्रकाश कि मुक़द्दर के आगे बस नहीं चलता। देखो कुलसुम भी आ गई।" और जगतप्रकाश ने घूमकर देखा, कुलसुम की कार पोर्टिको में आकर खड़ी हो गई। उसकी कार से तीन आदमी और उतरे, एक जमील था और दो को जगतप्रकाश पहचानता नहीं था। कुलसुम बोली, "देखो जगत ! तुमसे मिलने ये लोग आए हैं, तुमसे कुछ बातें करना चाहते हैं।"

सब लोग बैठ गए। जमील ने अपने साथियों का जगतप्रकाश से परिचय कराया, "यह कामरेड सामन्त हैं, यह कामरेड दामले हैं। दोनों ही बम्बई की कम्युनिस्ट पार्टी के लीडर हैं। कामरेड दामले तुमसे कुछ कहना चाहते हैं।"

और दामले ने कहा, "कामरेड जगतप्रकाश ! ब्रिटिश सरकार ने हिन्दुस्तान की कम्युनिस्ट पार्टी को वैधता प्रदान कर दी है। महात्मा गांधी के नेतृत्व में कांग्रेस ने जो मूवमेंट चलाया था उससे पीपुल्स वार को बड़ा नुकसान हुआ है। हम कम्युनिस्ट कांग्रेस में होने के कारण कुछ कर नहीं सकते थे। अब हम कम्युनिस्ट अपनी स्वतन्त्र सत्ता और इकाई स्थापित करना चाहते हैं।"

सहज भाव से जगतप्रकाश बोला, "इसकी नितान्त आवश्यकता थी। कांग्रेस से बाहर निकलकर कम्युनिस्टों को अपना स्वतन्त्र कार्यक्रम उठाना ही पड़ेगा।"

कामरेड सामन्त बोला, "इसीलिए हमने तेईस मई को अपना एक कन्वेंशन बुलाया है। आज उन्नीस मई है। तैयारियाँ पूरी हो चुकी हैं, देश के विभिन्न भागों से कम्युनिस्ट विचारधारा के लोग आ रहे हैं। कामरेड जमील अहमद से आपकी बाबत सुना कि आप यहीं हैं। तो इस कन्वेंशन में आपको भाग लेना है। आपका नाम हमने कम्युनिस्ट पार्टी के सदस्य की हैसियत से ले लिया है।"

एकाएक जगतप्रकाश के मुँह से निकल पड़ा, "कम्युनिस्ट विचारधारा के प्रति मुझमें सम्पूर्ण आस्था है। लेकिन मैं किसी राजनीतिक पार्टी का सक्रिय सदस्य बनूँ, इस पर मैंने कभी सोचा नहीं।"

दामले बोला, "इसमें सोचने-विचारने की क्या बात है ? आप पार्टी के सदस्य नहीं बन रहे हैं, पार्टी आपको अपना सदस्य बना रही है। पार्टी की सदस्यता पार्टी का सीक्रेट है जो जनता पर प्रकट नहीं किया जाएगा। हम लोग तो आपको यह सूचना देने आए हैं।"

"इस सूचना के साथ आप मेरी स्वीकारोक्ति तो चाहेंगे ?" जगतप्रकाश ने पूछा।

और तभी कुलसुम बोल उठी, "जगतप्रकाश की स्वीकारोक्ति मैं देती हूँ।"

दामले बोल उठा, "आपके कहने से तो काम नहीं चलेगा कुलसुम बेन ! हम लोगों को डॉक्टर जगतप्रकाश की स्वीकारोक्ति चाहिए।"

जगतप्रकाश बोला, "क्या आप कन्वेंशन होने के दो-एक दिन बाद तक मेरी

स्वीकारोक्ति की प्रतीक्षा कर सकते हैं ? मैं बड़ी उलझन में हूँ, मुझे कुछ सोचना पड़ेगा।''

अब जमील बोला, ''कामरेड दामले ! मैं भी समझता हूँ कि जगतप्रकाश को सोचने-समझने का मौका दिया जाए। यह जो भी काम करते हैं वह पूरी लगन और पूरी ज़िम्मेदारी के साथ करते हैं। बहरहाल कन्वेंशन में यह शिरकत करेंगे, इतना तय है। क्यों जगत ?''

''हाँ, मैं कन्वेंशन में जाऊँगा और इस बीच मैं अपने भावी जीवन और भावी कार्यक्रम पर भी निर्णय ले लूँगा।''

सब लोगों ने चाय पी और फिर सब लोग चले गए। सब लोगों के जाने के बाद परवेज़ बोला, ''आज का सब प्रोग्राम चौपट। न बागची आर्ट सेंटर का नाच गाना, न लालचन्द भाई से बातचीत। इन कम्युनिस्टों से ख़ुदा बचाए !''

कुलसुम हँस पड़ी, ''कोई बात नहीं परवेज़। ख़ुदा ने मुझे तो बचा लिया। मैंने उनसे कह दिया है कि मैं कन्वेंशन में भाग नहीं लूँगी। अब तो तुम ख़ुश।''

परवेज़ का मुख प्रसन्नता से चमक उठा, ''सच ! तुम अच्छी हो कुलसुम जो तुमने मेरी बात मान ली। लेकिन तुम जगतप्रकाश पर क्यों ज़ोर दे रही थीं पार्टी का मेम्बर बनने के लिए ?''

कुलसुम ने कुछ सोचकर कहा, ''तुम नहीं समझोगे परवेज़, शायद जगतप्रकाश भी नहीं समझ पाएँगे, क्योंकि ख़ुद मेरी समझ में यह सब ठीक तौर से नहीं आ रहा है। अच्छा, अब क्या प्रोग्राम है तुम्हारा ? मैं तो बहुत थक गई हूँ।''

''और मैं बड़ा बोर हो रहा हूँ।'' परवेज़ बोला, ''सोचा था लालचन्द भाई से मिल लूँ। वह बहुत ज़्यादा ब्लैक कर रहे हैं और बदनामी हम लोगों की मिल की हो रही है। यह बड़ी बेजा बात है।''

''डेडी से बात कर ली है।'' कुलसुम ने पूछा।

''डेडी का कहना है कि क़ानूनन कुछ नहीं कर सकते। सेठ लालचन्द हमारे सोल सेलिंग एजेंट हैं। लेकिन मैं जानता हूँ, क्या किया जाए। मैं गवर्नमेंट के हाथ सीधे-सीधे अपनी मिल का पूरा माल बेचने का इन्तज़ाम कर लूँगा, फिर देखूँगा लालचन्द भाई कैसे ब्लैक करते हैं। मैं हूँ परवेज़ ! हाँ, एक दफ़ा लालचन्द भाई को आगाह कर देना है। तो उनके यहाँ जा रहा हूँ, कुछ देर लग जाएगी वहाँ।'' और परवेज़ चला गया।

''आओ, ड्राइंग रूम में बैठें चलकर !'' कुलसुम ने उठते हुए जगतप्रकाश से कहा, ''आज मुझे तुमसे बहुत बातें करनी हैं।''

ड्राइंग रूम में पहुँचकर कुलसुम बोली, ''जगत ! अब तुम्हारी ज़िन्दगी का क्या प्रोग्राम है ? मैं समझती हूँ कि इलाहाबाद में तुम ख़ुश नहीं हो, तुम्हारे चेहरे से जैसे सारी ख़ुशी ग़ायब हो गई है।''

कुलसुम के इस प्रश्न से जगतप्रकाश चौंक उठा। उसने हिचकिचाते हुए कहा, ''इलाहाबाद से मुझे कोई मोह नहीं रह गया है। और अगर सच पूछो तो मुझे अब किसी

जगह के लिए किसी तरह का मोह नहीं रह गया है। जितने बन्धन थे, वे सब एक-एक करके कटते चले गए, मेरी इच्छा-अनिच्छा का कहीं कोई सवाल ही नहीं उठा।''

''तो फिर ?'' कुलसुम ने उत्सुकता के साथ जगतप्रकाश को देखा।

जगतप्रकाश ने अपनी आँखें मूँद लीं, जैसे वह अपने आगेवाले अन्धकार से कुलसुम के इस 'तो फिर ?' का उत्तर निकालना चाह रहा हो, और उसने आँखें खोल लीं, ''सच पूछो तो मैंने इन दिनों अपने सम्बन्ध में सोचना ही छोड़ दिया है। अपना सोचा होता कब है ?'' और एकाएक जगतप्रकाश हँस पड़ा, एक रूखी और करुण हँसी, ''कुलसुम ! मैंने कहा न कि मेरे सारे बन्धन आप ही आप कटते चले गए। जहाँ मैं पैदा हुआ, वहाँ से मेरी जड़ें उखड़ गईं, जहाँ मैं पढ़ा और पनपा वह जगह अनजानी-सी बन गई। कहीं कोई नहीं, जिसे मैं अपना समझूँ या जो मुझे अपना समझ सके। एक बार किसी ने मुझसे कहा कि वह ज़िन्दगी ढो रहा है, और मुझे लग रहा है कि मैं भी अपनी ज़िन्दगी ढो रहा हूँ।''

कुलसुम ने जगतप्रकाश का हाथ पकड़ लिया, ''ऐसा मत कहो जगत ! तुम मुझे अपना भले ही न समझ सको जगत, लेकिन मैं तुम्हें अपना समझती हूँ।'' और जगतप्रकाश का हाथ छोड़कर कुलसुम सोफे की पीठ पर टिक गई। अब उसके स्वर में एक करुण कोमलता आ गई थी, ''मेरे जगत ! मेरी रूह तुम्हारी है, तुम मेरे सपनों के राजकुमार हो।'' कुछ रुककर उसने फिर कहा, ''तुम्हें याद है कि अभी कुछ देर पहले उस दामले से मैंने तुम्हारी तरफ से हामी भर दी थी कि तुम कम्युनिस्ट पार्टी के मेम्बर बन जाओगे। मैंने वह हामी सच पूछो तो अपने लिए भरी थी। तुममें मैं अपनी भावनाओं की पूर्ति की कल्पना करने लगी हूँ। भावनात्मक रूप से मैं अभी तक कम्युनिस्ट पार्टी के साथ रही हूँ, लेकिन मेरी सामाजिक परिस्थितियाँ ऐसी हैं कि मुझे उनका साथ छोड़ना पड़ रहा है। और उस समय, जब वे लोग तुमसे बात कर रहे थे, मैंने तुममें अपना भावनात्मक बिम्ब देखा और मेरे मन में आया कि तुम्हारे रूप में मैं कम्युनिस्ट पार्टी से अपना सम्बन्ध क़ायम रखूँगी। परवेज़ के सामने मैं तुमसे यह सब नहीं कहना चाहती थी।''

जगतप्रकाश आश्चर्य से कुलसुम की ओर देख रहा था। एकाएक वह पूछ बैठा, ''लेकिन मैं—मेरा भी तो कोई स्वतन्त्र अस्तित्व है !''

''अपने भावावेश में यही तो मैं उस वक़्त भूल गई थी कि स्त्री का अस्तित्व पुरुष के अस्तित्व में निहित है, न कि पुरुष का अस्तित्व स्त्री के अस्तित्व में। जगत ! मेरे बौद्धिक और राजनीतिक विचार वही होने चाहिए, जो तुम्हारे हैं। भावना के आवेश में मैं यह ग़लती कर गई थी, तुम मुझे माफ़ कर दोगे।''

इतनी आत्मीयता, इतनी ममता ! जगतप्रकाश इस आत्मीयता और ममता के बोझ से मानो टूटता जा रहा था। उसने कहा, ''तुम मुझसे क्या चाहती हो कुलसुम ? बोलो, मैं तुम्हारी बात मानूँगा।''

''मैं कुछ नहीं चाहती तुमसे मेरे जगत ! मैं सिर्फ़ इतना चाहती हूँ कि तुम मेरे

नज़दीक रहो, मेरी नज़रों के सामने रहो। तुम अगर पार्टी के मेम्बर नहीं बनना चाहते हो तो न बनो। शायद पार्टी के सदस्य बनकर पार्टी के अनुशासन में बँधना तुम्हारे लिए ग़लत होगा। जब मैंने तुम्हारी तरफ़ से हामी भरी थी, उस वक़्त मेरे दिल में यह ख़याल था कि पार्टी के मेम्बर बनकर तुम्हें बम्बई में रहना होगा, मेरे नज़दीक, मेरी आँखों के आगे। लेकिन मैं सोचती हूँ कि तुम बिना पार्टी के मेम्बर बने भी बम्बई में रह सकते हो। तुम्हें इलाहाबाद से कोई मोह तो नहीं है ?''

जगतप्रकाश को अपने सामने एक रास्ता दिखा, यद्यपि वह रास्ता भी कहीं दूर पर अन्धकार में खोया नज़र आ रहा था। उसने कहा, ''नहीं, मुझे इलाहाबाद से कोई मोह नहीं है। लेकिन इलाहाबाद में मैं सर्विस तो कर रहा हूँ, यहाँ बम्बई में रहकर मैं क्या करूँगा ?''

''क्या एक जगह बँधकर कुछ काम करने में ही ज़िन्दगी है जगत ? आज देश को आत्म-समर्पण करके काम करनेवालों की बड़ी आवश्यकता है। यहाँ बम्बई में तुम्हारा ख़र्च ही कितना होगा ? चौपाटी पर मेरा एक फ़्लैट खाली पड़ा है, ममी का मकान है वह, हम लोगों ने उसका एक फ़्लैट किराए पर नहीं उठाया। तीन बड़े-बड़े कमरे हैं, पूरी तौर से सजे हुए। उस फ़्लैट में स्थायी तौर से तुम रहो। मैं तुममें अपनी अभिलाषाओं और आकांक्षाओं की पूर्ति देखना चाहती हूँ। बोलो, इतना तो कर सकोगे ? मैंने कहा न, कि जो कुछ मेरा है वह तुम्हारा है।''

इतना आग्रह, ममता से ओत-प्रोत ! जगतप्रकाश ने ठंडी साँस लेकर कहा, ''मेरी समझ में कुछ नहीं आ रहा है कुलसुम, जैसे जीवन की गति पर अब मेरा कोई अधिकार नहीं रह गया है। तुम्हारी भावना और तुम्हारे विश्वासों की रक्षा कर सकूँ—भगवान् मुझे इतना बल दें।''

कुलसुम बोली, ''मैं जमील से बात करूँगी। तुम्हारे साथ तुम्हारी देखभाल करनेवाला कोई आदमी चाहिए। जमील के बीवी-बच्चे यहाँ नहीं, भिंडी बाज़ार के एक गन्दे-से चाल में रहता है। अगर वह तुम्हारे साथ रहने पर राज़ी हो जाए तो मुझे दिलजमई होगी। अकेले एक नौकर की देखभाल में तुम रहो, मुझे यह पसन्द नहीं। क्या ख़याल है तुम्हारा ?''

''वैसे मेरी देखभाल करने की किसी को कोई ज़रूरत नहीं, इलाहाबाद में मैं अकेला ही रहता था। लेकिन अगर जमील मेरे साथ आ जाएँ तो मुझे अच्छा ही लगेगा।''

दूसरे दिन शाम के समय जमील के साथ चौपाटी वाले फ़्लैट में जगत चला गया।

तेईस मई को कम्युनिस्ट पार्टी का कन्वेंशन हो गया। इस कन्वेंशन में भाग लेने के लिए जसवन्त कपूर भी आया था। जसवन्त कपूर कुलसुम के साथ ठहरा था। उस कन्वेंशन में ब्रिटिश सरकार के युद्ध-प्रयत्नों में सहयोग देने पर अधिक-से-अधिक बल दिया गया और कांग्रेस के आन्दोलन की निन्दा की गई थी। पूँजीवाद से लड़ने के लिए वर्ग-संघर्ष की एक रूपरेखा तैयार की गई थी।

उस कन्वेंशन में जगतप्रकाश ने केवल एक दर्शक की भाँति भाग लिया। उसका

मन भारी था, कहीं कोई बड़ी उलझन थी उसके अन्दर। उसकी बग़ल में ही जसवन्त बैठा था और उसने देखा कि जसवन्त के मुख पर भी किसी तरह का उल्लास नहीं है। जो कुछ हो रहा है वह सब औपचारिक ढंग से हो रहा है।

रात के समय कुलसुम के यहाँ जसवन्त के साथ जगतप्रकाश और जमील का खाना था।

कुलसुम ने जसवन्त से कहा, "क्यों जसवन्त, सुना है तुम वहाँ कुछ नहीं बोले। क्या बात है ?"

"जो कुछ मैं कहना चाहता था, उसे सुनने और समझने के लिए न लोगों में प्रवृत्ति थी, न किसी प्रकार की उत्सुकता थी।" उदास भाव से जसवन्त ने कहा। और फिर कुछ रुककर मानो वह अपने से ही कहने लगा हो, "मैं मानता हूँ कि विश्व संघर्ष में रूस और ब्रिटेन के प्रति हमारी कुछ ज़िम्मेदारी है, लेकिन अपने देश के उन करोड़ों आदमियों के प्रति भी तो हमारी कोई ज़िम्मेदारी है जो भयानक ग़रीबी में अपनी ज़िन्दगी बिता रहे हैं। अभावग्रस्त और भूखा जन-समुदाय, मौत के मुँह में पड़ा हुआ—इस जन-समुदाय के प्रति हम अन्धे क्यों हो रहे हैं ? बंगाल में भयानक अकाल की छाया मँडरा रही है, उस अकाल की ज़िम्मेदारी किस पर है ? मैं कहता हूँ कि यह ज़िम्मेदारी ब्रिटिश सरकार पर है।"

जमील ने सिर हिलाते हुए कहा, "जहाँ तक मुझे पता है, इधर कई सालों से बंगाल में फ़सलें ख़राब होती रही हैं। और अख़बारों से तो पता चलता है कि सरकार उस अकाल का मुक़ाबला करने की हर तरह से कोशिश कर रही है।"

जसवन्त बोला, "ग़लत, एकदम ग़लत ! जापान आगे बढ़ रहा है—स्कार्च अर्थ पॉलिसी—यानी जहाँ से हटो वहाँ सब कुछ बरबाद कर दो ! ताकि जापानियों को वहाँ कुछ न मिले। सीमावर्ती बंगाल के किसानों से उनका सब धान छीन लिया गया है या ख़रीद लिया गया है। वह धान कहाँ गया ? इस साल फ़सल ख़राब हुई है, मैं जानता हूँ, लेकिन हिन्दुस्तान इतना बड़ा देश है और हर जगह से अनाज भेजा जा सकता है। लेकिन इस युद्ध के काल में मुनाफ़ाख़ोरी और ज़ख़ीरेबाज़ी हरेक आदमी की प्रवृत्ति बन गई है। अनाज के वितरण की व्यवस्था भी तो सरकार ने अपने हाथ में नहीं ली है, उसने एक सम्प्रदाय से यह वितरण-व्यवस्था दूसरे सम्प्रदाय के हाथों में सौंप दी है, और ये दूसरे सम्प्रदाय के लोग अवसर का लाभ उठाकर रातों-रात लखपती या करोड़पती बनना चाहते हैं। मुझे बंगाल की हालत का पता है, साम्प्रदायिकता को बढ़ावा देकर लाखों आदमियों को भूख से मारने की तैयारी हो रही है।"

जसवन्त की बात शायद जमील को अच्छी नहीं लगी, "आपका मतलब है कि बंगाल की मुस्लिम लीगी सरकार वहाँ के अकाल के लिए ज़िम्मेदार है ?"

जसवन्त के मुख पर एक व्यंग्यात्मक मुस्कराहट आई, "मुस्लिम लीगी सरकार, ब्रिटिश सरकार, व्यापारी वर्ग, कम्युनिस्ट पार्टी—और देश का हरेक आदमी जो मर चुका है, जो गुलामी को वरदान के रूप में अपने ऊपर लादे हुए है—अकाल की ज़िम्मेदारी

उन सब पर है। प्रकृति पर नहीं है, भगवान् पर नहीं है।''

''क्या बंगाल की हालत इतनी ख़राब है ? अभी तक अकाल से मौतों की तो ख़बरें नहीं आ रही हैं।'' कुलसुम बोली।

''ख़बरें नहीं आ रही हैं, क्योंकि ख़बरों को दबाया जा रहा है। आख़िर ये ख़बरें दे कौन ? जो ख़बरें देनेवाले हैं उन्हें अच्छा खाना खिलाया जाता है, अच्छी-से-अच्छी शराबें पिलाई जाती हैं। मैं अभी बंगाल का दौरा करके लौटा हूँ। बंगाल के गाँवों में नरकंकालों की भीड़ें नज़र आ रही हैं। बीस रुपए मन चावल बिक रहा है। लोगों के पास पैसे नहीं हैं कि वे इतना महँगा अनाज ख़रीदें। हर तरफ़ अभाव, हर तरफ़ शोषण।''

जगतप्रकाश ग़ौर से जसवन्त की बात सुन रहा था। उसने कहा, ''फिर किया क्या जाए ?''

निराश भाव से जसवन्त ने सिर हिलाया, ''कुछ भी नहीं। यही तो कम्युनिस्ट पार्टीवालों का कहना है। उनका कहना है कि मैं आवश्यकता से अधिक भावुक हूँ, उनका कहना है कि वहाँ की स्थिति काबू में है। उनका कहना है कि सरकार पर विश्वास करके और उस पर भरोसा रखकर सरकार को सहयोग देना चाहिए। और मैं कहता हूँ कि बंगाल की एक-चौथाई आबादी भूख से मर जाएगी, अगर हम दया, दान, सेवा और सहायता के भाव को नहीं अपनाते। यह हमारा दुर्भाग्य है कि मानवता, दया, त्याग और प्रेम का एकमात्र प्रतिनिधि गांधी जेल में बन्द है, उसके सब अनुयायी जेलों में ठूँस दिए गए हैं। महात्मा गांधी और उनके अनुयायी ही बंगाल को बचा सकते थे, लेकिन आज तो उनके विरोधी तत्त्व ही शक्तिशाली हैं।''

''क्या यह सच है ?'' जगतप्रकाश के अन्दर ही किसी ने पूछा, और तभी जमील की आवाज़ उसे सुनाई पड़ी, ''लेकिन कम्युनिस्ट पार्टी इसमें क्या कर सकती है ? दान-दया उन लोगों की चीज़ें हैं, जिनके पास ख़ुशहाली है, सरमाया है। इन ख़ुशहाल सरमाएदारों से चन्दा उगाहना तो कम्युनिस्ट पार्टी के हाथ में नहीं है !''

''लेकिन मुनाफ़ाखोरी रोकना, अनाज के वितरण की ठीक-ठीक व्यवस्था करना, लोगों को अपने अस्तित्व और अपने अधिकारों के प्रति सजग करना, यह सब तो कम्युनिस्ट पार्टी के हाथ में है। पार्टी सरकार पर यह दबाव तो डाल सकती है कि बंगाल के लोगों को ठीक तौर से सहायता पहुँचाई जाए। यह दिल्ली में केन्द्रीय ब्रिटिश सरकार की नीति, यह बंगाल में मुस्लिम लीगी सरकार की नीति—इनकी निन्दा तो की जा सकती है। फ़ज़्लुलहक़ की सरकार ने भारत सरकार की नीति की निन्दा की थी, फ़ज़्लुलहक़ की सरकार ने इस अकाल की छाया देखी थी, और फ़ज़्लुलहक़ को जाना पड़ा। फ़ज़्लुलहक़ को हिन्दू पूँजीपतियों का गुलाम घोषित करके, हिन्दू कांग्रेस का एजेंट बताकर लांछित किया गया। यह सब क्या हो रहा है ?''

''जसवन्त साहेब, इस मसले को अगर आप साम्प्रदायिक रंग न दें तो अच्छा हो। आप जानते हैं कि बंगाल की पचपन फ़ीसदी जनता मुसलमान है, और यह पचपन

फ़ीसदी जनता निहायत ग़रीब है, क्योंकि बंगाल के व्यापारी और ज़मींदार ज़्यादातर हिन्दू हैं। अकाल में जो लोग मर रहे हैं या मरेंगे, उनमें हिन्दू और मुसलमान दोनों ही होंगे।'' जमील बोला, ''अब सवाल यह है कि क्या हम लोग पार्टी के बाहर से कुछ कर सकते हैं ? पार्टी के अन्दर यह मसला उलझ जाता है, क्योंकि इसमें बुनियादी उसूल उठ खड़े होते हैं।''

कुछ उलझन के स्वर में जसवन्त बोला, ''मेरी समझ में नहीं आ रहा। वैसे मैं पाँच हज़ार मन गेहूँ भेजना चाहता हूँ बंगाल को, कुछ का इन्तज़ाम मैं कर चुका हूँ, कुछ का यहाँ से लौटकर करूँगा। लेकिन उस अनाज को किसके हाथ में सौंपा जाए ताकि वह भूखों मरनेवालों के पास तक पहुँच सके ? कलकत्ता में कई सार्वजनिक संस्थाओं के सम्पर्क में मैं आया हूँ, ये सब संस्थाएँ अकाल से लड़ने में भरपूर काम कर रही हैं। मैं सेवाश्रम रिलीफ़ सोसायटी वालों के पास यह अनाज भेज रहा हूँ।'' फिर कुछ सोचकर उसने कहा, ''लेकिन आज किसी पर भरोसा नहीं किया जा सकता। जैसा कामरेड जमील अहमद का कहना है, दान-दया सरमाएदारी के ही पहलू होते हैं। यह अनाज वाकई भूखों मरनेवालों तक पहुँचेगा या फिर बंगाल के अन्दरूनी भाग में जाकर काले बाज़ार में बिकेगा, इसका कोई ठिकाना नहीं। मैं वहाँ जाकर रह नहीं सकता।''

एकाएक जगतप्रकाश बोल उठा, ''मैं कलकत्ता जा सकता हूँ तुम्हारा प्रतिनिधि बनकर, मुझे यहाँ बम्बई में अभी तो कोई खास काम नहीं है।''

जसवन्त ने ग़ौर से जगतप्रकाश को देखा, ''क्या वाक़ई कलकत्ता जा सकोगे ?''

जगतप्रकाश मुसकराया, ''क्यों, इसमें क्या शक है ? कुलसुम से तुम्हें मेरे सम्बन्ध में सब कुछ मालूम हो चुका होगा। मैंने इलाहाबाद यूनिवर्सिटी से अपना त्यागपत्र देना तय कर लिया है। जून के अन्तिम सप्ताह में मैं इलाहाबाद जाकर वहाँ से हमेशा के लिए अपना सम्बन्ध तोड़ लूँगा। इसके बाद मैं मुक्त हूँ।''

जसवन्त ने उठकर जगतप्रकाश से हाथ मिलाया, ''तो फिर तय रहा। मुझे भी अनाज का इन्तज़ाम करने में डेढ़-दो महीने लग जाएँगे। मैं तुम्हें सेवाश्रम रिलीफ़ सोसाइटी के अधिकारियों के नाम एक पत्र दे दूँगा।'' जसवन्त की उदासी इस समय तक दूर हो गई थी।

अठारह जुलाई को जगतप्रकाश कलकत्ता पहुँच गया। रास्ते-भर वह देखता गया वर्षा का नितान्त अभाव। बंगाल में पानी बहुत कम बरसा था और उसे ख़बर मिली थी कि इस बार बंगाल पर इन्द्र भगवान का भयानक प्रकोप है। लेकिन कलकत्ता नगर की हलचल और चहल-पहल में किसी तरह की कमी नहीं थी। सेवाश्रम रिलीफ़ सोसाइटी के एक उत्साही कार्यकर्ता परमेश्वरलाल ने जगतप्रकाश का स्वागत किया।

परमेश्वरलाल तेईस-चौबीस साल का एक लम्बा-सा नवयुवक था। उसके पिता चम्पालाल कलकत्ता के प्रतिष्ठित शेयर-ब्रोकर थे और कलकत्ता के सामाजिक जीवन में उनका भी एक अच्छा-ख़ासा स्थान था। परमेश्वरलाल ने दो वर्ष पहले कॉमर्स लेकर एम. कॉम. पास किया था और अब वह चार्टर्ड एकाउंटेंसी की शिक्षा ले रहा था। जिस

इमारत में उसका परिवार रहता था, उसी में नीचे की मंज़िल में दो कमरे लेकर उसने अपना ऑफ़िस बना लिया था। जगतप्रकाश को उसने अपने ऑफ़िस वाले फ़्लैट में ठहराया।

दिन में जगतप्रकाश परमेश्वरलाल के साथ सेवाश्रम रिलीफ़ सोसाइटी के अन्य कार्यकर्ताओं से मिलता और बातचीत करता रहा, शाम के समय जब वह वापस लौटा, अपने अन्दर वह सन्तुष्ट था। वह कर्म-क्षेत्र में प्रवेश कर रहा था। जीवन में कहीं कोई सार्थकता होनी चाहिए, और वह अपने जीवन को सार्थक बना रहा था। एक नए अनुभव का क्षेत्र !

भोजन उसने परमेश्वरलाल के साथ ही किया। यह परमेश्वरलाल उसे अच्छा लग रहा था, निश्छल, अबोध और ईमानदार। भोजन करने के बाद परमेश्वरलाल जगतप्रकाश के पास बैठ गया। दिन में कार्यकर्ताओं से मिलकर उसने जो ज्ञान प्राप्त किया था, उससे उसे यह आभास हो गया कि बंगाल में कितना अधिक अन्न संकट है। उसने परमेश्वरलाल से कहा, "यहाँ की स्थिति तो बड़ी विचित्र और उलझी हुई दिख रही है, कलकत्ता से तो स्थिति का सही अन्दाज़ा नहीं लगाया जा सकता। बंगाल के गाँवों की क्या हालत है ?"

कुछ बुझे हुए स्वर में परमेश्वरलाल बोला, "मैंने अभी तक बंगाल के अन्दरूनी भागों का दौरा नहीं किया है, लेकिन वहाँ से आनेवाले लोगों का कहना है कि वहाँ की जनता से या तो उनका अनाज ख़रीद लिया गया ऊँचे-से-ऊँचे दामों पर, या फिर विशेष रूप से सीमावर्ती लोगों से उनका अनाज छीन लिया गया है, ताकि अगर जापानी आगे बढ़ें तो अनाज उनके हाथ न लगे। जनता के पास अनाज नहीं है, वह इस वर्ष की धान की फ़सल पर निर्भर है। लेकिन जैसा आप देख रहे हैं, इस साल पानी नहीं बरसा है, धान की फ़सल मारी गई।"

"तो फिर इसके अर्थ होंगे उन लोगों के लिए मृत्यु ! क्या बाहर से अनाज नहीं आ सकता इस अकाल का मुक़ाबला करने के लिए ?"

"अनाज आ तो सकता है, थोड़ा-बहुत आ भी रहा है, लेकिन बाहर से आनेवाले अनाज के दाम बहुत अधिक हैं और जनता अभी तक महँगा अनाज ख़रीद-ख़रीदकर अपना सब रुपया ख़र्च कर चुकी है। जनता कंगाल है, वह अनाज ख़रीद ही नहीं सकती।"

कुछ देर चुप रहकर परमेश्वरलाल ने कहा, "जनता को अनाज चाहिए मुफ़्त का ! और जब मुफ़्त का माल बँटता है तब लूटनेवालों की संख्या भी बेतहाशा बढ़ जाती है। फिर करोड़ों आदमियों का पेट भरने के लिए कहाँ तक अनाज मँगाया जा सकता है ? अगर आप कहें तो हम लोग बंगाल के अन्दरूनी भाग के दौरे का एक कार्यक्रम बना लें।"

"यह ठीक रहेगा।" जगतप्रकाश भी बंगाल के गाँवों की हालत देखना चाहता था।

अगस्त के पहले सप्ताह में जगतप्रकाश परमेश्वरलाल के साथ बंगाल के अन्दरूनी

भागों के दौरे पर निकल पड़ा। जहाँ-जहाँ वह गया उसे भूखे और नंगे नरकंकालों के समूह दिखे, परमेश्वरलाल ने जो कुछ कहा था वह सत्य था। अनाज था, थोड़ा-बहुत हर जगह, लेकिन लोगों के पास अनाज ख़रीदने के लिए पैसे नहीं थे। दो हफ़्ते वह बंगाल के अन्दर का दौरा करता रहा, अगस्त के अन्तिम सप्ताह में वह वापस लौटा—एक तरह से हतोत्साहित और उदास। बड़ा कठिन काम उठा लिया था उसने अपने ऊपर।

जसवन्त ने पाँच हज़ार मन गेहूँ भिजवा दिया था, उसने लिखा था कि वह पाँच हजार मन गेहूँ और भेजने की व्यवस्था कर रहा है। इस अनाज के वितरण की क्या व्यवस्था होगी—प्रश्न यह था। जगतप्रकाश ने परमेश्वरलाल से पूछा, और परमेश्वरलाल ने उत्तर दिया, "यह व्यवस्था बंगाल के निवासियों के द्वारा ही हो सकती है। हमारी सोसायटी के प्रधान हैं सुबोध बाबू—सुबोधकुमार भट्टाचार्य ! वह यहाँ के बहुत बड़े एडवोकेट और सार्वजनिक कार्यकर्ता हैं। चलो, मैं तुम्हें उनसे मिला दूँ।"

बालीगंज में सुबोध बाबू की बड़ी शानदार कोठी थी। पचपन साल के लम्बे और गोरे आदमी, सुबोध बाबू विनय और शिष्टाचार की मूर्ति थे। परमेश्वरलाल जिस समय जगतप्रकाश को अपने साथ लेकर सुबोध बाबू के यहाँ पहुँचा, सुबोध बाबू अपने ड्राइंग-रूम में कुछ लोगों के साथ बैठे बातचीत कर रहे थे। क़रीब पन्द्रह मिनट बाद सुबोध बाबू के मेहमान विदा हुए, और ये दोनों ड्राइंग-रूप में गए। सुबोध बाबू ने उठकर मुसकराते हुए इन दोनों का स्वागत किया, "क्षमा करना, जो इतनी प्रतीक्षा करनी पड़ी। बात यह है कि अनीता के विवाह के सम्बन्ध में ये लोग आ गए थे। गिरीश मुखर्जी से अनीता का विवाह तय हो गया है—यह गिरीश मुखर्जी आई.सी.एस. हो गया है। पिता देवेश मुखर्जी बहुत बड़े ज़मींदार हैं, खुलना के। तो ये लोग नवम्बर में विवाह करना चाहते हैं। सितम्बर तो चल ही रहा है—डेढ़ महीने में इस विवाह का प्रबन्ध करना है। फिर इस अकाल की हालत और बिगड़ रही है।"

जगतप्रकाश ने अनुभव किया कि सुबोध बाबू काफ़ी चिन्तित हैं अनीता के विवाह की बात को लेकर। परमेश्वरलाल ने सुबोध बाबू से जगतप्रकाश का परिचय कराया। सुबोध बाबू ने जगतप्रकाश से कहा, "बड़ी प्रसन्नता हुई आपसे मिलकर। हम बंगाल वाले आप लोगों के बड़े आभारी हैं, आपकी सहानुभूति, सद्भावना और सहायता के लिए। लेकिन समस्या भयानक रूप से जटिल है यहाँ। बंगाल के इस दुर्भिक्ष की ज़िम्मेदारी यहाँ की मुस्लिम लीगी सरकार और दिल्ली में बैठी हुई ब्रिटिश सरकार के ऊपर है। बंगाल में साम्प्रदायिक विग्रह नित्यप्रति बढ़ता जा रहा है। भूखों मरनेवालों में भी यह भेद-भाव किया जा रहा है यहाँ के अधिकारियों और कार्यकर्ताओं द्वारा। लेकिन मृत्यु तो इस तरह का साम्प्रदायिक भेद-भाव नहीं करती।"

"आप ठीक कहते हैं, यह साम्प्रदायिक प्रश्न तो हमारे देश के लिए अभिशाप बन गया है।" जगतप्रकाश बोला।

तभी परमेश्वरलाल ने कहा, "जगतप्रकाश को साथ लेकर मैं बंगाल के अन्दरूनी

भागों का दौरा कर आया हूँ। इस बार अनावृष्टि के कारण सारी फ़सलें मारी गई हैं, बड़ी बुरी हालत है।''

''जानता हूँ, हर तरफ़ से मेरे पास ख़बरें आ रही हैं। भगवान् का भयानक कोप है, सब तरफ़ निराशा ! कहाँ तक सहायता की जा सकती है ? विशेष रूप से जब सरकार निष्क्रिय और उदासीन हो। हमें निस्पृह और ईमानदार कार्यकर्ताओं की आवश्यकता है, और इन दिनों लूट और चोरबाज़ारी के युग में ऐसे कार्यकर्ताओं का नितान्त अभाव है। अधिकांश सेवा और त्याग की भावना वाले लोग कांग्रेस के आन्दोलन के फलस्वरूप जेलों में बन्द हैं।'' फिर उन्होंने जगतप्रकाश से कहा, ''आप यहाँ कलकत्ता में बैठकर अनाज की वितरण-व्यवस्था का नियन्त्रण करें। आप कहाँ ठहरे हैं ?''

जगतप्रकाश बोला, ''अभी तो मैं परमेश्वरलाल के यहाँ ठहरा हूँ, लेकिन आवास की कुछ व्यवस्था तो करनी पड़ेगी।''

कुछ सोचकर सुबोध बाबू ने कहा, ''यहाँ भवानीपुर में जग्गू बाबू के बाज़ार के पीछे मेरे मुवक्किल श्यामचरण की एक कोठी है। उसमें दो कमरों का एक फ़्लैट है। पन्द्रह सितम्बर से वह फ़्लैट खाली हो जाएगा। इसमें आप आ जाइए। भोजन की व्यवस्था किसी होटल में हो सकती है, भवानीपुर में बंगाली-हिन्दुस्तानी-पंजाबी कई होटल हैं, सस्ते और अच्छे।''

सुबोध बाबू के यहाँ से जब जगतप्रकाश लौटा, उसके अन्दर दृढ़ता से भरा एक प्रकार का संकल्प था। मानवता और समाज के लिए सबसे अधिक उपयोगी काम करने का उसे मौक़ा मिला था। यह दुर्भिक्ष से लड़ना, यह उसके जीवन का अमूल्य अनुभव होगा। घर आकर उसने विस्तार के साथ कुलसुम को, जसवन्त को और जमील को बंगाल की स्थिति के सम्बन्ध में पत्र लिखे। कुलसुम को उसने लिख दिया था कि इस दुर्भिक्ष-काल में उसे कलकत्ता में रहकर ही काम करना है।

सोलह दिसम्बर को जगतप्रकाश भवानीपुर वाले फ़्लैट में चला गया।

बंगाल की हालत दिनों-दिन ख़राब होती जा रही थी। देश-भर से अनाज आ रहा था, उस अनाज का वितरण भी हो रहा था, और साथ ही प्रान्त-भर से भूखों मरनेवालों की ख़बरें आ रही थीं। अक्टूबर के दूसरे हफ़्ते में जमील भी आ गया जगतप्रकाश के पास। कुलसुम ने ज़ोर देकर जमील को कलकत्ता भेजा था, जगतप्रकाश के साथ रहकर उसकी देखभाल करने के लिए। जीवन और मृत्यु के उस भयानक संघर्ष में जमील भी जगतप्रकाश के साथ लग गया। लेकिन मृत्यु उसी तरह अनिवार्य है जिस तरह जीवन है। और फिर मृत्यु जीवन की स्वाभाविक परिणति भी तो है।

और अब अकाल पीड़ित लोग गाँवों से निकलकर नगरों की ओर चलने लगे। गाँवों में अनाज समाप्त हो गया था। और फिर नगरों से निकलकर कलकत्ता की ओर चलने लगे, क्योंकि नगरों में भी अनाज का अभाव हो गया था। ख़ाली हाथ—ख़ाली पेट नर-कंकाल—वे अपना सब कुछ बेच चुके थे पेट भरने के लिए, चले आ रहे थे और

पेट वैसा ही खाली था। शरीर पर वस्त्र नहीं। अनगिनती लोग चले आ रहे थे कलकत्ता में; उन्होंने सुन रखा था कि कलकत्ता में अनाज बँट रहा है, मुफ़्त ! लड़खड़ाते हुए, घिसटते हुए झुंड-के-झुंड आदमी चले आ रहे थे, बूढ़े, बच्चे, जवान ! उनमें पुरुष थे, उनमें स्त्रियाँ थीं।

उस दिन जगतप्रकाश बहुत थक गया था। दिन-भर वह जमील के साथ इधर-उधर घूमता रहा, अनाज के वितरण की व्यवस्था करते हुए, और रात को क़रीब आठ बजे भवानीपुर के एक होटल में खाना खाया। वहाँ से लौटकर दोनों घर आए।

ये लोग आपस में बातें कर रहे थे कि परमेश्वरलाल आ पहुँचा। उसने जगतप्रकाश से कहा, ''कुछ अंग्रेज़ पत्रकार आए हैं बंगाल फ़ैमिन का हाल देखने के लिए। वे हमारे कार्यकर्ताओं से मिलना चाहते हैं। सुबोध बाबू तो बहुत व्यस्त हैं, कल ही उनकी लड़की का विवाह है—अरे हाँ, तुम्हें भी तो बुलाया होगा !''

''हाँ, कल रात को विवाह का भोज है। मुझसे और जमील से उन्होंने आने का बहुत आग्रह किया है। तबीयत तो नहीं होती, लेकिन आग्रह को स्वीकार करना पड़ा।''

''अगर सुबोध बाबू उन लोगों से मिल सकते तो बड़ा अच्छा होता। लेकिन विवशता है। कल दोपहर को मैंने उन पत्रकारों को लंच के लिए फ़रपो में आमन्त्रित किया है, आप एक बजे दोपहर को जमील भाई के साथ फ़रपो में आ जाइएगा।'' परमेश्वरलाल जल्दी में था, ''अब मैं चलूँ। कलकत्ता की हालत आजकल बहुत ख़राब है। आज कलकत्ता की सड़कों पर सत्तर आदमी भूख से मरे पाए गए हैं। ये सरकारी आँकड़े हैं, मेरा ऐसा ख़याल है कि सात-आठ सौ आदमियों से कम नहीं मरे हैं।''

जगतप्रकाश चौंक उठा, ''क्या कहा ? इतने आदमी मर गए, और हम लोगों को इसका पता तक नहीं। कलकत्ता का सब काम-काज वैसा-का-वैसा चल रहा है, वैसी ही चहल-पहल, वैसा ही राग-रंग !''

जमील मुसकराया, ''इसमें ताज्जुब की क्या बात है बरखुरदार ? हिन्दुस्तान हमेशा से भूखों मरनेवालों का देश रहा है, यह भूखों रहना तो यहाँ के लोगों का एक फ़लसफ़ा बन गया है। व्रत-उपवास और भूखों मरना। हिन्दुस्तान में वक़्त-वक़्त पर इस तरह के अकाल पड़ते रहे हैं और लोग भूखों मरते रहे हैं। यह आत्मबलिदान और अहिंसा का देश है।''

''लेकिन इस तरह तड़प-तड़पकर विवशता की मौत मरना न आत्मबलिदान है और न अहिंसा है—यह तो कायरता है !'' जगतप्रकाश ने कुछ उत्तेजित होकर कहा।

''शायद तुम ठीक कहते हो, यह हैवानियत से भरी कायरता है। लेकिन—लेकिन— तुम जिसे संस्कार कहते हो वे तो विरासत के तौर पर हमें मिले हैं। यह अहिंसा का फ़लसफ़ा बुज़दिली का फ़लसफ़ा है, मैं एक मुसलमान की हैसियत से नहीं, एक इनसान की हैसियत से कहता रहा हूँ।''

परमेश्वरलाल वैसे शान्त प्रकृति का आदमी था, लेकिन जमील की बात उसे अच्छी नहीं लगी। उसने कहा, ''अहिंसा से बढ़कर वीरता और कहीं नहीं मिल सकती। वीरता

दूसरों को मारने में नहीं होती, वीरता स्वयं मरने में होती है। अकर्मण्य बनकर स्वयं मरना कायरता है, और यह कायरता अकेले हिन्दुओं में नहीं, दुनिया की अन्य जातियों में मिलती रही है। वीरता है अन्याय का विरोध करते हुए, अन्याय के उन्मूलन का प्रयत्न करते हुए मरने में। जमील अहमद साहेब ! आप महात्मा गांधी का अपमान कर रहे हैं। इस अहिंसा के लिए मनोबल की आवश्यकता होती है, हिंसा पशुता का गुण है।"

इस बातचीत में जो कटुता आ रही थी उसे दूर करने का प्रयत्न करते हुए जगतप्रकाश ने कहा, "अच्छा परमेश्वरलाल ! यह मनोबल, जिसकी बात तुमने अभी कही है, क्या यह सामाजिक गुण है या वैयक्तिक गुण है ? महावीर और बुद्ध को हुए ढाई हज़ार वर्ष हो चुके, लेकिन हिन्दुस्तान के न किसी समाज में और न ही किसी व्यक्ति में यह मनोबल आ पाया।"

कुछ सोचते हुए परमेश्वरलाल ने कहा, "ये अहिंसा और मनोबल वैयक्तिक गुण ही हैं, और इसीलिए यह अहिंसा चिरस्थायी नहीं हो पाई। महात्मा गांधी ने इस अहिंसा और मनोबल को सामाजिक गुण बनाने का प्रयत्न किया है। वैयक्तिक साधना व्यक्ति के साथ लोप हो जाती है, लेकिन सामाजिक साधना निरन्तर विकसित होती रहती है।"

जमील ने मुँह बनाते हुए कहा, "मेरा ऐसा ख़याल है कि इस कलकत्ता शहर में अभी तक सात-आठ हज़ार मौतें हो चुकी हैं, सड़कों पर लोग भूख से मरकर गिर रहे हैं। लेकिन यह बताओ, क्या यहाँ का एक भी होटल लुटा है ? एक भी अनाज की दुकान लुटी है, एक भी मिठाई की दुकान लुटी है ? आदमी जब जीवित रहने का सक्रिय प्रयत्न छोड़ दे तब यह सामाजिक साधना नहीं, सामाजिक कायरता की शक्ल हो जाती है।"

परमेश्वरलाल के पास इस बात का कोई उत्तर नहीं था, या वह जाने की जल्दी में था। उसने उठते हुए कहा, "अच्छा, हम लोग अब इस बहस-मुबाहिसे को छोड़ें। हाँ, यह याद रखिए कि कल दोपहर के एक बजे फ़रपो में आप लोगों को आना है। हमें उन पत्रकारों को बतलाना है कि इस दुर्भिक्ष की ज़िम्मेदारी ब्रिटिश सरकार पर है।"

दूसरे दिन दोपहर को एक बजे जमील के साथ जगतप्रकाश चौरंगी पहुँच गया। चौरंगी में चहल-पहल वैसी-की-वैसी थी। अमेरिकी और ब्रिटिश सैनिक अपनी-अपनी वर्दियों में घूम रहे थे, दुकानों में ख़रीदारी हो रही थी, होटलों में भीड़ थी। सब कुछ सुव्यवस्थित ढंग से चल रहा था। परमेश्वरलाल फ़रपो के सामने खड़ा था। इन दोनों को देखते ही वह बढ़कर इनके पास आया, "आप लोग ठीक वक़्त पर आ गए। अभी-अभी मिस्टर बर्नहम का फ़ोन मिला है, वह और उनके साथी दस मिनट में पहुँच जाएँगे।"

और तभी जगतप्रकाश की नज़र भूखे और अधनंगे लोगों की टोली पर पड़ी जो चुपचाप हाथ फैलाए चल रहे थे ताकि उनके हाथ में कोई कुछ पैसे डाल दे। ये लोग चल नहीं रहे थे, अपने को घसीट रहे थे। उस टोली को फटी-फटी आँखों से इस प्रकार जगतप्रकाश को देखते परमेश्वरलाल बोला, "देहातों से निकलकर ये लोग इस वैभव की नगरी कलकत्ता में अनाज ढूँढ़ते हुए आ रहे हैं। अनाज थोड़ा-बहुत देहातों में है, लेकिन

कोई अपना अनाज बेच नहीं रहा। फिर इन लोगों के पास पैसे नहीं हैं कि ये अनाज ख़रीद सकें। पूरा-का-पूरा प्रान्त भिखमंगा बन गया है।"

जगतप्रकाश ने उस ओर से अपनी आँखें हटा लीं, बड़ा बीभत्स और कुरूप दृश्य था वह। उसी समय होटल के सामने एक टैक्सी रुकी, तीन अंग्रेज़ पत्रकार उससे उतरे। परमेश्वरलाल ने बढ़कर उन तीनों का स्वागत किया। फिर उसने जगतप्रकाश और जमील से उन तीनों का परिचय कराया। इसके बाद सब लोग होटल के अन्दर गए।

परमेश्वरलाल के दो साथी अन्दर पहले से ही मौजूद थे। सब लोग बैठ गए और बातें होने लगीं। अकाल के क्या कारण हैं, अकाल के इस बीभत्स रूप की ज़िम्मेदारी किस पर है ? इस अकाल की विभीषिका को क्या अब रोका जा सकता है और किस तरह रोका जा सकता है ? न जाने कितने विषयों पर बातें होती रहीं। और इन लोगों के सामने खाने का अम्बार लगा था—तरह-तरह के भोजन। तभी जगतप्रकाश की नज़र बाहर होटल के बरामदे पर पड़ी। डाइनिंग-हॉल और बरामदे के बीच बड़े-बड़े काँचों की दीवार थी, और इस काँच की दीवार से चिपके खड़े थे सैकड़ों नर-कंकाल, जिनकी आवाज़ें तो नहीं सुनाई पड़ती थीं, लेकिन जिनकी चेष्टाएँ स्पष्ट रूप से जगतप्रकाश को दिख रही थीं। वे हाथ जोड़ रहे थे, भोजन की याचना कर रहे थे।

एकाएक जगतप्रकाश उठ खड़ा हुआ। अपने रूमाल में उसने अपने प्लेट का सामान बटोरा। परमेश्वरलाल कह उठा, "अरे ! आप यह क्या कर रहे हैं ?"

और उत्तेजित स्वर में जगतप्रकाश बोला, "देख रहे हो उन लोगों को ! उनके सामने भला कहीं खाना खाया जा सकता है ? मैं जा रहा हूँ, मुझे माफ़ करना।" और तेज़ी के साथ वह बरामदे में निकल आया। उसके बाहर निकलते ही उसे भिखारियों ने घेर लिया। एक बूढ़े नर-कंकाल के साथ एक दस-बारह बरस का लड़का था, जो हिचकियाँ भर रहा था। बूढ़ा बँगला भाषा में रिरियाया, "हमें मत दीजिए, लेकिन इस पाल्टू की जान बचाइए। यह मर रहा है।"

जगतप्रकाश ने समस्त भोजन-सामग्री वहीं फ़र्श पर उँड़ेल दी। बूढ़े ने झपटकर एक मछली का टुकड़ा उठाया, उस टुकड़े को लड़के के मुख की ओर करते हुए वह बोला, "ले, साक्षात् भगवान् तुझे बचाने आए हैं।"

लेकिन लड़के ने अपनी आँखें उलट दी थीं, उसका दम उखड़ रहा था।

जगतप्रकाश वहाँ से भागा और उसे जमील की आवाज़ सुनाई दी जो उसके पीछे-पीछे डाइनिंग-हॉल से निकल आया था। जमील ने उसके पास आकर कहा, "क्या बात है बरख़ुरदार ? यह तुम्हें क्या हो गया है ? अपना जी कड़ा करो ! तुमने बहुत काम उठा रखा है अपने ऊपर, अपने ऊपर क़ाबू रखो।"

रुँधे गले से जगतप्रकाश बोला, "जमील काका ! यह सब क्या हो रहा है ? हज़ारों-लाखों आदमी मेरे सामने भूखों मर रहे हैं—इस अकाल की विभीषिका को देखते हुए कैसे खाना खाया जा सकता है ? यह जो दानवता और पशुता का तांडव हो रहा

है, इसकी ज़िम्मेदारी किस पर है ?''

''क़िस्मत पर, ख़ुदा पर !'' जमील बोला।

''नहीं, इस सबकी ज़िम्मेदारी मनुष्य पर है। मनुष्य के पास उसकी बुद्धि है, उसकी सामर्थ्य है, जिसके सहारे वह अनादि काल से इन प्राकृतिक संकटों से लड़ता आया है। आज मैं देख रहा हूँ कि भावना मर गई है, बुद्धि विकृत और कुंठित हो गई है।''

जमील ने जगतप्रकाश का हाथ पकड़ लिया, ''तुम ठीक कहते हो। लेकिन इस कुदरत के साथ लड़ने में हमेशा इनसान ही जीते, यह मुमकिन नहीं। मर्ज़ जब लाइलाज हो जाता है तब कोई बस नहीं चलता। इन लोगों को मरना ही है। जंग में जो करोड़ों आदमी मर रहे हैं, उन्हें भी तो बचाया जा सकता था, लेकिन कुदरत को यह मंज़ूर नहीं। अच्छा, अब यहाँ से चलें। लेकिन तुमने कुछ भी नहीं खाया, घर चलकर कुछ खा लो !'' और जमील ने एक खाली टैक्सी को रोका।

''भूख मर गई है जमील काका, अब खाना नहीं खा सकूँगा, घर जाकर आराम करूँगा। तुम होटल में जाओ। उन लोगों से कह देना कि मेरी तबीयत एकाएक ख़राब हो गई।''

जगतप्रकाश चार बजे शाम तक सोता रहा। जब वह सोकर उठा, उसकी तबीयत कुछ हलकी थी, सिर्फ़ सिर में हलका-हलका दर्द हो रहा था। क़रीब पाँच बजे जमील वापस लौटा। उन अंग्रेज़ जर्नलिस्टों से उसकी क्या-क्या बातें हुईं, उसने विस्तार के साथ बतलाया। उन्होंने वादा किया है कि वे भारत सरकार पर ज़ोर डालकर और अधिक अनाज बंगाल में भिजवाएँगे। जमील ने उठकर चाय बनाई। फिर उसने कहा, ''मुझे लगता है यह काम हम लोगों के बस का नहीं है। वह अनाज, जो इन लोगों के लिए आता है, चोरबाज़ार में ग़ायब हो जाता है, इस मुनाफ़ाख़ोरी ने इनसान को हैवान बना दिया है। यह काम तो फ़ौज के द्वारा ही किया जा सकता है—मुझे उन जर्नलिस्टों का सुझाव पसन्द आया। अच्छा, आज आठ बजे सुबोध बाबू की लड़की के विवाह की दावत है, वहाँ तो चलना ही होगा।''

''जाने की तबीयत नहीं होती।'' जगतप्रकाश बोला।

''नहीं बरखुरदार, इससे काम नहीं चलने का। जो सामने है उसका मुक़ाबला करना है—भागा नहीं जा सकता। परमेश्वरलाल ने कहा है कि वह साढ़े सात बजे आकर हम लोगों को अपने साथ ले चलेगा।''

आठ बजे परमेश्वरलाल के साथ ये लोग सुबोध भट्टाचार्य की कोठी पर पहुँच गए। मकान अच्छी तरह सजा था, बिजली के बल्बों की झालरों की जगमगाहट कितनी सुन्दर दिख रही थी ! सड़क पर मोटरकारों की क़तारें लगी थीं, पुलिस के हाथ में बाहर का प्रबन्ध था। क़रीब पाँच-छह सौ आदमियों की दावत थी। सुबोध बाबू ने इन लोगों का स्वागत किया।

भोज आरम्भ हुआ, और जगतप्रकाश दंग रह गया। देहरादूनी चावलों का पुलाव,

मैदे की लूची, पन्द्रह तरह की मछलियाँ, मांस और सब्ज़ियाँ, और इसके बाद अनगिनत किस्म की मिठाइयाँ। जितना खाया गया उसका दुगुना या तिगुना जूठन में बचा था। जगतप्रकाश ने परमेश्वरलाल की ओर देखा, ''इस अकालग्रस्त नगर में इतनी प्रचुरता के साथ भोजन-सामग्री ! मैं तो दंग रह गया हूँ देखकर, सुबोध बाबू यह कैसे कर सके ?''

और तभी जमील ने व्यंग्य किया, ''सुबोध बाबू के हाथ में अकालग्रस्त लोगों को अनाज बँटवाने का काम है। जो जूठन बची है वह सब अकालग्रस्त लोगों के पेट में जाएगी।''

और दूर पर शोर हो रहा था, घुटा हुआ, गालियों और चीत्कारों से भरा हुआ। मेहमान विदा हो रहे थे। कोठी के बाहर आकर जमील ने परमेश्वरलाल से कहा, ''आप जाइए, हम लोगों ने ज़्यादा खा लिया है तो ज़रा पैदल ही घर जाएँगे।''

परमेश्वरलाल के जाने के बाद जमील बोला, ''बरखुरदार, यह शोर जो सुन रहे हो, शायद वह इस कोठी के पिछवाड़े की गली से आ रहा है। चलो, उस गली से निकलकर चलें, देखें वहाँ क्या हो रहा है।''

घूमकर दोनों कोठी के पीछेवाली गली में पहुँचे, और एकाएक जगतप्रकाश रुक गया, क्योंकि आगे क़रीब पाँच हज़ार नरकंकालों की भीड़ थी और गली ठसाठस भरी थी। वहाँ लोग जूठी पत्तलों पर टूट रहे थे, एक-दूसरे से लड़ रहे थे, छीन रहे थे। इस कशमकश और छीना-झपटी में कुछ लोग गिरते थे और फिर उठ नहीं पाते थे। जगतप्रकाश चिल्ला उठा, ''जमील काका ! चलो भागो। किस नरक में तुम मुझे घसीट लाए हो—मैं गिर पड़ूँगा—मुझे सँभालो !'' और जमील ने देखा कि जगतप्रकाश बुरी तरह काँप रहा है। उसने जगतप्रकाश को सहारा दिया, गली के बाहर निकलकर उसने एक टैक्सी ली और घर लौट आया।

वह दुःस्वप्नों से भरी रात ! जगतप्रकाश बेहोशी में पड़ा रहा। सुबह जब वह सोकर उठा, उसने जमील से कहा, ''जमील काका ! बड़ी कमज़ोरी है, उठने की तबीयत नहीं होती।''

जमील ने जगतप्रकाश का हाथ छुआ, ''तुम्हें तो हलकी हरारत मालूम हो रही है।''

एक फीकी मुस्कराहट जगतप्रकाश के मुख पर आई, ''नहीं, सिर्फ़ मेरी नब्ज़ ख़राब हो रही है। मैं आज दिन-भर आराम करूँगा। परमेश्वरलाल से कह देना कि मैं आज न आ सकूँगा।''

जमील कुछ देर तक जगतप्रकाश को देखता रहा। फिर बोला, ''अच्छी बात है। आराम करो !'' और कुछ सोचता हुआ चला गया।

क़रीब एक बजे जमील लौट आया, उसके हाथ में कुछ फल थे, और उसकी जेब में बम्बई के सेकंड क्लास के टिकट थे। जगतप्रकाश को फल खिलाकर जमील बोला, ''बम्बई चलना है बरखुरदार, आज शाम की डाकगाड़ी से। क़िस्मत थी कि आज के लिए दो टिकट मिल गए—दस रुपए देने पड़े। लेकिन अब तुम कलकत्ता में एक दिन

भी नहीं रुक सकते, तुम्हें मेरे साथ चलना है।''

जगतप्रकाश ने जमील की बात का कोई उत्तर नहीं दिया, वह एकटक उसे देख रहा था।

और जमील कहता जा रहा था, ''इनसान कितना बुज़दिल हो गया है ! सड़कों पर मर-मरकर गिर रहा है, और इस भरे-पूरे शहर में, जहाँ बाज़ारों में चीज़ें पटी पड़ी हैं, हज़ारों आदमी अभी तक ज़िन्दगी की भीख माँगते हुए मरकर गिर पड़े, लेकिन एक भी दुकान नहीं लुटी। बर्दाश्त के बाहर है यह सब, लेकिन किया क्या जा सकता है ! हमारी क़ौम बुज़दिल और गुलामों की क़ौम है, वे चाहे हिन्दू हों, चाहे मुसलमान हों। और अब मुझ पर साफ़ हो गया कि यह बुज़दिलीवाली अहिंसा हिन्दुस्तान के अवाम की नस-नस में भरी हुई है।''

जगतप्रकाश कराह उठा, ''लेकिन जमील काका ! यह सब कितना कुरूप है, कितना वीभत्स है !''

जमील ने उठते हुए कहा, ''बरखुरदार ! मौत कुरूप होती है, चाहे वह बीमारी की मौत हो, चाहे वह अकाल की मौत हो, चाहे वह जंग की मौत हो। ज़िन्दगी इस मौत के मुँह में जाने को ही बनी है। अब मैं असबाब बाँधता हूँ। अभी एक बजा है, गाड़ी शाम को छह बजे जाती है। मैंने परमेश्वरलाल से कह दिया है, वह यहाँ चार बजे आ जाएगा। उसके हाथ में मकान की चाबी दे दी जाएगी।''

जगतप्रकाश ने एक ठंडी साँस भरी, ''ठीक है। यह कलकत्ता अब मुझे काटने को दौड़ता है।''

[23]

बम्बई आकर एक महीने के अन्दर ही जगतप्रकाश स्वस्थ हो गया।

विश्वयुद्ध ने अब नया मोड़ ले लिया था। सन् 1943 का शीतकाल आरम्भ होते ही हिटलर ने रूस पर अपना अन्तिम प्रहार किया और जर्मन सेनाएँ स्टालिनग्राड तक तेज़ी के साथ बढ़ती चली गईं। यह अन्तिम और निर्णयात्मक प्रहार था। पन्द्रह दिन तक स्टालिनग्राड के अन्दर, स्टालिनग्राड के बाहर युद्ध होता रहा, जीवन-मरण का युद्ध। और फिर ख़बर आई कि जर्मन सेनाएँ पीछे हटने लगीं, भयानक पाला पड़ने लगा है, ये सेनाएँ पीछे हटकर अपनी सुरक्षा-पंक्ति स्थापित करेंगी।

उस दिन जमील बड़ा प्रसन्न था, उसने कहा, ''मैंने क्या कहा था बरखुरदार ! रूस जर्मनी को तोड़कर रख देगा। आख़िर उसे पहली ज़बर्दस्त शिकस्त रूसी फ़ौजों से ही मिली।''

जगतप्रकाश ने अख़बार अपने सामने से हटाते हुए कहा, ''यह कहना ज़्यादा ठीक

होगा कि उसे पहले ज़बर्दस्त शिकस्त रूस में मिली, यह शिकस्त रूस की फ़ौजों से नहीं मिली, यह शिकस्त रूस में शीतकाल के पाले से मिली। हिटलर के सेनापतियों का ही अनुमान ठीक था, उन्होंने हिटलर को इस आक्रमण से रोका था।''

जगतप्रकाश ने उत्तर दिया, ''जमील काका ! एक मुल्क जर्मनी—सारी दुनिया से जंग कर रहा है। और इस युद्ध को चलते हुए चार वर्ष से अधिक हो चुके। हिटलर ने पूरी तैयारी करके रूस को हमेशा के लिए ख़त्म करने की कोशिश की। लेकिन रूस का शीतकाल स्वयं में एक ऐसी सेना है जिस पर विजय नहीं पाई जा सकती। इस शीतकाल ने नेपोलियन को समाप्त कर दिया, यह शीतकालीन पाला हिटलर को समाप्त कर देगा।''

कुछ उलझन के साथ जमील बोला, ''लेकिन हिटलर-जैसा सूझ-बूझ का और क़ाबिल आदमी, यह ग़लती कैसे कर गया ?''

जगतप्रकाश मुसकराया, ''संस्कृत में एक कहावत है—'विनाशकाले विपरीत बुद्धिः।' हिटलर का ख़याल था कि वह शीतकालीन पाला पड़ने के पहले ही स्टालिनग्राड पर क़ब्ज़ा कर लेगा। यदि एक बार नगर के अन्दर जर्मन सेनाएँ पहुँच गईं, तो उनको पाले का कोई भय नहीं रहेगा। उसने प्रहार किया और वह स्टालिनग्राड तक पहुँच गया। लेकिन रूस की सेनाओं ने बहादुरी के साथ जर्मन सेनाओं का मुक़ाबला किया—उन्होंने वीरता के साथ जर्मन-सेनाओं को रोका। और जब जर्मन सेनाएँ क़रीब-क़रीब सफल हो रही थीं उसी समय पाला पड़ना आरम्भ हो गया। इस बार अनुमान के ख़िलाफ़ पन्द्रह दिन पहले ही पाला पड़ने लगा। और लाखों की तादाद में जर्मन सेनाएँ स्टालिनग्राड के बाहर वीरान इलाक़े में खुले हुए में थीं। उनके लिए सिवा पीछे हटने के कोई चारा नहीं था। जर्मनी को तोड़कर रख दिया है इस रूस के शीतकाल ने।''

जमील एकटक जगतप्रकाश को देख रहा था, और जगतप्रकाश कहता जा रहा था, ''यह जर्मनी की पराजय का आरम्भ है—हिटलर की दानवीय शक्ति को पराजित किया है भगवान् ने—दानवता अगर सफल हो जाए तो सृष्टि का अन्त ही हो जाएगा जमील काका ! यह रूस की विजय नहीं है, यह न्याय, सत्य और मानवता की विजय है।''

जमील ने प्रसन्नता से भरे सन्तोष की एक गहरी साँस ली, ''ठीक कहते हो बरख़ुरदार ! लेकिन यह जर्मनी बड़ा ज़ालिम है—एक हार इसे तोड़ देगी, इस पर आसानी से यक़ीन नहीं होता, तुम्हारे मुँह में घी-शक्कर, तुम्हारी ही बात सही साबित हो। अच्छा, अब मैं पार्टी-ऑफ़िस जा रहा हूँ, वहाँ देखूँ, लोग क्या कहते हैं !''

लेकिन जगतप्रकाश के मन में न किसी तरह की प्रसन्नता थी, न किसी तरह का उत्साह। देश में चीज़ों के दाम बेतहाशा बढ़ रहे थे, बाज़ार में अन्न नहीं था, वस्त्र नहीं था। जापान अभी पूर्वी सीमा पर बैठा था, यद्यपि उसे भी पैसिफ़िक महासागर में कई जगह पराजय मिल चुकी थी। अकाल और अभाव का प्रेत इस देश में घुस आया था। मद्रास और केरल से अन्नाभाव की ख़बरें आ रही थीं और देश की जनता इस अभाव और अकाल से लड़ने की क्षमता खोती चली जा रही थी।

कांग्रेस के नेता धीरे-धीरे छोड़े जा रहे थे, पिछले तीन वर्षों में जो हिन्दुस्तान की हालत हो गई थी उससे ब्रिटेन आश्वस्त था कि यहाँ किसी प्रकार की अन्दरूनी क्रान्ति असम्भव है। भयानक नैतिक पतन ! दानवता और पशुता का एक अजीब सम्मिश्रण !

अप्रैल सन् 1944 का तीसरा सप्ताह ! जगतप्रकाश सुबह के समय मैरीन ड्राइव का एक चक्कर लगाकर वापस लौटा था। जगतप्रकाश के नौकर डिसोज़ा ने छोटा हाज़री जगतप्रकाश के कमरे में ही उसकी मेज़ पर रखते हुए उससे पूछा, ''साहेब, वह कामरेड सामन्त आया है, पूछता है कि जमील अहमद कब लौटेगा। हमने बोला, हमको नहीं मालूम; तो बोला आपसे बात करेगा।''

जगतप्रकाश उस दिन का 'टाइम्स ऑफ़ इंडिया' पढ़ रहा था, उसने कहा, ''उन्हें यहीं ले आओ, उनके लिए भी चाय बना लाना—दो टोस्ट और सेंक लो, एक अंडा फ्राई कर लाना !''

छुटे हुए कांग्रेस नेताओं की एक महत्त्वपूर्ण बैठक 17-18 अप्रैल को लखनऊ में हुई थी, उसकी पूरी रिपोर्ट उस दिन आई थी। डिसोज़ा कामरेड सामन्त को जगतप्रकाश के कमरे में ले आया और फिर वह रसोईघर में चला गया। जगतप्रकाश ने खड़े होकर कामरेड सामन्त का स्वागत किया, ''बैठिए कामरेड सामन्त ! मैं नाश्ता करने जा रहा था कि आप आ गए।'' और उसने दोनों के लिए चाय बनाई, ''कहिए, कैसे कष्ट किया आपने ? जमील तो अपने गाँव गए हैं अपने बच्चों से मिलने। उन्हें परसों आ जाना चाहिए था, लेकिन मालूम होता है वह लखनऊ में रुक गए। वहाँ छूटे हुए कांग्रेसी नेताओं की एक कान्फ्रेंस हो रही है।''

''कामरेड जमील अहमद को कांग्रेस के नेताओं की कान्फ्रेंस से कोई वास्ता नहीं होना चाहिए।'' सामन्त ने कड़े स्वर में कहा।

''यह आप उनसे कहिएगा जब वह यहाँ आ जाएँ।'' जगतप्रकाश शान्त स्वर में बोला। लेकिन जिस ढंग से जगतप्रकाश ने अपनी बात कही थी, उससे कामरेड सामन्त को यह पता चल गया कि सामन्त की बात और उसके कहने का ढंग जगतप्रकाश को अच्छा नहीं लगा। अब कुछ मुलायम स्वर में सामन्त बोला, ''बात यह है कि कल सुबह हमारी एक महत्त्वपूर्ण मीटिंग हो रही है और उस मीटिंग में कामरेड जमील अहमद की उपस्थिति आवश्यक है। वह कह गए थे कि वे पन्द्रह या सोलह तक ज़रूर-ज़रूर आ जाएँगे और इसीलिए हम लोगों ने यह मीटिंग बीस तारीख़ को रखी है।''

सहज भाव से जगतप्रकाश ने कहा, ''मुझसे तो जमील ने बीस तारीख़ वाली मीटिंग का कोई ज़िक्र नहीं किया था। किस सम्बन्ध में यह मीटिंग हो रही है ?''

सामन्त का स्वर फिर रूखा हो गया, ''पार्टी के मामलों की जानकारी सिर्फ़ पार्टीवालों को रहती है, रहनी भी चाहिए।''

सामन्त के स्वर की इस रुखाई का उत्तर वह रुखाई के साथ दे, एक बार जगतप्रकाश के मन में यह आया, तभी उसके संस्कार उभर आए। उसने मुस्कराते हुए कहा, ''माफ करना मुझे कामरेड सामन्त ! वास्तव में मुझे पार्टी की बातों को जानने

का कोई अधिकार नहीं है।''

''वह अधिकार हम लोगों ने तुम्हें देना चाहा था, लेकिन उस समय तुमने स्वीकार नहीं किया था।'' कामरेड सामन्त ने नाश्ता करते हुए कहा, ''और शायद यह अच्छा ही हुआ। तुम तर्क और शंका में उलझे हुए हो, तुम स्वयं सोचने-समझने में विश्वास करते हो, तुम वैयक्तिक प्रेरणाओं और विश्वासों के आदमी हो और हमारी पार्टी अनुशासन पर क़ायम है। ऐसा नहीं कि हम व्यक्तिगत तर्क-वितर्क पर विश्वास न करते हों, लेकिन एक बार पार्टी का लिया हुआ निर्णय अन्ततोगत्वा मन, वचन और कर्म से व्यक्ति का निर्णय बन जाता है।''

''तो मनुष्य के तर्क का कोई मूल्य नहीं ?'' जगतप्रकाश बोला।

मुँह बनाते हुए सामन्त ने उत्तर दिया, ''तर्क स्वयं मनुष्य के विश्वास को सुदृढ़ बनाने का साधन है, और विश्वास वातावरण, परिस्थितियों एवं समाज से अनुप्राणित होते हैं। मनुष्य का आधारभूत सत्य है भावनाजनित विश्वास। तर्क उसी भावना की व्युत्पत्ति है, उससे अलग की कोई चीज़ नहीं।'' कामरेड सामन्त ने नाश्ता समाप्त कर लिया था। उसने उठते हुए कहा, ''अच्छा, अब मैं चलूँगा। शायद आज शाम तक जमील अहमद आ जाएँ। उनसे कह देना कि वह आते ही पार्टी-ऑफ़िस में फोन कर लें, या फिर वहीं सीधे चले आएँ।''

जमील उसी दिन दोपहर के समय डाकगाड़ी से वापस आ गया। कामरेड सामन्त की ही बात ठीक थी। पार्टी की वह मीटिंग निश्चय ही महत्त्वपूर्ण होगी। जमील के चेहरे पर एक तरह का तनाव था, वह काफ़ी चिन्तित दिख रहा था। जगतप्रकाश ने पूछा, ''क्यों, घर में सब ख़ैरियत से तो है, देर लगा दी आने में यहाँ ? आज सुबह कामरेड सामन्त आए थे, बड़े चिन्तित थे कि तुम अभी तक वापस नहीं लौटे, कल सुबह कोई मीटिंग है।''

कुछ झुँझलाहट के स्वर में जमील बोला, ''उन्हें चिन्ता करने की इतनी ज़रूरत नहीं थी, मैं उसी मीटिंग के लिए आज लौट आया, वरना कुछ दिन और लखनऊ, कानपुर में रुकना चाहता था। वैसे उस मीटिंग में जो कुछ होनेवाला है उससे मैं सहमत नहीं हूँ। बदक़िस्मती यह है कि लोग चीज़ों को ठीक तौर से समझने और सोचने की कोशिश नहीं करते, असलियत को नज़रअन्दाज़ कर रहे हैं।''

''आख़िर बात क्या है ?'' मैं जान सकता हूँ कुछ ?'' जगतप्रकाश बोला।

''तुम्हें बतलाए देता हूँ, गोकि जब तक फ़ैसला न हो जाए तब तक मुझे किसी से कुछ कहना नहीं चाहिए। कम्युनिस्ट पार्टी मुस्लिम लीग के रवैए का समर्थन कर रही है, और इसके मानी यह हैं कि वह पाकिस्तान की माँग का समर्थन कर रही है।''

जगतप्रकाश चौंक उठा, ''क्या कहा जमील काका ? बात यहाँ तक पहुँच गई है !''

उदास स्वर में जमील बोला, ''इसमें ताज्जुब की कोई बात नहीं है। कांग्रेस को चुनौती सिर्फ़ एक ही पार्टी दे सकती है और दे रही है, वह है मुस्लिम लीग। यह कांग्रेस सरमाएदारों और ख़ास तौर से हिन्दू सरमाएदारों की जमात है। हिन्दुस्तान की बागडोर

अगर कांग्रेस के हाथ में आ गई तो पूरा-का-पूरा मुल्क़ सरमाएदारों के कैम्प में चला जाएगा। कांग्रेस के हाथ में हिन्दुस्तान की बागडोर नहीं आनी चाहिए। इस वक्त हिन्दुस्तान की आज़ादी के माने होंगे हिन्दुस्तान का सरमाएदारों की गुलामी में जकड़ जाना। अंग्रेज़ों की गुलामी से तो हम कभी-न-कभी छूट सकते हैं, आज नहीं तो कल, क्योंकि वे विदेशी हैं, लेकिन अगर देश के सरमाएदारों के शिकंजे में यह देश जकड़ गया तो कोई उम्मीद नहीं।" और कुछ रुककर जमील ने फिर कहा, "मुसीबत यह है कि पार्टी देश के बँटवारे के नारे को ढोंग का नारा समझती है; वह यह समझती है कि देश का बँटवारा हो ही नहीं सकता। उसका ख़याल है कि इस बीच पार्टी को वक़्त मिल जाएगा कि वह अवाम में अपनी जड़ें जमा ले। जब पार्टी अवाम में पहुँच जाएगी तब वह कांग्रेस की जगह ले लेगी।"

कुछ सोचकर जगतप्रकाश ने कहा, "पार्टीवालों का तर्क ग़लत तो नहीं दिखता।"

सिर हिलाते हुए जमील ने कहा, "लेकिन यह तर्क असलियत से बहुत दूर है। यह पाकिस्तान का नारा नफ़रत का नारा है। नफ़रत की बुनियाद क्लास-स्ट्रगल पर नहीं है, इसकी बुनियाद मज़हब पर है। मज़हब की जड़ें बड़ी गहरी होती हैं बरखुरदार ! क़ब्ल इसके कि हम क्लास-स्ट्रगल का प्रोग्राम लेकर अवाम के पास तक पहुँचें, पूरा मुल्क मज़हबी नफ़रत की लपटों से घिर जाएगा। नहीं, यह पाकिस्तान का नारा ग़लत है।"

जमील के स्वर में गहरी वेदना थी। वह उठ खड़ा हुआ, "मैं पार्टी-ऑफ़िस जा रहा हूँ, एक दफ़ा मैं फिर कोशिश करूँगा कि लोग अपना इरादा बदले, गोकि मुझे इसकी उम्मीद नहीं के बराबर दिखती है। देश-भर में यह मज़हबी तनाव बढ़ता जा रहा है, खास तौर से उत्तरी हिन्दुस्तान में।" और कुछ देर तक वह चुपचाप खड़ा रहा। फिर उसने एक ठंडी साँस ली, "लेकिन खुदा को शायद यही सब मंजूर है। आज सारी दुनिया में नफ़रत का ज़बर्दस्त दौर चल रहा है, यह विश्वयुद्ध इस नफ़रत की ही तो उपज है। हमें इस नफ़रत से छुटकारा नहीं मिलने का। बहरहाल इनसान होने के नाते एक दफ़ा कोशिश तो करूँगा, होगा वही जो खुदा को मंज़ूर है।"

शाम हो गई थी, जगतप्रकाश ने घड़ी देखी, छह बजे थे, यद्यपि अभी अन्धकार होने में घंटे-भर की देर थी। कपड़े बदलकर वह कुलसुम के यहाँ के लिए रवाना हो गया। शाम को कुलसुम के यहाँ कुछ समय के लिए जाना उसका नित्य का कार्यक्रम था।

कुलसुम उस समय अकेली नहीं थी, एक स्त्री उसके साथ बैठी बातें कर रही थी। कुलसुम ने जगतप्रकाश को देखते ही कहा, "तुम बड़े अच्छे आ गए जगत ! यह मालती मेहता, इन्हें तो तुम जानते हो। मालती मनुभाई, पिछले अक्टूबर से मालती मेहता। त्रिभुवन से इनका विवाह हो गया है।"

"अच्छा ! तो मेरी बधाई मालती बेन ! मैं उन दिनों कलकत्ता में था।" जगतप्रकाश ने बैठते हुए कहा, "त्रिभुवन तो कानपुर में हैं, या वह कानपुर छोड़कर यहाँ बम्बई में आ गए हैं ?"

कुलसुम के उत्तर देने के पहले ही मालती बोल उठी, "वह यहाँ क्यों आएगा ! वह कानपुर—गन्दा शहर, और वहाँ चोरबाज़ारी और मुनाफ़ाखोरी की गन्दी ज़िन्दगी—वह उसका आदी हो गया है। मुझे अगर पहले मालूम होता कि उसकी सारी गन्दगी को अपनाकर मुझे उस गन्दे शहर में ज़िन्दगी बितानी पड़ेगी तो मैं उससे विवाह ही क्यों करती ?"

जगतप्रकाश ने ग़ौर से मालती को देखा, मुख पर किसी प्रकार के दुख का चिह्न नहीं। वैसी ही दुबली-पतली, वैसी ही तेज़-तर्रार—जैसी उसने पिछली बार मालती को देखा था। कुलसुम बोली, "दिसम्बर में ही मालती कानपुर छोड़कर चली आई। त्रिभुवन का बाप तो राज़ी है कि त्रिभुवन बम्बई आ जाए, वह अपने छोटे लड़के वीरेन्द्र को कानपुर भेजने को तैयार है, लेकिन त्रिभुवन नहीं आना चाहता। सुना है इस बीच उसने कपड़े और अनाज का धन्धा भी बढ़ा लिया है, पिछले दो वर्षों में उसने पाँच-सात लाख रुपए पैदा किया है। इस मालती का बाप—मनुभाई जीवराज—वह महात्मा गांधी का बहुत बड़ा चेला है, वह बहुत नाराज़ है त्रिभुवन पर। त्रिभुवन का बाप भी उससे खुश नहीं है—यह त्रिभुवन सरकार के साथ भी बेईमानी करने में नहीं चूकता—न जाने कब जेल चला जाए।" फिर उसने मालती से कहा, "त्रिभुवन से तुम्हारा फिर से मेल हो जाना चाहिए, अगर तुम कहो तो जगतप्रकाश को कानपुर भेज दूँ।"

मालती ने दृढ़ता-भरे स्वर में कहा, "बिलकुल नहीं, मैं उस आदमी से घृणा करने लगी हूँ। अगर अब वह बम्बई आ भी जाए तो मैं उसके साथ न रह पाऊँगी।"

कुलसुम बोली, "तो फिर तुम इतनी लम्बी ज़िन्दगी बिताओगी कैसे ?"

"बड़े मज़े में।" मालती बोली, "मैंने सोशल वर्क आरम्भ कर दिया है। फिर बापू ने मेरे नाम से एक जिनिंग फैक्टरी भी खरीद दी है, उसका काम-काज देख रही हूँ। तुम भी तो अपनी मिल का काम-काज देख रही हो।"

कुलसुम मुस्कराई, "नाम के लिए ! वैसे सब काम-काज तो परवेज़ देखता है।"

मालती मुस्कराई, "तुम भाग्यवान् हो परवेज़-जैसा सीधा और नेक पति पाकर।" और अब वह जगतप्रकाश की ओर घूमी, "कुलसुम बेन से तुम्हारी बाबत सुना था कि तुम चौपाटी पर रह रहे हो। वहाँ से मेरा घर नज़दीक ही है मालाबार हिल पर। कभी फ़ुर्सत हो तो उधर भी आ जाया करो।" और उसने हँसते हुए कुलसुम से कहा, "मैं इन जगतप्रकाश को तुमसे छीनूँगी नहीं, इतना विश्वास रखो।"

और कुलसुम भी हँस पड़ी, "यह जगतप्रकाश पूरी तौर से अपने हैं, मेरा इन पर कोई अधिकार नहीं।" और एकाएक कुलसुम फिर गम्भीर हो गई, एक ठंडी साँस लेकर उसने कहा, "काश, इन पर कोई अपना अधिकार कर लेता !"

इसी समय परवेज़ और जमशेद कावसजी वापस लौटे। कार से उतरते ही जमशेद कावसजी ने मालती को देख लिया, और वहीं से उन्होंने आवाज़ लगाई, "ऐ मालती, तुमसे ज़रूरी बात करनी है। यह त्रिभुवन ! इसने मुझे समझ क्या रखा है ?" और घर के अन्दर न जाकर वह बरामदे में आ गए। वहाँ बैठकर उन्होंने अपना पोर्टफोलियो खोला,

उससे एक-एक हज़ार के दस नोट निकालकर उन्होंने मेज़ पर रख दिए, "विलायती मशीनें नहीं आतीं तो उसने कानपुर में कपड़े का धन्धा कर लिया है, बड़ा अच्छा है। मैंने कह दिया था कि मैं मदद करूँगा। दस गाँठें छींट की दे दी थीं—वह मिल के किसी खाते में नहीं थीं। अब सौ गाठें माँग रहा है—यह दस हजार रुपया ब्लैक का भेजा है पेशगी। सौ रुपया फ़ी गाँठ ब्लैक का। यह हिम्मत कैसे पड़ी ? जमशेद कावसजी ब्लैक का धन्धा नहीं करता। आज ही इंश्योर्ड कवर से उसने यह दस हज़ार रुपया भेजा है, देख रही हो !"

मालती ने नोट उठाकर अपने पर्स में रख लिए, "आप डाँटकर उसे लिख दीजिए, और यह भी बतला दीजिए कि दस हज़ार रुपए मैंने आपसे ले लिए हैं।"

जमशेद कावसजी को अनुभव हुआ कि यह रुपया मालती के सामने रखने में उनसे ग़लती हो गई है। वह बोले, "मैं उसे डाँटकर लिख दूँगा और मैं उसका रुपया भी वापस कर दूँगा। तुम्हारा तो त्रिभुवन से शायद कुछ झगड़ा भी चल रहा है।"

मालती बोली, "यह त्रिभुवन जो ब्लैक मार्केट का धन्धा कर रहा है, वह मुझे ज़रा भी पसन्द नहीं। मुझसे पच्चीस हज़ार रुपए कर्ज़ लेकर उसने इस धन्धे में लगा दिए हैं। मैंने जब अपने रुपए माँगे तो बोला कि नहीं देगा, मैं मुकदमा चलाऊँ उस पर। तो अब मैं भला उस पर मुकदमा चलाऊँगी ? चलो, दस हजार रुपए तो वापस मिल गए।"

जमशेद कावसजी ने उलझन के स्वर में कहा, "लेकिन यह रुपया तो त्रिभुवन ने मेरे पास भेजा है, और मुझे चाहिए कि मैं उसका रुपया उसे वापस कर दूँ। यह रुपया तुम मुझे दे दो।"

"नहीं डैडी, यह रुपया तो अब मेरे पास आ गया है, त्रिभुवन को वापस नहीं जाएगा।"

"तो फिर मुझे सौ गाँठें त्रिभुवन को भेजनी पड़ेंगी।" जमशेद कावसजी बोले और उन्होंने परवेज़ की ओर देखा, "परवेज़ ! कल सौ गाँठें त्रिभुवन को भेज देना, क्योंकि हम उसका रुपया वापस नहीं भेज सकते।"

एकाएक मालती उठकर खड़ी हो गई, उसका चेहरा तमतमा उठा, "नहीं, सौ गाँठें उसे नहीं जाएँगी, किसी हालत में नहीं जाएँगी।" और उसने पर्स से निकालकर वे नोट ज़मीन पर फेंक दिए, "लो, उसका यह अभिशापित रुपया उसे भेज दो, लेकिन उसे कपड़ा नहीं जाना चाहिए डैडी !" और वह घूमकर तेज़ी के साथ अपनी कार की ओर चल दी। परवेज़ ने ज़मीन से नोट उठाकर जमशेद कावसजी को दे दिए।

कुलसुम उठकर मालती के पीछे दौड़ी, मालती अपनी कार की पिछली सीट पर गिर-सी पड़ी थी, वह रो रही थी।

कुलसुम ने मालती के ड्राइवर को बुलाया, फिर उसने जगतप्रकाश से कहा, "मालती को उसके घर पहुँचा दो जगत ! इसकी नब्ज़ बड़ी ख़राब हैं, कहीं रास्ते में कुछ कर न बैठे। बेचारी मालती ! एक जानवर के साथ बँध गई।"

जगतप्रकाश मालती की बगल में बैठ गया और कार चल पड़ी। कैम्प-कार्नर तक पहुँचते-पहुँचते मालती स्वस्थ हो गई थी। उसने जगतप्रकाश से कहा, ''रुपया हाथ में आकर निकल गया। लेकिन—लेकिन—यह त्रिभुवन बचेगा नहीं, इसे इसके पापों का दंड मिलेगा, ज़रूर मिलेगा। वैसे मुझे कुछ भी नहीं हुआ है, मेरी नर्ब्ज़ बिलकुल ठीक हैं।'' और मालती के मुख पर एक मुस्कराहट आ गई, ''कुलसुम बेकार चिन्तित हो गई, तुम्हें मेरे साथ भेजने की कोई ज़रूरत नहीं थी। लेकिन अच्छा ही हुआ, इस बहाने तुम मेरे घर तो चल रहे हो। और इसके बाद तुम कभी-कभी मेरे यहाँ आते रहोगे ! बोलो, आते रहोगे न ! मैं बिलकुल अकेली हूँ। मेरे बापू को अपने काम से फुरसत नहीं, मेरा बड़ा भाई त्रीकम सिंगापुर में फँस गया है, छोटा भाई श्यामल कॉलेज में पढ़ता है या खेल-कूद में उलझा रहता है। क्रिकेट का शौक है उसे। मेरा कुछ वक्त मिल का काम-काज देखने में कट जाता है, बाकी समय में सोशल वर्क। उस सोशल वर्क में लाख कोशिश करती हूँ, मेरा मन नहीं लगता, जैसे एक घुन लग गया है मेरी ज़िन्दगी में। तुम समझदार आदमी हो, मेरी हालत तुम समझ ही सकते हो।''

मालती की मुस्कान में कहीं कोई सम्मोहन है, जगतप्रकाश को अनायास ही यह अनुभव हुआ, और इसके साथ यह भी अनुभव हुआ कि उस दुबली-पतली साँवले वर्ण की लड़की में कहीं कोई आकर्षण है जो उस पर छाता चला जा रहा है। उसने धीमे स्वर में कहा, ''मेरी आपके साथ हार्दिक संवेदना है !''

मालती फिर गम्भीर हो गई, ''अच्छा, एक बात बताओ सच-सच, झूठ मत बोलना। मैं जो कानपुर से चली आई हूँ त्रिभुवन को छोड़कर, क्योंकि मैं त्रिभुवन की बेईमानी और उसकी अर्थ-लिप्सा को बर्दाश्त नहीं कर सकती थी, यह मैंने सही किया या ग़लत किया ?''

कुछ सोचकर जगतप्रकाश बोला, ''मैं त्रिभुवन को अच्छी तरह जानता नहीं हूँ, लेकिन दूर से उसे मैं जितना भी जान पाया हूँ वह मुझे बहुत बुरा नहीं लगा। वह दुनिया का एक सफल आदमी बनना चाहता है, और पूँजीपति वर्ग का होने के नाते वह अपनी सफलता आर्थिक सम्पन्नता में ही समझता है। शायद आपने अपना क़दम उठाने में कुछ जल्दबाजी कर दी।''

''मेरे बापू भी यही कहते हैं, मेरे मिलने-जुलनेवाले, सगे-सम्बन्धी भी यही कहते हैं।'' मालती बोली, ''मुझे इस क़दर उतावलेपन से काम नहीं लेना चाहिए था। और इसकी वजह यह है कि वे त्रिभुवन के असली रूप को नहीं जानते। मेरी भावना कोई समझ ही नहीं पाता—तुम भी नहीं समझ पा रहे हो। मैं बेईमानी को सबसे बड़ा चारित्रिक दोष समझती हूँ, क्योंकि ईमानदारी से ही हमारा जीवन शासित होता है, चाहे वह सामाजिक जीवन हो, चाहे वह पारिवारिक जीवन। मुझे यह नहीं मालूम था कि त्रिभुवन आधार रूप से बेईमान आदमी है। उसका ऊपरी रूप कुछ और है, किन्तु उसका वास्तविक रूप ठीक उसके विपरीत बड़ा कुत्सित है।''

जगतप्रकाश मुस्कराया, ''वर्तमान सभ्यता वाली दुनिया इसी बेईमानी से भरे दिखावे

की दुनिया है, और हम सब एक तरह से बेईमान हैं। आप त्रिभुवन के प्रति बहुत अधिक अनुदार हो रही हैं।"

कार अब मालती के घर के कम्पाउंड में आ गई थी। मालती ने कहा, "आइए न, एक प्याला चाय पी लीजिए।"

जगतप्रकाश मालती के साथ ड्राइंग-रूम में बैठ गया। प्याले में चाय ढालते हुए मालती ने कहा, "अभी तुमने कहा था कि हम सब बेईमान हैं। यह ग़लत है। यह सामाजिक शिष्टाचार, यह नेकी का प्रदर्शन—ये सब स्वाभाविक हैं, क्योंकि नेकी हमारे अन्दर है, दूसरे को दुख न पहुँचाने की भावना भी हमारे अन्दर है। नहीं मिस्टर जगतप्रकाश ! अधिकांश में बेईमान दिखनेवाले आदमी बेईमान नहीं हैं, क्योंकि उन्हें विवश होकर बेईमान बनना पड़ता है। यह विवशता की भावना भी तो आन्तरिक है। उन्हें बेईमान बनने में क्लेश होता है। मैं जो त्रिभुवन की बात कह रही थी वह मैं ठीक-ठीक समझा नहीं पा रही हूँ। लेकिन इतना सच है कि मैं त्रिभुवन से घृणा करने लगी हूँ।"

जगतप्रकाश ने बात आगे नहीं बढ़ाई। मालती काफ़ी उत्तेजित थी, और इस उत्तेजना की हालत में वह कोई बात समझ नहीं सकेगी।

मालती की कार जगतप्रकाश को उसके घर छोड़ गई। जमील लौट आया था और चुपचाप बैठा हुआ कुछ सोच रहा था। जगतप्रकाश ने कहा, "बड़ी जल्दी लौट आए जमील काका ! बड़े उदास हो !"

एक ठंडी साँस लेकर जमील बोला, "हाँ बरखुरदार ! सोच रहा था कि कुछ बहुत ख़राब होनेवाला है—और बदक़िस्मती यह है कि उसे रोका नहीं जा सकता।"

"तुम तो पहेली बुझा रहे हो जमील काका ! आख़िर बात क्या है ?"

"हिन्दुस्तान के बँटवारे की ज़बर्दस्त तैयारियाँ हो रही हैं, और यह बँटवारा हिन्दुस्तान को तोड़कर रख देगा। यह बँटवारा ज़बान की बिना पर नहीं हो रहा है, यह हो रहा है मज़हब की बिना पर। ज़बान की बिना पर हिन्दुस्तान के मुख़्तलिफ़ हिस्सों के अलग हो जाने की बात तो समझ में आ सकती है, लेकिन मज़हब की बिना पर यह बँटवारा, समझ में नहीं आ रहा। यह सब कैसे होगा ?"

जगतप्रकाश बैठ गया, "भाषा के आधार पर हिन्दुस्तान के टुकड़े हों, यह तो बड़ी आकस्मिक बात होगी।"

जमील ने जगतप्रकाश को ग़ौर से देखा, "यूरोप में इस ज़बान की बिना पर जो इतने मुल्क हैं, वे कैसे स्वाभाविक हैं ? करोड़-दो करोड़ आबादी वाले न जाने कितने मुल्क हैं वहाँ पर—हॉलैंड, बेल्जियम, डेनमार्क, स्वीडन, नॉरवे, और भी न जाने कितने छोटे-छोटे हिस्से ! लेकिन मैं कहता हूँ इस बँटवारे की ज़रूरत क्या है ? इक़बाल ने पहले-पहले आवाज़ उठाई थी इस पाकिस्तान की, और इक़बाल एक वक़्त सबसे बड़ा देश-भक्त था। मुझे याद है उसकी नज़्म—'सारे जहाँ से अच्छा हिन्दोस्ताँ हमारा !' और उसी इक़बाल ने नफ़रत से भरकर पाकिस्तान का सपना देखा। और इसके बाद मुहम्मद

अली जिन्ना। यह जिन्ना भी किसी वक़्त कांग्रेस में शामिल था और राष्ट्रीय नेता था। उसने आगे बढ़कर पाकिस्तान की स्कीम बनाई, और आज उसकी तहत में पाकिस्तान नारा न रहकर एक बदसूरत असलियत बन रहा है।''

जगतप्रकाश ने जमील की बात पर टीका नहीं की, वह चुप बैठा जमील की बातें सुन रहा था। कुछ रुककर जमील ने फिर कहा, ''इस बँटवारे की बात, यह नफ़रत का नज़रिया—यह उन लोगों का है जो राजनीति में हैं। इक़बाल शायर था—जज़बात का आदमी। उसने एक कल्पना की—मौलिक कल्पना, और वह अपनी ही कल्पना के ताने-बाने में फँस गया। उसकी इस कल्पना का असर समाज पर क्या पड़ेगा, शायर होने के नाते उसने इस पर कभी सोचा ही न था। लेकिन जिन्ना—शायरी से बहुत दूर, वह राजनीतिज्ञ है। जिन्ना से यह उम्मीद की जा सकती है कि इस बँटवारे का जो असर मुल्क पर पड़ेगा, उसे वह जानता है। और यह जिन्ना इस बँटवारे पर अड़ गया है—यह मुल्क़ की बदक़िस्मती है।''

''जिन्ना गुजराती है।'' जगतप्रकाश बोला, ''वह मज़हब से भी बहुत दूर है।''

''लेकिन जिन्ना मुस्लिम घर में तो पैदा हुआ है।'' जमील बोला, ''और उसे आगे बढ़ने में पग-पग पर हिन्दुओं से बाधा मिलती है। हिन्दुओं की तादाद मुसलमानों की तादाद से बहुत ज़्यादा है न ! मैं जिन्ना की भावना को समझ सकता हूँ—उसके अन्दर नफ़रत का ज़हर भर गया है। लेकिन यह कम्युनिस्ट पार्टी जो जिन्ना के नारे का समर्थन करने पर आमादा हो गई है, यह सरासर ग़लत है।''

थोड़ी देर तक दोनों अपने विचारों में खोए रहे, फिर जैसे जगतप्रकाश को कुछ याद आ गया, ''कांग्रेस में भी तो एक ऐसा आदमी है जो पाकिस्तान के नारे की ताईद करता है, जगतप्रकाश बोला, ''राजगोपालाचारी का कहना है कि महात्मा गांधी जिन्ना के साथ मिलकर समझौता कर लें, और अगर जिन्ना पाकिस्तान की माँग पर अड़ा है तो देश के बँटवारे पर राज़ी हो जाएँ।''

जमील के मुँह पर एक कड़वी हँसी आई, ''राजगोपालाचारी मद्रासी है और यह हिन्दू-मुस्लिम समस्या उत्तरी हिन्दुस्तान की है। मैंने कहा न कि बँटवारे की बात उन लोगों में चल रही है जो ताक़त के भूखे हैं।'' जमील उठ खड़ा हुआ, ''ख़ैर, छोड़ो भी इस बात को ! मेरा ऐसा ख़याल है कि यह बँटवारा नहीं होने पाएगा, क्योंकि यह बँटवारा उसी हालत में हो सकता है जब अंग्रेज़ हिन्दुस्तान की हुकूमत छोड़ दे। और अंग्रेज़ अपनी हुकूमत नहीं छोड़ेगा। अच्छा, अब खाना खा लिया जाए।''

हिन्दुस्तान में साम्प्रदायिक तनाव दिनों-दिन बढ़ता जा रहा था। देश की सारी चेतना जैसे मर गई थी। कांग्रेस के वरिष्ठ नेता धीरे-धीरे छोड़े जा रहे थे, टूटे हुए और पराजित। और जेल में बीमार पड़ जाने के कारण मई के प्रथम सप्ताह में महात्मा गांधी भी जेल से छोड़ दिए गए।

यूरोप में ब्रिटेन और रूस जर्मनी पर निर्णयात्मक प्रहार की तैयारी कर रहे थे। जर्मनी की सेना अफ्रीका से निकलकर इटली में आ गई थी, और क़रीब-क़रीब यह

निश्चय हो गया था कि वर्ष के अन्त तक यह युद्ध समाप्त हो जाएगा।

गर्मी अब भयानक रूप से पड़ने लगी थी। जून के पहले या दूसरे सप्ताह में बम्बई में मानसून आता है, और मानसून आने के पहले वहाँ का वातावरण जैसे जलने लगता है। उस दिन जगतप्रकाश अख़बार पढ़ते ही चौंक उठा। राजाजी के नाम से देश में कांग्रेस और मुस्लिम लीग के समझौते का एक सुझाव निकला था और यह कहा गया था कि महात्मा गांधी उस सुझाव से सहमत हो गए हैं।

जमील उस समय अपने कमरे में था। जगतप्रकाश ने जमील को आवाज़ दी, ''जमील काका ! ज़रा यहाँ आना, देखो तो महात्मा गांधी ने राजाजी के फ़ार्मूले पर अपनी सहमति दे दी है। यह फ़ार्मूला राजाजी ने प्रकाशित करा दिया है।''

यह सुनते ही जमील जगतप्रकाश के कमरे में आ गया, ''या ख़ुदा ! यह क्या कह रहे हो ? बतलाओ तो ज़रा !''

जगतप्रकाश ने उस फ़ार्मूले का मतलब समझाते हुए पढ़ना आरम्भ किया, ''पहला पैरा कहता है कि नीचे लिखी शर्तों के मुताबिक़ स्वतन्त्र भारत के निर्माण के लिए मुस्लिम लीग भारत की स्वतन्त्रता के आन्दोलन में कांग्रेस को पूरा सहयोग देगी तथा स्वतन्त्र भारत की अन्तरिम सरकार में कांग्रेस से सहयोग करेगी...''

''वे शर्तें क्या हैं बरख़ुरदार ?'' जमील ने उतावलेपन के साथ पूछा।

''सुनाता हूँ।'' जगतप्रकाश बोला, ''पहली शर्त यह है कि युद्ध की समाप्ति के बाद हिन्दुस्तान के उत्तर-पश्चिम और हिन्दुस्तान के पूर्व में, ऐसे इलाकों को तय करने के लिए, जिनमें मुसलमानों का पूर्ण बहुमत है, एक कमीशन बनाया जाएगा। और उसके बाद उन इलाकों में जनमत लिया जाएगा कि वहाँ के निवासी हिन्दुस्तान में रहना चाहते हैं या हिन्दुस्तान से अलग होना चाहते हैं। अगर बहुमत तय करता है कि वे इलाके हिन्दुस्तान से अलग होना चाहते हैं तो वे अलग हो सकेंगे। इसमें सीमावर्ती इलाक़ों को यह छूट होगी कि वे चाहें तो हिन्दुस्तान में रहें, चाहे नए इलाक़े में शामिल हो जाएँ।''

''बड़ा ख़तरनाक सुझाव है बरख़ुरदार ! महात्मा गांधी इस बात को स्वीकार करने पर राज़ी कैसे हो गए ? कांग्रेस के और नेता इस सुझाव को क्या मंज़ूर कर लेंगे ?''

''तीसरे सुझाव में इस ख़तरे का इलाज है। हिन्दुस्तान की सब पार्टियों को यह अधिकार होगा कि वे जनमत-संग्रह के पहले इन इलाक़ों की जनता के समक्ष अपना-अपना दृष्टिकोण रखें तथा उन्हें प्रभावित कर सकें।''

जमील ने एक ठंडी साँस ली, ''सब समझता हूँ बरख़ुरदार, लेकिन उससे होगा कुछ नहीं। यह मज़हबी पागलपन जो भड़क उठा है उनमें नफ़रत का ही बोलबाला रहेगा। भला इस नफ़रत के पागलपन में कोई सोचने-समझने को तैयार होगा ! इसके माने यह है कि देश के बँटवारे की बुनियाद पड़ गई है।''

''लगता तो ऐसा ही है, क्योंकि चौथे सुझाव में कहा गया है कि बँटवारे की हालत में रक्षा, वाणिज्य, यातायात तथा अन्य आवश्यक बातों पर इन दो भागों में आपसी समझौता हो जाएगा।''

जैसे निराशा अब जमील के अन्दर पूरी तौर से समा गई थी, ''लेकिन यह सब होगा नहीं। ये दोनों हिस्से एक-दूसरे के जानी दुश्मन बन जाएँगे। उस हालत में कहाँ का समझौता और कहाँ की एकता।''

''शायद तुम ठीक कहते हो जमील काका !'' जगतप्रकाश मुरझाए स्वर में बोला, ''क्योंकि पाँचवें सुझाव में सम्भावित वैमनस्य का आभास है। वह कहता है कि जनता में अगर कोई स्थान-परिवर्तन हो तो वह जनता की मर्ज़ी से हो, लोग अपने-अपने वतन को छोड़ने के लिए ज़बर्दस्ती मजबूर न किए जाएँ।''

''और जनता मजबूर की जाएगी—इसे रोका नहीं जा सकता।'' जमील बोला, ''जिस नफ़रत का माहौल पैदा किया जा रहा है उसमें भला हिन्दू और मुसलमान साथ-साथ कैसे रह सकेंगे ? जहाँ हिन्दू ज़्यादा हैं वहाँ से मुसलमान भागने को मजबूर होंगे, क्योंकि उनके जान-माल पर आ पड़ेगी; और जहाँ मुसलमान ज़्यादा हैं वहाँ के हिन्दुओं का भी यही हश्र होगा। या ख़ुदा ! क्या होनेवाला है ?''

भयानक निराशा का वातावरण छा गया उस कमरे में, जगतप्रकाश को यह अनुभव हो रहा था। और वह इस निराशा के वातावरण को दूर करने को ही जैसे मुसकराया, ''लेकिन शायद यह सब होगा नहीं। छठा सुझाव कहता है कि यह सब उसी हालत में होगा जब ब्रिटेन हिन्दुस्तान को पूरी तौर से आज़ाद कर दे। और ब्रिटेन हिन्दुस्तान को आज़ाद नहीं करेगा। इस युद्ध का विजेता ब्रिटेन—भला वह अपनी मर्ज़ी से अपने साम्राज्य का अन्त कैसे कर लेगा ? नहीं जमील काका ! बिना आन्तरिक क्रान्ति के देश स्वतन्त्र नहीं हो सकता और उस आन्तरिक क्रान्ति में अभी समय लगेगा। इस आन्तरिक क्रान्ति के बाद देश की जो शक्ल होगी, वह बिलकुल भिन्न होगी।''

जमील ने भी अपने को उस निराशा के वातावरण से निकालने का प्रयास करते हुए कहा, ''ठीक कहते हो बरखुरदार ! लेकिन मेरी समझ में नहीं आता कि महात्माजी ने यह फ़ार्मूला मान कैसे लिया ? जहाँ तक मुझे याद है कि अगस्त 1942 के क्विट इंडिया मूवमेंट के तीन-चार महीने पहले राजगोपालाचारी ने ए.आई.सी.सी. में यह बँटवारा मान लेने का प्रस्ताव रखा था, और तब यह प्रस्ताव नामंजूर हो गया था। और इस दफ़ा महात्मा गांधी बिना अपने साथियों की सलाह के मान कैसे गए ?''

जगतप्रकाश उठ खड़ा हुआ, ''पराजय और निराशा !'' वह बोला, ''1942 का मूवमेंट असफल हो गया—बुरी तरह से। ब्रिटेन इस साम्प्रदायिक विग्रह की आड़ में हिन्दुस्तान को गुलाम बनाए रखने की ज़िद पर अड़ा हुआ है। परिस्थितियों के प्रति आत्मसमर्पण। इतने महान् और दृढ़ आदमी का इस तरह टूटना कुछ अजीब-सा दिखता है, लेकिन शायद दुनिया में कोई भी आदमी ऐसा नहीं है जो टूट न सके। अच्छा, अब क्या प्रोग्राम है तुम्हारा ? मुझे तो अभी थोड़ी देर में मालती के यहाँ जाना है, कल शाम को उसका ड्राइवर आया था, तो मैंने आज सुबह नौ बजे आने को कह दिया है। उसकी कार आती होगी।''

जमील बोला, ''मैं भी अब पार्टी-ऑफ़िस जाऊँगा। लेकिन बरख़ुरदार, तुम मालती

और त्रिभुवन के मामले से अगर हाथ खींच लो तो ज़्यादा अच्छा रहेगा। यह मालती आगे चलकर तुम्हारे लिए ख़तरनाक साबित हो सकती है—या यूँ कहना ज़्यादा ठीक होगा कि तुम इस मालती के लिए ज़्यादा ख़तरनाक साबित हो सकते हो।"

जगतप्रकाश हँस पड़ा, "मैं किसी के लिए ख़तरनाक साबित नहीं हो सकता जमील काका—तुम्हें मुझ पर तो भरोसा होना चाहिए। लेकिन मैं तुम्हारी इस बात से सहमत हूँ कि यह मालती ख़तरनाक औरत है, क्योंकि कट्टरता की हद तक पहुँचता हुआ उसका भावनात्मक व्यक्तित्व है, और मुझे कभी-कभी त्रिभुवन के साथ सहानुभूति होने लगती है। यह स्त्री दूसरों की कमज़ोरी बर्दाश्त ही नहीं कर पाती; यह अपने अलावा किसी दूसरे के दृष्टिकोण को समझ ही नहीं सकती। लेकिन मेरे लिए वह ख़तरनाक नहीं है। उसकी नैतिक मान्यताओं के आगे कभी-कभी मुझे झुक जाना पड़ता है।"

जमील हँस पड़ा, "तुम जानो और तुम्हारा काम जाने। बहरहाल मुझे तुम्हारी ज़्यादा फ़िक्र नहीं होनी चाहिए क्योंकि तुम्हारी हिफ़ाज़त के लिए कुलसुम बेन हैं।"

ठीक नौ बजे मालती की कार जगतप्रकाश को लेने आ पहुँची। जगतप्रकाश जब मालती के यहाँ पहुँचा, वह ड्राइंगरूम में उदास बैठी कुछ सोच रही थी। जगतप्रकाश को देखते ही वह उठ खड़ी हुई, "मैं बड़ी उलझन में पड़ गई हूँ, और तुम्हारी मदद चाहती हूँ। बैठो !"

जगतप्रकाश ने बैठते हुए कहा, "कहिए, क्या बात है ?"

"कल सुबह कानपुर से एक हम लोगों के मिलनेवाले आए हैं, उनका कहना है कि त्रिभुवन कानपुर में दूसरा विवाह करनेवाला है, एक ग़रीब गुजराती परिवार में।"

"यह तो बुरी ख़बर है ! लेकिन इसकी सम्भावना हो सकती है, शायद इस बात पर आपका ध्यान नहीं गया था।"

सिर हिलाते हुए मालती बोली, "नहीं, यह मैंने कभी सपने में नहीं सोचा था। लेकिन त्रिभुवन अगर दूसरा विवाह करता है तो मुझे ज़रा भी बुरा न लगेगा, मैं उससे घृणा करती हूँ।"

जगतप्रकाश मालती की इस बात पर कुछ नहीं बोला, वह एकटक मालती के मुख पर आए भावों के उतार-चढ़ाव को देख रहा था।

थोड़ी देर चुप रहने के बाद मालती फिर बोली, "लेकिन त्रिभुवन यह क्यों भूल जाता है कि मैं उसे बरबाद कर सकती हूँ। तो इतना तय है कि उसके दूसरे विवाह के बाद मैं उसे पूरी तरह बरबाद कर दूँगी, उसे दर-दर की भीख माँगनी पड़ेगी। मालती क्षमा करना नहीं जानती।"

क्रोध से मालती का मुख तमतमा उठा था और जगतप्रकाश को लगा कि इस क्रोध और उत्तेजना की अवस्था में मालती का सौन्दर्य निखर पड़ा है। जगतप्रकाश ने दबी ज़बान में कहा, "यह तो ठीक नहीं हो रहा है। क्या चीज़ों को टूटने से बचाया नहीं जा सकता ?"

"कल से मैं भी यही सोच रही हूँ। बापू का कहना है कि इस मामले में वह दख़ल

नहीं देंगे, मैं ही त्रिभुवन से बात कर लूँ। इसीलिए मैंने तुम्हें बुलाया है। मैं तुम्हारी मदद चाहती हूँ।''

''मैं क्या कर सकता हूँ ? त्रिभुवन से तो मेरी मित्रता कभी नहीं रही।'' जगतप्रकाश बोला।

''मैं यह जानती हूँ—तुम्हें त्रिभुवन से कुछ कहना नहीं है, तुम्हें सिर्फ़ मेरे साथ कानपुर चलना है। तुम उधर के रहनेवाले हो। मैं वहाँ त्रिभुवन के साथ नहीं ठहरूँगी, वह बड़ा कमीना आदमी है। कल मैंने कुलसुम से फोन पर सलाह की थी तो उसने कहा था कि तुम्हें अपने साथ लेती जाऊँ। मैं कल दोपहर को मेल से ही कानपुर जाना चाहती हूँ। तो तुमसे प्रार्थना है कि तुम मेरे साथ चलो, मुझे निराश मत करना !''

मालती के आग्रह को अस्वीकार करना जगतप्रकाश को असम्भव लगा, ''अच्छी बात है, मैं कल चलूँगा।''

मालती ने कृतज्ञता से जगतप्रकाश को देखा, ''मुझे तुम पर पूरा भरोसा है। मैं ट्रेवल एजेंट से तुम्हारा बर्थ रिज़र्व कराए देती हूँ, मैं लेडीज़ में जाऊँगी।''

मालती के पिता मनुभाई जीवराज ने तार द्वारा कानपुर के इम्पीरियल होटल में दो कमरे रिज़र्व करा दिए थे। कानपुर पहुँचकर दूसरे दिन सुबह जगतप्रकाश को साथ लेकर मालती त्रिभुवन के यहाँ पहुँची। त्रिभुवन का बँगला तिलकनगर में था। मालती को देखकर वह चौंक उठा, ''अरे, तुमने आने की कोई सूचना नहीं दी, नहीं तो मैं कार लेकर स्टेशन आ जाता।''

''मैं कल रात मेल से आई हूँ।'' मालती ने रूखे स्वर में कहा, ''इम्पीरियल होटल में ठहरी हूँ। इन जगतप्रकाश को जानते ही हो, इनके साथ आई हूँ, बापू ने कहा कि मेरा अकेले जाना ठीक नहीं।''

त्रिभुवन के माथे पर बल पड़ गए, लेकिन उसने अपने स्वर को संयत रखा, ''अपना घर रहते हुए होटल में ठहरने की क्या आवश्यकता थी ? इस मकान में काफ़ी कमरे हैं, यह तो तुम जानती ही हो, यह मिस्टर जगतप्रकाश भी यहाँ ठहर सकते हैं।''

''और मैं यह जानती हूँ कि यह मेरा घर नहीं है। मैं तुमसे कुछ बातें करने आई हूँ, इसके बाद आज रात को ही एक्सप्रेस से वापस चली जाऊँगी—मैं इस कानपुर शहर से घृणा करती हूँ।''

''क्या काफ़ी बातें नहीं हो चुकी हैं, ज़बानी और चिट्ठी-पत्री द्वारा ?'' त्रिभुवन के स्वर में अब रूखापन आ गया था।

''हाँ, लेकिन उस बातचीत का कोई अन्त नहीं है। मैंने सुना है कि तुम दूसरा विवाह करनेवाले हो। क्या यह सच है ?''

''मैं अकेला तो नहीं रह सकता, मुझे कोई जीवनसाथी तो चाहिए ही। तुम मुझे छोड़कर चली गईं, इसमें दोष तुम्हारा है।''

मालती ने तीखे स्वर में कहा, ''तुम्हारा जीवनसाथी तो पैसा है, जिसके पीछे तुम अपना धर्म-ईमान सब कुछ छोड़ चुके हो। मैं तुमसे घृणा करने लगी हूँ।''

''तुम्हारे मुख से यह सब कितनी ही बार सुन चुका हूँ।'' त्रिभुवन एक व्यंग्यात्मक हँसी हँस पड़ा, ''जब तुम मुझसे घृणा करती हो तब तुम मुझसे बात करने क्यों दौड़ी आई हो ?''

''इसलिए कि मैं किसी दूसरी अबोध लड़की को तुम्हारी पशुता का शिकार नहीं बनने दूँगी त्रिभुवन मेहता, मैं तुमसे यह कहने आई हूँ कि तुम अपना दूसरा विवाह नहीं कर सकते हो, इतना समझ लो !''

''मैं दूसरा विवाह करूँगा, और तुम मुझे रोक नहीं सकोगी—तुम भी इतना समझ लो। हिन्दू-लॉ के अनुसार मैं जितने विवाह करना चाहूँ, कर सकता हूँ। क़ानून मेरे पक्ष में है।''

मालती का स्वर कुछ कोमल पड़ा, ''त्रिभुवन ! तुम क्यों दो सम्भ्रान्त कुलों की मर्यादा मिट्टी में मिला रहे हो ? मैं कहती हूँ कि तुम बम्बई चलकर क्यों नहीं रहते ? यह कानपुर ! बड़ा गन्दा शहर है यह। इस गन्दगी में कीड़ों की ज़िन्दगी बिताते तुम्हें शर्म नहीं आती !''

त्रिभुवन ने देखा कि मालती कुछ दब रही है, यही मौक़ा है कि उसे पूरी तौर से दबा दिया जाए। उसने कहा, ''और तुम फ़रिश्तों की ज़िन्दगी बिता रही हो। यह मिस्टर जगतप्रकाश ! इनके साथ तुम बम्बई से कानपुर का सफ़र कर सकती हो, इनके साथ तुम होटल में ठहर सकती हो। और सच्चरित्रता का ढिंढोरा पीटती हो ! अब तो तुम्हें अपने घर में स्वीकार करने के पहले मुझे तुम्हारे चरित्र के सम्बन्ध में जाँच-पड़ताल करनी होगी।''

त्रिभुवन के इस कथन से जगतप्रकाश तिलमिला उठा, लेकिन उसके पहले कि जगतप्रकाश कुछ कहे, मालती उठ पड़ी, ''इतना कमीनापन ! तो त्रिभुवन मेहता, मैं तुम्हें तबाह करके रख दूँगी। तुमसे दर-दर की भीख न मँगवाई तो मेरा नाम मालती नहीं।'' और वह तेज़ी के साथ त्रिभुवन के बँगले से निकल गई। सिर झुकाए भारी मन जगतप्रकाश उसके पीछे-पीछे हो लिया।

होटल में लौटकर मालती फूट पड़ी, ''मैं इस अभिशापित शहर में एक मिनट भी नहीं रुक सकती। अभी स्टेशन चलो, शायद बम्बई जानेवाला मेल मिल जाए। क्या बजा है—जल्दी करें।''

उस समय नौ बज रहे थे। जगतप्रकाश ने कहा, ''नौ बजकर बीस मिनट पर मेल यहाँ से छूटता है। हमको तैयार होने और होटल का बिल चुकाने में पन्द्रह मिनट लग जाएँगे ?''

''देखो, कोशिश करो, मेल लेट भी हो सकता है। होटल की टैक्सी मँगवा लो, मैं होटल का बिल चुकाती हूँ।''

जिस समय ये लोग स्टेशन पहुँचे, मेल छूट चुका था। मालती बोली, ''कोई बात नहीं, हम लोग यहाँ से दिल्ली चलें, कल सुबह दिल्ली से हवाई जहाज़ मिल जाएगा—मैं कल ही बम्बई पहुँचना चाहती हूँ। मैं अब कानपुर में एक मिनट के लिए नहीं रुकना चाहती।''

हावड़ा-कालका मेल में उन लोगों को दिल्ली के लिए जगह मिल गई। ट्रेन में मालती गुमसुम बैठी रही। कभी-कभी वह जगतप्रकाश की ओर देख लेती थी और फिर अपने में खो जाती थी। वह रात इन दोनों ने दिल्ली में एक होटल में बिताई और दूसरे दिन सुबह साढ़े पाँच बजे ये लोग एयरलाइंस के दफ़्तर में पहुँचे। वहाँ पता चला कि बम्बई के लिए सब सीटें भर गई हैं।

मालती ने झल्लाए स्वर में कहा, ''यहाँ भी निराशा ! चलो फ्रंटियर मेल तो मिल जाएगा।'' और ये दोनों दिल्ली स्टेशन पहुँचे।

ये लोग फ्रंटियर मेल में जगह ढूँढ़ ही रहे थे कि एकाएक जगतप्रकाश को एक परिचित आवाज़ सुनाई दी, ''अरे जगतप्रकाश, तुम—अरे, मालतीजी, आप भी यहाँ ? बम्बई चल रही हैं आज ?''

आवाज़ जसवन्त कपूर की थी जो एक सेकंड-क्लास कम्पार्टमेंट में बैठा था। जगतप्रकाश ने कहा, ''तुम्हारे कम्पार्टमेंट में क्या जगह है ? तुम अनायास यहाँ मिल जाओगे—यह सोचा ही न था। ट्रेन बेतरह भरी है, फर्स्ट और सेकंड क्लास के लेडीज़ कम्पार्टमेंट भरे हुए हैं।''

जसवन्त बोला, ''मेरे कम्पार्टमेंट में ऊपर की दो बर्थें खाली हैं। इसमें तुम दोनों आ जाओ। मालतीजी मेरी नीचेवाली बर्थ ले लें। मैं ऊपर की बर्थ पर चला जाऊँगा।'' और उसने कुली से कहा, ''सामान अन्दर ले आओ !''

दोनों उस सेकंड क्लास कम्पार्टमेंट में बैठ गए। इतने में बेयरा जसवन्त के लिए चाय और नाश्ता ले आया। जसवन्त ने मालती से पूछा, ''आप लोगों ने नाश्ता तो शायद किया न होगा ?''

मालती कुछ नहीं बोली। उत्तर जगतप्रकाश ने दिया, ''सुबह की चाय भी नहीं पी है। सुबह साढ़े पाँच बजे से दौड़-धूप कर रहे हैं हवाई जहाज़ के लिए। तब हारकर स्टेशन आए हैं।''

जसवन्त ने दो नाश्तों का ऑर्डर और दे दिया। अब जगतप्रकाश ने पूछा, ''क्या लाहौर से आ रहे हो या दिल्ली से चल रहे हो ?''

''लाहौर से आ रहा हूँ। लालाजी और शर्मिष्ठा कश्मीर में हैं। मैं भी वहाँ गया था, लेकिन मेरी तबीयत नहीं लगी। लाहौर वापस लौटा तो वहाँ भयानक गर्मी पड़ रही है। तो सोचा कुछ दिन के लिए बम्बई हो आऊँ, गोकि वहाँ भी अब बरसात मिलेगी।''

जगतप्रकाश ने सिर हिलाया, ''हाँ, आजकल में मानसून आ जाना चाहिए, लेकिन मानसून का पहला दौर बम्बई में सुहाना होता है।''

''बात यह है कि महात्मा गांधी ने देश के बँटवारे वाला राजाजी का जो फ़ार्मूला मान लिया है उससे पंजाब में साम्प्रदायिक तनाव बढ़ने लगा है। मैं महात्मा गांधी से मिलकर उनसे कुछ पूछना चाहता हूँ कि वह इस फ़ार्मूले पर राज़ी कैसे हो गए !'' फिर कुछ रुककर उसने जगतप्रकाश से पूछा, ''तुम दोनों यहाँ दिल्ली में कैसे ?''

मालती का मौन अब टूटा, उसने विस्तार के साथ अपने और त्रिभुवन के सम्बन्ध में तथा अपने कानपुर आने के सम्बन्ध में सब कुछ बतला दिया।

मालती की पूरी बात सुनकर जसवन्त गम्भीर हो गया, "यह तो अच्छा नहीं हुआ। बुरा न मानना मालती बेन, इसमें ग़लती तुम्हारी भी है। तुम्हें इस तरह त्रिभुवन को छोड़कर नहीं आना चाहिए था।"

मालती ने तड़पकर कहा, "तुम भी—तुम भी—उस कमीने-बेईमान का पक्ष ले रहे हो ! उसकी इतनी हिम्मत कि वह दूसरा विवाह करे ! देखूँ, वह यह सब कैसे करता है !"

"तुम उसे विवाह करने से रोक न सकोगी मालती बेन ! हिन्दू-लॉ के अनुसार वह विवाह कर सकता है। ख़ास तौर से जब तुम उसके साथ कानपुर में रहने को तैयार नहीं हो।" जसवन्त बोला।

"वह क्यों नहीं बम्बई में आकर रहता है ? बापू ने मेरे लिए एक जिनिंग फ़ैक्टरी ख़रीद दी है, वह उसे सँभाले आकर।"

"वह फ़ैक्टरी तुम उसके नाम कर दोगी ?" जसवन्त ने पूछा।

"यह कैसे हो सकता है ? वह फ़ैक्टरी मेरी है, भला मैं वह फ़ैक्टरी कैसे उसके नाम कर दूँ ? उस पर इस वक़्त भी मेरा पचास हज़ार रुपया है जिसका प्रोनोट मेरे पास है। तुम उसे समझाओ। तुम उसे यह भी समझा देना कि अगर उसने दूसरी शादी की तो मैं उसे मिट्टी में मिला दूँगी। यह मर्दों की गुलामी का युग अब गया।"

जसवन्त ने मालती की इस बात का उत्तर न देना ही ठीक समझा।

जिस समय गाड़ी बम्बई सेंट्रल पहुँची, कुलसुम स्टेशन पर मौजूद थी, परवेज़ के साथ। जसवन्त ने उसे लाहौर से ही तार कर दिया था। जगतप्रकाश और मालती को देखकर कुलसुम बोल उठी, "तुम लोग भी दिल्ली होते हुए आ रहे हो ! क्या नतीजा निकला कानपुर में ? चलो, मैं तुम लोगों को तुम्हारे यहाँ पहुँचाए देती हूँ।"

मालती को उसके यहाँ पहुँचाकर कुलसुम ने जगतप्रकाश से कहा, "चलो, अपने फ़्लैट में असबाब रखकर तुम मेरे यहाँ। यह जसवन्त आए हैं तो मैं आज ऑफ़िस नहीं जा रही हूँ, परवेज़ मेरा काम भी देख लेंगे।"

और परवेज निस्पृह भाव से बोला, "अपुन तो इस कुलसुम का काम हफ़्ते में चार-पाँच दिन देखते हैं। इसे फुरसत ही नहीं मिलती। यह तो नेता है, परवेज़ बेचारा इसका गुलाम है।"

कुलसुम ने बिगड़कर कहा, "मुझे यह सब काम-काज अच्छा नहीं लगता। मैंने कितनी दफ़ा कहा कि तुम बन जाओ मैनेजिंग डायरेक्टर, लेकिन तुम राज़ी ही नहीं होते। मैं आज ही रिज़ाइन कर दूँगी।"

"ना बाबा, यह हंगामा मत खड़ा करो, कहो तो घर पर ही सब काग़ज़-पत्र भेज दिया करूँ। तुम सिर्फ़ दस्तखत-भर कर दिया करो, अरे, एक घंटा रोज़—वह भी जिस बखत चाहो, उस बखत। माफ़ करो !"

कुलसुम खिलखिलाकर हँस पड़ी। उसने जसवन्त से कहा, ''देख रहे हो जसवन्त ! यह परवेज़ कितना प्यारा आदमी है, दिन-ब-दिन मुझे इससे प्यार बढ़ता ही जाता है। यह अपने को मेरा गुलाम कहता है। सच कहती हूँ, मैं हर तरह से इसकी गुलाम बन गई हूँ।' और परवेज़ ने शरमाकर आँखें नीची कर लीं।

जगतप्रकाश मन ही मन कुलसुम और मालती में कितना अन्तर है यह सोचने लगा और तभी उसके सामने परवेज़ और त्रिभुवन में जो अन्तर है वह आ गया।

जमील उस समय घर में ही था। वह पार्टी-ऑफ़िस जाने के लिए तैयार हो रहा था। कुलसुम ने जगतप्रकाश का असबाब उसके फ़्लैट में रखवाकर जमील से कहा, ''कामरेड जमील अहमद ! आप भी मेरे साथ मेरे यहाँ चलिए, पार्टी-ऑफ़िस में कोई ज़रूरी काम तो नहीं है ?''

''जी, लोगों से गप लड़ाना और दिन-भर चाय पीते रहना—अगर इसे ज़रूरी काम न समझा जाए तो नहीं है।''

''तो फिर आप मेरे यहाँ गप लड़ाइए चलकर और जितनी चाहें उतनी चाय की प्यालियाँ पीजिए। दोपहर का लंच ऊपर से। जसवन्त आए हैं, बहुत दिनों के बाद। तो जगतप्रकाश और आप मेरे साथ चलें।''

कुलसुम के यहाँ पहुँचकर परवेज़ ऑफ़िस चला गया और ये लोग बरामदे में बैठ गए। समुद्र से ठंडी-ठंडी हवा आ रही थी और दूर पर बादलों की टुकड़ी दिख रही थी। चाय और नाश्ता बरामदे में ही मँगवा लिया गया और बातों का सिलसिला शुरू हो गया।

बातों ने राजनीतिक रंग पकड़ लिया। क्या यह आवश्यक है कि वर्तमान परिस्थितियों में देश की स्वतन्त्रता के लिए अड़ा ही जाए ? जसवन्त के सामने प्रश्न यह था। जगतप्रकाश बोला, ''बंगाल के अकाल और देश में फैली हुई भयानक ग़रीबी को देखते हुए यह नितान्त आवश्यक हो जाता है कि देश जल्दी-से-जल्दी स्वतन्त्र हो। हम कितने दिनों तक यह पशुता का जीवन बिता सकते हैं, हर जगह अपमानित, हर जगह लांछित, हर जगह विवश !''

''लेकिन यह देश का बँटवारा ! यह सम्भव कैसे है ? तुम्हारी बात मानते हुए मेरे सामने प्रश्न यह है कि राजाजी का फ़ार्मूला महात्मा गांधी ने स्वीकार कैसे कर लिया ? क्या इसके स्वीकार करने के अलावा कोई चारा नहीं था ?''

''चीज़ें बुरी तरह उलझ गई हैं।'' कुलसुम ने ठंडी साँस लेकर कहा।

और तभी जमील बोला, ''जहाँ तक मेरा ख़याल है, राजाजी का जो फ़ार्मूला है वह मिस्टर जिन्ना को मंजूर नहीं होगा।''

सब लोग चौंक उठे जमील अहमद की बात सुनकर। जसवन्त ने पूछा, ''क्यों कामरेड जमील अहमद, राजाजी के फ़ार्मूले में जिन्ना की माँग मंजूर कर ली गई है, फिर वह जिन्ना को क्यों नहीं मंजूर होगा ?''

''इसलिए कि जनमत-संग्रह के बाद बँटवारे की माँग ख़त्म हो जाएगी। एक तो इस शर्तनामे की रू से बंगाल और पंजाब के वे हिस्से, जहाँ हिन्दुओं की आबादी ज़्यादा

है, हिन्दुस्तान में ही रहेंगे, हिन्दुस्तान का बहुत थोड़ा हिस्सा ऐसा है जहाँ मुसलमानों का बहुमत हो। सिंध, फ्रंटियर, पश्चिमी पंजाब और पूर्वी बंगाल—हिन्दुस्तान का एक-बटे आठ या नौ हिस्सा, और यह वह हिस्सा है जहाँ कोई उद्योग-धन्धे नहीं हैं, और हो भी नहीं सकते, क्योंकि वहाँ कोयला नहीं है, लोहा नहीं है, दूसरी मिनरल्स नहीं हैं।'' जमील सिर हिलाते हुए बोला, ''यह हिन्दुस्तान का और ख़ास तौर से दक्खिन का बरहमन। इसकी अक्ल की दाद देनी पड़ती है। साँप मर गया और लाठी भी नहीं टूटी। जिन्ना एक ग़रीब और अपाहिज पाकिस्तान बनाकर मुल्क के मुसलमानों को तबाह नहीं कर सकते, और अगर वह तबाह करने पर आमादा भी हो जाएँ तो देश के मुसलमान तबाह होने पर राज़ी नहीं होंगे।''

जसवन्त थोड़ी देर तक मौन बैठा सोचता रहा, फिर उसने एक ठंडी साँस ली, ''शायद तुम ठीक कहते हो कामरेड जमील अहमद ! लेकिन मुझे कुछ ऐसा लगता है कि कुछ बहुत अप्रिय और भयानक होनेवाला है। आज तुमने बँटवारे के सिद्धान्त को मान लिया, कल तुम पूरे पश्चिम को और पूरब को एक इकाई मान लोगे और परसों तुम शायद जनमत-संग्रह की बात की भी आवश्यकता नहीं समझोगे।''

जसवन्त की बात में जो निराशा थी वह वहाँ के समस्त वातावरण में व्याप्त हो गई थी। जसवन्त ने कुछ रुककर फिर कहा, ''सारा देश हम हिन्दुओं की संस्कृति का है। हम हमेशा छल-कपट से विपक्षी को दबाना चाहते हैं, और अन्त में हम स्वयं उस अपने ही छल-कपट के शिकार बन जाते हैं। राजगोपालाचारी ब्राह्मण हैं, भारतवर्ष की समस्त बौद्धिकता इस ब्राह्मण वर्ग में है। मैं तुम्हारी बात स्वीकार करता कि उन्होंने जो फ़ार्मूला रखा है, उसमें ऊपर से भले ही यह बात दीखे कि बँटवारे की बात मान ली गई है, लेकिन उन शर्तों पर हिन्दुस्तान का बँटवारा मुसलमानों को किसी हालत में मंजूर नहीं होगा। दुर्भाग्य की बात तो यह है कि उस फ़ार्मूले की महात्मा गांधी से स्वीकृति लेकर उन्होंने देश के बँटवारे के सिद्धान्त को महात्मा गांधी द्वारा मनवा लिया है। और मैं इतना कह सकता हूँ कि आगे चलकर बड़ी मुसीबत खड़ी होगी। मैं पंजाब के हिन्दुओं और सिक्खों की भावना को जानता हूँ।''

इस गम्भीर और निराशाजनक वातावरण से कुलसुम ऊब उठी थी। उसने उठते हुए कहा, ''महात्मा गांधी पर हम लोगों को भरोसा रखना चाहिए, उनके हाथों कोई ग़लत काम नहीं होगा।''

दोपहर को खाना खाने के बाद जगतप्रकाश जमील के साथ वहाँ से चल पड़ा। नाना चौक तक दोनों पैदल ही आए, फिर जमील ने जगतप्रकाश से कहा, ''अब घर जाकर आराम करो बरखुरदार—सफ़र की थकावट होगी। मैं यहाँ से पार्टी-ऑफ़िस जाऊँगा। आज शायद ज़ोर की बारिश हो, देख रहे हो कितनी गहरी घटा उठ रही है !''

जगतप्रकाश अपने घर पहुँचकर लेट गया। उसके तन में थकावट थी, उसके मन में थकावट थी। बाहर पानी बरसना आरम्भ हो गया, और मौसम में सुहानापन आ गया था। वह सोचने लगा। तरह-तरह के विचार उसके अन्दर आ रहे थे, और इन सब

विचारों से अधिक प्रबल था मालती के सम्बन्ध में विचार। इस मालती का भावी कार्यक्रम क्या होगा ? मालती के सामने सचमुच एक विचित्र समस्या आ गई थी, क्या कहीं उस समस्या का निदान है ?

त्रिभुवन मेहता के सम्बन्ध में कभी भी उसकी धारणा अच्छी नहीं रही और त्रिभुवन जो कुछ कर रहा था वह उसकी प्रकृति के अनुकूल ही था। हिन्दुस्तान के सभी व्यापारी चोरबाज़ारी करके रुपया बना रहे हैं, परिस्थितियाँ ही इस समय ऐसी हैं। ईमानदारी स्वयं में सापेक्ष हुआ करती है, समाज त्रिभुवन मेहता के विरुद्ध नहीं है, क़ानून भी उसके विरुद्ध नहीं है। केवल मालती उसके विरुद्ध है, मालती का कहना है कि वह त्रिभुवन की चोरबाज़ारी और बेईमानी बर्दाश्त नहीं कर सकती।

मालती की आत्मा की जो झाँकी जगतप्रकाश को दिखी वह उसे अच्छी लगी। दुनिया में कोई तो ऐसा है जो चरित्रहीनता और बेईमानी को नापसन्द करता है। पति-पत्नी होने के नाते मालती और त्रिभुवन मेहता के आर्थिक हित एक हैं। मालती त्रिभुवन का विरोध करके स्वयं अपने हित पर लात मार रही है।

यह सोचते-सोचते कब जगतप्रकाश को नींद आ गई, इसका उसे पता नहीं चला। जिस समय जगतप्रकाश की नींद खुली, पानी रुक गया था और धूप निकल आई थी। उसके अन्दर की उदासी जाती रही थी। चाय पीकर उसने कपड़े पहने और वह बाहर निकला। तभी उसके सामने से एक खाली टैक्सी निकली। बिना सोचे-विचारे उसने टैक्सी रोक ली। टैक्सी वाले को उसने मालती के घर का पता बतला दिया।

जगतप्रकाश को बैठाते हुए मालती उदास स्वर में बोली, "मैं दोपहर से तुम्हारी राह देख रही हूँ। कितनी उदास पड़ी रही हूँ मैं दिन-भर। बापू कहते हैं कि ग़लती मेरी है, मेरे मिलने-जुलनेवाले कहते हैं कि ग़लती मेरी है। सच बतलाना, क्या तुम भी समझते हो कि ग़लती मेरी है ?"

कुछ सोचकर जगतप्रकाश बोला, "इतना बड़ा क़दम जो तुमने उठा लिया है, उसका कोई महत्त्वपूर्ण कारण तो होना ही चाहिए। क्या तुमने कभी उस कारण पर सोचा है ?"

"वह कारण मेरे अन्दरवाला विद्रोह है, मैं त्रिभुवन से घृणा करने लगी हूँ।" मालती आवेश में बोली। फिर जैसे अपने आवेश से वह स्वयं ही थक गई हो, "सच बताना, क्या त्रिभुवन घृणास्पद नहीं है ? तुम साक्षी हो इस बात के, उसने मेरे ऊपर ही नहीं, तुम्हारे ऊपर भी एक झूठा घृणास्पद आक्षेप किया है।"

जगतप्रकाश ने केवल इतना कहा, "मैं समझ रहा हूँ तुम्हारी मनोव्यथा, मेरी समस्त संवेदना तुम्हारे साथ है।"

और तभी मालती ने एकाएक जगतप्रकाश का हाथ पकड़ लिया, "उस कमीने ने तुम्हें लेकर मेरे ऊपर जो आक्षेप किया है, मैं चाहती हूँ वह सच हो जाए !" और तभी उसने जगतप्रकाश का हाथ छोड़ दिया और वह जगतप्रकाश से कुछ दूर हटकर बैठ गई। एक ठंडी साँस लेकर उसने कहा, "लेकिन यह सच नहीं हो सकता, इसे सच होना भी नहीं चाहिए। मैं कितनी अभागी हूँ !"

यह सब क्या हो रहा है ? यह सब क्यों हो रहा है ? जगतप्रकाश की समझ में नहीं आ रहा था। लेकिन एक पुलक अनायास ही उसके अन्दर जाग उठी। मालती कहती जा रही थी, ''कोई भी नहीं समझ पा रहा है मुझे, बापू तक मेरी भावना नहीं समझ पा रहे हैं। एक तुम हो जो मेरी भावना समझ पा रहे हो, जिसे मेरे साथ पूरी हमदर्दी है।'' और अनायास ही वह हँस पड़ी, ''मैं भी कैसी हूँ कि अपना दुखड़ा लेकर बैठ गई हूँ ! तुम्हें शाम के वक्त कोई काम तो नहीं है ? शाम का क्या प्रोग्राम है तुम्हारा ?''

''सोचा था कि जसवन्त से मिलने कुलसुम के यहाँ चला जाता, गोकि वह बहुत ज़रूरी नहीं है।''

''तो फिर मेरे साथ किसी पिक्चर में चलो, मुझे अपना दुख भूलने में मेरी मदद करो। पिक्चर के बाद कुलसुम के यहाँ चले जाना।''

जगतप्रकाश के जीवन में फिर क्या कोई नया और महत्त्वपूर्ण मोड़ आनेवाला है ? परिस्थितियाँ मजबूर कर रही हों उसे जैसे इस बहाव के लिए। लेकिन इस घनिष्ठता में मालती की तरफ़ से एक प्रकार का संयम था, मालती का राग विशुद्ध रूप से भावनात्मक था।

[24]

दिन बीत रहे थे और जगतप्रकाश के अन्दर मालती के प्रति आकर्षण बढ़ता जा रहा था।

और जगतप्रकाश में मालती के प्रति जो राग जाग रहा था, जगतप्रकाश का उस राग के असली रूप का पता तक न था। वह ऊपर से भावनात्मक दिखता था, लेकिन वह शुद्ध रूप से शारीरिक था। अगर वह अपने राग के असली रूप को देख पाता तो उसके अन्दरवाला विकसित और परिष्कृत मानव उसे रोकता, लेकिन जगतप्रकाश अपने अन्दरवाले भुलावे में खोया हुआ था।

विश्वयुद्ध समाप्त होनेवाला था, क्योंकि जर्मनी की पराजय के चिह्न अब स्पष्ट रूप से दिखने लगे थे। और इस विश्वयुद्ध की समाप्ति के बाद देश में फिर से एक नया आन्दोलन होगा ? जगतप्रकाश के सामने जमील का यह प्रश्न था। जहाँ तक ब्रिटिश सरकार का प्रश्न है, वह मौन थी। कांग्रेस का आन्दोलन ठंडा पड़ चुका था—मर चुका था। देश का नैतिक बल समाप्त हो गया था। कांग्रेस के छोटे नेता जेलों से एक-एक करके छूटकर आने लगे थे, और वे टूटे हुए थे, थके हुए थे, हारे हुए थे। और दूसरी ओर देश-भर में तेज़ी के साथ बेईमानी और स्वार्थ से भरी लूट बढ़ती जा रही थी, जिससे देश के करोड़ आदमी कराह रहे थे। इस लूट और चरित्रहीनता का कहीं से कोई विरोध भी तो नहीं हो रहा था, देश की आत्मा मूर्छित पड़ी थी। ये करोड़ों आदमी जो लुट रहे थे, इस लूट और अनैतिकता का विरोध करने के स्थान पर स्वयं लूट और

अनैतिकता का सहारा ले रहे थे। देश में इस सब को रोकने का एकमात्र साधन था एक नया आन्दोलन। और जमील ने पूछा था, "क्या इस विश्वयुद्ध के ख़त्म होने पर देश में फिर से एक नया आन्दोलन हो सकता है ?"

जगतप्रकाश बोला, "नहीं जमील काका, नए आन्दोलन के कोई आसार नहीं दिखते। 'भारत छोड़ो' आन्दोलन की असफलता ने जैसे कांग्रेस की रीढ़ ही तोड़ दी है।"

जमील ने उदास भाव से जगतप्रकाश को देखा, "शायद तुम ठीक कहते हो। और शायद जो कुछ हुआ है वह ठीक ही हुआ है। लगता तो ऐसा है कि महात्मा गांधी को अपने ऊपर से विश्वास जाता रहा है।"

जगतप्रकाश बोला, "यहीं हम ग़लती करते हैं जमील काका ! दुर्भाग्य की बात तो यह है कि अपनी असफलता और पराजय के बावजूद उन्हें इस बात का पूरा विश्वास है कि देश की समस्या का हल एकमात्र उनके हाथ में है। राजगोपालाचारी का फ़ार्मूला उन्होंने मान लिया, यह समझकर कि उनके मान लेने से समस्त देश उस फ़ार्मूले को मान लेगा। देश के बँटवारे को एक सत्य के रूप में उन्होंने स्वीकार कर लिया। और पाकिस्तान की माँग उठानेवाले जिन्ना ने उसे नहीं माना। अजीब बात है।"

"इसमें अजीब कुछ नहीं है।" जमील बोला, "असलियत यह है कि जिन्ना मुल्क का बँटवारा चाहते ही नहीं हैं।"

जगतप्रकाश ने आश्चर्य से जमील को देखा, "यह क्या कह रहे हो जमील काका ? पाकिस्तान की माँग जिन्ना की नहीं तो किसकी है ? यह जो पिछले कई वर्षों से देश में साम्प्रदायिक घृणा का बीज बोया जा रहा है, इसे कौन बो रहा है ? यह जिन्ना ही तो है !"

जमील मुस्कराया, "ठीक कहते हो बरखुरदार, यह सब जिन्ना ने किया है, आजकल यह सब जिन्ना कर रहे हैं और आगे भी यह सब जिन्ना करते रहेंगे, लेकिन फिर भी जिन्ना देश के बँटवारे पर राज़ी नहीं होंगे, क्योंकि जिन्ना देश का बँटवारा नहीं चाहते। पन्द्रह दिन से महात्मा गांधी और मिस्टर जिन्ना में बातें चल रही हैं, आज चौबीस सितम्बर है न ! नौ सितम्बर को यह बातचीत शुरू हुई थी। लेकिन कोई समझौता नहीं हो सका है अभी तक, और मेरा कहना यह है कि कोई समझौता नहीं होगा आखिर तक। यह बातचीत नाकामयाब होगी।"

जगतप्रकाश कुछ देर तक सोचता रहा, फिर उसने पूछा, "जमील काका ! तुम्हारे इस अनुमान का कोई कारण तो होना चाहिए !"

"बिला वजह तो मैं अपनी बात नहीं कह रहा हूँ बरखुरदार ! महात्मा गांधी देश के बँटवारे को सत्य मानकर यह बात कर रहे हैं, जिन्ना अपने व्यक्तिगत अहम को आरोपित करने के लिए यह बात कर रहे हैं। सारी मुसीबत यह है कि महात्मा गांधी जिन्ना की महत्त्वाकांक्षा को समझ नहीं पा रहे हैं, और अगर समझ रहे हों तो उसे जान-बूझकर नजरअन्दाज़ कर रहे हैं। आखिर यह आपसी बातचीत है। जिन्ना हिन्दुस्तान

का सबसे बड़ा आदमी बनना चाहते हैं, उतना ही बड़ा जितने बड़े महात्मा गांधी हैं। लेकिन जिन्ना हिन्दुओं के बहुमत वाले इस हिन्दुस्तान में वह जगह नहीं पा सकते जो महात्मा गांधी की है। यही नहीं, वह जवाहरलाल नेहरू का दर्जा भी नहीं पा सकते।''

जगतप्रकाश को जमील की यह बात अच्छी नहीं लगी, ''महात्मा गांधी ने अपने त्याग और अपनी तपस्या से अपना स्थान बनाया है, यही बात नेहरू पर लागू होती है।''

जमील हँस पड़ा, ''ग़लती करते हो बरखुरदार ! महात्मा गांधी ने ज़रूर अपने त्याग और अपनी तपस्या से अपनी जगह बनाई है, वह इस देश के ऋषि-मुनियों की परम्परा में आते हैं; उनका रहन-सहन, आचार-विचार, तौर-तरीक़ा, सब उसी तरह का है। लेकिन यह नेहरू ! यह तो राजकुमार है। इस नेहरू को महात्मा गांधी ने बनाया है, न जाने कितने लोगों को कुर्बान करके ? और इसमें मैं महात्मा गांधी को क़सूरवार भी नहीं क़रार दे सकता। अहम हरेक बड़े आदमी में होता है, महात्मा गांधी में अहम है, जिन्ना में अहम है, नेहरू में अहम है। लेकिन तुम हिन्दुओं की तहज़ीब में इस अहम को छिपाया जा सकता है, जिन्ना अपने अहम को छिपा नहीं पाता और इसलिए जिन्ना महात्मा गांधी के क़रीब नहीं आ सका। नेहरू मौक़ा पड़ने पर अपने अहम को बड़ी खूबी के साथ छिपा सकता है।''

''मैं समझता हूँ कि जीवन में यह अहम ही सब कुछ नहीं है।'' जगतप्रकाश बोला।

''मैं मानता हूँ। लेकिन जिन्ना के अहम के पीछे देश के करोड़ों मुसलमान हैं और इन मुसलमानों से जिन्ना को बेतहाशा ताक़त मिल गई है। देश का बँटवारा रुक सकता है अगर महात्मा गांधी ज़ाती ढंग से जिन्ना को सारे देश का नेतृत्व देने को तैयार हो जाएँ। बँटवारे की बिना पर समझौता करने की जगह अगर शख़्सियतों की बिना पर महात्मा गांधी यह समझौता करने को तैयार हो जाएँ, तो शायद कोई हल निकल आए—जिन्ना यही चाहता है। उसके लिए पाकिस्तान एक नारा-भर है अपनी शख़्सियत को हावी करने के लिए, वह असलियत नहीं है, जबकि महात्मा गांधी पाकिस्तान के नारे को असलियत मान बैठे हैं। और इसीलिए मैं कहता हूँ कि यह समझौता नहीं हो सकता।''

जमील की बात जगतप्रकाश के गले के नीचे नहीं उतर रही थी। वह उठ खड़ा हुआ, ''मुमकिन है तुम्हारी ही बात सच निकले। लेकिन लगता ऐसा है कि समझौता हो जाएगा। महात्मा गांधी इस बात पर तुले हुए हैं कि अंग्रेज़ों को हिन्दुस्तान से जाना ही चाहिए, और अंग्रेज़ का हिन्दुस्तान से जाना देश के हिन्दू-मुसलमानों के संयुक्त और सम्मिलित आन्दोलन पर निर्भर है। जिन्ना से समझौता न होने के माने होंगे देश में गुलामी की स्थिति का क़ायम रहना।''

इतने में फ़्लैट के बाहर एक कार के रुकने की आवाज़ सुनाई दी, और साथ ही मोटर का हॉर्न बज उठा। जगतप्रकाश बोला, ''शायद मालती की कार है, उसने मुझे बुलाया होगा।'' और वह फ़्लैट के बाहर निकला। लौटकर उसने कहा, ''हाँ, मालती का ड्राइवर ही है। इधर दो-तीन दिन से मैं मालती के यहाँ नहीं गया हूँ। सच पूछो

तो जमील काका, मुझे उसके यहाँ जाने में डर लगता है।''

जमील ने थोड़ी देर तक जगतप्रकाश को एकटक देखा, फिर एकाएक उसकी आँखों में चमक आ गई, ''मालती से डर लगता है बरखुरदार, या अपने से ?'' जमील के मुख पर मुस्कराहट थी।

''शायद मालती से, या—या—ख़ुद अपने से। कह नहीं सकता, शायद दोनों से ही। मालती इतनी आकर्षक है, मैंने पहले कभी यह अनुभव ही नहीं किया था। उसकी ओर मैं अपने को बरबस खिंचता हुआ महसूस करता हूँ, और इसीलिए मैं अपने को रोकता हूँ। लेकिन अपने को रोक पाने में मुझे मालती की ओर से बाधा मिलती है। बाहर कार खड़ी है, मालती अपने घर पर मेरा इन्तज़ार कर रही है। यह क्यों ?''

''इसलिए कि मालती तुम्हारे लिए भी कोई कशिश है। तो फिर जाओगे नहीं क्या ?''

जगतप्रकाश ने घड़ी देखी, ''अभी साढ़े पाँच बजे हैं। शायद वह मुझे अपने साथ किसी पिक्चर में ले जाए, और उस अँधेरे सिनेमा-हॉल में किसी करुण दृश्य को देखते-देखते मेरा हाथ पकड़कर, या अगर भीड़ कम हुई तो, मेरे कन्धे पर अपना सिर रखकर सिसकने लगे। वह त्रिभुवन के कारण इतनी दुखी है जबकि त्रिभुवन को, अपने ही शब्दों के अनुसार वह अपने जीवन से बाहर कर चुकी है—और त्रिभुवन भी अपने मत के अनुसार मालती के जीवन से दूर हो चुका है—इस बात को सोचकर ही मुझे अजीब-सा लगता है।''

जमील की समझ में यह सब नहीं आ रहा था। उसने पूछा, ''तो—तो—तुम्हारा मतलब यह है कि मालती तुमसे मुहब्बत नहीं करती ?''

''कुछ समझ नहीं पा रहा हूँ। कभी लगता है कि वह मुझसे प्रेम करने लगी है, और कभी लगने लगता है कि उसका अपना एक निजी अस्तित्व है और किसी पुरुष का उसके जीवन में आना उसकी सुविधा पर निर्भर है। और जब दूसरी बात का आभास मुझे होता है तब मेरी झुँझलाहट बढ़ जाती है।''

जमील पूछ बैठा, ''अच्छा बरखुरदार, सच-सच बताना, क्या तुम भी मालती से मुहब्बत करने लगे हो ?''

''प्रेम के आरम्भ में जो एक प्रकार का पागलपन होता है, अगर उसे ही सच मान लिया जाए, तो अभी तक नहीं, लेकिन अपने ऊपर इस पागलपन के छा जाने के लक्षण दिन-ब-दिन मेरे अन्दर बढ़ते जा रहे हैं। न जाने कितनी बार मुझमें यह इच्छा जागी कि उसे मैं अपने आलिंगन-पाश में जकड़ लूँ, लेकिन मालती ने मुझे इस बात का मौक़ा ही नहीं दिया। जैसे उसके अन्दरवाला यौवन का समस्त उन्माद मर गया है, उसके स्थान पर एक घुटन से भरी करुणा आ गई है। लेकिन जमील काका, एक अजीब बात यह है कि उस करुणा में कहीं भी कोमलता नहीं दिख पाती है मुझे।''

जमील को मनोवैज्ञानिक विश्लेषण में कोई दिलचस्पी नहीं थी, उसने उठते हुए कहा, ''अच्छा, अब जाओ बरखुरदार, पौने छह बजे हैं। मालती तुम्हारे इन्तज़ार में बेचैन होगी।''

जगतप्रकाश जब मालती के यहाँ पहुँचा, मालती की नौकरानी ने उससे कहा, ''बाई

की तबीयत अच्छी नहीं है, कमरे में लेटी हैं। वहीं बुलाया है आपको।''

भारी परदों से ढके हुए मालती के बेडरूम में काफी अँधेरा था। मालती ने नौकरानी से कहा, ''लाइट जला दो।'' और वह अपने पलंग पर ही लेटी रही। उसने एक कुर्सी की ओर संकेत करते हुए कहा, ''बैठो ! परसों से बड़ी ज़ोर का सिर-दर्द है, चैन नहीं पड़ता। उजाला सहा नहीं जाता। सोचती थी कि तुम आओगे, लेकिन तुम भी नहीं आए।'' उसने अपनी नौकरानी से कहा, ''जाओ, चाय बनाकर ले आओ !''

नौकरानी के चले जाने के बाद मालती ने पूछा, ''दिन भर नौकरानी से सिर दबवाती रही हूँ, लेकिन दर्द कम होने का नाम नहीं लेता। कुर्सी थोड़ी-सी मेरे पास खींच लो।''

कुर्सी खींचते हुए जगतप्रकाश ने पूछा, ''बुखार तो नहीं है ?''

''नहीं, बुखार तो नहीं मालूम होता, सिर्फ़ सिरदर्द है।''

जगतप्रकाश ने मालती के सिर पर हाथ रखा, उसे बुखार नहीं था। जगतप्रकाश ने मालती के सिर को दबाया और मालती बोली, ''कितना अच्छा लग रहा है ! नौकरानी के हाथ में बल ही नहीं है। कितना आराम मिल रहा है तुम्हारे हाथ के दबाव से !''

जगतप्रकाश मालती का सिर दबाने लगा। मालती चुपचाप आँखें बन्द किए हुए लेटी थी, उसके मुख पर आई पीड़ा की विकृति जाती रही थी, एक तरह की शान्ति थी उसके मुख पर। क़रीब पाँच मिनट तक जगतप्रकाश ने उसका सिर दबाया होगा कि मालती के हाथों ने उसके हाथों को पकड़ लिया, ''अब बस करो, थक गए होगे। फिर मेरा दर्द भी बहुत कम हो गया है।'' और मालती ने उसके हाथों को चूम लिया; फिर उसने जगतप्रकाश के हाथों को छोड़ते हुए कहा, ''तुम कितने अच्छे हो !''

जगतप्रकाश का सारा शरीर झनझना उठा। अनायास ही उसे लगा जैसे उसने झुककर मालती के मस्तक को चूम लिया हो, और तभी मालती एक झटके के साथ उठकर बैठ गई, ''चलो, ड्राइंग-रूम में चलकर बैठें। मैंने तुम्हें यहाँ बुलाकर ग़लती की। नौकर-चाकर क्या सोचेंगे।'' और वह उठ खड़ी हुई, ''सच, तुम्हारे आने से मेरी बीमारी आधी जाती रही।''

नौकरानी चाय की ट्रे ला रही थी। मालती ने उससे कहा, ''ड्राइंग-रूम में रखो चलकर।''

जगतप्रकाश के अन्दरवाला पशु अब जाग उठा था, उसका शरीर जल रहा था। वह चाहता था किसी तरह नौकरानी चली जाए और वह मालती को अपने बाहुपाश में कस ले। ड्राइंग-रूम में पहुँचकर मालती ने कहा, ''दो प्याले चाय बनाओ। और वह जगतप्रकाश की ओर घूमी, ''डॉक्टर का कहना है कि मुझे स्थान और वायु-परिवर्तन की आवश्यकता है। किसी पहाड़ पर जाने की सलाह दी है उसने। महाबलेश्वर अच्छी जगह है, लेकिन वहाँ जाने को तबीयत नहीं करती; न जाने कितनी बार हो आई हूँ वहाँ पर ! यही हाल ऊटी का है। मैं हिमालय की गोद में जाना चाहती हूँ, पन्द्रह दिन के लिए। सुना है, मसूरी और नैनीताल सितम्बर-अक्टूबर के महीनों में बड़े रमणीक स्थान हो जाते हैं।''

"हाँ, प्राकृतिक सौन्दर्य वहाँ निखर उठा करता है, विशेष रूप से नैनीताल में।" जगतप्रकाश बोला।

"मैं भी यही सोच रही थी। मैं पन्द्रह दिन के लिए नैनीताल जाना चाहती हूँ। बापू कल कराची चले गए हैं। मैंने उन्हें डॉक्टर की सलाह बताई तो बोले कि मैं नैनीताल हो आऊँ, उन्हें भी नैनीताल बड़ा पसन्द है। लेकिन मेरी अकेली नैनीताल जाने की हिम्मत नहीं पड़ती। तुम्हें इसीलिए बुलाया है। तुम्हें यहाँ कोई काम तो नहीं है ?"

"अभी तो नहीं। जीवानन्द कॉलेज में पहली जनवरी से अर्थशास्त्र के हेड ऑफ़ डिपार्टमेंट की हैसियत से ज्वाइन करना है, तब तक के लिए मैं मुक्त हूँ।"

"तो फिर तुम मेरे साथ चल सकते हो। मैं परसों यहाँ से जाना चाहती हूँ। ट्रेवल एजेंट को फोन करके मैं तुम्हारा रिज़र्वेशन भी परसों के लिए कराए लेती हूँ। तुम कितने अच्छे हो !"

नौकरानी ने चाय बना दी। दोनों चाय पीने लगे और नौकरानी जाने लगी, तभी मालती बोली, "यहीं रुको, न जाने कब तुम्हें बुलाना पड़ जाए। मुझमें चिल्लाकर बुलाने की ताक़त नहीं है।" और फिर उसने जगतप्रकाश से कहा, "यह त्रिभुवन पूरी तौर से कमीनेपन पर उतर आया है। नवम्बर के दूसरे हफ़्ते में उसका विवाह हो रहा है। पता लगाया तो मालूम हुआ कि बनारस के एक बहुत ग़रीब घर की लड़की है। लड़की के पिता की कानपुर में बनारसी साड़ियों की एक छोटी-सी दुकान है। उसने लड़की के पिता को एक लम्बी रक़म दी है, अपने विवाह का पूरा खर्चा वह उठा रहा है।"

जगतप्रकाश के अन्दरवाली उत्तेजना इस समय तक दब चुकी थी। उसने स्वाभाविक स्वर में कहा, "तो इसके माने यह हैं कि त्रिभुवन अपना विवाह नहीं कर रहा है, लड़की ख़रीद रहा है।"

मालती मुस्कराई, "इसमें आश्चर्य की क्या बात है ? कहीं लड़की ख़रीदी जाती है, कहीं लड़का ख़रीदा जाता है, इस दुनिया ही का समस्त व्यापार क्रय-विक्रय का है। इस ख़रीदारी और बिक्री के अनेक रूप दिखेंगे इस दुनिया में, जिन्हें अलग-अलग नाम दे दिए गए हैं, लेकिन हैं वे वास्तव में क्रय-विक्रय ही। मेरे बापू ने त्रिभुवन के बापू को दो लाख का कर्ज़ दिया था बिना ब्याज के और इस तरह उन्होंने त्रिभुवन को मेरे लिए खरीदा था। और अब वह मेरा ख़रीदा हुआ आदमी ख़ुद ख़रीदार बन रहा है। देखना है, त्रिभुवन यह सब कैसे करता है !"

अब रात घिरने लगी थी, नौकरानी ने ड्राइंग-रूम की सब बत्तियाँ जला दीं, और कमरा प्रकाश से जगमगा उठा। उसी समय पोर्टिको में एक कार रुकी और दो औरतों ने ड्राइंग-रूम में प्रवेश किया। मालती ने उठकर कहा, "आओ मन साबेन—अरे चम्पा बेन तुम भी, बैठो !"

ये दोनों युवतियाँ मालती की समवयस्क दिख रही थीं और जगतप्रकाश ने अनुमान लगाया कि ये मालती की सहेलियाँ हैं। चम्पा बेन नाम की युवती ने कहा, "मनसा बेन ने बताया कि तुम्हारी तबीयत ठीक नहीं है, कितनी दुबली हो गई हो, मुँह सूख गया

है ! तो मैंने सोचा कि तुम्हें देख आऊँ चलकर मनसा बेन के साथ।''

"हाँ, दिन भर सिरदर्द में तड़पती रही हूँ। अभी थोड़ी देर पहले ये मिस्टर जगतप्रकाश आए, तब बेडरूम से बाहर निकली हूँ। ये हैं मिस्टर जगतप्रकाश ! इलाहाबाद विश्वविद्यालय में अर्थशास्त्र के प्रोफेसर थे, वहाँ से छोड़कर बम्बई आ गए हैं और जीवानन्द कॉलेज में प्रोफेसर हो रहे हैं पहली जनवरी से।''

मनसा बेन के मुख पर एक कुटिल मुस्कान आई, "इन्हें मैंने कभी-कभी कुलसुम के साथ देखा है।'' फिर जगतप्रकाश से बोली, "आप शायद चौपाटी पर कुलसुम के फ्लैट में रहते हैं।''

मनसा गोरी और दुबली-सी स्त्री थी, उसके स्वर में एक प्रकार का तीखापन था जो जगतप्रकाश को कर्णकटु लग रहा था। जगतप्रकाश को आश्चर्य हो रहा था उसकी बाबत सब कुछ मनसा को कैसे मालूम, और तभी चम्पा बेन ने बड़ी कोमल और मीठी आवाज में कहा, "हम लोगों ने आपकी बड़ी प्रशंसा सुन रखी है, मालती तो आपकी तारीफ करते थकती नहीं। आपके दर्शनों का सौभाग्य मुझे आज मिला।'' और जगतप्रकाश ने देखा कि मनसा और चम्पा एक-दूसरे को देखकर मुसकराईं।

तभी मालती बोली, "डॉक्टर ने मुझसे कहा है कि मुझे वायु-परिवर्तन के लिए किसी पहाड़ पर जाना चाहिए, कम-से-कम पन्द्रह दिन के लिए। बापू ने सलाह दी है कि मैं नैनीताल हो आऊँ, लेकिन वे ख़ुद किसी काम से कराची चले गए। तो मैं परसों नैनीताल जा रही हूँ। हिमालय कभी नहीं देखा है, इस बार हिमालय के भी दर्शन कर लूँगी। मिस्टर जगतप्रकाश ने नैनीताल की बड़ी तारीफ़ की है।''

मनसा ने पूछा, "तो क्या तुम्हारे साथ मिस्टर जगतप्रकाश जाएँगे ?''

"मैं इनसे कह रही हूँ, लेकिन यह राजी नहीं हो रहे। मनसा बेन, तुम भी जगतप्रकाश से आग्रह करो कि यह मेरे साथ चलें।''

मनसा ने जगतप्रकाश से कहा, "देखिए, यह मालती बीमार है, इनकी देखभाल करनेवाला तो कोई चाहिए। फिर यह आपको इतना मानती हैं, ठीक किसी देवता की तरह। यह बेचारी दुख से टूट गई है; आप ही इसे कुछ सहारा दीजिए।''

चम्पा बेन भी बोल उठी, "हाँ, हम लोगों का अनुरोध है कि आप मालती के साथ नैनीताल जाएँ।''

"जी, आप दोनों का अनुरोध मेरे सिर-आँखों पर, मैं मालती के साथ जाऊँगा।'' और वह उठ खड़ा हुआ, "अब आप लोग बातें कीजिए, मुझे एक ज़रूरी काम से जाना है।'' और जगतप्रकाश वहाँ से चल पड़ा। उसे ऐसा लगा कि तीनों औरतें हँस रही हैं।

छब्बीस सितम्बर को जगतप्रकाश मालती के साथ लखनऊ होते हुए नैनीताल के लिए रवाना हो गया। मालती लेडीज कम्पार्टमेंट में थी, उसी के बगलवाले कम्पार्टमेंट में जगतप्रकाश था।

दूसरे दिन शाम के समय जब गाड़ी कानपुर में रुकी, जगतप्रकाश ने देखा कि त्रिभुवन प्लेटफॉर्म पर खड़ा है। न जाने क्यों, बिना सोचे-समझे जगतप्रकाश ने खिड़की

का शटर चढ़ा दिया ताकि त्रिभुवन उसे न देख सके। उसे यह भी लगा कि त्रिभुवन ने मालती को देख लिया है, और वह मालती के कम्पार्टमेंट की ओर बढ़ रहा है। फिर उसे मालती की आवाज सुनाई दी, "तुम त्रिभुवन मेहता ! यहाँ कैसे ? क्या लखनऊ जा रहे हो ?" और जगतप्रकाश को लगा कि मालती अपने कम्पार्टमेंट से निकलकर बाहर प्लेटफ़ॉर्म पर आ गई है।

उसे त्रिभुवन का स्वर सुनाई पड़ा, "नहीं, लखनऊ तो नहीं जा रहा हूँ। मुझे ख़बर मिली थी कि तुम जलवायु-परिवर्तन के लिए नैनीताल जा रही हो, तुम्हारी तबीयत ठीक नहीं थी, तो तुम्हें देखने चला आया हूँ। वैसे पहले से तो तुम अधिक स्वस्थ दिखती हो। अकेली जा रही हो ? कोई साथ में नहीं है क्या ?"

मालती बोली, "अकेली नहीं हूँ त्रिभुवन मेहता, साथ में मिस्टर जगतप्रकाश भी हैं जो किसी दूसरे कम्पार्टमेंट में होंगे, आख़िर किसी को साथ में तो होना चाहिए, मैं बीमार हूँ न !"

जगतप्रकाश को अब अपना मुँह छिपाने की कोई ज़रूरत नहीं थी, अपने कम्पार्टमेंट से निकलकर वह त्रिभुवन की बग़ल में आकर खड़ा हो गया। मालती बोली, "लो, यह भी आ गए हैं।"

त्रिभुवन के मुख पर धुँधलापन आ गया, "देख रहा हूँ। मैं इन्हें बधाई देता हूँ, तुम्हारा विश्वास और तुम्हारी ममता प्राप्त कर लेने पर।"

मालती बोली, "अच्छा हुआ जो तुम चले आए। तुम देख ही रहे हो कि मैं लेडीज़ कम्पार्टमेंट में चल रही हूँ, बम्बई की बुकिंग से खोजबीन करने का कष्ट तुम्हें नहीं उठाना पड़ेगा। और नैनीताल में मैं मार्टिस होटल में ठहर रही हूँ और यह जगतप्रकाश सेवॉय में। हम दोनों ने बुकिंग करा ली है। तुम्हें पता लगाने में असुविधा न हो, इसलिए मैं तुम्हें बताए देती हूँ। तो इतना सब अपने बारे में मैंने बतला दिया। अब तुम्हारा विवाह किस दिन हो रहा है ?"

"तुम्हें मेरी बातों में इतनी दिलचस्पी क्यों है ?" त्रिभुवन के स्वर से अब शिष्टाचार का मीठापन जाता रहा था।

"इसलिए कि तुम्हें मेरी हरेक हरकत में दिलचस्पी है। लेकिन त्रिभुवन मेहता, इतना याद रखना कि अगर मैंने तुम्हें तोड़कर न रख दिया तो मेरा नाम मालती नहीं।"

जगतप्रकाश ने देखा कि त्रिभुवन कुछ सहम-सा गया मालती का यह उग्र रूप देखकर। पता नहीं, वह त्रिभुवन के अन्दरवाले भय की प्रतिक्रिया थी, या वह स्वयं जगतप्रकाश की निजी भावना थी, जगतप्रकाश भी काँप-सा उठा। त्रिभुवन ने अपने को सँभालते हुए कहा, "इसमें सारा दोष तुम्हारा है। जो कुछ मैं कर रहा हूँ उसे करने को तुम मुझे मजबूर कर रही हो।"

"अभी मजबूरी का रूप तुमने नहीं देखा है त्रिभुवन मेहता, मजबूरी की घुटन और पीड़ा क्या होती है, उसे मैं जानती हूँ।" मालती के स्वर में एकाएक एक गहरी उदासी आ गई।

मालती के उस स्वर से मानो त्रिभुवन के अन्दर एक नया साहस आ गया। उसने कहा, "मैं तो तुम्हारी कुशल-क्षेम पूछने आया था, अपने अन्दरवाली भावना से प्रेरित होकर। तुम्हारी बीमारी की खबर सुनकर मैं बहुत चिन्तित हो गया था और तुम मुझसे लड़ने लगीं। मैं सोच रहा हूँ, मैंने यहाँ आकर ग़लती की।"

"तुम जिस काम के लिए आए थे वह हो गया त्रिभुवन मेहता ! मैं दिल्ली होकर बरेली जा सकती थी, लेकिन मैं कानपुर-लखनऊ होकर जा रही हूँ ताकि तुम स्टेशन आकर मुझे देख लो। मेरी खबरें तुम्हें मिलती रहती हैं, लेकिन अगर मैं चाहूँ तो मेरी ख़बर मिलना तुम्हें बन्द हो जाएँ। मेरी उतनी ही खबर तुम्हें मिल सकती है जितनी मैं चाहूँगी। अच्छा, अब मैं गाड़ी में बैठकर आराम करूँगी, मैं बीमार हूँ न ! मैं तो भूल ही गई थी, तुमसे बात करके मुझे बड़ी थकावट आ गई है।" और मालती ने अपने कम्पार्टमेंट के अन्दर जाकर शटर्स चढ़ा लिए।

त्रिभुवन ने जगतप्रकाश से कोई बात नहीं की। घूमकर वह तेज़ी के साथ वहाँ से चला गया।

पन्द्रह दिन की जगह जगतप्रकाश एक महीना नैनीताल रहा, और एक महीने बाद जब वह मालती के साथ नैनीताल से बम्बई लौटा, मालती से वह उतनी ही दूर या मालती के वह उतना ही निकट था जितना बम्बई से जाने के पहले था। एक प्रगाढ़ सौहार्द की भावना जो किसी भी समय प्रेम का रूप धारण कर सकती है। प्रतीक्षा, थका देनेवाली और उबा देनेवाली, लेकिन किसी भी हालत में साथ न छोड़नेवाली आशा से भरी प्रतीक्षा—वह प्रतीक्षा जहाँ एक सुखमय जीवन की आशा थी, एक घुटन से भरी निष्क्रियता के साथ।

जमील को जगतप्रकाश की मनःस्थिति का पता था, लेकिन उसके पास कोई निदान नहीं था जिससे जगतप्रकाश की यह मनःस्थिति दूर हो सके। दिन बीत रहे थे, महीने बीत रहे थे, हिन्दुस्तान की राजनीतिक और नैतिक अवस्था लगातार गिरती जा रही थी। गांधी-जिन्ना वार्ता असफल हो गई थी। चारों ओर लूट और बेईमानी का साम्राज्य था। पहली जनवरी को जीवानन्द कॉलेज में जगतप्रकाश को ज्वाइन करना था, और पन्द्रह दिसम्बर को उसे कॉलेज की मैनेजिंग कमेटी के चेयरमैन का पत्र मिला कि विभाग के अध्यक्ष की हैसियत से उसकी नियुक्ति सत्र के आरम्भ अर्थात् जुलाई सन् 1945 से होगी। अगर जगतप्रकाश चाहे तो पहली जनवरी से कॉलेज में पार्ट-टाइम लेक्चरर की हैसियत से काम कर सकता है।

उस पत्र को लेकर शाम के समय जगतप्रकाश कुलसुम के यहाँ पहुँचा। जमशेद कावसजी जीवानन्द कॉलेज की मैनेजिंग कमेटी के सदस्य थे, उन्हीं की सिफ़ारिश से जगतप्रकाश की नियुक्ति हुई थी उस कॉलेज में। क्रोध में भरी हुई कुलसुम जगतप्रकाश के साथ जमशेद कावसजी के पास पहुँची। जमशेद कावसजी ने जगतप्रकाश को देखते ही कहा, "मुझे बड़ा अफ़सोस है जगतप्रकाश ! आजकल जो अस्थायी हेड ऑफ डिपार्टमेंट है उसने रिप्रेज़ेंटेशन दिया है कि इस टर्म के अन्त तक उसे उसी पद पर

रहने दिया जाए, नहीं तो उसकी बड़ी बदनामी होगी। चेयरमैन का वह शायद कोई रिश्तेदार है, नहीं तो उतना अयोग्य आदमी उस पद पर आ ही नहीं पाता। चेयरमैन ने उसके रिप्रेज़ेंटेशन को मंजूर कर लिया है। मैंने उनसे कहा भी कि यह ग़ैर-क़ानूनी है, क्योंकि तुम्हारा अपाइंटमेंट हो चुका है, लेकिन कमेटी के दूसरे मेम्बर चेयरमैन के साथ थे। फिर यह तय हुआ कि पहली जनवरी से पार्ट-टाइम लेक्चरर की हैसियत से तुम आ जाओ। कुल छह महीने की तो बात है।"

कुलसुम ने बिगड़कर कहा, "डैडी ! मैनेजिंग कमेटी का यह निर्णय ग़ैर-क़ानूनी है। जगतप्रकाश क़ानूनी कारवाई कर सकते हैं।"

"कॉलेज के प्रिंसिपल ने भी यही बात कही थी, वह मौजूदा हेड ऑफ़ डिपार्टमेंट के खिलाफ है।" फिर कुछ सोचकर जमशेद कावसजी ने कहा, "आम तौर से मैं इस मुकदमेबाजी से दूर रहना ही पसन्द करता हूँ, लेकिन इस मामले में मैं समझता हूँ, तुम्हें क़ानूनी कार्रवाई करनी चाहिए। मैं अपने सोलीसिटर को फोन किए देता हूँ—तुम उन्हें अपना केस समझा दो।"

"नहीं, मैं कॉलेज वालों से मुकदमेबाज़ी नहीं करूँगा।" जगतप्रकाश बोला, "ये शिक्षा-संस्थान ! ये बड़े पवित्र स्थान होते हैं जहाँ सद्भावना और विश्वास की नींव पर मनुष्य का निर्माण किया जाता है। मैं पार्ट-टाइम लेक्चरर की हैसियत से ज्वाइन कर लूँगा; पार्ट-टाइम काम के लिए वह मुझे स्थायी लेक्चरर की तनख्वाह दे रहे हैं।"

कुलसुम बोली, "ऐसी हालत में तुम्हें जसवन्तलाल पारिख की अध्यक्षता में काम करना पड़ेगा, क्योंकि विभाग का अध्यक्ष तो वही रहेगा।"

जमशेद बोले, "हाँ, कानून से तो यह उसकी मातहती में काम करेंगे, गोकि पार्ट-टाइम लेक्चरर होने के नाते यह पद में उससे नीचे नहीं रहेंगे।"

कुलसुम उठ खड़ी हुई, "वह पार्ट-टाइम नौकरी तुम्हें नहीं करनी है जगत ! जहाँ तुमने इतने दिनों तक प्रतीक्षा की है वहाँ तुम छह महीने तक और प्रतीक्षा कर लो !"

जगतप्रकाश जब कुलसुम के यहाँ से लौटा, बेहद उदास था। यह प्रतीक्षा, यह उसके जीवन का अनिवार्य पहलू बन गई थी। और हरेक प्रतीक्षा का अन्त निराशा !

और यह प्रतीक्षा दुनिया में हर जगह हो रही थी। दुनिया के सब आदमी विश्व के उस महान् संघर्ष के अन्त की प्रतीक्षा कर रहे थे जिसने मानवता को समाप्त करके दुनिया-भर में दानवता और पशुता का साम्राज्य स्थापित कर दिया था। लेकिन यह प्रतीक्षा एक मरीचिका भर है। जो चाहा जाता है वह नहीं होता, एक अनजाना विधान—एक अनजाना क्रम !

यूरोप में विश्वयुद्ध का अन्तिम चरण चल रहा था। स्तालिनग्राद का पराजित जर्मनी बुरी तरह टूट गया था, उसकी दानवी शक्ति नष्ट हो गई थी, और अब उसकी पराजय की बेला आ गई थी। रूस से हटते-हटते अब जर्मन सेनाएँ अपनी सीमा में आ गई थीं, क्षत-विक्षत, निराश, साधनहीन ! और रूसी सेनाएँ लगातार जर्मनों का पीछा कर रही थीं। पीछे हटती हुई जर्मन सेनाओं को रुककर अपना पुनर्संगठन करने का कोई

मौका ही नहीं था। जिन देशों में जर्मन सेनाओं ने अपना अधिकार करके वहाँ की जनता को उत्पीड़ित किया था, वे रूस की सेनाओं की सहायता कर रहे थे, आहत और प्रताड़ित देशों की हिंसा जर्मन सेनाओं को निगलने जा रही थी।

और पश्चिम में ब्रिटिश और अमेरिकी सेनाओं ने अपना घातक प्रहार आरम्भ कर दिया था। फ्रांस मुक्त हो चुका था, बेल्जियम मुक्त हो चुका था, हालैंड मुक्त हो चुका था। जर्मनी की पराजय निश्चित थी।

प्रतीक्षा हो रही थी जर्मनी के विनाश की, प्रतीक्षा हो रही थी एक नई दुनिया के निर्माण की। लेकिन विनाश पर ही मनुष्य का अधिकार है, निर्माण मनुष्य के हाथ में नहीं है। यह निर्माण का क्रम किसी अज्ञात शक्ति द्वारा, किसी अज्ञात दिशा से संचालित होता रहता है; मनुष्य केवल विनाश की शक्ति अपने साथ लाया है। निर्माण के लिए साधना चाहिए, परिस्थितियाँ चाहिए, और भी कुछ चाहिए जिसे जगतप्रकाश समझ नहीं पा रहा था।

और अन्त में यूरोप का युद्ध समाप्त हो गया। मुसोलिनी की हत्या हो चुकी थी—अप्रैल के अन्तिम सप्ताह में रूसी सेनाओं ने जर्मनी की राजधानी बर्लिन में प्रवेश किया। और 30 अप्रैल, सन् 1945 को हिटलर ने आत्महत्या कर ली।

नाज़ीवाद पराजित हुआ—जगतप्रकाश नाज़ीवाद के इस अन्त की प्रतीक्षा कर रहा था। जर्मनी की इस पराजय से जगतप्रकाश को किसी तरह की प्रसन्नता नहीं हुई। एक अनजाना असन्तोष उसके प्राणों में भर गया था।

लेकिन फिर भी जगतप्रकाश प्रतीक्षा कर रहा था—जुलाई में जीवानन्द कॉलेज में अपनी नियुक्ति की, किसी भी दिन मालती से प्रेम की परिणति की, और निकट-भविष्य में देश की राजनीतिक कशमकश के किसी हल की, जिसके फलस्वरूप देश में व्यवस्था क़ायम हो सके। जून का पहला सप्ताह समाप्त हो गया था और मानसून आ गया था। सुबह के समय जगतप्रकाश जमील के साथ बैठा चाय पी रहा था, तभी नौकर ने आकर उससे कहा, "साहेब, कोई आपसे मिलने आया है, अपना नाम त्रिभुवन मेहता बतलाया है।"

जगतप्रकाश चौंक उठा—"त्रिभुवन मेहता, यहाँ बम्बई में !" उसने कहा, "उन्हें बैठाओ, मैं आता हूँ।"

ड्राइंग-रूम में पहुँचकर उसने त्रिभुवन से कहा, "अरे आप ! कब आए बम्बई ?"

"दो दिन हुए। कल शाम आपके यहाँ आया था, लेकिन आप थे नहीं। आप पिक्चर गए थे।"

"हाँ, मैं पिक्चर गया था, लेकिन अपने नौकर को तो मैंने बताया नहीं था, न जमील को यह मालूम था। और जमील भी यहाँ नहीं थे कल शाम। आपको कैसे पता चला ?" और जगतप्रकाश बैठ गया।

"क्या कीजिएगा जानकर, लेकिन बता ही दूँ। कल शाम मैंने मालती के यहाँ फोन मिलाया था, वहाँ पता चला कि वह पिक्चर गई है—देर से लौटेगी। तो अकेली तो

वह जाएगी नहीं, कोई-न-कोई उसके साथ गया होगा।"

त्रिभुवन की इस बात की जगतप्रकाश ने कोई टीका नहीं की, वह त्रिभुवन के बोलने की प्रतीक्षा करने लगा।

त्रिभुवन ने कुछ रुककर कहा, "आपको यह पता तो होगा कि मालती ने मेरे ऊपर तीन दावे दायर किए हैं—क़रीब पाँच लाख रुपए का मामला है।"

सहज भाव से जगतप्रकाश ने उत्तर दिया, "मुझे इस सबका पता नहीं है। मालती के व्यक्तिगत तथा पारिवारिक जीवन के सम्बन्ध में मुझे कोई जानकारी नहीं है, और मुझे दिलचस्पी भी नहीं।"

तेज़ निगाह से जगतप्रकाश को देखते हुए त्रिभुवन बोला, "आप सच कह रहे हैं ?"

"जहाँ तक हो सकता है, मैं झूठ नहीं बोला करता। और आपसे झूठ बोलने का मुझे कोई कारण नहीं दिखता।"

त्रिभुवन ने एक ठंडी साँस खींची, "मैं आपकी बात माने लेता हूँ मिस्टर जगतप्रकाश ! तो इस समय मैं और मेरे पिता भयानक आर्थिक संकट में हैं। जर्मनी की पराजय की ख़बरों से शेयर मार्केट में जो उथल-पुथल हुई उसमें क़रीब पाँच लाख का घाटा आ गया है हम लोगों को। और उसके ऊपर मालती का यह पाँच लाख का दावा—हम लोग टूट जाएँगे।"

जगतप्रकाश को याद हो आया मालती का वह वाक्य—'त्रिभुवन मेहता, मैं तुम्हें तोड़कर रख दूँगी।' उसने त्रिभुवन से पूछा, "क्या आपने दूसरा विवाह कर लिया है ?"

त्रिभुवन ने सिर झुकाकर कहा, "वह तो नवम्बर में ही हो गया था। जनवरी में मालती ने ये मुक़दमे दायर कर दिए थे, मई में इन मुकदमों की डिग्री भी हो गई।"

जगतप्रकाश ने देखा कि त्रिभुवन का स्वास्थ्य काफ़ी गिर गया था। और उसके चेहरे की चमक जाती रही थी। एक अत्यन्त टूटा हुआ आदमी बैठा था उसके सामने। जगतप्रकाश को उसके ऊपर दया आई, "तो फिर स्थिति यह है ! इस सबका मुझे पता नहीं था, मैं आपसे सच कहता हूँ। अब मैं क्या कर सकता हूँ इस सबमें—जो आप मेरे पास आए हैं ?"

त्रिभुवन ने बड़े करुण स्वर में कहा, "मिस्टर जगतप्रकाश ! यह मालती मुझे और मेरे सारे परिवार को तबाह करके छोड़ेगी, मुझे इस बात का पूरा यक़ीन हो गया है। केवल एक व्यक्ति मुझे बचा सकता है, वह आप हैं। मालती आपको प्यार करने लगी है, वह आपकी बात टालेगी नहीं। आप उससे कहिए कि वह अपनी डिग्री एक्ज़ीक्यूट न कराए।"

जगतप्रकाश ने कहा, "मैं आपको यक़ीन दिलाता हूँ कि मालती से मेरी मित्रता भर है, उसके आगे कुछ नहीं है।"

त्रिभुवन बोला, "जानता हूँ, मालती को इसके आगे बढ़ने की हिम्मत नहीं पड़ती है, क्योंकि वह अब भी मेरी पत्नी है। यह रुकावट उसमें मेरे कारण है। मनसा बेन

ने मुझे सब कुछ बतला दिया है। अगर वह आपसे क़ानूनन विवाह कर सकती तो निश्चय कर लेती—वह आपसे बेहद प्यार करती है।''

एक पुलक जाग उठा जगतप्रकाश के अन्दर, लेकिन उसने अपनी भावना को दबाते हुए कहा, ''आप तो जानते ही हैं, मालती कितनी ज़िद्दी है, वह मेरी बात किसी हालत में नहीं मानेगी।''

''यह मैं जानता हूँ। मैंने अपना दूसरा विवाह कर लिया है, वह अपना दूसरा विवाह नहीं कर सकती। हिन्दू-लॉ वही कहता है। इसका निदान लेकर मैं आपके पास आया हूँ। मैं कुछ दिनों के लिए अपना धर्म-परिवर्तन कर लूँगा यानी मुसलमान बन जाऊँगा। और वैसे ही मैं मालती को तलाक दे दूँगा। फिर वह अपना दूसरा विवाह करने को मुक्त हो जाएगी। आप उससे अपना विवाह कर लीजिए। और बाद में मैं फिर अपना धर्म-परिवर्तन कर लूँगा।''

यह भी हो सकता है, जगतप्रकाश ने कभी यह न सोचा था। तो फिर उसकी प्रतीक्षा व्यर्थ नहीं थी, उसकी प्रतीक्षा फलवती होगी। वह मन-ही-मन बड़ी तेज़ी के साथ सोच रहा था।

त्रिभुवन जगतप्रकाश को मौन देखकर बोला, ''कोर्ट से हम लोगों ने छह महीने का समय से लिया है, आप मालती से बात करें। मैं जानता हूँ कि मुझसे ग़लती हो गई है, अब वह ग़लती नहीं सुधारी जा सकती। आप मुझे बचा सकते हैं, मैं आपसे विनय करने आया हूँ, आप मालती से बात करें।''

''मेरी सलाह यह है कि आप स्वयं मालती से मिलकर सब बातें कर लें, मेरा बात करना अनुचित होगा।'' जगतप्रकाश बोला।

''तो फिर ऐसा करें कि आप मेरे साथ चलें, मैं ही बात कर लूँगा। यह हम तीनों के बीच मामला है, तीनों का एक साथ होना आवश्यक है। आप फोन करके मालती से कह दीजिए कि हम दोनों आ रहे हैं, वह घर पर है कि नहीं।''

जगतप्रकाश ने कपड़े बदले, फिर पासवाले ईरानी के रेस्तराँ से उसने मालती को फोन मिलाया। मालती घर पर ही थी। दोनों मालती के यहाँ पहुँचे। त्रिभुवन को देखते ही मालती बोली, ''तो मुझसे मिलने आए हो ! लेकिन जगतप्रकाश को साथ लाने की क्या जरूरत थी ?''

''अकेले आने की हिम्मत नहीं पड़ती थी, मैं अपराधी जो हूँ। तुमसे क्षमा की भीख माँगने आया हूँ। मुझ पर डिग्री हो गई है, छह महीने का समय माँग लिया है मैंने, लेकिन हम लोगों को सँभालने में दो-तीन साल लगेंगे।''

''इसमें क्षमा की क्या बात है ? यह तो अपने-अपने अधिकारों की लड़ाई है। तुमने अपना अधिकार ले लिया है, अपना विवाह करके, मैं अपना अधिकार ले रही हूँ तुमसे अपना रुपया वसूल करके।''

''मैं तबाह हो जाऊँगा, मैं ही नहीं, मेरा पूरा परिवार तबाह हो जाएगा।''

''तो मैं क्या कर सकती हूँ, इसमें मेरा कोई दोष नहीं है। तुमने दूसरा विवाह करते

समय मेरी तबाही के सम्बन्ध में कुछ सोचा था ?"

"मुझसे ग़लती हो गई, मैं अपनी ग़लती के लिए क्षमा माँगता हूँ," त्रिभुवन रुआँसे स्वर में बोला। "मालती, मुझ पर दया करो !"

"तुम दया के पात्र नहीं हो त्रिभुवन मेहता, तुम घृणा के पात्र हो ! मैंने तुम्हें पहले ही आगाह कर दिया था कि मैं तुम्हें तबाह कर दूँगी, तुमसे भीख मँगवाऊँगी; और मैंने जो संकल्प किया था, वह पूरा करूँगी। तुमने जो मेरा जीवन बरबाद किया है उसके बदले में मैं तुम्हारा ही नहीं, तुम्हारे समस्त परिवार वालों का जीवन बरबाद करूँगी।"

थोड़ी देर तक मौन छाया रहा, फिर त्रिभुवन बोला, "मैंने माना कि मेरे दूसरा विवाह करने से तुम्हारा जीवन बरबाद हो गया, लेकिन तुम मुझसे घृणा जो करती थीं।"

"हाँ, और अब तो मैं तुमसे और भी अधिक घृणा करने लगी हूँ," मालती ने फुफकारते हुए कहा।

त्रिभुवन ने अब अपना समस्त साहस बटोरते हुए कहा, "मालती, मैं एक प्रस्ताव लेकर आया हूँ—इन जगतप्रकाश को मैं अपना वह प्रस्ताव बतला चुका हूँ, और वह उससे असहमत नहीं हैं।"

मालती ने जगतप्रकाश की ओर देखा, लेकिन वह बोली कुछ नहीं।

त्रिभुवन ने अपनी बात आगे बढ़ाई, "मुझे यह पता है कि तुम जगतप्रकाश से प्रेम करती हो, मनसा बेन से मुझे तुम्हारी हरेक बात का पता मिलता रहता है। लेकिन तुम हिन्दू लॉ के अनुसार जगतप्रकाश से विवाह नहीं कर सकतीं।"

मालती के माथे पर बल पड़ गए, लेकिन उसने केवल इतना कहा, "आगे ?"

"इसमें मैं तुम्हारी सहायता करने को तैयार हूँ। मैं अपना धर्म-परिवर्तन करके मुसलमान बन जाऊँगा, कुछ समय के लिए। मुसलमान बनकर मैं तुम्हें तलाक़ दे दूँगा, वह तलाक़ कानूनन होगा। उसके बाद तुम जगतप्रकाश से विवाह कर लो। तुम्हारा जगतप्रकाश से विवाह वैध होगा।"

मालती उठ खड़ी हुई, "और इसके बदले में मैं तुम्हारा क़र्ज़ा माफ़ कर दूँ त्रिभुवन मेहता ? नरक के कीड़े—अब तुम जाओ यहाँ से। मैंने तुमसे कहा था कि मैं तुम्हें तोड़ूँगी, मैंने अपने टूटने की बात नहीं कही थी।"

त्रिभुवन बोला, "तुम मेरी बात नहीं समझ रही हो..."

मालती अब काफ़ी उग्र हो उठी थी, उसने चीखकर कहा, "त्रिभुवन मेहता, तुम जाते हो कि नहीं ? तुम्हारे मुँह से यह बात निकली कैसे ? मैं कहती हूँ, तुम जाओ ! मैं तुम्हारा मुँह नहीं देखना चाहती।" इस बार जगतप्रकाश की ओर मुड़ी, "मेरे सम्बन्ध में इस कमीने से बात करनेवाले तुम कौन होते हो ? इतने दिनों तक मुझे जानकर भी तुम मुझे नहीं पहचान पाए ? तुम भी जाओ मेरे सामने से !" और यह कहकर मालती घर के अन्दर चली गई।

हतप्रभ और अपने से ही झुंझलाया हुआ जगतप्रकाश त्रिभुवन के साथ लौट पड़ा। सड़क पर आकर उसने त्रिभुवन से कहा, "मैं अब अपने घर जाऊँगा। आपने देख लिया

न ! यह आपका और मालती का निजी मामला है, मुझे इसमें पड़ना ही नहीं चाहिए था।''

और जगतप्रकाश की एक प्रतीक्षा टूट गई। मालती मृगतृष्णा थी; और मालती ही क्या, उसे लगा कि उसके चारों ओर जो कुछ है, वह सब मृगतृष्णा है; उसकी सारी ज़िन्दगी एक भयानक मृगतृष्णा की ज़िन्दगी है, जहाँ तृप्ति की कोई सम्भावना नहीं। एक सूनापन फिर से उसके जीवन में आ गया। शायद यह सूनापन उसके जीवन से कभी अलग ही नहीं हुआ था। एक झूठी आशा लेकर वह समझ रहा था कि उसके जीवन का सूनापन दूर हो रहा है, उस झूठ का प्रकट होना तो अनिवार्य ही था। और इस घटना की चर्चा जगतप्रकाश ने न जमील से की, न कुलसुम से। इस चर्चा की ज़रूरत ही नहीं थी, वह स्वयं अपराधी था।

एक सप्ताह बीत गया—उदासी और निष्क्रियता से भरा एक सप्ताह। जमील को आश्चर्य हो रहा था कि जगतप्रकाश को क्या हो गया है, कुलसुम को आश्चर्य हो रहा था कि जगतप्रकाश को क्या हो गया है।

उस दिन जब सुबह के समय जगतप्रकाश जमील के साथ बैठा चाय पी रहा था और अखबार में आई हुई उस दिन की खबरों को पढ़ रहा था, जमील को जैसे कुछ याद आ गया और उसने जगतप्रकाश से पूछ लिया , ''इन दिनों बड़े उदास रहते हो बरखुरदार—ज़्यादातर घर में ही पड़े रहते हो। तबीयत तो ठीक है ?''

''तबीयत तो ठीक है, मन कुछ थोड़ा-सा भारी है। सब कुछ सूना-सूना और निरर्थक लगता है।''

''क्या आजकल मालती बम्बई में नहीं है ?'' जमील ने पूछा।

''मुझे पता नहीं, एक हफ़्ते से मैं उसके यहाँ नहीं गया और अब जाऊँगा भी नहीं।''

''और वह भी इस बीच नहीं आई तुम्हारे यहाँ, न उसने तुम्हें बुलाया ही। क्या बात है ?''

''हम दोनों एक-दूसरे के जीवन से हट गए हैं, हमें हटना भी चाहिए था।''

''तो फिर मेरा क़यास ग़लत नहीं था,'' जमील बोला, ''उस दिन जब त्रिभुवन साहेब तुम्हारे यहाँ आए थे तो मुझे लगा था कि वह मालती से समझौता करने आए हैं। चलो, अच्छा ही हुआ।''

जगतप्रकाश ने जमील की भ्रान्ति को दूर करने की कोई आवश्यकता नहीं समझी। वह फिर से अख़बार पढ़ने लगा। कार तभी एक उसके फ़्लैट के सामने रुकी। जगतप्रकाश प्रतीक्षा करने लगा कि नौकर आनेवाले की सूचना उसे दे कि मालती के साथ कुलसुम ने कमरे में प्रवेश किया। कुलसुम ने दरवाज़े से ही कहा, ''देखो तो जगत, मैं मालती को अपने साथ लाई हूँ।''

जगतप्रकाश ने उठकर मालती और कुलसुम का स्वागत किया। सब लोगों के बैठने के बाद जमील ने कहा, ''अब आप लोग बातें करें—मुझे ऑफ़िस जाने के लिए तैयारी करनी है।''

जमील के जाने के बाद कुलसुम ने कहा, ''जगत ! यह मालती शिकायत करती है कि तुम एक हफ़्ते से इसके यहाँ नहीं गए।''

शान्त भाव से जगतप्रकाश बोला, ''शायद मालती ने तुम्हें यह भी बतलाया होगा कि मैं क्यों इनके यहाँ नहीं गया।''

कुलसुम के जवाब देने के पहले ही मालती बोल उठी, ''मैंने तुम्हारा अपमान कर दिया था—यही बात है न ! लेकिन मैं उस वक्त आपे में नहीं थी। तुम मेरे सबसे बड़े दुश्मन के साथ आए थे। मैं उसे किसी हालत में क्षमा नहीं कर सकती। अगर मेरे नितान्त अनजाने मुझसे तुम्हारा अपमान हो गया है, तो उसके लिए मैं तुमसे क्षमा माँग रही हूँ।''

और कुलसुम मुस्कराई, ''यह मालती, इसे तुम अभी तक नहीं पहचान पाए हो। यह बड़ी जिद्दी है। अगर मुहब्बत कर सकती है तो यह नफ़रत भी कर सकती है और दोनों ही हालतों में इसके लिए कोई सीमा नहीं है। त्रिभुवन इसके स्वभाव को नहीं जान सका, वही उसकी सबसे बड़ी ग़लती थी। इसने तुम्हारा अपमान नहीं किया, तुम यह समझ लो।''

जगतप्रकाश चुप रहा। कुलसुम ने फिर कहा, ''यह मालती आज शाम को मुझे पिक्चर दिखा रही है और पिक्चर के बाद यह मुझे पुरोहित में वेजीटेरियन खाना खिला रही है। तुम्हें भी यह पिक्चर में और खाने पर बुलाने आई है गोकि तुमसे यह कहने की इसे हिम्मत नहीं पड़ रही है। क्यों मालती, अब तुम्हीं जगतप्रकश से यह कहो !''

मालती ने धीमे स्वर में कहा, ''जगत ! यह कुलसुम ठीक ही कह रही है। अगर तुम न चलोगे तो मैं समझूँगी कि तुमने मुझे माफ़ नहीं किया।''

जगतप्रकाश को कहना पड़ा, ''अच्छी बात है, मैं चलूँगा।''

जगतप्रकाश ने मालती का निमन्त्रण स्वीकार नहीं किया था, उसने कुलसुम का निमन्त्रण स्वीकार किया था।

कुलसुम और मालती के जाने के बाद जमील फिर जगतप्रकाश के पास बैठ गया। उसने कहा, ''बरखुरदार ! इधर कुछ दिनों से देश की सियासी ज़िन्दगी में एक सड़ाँध और घुटन-सी भर गई है, कहीं किसी तरह की कोई हलचल नज़र नहीं आ रही।''

जगतप्रकाश बोला, ''अंग्रेज़ी का एक फ़िकरा है—'लल बिफ़ोर दॅ स्टार्म' यानी तूफ़ान के पहले एक उमस ! तो यह उस तूफ़ान के पहले वाली उमस-भर है, कुछ-न-कुछ जल्दी होनेवाला है।''

जमील ने सिर हिलाया, ''बरख़ुरदार, कुछ नहीं होने का। ब्रिटिश सरकार को अब कांग्रेस मूवमेंट से कोई खतरा नहीं रह गया। 1942 के मूवमेंट को तोड़कर उसने जैसे कांग्रेस की रीढ़ ही तोड़ दी है। बर्मा में जापान की जो शिकस्त हुई है, उससे रही-सही उम्मीद भी जाती रही है।''

थोड़ी देर तक दोनों चुपचाप बैठे रहे, फिर जगतप्रकाश बोला, ''जमील काका !

जापानी हिन्दुस्तान की सीमा में घुस आए थे, सुभाष बोस ने इंडियन नेशनल आर्मी बनाकर उनकी सहायता भी की, और देश में जैसे उनकी सहायता के लिए ही इतना बड़ा आन्दोलन उठ खड़ा हुआ, फिर भी जापान को पराजय ही मिली। अजीब बात है।''

जमील मुस्कराया, ''इसमें अज़ीबोग़रीब कुछ भी नहीं है। हिन्दुस्तान की जनभावना अंग्रेज़ों के हक़ में नहीं थी, लेकिन वह अंग्रेज़ों के इतना खिलाफ़ भी नहीं थी कि जापानियों के हक़ में हो ! रही इंडियन नेशनल आर्मी की बात, तो उसमें आदमी ही कितने थे। जापान को न उस हिन्दुस्तानी सेना पर भरोसा था और न इस हिन्दुस्तान के मूवमेंट पर भरोसा था। आखिर अहिंसा के पुजारियों के मूवमेंट में दम ही क्या था ?'' और फिर एक ठंडी साँस लेकर उसने कहा, ''यह हिन्दुस्तान मुर्दों का देश है। बंगाल के क़हत को तो तुमने अपनी आँखों देखा है, उस वक़्त कहीं कोई विद्रोह हुआ था ? लाखों आदमी कलकत्ता की सड़कों पर भीख माँगते हुए भूख से तड़पकर मरकर गिर पड़े और कलकत्ता की दुकानें भरी-पूरी थीं, होटल आबाद थे, दावतें हो रही थीं। किसी ने उन दुकानों को नहीं लूटा, उन होटलों को नहीं लूटा, उन दावतों को नहीं लूटा। ज़िन्दा रहने की कोशिश तक नहीं की बरखुरदार ! हिन्दुस्तान मुर्दों का देश है—जापान ने यह देख लिया था।''

एक कड़वाहट भर गई जगतप्रकाश के अन्दर जमील की बात सुनकर, लेकिन जमील की बात में सत्य है, इससे वह इनकार नहीं कर सकता था। इस देश में भयानक विग्रह है, भयानक स्वार्थपरता है। जमील कहता जा रहा था, ''मैं महात्मा गांधी को उनकी अहिंसा के लिए दोष नहीं देता, महात्मा गांधी देश की नस पहचानते हैं। यह मुल्क हिंसा अपनाने के क़ाबिल ही नहीं रह गया है—इस क़दर बुज़दिली और नामर्दी भर गई है इसमें। अगर इसे जगाया जा सकता है, ऊपर उठाया जा सकता है, तो सिर्फ अहिंसा से। लेकिन अहिंसा का व्रत बड़ी मुश्किल बात है। खुद महात्मा गांधी उस व्रत पर क़ायम रह सकते हैं, मुझे इस पर शक है। इस अहिंसा के व्रत के सबसे बड़े दुश्मन हैं—क्रोध, निराशा अैर कटुता। इन कमज़ोरियों में इनसान भटक जाता है।''

''मुझे तो महात्मा गांधी डिगे हुए नहीं नज़र आ रहे,'' जगतप्रकाश ने कहा।

''तुम्हारी ही बात सच निकले बरखुरदार !'' जमील बोला, ''लेकिन मुझे तो ऐसा ही लगता है कि महात्मा गांधी खुद अहिंसा का व्रत नहीं निभा पा रहे हैं। राजगोपालाचारी के फ़ार्मूलों को मंज़ूर करके जिन्ना से बातचीत के दौरान उन्होंने पाकिस्तान की माँग को मंजूर कर लिया था। यही नहीं, उड़ती हुई ख़बर तो यह है कि उन्होंने भूलाभाई देसाई और लियाक़त अली में जो समझौता हुआ है, उसकी ताईद करके कांग्रेस के लिए एक ख़तरा पैदा कर लिया है। उस समझौते के मुताबिक़ उन्होंने यह मंजूर कर लिया है कि ब्रिटिश सरकार हिन्दुस्तान में एक राष्ट्रीय सरकार बना दे जिसमें कांग्रेस और मुस्लिम लीग के बराबर-बराबर मेम्बर हों। भला यह भी कोई बात हुई ! मुस्लिम लीग में देश के सब मुसलमान नहीं हैं, न जाने कितने मुसलमान कांग्रेस में हैं। कांग्रेस तो पूरे देश की प्रतिनिधि संस्था है। पता नहीं, यह देसाई-लियाक़त अली पैक्ट की बात

कहाँ तक सही है, लेकिन कुछ दाल में काला ज़रूर है।''

जगतप्रकाश बोला, ''लेकिन ब्रिटिश सरकार हिन्दुस्तान में राष्ट्रीय सरकार नहीं बनाएगी, इतना मैं कह सकता हूँ। चर्चिल हिन्दुस्तान को स्वराज्य किसी हालत में नहीं देगा।''

''यही तो बदक़िस्मती है। ब्रिटेन यहाँ से हटे, महात्मा गांधी इसके लिए सही-ग़लत सब कुछ करने पर आमादा हो गए हैं। तुम्हीं ने एक दफ़ा कहा था कि 'भारत-छोड़ो' आन्दोलन की असफलता की कटुता महात्मा गांधी में भर गई है। और इस कटुता से अगर कुछ मिला भी तो वह स्वराज्य का मखौल-भर होगा,'' जमील बोला।

रात में मालती और कुलसुम के साथ पिक्चर देखकर और खाना खाकर जब जगतप्रकाश वापस लौटा, ग्यारह बज रहे थे। जमील वैसे नौ-दस बजे के बीच में सो जाया करता था, लेकिन जगतप्रकाश ने देखा कि जमील अभी तक जाग रहा है और उसकी प्रतीक्षा कर रहा है। उसने जमील से कहा, ''अभी तक जाग रहे हो जमील काका ! क्या बात है ?''

जमील बोल उठा, ''तुम्हारी ही बात सच हुई बरख़ुरदार ! आज रेडियो पर यह ऐलान हुआ है कि वाइसराय चौबीस जून को शिमला में एक कान्फ्रेंस बुला रहे हैं, देश में एक राष्ट्रीय सरकार कायम करने के लिए। उस कान्फ्रेंस में कांग्रेस, मुस्लिम लीग व अछूतों और सिखों के नुमाइन्दे रहेंगे। साथ ही महात्मा गांधी और मिस्टर जिन्ना को भी बुलाया गया है।''

जगतप्रकाश चौंक उठा, ''आज चौदह तारीख है, सिर्फ़ दस दिन बाकी हैं इस कान्फ्रेंस में, और कांग्रेस वर्किंग कमेटी के मेम्बर अभी जेल में हैं। यह कैसे होगा ?''

''इन लोगों की रिहाई का भी हुक्म हो गया है। शायद आज रिहा कर दिए गए होंगे, या कल रिहा कर दिए जाएँगे।''

अधिक बात नहीं हुई इन दोनों में, दोनों को ही नींद आ रही थी। सुबह पत्रों में वाइसराय का पूरा भाषण प्रकाशित हो गया।

विश्वयुद्ध अब क़रीब-क़रीब समाप्त हो गया था। जर्मनी के टूटने के बाद अकेला जापान बचा था—एक छोटा-सा देश, और उसके खिलाफ़ सारी दुनिया। इस युद्ध का विजेता ब्रिटेन ! युद्ध के दौरान उसने किन्हीं सिद्धान्तों की घोषणा की थी—और ब्रिटेन के लिए यह अनिवार्य था कि वह अपने वादे पूरे करे। अमेरिका का दबाव पड़ रहा था ब्रिटेन के ऊपर।

देश में एक तरह की राजनीतिक चहल-पहल मच गई थी इस घोषणा के बाद। कांग्रेस वर्किंग कमेटी के जो सदस्य छूटे थे, वे बम्बई आ रहे थे। इक्कीस जून को बम्बई में कांग्रेस वर्किंग कमेटी की एक मीटिंग हो रही थी। इस बीच में यह स्पष्ट हो गया था कि वाइसराय यह शिमला-कान्फ्रेंस देसाई-लियाक़त अली-पैक्ट के आधार पर आयोजित कर रहे हैं। महात्मा गांधी के वक्तव्य से भी यह स्पष्ट हो गया था।

लेकिन शिमला कान्फ्रेंस देसाई-लियाक़त अली-पैक्ट के जिन सिद्धान्तों के आधार

पर बुलाई गई है, वे ग़लत हैं। जगतप्रकाश काफ़ी उत्तेजित था। हिन्दुओं को सवर्ण और वर्णहीन—दो श्रेणियों में विभक्त करके ब्रिटिश सरकार भारत की एकता पर प्रहार कर रही है। यह 'डिवाइड एंड रूल' वाली नीति ब्रिटिश सरकार की नस-नस में भर गई है। और यह कांग्रेस—क्या यह सवर्ण हिन्दुओं की संस्था है जो इसमें और मुस्लिम लीग में साम्य स्थापित किया गया है ? यह कांग्रेस और मुस्लिम लीग में साम्य निश्चित रूप से सवर्ण हिन्दुओं और मुसलमानों में साम्य था, जैसा सप्रू-कमीशन की रिपोर्ट में कहा गया था। देश का यही दुर्भाग्य था कि सब अपनी-अपनी कह रहे थे बिना जनभावना को जाने हुए। और जनभावना की एकमात्र प्रतिनिधि संस्था कांग्रेस ऊपर से उदात्त और उदार दिखनेवाली महात्मा गांधी के अन्दरवाली पराजय की कटुता और विवशता से भरे आत्मसमर्पण से श्रीहत और निष्क्रिय थी। कांग्रेस के नेताओं में थकावट भर गई थी, उनका विवेक नष्ट हो चुका था।

जगतप्रकाश ने जवाहरलाल नेहरू का वह वक्तव्य पढ़ा जो जेल से छूटते ही उन्होंने दिया था। जवाहरलाल ने कहा था कि ब्रिटेन एक कमज़ोर चतुर्थ श्रेणी का देश बन चुका था। इस युद्ध के बाद भारत के गुलाम बनाए रखने की क्षमता अब उसमें नहीं रह गई थी। जगतप्रकाश को आश्चर्य हुआ था इस वक्तव्य को पढ़कर। क्या वास्तव में ब्रिटेन इतना कमज़ोर हो गया है ? जवाहरलाल में राजनीतिक सूझबूझ है, जवाहरलाल में यौवन है, वह थका नहीं है, वह हारा नहीं है। कांग्रेस का नेतृत्व जवाहरलाल के हाथ में आ रहा है। शायद जवाहरलाल की बात ही सच हो। लेकिन लक्षण तो ऐसे नहीं दिखते थे। देश में मतभेद और आपसी विग्रह बेतरह बढ़ गया था। हर तरफ़ लूट और बेईमानी का बाज़ार गरम था।

चौदह जुलाई को परवेज़ की वर्षगाँठ थी। कुलसुम का आग्रह था कि जगतप्रकाश रात के समय उस भोज में सम्मिलित हो जो उसने विशिष्ट व्यक्तियों को दिया था। बहुत थोड़े-से चुने हुए आदमी आमन्त्रित थे उस भोज में। जिस समय जगतप्रकाश कुलसुम के यहाँ पहुँचा, परवेज़ बरामदे में खड़ा एक आदमी का स्वागत कर रहा था।

जगतप्रकाश को देखते ही वह बोला, "आओ मिस्टर जगतप्रकाश ! मैं अपने मिलों के सोल सेलिंग एजेंट लालचन्द हीराचन्द मोदी से तुम्हारा परिचय करा दूँ। जीवानन्द कॉलेज की मैनेजिंग कमेटी के यह चेयरमैन हैं।" और फिर उसने लालचन्द हीराचन्द मोदी से कहा, "लालचन्द भाई, यह डॉक्टर जगतप्रकाश हैं—बड़े विद्वान् ! परसों सोलह तारीख है न, तो यह तुम्हारे जीवानन्द कॉलेज में अर्थशास्त्र के अध्यक्ष का भार सँभाल रहे हैं।"

पैनी नज़र से लालचन्द ने जगतप्रकाश को देखा, उस नज़र में कुछ ऐसा था जो जगतप्रकाश को अच्छा नहीं लगा। लालचन्द हीराचन्द की अवस्था लगभग चालीस वर्ष की रही होगी, मँझले क़द के स्वस्थ आदमी। उन्होंने परवेज़ से कहा, "इनकी बाबत सुना तो बहुत कुछ है, लेकिन इनसे मिलना आज ही हुआ है।"

उस पार्टी में मालती भी आमन्त्रित थी और वह हॉल में थी। हॉल से बरामदा साफ़

दिखता था। जगतप्रकाश को देखकर मालती इन लोगों के पास आ गई। उसने जगतप्रकाश से कहा, "मैं तुम्हारे यहाँ गई थी जगत, लेकिन तुम घर पर थे नहीं," और फिर उसने लालचन्द हीराचन्द से कहा, "अरे लालचन्द भाई, मैंने तो तुम्हें देखा ही नहीं। अभी-अभी आ रहे हो क्या ?"

"हाँ, तुम्हारे घर से होते हुए। कल तुमने मुझसे कहा था न कि तुम्हारी कार गैरेज में है, मैं तुम्हें अपने साथ लेता चलूँ।"

"अरे, मैं तो भूल ही गई थी ! मेरी गाड़ी आज दोपहर को ही गैरेज से आ गई, और गाड़ी आने की खुशी में मैं तुम्हारी बात भूल ही गई।"

लालचन्द भाई ने अब जगतप्रकाश की ओर देखा, "आप मालती के भी बहुत बड़े दोस्त हैं। आपसे मिलकर बड़ी प्रसन्नता हुई।"

मालती हँस पड़ी, "लेकिन लालचन्द भाई, तुम्हारी शक्ल से तो ऐसा नहीं लगता कि तुम इन जगतप्रकाश से मिलकर बहुत प्रसन्न हुए हो। तुम झूठ को छिपा नहीं पाते।"

और परवेज़ बोला, "ऐसा मत कहो मालती बेन ! लालचन्द भाई के मुक़ाबले कामयाब व्यापारी इस बम्बई के बाज़ार में मुश्किल से मिलेगा। और आजकल बिज़नेस में कामयाब वही हो सकता है जो झूठ को सिर्फ़ छिपा ही नहीं सके, उसे पूरी तौर से पचा ही जाए।"

जगतप्रकाश को लगा कि प्रसंग कुछ अप्रिय हो रहा है। उसने कहा, "सुना है, शिमला-कान्फ्रेंस फ़ेल हो गई है, रेडियो लगाया जाए चलकर।"

परवेज बोला, "हाँ-हाँ, तुम रेडियो लगाओ मिस्टर जगतप्रकाश, मुझे तो मेहमानों को रिसीव करना है।"

जगतप्रकाश ने रेडियो लगाया, अधिकांश मेहमान रेडियो के इर्द-गिर्द खड़े हो गए। और रेडियो से खबर आई कि शिमला कान्फ्रेंस असफल हो गई। मिस्टर जिन्ना की यह ज़िद थी कि देश के मुसलमानों का प्रतिनिधित्व करनेवाली एकमात्र मुस्लिम लीग है और वाइसराय को यह दावा मंजूर नहीं था। साथ ही बिना मुस्लिम लीग के सहयोग के कोई भी राष्ट्रीय सरकार नहीं बन सकती। ब्रिटिश शासन वैसा-का-वैसा नौकरशाही के बल पर चलता रहेगा। और जगतप्रकाश की दूसरी प्रतीक्षा टूट गई, रेडियो उसने बन्द कर दिया।

कुलसुम के जो अतिथि आए थे, वे दूसरे वर्ग के थे; जगतप्रकाश अपने को उस पार्टी में नितान्त अकेला अनुभव कर रहा था। बातें हो रही थीं—राजनीति की, व्यापार की और समाज की घटनाओं की। बम्बई के उस समाज का वह सदस्य नहीं था, व्यापार के सम्बन्ध में उसे कोई ज्ञान नहीं था, राजनीति के सम्बन्ध में उसके अन्दर एक उलझन पैदा हो गई थी।

जिस समय जगतप्रकाश उस पार्टी से वापस लौटा, जमील जाग रहा था। जगतप्रकाश को देखते ही उसने कहा, "बरखुरदार, शिमला कान्फ्रेंस भी फिस्स हो गई ! मैंने क्या कहा था ?"

"मैंने रेडियो से यह खबर सुन ली है।" जगतप्रकाश का स्वर बेहद कमज़ोर था।

"बहुत ज़्यादा उदास हो बरख़ुरदार ! क्या वजह है ?" जमील ने पूछा।

जगतप्रकाश ने कुछ देर सोचकर कहा, "यही तो मेरी समझ में नहीं आ रहा।"

"मैं बतलाऊँ, तुमने इस शिमला कान्फ्रेंस से बड़ी उम्मीद लगा रखी थी, और मैं कहता हूँ कि अच्छा ही हुआ जो वहाँ कोई फ़ैसला नहीं हुआ। यह कांग्रेस सरमाएदारों की जमात है, यह मुस्लिम लीग भी सरमाएदारों की जमात है। इन लोगों की सरकार बन जाने से देश बुरी तरह सरमाएदारों के चंगुल में जकड़ जाएगा, जबकि हिन्दुस्तान का इनसान भूखा है, मुहताज है, उसे जानवरों की ज़िन्दगी बितानी पड़ रही है। ख़ुदा जो करता है, अच्छा ही करता है। हिन्दुस्तान अभी स्वराज्य के लिए तैयार नहीं है, क्योंकि यहाँ का इनसान सोया पड़ा है।"

जगतप्रकाश ने बड़े ध्यान से जमील की बातें सुनीं और उसे लगा कि उसके अन्दरवाली उदासी कम हो रही है।

और जमील कहता जा रहा था, "हिन्दुस्तान के इनसान को जगाना पड़ेगा। बड़ी गहरी नींद सोया हुआ है वह। मुझे तो कभी-कभी शक होने लगता है कि कहीं यह मौत की बेहोशी तो नहीं है। एक रूस का भरोसा है। वैसे हम सब लोगों को इस इनसान को जगाने के काम में लग जाना चाहिए। हाँ, परसों से तुम्हें जीवानन्द कॉलेज में जाना है, तुम वहाँ के स्टूडेंट्स को जगाने का काम शुरू कर दो। दुनिया में जितनी क्रान्तियाँ हुई हैं उनमें तालिबइल्मों का बड़ा हाथ रहा है। नया ख़ून, नया जोश।"

एक नया उत्साह, एक नई उमंग। जगतप्रकाश का मन हलका हो गया था।

दूसरे दिन दोपहर के समय जब वह खाना खाकर कुलसुम के यहाँ जाने की तैयारी कर रहा था, जीवानन्द कॉलेज के एक चपरासी ने उसे एक पत्र दिया। जगतप्रकाश ने वह पत्र पढ़ा और वह स्तब्ध रह गया। यह पत्र जीवानन्द कॉलेज की मैनेजिंग कमेटी के चेयरमैन लालचन्द हीराचन्द मोदी का था। उसमें लिखा था कि कॉलेज के अर्थशास्त्र विभाग के प्रोफ़ेसर की नियुक्ति के लिए फिर से विज्ञापन दिया जा रहा है, यह निर्णय कॉलेज की मैनेजिंग कमेटी ने उसी दिन किया है।

और जगतप्रकाश की तीसरी प्रतीक्षा भी टूट गई, कुलसुम के यहाँ न जाकर वह अपने पलँग पर गिर पड़ा—टूटा हुआ, निराश, बेहोश-सा।

[25]

"अपने हाथ में कुछ नहीं है, बिलकुल कुछ नहीं है जगतप्रकाश भाई, जो कुछ है वह मुक़द्दर है। हरेक चीज़ की एक तक़दीर होती है इस दुनिया में और एक-दूसरे की

तक़दीर ऐसी एक-दूसरे की तक़दीर से बँधी है कि अक़्ल चक्कर में पड़ जाए।" परवेज़ कह रहा था, "वह यह सब कैसे करता है ? बिना उसकी मर्ज़ी के एक पत्ता तक नहीं हिल सकता !"

जगतप्रकाश मुस्कराया, "लेकिन परवेज़, वह है कौन ?"

"इस दुनिया का मालिक—खुदा। यह सब खुदा की मर्ज़ी है। खुदा यह सब क्यों करता है, अगर वह कहीं मिल जाए तो मैं उससे पूछूँ। लेकिन खुदा मिलता तब है जब आदमी मर जाए, और जब आदमी मर गया तब उसे यह सब पूछने की ज़रूरत क्या है ? फिर आख़िर मरा क्यों जाए ? और मरना इतना आसान काम नहीं है। हम अगर मरना भी चाहें तो मर नहीं सकते।" परवेज़ ने ज़ोर से अपना सिर हिलाया, "नहीं, जगतप्रकाश भाई, यह सब बेकार। उसकी मर्ज़ी चलेगी—जीना उसकी मर्ज़ी से, मरना उसकी मर्ज़ी से, तो अगर इस इलेक्शन में मिस्टर चर्चिल हार गए तो इस पर ताज्जुब क्यों ? उसकी मर्ज़ी थी कि चर्चिल साहेब हारें।"

जगतप्रकाश बोला, "लेकिन यह ब्रिटिश जाति ! इसकी मनोवृत्ति मेरी समझ में नहीं आती। यह चर्चिल ! एक अति महान् व्यक्तित्व, जिसने उस जाति को नष्ट होने से बचा लिया, जिसने असम्भव को सम्भव कर दिखाया, जिसने जर्मनी की दानवी शक्ति तोड़ दी, उसे इस ब्रिटिश जाति ने उठाकर फेंक दिया।"

"छोड़ो भी इस बात को !" कुलसुम बोली, "डॉक्टर का कहना है कि तुम ज़्यादा सोचो मत, फ़िक्र मत करो। तुम्हें आराम की ज़रूरत है...फ़िज़िकल ही नहीं, मेंटल आराम की भी तुम्हें सख़्त ज़रूरत है।"

जगतप्रकाश ने उत्तर दिया, "आज सुबह तो डॉक्टर ने मुझसे कहा था कि मैं अच्छी तरह चलूँ-फिरूँ, सब काम-काज करूँ।"

"यह तो ठीक है बरखुरदार," जमील बोला, "लेकिन डॉक्टर ने तुम्हें फ़िक्र करने को मना किया है। और अब तुम्हें फ़िक्र पैदा हो गई है कि यह चर्चिल इस चुनाव में कैसे हार गया, चर्चिल की कंज़र्वेटिव सरकार ग़ायब कैसे हो गई और उसकी जगह लेबर पार्टी कैसे आ गई !"

"इसकी कुछ वजह तो होनी चाहिए," जगतप्रकाश बोला।

"हम बता सकते हैं इसकी वजह, लेकिन यह कुलसुम हमें बेपढ़ा समझती है, हँसकर हमारी बात काट देती है, तो हम नहीं बताएँगे," परवेज़ ने रूठे हुए स्वर में कहा।

कुलसुम ने परवेज़ के कन्धे पर हाथ रखते हुए कहा, "देखो परवेज़, झूठ मत बोलो। मैंने तुम्हें बेपढ़ा कब कहा ? कभी-कभी तुम बच्चों की-सी बातें करने लगते हो तब मुझे गुस्सा आ जाता है और मैं तुम्हें कुछ सख़्त-चुस्त कह देती हूँ, तो इस पर कहीं इस तरह बुरा माना जाता है।"

परवेज़ बड़ी गम्भीरतापूर्वक बोला, "नहीं, तुम्हारे मुक़ाबले मैं बेपढ़ा तो हूँ ही, इसलिए तुम्हारे मुक़ाबले मैं मूरख हूँ।" और उसने अपना मुँह लटका लिया।

कुलसुम ने परवेज़ की ठोड़ी पर हाथ रखते हुए कहा, "बस, यही तो तुम्हारी मूर्खता है कि तुम बिला वजह नाराज़ हो जाते हो। अरे तुम मुझसे कहीं ज़्यादा बुद्धिमान हो, तभी तो तुम दो-दो मिलों का काम सँभाल रहे हो ! डैडी तो एक मिल का काम भी अच्छी तरह नहीं सँभाल पाते थे। वह मुझसे कह रहे थे कि अगर तुम न आ जाते तो हमारा सब काम-काज चौपट हो जाता।"

परवेज़ के मुख पर अब एक चमक आ गई, "हाँ, डैडी मुझ पर पूरा भरोसा करते हैं। वह तो गवर्नर ने मुझे डाँट-डाँटकर मेरा हौसला पस्त कर दिया था। लेकिन तुम जो मुझे डाँटती हो तो मुझे बड़ा बुरा लगता है। मेरा हौसला तो अब खुल गया है, वह पस्त होने का नहीं। जानती हो, मैंने आज ही लालचन्द भाई का सोल सेलिंग एजेंसी वाला कांट्रेक्ट रद्द कर दिया। मैंने ऐसे तीन प्वाइंट निकाले कि हमारा सोलीसिटर बोला—ऐ परवेज़, तुमने वकालत क्यों नहीं की ? तो हम बोला—बख़्शो बाबा ! यह वकालत का जाल-बट्टा हमसे नहीं चलेगा।"

कुलसुम चौंक उठी, "लालचन्द भाई के हाथ से तुमने सोल सेलिंग एजेंसी ले ली ?"

"क्यों न ले लेते ? तीन दफ़ा कहा कि माल हमारा, तुम ब्लैक-मार्केटिंग करनेवाला कौन होता है, और उसका जवाब मिला कि क़ानून उसके हक़ में है, तो हम बोला—अच्छा बाबा, तुझे खुली छूट, जब क़ानून तेरे हक़ में है, और लगा दिया अपने मनसुखलाल को उसके पीछे। तो मनसुख इकट्ठा करता रहा सब मसाला। लेकिन अपुन ने सोचा, कौन मुक़दमाबाज़ी करे—डैडी भी तो मुक़दमाबाज़ी के खिलाफ़ हैं। तभी यह लालचन्द भाई हमारे जगतप्रकाश भाई पर हमला कर बैठा, तो फिर हमें भी आ गया गुस्सा, हम बोला—अच्छा, लालचन्द भाई, तुम्हें न मज़ा चखाया तो अपुन का नाम परवेज़ झाबावाला नहीं। और आज हम उसे नोटिस भेज दिया। सोलीसिटर बोला कि उसे फोर्जरी के जुर्म में सज़ा भी दिलाई जा सकती है, तो हम बोला—यह जेल-वेल नहीं बाबा, अपना जगत भाई अब अच्छा हो गया है। सिर्फ़ इसकी सोल सेलिंग एजेंसी ग़ायब। हम अपना सेल खुद करेंगे। मनसुखलाल को सेल्स मैनेजर बना दिया है—पन्द्रह सौ रुपया महीने की पगार पर !"

कुलसुम चिल्ला उठी, "मनसुखलाल झवेरी को पन्द्रह सौ रुपए महीना पगार ! तुम्हारा दिमाग़ तो नहीं ख़राब हो गया है परवेज़ ?"

"फिर तुमने डाँटा ! अरे बाबा, पन्द्रह सौ रुपया महीना पगार न दें तो वह भी बेईमानी करने लगे। क्यों मिस्टर जगतप्रकाश, ज़्यादातर लोग बेईमान इसलिए होता है कि उसे वाजिब पगार नहीं मिलता।"

जगतप्रकाश हँस पड़ा, "बिलकुल ठीक किया परवेज़ तुमने। अच्छा, बतलाओ कि ब्रिटेन में कंज़र्वेटिव पार्टी क्यों हार गई ?"

"देखो मिस्टर जगतप्रकाश ! यह इतनी सीधी बात है कि पढ़े-लिखे आदमियों की समझ में नहीं आ सकती। अच्छा, एक बात बताओ, इस वार में ब्रिटेन हारा या जीता ?"

कुलसुम ने परवेज़ को डाँटा, "फिर वही ऊटपटाँग बात ! दुनिया जानती है कि ब्रिटेन जीता है।"

एक हलकी-सी मुस्कान परवेज़ के मुख पर आ गई, "लेकिन मैं कहता हूँ कि इस वार में ब्रिटेन हारा—बुरी तरह हारा ! सिवा जान निकलने के और सब गत हो गई उसकी। वैसे हारे तो जर्मनी, जापान और इटली भी, लेकिन ब्रिटेन बुरी तरह पिट गया है। इतने आदमी मर गए उसके, इतना क़र्ज़ लद गया है उस पर, और ब्रिटेन में लोग खाने-कपड़े को तरस रहे हैं, रहने को मकान नहीं—उजाड़ बना दिया है जर्मनी ने।"

अब जमील बोला, "हाँ, यह ठीक कहते हो, तो आगे ?"

परवेज़ बोला, "यह जंग कंज़र्वेटिव पार्टी की सरकार ने शुरू की थी जिससे ब्रिटेन की यह हालत हो गई है। लोग कंज़र्वेटिव सरकार के दुश्मन बन गए थे। जहाँ उन्हें मौक़ा मिला उन्होंने कंज़र्वेटिव सरकार को उखाड़ फेंका।"

"लेकिन यह कंज़र्वेटिव सरकार की पराजय तो चर्चिल की पराजय है। अभी तक युद्ध पूरी तौर से ख़त्म नहीं हुआ है," जगतप्रकाश बोला।

परवेज़ के मुख पर आई मुस्कान अब कुछ अधिक प्रस्फुटित हो गई, "जापान को बस ख़त्म ही समझो ! मरने के बाद भी लाशें कभी-कभी हरकत करती रहती हैं—तो वही हाल जापान का है। हाँ, तो अपुन का कहना है कि दूसरे को मारना एक काम, अपने को बनाना दूसरा काम। चर्चिल का जो काम था वह ख़त्म हो गया, ब्रिटेन के आगे अब अपने मुलुक को बनाने का काम है, तो भला मिटानेवाला कहीं बना सकता है ?" और उत्साह के साथ परवेज़ चिल्ला उठा, "चर्चिल, अलविदा !"

कुलसुम उठ खड़ी हुई, "अब आठ बजे हैं, डैडी हम लोगों का इन्तज़ार कर रहे होंगे, चलो परवेज़ !" और उसने जगतप्रकाश से कहा, "कल शाम तुम मेरे यहाँ आना। अब तुम्हें ठीक तौर से खाना-पीना और चलना-फिरना चाहिए। कॉमरेड जमील अहमद ! आप इनका हौसला बढ़ाइए, इन्हें धीरज बँधाइए, फ़िक्र किस बात की है ?"

जगतप्रकाश ने भी उठकर कहा, "मैं कल तुम्हारे यहाँ आऊँगा। मुझे किसी तरह की फ़िक्र नहीं है कुलसुम, जब तक तुम हो।"

रात के समय जब जगतप्रकाश अपने कमरे में अकेला रह गया, उसने अपने अन्दर शान्ति अनुभव की। उसे लगा कि मनुष्य के अन्दर कहीं कोई प्राण-शक्ति है जो उसके टूटते-टूटते भी उसे टूटने नहीं देती। यही प्राण-शक्ति मनुष्य को क़ायम रखे है। सारी आशाएँ, सारी प्रतीक्षाएँ टूटने के लिए बनी हैं। स्वयं मनुष्य ही टूटने के लिए बना है। तब फिर इतनी निराशा क्यों ? इतनी कसक क्यों ? इतनी पीड़ा क्यों ? जो कुछ होना है, वह हो चुका है। भगवान् कृष्ण ने गीता में कहा है, अपने हाथ में कुछ नहीं है। व्यक्ति स्वयं में नगण्य और अस्तित्वहीन प्राणी होता है, व्यक्ति का स्थान केवल एक सामाजिक इकाई के रूप में है। और ये समाज भी तो बनते और टूटते रहते हैं—नया ज्ञान, नई मान्यताएँ। परवेज़ ने ठीक ही कहा था कि ब्रिटेन इस युद्ध में जीतकर भी हार गया है। दूसरे देशों से गुलामी करानेवाला देश स्वयं गुलाम बनते-बनते बचा।

उसके साम्राज्यवाद ने ब्रिटेन को खोखला कर दिया था।

युद्ध ! युद्ध का काम ही है संहार—मनुष्य का, सम्पत्ति का, चरित्र का, आस्था का। महात्मा गांधी द्वारा अपनाया जानेवाला अहिंसा का मार्ग ही एकमात्र सही मार्ग है। हिंसा का प्रवर्तक हिटलर मर चुका है, मुसोलिनी मर चुका है, और वह सुभाष ! वह सुभाष भी ख़बरों के अनुसार मर चुका है। बर्मा से जापान जाते समय हवाई दुर्घटना में उसकी मृत्यु हो गई थी। इंडियन नेशनल आर्मी, जो भारत को स्वतन्त्र कराने के लिए निर्मित हुई थी, वह ख़त्म हो चुकी थी, इस सेना ने आत्मसमर्पण कर दिया था।

लेकिन इस हिंसा का विनाश भी तो हिंसा के ही द्वारा हुआ है। हिंसा दूसरे को नष्ट करती है, हिंसा स्वयं अपने को नष्ट करती है। हिंसा विनाश का तत्त्व है, निर्माण का तत्त्व है शान्ति ! और क्या यह शान्ति अहिंसा का भाग नहीं है ?

जगतप्रकाश अपने अन्दर ही मनन कर रहा था, हिंसा को हिंसा ही नष्ट कर सकती है, अहिंसा तो स्वयं में नष्ट हो जानेवाली संज्ञा है। ब्रिटेन बच गया, क्योंकि उसने अहिंसा का सहारा नहीं लिया, यूरोप के अन्य छोटे-छोटे देशों तक ने अहिंसा का सहारा नहीं लिया और वे भी बच गए। जगतप्रकाश महात्मा गांधी की उस सलाह को याद करके हँस पड़ा जो उन्होंने युद्ध के प्रारम्भिक काल में ब्रिटेन को दी थी—सत्याग्रह करनेवाली सलाह ! लेकिन क्या वास्तव में ब्रिटेन महात्मा गांधी की सलाह न मानकर बच सका ? यह सच है कि उसने जर्मनी को तोड़ दिया लेकिन वह स्वयं भी तो टूट रहा है। उस ब्रिटेन का साम्राज्य बचेगा नहीं, क्योंकि अब उसमें अपने साम्राज्य को बचाए रखने की क्षमता नहीं रह गई है। शोषण पर पनपनेवाले देश स्वयं ही नष्ट हो जाएँगे।

ताक़त उसमें है जिसे अपने निजी बाहुबल पर विश्वास है। जर्मनी के पास कोई साम्राज्य नहीं था, और अकेले उसने सारी दुनिया को झकझोर कर रख दिया। अमेरिका के पास कोई साम्राज्य नहीं था, और अमेरिका के उत्पादन एवं वैज्ञानिक उपकरणों द्वारा मित्रराष्ट्रों ने यह युद्ध जीता था। औद्योगिक क्रान्ति को जन्म देनेवाला ब्रिटेन अपने साम्राज्य के बोझ से दबकर औद्योगिक दृष्टि से यूरोप का सबसे पिछड़ा देश रह गया था। उसके युवक साम्राज्य के देशों का शोषण करने में लग गए—ब्रिटेन का स्वावलम्बन जाता रहा।

जेल से छूटते ही जवाहरलाल ने कहा था कि ब्रिटेन में अब यह क्षमता नहीं रह गई कि वह अपने साम्राज्य को क़ायम रख सके, ब्रिटेन अब एक चतुर्थ श्रेणी का देश रह गया है। बात कुछ अजीब-सी लगी थी, लेकिन शायद वह बात सत्य थी।

और अगस्त के प्रथम सप्ताह में अमेरिका ने जापान पर निर्णयात्मक प्रहार किया। हिरोशिमा नगर में एटम बम गिराकर भयानक विध्वंस; एक नया संहारात्मक अस्त्र जो दुनिया को नष्ट कर सकता था। पूरा नगर-का-नगर नष्ट हो गया था, लाखों आदमी मर गए थे। उसके ठीक तीन दिन बाद नागासाकी नगर पर दूसरा एटम बम गिराया गया। जापान ने घुटने टेक दिए थे।

इस विश्वयुद्ध में विजय केवल एक देश को मिली थी। वह था अमेरिका, रूस बुरी तरह टूट गया था, फ्रांस बुरी तरह टूट गया था, ब्रिटेन बुरी तरह टूट गया था। ये तीनों देश जर्मनी की मार में थे, स्वयं नष्ट होते-होते जर्मनी ने इन देशों को तोड़ दिया था। अमेरिका जर्मनी की मार के बाहर था, अमेरिका में उत्पादन तेज़ी के साथ हो रहा था, अमेरिका सम्पन्न था।

बम्बई में बरसात अब खत्म हो गई थी और मौसम सुहाना हो गया था। लेकिन जगतप्रकाश के अन्दर एक भयानक अशान्ति भर गई थी—निरुद्देश्यता की अशान्ति, निष्क्रियता की अशान्ति ! उसका शरीर तो अब पूरी तौर से स्वस्थ हो गया था, लेकिन उसके मन की अस्वस्थता बढ़ती ही जा रही थी। अपने मन की घुटन को दबाए-दबाए वह परेशान हो गया, एक दिन उसने अपनी मनोव्यथा जमील पर प्रकट कर ही दी, ''जमील काका ! मैं समझता हूँ कि मुझसे कुछ ग़लती हो गई है।''

''कैसी ग़लती ?'' जमील ने पूछा।

''तुम्हें याद है, मुझे कम्युनिस्ट पार्टी ने अपना मेम्बर चाहा था और मैंने इनकार कर दिया था। उस समय सोचा था कि पार्टी के बाहर रहकर कुछ करूँगा। लेकिन देख रहा हूँ बाहर कुछ करने को है ही नहीं। इस बेकारी की ज़िन्दगी से मैं आजिज़ आ गया हूँ—सिवा घुटन के और कुछ नहीं।''

जमील ने कुछ सोचकर कहा, ''वह ग़लती तो सुधारी जा सकती है। पार्टीवाले तुम्हारी इज़्ज़त करते हैं। उनकी दिली मंशा है कि तुम पार्टी में शामिल हो जाओ। लेकिन तुम्हारे एक दफ़ा इनकार कर देने के बाद उन्हें हिम्मत नहीं पड़ती कि तुमसे फिर से वे बात करें। कल ही पार्टीवाले तुम्हारे पास आएँगे।''

''नहीं, इतनी जल्दी करने की कोई ज़रूरत नहीं है, मैं ज़रा कुलसुम से भी इस सम्बन्ध में बात कर लूँ।'' जगतप्रकाश बोला।

''कुलसुम बेन तुम्हें मना नहीं करेंगी, मैं जानता हूँ, लेकिन फिर भी तुम उनसे बात कर लो। कुलसुम बेन का ही तो पहले सुझाव था कि तुम पार्टी के मेम्बर बन जाओ।''

उस दिन शाम के समय जब जगतप्रकाश कुलसुम के यहाँ पहुँचा, परवेज़ और लालचन्द हीराचन्द में काफ़ी गरमागरम बातचीत हो रही थी। लालचन्द कह रहा था, ''हाईकोर्ट जाऊँगा, समझ क्या रखा है ?''

और परवेज़ बोला, ''हाईकोर्ट ही नहीं, तुम प्रिवी कौंसिल जाओ लालचन्द भाई, लेकिन तुम जीतोगे नहीं। इधर तुम सिविल कोर्ट में हारे, उधर तुम सरदार वल्लभ भाई की अदालत में हारे। तो अब सरदार की अदालत के आगे तुम महात्मा गांधी की अदालत में जाओ, वहाँ भी तुम हारोगे।'' और जगतप्रकाश को देखते ही परवेज़ बोल उठा, ''आओ जगतप्रकाश भाई, तुम भी सुन लो इन लालचन्द भाई की बात ! कहते हैं कि तुम कम्युनिस्ट हो, इसलिए जीवानन्द कॉलेज में नहीं लिए गए। और मैं कहता हूँ कि जगतप्रकाश भाई कभी भी कम्युनिस्ट नहीं हो सकते, उनसे पूछ तो लेते।''

जगतप्रकाश ने मुस्कराते हुए कहा, ''अभी तक तो मैं कम्युनिस्ट नहीं था, लेकिन

अब हो गया हूँ। फिर अब मुझे जीवानन्द कॉलेज की नौकरी नहीं करनी, झगड़ा किस बात का ?''

कुलसुम घर के अन्दर थी, अब वह बाहर आ गई। उसने परवेज़ से पूछा, ''अभी तक लालचन्द भाई से तुम्हारी बात खत्म नहीं हुई, एक घंटा से ऊपर हो गया !''

''एक बात हो तो ख़त्म हो जाए। यह लालचन्द भाई कभी सफ़ाई देते हैं, कभी खुशामद करते हैं, कभी धमकाते हैं। कहते हैं कि यह मिस्टर जगतप्रकाश कम्युनिस्ट हैं, इसलिए इन्हें जीवानन्द कॉलेज में नहीं लिया गया। फिर कहते हैं कि मालती को लेकर इनकी बड़ी बदनामी है गुजराती समाज में। फिर कहते हैं कि यह तबाह हो जाएँगे। क़सम खाते हैं कि अब ब्लैक मार्केटिंग नहीं करेंगे। और अभी-अभी बोले कि हाईकोर्ट जाएँगे।''

लालचन्द भाई ने कुलसुम से हाथ जोड़कर कहा, ''कुलसुम बेन, मुझसे ख़ता हो गई है, मुझे माफ़ कर दो। इन जगतप्रकाश को मैं कल से ही जीवानन्द कॉलेज में ले लूँगा, मैं वादा करता हूँ।''

जगतप्रकाश बोला, ''मैं कम्युनिस्ट बन गया हूँ लालचन्द जी, जीवानन्द कॉलेज में मेरे जाने का अब कोई प्रश्न नहीं उठता।''

तभी कुलसुम बोल उठी, ''लालचन्द भाई ! जगतप्रकाश के कॉलेज में लिए जाने या न लिए जाने की वजह से आपकी सोल सेलिंग एजेंसी पर कोई असर पड़ा है, इस ग़लतफ़हमी को आप अपने मन से निकाल दीजिए। आपसे यह सब किसने कहा ?''

''मालती बेन ने ! मालती बेन ने मुझे बताया कि तुम इन जगतप्रकाश को बम्बई लाई हो, इलाहाबाद यूनिवर्सिटी की नौकरी इनसे छुड़वाकर। उन्होंने मुझे पहले ही आगाह कर दिया था कि कुलसुम बेन इसका बदला लेगी। तब मैंने इसे हँसी समझा था।''

एकाएक परवेज़ उठ खड़ा हुआ, ''आगे बातचीत करना बेकार ! लालचन्द भाई, अब तो हाईकोर्ट और प्रिवी कौंसिल में इसका फ़ैसला होगा। यह कुलसुम कम्युनिस्ट है, यह जगतप्रकाश कम्युनिस्ट है—तुमने सरदार से यही सब तो कहा था, तो सुन लो, वह मालती बेन कम्युनिस्ट है, और मैं—मैं भी कम्युनिस्ट हूँ। अब जो बिगाड़ सकते हो वह बिगाड़ लेना।'' और परवेज़ तेज़ी से घर के अन्दर चला गया।

परवेज़ के जाने के बाद लालचन्द भाई ने कुलसुम से कहा, ''कुलसुम बेन ! मैं तुम्हारी शरण आया हूँ। मैं मिट जाऊँगा।''

कुलसुम बोली, ''लालचन्द भाई, मालिक परवेज़ है, तो परवेज़ जब अच्छे मूड में हो तब उससे बात करना। लेकिन उसे डराना-धमकाना मत। यह परवेज़ जितना नेक व भला है, उतना ज़िद्दी भी है।''

लालचन्द के जाने के बाद कुलसुम बोली, ''कल बीस तारीख़ है न, तो कल जसवन्त आ रहा है—मुझे आज सुबह उसका तार मिला है। सुबह फ्रंटियर मेल से उसे रिसीव करना है। स्टेशन जाते हुए मैं तुम्हें ले लूँगी।''

जसवन्त आ रहा है—यह जानकर जगतप्रकाश को प्रसन्नता हुई। जगतप्रकाश के अनजाने ही उसके अन्दर जसवन्त के प्रति गहरे सौहार्द की भावना पैदा हो गई थी। यह जसवन्त जगतप्रकाश के जीवन से दूर—बहुत दूर था, उससे मिलने और बात करने का मौक़ा भी उसे अधिक नहीं मिला था, लेकिन फिर भी जगतप्रकाश को जसवन्त में आत्मीयता मिली, दृढ़ता और संकल्प मिले। जगतप्रकाश बोला, "ज़रूर मैं सुबह तैयार रहूँगा।" और फिर कुछ रुककर उसने कहा, "कुलसुम ! यह निष्क्रियता का जीवन मुझे अखर रहा है। मैंने आज जमील से बात की, उसका सुझाव है कि मैं कम्युनिस्ट पार्टी ज्वाइन करके अपने को काम-काज में व्यस्त कर लूँ।"

कुलसुम के मुख पर प्रसन्नता की चमक आ गई, "शायद मैं भी यही सुझाव देती, लेकिन मेरी हिम्मत नहीं पड़ रही थी। आख़िर कोई काम-काज तो करना है तुम्हें। मैंने दामले और सामन्त को तुम्हारी बाबत यक़ीन दिलाया था कि तुम पार्टी के मेम्बर बन जाओगे। फिर यह सोचकर कि तुम्हारे जैसा बौद्धिक और महान् आदमी अनुशासन में बँधे—यह ग़लत होगा, मैं चुप हो गई थी।"

"तो फिर मैं जमील को अपनी स्वीकृति दे दूँ ?" जगतप्रकाश ने पूछा।

"इसमें जल्दी क्या है ?" कुलसुम बोली, "अगर किसी पार्टी में बँधना है तो ऐसी पार्टी में बँधो जहाँ तुम्हारा विचार-स्वातन्त्र्य क़ायम रह सके। दूसरों के नेतृत्व में चलने के स्थान पर तुम्हें नेतृत्व करना है। तुम कांग्रेस क्यों नहीं ज्वाइन कर लेते ?"

"वहाँ भी तो दूसरों के नेतृत्व में चलना होगा।" जगतप्रकाश बोला, "और ऐसे लोगों के नेतृत्व में जिनसे मेरा ज़रा भी विचार-साम्य नहीं है। कम्युनिस्ट पार्टी से कम-से-कम मेरा विचार-साम्य तो है।"

कुलसुम कुछ देर सोचती रही, फिर उसने कहा, "शायद तुम ठीक कहते हो। कहने को तो कांग्रेस लोकतान्त्रिक संस्था है, लेकिन वहाँ सबसे दूषित डिक्टेटरशिप है जहाँ एक आदमी जो चाहे वह करे, सबको उसकी हाँ में हाँ मिलानी पड़ती है। लेकिन तुम अभी जमील अहमद से हाँ मत कहो। परसों से ए.आई.सी.सी. की मीटिंग हो रही है, उसमें भाग लेने के लिए कल जसवन्त आ रहा है। तो मेरी सलाह है कि तुम उससे भी बात कर लो।"

दूसरे दिन सुबह जब जगतप्रकाश ने उस दिन का अखबार खोला, उसकी नज़र लार्ड वेवल के वक्तव्य पर जम गई जो पिछली रात रेडियो पर उन्होंने दिया था। पिछली रात जगतप्रकाश ने रेडियो नहीं सुना था। लार्ड वेवल ने देश भर में नए चुनावों की घोषणा की थी, और कहा था कि नई केन्द्रीय एसेम्बली द्वारा देश में राष्ट्रीय सरकार बनाई जाएगी, और इसके बाद वह स्वतन्त्र भारत का नया संविधान बनाएगी।

जसवन्त को लेकर जगतप्रकाश के साथ कुलसुम अपनी कोठी में पहुँची, उसने जसवन्त से कहा, "जसवन्त ! कल रात जब तुम ट्रेन में थे, लार्ड वेवल का रेडियो पर ब्राडकास्ट हुआ था। वह वक्तव्य आज के पत्रों में निकला है, उसे शायद तुमने अभी तक न पढ़ा हो। लो, यह आज का 'टाइम्स', इसे पढ़ जाओ, तब तक चाय आती है।"

जसवन्त ने उस वक्तव्य को आद्योपान्त पढ़कर कहा, ''नए चुनाव तो होने ही चाहिए, इसके अलावा इस ब्राडकास्ट में और कोई महत्त्वपूर्ण बात नहीं है। हम वहीं हैं जहाँ हम शिमला कान्फ्रेंस के समय थे। जब तक यह हिन्दू-मुस्लिम समस्या नहीं सुलझती, तब तक कुछ नहीं होने का।''

''शायद इन चुनावों के बाद कुछ हो !'' दबी ज़बान में जगतप्रकाश ने कहा, ''मुझे तो ऐसा लगता है कि ब्रिटेन अपनी नीतियों में आमूल परिवर्तन करेगा। यह ब्राडकास्ट ए.आई.सी.सी. की मीटिंग के दो दिन पहले हुआ है।''

जसवन्त ने आश्चर्य से जगतप्रकाश को देखा, ''यह बात तुमने किस आधार पर कही ?''

जगतप्रकाश बोला, ''मुमकिन है मेरा अनुमान ग़लत हो, लेकिन जो ब्रिटेन के आम चुनावों में कंज़र्वेटिव पार्टी की पराजय हुई और चर्चिल की सरकार को हटा दिया, तथा उसके स्थान पर मज़दूर सरकार आ गई है, वह ब्रिटिश जाति के बदले हुए दृष्टिकोण का द्योतक है। ब्रिटेन भारतवर्ष को स्वतन्त्र कर देगा, वह अपने साम्राज्य को अब क़ायम नहीं रख सकता।''

जसवन्त मुस्कराया, ''मुमकिन है तुम्हारा अनुमान ही सही हो, लेकिन मुसीबत यह है कि स्वयं यह हिन्दुस्तान स्वतन्त्र होने को तैयार नहीं है। आज हालत यह हो गई है कि अगर अंग्रेज़ हिन्दुस्तान से चला जाता है तो देश के हिन्दू-मुसलमान में भयानक गृहयुद्ध मच जाएगा। इतनी अधिक साम्प्रदायिक दुर्भावना फैला दी गई है इस देश में।'' और फिर कुछ गम्भीर होकर उसने कहा, ''मुझे तो ऐसा लगता है कि देश का कल्याण इसमें है कि वह अभी स्वतन्त्र न हो। देश इस समय आन्तरिक विग्रह की चरम स्थिति में है। अंग्रेज़ के यहाँ से जाने के अर्थ होंगे—अराजकता, गृहयुद्ध और न जाने क्या-क्या !''

अब जगतप्रकाश की बारी थी कि वह जसवन्त को आश्चर्य से देखे, ''क्या स्थिति इतनी बिगड़ गई है ? मेरा खयाल था कि यह हिन्दू-मुस्लिम समस्या वास्तविक नहीं है।''

''यह हिन्दू-मुस्लिम समस्या वास्तविक नहीं थी किसी समय, लेकिन अंग्रेज़ों की 'डिवाइड एंड रूल' की नीति ने तथा महात्मा गांधी की अदूरदर्शिता ने उसे वास्तविक बना दिया।''

''यह कैसे ?'' कुलसुम ने पूछा।

''इसके लिए हमें अपने इतिहास पर एक नज़र डालनी पड़ेगी'', जसवन्त बोला, ''अंग्रेज़ों ने मुग़ल साम्राज्य समाप्त करके हिन्दुस्तान को जीता था। उसके बाद अधिकांश सरकारी नौकरियों पर हिन्दू आए और मुसलमानों के अन्दर अंग्रेज़ के विरुद्ध एक प्रकार का आक्रोश भर गया। अपने ऊपर से यह आक्रोश हटाने के लिए अंग्रेज़ों ने मुसलमानों को उकसाया। उन्हें विशेषाधिकार देकर अपना पक्षपाती बनाने की नीति अंग्रेज़ों ने अपनाई। सर सैयद अहमद के ज़रिए उन्होंने यह काम आरम्भ किया। और क्रिया-प्रतिक्रिया के रूप में यह हिन्दू-मुस्लिम भेदभाव बढ़ने लगा। हिन्दू यूनिवर्सिटी, मुस्लिम यूनिवर्सिटी, हिन्दू महासभा, मुस्लिम लीग—क्रम चल पड़ा। और प्रथम महायुद्ध

के बाद इस कृत्रिम भेद को वास्तविक भेद समझने की सबसे बड़ी ग़लती कर बैठे स्वयं महात्मा गांधी। असहयोग आन्दोलन के साथ खिलाफ़त आन्दोलन को जोड़कर उन्होंने मुसलमानों को एक अलग इकाई मानकर अपने साथ लेने की जो कोशिश की उसने गौणरूप से यह घोषित कर दिया कि मुसलमान की वफ़ादारी अपने देश के प्रति नहीं है, अपने मज़हब के प्रति है, और मज़हब के प्रति वफ़ादारी होने के नाते उसकी वफ़ादारी तुर्की के ख़लीफ़ा के प्रति है। वह आन्दोलन असफल हुआ—उसे असफल होना ही था, लेकिन उस आन्दोलन के बाद ही हिन्दू-मुस्लिम दंगों का एक देशव्यापी ताँता बँध गया। उस आन्दोलन से अंग्रेज़ों ने समझ लिया था कि उनके द्वारा कृत्रिम रूप से उत्पन्न किया जानेवाला हिन्दुओं और मुसलमानों का भेदभाव, गांधी के एक ग़लत कदम से वास्तविकता बन गया है।''

कुलसुम ने एक ठंडी साँस भरकर कहा, ''जसवन्त, बड़ी खतरनाक बात कह डाली है तुमने, लेकिन तुम्हारी बात को मैं काट नहीं सकती।''

जसवन्त का स्वर अब धीमा पड़ गया था, ''महात्मा गांधी अपनी पुरानी धार्मिक भावनाओं से ग्रस्त है। यह राम-रहीम, ईश्वर-अल्ला का नारा एकता का नारा न होकर विभेद का द्योतक है। राम-रहीम, ईश्वर-अल्ला—यह दो मनोवृत्तियों की स्थापना का द्योतक है जहाँ समझौते की भावना है। समझौता वहीं होता है जहाँ दो विरोधी संज्ञाओं की मौजूदगी है। दो विरोधी संज्ञाओं की मौजूदगी महात्मा गांधी को स्वीकार ही नहीं करनी चाहिए थी। मनुष्य की आधारभूत समस्या है रोटी-कपड़ा। मज़हब तो बहुत बाद की चीज़ है। उस इक़बाल ने, जिसने पहली बार पाकिस्तान की परिकल्पना की थी, आरम्भ में लिखा था—

मज़हब नहीं सिखाता, आपस में बैर करना,
हिन्दी हैं, हमवतन हैं, हिन्दोस्ताँ हमारा !

लेकिन वही इक़बाल उस प्रथम महायुद्ध के बाद मज़हब को मान्यता दे बैठा।''

जगतप्रकाश मन्त्रमुग्ध-सा जसवन्त की बातें सुन रहा था—कुछ ऐसा जिस पर कभी उसका ध्यान नहीं गया था, जिस पर उसने सोचा नहीं था।

और जसवन्त कहता जा रहा था, ''सन् 1930 के आन्दोलन में उतने मुसलमान नहीं सम्मिलित हुए जितने होने चाहिए थे। इसके बाद महात्मा गांधी ने पहले क़दम से भी अधिक घातक क़दम उठाया, सन् 1936 में 'हिन्दुस्तानी' नाम की भाषा को जन्म देकर। आखिर यह हिन्दुस्तानी थी क्या ? मज़हब के आधार पर हिन्दी और उर्दू में एक समझौता ! और यह समझौता क्यों ? महात्मा गांधी आरम्भ से ही कह रहे थे कि देश को एक सूत्र में बाँधनेवाली भाषा हिन्दी है। महात्मा गांधी के दिमाग़ में यह बात थी कि देश के हिन्दुओं की सांस्कृतिक भाषा हिन्दी है। मुसलमानों को मिलाने के लिए उन्होंने उर्दू को मुसलमानों की सांस्कृतिक भाषा के रूप में स्वीकार करके हिन्दुस्तानी नाम की एक कृत्रिम भाषा को जन्म दिया जो दो लिपियों में लिखी जाती थी। इस

समझौते वाली भाषा से महात्मा गांधी ने हिन्दुस्तान में जो दो संस्कृतियों को स्वीकार किया, और दो संस्कृतियों को स्वीकार करके—जैसे मिस्टर जिन्ना का कहना है, दो नेशंस यानी दो राष्ट्रों को स्वीकार कर लिया।''

कुछ रुककर जसवन्त बोला, ''जो कृत्रिमता थी उसे महात्मा गांधी ने वास्तविकता की तरह से स्वीकार कर लिया, यह हमारा सबसे बड़ा दुर्भाग्य था। आज की परिस्थितियों में हमें यदि स्वतन्त्रता मिलती है तो देश का बँटवारा अनिवार्य है। और उसके साथ गृहयुद्ध, अमानुषिक हत्याकांड।''

अब कुलसुम बोली, ''तो तुम्हारा ख़याल है कि देश को गुलामी की ही हालत में रहना चाहिए ?''

''हाँ, तब तक, जब तक हम इस मज़हब के पागलपन को मिटा नहीं लेते। इस मज़हब के पागलपन की सिर्फ़ एक काट है—कम्युनिज़्म ! देश के निन्यानबे प्रतिशत भूखे मरनेवाले और अभावग्रस्त आदमियों के लिए मज़हब सिर्फ़ एक भुलावा है, उनको गुलाम बनाए रखने का एक साधन है। जहाँ इतने वर्ष गुलामी की है, वहाँ दस-बीस साल और गुलामी करने से कुछ बिगड़ नहीं जाएगा। हमें रूस के अभ्युत्थान की प्रतीक्षा करनी चाहिए।''

तभी कुलसुम बोली, ''जसवन्त, यह जगतप्रकाश—इन्हें कम्युनिस्ट पार्टीवाले अपना मेम्बर बनाना चाहते हैं, यह भी कुछ काम-काज करना चाहते हैं। क्या ख़याल है तुम्हारा ?''

''लेकिन यह काम करेंगे कहाँ ? हिन्दुस्तान कृषि-प्रधान देश है और कम्युनिस्ट पार्टी की पहुँच केवल औद्योगिक नगरों के मजदूरों तक है, और इन मज़दूरों की हालत देश के किसानों से कहीं अच्छी है। असल में काम करना है किसानों के बीच में, देश के अनगिनती गाँवों में। और गाँवों तक कांग्रेस पहुँच चुकी है।''

''लेकिन कांग्रेस का कार्यक्रम ग़लत है।'' जगतप्रकाश बोला।

''इसलिए कि कांग्रेस का नेतृत्व ग़लत है।'' जसवन्त उदास स्वर में बोला, ''शायद देश में जो कुछ हो रहा है वह सब-का-सब ग़लत है। और इन्हीं ग़लतियों में हमें रहना है। मेरी समझ में तुम कांग्रेस ज्वाइन कर लो। मैंने कम्युनिस्ट पार्टी को अन्दर से देखा है, और मैं समझता हूँ कि देश की जनता का विश्वास प्राप्त करने में भी कम्युनिस्ट पार्टी को लम्बा समय लगेगा।''

फिर जगतप्रकाश के सामने एक अँधेरा—अँधेरे के सिवा और कुछ नहीं। जसवन्त तीन दिन बम्बई में रहा और जसवन्त के साथ जगतप्रकाश भी ए.आई.सी.सी. की बैठक में जाता रहा। मूसलाधार वर्षा में वह अधिवेशन हुआ, और जगतप्रकाश ने स्पष्ट रूप से यह देखा कि कांग्रेस का नेतृत्व महात्मा गांधी के हाथ से निकलकर जवाहरलाल के हाथ में आ रहा है, शायद स्वयं महात्मा गांधी की मर्ज़ी से। जवाहरलाल में जीवनीशक्ति थी, जवाहरलाल में प्रतिभा थी, और जवाहरलाल को महात्मा गांधी का पूर्ण विश्वास प्राप्त था। महात्मा गांधी का उत्तराधिकारी जवाहरलाल अब पूरी तौर से शक्तिशाली बन गया था।

हवाई दुर्घटना में सुभाषचन्द्र बोस की मृत्यु हो जाने की खबर आ चुकी थी और सुभाष ने भारत की स्वतन्त्रता के लिए युद्ध करने के कारण जिस इंडियन नेशनल आर्मी की स्थापना की थी, उसने जापान की पराजय के साथ ही आत्मसमर्पण कर दिया था। इंडियन नेशनल आर्मी के कुछ अफ़सरों पर लाल क़िले में मुक़दमा चलाया गया, जवाहरलाल के आग्रह से उस मुक़दमे में अभियुक्तों की पैरवी का भार कांग्रेस ने अपने ऊपर ले लिया था। पाँच नवम्बर को यह मुक़दमा आरम्भ हुआ। जनमत अभियुक्तों के पक्ष में था। तीन जनवरी को तीनों अभियुक्तों को कमांडर-इन-चीफ़ ने क्षमा प्रदान करके मुक्त कर दिया। और इस आई.एन.ए. के मुक़दमे से देश में नया उत्साह फैल गया।

1946 का नया वर्ष आ गया था, और जगतप्रकाश के अन्दर निराशा का अन्धकार गहरा होता जा रहा था। देश में केन्द्रीय असेम्बली के चुनाव हो रहे थे और ऐसा दिखता था कि कांग्रेस के मुस्लिम सदस्यों को चुनाव में सफलता नहीं मिलेगी। उस दिन जब जगतप्रकाश घर से बाहर जाने की तैयारी कर रहा था, जमील अपने ऑफ़िस से लौट आया। उसके हाथ में एक किताब थी, और वह काफ़ी उत्तेजित था। उसने कहा, ''बरखुरदार ! यह राजेन्द्र बाबू की नई किताब है—'इंडिया डिवाइडेड', इसमें उन्होंने मिस्टर जिन्ना को मुँहतोड़ जवाब दिया है।''

''देखूँ तो !'' और जगतप्रकाश ने किताब जमील के हाथ से ले ली। उसने किताब के पृष्ठ उलटे और वह बैठ गया, ''अब नहीं जाऊँगा। यह किताब तो काफ़ी महत्त्वपूर्ण दिखती है। जिन्ना का दावा ग़लत है। पाकिस्तान के सपने को ही तोड़ दिया गया है इसमें।''

जगतप्रकाश ध्यान से उन आँकड़ों को देखने लगा जो 1941 की जनमत-गणना के आधार पर उस किताब में प्रस्तुत किए गए थे। और तभी जमील ने एक ठंडी साँस ली, ''बरखुरदार, मुझे तो ऐसा लगता है कि पाकिस्तान ने अब असलियत की शक्ल अख़्तियार कर ली है। देश के बँटवारे को नामंजूर न करके अब कहा-सुनी इस बात पर हो रही है कि पाकिस्तान की क्या शक्ल होगी। राजगोपालाचारी के फ़ार्मूले में कहा गया था कि एक कमीशन बैठे जो यह तय करे कि मुल्क के किन हिस्सों में मुसलमानों की तादाद ज़्यादा है। उस कमीशन का काम किया है इस किताब ने।''

जगतप्रकाश ने कहा, ''शायद यही बात है। इस किताब के अनुसार पाकिस्तान की जो शक्ल बनेगी, देश के मुसलमान और मिस्टर जिन्ना उसे किसी हालत में मंजूर न करेंगे।''

जमील बोला, ''कुछ कहा नहीं जा सकता। इनसान का चाहा कब होता है, इनसान तो अपनी मजबूरियों का गुलाम है। बदक़िस्मती की बात तो यह है कि इधर चन्द सालों में हम जिसे ग़ैर-मुमकिन समझते थे, देश के बँटवारे की यह बात हर तरफ़ खुल्लमखुल्ला होने लगी है। देश का बँटवारा होकर रहेगा, इस किताब से यह साबित हो जाता है।''

फिर उस शाम को जगतप्रकाश घर के बाहर नहीं निकला, वह उस किताब को पढ़ने बैठ गया जमकर।

केन्द्रीय असेम्बली के चुनाव में मुस्लिम सीटों को लेकर कांग्रेस को गहरी पराजय मिली। मुस्लिम लीग के ही उम्मीदवार चुने गए। जिन्ना का यह दावा सच निकला कि मुस्लिम लीग ही देश के मुसलमानों की एकमात्र प्रतिनिधि संस्था है, और दस जनवरी को देश-भर में मुस्लिम लीग ने अपनी विजय का दिवस मनाया। हिन्दू-मुस्लिम वैमनस्य अब अपनी चरम सीमा पर पहुँच रहा था। उसे रोका नहीं जा रहा था, शायद उसे रोका भी नहीं जा सकता था। गांधी और जिन्ना इन दो व्यक्तियों ने संघर्ष का जो रूप धारण कर लिया था, उसे देश देख क्या नहीं पा रहा है ? जगतप्रकाश को आश्चर्य हो रहा था इस बात पर। आई.एन.ए. के मुक़दमे की प्रतिक्रिया देश में ब्रिटेन के खिलाफ़ तो हुई, लेकिन उसका इस हिन्दू-मुस्लिम समस्या पर कोई असर नहीं पड़ा।

कशमकश चल रही थी और कोई हल निकलता नज़र नहीं आ रहा था। ब्रिटिश सरकार के प्रति देश में विद्रोह मुखर होता जा रहा था और विद्रोह के मुखर होने में सहायक हो रही थी, ब्रिटेन की नई मज़दूर सरकार तथा भारत में स्थित ब्रिटिश नौकरशाही में तीव्र मतभेद। ब्रिटेन की नई मज़दूर सरकार जल्दी-से-जल्दी भारतवर्ष को स्वराज्य देकर भारत की समस्या से छुटकारा पाना चाहती थी, देश के अन्दर बैठी हुई ब्रिटिश नौकरशाही देश के गुलाम बने रहने में ही अपने विशेष अधिकारों की रक्षा समझती थी। और देश का आर्थिक ढाँचा लड़खड़ा रहा था।

देश में एक भयानक अकाल की छाया मँडरा रही थी। बंगाल में तैंतीस लाख आदमी अकाल से भूखों मरे थे, इस बार दक्षिण में चार-पाँच करोड़ आदमियों के भूखों मरने की सम्भावना थी। भारत सरकार के खाद्य सदस्य ने अमेरिका आदि देशों से अपील की थी कि वह भारत को प्रचुर मात्रा में खाद्यान्न दे। भारत के खाद्य-सदस्य ने केन्द्रीय असेम्बली में घोषणा की थी कि वह विदेशों में खाद्यान्न खरीदने के सम्बन्ध में एक शिष्टमंडल ले जाएँगे।

यह भूख, अकाल, बेकारी और दरिद्रता से लड़खड़ाता देश ! यह कैसे बचेगा ब्रिटिश सरकार की गुलामी में रहते हुए ? लेकिन यह ब्रिटिश राज जाएगा कैसे ? जनता मुर्दा थी। जनता का जो सम्पन्न और शक्तिशाली वर्ग था वह लूट-खसोट में लगा था, जनता का नेता वर्ग आपसी संघर्षों में उलझा हुआ था। विद्रोह अगर कहीं हो सकता था तो वह सेना में।

इंडियन नेशनल आर्मी के रूप में सेना का पहला विद्रोह दिखा था, लेकिन वह विशेष परिस्थितियों में। सेना का दूसरा विद्रोह फूट पड़ा 19 मई, 1946 को बम्बई में।

उस दिन थाना में मज़दूरों की एक सभा में जमील को जाना था। जमील ने जगतप्रकाश को अपने साथ ले लिया था। इन दोनों को विक्टोरिया टर्मिनस में लोकल ट्रेन पकड़नी थी। क़रीब नौ बजे सुबह दोनों बस पर बैठे। धोबी तालाब आकर बस रुक गई। एक भीड़ इकट्ठा थी वहाँ पर, वहाँ से विक्टोरिया टर्मिनस का रास्ता बन्द था। बस से यात्रियों को उतरना पड़ा। दोनों पैदल ही विक्टोरिया टर्मिनस की ओर बढ़े,

और तभी उन्हें विक्टोरिया टर्मिनस की तरफ़ से कुछ लोग भागते नज़र आ रहे थे, जो चिल्ला रहे थे, ''बलवा हो गया—बलवा हो गया !''

ये दोनों आगे बढ़ते गए। विक्टोरिया टर्मिनस के पास पहुँचकर इन लोगों ने देखा कि कुछ लोग प्रदर्शन कर रहे हैं। प्रदर्शनकारी नेवी की वर्दियाँ पहने हुए थे। एक एंग्लो-इंडियन पुलिस सार्जेंट से जगतप्रकाश ने अंग्रेज़ी में पूछा, ''यह प्रदर्शन कैसा हो रहा है, क्या मामला है ?''

वह पुलिस सार्जेंट खुद घबराया हुआ था। उसने कहा, ''मुझे खुद नहीं मालूम, लेकिन ये नेवी के आदमी हैं।'' और तभी वह पुलिस सार्जेंट तेज़ी से क्राफ़र्ड मार्केट की ओर भागा। प्रदर्शनकारियों ने एक ब्रिटिश सैनिक को ज़मीन पर गिरा दिया था।

जमील ने जगतप्रकाश से कहा, ''हम लोगों का थाना जाना मुल्तवी। यह नज़ारा मज़दूरों की उस कान्फ्रेंस से ज़्यादा दिलचस्प है। ज़रा आगे बढ़ा जाए फ्लोरा फ़ाउंटेन की तरफ़।''

''रास्ता बन्द है। देख रहे हो जमील काका, वहाँ जाना खतरे से खाली नहीं है।''

''चलो, गलियों के अन्दर होते हुए निकल चलें, जो कुछ हो रहा है वह तो हार्नबी रोड पर।'' जमील जगतप्रकाश का हाथ पकड़कर आगे बढ़ते हुए कहा। पीछे की गलियों से होते हुए दोनों फ्लोरा फ़ाउंटेन पहुँच गए।

दुकानें बन्द थीं और प्रदर्शनकारियों की भीड़ बढ़ती जा रही थी। यह प्रदर्शन अब उग्र हिंसात्मक रूप धारण करने लगा था। फ्लोरा फ़ाउंटेन पहुँचकर इन लोगों ने देखा कि वहाँ नेवी के लोगों ने एक मोर्चाबन्दी भी कर रखी है। प्रदर्शनकारियों की भीड़ लगातार बढ़ती जा रही थी। रायल इंडियन नेवी के हिन्दुस्तानी नाविक डॉक्स से चले आ रहे थे।

एक हिन्दुस्तानी नौ-सेना का अफ़सर एक कोने में उदास खड़ा यह सब देख रहा था। जगतप्रकाश ने उससे पूछा, ''क्या मामला है ?''

''अंग्रेज़ अफ़सरों का हिन्दुस्तानी नाविकों के प्रति दुर्व्यवहार ! जहाज़ पर काम करनेवाले हिन्दुस्तानी नाविकों को सड़ा-गला भोजन दिया जाता है, उनके साथ जानवरों की तरह पेश आया जाता है।''

''क्या यह सब अभी होने लगा है या पहले से हो रहा है ?'' जमील ने पूछा।

''होता तो पहले से रहा है, लेकिन अब यह सब असह्य हो गया है हम लोगों को। हम लोगों की सहायता से ब्रिटेन इस युद्ध में विजयी हुआ है और उस पर भी हमारे साथ यह दुर्व्यवहार हो रहा है।'' वह बोला, ''बीस हज़ार हिन्दुस्तानी नाविकों ने हड़ताल कर दी है। हमें अच्छा खाना चाहिए, अच्छा व्यवहार चाहिए। लेकिन मैं सोच रहा हूँ, यह सब कैसे हो सकेगा ? हमारा देश कायरों का देश है। सामूहिक जोश में ये हड़ताली यहाँ चले आए हैं। लेकिन क्या इन लोगों में विद्रोह करने का वास्तविक साहस है, कम-से-कम मेरी समझ में यह नहीं आता।''

उस दिन वह हड़ताल अपेक्षाकृत अहिंसात्मक रही। लेकिन सेना में विद्रोह हो गया,

यह स्वयं में भयानक स्थिति थी।

क़रीब बारह बजे तक जमील के साथ जगतप्रकाश उस क्षेत्र में घूमता रहा। लौटते समय जमील बोला, ''बरखुरदार ! अंग्रेज़ के पैर अब इस देश से उखड़ चुके। ब्रिटिश सरकार हिन्दुस्तानी फौज के बल पर इस देश में हुकूमत करती रही है, और हिन्दुस्तानी फौज उसके हाथ से जाती रही। इतनी अहम बग़ावत, और सरकार इस बग़ावत को दबाने के लिए फौज नहीं बुला सकती, क्योंकि हिन्दुस्तानी फौज पर उसे भरोसा नहीं, क्योंकि अगर वह भी इन जहाज़ियों की हमदर्दी में बग़ावत कर दे तो इसमें ताज्जुब की बात नहीं होगी।''

''लेकिन अंग्रेज़ फ़ौज तो बुलाई जा सकती है।'' जगतप्रकाश बोला।

''हाँ, लेकिन हिन्दुस्तान में ब्रिटिश फौज है कितनी ? हिन्दुस्तान में ज़्यादातर अमेरिकी फौज थी जो चली गई, थोड़ी-सी ब्रिटिश फ़ौज बच गई है, जिसका जमाव बंगाल और आसाम में है। वह ब्रिटिश फौज बुलाई जाएगी, लेकिन उसमें वक्त लगेगा।''

उस नौ-सेना के अफ़सर का कहना ठीक था, हड़तालियों में मतैक्य नहीं था, और फिर सरकार ने हड़ताल को दबाने के साधन जुटा लिए थे। यह हड़ताल तीन-चार दिन चली; इन हड़तालियों की सहानुभूति में बम्बई के मज़दूर भी खुलकर आ गए। इस बीच में ब्रिटिश फौज बुला ली गई। नगर में गोलियाँ चलीं, सैंकड़ों मज़दूर और नागरिक मरे, हज़ारों जख्मी हुए, कर्फ्यू लगा और अन्त में ब्रिटिश सरकार ने हड़तालियों की माँगें मान लीं। पच्चीस फ़रवरी को यह हड़ताल समाप्त हो गई।

हिन्दुस्तान की स्थिति का अध्ययन करने के लिए ब्रिटिश पार्लियामेंट का जो मिशन जनवरी में आया या, उसने अपनी रिपोर्ट दे दी थी और उस रिपोर्ट के फलस्वरूप ब्रिटिश मन्त्रिमंडल के तीन आदमियों का एक मिशन भारत के स्वराज्य की रूपरेखा तैयार करने के लिए तेईस मार्च को कराची पहुँच गया।

जगतप्रकाश को अब विश्वास होने लगा था कि देश के स्वतन्त्र होने का समय आ गया है। ब्रिटेन स्वयं देश को स्वतन्त्र करने पर तुल गया था। विश्वयुद्ध में टूटा हुआ ब्रिटेन साम्राज्यवाद का मोह त्याग चुका है। हिन्दुस्तान की खाद्य-समस्या लगातार बिगड़ती जा रही थी और हिन्दुस्तान में ब्रिटिश शासन के प्रति घृणा भी उसी अनुपात से बढ़ती जा रही थी।

जमील बोला, ''यह तो है, लेकिन देश को आज़ादी मिलने में अभी वक़्त लगेगा। यह सब एक दिखावा है। हिन्दू-मुस्लिम प्राब्लेम ने अब इतना तूल पकड़ लिया है कि इस देश में एका हो ही नहीं सकता, और बिना एका के आज़ादी नहीं मिलती।''

''यह हिन्दू-मुस्लिम समस्या अंग्रेज़ ने पैदा की है, वही इसे सुलझा भी सकता है।'' जगतप्रकाश बोला।

''यहीं ग़लती करते हो बरखुरदार ! बिगाड़ना इनसान के हाथ में है, बनाना उसके हाथ में नहीं है। मैं कहता हूँ कि हिन्दू-मुस्लिम समझौता अब हो ही नहीं सकता जिन्ना की मौजूदगी में, और बिना यह समझौता हुए स्वराज्य नहीं मिल सकता।''

"तो फिर तुम्हारा मतलब है कि यह सब महज़ एक धोखा है ?" जगतप्रकाश ने पूछा।

"यक़ीनन ! हिन्दुस्तान से अंग्रेजों के पैर उखड़ चुके हैं, यह सच है। अब ब्रिटेन इस हिन्दू-मुस्लिम निफ़ाक की आड़ में कुछ ऐसा करेगा कि हिन्दुस्तान ख़ुद अपनी मर्ज़ी से इस ब्रिटिश हुकूमत को अपने ऊपर लादे रहे, यानी कुछ बेमानी सुधार मिल जाएँगे।"

"मेरा ऐसा ख़याल है कि अगर यह जाल फैलाया गया तो इसमें न महात्मा गांधी फँसेंगे, न मिस्टर जिन्ना फँसेंगे।" जगतप्रकाश बोला।

और हुआ भी ऐसा ही। उन्तीस जून को कैबिनेट मिशन चला गया, और कांग्रेस तथा मुस्लिम लीग में कोई समझौता नहीं हो सका। कैबिनेट मिशन ने पाकिस्तान की माँग नामंजूर कर दी थी, लेकिन जिस संविधान की रूपरेखा इस मिशन ने बनाई थी, वह कांग्रेस को भी मान्य नहीं थी। तो क्या जमील का ही अनुमान सही था ? क्या ब्रिटेन की मज़दूर-सरकार भी हिन्दुस्तान को स्वतन्त्रता देने में आनाकानी कर रही है ?

लेकिन ब्रिटेन हिन्दुस्तान को बाँधे कैसे रहेगा ? कितनी ब्रिटिश सेना यहाँ रखकर वह हिन्दुस्तान पर शासन करेगा ? महात्मा गांधी पूर्ण स्वतन्त्रता चाहते हैं, जिन्ना भी पाकिस्तान के रूप में पूर्ण स्वतन्त्रता चाहते हैं।

जुलाई का महीना बम्बई का सबसे बुरा महीना कहा जाता है, दिन-रात वर्षा होती रहती है, कोई घर के बाहर नहीं निकल पाता। उस दिन जब जगतप्रकाश को अपने गाँव से सुमेर का पत्र मिला कि वह बड़ी मुश्किल में है, गाँववाले उसे बहुत परेशान करते हैं, तो उसने जमील से कहा, "जमील काका ! मौसम तो यहाँ बड़ा ख़राब है। सोच रहा हूँ कि कुछ दिनों के लिए गाँव हो आऊँ, वहाँ अपनी ज़मीन और अपने मकान का भी निपटारा कर दूँ।"

"क्यों, यह ज़मीन और मकान का निपटारा करने की ऐसी क्या ज़रूरत आ पड़ी ?" जमील ने पूछा।

"निपटारा तो करना ही होगा, आज नहीं तो कल। जहाँ से अपनी जड़ें उखड़ चुकी हैं, वहाँ का अब मोह क्यों ? आखिरी दफ़ा अपने गाँव को देख लूँ, अपनी भूमि को प्रणाम कर लूँ और फिर वहाँ से हमेशा के लिए अपना नाता तोड़ लूँ।" जगतप्रकाश का गला भर आया था, "उस गाँव में मेरे पितामह आकर बसे थे, उनसे पहले हमारे परिवार का उस गाँव से कोई सम्बन्ध नहीं था। मेरे पिता ने वहाँ अपना मकान बनवाया, उन्होंने कुछ ज़मीन भी ख़रीदी, और फिर वह मकान और ज़मीन छोड़कर मेरे पिता भी चले गए। मेरी जीजी ने मकान पक्का करवाया, कुछ और ज़मीन खरीदी। ज़मींदारी ख़रीदने की अभिलाषा लिए हुए वह भी चली गईं। मैं सोच रहा हूँ कि मैं उस ज़मीन और मकान से मोह क्यों रखूँ।"

"तो फिर कब जाने का इरादा है ?"

"आज दो तारीख़ है, कल या परसों चल देना चाहता हूँ। ज़मीन और मकान का इन्तज़ाम करने में क़रीब पन्द्रह दिन लगेंगे, फिर वहाँ से लौटता हुआ एक हफ़्ते के लिए

इलाहाबाद ठहरने का इरादा है। डॉक्टर शर्मा से मिलने की बड़ी अभिलाषा है, वह जब-तब पत्र लिखकर मेरा हाल पूछ लेते हैं।''

जगतप्रकाश जब महोना पहुँचा, सुमेर के मानो प्राण में प्राण आ गए। सुमेर ने मकान खोल दिया। जगतप्रकाश ने घूम-फिरकर एक बार पूरा मकान देखा, कमरों में धूल इकट्ठी हो गई थी और मरम्मत न होने के कारण जहाँ-तहाँ मकान का कच्चा हिस्सा गिरने लगा था। जगतप्रकाश ने अपना असबाब पीछेवाले अपने कमरे में रखवाया जिसे अनुराधा ने कुछ साल पहले पक्का बनवा दिया था, और फिर अचानक ही उसकी आँखों में आँसू आ गए। अपने उस मकान में वह अकेला खड़ा था। वह अनुराधा, जो इस मकान को भरा-पूरा देखने को इतनी लालायित थी, वह वहाँ नहीं थी। उसकी माताजी चली गई थीं, उसके पिता चले गए थे, उसकी बहन चली गई थी—इसी मकान से ! वे मरकर इस मकान से गए, लेकिन जगतप्रकाश इस मकान से जीवित ही जाएगा। कैसा मोह, किसका मोह ?

बाहर सहन में एक दो साल का बच्चा खेल रहा था और एक स्त्री उस बच्चे के साथ थी। सुमेर ने उसे बताया कि उसने विवाह कर लिया है और वह बच्चा उसका है। वह और उसकी पत्नी दोनों मिलकर उसकी ज़मीन और उसके मकान की देखभाल करते हैं। वह बच्चा मैला-कुचैला और बदशक्ल था, वह स्त्री भी मैली-कुचैली और बदशक्ल थी।

''यह क्या हालत बना रखी है तुमने, और तुम्हारे बच्चों ने !'' जगतप्रकाश ने सुमेर को डाँटा।

और सुमेर ने खीसें निपोरते हुए कहा, ''जैसी अपनी औक़ात है मालिक, तैसी अपनी रहन-सहन है।'' यह कहकर उसने पन्द्रह सौ रुपए जगतप्रकाश के सामने रख दिए, ''जब से मालिक गए हैं, लगान दे के इतना बचा है, वह सँभाल लें मालिक ! हिसाब-किताब तो लिखना आता नहीं—वह न माँगे।''

''और तुम्हारी तनख़्वाह ?'' जगतप्रकाश ने पूछा।

''खाना-पीना तो सब इसी से निकलता रहा है, बाक़ी जो मालिक की मर्ज़ी हो, वह दे दें।''

''अच्छा, तो यह बतलाओ कि तुम्हारे ऊपर मुसीबत क्या है ?'' जगतप्रकाश ने पूछा।

''मालिक, ज़मींदार साहेब कहते हैं कि मालिक का कौनो पता नहीं, तौन ज़मीन ज़ब्त कर लेने की धमकी देते हैं। हम कहा कि मौरूसी ज़मीन आय, तो मारन पर आमाद हो गए—कहन लागे कि पट्टा का हमरे नाम आय ! अब कहत हैं कि हम जुताई-बुवाई न करी आगे से, ज़मीन का वारिस न होने से ज़मीन और मकान सब ज़बत कर लेहें।''

''हूँ ! लेकिन अभी तक उन्होंने तुम्हारे ऊपर हाथ नहीं उठाया, ताज्जुब है !'' जगतप्रकाश बोला।

"हाथ उठाने की हिम्मत नहीं है मालिक, गाँववाले हमारे साथ हैं। अँगनू साह ने हमें सलाह दी थी कि मालिक को बुला लो। अँगनू साह यह ज़मीन और मकान खरीदने को तैयार हैं, सुबह खुद आएँगे बात करने। पाँच-छह हज़ार तक वह दे देंगे।

जगतप्रकाश ने रुपए उठाकर अपने पास रख लिए, "अच्छी बात है, यहाँ से चलते समय मैं तुम्हारा हिसाब-किताब कर दूँगा।"

"खाने का क्या प्रबन्ध होगा ?" सुमेर ने पूछा।

"अपनी घरवाली से कह देना कि वह मेरे लिए भी रोटी-दाल बना ले।"

"हमारे हाथ की रोटी-दाल ! नहीं मालिक, हमार धरम न लेयी। पूरी-साग बनाय देई रमदेइया, घी की पूरी।"

दूसरे दिन गाँव के कई आदमी जगतप्रकाश से मिलने आए और उनमें अधिकांश ने ज़मीन-जायदाद खरीदने की बात चलाई। किसी भी आदमी में किसी तरह की आत्मीयता नहीं, किसी ने जगतप्रकाश की कुशल-क्षेम नहीं पूछी। सब अपनी-अपनी ही कहते रहे।

जुलाई का महीना समाप्त हो गया था और बरसात भी अब खत्म हो गई थी। उसने सब लोगों से अपनी ज़मीन और अपना मकान बेचने से इनकार कर दिया और धीरे-धीरे लोगों ने उसके यहाँ आना-जाना कम कर दिया। उसने अपने गाँव से आत्मीयता बढ़ाने का बहुत प्रयत्न किया, लेकिन वह असफल रहा। उसके मन में एक तरह की ऊब भर गई थी। उसने सुमेर को बुलाकर कहा, "मैं अब जाऊँगा यहाँ से सुमेर, और शायद अब मैं इस गाँव में न लौटूँगा। अगर लौटना भी हुआ तो बहुत दिनों के बाद।"

"लेकिन ज़मीन और मकान का तो कोई इन्तज़ाम किया नहीं है मालिक ! ज़मींदार साहेब से मिलके बातें कर लो, नहीं तो वह कोई बखेड़ा खड़ा कर देंगे।"

"तुम कल मेरे साथ बस्ती चलो, वहाँ तहसील में चलकर मैं सब इन्तज़ाम कर दूँगा।"

बस्ती पहुँचकर जगतप्रकाश ने ज़मीन सुमेर के नाम करा दी। सुमेर को जैसे विश्वास ही नहीं हो रहा था कि वह दस बीघे ज़मीन का स्वयं मालिक बन गया है। जगतप्रकाश ने सुमेर से कहा, "उस मकान में तुम रहना, उसमें ! जो कुछ है आज से तुम्हारा हुआ।"

"अरे मालिक ! यह क्या कर रहे हो ? इस गाँव से, घर-ज़मीन से क्या इस तरह ममता तोड़ रहे हो ?" सुमेर रो पड़ा।

उदास दृष्टि से जगतप्रकाश ने सुमेर को देखा, "सुमेर ! तुम्हारे बाप ने इस घर में काम किया है, तुमने इस घर में काम किया है—तुम हम लोगों के परिवार के आदमी बन गए थे, और इसलिए मेरे आगे-पीछे एक तुम ही बचे हो। रही ज़मीन की बात—तो ज़मीन तो भगवान् की है। हम तो उस ज़मीन से जन्मते हैं और फिर उसी में समा जाते हैं। जो ज़मीन को जोतता है, जो उसकी सेवा करता है, ज़मीन उसी की है।"

सुमेर की समझ में कुछ भी नहीं आ रहा था, आश्चर्यचकित वह जगतप्रकाश को देख रहा था, और जगतप्रकाश कहता जा रहा था, "तुम नहीं समझ रहे हो, समझने की कोशिश करो। आज से तुम इस ज़मीन के मालिक हुए, क्योंकि तुम इस ज़मीन को जोतते हो, तुम इस ज़मीन पर मेहनत करते हो। तुम्हारे बाद तुम्हारा लड़का इस ज़मीन को जोतेगा। तुम्हें मेरा पता मालूम है, अगर कभी किसी तरह की तकलीफ़ हो तो तुम मुझे लिख देना।"

और जगतप्रकाश ने हमेशा के लिए महोना से अपना नाता तोड़ लिया।

जगतप्रकाश की ट्रेन जब बम्बई पहुँची, पाँच बज गए थे, गाड़ी काफ़ी लेट थी। घर पहुँचकर उसने देखा कि जमील पार्टी से वापस होकर चाय पी रहा है। जगतप्रकाश को देखते ही वह बोला, "आओ बरखुरदार ! चाय तैयार है। बड़ी देर लगा दी।"

अपना असबाब रखवाकर जगतप्रकाश जमील के पास आकर बैठ गया, "इलाहाबाद में ज़्यादा रुकना पड़ गया, इसी में देर हो गई। तुम्हारे बीवी-बच्चे अच्छी तरह हैं, लेकिन भाभी उदास हैं, उनका मन अब गाँव में नहीं लगता।"

"सोच रहा हूँ उन लोगों को यहीं ले आऊँ," जमील बोला, "लेकिन यहाँ से निकलना ही नहीं होता। बम्बई में यह कम्यूनल फ़ीलिंग बहुत खराब हो रही है। मिस्टर जिन्ना ने जो डाइरेक्ट एक्शन का नारा लगाया है वह बड़ा ख़तरनाक है। कल सोलह अगस्त है—डाइरेक्ट एक्शन का दिन। लेकिन बम्बई में कुछ न होने पाए, हम लोग इसकी कोशिश कर रहे हैं।"

"अख़बारों में मैंने भी पढ़ा है। लेकिन यह वाक़ई ख़तरनाक नारा है, आख़िर होगा क्या ?"

"ख़ून-ख़राबा ! सिवा इसके और क्या हो सकता है ? दिल्ली में राष्ट्रीय सरकार बन रही है जवाहरलाल नेहरू की तहत में। मुस्लिम लीग ने इस सरकार में शामिल होने से इनकार कर दिया है, इसका नतीजा यह हुआ कि यह सरकार कांग्रेस की होगी।"

एक उलझन के भाव से जगतप्रकाश ने कहा, "आख़िर मिस्टर जिन्ना चाहते क्या हैं ?"

और जमील ने उत्तर दिया, "किसी की तहत में न रहना। मिस्टर जिन्ना को इस सरकार में जवाहरलाल की मातहती करनी होगी। यही नहीं, इस हिन्दुस्तान में रहकर उन्हें जवाहरलाल की मातहती करनी पड़ेगी, जिन्ना को यह मंज़ूर नहीं। अपनी ख़ुदी को हावी करने के लिए अब पाकिस्तान महज़ नारा न रहकर उनके लिए असलियत बन गया है।"

दूसरे दिन रात के समय रेडियो से ख़बर आई कि कलकत्ता में भयानक साम्प्रदायिक दंगा हो गया है, इस डाइरेक्ट एक्शन के फलस्वरूप। हज़ारों आदमी मारे गए हैं और ज़ख़्मी हुए हैं। शहर में जगह-जगह आग लगा दी गई है।

यह ख़बर सुनकर जमील ने एक ठंडी साँस ली, बंगाल में मुस्लिम लीग की

सरकार—और मुस्लिम लीग का डाइरेक्ट एक्शन। लेकिन दूसरी जगहों में इसका बदला भी लिया जाएगा। यह आग तो देश-भर में भड़केगी।

जमील का कहना सच निकला। देश में साम्प्रदायिक दंगों का एक व्यापक दौर आरम्भ हो गया।

केन्द्र में जो कांग्रेस की कामचलाऊ सरकार बनी थी, डेढ़ महीने के बाद उसमें मुस्लिम लीग भी सम्मिलित हो गई। अब यह सरकार संघर्षों का एक मंच बन गई। देश में जगह-जगह साम्प्रदायिक दंगे हो रहे थे—बम्बई, इलाहाबाद, ढाका, बिहार, नोआखाली और न जाने कितनी जगह। केन्द्रीय सरकार अपनी कशमकश में उलझी हुई थी और देश में भयानक अकाल की छाया मँडरा रही थी। और इस अकाल पर विजय पाने में उसे सफलता अवश्य मिल रही थी। विदेशों से बेतहाशा अनाज मँगवाया जा रहा था। देश को इस अकाल से बचाना होगा। और इधर यह साम्प्रदायिक विग्रह ! यह सब क्या हो रहा है ?

थका-सा जगतप्रकाश देश की इन घटनाओं की ख़बरें पढ़ रहा था और सुन रहा था। गांधी-जिन्ना की कशमकश अब नेहरू-जिन्ना की कशमकश बन गई थी। अंग्रेज़ के वश में नहीं था कि वह हिन्दुस्तान को अपने क़ाबू में रख सके, इस देश को सँभालेगा या बिगाड़ेगा हिन्दुस्तानी ही। पुरानी मान्यताएँ समाप्त हो गई थीं। ब्रिटेन को अपनी ही आर्थिक अवस्था सँभालनी थी। तेज़ी के साथ बिगड़ती हुई हिन्दुस्तान की आर्थिक अवस्था का उसके पास कोई निदान नहीं था।

विश्वयुद्ध में अंग्रेज़ सैनिक लाखों की संख्या में मरे थे, हिन्दुस्तान में शान्ति की स्थापना के लिए तथा हिन्दुस्तान को गुलाम बनाए रखने के लिए हिन्दुस्तान में अंग्रेज़ सैनिकों का आना असम्भव था। ब्रिटेन की मज़दूर-सरकार स्वयं ब्रिटेन के पुनर्निर्माण में व्यस्त थी, ब्रिटेन को बचाने के लिए उसे अपना साम्राज्य छोड़ना पड़ेगा। उसका साम्राज्य तैरते हुए आदमी के पैरों में पत्थरों के बोझ के समान बन गया था।

भारत का संविधान बनाने के लिए दिल्ली के कांस्टीट्यूएंट एसेम्बली की बैठक हो रही थी, लेकिन मुस्लिम लीग ने इस एसेम्बली का बहिष्कार कर रखा था। केन्द्रीय सरकार में पग-पग पर मुस्लिम लीग के मन्त्री बाधा उत्पन्न कर रहे थे। हिन्दुस्तानी सरकार अपने अन्दरूनी मतभेदों के कारण असफल हो रही थी।

और 20 जनवरी, 1947 को ब्रिटेन के प्रधानमन्त्री ने घोषणा की कि जून, 1948 के पहले ही ब्रिटेन भारत को स्वतन्त्र कर देगा—हर हालत में। इस घोषणा के साथ ही हिन्दुस्तान के वाइसराय लॉर्ड वेवल के स्थान पर लॉर्ड माउंटबेटन को वाइसराय नियुक्त किया गया।

इतिहास का एक नया पृष्ठ आरम्भ हुआ।

[26]

एक टूटा हुआ व्यक्ति बैठा था जगतप्रकाश के सामने, जिसकी आँखें बुझी-बुझी थीं, जिसके मुख की श्री जाती रही थी और फिर भी जो मुस्करा रहा था।

कुलसुम चाय बना रही थी और मालती कह रही थी, "इस त्रिभुवन को आख़िर कानपुर छोड़ना ही पड़ा। जानती हो कुलसुम, बापू ने जो मिल मेरे लिए ले दी थी उसे और मशीनें लगाकर बढ़ा लिया गया है और त्रिभुवन उस मिल की देखभाल करने लगा है। मैरीन ड्राइव की नरसी ठाकरसी बिल्डिंग में दूसरे माले पर पाँच कमरोंवाला एक फ्लैट खाली हो रहा है अगले महीने से। बीस हज़ार की पगड़ी है उसकी फ़र्नीचर के साथ, तो बापू ने उसे ले लिया है मेरे लिए। उनके घर में कब तक रहेंगे हम लोग ?"

कुलसुम ने चाय का प्याला त्रिभुवन को देते हुए उससे पूछा, "क्यों त्रिभुवन ! तुम्हारे बापू का मकान तो है ?"

त्रिभुवन बोल उठा, "मालती को वह मकान पसन्द नहीं। भूलेश्वर की घनी आबादी—वहाँ इसका दम घुटता है।"

त्रिभुवन जो कुछ कह रहा था, जो कुछ कर रहा था, वह सब एक मशीन की भाँति। कुलसुम ने अब मालती से पूछा, "लेकिन इस त्रिभुवन की दूसरी बीवी, उसका क्या इन्तज़ाम होगा ? वह कहाँ रहेगी ?"

मालती मुस्कराई, लेकिन उसकी मुस्कराहट न जाने क्यों जगतप्रकाश को बड़ी कुरूप दिखी, "यह सब त्रिभुवन से पूछो।"

और त्रिभुवन ने तत्काल उत्तर दिया, "वह बम्बई नहीं आई, शायद वह कानपुर में रहेगी।"

मालती की आवाज़ एकाएक कड़ी हो गई, "कानपुर में रहेगी, बनारस में रहेगी या और कहीं रहेगी—त्रिभुवन को इसका पता नहीं है, क्योंकि त्रिभुवन से उसका सम्बन्ध टूट गया है हमेशा के लिए। उसका बाप बम्बई आया था, मैंने उस औरत के नाम पच्चीस हज़ार रुपया कर दिया है और उसके बाप को दस हज़ार रुपया देकर राज़ीनामा कर लिया है। राज़ीनामे के मुताबिक़ वह अपनी दूसरी शादी कर सकती है। त्रिभुवन ने उस पर से अपना अधिकार छोड़ दिया है।"

आश्चर्य से कुलसुम ने त्रिभुवन को देखा, "क्यों त्रिभुवन, यह ठीक है ?"

और इस बार भी त्रिभुवन ने मशीन की भाँति कहा, "मालती ने जो कुछ किया वह ठीक किया।"

कितनी बुरी तरह टूट गया है यह त्रिभुवन—जगतप्रकाश एकटक त्रिभुवन के चेहरे को देख रहा था। कहीं कोई भावना नहीं, किसी तरह का हर्ष-विषाद नहीं।

इतने में परवेज़ ऑफ़िस से आ गया। कार से उतरकर वह बरामदे की ओर बढ़ा और बोल उठा, "अरे त्रिभुवन भाई, तुम ! अच्छा, मालती बेन भी साथ में हैं ! सुना था, त्रिभुवन भाई बम्बई लौट आया है अपनी दूसरी बीवी को छोड़कर। ठीक खबर है क्या ?"

कुलसुम ने परवेज़ के लिए चाय का प्याला बनाते हुए कहा, ''पहले चाय पियो ! आज बड़ी देर कर दी है तुमने—डैडी नहीं आए तुम्हारे साथ ?''

''डैडी हुरमोसजी ट्रस्ट की मीटिंग में चले गए, उन्हें वहाँ छोड़कर आ रहा हूँ, इसी में मुझे देर हो गई।'' और परवेज़ चाय पीने लगा।

जगतप्रकाश सोच रहा था—यह त्रिभुवन इतनी बुरी तरह टूट गया है यह क्यों ? और तभी जैसे उसके अन्दर से ही किसी ने कहा—दुनिया में कोई आदमी ऐसा नहीं है जो टूट न सके। यह पैसा—यह हरेक आदमी को तोड़ सकता है, यह पैसा आदमी को बनाता भी तो है। अभी-अभी मालती जो कुछ कह रही थी उसमें उसका पैसा बोल रहा था। त्रिभुवन ने बनने की कोशिश की थी, लेकिन भाग्य ने उसका कोई साथ नहीं दिया था, और मालती के पैसे ने त्रिभुवन को तोड़कर रख दिया। जगतप्रकाश ने अब मालती को देखा।

मालती हँस रही थी, ''परवेज़ ! हम लोगों ने मैरीन ड्राइव पर एक शानदार फ्लैट ले लिया है—पूरी तरह से फ़र्निश्ड। बीस हज़ार पगड़ी दी है उस फ्लैट के लिए बापू ने। सिंगापुर से मेरा भाई वापस आ गया है, कराची से दूसरा भाई वापस आ रहा है। कराची का कारबार बन्द करना पड़ेगा बापू को, सुना है वहाँ पाकिस्तान बन रहा है। कल ही बापू कराची से वापस लौटे हैं, हिन्दू-मुसलमानों की दुश्मनी बहुत बढ़ गई है।

चाय पीकर परवेज़ बोला, ''डैडी की मीटिंग खत्म हो गई होगी, कार भिजवा देने को कहा था। ड्राइवर कहाँ है ?''

''वह तो आज छुट्टी ले गया है, मैं चली जाती हूँ।''

''नहीं, मैं जा रहा हूँ।'' परवेज़ उठ खड़ा हुआ, ''चलते हो त्रिभुवन ! तुम्हारा फ्लैट भी देख लूँ रास्ते में।''

ऐसा दिखता है त्रिभुवन भी वहाँ से जाना चाहता था। उसने उठते हुए कहा, ''चलो।''

परवेज़ और त्रिभुवन के जाने के बाद मालती बोली, ''बड़ा कमीना है यह त्रिभुवन ! अपनी दूसरी बीवी को यह गुज़ारा-भर देना चाहता था, लेकिन मैंने उसे पच्चीस हज़ार रुपया देकर राज़ीनामा लिखवा लिया।'' और मालती के मुख पर उसके अहम की, उसके सन्तोष की, उसके विजय की मुस्कराहट खेल रही थी। वह मुस्कराहट कितनी कुरूप थी ! स्वयं मालती भी जगतप्रकाश को भयानक रूप से कुरूप दिख रही थी।

शाम की डाक आ गई थी। एक पत्र कुलसुम ने उठाया, जगतप्रकाश को लगा कि लिफ़ाफ़े पर जसवन्त की लिखावट है। बड़ी व्यग्रता के साथ कुलसुम ने वह पत्र खोला, उसे आदि से अन्त तक पढ़कर उसने एक ठंडी साँस ली, ''बेचारा जसवन्त ! बड़ी मुसीबत में फँसा हुआ है।''

''क्या हुआ ?'' जगतप्रकाश ने पूछा।

''लाला देवराज लाहौर से हटने का नाम नहीं लेते और लाहौर में हिन्दू-मुस्लिम दंगे हो रहे हैं; किसी की जान महफ़ूज़ नहीं है वहाँ पर। शर्मिष्ठा अपने पिता को वहाँ अकेला

छोड़ना नहीं चाहती, साल-भर पहले जब उसकी माँ की मौत हुई थी, तब से वह अपने बाप को छोड़ ही नहीं रही है। जसवन्त ने मुझे लिखा है कि मैं लाहौर आकर उसे समझाऊँ, वह अगर अपने बाप पर ज़ोर डाले तो लाला देवराज भी लाहौर छोड़ दें।''

जगतप्रकाश ने कुलसुम की बात का कोई उत्तर नहीं दिया। कुछ रुककर कुलसुम बोली, ''तीन दिन पहले जो वाइसराय ने अपनी प्रेस कान्फ्रेंस में कहा कि पन्द्रह अगस्त तक आज़ादी दे दी जाएगी, उससे उलझन और भी बढ़ गई है। यह तय है कि हिन्दुस्तान का बँटवारा होकर रहेगा, लेकिन इस बँटवारे की शक्ल क्या होगी, यह नहीं कहा जा सकता। आज आठ जून है, आठ जुलाई एक, आठ अगस्त दो, और सात दिन अगस्त के, इसके माने हुए सवा दो महीने। क्या होनेवाला है ?''

''उस घृणा और रक्तपात के दौर का अन्त, जो इतने दिनों से चल रहा है।'' जगतप्रकाश बोला।

''मुमकिन है तुम्हारी ही बात ठीक हो, लेकिन लगता ऐसा है कि अभी और ज़्यादा ख़ून-ख़राबा होगा। जसवन्त की प्राब्लेम वैसी-की-वैसी है। लाहौर पाकिस्तान में जाएगा, यह तय है।'' फिर कुछ रुककर उसने झटके के साथ कहा, ''जगत ! मैं सोचती हूँ कि मुझे लाहौर जाना ही पड़ेगा। शर्मिष्ठा और लाला देवराज का क्या होगा ?''

अब मालती बोली, ''तुम क्यों दूसरे लोगों के बीच में पड़ रही हो ? जसवन्त और शर्मिष्ठा से तुम्हें क्या लेना-देना ? अगर जसवन्त अपनी पत्नी को नहीं समझा सकता तो तुम उसे क्या समझा सकोगी ?''

कुलसुम ने मुस्कराते हुए कहा, ''सब औरतें तो मालती नहीं होतीं दुनिया में। मैं न मालती की भाँति कठोर और हृदयहीन बन सकती हूँ और न शर्मिष्ठा मालती की तरह ज़िद्दी है।''

कुलसुम के इस कथन की कटुता पर उसकी मुस्कराहट का कितना सुन्दर आवरण था—जगतप्रकाश को आश्चर्य हो रहा था। मालती ने खिसियाहट के स्वर में कहा, ''मैं तो तुम्हारे भले के लिए ही कह रही थी। कराची, लाहौर—सभी जगह हिंसा की भट्ठी जल रही है—बापू का यही कहना है।''

कुलसुम ने मालती की बात पर ध्यान ही नहीं दिया, उसने जगतप्रकाश से कहा, ''तुम मेरे साथ चल सकोगे ? कल सुबह के प्लेन से ही मैं चलना चाहती हूँ—हमें जल्दी करनी है।''

''मुझे यहाँ कोई काम नहीं है।'' जगतप्रकाश बोला।

दूसरे दिन ग्यारह बजे सुबह जगतप्रकाश कुलसुम के साथ दिल्ली पहुँच गया। जसवन्त दिल्ली में ही था, इन दोनों को देखकर जैसे उसे बहुत अधिक सान्त्वना मिली। उसने कुलसुम से कहा, ''बड़ा अच्छा हुआ जो तुम आ गईं। हम लोग आज रात को ही फ्रंटियर मेल से लाहौर के लिए रवाना हो जाएँ।''

दूसरे दिन सुबह के समय सब लोग लाहौर पहुँच गए। जब ये लोग स्टेशन के बाहर निकले, इन्होंने देखा कि चारों ओर शान्ति छाई हुई है, सब काम-काज बदस्तूर चल रहा

है। लेकिन कहीं कोई घुटन-सी भरी हुई है वातवारण में, जगतप्रकाश को यह अनुभव हो रहा था। चारों ओर एक अनिश्चितता का वातावरण, एक-दूसरे पर अविश्वास, एक-दूसरे से घृणा।

लाला देवराज ने सब लोगों का स्वागत किया। दोपहर के समय खाना खाकर सब लोग ड्राइंग-रूम में इकट्ठे हुए। कुलसुम ने लाला देवराज से कहा, ''लालाजी ! हम लोग आपको अपने साथ दिल्ली ले चलने को आए हैं।''

लाला देवराज ने उदासी के साथ सिर हिलाया, ''नहीं बेटी—इस आखिरी फ़ैसले के वक्त मैं लाहौर छोड़कर नहीं भागूँगा। यह लाहौर मेरे बाप-दादों का शहर है, यहाँ मैं पैदा हुआ, यहाँ मेरी जड़ें हैं, मेरी ज़मीन-जायदाद है।''

''लेकिन यहाँ आपकी जान को ख़तरा हो सकता है।'' कुलसुम बोली।

''जान का ख़तरा दुनिया में कहाँ नहीं है बेटी ? लेकिन लाहौर में लाला देवराज पर कोई आँच नहीं आएगी। फिर अब यहाँ दंगे भी क़रीब-क़रीब ख़त्म हो चुके हैं।''

''लेकिन लालाजी ! लाहौर तो पाकिस्तान में चला जाएगा, यह क़रीब-क़रीब तय हो चुका है।'' इस बार जसवन्त बोला।

''मैं जानता हूँ, और मैं पाकिस्तान का नागरिक बन जाऊँगा। सदियों से हम मुसलमानों की हुकूमत में रहे हैं, अब भी तो पंजाब में मुसलमानों की सरकार है। मैं अपनी ज़मीन-जायदाद तो यहाँ से नहीं उठा ले जा सकता। हिन्दुस्तान आज़ाद हो जाए, मुल्क का बँटवारा हो जाए और सब जगह शान्ति छा जाए, तभी मैं लाहौर छोड़ूँगा।''

''अगर आप हम लोगों के साथ इसी वक्त दिल्ली चलें तो क्या कोई हर्ज़ है ?'' जगतप्रकाश ने पूछा।

''हाँ ! हमारे घर की रक्षा कौन करेगा ?'' और यह कहते-कहते लाला देवराज थोड़ा-सा तन गए, ''मेरे यहाँ रहते किसी की हिम्मत नहीं कि लाला देवराज की कोठी की तरफ़ कोई आँख उठा सके। बीस नौकर हैं मेरे, हथियारों से लैस। लेकिन इस सबकी नौबत नहीं आएगी। मैं तब तक लाहौर न छोड़ूँगा जब तक तसफ़िया न हो जाए।''

सब लोग वहाँ दो दिन रुके। शर्मिष्ठा लाला देवराज को छोड़ने को राज़ी नहीं हुई, उसे कुलसुम ने कितना ही समझाया। तीसरे दिन जसवन्त, जगतप्रकाश और कुलसुम दिल्ली वापस चले गए।

दिल्ली पहुँचकर जगतप्रकाश ने कुलसुम से कहा, ''मैं सोच रहा हूँ, कुछ दिनों के लिए मैं दिल्ली ठहर जाऊँ।''

''मैं भी तुमसे यही कहना चाहती थी,'' कुलसुम बोली, ''जसवन्त को इन दिनों एक साथी की सख्त ज़रूरत है। क्यों जसवन्त, क्या ख़याल है तुम्हारा ?''

''अगर जगतप्रकाश यहाँ रुक सकें तो अच्छा ही हो। मेरी तो अक्ल काम नहीं करती।'' जसवन्त ने एक ठंडी साँस भरकर कहा।

कुलसुम बम्बई चली गई और जगतप्रकाश दिल्ली में रुक गया।

तैयारी हो रही थी देश को दो हिस्सों में बाँटने की, हिन्दुस्तान और पाकिस्तान ! इस बँटवारे पर जिन्ना अड़े हुए थे, मुस्लिम लीग अड़ी हुई थी। लेकिन इस बँटवारे का रूप क्या होगा ? पाकिस्तान वहीं बनेगा जहाँ मुसलमान बहुसंख्यक हैं, मुस्लिम लीग की पूरे बंगाल, पूरे आसाम, पूरे पंजाब की माँग ग़लत थी—और पूर्व एवं पश्चिमी पाकिस्तान को मिलाने के लिए एक गलियारा और ! जो उचित है वही मिलेगा मुसलमानों को, अंग्रेज़ को जब हिन्दुस्तान में रहना ही नहीं है तब वह मुसलमानों का पक्ष क्यों ले ?

सन् 1941 की जनमतगणना के अनुसार आसाम का सिलहट ज़िला ही एक ऐसा था जहाँ मुसलमान बहुसंख्यक थे। बंगाल का पूर्वी भाग मुस्लिम बहुसंख्यक था, पंजाब का पश्चिमी भाग ऐसा था। इन दो प्रान्तों के मुस्लिम विधायकों ने पाकिस्तान में जाना स्वीकार किया था। सिलहट में जनमतगणना की गई, यहाँ के मुसलमानों ने भी पाकिस्तान में जाना स्वीकार किया। फ़ैसला हो रहा था—सीमाप्रान्त में कांग्रेसी सरकार थी, वह पाकिस्तान नहीं चाहती थी, लेकिन जनमतगणना में वहाँ के मुसलमानों ने पाकिस्तान में जाना स्वीकार किया। पाकिस्तान की एक अलग केन्द्रीय असेम्बली बन गई थी। सीमा-निर्धारण के लिए एक अलग कमीशन बैठ गया था।

देशी राजों की समस्या का हल हिन्दुस्तान के वाइसराय लार्ड माउंटबेटन ने स्वयं निकाल लिया था। ब्रिटेन सत्ता हस्तान्तरित करेगा हिन्दुस्तान और पाकिस्तान को, देशी नरेशों को हिन्दुस्तान अथवा पाकिस्तान के साथ समझौता करना होगा।

और जो निर्णय ब्रिटिश सरकार ने किया, उससे सन्तोष किसी को नहीं था।

कांग्रेस असन्तुष्ट थी, क्योंकि देश का बँटवारा हो रहा था। न जाने कितने मुसलमान देश का बँटवारा नहीं चाहते थे, लेकिन पिछले कई वर्षों से घृणा और हत्या का जो दौर मुस्लिम लीग ने ब्रिटिश शासकों की शै पाकर चलाया, उससे यह साफ़ हो गया कि अमानुषिक नर-संहार को अब सिर्फ़ देश का बँटवारा ही रोक सकता है।

मुस्लिम लीग को घोर असन्तोष था, क्योंकि जो पाकिस्तान उसे मिल रहा था वह पंगु था। आधा बंगाल—अविकसित और कृषि-प्रधान, आधा पंजाब, वह भी अविकसित और कृषि-प्रधान। सिन्ध और सीमाप्रान्त—वीरान और उजाड़ इलाक़े। जो कुछ मिला वह जिन्ना को ज़बर्दस्ती स्वीकार करना पड़ा। उसने तो जमील के शब्दों के अनुसार पाकिस्तान का नारा-भर लगाया था, पाकिस्तान की वास्तविकता पर उसने कभी ध्यान ही नहीं दिया था, उसे असम्भव और अव्यावहारिक समझकर। और असम्भावना अब सत्य बन गई थी—उसे स्वीकार करना ही होगा।

भारत का ब्रिटिश वाइसराय स्वयं चक्कर में था, किस तरह व्यवस्था क़ायम रखी जाएगी भविष्य में !

पन्द्रह अगस्त—दिन-प्रतिदिन यह तारीख नज़दीक आती जा रही थी। साम्प्रदायिक दंगों में कमी आ रही थी, जिससे लगता था कि यह बँटवारा ही एकमात्र उपाय था हिन्दू-मुस्लिम वैमनस्य को शान्त करने का। इस बँटवारे के बाद यह हिन्दू-मुस्लिम समस्या हमेशा के लिए शान्त हो जाएगी। लेकिन यह बँटवारा कैसे होगा ?

महात्मा गांधी की आवाज़ इस बँटवारे के खिलाफ़ उठ रही थी—लेकिन राजगोपालाचारी-फ़ार्मूले को स्वीकार करके उन्होंने सन् 1944 में ही बँटवारे के सिद्धान्त पर अपनी सहमति प्रदान कर दी थी।

और जो वास्तविक समस्या थी, वह सिक्खों की थी।

पंजाब की यह वीर और लड़ाकू जाति, यह पूरे पंजाब में फैली हुई थी। इस विभाजन से सिक्खों की आधी संख्या हिन्दुस्तान में चली जाएगी, आधी पाकिस्तान में चली जाएगी।

यह सिक्ख जाति, जो हिन्दू जाति का ही एक भाग थी, यह जाति दो-तीन सदी पहले मुसलमानों के साम्प्रदायिक अत्याचारों से लोहा लेने के लिए बनी थी—और इस जाति ने अपना एक नया मत भी चलाया। इस जाति ने मुसलमानों से सफलतापूर्वक लोहा भी लिया। अंग्रेजों के हाथ में पंजाब के आने के पहले पंजाब पर सिक्खों ने राज्य किया था। क्या इस सिख जाति को अब मुसलमानों की गुलामी करनी पड़ेगी ? पंजाब का बँटवारा सबसे अधिक सिक्ख जाति के विरुद्ध था—एक बार फिर मुसलमानों से लोहा लेने के नारे लग रहे थे—सिक्खों में। भयानक आशंका का वातावरण था। लेकिन सिक्खों में नेतृत्व की कमज़ोरी थी। फिर आज की परिस्थितियाँ बदली हुई हैं।

सत्ता हस्तान्तरित होने की तिथि नज़दीक आती जा रही थी, और सत्ता हस्तान्तरित होने के दो-चार दिन पहले ही पंजाब में साम्प्रदायिक हत्याकांड आरम्भ हो गया। और ऊपर से सब कुछ शान्त दिखने का ढोंग भरा जा रहा था। हिन्दुस्तान और पाकिस्तान—दोनों जगह स्वतन्त्रता-दिवस मनाए जा रहे थे। चौदह अगस्त को पाकिस्तान स्वतन्त्र हुआ, पन्द्रह अगस्त को हिन्दुस्तान स्वतन्त्र हुआ।

पंजाब के प्रथम गवर्नर जनरल मिस्टर जिन्ना बने, जवाहरलाल हिन्दुस्तान के प्रथम प्रधानमन्त्री बने। और महात्मा गांधी इस सत्ता-हस्तान्तरण के समय दिल्ली में नहीं थे। पन्द्रह अगस्त की शाम को जब जगतप्रकाश और जसवन्त स्वतन्त्रता-समारोहों से घर वापस लौटे, जसवन्त बहुत उद्विग्न और चिन्तित था। उसने जगतप्रकाश से कहा, ''आज महात्मा गांधी स्वतन्त्रता के उत्सव में नहीं थे, यह बहुत बड़ा अपशकुन है।''

जगतप्रकाश ने कुछ सोचकर कहा, ''शकुन और अपशकुन तो मैं नहीं जानता, लेकिन मुझे ऐसा लगता है, आज महात्मा गांधी की पराजय का दिवस है।''

जसवन्त ने आश्चर्य से जगतप्रकाश को देखा, ''क्या कहा ? आज महात्मा गांधी की पराजय का दिवस है ! देश को स्वतन्त्रता तो महात्मा गांधी के प्रयत्नों से ही मिली है।''

''शायद हाँ, शायद नहीं !'' जगतप्रकाश के अन्दर संचित अनुभवों ने ज्ञान और सत्य का ऐसा रूप ले लिया था जिस पर जगतप्रकाश को स्वयं आश्चर्य हो रहा था, ''नहीं, यह स्वतन्त्रता हमें गांधी ने नहीं दिलाई है, यह स्वतन्त्रता हमें दिलाई है हिटलर ने, यह स्वतन्त्रता हमें दिलाई है सुभाष ने ! ब्रिटेन बेतरह कमज़ोर और तबाह हो गया है। हिटलर ने स्वयं मरते-मरते ब्रिटेन को बेतरह तोड़ दिया है। यह स्वतन्त्रता हमें दिलाई

है सुभाष ने, जिसने हिन्दुस्तानी सेना और नौ-सेना में हिंसा और विद्रोह के बीज बो दिए थे, जिसने स्वयं मरकर देश को एक नया जीवन प्रदान किया। और यह हिन्दुस्तान का बँटवारा ! गांधी द्वारा इस बँटवारे का समस्त विरोध अर्थहीन हो जाता है, क्योंकि सन् 1944 में राजगोपालाचारी के फ़ार्मूले को स्वीकार करके उन्होंने देश के बँटवारे के सिद्धान्त को स्वीकार कर लिया था। मैं फिर कहता हूँ कि यह गांधी की पराजय का दिवस है !"

जसवन्त बोला, "नहीं, ऐसा मत कहो, गांधी ने हमें नई चेतना दी है।"

जगतप्रकाश का स्वर अब धीमा पड़ गया, एक ठंडी साँस लेकर उसने कहा, "गांधी ने हमें नई चेतना दी, गांधी महात्मा हैं, गांधी सत्य और अहिंसा के पुजारी हैं, गांधी का जीवन त्याग और निष्ठा का जीवन है। इससे कोई इनकार नहीं कर सकता। सब कुछ ठीक है, लेकिन गांधी मनुष्य हैं, और मनुष्य होने के नाते गांधी अडिग नहीं हैं, गांधी ग़लतियाँ कर सकते हैं। सत्य सापेक्ष होता है, अहिंसा कायरता का रूप धारण कर सकती है। लेकिन यह चरित्र, ईमानदारी, त्याग, निष्ठा—ये सब तो वैयक्तिक गुण हैं, इन गुणों को दस-बीस वर्षों में घोर पतित और चरित्रहीन समाज पर आरोपित नहीं किया जा सकता। सक्रिय गांधी तो व्यक्ति गांधी है, समाज गांधी के आदेशों पर चलता हुआ निष्क्रिय हो गया है। हमारे समाज ने स्वतन्त्रता जीती नहीं है, वह उस पर आरोपित कर दी गई है।"

जसवन्त ने उठकर रेडियो लगा दिया, खबरों का समय हो गया था। और उन दिनों जो ख़बरें आईं उन्हें सुनकर वह काँप उठा। पंजाब में जगह-जगह बड़े पैमाने पर हत्याकांड आरम्भ हो गया है। पूर्वी पंजाब में मुसलमानों की हत्याएँ हो रही हैं, पश्चिमी पंजाब में सिक्खों और हिन्दुओं की हत्याएँ हो रही हैं। लाहौर में हिन्दुओं के मकान जल रहे हैं, और वहाँ के हिन्दू भाग रहे हैं। पुलिस और सेना इस अव्यवस्था को सँभाल सकने के स्थान पर साम्प्रदायिक भावना से भर गई है।

इन ख़बरों को सुनकर जसवन्त का चेहरा पीला पड़ गया, "लालाजी और शर्मिष्ठा की क्या हालत होगी ? मुझे इसी समय लाहौर जाना चाहिए।"

"इस वक्त तो लाहौर के लिए कोई गाड़ी शायद न मिलेगी, फ्रंटियर मेल निकल गया होगा।" जगतप्रकाश बोला।

"ख़बरों से तो ऐसा लगता है कि शायद पाकिस्तान और हिन्दुस्तान के बीच में रेलों का चलना भी बन्द हो गया हो। नहीं, मैं अपनी कार निकालता हूँ।"

"मैं भी तुम्हारे साथ चलता हूँ।" जगतप्रकाश बोला।

पागल की तरह जसवन्त कार चला रहा था, चालीस-पचास मील फ़ी घंटे की रफ्तार से। पंजाब की सीमा में प्रवेश करते ही सड़क का सन्नाटा ख़त्म हो गया, दूर से चीख़ों और कराहों की आवाज़ें आ रही थीं। लोग मारे जा रहे थे, घरों में आग लगाई जा रही थी। रह-रहकर बन्दूकों के चलने की आवाज़ें भी सुनाई पड़ती थीं। उस अँधेरे में दिखनेवाली जलते मकानों की लपटें—कितनी भयानक दीख रही थीं ! कुछ लोग

सड़कों पर भाग रहे थे, और हत्या करनेवालों की भीड़ उनका पीछा कर रही थी। मानो नरक उतर आया हो उस भूमि पर। जगतप्रकाश यह सब देख रहा था, लेकिन जसवन्त को जैसे इस सबकी कोई ख़बर ही नहीं थी, वह अन्धाधुन्ध अपनी कार ड्राइव कर रहा था। जिस समय वह अमृतसर पहुँचा, पौ फट रही थी।

शहर के बाहर उसे सेना का जमाव मिला—शहर के अन्दर कई स्थानों से धुआँ उठ रहा था। उसकी कार रोक दी गई। किसी ने पंजाबी में जसवन्त से कहा, "अरे जसवन्त ! तू यहाँ कैसे ? शहर जा रहा है क्या ? वहाँ नरक की भट्ठी जल रही है।"

जसवन्त ने कर्नल बालीराम को पहचान लिया, बालीराम जसवन्त का सहपाठी रहा था। उसने कहा, "अमृतसर नहीं, लाहौर जा रहा हूँ।"

"जान देने के लिए लाहौर जा रहा है ?" कर्नल बालीराम बोला, "ऐसी क्या मुसीबत आ गई जो लाहौर जा रहा है ?"

जसवन्त ने बालीराम को सारी स्थिति बतलाई। बालीराम गम्भीर हो गया, कुछ सोचकर उसने कहा, "यहाँ से लाहौर के लिए ट्रेनों का आना-जाना बन्द हो गया है। अभी तक तीन ट्रेनों के मुसाफिर काट डाले गए हैं। अच्छा, मैं तेरे साथ तेरी कार पर चलता हूँ, फौजवालों से लोग डरते हैं। दो जवानों को अपने साथ लिए लेता हूँ मशीनगनों के साथ। और देख, कहीं अपनी कार रोकना नहीं, चाहे जो तुझे रोके—ज़िन्दगी-मौत का मामला है।"

कर्नल बालीराम और दो सिपाही कार पर बैठ गए, जसवन्त लाहौर की ओर रवाना हो गया।

जिस समय जसवन्त अपनी कोठी पर पहुँचा, वह अवसन्न-सा रह गया। कोठी जल रही थी और सड़क सुनसान पड़ी थी। आग बुझाने वाले तक वहाँ नहीं थे। वह कार से उतरकर फाटक में प्रवेश करने ही वाला था कि किसी ने आवाज़ दी, "फाटक के अन्दर मत जाना ! अरे जसवन्त साहेब—आप !"

कुछ आदमियों की भीड़ आती हुई दिखी कुछ दूर से। बालीराम ने घसीटकर जसवन्त को कार पर बिठा लिया। सिपाहियों ने अपनी मशीनगनें ठीक कर लीं और भीड़ कुछ पीछे हटकर रुक गई। एक आदमी जसवन्त की ओर बढ़ा, वह गज़नफ़र था, लाला देवराज का मुख़्तार। उसने आते ही कहा, "बड़ी देर से आए आप, सब कुछ परसों ही ख़त्म हो गया।"

जसवन्त चीख उठा, "लालाजी और शर्मिष्ठा कहाँ हैं ?"

गज़नफ़र बोला, "लालाजी तो मकान में होंगे, राख की शक्ल में, बेटी शर्मिष्ठा और आपके बच्चे को मैं किसी तरह निकाल ले गया और फौज के हवाले कर दिया। लालाजी के मुलाज़िम भाग गए थे, लालाजी ने अन्दर से दरवाज़ा बन्द कर लिया और अकेले ही बन्दूक लेकर पागल की तरह गोलियाँ चलाते रहे। पाँच आदमी मरे और चार ज़ख़्मी हो गए। फिर बलवाइयों ने कोठी में आग लगा दी।" और उसने धीमे स्वर में कहा, "अब आप लोग जाइए, कुछ लोग पाकिस्तानी फौजियों को ख़बर देने गए हैं।" और

यह कहकर वह घूम पड़ा।

कर्नल बालीराम ने कहा, ''अब वापस लौट तेज़ी के साथ।'' उसने सिपाहियों से कहा, ''अगर मुसलमानों की कोई भीड़ या पाकिस्तानी फौज के कोई आदमी रोकें तो सीधे मशीनगनों का इस्तेमाल करना।''

जसवन्त आधी बेहोशी में अमृतसर तक ड्राइव करता आया। अमृतसर पहुँचकर कर्नल बालीराम ने कहा, ''चल, तुझे तेरे बाप के यहाँ पहुँचा दूँ, तेरी तबीयत ठीक नहीं, बहुत थका हुआ है तू।''

''नहीं, मैं ठीक हूँ।'' जसवन्त बोला, ''मुझे शर्मिष्ठा को ढूँढ़ना है, मुझे अपने बच्चे को ढूँढ़ना है। हे भगवान् ! यह सब क्या हो गया ? वे लोग कहाँ होंगे ?''

''मिल जाएँगे, मेरा मन बोलता है, फौजवालों पर भरोसा रख—वे लोग उन्हें सही सलामत हिन्दुस्तान में पहुँचा देंगे।'' बालीराम बोला, ''दिल्ली जाकर ढूँढ़ उन्हें, लोगों को बचाने का और ख़तरे से निकालने का काम भी चल रहा है।''

जसवन्त के साथ जगतप्रकाश दिल्ली लौट आया। बड़े-बड़े क़ाफ़िले चल रहे थे, हिन्दुओं के और मुसलमानों के, फौजियों के संरक्षण में। देश के विभिन्न भागों से मार-काट की ख़बरें आ रही थीं, नित्य ही हज़ारों की संख्या में हत्याएँ हो रही थीं। स्त्रियों पर बलात्कार किया जा रहा था, लोगों से ज़बर्दस्ती धर्म-परिवर्तन कराए जा रहे थे।

और दिल्ली में पागल-सा जसवन्त दौड़-धूप कर रहा था, अपनी पत्नी और अपने बच्चे की तलाश में। लेकिन कहीं पता नहीं चल रहा था, कौन किसकी सुनता है, कौन किसकी परवाह करता है ?

कैसी घृणा है यह—कैसी हिंसा है यह ? मनुष्यता मर गई हो जैसे ! पाकिस्तान और हिन्दुस्तान के नेताओं ने आश्वासन दिए थे कि उनके देशों में अल्पसंख्यकों की रक्षा की जाएगी। लेकिन इन नेताओं ने देश के टुकड़े कर दिए थे, मनुष्य के टुकड़े होना वह कैसे रोक सकते थे ?

और महात्मा गांधी ! बड़ी पीड़ा थी उनके हृदय में। क्या महात्मा गांधी ने कभी कल्पना की थी कि देश के बँटवारे का इतना भयंकर परिणाम होगा ? महात्मा गांधी कलकत्ता में थे, बंगाल का भी तो बँटवारा हुआ था। महात्मा गांधी के प्रभाव से बंगाल इस अमानुषिक हत्याकांड और नरसंहार से बचा रहा। लेकिन पंजाब जल रहा था, वहाँ हत्याकांड हो रहे थे।

दिन का उदय होता था और जसवन्त की दौड़-धूप आरम्भ हो जाती थी अपनी पत्नी और बच्चों को ढूँढ़ने के लिए। दिन डूब जाता था, अन्धकार और निराशा से भरी रात आ जाती थी, और फिर दूसरे दिन की प्रतीक्षा करनी पड़ती थी। एक पखवारा—नारकीय रक्तपात और हत्याकांड का एक पखवारा बीत गया। हिन्दू शरणार्थी अब दिल्ली में आ रहे थे, अमानुषिक अत्याचारों की कहानी लिए हुए। इन लोगों के घर-बार लुट गए थे। इनके कपड़े-लत्ते, बरतन-गहने सब लुट गए थे। इनके न जाने कितने सगे-सम्बन्धी, परिवार के लोग मार डाले गए थे। बिना माँ के बच्चे, विधवाएँ, बूढ़े—

सब तरह के लोग ! सरकार को इनकी व्यवस्था करनी पड़ेगी। इन राजनीतिक नेताओं की सत्ता और शक्ति की भूख ने करोड़ों आदमियों की सम्पत्ति को, करोड़ों आदमियों के परिवारों को खा डाला था। इन लोगों की भूख की कितनी बड़ी कीमत चुकानी पड़ी इस अभागे देश को !

सितम्बर का पहला सप्ताह आ गया था और शरणार्थियों के कैम्प बनने आरम्भ हो गए थे। एक कैम्प दिल्ली के निकट कुरुक्षेत्र में खुल गया था और वहाँ तम्बुओं का एक शहर बसाया जा रहा था। लाखों आदमियों के रहने की व्यवस्था, उनके खाने-पीने की व्यवस्था ! बड़ा कठिन काम था यह। जगतप्रकाश ने जसवन्त से कहा, "सुना है, कुरुक्षेत्र के कैम्प में शरणार्थियों का आना आरम्भ हो गया है। वहाँ काम करनेवालों की ज़रूरत है। मैं सोच रहा हूँ वहाँ चलकर हम लोग काम करें, शायद वहाँ शर्मिष्ठा का पता लग जाए।"

उदास भाव से जसवन्त ने सिर हिलाया, "नहीं, वहाँ शर्मिष्ठा क्यों जाएगी भला, दिल्ली में अपनी कोठी होते हुए ! वह अगर हिन्दुस्तान आ गई होती तो यहाँ पहुँच जाती। तुम जाओ, मैं यहाँ सरकारी क्षेत्रों में शर्मिष्ठा का पता लगाने का प्रयत्न करूँगा।"

जगतप्रकाश बोला, "मैं आज वहाँ जा रहा हूँ। देखूँगा, वहाँ की क्या हालत है। कुछ सक्रिय काम तो करना होगा वहाँ। आज रात या कल सुबह मैं वहाँ से लौटकर वहाँ की हालत बतलाऊँगा तुम्हें।"

कुरुक्षेत्र पहुँचकर जगतप्रकाश ने वहाँ की हालत देखी। बहुत थोड़े-से समय में वहाँ दस हज़ार आदमियों को टिकाने की व्यवस्था कर दी गई थी। लेकिन क्या यह व्यवस्था काफ़ी होगी ? अभी तो शरणार्थियों का आना आरम्भ ही हुआ था, और कैम्प आधे के क़रीब भर गया था। देश के बँटवारे के साथ जनसंख्या के स्थान-परिवर्तन के सिद्धान्त को भी तो माना गया था। पश्चिमी पंजाब के साठ लाख हिन्दुओं और सिक्खों को पूर्वी पंजाब में आना था। न जाने कितने कैम्प खोलने होंगे यहाँ इन लोगों को बसाने के पहले ! अभी तो केवल वे लोग आ पाए थे जिन्हें सेना पाकिस्तान से क़त्ल होने से बचा लाई थी अपने संरक्षण में।

जगतप्रकाश खेमों की उस बस्ती का चक्कर लगा रहा था कि एह जगह वह एकाएक ठिठककर खड़ा हो गया। क्या उसकी आँखों को धोखा तो नहीं हुआ ? एक बड़े-से टेंट के बाहर ज़मीन पर फटे कपड़े पहने मैली-सी एक स्त्री गुम-सुम बैठी आसमान की ओर देख रही थी, उसकी बगल में एक छह-सात बरस का लड़का मुँह लटकाए खड़ा था।

वह स्त्री जड़वत् बैठी रही और वह लड़का सहमा-सा थोड़ी दूर पर ज़मीन पर बैठ गया। जगतप्रकाश सोच रहा था—क्या वह स्त्री शर्मिष्ठा तो नहीं है ? वह अब उस स्त्री के पास गया, उसने उस स्त्री से पूछा, "क्या आपका नाम शर्मिष्ठा देवी तो नहीं है ?"

'शर्मिष्ठा' नाम सुनकर वह स्त्री चौंक उठी, उसने जगतप्रकाश को अजीब सहमी

हुई निगाह से देखा, लेकिन उसने कोई उत्तर नहीं दिया। लड़का अब ज़मीन से उठकर उस स्त्री की बगल में खड़ा हो गया।

इस बीच टेंट से निकलकर दो वृद्धाएँ आ गईं। एक ने जगतप्रकाश से पूछा, "इसे तुम पहचानते हो क्या ?"

"पहचान तो रहा हूँ कुछ-कुछ। पाँच साल पहले शायद इन्हें देखा था। क्या इनका नाम शर्मिष्ठा है ?"

दूसरी ने कहा, "यह तो अपना नाम ही भूल गई है। न इसे अपने पिता का नाम याद है, न इसे अपने मालिक का नाम याद है। लड़के को यह तिलक कहती है।"

जगतप्रकाश अब उस स्त्री की ओर घूमा, "आप लाहौर के लाला देवराज की लड़की शर्मिष्ठा तो नहीं हैं ? आपके पति का नाम जसवन्त कपूर है।"

एकाएक वह स्त्री चीख पड़ी और बेहोश हो गई। उसके साथवाला लड़का रोने लगा।

जगतप्रकाश ने पास खड़ी वृद्धा से कहा, "यह मेरे मित्र जसवन्त कपूर की पत्नी हैं, इनके पिता लाला देवराज लाहौर में मारे गए। आप ज़रा इन्हें सँभालिए मैं इन्हें दिल्ली ले जाने का इन्तज़ाम करता हूँ—इनकी कोठी दिल्ली में है और इनके पति इन्हें ढूँढ़-ढूँढ़कर परेशान हो रहे हैं।"

जगतप्रकाश ने तार द्वारा जसवन्त को सूचना दी कि शर्मिष्ठा उसे मिल गई है और रात को ग्यारह बजे जसवन्त अपनी कार लेकर वहाँ पहुँच गया। जसवन्त को देखते ही शर्मिष्ठा उससे लिपटकर चीखने लगी, "मुझे बचाओ, मुझे बचाओ ! लालाजी को वे लोग मारे डाल रहे हैं। तिलक को बचाओ, मुझे बचाओ !"

उसी रात जसवन्त और जगतप्रकाश शर्मिष्ठा तथा तिलक को लेकर दिल्ली के लिए रवाना हो गए।

जसवन्त के चेहरे का धुँधलापन अब जाता रहा, लेकिन शर्मिष्ठा घर आकर भी अपने को नहीं पा सकी। डरी हुई और सहमी हुई, वह अपने घर को जैसे पहचान ही नहीं पा रही हो। जसवन्त ने डॉक्टर को बुलाकर शर्मिष्ठा को दिखाया। डॉक्टर ने शर्मिष्ठा की परीक्षा करके कहा, "बहुत बड़ा मानसिक आघात लगा है इन्हें, सँभलने में कुछ वक्त लगेगा, इन्हें शान्ति की आवश्यकता है, सहानुभूति की आवश्यकता है। वैसे मैं दवा लिख देता हूँ, लेकिन इनका सबसे बड़ा इलाज है मानसिक आराम।"

लेकिन दिल्ली में शान्ति कहाँ ? आठ सितम्बर को दिल्ली में ही हत्याकांड आरम्भ हो गया। पश्चिमी पंजाब के हिन्दुओं की हत्याओं का बदला चुकाया जा रहा था। दिल्ली के निरीह, बेगुनाह और असंख्य मुसलमानों की हत्याओं से। नौकरों से ख़बर शर्मिष्ठा को भी मिलती थी और वह पागलों की तरह चीखने लगती थी। उसी रात जगतप्रकाश ने ट्रंक-कॉल करके कुलसुम को सारी स्थिति बतला दी। कुलसुम ने कहा कि वह सुबह के प्लेन से ही दिल्ली पहुँच रही है।

और तीसरे दिन सुबह के समय फ्रंटियर मेल से कुलसुम शर्मिष्ठा, तिलक तथा जसवन्त और जगतप्रकाश को साथ लेकर बम्बई के लिए रवाना हो गई।

जसवन्त और शर्मिष्ठा को कुलसुम के घर में छोड़कर जब जगतप्रकाश अपने मकान की ओर चला, उसका मन काफ़ी भारी था। वह एक भयानक नरक से निकलकर आया था और नरक की छाया उस पर मँडरा रही थी। वैसे उसके चारों ओर शान्ति थी, बम्बई का सब काम-काज बाक़ायदा हो रहा था, कहीं किसी तरह की हिंसा नहीं, कहीं किसी प्रकार की घृणा नहीं। लेकिन कहीं कोई कसक जमकर बैठ गई थी उसके अन्दर। जिस दृश्य को देखकर वह लौटा था वह कितना अमानुषिक था।

जगतप्रकाश को देखते ही जमील ने कहा, "बड़े अच्छे आ गए बरख़ुरदार, मुझे गाँव जाना है, घर से चिट्‌ठी आई है।"

जगतप्रकाश का दिल धक् से रह गया, उसने पूछा, "ख़ैरियत तो है ? वहाँ तो किसी तरह का फ़साद नहीं है ?"

"ख़ैरियत ग़ायब हो चुकी है इस मुल्क से। न जाने कब क्या हो जाए वहाँ पर। नफ़रत का माहौल वहाँ भी पहुँच गया है, वहाँ के मुसलमान भाग रहे हैं।"

नौकर ने चाय बनाई, दोनों चाय पीने बैठ गए। जगतप्रकाश ने अपने अनुभव सुनाए, किस तरह शर्मिष्ठा को ढूँढ़कर वे लोग लाए, किस तरह लाला देवराज मारे गए।

जमील का मुँह उतर गया, "या खुदा ! यह सब हो चुका है ! अख़बारों में पढ़ा तो है, लेकिन हालत की अहमियत का पता नहीं था। जसवन्त साहेब का सब कुछ ख़त्म हो गया पाकिस्तान में।" और जमील सिर झुकाकर बैठ गया। फिर सिर उठाकर उसने कहा, "मुल्क का बँटवारा नफ़रत की बिना पर हुआ है, उसकी शक्ल यह होनी ही थी। सईदा का खौफ़ ग़लत नहीं मालूम होता। सोच रहा था कि तुम आ गए हो, दो-चार रोज़ रुककर जाऊँ, लेकिन अब तो मुझे आज ही जाना पड़ेगा। जसवन्त साहेब से मिलना चाहता था, लेकिन गाँव से लौटकर ही मिलूँगा उनसे, अभी उनका ज़ख़्म ताज़ा है।"

उसी दिन शाम की गाड़ी से जमील महोना के लिए रवाना हो गया।

बम्बई आकर शर्मिष्ठा की हालत सँभलने लगी। अब वह थोड़ा-बहुत बोलने लगी थी, कुलसुम के साथ वह कभी-कभी घूम भी आती थी। जसवन्त का अधिकांश समय परवेज़ के साथ बीतता था। जसवन्त को अपने को फिर से स्थापित करना था। और जसवन्त अकेला रह गया था—नितान्त अकेला।

जसवन्त सब कुछ खो चुका था। सिवा दिल्ली में लाल देवराज की कोठी के उसके पास कुछ न रह गया था। जगतप्रकाश को कुलसुम ने जसवन्त के सम्बन्ध में सब कुछ बताया था, जसवन्त के सामने समस्या थी कि वह अब क्या करे ! लाड़-प्यार में पली शर्मिष्ठा उसके साथ थी, और वह शर्मिष्ठा भी बुरी तरह टूटी हुई थी। फिर जसवन्त का पुत्र तिलक भी तो था, उसे पालना, उसे पढ़ाना-लिखाना ! जसवन्त को बनना है, अपने लिए उतना नहीं जितना अपनी पत्नी के लिए, अपने बच्चे के लिए।

लेकिन जगतप्रकाश ! वह अकेला है। उसके आगे-पीछे कोई नहीं है। वह किसके लिए बने ! निरुद्‌देश्य और लक्ष्यहीन ! उसके अकेलेपन की भावना ने उदासी का एक घना कुहरा बनकर उसके सारे अस्तित्व को ढँक लिया था। एक कुलसुम है जो अभी तक

आत्मीयता की एक किरन की भाँति उसके जीवन में कभी-कभी प्रकाश भर देती है, लेकिन यह कुलसुम ! इसका पति है, इसके माता-पिता हैं, आगे चलकर शायद इसके बाल-बच्चे भी हों। और कुलसुम की यह आत्मीयता केवल जगतप्रकाश के प्रति सीमित नहीं थी, वह असीम थी ! वह आत्मीयता एक अक्षय निधि की भाँति सब ओर वितरित हो रही थी, वह आत्मीयता जसवन्त के प्रति थी, शर्मिष्ठा के प्रति थी, तिलक के प्रति थी।

जिस आत्मीयता की भूख जगतप्रकाश को थी, वह उधर कुछ समय से उसे जमील में ही मिल रही थी, और जमील अब अपने गाँव चला गया था। जाते समय जमील ने उससे कहा था कि महोना पहुँचकर वह उसे पत्र लिखेगा। लेकिन जमील ने महोना पहुँचकर उसे कोई पत्र नहीं लिखा। दिन बीत रहे थे, सप्ताह बीत रहे थे, जगतप्रकाश अपने अकेलेपन में छटपटा रहा था।

परवेज़ की सहायता से जसवन्त कपूर और त्रिभुवन मेहता की एक पार्टनरशिप फ़र्म की योजना बन गई थी, और इस पार्टनरशिप फ़र्म को बम्बई एवं अहमदाबाद की कपड़ा मिलों की एजेंसी दिल्ली-पंजाब के लिए दिलाने का वादा परवेज़ ने कर लिया था। कपड़े पर से कंट्रोल हट गया था। अप्रैल के महीने में दिल्ली जाकर जसवन्त इस फ़र्म का कामकाज सँभालेगा, त्रिभुवन बम्बई में रहकर काम-काज देखेगा। कुलसुम ने इस पार्टनरशिप में जगतप्रकाश को सम्मिलित करने की बात चलाई थी, लेकिन जगतप्रकाश ने इनकार कर दिया था। वह यह सब क्यों करे, किसके लिए करे !

देश के विभिन्न भागों में हत्याकांड क़रीब-क़रीब समाप्त हो गए थे, अब समस्या उठ खड़ी हुई थी विस्थापितों को बसाने की। बहुत बड़ी संख्या में हिन्दू-मुसलमान पंजाब के एक हिस्से से दूसरे हिस्से में आ रहे थे। जूनागढ़ और कश्मीर को लेकर हिन्दुस्तान और पाकिस्तान के सम्बन्ध बिगड़ते जा रहे थे।

जूनागढ़, कश्मीर—और उसके बाद...क्या हिन्दुस्तान और पाकिस्तान के बीच युद्ध अनिवार्य है ? देश के बँटवारे के बाद भी क्या शान्ति सम्भव नहीं है ?

समय बीतता जा रहा था और जगतप्रकाश को जमील की कोई ख़बर नहीं मिल रही थी। यह जमील को क्या हो गया, वह कहाँ रह गया ? युक्तप्रान्त में भी तो मुसलमानों की हत्याएँ हुई हैं। क्या जमील की भी तो हत्या नहीं कर दी गई ? एक गहरी आशंका भरती जा रही थी जगतप्रकाश में। डेढ़ महीना हो गया था जमील को गए हुए, और नवम्बर का पहला सप्ताह आ गया था। जगतप्रकाश सोच रहा था कि वह स्वयं महोना जाकर जमील का पता लगाए। लेकिन जगतप्रकाश को जाना नहीं पड़ा। पाँच नवम्बर को जमील अपने परिवार के साथ बम्बई आ गया।

जमील को देखते ही जगतप्रकाश का मन खिल गया, "अरे जमील काका ! कहाँ रह गए थे ? तुमने जाने के बाद से मुझे अपनी कोई ख़बर ही नहीं दी। फ़िक्र हो रही थी कि न जाने तुम्हें क्या हो गया है। कल-परसों मैं महोना जाने की सोच रहा था तुम्हें ढूँढ़ने के लिए।"

जमील के मुख पर एक तरह की थकावट से भरी उदासी थी, "पहले सामान रख

लूँ, फिर बतलाता हूँ।''

अपने कमरे में अपने बीवी-बच्चों को ठहराकर और अपना असबाब रखवाकर जमील जगतप्रकाश के पास आकर बैठ गया। कुछ रुककर उसने कहा, ''क्या बतलाऊँ, मैं अपनी मुसीबतों में फँसा रहा। एक महीने से अपने बीवी-बच्चों के साथ भटक रहा हूँ।''

''क्यों, ऐसी क्या बात आ पड़ी ?''

''वही बताता हूँ। हम लोग पाकिस्तान जा रहे हैं, अपने वतन से हमेशा के लिए नाता तोड़ रहे हैं हम लोग।''

जगतप्रकाश की चेतना पर जैसे बहुत बड़ा प्रहार हुआ हो, ''पाकिस्तान जा रहे हो जमील काका ! तुम—पाकिस्तान जा रहे हो ?''

करुण स्वर में जमील बोला, ''हाँ बरखुरदार ! मैं मुसलमान हूँ न ! इस हिन्दुस्तान में अब मुसलमान महफ़ूज नहीं है और पाकिस्तान में हिन्दू महफ़ूज नहीं है। जिस नफ़रत की बुनियाद पर इन दो देशों की तामीर हुई है उसे नज़रअन्दाज़ नहीं किया जा सकता।''

''लेकिन महात्मा गांधी इस घृणा के वातावरण को दूर कर रहे हैं। हिन्दुस्तान धर्म-निरपेक्ष राज्य होगा, इसकी घोषणा महात्मा गांधी ने की है, जवाहरलाल नेहरू ने की है।''

जमील हँस पड़ा, एक फीकी हँसी, ''महात्मा गांधी इस नफ़रत को दूर नहीं कर सकेंगे, किसी हालत में दूर नहीं कर सकेंगे। कुदरत का क़ानून है—क्रिया-प्रतिक्रिया ! पाकिस्तान में पनपनेवाली नफ़रत का जवाब होगा हिन्दुस्तान में नफ़रत का पनपना। जो कुछ होगा वह मज़हबी नफ़रत की बुनियाद पर !'' और फिर रुककर जमील ने कहा, ''मैं हमेशा से ज़ाती तौर से मज़हब के खिलाफ़ रहा हूँ, लेकिन मज़हब को मैं छोड़ भी तो नहीं सकता। मैं मुसलमान घर में पैदा हुआ हूँ, इस्लाम को अगर मैं छोड़ दूँ तो क्या हिन्दू बनूँ, वहाँ फिर मज़हब का झमेला ! बदक़िस्मती तो यह है कि मज़हब को छोड़कर रहा भी तो नहीं जा सकता।''

जगतप्रकाश बोला, ''जमील काका ! थोड़े दिनों में यह मज़हब का पागलपन दूर हो जाएगा। इतना बड़ा क़दम मत उठाओ ! तुम यहीं रहो।''

और जमील बोला, ''काश कि मैं यहाँ रह सकता ! लेकिन अब मुमकिन नहीं। मौजूदा हालात में मुसलमानों को हिन्दुओं का गुलाम बनकर रहना पड़ेगा, इस देश में। मैं नहीं चाहता था कि मौजूदा हालात में आज़ादी मिले, लेकिन होनेवाला होकर रहता है। मुझे अब जाना ही है, पाकिस्तान में हिन्दुओं की ग़ुलामी तो नहीं करनी पड़ेगी। वहाँ जाकर कम्युनिस्ट पार्टी का काम करूँगा। इस हिन्दुस्तान में तो अब सरमाएदारी का शिकंजा बुरी तरह कस जाएगा, यह सेठ, मिलमालिक, बनिए, बरहमन—इन्हीं का बोलबाला रहेगा यहाँ; यहाँ कम्युनिज़्म के क़ायम होने के चांसेज क़रीब-क़रीब ख़त्म हो चुके हैं। इस्लाम कम्युनिज़्म के ज्यादा नज़दीक है।''

जगतप्रकाश ने दबी ज़बान में कहा, ''मेरा ऐसा ख़याल है कि गांधीवाद कम्युनिज़्म के ज़्यादा नज़दीक है।''

और जमील ने तत्काल उत्तर दिया, ''अगर गांधीवाद नाम की कोई चीज़ हो। लेकिन

मैं गांधीवाद को महज़ उलझनों का ताना-बाना समझता हूँ। खैर छोड़ो भी। हुआ यह कि युक्तप्रान्त में भी दंगे हुए हैं, क़त्ल हुए हैं, और आगे चलकर शायद और भी हों। गाँव पहुँचकर मैंने महसूस किया कि इस ज़मीन से हमारी जड़ें उखड़ गई हैं। वहाँ के मुसलमान या तो पाकिस्तान चले गए हैं या जा रहे हैं। अपने बीवी-बच्चों के साथ मैं भी दिल्ली गया, वहाँ होते हुए पाकिस्तान जाने के लिए। लेकिन दिल्ली और पंजाब से पाकिस्तान का रास्ता बन्द कर दिया गया है। अब सिर्फ़ बम्बई से जहाज़ पर जाया जा सकता है।''

जगतप्रकाश को लग रहा था कि उसकी चेतना लोप होती जा रही है, उसने अपने को सँभालने की कोशिश की। बड़े करुण स्वर में उसने कहा, ''जमील काका ! मैं तुमसे विनय करता हूँ कि तुम पाकिस्तान मत जाओ, मैं बिलकुल अकेला रह जाऊँगा। एक तुम हो जिसे मैं अपना समझता हूँ, तुम भी मेरा साथ छोड़े जा रहे हो।''

जमील ने एक ठंडी साँस ली, ''कौन किसका है बरखुरदार ! हिम्मत करो और जवाँ मर्द बनो ! यहाँ तक हम दोनों का साथ था, अब हम दोनों को जुदा होना है। जुदाई का सदमा जितना तुम्हें है उससे कम मुझे नहीं है, क्योंकि मुझे तो अपने वतन से भी जुदा होना पड़ रहा है।''

पाँचवें दिन सुबह के समय जमील को जहाज़ पर चढ़ाकर जब जगतप्रकाश वापस लौटा, उसके पैर काँप रहे थे। अपने कमरे में वह मर्माहत-सा बैठ गया। नौकर से उसने कह दिया कि उसकी तबीयत ठीक नहीं है, वह खाना नहीं खाएगा।

और जगतप्रकाश सोच रहा था—जमील ने ग़लत कहा है, ग़लत समझा है। जमील के पास उसका आधार था, उसकी पत्नी में, उसके बच्चों में। वतन किसका किसके साथ रहा है ? अपने गाँव को छोड़कर जगतप्रकाश भी तो बम्बई में आ पड़ा है। और यह जमील, वह भी तो अपने गाँव को छोड़कर बम्बई में रह रहा था, जिसे वह अपना वतन समझता था और कहता था, वहाँ से हज़ार मील की दूरी पर। शायद इतनी ही या फिर इससे भी कम दूरी होगी उसके गाँव की लाहौर से।

वह जमील, जिसे जगतप्रकाश अपना अभिन्न साथी समझता था, वह भी चला गया। वह जमील, जो साम्प्रदायिकता से इतना दूर था, जो इतना निस्पृह था, इस साम्प्रदायिकता की लपेट में आ गया। दिन-भर वह चुपचाप अपने कमरे में लेटा रहा। वह जाग रहा था या वह सो रहा था, इसका उसे पता नहीं था; वह होश में है या बेहोश है, इसका उसे ज्ञान नहीं था। उसका अतीत चलचित्र की भाँति उसके सामने आ रहा था। उसकी माता, उसके पिता, उसकी बहन ! माता गई, पिता गए, बहन गई।

कितनी ममता थी, कितनी साध थी उसकी बहन में, और वह गोली खाकर मरी। कहाँ गए उसके पिता ? कहाँ गई उसकी माता ? कहाँ गई उसकी बहन ? और तभी एकाएक शिवदुलारी का चित्र उसके आगे आ गया। वह शिवदुलारी कहाँ गई।

यमुना, सुषमा, मालती—एक के बाद एक ये चित्र उभर रहे थे जगतप्रकाश के सामने असम्बद्ध, उलझे हुए ! और अब जगतप्रकाश की आँख खुली, शाम हो रही थी। वह उठा, उसने चाय पी और फिर वह घूमने निकल पड़ा। लेकिन उसे महसूस हो रहा

था कि एक अजीब तरह की थकान भर गई है, उसके तन में, उसके मन में। उसके पैरों में जैसे ताक़त ही नहीं है। उसके चारों ओर जो कुछ था वह बेपहचाना हुआ धुँधला-धुँधला। किसी प्रकार का हर्ष नहीं, उल्लास नहीं। हर तरफ निराशा की एक घुटन ! रात के समय जब वह कुलसुम के यहाँ पहुँचा, जसवन्त ने उसे देखते ही कहा, "अरे ! तुम्हारा चेहरा बड़ा उतरा हुआ है ! क्या बात है ?"

"कोई खास बात नहीं।" वह बोला, "जमील और उसके बीवी-बच्चों को सुबह जब से जहाज़ पर चढ़ाकर लौटा हूँ, तब से तबीयत बहुत उदास है।"

शर्मिष्ठा ने कहा, "वे लोग सही-सलामत यहाँ से चले गए, यह बड़ा अच्छा हुआ। हिन्दुस्तान में मुसलमानों को रहने का कोई अधिकार नहीं है।"

जगतप्रकाश शर्मिष्ठा की बात सुनकर चौंक उठा, इतनी भयानक कटुता और आक्रोश ! और तभी कुलसुम ने शर्मिष्ठा के कन्धे पर हाथ रखकर कहा, "नहीं शर्मिष्ठा बेन ! ऐसा नहीं कहते।"

शर्मिष्ठा की आँखों में आँसू आ गए, "मैं क्या करूँ ? मेरा तो सब कुछ लुट गया। लालाजी गए, ज़मीन-जायदाद गई, गहने-कपड़े गए। अब तो दूसरों के सहारे जीवित रहने की अवस्था आ गई है।" और एकाएक शर्मिष्ठा की हिचकियाँ बँध गईं।

इसके बाद वहाँ का वातावरण अजीब तरह से विक्षुब्ध हो गया। और मन में एक तरह की कड़वाहट लिए हुए जगतप्रकाश अपने घर वापस लौटा।

यह साम्प्रदायिक घृणा का ज़हर ! यह देश के कोने-कोने में फैल गया है। जमील ने ठीक ही कहा था कि महात्मा गांधी इस नफ़रत के ज़हर को दूर नहीं कर सकेंगे। रोज़ शाम के समय महात्मा गांधी दिल्ली में अपनी प्रार्थना-सभा में अपनी बातें कहते थे, रोज़ रात के समय रेडियो द्वारा महात्मा गांधी की बातों का प्रसारण होता था। लेकिन सब व्यर्थ ! महात्मा गांधी के प्रवचनों में कभी-कभी एक खीझ भी दिखती थी, हिन्दुओं की भर्त्सना भी मिलती थी उनकी साम्प्रदायिकता के लिए, और उस वातावरण में उन प्रवचनों का उलटा असर पड़ता था जनता पर। रास्ता चलते, ट्रामों पर, बसों पर लोग महात्मा गांधी को भला-बुरा कहते थे। नफ़रत के ज़हर से भरा जन-समुदाय प्रेम, दया और अहिंसा का पाठ सुनने को तैयार नहीं था।

कश्मीर में हिन्दुस्तान और पाकिस्तान के बीच युद्ध आरम्भ हो चुका था, साम्प्रदायिक घृणा अपनी चरम सीमा पर थी।

और उधर भारत सरकार में प्रधानमन्त्री जवाहरलाल नेहरू और उपप्रधानमन्त्री सरदार वल्लभभाई पटेल में मतभेद बढ़ते जा रहे थे। जवाहरलाल नेहरू का साथ महात्मा गांधी दे रहे थे, कांग्रेस का संगठन सरदार वल्लभभाई पटेल के हाथ में था। कश्मीर में शीत-काल के कारण युद्ध की गति धीमी पड़ गई थी, लेकिन पाकिस्तान और हिन्दुस्तान में आपसी युद्ध की धमकियाँ चल रही थीं।

महात्मा गांधी नफ़रत के इस ज़हर को दूर करने के लिए कृतसंकल्प थे। लेकिन वे अपना वश केवल हिन्दुओं पर ही समझते थे—देश के बँटवारे में वे हिन्दू-पक्ष का

ही तो प्रतिनिधित्व कर सके थे। 13 जनवरी, 1948 को उन्होंने हिन्दुस्तान की, और विशेष रूप से दिल्ली की साम्प्रदायिक अवस्था को सँभालने के लिए अनशन आरम्भ कर दिया। इस अनशन से हिन्दुस्तान में साम्प्रदायिक स्थिति में काफ़ी सुधार हुआ। अठारह जनवरी को महात्मा गांधी ने अनशन समाप्त कर दिया।

लेकिन क्या इस तरह के अनशनों से नफ़रत का ज़हर दूर किया जा सकता है ? हिंसा का उत्तर हिंसा है; अहिंसा अस्वाभाविक है, क्योंकि अहिंसा नकारात्मक तत्त्व है।

क्या महात्मा गांधी की हिन्दुओं की भर्त्सना में हिंसा नहीं है ? क्या महात्मा गांधी के अनशन में हिंसा नहीं है ? जगतप्रकाश इन प्रश्नों में उलझा हुआ था, लेकिन वह देख रहा था कि जहाँ-जहाँ महात्मा गांधी गए वहाँ से हिंसा जाती रही।

महात्मा गांधी ने कुछ दिन पहले कहा था—मैं सवा सौ वर्ष जीवित रहना चाहता था, लेकिन अब मेरी जीने की इच्छा जाती रही है—मैं भगवान् से प्रार्थना करता हूँ कि वह मुझे दुनिया से उठा ले।

देश का विघटन हुआ, मानवता का विघटन हुआ, मूल्यों का विघटन हुआ और महात्मा गांधी नितान्त निरुपाय-से यह सब देखते रहे—मर्माहत से ! उनके स्वर में पीड़ा थी, उनकी वाणी में पीड़ा थी, उनके प्राणों में पीड़ा थी। लेकिन उनकी यह पीड़ा कभी-कभी उनके अनजाने ही कटु हो सकती थी। यह कटुता दूसरे के प्रति नहीं थी, यह कटुता अपनों के प्रति थी, अपने प्रति थी।

भारत की राजनीति से महात्मा गांधी हट चुके थे, चीज़ें उनके हाथ से बाहर हो चुकी थीं। न प्रेम किसी पर आरोपित किया जा सकता है, न हिंसा को किसी से ज़बर्दस्ती निकाला जा सकता है। यह कटुता भी तो एक तरह की हिंसा ही है, चाहे वह कटुता अपने प्रति क्यों न हो !

जगतप्रकाश अपने से उलझ गया, अहिंसा का दर्शन ही उलझा हुआ है। यह दर्शन आदर्शों के कवित्व से ओत-प्रोत है, यह दर्शन भावना की उदात्तता का प्रतीक है, लेकिन यह दर्शन सत्य नहीं है, क्योंकि यह नित्य नहीं है।

महात्मा गांधी के अनशन तोड़ने के तीन दिन बाद ही उनकी प्रार्थना-सभा के पास ही बम का एक विस्फोट हुआ। जिस व्यक्ति ने वह बम फेंका था वह गिरफ़्तार कर लिया गया। और महात्मा गांधी ने उस आदमी के प्रति दया का भाव दिखाया। अपनी कोई चिन्ता नहीं, अपनी हत्या करने का प्रयत्न करनेवाले के प्रति उनका कोई आक्रोश नहीं। वास्तव में वे महात्मा हैं।

लेकिन महात्मा भी तो मनुष्य है, और कोई भी मनुष्य पूर्ण नहीं है। कहीं कोई कमी होनी ही चाहिए हरेक मनुष्य में।

जगतप्रकाश अब अपने को नितान्त टूटा हुआ अनुभव कर रहा था। उसकी सारी आस्थाएँ बिखर चुकी थीं, उसके सारे विश्वास मर चुके थे। उसके सामने था केवल सूनापन—उस सूनेपन के सिवा और कुछ नहीं।

महात्मा गांधी ने कहा था—अब मुझे जीने की इच्छा नहीं होती, लेकिन जगतप्रकाश

को अनुभव हो रहा था कि उसके अन्दर जीने की इच्छा मर चुकी है। घुटन—भयानक और असह्य घुटन ! उस घुटन को वह कभी-कभी दूर कर लेता था जमील से बात करके, उसके सामने अपनी मनोव्यथा को उँडेल करके। और जिस जमील को वह अभिन्न, अडिग और आदर्श समझता था, वह जमील कायर की भाँति भाग गया था उसे अकेला छोड़कर। जिस दिन जमील गया था, उसी दिन वह निष्प्राण-सा हो गया था। चलते-चलते जमील उसे गले लगाकर रो पड़ा था, "बरख़ुरदार, क़िस्मत को यही मंज़ूर है ! लेकिन हम दोनों एक-दूसरे के हमेशा-हमेशा नज़दीक रहेंगे।" और उस समय भावावेश में उसके भी आँसू आ गए थे। लेकिन वह सब क्षणिक आवेग था। कौन किसके नज़दीक रहा है ? कौन किसके नज़दीक रह सकता है ?

जगतप्रकाश अकेला था, शायद यह अकेलापन ही सत्य है। जिसे 'साथ' कहा जाता है, वह सिर्फ़ भुलावा है। यह भुलावा उसके भाग्य में नहीं था, और ज़िन्दगी भुलावे का ही तो दूसरा नाम है।

जगतप्रकाश को अपनी विचारधारा से स्वयं भय लग रहा था। कहीं कोई सहारा तो चाहिए जीवित रहने के लिए, और उसे कहीं कोई सहारा नहीं दिख रहा था। बाहर जो कुछ है, वह स्वयं ही बे-सहारे है। यह सहारा तो उसे अपने अन्दर ही ढूँढ़ना पड़ेगा। आस्थाओं को फिर से बटोरना होगा, विश्वास को पुनर्जीवित करना होगा। जीवन निर्माण है, लेकिन यह निर्माण अपने हाथ में कहाँ है ?

उस दिन दोपहर को जगतप्रकाश खाना खाकर सो गया और देर से उसकी नींद खुली। कुलसुम ने उससे वादा कर लिया था कि वह शाम के छह बजे आएगी—शाम को सब लोग पिक्चर देखने चलेंगे। उसने घड़ी देखी, शाम के पौने छह बजे थे। जल्दी-जल्दी तैयार होकर वह चाय पीने के लिए बैठ गया और तभी कुलसुम की कार उसके फ़्लैट के सामने रुकी। कुलसुम के साथ परवेज़ और जसवन्त थे। दरवाज़े से ही उसे जसवन्त की आवाज़ सुनाई पड़ी, "जगत ! बड़ा गज़ब हो गया ! अभी कुछ देर पहले महात्मा गांधी की हत्या हो गई ! अभी-अभी रेडियो में यह ख़बर आई है।"

इन लोगों के आते ही जगतप्रकाश खड़ा हो गया था, जसवन्त की बात सुनकर वह बोल उठा, "नहीं-नहीं—यह नहीं हो सकता !"

और कुलसुम ने कहा, "जसवन्त ठीक कह रहा है, महात्मा गांधी की हत्या हो गई।"

"महात्मा गांधी की हत्या हो गई—महात्मा गांधी की !" रुँधे हुए गले से जगतप्रकाश ने कहा और वह कुर्सी पर गिर-सा पड़ा।

सब लोग बैठ गए, जसवन्त कह रहा था, "अपनी प्रार्थना-सभा में जा रहे थे, उसी समय एक आदमी ने उन पर रिवाल्वर से फ़ायर किया। तीन गोलियाँ लगीं उन्हें और उसी समय उनकी मृत्यु हो गई। उनके मुख पर अन्तिम शब्द थे—'हे राम !' हत्या करनेवाला पकड़ लिया गया, वह हिन्दू था।"

पता नहीं, जगतप्रकाश ने जसवन्त की बात समझी या नहीं, वह फटी-फटी आँखों से ऊपर की छत की ओर देख रहा था, शायद अपने अन्दरवाले प्रश्नों का उत्तर पाने

के लिए। कुलसुम जगतप्रकाश की इस मुद्रा से डर गई, ''अरे जगत ! इस तरह क्या देख रहे हो ?''

जगतप्रकाश ने कोई उत्तर नहीं दिया, अपलक वह ऊपर देख रहा था, उसके मुख पर असह्य पीड़ा की छाप थी।

कुलसुम चिल्ला उठी, ''अरे परवेज़, देखो तो ! जगत को क्या हो गया ?

जसवन्त ने बढ़कर जगतप्रकाश का कन्धा हिलाया, और तभी उसका सिर लुढ़क गया। परवेज़ बोला, ''अरे—मैं अभी डॉक्टर को बुलाता हूँ।'' और वह बाहर की ओर दौड़ा।

कुलसुम ने बढ़कर जगतप्रकाश का हाथ पकड़ लिया—उसकी नब्ज़ जाती रही थी। उसने पीछे हटकर कहा, ''गया—महात्मा के पीछे-पीछे एक फ़रिश्ता भी गया।'' और उसकी आँखों से दो आँसू टपक पड़े !

●●●